MANESSE BIBLIOTHEK DER WELTLITERATUR
CORONA-REIHE

WILLIAM MAKEPEACE THACKERAY

JAHRMARKT DER EITELKEIT

Ein Roman ohne einen Helden

Aus dem Englischen übersetzt
von Elisabeth Schnack
Nachwort von Max Wildi

MANESSE VERLAG
ZÜRICH

Titel der Originalausgabe:
«Vanity Fair, or, A Novel without a Hero»
London 1848

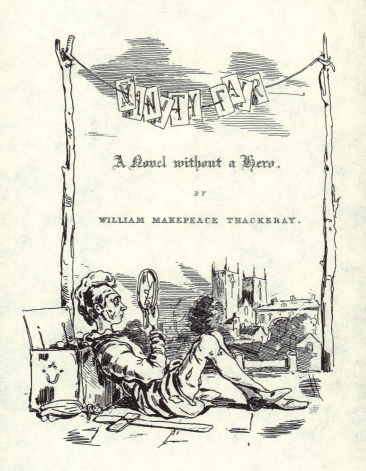

VANITY FAIR

A Novel without a Hero.

BY

WILLIAM MAKEPEACE THACKERAY.

LONDON

Vor dem Vorhang

Wenn der Leiter des Puppentheaters vor dem Vorhang auf seiner Bühne sitzt und auf den Jahrmarkt hinunterschaut, dann überfällt ihn beim Anblick des geschäftigen Treibens eine tiefe Melancholie. Da wird tüchtig gegessen und getrunken, geliebt und kokettiert, gelacht (oder das Gegenteil), geraucht, betrogen, gerauft, getanzt und gefiedelt. Da drängen sich Raufbolde durch die Menge, Schwerenöter werfen den Frauen Blicke zu, Diebe greifen in fremde Taschen, Schutzleute geben acht, Marktschreier (noch andre außer mir, hol sie die Pest!) grölen vor ihren Buden, und Bauerntölpel gaffen zu den flitterbehangenen Tänzerinnen und den armen, alten rotgeschminkten Clowns hinauf, während das langfingrige Gesindel sich hinter ihrem Rücken mit ihren

Rocktaschen befaßt. Ja, das ist der *Jahrmarkt der Eitelkeit:* sicherlich weder sehr moralisch noch sehr lustig, wenn auch noch so lärmend. Seht euch die Gesichter der Schauspieler und Gaukler an, wenn sie von der Bühne kommen, und den Hanswurst, der sich die Schminke vom Gesicht wäscht, ehe er sich mit seiner Frau und den kleinen Hanswursten hinter den Kulissen zum Essen setzt! Bald geht der Vorhang wieder hoch, und dann wird er Purzelbaum schlagen und rufen: «Seid ihr alle da?»

Wenn ein Mann von nachdenklichem Gemüt über einen solchen Jahrmarkt wandelt, läßt er sich vermutlich nicht von seiner eigenen oder der Fröhlichkeit andrer Leute beeinflussen. Hier und da ergötzt oder rührt ihn ein lustiges oder liebenswertes Bild: ein hübsches Kind, das in die Betrachtung einer Honigkuchenbude versunken ist, ein hübsches Mädchen, das rot wird, während ihr Verehrer auf sie einredet und ihr ein Jahrmarktsgeschenk aussucht, und der arme Hansnarr drüben hinter dem Wagen, der mit der braven Familie, die von seinen Possen lebt, an Knochen nagt; doch der allgemeine Eindruck ist eher melancholisch als heiter. Kommst du nach Hause, so setzt du dich in ernster, nachdenklicher Stimmung und nicht ohne Mitgefühl nieder und wendest dich deinen Büchern oder deinen Geschäften zu.

Eine andere Moral habe ich der Geschichte vom *Jahrmarkt der Eitelkeit* nicht mitzugeben. Manche Leute halten Jahrmärkte für gänzlich unmoralisch und gehen ihnen mitsamt Kindern und Dienstboten aus dem Wege – sehr wahrscheinlich mit Recht. Aber Leute, die anders denken und gerade in träger oder nachsichtiger oder spöttischer Stimmung sind, möchten vielleicht ganz gern eine halbe Stunde hingehen und sich das Puppentheater anschauen. Szenen aller Art gibt es da: schreckliche Kämpfe, großartige und tollkühne Reiterkunststücke, Szenen aus der vornehmen Welt und andre aus sehr mittelmäßigen Schichten; Liebeständelei für die Gefühlvollen und ein paar leichtere, lustige Sachen; das

Ganze mit den passenden Kulissen ausgestattet und mit des Autors eigenen Lichtern strahlend illuminiert.

Was hat der Leiter des Puppentheaters sonst noch zu sagen? Er dankt für das Wohlwollen, mit dem es in allen Hauptstädten Englands aufgenommen wurde, durch die er mit seinem Theater zog und in denen es bei den verehrten Vertretern der Presse und dem Adel und dem gebildeten Publikum Beachtung fand. Der Gedanke, daß seine Puppen der besten Gesellschaft unsres Königreichs gefallen haben, erfüllt ihn mit Stolz. Von der berühmten kleinen Puppe Becky hieß es, sie sei besonders geschmeidig in den Gelenken und bewege sich sehr lebhaft am Draht; die Puppe Amelia, obschon sie einen kleineren Kreis von Bewunderern hat, wurde doch vom Künstler mit der größten Sorgfalt geschnitzt und angekleidet; die Marionette Dobbin ist zwar offensichtlich ungeschickt, tanzt aber sehr ergötzlich und natürlich. Manchen gefiel das Auftreten der kleinen Jungen, und, bitte, beachten Sie auch die reichausgestattete Figur des adligen Bösewichts, bei dem keine Kosten gescheut wurden und den sich nach Schluß unsrer einzigartigen Vorstellung der alte Beelzebub persönlich holen wird.

Und hiermit und mit einer tiefen Verbeugung vor seinen Gönnern zieht sich der Leiter des Puppentheaters zurück, und der Vorhang geht auf.

London, den 28. Juni 1848

I

Chiswick Mall

WÄHREND unser Jahrhundert noch in den Kinderschuhen steckte, fuhr an einem sonnigen Junimorgen eine große Familienkutsche mit zwei feisten Pferden in blitzendem Geschirr, von einem feisten Kutscher in Dreispitz und Perücke gelenkt, in einem Tempo von ganzen vier Meilen die Stunde bis vor das hohe schmiedeeiserne Tor von Miss Pinkertons Institut für junge Damen in der Chiswick Mall. Ein schwarzer Lakai, der neben dem feisten Kutscher auf dem Kutschbock gedöst hatte, wickelte seine O-Beine auseinander, sowie die Kutsche vor Miss Pinkertons blankem Messingschild zum Stehen kam, und als er die Glocke zog, sah man mindestens zwanzig junge Köpfe aus den schmalen, hohen Fenstern des stattlichen Backsteinhauses spähen. Ja, ein aufmerksamer Beobachter hätte vielleicht sogar das rote Näschen der gutmütigen Miss Jemima Pinkerton entdeckt, das sich über ein paar Geranientöpfe am Fenster ihres Salons reckte.

«Es ist Mrs. Sedleys Kutsche, Schwester», sagte Miss Jemima. «Ihr schwarzer Diener Sambo hat gerade die Glocke gezogen, und der Kutscher hat eine neue rote Weste an!»

«Hast du alle notwendigen Vorbereitungen für Miss Sedleys Abreise erledigt, Jemima?» fragte die eigentliche «Miss Pinkerton», eine majestätische Dame, die Semiramis von Hammersmith und Freundin Doktor Johnsons, die auch mit Mrs. Chapone in Briefwechsel gestanden hatte.

«Die Mädchen sind seit heute früh um vier Uhr auf und haben ihre Koffer gepackt, Schwester», erwiderte Miss Jemima; «wir haben ihr einen Blumenstrauß gewunden...»

«Sage bitte ein Bouquet, Schwester, es klingt feiner!»
«Ja, gut, ein Bukett, fast so groß wie ein Heuschober. Und für Mrs. Sedley habe ich zwei Flaschen von dem Nelkenwasser und das Rezept dafür in Amelias Koffer gelegt.»
«Und hoffentlich hast du auch Miss Sedleys Rechnung ausgeschrieben? Das ist sie wohl, ja? Sehr gut – dreiundneunzig Pfund und vier Schilling. Sei so gut und adressiere sie an John Sedley, Esquire, und versiegle dann das Briefchen, das ich seiner Frau geschrieben habe.»

In Miss Jemimas Augen war ein von ihrer Schwester, *der* Miss Pinkerton, eigenhändig geschriebener Brief ein Gegenstand ebenso großer Verehrung wie der Brief eines regierenden Fürsten. Nur wenn ihre Schülerinnen ihr Institut verließen oder wenn sie sich verheirateten und einmal auch, als die arme Miss Birch an Scharlach gestorben war, kam es vor, daß Miss Pinkerton persönlich an die Eltern ihrer Zöglinge schrieb; und Miss Jemima war der Ansicht, *wenn* etwas Mrs. Birch über den Verlust ihrer Tochter trösten konnte, dann mußte es die fromme und beredte Epistel sein, mit der Miss Pinkerton ihr das traurige Ereignis mitteilte.

Im vorliegenden Fall lautete Miss Pinkertons «Briefchen» folgendermaßen:

The Mall, Chiswick, 15. Juni 18..

Madam,

Nachdem Miss Amelia Sedley sechs Jahre in Chiswick Mall geweilt hat, habe ich nunmehr die Ehre und das Vergnügen, sie ihren Eltern als eine junge Dame vorzustellen, die nicht unwert ist, den ihr gebührenden Platz in Dero gebildeten und vornehmen Kreisen einzunehmen. Man wird weder die Tugenden, die eine vornehme junge Engländerin auszeichnen, noch die Kenntnisse, die ihr nach Geburt und Rang wohl anstehen, an unserer liebenswürdigen Miss Sedley vermissen, deren Fleiß und Gehorsam ihr die Zuneigung ihrer Lehrer gewonnen und deren reizende Sanftmut ihre älteren wie ihre jüngeren Gefährtinnen bezaubert hat.

In der Musik, im Tanzen, in der Orthographie und in jeder Art Stickerei und Nadelarbeit hat sie die innigen Erwartungen der ihr wohlgesinnten Lehrkräfte erfüllt; in der Geographie wäre noch manches nachzuholen; und die regelmäßige und unausgesetzte Benutzung eines Geradehalters während vier Stunden täglich im Verlauf der nächsten drei Jahre wird zwecks Erlangung der würdevollen Haltung und Erscheinung, die für jede junge Dame der vornehmen Gesellschaft so wichtig sind, als unerläßlich empfohlen.

In den Grundsätzen der Religion und Moral wird sich Miss Sedley als eines Instituts würdig erweisen, das durch den Besuch des großen Lexikographen und das Patronat der hervorragenden Mrs. Chapone ausgezeichnet wurde. Beim Ausscheiden aus meinem Institut begleiten Miss Sedley die Herzen ihrer Gefährtinnen und die wohlwollenden Wünsche ihrer Vorsteherin, die sich die Ehre gibt, zu verbleiben,

> *Madam,*
> *Dero gehorsamst ergebene*
> *Barbara Pinkerton.*

PS. Miss Sharp begleitet Miss Sedley. Es wird ausdrücklich ersucht, Miss Sharps Aufenthalt in Russell Square eine Zeitspanne von zehn Tagen nicht überschreiten zu lassen. Die vornehme Familie, die sie engagiert hat, wünscht sich ihrer Dienste so bald als möglich zu versichern.

Nachdem der Brief abgefaßt war, ging Miss Pinkerton daran, ihren Namen sowie den von Miss Sedley auf das Vorsatzblatt eines Exemplars von Johnsons Lexikon zu schreiben, welches interessante Werk sie ausnahmslos allen Schülerinnen beim Verlassen des Instituts verehrte. Auf den Innendeckel war die Abschrift eines Gedichts geklebt: «Worte an eine junge Dame beim Verlassen von Miss Pinkertons Institut, von dem hochverehrten, verewigten Doktor Samuel Johnson.» Der Name des Lexikographen schwebte auch sonst ständig auf den Lippen der majestätischen Dame, denn der Besuch, den er ihr einst abgestattet, war zum Grundstein ihres Rufs und Vermögens geworden.

Als Miss Jemima von ihrer älteren Schwester aufgefordert worden war, «das Lexikon» aus dem Schrank zu nehmen, hatte sie gleich zwei Exemplare hervorgeholt. Nachdem Miss Pinkerton ihren Namen in das erste Exemplar geschrieben hatte, reichte Miss Jemima ihr mit etwas unsicherer und ängstlicher Miene das zweite.

«Für wen soll das sein, Jemima?» fragte Miss Pinkerton mit furchteinflößender Kälte.

«Für Becky Sharp», erwiderte Jemima, begann zu zittern und errötete über ihr ganzes verknittertes Gesicht und den Hals, während sie ihrer Schwester den Rücken zukehrte. «Für Becky Sharp. Sie geht ja auch weg.»

«Jemima!» rief Miss Pinkerton wie mit lauter großen Anfangsbuchstaben. «Bist du bei Sinnen? Stelle das Lexikon in den Schrank zurück und untersteh dich nie wieder, dir solche Freiheit herauszunehmen!»

«Aber, Schwester, es kostet doch bloß zwei Schilling und neun Pence, und die arme Becky wird sich kränken, wenn sie keins bekommt!»

«Schicke mir sofort Miss Sedley her!» sagte Miss Pinkerton, und da die arme Jemima nicht wagte, noch ein Wort zu sagen, huschte sie äußerst verwirrt und ängstlich fort.

Miss Sedleys Papa war ein Londoner Kaufmann, ein Mann von beträchtlichem Vermögen; Miss Sharp dagegen war zur Ausbildung als Gouvernante bei Miss Pinkerton gewesen, die daher glaubte, sie habe schon genug für sie getan, ohne daß sie ihr auch noch beim Abschied die hohe Ehre erwies, ihr das Lexikon zu schenken.

Obwohl man den Briefen von Schulvorsteherinnen ebensowenig wie den Inschriften auf Grabsteinen trauen darf, kommt es doch manchmal vor, daß ein Mensch aus diesem Leben scheidet, der wirklich all die Lobesworte verdient, die der Steinmetz über seinen Gebeinen verewigt, ein Mensch, der wirklich als Vater oder Mutter oder Kind, als Gatte oder Gattin ein guter Christ gewesen ist, ein Mensch, der wirklich eine untröstliche Familie zurückläßt, die seinen Verlust betrauert – und so kommt es auch in Instituten für die männliche und weibliche Jugend hin und wieder einmal vor, daß der betreffende Zögling wirklich das Lob verdient, das ein gerechter Erzieher ihm spendet. Miss Amelia Sedley nun war eine junge Dame dieser besonderen Art und verdiente nicht nur alles, was Miss Pinkerton zu ihrem Lobe sagte, sondern auch noch viele andere bezaubernde Eigenschaften hatte sie, welche die pompöse alte Minerva wegen des Unterschieds an Rang und Jahren gar nicht sah.

Miss Sedley konnte nicht nur singen wie eine Lerche

und tanzen wie eine Hillisberg und wunderschön sticken und so fehlerlos schreiben wie das Lexikon – sie hatte auch ein so freundliches, heiteres, zärtliches, sanftes, großmütiges Herz, daß sie sich die Liebe aller gewann, die in ihre Nähe kamen, angefangen bei Minerva persönlich bis hinunter zu dem armen Ding in der Abwaschküche und der Tochter der Kuchenfrau, die den jungen Damen im Institut einmal in der Woche ihre Waren verkaufen durfte. Amelia besaß unter den vierundzwanzig Zöglingen des Instituts zwölf Busenfreundinnen. Selbst die neidische Miss Briggs sprach nie schlecht von ihr; die hochmütige Miss Saltire (Lord Dexters Enkelin) mußte zugeben, daß sie eine noble Erscheinung sei, und Miss Swartz, die reiche, krausköpfige Mulattin aus St. Christopher, erging sich am Tage, als Amelia abreiste, in so leidenschaftlichen Tränenausbrüchen, daß man Doktor Floss holen und sie mit Riechsalz halb betäuben mußte. Miss Pinkertons Gefühle äußerten sich, entsprechend der hohen Stellung und den hervorragenden Tugenden der Dame, sehr ruhig und würdevoll, Miss Jemima jedoch hatte beim Gedanken an Amelias Abreise schon ein paarmal geschluckt und würde sich, hätte sie nicht Angst vor ihrer Schwester gehabt, ebensolchen Schmerzensausbrüchen wie die (doppelt zahlende) Erbin aus St. Christopher überlassen haben. Aber ein Schwelgen in Gefühlen ist nur den Salon-Pensionärinnen gestattet. Die brave Jemima dagegen hatte alle Rechnungen zu besorgen und die Aufsicht über die Wäsche und die Flickerei und die Süßspeisen und das Tischsilber und das Küchengeschirr und die Dienstboten. Warum also sollen wir überhaupt von ihr sprechen? Wahrscheinlich werden wir von jetzt an bis in alle Ewigkeit nie wieder von ihr hören, und wenn sich die hohen schmiedeeisernen Tore geschlossen haben, werden weder sie noch ihre ehrfurchtgebietende Schwester daraus hervor- und in die kleine Welt unserer Geschichte treten.

Da wir aber sehr viel von Amelia hören werden, so schadet es nichts, wenn wir gleich zu Beginn unserer

Bekanntschaft verraten, daß sie ein liebes Geschöpfchen ist; und es ist ein wahrer Segen, sowohl im Leben wie in Romanen, wo es (besonders in letzteren) von Schurken nur so wimmelt, wenn wir ein so unschuldiges und gutherziges Menschenkind als ständigen Umgang haben dürfen. Da sie keine Heroine ist, brauche ich ihr Äußeres nicht zu beschreiben. Ja, leider ist ihre Nase eher etwas zu kurz geraten, und ihre Wangen sind für eine Heldin viel zu rundlich und rot, doch blüht ihr Gesicht vor rosiger Gesundheit, und auf ihren Lippen lag stets ein taufrisches Lächeln; aus ihren Augen strahlte heiterste und aufrichtigste gute Laune, falls sie nicht gerade voll Tränen standen, und das geschah viel zu oft; denn das kleine Dummchen konnte wegen eines toten Kanarienvogels oder wegen einer Maus weinen, die sich von der Katze hatte erwischen lassen, oder auch wegen des traurigen Ausgangs in einem Roman, selbst wenn er noch so abgeschmackt war; und wenn einer ein unfreundliches Wort zu ihr sagte – falls überhaupt jemand so hartherzig war –, nun, dann um so schlimmer für ihn! Sogar Miss Pinkerton, die gestrenge Göttin, schalt sie nur einmal und nie wieder, und obwohl sie Empfindsamkeit ebensowenig begriff wie Algebra, erteilte sie doch allen Lehrern und Erzieherinnen ausdrücklichen Befehl, Miss Sedley so sanft wie möglich anzufassen, da ihr eine rauhe Behandlung unzuträglich sei.

Als daher der Tag der Abreise kam, war Miss Sedley in größter Verlegenheit, ob sie lachen oder weinen sollte. Sie freute sich, in ihr Elternhaus zurückzukehren, und doch war sie furchtbar traurig, daß sie die Schule verlassen mußte. Drei Tage vorher schon war ihr die kleine Laura Martin, ein Waisenkind, wie ein Hündchen auf Schritt und Tritt gefolgt. Mindestens vierzehn Abschiedsgeschenke mußte Amelia machen und entgegennehmen und vierzehnmal ein feierliches Versprechen ablegen, jede Woche zu schreiben. «Schick deine Briefe an die Adresse meines Großpapas, des Grafen Dexter», sagte Miss Saltire (die nämlich etwas knickerig war).

«Einerlei, wieviel Porto ich für deine Briefe bezahlen muß, mein süßer Liebling», sagte die ungestüme und krausköpfige, aber freigebige und herzliche Miss Swartz, «wenn du mir nur jeden Tag schreibst!» Und die kleine Waise Laura Martin (die gerade Rundschrift lernte), haschte nach der Hand ihrer Freundin, sah wehmütig zu ihr auf und sagte: «Amelia, wenn ich dir schreibe, nenn' ich dich Mama!»

Alle diese Einzelheiten werden «James», wenn er in seinem Klubzimmer unser Buch liest, sicherlich sehr albern, banal, einfältig und sentimental vorkommen. Ja, ich kann mir «James» in eben dieser Minute vorstellen, wie er (nach seinem Hammelbraten und einer Flasche Wein mit ziemlich glühendem Gesicht) den Bleistift hervorzieht und die Worte «albern», «einfältig» und so weiter unterstreicht und noch selbst «sehr richtig!» an den Rand schreibt. Aber er ist eben ein Mann von hohem Geistesflug und bewundert im Leben und in Romanen das Große und Heldische; er sollte sich daher raten lassen und lieber ein anderes Buch zur Hand nehmen.

Also weiter! Als die Blumen, die Geschenke, die Koffer und die Hutschachteln Miss Sedleys von Mr. Sambo im Wagen untergebracht worden waren – dazu noch ein sehr kleiner und sehr mitgenommener alter Rindlederkoffer mit der säuberlich daran befestigten Karte Miss Sharps, den Sambo grinsend hinaufreichte und den der Kutscher mit entsprechendem Naserümpfen verstaute –, kam die Trennungsstunde; und der Kummer des Augenblicks wurde beträchtlich durch die großartige Rede in Schranken gehalten, mit der sich Miss Pinkerton an ihre Schülerin wandte. Nicht etwa, daß die Abschiedsrede Amelia zum Philosophieren anregte oder sie durch zwingende Beweisführung mit Gelassenheit wappnete, sie war vielmehr unerträglich hohl und hochtrabend und langweilig. Doch da Miss Sedley sich vor ihrer Schulvorsteherin sehr fürchtete, wagte sie nicht, in deren Gegenwart ihren Gefühlen freien Lauf zu lassen. Im Salon standen ein Aniskuchen und eine Flasche Wein bereit, genau wie bei feierlichen Elternvisiten, und nachdem Miss Sedley etwas von diesen Erfrischungen zu sich genommen hatte, lag ihrer Abreise nichts mehr im Wege.

«Sicher willst du hineingehen und dich von Miss Pinkerton verabschieden, Becky?» sagte Miss Jemima zu einer jungen Dame, die kein Mensch beachtete und die gerade mit ihrer Hutschachtel die Treppe hinuntergekommen war.

«Ich muß wohl», sagte Miss Sharp kühl und zur größten Verwunderung von Miss Jemima, die nun an die Tür klopfte; nach der Aufforderung, einzutreten, ging Miss Sharp sehr unbefangen in den Salon und sagte in ausgezeichnetem Französisch: «*Mademoiselle, je viens vous faire mes adieux!*»

Miss Pinkerton verstand kein Französisch; sie war nur die Vorgesetzte derer, die es verstanden. Sie biß sich daher auf die Lippen, warf ihren verehrungswürdigen, mit einer Adlernase gezierten Kopf in die Höhe (auf der ein großer Turban thronte), erwiderte: «Miss Sharp, ich wünsche Ihnen einen guten Morgen!» und machte dabei eine Handbewegung, die eine verabschiedende Geste war, Miss Sharp aber auch Gelegenheit geben sollte, einen zu diesem Behufe ausgestreckten Finger zu ergreifen.

Miss Sharp jedoch faltete mit sehr eisigem Lächeln und einer Verbeugung ihre eigenen Hände und lehnte es offensichtlich ab, die ihr angebotene Ehre anzunehmen, woraufhin unsere Semiramis ihren Turban unwilliger denn je aufwarf. Es war tatsächlich ein kleiner Waffengang zwischen der jungen und der älteren Dame, bei dem die letztere besiegt wurde. Während sie Amelia umarmte und «Der Himmel behüte dich!» sagte, blickte sie über deren Schulter hinweg mit finsterer Miene auf Miss Sharp. «Komm mit, Becky!» sagte Miss Jemima sehr ängstlich und zog die junge Dame hinaus: damit schloß sich die Tür des Salons für immer hinter ihnen.

Dann folgte unten das Durcheinander des Abschiednehmens, das sich kaum mit Worten schildern läßt. Alle Dienstboten waren in der Halle, all die lieben Freundinnen und jungen Damen und der Tanzmeister, der gerade gekommen war, und es entstand ein solches Gewühl und ein Umarmen und Küssen und Weinen, begleitet vom krampfhaften «Huuhuuhuu!» aus dem Zimmer der reichen Miss Swartz, daß keine Feder es beschreiben kann und daß ein mitleidiges Herz es lieber mit Schweigen übergehen möchte. Dann hörten die Umarmungen auf, und die jungen Damen trennten sich, das heißt, Miss Sedley trennte sich von ihren Freundinnen. Miss Sharp hatte bereits ein paar Minuten vorher mit spröder Miene den Wagen bestiegen. Ihr weinte niemand eine Träne nach.

Sambo, der O-Beinige, schlug hinter seiner weinenden jungen Herrin die Kutschtür zu und sprang hinten auf. «Halt!» rief Miss Jemima und stürzte mit einem Päckchen vors Tor.

«Ein paar Butterbrote, mein Kind», sagte sie zu Amelia. «Ihr könntet ja Hunger bekommen. – Und, Becky, hier ist ein Buch für dich, das meine Schwester – das heißt,

Rebeccas Abschied

ich – nämlich Johnsons Lexikon –, ohne das darfst du uns nicht verlassen! Lebt wohl! Fahrt zu, Kutscher! Behüt euch Gott!»

Und das gutherzige Geschöpf eilte, von Rührung überwältigt, in den Garten zurück.

Doch sieh an! Gerade als die Kutsche sich in Bewegung setzte, beugte Miss Sharp ihr blasses Gesicht aus dem Fenster und schleuderte das Buch in den Garten.

Jemima wäre vor Schreck fast in Ohnmacht gefallen. «Nein, so etwas hab' ich noch nie...», sagte sie. «Was für ein dreistes...» Ihre Gefühle bedrängten sie so sehr, daß sie die Sätze nicht beenden konnte. Der Wagen rollte davon; die hohen Tore schlossen sich; die Glocke rief zur Tanzstunde. Die beiden jungen Damen haben die Welt vor sich, und damit: leb wohl, Chiswick Mall!

II

Miss Sharp und Miss Sedley rüsten sich zum Kampf

WÄHREND Miss Sharp die im vorigen Kapitel erwähnte Heldentat vollbrachte und zusah, wie das Lexikon über den Steinweg des Gärtchens flog und schließlich zu Füßen der erschrockenen Miss Jemima landete, verzog sich ihr Gesicht, das zuerst vor Haß fast leichenblaß schien, zu einem Lächeln, das vielleicht kaum angenehmer war, und erleichtert lehnte sie sich in den Wagen zurück und sagte: «So, das Lexikon bin ich los, und aus Chiswick Mall bin ich Gott sei Dank heraus!»

Miss Sedley war über das trotzige Benehmen fast ebenso bestürzt wie Miss Jemima; denn schließlich muß man bedenken, daß sie die Schule erst vor wenigen Minuten verlassen hatte, und in so kurzer Frist sind die Eindrücke von sechs Jahren noch nicht verwischt. Im Gegenteil, bei manchen Menschen behaupten sich die Ängste und Schrecken der Jugendzeit ein ganzes Leben lang. Ich kenne zum Beispiel einen alten achtundsechzigjährigen Herrn, der mir eines Morgens beim Frühstück mit verstörter Miene erzählte: «Ich hab' heute nacht geträumt, daß Dr. Raine mich verprügelt hat.» Die Phantasie hatte ihn in der Nacht um fünfundfünfzig Jahre zurückversetzt. Dr. Raine und seine Rute waren ihm jetzt, mit achtundsechzig Jahren, im innersten Herzen noch genau so schrecklich wie damals, als er dreizehn war. Wenn der Doktor nun leibhaftig mit einer großen Rute erschiene, jetzt, nach einem halben Jahrhundert, und mit seiner furchtbaren Stimme gerufen hätte:

«Junge, zieh die Hosen runter...»? – Ja, Miss Sedley war jedenfalls über das unbotmäßige Benehmen Miss Sharps äußerst entsetzt.

«Wie kannst du nur, Rebecca!» brachte sie endlich hervor.

«Was denn? Glaubst du, Miss Pinkerton könnte kommen und mich ins schwarze Loch sperren?» sagte Rebecca lachend.

«Nein, aber...»

«Ich verabscheue das ganze Haus», fuhr Miss Sharp plötzlich zornig fort. «Ich hoffe nur, daß ich's nie wieder zu Gesicht bekomme. Ich wünschte, es läge auf dem Grund der Themse, und wenn Miss Pinkerton drinsteckte, würd' ich sie nicht herausholen, nein, bestimmt nicht! Ach, wie gern möcht' ich sie auf dem Wasser treiben sehen, den Turban und alles und die lange Schleppe hinterdrein, und ihre Nasenspitze würde wie ein Bootsschnabel herausragen!»

«Still!» rief Miss Sedley.

«Warum denn? Glaubst du, der schwarze Diener plappert's weiter?» rief Miss Rebecca lachend. «Er kann ruhig umkehren und Miss Pinkerton erzählen, daß ich sie von ganzem Herzen verabscheue; ja, ich wünschte, er würde es tun, ich wünschte, ich könnte es ihr beweisen! Seit zwei Jahren hab' ich nichts anderes als Beleidigungen und Kränkungen von ihr einstecken müssen. Ich bin schlimmer als ein Küchenmädchen behandelt worden. Ich hab' nie eine Freundin gehabt, nie ein freundliches Wort gehört, dich ausgenommen. Ich mußte die kleinen Mädchen in der Unterstufe betreuen, und mit den jungen Damen mußte ich Französisch sprechen, bis mir meine Muttersprache verleidet war. Aber daß ich vorhin zu Miss Pinkerton Französisch sprach, war ein köstlicher Spaß, nicht? Sie versteht kein Wort Französisch, aber sie ist zu stolz, es zuzugeben. Ich glaube, das war auch der Grund, weshalb sie mich ziehen ließ, also dank' ich Gott für mein Französisch. *Vive la France! Vive l'Empereur! Vive Bonaparte!*»

«Oh, Rebecca, Rebecca, schäm dich doch!» rief Miss Sedley; denn das war die größte Lästerung, die Rebecca bisher ausgesprochen hatte, und in jener Zeit «Hoch lebe Bonaparte!» zu rufen, war gleichbedeutend mit «Hoch lebe Luzifer!» – «Wie kannst du nur! Daß du's wagst, so schlechte, rachsüchtige Gedanken zu hegen!»

«Vielleicht ist es schlecht, wenn man rachsüchtig ist, aber es ist auch ganz natürlich», erwiderte Miss Rebecca. «Ich bin doch kein Engel!» Und weiß Gott, das war sie bestimmt nicht.

Denn aus diesem kurzen Gespräch (das stattfand, indes die Kutsche am Flußufer entlangrollte), kann man ersehen, daß Miss Rebecca sich zwar zweimal veranlaßt fühlte, dem Himmel zu danken, doch tat sie es das erstemal, weil sie von einer ihr verhaßten Person loskam, und das zweitemal, weil es ihr gelungen war, Ärger und Bestürzung bei ihren Feinden zu erregen. Beides sind nicht sonderlich liebenswerte Beweggründe zu frommer Dankbarkeit, und bei Menschen mit gütiger und sanfter Gemütsart wären sie nicht anzutreffen. Miss Rebecca war nun aber alles andere als gütig und sanft. Jedermann behandle sie schlecht, behauptete die junge Menschenfeindin; man kann jedoch ziemlich überzeugt sein, daß Menschen, die von jedermann schlecht behandelt werden, die Behandlung, die ihnen widerfährt, durchaus verdienen. Die Welt ist ein Spiegel und wirft jedem sein eigenes Spiegelbild zurück. Wer finster in die Welt schaut, den blickt sie mürrisch an; wer über sie und mit ihr lacht, dem ist sie ein lustiger, guter Freund; und hiernach mögen alle jungen Leute sich richten. Eins ist sicher: wenn jedermann Miss Sharp vernachlässigte, so hatte sie auch ihrerseits nie jemandem etwas Liebes angetan.

Miss Sharps Vater war Maler gewesen, und als solcher hatte er an Miss Pinkertons Institut Zeichenunterricht gegeben. Er war ein gescheiter Mann, ein angenehmer Gesellschafter und ein sorgloser Künstler mit starker Veranlagung zum Schuldenmachen und einer Vorliebe fürs Wirtshaus. Wenn er betrunken war, schlug er seine Frau und seine Tochter, und wenn er am nächsten Morgen mit Kopfweh erwachte, dann verhöhnte er die Welt, weil sie seine Begabung nicht erkannte, und verspottete – mit viel Scharfsinn und manchmal auch mit gutem Recht – seine Dummköpfe von Kollegen. Da er sich nur mit größter Mühe durchbringen konnte und da er in Soho, wo er wohnte, auf eine Meile in der Runde verschuldet war, glaubte er seine Lage dadurch zu verbessern, daß er ein junges Mädchen französischer Herkunft heiratete, die von Beruf Balleteuse war. Miss Sharp erwähnte niemals den niedrigen Stand ihrer Mutter, vielmehr behauptete sie später stets, daß die Entrechats eine vornehme Familie aus der Gascogne wären, und tat sich viel auf ihre Herkunft zugute. Und seltsam: im Maße, wie sie selbst im Leben vorankam, erhöhten sich auch Rang und Glanz ihrer Vorfahren.

Rebeccas Mutter hatte immerhin eine gewisse Erziehung genossen, und ihre Tochter sprach ein reines Französisch mit guter Pariser Aussprache. Das war damals eine seltene Gabe, und sie führte denn auch zu ihrer Anstellung bei der makellosen Miss Pinkerton. Denn nach dem Tode ihrer Mutter hatte ihr Vater, als er nach seinem dritten Anfall von *delirium tremens* einsah, daß er sich wahrscheinlich nie mehr erholen würde, einen mannhaften und rührenden Brief an Miss Pinkerton geschrieben und die Waise ihrem Schutz empfohlen und war dann ins Grab gesunken, nicht ohne daß sich vorher zwei Gerichtsvollzieher um seinen Leichnam gestritten hatten. Rebecca war siebzehn, als sie nach Chiswick kam, und wurde als Lehrzögling engagiert; zu ihren Pflichten gehörte es, Französisch zu sprechen, und dafür hatte sie freie Kost und Station und ein paar Guineen Taschengeld jährlich und mußte zusehen, was sie von den Lehrern, die am Institut unterrichteten, an Kenntnissen ergattern konnte.

Sie war von kleinem, schmächtigem Wuchs, blaß und rötlichblond; die Augen hatte sie meistens gesenkt, blickte sie aber auf, dann erwiesen sie sich als sehr groß, eigenartig und anziehend, so anziehend, daß der Reverend Mr. Crisp, der soeben aus Oxford gekommene junge Vikar des Pfarrers von Chiswick, sich in Miss Sharp verliebte – von einem einzigen Blick ihrer Augen erschossen, der quer durch die Kirche von Chiswick vom Instituts-Kirchenstuhl zum Lesepult gefeuert wurde. Der betörte junge Mann pflegte manchmal bei Miss Pinkerton, der er durch seine Mama vorgestellt worden war, Tee zu trinken und hatte Miss Sharp tatsächlich in einem abgefangenen Briefchen, das die einäugige Äpfelfrau überbringen sollte, eine Art Heiratsantrag gemacht. Mrs. Crisp wurde aus Buxton herbeizitiert und nahm ihr liebes Söhnchen eiligst mit. Jedoch der bloße Gedanke an einen solchen Adler im Chiswicker Taubenschlag versetzte Miss Pinkertons Busen in stürmischen Aufruhr, und am liebsten hätte sie Miss Sharp entlassen, wäre sie nicht vertraglich verpflichtet gewesen; aber sie konnte den Versicherungen der jungen Dame, kein Wort mit Mr. Crisp gewechselt zu haben, ausgenommen bei den zwei Teestunden unter Miss Pinkertons eigenen Augen, nie so recht Glauben schenken.

Neben den vielen blühenden und kräftigen jungen Damen des Instituts wirkte Rebecca Sharp wie ein Kind. Aber sie hatte die unselige Frühreife der Armut. Manchen aufdringlichen Gläubiger hatte sie beschwatzt und von ihres Vaters Türe fortgeschickt; manchen Kaufmann hatte sie durch Schmeicheln und Schöntun in gute Laune versetzt, bis er ihnen noch einmal für eine Mahlzeit etwas auf Borg herausrückte. Sie ging mit ihrem Vater, der sehr stolz auf ihren Witz war, gemeinsam aus und hörte so die Gespräche seiner wüsten Freunde, die oft sehr ungeeignet für die Ohren eines Mädchens waren. Sie sei jedoch nie ein junges Mädchen, sondern mit acht Jahren schon erwachsen gewesen, pflegte sie immer zu sagen. Oh, warum ließ Miss Pinkerton einen so gefährlichen Vogel in ihren Käfig?

Tatsache ist, daß die alte Dame unsre Rebecca für das

sanftmütigste Geschöpf von der Welt hielt, so erstaunlich spielte die Kleine, wenn ihr Vater sie einmal mit nach Chiswick nahm, die Rolle der Unschuldigen; ja, sogar noch ein Jahr vor Rebeccas Anstellung im Institut, als sie bereits sechzehn war, hatte ihr Miss Pinkerton in einer kleinen Ansprache großartigerweise eine Puppe überreicht – übrigens das beschlagnahmte Eigentum Miss Swindles, die man dabei erwischt hatte, wie sie in der Schulstube heimlich damit gespielt hatte. Wie hatten Vater und Tochter gelacht, als sie nach der Abendgesellschaft nach Hause trabten (es war nach der Examensfeier, zu der alle Lehrer geladen wurden), und wie hätte Miss Pinkerton getobt, hätte sie ihre eigene Karikatur sehen können, die Rebecca, eine pfiffige kleine Schauspielerin, aus der Puppe machte! Becky führte Zwiegespräche mit ihr, die das Entzücken der Newman Street, Gerrard Street und des Künstlerviertels bildeten, und wenn die jungen Maler ihren faulen, liederlichen, gescheiten und lustigen älteren Kollegen auf ein Glas Gin besuchten, pflegten sie Rebecca regelmäßig zu fragen, ob Miss Pinkerton anwesend sei: sie kannten die arme Seele so gut wie Mr. Lawrence oder Präsident West. Einmal hatte sie die Ehre, mehrere Tage in Chiswick zu verbringen; davon brachte sie «Jemima» mit heim, nämlich noch eine Puppe, die zu Miss Jemmy wurde. Denn obwohl das liebe Wesen ihr Gelee und Kuchen für drei aufgetischt hatte und ihr beim Abschied auch noch ein Siebenschillingstück schenkte, war der Sinn des jungen Mädchens für alles Komische doch viel stärker als ihre Dankbarkeit, und sie opferte Miss Jemmy ebenso erbarmungslos wie deren Schwester.

Dann kam die Katastrophe, und Rebecca wurde in ihr neues Heim in Chiswick Mall geschickt. Die steife Förmlichkeit des Institutslebens bedrückte sie: die Gebete und Mahlzeiten, die Unterrichtsstunden und Spaziergänge, die mit klösterlicher Regelmäßigkeit stattfanden, beengten sie unerträglich; sie dachte mit so viel Bedauern an die Freiheit und das Bettlerleben im alten Atelier in

Soho zurück, daß jedermann, sie selbst inbegriffen, des Glaubens war, sie verzehre sich vor Kummer um ihren Vater. Sie hatte eine kleine Mansarde im Dachgeschoß, und die Dienstboten hörten sie nachts auf und ab gehen und weinen, aber es war vor Wut und nicht vor Kummer.

Sie hatte sich nie besonders verstellt, aber in ihrer Einsamkeit lernte sie jetzt Verstellung. In Gesellschaft von Frauen war sie nie gewesen; ihr Vater war trotz seiner Liederlichkeit ein begabter Mensch; seine Unterhaltung war ihr tausendmal angenehmer gewesen als das Geschwätz mit ihrem eigenen Geschlecht, wie es ihr hier begegnete. Die hochtrabende Eitelkeit der alten Schulvorsteherin, die einfältige Gutmütigkeit ihrer Schwester, das alberne Schwatzen und Klatschen der älteren Zöglinge, die korrekte Steifheit der Erzieherinnen – alles verabscheute sie gleichermaßen; und das arme Ding hatte nun einmal kein weiches, mütterliches Herz, sonst hätte das Plappern und Plaudern der jüngeren Kinder, deren Obhut ihr vor allem anvertraut war, sie beruhigen und interessieren müssen; doch sie lebte zwei Jahre mit ihnen zusammen, und nicht eines war traurig, als sie ging. Die sanfte, gutherzige Amelia Sedley war die einzige, der sie ein wenig zugetan war – aber wer hätte es auch fertiggebracht, Amelia nicht gut zu sein?

Die glücklichen Verhältnisse und die bessere Lage der jungen Mädchen um sie her verursachten ihr unaussprechliche Qualen des Neides. «Wie sich das Mädchen anstellt, weil sie die Enkelin eines Grafen ist!» sagte sie von der einen. «Wie sie vor der Kreolin kriechen und katzbuckeln, weil sie Millionärin ist! Ich bin tausendmal klüger und hübscher als das Ding mit all ihrem Reichtum. Ich bin ebenso gut erzogen wie die Enkelin des Grafen, trotz ihres langen Stammbaums, und doch sehen sie mich hier alle über die Achsel an. Aber als ich noch mit meinem Vater zusammenlebte, gaben die Männer ihre lustigsten Bälle und Gesellschaften auf, wenn sie einen Abend mit mir verbringen konnten!» Sie beschloß, sich um jeden Preis aus dem Gefängnis zu befreien, in dem sie sich jetzt befand, und fing an, selbständig zu handeln und zum erstenmal wohlüberlegte Pläne für die Zukunft zu machen.

Sie benutzte deshalb die Gelegenheit, sich weiterzubilden, die sich ihr im Institut bot, und da sie bereits gut musizieren konnte und sprachbegabt war, hatte sie bald den kleinen Studienkurs hinter sich, der damals für eine junge Dame als notwendig galt. Unablässig übte sie Klavier, und eines Tages, als die Mädchen ausgegangen waren und sie zu Hause blieb, hörte Miss Pinkerton, wie gut sie ein Stück spielte, so daß die alte Minerva in ihrer Weisheit dachte, sie könnte sich die Kosten für einen Klavierlehrer der jüngeren Zöglinge sparen, und sie befahl Miss Sharp, inskünftig habe sie bei ihnen auch den Musikunterricht zu geben.

Rebecca weigerte sich – zum erstenmal, und sehr zum Erstaunen der majestätischen Vorsteherin. «Ich bin hier, um mit den Kindern Französisch zu sprechen», sagte Rebecca schroff, «und nicht, um Musik zu unterrichten und Ihnen Geld zu ersparen. Zahlen Sie dafür, dann tue ich es!»

Minerva mußte nachgeben und konnte Becky von dem Tage an natürlich nicht mehr leiden. «Seit fünfunddreißig Jahren», sagte sie – und es entsprach durchaus der Wahrheit –, «habe ich nie einen Menschen gesehen, der es gewagt hätte, sich in meinem Hause meiner Autorität zu widersetzen. Ich habe eine Schlange an meinem Busen genährt!»

«Eine Schlange? Unsinn!» sagte Miss Sharp zu der alten Dame, die vor Entsetzen fast in Ohnmacht fiel. «Sie haben mich aufgenommen, weil ich Ihnen nützlich war. Zwischen uns beiden ist von Dankbarkeit keine Rede. Ich verabscheue Ihr Haus und möchte gerne fort! Ich tue hier einzig das, wozu ich verpflichtet bin.»

Vergebens fragte die alte Dame, ob sie wisse, daß sie mit Miss Pinkerton spreche. Rebecca lachte ihr so entsetzlich sarkastisch und teuflisch ins Gesicht, daß die Vorsteherin beinahe Krämpfe bekam. «Geben Sie mir eine Geldsumme», sagte das junge Mädchen, «und Sie sind mich los, oder, falls Ihnen das lieber ist, verschaffen Sie mir eine gute Stelle in einer adligen Familie – eine Kleinigkeit für Sie, wenn Sie nur wollten.» Und bei späteren Zusammenstößen kehrte sie immer auf den gleichen Punkt zurück: «Besorgen Sie mir eine Stellung – wir verabscheuen uns gegenseitig, und ich möchte fort.»

Die ehrwürdige Miss Pinkerton besaß trotz ihrer Adlernase und ihres Turbans, trotz ihres Gardemaßes und ihrer bisher unangetasteten Autorität nicht die Energie ihres Lehrzöglings, und vergebens bekämpfte sie die Kleine und bemühte sich, sie einzuschüchtern. Als sie einmal versuchte, sie vor allen andern auszuschelten, verfiel Rebecca auf den schon erwähnten Kniff, ihr auf französisch zu antworten, was die alte Frau vollkommen aus dem Geleise warf. Um sich die Autorität in ihrer Schule zu sichern, wurde es unumgänglich, die Rebellin, das Ungetüm, die Schlange, die Brandfackel zu entfernen, und da sie gerade hörte, daß Sir Pitt Crawleys Familie eine Erzieherin suche, empfahl sie tatsächlich Miss Sharp für den Posten, sosehr sie auch Brandfackel und Schlange sein mochte. Abgesehen von ihrem Verhalten mir gegenüber, kann ich eigentlich an Miss Sharps Benehmen nichts aussetzen, sagte sie sich, und ich muß gestehen, daß ihre Gaben und Kenntnisse hervorragend sind. Jedenfalls macht sie, soweit es den Kopf betrifft, dem in meinem Institut befolgten Studienplan Ehre.

Und so brachte die Vorsteherin ihre Empfehlungen mit ihrem Gewissen in Einklang, der Vertrag wurde aufgehoben, und der Lehrzögling war frei. Natürlich dauerte der Kampf, der hier in wenigen Zeilen beschrieben wurde, ein paar Monate. Und da nun Miss Sedley, die jetzt siebzehn Jahre alt war und die Schule verließ, sich mit Miss Sharp angefreundet hatte («der einzige Zug in Amelias Betragen», sagte Minerva, «den ihre Vorsteherin nicht gutheißen kann»), wurde Miss Sharp von ihrer Freundin eingeladen, eine Woche in ihrem Elternhaus zu verbringen, ehe sie ihre Pflichten als Erzieherin in einer Familie übernahm.

Und so gingen unsre beiden jungen Damen in die Welt hinaus. Für Amelia war es eine ganz neue, junge und strahlende Welt in unberührtem Blütenschmelz. Für Rebecca war sie nicht ganz so neu (in der Crisp-Angelegenheit verhielt es sich nämlich, ehrlich gesagt, so: die Kuchenfrau machte eine Andeutung zu jemandem, der es seinerseits weitertrug und beschwor, daß an dieser Geschichte bedeutend mehr dran sei, als bekannt wurde, und daß sein Brief nur die Antwort auf einen andern Brief gewesen sei). Aber wer kann da die Wahrheit ergründen?

Wenn daher für Rebecca die Welt nicht ganz neu war, so war es doch jedenfalls ein neuer Anfang in ihr.

Bis die jungen Damen das Chausseehaus von Kensington erreichten, hatte Amelia – ohne deshalb ihre Freundinnen vergessen zu haben – ihre Tränen getrocknet und errötete beglückt, weil ein junger Gardeoffizier, der sie im Vorbeireiten erspähte, ausgerufen hatte: «Teufel, was für ein hübsches Mädchen!», und noch ehe der Wagen in Russell Square ankam, hatte eine lange Unterhaltung über die Empfänge bei Hofe stattgefunden, und ob die jungen Damen, wenn sie dort vorgestellt würden, wohl in Puder und Reifrock erscheinen müßten, und ob Amelia diese Ehre widerfahren würde; immerhin wußte sie, daß sie zum Ball des Oberbürgermeisters gehen durfte. Und als sie endlich vor ihrem Elternhaus vorfuhren, hüpfte Miss Amelia Sedley mit Sams Beistand so glücklich und hübsch aus der Kutsche wie nur je ein junges Mädchen in der ganzen großen Stadt London. Sowohl Sambo wie der Kutscher waren sich darin einig, und auch ihr Vater und ihre Mutter fanden es, und ebenso alle Dienstboten, als sie dienernd und knicksend und lächelnd in der Halle standen, um ihre junge Herrin willkommen zu heißen.

Natürlich zeigte sie Rebecca jedes Zimmer im ganzen Haus sowie ihre Schubfächer und alles, was darinlag, und ihre Bücher und ihr Klavier, ihre Kleider und Ketten, Broschen und Spitzen und sonstigen Putz. Sie bestand darauf, daß Rebecca das weiße Karneol-Halsband und die Türkisringe von ihr annahm, auch ein reizendes geblümtes Musselinkleid, das ihr jetzt zu klein war, ihrer Freundin jedoch wie angegossen passen würde; und im stillen beschloß sie, ihre Mutter zu fragen, ob sie ihrer Freundin den weißen Kaschmirschal schenken dürfe. Konnte sie ihn nicht leicht entbehren? Hatte ihr Bruder Joseph ihr nicht gerade zwei Schals aus Indien mitgebracht?

Als Rebecca die beiden herrlichen Kaschmirschals sah, die Joseph Sedley seiner Schwester mitgebracht hatte, sagte sie voller Überzeugung, daß es «wunderbar sein müsse, einen Bruder zu haben», und weckte im Nu das Mitleid der weichherzigen Amelia, weil sie so allein in der Welt war, eine Waise ohne Freunde und Verwandte.

«Allein bist du nicht», sagte Amelia. «Du weißt doch, Rebecca, daß ich immer deine Freundin bleibe und dich wie eine Schwester liebe, ganz bestimmt!»

«Ja, aber Eltern zu haben wie du: gütige, reiche, zärtliche Eltern, die dir alles geben, was du haben möchtest, und obendrein ihre Liebe, die kostbarer als alles ist! Mein armer Papa konnte mir gar nichts schenken, und zwei Kleider waren alles, was ich in der Welt besaß! Und dann einen Bruder zu haben, einen lieben Bruder! Wie du ihn lieben mußt!»

Amelia lachte.

«Was? Liebst du ihn denn nicht? Du sagst doch, du liebtest alle Menschen?»

«Ja, natürlich, das schon, nur...»

«Nur was?»

«Nur scheint sich Joseph nicht viel daraus zu machen, ob ich ihn liebe. Als er nach seiner zehnjährigen Abwesenheit zurückkam, hat er mir kaum die Fingerspitzen gereicht. Er ist sehr nett und freundlich, aber er spricht fast nie mit mir; ich glaube, seine Pfeife ist ihm bedeutend lieber als seine...» Sie brach ab, denn warum sollte sie über ihren Bruder etwas Schlimmes sagen? «Er war sehr lieb zu mir, solange ich klein war», fuhr sie fort, «und ich war erst fünf Jahre alt, als er abreiste.»

«Er muß doch sehr reich sein?» meinte Rebecca. «Wie es heißt, sind die indischen Nabobs alle furchtbar reich.»

«Ich glaube, er hat ein sehr gutes Einkommen.»

«Und ist deine Schwägerin nett und hübsch?»

Amelia lachte.

«Ach je, Joseph ist doch nicht verheiratet!» rief Amelia und lachte wieder.

Vielleicht hatte sie es früher schon einmal vor Rebecca erwähnt, die es sich jedoch nicht gemerkt zu haben schien, sondern beschwor und beteuerte, sie habe erwartet, eine ganze Menge von Amelias Neffen und Nichten vorzufinden. Sie war sehr enttäuscht, daß Mr. Sedley nicht verheiratet war. Amelia hätte ihr bestimmt erzählt, er sei es, und in kleine Kinder sei sie doch so vernarrt.

«Von denen hast du aber in Chiswick mehr als genug gehabt, sollte ich meinen», entgegnete Amelia und wunderte sich über die unvermutete Kinderliebe ihrer Freundin. Miss Sharp hätte sich in ihrem zukünftigen Leben nicht so bloßgestellt und Behauptungen geäußert, deren Unwahrheit man so leicht auf die Spur kommen konnte. Wir müssen jedoch bedenken, daß sie erst neunzehn Jahre zählt und in der Verstellungskunst noch ungeübt ist, das arme, ahnungslose Ding, das alle Erfahrungen am eigenen Leibe machen muß! Im Herzen der berechnenden jungen Dame lautete die Reihe von Fragen einfach so: wenn Mr. Joseph reich und unverheiratet ist, warum sollte ich ihn dann nicht heiraten? Zwar habe ich nur vierzehn Tage Zeit, aber ein Versuch kann nicht schaden. Und in ihrem Herzen nahm sie sich vor, diesen lobenswerten Versuch zu machen. Sie verdoppelte ihre Liebkosungen für Amelia, sie küßte das weiße Karneol-Halsband, ehe sie es anlegte, und gelobte, sich nie, nie davon zu trennen. Als die Mittagsglocke läutete, ging sie mit ihrer Freundin die Treppe hinunter und hatte ihr den Arm um die Taille gelegt, wie es bei jungen Mädchen üblich ist. Vor der Wohnzimmertür war sie so aufgeregt, daß sie kaum den Mut fand, einzutreten. «Fühle nur mal, wie mein Herz klopft, Liebste», sagte sie zu ihrer Freundin.

«Ach wo», sagte Amelia. «Komm nur, hab keine Angst! Papa tut dir nichts zuleide.»

III

Rebecca vor dem Feind

ALS DIE jungen Mädchen eintraten, saß ein sehr dicker, aufgeschwemmter Mann in Lederhose und Stulpenstiefeln, mehreren riesengroßen Halstüchern, die ihm fast an die Nase reichten, und rotgestreifter Weste und apfelgrünem Rock mit talergroßen Stahlknöpfen (es war der Vormittagsanzug eines Stutzers und Lebemannes jener Zeit) am Kaminfeuer und las die Zeitung; er schoß aber sofort aus seinem Lehnstuhl hoch, wurde über und über rot bei ihrem Anblick und hätte am liebsten das Gesicht in den Halstüchern versteckt.

«Es ist nur deine Schwester, Joseph», lachte Amelia und drückte die beiden Finger, die er ihr reichte. «Ich bin nämlich jetzt *für immer* heimgekommen. Und das hier ist meine Freundin Miss Sharp, von der ich dir schon erzählt habe.»

«Nein, nie, Ehrenwort!» sagte das Gesicht hinter den Halstüchern, heftig zitternd, «das heißt, doch – scheußlich kalt, nicht wahr, Miss?» Und er begann aus Leibeskräften das Feuer zu schüren, obwohl es Mitte Juni war.

«Er ist sehr hübsch», flüsterte Rebecca ihrer Freundin ziemlich laut zu.

«Findest du?» rief Amelia. «Das muß ich ihm sagen!»

«Um Himmels willen nicht, Liebste!» sagte Miss Sharp und fuhr so scheu wie ein Reh zurück. Da sie dem Herrn zuerst eine respektvolle, mädchenhafte Verneigung gemacht und den Blick hartnäckig auf den Teppich geheftet hatte, war es erstaunlich, daß sie ihn überhaupt gesehen hatte.

«Vielen Dank für die herrlichen Schals, Bruder», sagte Amelia zu dem Feuerschürer. «Sie sind herrlich, nicht wahr, Rebecca?»

«Oh, ganz himmlisch», antwortete Miss Sharp, und ihr Blick flog vom Teppich schnurstracks zum Kronleuchter hinauf.

Joseph vollführte noch immer schnaufend und pustend ein mächtiges Gerassel mit Schüreisen und Feuerzange und lief dabei so rot an, wie es bei seiner gelben Gesichtsfarbe möglich war. «Ich kann dir nicht so herrliche Geschenke machen, Joseph», fuhr seine Schwester fort, «doch in der Schule habe ich dir ein Paar sehr schöne Hosenträger gestickt.»

«Meine Güte, Amelia!» rief der Bruder in größter Verlegenheit, «was machst du nur für Sachen?» Dann zog er mit aller Kraft an der Klingel, bis der Klingelzug in seiner Hand blieb, was die Verlegenheit des armen Menschen noch steigerte. «Um Himmels willen, sieh nach, ob mein *Buggy* vor der Tür steht. Ich kann nicht länger warten. Ich muß fort. Mein verd... Reitknecht! Ich muß fort!»

Im gleichen Augenblick trat der Hausherr ins Zimmer, der als echter englischer Kaufmann mit dem Petschaft an seiner Uhrkette klimperte. «Was ist denn, Emmy?» fragte er.

«Joseph möchte, daß ich nachschaue, ob sein *Buggy* vor der Tür steht. Was ist ein Buggy, Papa?»

«Eine einspännige Sänfte», sagte der alte Herr, der auf seine Art ein Spaßvogel war.

Darüber brach Joseph in einen tollen Lachkrampf aus, verstummte aber, als er Miss Sharps Augen begegnete, so jäh, als ob ihn ein Schuß getroffen hätte.

«Die junge Dame hier ist also deine Freundin? Miss Sharp, ich freue mich sehr, Sie bei uns zu sehen! Haben Sie und Emmy sich schon mit Joseph gestritten, oder warum will er fort?»

«Ich habe meinem Kollegen Bonamy versprochen, mit ihm zu essen, Sir», sagte Joseph.

«Ei, ei! Hattest du nicht deiner Mutter gesagt, du wolltest bei uns essen?»

«In dem Anzug hier ist es unmöglich!»

«Betrachten Sie ihn, Miss Sharp: ist er nicht hübsch genug, um überall zu speisen?»

Woraufhin Miss Sharp natürlich ihre Freundin ansah und beide einen Lachanfall bekamen, was den alten Herrn sehr ergötzte.

«Haben Sie jemals bei Miss Pinkerton so schöne Lederhosen gesehen?» spöttelte er befriedigt weiter.

«Um Gottes willen, Papa!» rief Joseph.

«O je, jetzt habe ich seine Gefühle verletzt! Liebste», fuhr er, zu seiner Frau gewandt, fort, «ich habe deines Sohnes Gefühle verletzt. Ich habe auf seine Lederhosen angespielt. Frage nur Miss Sharp, ob es stimmt. Komm, Joseph, sei nett zu Miss Sharp, und laßt uns alle zum Essen gehen!»

«Es gibt Pilaw, Joseph, den du so liebst, und Papa hat den besten Steinbutt mitgebracht, den er in Billingsgate auftreiben konnte.»

«Los, los, junger Mann, reichen Sie Miss Sharp Ihren

Arm, und ich folge mit meinen beiden jungen Damen»,
sagte der Vater, nahm den Arm seiner Frau und seiner
Tochter und ging vergnügt nach unten.

*

Wenn Miss Sharp in ihrem Herzen beschlossen hatte,
sich den dicken Stutzer zu erobern, so dürfen wir sie deswegen, glaube ich, nicht tadeln, meine Damen; denn
wenn auch die jungen Mädchen im allgemeinen das Ergattern eines Ehemanns in geziemender Sittsamkeit ihren
Mamas überlassen, so ist doch zu bedenken, daß Miss
Sharp keine lieben Verwandten hat, die eine so heikle
Angelegenheit für sie hätten übernehmen können, und
wenn sie sich nicht selbst einen Mann sucht, wird kein
Mensch in der weiten Welt ihr diese Mühe abnehmen.
Was veranlaßt denn die jungen Damen, sich «in die Gesellschaft einführen» zu lassen, wenn nicht das edle Ziel
des Ehestands? Was lockt sie scharenweise in die Badeorte? Weshalb tanzen sie eine ganze sterbenslange Saison
hindurch jede Nacht bis fünf Uhr in der Frühe? Weshalb
plagen sie sich mit Klaviersonaten ab und lernen für ein
Goldstück die Stunde vier Lieder bei einem Gesanglehrer
singen, der gerade in Mode ist? Weshalb – falls sie hübsche
Arme und mollige Ellbogen haben – spielen sie die
Harfe? Weshalb tragen sie grüne, schön geschwungene
Federhüte, wenn nicht, um mit diesen tödlichen Pfeilen
einen begehrenswerten jungen Mann zu erlegen? Was
veranlaßt achtbare Eltern, ihre Teppiche aufzurollen, ihr
ganzes Haus auf den Kopf zu stellen und ein Fünftel
ihres Jahreseinkommens für Ballsoupers und eisgekühlten Champagner auszugeben? Etwa reine Menschenliebe oder der unverfälschte Wunsch, junge Leute fröhlich
tanzen zu sehen? Pah! Sie wollen ihre Töchter gut verheiraten, und ebenso wie die brave Mrs. Sedley im tiefsten Herzenswinkel bereits eine Reihe von kleinen Plänen
für die Verheiratung ihrer Amelia schmiedete, so hatte
auch unsre liebe, aber unbehütete Rebecca beschlossen,
ihr möglichstes zu tun, um sich einen Ehemann zu er-

gattern, den sie sogar noch nötiger als ihre Freundin brauchte. Sie besaß eine lebhafte Phantasie; außerdem hatte sie *Tausendundeine Nacht* und *Guthries Länderkunde* gelesen. Während sie sich also zum Essen ankleidete und nachdem sie Amelia gefragt hatte, ob ihr Bruder sehr reich sei, hatte sie sich bereits ein herrliches Luftschloß gebaut, in dem sie die Herrin war (und mit einem Mann irgendwo im Hintergrund: sie hatte ihn noch nicht gesehen, deshalb konnte sie sich noch keine sehr deutliche Vorstellung von ihm machen); sie sah sich mit einer Unzahl von Schals, Turbanen und Diamanthalsbändern herausgeputzt, wie sie zu den Klängen des Marsches aus *Blaubart* einen Elefanten bestieg, um dem Großmogul eine Staatsvisite abzustatten.

Joseph Sedley war zwölf Jahre älter als seine Schwester Amelia. Er stand in Diensten der Ostindischen Handelsgesellschaft, und zu der Zeit, die wir beschreiben, erschien sein Name in der Bengalischen Abteilung des Ostindischen Handelsregisters als Steuereinnehmer von Boggley Wollah – ein ehrenvoller und einträglicher Posten, wie jedermann weiß. Falls der Leser erfahren will, zu welchen höheren Stellen im Ostindiendienst Joseph noch aufrückte, verweisen wir ihn auf das gleiche Blatt.

Boggley Wollah liegt in einem schönen, einsamen, sumpfigen Dschungeldistrikt, der für seine Schnepfenjagd berühmt ist und wo man auch nicht selten einen Tiger aufscheucht. Ramgunge, der Sitz des Friedensrichters, liegt nur vierzig Meilen entfernt, und noch dreißig Meilen weiter ist eine Kavallerieabteilung stationiert, wie Joseph seinen Eltern berichtete, nachdem er seine Stelle als Steuereinnehmer angetreten hatte. Ungefähr acht Jahre seines Lebens hatte er ganz allein an diesem reizenden Ort verbracht, wo er kaum eine Christenseele sah, abgesehen von dem Kommando, das zweimal im Jahr erschien, um die von ihm vereinnahmten Steuern nach Kalkutta abzuführen.

Das Glück wollte es, daß er um diese Zeit ein Leberleiden bekam und nach Europa zurückkehren mußte, um es auszuheilen. Der Aufenthalt in seiner Heimat wurde zu einer Quelle größten Behagens und Vergnügens. Er wohnte in London nicht bei seinen Eltern, sondern hatte sich als fröhlicher Junggeselle eine eigene Wohnung genommen. Ehe er nach Indien reiste, war er noch zu jung gewesen, um an den köstlichen Vergnügungen der Großstadt teilzunehmen, und deshalb stürzte er sich nach seiner Rückkehr mit beträchtlichem Eifer darauf. Mit seinen Pferden machte er Ausfahrten im Park; er speiste in den eleganten Restaurants (der Orientklub bestand damals noch nicht); er besuchte die Theatervorstellungen, wie es dazumal Mode war, oder er erschien sorgfältig gekleidet, in enganliegenden Beinkleidern und Dreispitz, in der Oper.

Bei seiner Rückkehr nach Indien und noch lange hinterher pflegte er mit großer Begeisterung von den Freuden dieses Lebensabschnittes zu sprechen und ließ durchblicken, daß er und Brummel die Salonlöwen des Tages gewesen seien. Doch eigentlich war er in London ebenso einsam wie in seinem Dschungel in Boggley Wollah. Er kannte kaum eine Seele in der Hauptstadt. Hätte er seinen Arzt nicht gehabt und die Gesellschaft seiner Quecksilberpillen und seiner Leberkrankheit, er wäre vor Langeweile umgekommen. Er war ein phlegmatischer, verdrießlicher Bonvivant; die Anwesenheit einer Dame verwirrte ihn über die Maßen, und daher war er nur selten im Kreise seiner Familie am Russell Square anzutreffen, wo es stets sehr gesellig zuging und wo er in seiner Eigenliebe die Scherze seines gutgelaunten Papas fürchtete. Sein Leibesumfang bereitete Joseph mancherlei Sorgen und Kummer; hin und wieder unternahm er einen krampfhaften Versuch, sein überflüssiges Fett loszuwerden; aber bald gewannen seine Trägheit und seine Liebe zu gutem Essen die Oberhand, und er vertilgte wieder seine drei Mahlzeiten täglich. Er war nie elegant, obwohl er sich die größte Mühe gab, seine dicke Person zu schmücken, und viele Stunden täglich mit dieser Beschäftigung verbrachte. Sein Diener verdiente an seinen abgelegten Anzügen ein Vermögen; sein Frisiertisch war wie der einer alternden Schönheit mit Pomaden und Parfüms überladen. Um eine schlanke Figur zu bekommen, hatte er alle damals erhältlichen Gürtel, Korsetts und Schnürmieder ausprobiert. Wie die meisten dicken Leute, wollte er seine Anzüge um jeden Preis zu eng gemacht haben und wählte absichtlich nur die leuchtendsten Farben und einen jugendlichen Schnitt. War er am Nachmittag schließlich angekleidet, so zog er los, um mit – niemand eine Ausfahrt durch den Park zu machen, und kam danach zurück, um sich wieder umzukleiden und mit – niemand im Piazza-Kaffeehaus zu speisen. Er war so eitel wie ein Mädchen; und vielleicht war seine übergroße Scheu eine Folge seiner übergroßen Eitelkeit. Sollte Miss Rebecca es fertigbringen, ihn zu überlisten, und obendrein bei ihrem ersten Schritt in die Welt, dann wäre sie eine junge Person von ungewöhnlicher Intelligenz.

Ihr erster Schachzug war recht geschickt. Als sie Sedley einen hübschen Mann nannte, wußte sie, daß Amelia es ihrer Mutter weitererzählen würde, die es ihrerseits wahrscheinlich Joseph erzählen oder auf jeden Fall über das ihrem Sohn gemachte Kompliment erfreut sein würde. Alle Mütter sind so. Hätte man Sycorax gesagt, ihr Sohn Caliban sei so schön wie Apollo, sie hätte sich darüber gefreut, die alte Hexe. Vielleicht hatte sogar Joseph Sedley selber das Kompliment gehört – Rebecca hatte laut genug gesprochen –, und er hatte es gehört! Und da er sich im Grunde für einen sehr schönen Mann hielt, ließ das Lob jede Faser seines dicken Körpers erzittern und vor Wonne beben. Dann kam allerdings der Rückschlag: macht sich das Mädchen über mich lustig? fragte er sich, und sofort stürzte er zur Klingel, wie wir gesehen haben, um zu entfliehen, bis seines Vaters Späße und seiner Mutter Bitte ihn davon abhielten und zum Bleiben bewogen. Unsicher und aufgewühlt führte er die junge Dame zum Essen. Hält sie mich wirklich für hübsch? dachte er, oder macht sie sich über mich lustig? Wir sagten, Joseph Sedley sei so eitel wie ein Mädchen. Gott verzeih uns die Sünde! Die Mädchen brauchten nur den Spieß umzudrehen und von einer ihrer Geschlechtsgenossinnen zu sagen: «Sie ist so eitel wie ein Mann!», denn damit hätten sie vollkommen recht.

Sie gingen also zusammen nach unten: Joseph war sehr rot und verlegen, und Rebecca tat sehr sittsam und hatte die grünen Augen niedergeschlagen. Sie war ganz in Weiß, und ihre bloßen Schultern schimmerten so weiß wie Schnee: ein Bild holder Jugend, schutzloser Unschuld und bescheidener jungfräulicher Schlichtheit. Ich darf nicht viel sprechen, dachte Rebecca, und ich muß viel Interesse für Indien zeigen.

Nun hatte Mrs. Sedley, wie wir hörten, einen guten Curryreis für ihren Sohn zubereitet, genau wie er ihn liebte, und im Verlauf der Mahlzeit wurde auch Rebecca von diesem Gericht angeboten. «Was ist das?» fragte sie und richtete einen fragenden Blick auf Joseph.

«Großartig», sagte er mit vollem Munde, und sein Gesicht glühte im Genuß der Kaubewegung. «Mutter, er ist so gut wie meine Currygerichte in Indien!»

«Oh, wenn es ein indisches Gericht ist, muß ich es kosten», sagte Rebecca. «Sicher ist alles gut, was von dort kommt.»

«Gib Miss Sharp etwas Curry, meine Liebe», sagte Mr. Sedley lachend.

Rebecca hatte noch nie Curry gegessen.

«Finden Sie, daß er so gut ist wie alles, was aus Indien kommt?» fragte Mr. Sedley.

«Oh, wunderbar», sagte Rebecca, die von dem Cayennepfeffer Höllenqualen litt.

«Versuchen Sie etwas Chili dazu», riet Joseph voll wirklicher Anteilnahme.

«Chili?» keuchte Rebecca. «O ja!» Sie glaubte, Chili sei etwas Kühlendes, und sie wurden ihr gereicht. «Wie frisch und grün», sagte sie und steckte ein wenig in den Mund. Sie brannten noch stärker als der Curry – Zunge und

Gaumen konnten es nicht länger aushalten. Sie legte die Gabel hin. «Wasser, um Gottes willen Wasser!» rief sie. Mr. Sedley bog sich vor Lachen (er war ein derber Mann, der von der Börse her an kräftige Scherze gewöhnt war). «Echt indisch», sagte er, «Sambo, gib Miss Sharp etwas Wasser!»

Joseph, der den Spaß großartig fand, stimmte in das väterliche Gelächter ein. Die Damen lächelten nicht viel; ihnen tat die arme Rebecca leid. Rebecca hätte den alten Sedley am liebsten umgebracht, doch würgte sie ihren Ärger ebenso hinunter wie zuerst den greulichen Curry, und sobald sie sprechen konnte, sagte sie gutmütig und mit komischer Miene:

«Ich hätte an den Pfeffer denken sollen, den die Prinzessin in ‹Tausendundeine Nacht› in die Sahnetörtchen tut. Tun Sie in Indien auch Cayennepfeffer in die Sahnetorten, Mr. Sedley?»

Der alte Sedley fing an zu lachen und fand, Rebecca sei ein gutmütiges Ding. Joseph sagte einfach: «Sahnetörtchen? In Bengalen gibt es keine gute Sahne. Wir haben meistens nur Ziegenmilch. Und was meinen Sie wohl, sie ist mir jetzt lieber geworden.»

«Nun wird Ihnen sicher nicht mehr alles gefallen, was aus Indien kommt, Miss Sharp», meinte der alte Herr. Doch als sich die Damen nach dem Essen ins Wohnzimmer zurückgezogen hatten, sagte der schlaue alte Bursche zu seinem Sohn: «Nimm dich in acht, Joe! Die Kleine hat's auf dich abgesehen!»

«Pah! Unsinn!» sagte Joe und fühlte sich sehr geschmeichelt. «Ich erinnere mich an ein Mädchen in Dumdum, die Tochter Cutlers, der bei der Artillerie war. Sie heiratete später den Arzt, Doktor Lance. Im Jahre 1804 wollte sie mich einfangen, mich und den Mulligatawney; ich erzählte dir vor dem Essen von ihm, ein verteufelt guter Junge, der Mulligatawney; er ist Friedensrichter in Budgebudge, und in fünf Jahren sitzt er bestimmt im Gouvernementsrat. Die Artillerie gab also einen Ball, und Quintin vom vierzehnten Regiment sagt zu mir: ‹Sedley›, sagt er, ‹ich wette mit Ihnen dreizehn gegen zehn, daß die Sophy Cutler entweder Sie oder den Mulligatawney einfängt, und noch vor der Regenzeit.› – ‹Abgemacht›, hab' ich gesagt; und weiß Gott, Sir... übrigens ist der Rotwein hier ausgezeichnet. Ist er von Adamson oder von Carbonell?»

Ein leises Schnarchen war die einzige Antwort: der brave Börsenmakler war eingeschlafen, und so ging der Schluß von Josephs Geschichte verloren. Doch war er in Männergesellschaft immer überaus mitteilsam, und er hatte die Geschichte schon wer weiß wie oft seinem Arzt, Doktor Gollop, erzählt, wenn der kam, um sich nach Josephs Leber und den Quecksilberpillen zu erkundigen.

Da Joseph kränkelte, begnügte er sich – neben dem bei Tisch getrunkenen Madeira – mit einer Flasche Rotwein, und dann schaffte er noch ein paar Teller voll Erdbeeren mit Sahne und vierundzwanzig kleine Biskuits, die unbeachtet neben ihm auf einem Teller lagen, und bestimmt (denn Romanschriftsteller haben das Vorrecht, allwissend zu sein) dachte er sehr viel an das junge Mädchen oben. Ein nettes, heiteres, fröhliches junges Ding, dachte er bei sich. Wie sie mich ansah, als ich beim Essen ihr Taschentuch aufhob! Sie hat es zweimal fallen lassen. Wer singt denn da im Wohnzimmer? Hm, hm, ob ich nach oben gehe und nachschaue?

Doch seine Schüchternheit überfiel ihn wieder und siegte. Sein Vater schlief, sein Hut hing in der Halle, gleich um die Ecke standen Droschken in der Southampton Row! «Ich gehe aus und schau' mir die *Vierzig Räuber* und Miss Decamps Ballett an», sagte er, schlich sich auf Zehenspitzen leise hinaus und verschwand, ohne seinen werten Papa zu wecken.

«Da geht Joseph», sagte Amelia, die aus dem offenen Fenster des Wohnzimmers blickte, während Rebecca am Klavier saß und sang.

«Miss Sharp hat ihn verscheucht», sagte Mrs. Sedley. «Der arme Joe! Wenn er nur nicht so schüchtern wäre!»

IV

Die grünseidene Börse

ANISCHE Schüchternheit hielt den armen Joe zwei oder drei Tage lang in Bann; während dieser Zeitspanne kehrte er nicht in sein Elternhaus zurück, und auch Miss Rebecca nahm seinen Namen nicht in den Mund. Mrs. Sedley gegenüber erging sie sich in respektvoller Dankbarkeit; sie war entzückt von den eleganten Geschäften; in den Theatervorstellungen, zu denen die gutherzige Dame sie mitnahm, schwelgte sie in einem Taumel der Begeisterung. Eines Tages hatte Amelia Kopfweh und konnte nicht an einem Vergnügen teilnehmen, zu dem die beiden jungen Mädchen eingeladen waren; doch niemand konnte Rebecca bewegen, ohne ihre Freundin auszugehen. «Aber nein – dich sollte ich allein lassen, wo du mir armer Waise erst bewiesen hast, was Liebe und Glück sind? Nein, niemals!» Und die grünen Augen blickten gen Himmel und füllten sich mit Tränen, so daß Mrs. Sedley zugeben mußte, die Freundin ihrer Tochter habe ein rührend gutes Herz.

Was Mr. Sedleys Späße betraf, so lachte Rebecca mit einer Herzlichkeit und Ausdauer über sie, die dem gutmütigen alten Herrn gefielen und ihn sehr für Rebecca einnahmen. Aber nicht nur bei den Herrschaften stand sie in Gunst. Sie gewann Mrs. Blenkinsops Herz, indem sie höchstes Interesse für das Einkochen von Himbeermarmelade an den Tag legte, womit die Haushälterin damals gerade beschäftigt war; sie hielt daran fest, Sambo mit «Sir» und «Mr. Sambo» anzureden, sehr zum Entzücken des schwarzen Dieners; und wenn sie sich erlaubt hatte, der Zofe zu klingeln, dann entschuldigte sie sich so reizend und bescheiden für die Mühe, die sie ihr mache, daß man im Bedientenstockwerk fast ebenso begeistert von ihr war wie im Salon.

Als sie einmal die Zeichnungen betrachteten, die Amelia von der Schule nach Hause geschickt hatte, stieß sie auf eine, bei der sie in Tränen ausbrach, so daß sie das Zimmer verlassen mußte. Es war gerade an dem Tage, als Joe Sedley sich zum erstenmal wieder in sein Elternhaus wagte.

Amelia eilte ihrer Freundin nach, um zu hören, was die Ursache ihres Kummers sei; aber das gutherzige Mädchen kam ohne Freundin zurück und war selbst ziemlich gerührt. «Ihr Vater war doch in Chiswick unser Zeichenlehrer, Mama, und das Beste an unsern Zeichnungen stammte immer von ihm.»

«Aber Kind! Ich erinnere mich genau, daß Miss Pinkerton stets sagte, er rühre die Zeichnungen mit keinem Finger an, sondern er ziehe die Blätter nur auf.»

«So wurde es eben genannt, Mama. Rebecca erinnerte sich an die eine Zeichnung und wie ihr Vater daran gearbeitet hatte, und dann überwältigte sie plötzlich der Gedanke, daß sie... du weißt schon...»

«Das arme Kind ist ganz Herz», meinte Mrs. Sedley.

«Ich wünschte, sie könnte noch eine Woche bei uns bleiben», sagte Amelia.

«Sie hat eine tolle Ähnlichkeit mit der Miss Cutler, die ich in Dumdum so oft sah – nur ist sie heller. Miss Cutler ist jetzt mit dem Regimentsarzt Lance verheiratet. Denk nur, Mama, eines Tages wollte Quintin von den Vierzehnern mit mir wetten, daß...»

«Oh, Joseph, wir kennen die Geschichte», sagte Amelia lachend, «die brauchst du uns nicht nochmal zu erzählen! Rede lieber Mama zu, daß sie an Sir Crawley schreibt und ihn bittet, den Urlaub der armen lieben Rebecca noch etwas zu verlängern. Ach, da kommt sie mit verweinten Augen!»

«Es geht mir schon besser», sagte das Mädchen mit dem reizendsten Lächeln von der Welt, ergriff die ausgestreckte Hand der gutherzigen Mrs. Sedley und küßte sie ehrerbietig. «Wie gut Sie alle zu mir sind! Alle», fuhr sie lachend fort, «bis auf Sie, Mr. Joseph!»

«Bis auf mich?» rief Joseph und sann auf schleunige Flucht. «Barmherziger Himmel! Großer Gott! Miss Sharp!»

«Jawohl! Wie konnten Sie bloß so grausam sein und mich gleich am ersten Tag, als ich Sie kennenlernte, das scheußliche Pfeffergericht essen lassen? Sie sind nicht so nett zu mir wie meine liebe Amelia!»

«Er kennt dich noch nicht richtig!» rief Amelia.

«Ich dulde es nicht, daß jemand *nicht* gut zu Ihnen ist, mein liebes Kind», sagte ihre Mutter.

«Der Curry war großartig, das steht fest», sagte Joe sehr ernst. «Höchstens war nicht genug Zitronensaft dran; ja, das mag sein, nicht genug Zitronensaft.»

«Und die Chilischoten?»

«Beim Zeus, wie Sie da aufschrien», sagte Joe, und die Komik der Situation stieg ihm so deutlich vor Augen, daß er in einen Lachkrampf ausbrach, der wie üblich ganz unvermittelt endete.

«Ich werde mich schön hüten, Sie nochmals für mich wählen zu lassen», sagte Rebecca, als sie zum Mittagessen nach unten gingen. «Nie hätte ich geglaubt, daß Männer ein Vergnügen darin finden, arme, ahnungslose Mädchen zu quälen.»

«Mein Gott, Miss Rebecca, um alles in der Welt könnte ich Sie nicht quälen.»

«Natürlich, ich weiß», sagte sie, und dann drückte sie ihm mit ihrer kleinen Hand, ach, so sachte auf den Arm und zog sie ganz erschrocken wieder weg und blickte zuerst eine Sekunde in sein Gesicht und dann auf die Teppichstangen der Treppe. Ich kann nicht beschwören, ob Josephs Herz bei dieser unwillkürlichen, schüchternen, leisen Geste der Zuneigung eines einfachen Mädchens nicht höher schlug.

Es war ein Entgegenkommen und wird als solches vielleicht von einigen Damen mit unbestreitbar einwandfreiem und vornehmem Benehmen als unpassend verurteilt; aber die arme Rebecca mußte eben alles selbst erledigen. Wenn jemand zu arm ist, um sich eine Bedienung zu halten, muß er selbst die Wohnung fegen, auch wenn er noch so vornehm ist; wenn ein nettes Mädchen keine liebe Mutter hat, die für sie alles in die Hand nimmt, dann muß sie es selbst tun. Aber was für ein Segen ist es, daß solche Frauen ihre Macht nicht häufiger anwenden! Wir könnten ihnen nicht widerstehen! Sobald sie nur ein wenig Zuneigung zeigen, fallen die Männer schon auf die Knie; ob alt oder häßlich, das spielt keine Rolle. Und nun spreche ich eine unumstößliche Wahrheit aus: eine Frau kann unter günstigen Umständen und wenn sie nicht gerade einen Buckel hat, heiraten, *wen sie will*. Wir können nur dankbar sein, daß die lieben Herzchen wie die Tiere in Wald und Feld sind und ihre Macht nicht kennen, sonst würden sie uns gänzlich beherrschen.

Meine Güte! dachte Joseph, als er das Eßzimmer betrat, mir ist wieder genau so zumute wie in Dumdum mit Miss Cutler! Bei Tisch richtete Miss Sharp halb zärtlich, halb scherzend viele reizende kleine Fragen über die verschiedenen Gänge an ihn; denn mit der Familie stand sie jetzt schon auf sehr vertraulichem Fuß, und die Mädchen liebten sich wie Schwestern. Bei jungen, unverheirateten Mädchen geht das ja immer so, wenn sie zehn Tage im gleichen Haus beisammen sind.

Als ob Amelia es darauf abgesehen hätte, Rebeccas Pläne in jeder Weise zu fördern, erinnerte sie ihren Bruder auch noch an ein Versprechen, das er ihr in den Osterferien gegeben hatte. «Als ich noch ein Schulkind war», sagte sie lachend. Er hatte ihr versprochen, sie einmal nach Vauxhall mitzunehmen. «Jetzt, wo Rebecca bei uns ist, würde es gut passen!»

«Oh, himmlisch!» rief Rebecca und wollte schon in die Hände klatschen, besann sich dann aber und unterließ es – bescheiden, wie sie nun einmal war!

«Heute abend gibt's nichts Besonderes!» sagte Joe.

«Dann morgen!»

«Morgen abend sind Papa und ich zum Essen eingeladen», meinte Mrs. Sedley.

«Du denkst doch wohl nicht, daß *ich* hingehe?» sagte ihr Mann, «oder daß eine Frau in deinen Jahren und bei deiner Konstitution sich in der widerlichen Feuchtigkeit dort eine Erkältung holen soll?»

«Die Kinder müssen aber in Begleitung gehen», rief Mrs. Sedley.

«Dann kann Joe ja mitgehen», lachte der Papa. «Imposant genug ist er!» Bei seinen Worten mußte sogar Sambo vor der Anrichte mit einem Lachen herausplatzen, und der arme fette Joe wäre am liebsten zum Vatermörder geworden.

«Öffnet ihm das Korsett!» fuhr der alte Herr erbarmungslos fort. «Spritzen Sie ihm etwas Wasser ins Gesicht, Miss Sharp, oder tragt ihn nach oben, der arme Junge fällt in Ohnmacht! Das arme Opferlamm! Tragt ihn nur, er ist federleicht!»

«Das lasse ich mir nicht länger gefallen, Sir, ver...», schrie Joseph.

«Bestelle Mr. Josephs Elefanten, Sambo!» schrie der Vater. «Schick zur Exeter Börse, Sambo...»; als er aber sah, daß Joseph vor Ärger fast weinte, stellte der alte Spaßvogel sein Gelächter ein, streckte dem Sohn die Hand hin und sagte: «Bin's so gewöhnt auf der Börse, Joe! Laß den Elefanten, Sambo, und bring mir und Mr. Joseph ein Glas Champagner! Selbst Bonaparte hat keinen besseren im Keller, mein Junge!»

Ein Glas Champagner stellte Josephs Gleichgewicht wieder her, und noch ehe die Flasche geleert war – von der er, als Kranker, zwei Drittel trank –, hatte er eingewilligt, die jungen Damen nach Vauxhall zu begleiten.

«Von den Mädchen sollte aber jedes einen Kavalier haben», sagte der alte Herr, «sonst verliert Joseph noch Amelia im Gedränge, weil er genug mit Miss Sharp zu tun hat. Schickt nach Nummer 96 und fragt George Osborne, ob er mitkommen will!»

Hierbei – ich weiß wirklich nicht, weshalb – blickte Mrs. Sedley ihren Mann an und lachte. Mr. Sedley zwinkerte unbeschreiblich schalkhaft und sah Amelia an; und Amelia ließ den Kopf sinken und wurde so rot, wie nur junge Mädchen von siebzehn Jahren erröten können und wie Miss Rebecca Sharp noch nie im Leben errötet war – wenigstens nicht mehr seit ihrem achten Lebensjahr, als sie ertappt wurde, wie sie ihrer Patin Marmelade aus dem Schrank stibitzte. «Amelia sollte lieber ein Briefchen schreiben», meinte der Vater, «dann kann George Osborne gleich sehen, was für eine schöne Handschrift wir aus Miss Pinkertons Institut heimgebracht haben. Weißt du noch, Emmy, wie du ihn zum Dreikönigsabend eingeladen hast und ‹Dreikönigs› mit einem ‹T› schriebst?»

«Das ist schon so lange her», sagte Amelia.

«Mir kommt's wie gestern vor, nicht wahr, John?» sagte Mrs. Sedley zu ihrem Mann; und in dieser Nacht fand in einem Vorderzimmer im zweiten Stockwerk ein Gespräch statt, in einer Art Zelt, das ringsum von Chintz in einem prächtigen und phantasievollen indischen Muster gebildet wurde, der mit zart rosenfarbigem Kattun gefüttert war; in der Mitte dieses zeltartigen Gebildes befand sich ein Federbett, auf dem zwei Kissen lagen, und auf den Kissen lagen zwei runde rote Gesichter, das eine in einer spitzengeschmückten Nachthaube, das andere in einer einfachen Baumwollmütze, die in einer Quaste endete. Jedenfalls war es eine *Gardinenpredigt,* die Mrs. Sedley ihrem Mann wegen seines grausamen Verhaltens gegen den armen Joe hielt.

«Es war wirklich nicht nett von dir, den armen Jungen so zu quälen», sagte sie.

«Meine Liebe», führte die Baumwollquaste zur Verteidigung ihres Betragens an, «Joe ist beträchtlich eitler, als du es je in deinem Leben warst, und das will etwas heißen! Obwohl du vor etwa dreißig Jahren, im Jahre siebzehnhundertachtzig oder so, vielleicht ein Recht hattest, eitel zu sein, wenigstens will ich's nicht bestreiten. Aber bei Joe mit seiner geckenhaften Zimperlichkeit geht mir die Geduld aus. Joseph sticht sogar noch den biblischen Joseph aus, meine Liebe, und die ganze Zeit denkt der Bursche nur an sich selbst; und was für ein schöner Mann er ist. Wir werden noch allerlei Sorgen mit ihm haben, vermute ich. Emmys kleine Freundin umgarnt ihn schon, sosehr sie kann, das sieht ein Blinder, und wenn sie ihn nicht einfängt, tut's eine andere. Den Frauen zur Beute zu fallen, ist eben sein Schicksal, so wie ich jeden Tag auf die Börse gehen muß. Ein Glück nur, daß er uns keine schwarze Schwiegertochter mitgebracht hat, meine Liebe. Aber glaube mir nur: bei der ersten Frau, die ihre Angel nach ihm auswirft, beißt er an.»

«Morgen muß sie mir aus dem Haus, die hinterlistige kleine Person!» erklärte Mrs. Sedley sehr energisch.

«Warum soll sie's nicht ebenso gut sein wie eine andre? Wenigstens ist sie eine Weiße. Mir ist's gleich, wen er heiratet. Laß ihn tun, wozu er Lust hat!»

Und bald verstummten die Stimmen der Sprechenden, vielmehr, sie wurden abgelöst durch die leise, aber unromantische Musik der Nasen; und bis auf die Turmuhr, wenn sie die Stunden schlug, und bis auf den Nachtwächter, der sie ausrief, war am Russell Square im Hause des hochwohlgeborenen Mr. John Sedley von der Effektenbörse alles still.

Als der Morgen kam, dachte die gutherzige Mrs. Sedley nicht mehr daran, ihre wegen Miss Sharp geäußerten Drohungen auszuführen; denn obwohl nichts so scharfsichtig, so verbreitet und gerechtfertigt ist wie die mütterliche Eifersucht, konnte sie doch nicht glauben, daß die kleine, bescheidene, dankbare und sanfte Erzieherin es wagen sollte, ihre Augen zu einer so großartigen Persönlichkeit wie dem Steuereinnehmer von Boggley Wollah zu erheben. Auch war die Bitte um Urlaubsverlängerung der jungen Dame bereits abgesandt, und es wäre schwierig gewesen, einen Vorwand zu ersinnen, unter dem man sie hätte aus dem Hause schicken können.

Und als ob sich alles zugunsten der sanften Rebecca verschworen hätte, mischten sich sogar die Elemente ein, um ihr beizustehen (wenngleich Rebecca ihre Beihilfe zuerst auch nicht einsehen wollte). An dem Abend nämlich, der für den Ausflug nach Vauxhall bestimmt war, als George Osborne bereits zum Essen gekommen war und nachdem die Eltern das Haus verlassen hatten, um der Einladung zu folgen und beim Alderman Balls in Highbury Barn zu speisen, brach ein Gewitter los, wie es so schlimm nur an Vauxhall-Abenden passiert, was daher die jungen Leute zwang, zu Hause zu bleiben. Mr. Osborne schien darüber nicht im geringsten enttäuscht zu sein. Er und Joseph Sedley tranken bei ihrem *tête-à-tête* im Eßzimmer ein gehöriges Quantum Portwein – wobei Joseph Sedley eine Anzahl seiner schönsten indischen Geschichten zum besten gab, denn in Männergesellschaft war er immer äußerst gesprächig –, und hinterher übernahm Miss Amelia Sedley im Salon die Rolle der Hausfrau, und die vier jungen Leute verbrachten einen so gemütlichen Abend zusammen, daß sie erklärten, sie seien eigentlich eher froh, daß der Sturm ausgebrochen sei, der sie gezwungen hatte, ihren Besuch in Vauxhall zu verschieben.

Osborne war Mr. Sedleys Patenkind, und seit dreiundzwanzig Jahren hatte er wie zur Familie gehört. Als er sechs Wochen alt war, bekam er von John Sedley einen silbernen Becher geschenkt, mit sechs Monaten erhielt er eine Korallenklapper mit goldener Pfeife und Glöckchen; während des Knabenalters bekam er von dem alten Herrn regelmäßig zu Weihnachten sein Goldstück, und er erinnerte sich noch sehr gut an die Prügel, die er in der Schule von Joseph Sedley bezogen hatte, als der noch ein großer, prahlerischer Lümmel und George ein frecher zehnjähriger Strick war. Kurz und gut, George gehörte so sehr zur Familie, wie es tägliche Freundschaftsbeweise und häufiger Verkehr mit sich bringen.

«Weißt du noch, Sedley, wie wütend du warst, als ich dir die Quasten von deinen Stulpenstiefeln abschnitt, und wie mich Miss – hm – Amelia vor einer Tracht Prügel bewahrte, indem sie auf die Knie fiel und ihren Bruder Joe bat, den kleinen George nicht zu schlagen?»

Joe erinnerte sich haargenau an diesen denkwürdigen Vorfall, schwor jedoch, daß er ihm völlig entfallen sei.

«Gut, aber erinnerst du dich noch daran, wie du in einem Gig zu Dr. Swishtails Schule fuhrst, um mich zu besuchen, ehe du nach Indien reistest, und wie du mir eine halbe Guinee geschenkt und mir den Kopf getätschelt hast? Ich hatte mir die ganze Zeit über eingebildet, du wärst mindestens zwei Meter lang, und bei deiner Rückkehr aus Indien staunte ich sehr, daß du nicht größer als ich warst.»

«Wie reizend von Mr. Sedley, daß er in Ihr Schulheim fuhr und Ihnen das Geld schenkte!» rief Rebecca mit verzückter Stimme.

«Ja, vor allem, da ich ihm doch die Stiefelquasten abgeschnitten hatte! Solche Geldgeschenke während der Schulzeit vergißt ein Junge nie, ebensowenig wie den Spender.»

«Ich schwärme für Stulpenstiefel!» sagte Rebecca. Joe Sedley, der seine Beine übermäßig bewunderte und immer solch auffallendes Schuhzeug trug, fühlte sich bei der Bemerkung sehr geschmeichelt, wenn er auch seine Beine sofort unter den Stuhl zog.

«Miss Sharp», sagte George Osborne, «Sie als große Künstlerin sollten ein großes historisches Gemälde von der Stiefelszene machen. Sedley muß in Lederhosen dargestellt werden, in der Hand einen von seinen verdorbenen Stiefeln, während er mich mit der andern Hand bei der Halskrause packt. Amelia muß neben ihm knien und ihre Händchen zu ihm aufheben, und das Ganze muß einen großartigen allegorischen Namen bekommen, wie die Titelkupfer im Lesebuch und in der Fibel!»

«Ich werde wohl keine Zeit haben, es hier zu machen», sagte Rebecca. «Ich will's aber tun, wenn ich ... fort bin.» Und sie ließ die Stimme sinken und sah so betrübt und kläglich drein, daß jeder dachte, wie traurig ihr Schicksal sei und wie leid es ihnen allen tun würde, sich von ihr zu trennen.

«Ach, wenn du doch noch länger bleiben könntest, liebste Rebecca!» sagte Amelia.

«Weshalb?» fragte die andere noch betrübter. «Damit ich um so unglück... unzufriedener bin, weil ich dich verlassen muß?» Und sie wandte den Kopf ab. Amelia begann ihrem Hang zu Tränen nachzugeben, was eine Schwäche der armen Kleinen war. George Osborne betrachtete die beiden jungen Mädchen voller Rührung und Interesse; Joseph Sedley entließ aus den Tiefen seines dicken Brustkastens so etwas wie einen Seufzer und senkte dabei den Blick auf seine geliebten Stulpenstiefel.

«Machen Sie uns ein wenig Musik, Miss Sedley – Amelia», bat George Osborne, der im gleichen Augenblick eine große, fast unwiderstehliche Neigung verspürte, das junge Mädchen in die Arme zu schließen und vor den Augen der ganzen Gesellschaft zu küssen; und sie sah ihn auch einen Augenblick an, doch wenn ich behaupte, daß sie sich in eben diesem Augenblick ineinander verliebten, würde ich vielleicht die Unwahrheit sagen, denn die beiden jungen Leute waren von ihren Eltern auf dies Ziel hin großgezogen worden, und ihr Aufgebot war gewissermaßen in den letzten zehn Jahren in beiden Familien ständig verkündet worden. Sie traten ans Klavier, das wie üblich hinten im Salon stand, und da es schon ziemlich dunkel war, legte Amelia in der ungezwungensten Art von der Welt ihre Hand in die Mr. Osbornes, der natürlich den Weg zwischen den Stühlen und Diwanen sehr viel leichter erkennen konnte als Amelia. Dadurch blieb Mr. Joseph Sedley im *tête-à-tête* mit Rebecca am Wohnzimmertisch sitzen, wo das junge Mädchen eine grünseidene Börse strickte.

«Nicht nötig, nach Familiengeheimnissen zu fragen», meinte Rebecca, «die beiden haben ihres bereits verraten.»

«Sobald er seine Kompanie bekommt», sagte Joseph, «ist die Sache, soviel ich weiß, in Ordnung. George Osborne ist ein großartiger Bursche.»

«Und Ihre Schwester ist das reizendste Geschöpf von der Welt», sagte Rebecca. «Wie glücklich ist der Mann, der sie heimführen darf!» Bei diesen Worten stieß Rebecca einen tiefen Seufzer aus.

Wenn zwei unverheiratete junge Menschen beisammensitzen und über so zarte Dinge sprechen, entsteht bald eine sehr starke Vertraulichkeit und Nähe zwischen ihnen. Es ist nicht nötig, über die Gespräche zwischen Mr. Sedley und dem jungen Mädchen genauen Bericht abzulegen; denn die Unterhaltung war, wie man an obigem Beispiel ersieht, weder besonders witzig noch wortreich, wie das ja überhaupt, abgesehen von schwülstigen oder ausgeklügelten Romanen, selten im kleinen Kreise oder sonstwie im Alltag vorkommt. Da im Nebenzimmer musiziert wurde, führte man die Unterhaltung, wie es sich gehört, mit gedämpfter Stimme, obwohl das Pärchen im andern Zimmer selbst durch das lauteste Gespräch nicht gestört worden wäre, so vertieft war es in seine eigenen Angelegenheiten.

Es war beinahe das erste Mal in seinem Leben, daß Mr. Sedley sich ohne die mindeste Schüchternheit oder Zurückhaltung mit jemand sprechen hörte, der nicht seines Geschlechts war. Miss Rebecca stellte ihm eine Unmenge Fragen über Indien, die ihm Gelegenheit gaben, sehr viel interessante Anekdoten vom Lande und von sich selber zu erzählen. Er beschrieb die Bälle im Hause des Gouverneurs und die Vorkehrungen – Punkahs, Tatties und andere Mittel –, mit denen sie sich in der Hitze Kühlung verschafften; er sprach sehr witzig über die große Zahl von Schotten, denen Lord Minto, der Generalgouverneur, den Vorzug gab; und dann beschrieb er eine Tigerjagd und die Art und Weise, wie der Mahout, der Treiber seines Elefanten, von einer wütenden Bestie aus dem Sitz gerissen wurde. Wie sich Miss Rebecca über die Gouverneursbälle begeistern konnte und wie sie über die Geschichten von den schottischen Adjutanten lachen mußte, wobei sie Mr. Sedley einen schlimmen, bösen Spötter nannte! Und wie entsetzt war sie über die Geschichte vom Elefanten! «Lieber Mr. Sedley», bat sie, «um Ihrer Mutter willen und um all Ihrer Freunde willen versprechen Sie mir, niemals wieder an einer so gräßlichen Expedition teilzunehmen!»

«Pah, Miss Sharp», machte er und zupfte seine Kragenzipfel höher, «die Gefahr verleiht dem Sport erst seinen wahren Reiz.» Er war nur ein einziges Mal bei einer Tigerjagd gewesen, als nämlich der von ihm beschriebene Unfall geschah, und als er beinahe umkam, nicht durch den Tiger, sondern vor Angst. Und während er weiterplauderte, wurde er immer kühner und gewann es sogar über sich, Miss Rebecca zu fragen, für wen sie die grünseidene Börse stricke. Er war ganz überrascht und begeistert, wie gewandt und leicht er sich geben konnte.

«Für irgend jemand, der eine Börse braucht», erwiderte Miss Rebecca mit ihrem sanftesten, gewinnendsten Blick. Sedley war gerade im Begriff, eine seiner eindrucksvollsten Reden von Stapel zu lassen, und hatte schon angefangen: «O Miss Sharp, wie...», als das Lied, das im Nebenzimmer vorgetragen wurde, zu Ende war. Infolgedessen hörte er seine eigene Stimme so deutlich, daß er abbrach, errötete und sich sehr erregt die Nase schneuzte.

«Hast du deinen Bruder jemals so viel reden gehört?» sagte Osborne tuschelnd zu Amelia. «Deine Freundin verrichtet wahre Wunder!»

«Um so besser», sagte Amelia, denn wie alle Frauen, die auch nur einen Stecknadelkopf wert sind, war sie im Grunde ihres Herzens eine Kupplerin und hätte sich sehr gefreut, wenn Joseph eine Frau nach Indien mitgenommen hätte. Auch war bei ihr während des ständigen Umgangs mit Rebecca in diesen paar Tagen eine sehr zärtliche Freundschaft für sie entstanden, und sie hatte eine Unzahl Tugenden und guter Eigenschaften an ihr entdeckt, die sie nicht bemerkt hatte, solange sie noch in Chiswick waren. Denn die Liebe junger Mädchen zueinander wächst so rasch wie Münchhausens Bohnenranke und klettert in einer Nacht bis in alle Wolken. Deshalb braucht man sie noch nicht zu tadeln, daß diese «Sehnsucht nach Liebe» erlischt, sobald sie heiraten. Gefühlvolle Schriftsteller, die in hochtönenden Worten schwelgen, nennen es die Sehnsucht nach dem Ideal, was einfach bedeutet, daß die Frauen im allgemeinen nicht eher zufrieden sind, als bis sie einen Mann und Kinder haben, auf die sie alle Liebe richten können, die sie bis dahin anderswo sozusagen in kleiner Münze ausgegeben haben.

Da Miss Amelias kleiner Liedervorrat jetzt erschöpft war oder weil sie meinte, lange genug im hinteren Salon geblieben zu sein, erschien es ihr jetzt passend, ihre Freundin zum Singen aufzufordern. «Du hättest mir nicht zugehört», sagte sie zu Mr. Osborne (obwohl sie wußte, daß es nicht stimmt), «wenn du zuerst Rebecca gehört hättest.»

«Trotzdem warne ich Miss Sharp», sagte Osborne, «daß ich Amelia Sedley – ob mit Recht oder mit Unrecht – für die beste Sängerin der Welt halte.»

«Du wirst sie ja hören», sagte Amelia, und Joseph war tatsächlich so liebenswürdig, die Leuchter zum Klavier zu tragen. Osborne deutete an, daß er auch sehr gern im Dunkeln säße, aber Amelia lehnte es lachend ab, ihm

noch länger Gesellschaft zu leisten, und beide folgten Mr. Joseph. Rebecca sang weit besser als ihre Freundin (deshalb steht es Osborne doch frei, bei seiner Meinung zu bleiben) und gab sich die größte Mühe, so daß auch Amelia staunte, die sie noch nie so schön hatte singen hören. Sie sang ein französisches Lied, von dem Joseph kein Wort begriff und von dem auch Osborne zugeben mußte, daß er es nicht verstanden hatte, und dann trug sie einige einfache Balladen vor, wie sie vor ein paar Jahrzehnten Mode gewesen waren und in denen «der britische Seemann», «unser König», «die arme Susanne» und «die blauäugige Marie» auftraten. In musikalischer Hinsicht sollen sie zwar nicht sehr hervorragend sein, doch wenden sie sich treuherzig ans Gefühl, was die Leute besser verstehen als das verwässerte *Lagrime, Sospiri* und *Felicità* der ewigen Donizetti-Musik, mit der wir heutzutage beglückt werden.

Eine schwärmerische, zu den Liedern passende Unterhaltung wurde zwischen den Vorträgen geführt, denen auch Sambo, nachdem er den Tee gebracht hatte, und die entzückte Köchin und sogar Mrs. Blenkinsop, die Haushälterin, auf der Treppe zu lauschen geruhten.

Von diesen Liedchen lautete eins, das letzte des Konzerts, folgendermaßen:

> *Liegt auch die Heide öd und leer –*
> *die Hütte schützt vor Graus und Harm;*
> *jagt düster auch der Sturm einher –*
> *im Herde flackert's traut und warm.*
>
> *Am Zaun ein Waisenknabe steht,*
> *spürt doppelt scharf des Windes Wehn,*
> *als er die warme Glut erspäht,*
> *und wendet sich, muß weitergehn.*
>
> *Da ruft den Müden man herein,*
> *schwer ist sein Herz, schwer seine Glieder,*
> *so wärmt er sich am Flammenschein:*
> *die Flocken sinken eisig nieder.*

Der Tag bricht an, der Gast ist fort,
kann nicht am warmen Herd verweilen.
Gott schütze auf der Heide dort,
wer einsam muß die Welt durcheilen!

Es war die gleiche Stimmung wie in den vorhin gefallenen Worten: «Wenn ich... fort bin.» Bei der letzten Zeile zitterte Miss Sharps schöne Altstimme. Alle spürten die Anspielung auf ihre Abreise und auf ihr schweres Leben als Waise. Joseph Sedley, der Musik liebte und ein weiches Herz besaß, war während des Gesangs in Verzückung geraten, und der traurige Schluß rührte ihn sehr. Wenn er Mut gehabt hätte und wenn George und Miss Sedley, wie sein Freund es gewollt hatte, im andern Zimmer geblieben wären, dann hätte Joe Sedleys Junggesellendasein jetzt ein Ende gefunden, und unser Buch wäre nie geschrieben worden. Aber nach Beendigung ihres Liedes stand Rebecca vom Klavier auf, drückte Amelia die Hand und ging in das von Zwielicht erfüllte vordere Zimmer. Im gleichen Augenblick erschien Sambo mit einem Tablett voll belegter Brote, Gelees, glitzernder Gläser und Karaffen, auf die Joseph Sedley sofort sein Augenmerk richtete. Als die Eltern des Hauses Sedley von ihrer Abendgesellschaft heimkehrten, fanden sie die jungen Leute so ins Gespräch vertieft, daß sie nicht einmal die Ankunft des Wagens gehört hatten, und Mr. Joseph sagte gerade: «Meine liebe Miss Sharp, vielleicht einen Löffel Gelee, um Sie nach Ihrer außerordentlichen, nach Ihrer... Ihrer... wundervollen Leistung zu stärken?»

«Bravo, Joe!» rief Mr. Sedley. Als Joseph den hänselnden Ton der ihm nur zu gut bekannten Stimme vernahm, sank er sofort in verlegenes Schweigen und nahm hastig Abschied. Er lag nicht die ganze Nacht wach, um darüber nachzudenken, ob er in Miss Sharp verliebt sei oder nicht; Liebesleidenschaft hatte Mr. Joseph Sedleys Schlummer oder Appetit noch nie zu stören vermocht; er dachte jedoch darüber nach, wie reizend es sein müsse, solche Lieder wie diese nach dem Dienst zu hören – was für ein distinguiertes Mädchen sie war – wie sie Französisch sprach, viel besser als die Frau des Gouverneurs – und was für Aufsehen sie bei den Bällen in Kalkutta erregen würde. 's ist klar, die arme Kleine ist in mich verliebt, dachte er. Sie ist nicht ärmer als die meisten Mädchen,

die nach Indien gehen. Ich könnte weitersuchen und schlimmer fahren, das weiß Gott! Und über diesen Erwägungen schlief er ein.

Wir brauchen nicht zu schildern, wie Miss Sharp dalag, wie sie sich fragte: wird er morgen kommen oder nicht? Der Morgen kam, und so sicher wie der Schritt des Schicksals erschien Mr. Joseph Sedley noch vor dem zweiten Frühstück, eine Ehre, die er Russell Square noch nie erwiesen hatte. George Osborne war seltsamerweise auch schon da (und störte Amelia dauernd, die an ihre zwölf besten Freundinnen in Chiswick schrieb), und Rebecca war mit ihrer gestrigen Handarbeit beschäftigt. Als der Buggy vorfuhr und während der Steuereinnehmer von Boggley Wollah dröhnend an die Tür gepocht und beim Eintreten sein übliches Getöse vollführt hatte und die Treppe hinaufkeuchte, flogen wissende Blicke zwischen Osborne und Miss Sedley hin und her, und das Pärchen blickte Rebecca schelmisch lächelnd an, die tatsächlich errötete und ihre hellen Locken über die Strickerei beugte. Wie ihr Herz hämmerte, als Joseph erschien – außer Atem vom Treppensteigen, in blanken, knarrenden Stiefeln, einer neuen Weste, vor Hitze und Aufregung rot angelaufen und aus seinem wattierten Halstuch hervorglühend. Es war für alle ein spannender Augenblick, und Amelia war, glaube ich, noch aufgeregter als die beiden, die es am meisten anging.

Sambo, der die Tür aufgerissen und Mr. Joseph gemeldet hatte, folgte grinsend in den Fußstapfen des Steuereinnehmers und trug zwei hübsche Blumensträuße, die das dicke Ungetüm tatsächlich galanterweise am Morgen auf dem Covent-Garden-Markt gekauft hatte. Sie waren nicht so groß wie die in durchbrochenen Papiermanschetten steckenden Heuschober, die heutzutage von den Damen mitgeschleppt werden; aber als Joseph mit überaus feierlichem Bückling die Blumen überreichte, freuten sich die Mädchen doch sehr über die Aufmerksamkeit.

«Bravo, Joe!» rief Osborne.

«Vielen Dank, lieber Joseph», sagte Amelia und hätte ihrem Bruder gern einen Kuß gegeben, wenn ihm daran gelegen hätte. (Ich persönlich finde, daß ich für den Kuß eines so lieben Geschöpfs wie unsrer Amelia sämtliche Gewächshäuser Mr. Lees aufkaufen würde.)

«Oh, die himmlischen, himmlischen Blumen!» rief Miss Sharp und roch graziös daran, drückte sie an die Brust und warf in überschwenglicher Begeisterung den Blick zur Decke auf. Vielleicht hatte sie zuerst in den Strauß geschaut, um nachzusehen, ob etwa ein *billet doux* zwischen den Blüten steckte – aber ein Brief war nicht da.

Mr. Joseph in Liebesbanden

«Ist in Boggley Wollah die Blumensprache bekannt, Sedley?» fragte Osborne lachend.

«Pah, Unsinn!» erwiderte der gefühlvolle Knabe. «Hab' sie bei Nathan gekauft; freut mich, daß sie euch gefallen, und, halt, Amelia, mein Kind, ich habe auch eine Ananas gekauft, die ich Sambo gab. Laß sie zum Mittagessen auftragen: sie ist angenehm kühl bei dem heißen Wetter!» Rebecca sagte, daß sie noch nie Ananas gegessen habe und sich riesig danach sehne, eine zu essen.

So plätscherte das Gespräch weiter. Ich weiß nicht, unter welchem Vorwand Osborne das Zimmer verließ oder weshalb Amelia bald danach hinausging, vielleicht, um das Zerlegen der Ananas zu überwachen: jedenfalls war Joe allein mit Rebecca, die ihre Handarbeit wieder aufgenommen hatte, und die grüne Seide und die schimmernden Nadeln flogen unter ihren schlanken weißen Fingern flink hin und her.

«Was für ein schönes, *wunn-derschönes* Lied Sie gestern abend gesungen haben, liebe Miss Sharp!» sagte der Steuereinnehmer. «Es hat mich fast zu Tränen gerührt! Ehrenwort!»

«Weil Sie ein gutes Herz haben, Mr. Joseph – wie alle Sedleys!»

«Ich konnte kaum darüber einschlafen, und heute morgen im Bett hab' ich versucht, es vor mich hin zu summen, weiß Gott! Gollop, mein Arzt, kam gegen elf Uhr (ich bin nämlich ein bedauernswerter Kranker, und Gollop besucht mich tagtäglich), und weiß Gott, da saß ich und sang – sang wie ein Rotkehlchen!»

«Ach, Sie Spaßvogel! Singen Sie's mir doch mal vor!»

«Ich? Nein, nein! Sie, Miss Sharp, singen Sie es, meine liebe Miss Sharp!»

«Nicht jetzt, Mr. Sedley», sagte Rebecca und seufzte. «Ich brächte es jetzt nicht übers Herz. Außerdem muß ich die Börse fertigmachen. Wollen Sie mir dabei helfen, Mr. Sedley?» Und ehe er wußte, wie ihm geschah, saß Mr. Joseph Sedley, Steuereinnehmer im Dienste der Ostindischen Handelsgesellschaft, einer jungen Dame gegenüber, die er mit furchtbar verliebtem Blick ansah, während er ihr in flehender Gebärde die Arme entgegenstreckte, da seine Hände durch ein Gespinst grüner Strickseide gefesselt waren, das sie hurtig auf ein Knäuel wickelte.

*

In dieser romantischen Situation fanden Osborne und Amelia das interessante Pärchen vor, als sie ins Zimmer traten, um zu melden, das Mittagessen sei bereit.

«Heute abend erklärt er sich, Liebste, bestimmt», sagte Amelia und drückte Rebeccas Hand. Und auch Sedley war mit sich zu Rate gegangen und sagte sich: weiß Gott, in Vauxhall riskier' ich's!

V

Dobbin von unserm Regiment

UFFS Zweikampf mit Dobbin und der Ausgang ihrer Rauferei wird allen, die Doktor Swishtails berühmte Schule besuchten, noch lange im Gedächtnis bleiben. Dobbin, der meistens «Heda!-Dobbin!» oder «Los!-los!-Dobbin!» gerufen wurde und noch viele andere Spitznamen trug, die von schuljungenhafter Geringschätzung zeugten, war der stillste, ungeschickteste und scheinbar dümmste von all den jungen Herrchen bei Doktor Swishtail. Sein Vater war Kolonialwarenhändler in der City, und ein Gerücht behauptete, Dobbin sei, wie man so sagt, «au pair» in Doktor Swishtails Akademie aufgenommen worden, das heißt, die Kosten für seine Verpflegung und den Unterricht wurden von seinem Vater nicht in bar, sondern in Ware gezahlt. Und da stand er also, fast der letzten einer – in seiner abgewetzten Manchesterhose und der Jacke, deren Nähte seine großen, starken Gliedmaßen zum Aufplatzen brachten –, als Repräsentant von soundso viel Pfund Tee, Kerzen, Zucker, Waschseife und Rosinen (von denen nur ein sehr schwacher Anteil in die Puddings der Schule gelangten) und noch anderen Waren. Es war ein schlimmer Tag für den jungen Dobbin, als einer von den Kleinen, der von einem verbotenen Streifzug auf Sirupsplätzchen und Knackwurst aus der Stadt zurückkehrte, vor Doktor Swishtails Türe den Lieferwagen von Dobbin & Rudge, Kolonialwaren und Fette, London, Thames Street, entdeckte, aus dem eine Sendung Waren, mit dem die Firma handelte, ausgeladen wurde.

Seitdem hatte der junge Dobbin keine ruhige Minute mehr. Die Späße, mit denen man ihn aufzog, waren gräßlich und erbarmungslos. «Hallo, Dobbin», sagte der eine zum Beispiel, «gute Nachrichten in der Zeitung: die Zuckerpreise sind gestiegen!» Ein andrer stellte eine Rechenaufgabe: «Wenn ein Pfund Talgkerzen siebeneinhalb Pence kosten, wieviel kostet dann Dobbin?», woraufhin die ganze Schar junger Laffen, den Hilfslehrer inbegriffen, ein brüllendes Gelächter anstimmte, weil sie mit Recht den Verkauf von Waren im Kleinhandel als eine schandbare und entehrende Beschäftigung ansahen, die den Spott und die Verachtung aller wahren Gentlemen verdiene.

«Dein Vater ist auch bloß ein Kaufmann, Osborne», sagte Dobbin unter vier Augen zu dem Schlingel, dem er das Unwetter zu verdanken hatte. Hierauf kam die hochmütige Erwiderung: «Mein Vater ist ein Gentleman und hält sich eine Kutsche und Pferde.» Und Mr. William Dobbin zog sich in einen abgelegenen Schuppen auf dem Sportplatz zurück, wo er seinen freien Nachmittag in bitterstem Kummer und Leid verbrachte. Wer von uns erinnert sich nicht an ähnliche Stunden bitteren, bitteren kindlichen Kummers? Wer empfindet Ungerechtigkeit so tief, wer zuckt vor Kränkungen zurück, wer hat ein so feines Gefühl für Schlechtigkeiten und eine so glühende Dankbarkeit für Freundlichkeiten wie ein gutherziger Junge? Und wie viele von diesen zarten Seelen erniedrigt, entfremdet und quält man – bloß um der paar Brocken oberflächlicher Mathematik und elenden Küchenlateins willen?

William Dobbin nun mußte wegen seiner Unfähigkeit, die Grundbegriffe der obenerwähnten Sprache zu erlernen, wie sie in dem wundervollen Buch ETONSCHE LATEINLEHRE dargelegt sind, unter den schlechtesten von Dr. Swishtails Schülern hockenbleiben und wurde ständig von kleinen Knirpsen mit rosigen Wangen und Kinderkittel ausgestochen, wenn er, ein Riese unter Zwergen, mit gesenktem, verdutztem Blick, die Grammatik mit den Eselsohren unterm Arm, in seinen herausgewachsenen Manchesterhosen zusammen mit der Unterstufe aufmarschierte. Klein und groß machte sich über ihn lustig. Sie nähten ihm die Manchesterhosen zu, sie zerschnitten ihm die Bettgurten, sie kippten Eimer und Bänke um, damit er sich das Schienbein aufschlug, was er auch stets prompt tat. Sie schickten ihm Päckchen, in denen er Seife und Kerzen der väterlichen Firma vorfand. Keiner von den Schlingeln in der Schule war zu klein, als daß er Dobbin nicht verspottet und verlacht hätte; und Dobbin trug alles in Geduld und war furchtbar niedergeschlagen und unglücklich.

Cuff dagegen war in Swishtails Akademie der Anführer und Geck. Er schmuggelte Wein ins Haus. Er prügelte sich mit den Straßenjungen. Am Samstag kam meistens ein Pony für ihn, auf dem er nach Hause ritt. In seinem Zimmer standen ein Paar Stulpenstiefel, in denen er in den Ferien auf die Jagd ging. Er hatte eine goldene Repetieruhr und schnupfte Tabak wie der Doktor. Er war schon in der Oper gewesen, kannte die Vorzüge der Hauptdarsteller und gab Mr. Kean den Vorzug vor Mr. Kemble. Er konnte einem in einer Stunde vierzig Lateinverse herunterrasseln. Er konnte französische Gedichte machen. Was wußte er eigentlich nicht, was konnte er nicht? Wie es hieß, hatte sogar Doktor Swishtail vor ihm Angst.

Cuff, der unbestrittene König der Schule, herrschte über seine Untertanen und tyrannisierte sie mit prachtvoller Überlegenheit. Der eine Junge wichste ihm die Schuhe, ein andrer röstete sein Brot, wieder andere plackten sich ganze Sommernachmittage hindurch beim Kricket für ihn ab und trugen ihm die Bälle zu. «Heringsschwanz» war der Junge, den Cuff am meisten verachtete und mit dem er, obwohl er ihn stets beschimpfte und verspottete, doch kaum je zu sprechen geruhte.

Eines Tages hatten die beiden jungen Burschen nämlich Streit miteinander gehabt. «Heringsschwanz» saß allein im Klassenzimmer und murkste an einem Brief herum, den er nach Hause schrieb. Da trat Cuff ein und befahl ihm, etwas für ihn zu besorgen; vermutlich waren es Kuchen.

«Ich kann nicht», sagte Dobbin, «ich muß meinen Brief fertigschreiben.»

«Du *kannst nicht?*» fragte Cuff und griff nach dem Schriftstück (in dem viele Worte ausradiert und andere falsch geschrieben waren und worauf Dobbin wer weiß wieviel Nachdenken und Mühe und Tränen verwandt hatte, denn der arme Junge schrieb an seine Mutter, die ihn liebhatte, auch wenn sie nur eine Krämersfrau war und in einem Hofzimmer in der Thames Street wohnte). «Du *kannst nicht?*» sagte Mr. Cuff. «Möchte mal wissen, warum nicht, he? Kannst du nicht morgen an die alte Mutter Heringsschwanz schreiben?»

«Laß die Schimpfwörter!» rief Dobbin wütend und kam aus der Bank hervor.

«Willst du also gehen?» krähte der Haupthahn der Schule.

«Leg den Brief hin!» erwiderte Dobbin. «Ein Gentleman liest nicht fremde Briefe.»

«Und jetzt – gehst du?» sagte der andere.

«Nein, ich will nicht. Schlag mich nicht, sonst schlag ich dich zu Brei!» brüllte Dobbin, der ein Tintenfaß aus Blei gepackt hatte und ein so wildes Gesicht machte, daß Mr. Cuff sich besann, die Rockärmel wieder herunterkrempelte, die Hände in die Taschen steckte und höhnisch lächelnd von dannen ging. Und seitdem ließ er den Krämersohn in Ruhe, sprach aber hinter Dobbins Rücken stets voller Verachtung von ihm.

Einige Zeit nach diesem Wortwechsel hielt sich Mr. Cuff an einem sonnigen Nachmittag zufällig in der Nähe von unserm guten William Dobbin auf, der – abseits von den andern Schülern, die ihre verschiedenen Spiele betrieben – auf dem Spielplatz unter einem Baum lag und sein Lieblingsbuch *Tausendundeine Nacht* durchbuchstabierte und ganz allein und beinahe glücklich war. Wenn man doch endlich die Kinder sich selbst überlassen würde!

Wenn die Lehrer doch aufhören würden, sie zu tyrannisieren, wenn die Eltern doch nicht mehr darauf bestehen würden, ihre Gedanken zu leiten und ihre Gefühle zu regieren – Gefühle und Gedanken, die für alle Geheimnis sind (denn was wissen du und ich voneinander oder von

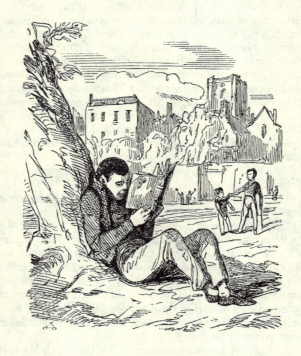

unsern Kindern, unsern Eltern, unserm Nachbarn, und wieviel schöner und heiliger sind wahrscheinlich die Gedanken des armen Jungen oder Mädchens, die man erziehen will, als die Gedanken ihrer langweiligen, von der Welt verdorbenen Erzieher?), wenn, sage ich, Eltern und Erzieher ihre Kinder ein wenig in Ruhe lassen würden – es könnte kaum ein Schaden daraus entstehen, obwohl dann die Schüler weniger klingende Münze einheimsen würden.

William Dobbin also hatte ausnahmsweise einmal die Welt vergessen und war mit Sindbad dem Seefahrer im Diamantental oder vielleicht bei Prinz Achmed und der Fee Peribanu in der wunderbaren Höhle, in der er sie gefunden hatte und wohin wir alle gar zu gern reisen würden – als plötzlich lautes Wehgeschrei, wie von einem kleinen Jungen ausgestoßen, ihn aus seinen schönen Träumen riß, und er blickte auf und sah Cuff vor sich, der ein Bürschlein verprügelte.

Es war der gleiche Junge, der ihn wegen des Lieferwagens verklatscht hatte; doch Dobbin war nicht nachtragend, wenigstens nicht gegen Jüngere und Kleinere. «Wie kannst du dich unterstehn, die Flasche zu zerbrechen?» fragte Cuff den kleinen Knirps und holte mit einem gelben Kricketholz aus.

Dem Jungen war aufgetragen worden, über die Mauer hinten am Spielplatz zu klettern (an einer bestimmten Stelle, wo die Glassplitter auf der Mauerkrone entfernt und in der Backsteinmauer praktische kleine Vertiefungen angebracht waren), eine halbe Stunde weit zu laufen, eine Flasche Rumpunsch auf Kredit zu kaufen, allen Spionen des Doktors aus dem Wege zu gehen und wieder auf den Spielplatz zurückzuklettern; während dieses Kunststückchens war sein Fuß ausgerutscht, die Flasche war zerbrochen, der Rumpunsch ausgelaufen, und seine Hose war zerrissen. So war er vor seinem Auftraggeber erschienen, ein reuiger und zitternder, wenn auch unschuldiger Sünder.

«Wie kannst du dich unterstehn, die Flasche zu zerbrechen?» fragte Cuff. «Du dummer kleiner Spitzbube! Den Punsch hast du selber getrunken, und jetzt behauptest du, die Flasche sei kaputtgegangen. Zeig deine Hand her!»

Laut klatschend schlug das Kricketholz auf die Hand des Kleinen. Er jammerte. Dobbin blickte auf. Die Fee Paribanu war mit dem Prinzen Achmed in die innerste

Höhle entflohen; der Vogel Rock hatte Sindbad den Seefahrer aus dem Diamantental entführt, außer Sicht, weit in die Wolken hinauf, und vor dem braven William stand der graue Alltag, und ein großer Junge verprügelte ohne Grund einen kleinen.

«Zeig die andre Hand her!» brüllte Cuff seinen kleinen Kameraden an, dessen Gesicht vor Schmerz verzerrt war. Dobbin zitterte und rappelte sich in seinen zu engen alten Sachen auf die Füße.

«Da hast du's, du kleiner Teufelsbraten!» schrie Mr. Cuff, und wieder klatschte das Kricketholz auf die Hand des Kleinen. Erschrecken Sie nicht, meine Damen, denn das tut jeder Junge in einem großen Schulheim. Auch Ihre Kinder werden es sehr wahrscheinlich tun und selbst erfahren. Klatsch! sauste das Kricketholz nieder, und nun sprang Dobbin herzu.

Ich kann nicht sagen, was ihn dazu bewog. In einem Schulheim sind Mißhandlungen ebenso erlaubt wie in Rußland die Knute. Widerstand zu leisten, wäre für einen Gentleman irgendwie unpassend. Vielleicht empörte sich Dobbins einfältiges Gemüt gegen die Ausübung solcher Tyrannei; oder vielleicht hegte er auch Rachedurst im Herzen und sehnte sich danach, sich mit dem großartigen Tyrannen und Alleinherrscher zu messen, der allen Ruhm, alle Ehre, Pomp und Glanz und fliegende Fahnen und Trommelwirbel und Salutieren der Wache für sich allein in Anspruch nahm. Doch einerlei, was ihn anspornte, er sprang auf und schrie: «Hör auf, Cuff! Schlag das Kind nicht mehr, sonst geb' ich...»

«Sonst gibst du mir was?» fragte Cuff verdutzt wegen der Unterbrechung. «Zeig die Hand her, du kleiner Schurke!»

«Sonst geb' ich dir die saftigste Prügelsuppe zu kosten, die du je im Leben bekommen hast», schloß Dobbin; und der kleine Osborne blickte schluchzend und verheult auf und starrte in ungläubigem Staunen den merkwürdigen Ritter an, der sich da so überraschend zu seiner Verteidigung aufgeschwungen hatte, und Cuffs Erstaunen war kaum geringer. Man muß sich nur einmal den verstorbenen König Georg den Dritten vorstellen, als er vom Aufstand der nordamerikanischen Kolonien hörte, oder den unverschämten Riesen Goliath, als der kleine David vortrat und ihn herausforderte, und man begreift die Gefühle Mr. Reginald Cuffs, als ihm dieser Zweikampf vorgeschlagen wurde.

«Nach der Schule», erwiderte er natürlich nach kurzer Pause und mit einem Blick, der etwa besagte: mach dein Testament, und inzwischen kannst du deinen Freunden deine letzten Wünsche mitteilen.

«Wie du willst», sagte Dobbin. «Du mußt mein Sekundant sein, Osborne.»

«Wenn du's gern möchtest», erwiderte der kleine Osborne; denn schließlich hielt sein Papa sich Pferde und Wagen, und er schämte sich seines Ritters ein wenig.

*

Ja, als die Stunde für den Zweikampf gekommen war, schämte er sich fast, «Gib ihm, Heringsschwanz!» zu rufen; und kein einziger andrer Junge stieß diesen Ruf während der ersten zwei oder drei Runden des berühmten Kampfes aus, zu dessen Beginn der erfahrene Cuff mit verächtlichem Lächeln und so elegant und heiter, als wäre er im Ballsaal, dem Gegner seine Schläge verabreichte und den Pechvogel dreimal hintereinander zu Boden warf. Bei jedem Sturz erhob sich ein Beifallsgeschrei, und jeder drängte sich zu der Ehre, vor dem Sieger das Knie zu beugen.

Was für eine Tracht Prügel ich bekommen werde, wenn das hier vorbei ist, dachte der kleine Osborne und half seinem Mann beim Aufstehen. «Gib's lieber auf», sagte er zu Dobbin; «für mich bedeutet's bloß Prügel, und daran bin ich gewöhnt, Heringsschwanz!» Aber Dobbin, der an allen Gliedern zitterte und dessen Nasenflügel vor Wut bebten, schob seinen kleinen Sekundanten beiseite und trat zur vierten Runde an.

Da er keine Ahnung hatte, wie er die auf ihn gezielten

Hiebe parieren sollte, und da Cuff bei den drei vorhergehenden Runden den Angriff eröffnet hatte, ohne seinen Gegner zum Schlag kommen zu lassen, beschloß Heringsschwanz, diese Runde jetzt einmal selber zu eröffnen, und da er ein Linkshänder war, hieb er ein paarmal mit voller Wucht mit dem linken Arm zu, zuerst auf Cuffs linkes Auge und dann auf seine schöne Adlernase.

Diesmal schlug Cuff zu Boden, sehr zum Staunen der Versammlung. «Gut getroffen, beim Zeus!» rief der kleine Osborne mit Kennermiene und klopfte seinem Mann auf den Rücken. «Gib's ihm mit der Linken, Heringsschwanz, mein Goldjunge!»

Dobbins Linke richtete während des ganzen restlichen Zweikampfs verheerende Verwüstungen an. Cuff stürzte jedesmal zu Boden. Bei der sechsten Runde riefen fast ebensoviel Jungen «Gib ihm, Heringsschwanz!» wie «Gib ihm, Cuff!» Bei der zwölften Runde war Cuff, wie man so sagt, ganz aus dem Takt gekommen und hatte alle Geistesgegenwart und alle Kraft zum Angriff oder für die Verteidigung verloren. Dobbin dagegen war so ruhig wie ein Klotz. Sein bleiches Gesicht, die weit aufgerissenen blanken Augen und eine heftig blutende Schramme an der Unterlippe verliehen dem jungen Burschen etwas Wildes und Grausiges, das manchen Zuschauer eingeschüchtert haben mag. Trotz alledem machte sich sein unerschrockener Gegner zur dreizehnten Runde bereit. Er stieß mutig vor, war aber schon schwindlig und torkelte, und Dobbin pflanzte wie bisher seine Linke auf die Nase seines Gegners und schlug ihn zum letztenmal nieder.

«Ich glaube, jetzt hat er genug», sagte Heringsschwanz, als sein Gegner genau so vorbildlich aufs Gras schlug, wie ich Jack Spots Billardkugel ins Loch habe fallen sehen, und wirklich, Mr. Reginald Cuff konnte oder wollte sich nicht wieder erheben und wurde ausgezählt.

Und jetzt stimmten alle Jungen ein solches Beifallsgebrüll für Heringsschwanz an, daß man hätte glauben können, er sei während des ganzen Zweikampfs ihr Favorit gewesen, was jedoch unweigerlich Dr. Swishtail aus seinem Studierzimmer lockte, der den Anlaß zu solchem Getöse gern erfahren wollte. Natürlich drohte er Heringsschwanz mit einer furchtbaren Tracht Prügel, doch Cuff, der mittlerweile wieder zu sich gekommen war und seine Wunden wusch, trat vor und sagte: «Ich bin schuld, Herr Doktor, nicht Herings..., ich meine nicht Dobbin. Ich hab' einen kleinen Jungen verhauen, und es ist mir ganz recht geschehen.» Und durch diese edelmütigen Worte ersparte er nicht nur dem Sieger eine Prügelsuppe, sondern er gewann alle Macht über die Jungen zurück, die er durch seine Niederlage beinahe verloren hätte.

Der kleine Osborne schrieb über das Geschehene folgendermaßen nach Hause:

Richmond, Sugarcane House, 18. März 18..

Liebe Mama,

Hoffentlich geht es dir gut! Ich wäre dir sehr dankbar, wenn du mir einen Kuchen und fünf Schilling schicken könntest. Zwischen Cuff und Dobbin hat's einen Zweikampf gegeben. Cuff war nämlich der Haupthahn von unsrer Schule, und sie machten dreizehn Runden, und Dobbin hat gesiegt. Darum ist Cuff jetzt bloß noch zweiter Hahn. Der Zweikampf war wegen mir. Cuff hat mich durchgeprügelt, weil ich eine Milchflasche zerbrochen habe, und Heringsschwanz wollt's nicht leiden. Wir nennen ihn nämlich Heringsschwanz, weil sein Vater einen Kaufladen hat, Dobbin & Rudge, Thames Street, in der City, und ich finde, weil er sich für mich geschlagen hat, könntest du jetzt unsern Tee und Zucker bei seinem Vater einkaufen. Cuff geht sonst jeden Samstag nach Hause, aber diesmal kann er's nicht, weil seine beiden Augen blaugeschlagen sind. Er hat ein weißes Pony, das kommt immer und holt ihn ab, und einen Stallburschen in Livree auf einer braunen Stute. Ich wünschte, Papa würde mir auch ein Pony schenken, und verbleibe

dein gehorsamer Sohn
George Sedley Osborne.

PS. Viele Grüße an die kleine Emmy. Ich schneide ihr aus Pappe eine Kutsche aus. Bitte, schick keinen Aniskuchen, sondern einen Rosinenkuchen!

Dobbins Ansehen bei seinen Schulkameraden stieg infolge seines Sieges gewaltig, und der Name Heringsschwanz, der erst ein Schimpfwort gewesen war, wurde nun ein ebenso ehrenvoller und beliebter Spitzname wie jeder andere, der unter den Schülern im Schwange war. «Schließlich ist es nicht seine Schuld, daß sein Vater einen Krämerladen hat», sagte George Osborne, der sich, obschon er nur ein kleiner Knirps war, bei Doktor Swishtails jungem Volk sehr großer Beliebtheit erfreute, und seine Ansicht wurde mit starkem Beifall aufgenommen. Es galt als gemein, über Dobbins Herkunft zu spotten. «Alter Heringsschwanz» wurde zu einem Namen, der Herzlichkeit und Beliebtheit ausdrückte, und der kriecherische Hilfslehrer verspottete ihn nicht mehr.

Und mit den veränderten Umständen wuchs Dobbins Selbstvertrauen. In der Schulweisheit machte er wunderbare Fortschritte. Der fabelhafte Cuff, über dessen Wohlwollen Dobbin nur erröten und staunen konnte, half ihm bei seinen lateinischen Versen, büffelte in der Freizeit mit ihm, lotste ihn triumphierend aus der Unterstufe in die Mittelstufe und errang sogar dort einen ordentlichen Platz für ihn. Es zeigte sich, daß Dobbin zwar für die alten Sprachen unbegabt war, in Mathematik jedoch ungewöhnlich rasch auffaßte; zur allgemeinen Befriedigung wurde er in Algebra Dritter, und bei den öffentlichen Sommerexamen erhielt er eine Prämie, ein französisches Buch. Das Gesicht seiner Mutter war sehenswert, als ihm angesichts der ganzen Schule und der Eltern und Gäste der *Télémaque* (der köstliche Roman von Fénélon) mit einer Widmung «Für Gulielmo Dobbin» vom Doktor persönlich überreicht wurde. Alle Jungen klatschten begeistert Zustimmung. Wer kann sein Erröten, sein Stolpern, seine Verlegenheit beschreiben oder feststellen, auf wieviel Füße er trat, als er an seinen Platz zurückging?

Sein Vater, der alte Dobbin, hatte jetzt zum erstenmal Respekt vor ihm und schenkte ihm zwei Goldstücke, von denen Dobbin fast alles für eine allgemeine Bewirtung der ganzen Schule ausgab; und nach den Ferien kam er in einem langschößigen Rock in die Schule zurück.

Dobbin war ein viel zu bescheidener junger Bursche, um zu glauben, daß die glückliche Veränderung auf allen Gebieten seines Daseins einfach auf seine eigene hochherzige und männliche Gesinnung zurückzuführen war. Aus einer Art Verschrobenheit verfiel er darauf, sein Glück einzig der Unterstützung und dem Wohlwollen des kleinen George Osborne zuzuschreiben, dem er sich fortan in aller Liebe und Anhänglichkeit zuwandte: in einer solchen Anhänglichkeit, wie sie Orson, der rauhe Gesell, in dem entzückenden Märchenbuch für den herrlichen jungen Valentin bewies. Er lag Osborne zu Füßen und bewunderte ihn. Noch bevor sie Freunde geworden waren, hatte er George Osborne heimlich bewundert. Jetzt war er sein treuer Diener, sein Hündchen, sein Sklave Freitag. Er war überzeugt, daß Osborne in jeder Beziehung vollkommen sei, daß er der schönste, tapferste, tüchtigste, klügste und anständigste Junge von der Welt sei; er teilte sein Taschengeld mit ihm und machte ihm dauernd kleine Geschenke – Taschenmesser, Federkasten, Goldoblaten, Gerstenzucker, Lieder- und Abenteuerbücher mit großen bunten Bildern von Rittern und Räubern, in denen oft eine Widmung zu lesen war («Für George Sedley Osborne, Esquire, von seinem treuen Freund William Dobbin») –, und George nahm diese Zeichen der Verehrung sehr huldvoll in Empfang, wie es sich bei seinen überragenden Verdiensten gehörte.

*

Und so kam es, daß Leutnant Osborne, als er am Tage des Vauxhall-Ausfluges zum Russell Square kam, vor den Damen sagte: «Verehrteste Mrs. Sedley, hoffentlich haben Sie noch Platz: ich habe meinen Kamerad Dobbin eingeladen, bei Ihnen zu essen und dann nach Vauxhall mitzukommen. Er ist beinahe ebenso schüchtern wie Joe!»

«Schüchtern? Lächerlich!» rief der dicke Stutzer und warf Miss Sharp einen Siegerblick zu.

«Doch, das ist er – aber du bist unvergleichlich eleganter, Sedley», setzte Osborne lachend hinzu. «Ich hab' ihn im Bedford-Café getroffen, wo ich dich suchen wollte, und ich habe ihm erzählt, daß Miss Amelia nach Hause gekommen ist und daß wir uns alle vorgenommen haben, uns mal tüchtig zu amüsieren, und Mrs. Sedley hätte ihm inzwischen verziehen, daß er damals beim Kinderfest die Punschterrine zerbrochen hat. Erinnern Sie sich noch dran, Madame? Vor sieben Jahren war's!»

«Alles ging über Mrs. Flamingos rotseidenes Kleid!» sagte Mrs. Sedley gutmütig. «Was für ein Tolpatsch er war! Und seine Schwestern sind nicht viel graziöser. Lady Dobbin war gestern abend mit dreien von ihnen in Highbury. Was für eine Figur sie haben!»

«Der Alderman ist doch sehr reich, nicht wahr?» fragte Osborne schalkhaft. «Glauben Sie nicht, Madame, eine von den Töchtern wäre eine gute Partie für mich?»

«Sie armer Tropf! Wer will Sie schon nehmen, möcht' ich mal wissen – Sie mit Ihrem gelben Gesicht!»

«Ich hätte ein gelbes Gesicht? Warten Sie nur ab, bis Sie Dobbin sehen. Der hat dreimal Gelbfieber gehabt, zweimal in New Providence und einmal in St. Christopher.»

«So, so. Aber Ihres ist uns gerade gelb genug, nicht wahr, Emmy?» sagte Mrs. Sedley, woraufhin Amelia nur lächelte und rot wurde. Als sie dann Mr. Osbornes blasses, interessantes Gesicht und den schönen gelockten schwarzen Backenbart ansah, den der junge Herr selbst stets wohlgefällig betrachtete, da fand sie in ihrem kleinen Köpfchen, daß es in der Armee Seiner Majestät und in der weiten Welt nicht noch ein solches Gesicht und nicht noch einen solchen Helden gäbe. «Mich stören weder Hauptmanns Dobbins Hautfarbe noch seine Unbeholfenheit», meinte sie. «Ich kann ihn bestimmt immer gut leiden!» Der Grund hierfür war reizenderweise der, daß

Dobbin der Freund und Beschützer George Osbornes gewesen war.

«Einen netteren Menschen und einen besseren Offizier gibt's in der ganzen Armee nicht», sagte Osborne, «wenn er auch alles andere als ein Adonis ist.» Dann schaute er selbst mit naiver Miene in den Spiegel, fing darin den beobachtenden Blick Miss Sharps auf und errötete etwas. Rebecca aber dachte bei sich: aha, mein schöner Herr! Hab' ich Sie ertappt? – Die schlaue kleine Katze!

Als Amelia am Abend trällernd ins Wohnzimmer trat, mit einem weißen Musselinkleid für Eroberungen in Vauxhall gerüstet, frisch wie eine Rose und wie eine Lerche singend, kam ihr ein sehr langer, linkischer Mensch mit großen Händen und Füßen, großen abstehenden Ohren und kurzgeschorenem schwarzem Haar in dem häßlichen verschnürten Waffenrock und Dreispitz jener Zeit entgegen und machte ihr eine der ungeschicktesten Verbeugungen, die ein Sterblicher je zustande gebracht hatte.

Es war niemand anders als Hauptmann William Dobbin von Seiner Majestät -tem Infanterieregiment, gerade vom Gelbfieber in Westindien zurückgekehrt, wohin die Launen des Dienstes sein Regiment verschlagen hatten, während so viele seiner tapferen Kameraden in Spanien Ruhm ernteten.

Er war mit einem so schüchternen und leisen Klopfen eingetreten, daß die Damen im ersten Stock ihn nicht gehört hatten, sonst wäre Miss Amelia gewiß nicht so keck gewesen, singend die Türe zu öffnen. Nun aber flog ihre reizende frische Stimme dem Hauptmann schnurstracks ins Herz und nistete sich dort ein. Als sie ihm die Hand zum Gruß entgegenstreckte, zögerte er einen kurzen Augenblick, ehe er sie umschloß, und dachte dabei: nicht möglich! Bist du das kleine Ding im rosa Röckchen, das mir noch vor Augen steht? Es scheint erst so kurze Zeit her, seit ich an dem Abend – ich hatte gerade mein Offizierspatent erhalten – die Punschterrine umstieß. Bist du das kleine Mädchen, das George Osborne heiraten will, wie er sagt? Was für ein blühendes junges Geschöpf du bist und was für ein Glückslos der Racker gezogen hat! All das dachte er, ehe er Amelias Hand in die seine nahm und dabei den Dreispitz fallen ließ.

Seine Geschichte seit dem Verlassen der Schule bis zu dem Zeitpunkt, in dem wir das Vergnügen haben, ihm wieder zu begegnen, wurde zwar nicht ausführlich erzählt, aber doch, wie ich glaube, durch das auf der vorigen Seite wiedergegebene Gespräch für einen klugen Leser hinreichend gestreift. Dobbin, der verachtete Krämer, war Alderman geworden, und Alderman Dobbin war Oberst bei der Berittenen Städtischen Bürgerwehr, die damals vor Kriegslust brannte, um im Notfalle der französischen Invasion Widerstand zu leisten. Oberst Dobbins Korps, in dem der alte Mr. Osborne nur ein unbedeutender Korporal war, war vom König und vom Herzog von York besichtigt worden, und der Oberst und Alderman war daraufhin in den Adelsstand erhoben worden. Sein Sohn war in die Armee eingetreten, und bald darauf trat auch der junge Osborne ins gleiche Regiment ein. Sie hatten in Westindien und Kanada Dienst gemacht; ihr Regiment war gerade zurückgekehrt, und Dobbins Anhänglichkeit an George Osborne war noch ebenso treu und selbstlos wie damals, als sie zusammen in die Schule gingen.

Die guten Leutchen setzten sich bald zu Tisch. Sie sprachen über Krieg und Ruhm und Bonaparte und Lord Wellington und die letzten Meldungen der Gazette. In jenen Ruhmestagen brachte jede Gazette einen neuen Sieg, und die beiden mutigen jungen Leute brannten darauf, auch ihre Namen in der Liste mit den Auszeichnungen zu lesen, und sie verwünschten ihr unglückliches Los, einem Regiment anzugehören, das sich nicht auf dem Feld der Ehre bewähren durfte. Miss Sharp glühte bei dem aufregenden Gespräch vor Begeisterung, Miss Sedley jedoch zitterte, und beim Zuhören wurde ihr ganz schwach. Mr. Joseph erzählte mehrere Geschichten von der Tigerjagd, beendete die andere von Miss Cutler und dem Regimentsarzt Lance, reichte Miss Rebecca von allen Gerichten zu und verzehrte und trank selber ein gehöriges Quantum.

Er sprang auf, als die Damen sich zurückziehen wollten, und öffnete ihnen mit bezaubernder Höflichkeit die Tür. Und dann setzte er sich wieder an den Tisch, schenkte sich ein Glas Rotwein ums andere ein und stürzte sie alle hastig und aufgeregt hinunter.

«Er trinkt sich Mut an», flüsterte Osborne dem Hauptmann zu, und endlich waren die Stunde und der Wagen für Vauxhall da.

VI

Vauxhall

ICH WEISS, daß ich jetzt eine sehr sanfte Melodie flöte (obwohl gleich ein paar schreckliche Kapitel kommen werden), und ich muß den geneigten Leser bitten, sich vor Augen zu halten, daß wir gegenwärtig nur von der Familie eines Börsenmaklers am Russell Square sprechen, die spazierengeht, zu Mittag oder zu Abend ißt und so redet und liebelt, wie es die Leute im allgemeinen tun, also ohne einen einzigen leidenschaftlichen oder wundersamen Vorfall, der eine zunehmende Liebe kennzeichnet. Die Dinge liegen nun folgendermaßen: Osborne, der in Amelia verliebt ist, hat einen alten Freund zum Essen und nach Vauxhall eingeladen. Joe Sedley hat sich in Rebecca verliebt. Wird er sie heiraten? Das ist die große Frage, um die sich jetzt alles dreht.

Wir hätten unsern Stoff aber auch auf die vornehme oder die romantische oder die witzige Manier behandeln können. Angenommen, wir hätten die Szene – mit den gleichen Ereignissen – an den Grosvenor Square verlegt: würde da nicht mancher aufgehorcht haben? Angenommen, wir hätten geschildert, wie sich *Lord* Sedley verliebte und wie der *Marquis* Osborne (mit voller Zustimmung ihres Vaters, des edlen *Herzogs*) sich *Lady* Amelia näherte; oder angenommen, wir hätten, anstatt uns in hochfeudalen Kreisen zu bewegen, die ganz niedrigen besucht und geschildert, was in Mr. Sedleys Küche vor sich ging: wie der schwarze Sambo die Köchin liebte (was er übrigens auch tat) und wie er sich ihretwegen mit dem Kutscher prügelte, wie der Küchenjunge beim Stehlen einer kalten Hammelkeule erwischt wurde und wie Miss Sedleys neue Zofe nicht ohne Wachskerze zu Bett gehen wollte: solche Geschehnisse wären ganz dazu angetan, belustigtes Lachen zu erregen, und man hätte sie für getreue «Bilder aus dem Leben» gehalten. Oder wenn wir nun, im Gegensatz hierzu, eine Vorliebe für das Gräßliche gefaßt und aus dem Liebhaber der neuen Zofe einen berufsmäßigen Einbrecher gemacht hätten, der mit seiner Bande in das Haus eindringt, den schwarzen Sambo zu Füßen seines Herrn niedermetzelt, Amelia im Nachtgewand entführt und erst im dritten Band wieder freiläßt, dann hätten wir mühelos eine wahnsinnig spannende Geschichte zusammengebraut, deren aufregende Kapitel der Leser atemlos verschlungen hätte. Aber meine Leser dürfen keine solche Abenteuergeschichte erwarten, nur eine schlichte Erzählung, und sie müssen sich mit einem Kapitel über Vauxhall begnügen, das so kurz ist, daß es kaum verdient, überhaupt Kapitel genannt zu werden. Und doch ist es eins, und obendrein ein sehr wichtiges. Gibt es nicht in jedermanns Leben kurze Kapitel, die anscheinend nichtig sind und doch den größten Einfluß auf den weiteren Verlauf ausüben?

Steigen wir also mit der Russell-Square-Gesellschaft in die Kutsche und fahren wir zum Vauxhall-Park! Auf dem Vordersitz zwischen Joe und Miss Sharp ist kaum Platz, und ihnen gegenüber hat sich Mr. Osborne zwischen Hauptmann Dobbin und Amelia gezwängt.

Alle im Wagen Sitzenden glaubten, daß Joseph Sedley heute abend Rebecca einen Antrag machen würde. Die Eltern daheim waren einverstanden, obschon der alte Mr. Sedley, unter uns gesagt, für seinen Sohn ein sehr nahe an Verachtung grenzendes Gefühl hegte. Er meinte, daß er eitel, selbstsüchtig, faul und weibisch sei. Sein Getue als Modegeck konnte er nicht ausstehen, und seine prahlerischen Bravourgeschichten konnte er nur belachen. «Ich hinterlasse dem Burschen mein halbes Vermögen», sagte er, «und überdies hat er noch sein eigenes Einkommen. Da ich aber vollkommen überzeugt bin, daß er, wenn du und ich und seine Schwester morgen sterben, bloß ‹O jemine!› sagen und sein Mittagessen genauso wie sonst verspeisen würde, will ich mir seinetwegen keine Sorgen machen. Soll er heiraten, wen er will. Mir ist's gleichgültig!»

Amelia dagegen war, wie es zu einer jungen Dame von ihrer Klugheit und Gemütsart paßte, über die bevorstehende Verbindung begeistert. Ein- oder zweimal war Joseph im Begriff gewesen, ihr etwas sehr Wichtiges anzuvertrauen, und sie war nur zu gern bereit, ihm zuzuhören; aber der dicke Bursche konnte es nicht über sich bringen, sein großes Geheimnis zu lüften, und sehr zur Enttäuschung seiner Schwester stieß er nur einen tiefen Seufzer aus und wandte sich ab.

Das große Geheimnis hielt Amelias sanftes Herzchen in ständiger zitternder Aufregung. Wenn sie nicht mit Rebecca über das heikle Thema sprach, hielt sie sich durch lange und vertraute Gespräche mit Mrs. Blenkinsop, der Haushälterin, dafür schadlos, die der Zofe gegenüber ein paar Andeutungen fallenließ, die es dann ihrerseits beiläufig vor der Köchin erwähnte, von der es dann sicher zu allen Lieferanten weitergetragen wurde, so daß jetzt schon eine ganz erhebliche Anzahl Menschen aus der Russell-Square-Welt über Mr. Josephs Heirat redete.

Natürlich war Mrs. Sedley der Ansicht, daß ihr Sohn unter seinem Stand heirate. «Ach Gottchen, Ma'am», meinte Mrs. Blenkinsop, «wir waren doch auch bloß Krämersleut', als wir Mr. Sedley geheiratet haben, und der war Commis bei einem Börsenmakler, und zusammen hatten wir keine fünfhundert Pfund, und jetzt sind wir reich genug.» Und Amelia war der gleichen Ansicht, zu der sich allmählich auch die gutmütige Mrs. Sedley bekehrte.

Mr. Sedley verhielt sich neutral. «Das Mädchen hat kein Vermögen, aber Mrs. Sedley hatte auch keins. Die Kleine scheint gescheit und guter Dinge zu sein, sie wird ihn vielleicht zur Vernunft bringen. Besser die als eine Schwarze, und dann ein Dutzend mahagonibrauner Enkelkinder!»

Das Glück schien Rebecca also in jeder Hinsicht hold zu sein. Als man zu Tisch ging, nahm sie wie selbstverständlich Josephs Arm; sie saß neben ihm auf dem Bock seines offenen Wagens (dabei war er selber ein kapitaler Bock, wie er großherrlich paradierend seine Grauen zügelte), und obwohl niemand ein Wort über die Heirat sagte, schien doch jedermann stillschweigend an sie zu glauben. Alles, was Rebecca noch brauchte, war der Antrag – ach, wie sehr fehlte ihr jetzt die Mutter, eine liebe, zärtliche Mutter, die alles in zehn Minuten in Ordnung gebracht und den schamhaften Lippen des Freiers im Verlauf eines taktvollen, vertraulichen kurzen Zwiegesprächs das Geständnis entlockt hätte.

So standen die Dinge, als der Wagen über die Westminsterbrücke rollte.

Nach einiger Zeit landete die Gesellschaft vor den Königlichen Parks. Als der majestätische Joseph aus dem ächzenden Gefährt stieg, brachte die Menge ein Hoch auf den dicken Herrn aus, der rot wurde und sehr groß und imposant wirkte, als er mit Rebecca am Arm davonstolzierte. George nahm natürlich Amelia in seine Obhut. Sie sah so glücklich wie ein Rosenbusch im Sonnenschein aus.

«Ach, Dobbin», sagte George, «kümmere dich doch bitte um die Schals und die andern Sachen, sei so nett!» Während er sich also zu Miss Sedley gesellte und Joseph sich, mit Rebecca an seiner Seite, durch die Türe in den Park zwängte, mußte sich der arme Dobbin damit begnügen, den Schals seinen Arm zu reichen und am Tor für die ganze Gesellschaft zu zahlen.

Er ging sehr zurückhaltend hinter ihnen her, denn er wollte kein Spielverderber sein. Um Rebecca und Joe kümmerte er sich keinen Pfifferling. Amelia aber hielt er sogar des fabelhaften George Osborne wert, und als er das schöne Paar auf Wegen einherwandeln sah, die das Entzücken und Staunen des jungen Mädchens bildeten, beobachtete er ihr unschuldiges Glück mit einer Art väterlichen Wohlgefallens. Vielleicht hätte er auch gern etwas anderes am Arm gehabt als nur die Schals (die Leute lachten über den unbeholfenen jungen Offizier, der sich mit diesem weiblichen Gepäck abschleppen mußte); aber selbstsüchtige Gedanken lagen William Dobbin fern, und wenn sein Freund sich gut unterhielt, was brauchte er da unzufrieden zu sein? In Wahrheit verhielt es sich nämlich so: alle die Herrlichkeiten des Parks, die hunderttausend Lampions, die jeden Abend angezündet wurden, die Geiger in ihrem Dreispitz, die unter der vergoldeten Muschel in der Mitte des Gartens betörende Melodien spielten, die Sänger, die mit ihren lustigen und traurigen Volksliedern das Ohr bezauberten, die von allerhand fröhlichen Städtern unter Springen und Stampfen und Gelächter vorgeführten Volkstänze, das Trompetengeschmetter, das ankündigte, Madame Saqui würde sogleich auf einem schlaffen Seil zu den Sternen entschweben, der Einsiedler, der stets in seiner beleuchteten Klause saß, die für junge Liebespärchen so günstigen dunklen Seitenwege, die von Kellnern in schäbigen alten Livreen herumgereichten Bierkrüge und die glitzernden Nischen, in denen glücklich Tafelnde so taten, als ob sie sich an fast unsichtbaren Schinkenscheiben labten: alle diese Herrlichkeiten nahm Hauptmann William Dobbin überhaupt nicht zur Kenntnis.

Er führte Amelias weißen Kaschmirschal spazieren, blieb ein Weilchen vor der vergoldeten Muschel stehen, wo Mrs. Salmon die Schlacht von Borodino vortrug (einen Haßgesang gegen den korsischen Emporkömmling, dessen Glück sich vor kurzem in Rußland gewendet hatte), und versuchte im Weitergehen die Melodie zu summen, bis er entdeckte, daß er das Liedchen summte, das Amelia auf der Treppe gesungen hatte, als sie zum Essen nach unten ging.

Er mußte über sich selber lachen, denn er konnte tatsächlich nicht viel besser als ein alter Rabe krächzen.

Selbstverständlich kam es so, daß unsre jungen Leute, die aus je zwei Pärchen bestanden und vorher hoch und heilig geschworen hatten, während des Abends beisammenzubleiben, bereits nach zehn Minuten getrennt waren. In Vauxhall zerstreute sich eine Gesellschaft stets, aber nur, um sich zum Essen wieder zu treffen, wo man sich dann die inzwischen erlebten gegenseitigen Abenteuer erzählen konnte.

Was für Abenteuer hatten Mr. Osborne und Amelia bestanden? Das ist ein Geheimnis. Aber eins steht fest: daß beide vollkommen glücklich waren und sich einwandfrei benahmen; und da sie seit fünfzehn Jahren daran gewöhnt waren, jederzeit zusammenzusein, bot ihr *tête-à-tête* weiter nichts Neues.

Als sich dagegen Miss Rebecca und ihr dicker Verehrer auf einsamen Pfaden verirrten, wo höchstens etwa fünf Dutzend andere Pärchen ebenso umherirrten, fühlten beide, daß die Lage äußerst heikel und gespannt sei, und Miss Sharp fand, jetzt oder nie sei der Augenblick gekommen, die Erklärung hervorzulocken, die dem schüchternen Joe Sedley auf den Lippen schwebte. Sie waren vorher im Panorama von Moskau gewesen, wo ein grober Flegel Miss Sharp auf den Fuß getreten hatte, so daß sie mit einem leichten Schrei gegen Mr. Sedleys Arm sank, und dieser kleine Zwischenfall steigerte die Zärtlichkeit und das Selbstvertrauen des guten Joe derartig, daß er ihr mindestens zum sechstenmal mehrere seiner indischen Lieblingsgeschichten zum besten gab.

«Wie gerne möchte ich Indien kennenlernen!» sagte Rebecca.

«Möchten Sie wirklich?» fragte Joseph mit hinreißender Zärtlichkeit, und sicher war er drauf und dran, eine noch zärtlichere Frage auf die schlaue Einleitung folgen zu lassen (denn er schnaufte und keuchte gehörig, und Rebeccas Hand, die sich in der Nähe seines Herzens befand, konnte das stürmische Pochen spüren), als – oh, wie ärgerlich! – die Glocke zum Feuerwerk rief und ein allgemeines Gedränge und Laufen entstand, so daß unser interessantes Paar gezwungen war, sich dem Fluten der Menge zu überlassen.

Hauptmann Dobbin hatte zuerst beabsichtigt, sich zum Essen wieder bei der Gesellschaft einzufinden, da er die Vauxhall-Belustigungen im Grunde nicht besonders unterhaltend fand; aber er wandelte zweimal an der Nische

vorbei, in der sich die jetzt vereinten Paare getroffen hatten, und keiner beachtete ihn auch nur im geringsten. Der Tisch war nur für vier Personen gedeckt. Die Pärchen plauderten sehr angeregt, und Dobbin merkte, daß sie ihn so vollkommen vergessen hatten, als habe er nie existiert.

«Ich wäre nur das fünfte Rad am Wagen», sagte der Hauptmann und blickte recht sehnsüchtig zu ihnen hinein. «Lieber gehe ich fort und rede mit dem Einsiedler!», und damit schlenderte er aus Stimmengewirr und Lärm und Tellergeklapper fort und wieder in den dunklen Gang hinein, an dessen Ende der bekannte Simili-Eremit hauste. Es war nicht sehr vergnüglich für Dobbin; denn wahrhaftig, allein in Vauxhall zu sein, ist, wie ich aus eigener Erfahrung weiß, so ungefähr der kläglichste Spaß, den es für einen Junggesellen gibt.

Die beiden Pärchen in ihrer Nische waren restlos glücklich. Joe war prachtvoll und erteilte den Kellnern hoheitsvoll seine Befehle. Er mischte den Salat, er entkorkte den Champagner, er zerlegte die Hühnchen und aß und trank das meiste von dem, was aufgetragen wurde. Zu guter Letzt bestand er auf einer Terrine Arrakpunsch, denn in Vauxhall trinke jedermann Arrakpunsch.

«Kellner, Arrakpunsch!»

Die Terrine Arrakpunsch wurde der Anlaß unsrer ganzen Geschichte. Und weshalb nicht eine Terrine Arrakpunsch ebensogut wie etwas anderes? War nicht ein Kelch voll Blausäure für die schöne Rosamunde der Anlaß, sich aus der Welt zurückzuziehen? War nicht ein Kelch voll Wein der Anlaß zum Ableben Alexanders des Großen (wenigstens behauptet es Dr. Lemprière)? Und so beeinflußte auch die Terrine Arrakpunsch das Schicksal aller Hauptpersonen in unserm «Roman ohne einen Helden», und obwohl die meisten von ihnen keinen Tropfen davon getrunken hatten, beeinflußte sie ihr ganzes Leben.

Die jungen Damen tranken keinen Arrakpunsch, Osborne schätzte ihn nicht, und die Folge davon war, daß Joseph, der dicke *Gourmand,* die Terrine allein leerte, und die Folge davon war eine Lebhaftigkeit, die zuerst erstaunlich und dann fast peinlich wurde. Denn Joseph sprach und lachte so laut, daß sich Dutzende von Zuhörern zur Nische hingezogen fühlten, natürlich zur größten Bestürzung der übrigen, unschuldigen Insassen; und als er es gar unternahm, ein Lied zu singen (das er mit der sentimentalen Fistelstimme vortrug, wie sie

Herren in angeheitertem Zustand eigen ist), da lockte er fast das ganze Publikum fort, das den Musikern in der goldenen Muschel gelauscht hatte, und erntete bei seinen Zuhörern reichlichen Beifall.

«Brav, Dicker!» rief der eine, und «Da capo!» schrie ein andrer. «Der hat 's richtige Gewicht für 'n Seiltänzer!» rief ein anderer Spaßvogel, was die Damen furchtbar schockierte und Mr. Osborne ärgerte. «Um Himmels willen, Joe», rief er, «laß uns aufstehen und gehen!», und die jungen Mädchen erhoben sich.

«Halt, mein herzallerliebstes Lie-ie-iebchen», schrie Joseph, der jetzt mutig wie ein Löwe war, und faßte Rebecca um die Taille. Rebecca zuckte zurück, konnte aber ihre Hand nicht losmachen. Das Gelächter draußen verdoppelte sich. Joseph fuhr fort zu trinken, zu scharmutzieren und zu singen; dann winkte er seinem Publikum liebenswürdig zu, schwenkte sein Glas und forderte all und jeden auf, näher zu treten und beim Punsch mitzuhelfen.

Mr. Osborne war gerade im Begriff, einen Herrn in Stulpenstiefeln niederzuschlagen, der sich die Einladung zunutze machen wollte, und ein Tumult schien unvermeidlich, als zum Glück unser Dobbin, der im Park herumgeschlendert war, zur Nische trat. «Schert euch fort, ihr Schafsköpfe!» rief er und drückte gleichzeitig eine ganze Menge Leute beiseite, die auch bald vor seinem Dreispitz und der grimmigen Miene davonstoben. Furchtbar aufgeregt betrat er die Nische.

«Meine Güte, Dobbin, wo hast du bloß gesteckt!» rief Osborne, zog ihm den weißen Kaschmirschal vom Arm und hüllte Amelia ein. «Mach dich nützlich und kümmere dich um Joe; ich führe unterdessen die Damen zur Kutsche.»

Joseph wollte aufstehen und protestieren, aber ein einziger Stoß von Osbornes Zeigefinger genügte, daß er schnaufend auf die Bank zurücksank, und dem Leutnant gelang es, die Damen in Sicherheit zu bringen. Als sie fortgingen, warf Joe ihnen Kußhände nach und rülpste: «Adieu! Adieu!» Dann ergriff er Hauptmann Dobbins

Mr. Joseph ist erregt

Hand, brach kläglich in Tränen aus und vertraute ihm das Geheimnis seiner Liebe an: er vergöttere das Mädchen, das eben fortgegangen sei, und mit seinem Benehmen habe er ihr das Herz gebrochen, das wisse er genau, aber morgen früh würde er sie sofort in der St. Georgskirche am Hanover Square heiraten. Er würde den Erzbischof von Canterbury herausklopfen, ja, beim Zeus!, damit er bereit sei. Das sah Hauptmann Dobbin für einen Wink an, und er überredete ihn, den Park zu verlassen und sich schnell in den erzbischöflichen Palast zu begeben. Als er ihn erst einmal aus dem Park gelotst hatte, war es eine Kleinigkeit, ihn in eine Droschke zu bugsieren, die ihn ungefährdet vor seiner Junggesellenwohnung absetzte.

*

George Osborne brachte die Mädchen sicher und wohlbehalten heim; und als die Haustür sich hinter ihnen geschlossen hatte und er über den Russell Square ging, mußte er laut herauslachen, so daß der Nachtwächter sich wunderte. Amelia sah ihre Freundin voller Mitleid an, als sie die Treppe hinaufstiegen, und küßte sie und ging, ohne ein Wort weiter zu sprechen, zu Bett.

*

Morgen muß er mir einen Antrag machen, dachte Rebecca. Er hat mich viermal seinen Herzensschatz genannt, und in Amelias Anwesenheit hat er mir die Hand gedrückt. Ja, morgen muß er mir einen Antrag machen. Und das gleiche dachte Amelia. Sehr wahrscheinlich dachte sie an das Kleid, das sie als Brautjungfer tragen und an die Geschenke, die sie ihrer lieben kleinen Schwägerin machen wollte, und an eine zukünftige Feier, bei der sie selber die Hauptrolle spielen würde, und so weiter und so weiter und so weiter.

Oh, ihr ahnungslosen jungen Geschöpfe! Wie wenig kennt ihr die Wirkung von Arrakpunsch! Was ist Arrak im Punsch am Abend, verglichen mit Arrak im Kopf am nächsten Morgen! Das kann ich als Mann beschwören:

es gibt kein Kopfweh, das dem von Vauxhall-Punsch gleichkommt. Noch nach zwanzig Jahren kann ich mich an die Folgen von zwei Glas Punsch erinnern! Zwei Weingläser voll, nur zwei, Ehrenwort! Und Joseph Sedley mit seinem Leberleiden hatte mindestens einen Liter der abscheulichen Mixtur geschluckt.

Der nächste Morgen, der nach Rebeccas Ansicht über ihrem Glück aufgehen sollte, entdeckte Sedley vor Qualen ächzend. Mineralwasser kannte man damals noch nicht. Dünnbier – es ist kaum zu glauben – war das einzige Getränk, mit dem die unglücklichen Herren den Brand löschen konnten, der durch Zechereien am Vorabend entstanden war. Vor diesem leichten Gebräu fand George Osborne den Ex-Steuereinnehmer von Boggley Wollah stöhnend in der Sofaecke seiner Wohnung. Dobbin war bereits bei ihm und kümmerte sich um seinen Patienten vom Abend vorher. Die beiden Offiziere blickten auf den entkräfteten Bacchusdiener, blinzelten sich zu und grinsten furchtbar verständnisvoll. Selbst Sedleys Lakai, sonst ein äußerst würdevoller und korrekter Gentleman mit dem stummen Ernst eines Leichenbestatters, konnte, wenn er auf seinen unseligen Herrn blickte, kaum die Haltung wahren.

«Mr. Sedley war gestern abend ungewöhnlich erregt, Sir», hatte er Osborne schon vertraulich zugeflüstert, als der Leutnant die Treppe hinaufstieg. «Er wollte sich mit dem Droschkenkutscher schlagen, Sir. Der Herr Hauptmann mußte ihn wie ein Baby auf den Armen die Treppe hinauftragen.» Ein flüchtiges Lächeln huschte bei diesen Worten über Mr. Brushs Züge, die sich jedoch sofort wieder glätteten und die übliche unergründliche Gelassenheit annahmen, während er die Wohnzimmertür öffnete und Osborne anmeldete.

«Wie geht's, Sedley?» begann der junge Witzbold, nachdem er das arme Opfer gemustert hatte. «Keine Knochen gebrochen? Unten steht ein Droschkenkutscher mit verbundenem Kopf und einem blauen Auge und flucht, er wolle dich verklagen!»

«Wieso denn... verklagen?» fragte Sedley matt.

«Weil du ihn gestern abend verprügelt hast, nicht wahr, Dobbin? Du hast um dich geschlagen wie Molyneux! Der Nachtwächter sagt, er habe noch nie jemand so rasch umfallen sehn. Frag nur Dobbin!»

«Ja, du bist wirklich gegen den Kutscher aufgetreten», bestätigte Dobbin, «und du warst ein toller Draufgänger!»

«Und der Bursche in Vauxhall, der im weißen Rock! Wie Joe auf den einhieb! Wie die Damen schrien! Wahrhaftig, Sedley, es hat meinem Herzen wohlgetan, dich so zu sehen. Hab' immer geglaubt, ihr Zivilisten hättet keine Courage, möchte dir aber nicht in die Quere kommen, Joe, wenn du angeheitert bist.»

«Ich glaube auch, wenn man mich reizt, bin ich furchtbar!» stöhnte Joseph in seiner Sofaecke mit einer so trübseligen, lächerlichen Miene, daß selbst der höfliche Hauptmann nicht länger an sich halten konnte, und er und Osborne brachen in schallendes Gelächter aus.

Osborne nutzte seinen Vorteil mitleidlos aus. Er hielt Joseph für einen Waschlappen. Er hatte sich das Problem einer Heirat zwischen Joe und Rebecca durch den Kopf gehen lassen und war nicht allzu begeistert, daß ein Mitglied der Familie, in die er, George Osborne vom -ten

Regiment, einheiraten wollte, eine *mésalliance* mit einem kleinen Niemand wie dieser ehrgeizigen Gouvernante schließen könnte. «Du und furchtbar, du armer alter Knabe?» höhnte Osborne. «Du konntest dich nicht mal auf den Beinen halten, Mann, und der ganze Park lachte dich aus – während du selber geflennt hast! Wie rührselig du warst, Joe! Weißt du nicht mehr, daß du ein Lied gesungen hast?»

«Was hab' ich...?» fragte Sedley.

«Ein sentimentales Lied hast du gesungen, und dauernd hast du die Rosa oder Rebecca oder wie Amelias kleine Freundin heißen mag, dein herzallerliebstes Lie-ie-iebchen genannt.» Und der hartherzige junge Bursche packte Dobbins Hand und spielte, sehr zum Entsetzen des armen Leidenden und trotz Dobbins gutmütiger Einwände, Erbarmen zu zeigen, die ganze Szene noch einmal vor.»

«Weshalb soll ich denn Mitleid mit ihm haben?» erwiderte Osborne auf die Vorhaltungen seines Freundes, als sie den Leidenden in Doktor Gollops Händen gelassen hatten und fortgingen. «Was für ein Recht hat er, zum Kuckuck, sich so aufzuspielen und uns dann so lächerlich zu machen? Wer ist das kleine Schulmädchen, das ihm Augen macht und mit ihm kokettiert? Zum Teufel, die Familie ist ohnehin schon bürgerlich genug, auch ohne sie. Eine Gouvernante, das ist ja recht und gut, aber ich möchte lieber eine Dame zur Schwägerin haben. Ich bin freisinnig genug, aber ich habe auch meinen Stolz und kenne meinen Platz in der Gesellschaft, und sie sollte ihren kennen. Ich werd' den Aufschneider von einem Nabob schon noch mürbe machen und verhindern, daß er einen größeren Esel aus sich macht, als er's bereits ist. Deshalb hab' ich ihm geraten aufzupassen, damit sie ihn nicht verklagen kann.»

«Du wirst es wohl am besten wissen», meinte Dobbin, wenn auch ziemlich unsicher. «Du warst immer ein Tory, und deine Familie gehört zu den ältesten in England. Aber...»

«Komm, wir wollen die Mädchen besuchen, dann kannst

du ja Miss Sharp den Hof machen», unterbrach ihn sein Freund. Hauptmann Dobbin lehnte es jedoch ab, Osborne auf seiner täglichen Visite bei den jungen Damen am Russell Square zu begleiten.

Als George, von Holborn herkommend, die Southampton Row entlangging, lachte er auf, da er im Sedleyschen Hause in zwei verschiedenen Stockwerken zwei Köpfe Ausschau halten sah.

Miss Amelia blickte nämlich vom Wohnzimmerbalkon aus sehr eifrig nach der gegenüberliegenden Seite des Platzes, wo Mr. Osborne wohnte, während Miss Sharp von ihrem kleinen Schlafzimmer im Dachstock Ausschau hielt, ob Mr. Josephs unförmige Gestalt nicht in Sicht rollte.

«Schwester Anna auf dem Wartturm!» sagte Osborne zu Amelia. «Aber da kommt keiner!» Und lachend und den Scherz toll genießend, beschrieb er Miss Sedley mit den witzigsten Worten den jämmerlichen Zustand ihres Bruders.

«Ich find's furchtbar grausam von dir, so zu lachen, George», sagte sie und blickte überaus trübselig drein; doch George lachte über ihre mitleidige und niedergeschlagene Miene nur um so mehr und bestand darauf, daß der Spaß glänzend sei. Als Miss Sharp nach unten kam, hänselte er sie ganz übermütig wegen der Wirkung ihrer Reize auf den dicken Zivilisten.

«O Miss Sharp, wenn Sie ihn nur gesehen hätten», sagte er, «wie er sich ächzend in seinem geblümten Morgenrock auf dem Sofa krümmte! Wenn Sie nur gesehen hätten, wie er dem Doktor Gollop die Zunge zeigte!»

«Wenn ich wen gesehen hätte?» fragte Miss Sharp.

«Wen? Ach je, wen? Hauptmann Dobbin natürlich, zu dem wir, nebenbei bemerkt, gestern abend so liebenswürdig waren.»

«Wir waren sehr unfreundlich zu ihm», sagte Emmy und wurde furchtbar rot. «Ich – hatte ihn ganz und gar vergessen.»

«Natürlich», rief Osborne, noch immer lachend. «Man

kann doch nicht ständig an Dobbin denken, Amelia! Nicht wahr, Miss Sharp?»

«Außer bei Tisch, als er das Glas Wein umstieß», sagte Miss Sharp mit hochmütiger Miene und warf den Kopf zurück, «habe ich mich nicht im geringsten darum gekümmert, ob Hauptmann Dobbin vorhanden war oder nicht.»

«Ausgezeichnet, Miss Sharp, das werde ich ihm erzählen!» sagte Osborne, und während er sprach, regte sich in Miss Sharp ein Gefühl von Mißtrauen und Haß gegen den jungen Offizier, der jedoch nicht merkte, was er da angerichtet hatte.

Will er sich etwa über mich lustig machen? dachte Rebecca. Hat er mich vor Joseph verspottet? Hat er ihn kopfscheu gemacht? Vielleicht kommt er nun gar nicht? Wie ein Schleier legte es sich über ihre Augen, und ihr Herz pochte rascher.

«Sie müssen immer Ihre Scherze treiben», sagte sie und lächelte so unbefangen wie möglich. «Spaßen Sie nur weiter, Mr. George! *Mich* verteidigt ja niemand!» Und als sie gegangen war und Amelia ihn tadelnd ansah, spürte George Osborne etwas wie reuige Ritterlichkeit, weil er dem hilflosen Geschöpf ganz unnötigerweise unfreundlich begegnet war. «Meine liebste Amelia», sagte er, «du bist zu gut und zu herzlich. Du kennst die Welt nicht! Ich kenne sie. Und deine kleine Freundin Miss Sharp muß wissen, wo ihr Platz ist.»

«Glaubst du nicht, daß Joseph...»

«Auf mein Wort, Liebste, ich weiß es nicht. Vielleicht tut er's, vielleicht auch nicht. Ich kann ihm nichts vorschreiben. Ich weiß nur, daß er ein sehr dummer, eitler Tropf ist, der mein liebes kleines Mädchen gestern abend in eine sehr peinliche und unangenehme Lage gebracht hat. Mein herzallerliebstes Lie-ie-iebchen!» lachte er wieder und war dabei so drollig, daß auch Emmy lachen mußte.

Joseph ließ sich den ganzen Tag nicht blicken. Doch hegte Amelia deswegen keine Befürchtungen, denn die kleine Intrigantin hatte den kleinen Botenjungen, Mr. Sambos Adjutanten, in Mr. Josephs Wohnung geschickt, um ein Buch zu erbitten, das er ihr versprochen hatte, und sich zu erkundigen, wie es ihm ginge; und die Antwort, die Josephs Diener, Mr. Brush, abgab, lautete, sein Herr läge krank im Bett und der Arzt hätte ihn gerade besucht. Er muß morgen kommen, dachte sie, hatte aber nicht den Mut, mit Rebecca ein Wort über die Angelegenheit zu sprechen, und auch ihre Freundin machte während des ganzen Abends nach dem Vauxhall-Ausflug keinerlei Anspielungen darauf.

Jedoch am nächsten Tage, als die beiden jungen Damen auf dem Sofa saßen und vorgaben, zu arbeiten, Briefe zu schreiben oder zu lesen, trat Sambo mit seinem üblichen ergebenen Grinsen ins Zimmer und trug ein Päckchen unter dem Arm und auf dem Tablett einen Brief. «Von Mr. Joe», sagte er.

Wie Amelia zitterte, als sie den Brief öffnete! Er lautete folgendermaßen:

Liebe Amelia,

anbei DIE WAISE IM WALDE. *Gestern war ich zu krank, um kommen zu können. Heute muß ich nach Cheltenham. Bitte, entschuldige mich, so gut es geht, bei der reizenden Miss Sharp wegen meines Benehmens in Vauxhall und bitte sie, mir zu verzeihen und jedes Wort zu vergessen, das ich etwa in der Erregung während des fatalen Abendessens geäußert haben könnte. Sobald ich mich erholt habe – denn meine Gesundheit ist schwer erschüttert –, fahre ich für einige Monate nach Schottland.*

Mit herzlichen Grüßen,
dein Bruder Joe.

Es war das Todesurteil. Damit war alles aus. Amelia wagte es nicht, ihrer Freundin in das bleiche Gesicht und die brennenden Augen zu blicken, sondern ließ ihr den Brief in den Schoß flattern und ging in ihr Zimmer hinauf, um sich auszuweinen.

Bald danach ging die Haushälterin, Mrs. Blenkinsop, zu ihr und tröstete sie, und Amelia weinte sich vertrauensvoll an ihrer Schulter satt und fühlte sich danach sehr erleichtert. «Nehmen Sie's nicht zu schwer, Miss. Ich wollt's Ihnen nicht sagen, aber keiner im Haus hat sie leiden können, bloß im Anfang! Hab's mit eigenen

Augen gesehn, wie sie die Briefe von Ihrer Mama gelesen hat! Und Pinner sagt, sie hat immer in Ihrem Schmuckkasten und Ihrer Kommode und überhaupt in jedem seiner Kommode rumgestöbert, und sie hat ganz bestimmt Ihr weißes Halsband in ihren Koffer gesteckt!»

«Das hab' ich ihr geschenkt! Das hab' ich ihr geschenkt!» rief Amelia.

Aber das vermochte Mrs. Blenkinsops Ansicht über Miss Sharp nicht zu ändern. Zur Zofe sagte sie: «Den

Gouvernanten, denen trau' ich nicht, Pinner! Die spielen sich auf und tun so wie Damen, aber der ihr Lohn, der ist nicht höher als Ihrer oder meiner!»

Es war nun jeder Menschenseele im Hause klar (mit Ausnahme der armen Amelia), daß Rebecca abreisen müßte, und hoch und gering (immer mit der einen Ausnahme) stimmte darin überein, daß es so bald wie möglich sein sollte. Unser liebes Kind plünderte all ihre Schubfächer, Schränke, Beutel und Schmuckkästchen und musterte all ihre Kleider und Halskrausen und Garnituren und Bänder und Spitzen und Seidenstrümpfe und sonstigen Firlefanz und wählte alles mögliche aus, um für Rebecca etwas zusammenzutragen. Dann ging sie zu ihrem Papa, dem freigebigen Briten und Kaufmann, der ihr so viele Goldstücke versprochen hatte, wie sie Jahre zählte, und bat ihn, das Geld der lieben Rebecca zu schenken, die es dringend brauche, während es ihr ja an nichts fehle.

Sogar George Osborne mußte etwas beisteuern, und ohne sich zu sträuben (denn er war einer der freigebigsten jungen Männer in der Armee), ging er in die Bond Street und kaufte den schönsten Hut und Spenzer, die für Geld zu haben waren.

«Hier ist Georges Geschenk für dich, liebste Rebecca», sagte Amelia und blickte stolz auf die Schachtel, in der die Sachen lagen. «Was für einen feinen Geschmack er hat! Darin kommt ihm keiner gleich!»

«Keiner!» bestätigte Rebecca. «Wie dankbar bin ich ihm!» Und in ihrem Herzen dachte sie: George Osborne war's, der meine Heirat vereitelt hat, und dementsprechend liebte sie ihn.

Sie traf die Vorbereitungen für ihre Abreise mit großer Gelassenheit und nahm all die netten kleinen Geschenke Amelias an – doch erst nach dem schicklichen Zaudern und Widerstreben. Sie gelobte Mrs. Sedley natürlich ewige Dankbarkeit, drängte sich jedoch der guten Dame, die verlegen war und ihr offensichtlich aus dem Wege gehen wollte, nicht allzusehr auf. Sie küßte Mr. Sedley die Hand, als er ihr das Geldgeschenk überreichte, und bat ihn um Erlaubnis, ihn fortan als ihren lieben, gütigen Freund und Beschützer ansehen zu dürfen. Ihr Benehmen war so rührend, daß er ihr beinahe noch einen Scheck über weitere zwanzig Pfund ausgestellt hätte, aber er bezwang seine Gefühle, denn der Wagen wartete schon, der ihn zu einem Bankett bringen sollte, daher zog er mit den Worten von dannen: «Gott behüte Sie, meine Kleine! Sie müssen immer zu uns kommen, falls Sie gerade in der Stadt sind! – James, fahr mich zum Mansion House!»

Schließlich kam die Trennung von Amelia, ein Bild, das ich nicht beschreiben möchte. Immerhin, nach einer Szene, bei der es die eine sehr aufrichtig meinte und die andere ihre Rolle durchaus glaubwürdig spielte – nachdem die zärtlichsten Liebkosungen und die rührendsten Tränen, das Riechfläschchen und ein paar allerschönste Herzensgefühle aufgeboten worden waren –, trennten sich Rebecca und Amelia, wobei erstere schwor, ihre Freundin immer und ewig zu lieben.

VII

Crawley auf Queen's Crawley

Zu den geachtetsten Namen, die der Hofalmanach im Jahre 18.. unter C anführte, gehörte der von Sir Pitt Crawley, Baronet, wohnhaft in der Great Gaunt Street und auf Queen's Crawley in Hampshire. Dieser ehrenwerte Name hatte auch viele Jahre lang im Verzeichnis der Parlamentsmitglieder gestanden, zusammen mit den Namen andrer würdiger Herren, die abwechselnd den *Borough* vertraten. Von dem *Borough* oder Wahlflecken Queen's Crawley heißt es, daß Königin Elisabeth auf einer ihrer Rundreisen in Crawley zum Frühstück haltmachte und so begeistert über das besonders gute Hampshire-Bier war, das ihr von dem damaligen Herrn Crawley (einem stattlichen Herrn mit gepflegtem Bart und kräftigen Waden) kredenzt wurde, daß sie den Ort Crawley unverzüglich zu einem Wahlflecken erhob, dem das Privileg zustand, zwei Vertreter ins Parlament zu senden; und seit dem Tage des erlauchten Besuchs legte sich der Ort den Beinamen Queen's Crawley zu, was «Crawley der Königin» bedeutet, wie es heutigentags noch heißt. Und obgleich es nun im Verlauf der Jahrhunderte und infolge der Veränderungen, die das Alter an Königreichen, Städten und Wahlflecken zuwege bringt, nicht mehr so stark bevölkert war wie zur Zeit der Queen

Bess – vielmehr in einen Zustand geraten war, den man gemeinhin als verkommen bezeichnet, so pflegte doch Sir Pitt Crawley in seiner blumigen Redeweise zu sagen: «Zum Henker, was heißt hier verkommen? Das Nest bringt mir jährlich nette fünfzehnhundert Pfund ein!»

Sir Pitt Crawley war der Sohn von Walpole Crawley, dem ersten Baronet, der unter Georg dem Zweiten im Reichssiegelamt war, bis er mit einer großen Zahl andrer rechtschaffener Herren wegen Veruntreuungen unter Anklage gestellt wurde. Walpole Crawley war, was kaum erwähnt zu werden braucht, der Sohn des John Churchill Crawley, der nach dem berühmten Feldherrn der Königin Anne so getauft worden war. Der Familienstammbaum (er hängt in Queen's Crawley) erwähnt ferner Charles Stuart Crawley, später Barebones genannt, den Sohn eines Crawley aus der Zeit König Jakobs des Ersten, und schließlich den Crawley der Queen Elizabeth, der mit seinem zweigespaltenen Bart und dem Harnisch im Vordergrund der Ahnentafel steht. Aus seinem Göller wächst, wie üblich, ein Baum, an dessen Hauptverzweigungen die obigen berühmten Namen stehen. Dicht neben dem Namen von Sir Pitt Crawley, dem Baronet, der in unsrer Geschichte vorkommt, stehen die Namen seines Bruders, Hochwürden Bute Crawley, Pfarrer in Crawley-cum-Snailby, und verschiedener anderer männlicher und weiblicher Mitglieder der Familie Crawley.

Sir Pitt war in erster Ehe mit Grizzel, der sechsten Tochter von Mungo Binkie, dem Lord Binkie, verheiratet gewesen. Sie gebar ihm zwei Söhne, Pitt und Rawdon. Viele Jahre nach dem Ableben der Dame führte Sir Pitt eine Tochter Mr. G. Dawsons aus Mudbury, Rosa genannt, zum Altar; sie schenkte ihm zwei Töchter, zu deren Bestem jetzt Miss Rebecca Sharp als Erzieherin engagiert worden war. Man sieht also, daß die junge Dame zu einer Familie mit hochadligen Verbindungen kam und sich hinfort in einem weitaus vornehmeren Kreis bewegen sollte als dem bescheidenen, den sie soeben am Russell Square verlassen hatte.

Sie hatte die Anweisung, sich zu ihren Schülerinnen zu begeben, mittels einer Notiz erhalten, die auf einem alten Briefumschlag geschrieben stand und folgende Worte enthielt:

«Sir Pitt Crawley bitet Miss Sharp und Bagasche am Dinstag hir zu sein, denn ich fare morgen gantz frih nach Queen's Crawley.»

Rebecca hatte ihres Wissens noch nie einen Baronet gesehen, und so bald sie sich von Amelia verabschiedet und die Goldstücke gezählt hatte, die ihr von dem gutmütigen Mr. Sedley in einer Börse überreicht worden waren, und als sie aufhörte, sich mit ihrem Tüchlein die Augen zu trocknen (womit sie fertig war, sowie der Wagen um die erste Straßenecke bog), begann sie sich auszumalen, wie ein Baronet wohl aussähe. Ob er einen Ordensstern trägt? dachte sie. Oder tragen bloß die Lords einen Orden? Aber sicher ist er sehr schön in einen Galarock mit Spitzenmanschetten gekleidet und trägt gepudertes Haar. Wahrscheinlich ist er furchtbar stolz und behandelt mich sehr verächtlich. Doch ich muß mein hartes Los ertragen, so gut ich kann – immerhin lebe ich unter Adligen und nicht bei gewöhnlichen Bürgersleuten. Und sie begann mit der gleichen philosophischen Bitterkeit an ihre Freunde am Russell Square zu denken, wie der Fuchs in einer gewissen Fabel von den Trauben spricht.

Nachdem der Wagen vom Great Gaunt Square in die Great Gaunt Street eingebogen war, hielt er schließlich vor einem hohen, düsteren Hause, das zwischen zwei anderen hohen, düsteren Häusern stand, die jedes ein Trauerwappen über dem mittleren Wohnzimmerfenster aufwiesen, wie es bei den Häusern in der Great Gaunt Street, in deren düsterem Bannkreis der Tod ständig zu regieren scheint, nun einmal so üblich ist. Die Fensterläden im ersten Stock von Sir Pitts Haus waren geschlossen, die des Speisezimmers standen teilweise offen, und die Läden waren säuberlich mit Zeitungspapier verklebt.

Der Stallbursche John, der den Wagen allein hergefahren hatte, dachte nicht dran, abzusteigen und die

Glocke zu ziehen; deshalb bat er einen vorübergehenden Milchmann, es für ihn zu tun. Als die Glocke läutete, erschien im Spalt des Eßzimmerladens ein Kopf, und darauf wurde die Türe von einem Mann in grauen Hosen und Gamaschen, einer schmutzigen alten Jacke und einem um seinen struppigen Hals geschlungenen schmierigen Schal geöffnet; er hatte eine blanke Glatze, ein pfiffiges rotes Gesicht, zwinkernde graue Augen und einen ständig grinsenden Mund.

«Wohnt hier Sir Pitt Crawley?» fragte John vom Kutschbock herunter.

«Hm – ja», sagte der Mann und nickte.

«Dann hol mal den Koffer 'runter!»

«Kannst ihn selber abladen», sagte der Türhüter.

«Kann ich etwa von meinen Pferden weg? Komm, faß zu, Mann, das Fräulein wird dir bestimmt ein Bier zahlen!» sagte John und lachte wiehernd, denn er war nicht länger höflich zu Miss Sharp, weil ihre Bekanntschaft mit der Familie Sedley abgebrochen war und sie den Bedienten beim Fortgehen nichts gegeben hatte.

Der Glatzkopf nahm auf diese Aufforderung hin die Hände aus den Hosentaschen, warf Miss Sharps Koffer über die Schulter und trug ihn ins Haus.

«Nimm gefälligst den Korb und die Decke und mach mir die Türe auf», sagte Miss Sharp und stieg sehr ärgerlich aus dem Wagen. «Ich werde an Mr. Sedley schreiben und ihm von deinem Benehmen erzählen.»

«Ach, bloß nicht!» erwiderte John. «Hoffentlich haben Sie nichts vergessen. Die Kleider von Miss Amelia, haben Sie die? Eigentlich hätt' sie die Zofe haben sollen! Wer weiß, ob sie Ihnen passen! Mach die Tür zu, Jim, von *der* mußt du nichts erwarten!» fuhr John fort und deutete mit dem Daumen auf Miss Sharp. «Das ist 'ne Böse, sag' ich dir, 'ne ganz Böse!» Und mit diesen Worten fuhr Mr. Sedleys Stallknecht wieder fort. Er war nämlich in die erwähnte Zofe verliebt und ärgerte sich, weil sie um ihr Trinkgeld gekommen war.

Als Rebecca der Aufforderung des Individuums in Ga-

Rebecca lernt einen Baronet kennen

maschen folgte und den Speisesaal betrat, sah sie, daß der Raum nicht freundlicher war, als es solche Zimmer meistens sind, wenn die Herrschaften nicht in der Stadt wohnen. Die treuen Räume scheinen gewissermaßen die Abwesenheit ihrer Herrschaft zu betrauern. Der Perserteppich hat sich zusammengerollt und ist verdrießlich unter die Anrichte gekrochen; die Gemälde haben ihr Antlitz hinter Bögen braunen Packpapiers versteckt; der Kronleuchter steckt bis an den Hals in einem häßlichen Nesselsack; die Fenstervorhänge sind hinter allerlei schäbigen Hüllen verschwunden; die Marmorbüste Sir Walpole Crawleys blickt aus ihrer düsteren Ecke auf die geplünderten Regale und die eingeölten Feuerböcke und die leeren Visitenkartenbehälter auf dem Kaminsims; der Flaschenständer lauert hinter dem Teppich; die Stühle ziehen sich kopfüber, kopfunter längs der Wände hin, und in der dunklen Ecke gegenüber der Büste hockt ein altmodischer verschnörkelter Messerkasten verschlossen auf einem Serviertisch.

Um den Kamin her hatten sich jedoch zwei Küchenstühle, ein runder Tisch und ein ausgedientes Schüreisen nebst Feuerzange versammelt, und über dem schwachen flackernden Feuer hing ein eiserner Topf. Auf dem Tisch lagen etwas Brot und Käse neben einem Zinnleuchter und einem Krug mit Porter.

«Schon gegessen, wie? Ist's Ihnen nicht zu warm hier? Möchten Sie einen Schluck Bier?» fragte der Glatzkopf.

«Wo ist Sir Pitt Crawley?» fragte Miss Sharp hoheitsvoll.

«Hihi! Ich bin selber Sir Pitt Crawley. Eigentlich schulden *Sie* mir eine Pinte Bier fürs Koffertragen. Hihi! Fragen Sie die Tinkern, ob's stimmt! Mrs. Tinker, Miss Sharp! Miss Gouvernante, Miss Putzfrau! Hoho!»

Die mit Mrs. Tinker angeredete Dame war gerade mit einer Pfeife und einer Tüte Tabak erschienen, die sie kurz vor Miss Sharps Ankunft hatte holen müssen, und sie reichte sie Sir Pitt, der am Kaminfeuer Platz genommen hatte.

«Wo ist der Heller?» fragte er. «Ich hab' ihr drei Halfpence gegeben; wo ist der Rest, alte Tinkern?»

«Da!» erwiderte Mrs. Tinker und warf ihm das Geldstück hin. «Nur Baronets fragen einen nach 'nem roten Heller!»

«Ein Heller am Tag macht sieben Schilling im Jahr», entgegnete das ehrenwerte Parlamentsmitglied, «sieben Schilling jährlich sind die Zinsen von zwei Guineen! Immer die Heller gespart, alte Tinkern, dann kommen die Guineen ganz von selber!»

«Daran sehn Sie, daß es bestimmt Sir Pitt Crawley ist, Miss!» sagte Mrs. Tinker mit säuerlicher Miene. «Wie der auf seine Heller aufpaßt! Bald werden Sie ihn noch besser kennenlernen!»

«Und mich um so besser leiden können, Miss Sharp», sagte der alte Herr mit beinahe höflichem Ausdruck. «Ich muß es genau nehmen, ehe ich freigebig sein kann.»

«Der hat noch nie in seinem Leben einen Heller verschenkt!» murrte die Alte.

«Und ich werd's auch nie tun: 's ist gegen meine Grundsätze! Hol sie sich einen Stuhl aus der Küche, Tinkern, wenn sie sitzen will, und dann woll'n wir ein bißchen was essen.»

Und bald tunkte der Baronet eine Gabel in den Topf über dem Feuer und angelte sich ein Stück Kaldaunen und eine Zwiebel; er teilte sie in zwei ziemlich gleiche Portionen und begann mit Mrs. Tinker zu speisen. «Wenn ich nämlich nicht hier bin, Miss Sharp, bekommt die Tinkern Kostgeld, bin ich aber in der Stadt, dann diniert sie mit der Familie! Haha! Bin froh, daß Miss Sharp nicht hungrig ist, was, Tinkern?» Und sie machten sich über ihr dürftiges Mahl her.

Nach dem Essen begann Sir Pitt Crawley seine Pfeife zu rauchen, und als es ganz dunkel geworden war, zündete er das Binsenlicht im Leuchter an, förderte aus einer unergründlichen Tasche eine Unmenge Dokumente hervor und fing an, sie zu lesen und in Ordnung zu bringen.

«Ich bin in Rechtsgeschäften hier, mein Kind, und deshalb habe ich morgen das Vergnügen, mit einer so hübschen Reisegenossin zu fahren.»

«Er steckt immer in Prozessen», sagte Mrs. Tinker und hob den Bierkrug auf.

«Trink und gib's weiter», sagte der Baronet. «Ja, mein Kind, die Tinkern hat ganz recht: ich habe mehr Prozesse verloren und gewonnen als irgendein Mensch in ganz England. Schauen Sie her: Crawley, Baronet, gegen Snaffle. Den steche ich aus, oder ich will nicht Pitt Crawley heißen. Podder und noch einer *versus* Crawley, Baronet. Gemeindevorstand von Snailey gegen Crawley, Baronet. Sie können es nicht beweisen, daß es Gemeindeland ist: ich steh's durch, das Land gehört mir. Der Gemeinde gehört es ebensowenig wie Ihnen oder der Tinkern. Ich muß gewinnen, und wenn's mich tausend Guineen kostet. Schauen Sie die Papiere durch, mein Kind. Sie dürfen's, wenn Sie wollen. Haben Sie eine schöne Handschrift? Sie können mir in Queen's Crawley sehr nützlich sein, verlassen Sie sich drauf, Miss Sharp. Ich brauche jemand, seit die Gnädige tot ist.»

«Die war ebenso schlimm wie er», sagte Mrs. Tinker. «Mit jedem Kaufmann mußt' sie prozessieren, und in vier Jahren hat sie achtundvierzig Lakaien fortgejagt.»

«Sie war sparsam, sehr sparsam», sagte der Baronet schlicht, «aber sie war mir sehr nützlich, denn sie ersparte mir einen Vogt!» – Und in diesem vertraulichen Ton zog sich die Unterhaltung zum großen Vergnügen der Neuangekommenen ziemlich lange hin. Einerlei, wie gut oder schlecht Sir Pitt Crawleys Charaktereigenschaften sein mochten, er machte kein Hehl daraus. Er redete unaufhörlich nur von sich, manchmal im derbsten und gewöhnlichsten Hampshire-Dialekt, und manchmal schlug er den Ton eines Mannes von Welt an. Mit Ermahnungen an Miss Sharp, sich pünktlich um fünf Uhr früh bereit zu halten, wünschte er ihr gute Nacht. «Sie schlafen heut nacht mit Mrs. Tinker zusammen», sagte er, «das Bett ist groß und hat Platz für zwei. Lady Crawley ist darin verschieden. Gute Nacht.»

Sir Pitt entfernte sich nach diesem Segensspruch, und Mrs. Tinker nahm das Binsenlicht in die Hand und führte Rebecca gewichtig die große, öde Steintreppe hinan, an den großen, düsteren Salontüren mit den papierumwickelten Klinken vorbei, ins große Vorderschlafzimmer, wo Lady Crawley ihren letzten Seufzer ausgehaucht hatte. Das Bett und der ganze Raum schienen ein so düsteres Gruftgewölbe, daß man hätte glauben können, Lady Crawley sei nicht nur in diesem Zimmer gestorben, sondern ihr Geist bewohne es immer noch. Rebecca hüpfte jedoch mit der größten Munterkeit im Zimmer umher, schaute in die riesigen Kleiderschränke und Wandschränke und versuchte sich an den Schubfächern, die aber zugesperrt waren, und betrachtete die düsteren Bilder und die Toilettesachen, während die alte Putzfrau ihre Gebete sprach. «In dem Bett da will ich nur mit einem reinen Gewissen schlafen, Miss», sagte die alte Frau. «'s ist Platz genug für uns und ein halbes Dutzend Geister», meinte Rebecca. «Jetzt müssen Sie mir ausführlich über Lady Crawley und Sir Pitt und alle andern erzählen, meine *liebe* Mrs. Tinker!»

Aber die alte Tinker ließ sich von der kleinen Spionin nicht aushorchen, sondern erklärte ihr, ein Bett sei zum Schlafen da und nicht zum Schwatzen, und gab dann in ihrer Bettecke ein solches Schnarchkonzert zum besten, wie es nur die Nase der Unschuld hervorbringen kann. Rebecca lag lange, lange Zeit wach und dachte an den nächsten Tag und an die neue Welt, die sie betreten sollte, und an die Aussichten, die sich ihr dort bieten mochten. Das Binsenlicht flackerte in der Waschschüssel. Der Kaminsims warf einen großen schwarzen Schatten auf ein stockfleckiges altes Mustertuch, das bestimmt die verstorbene Lady gestickt hatte, und auf die Familienbildchen von zwei jungen Burschen, von denen der eine im Hochschulrock und der andre wie ein Soldat in einer roten Uniformjacke steckte, und den suchte sich Rebecca beim Einschlafen aus, um von ihm zu träumen.

Um vier Uhr früh, an einem so rosigen Sommermorgen, daß selbst die Great Gaunt Street heiter aussah, weckte die getreue Tinker ihre Bettgenossin und wies sie an, sich für die Abfahrt zurechtzumachen. Dann schob sie die Eisenstangen und Riegel an der großen Haustüre beiseite (das Klirren und Scheppern weckte die schlafenden Echos der Straße) und begab sich in die Oxford Street, um dort am Stand eine Droschke zu holen. Es ist nicht nötig, die Nummer der Kutsche anzugeben oder im einzelnen zu erklären, daß der Kutscher sich deshalb zu so früher Stunde in der Nachbarschaft der Swallow Street aufgestellt hatte, weil er hoffte, ein junger Stutzer könnte aus dem Wirtshaus schwanken, für den Heimweg sein Fuhrwerk benötigen und ihn dann mit der Freigebigkeit des Betrunkenen entschädigen.

Ebenso überflüssig ist es, ausführlich zu erzählen, daß der Kutscher, wenn er solche Hoffnungen hegte, sich gröblich getäuscht sah, da der werte Baronet, den er in die City zu fahren hatte, ihm keinen einzigen Penny über die Taxe hinaus gab. Es half nichts, daß Jehu bat und tobte, es half nichts, daß er Miss Sharps Hutschachtel in den Rinnstein warf und schwor, er würde seinen Fahrgast verklagen.

«Laß das lieber bleiben», sagte einer von den Stallburschen, «'s ist Sir Pitt Crawley!»

«Stimmt, Joe», rief der Baronet beifällig, «und ich möcht' mal den Mann sehen, der gegen mich gewinnt!»

«Ich auch», sagte Joe mit grämlichem Auflachen und lud das Gepäck des Baronets aufs Dach der Postkutsche.

«Halt mir den Platz auf dem Kutschbock frei», rief unser ehrenwertes Parlamentsmitglied dem Postillon zu, und der erwiderte: «Ja, Sir Pitt!» – mit der Hand am Hut, aber mit Wut im Herzen (denn er hatte den Platz einem jungen Herrn aus Cambridge versprochen, der ihm ganz bestimmt eine Krone Trinkgeld dafür gegeben hätte). Miss Sharp fand einen Rücksitz im Innern des Wagens, der sie, wie man wohl behaupten kann, in die weite Welt trug.

Es braucht hier nicht erzählt zu werden, wie der junge Herr aus Cambridge ärgerlich seine fünf Überröcke nahm und auf den Außensitz legte, sich aber mit seinem Schicksal aussöhnte, als die kleine Miss Sharp aussteigen und sich neben ihn setzen mußte, auch nicht, wie der asthmatische Herr und die dicke Witwe mit der Kognakflasche in der Kutsche Platz nahmen, auch nicht, wie der Kofferträger alle um ein Trinkgeld anging und ein Sixpencestück von dem Herrn und fünf schmierige Halfpence von der dicken Witwe erhielt, und wie die Postkutsche dann endlich losfuhr. Doch der Schreiber dieser Seiten, der in vergangenen Tagen und bei dem gleichen strahlenden Wetter die gleiche Reise gemacht hat, kann nur mit liebevollem, stillem Bedauern daran denken. Denn wo ist jetzt die Landstraße geblieben – mitsamt ihren komischen Zwischenfällen? Wo die braven alten Postkutscher mit den Pickeln auf der Nase? Wo sind sie hin, die guten Kerls? Ob der alte Weller noch lebt oder schon tot ist? Und die Kellner, ach ja, und die Gasthöfe, in denen sie aufwarteten, und der kalte Rindsbraten und der verkrüppelte Stallbursch mit seiner blauen Nase und

dem rasselnden Eimer, wo ist er – und wo seine ganze Generation? Den jetzt noch im Mädchenrock steckenden großen Dichtern, die für des Lesers Kinder Romane schreiben werden, müssen jene Menschen und Dinge ebenso sagenhaft oder historisch vorkommen wie Ninive oder Richard Löwenherz. Ihnen wird eine Postkutsche etwas Romantisches sein – ein Gespann von vier Braunen, ebenso märchenhaft wie der Buzephalus. Oh, wie glänzte ihr Fell, wenn die Stallknechte ihnen die Decken abnahmen und sie lospreschten! Oh, wie sie mit dem Schweif schlugen, wenn sie am Ende der Fahrt brav in den Hof des Gasthauses trabten! Ach, nie mehr werden wir um Mitternacht den Ruf des Posthorns hören und nie mehr die Schlagbäume an den Chausseehäusern vor uns auffliegen sehen!

Doch wohin trägt uns die leichte viersitzige Kutsche? Wir wollen uns ohne weitere Abschweifungen in Queen's Crawley absetzen lassen und zusehen, wie es Miss Sharp dort ergehen wird.

VIII

Persönlich und streng vertraulich

Miss Rebecca Sharp an Miss Amelia Sedley, Russell Square, London. (Franco. – Pitt Crawley.)

Meine liebste, beste Amelia,

Mit welchem aus Freude und Kummer gemischten Gefühl greife ich zur Feder, um meiner liebsten Freundin zu schreiben! Oh, was für ein Unterschied zwischen heute und gestern! Jetzt bin ich einsam und ohne Freunde; gestern war ich zu Hause, in der holden Gesellschaft einer Schwester, die ich immer und ewig lieben werde!

Ich möchte Dir nicht schildern, in wieviel Tränen und Traurigkeit ich die Unglücksnacht verbrachte, die unsrer Trennung folgte. Du gingst am Dienstagabend mit Deiner Mutter und einem Dir treu ergebenen jungen Krieger zu Vergnügen und Fröhlichkeit, und ich dachte die ganze Nacht an Dich, wie Du bei den Perkins' tanzest und sicher die schönste von allen jungen Balldamen warst. Ich dagegen wurde vom Stallburschen im alten Wagen zu Sir Pitt Crawleys Stadtwohnung gebracht, wo mich John, nachdem er sich sehr grob und unverschämt gegen mich benommen hatte (ach, Armut und Unglück kann man ungestraft beleidigen!), Sir Pitts Obhut anvertraute und wo ich die Nacht in einem düsteren alten Bett verbringen mußte, noch dazu Seite an Seite mit einer greulichen, mürrischen alten Putzfrau, die hier das Haus versorgt. Die ganze Nacht machte ich kein Auge zu.

Sir Pitt ist nicht so, wie wir dummen Mädchen in Chiswick uns einen Baronet vorstellten, als wir Cecilia *lasen: er ist, weiß Gott, alles andere als ein Lord Orville! Stelle Dir einen alten, klobigen, kleinen, ordinären und sehr schmutzigen Mann in alten, schmutzigen Kleidern und schäbigen alten Gamaschen vor, der eine greuliche Pfeife raucht und sich sein greuliches Abendessen in einem eisernen Topf selber kocht. Er spricht Dialekt und flucht furchtbar mit der alten Putzfrau und mit dem Droschkenkutscher, der uns zum Gasthaus brachte, von wo die Postkutsche abfuhr – auf der ich übrigens den größeren Teil der Reise* auf einem Außensitz zurücklegte!

Beim Morgengrauen wurde ich von der Putzfrau geweckt, und als wir bei dem Gasthof anlangten, erhielt ich zuerst einen Platz im Innern des Wagens. Doch als wir zu einem Ort namens Leakington kamen, wo es heftig zu regnen begann, mußte ich mich – Du wirst es kaum glauben – nach draußen setzen, denn Sir Pitt ist Mitinhaber der Postkutsche, und als ein Fahrgast in Mudbury dazukam, der einen Innenplatz verlangte, mußte ich in den Regen hinaus, wo mich jedoch ein junger Herr von der Hochschule in Cambridge sehr liebenswürdig in einen seiner vielen Überröcke hüllte.

Dieser Herr und der Kondukteur schienen Sir Pitt sehr gut zu kennen, und sie lachten tüchtig über ihn. Beide fanden, daß der Ausdruck alter Schraubstock *am besten auf ihn passe: es bedeutet einen sehr geizigen, schäbigen Menschen. Er schenkt niemals jemandem etwas Geld, sagten sie (wie ich solche Knausrigkeit hasse!), und der junge Herr machte mich darauf aufmerksam, daß wir die letzten beiden Abschnitte sehr langsam zurücklegten, weil Sir Pitt auf dem Kutschbock sitze und weil er auf diesem Teil der Strecke die Pferde zu stellen hat. «Aber ich werde sie schon nach Squashmore peitschen, wenn ich die Zügel in die Hand nehme!» sagte der junge Student. «Geschieht ihm recht, Master Jack», sagte der Kondukteur. Als ich ihre Worte richtig begriff, daß nämlich Master Jack den Rest der Fahrt selber kutschieren und sich an Sir Pitts Pferden rächen wollte, mußte ich natürlich auch lachen.*

Aber in Mudbury, vier Meilen vor Queen's Crawley, erwartete uns eine mit Wappen geschmückte Kutsche mit vier herrlichen Pferden davor, und so hielten wir einen prunkvollen Einzug in den Park des Baronets. Eine schöne Allee, die eine Meile lang ist, führt zum Haus, und die Pförtnersfrau am Tor (auf dessen Pfeilern eine Schlange und eine Taube, die Wappentiere der Crawleys, angebracht sind) machte uns unzählige Knickse, als sie die alten schmiedeeisernen Tore aufstieß, die übrigens so ähnlich aussehen wie die in der verhaßten Chiswick Mall.

«Das nenn' ich eine Allee!» sagte Sir Pitt. «Eine ganze Meile lang ist sie! Und in den Bäumen steckt ein Wert von sechstausend Pfund Sterling – das ist schon was, sollt' ich meinen!» Er hatte einen Mr. Hodson, seinen Aufseher aus Mudbury, bei sich im

Wagen, und sie sprachen über Pfänden und Verkaufen, Drainieren und Unterpflügen und sehr viel über Pächter und Landwirtschaft – vielerlei, was ich nicht verstehen konnte. Sam Miles sei beim Wildern ertappt worden, und Peter Bailey sei endlich im Armenhaus gelandet. «Geschieht ihm recht», sagte Sir Pitt, «er und seine Familie haben mich seit hundertfünfzig Jahren auf ihrer Farm betrogen.» Ein alter Pächter, nehme ich an, der seine Pacht nicht zahlen konnte.

Im Vorbeifahren bemerkte ich einen prächtigen Kirchturm, der hinter den alten Ulmen im Park aufragte, und vor ihnen, mitten auf der Rasenfläche und zwischen ein paar Nebengebäuden, lag ein alter Backsteinbau mit efeuübersponnenen Kaminen, und in den Scheiben blinkte die Sonne. «Ist das da hinten Ihre Kirche, Sir?» fragte ich.

«Ja, zum Henker», erwiderte Sir Pitt (doch er gebrauchte ein viel schlimmeres Wort, Liebste!), «was macht Buty, Hodson? Buty ist nämlich mein Bruder Bute, er ist hier Pfarrer. Beauty und das Biest nenn' ich ihn immer, hahaha!»

Hodson lachte auch, und dann machte er eine ernstere Miene und sagte: «Es geht ihm leider besser, Sir Pitt. Gestern hat er einen Ausritt auf seinem Pony gemacht und schaute sich unser Getreide an.»

«Schaute nach seinem Zehnten, zum Henker!» sagte Sir Pitt (nur gebrauchte er wieder ein viel schlimmeres Wort). «Ob ihn denn der Branntwein nie unter die Erde bringt? Er ist so zäh wie der alte – wie heißt er doch gleich –, der alte Methusalem!»

Mr. Hodson lachte wieder. «Die jungen Herren sind von der Hochschule heimgekommen, sie haben John Scroggins verprügelt, bis er halb tot war.»

«Was? Meinen zweiten Wildhüter verprügelt?» brüllte Sir Pitt.

«Er war auf dem Land des Pfarrers gewesen, Sir», erwiderte Mr. Hodson, und Sir Pitt schwor wütend, wenn er sie je auf seinem Grund und Boden beim Wildern anträfe, dann würde er sie ins Jenseits befördern, weiß Gott, das würde er tun. Doch dann sagte er: «Ich habe übrigens das Patronatsrecht über die Pfarre verkauft, Hodson; keiner von der Brut soll sie bekommen, dafür sorge ich.» Und Mr. Hodson sagte, er habe ganz recht. Aus dem Gehörten schien mir hervorzugehen, daß die beiden Brüder in Zwietracht leben, wie das Brüder oft tun, und Schwestern auch. Erinnerst Du Dich nicht mehr an die beiden Misses Scratchleys in Chiswick, wie sie sich immer stritten und kratzten, und an Mary Box, wie sie dauernd Louisa knuffte?

Plötzlich sprang Mr. Hodson auf Wunsch von Sir Pitt aus dem Wagen, weil sie zwei kleine reisigsammelnde Jungen gesehen hatten, und stürzte mit seiner Peitsche auf sie los. «Schlag nur zu, Hodson», brüllte der Baronet; «prügle ihnen die Seele aus dem Leibe, und dann schaff sie zum Haus, die Halunken! Ich lasse sie einlochen, so wahr ich Pitt heiße!» Dann hörten wir Mr. Hodsons Peitsche auf die Schultern der armen kleinen jammernden Knirpse niederklatschen, und als Sir Pitt sah, daß die Übeltäter dingfest gemacht waren, fuhr er auf das Schloß zu. Alle Diener standen bereit, uns zu empfangen, und...

*

Liebste, an dieser Stelle wurde ich gestern abend von einem fürchterlichen Hämmern gegen meine Tür unterbrochen, und was glaubst Du, wer es war? Sir Pitt Crawley in Nachtmütze und Schlafrock – nein, was für ein Anblick! Als ich vor dem späten Gast zurückschreckte, trat er ein und ergriff meine Kerze. «Keine Kerzen nach elf Uhr, Miss Becky!» sagte er. «Gehn Sie im Dunkeln zu Bett, Sie hübsche kleine Hexe» (so nannte er mich), «und falls Sie nicht wollen, daß ich jede Nacht wegen der Kerze komme, dann gehn Sie mir gefälligst um elf zu Bett!» Und damit gingen er und Mr. Horrocks, der Butler, lachend davon. Du kannst Dich drauf verlassen, daß ich ihren Besuch in Zukunft vermeiden werde. Abends werden zwei riesige Bluthunde losgelassen, und die ganze letzte Nacht haben sie gejault und den Mond angebellt. «Den Hund da hab' ich Gorer getauft», sagte Sir Pitt, «der hat schon mal einen Menschen totgebissen, und er wird mit jedem Bullen fertig. Die Hündin ist seine Mutter, die ist schon zu alt zum Beißen.»

Vor dem Herrenhaus, einem häßlichen, altmodischen Backsteinbau mit hohen Schornsteinen und Giebeln im Stil der Queen Bess, liegt eine Terrasse, die von den Wappentieren, der Taube und der Schlange, flankiert wird und auf die sich das Portal der großen Halle öffnet. Die Halle, Liebste, ist bestimmt so hoch und so düster wie die große Halle an dem geliebten Schloß Udolpho. Ein sehr großer Kamin ist da – man könnte Miss Pinkertons halbe Schule hineinstecken –, und der Feuerrost ist groß genug, um mindestens einen Ochsen darauf zu braten. Ringsum an den Wänden hängen ich weiß nicht wieviel Generationen Crawleys, manche mit Bärten und Halskrause, andre mit riesigen Perücken und auswärts gespreizten Füßen, manche in langen, starren Schnürleibern und in Gewändern, die so steif wie Türme dastehen, und andre mit Ringellocken und mit – denk bloß, Liebste! – so gut wie gar keinem Mieder. Am Ende der Halle ist die große Treppe, ganz aus schwarzem Eichenholz und so trübselig wie nur möglich, und zu beiden Seiten führen hohe Türen mit Hirschgeweihen darüber ins Billardzimmer und in die Bibliothek, in den großen gelben Salon und zu den Wohnzimmern. Im ersten Stock müssen, glaube ich, mindestens zwanzig Schlafzimmer sein, in deren einem das Bett steht, in dem die Königin Elisabeth geschlafen hat; meine neuen Zöglinge haben mich heute früh durch all die großartigen Zimmer geführt. Sie wirken dadurch, daß die Fensterläden dauernd geschlossen sind, noch viel düsterer, das kannst Du mir glauben, und es ist kaum eins darunter, in dem ich nicht, wenn etwas Licht hereingelassen wurde, ein Gespenst zu sehen erwartete. Unser Schulzimmer liegt im zweiten Stock, an das sich auf der einen Seite mein Schlafzimmer und auf der andern Seite das der jungen Fräulein anschließt. Dann folgen die Räume von Mr. Pitt – Mr. Crawley wird er angeredet –, dem ältesten Sohn, und die Zimmer Mr. Rawdon Crawleys, der (wie ein gewisser Jemand) auch Offizier und bei seinem Regiment ist. An Raum fehlt's uns also nicht, wie Du siehst. Ich glaube, man könnte alle am Russell Square wohnenden Leute hier unterbringen und hätte noch immer Platz genug.

Eine halbe Stunde nach unserer Ankunft läutete die große Glocke zum Essen, und ich ging mit meinen beiden Zöglingen nach unten (es sind zwei sehr magere, unbedeutende Dingerchen von acht und zehn Jahren). Ich trug Dein mir so teures Musselinkleid (weil Du es mir schenktest, war die abscheuliche Mrs. Pinner so gemein zu mir); ich werde nämlich hier als Familienmitglied behandelt, ausgenommen, wenn Gesellschaft ist: dann sollen die jungen Fräulein und ich oben essen.

Die große Glocke läutete also zu Tisch, und wir fanden uns alle im kleinen Salon ein, in dem Lady Crawley wohnt. Sie ist die zweite Lady Crawley, die Mutter der jungen Fräulein. Sie ist die Tochter eines Eisenwarenhändlers und hatte ihre Heirat als glänzende Partie angesehen. Sie sieht aus, als wäre sie früher mal hübsch gewesen, und ihre Augen scheinen dem Verlust ihrer Schönheit nachzuweinen. Sie ist blaß und mager, hat abfallende

Schultern und offenbar nichts zu sagen. Ihr Stiefsohn, Mr. Crawley, war auch schon im Zimmer. Er war im Frack und tat so feierlich wie ein Leichenbestatter. Er ist blaß, mager, häßlich und schweigsam, hat dünne Beine, keinen Brustkasten, einen heufarbenen Schnurrbart und strohernes Haar. Er ist das genaue Ebenbild seiner Mutter über dem Kamin: der Dame Griselda aus dem edlen Hause der Binkies.

«Hier ist die neue Gouvernante, Mr. Crawley», sagte Lady Crawley, die auf mich zutrat und meine Hand nahm. «Miss Sharp!»

«Ah so», sagte Mr. Crawley, schob seinen Kopf ruckartig vor und versenkte sich wieder in ein großes Pamphlet, in dem er gelesen hatte.

«Hoffentlich sind Sie recht nett zu meinen Töchtern», sagte Lady Crawley mit ihren entzündeten, stets tränenden Augen.

«Gott, Ma, das ist ja selbstverständlich!» sagte die Älteste, und daran merkte ich sofort, daß ich mich vor dieser Frau nicht zu fürchten brauche.

«Milady, es ist angerichtet», sagte der Butler in seinem schwarzen Frack und mit seiner riesigen weißen Hemdkrause, die aussah, als sei es eine von den in der Halle gemalten Königin-Elisabeth-Rüschen; und daraufhin nahm sie Mr. Crawleys Arm und ging als erste ins Speisezimmer, wohin ich ihr folgte, an jeder Hand einen von meinen kleinen Zöglingen.

Sir Pitt stand bereits im Speisezimmer und hielt eine silberne Kanne in der Hand. Er war gerade im Keller gewesen und steckte ebenfalls im Abendanzug, das heißt, er hatte die Gamaschen ausgezogen, so daß man seine kurzen, stämmigen Beine in den schwarzwollenen Strümpfen sah. Die Anrichte war mit schimmerndem altem Silberzeug bedeckt – mit goldenen und silbernen Bechern und alten Tabletts und Gewürzständern, genau wie im Laden von Rundell & Bridge. Auf dem Eßtisch war auch alles aus Silber, und zwei rothaarige Lakaien in kanariengelber Livree standen zu beiden Seiten der Anrichte.

Mr. Crawley sprach ein langes Tischgebet, Sir Pitt sagte Amen, und dann wurden die großen silbernen Deckel von den Schüsseln entfernt.

«Was gibt's zu essen, Betsy?» fragte der Baronet.

«*Ich glaube, Hammelbrühe, Sir Pitt*», *antwortete Lady Crawley.* «Mouton aux navets», *fügte der Butler mit ernster Miene hinzu (gefälligst Mutongonavetz auszusprechen!)*; «*und die Suppe ist* Potage de mouton à l'écossaise; *die Beilagen sind* Pommes de terre au naturel *und* Chou-fleur à l'eau.»

«*Hammel bleibt Hammel*», *sagte der Baronet*, «*und's ist ein verteufelt gutes Gericht. Welches Schaf war es, Horrocks, und wann wurde es abgestochen?*»

«*Eins von den schottischen mit der schwarzen Nase, Sir Pitt; am Donnerstag haben wir geschlachtet.*»

«*Wer nahm was davon?*»

«*Der Steel aus Mudbury nahm den Rücken und die beiden*

Keulen, Sir Pitt; aber er hat gesagt, das letzte wäre zu jung und verteufelt wollig gewesen, Sir Pitt.»

«Nehmen Sie etwas Potage, Miss – hm – Miss Blunt?» fragte Mr. Crawley.

«Großartige schottische Brühe, meine Liebe», sagte Sir Pitt, «auch wenn man ihr einen französischen Namen gibt!»

«Ich glaube, in der guten Gesellschaft ist es Brauch, Sir», sagte Mr. Crawley hochmütig, «das Gericht so zu nennen, wie ich es getan habe.» Zusammen mit dem Mouton aux navets wurde es uns also von den Lakaien in den kanariengelben Röcken auf silbernen Suppentellern gereicht. Dann wurde Bier und Wasser gebracht und uns jungen Damen in Weingläsern serviert. Von Bier verstehe ich nichts, aber ich kann mit ehrlichem Gewissen behaupten, daß ich Wasser vorziehe.

Während wir unser Mahl genossen, fragte Sir Pitt beiläufig, was man mit den Hammelschultern gemacht habe.

«Ich glaube, die wurden am Dienstbotentisch gegessen», erwiderte Milady kleinlaut.

«Jawohl, Milady», sagte Horrocks, «und viel was andres kriegen wir da sowieso nicht.»

Sir Pitt stieß ein wieherndes Lachen aus und setzte seine Unterhaltung mit Mr. Horrocks fort. «Das kleine schwarze Ferkel, das die Kenter Sau geworfen hat, muß jetzt schon gehörig fett sein!»

«Es platzt noch nicht aus der Haut, Sir Pitt», erwiderte der Butler mit todernster Miene, woraufhin Sir Pitt und diesmal auch die jungen Damen sich vor Lachen ausschütten wollten.

«Miss Crawley, Miss Rose Crawley, ich finde euer Lachen überaus unangebracht!» sagte Mr. Crawley.

«Laßt sie nur, Milord», sagte Sir Pitt. «Nächsten Samstag wollen wir das Schwein probieren. Stecht es am Samstagvormittag ab, John Horrocks! Miss Sharp ist auf Schweinefleisch ganz versessen, nicht wahr, Miss Sharp?»

Und das ist, glaube ich, alles von der Unterhaltung bei Tisch, an das ich mich noch erinnern kann. Als wir die Mahlzeit beendet hatten, wurde ein Krug mit heißem Wasser vor Sir Pitt hingestellt und dazu ein Korbflakon, der vermutlich Rum enthielt. Mr. Horrocks goß mir und meinen Zöglingen drei kleine

Gläschen Wein und Milady ein großes Glas voll ein. Als wir uns in den Salon zurückzogen, holte sie aus ihrem Arbeitstisch eine riesige, endlose Strickerei hervor, und die jungen Fräulein begannen mit schmutzigen Spielkarten Cribbage zu spielen. Nur eine einzige Kerze spendete uns Licht, aber sie steckte in einem herrlichen alten Silberleuchter, und nach ein paar spärlichen Fragen von Milady blieb mir die Wahl, mich entweder mit einer Predigtsammlung oder mit dem Pamphlet über Getreidezölle zu unterhalten, das Mr. Crawley vor dem Essen gelesen hatte.

So saßen wir eine Stunde lang, bis sich Schritte hören ließen. «Fort mit den Karten, Kinder!» rief Milady in größter Angst, «legen Sie Mr. Crawleys Lektüre weg, Miss Sharp!»; und wir hatten ihren Befehlen kaum Folge geleistet, als bereits Mr. Crawley ins Zimmer trat.

«Wir wollen unsere Unterhaltung von gestern abend wieder aufnehmen, meine jungen Damen», sagte er, «und ihr sollt abwechselnd eine Seite vorlesen, damit Miss – hm – Short Gelegenheit erhält, euch zuzuhören.» Und die armen Mädchen begannen, sich durch eine lange, langweilige Predigt hindurchzubuchstabieren, die in der Bethesda-Kirche in Liverpool zugunsten der Mission bei den Tschikasa-Indianern gehalten worden war. War das nicht ein reizender Abend?

Um zehn Uhr wurden die Diener beauftragt, Sir Pitt und das Hausgesinde zur Abendandacht zusammenzurufen. Sir Pitt erschien zuerst, hochrot im Gesicht und ziemlich unsicher auf den Beinen; und nach ihm kamen der Butler, die Kanarienvögel, Mr. Crawleys Diener, drei weitere Burschen, die sehr nach Stall rochen, und vier Frauen, von denen die eine, wie ich bemerkte, mächtig herausstaffiert war und mir einen sehr geringschätzigen Blick zuwarf, als sie auf die Knie plumpste.

Als Mr. Crawley mit seinen frommen Reden und Auslegungen fertig war, bekamen wir jeder unsre Kerze und gingen zu Bett; und dann wurde ich beim Schreiben unterbrochen, wie ich es meiner liebsten, herzigsten Amelia schon berichtet habe.

Gute Nacht! Und viele tausend Küsse!

Samstag. – Heute früh um fünf hörte ich, wie das kleine schwarze Schweinchen quiekte. Rose und Violet stellten es mir gestern vor und ebenso die Stallungen und den Hundezwinger und den Gärtner, der gerade Obst pflückte, das auf den Markt geschickt werden sollte. Sie baten ihn beide inständig um eine Weintraube aus dem Gewächshaus; aber er entgegnete, Sir Pitt habe jede einzelne gezählt, und ebensogut könnte er gleich die Stelle aufgeben, wenn er eine verschenken wollte. Die lieben Dinger fingen ein Fohlen auf der Koppel ein und fragten mich, ob ich reiten wolle, und begannen selbst zu reiten, bis der Reitknecht kam und sie mit scheußlichen Flüchen verscheuchte.

Lady Crawley strickt dauernd an ihrer Arbeit. Sir Pitt ist jeden Abend angeheitert: ich glaube, er trinkt mit Horrocks, dem Butler. Mr. Crawley liest Abend für Abend Predigten, während er sich morgens in sein Studierzimmer einschließt, oder er reitet in Distriktgeschäften nach Mudbury oder auch nach Squashmore, wo er mittwochs und freitags vor den dortigen Pächtern eine Predigt hält.

Hunderttausend dankbare Grüße an Deine lieben Eltern! Hat sich Dein armer Bruder von seinem Arrakpunsch erholt? O je, o je, wenn sich doch die Männer vor dem bösen Punsch in acht nehmen wollten!

Immer und ewig
Deine Dich liebende
Rebecca.

Wenn man's recht überlegt, so ist es, glaube ich, für unsre liebe Amelia am Russell Square nicht weiter schlimm, daß sie und Miss Sharp sich trennen mußten. Rebecca ist zwar ein drolliges und witziges Geschöpf, und die Bemerkungen, die sie über die um den Verlust ihrer Schönheit trauernden Lady und über den Gentleman mit dem heufarbenen Backenbart und dem strohernen Haar machte, sind bestimmt sehr gescheit und deuten auf große Menschenkenntnis hin. Daß sie, als sie zum Gebet niederkniete, an etwas Besseres als an Miss Horrocks Staat hätte denken sollen, ist wahrscheinlich schon uns beiden aufgefallen. Doch möge mein gütiger Leser bitte bedenken, daß diese Geschichte «Jahrmarkt der Eitelkeit» betitelt ist und daß dieser Jahrmarkt ein sehr oberflächlicher, gottloser und närrischer Schauplatz ist, auf dem es von jedem erdenklichen Humbug und Schwindel und Gaukelspiel nur so wimmelt. Und wenn auch der Moralprediger auf dem Titelbild (ein genaues Abbild dero gehorsamen Dieners) weder Talar noch Bäffchen, sondern die gleiche langohrige Narrenkappe trägt, mit der seine Gemeinde geschmückt ist, so ist er doch verpflichtet, die Wahrheit zu schildern, soweit sie ihm bekannt ist, ob er nun eine Narrenkappe mit Glöckchen oder einen breitkrempigen Filzhut trägt, und im Laufe eines solchen Vorhabens kommt auch ein gut Teil unangenehmer Dinge zur Sprache.

Am Strand in Neapel habe ich mit angehört, wie ein Kollege, auch ein Geschichtenerzähler, vor einer Schar von Taugenichtsen und rechtschaffenen Faulenzern predigte und allmählich in solchen Ärger und Zorn über die Schurken geriet, die er beschrieb oder erfand, daß seine Zuhörer mitgerissen wurden und mit dem Dichter zusammen in ein Gebrüll an Flüchen und Verwünschungen über die erdichteten Ungeheuer der Erzählung ausbrachen, bis unter stürmischer Anteilnahme der Hut die Runde machte, in den die Batzen fielen.

In den kleinen Pariser Theatern dagegen hört man nicht nur, wie das Volk «*Ah, gredin! Ah, monstre!*» ruft und wie die Logeninsassen den Tyrannen des Schauspiels verwünschen, sondern die Schauspieler selbst weigern sich

ausdrücklich, die Rolle der Bösewichter zu spielen, wie zum Beispiel den «*infamen Engländer*», den brutalen Kosaken und was sonst noch; sie ziehen es vor, selbst bei niedrigerer Gage in ihrem wahren Charakter als loyale Franzosen aufzutreten. Ich führe die beiden Beispiele an, damit man erkennt, daß der gegenwärtige Puppenspieler seine Schurken nicht aus gewinnsüchtigen Gründen zur Schau stellt und beschimpft, sondern weil er einen aufrichtigen Haß gegen sie hegt, den er nicht bezähmen kann und der sich durch gehöriges Schelten und Fluchen Luft machen muß.

Ich warne meine «verehrten Gönner» also: ich werde ihnen eine Geschichte voll entsetzlicher Schlechtigkeit und verwickelter, aber bestimmt ungemein spannender Verbrechen erzählen. Meine Schurken sind keine Schlappschwänze, das verspreche ich. Bei den entsprechenden Stellen werde ich kein Blatt vor den Mund nehmen, o nein! Reisen wir aber durch stille Gegenden, müssen wir notwendigerweise auch ruhig sein. Ein Sturm im Wasserglas wäre lächerlich. So etwas behalten wir uns für den gewaltigen Ozean und die einsame Mitternachtsstunde vor. Das folgende Kapitel wird sehr sanftmütig sein. Andere – aber nein, die will ich nicht vorwegnehmen.

Und wenn ich meine Charaktere auftreten lasse, so bitte ich – als Mensch und Bruder –, sie nicht nur vorstellen, sondern auch gelegentlich von den Brettern heruntersteigen zu dürfen, um über sie zu sprechen: wenn sie gut und freundlich sind, sie zu lieben und ihnen die Hand zu schütteln, wenn sie töricht sind, mit dem Leser heimlich über sie zu lachen, und wenn sie schlecht und herzlos sind, sie mit den schlimmsten Schimpfwörtern zu belegen, die mir die Höflichkeit gestattet.

Sonst könntet ihr gar noch glauben, ich sei es, der die Hausandachten verhöhnt, die Miss Sharp so lächerlich findet, und ich sei es, der gutmütig über den torkelnden alten Silen von Baronet lacht, während doch das Gelächter von jemand ausgeht, der nur vor dem weltlichen Glück Achtung empfindet und nur für den Erfolg Augen hat. Solche Menschen leben und gedeihen in der Welt: ohne Glauben, ohne Hoffnung, ohne Liebe. Gegen sie wollen wir, liebe Freunde, aus Leibeskräften ankämpfen. Dann gibt es noch andere, und auch sehr erfolgreiche, die nichts als Scharlatane und Narren sind: um sie zu entwaffnen und bloßzustellen, dazu wurde ganz sicherlich das Lachen erschaffen.

IX

Familienbildnisse

IR PITT CRAWLEY war ein Philosoph mit einem Hang für das, was man das Vulgäre zu nennen pflegt. Seine erste Ehe mit der Tochter des Lord Binkie war auf Wunsch seiner Eltern zustande gekommen, und weil er Lady Crawley zu ihren Lebzeiten oft gesagt hatte, sie sei eine so verwünscht zänkische und hochnäsige Trulle, daß er sich lieber hängen ließe, ehe er, falls sie sterben sollte, jemals wieder eine ihresgleichen nähme, so hielt er nach ihrem Ableben sein Versprechen und wählte sich als zweite Frau Miss Rose Dawson, die Tochter des Eisenwarenhändlers Mr. John Dawson in Mudbury. Was für ein Glück für Rose, Lady Crawley zu werden!

Wir wollen die einzelnen Posten ihres Glücks einmal aufzählen! Erstens gab sie Peter Butt auf, einen jungen Mann, «mit dem sie ging» und der sich infolge seines Pechs in der Liebe nun dem Schmuggeln, Wildern und tausend anderen schlechten Gewohnheiten ergab. Dann zerstritt sie sich pflichtgemäß mit allen Gefährten und Busenfreundinnen ihrer Jugendzeit, die sie als Lady auf Queen's Crawley natürlich nicht empfangen konnte – ebensowenig, wie sie in ihrem neuen Rang und Aufenthalt irgend jemand fand, der geneigt war, sie willkommen zu heißen. Wie konnte sie auch! Sir Huddleston Fuddleston hatte drei Töchter, die alle gehofft hatten, Lady Crawley zu werden. Sir Giles Wapshots Familie fühlte sich gekränkt, weil keiner von ihren Töchtern der Vorzug gegeben wurde, und die restlichen Baronets der Grafschaft waren ob der Mesalliance ihres Standesgenossen entrüstet. Einerlei, was die Bürgerlichen sagten: die lassen wir anonym murren.

Sir Pitt scherte sich, wie er sagte, nicht für einen roten Penny um alle zusammen. Er hatte seine hübsche Rose, und was mehr kann ein Mann verlangen, als nach seinem Wunsch zu leben? Er pflegte sich also Abend für Abend zu betrinken, hin und wieder seine hübsche Rose zu verprügeln und sie, wenn er zu den Parlamentssitzungen nach London reiste, allein in Hampshire zu lassen, allein und ohne eine einzige Freundesseele in der ganzen weiten Welt. Sogar Mrs. Bute Crawley, die Frau des Pfarrers, weigerte sich, sie zu besuchen, weil sie, wie sie erklärte, niemals einer Krämerstochter den Vortritt lassen könne.

Da die einzigen Gaben, mit denen die Natur Lady Crawley bedacht hatte, in rosigen Wangen und einer weißen Haut bestanden und da sie weder Charaktervorzüge noch Talente, weder eine eigene Meinung noch einen Hang für besondere Beschäftigungen oder Vergnügungen besaß, auch nicht jene Willensstärke und Heftigkeit des Temperaments, die oft ganz dummen Frauen eignet, so konnte sie sich Sir Pitts Zuneigung nicht sehr lange erhalten. Die Rosen auf ihren Wangen welkten, ihre Figur verlor nach der Geburt der beiden Kinder die Anmut der Jugend, und sie wurde in ihres Gatten Haus zu einer bloßen Maschine, die von nicht größerem Nutzen als der Flügel der verstorbenen Lady Crawley war. Wie die meisten Blondinen trug sie zu ihrer hellen Gesichtshaut gern helle Kleider und erschien meistens in angeschmutztem Seegrün oder verwaschenem Himmelblau. Tagein, tagaus saß sie über ihrer Wollhandarbeit oder ähnlichen Sachen und hatte im Laufe von ein paar Jahren Überwürfe für sämtliche Betten in Crawley hergestellt. Ihren kleinen Blumengarten hegte sie und liebte ihn fast, doch darüber hinaus empfand sie weder eine Zu- noch eine Abneigung. Wenn ihr Mann grob zu ihr war, wurde sie apathisch; wenn er sie schlug, weinte sie. Sie hatte nicht genug Charakter, um sich dem Trunk zu ergeben, und seufzte den ganzen Tag in schlappenden Pantoffeln und Lockenwickeln herum. O Jahrmarkt der Eitelkeit – Jahrmarkt der Eitelkeit! Ohne dich wäre sie ein heiteres Mädchen geblieben: Peter Butt und Rose wären auf einem schmukken Gütchen ein glückliches Ehepaar mit einer munteren Familie und einem rechtschaffenen Anteil an Freunden und Sorgen, Hoffnungen und Kämpfen geworden! Jedoch ein Titel und eine vierspännige Kutsche sind auf dem Jahrmarkt der Eitelkeit Spielzeug von größerem Wert als das Glück, und wenn Heinrich der Achte oder der Ritter Blaubart noch lebten und sich eine zehnte Frau nehmen wollten, dann würden sie, das könnt ihr mir glauben, das schönste Mädchen bekommen, das in diesem Winter bei Hofe vorgestellt wird.

Die langweilige, stumpfe Natur ihrer Mama vermochte in ihren kleinen Töchtern nicht gerade viel Zärtlichkeit zu erwecken, wie sich denken läßt; doch im Dienstbotenzimmer und in den Ställen fühlten sie sich wohl, und da der schottische Gärtner glücklicherweise eine nette Frau und ein paar nette Kinder hatte, so fanden sie in seiner Hütte etwas natürlichen Umgang und Unterweisung, und das war die einzige Erziehung, die ihnen bis zur Ankunft von Miss Sharp zuteil wurde.

Miss Sharps Anstellung ging auf die Mahnworte Mr. Pitt Crawleys zurück; er war der einzige Freund und Beschützer, den Lady Crawley je gehabt hatte, und außer ihren Kindern der einzige Mensch, für den sie eine matte kleine Zuneigung empfand. Mr. Pitt schlug den edlen Binkies nach, von denen er abstammte, und war ein sehr höflicher Herr und echter Gentleman. Als er ein Mann geworden war und von Christchurch zurückkehrte, begann er seinem Vater zum Trotz – der ihn fürchtete –, den Schlendrian im Haushalt abzuschaffen. Er war ein Mann von so starren Manieren, daß er lieber verhungert wäre, als ohne weißes Halstuch bei Tisch zu erscheinen. Einmal, als er gerade von der Universität gekommen war und der Butler Horrocks ihm einen Brief brachte, ohne ihn vorher auf einen Präsentierteller zu legen, warf er ihm einen solchen Blick zu und hielt ihm eine so scharfe Rede, daß Horrocks von da an stets vor ihm zitterte. Der ganze Haushalt beugte sich vor ihm: war er zu Hause, dann entfernte Lady Crawley ihre Lockenwickel beizeiten, Sir Pitts lehmige Gamaschen verschwanden, und wenn der unverbesserliche Alte auch noch an anderen Gewohnheiten festhielt, so betrank er sich doch nie in Gegenwart seines Sohnes und sprach mit den Dienstboten nur in sehr gemäßigtem und höflichem Ton, und diese wiederum merkten, daß Sir Pitt, solange sein Sohn im Zimmer war, niemals Lady Crawley beschimpfte.

Mr. Crawley war es auch gewesen, der dem Butler die Worte «Milady, es ist angerichtet!» beigebracht hatte und der darauf bestand, Lady Crawley zu Tisch zu führen. Er sprach selten mit ihr, tat er es aber doch einmal, dann nur mit dem allergrößten Respekt, und nie verließ sie das Zimmer, ohne daß er sehr beflissen aufsprang, um ihr die Türe zu öffnen und eine elegante Verbeugung hinter ihr drein zu machen.

In Eton hatte er den Spitznamen «Miss Crawley» bekommen, und sein jüngerer Bruder Rawdon hatte ihn dort leider oft nach Noten verprügelt. Aber wenn seine Geistesgaben auch nicht glänzend waren, so hatte er den Mangel an Talent durch lobenswerten Fleiß wettgemacht, und während seiner acht Jahre in der Schule mußte er sich nie jenen Strafen unterziehen, denen nach allgemeiner Ansicht nur ein Engel entgehen kann.

Die Jahre an der Hochschule verliefen natürlich höchst anerkennenswert. Dort bereitete er sich auf seine Laufbahn in der Öffentlichkeit vor, in die er unter der Protektion Lord Binkies, seines Großvaters, eingeführt werden sollte: er studierte mit größtem Fleiß die alten und neueren Redner und sprach unermüdlich in den Debattierklubs. Obwohl er aber sehr geläufig und wortreich reden konnte und seine schwache Stimme zu seiner eigenen Freude ganz imposant erklingen ließ und obwohl er nie eine Empfindung oder Ansicht vortrug, die nicht vollkommen banal und abgedroschen war und durch lateinische Zitate bekräftigt wurde, kam er doch trotz aller Mittelmäßigkeit, die jedem andern Mann zum Erfolg verholfen hätte, nie recht voran. Nicht einmal die Gedichtprämie errang er, was alle seine Freunde für sicher erachtet hatten.

Nachdem er die Hochschule verlassen hatte, wurde er Privatsekretär Lord Binkies; danach ernannte man ihn zum Attaché bei der Gesandtschaft in Pumpernickel, einen Posten, den er höchst ehrenvoll ausfüllte und von wo er dem damaligen Außenminister Nachrichten in Form von Straßburger Gänseleberpastete übermittelte. Nachdem er zehn Jahre lang Attaché gewesen war (mehrere Jahre nach dem Ableben des tief betrauerten Lord Binkie), gab er schließlich, weil er nicht befördert wurde, die diplomatische Laufbahn etwas verärgert auf und wurde Landedelmann.

Als er nach England zurückgekehrt war, hatte er einen Artikel über Malz geschrieben (denn er war ehrgeizig und sah sich immer gern im Licht der Öffentlichkeit) und starken Anteil am Problem der Sklavenbefreiung genommen. Dann wurde er Mr. Wilberforces Freund, dessen Politik er bewunderte, und nun entspann sich der berühmte Briefwechsel mit Ehrwürden Silas Hornblower über die Aschanti-Mission. In London war er, wenn auch nicht zu den Parlamentssitzungen, so doch im Mai zu den Kirchenkonferenzen anwesend. Auf dem Lande war er Friedensrichter und besuchte und belehrte voller Eifer alle, denen es an religiöser Unterweisung fehlte. Wie es hieß, bewarb er sich um Lady Jane Sheepshanks, Lord Southdowns dritte Tochter, deren Schwester, Lady Emily, die rührenden Erbauungsschriften «Des Seemanns wahrer Kompaß» und «Die Apfelfrau von Finchley» verfaßt hatte.

Miss Sharps Schilderung seiner Tätigkeit in Queen's Crawley war nicht etwa übertrieben. Er zwang die dortigen Dienstboten zu den bereits erwähnten Andachtsübungen und veranlaßte seinen Vater (was recht gut war), daran teilzunehmen. In der Pfarrgemeinde Crawley stand ein Versammlungshaus der Independenten unter seinem Patronat – sehr zum Ärger seines Onkels, des Pfarrers, und infolgedessen zur Freude Sir Pitts, den er überredete, selbst ein- oder zweimal dort hinzugehen, was zu ein paar heftigen Predigten in der Pfarrkirche von Crawley Anlaß gab, die ganz offen auf den alten gotischen Kirchenstuhl des Baronets gezielt waren. Der brave Sir Pitt spürte jedoch nichts von der Gewalt der Strafpredigten, da er in der Kirche stets sein Schläfchen zu halten pflegte.

Mr. Crawley bedrängte den alten Herrn, ihm – zum besten der Nation und der Christenheit – seinen Platz im Parlament abzutreten, was der Ältere jedoch stets abschlug. Beide waren natürlich zu gescheit, um auf die fünfzehnhundert Pfund jährlich zu verzichten, die der zweite Sitz einbrachte (zurzeit hatte ihn Mr. Quadroon – mit *carte blanche* in der Sklavenfrage – inne); denn das Familiengut war stark verschuldet, und das Einkommen aus dem Parlamentssitz war dem Herrenhaus daher von großem Nutzen.

Es hatte sich nie von der schweren Geldbuße erholt, die dem ersten Baronet, Walpole Crawley, wegen seiner Veruntreuungen im Reichssiegelamt auferlegt worden war. Sir Walpole war ein lebenslustiger Mann, der aufs Geld versessen war, um es ausgeben zu können («*alieni appetens, sui profusus*», wie Mr. Crawley seufzend bemerkt haben würde), und die ganze Grafschaft hatte ihn geliebt, weil man in Queen's Crawley stets gastlich aufgenommen wurde und sich besaufen konnte. Damals waren die Keller voll Burgunder gewesen, die Zwinger steckten voller Hetzhunde und die Ställe voll feuriger Jagdpferde. Die paar Pferde, die Queen's Crawley heute noch besaß, zogen den Pflug oder die Trafalgar-Postkutsche, und eins von diesen Gespannen hatte Miss Sharp, als es gerade nicht auf dem Feld gebraucht wurde, zum Schloß gebracht. Denn Sir Pitt war zwar verbauert, doch er achtete peinlich aufs äußere Ansehen, fuhr selten anders als vierspännig aus und ließ sich bei Tisch von drei

Lakaien bedienen, auch wenn ihm nur Hammelbrühe serviert wurde.

Wenn bloßer Geiz reich machen könnte, hätte Sir Pitt sehr wohlhabend sein müssen. Wäre er Advokat in einem Landstädtchen und sein Verstand sein einziges Kapital gewesen, so hätte er sehr wahrscheinlich Gewinn daraus geschlagen und beträchtlichen Einfluß und ein maßgebliches Urteil erlangt. Doch unseligerweise hatte er einen berühmten Namen und ausgedehnten, wenn auch belasteten Grundbesitz, was ihn beides eher hinderte als förderte. Er war ein leidenschaftlicher Prozessierer, und das kostete ihn jährlich viele Tausende. Wie er selber sagte, war er viel zu gescheit, um sich von einem einzigen Verwalter betrügen zu lassen; aber er duldete es, daß ein ganzes Dutzend, denen er allen gleichmäßig mißtraute, seine Geschäfte schlecht versah. Er war ein so harter Gutsherr, daß er kaum andere Pächter finden konnte als solche, die bereits bankrott waren. Als Landwirt war er so knauserig, daß er dem Boden fast die Saat mißgönnte, wofür die Natur sich rächte und mit den Ernten kargte, die sie freigebigeren Landwirten gern gewährt. Er spekulierte auf jede erdenkliche Weise, besaß Gruben, kaufte Kanalaktien, stellte Pferde für Postkutschen, nahm Regierungsaufträge entgegen und war der emsigste Mann und Beamte der ganzen Grafschaft. Da er in seinem Granitsteinbruch keinen ehrlichen Verwalter bezahlen wollte, mußte er es erleben, daß ihm vier Aufseher durchbrannten und mit einem Vermögen nach Amerika gingen. Mangels geeigneter Sicherheitsmaßnahmen liefen ihm die Kohlenschächte voll Wasser; die Regierung löste den Vertrag, weil er verdorbenes Rindfleisch geliefert hatte, und was seine Postpferde betraf, so wußte jeder Posthalter im Königreich, daß keinem Mann so viel Pferde eingingen wie ihm, weil er zu billig einkaufte und schlecht füttern ließ. Seiner Veranlagung nach war er gesellig und durchaus nicht hochmütig; im Gegenteil, bei einem Bauern oder Pferdehändler fühlte er sich wohler als bei einem Herrn, wie etwa seinem Sohn, Mr. Crawley. Trinken, fluchen und mit Bauerntöchtern schäkern, das war eher nach seinem Geschmack. Zwar konnte ihm keiner nachsagen, daß er jemals einen Schilling verschenkt oder ein gutes Werk getan habe, aber er war immer lustig, listig und gut gelaunt. Er konnte heute mit einem Pächter Witze reißen und ein Glas mit ihm trinken und ihn morgen pfänden lassen, oder er lachte sich eins mit dem Wilddieb, den er deportieren ließ. Seine Höflichkeit gegen das schöne Geschlecht hat Miss Sharp schon angedeutet – kurz und gut: weder bei den Baronets noch beim Hochadel noch bei den Bürgerlichen gab es einen so listigen, geizigen, selbstsüchtigen, törichten und schlechten alten Mann! Sir Pitt Crawleys blutrote Hand steckte in jedermanns Tasche, nur nicht in seiner eigenen, und mit Kummer und Bedauern müssen wir – trotz aller Bewunderung für den britischen Adel – so viel üble Eigenschaften bei einem Mann feststellen, dessen Name in Debretts Adelskalender erwähnt wird.

Einer der wichtigsten Gründe, weshalb Mr. Crawley seines Vaters Gelüste so zu bändigen vermochte, waren Geldangelegenheiten. Der Baronet schuldete seinem Sohn aus der Mitgift seiner Mutter eine Geldsumme, und es behagte ihm nicht, sie ihm auszuzahlen; er hatte ja überhaupt einen fast unbezwinglichen Widerwillen, jemand etwas zu zahlen, und er konnte nur mit Gewalt dazu gebracht werden, seine Schulden abzutragen. Miss Sharp rechnete sich aus (denn sie wurde in die meisten Familiengeheimnisse eingeweiht, wie wir bald sehen werden), daß sich allein die Gerichtskosten in Klagesachen all seiner Gläubiger für den ehrenwerten Baronet auf mehrere hundert Pfund im Jahr beliefen; doch das war ihm ein Vergnügen, auf das er nicht verzichten mochte. Es bereitete ihm eine teuflische Freude, die armen Burschen warten zu lassen und die Zahlung von einer Gerichtssitzung zur andern und von einem Termin zum andern hinauszuzögern. «Was nützt es, im Parlament zu sitzen, wenn man seine Schulden bezahlen muß?» pflegte er zu sagen. Daher zog er denn auch aus seinem Posten als Parlamentsmitglied beträchtlichen Nutzen.

Jahrmarkt der Eitelkeit – Jahrmarkt der Eitelkeit! Da haben wir einen Mann, der nicht fehlerlos schreiben kann und nicht lesen mag, der eines Bauern Gewohnheiten und Schliche hat, dessen Lebenszweck Winkelzüge sind, der nur am Schmutzigen und Gemeinen Geschmack und Vergnügen empfindet. Und doch hatte er irgendwie Rang, Ehren und Macht und war ein Würdenträger seines Landes und eine Stütze des Staatswesens. Er war Oberrichter in seiner Grafschaft und fuhr in einer goldenen Kutsche. Große Minister und Staatsmänner schmeichelten ihm, und auf dem Jahrmarkt der Eitelkeit hatte er eine höhere Stellung inne als das glänzendste Genie oder die makelloseste Tugend.

Sir Pitt besaß eine Halbschwester, die von ihrer Mutter ein großes Vermögen geerbt hatte; der Baronet hatte ihr vorgeschlagen, es bei ihm in Hypotheken anzulegen, aber Miss Crawley hatte das Angebot abgelehnt und sichere staatliche Obligationen vorgezogen. Allerdings verkündete sie ihre Absicht, dem zweiten Sohn Sir Pitts sowie der Pfarrersfamilie ihr Vermögen zu vermachen, und ein- oder zweimal hatte sie Rawdon Crawleys Schulden bezahlt, die er auf der Hochschule und beim Militär gemacht hatte. Daher wurde Miss Crawley, wenn sie nach Queen's Crawley kam, sehr respektvoll aufgenommen, denn sie besaß ein Bankguthaben, das sie überall beliebt gemacht hätte.

Was für ein Ansehen so ein Bankguthaben einer alten Dame verleihen kann! Wie zartfühlend übersehen wir ihre Fehler, wenn sie mit uns verwandt ist (und möge jeder Leser eine ganze Schar solcher Verwandten haben!), ach, was für eine freundliche, gutherzige alte Seele ist sie doch! Liebenswürdig lächelnd begleitet der Juniorpartner von Hobbs & Dobbs sie zu ihrer wappengeschmückten Kutsche mit dem dicken, schnaufenden Kutscher! Wie gern wir doch, wenn sie uns einen Besuch macht, Gelegenheit nehmen, unsern Freunden etwas über ihre günstigen Lebensumstände anzudeuten! Vielleicht sagen wir (und wie wahr wäre es!): «Ich wünschte, ich hätte Miss MacWhirters Unterschrift auf einer Anweisung über fünftausend Pfund!» – «Die würde sie kaum vermissen», meint dann deine Frau. Wenn dein Freund dich fragt, ob du mit Miss MacWhirter verwandt bist, erwiderst du leichthin: «Ja, sie ist meine Tante.» Deine Frau schickt ihr fortwährend kleine Aufmerksamkeiten, deine kleinen Töchter sticken ihr dauernd Handarbeitskörbe und Kissen und Fußbänke. Was für ein warmes Feuer brennt in ihrem Zimmer, wenn sie zu Besuch kommt, obwohl deine Frau sich im ungeheizten Zimmer das Korsett zuschnüren muß! Während ihres Aufenthalts wirkt das Haus festlich, sauber, warm, freundlich und so behaglich wie sonst niemals. Du selbst, lieber Freund, vergißt dein Nachmittagsschläfchen und entdeckst plötzlich, wie gern du Whist spielst (obschon du immer verlierst)! Was für gutes Essen ihr habt! Jeden Tag Wild, Malvasier und Madeira und stets frischen Fisch aus London! Sogar die Dienstboten in der Küche erhaschen ihren Anteil am allgemeinen Wohlergehen; denn wenn Miss MacWhirters dicker Kutscher da ist, scheint das Bier viel kräftiger, und im Kinderzimmer (wo ihre Zofe die Mahlzeiten einnimmt), spielt der Verbrauch von Tee und Zucker überhaupt keine Rolle mehr. Stimmt's – oder nicht? Ich frage den Mittelstand! Ach, ihr himmlischen Mächte! Ich wünschte, ihr schicktet mir eine alte Tante, eine unverheiratete Tante, eine Tante mit einem Wappen auf ihrer Kutsche und einer milchkaffeebraunen Perücke! Wie meine Kinder ihr fleißig Pompadours sticken würden! Und wie meine Julia und ich es ihr behaglich machen würden! Köstliches Gaukelbild! Dummer Traum!

X

Miss Sharp fängt an, sich Freunde zu erwerben

LS REBECCA nun ein Mitglied der liebenswürdigen Familie geworden war, deren Bildnisse wir auf den vorhergehenden Seiten skizzierten, hielt sie es natürlich für ihre Pflicht, sich, wie sie sagte, bei ihren Wohltätern beliebt zu machen und nach besten Kräften ihr Vertrauen zu erwerben. Muß man solche Dankbarkeit einer schutzlosen Waise nicht bewundern? Und selbst wenn sich ein gewisses Maß an Egoismus in ihre Überlegungen geschlichen hätte – muß man nicht zugeben, daß ihre Klugheit völlig gerechtfertigt war? Ich stehe allein in der Welt, sagte sich das einsame Mädchen. Ich kann nur auf das zählen, was ich mir durch eigene Arbeit erwerbe, und während die rotbäckige Amelia, ein kleines Ding mit nur halb soviel Verstand wie ich, zehntausend Pfund besitzt und sicher versorgt ist, muß die arme Rebecca sich einzig auf sich selbst und ihren Verstand verlassen (und dabei ist meine Figur doch viel besser als ihre!). Gut, wir werden ja sehen, ob mir mein Verstand nicht eine angesehene Stellung in der Welt verschafft und ob ich Amelia nicht doch einmal meine Überlegenheit beweisen kann! Nicht als ob ich etwas gegen die arme Amelia hätte – wer kann schon etwas gegen ein so harmloses und gutmütiges Geschöpf haben? Nur wird es eben doch ein Freudentag für mich sein, wenn ich in der Welt einen höheren Platz fände; und warum sollte ich eigentlich nicht? – Solchermaßen erträumte sich unsre kleine Freundin die Zukunft, und wir wollen uns nicht entsetzen, daß in all ihren Luftschlössern ein Mann der Hauptinsasse war. Denn woran sonst sollen die jungen Mädchen denken, wenn nicht an einen Ehemann? Und woran sonst denken denn ihre lieben Mamas? Ich muß meine eigene Mama sein, dachte Rebecca nicht ohne schmerzliche Erinnerungen an ihre Niederlage, sobald ihr das mißglückte Abenteuerchen mit Joe Sedley einfiel.

Sie beschloß also vernünftigerweise, ihre Stellung bei der Familie in Queen's Crawley zu festigen und angenehm auszubauen und sich deshalb jedermann in ihrer Umgebung, der ihr dabei hätte in die Quere kommen können, zum Freund zu machen.

Lady Crawley gehörte nicht zu ihnen, und da sie überdies eine so langweilige und abgestumpfte Frau war, daß sie nicht den geringsten Einfluß auf ihre Familie ausübte, hielt Rebecca es bald für vollkommen unnötig, sich um ihr Wohlwollen zu bemühen – ja sogar für unmöglich, es zu erringen. Zu ihren Zöglingen pflegte sie von deren «armer Mama» zu sprechen, und wenn sie der Lady auch stets eine kühle Hochachtung erwies, so richtete sie doch wohlweislich ihre Hauptaufmerksamkeit auf die übrigen Familienmitglieder.

Bei den jungen Mädchen, die sie vollständig für sich gewann, war ihre Methode einfach. Sie plagte ihre Köpfchen nicht mit zuviel Gelehrsamkeit, sondern ließ sie im Gegenteil ihre eigenen Wege gehen; denn welche Belehrung ist wirksamer als der Selbstunterricht? Das ältere Mädchen las sehr gern, und da sich in der alten Bibliothek des Schlosses eine beträchtliche Anzahl von Werken der leichteren Literatur des vorigen Jahrhunderts fand, und zwar in französischer wie in englischer Sprache (sie waren vom Sekretär des Reichssiegelamtes gekauft worden, nachdem er in Ungnade gefallen war), und da außer Rebecca niemand in den Bücherregalen herumstöberte, konnte sie der kleinen Miss Rose Crawley auf

Miss Sharp in ihrem Schulzimmer

angenehme Art und gewissermaßen spielend Belehrung verschaffen.

So lasen sie und Miss Rose viele köstliche englische und französische Werke, von denen wir nur ein paar erwähnen wollen, wie die des gelehrten Dr. Smollett, des geistreichen Mr. Henry Fielding, des anmutigen und phantasievollen jüngeren Crébillon, den unser unsterblicher Dichter Gray so bewunderte, und die des universellen Geistes Monsieur de Voltaire. Als Mr. Crawley einmal fragte, was die Mädchen gerade läsen, erwiderte die Gouvernante: «Smollett.» – «Oh, Smollett!» sagte Mr. Crawley sehr befriedigt. «Seine Geschichte ist langweiliger als die von Hume, aber bei weitem nicht so gefährlich. Sie lesen also Geschichte?» – «Ja», sagte Miss Rose, ohne jedoch hinzuzufügen, daß es die Geschichte Humphrey Clinkers war. Bei einer andern Gelegenheit war er ziemlich entsetzt, als er seine Schwester über einem Band französischer Theaterstücke antraf. Doch da die Gouvernante sagte, ihre Zöglinge könnten dadurch die französische Umgangssprache erlernen, mußte er sich zufriedengeben. Als ehemaliger Diplomat war Mr. Crawley außerordentlich stolz auf seine eigene Gewandtheit im Französischen (denn insofern war er noch weltlich gesinnt). Daher freute er sich nicht wenig über Komplimente, die ihm die Gouvernante immer wieder wegen seiner Sprachkenntnisse machte.

Miss Violets Neigungen dagegen waren derber und ungestümer als die ihrer Schwester. Sie kannte alle heimlichen Winkel, in welche die Hühner ihre Eier legten. Sie konnte auf Bäume klettern und sich aus den Nestern der gefiederten Sänger ihre gesprenkelte Beute holen. Ihre größte Wonne war es, auf den jungen Fohlen zu reiten und wie Camilla durch Wald und Feld zu schweifen. Sie war der Liebling ihres Vaters und der Stallknechte. Sie war auch der Liebling und zugleich der Schrecken der Köchin, denn sie entdeckte alle Verstecke, in denen Marmeladentöpfe standen, und fiel darüber her, falls sie in Reichweite waren. Sie und ihre Schwester lagen sich stets in den Haaren, doch wenn Miss Sharp ihren kleinen Vergehen auf die Spur kam, so berichtete sie nicht Lady Crawley darüber, die sie dem Papa oder, schlimmer noch, Mr. Crawley weitergetragen hätte, sondern sie versprach, nichts zu verraten, wenn Miss Violet ein braves Mädchen sein und ihre Gouvernante liebhaben wollte.

Zu Mr. Crawley war Miss Sharp respektvoll und gefügig. Sie fragte ihn bei schwierigen französischen Stellen um Rat, die sie nicht verstehen konnte, obwohl ihre Mutter Französin gewesen war. Er konnte sie ihr genauestens deuten, und er half ihr nicht nur bei der weltlichen Lektüre, sondern wählte ihr liebenswürdigerweise auch Bücher mit ernsterem Inhalt aus und zog sie häufig ins Gespräch. Seine Rede vor der Gesellschaft für Negeremanzipation bewunderte sie über die Maßen, interessierte sich sehr für seine Abhandlung über das Malz und war von seinen Abendandachten bis zu Tränen gerührt, so daß sie oft mit einem Seufzer und einem Augenaufschlag «Oh, ich danke Ihnen, Sir!» sagte, was ihn wiederum bewog, sich gelegentlich so weit herabzulassen, daß er ihr die Hand drückte. «Aufs Blut kommt doch schließlich alles an», pflegte der adlige Frömmler dann zu sagen. «Wie meine Worte Miss Sharp erwecken, während nicht einer von den Leuten hier ergriffen ist! Ich bin zu fein für sie, zu zart. Ich müßte meine Redeweise volkstümlicher halten; *sie* jedoch versteht mich. Ihre Mutter war eben eine Montmorency.»

Tatsächlich schien es nämlich so, als ob Miss Sharp mütterlicherseits von jener berühmten Familie abstamme. Natürlich sagte sie nicht, daß ihre Mutter bei der Bühne gewesen war; damit hätte sie nur Mr. Crawleys religiöses Gewissen verletzt. Wie viele edle Emigranten hatte doch die abscheuliche Revolution ins Elend gestürzt! Sie war erst ein paar Monate im Hause, da hatte sie über ihre Vorfahren schon mehrere Geschichten bei der Hand: auf einige stieß Mr. Crawley zufällig in der Bibliothek in D'Hoziers Lexikon, was ihn im Glauben an ihre Echtheit und an Rebeccas vornehme Abstammung noch bestärkte. Sollen wir aus dieser Neugier und dem Forschen im Lexikon schließen, daß Mr. Crawley sich für Rebecca interessierte? Darf unsre Heldin es vermuten? O nein, es war nur Freundlichkeit. Haben wir nicht schon festgestellt, daß er sich um Lady Jane Sheepshanks bemühte?

Ein- oder zweimal machte er Rebecca Vorhaltungen, es sei nicht schicklich, daß sie Puff mit dem Baronet spiele, denn es sei ein heidnischer Zeitvertreib. Viel besser wäre es, *Thrumps Vermächtnis* oder *Die blinde Waschfrau von Moorfields* oder sonst ein ernsteres Buch zu lesen. Aber Rebecca sagte, ihre liebe Mutter habe das nämliche Spiel öfters mit dem alten Grafen Trictrac und dem ehrwürdigen Abbé du Cornet gespielt, und fand so eine Entschuldigung für solche und andre weltliche Vergnügen.

Doch nicht nur durch das Puffspiel mit dem Baronet machte sich die kleine Gouvernante bei ihrem Brotherrn beliebt. Sie fand mancherlei Wege, um sich ihm nützlich zu erweisen. Sie las mit unermüdlicher Geduld alle Prozeßakten durch, mit deren Studium er ihr gedroht hatte, ehe sie nach Queen's Crawley kam. Sie erbot sich freiwillig, viele seiner Briefe abzuschreiben, und änderte dabei mit viel Geschick die Rechtschreibung. Sie interessierte sich für alles, was das Gut betraf: die Landwirtschaft, den Garten, den Park und die Stallungen. Dabei erwies sie sich als eine reizende Begleiterin, so daß der Baronet seinen Morgenrundgang selten ohne sie (und natürlich die Kinder) unternahm. Da gab sie dann ihre Ratschläge: wie die Bäume in den Anlagen gestutzt und welche Gartenbeete umgegraben werden sollten, welche Felder gemäht und welche Pferde vor den Wagen oder den Pflug gespannt werden sollten. Noch ehe ein Jahr in Queen's Crawley verstrichen war, hatte sie das Vertrauen des Baronets gewonnen, und die Gespräche beim Mittagessen, die früher zwischen ihm und Mr. Horrocks, dem Butler, geführt wurden, fanden jetzt fast ausschließlich zwischen

Sir Pitt und Miss Sharp statt. Sie war, wenn Mr. Crawley abwesend war, beinahe die Herrin des Hauses, benahm sich jedoch in ihrer neuen, hohen Stellung mit solcher Bedachtsamkeit und Zurückhaltung, daß die Autoritäten in Küche oder Stall, wo ihr Verhalten zu ihnen stets überaus bescheiden und liebenswürdig war, sich nicht beleidigt fühlen konnten. Sie war ein ganz anderer Mensch als das hochmütige, scheue, unzufriedene junge Mädchen, als das wir sie kennengelernt haben. Dieser Umschwung in ihrem Betragen bewies große Klugheit und den aufrichtigen Wunsch, es besser zu machen, oder jedenfalls starken moralischen Mut. Ob es das Herz war, das unsrer Rebecca ihre neue, gefällig-bescheidene Methode diktierte, wird ihre spätere Geschichte zeigen. Selten wird ein einundzwanzigjähriges Mädchen eine heuchlerische Methode während langer Jahre durchführen können. Indessen wird sich der Leser daran erinnern, daß unsre Heldin, wenn auch jung an Jahren, doch schon alt an Lebenserfahrung war, und wenn er noch nicht gemerkt hat, daß sie eine sehr kluge kleine Person ist, so haben wir uns mit ihrer Schilderung vergebens Mühe gegeben.

Der ältere und der jüngere Sohn des Hauses Crawley waren, wie der Mann und die Frau im Wetterhäuschen, nie gleichzeitig daheim: sie haßten sich von ganzer Seele; ja, Rawdon Crawley, der Dragoner, hegte große Verachtung für die ganze Familie und kam selten her, außer wenn seine Tante ihren jährlichen Besuch abstattete.

Die beste Eigenschaft der alten Dame ist bereits erwähnt worden: sie besaß siebzigtausend Pfund und hatte Rawdon sozusagen adoptiert. Ihren älteren Neffen konnte sie nicht leiden und hielt ihn für einen verächtlichen Waschlappen. Er seinerseits behauptete stets, ihre Seele sei unwiederbringlich verloren, war aber auch der Meinung, daß seines Bruders Aussichten in der andern Welt nicht um ein Haar besser seien. «Sie ist eine gottlose, weltlich gesinnte Person», pflegte Mr. Crawley zu sagen. «Sie verkehrt mit Atheisten und Franzosen. Es schaudert mich, wenn ich an ihre wirklich furchtbare Lage denke:

so nahe dem Grabe ergibt sie sich noch immer der Eitelkeit, Vergnügungssucht, Gottlosigkeit und Torheit!» Die alte Dame lehnte es nämlich geradeheraus ab, den stundenlangen Abendpredigten zuzuhören, und wenn sie nach Queen's Crawley kam, mußte er seine gewohnten Andachten aufgeben.

«Hör auf mit deinen Predigten, Pitt, wenn Miss Crawley herkommt», sagte sein Vater zu ihm. «Sie hat mir geschrieben, daß sie dein Salbadern nicht ausstehen kann!»

«Aber die Dienstboten, Sir!»

«Die Dienstboten sollen sich aufhängen!» rief Sir Pitt, und sein Sohn meinte, es könne ihnen sogar noch Schlimmeres zustoßen, wenn sie der Wohltat seiner Unterweisungen verlustig gingen.

«Ach, zum Henker, Pitt!» entgegnete der Vater auf die Vorhaltungen seines Sohnes. «Du wirst doch nicht solch Einfaltspinsel sein und die Familie um die dreitausend Pfund im Jahr bringen wollen?»

«Was ist Geld im Vergleich zu unserm Seelenheil, Vater?» beharrte Mr. Crawley.

«Du meinst wohl, daß die alte Dame das Geld nicht *dir* vermachen wird, was?» Und wer weiß, ob Mr. Crawley das nicht tatsächlich gedacht hatte.

Die alte Miss Crawley gehörte sicher zu den Verworfenen. Sie hatte ein schmuckes Häuschen in der Park Lane, und da sie während der Saison in London viel zuviel aß und trank, mußte sie im Sommer nach Harrowgate oder Cheltenham gehen. Sie war die gastfreundlichste und lebenslustigste alte Jungfer, die man sich nur denken kann. In ihrer Jugend sei sie eine Schönheit gewesen, behauptete sie. (Jede alte Frau ist früher eine Schönheit gewesen, das wissen wir!) Sie war ein Schöngeist und für die damalige Zeit furchtbar radikal. Sie hatte auch in Frankreich gelebt (wo sie eine unglückliche Liebe zu Saint-Just genährt hatte, wie es hieß), und seither liebte sie französische Romane, die französische Küche und französische Weine. Sie las Voltaire und konnte Rousseau auswendig zitieren, sprach leichtfertig über Ehescheidungen und sehr energisch über Frauenrechte. In jedem Zimmer ihres Hauses hingen Bildnisse von Mr. Fox. Vielleicht hat sie den Staatsmann, als er in der Opposition war, sogar unterstützt, und als er Minister wurde, tat sie sich viel darauf zugute, Sir Pitt und dessen Kollegen von Queen's Crawley auf seine Seite gebracht zu haben, obwohl Sir Pitt ohne irgendwelche Bemühungen von seiten der guten Dame ganz von selber umgeschwenkt wäre. Daß Sir Pitt nach dem Tode des großen Staatsmannes der Whig-Partei von neuem seine Ansicht änderte, brauchen wir wohl nicht besonders zu erwähnen.

Die wackere alte Dame hatte, als Rawdon Crawley noch ein Knabe war, eine besondere Vorliebe für ihn gefaßt und schickte ihn dann nach Cambridge (aus Opposition zu seinem Bruder, der in Oxford studierte); als der junge Mann nach zweijährigem Aufenthalt vom Rektor ersucht wurde, die Universität zu verlassen, kaufte sie ihm ein Offizierspatent bei der Leibgarde.

Der junge Offizier wurde ein ausgemachter und berühmter Stutzer oder Dandy jener Zeit. Boxen, Rattenjagden, Fünferball und Vierspännigfahren war damals Mode bei den britischen Aristokraten, und in all diesen edlen Künsten war er zu Hause. Obwohl er zur Gardetruppe gehörte, die dem Prinzregenten stets zur Verfügung stehen mußte und daher ihre Tapferkeit im Kriegsfalle noch nicht hatte zeigen können, hatte Rawdon Crawley schon drei blutige Duelle ausgefochten (im Zusammenhang mit dem Glücksspiel, das er über alles liebte) und damit hinreichende Beweise seiner Todesverachtung gegeben.

«... und seiner Verachtung dessen, was nach dem Tode kommt», pflegte Mr. Crawley zu bemerken und seine stachelbeergrünen Augen zur Decke aufzuschlagen. Er dachte stets an die Seele seines Bruders oder an die Seelen derer, die seine Ansichten nicht teilen mochten: eine Art Trost, dem sich viele Fromme hingeben.

Die törichte, romantische Miss Crawley war aber durchaus nicht entrüstet über den Mut ihres Lieblings, sondern bezahlte nach den Duellen stets seine Spielschulden und wollte nicht hören, was über sein Betragen getuschelt wurde. «Er wird sich schon die Hörner abstoßen», meinte sie, «und jedenfalls ist er viel mehr wert als sein plärrender, heuchlerischer Bruder!»

XI

Arkadische Einfalt

BEWIESEN uns bereits die wackeren Bewohner des Schlosses mit ihrer Einfalt und reizenden ländlichen Unschuld den Vorzug des Landlebens vor dem in der Stadt, so müssen wir dem Leser nun noch ihre Verwandten und Nachbarn im Pfarrhaus, Bute Crawley und seine Ehefrau, vorstellen.

Ehrwürden Bute Crawley, ein großer, stattlicher, munterer Herr mit dem breitkrempigen Hut des Geistlichen, war in der Grafschaft viel beliebter als sein Bruder, der Baronet. Auf der Universität hatte er bei den Ruderwettkämpfen stets das vorderste Ruder im Christchurch-Boot geführt und die besten Boxer «der Stadt» geschlagen. Seine Freude am Boxen und an jeglicher Sportart nahm er ins Privatleben mit: im Umkreis von zwanzig Meilen fand kein Faustkampf, kein Rennen, kein Wettlauf, keine Regatta, kein Ball, keine Wahl, kein Visitationsessen und überhaupt kein gutes Festmahl in der Grafschaft statt, ohne daß auch er zugegen war. Man konnte seinen Braunen und seine Wagenlaternen ein Dutzend Meilen von seinem Pfarrhaus entfernt antreffen, sobald irgendwo in Fuddleston oder Roxby oder auf Schloß Wapshot oder bei den großen Lords der Grafschaft, mit denen allen er befreundet war, eine Gesellschaft stattfand. Er hatte eine gute Stimme und sang «Frisch weht der Wind, wohlan, zur Jagd!», wobei er das «Horrido!» des Chors unter allgemeinem Beifall hervorschmetterte. Die Hetzjagden ritt er in einem schwarz-weiß melierten Rock, und er war einer der besten Angler.

Mrs. Crawley, die Frau des Pfarrers, war eine gescheite kleine Person, die dem braven Geistlichen die Predigten schrieb. Sie war sehr häuslich und führte den Haushalt zum größten Teil nur mit ihren Töchtern. Daher herrschte sie innerhalb der Pfarre mit unumschränkter Gewalt, und außerhalb des Hauses ließ sie ihrem Mann wohlweislich alle Freiheit. Er durfte kommen und gehen und auswärts essen, sooft er Lust dazu verspürte, denn Mrs. Crawley war eine sehr sparsame Frau und kannte die hohen Preise für Portwein. Seit Mrs. Crawley den jungen Pfarrer von Queen's Crawley erobert hatte (sie war aus guter Familie, Tochter des verstorbenen Oberstleutnants Hector Mac-Tavish, und zusammen mit ihrer Mutter hatte sie in Harrowgate ein Auge auf Bute geworfen und ihn eingefangen), war sie ihm eine kluge und sparsame Hausfrau gewesen. Trotz ihrer Umsicht steckte er jedoch stets in Schulden. Mindestens zehn Jahre hatte er allein dafür gebraucht, die zu Lebzeiten seines Vaters gemachten Studienschulden zu bezahlen. Im Jahre 179–, als er sich diese Last gerade vom Hals geschafft hatte, wettete er zweitausend gegen zwanzig (in Pfund Sterling) gegen Kangaroo, das dann doch das Derby gewann. Der Pfarrer mußte Geld zu Wucherzinsen aufnehmen, und seither war er aus den Schwierigkeiten nicht mehr herausgekommen. Seine Schwester half ihm hin und wieder mit einem Hunderter, aber seine große Hoffnung setzte er natürlich auf ihren Tod, denn «zum Henker!», sagte er immer, «Matilda *muß* mir doch ihr halbes Vermögen hinterlassen!»

So hatten der Baronet und sein Bruder wirklich gute Gründe, einander in den Haaren zu liegen. In unzähligen Familiengeschäften hatte Sir Pitt seinen Bruder ausgestochen. Der junge Pitt ging nicht auf die Jagd und setzte seinem Onkel obendrein ein Sektiererhaus unmittelbar vor die Nase. Rawdon sollte bekanntlich den Löwenanteil von Miss Crawleys Vermögen erben. Solche Geldgeschäfte, solche Spekulationen auf jemandes Tod, solche stummen Kämpfe um noch ausstehende Erbschaften tragen auf dem Jahrmarkt der Eitelkeit viel zur gegenseitigen Liebe zweier Brüder bei. Ich habe es erlebt, daß eine Fünfpfundnote sich in eine fünfzig Jahre währende Liebe zweier Brüder drängte und sie zunichte machte, und muß es wirklich bewundern, wie herrlich und dauerhaft die Liebe unter Sterblichen ist.

Die Ankunft eines solchen Wesens, wie Rebecca es war, blieb Mrs. Bute Crawley natürlich nicht verborgen, ebensowenig wie die Tatsache, daß sie sich allmählich bei jedermann in Queen's Crawley Liebkind machte. Mrs. Bute, die genau wußte, wieviel Tage ein Rinderbraten im Schloß reichte, wieviel Wäschestücke am Waschtag in die Wäsche kamen, wieviel Pfirsiche am Südspalier hingen, wieviel Löffel Arznei die Lady schluckte, wenn sie krank war (denn derlei Fragen sind für manche Leute auf dem Lande von größtem Interesse), Mrs. Bute konnte die Gouvernante im Schloß nicht einfach übergehen, ohne alle nur erdenklichen Nachforschungen über ihren Charakter und ihr Vorleben zu erheben. Zwischen den Dienstboten im Schloß und in der Pfarre bestand von jeher das beste Einvernehmen.

In der Pfarrküche gab's immer ein gutes Glas Bier für die Leute vom Schloß, denn meistens bekamen sie drüben nur sehr dünnes Bier; die Pfarrfrau wußte sogar ganz genau, wieviel Malz für jedes Faß Schloßbier gebraucht wurde. Auch verwandtschaftliche Beziehungen bestanden zwischen den Dienstboten vom Schloß und vom Pfarrhaus, gerade wie bei ihrer Herrschaft, und mittels dieser Kanäle war jede Familie vollkommen im Bilde, was bei der andern geschah. Übrigens kann das als allgemeine Regel gelten: wenn du mit deinem Bruder gut stehst, kümmerst du dich nicht um das, was er tut; hast du dich aber mit ihm zerstritten, so weißt du über seine Schritte Bescheid, als ob du ein Spion wärst.

Sehr bald nach ihrer Ankunft begann Rebecca regelmäßig in Mrs. Crawleys Bulletins aus dem Schloß aufzutauchen, und es klang dann etwa so: «Das schwarze

Schwein geschlachtet – wog soundso viel Pfund – die Speckseiten eingesalzen – Topfwurst und Schweinskeule zum Mittagessen. Mr. Cramp aus Mudbury bei Sir Pitt, um John Blackmore einzulochen. Mr. Pitt im Versammlungshaus (dazu die Namen aller Anwesenden). Milady wie immer – die jungen Fräulein bei der Gouvernante.»

Später hieß es: «Die neue Gouvernante ein abgefeimtes Ding – Sir Pitt sehr galant zu ihr – Mr. Crawley auch – er liest ihr Traktate vor.» – «Was für ein elendes Weibsbild!» bemerkte die aufmerksame, emsige kleine Brünette Bute Crawley hierzu.

Schließlich kamen Berichte, die Gouvernante habe jedermann «eingewickelt», sie schriebe Sir Pitts Briefe, besorge seine Geschäfte, prüfe seine Rechnungen und habe die Oberhand über das ganze Schloß, über Mylady, Mr. Crawley, die Töchter und alle andern. Daraufhin erklärte Mrs. Crawley, sie sei eine hinterhältige Person und führe Schreckliches im Schilde. Die Vorgänge im Schloß lieferten dem Pfarrhaus also immer reichlich Gesprächsstoff, und Mrs. Butes scharfe Augen erspähten alles, was im feindlichen Lager geschah – alles und noch sehr viel mehr.

MRS. BUTE CRAWLEY AN MISS PINKERTON, THE MALL, CHISWICK

Pfarrhaus Queen's Crawley, im Dezember

Meine liebe Miss Pinkerton,

Obwohl es schon viele Jahre her ist, seit ich Ihren herrlichen und unschätzbaren Unterricht genießen durfte, habe ich mir doch die herzlichste und verehrungsvollste Erinnerung an Miss Pinkerton und das liebe Chiswick bewahrt. Ich hoffe, daß Sie sich bei bester Gesundheit befinden! Die Welt und unser Erziehungswesen bedürfen Ihrer noch viele lange Jahre! Als meine Freundin, Lady Fuddleston, erwähnte, daß sie für ihre lieben Töchter eine Lehrerin benötige (ich bin zu arm, um für die meinen eine Gouvernante zu engagieren, aber bin ich nicht ebenfalls in Chiswick gewesen?), rief ich aus: «Wen anders als die ausgezeichnete, unvergleichliche Miss Pinkerton könnten wir da zu Rate ziehen?» Mit einem Wort: haben Sie, teure Miss Pinkerton, junge Damen auf Ihrer Liste, deren Dienste für meine gütige Freundin und Nachbarin in Betracht kämen? Ich versichere Ihnen, daß sie nur eine von Ihnen bestimmte *Gouvernante nehmen möchte.*

Mein lieber Mann sagt stets, daß ihm alles gefällt, was aus Miss Pinkertons Schule kommt. *Wie gern würde ich ihn und meine geliebten Töchter der Freundin meiner Jugend vorstellen, die sich der* Bewunderung des großen Lexikographen *erfreuen durfte! Sollten Sie jemals nach Hampshire kommen, so hoffen mein Mann und ich, daß Sie unsre ländliche Pfarre mit Ihrer Gegenwart beehren! Sie ist das* bescheidene, aber glückliche Heim Ihrer herzlichst ergebenen
Martha Crawley.

PS. Meines Mannes Bruder, der Baronet, mit dem wir leider nicht so gut stehen wie es Brüder tun sollten, *hat für seine Töchterchen eine Gouvernante engagiert, die, wie ich erfuhr, das Glück gehabt hat, in Chiswick erzogen zu werden. Ich höre die unterschiedlichsten Ansichten über sie, und da ich den herzlichsten Anteil an meinen lieben kleinen Nichten nehme und sie trotz der Familienzwistigkeiten gern mit meinen eigenen Kindern zusammen sähe, und da ich mich überdies um* jede Ihrer Schülerinnen *kümmern möchte, bitte ich Sie, liebe Miss Pinkerton, mir Näheres über die Herkunft der jungen Dame mitzuteilen, die ich* um Ihretwillen *von Herzen gern protegieren würde.*

M.C.

MISS PINKERTON AN MRS. BUTE CRAWLEY

Johnson House, Chiswick, im Dezember

Sehr verehrte gnädige Frau,

Ich habe die Ehre, Ihren liebenswürdigen Brief zu bestätigen, und beeile mich, ihn zu beantworten. Für jemand wie mich, in einer so anstrengenden Stellung, ist es höchst erfreulich, zu entdecken, wie meine mütterliche Fürsorge wieder einmal die entsprechende Zuneigung geweckt hat, und in der liebenswürdigen

Mrs. Bute Crawley meine ausgezeichnete Schülerin früherer Jahre, die lebhafte und talentierte *Miss Martha MacTavish wiederzuerkennen! Ich schätze mich glücklich, heute die Töchter vieler Ihrer Mitschülerinnen in meinem Institut unter meiner Obhut zu haben. Welche Freude würde es mir bereiten, wenn Ihre eigenen lieben Töchterchen meiner Unterweisung und Erziehung bedürften!*

Indem ich Lady Fuddleston meine hochachtungsvollen Empfehlungen übermittle, habe ich die Ehre, ihr (brieflich) meine beiden Freundinnen Miss Tuffin und Miss Hawkins vorzustellen.

Jede der beiden jungen Damen ist durchaus qualifiziert, Griechisch, Lateinisch und die Anfangsgründe des Hebräischen zu lehren; außerdem unterrichten sie in Mathematik und Geschichte, Spanisch, Französisch, Italienisch und Geographie, in Gesang und Instrumentalmusik, im Tanzen (ohne Beihilfe eines Tanzmeisters) und in den Grundbegriffen der Naturwissenschaft. In der Benutzung der Globen sind beide bewandert. Darüber hinaus kann Miss Tuffin, die Tochter des verstorbenen Pfarrers Thomas Tuffin (Fellow vom Corpus College in Cambridge), auch in der syrischen Sprache und in den Elementen des Verfassungsrechts Unterricht erteilen. Doch da sie erst achtzehn Jahre alt und von ungemein liebreizendem Äußeren ist, könnte man vielleicht Einwände gegen ihre Aufnahme in Sir Huddleston Fuddlestons Familie vorbringen.

Miss Letitia Hawkins dagegen hat keine äußeren Reize. Sie ist neunundzwanzig, und ihr Gesicht ist von Pockennarben übersät. Sie hinkt etwas, hat rote Haare und schielt ein wenig. Beide Damen erfreuen sich aller moralischen und religiösen Tugenden. Ihre Gehaltsansprüche stehen natürlich im Verhältnis zu ihren Fähigkeiten.

Mit meinen dankbarsten Empfehlungen an Ehrwürden Bute Crawley habe ich die Ehre, sehr verehrte gnädige Frau, zu zeichnen als

*Ihre gehorsamst ergebene Dienerin
Barbara Pinkerton.*

PS. Die Miss Sharp, von der Sie als der Gouvernante bei Sir Pitt Crawley, dem Baronet und Unterhausabgeordneten, spre-

chen, war eine Schülerin von mir, und ich kann nichts Nachteiliges über sie berichten. Ihre äußere Erscheinung ist zwar unsympathisch, aber den Launen der Natur können wir nicht gebieten. Allerdings hatten ihre Eltern einen schlechten Ruf (ihr Vater war Maler und mehrfach dem Bankrott nahe, ihre Mutter, wie ich erst jetzt mit Entsetzen erfahren habe, Ballettänzerin!); doch sie hat beträchtliche Gaben, und ich bedaure es nicht, daß ich sie aus Barmherzigkeit *in meinem Institut aufnahm*. Ich befürchte jetzt nur, daß sich die Anlagen der Mutter – die man mir als eine durch die Revolutionsgreuel zur Emigration gezwungene Gräfin geschildert hatte, die aber, wie ich inzwischen herausfand, eine Person von ganz niedriger Stellung und Moral *war* – *auf das unglückliche junge Mädchen* vererbt haben könnten, das ich um seiner Verlassenheit *willen bei mir aufnahm*. Doch ist Miss Sharps Verhalten bisher *(so glaube ich wenigstens)* einwandfrei gewesen, und ich bin überzeugt, daß in der vornehmen und kultivierten Umgebung des edlen Sir Pitt Crawley nichts vorkommen kann, um sie davon abzubringen.

Miss Rebecca Sharp an Miss Amelia Sedley

So viele Wochen habe ich meiner geliebten Amelia nicht mehr geschrieben, denn was hätte es schon Neues zu berichten gegeben aus dem Schloß Langeweile, wie ich es getauft habe? Was kümmert es Dich, ob die Rübenernte gut oder schlecht war, ob das gemästete Schwein fett genug war und ob das Rindvieh bei Runkelrüben gut gedeiht? Seit ich Dir zuletzt schrieb, war ein Tag wie der andre: vor dem Frühstück ein Rundgang mit Sir Pitt und seinen Sprößlingen; nach dem Frühstück Unterricht (recht und schlecht) im Schulzimmer; nach den Schulstunden Korrespondenz für Sir Pitt (dessen Sekretärin ich geworden bin) an Advokaten, seine Kontrakte und Kohlengruben und Kanäle betreffend; nach dem Essen entweder Mr. Crawleys Predigten oder Sir Pitts Puffspiel, Unterhaltungen, denen Milady mit der gleichen Seelenruhe zuschaut. In der letzten Zeit ist sie übrigens dadurch etwas interessanter geworden, daß sie zu kränkeln begann, was einen neuen Besucher in Gestalt eines jungen Arztes ins Schloß brachte. Junge Mädchen brauchen also nie zu verzweifeln, Liebste! Der junge Arzt gab einer Deiner Freundinnen zu verstehen, wenn sie Mrs. Glauber werden wolle, so sei sie als Zierde des Doktorhauses willkommen! Ich erwiderte dem Herrn Frechdachs, der vergoldete Mörser seiner Medikamentenabteilung sei Zierde genug! Als ob ich dazu geboren wäre, die Frau eines Landdoktors zu werden! Nach dieser Absage ging Mr. Glauber ziemlich angegriffen heim, braute sich einen niederschlagenden Heiltrank und ist jetzt kuriert. Sir Pitt zollte meinem Entschluß den größten Beifall: ich glaube, er würde es bedauern, seine kleine Sekretärin zu verlieren; ja, mir scheint, der alte Knacker hat mich gern, soweit es seiner Natur überhaupt möglich ist, jemand gern zu haben. Heiraten, haha! Und noch dazu einen Landdoktor, nachdem ich... Nein, nein, so schnell kann man alte Beziehungen nicht vergessen, über die ich aber nicht mehr sprechen will. Zurück ins Schloß Langeweile!

Seit einiger Zeit ist es nicht mehr «Schloß Langeweile»! Denke Dir, Liebste, Miss Crawley ist erschienen, mitsamt ihren feisten Pferden, den feisten Dienern und dem feisten Spaniel: die berühmte, reiche Miss Crawley mit ihren siebzigtausend Pfund in fünfprozentigen Papieren, die (nämlich letztere) ihre beiden Brüder anbeten. Sie scheint dem Schlagfluß nahe, die gute Seele! Kein Wunder, daß ihre Brüder um sie besorgt sind! Du solltest sehen, wie sie sich darum reißen, ihr die Kissen zurechtzurücken oder ihr den Kaffee zu reichen! «Wenn ich aufs Land fahre», sagt sie (sie hat nämlich viel Humor), «dann lasse ich meine Speichelleckerin Miss Briggs zu Hause. Hier besorgen es meine Brüder, Kindchen, und was für ein Paar die beiden sind!»

Wenn sie aufs Land kommt, ist unser Schloß wie umgewandelt, und mindestens einen Monat lang könnte man glauben, der alte Sir Walpole sei wieder zum Leben erwacht. Wir geben Abendgesellschaften und fahren vierspännig aus, die Lakaien ziehen ihre neueste kanariengelbe Livree an, wir trinken Rotwein und Champagner, als wäre es bei uns alle Tage so. Wir haben Wachskerzen im Schulzimmer und ein Kaminfeuer, an dem wir uns wärmen können. Lady Crawley muß das neueste Erbsengrüne aus ihrer Garderobe anziehen, und meine Zöglinge legen ihre derben Schuhe und die engen alten Schottenröckchen ab und tragen seidene Strümpfe und Musselinkleider, wie es sich für elegante Baronets-

Miss Crawleys liebevolle Verwandte

töchter gehört. Rose kam gestern in trauriger Verfassung nach Hause: die Wiltshire-Sau (ihr Riesenschoßtierchen!) hatte sie über den Haufen gerannt und ihr entzückendes geblümtes lila Seidenkleid zertrampelt. Wäre es vor einer Woche geschehen, so hätte Sir Pitt fürchterlich geflucht, der armen Kleinen Ohrfeigen gegeben und sie einen Monat lang auf Wasser und Brot gesetzt. Jetzt sagte er jedoch nichts weiter als: «Ich werd's dir heimzahlen, wenn deine Tante fort ist!» und lachte über den Vorfall, als wenn es gar nichts wäre. Hoffentlich ist sein Zorn noch vor Miss Crawleys Abreise verraucht! Wenigstens hoffe ich es um Miss Roses willen. Was für ein bezaubernder Versöhner und Friedensstifter ist doch das Geld!

Eine andre wunderbare Wirkung Miss Crawleys und ihrer siebzigtausend äußert sich im Benehmen der beiden Brüder. Ich meine damit den Baronet und den Pfarrer, nicht «unsre Brüder». Sie hassen sich das ganze Jahr hindurch, und nur zu Weihnachten sind sie liebevoll zueinander. Ich habe Dir ja letztes Jahr geschrieben, wie der abscheuliche wettlustige Pfarrer uns in seinen Predigten grob kommt, was Sir Pitt mit Geschnarche beantwortet. Wenn aber Miss Crawley erscheint, ist von Streit nicht mehr die Rede, dann besucht das Schloß die Pfarre und umgekehrt. Der Pfarrer und der Baron sprechen liebenswürdig über Schweine, Wilddiebe und Grafschaftsangelegenheiten, und selbst beim Wein streiten sie sich nicht, wie mir scheint. Miss Crawley will nämlich nichts von ihren Streitigkeiten wissen und versichert, sie würde ihr Geld den Shropshire-Crawleys vermachen, wenn man sie ärgere. Wenn sie gescheit wären, die Shropshire-Crawleys, dann könnten sie, glaube ich, alles bekommen. Aber der Crawley in Shropshire ist ein Pfarrer wie sein Vetter in Hampshire und hat Miss Crawley durch seine engherzigen Ansichten tödlich beleidigt, als sie einmal in einem Wutanfall über ihre unbelehrbaren Brüder zu ihm flüchtete. Ich glaube, er wollte die Morgen- und Abendgebete in seinem Haus durchsetzen.

Unsre Andachtbücher werden weggeschlossen, wenn Miss Crawley erscheint, und Mr. Pitt, den sie verabscheut, hält es für richtiger, in die Stadt zu fahren. Statt seiner kommt der junge Stutzer Hauptmann Crawley – «Dandy» nennt man sie ja wohl –, und Du willst sicher gern wissen, was für ein Mann er ist.

Er ist also ein riesengroßer junger Geck. Er ist beinahe zwei Meter groß, spricht mit lauter Stimme, flucht sehr viel und kommandiert die Dienstboten herum, die ihn trotzdem alle anbeten, denn mit dem Geld ist er sehr freigebig, und sie würden alles für ihn tun. Vorige Woche hätten sie beinahe einen Gerichtsvollzieher und seinen Gehilfen erschlagen, die von London herausgekommen waren, um den Hauptmann festzunehmen: man sah sie an der Parkmauer entlangschleichen, schlug sie, warf sie ins Wasser und hätte sie fast als Wilderer erschossen, aber der Baronet trat dazwischen.

Der Hauptmann verachtet seinen Vater von ganzem Herzen, wie ich sehe, und nennt ihn einen alten Tölpel *und Bauern und* Speckfresser *und gibt ihm viele andre schöne Namen. Bei den Damen steht er in* denkbar schlechtem Ruf. *Er bringt seine Jagdpferde mit nach Hause, vergnügt sich mit den Landedelleuten und lädt zum Essen, wen er will. Sir Pitt wagt sich nicht zu widersetzen, aus lauter Angst, Miss Crawley zu beleidigen und, wenn sie der Schlag trifft, um sein Erbteil zu kommen. Soll ich Dir von einem Kompliment erzählen, das mir der Hauptmann gemacht hat? Ich muß es tun, es war zu nett. Eines Tages hatten wir sogar eine Tanzerei. Sir Huddleston Fuddleston und seine Familie waren da, Sir Giles Wapshot und seine jungen Damen und noch wer weiß wieviel andre. Und da hörte ich ihn sagen: «Beim Zeus, ein schmuckes kleines Füllen!», womit er mich meinte. Er erwies mir die Ehre, zwei Kontertänze mit mir zu tanzen. Mit den jungen Landedelleuten versteht er sich ausgezeichnet, trinkt, wettet und reitet mit ihnen und spricht über Jagd und Schießen; aber die jungen Damen vom Lande seien Gänschen, sagt er, und wahrhaftig, es ist etwas dran. Du solltest sehen, mit welcher Verachtung sie auf mich armes Ding herabsehen! Wenn sie tanzen, sitze ich brav am Klavier und spiele ihnen auf; aber als der Hauptmann neulich abends ziemlich erhitzt aus dem Eßzimmer kam und mich spielen sah, fluchte er laut, ich sei die beste Tänzerin im Saal, und er verschwor sich, er wolle lieber Musikanten aus Mudbury kommen lassen.*

«Ich werde einen Kontertanz spielen», sagte Mrs. Bute Crawley

*sehr bereitwillig. Sie ist ein brünettes altes Frauchen mit einem
Turban, schon ziemlich gebückt und mit zwinkernden Augen.
Und denke nur, als der Hauptmann und Deine arme kleine
Rebecca ihren Tanz beendet hatten, tat sie mir doch wahrhaftig
die Ehre an, mir wegen meiner Tanzschritte ein Kompliment zu*

*machen! So etwas ist ganz unerhört! Die stolze Mrs. Bute
Crawley, erste Cousine des Grafen Tiptoff, die sich nicht herabläßt, Lady Crawley zu besuchen, ausgenommen, wenn ihre
Schwägerin da ist! Die arme Lady Crawley! Während all der
fröhlichen Stunden ist sie meistens oben und schluckt ihre Pillen.*

*Mrs. Bute hat ganz plötzlich eine große Vorliebe für mich.
«Meine liebe Miss Sharp», sagt sie, «warum bringen Sie Ihre*

jungen Mädchen nicht zu uns ins Pfarrhaus? Wie würden sich ihre Cousinen freuen, sie zu sehen!» – Ich weiß aber genau, was sie will. Signor Clementi hat uns nicht umsonst Klavierspielen gelehrt: zu diesem Preis hofft Mrs. Bute eine Lehrerin für ihre Kinder zu bekommen. Ich durchschaue ihre Pläne, als ob sie's mir erzählt hätte, trotzdem werde ich hingehen, denn ich bin entschlossen, mich liebenswürdig zu zeigen, was ja auch die Pflicht einer armen Gouvernante ist, die in der ganzen Welt keinen Freund oder Beschützer hat. Die Frau Pfarrer sagte mir ein Dutzend Schmeicheleien über die Fortschritte, die meine Zöglinge gemacht hätten, und glaubte damit zweifellos an mein Herz zu rühren, die arme, einfältige Landpomeranze! Als ob ich mich einen Deut um meine Zöglinge kümmerte!

Dein indisches Musselinkleid und Dein rosa Seidenkleid sollen mir angeblich sehr gut stehen, liebste Amelia, nur sind sie jetzt schon sehr abgetragen. Aber Du weißt ja, wir armen Mädchen können uns nicht immer des fraîches toilettes *leisten. Ach, wie gut hast Du es dagegen! Du brauchst nur in die St. James's Street zu fahren, und eine liebe Mutter gibt Dir alles, was Du begehrst. Leb wohl, geliebtes Herz!*

Deine Dich liebende
Rebecca.

PS. Ich wünschte, Du hättest die Gesichter der beiden Misses Blackbrooks sehen können, der Töchter Admiral Blackbrooks' (vornehme junge Damen in Toiletten aus London), als Hauptmann Rawdon mich bescheidenes Ding als Tanzpartnerin vorzog!

*

Als Mrs. Bute Crawley (deren Pläne unsre gescheite Rebecca so rasch durchschaute) Miss Sharp dazu gebracht hatte, ihren Besuch in Aussicht zu stellen, bat sie die allmächtige Miss Crawley, die nötige Erlaubnis hierfür bei Sir Pitt durchzusetzen. Die gutmütige alte Dame, die gern selbst vergnügt war und auch alle um sich her vergnügt und glücklich sehen wollte, war ganz begeistert von dem Plan und sofort bereit, eine Versöhnung und freundlichen Verkehr zwischen den beiden Brüdern anzubahnen. Man kam also überein, daß sich das junge Volk beider Familien in Zukunft häufig besuchen solle, und natürlich dauerte die Freundschaft so lange, wie die fröhliche alte Vermittlerin da war und den Frieden aufrechterhielt.

«Weshalb hast du den Halunken Rawdon Crawley zum Essen eingeladen?» fragte der Pfarrer seine Frau, als sie zusammen durch den Park nach Hause gingen. «*Ich* will von dem Burschen nichts wissen! Er sieht auf uns Landleute herab, als ob wir Neger wären! Er gibt nicht eher Ruhe, als bis er meinen Gelbsiegelwein bekommt, und der kostet mich zehn Schilling die Flasche, zum Henker! Außerdem ist er ein widerlicher Mensch, ein Spieler und Trunkenbold und in jeder Beziehung ein Bösewicht!

Beim Duell hat er einen Menschen erschossen! Er steckt bis über die Ohren in Schulden! Und mich und meine Familie bringt er um den größten Teil des Vermögens meiner Schwester! Waxy sagt, sie hat ihm» – hier drohte der Pfarrer dem Mond mit der Faust, murmelte so etwas wie einen Fluch und fuhr melancholisch fort – «fünfzigtausend in ihrem Testament festgesetzt; dann gibt's nur noch dreißigtausend zu teilen.»

«Ich glaube, sie macht's nicht mehr lange», sagte die Pfarrerin. «Als wir vom Eßtisch aufstanden, war sie knallrot im Gesicht. Ich mußte ihr die Korsettschnüre lockern.»

«Sie hat sieben Glas Champagner getrunken», sagte der edle Pfarrherr mit leiser Stimme, «und ein miserabler Champagner war's, mit dem mein Bruder uns vergiften will – aber davon versteht ihr Frauen ja nichts.»

«Wir verstehen gar nichts», entgegnete Mrs. Bute.

«Nach dem Essen trank sie Cherry Brandy», fuhr Ehrwürden fort, «und zum Kaffee nahm sie Curaçao. Nicht für fünf Pfund möchte ich ein Glas davon – ich käme vor Sodbrennen um! Sie kann so was nicht auf die Dauer aushalten – sie muß abkratzen – es ist wider die menschliche Natur! Ich wette fünf gegen zwei, Matilda ist in einem Jahr unterm Rasen!»

So gingen der Pfarrer und seine Frau ein Weilchen weiter: in ernste Betrachtungen versunken, über seine Schulden grübelnd, an seinen Sohn Jim auf der Hochschule denkend, an Frank in Woolwich, an die vier Töchter, die armen Dinger, die nicht etwa Schönheiten waren und keinen Pfennig besaßen, ausgenommen das, was sie von der erhofften Erbschaft ihrer Tante bekamen. Nach einer Pause fuhr er fort: «Pitt kann doch nicht ein so teuflischer Schurke sein und das Patronatsrecht über die Pfarre verkaufen? Und sein Ältester, der Waschlappen von Methodist, liebäugelt mit dem Parlamentssitz!»

«Sir Pitt ist zu allem fähig», erwiderte die Pfarrersfrau. «Wir müssen ihn durch Miss Crawley dahin bringen, daß er James die Pfarre verspricht.»

«Versprechen wird er alles», entgegnete der Pfarrer. «Als

Vater starb, hat er versprochen, meine Schulden fürs Studium zu bezahlen; er hat versprochen, einen neuen Flügel ans Pfarrhaus anzubauen; er hat versprochen, mir Jibbs Acker und die sechs Morgen Wiesenland zu geben – und wie hat er seine Versprechen gehalten? Und dem Sohn eines solchen Menschen, diesem Schuft und Spieler und Betrüger und Mörder Rawdon hinterläßt Matilda den größten Teil ihres Geldes! Es ist wirklich unchristlich, beim Zeus, das ist's! Der infame Hund hat jedes Laster, die Heuchelei ausgenommen; aber die hat sein Bruder!»

«Still doch, Schatz! Wir sind auf Sir Pitts Grund und Boden!» unterbrach ihn seine Frau.

«Und ich sage dir, daß er voller Laster steckt, Frau! Ich lass' mir nicht von dir den Mund verbieten! Hat er nicht Hauptmann Marker erschossen? Hat er nicht den jungen Lord Dovedale im ‹Cocoa Tree› ausgeplündert? Hat er nicht den Boxkampf zwischen Bill Soames und dem Cheshire-Champion hintertrieben, wodurch ich vierzig Pfund verloren habe? Du weißt doch, daß er all das gemacht hat! Und was die Weiber betrifft, da hast du ja selber vor mir in meinem eigenen Amtszimmer gehört...»

«Um Himmels willen», bat sie, «verschone mich mit den Einzelheiten!»

«Und einen solchen Schurken lädst du in unser Haus ein!» fuhr der Pfarrer erbittert fort. «Du, die Mutter von jungen Mädchen, die Frau eines Geistlichen der Englischen Hochkirche! Beim Zeus!»

«Bute, du bist ein alter Dummkopf», sagte seine Frau verächtlich.

«Einerlei, Martha, Dummkopf hin oder her. Ich behaupte ja gar nicht, daß ich so gescheit bin wie du, hab's nie getan! Aber den Rawdon Crawley will ich nicht sehen, und basta! Ich geh' zu Huddleston, jawohl, und seh' mir seinen schwarzen Windhund an und lasse Lancelot mit fünfzig Pfund gegen ihn laufen, das tu' ich, beim Zeus, oder gegen sonst irgendeinen Hund in der Welt. Aber diesem Biest Rawdon Crawley will ich nicht begegnen!»

«Mein Lieber, du hast einen Rausch, wie üblich», erwiderte seine Frau. Und als der Pfarrer am nächsten Morgen aufwachte und nach Dünnbier verlangte, erinnerte sie ihn an sein Versprechen, am Samstag Sir Huddleston Fuddleston zu besuchen, und da er wußte, es würde ein «feuchter Abend» werden, beschlossen sie, er solle erst am Sonntagmorgen rechtzeitig für den Gottesdienst zurückgaloppieren. Was uns beweist, daß die Pfarrkinder von Crawley es mit ihrem Pfarrer ebensogut getroffen hatten wie mit ihrem Gutsherrn.

*

Miss Crawley hatte sich kaum im Schlosse eingelebt, da hatte Rebecca mit ihrem Charme schon das Herz der gutmütigen Londoner Weltdame genauso wie die Herzen der Unschuldsseelen vom Lande gewonnen. Als sie nämlich eines Tages ihre gewohnte Spazierfahrt unternahm, fiel ihr ein, «die kleine Gouvernante» könne sie dabei begleiten. Noch ehe sie zurückkehrten, hatte Rebecca sie erobert: sie hatte sie viermal zum Lachen gebracht und während der ganzen Ausfahrt amüsant unterhalten.

«Wie – Miss Sharp soll nicht bei Tisch mitessen?» sagte sie zu Sir Pitt, der ein Galaessen veranstaltet und alle Baronets der Nachbarschaft eingeladen hatte. «Mein lieber Freund, bildest du dir ein, ich möchte mit Lady Fuddleston über die Kinderstube sprechen oder mit dem alten Schafskopf, Sir Giles Wapshot, juristische Fragen erörtern? Ich bestehe darauf, daß Miss Sharp dabei ist! Wenn nicht genug Platz ist, kann ja Lady Crawley oben bleiben. Aber nicht die kleine Miss Sharp! Sie ist die einzige in der ganzen Grafschaft, mit der es sich überhaupt zu sprechen lohnt!»

Natürlich erhielt die Gouvernante Miss Sharp nach einem so kategorisch geäußerten Wunsch den Befehl, unten mit der vornehmen Gesellschaft zu speisen. Und als Sir Huddleston Fuddleston Miss Crawley sehr würdevoll und feierlich zu Tisch geführt hatte und im Begriff war, neben ihr Platz zu nehmen, rief die alte Dame mit schriller Stimme: «Becky Sharp! Kommen Sie her, Miss Sharp! Sie müssen neben mir sitzen und mich unterhalten. Sir Huddleston kann sich ja zu Lady Wapshot setzen!»

Nach solchen Gesellschaften und sobald die Wagen weggerollt waren, sagte die unersättliche Miss Crawley: «Kommen Sie in mein Ankleidezimmer, Becky! Wir wollen die Gäste durchhecheln!», was dem Freundespaar auch großartig gelang. Der alte Sir Huddleston schnaufte beim Essen so stark; Sir Giles schlürfte seine Suppe besonders laut; seine Frau hatte den Zuck im linken Auge. Becky konnte sie alle bewundernswert karikieren, ebenso die Einzelheiten der Unterhaltung – Politik, Krieg, Gerichtssitzungen, das berühmte Rennen mit Huddlestons Hetzhunden – und all die andern schwerfälligen und langweiligen Themen, über die sich der Landadel unterhält. Und was die Toiletten der Misses Wapshot und den berühmten gelben Hut Lady Fuddlestons betraf, so riß Miss Sharp sie zum größten Vergnügen ihrer Zuhörerin sozusagen in Fetzen.

«Sie sind ein wahrer Fund für mich, meine Beste», pflegte Miss Crawley zu sagen. «Ich wünschte, Sie könnten zu mir nach London kommen. Aber ich könnte Sie nicht zum Sündenbock machen, wie ich's mit der armen Briggs tue – nein, nein, Sie schlaues Persönchen. Sie sind zu gescheit, nicht wahr, Firkin?»

Mrs. Firkin, die gerade die letzten spärlichen Haare auf Miss Crawleys Schädel frisierte, warf den Kopf in den Nacken und sagte mit ätzend sarkastischer Miene: «Ich halte Miss Sharp für sehr gescheit!» Mrs. Firkin besaß jene ganz natürliche Eifersucht, die eine der Haupteigenschaften einer anständigen Frau ist.

Nachdem Miss Crawley einmal Sir Huddleston Fuddleston als Tischherrn verschmäht hatte, ordnete sie an, daß Rawdon Crawley sie jeden Tag zu Tisch führen und Becky mit dem Kissen folgen solle, doch ginge es auch, daß sie Beckys Arm nähme und Rawdon mit dem Kissen käme. «Wir drei müssen zusammensitzen», sagte sie, «wir sind die drei einzigen Christenmenschen in der ganzen Gegend, meine Beste!» – Was jedoch bedeutet hätte, daß es mit der Frömmigkeit in Hampshire nicht weit her gewesen wäre!

Miss Crawley war nicht nur eine so fabelhafte Christin, sondern auch, wie schon erwähnt, in ihren Ansichten ultraliberal, und sie nahm jede Gelegenheit wahr, um sich ganz offen darüber zu äußern.

«Was bedeutet Geburt, meine Beste?» pflegte sie zu Rebecca zu sagen. «Sehen Sie sich meinen Bruder Pitt an, sehen Sie sich die Huddlestons an, die schon seit Heinrich dem Zweiten hier sitzen, sehen Sie sich den armen Bute in seinem Pfarrhaus an: kommt auch nur einer von ihnen in bezug auf Intelligenz und Bildung an Sie heran? An Sie schon gar nicht, und nicht einmal an die gute arme Briggs, meine Gesellschafterin, oder an meinen Butler Bowls. Sie, meine Beste, sind ein kleiner Ausbund, wirklich ein kleines Juwel! Sie haben mehr Grips als die halbe Grafschaft, und wenn der Lohn sich nach dem Verdienst richtete, müßten Sie eine Herzogin sein – nein, Herzoginnen sollte es eigentlich nicht geben, aber Sie sollten niemand über sich haben! Ich betrachte Sie in jeder Hinsicht als mir ebenbürtig. Ach, würden Sie bitte ein paar Kohlen nachlegen, meine Beste? Und würden Sie mir wohl das Kleid hier auftrennen und ändern? Sie verstehen es so gut!» So ließ sich die alte Philantropin von der ihr ebenbürtigen Rebecca Aufträge erledigen, Näharbeiten ausführen und allabendlich mit französischen Romanen in Schlaf lesen.

Manche älteren Leser werden sich wohl noch daran erinnern, daß die vornehme Welt damals durch zwei Ereignisse in beträchtliche Aufregung versetzt worden war, die – mit einem Zeitungsausdruck – «den Herren im Richtertalar Arbeit verschaffen könnte»: der Fähnrich Shafton war mit Lady Barbara Fitzurse, der Tochter und Erbin des Grafen Bruin, durchgebrannt, und der arme Vere Vane, der bis zu seinem vierzigsten Lebensjahr ein Gentleman von ehrbarstem Ruf gewesen war, hatte schändlicherweise plötzlich wegen Mrs. Rougemont, einer fünfundsechzigjährigen Schauspielerin, sein Heim verlassen.

«Das war der schönste Zug im Charakter des teuren Lord Nelson», sagte Miss Crawley, «daß er für eine Frau in die Hölle gehen konnte. An einem Mann, der *das* tut, muß etwas Gutes sein! Ich schwärme für unvernünftige Ehen! Am besten gefällt es mir, wenn ein Edelmann eine Müllerstochter heiratet, wie es Lord Flowerdale gemacht hat. Wie wütend die andern Frauen dann werden! Ich wünschte, mit Ihnen würde auch ein berühmter Mann durchgehen, meine Beste! Hübsch genug sind Sie dazu!»

«Zwei Postillone müßte er nehmen! Oh, wäre das herrlich!» gab Rebecca zu.

«Und am zweitbesten gefällt es mir, wenn ein armer Junge mit einem reichen Mädchen durchgeht. Ich habe es mir in den Kopf gesetzt, Rawdon muß mit einer durchgehen!»

«Mit einer reichen oder einer armen?»

«Oh, Sie Schäfchen! Rawdon hat doch keinen Schilling außer dem, was ich ihm gebe! Er ist *criblé de dettes* – er muß seine Verhältnisse ordnen und in der Welt vorankommen!»

«Ist er sehr klug?» fragte Rebecca.

«Klug, meine Beste? Er kann keinen Gedanken fassen, der über seine Pferde, sein Regiment, die Jagden und das Glücksspiel hinausgeht. Aber er muß Erfolg haben – er ist ein köstlicher Tunichtgut. Wissen Sie, daß er einen Menschen erschossen, einem beleidigten Vater aber nur den Hut durchlöchert hat? Sein Regiment betet ihn an, und die jungen Leute bei Wattier und im ‹Cocoa Tree› schwören auf ihn.»

Als Miss Rebecca Sharp ihrer geliebten Freundin über die kleine Tanzerei in Queen's Crawley und über die Art berichtete, wie Hauptmann Crawley sie zum erstenmal auszeichnete, schilderte sie den Hergang seltsamerweise nicht ganz genau. Der Hauptmann hatte sie schon davor sehr häufig ausgezeichnet. Der Hauptmann war ihr auf Dutzenden von Spaziergängen begegnet. Der Hauptmann war ihr in hundert Gängen und Korridoren über den Weg gelaufen. Der Hauptmann hatte sich abends, wenn Miss Sharp sang, an die zwanzigmal über den Flügel gelehnt (Lady Crawley blieb jetzt immer oben, da sie krank war, und jeder machte, was er wollte). Der Hauptmann hatte ihr Briefchen geschrieben (die besten, die der lange, dumme Dragoner sich ausdenken konnte; aber Dummheit akzeptieren die Damen ja genauso wie jede andere Eigenschaft). Doch als er ihr das erste Briefchen zwischen die Notenblätter eines Liedes schob, das sie gerade sang, war die kleine Gouvernante aufgestanden, hatte ihm fest ins Gesicht geblickt und die dreieckig gefaltete Botschaft mit spitzen Fingern angefaßt und wie einen Dreispitz hin und her geschwenkt. Dann war sie auf den Feind zugegangen, ließ das Briefchen ins Feuer flattern, machte einen tiefen Knicks, begab sich auf ihren Platz zurück und sang weiter, fröhlicher denn je zuvor.

«Was ist?» fragte Miss Crawley, deren Nachtischschläfchen durch das Aufhören der Musik unterbrochen worden war.

«Es war nur eine falsche Note», sagte Miss Sharp lachend, und Rawdon Crawley schäumte vor Wut und Ärger.

Wie reizend war es doch von Mrs. Bute Crawley, daß sie angesichts der eindeutigen Vorliebe Miss Crawleys für die neue Gouvernante nicht eifersüchtig wurde, sondern die junge Dame ins Pfarrhaus einlud, und nicht nur sie, nein, auch Rawdon Crawley, den Nebenbuhler ihres Mannes beim Kampf um die Fünfprozentigen der alten Jungfer! Sie konnten sich gar nicht oft genug sehen, Mrs. Crawley und ihr Neffe! Er gab die Jagd auf; er lehnte Einladungen nach Fuddleston ab; er speiste nicht mehr mit den Offizieren der Garnison in Mudbury. Sein größtes Vergnügen war es, ins Pfarrhaus von Crawley hinüberzuschlendern, wohin auch Miss Crawley fuhr; und da die Mama krank war, warum nicht auch die Kinder mit Miss Sharp? So gingen also auch die Kinder (die lieben Kleinen!) mit Miss Sharp hinüber, und abends wanderte ein Teil der Gesellschaft zu Fuß nach Hause. Nicht gerade

Miss Crawley – sie zog ihre Kutsche vor. Aber für zwei Leutchen, die das Malerische so liebten wie der Hauptmann und Rebecca, war der Weg über die Pfarrwiesen zum Pförtchen am Park, unter den dunklen Parkbäumen und im Mondschein die lichtgesprenkelte Allee hinauf sehr reizvoll!

«Oh, die Sterne, die Sterne!» rief Miss Rebecca dann wohl aus und blickte mit ihren grünen, glitzernden Augen nach oben. «Ich komme mir fast wie ein Geist vor, wenn ich zu ihnen emporschaue!»

«Oh – ah – ach Gott, mir geht's ebenso», rief der andere Schwärmer. «Meine Zigarre stört Sie hoffentlich nicht, Miss Sharp?» Miss Sharp konnte sich nichts Schöneres als Zigarrengeruch im Freien vorstellen – und sie versuchte es auch mal, aufs possierlichste, paffte ein bißchen und stieß einen kleinen Schrei aus und kicherte. Dann gab sie dem Hauptmann seine Delikatesse zurück, und er zwirbelte den Schnurrbart und rauchte so heftig drauflos, daß sie unter den dunklen Bäumen rot aufglomm; dabei versicherte er: «Beim Zeus – ah – Gott – ja! 's ist die beste Zigarre, die ich je geraucht habe!», denn sein Verstand und seine Unterhaltung waren so brillant, wie es von einem jungen Dragoner zu erwarten war.

Der alte Sir Pitt, der bei seiner Pfeife und seinem Bier saß und mit John Horrocks über ein Schaf sprach, das geschlachtet werden sollte, erspähte von seinem Fenster aus das mit sich beschäftigte Pärchen und schwor unter schrecklichen Flüchen, daß er Rawdon, den Halunken, packen und aus dem Haus werfen wolle – wenn nicht Miss Crawley wäre!

«Er ist ein Schlimmer, ganz bestimmt», sagte Mr. Horrocks, «aber sein Diener Flethers ist noch schlimmer und hat bei der Haushälterin solchen Krach geschlagen wegen des Essens und des Biers, wie's kein Lord nicht täte. Aber ich glaube, Miss Sharp wird mit dem da fertig, Sir Pitt!» fügte er nach einer Pause hinzu.

Und wahrhaftig, sie wurde mit ihnen fertig: mit dem Vater und auch mit dem Sohn.

XII

Ein recht sentimentales Kapitel

WIR MÜSSEN nun von Arkadien und den liebenswürdigen Menschen mitsamt ihren ländlichen Tugenden Abschied nehmen und nach London zurückkehren, um nachzuforschen, was aus Miss Amelia geworden ist. «Aus der machen wir uns überhaupt nichts», meint eine unbekannte Briefschreiberin mit netter, zierlicher Handschrift in einem Brief mit rosa Siegel. «Sie ist fade und langweilig», schreibt sie und fügt noch ein paar weitere freundliche Bemerkungen dieser Art hinzu. Ich sollte es gar nicht erwähnen, wenn es nicht im Grunde überaus schmeichelhaft für die betreffende junge Dame wäre.

Hat der liebenswürdige Leser in seinem Umgang mit Menschen nie ähnliche Bemerkungen von gutherzigen Freundinnen äußern hören? Stets wundern sie sich, *was* man an Miss Smith nur so anziehend finden kann oder *was* Major Jones veranlaßt haben kann, der albernen, unbedeutenden Miss Thompson, die nichts als ihr Puppengesicht mit dem gezierten Lächeln hat, einen Heiratsantrag zu machen. Was ist denn schon an ein Paar blauen Augen und rosigen Wangen? fragen die lieben Tugendbolzen und geben weise zu verstehen, daß geniale Gaben, feine Bildung, Beherrschung der Mangnallschen Fragen, eine damenhafte Kenntnis der Botanik und Geologie, das Talent, Verse zu schmieden oder Sonaten auf Herzsche Manier herunterzuhämmern, und so weiter – bei einem weiblichen Wesen viel wertvoller sind als die vergänglichen äußeren Reize, die in wenigen Jahren unweigerlich welken müssen. Es ist wahrhaft herzerhebend, Frauen über die Wertlosigkeit und Vergänglichkeit der Schönheit predigen zu hören.

Doch die Tugend ist wirklich etwas viel Besseres, und die unglücklichen Geschöpfe, die das Pech haben, schön zu sein, sollte man ständig daran erinnern, welch Schicksal sie erwartet. Aber wenn auch höchstwahrscheinlich der heroische weibliche Typus, den die Frauen so bewundern, etwas viel Herrlicheres und Schöneres ist als die liebe, muntere, lächelnde, einfältige, zärtliche kleine Hausgöttin – so muß dieser letzteren, minderwertigen Klasse von Frauen der Trost zuteil werden, daß wir Männer sie eben doch anbeten und daß wir trotz aller Warnungen und Proteste unsrer gütigen Freundinnen in unserm eigensinnigen Irrtum und Wahn beharren und bis zum Schluß des Kapitels dabei bleiben. Mir haben Damen, vor denen ich die größte Hochachtung habe, wiederholt gesagt, Miss Brown sei ein unbedeutender Flederwisch und Mrs. White habe nichts als ihr *petit minois chiffonné* und Mrs. Black könne kein vernünftiges Wort reden: und doch habe ich die entzückendsten Unterhaltungen mit Mrs. Black geführt (die natürlich Geheimnis bleiben, Madame!) und habe gesehen, wie sich alle Männer um Mrs. Whites Sessel drängten und wie alle jungen Leute sich darum stritten, mit Miss Brown zu tanzen. Daher fühle ich mich versucht, zu glauben, es sei ein sehr großes Kompliment für eine Frau, wenn sie von ihrem eigenen Geschlecht verachtet wird.

Die jungen Damen in Amelias Umgebung sparten mit diesem Kompliment gewiß nicht. Es gab kaum einen Punkt, in dem die Damen Osborne, Georges Schwestern, und die Damen Dobbin so übereinstimmten wie in ihrer Einschätzung von Amelias wenigen Vorzügen, und sie wunderten sich, was ihre Brüder nur «an ihr finden konnten». «Wir sind stets freundlich zu ihr», behaupteten die Damen Osborne, zwei hübsche brünette junge Damen, die nur erstklassige Gouvernanten, Lehrer und Schneiderinnen gehabt hatten. Und sie behandelten sie mit so betonter Freundlichkeit und Herablassung und so unerträglich gönnerhafter Miene, daß die arme Kleine in ihrer Gegenwart tatsächlich vollkommen schüchtern wurde und nach außen hin so dumm wirkte, wie die Damen sie einschätzten. Sie bemühte sich pflichtschuldigst, die Damen als Schwestern ihres zukünftigen Gatten liebzugewinnen, und verbrachte langweilige Stunden und trübselige Vormittage mit ihnen. Sie machte mit ihnen und ihrer Gesellschafterin Miss Wirt, einer grobknochigen alten Jungfer, feierliche Ausfahrten in der großen Familienkutsche. Um ihr etwas Gutes anzutun, nahmen sie Amelia zu Kirchenkonzerten und Oratorien mit oder, um die Waisenkinder zu sehen, in die Paulskirche, wo sie sich so vor ihren Freundinnen fürchtete, daß sie es kaum wagte, sich von dem Kirchenlied rühren zu lassen, das die Kinder sangen. Das Osbornesche Haus war behaglich; die Tafel des Papas war reich und gepflegt; ihre Gesellschaft war steif und vornehm, ihr Dünkel konnte nicht größer sein. Sie hatten den besten Kirchenstuhl im Foundling. All ihre Gewohnheiten waren prunkvoll und geregelt, und all ihre Unterhaltungen waren unausstehlich langweilig und aufs Ansehen berechnet. Nach jedem Besuch von Amelia (und wie freute sie sich, wenn sie wieder gehen durfte!) fragten sich Miss Osborne und Miss Maria Osborne und die altjüngferliche Gesellschafterin mit zunehmender Verwunderung: «*Was* kann George nur an dem Geschöpfchen finden?»

«Halt!» höre ich einen kritischen Leser rufen, «wie kommt es denn, daß Amelia, die in der Schule eine Unzahl Freundinnen hatte und dort von allen geliebt wurde, jetzt bei ihrem Eintritt ins Leben von ihrem eigenen scharfsinnigen Geschlecht so geschmäht wird?» Mein lieber Herr, in Miss Pinkertons Institut gab es keine Männer, ausgenommen den alten Tanzmeister, und um den hätten sich die Mädchen doch wohl nicht zu streiten brauchen, nicht wahr? Kein Wunder, daß die vernachlässigten

Schwestern sich ärgerten, wenn ihr hübscher Bruder George gleich nach dem Frühstück verschwand und allwöchentlich ein halb dutzendmal außer Haus speiste! Als der junge Bullock (aus dem Bankgeschäft Hulker, Bullock & Co., Lombard Street), der Miss Maria zwei Winter hindurch umworben hatte, jetzt Amelia bat, den Kotillon mit ihm zu tanzen – kann man da erwarten, daß Miss Maria sich freute? Und doch behauptete sie es, die unschuldige, großmütige Seele! «Ich freue mich so, daß Ihnen die liebe Amelia gefällt», sagte sie sofort nach dem Kotillon zu Mr. Bullock. «Sie ist mit meinem Bruder George verlobt; es ist zwar nicht viel an ihr dran, aber sie ist ein sehr gutmütiges und treuherziges kleines Ding. Zu Hause haben wir sie alle *so* gern!» Die liebe Freundin! Wer kann die Tiefe der Zuneigung ermessen, die durch das begeisterte «*so*» ausgedrückt wird?

Miss Wirt und die beiden liebevollen jungen Damen stellten George oft und eindringlich vor, was für ein ungeheures Opfer er bringe, wenn er sich in romantischer Großmut an Amelia wegwerfe, und ich bin fast überzeugt, daß er sich zu guter Letzt wirklich für einen der edelsten Charaktere im britischen Heer hielt und sich leicht resigniert lieben ließ.

Aber obwohl er jeden Morgen, wie schon berichtet, sein Elternhaus verließ und allwöchentlich sechsmal auswärts speiste und seine Schwestern den verliebten jungen Mann an Miss Sedleys Schürzenzipfel wähnten, war er doch nicht immer bei Amelia. Eins steht jedenfalls fest: daß Hauptmann Dobbin mehr als einmal nach seinem Freund fragte und daß Miss Osborne (die immer sehr liebenswürdig zum Hauptmann war und gar zu gern seine Soldatenanekdoten hören wollte und sich stets nach der Gesundheit seiner lieben Mama erkundigte), daß Miss Osborne alsdann lachend auf die andre Seite des Squares deutete und sagte: «Oh, Sie müssen bei Sedleys nach George fragen: *wir* bekommen ihn den ganzen Tag nicht zu Gesicht!», und daß der Hauptmann dann in ein ziemlich albernes und verkrampftes Lachen ausbrach und die

Unterhaltung wie ein Mann von Welt auf ein Thema von allgemeinem Interesse zu lenken pflegte, wie etwa die Oper, den letzten Ball des Prinzen im Carlton House oder das Wetter, den unerschöpflichen Gesprächsgegenstand.

«Wie unschuldig dein Liebling noch ist!» pflegte Miss Maria dann, nachdem sich der Hauptmann verabschiedet hatte, zu Miss Jane zu sagen. «Hast du gesehen, wie rot er wurde, als ich sagte, der arme George habe Minnedienst?»

«Schade, daß Frederick Bullock nichts von seiner Scheu hat, Maria», erwiderte die ältere Schwester und warf den Kopf auf.

«Scheu nennst du das? Du meinst wohl Unbeholfenheit, Jane! Ich möchte nicht, daß Frederick mir ein Loch in mein Musselinkleid trampelt, wie Hauptmann Dobbin in deins, als wir bei Mrs. Perkins tanzten.»

«In *dein* Kleid? Haha! Das hätte er ja gar nicht gekonnt! Er hat doch mit Amelia getanzt!»

In Wahrheit verhielt es sich jedoch so: als Hauptmann Dobbin rot wurde und verlegen aussah, erinnerte er sich an eine Sache, die er den jungen Damen nicht mitteilen wollte, daß er nämlich schon in Mr. Sedleys Haus vorgesprochen hatte – natürlich unter dem Vorwand, George sprechen zu wollen –, und George war nicht da; nur die arme kleine Amelia hatte mit recht traurigem und sehnsüchtigem Gesicht am Fenster gesessen, und nach ein paar unwichtigen, banalen Redensarten hatte sie die Frage gewagt, ob etwas Wahres an dem Gerücht sei, daß das Regiment bald ins Ausland versetzt würde, und ob Hauptmann Dobbin heute schon Mr. Osborne gesehen habe.

Das Regiment hatte bisher noch keinen Befehl erhalten, und Hauptmann Dobbin hatte George nicht gesehen. «Sehr wahrscheinlich ist er bei seinen Schwestern», sagte der Hauptmann. Ob er gehen und den Herumtreiber holen solle? Sie reichte ihm freundlich und dankbar die Hand, und er ging quer über den Platz. Sie wartete und wartete, aber kein George ließ sich blicken.

Das arme, zärtliche Herzchen! Es hofft und klopft weiter und sehnt sich und vertraut. Da seht: über so ein Leben ist nicht viel zu schreiben! Es ist nicht reich an dem, was ihr Ereignisse nennt! Nur ein Gefühl den ganzen Tag: wann wird er kommen? Nur ein Gedanke beim Einschlafen und beim Aufwachen. Als sich Amelia bei Hauptmann Dobbin nach George erkundigte, spielte er, glaube ich, gerade mit Hauptmann Cannon in der Swallow Street Billard; denn George war ein lustiger, geselliger Bursche und in derlei Spielen sehr geschickt.

Als er einmal drei Tage lang nicht gekommen war, setzte Amelia ihre Haube auf und stieß ins Osbornesche Haus vor. «Was? Läßt du unsern Bruder allein, um uns zu besuchen?» riefen die jungen Damen. «Habt ihr euch gezankt, Amelia? Bitte, erzähl's uns!» O nein, gezankt hatten sie sich nicht! «Wer könnte sich denn mit ihm zanken?» Ihre Augen füllten sich mit Tränen. Sie sei nur herübergekommen, um... um ihre lieben Freundinnen zu besuchen; sie hätten sich so lange nicht gesehen. Diesmal war sie so furchtbar dumm und schüchtern, daß die Misses Osborne und ihre Gesellschafterin, die ihr nachsahen, als sie gegangen war, sich mehr denn je wunderten, was George nur an der armen kleinen Amelia finden könne.

Natürlich wunderten sie sich. Wie hätte sie denn vor den jungen Damen mit den stechenden schwarzen Augen ihr scheues Herzchen entblößen können? Es war am besten, wenn sie es versteckte! Ich weiß, daß die Misses Osborne einen Kaschmirschal oder einen rosa Atlasumhang großartig beurteilen konnten, und als Miss Turner den ihren violett färben und zu einem Spenzer verarbeiten ließ, und als Miss Pickford ihren Hermelinkragen in einen Muff und Manschetten ändern ließ, da entgingen diese Änderungen den klugen jungen Damen keineswegs. Es gibt aber Dinge, die sind feiner gesponnen als Atlas oder Pelz und alle Herrlichkeit Salomos und der Kleiderstaat der Königin von Saba – Dinge, deren Schönheit dem Auge mancher Kenner entgeht. Es gibt süße, bescheidene Seelchen, die man duftend und zärtlich blühend im stillen Schatten antrifft; und es gibt eine Gartenzier, so groß wie messingne Wärmflaschen, die mit ihrem Blick sogar die Sonne aus der Fassung bringen können. Miss Sedley gehörte nicht zu den Sonnenblumen; und

ich finde, es widerspricht den Regeln von der Proportion, wenn man ein Veilchen so groß wie eine gefüllte Dahlie zeichnet.

Nein, nein! Im Leben eines lieben jungen Mädchens, das noch im elterlichen Nest ist, kann es nicht viele aufregende Ereignisse geben, wie sie eine Romanheldin gewöhnlich für sich beansprucht. Schlingen oder Schüsse können die alten Vögel töten, die draußen auf Nahrungssuche sind, und Habichte könnten dasein, denen sie entkommen oder die ihnen etwas zuleide tun. Aber die Jungen im Nest haben ein behagliches, unromantisches Dasein in Daunen und Stroh, bis auch sie an der Reihe sind und die Schwingen ausbreiten müssen. Während Becky Sharp unbeschützt umherflatterte, von Zweig zu Zweig und zwischen mancherlei Fallen herumhüpfte und sich unversehrt und mit Erfolg ihr Futter aufpickte, lag Amelia noch wohlbehütet in ihrem Heim am Russell Square, und wenn sie in die Welt hinausging, geschah es in Begleitung ihrer Eltern. Es schien auch nicht so, als ob ihr oder dem reichen, freundlichen, behaglichen Haus, das sie so zärtlich beschützte, je etwas Schlimmes widerfahren könnte. Mama hatte ihre morgendlichen Pflichten und täglichen Ausfahrten, die herrliche Besuchs- und Einkaufsrundfahrt, die das Vergnügen oder, wenn man so will, das Tagewerk jeder reichen Londoner Dame bildete. Papa leitete seine geheimnisvollen Geschäfte in der City – ein aufregender Mittelpunkt damals, als der Krieg in ganz Europa wütete und Kaiserreiche auf dem Spiel standen, als die Zeitung *Courier* Zehntausende von Abonnenten hatte, als ein Tag die Schlacht von Vittoria und ein andrer den Brand von Moskau brachte oder als um die Essenszeit am Russell Square das Horn des Ausrufers erklang und verkündete: «Schlacht bei Leipzig – sechshunderttausend Mann im Kampf – völlige Niederlage der Franzosen – zweihunderttausend Tote.» Der alte Sedley kam ein- oder zweimal mit sehr ernstem Gesicht nach Hause. Kein Wunder, wenn solche Neuigkeiten alle Herzen und alle Börsen Europas erschütterten!

Das Leben am Russell Square in Bloomsbury ging inzwischen weiter, als ob das Leben auf dem Festland nicht im geringsten aus den Fugen geraten wäre. Der Rückzug von Leipzig hatte keinerlei Einfluß auf die Zahl der Mahlzeiten, die Mr. Sambo im Dienerzimmer einnahm; die Alliierten strömten nach Frankreich, und um fünf Uhr ertönte wie üblich die Glocke zum Abendessen. Ich glaube nicht, daß die arme Amelia sich um Brienne oder Montmirail kümmerte oder sich auch nur halbwegs für den Krieg interessierte – bis der Kaiser abdankte. Da klatschte sie in die Hände und betete, oh, wie dankbar, und warf sich George Osborne zur Verwunderung aller, die Zeuge ihres Gefühlsausbruchs waren, in die Arme. Denn der Frieden war geschlossen, Europa sollte zur Ruhe kommen, der Korse war besiegt, und Leutnant Osbornes Regiment würde nicht mehr ausziehen müssen. Das war der Weg, den Amelias Gedanken einschlugen. Das Schicksal Europas hieß für sie George Osborne. Weil er nicht mehr in Gefahr war, sang sie ein Tedeum. Er war für sie Europa, der Kaiser, die alliierten Monarchen und der erlauchte Prinzregent. Er war ihre Sonne und ihr Mond, und vielleicht dachte sie sogar, die große Illumination und der Ball im Haus des Oberbürgermeisters für die fremden Herrscher wäre speziell zu Ehren George Osbornes veranstaltet worden.

*

Wir sagten, daß Winkelzüge, Eigennutz und Armut die traurigen Lehrmeister waren, denen Becky Sharp ihre Ausbildung verdankte. Amelia Sedleys letzte Lehrerin jedoch war die Liebe, und es war erstaunlich, was für Fortschritte unsre junge Freundin dabei machte. Im Verlauf von fünfzehn oder achtzehn Monaten täglichen aufmerksamen Unterrichts bei dieser großartigen Erzieherin erfuhr Amelia sehr viele Geheimnisse, von denen Miss Wirt und die schwarzäugigen jungen Damen von gegenüber, ja sogar die alte Miss Pinkerton in Chiswick keine Ahnung hatten. Wie hätten auch diese spröden und steifen Jungfern so etwas erlernen können? Bei den Damen P. und W. kam die zärtliche Leidenschaft nicht mehr in Frage: ich würde es nicht wagen, so etwas auch nur anzudeuten. Miss Maria Osborne hatte zwar eine Zuneigung zu Mr. Frederick Augustus Bullock gefaßt, aber es war eine höchst ehrbare Zuneigung, und Bullock senior hätte sie genauso gern genommen, denn ihr Sinnen richtete sich – wie es bei jeder wohlerzogenen jungen Dame sein sollte – auf ein Haus in der Park Lane, ein Landhaus in Wimbledon, einen schönen Wagen und zwei auffallend stattliche Pferde und Lakaien sowie auf ein Viertel des jährlichen Reingewinns der bekannten Bankfirma Hulker & Bullock, Vorteile, die Frederick Augustus alle in sich vereinte. Wäre damals der Brautkranz aus Orangenblüten schon Mode gewesen (ein rührendes Symbol weiblicher Reinheit, das wir aus Frankreich importierten, wo die Töchter des Volkes ja im allgemeinen in die Ehe verkauft werden!), Miss Maria hätte gewiß den makellosen Kranz für sich in Anspruch genommen, wäre an der Seite des gichtigen, kahlköpfigen alten Bullock senior mit der Rotweinnase in die Hochzeitskutsche gestiegen und hätte ihr schönes junges Leben in vollendeter Sittsamkeit seinem Glücke geweiht. Nur war der alte Herr bereits verheiratet, und deshalb wandte sie ihre Gunst dem Juniorpartner zu. Liebliche, duftige Orangenblüten! Bekränzt mit ihnen, sah ich neulich Miss Trotter (sie ist es nicht mehr) vor der St. Georgskirche am Hanover Square in die Reisekutsche hüpfen, und hinter ihr drein humpelte Lord Methusalem. Mit welch herzgewinnender Schamhaftigkeit zog sie die Vorhänge der Kutsche herunter, die kleine Unschuld! Die Hälfte aller Kutschen vom Jahrmarkt der Eitelkeit waren bei der Trauung dabei.

Das also war nicht die Art Liebe, die Amelias Erziehung den letzten Schliff gab und aus dem lieben jungen Kind ein liebes junges Mädchen machte, das, sollte die glückliche Zeit einmal da sein, eine liebe junge Ehefrau abgeben würde. Das junge Menschenkind liebte den jungen Offizier im Dienste Seiner Majestät, den wir schon flüchtig kennengelernt haben, von ganzem Herzen. (Vielleicht war es sehr unklug von ihren Eltern, sie darin zu bestärken und ihre abgöttische Liebe und die törichten romantischen Ideen noch zu unterstützen!) Sie dachte an ihn, sobald sie erwachte, und sein Name war das letzte, was ihr beim Nachtgebet über die Lippen kam. Noch nie hatte sie einen so schönen oder so klugen Mann gesehen, der zu Pferde eine so gute Figur machte, der solch Tänzer, solch Held in jeder Hinsicht war! Redet mir nicht von der Verbeugung des Prinzen! Was war sie, verglichen mit der, die George machte? Sie hatte Mr. Brummel gesehen, von dem alle so schwärmten. Man sollte ihn doch mit ihrem George vergleichen! Selbst unter all den Stutzern in der Oper (und damals gab es noch richtige Stutzer mit seidenem Zylinder) war keiner, der an ihn heranreichte. Er war nichts Geringeres als ein Märchenprinz, und ach, wie edel von ihm, daß er sich zu dem bescheidenen Aschenbrödel herabließ! Wenn Miss Pinkerton Amelias Vertraute gewesen wäre, hätte sie sehr wahrscheinlich versucht, solche blinde Ergebenheit zu dämpfen, aber bestimmt nicht mit großem Erfolg! Es liegt im Wesen und Instinkt mancher Frauen: manche sind zum Intrigieren geschaffen und andere zum Lieben, und ich wünschte, jeder ehrbare Junggeselle, der diese Zeilen liest, nähme die Sorte, die ihm gleicht.

Unter dem Eindruck dieses übermächtigen Gefühls vernachlässigte Amelia ihre zwölf Busenfreundinnen in Chiswick aufs grausamste, wie es so ichbefangene Menschen meistens tun. Sie dachte natürlich einzig an ihn; Miss Saltire wäre als Vertraute zu kalt gewesen, und sie brachte es nicht fertig, Miss Swartz, der krausköpfigen jungen Erbin aus St. Christopher, ihr Herz zu eröffnen. In den Ferien hatte sie die kleine Laura Martin eingeladen, und ich glaube, daß sie ihr alles anvertraute und Laura versprach, sie müsse bei ihr wohnen, wenn sie erst verheiratet sei; ja, sie unterrichtete sie ausführlich über die Liebesleidenschaft, was dem kleinen Kind besonders nützlich und neu gewesen sein muß. Ach je, ich fürchte, die arme Amelia war ein bißchen unvernünftig!

Was taten eigentlich ihre Eltern, daß sie das kleine, so heftig pochende Herz nicht beruhigten? Der alte Sedley schien derlei Dinge nicht zu bemerken. In letzter Zeit war er ernster, und seine Geschäfte in der City nahmen ihn ganz in Anspruch. Mrs. Sedley war so sorglos und so wenig neugierig, daß sie nicht einmal eifersüchtig war.

Mr. Joe war nicht da: er wurde in Cheltenham von einer irischen Witwe belagert. Amelia hatte das Haus für sich allein – ach, oft zu sehr für sich allein. Nicht etwa, daß sie George je mißtraute, denn natürlich mußte er beim Regiment sein, und er kann nicht immer Urlaub von Chatham bekommen, und er muß seine Freunde und Schwestern besuchen und, wenn er in der Stadt ist, zu Gesellschaften gehen (er, die Zierde jeder Gesellschaft!), und wenn er bei seinem Regiment sein muß, ist er zu müde, um lange Briefe zu schreiben. Ich weiß, wo sie das Päckchen Briefe verwahrt, das sie erhalten hat, und kann mich wie Jachimo in ihr Zimmer stehlen. Wie Jachimo? Nein, das ist eine üble Rolle. Ich will nur den Mondschein spielen und harmlos in das Bett spähen, in dem Treue, Schönheit und Unschuld träumen.

Wenn jedoch Osbornes Briefe kurz und soldatisch waren, so müssen wir bekennen, daß Miss Sedleys Briefe an Mr. Osborne, sollten sie hier abgedruckt werden, unsern Roman zu einer solchen Unzahl von Bänden anschwellen lassen würden, wie sie selbst der gefühlvollste Leser nicht ertragen könnte. Sie beschrieb nicht nur große Bögen voll, sondern kritzelte seltsamer- und verrückterweise auch noch quer drüber. Ohne das geringste Mitleid schrieb sie ganze Seiten aus Gedichtbüchern ab und unterstrich mit leidenschaftlicher Inbrunst Wörter und lange Stellen. Kurz und gut, es waren die üblichen Symptome ihres Zustands. Sie war keine großartige Briefschreiberin: die Briefe waren voller Wiederholungen, ihre Grammatik war manchmal etwas fragwürdig, und in den Gedichten nahm sie sich allerlei Freiheiten mit dem Versmaß. Aber, meine Damen, wenn Sie nicht manchmal aller Syntax zum Trotz ans Herz rühren dürften und wenn man Sie erst lieben dürfte, nachdem Sie den Unterschied zwischen Trimeter und Tetrameter kennen – dann möge alle Dichtkunst zum Teufel und jeder Schulmeister zum Henker gehen!

XIII

Sentimental und auch anders

ICH FÜRCHTE, der Herr, an den Amelias Briefe gerichtet waren, war ein hartherziger Kritiker. Eine solche Anzahl von Briefchen flatterten dem Leutnant überallhin nach, daß er sich ihrer wegen der Witze seiner Kameraden beinahe schämte und seinem Diener befahl, sie ihm nur in die Privatwohnung zu bringen. Mit einem zündete er sich dort einmal seine Zigarre an, was Hauptmann Dobbin, der bestimmt eine Banknote für das Dokument gegeben hätte, mit größtem Entsetzen sah.

Eine Zeitlang bemühte sich George, die Affäre geheimzuhalten. Daß es sich um eine Frau handelte, gab er zu. «Und nicht etwa die erste», sagte Fähnrich Spooney zu Fähnrich Stubble. «Der Osborne ist ein verteufelter Bursche! In Demerara war die Tochter des Richters ganz verrückt auf ihn; danach war's Miss Pye, das schöne Halbblutmädchen in St. Vincent, wie du weißt; und seit er wieder zu Hause ist, soll er, beim Zeus, ein regelrechter Don Juan geworden sein.»

Stubble und Spooney fanden, es sei eine der schönsten Tugenden, die ein Mann besitzen könne, wenn er «ein regelrechter Don Juan war, beim Zeus»! Und Osbornes Ruf bei den jungen Offizieren seines Regiments stieg gewaltig. Er war glänzend in jedem Sport, glänzend als Sänger, glänzend bei der Parade und freigebig mit Geld, das ihm sein Vater reichlich zukommen ließ. Keiner in seinem Regiment trug so gut gearbeitete Uniformen, keiner hatte so viele. Die Soldaten vergötterten ihn. Trinken konnte er mehr als jeder Offizier im Kasino, den alten Oberst Heavytop mit inbegriffen. Boxen konnte er besser als der Soldat Knuckles (der nur wegen seiner Trunksucht noch nicht Korporal geworden war und der schon im Ring gestanden hatte), außerdem war er der weitaus beste Kricketspieler im Regimentsklub. In den Quebec-Rennen ritt er sein eigenes Pferd, den «Geölten Blitz», und gewann den Garnisonspokal. Außer Amelia gab es noch andere, die ihn anschwärmten. Stubble und Spooney hielten ihn für eine Art Apoll, Dobbin sah in ihm einen «bewundernswerten Crichton», und auch die Frau Major O'Dowd gab zu, daß er ein eleganter junger Mann sei, der sie immer an Fitzjurld Fogarty, Lord Castlefogartys zweiten Sohn, erinnere.

Stubble, Spooney und alle übrigen gaben sich also phantastischen Vermutungen hin, wer die Briefschreiberin sein könne, vielleicht eine Herzogin aus London, die in ihn verliebt sei, oder eine Generalstochter, die ihn bis zum Wahnsinn liebe, aber mit jemand anders verlobt sei, oder die Gattin eines Parlamentsmitgliedes, die vierspännig entführt werden wollte, oder irgendein anderes Opfer einer köstlich aufregenden romantischen und alle Beteiligten kompromittierenden Leidenschaft. Doch keine dieser Vermutungen wollte Osborne bestätigen: er überließ es seinen jungen Bewunderern und Freunden, die ganze Geschichte zu erfinden und auszuschmücken.

Ohne Hauptmann Dobbins Indiskretion wäre daher der wahre Sachverhalt nie beim Regiment bekanntgeworden. Der Hauptmann saß eines Tages im Kasino beim Frühstück, während der Unterarzt Cackle und die beiden schon erwähnten Herren über Osbornes Liebschaft mutmaßten: Stubble hielt daran fest, die Dame sei eine Herzogin am Hof der Königin Charlotte, und Cackle schwor, sie sei eine Opernsängerin von übelstem Ruf. Bei dieser Vorstellung regte sich Dobbin so auf, daß er, obwohl sein Mund mit Ei und Butterbrot vollgestopft war und er überhaupt nicht hätte sprechen sollen, plötzlich losplatzte: «Cackle, Sie sind ein dummer Esel! Immer erzählen Sie blöde Skandalgeschichten! Osborne denkt nicht dran, mit einer Herzogin durchzubrennen oder eine Modistin unglücklich zu machen. Miss Sedley ist die bezauberndste junge Dame von der Welt, und er ist schon wer weiß wie lange mit ihr verlobt. Wer schlecht von ihr sprechen will, soll es lieber nicht in meiner Gegenwart tun!» Und dabei wurde er furchtbar rot, hörte zu sprechen auf und erstickte fast an einer Tasse Tee. In einer halben Stunde war die Geschichte im ganzen Regiment bekannt, und noch am gleichen Abend schrieb die Majorin Mrs. O'Dowd an ihre Schwester Gorvina in O'Dowdstown, sie brauche ihre Abreise von Dublin nicht zu beschleunigen, da der junge Osborne schon längst verlobt sei.

Am gleichen Abend beglückwünschte sie den Leutnant bei einem Glase Whiskypunsch mit einer passenden Ansprache, und er ging wutentbrannt nach Hause, um Dobbin abzukanzeln (der die Einladung zu Mrs. O'Dowds Gesellschaft abgesagt hatte, flötespielend in seinem Zimmer saß und, glaube ich, ein tief melancholisches Gedicht verfaßte).

«Wer, zum Teufel, hat dich beauftragt, über meine Angelegenheiten zu sprechen?» schrie Osborne entrüstet. «Soll denn, zum Kuckuck, das ganze Regiment wissen, daß ich heiraten will? Wieso darf die alte Klatschbase und Hexe Peggy O'Dowd an ihrem verdammten Eßtisch meinen Namen in den Mund nehmen und in allen drei Königreichen meine Verlobung ausposaunen? Und was für ein Recht hast du eigentlich, Dobbin, zu erzählen, ich sei verlobt, oder dich überhaupt in meine Angelegenheiten einzumischen?»

«Mir scheint...», begann Hauptmann Dobbin.

«Zum Teufel mit deinem ‹mir scheint›, Dobbin!» unterbrach ihn der Jüngere. «Ich bin dir zu Dank verpflichtet, das weiß ich, weiß ich zu verdammt genau, aber ich lasse mir nicht immer von dir Moral predigen, bloß weil du fünf Jahre älter bist! Ich lasse mich hängen, wenn ich

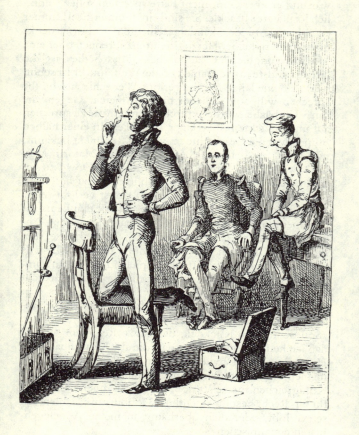

Leutnant Osborne und die Liebesbriefe

deine überlegene Miene und dein verteufeltes Bemitleiden und Beschützen noch länger aushalten soll! Bemitleiden und Beschützen! Möchte mal wissen, worin ich dir unterlegen bin!»

«Bist du verlobt?» unterbrach ihn Hauptmann Dobbin.

«Wenn ich's wäre, was zum Teufel ginge es dich oder sonst jemand an?»

«Schämst du dich etwa?» forschte Dobbin weiter.

«Was für ein Recht hast du, mir diese Frage zu stellen? Das möchte ich doch mal wissen!» erwiderte George.

«Großer Gott, willst du etwa sagen, daß du die Verlobung aufheben willst?» fuhr Dobbin entsetzt hoch.

«Mit andern Worten, du fragst mich, ob ich ein Ehrenmann sei», entgegnete Osborne wild. «Ja? Hast du das gemeint? In letzter Zeit hast du mir gegenüber einen Ton angenommen, daß ich verdammt sein will, wenn ich's mir noch länger bieten lasse!»

«Was habe ich denn getan, George? Ich habe dir gesagt, daß du ein reizendes Mädchen vernachlässigst! Ich habe dir gesagt, wenn du in die Stadt gehst, sollst du sie besuchen und nicht die Spielklubs in St. James's Street.»

«Du willst wohl dein Geld wiederhaben?» fragte George höhnisch.

«Natürlich, so bin ich eben, nicht wahr?» sagte Dobbin. «Du sprichst genau wie ein großzügiger Mensch!»

«Ach, zum Henker, William, verzeih mir bitte!» unterbrach ihn George in einem Anfall von Gewissensbissen. «Du bist auf tausenderlei Art mein Freund gewesen, weiß der Himmel! Du hast mir wer weiß wie oft aus der Klemme geholfen! Als der Crawley von der Leibgarde mir all das Geld abgewonnen hatte, wäre ich ohne dich erledigt gewesen, das ist mal sicher. Aber du solltest nicht so streng mit mir sein und mich immer schulmeistern. Ich habe Amelia sehr gern, bete sie an und so weiter und so fort. Schau nicht so böse drein! Sie hat keine Fehler, das weiß ich. Aber es macht mir einfach keinen Spaß, etwas zu gewinnen, um das ich nicht zu kämpfen brauche. Zum Teufel, das Regiment ist grad erst aus Westindien zurück, da muß ich mich ein bißchen austoben, und dann, wenn ich verheiratet bin, will ich mich bessern, wirklich, Ehrenwort! Und – hör doch, Dobbin, sei mir nicht länger böse! Nächsten Monat zahl' ich dir hundert zurück, wenn ich weiß, daß mein Vater etwas Ordentliches 'rausrückt! Und ich kann Heavytop um Urlaub bitten und morgen in die Stadt fahren und Amelia besuchen – bist du jetzt zufrieden?»

«Man kann dir eben nicht lange böse sein, George», meinte der gutmütige Dobbin, «und was das Geld angeht, so weißt du ja selbst, daß du den letzten Schilling mit mir teilen würdest, wenn ich ihn brauchte.»

«Das würde ich, weiß Gott», erklärte George sehr freigebig, obwohl er, nebenbei bemerkt, nie Geld hatte.

«Ich wünschte nur, du hättest dir endlich die Hörner abgelaufen, George! Wenn du das Gesicht der armen kleinen Amelia gesehen hättest, als sie mich nach dir fragte, würdest du die Billardbälle zum Teufel schicken. Geh und tröste sie, du Scheusal! Geh und schreib ihr einen langen Brief! Mach ihr eine Freude! Eine Kleinigkeit genügt schon!»

«Ich glaube, sie hat mich verdammt gern», sagte der Leutnant mit selbstgefälliger Miene und ging weg, um den Rest des Abends mit ein paar lustigen Freunden im Kasino zu verbringen.

Amelia saß unterdessen am Russell Square und blickte zum Mond auf, der auf den friedlichen Platz ebenso wie auf die Kasernen in Chatham herabschien, wo Leutnant Osborne sein Quartier hatte, und sann nach, was ihr Held wohl gerade mache. Vielleicht macht er bei den Wachtposten die Runde, dachte sie, oder vielleicht liegt er im Biwack, oder vielleicht sitzt er am Lager eines verwundeten Kameraden, oder er studiert Kriegsgeschichte in seinem Zimmer. Und ihre liebevollen Gedanken flogen weiter, als wären es Engel mit Flügeln, und sie flogen den Fluß entlang bis nach Chatham und Rochester und versuchten, in die Kaserne zu spähen, wo George war... Alles in allem genommen, war es wohl doch gut, daß die

Tore geschlossen waren und die Schildwache niemand passieren ließ; so konnte der arme weißgekleidete kleine Engel wenigstens die Lieder nicht hören, die die junger Burschen bei ihrem Whiskypunsch grölten.

Am Tage nach dem Zwiegespräch in der Chatham-Kaserne wollte der junge Osborne beweisen, daß er zu seinem Wort stehe, und schickte sich an, in die Stadt zu fahren, was ihm Hauptmann Dobbins Lob eintrug. «Ich hätte ihr gern ein kleines Geschenk mitgebracht», vertraute er seinem Freund an, «nur bin ich momentan vollkommen abgebrannt, bis mein Vater wieder etwas herausrückt.» Dobbin wollte es nicht zulassen, daß seines Freundes Gutherzigkeit und Gebefreudigkeit an Geldmangel scheitern sollten, darum gab er Mr. Osborne ein paar Pfundnoten, die der andere nach kurzem, mattem Widerstand auch annahm.

Und sicher hätte er Amelia etwas sehr Hübsches gekauft; nur sah er, als er in Fleet Street aus der Postkutsche stieg, im Schaufenster eines Juweliers eine schöne Krawattennadel, der er nicht widerstehen konnte, und als er sie bezahlt hatte, blieb ihm nur noch sehr wenig Geld für weitere Beweise seiner Gebefreudigkeit. Doch das schadete nichts: Amelia war es ganz bestimmt nicht um Geschenke zu tun. Als er auf dem Russell Square auftauchte, leuchtete ihr Gesicht, als ob er die Sonne selbst wäre. All ihre kleinen Sorgen, Tränen, Ängste, all ihre bangen Ahnungen und Träume so vieler Tage und schlafloser Nächte waren beim Anblick des vertrauten unwiderstehlichen Lächelns vergessen. Prachtvoll wie ein Gott stand er mit seinem himmlischen Bart in der Wohnzimmertür und strahlte sie an! Sambos Gesicht, als er Hauptmann Osborne meldete (er hatte den jungen Offizier avancieren lassen), strahlte verständnisinnig, denn er sah das junge Mädchen zusammenzucken, erröten und von ihrem Ausguck am Fenster aufspringen; dann verzog er sich. Kaum hatte sich die Tür hinter ihm geschlossen, flatterte sie an Leutnant Osbornes Herz, als sei dort ihr natürlicher Nistplatz. Ach, du armes schmachtendes Seelchen! Der schönste Baum im ganzen Wald, mit dem geradesten Stamm und den stärksten Zweigen und dem dichtesten Laubwerk, den du dir zum Nestbauen und Kosen ausgewählt hast, kann schon gezeichnet sein, ohne daß du's weißt, und bald krachend zu Boden stürzen. Was für ein uralter Vergleich zwischen dem Menschen und einem Baum!

Inzwischen hatte George sie sehr liebevoll auf die Stirn und die strahlenden Augen geküßt und war sehr liebenswürdig und gut zu ihr. Und sie hielt seine diamantne

Krawattennadel, die sie noch nie an ihm gesehen hatte, für ein ganz entzückendes Schmuckstück.

*

Der aufmerksame Leser, der das frühere Benehmen unsres jungen Leutnants beobachtet hat und sich an die kurze Unterredung erinnert, die Hauptmann Dobbin mit seinem Freund gehabt hatte, ist jetzt vielleicht zu gewissen Schlüssen über des Leutnants Charakter gekommen. Ein zynischer Franzose hat einmal gesagt, daß zur Liebe immer zwei gehören: einer, der liebt, und einer, der sich herabläßt, geliebt zu werden. Die Liebe ist vielleicht manchmal auf des Mannes Seite, manchmal auf seiten der Dame. Vielleicht hielt schon manch unseliger Verliebter Gefühllosigkeit für Sittsamkeit, Langeweile für jungfräuliche Zurückhaltung, bloße Geistlosigkeit für süße Verschämtheit, kurz und gut: eine Gans für einen Schwan. Vielleicht hat schon manche unsrer lieben Leserinnen alle Pracht und Herrlichkeit ihrer Phantasie auf einen Esel gehäuft und hat seine Hohlköpfigkeit als männliche Schlichtheit bewundert, seine Selbstsucht als männliche Überlegenheit verehrt, seine Dummheit als majestätischen Ernst betrachtet und den Mann so behandelt, wie die schöne Feenkönigin Titania einen gewissen Weber aus Athen. Mir scheint, ich habe solche Komödie der Irrungen schon häufig in der Welt gesehen. So viel ist jedenfalls sicher, daß Amelia ihren Angebeteten für einen der tapfersten und großartigsten Männer im britischen Weltreich hielt – und es ist leicht möglich, daß Leutnant Osborne das gleiche glaubte.

Er war ein bißchen ausgelassen – aber das sind viele junge Männer; und gefällt den Mädchen ein Draufgänger nicht besser als ein Waschlappen? Er hatte sich die Hörner noch nicht abgestoßen, aber bald würde es so weit sein, und dann würde er das Heer verlassen, da ja der Friede wiederhergestellt und das korsische Ungeheuer in Elba eingesperrt war, eine Beförderung also nicht mehr in Frage kam und auch keine Möglichkeit verblieb, seine fraglos großen militärischen Talente und seine Tapferkeit zu beweisen. Sein Taschengeld, zusammen mit Amelias Mitgift, würde es ihnen ermöglichen, sich irgendwo auf dem Lande, in einer Gegend mit viel Jagden, ein schmukkes Häuschen zu suchen, und dort würde er ein bißchen jagen und ein bißchen farmen, und sie würden sehr glücklich sein. Daß er als verheirateter Mann beim Heer blieb, war ausgeschlossen. Man stelle sich Mrs. George Osborne in einer Wohnung in einem Landstädtchen vor oder, was noch schlimmer wäre, in Ost- oder Westindien, nur im Kreise von Offizieren, wo sie unter dem Schutz der Majorin Mrs. O'Dowd stehen müßte! Wenn Osborne ihr Geschichten von Mrs. O'Dowd erzählte, kam Amelia fast um vor Lachen. Er hatte sie viel zu lieb, als daß er sie den vulgären Manieren dieser abscheulichen Frau und dem rauhen Leben einer Soldatenfrau ausgesetzt hätte. Auf ihn kam es nicht an, o nein! Aber sein liebes kleines Frauchen sollte den Platz in der Gesellschaft einnehmen, der ihr als seiner Frau gebührte; und ihr könnt überzeugt sein, daß sie seinen Vorschlägen zustimmte, wie sie auch jedem andern Vorschlag zugestimmt haben würde, der von ihm ausging.

So verbrachte das junge Paar einige sehr erfreuliche Stunden, baute unzählige Luftschlösser (die Amelia mit allerlei Blumengärten, ländlichen Spazierwegen, Dorfkirchen, Sonntagsschulen und ähnlichem ausstattete, während Georges geistiges Auge sich eher auf die Stallungen, den Hundezwinger und den Weinkeller richtete; und da der Leutnant nur diesen einzigen Urlaubstag und sehr viel wichtige Geschäfte in der Stadt zu erledigen hatte, kam man überein, daß Amelia bei ihren zukünftigen Schwägerinnen speisen solle. Sie nahm die Einladung voller Freuden an. Er führte sie zu seinen Schwestern und ließ sie dort so fröhlich plaudernd und schwatzend zurück, daß die Damen erstaunt waren und dachten, vielleicht könne George doch noch etwas aus ihr machen. Er aber ging fort, um seine wichtigen Geschäfte zu erledigen.

Das heißt: in einer Zuckerbäckerei am Charing Cross aß er Eiscreme, probierte in Pall Mall einen neuen Überrock an, fragte in Slaughters Kaffeehaus nach Hauptmann Cannon und spielte elf Partien Billard mit ihm, von denen er acht gewann, und kam eine halbe Stunde zu spät zum Essen nach Hause, war aber in sehr guter Laune.

*

Um den alten Mr. Osborne war es nicht so bestellt. Als er aus der City zurückkehrte und seine Töchter und die elegante Miss Wirt ihn im Wohnzimmer begrüßten, sahen sie seinem Gesicht – das zwar auch in seinen besten Zeiten aufgedunsen, ernst und gelblich war – und der gerunzelten Stirn und dem Zucken der schwarzen Augenbrauen sofort an, daß sein Herz unter der breiten weißen Weste gereizt und unruhig klopfte. Als Amelia auf ihn zutrat, um ihn zu begrüßen, was sie stets zitternd und schüchtern tat, nahm er nur mit einem mürrischen Brummen von ihr Kenntnis und ließ die kleine Hand gleich wieder aus seiner großen, behaarten Tatze fallen, ohne den leisesten Versuch, sie festzuhalten. Er sah sich düster um und blickte seine älteste Tochter an, die auch sogleich die Bedeutung seines Blickes verstand, der eindeutig besagte: Was will *die* denn hier, zum Teufel? Deshalb sagte sie rasch: «George ist da, Papa; er ist in der Stadt und wird zum Essen zurück sein.»

«Ach nein, wirklich? Ich will aber nicht mit dem Essen auf ihn warten, Jane!» Mit diesen Worten ließ sich der wackere Mann in seinen Lieblingsstuhl sinken, und dann wurde das tiefe Schweigen in seinem vornehmen, hübsch möblierten Wohnzimmer nur noch vom ängstlichen Ticken der großen französischen Uhr unterbrochen.

Als die Uhr, die von einer stimmungsvollen, die Opferung der Iphigenie darstellenden Bronzegruppe gekrönt wurde, mit tiefem Kirchenglockenton fünf Uhr schlug, zog Mr. Osborne heftig am Klingelzug zu seiner Rechten, und der Butler stürzte herbei.

«Essen!» brüllte Mr. Osborne.

«Mr. George ist noch nicht da», wandte der Diener ein.
«Zum Teufel mit Mr. George! Bin ich Herr im Haus oder nicht? Essen!» donnerte Mr. Osborne. Amelia zitterte. Die andern drei Damen verständigten sich durch Augensprache. Die gehorsame Glocke in den unteren Regionen kündigte den Beginn der Mahlzeit an. Als das Läuten verstummt war, bohrte das Familienoberhaupt die Hände in die tiefen Taschen der Rockschwänze seines prächtigen blauen Leibrocks mit den Messingknöpfen, und ohne auf eine weitere Ankündigung zu warten, blickte er über die Schulter hinweg finster auf die vier Damen und stolzierte allein nach unten.

«Was mag's nur sein?» fragten sie sich, standen auf und trippelten zaghaft hinter dem Hausherrn her.

«Vermutlich sind die Papiere gefallen», tuschelte Miss Wirt. In zitterndem Schweigen nahmen die verschüchterten Damen ihre Plätze ein. Er brummte ein Tischgebet, das so grimmig wie ein Fluch klang. Die großen silbernen Deckel wurden von den Schüsseln gehoben. Amelia saß bebend auf ihrem Stuhl, denn sie war dem furchtbaren Osborne am nächsten und auf ihrer Tischseite die einzige, da durch Georges Abwesenheit eine Lücke entstanden war.

«Suppe?» fragte Mr. Osborne mit Grabesstimme, umklammerte die Schöpfkelle und starrte sie an. Nachdem er allen aufgefüllt hatte, schwieg er ein Weilchen.

«Nehmen Sie Miss Sedleys Teller weg», befahl er schließlich, «sie kann die Suppe nicht essen, und ich auch nicht. Sie ist schandbar schlecht. Hicks, tragen Sie die Suppe ab, und du, Jane, wirfst morgen die Köchin aus dem Haus!»

Als er seine Ansicht über die Suppe geäußert hatte, machte er ein paar bissige Bemerkungen über den Fisch, die ebenso giftig und zynisch klangen, und verfluchte Billingsgate mit einem Nachdruck, der großartig auf den Fischmarkt paßte. Dann verfiel er in Schweigen, goß mehrere Glas Wein hinunter und sah immer schrecklicher aus, bis ein munteres Klopfen an der Haustür Georges Rückkehr ankündigte und alle aufatmeten.

Mr. Osborne und Amelia

Früher hatte er nicht kommen können. General Daguilet hatte ihn so lange warten lassen. Nein, nein, weder Suppe noch Fisch. Irgend etwas, einerlei was. Großartiger Hammelbraten, alles war großartig! – Seine gute Laune stand in größtem Gegensatz zu seines Vaters Verdrießlichkeit, und unaufhörlich plauderte er während des ganzen Essens weiter – zum Entzücken aller und besonders der einen, die nicht genannt zu werden braucht.

Sobald die jungen Damen die Orange und das Glas Süßwein genossen hatten, die meistens den Abschluß der trübseligen Bankette in Mr. Osbornes Haus bildeten, wurde das Zeichen zum Aufbruch gegeben, und die Damen erhoben sich und gingen ins Wohnzimmer hinauf. Amelia hoffte, George würde bald nachkommen. Oben im Wohnzimmer begann sie auf dem großen Flügel mit den geschnitzten Beinen und der Lederhülle einige seiner Lieblingswalzer zu spielen, die damals gerade eingeführt worden waren. Doch ihre kleine List brachte ihn nicht herbei. Er war taub für Walzer; sie erklangen matter und matter, und dann verließ die entmutigte Künstlerin das riesige Instrument, und obwohl ihre drei Freundinnen nun die lautesten und glänzendsten neuen Melodien ihres Repertoires spielten, hörte Amelia keine einzige Note, sondern saß grübelnd und in böse Vorahnungen versunken da. Das Stirnrunzeln des alten Osborne, das ihr immer Angst machte, war ihr noch nie so unheimlich vorgekommen. Als sie das Eßzimmer verlassen hatte, folgten ihr seine Blicke, als habe sie eine Schuld auf sich geladen. Als der Kaffee gebracht wurde, fuhr sie zurück, wie wenn Mr. Hicks, der Butler, ihr einen Becher Gift anbieten wollte. Was für ein Geheimnis lauerte im Hinterhalt? – Oh, diese Frauen! Sie hegen und pflegen ihre bösen Ahnungen und grauenhaften Gedanken, wie sie es mit ihren verwachsenen Kindern tun.

Der düstere Gesichtsausdruck seines Vaters hatte auch George Osborne mit Sorge erfüllt. Wie sollte er seinem alten Herrn bei so grimmig gefurchter Stirn und einer so ausgesprochen galligen Miene das Geld abknöpfen, das er so verdammt nötig brauchte? Er fing an, seines Vaters Wein zu loben: das war meistens ein erfolgreiches Mittel, um dem alten Herrn etwas abzuschwatzen.

«InWestindien haben wir nie solchen Madeira wie deinen bekommen, Papa. Oberst Heavytop hat sich neulich drei Flaschen von dem, den du mir geschickt hattest, unterm Rockschoß mitgenommen!»

«So?» machte der alte Herr. «Kostet mich acht Schilling die Flasche.»

«Nehmen Sie sechs Goldstücke für ein Dutzend, Sir?» fragte George lachend. «Einer unsrer größten Männer im Land möchte welchen haben.»

«So?» brummte der Alte. «Hoffentlich bekommt er ihn.»

«Als General Daguilet in Chatham war, gab Heavytop ihm ein Frühstück und bat mich um etwas Wein. Dem General schmeckte er ebensogut, und er wollte gern ein Faß für den Höchstkommandierenden erstehen. Er ist die rechte Hand Seiner Königlichen Hoheit.»

«Ist verteufelt guterWein», sagten die Augenbrauen und sahen etwas gutmütiger aus. George wollte den Vorteil ausnutzen und die Geldfrage aufs Tapet bringen, als sein Vater wieder ernst wurde, wenn auch etwas herzlicher im Ton, und ihn bat, nach Rotwein zu läuten. «Wir wollen mal sehen, ob der Claret ebensogut ist wie der Madeira, George, den Seine Königliche Hoheit natürlich bekommen soll. Und während wir ihn trinken, möchte ich über eine wichtige Sache mit dir sprechen.»

Amelia hörte, wie nach dem Claret geläutet wurde, während sie nervös oben wartete. Sie fand, daß die Glocke irgendwie eine geheimnisvolle, böse Vorbedeutung habe. Von den Vorahnungen, die manche Leute immer haben, müssen ja schließlich ein paar in Erfüllung gehen.

«Was ich wissen möchte, George», sagte der alte Herr, nachdem er langsam von seinem ersten Glas gekostet hatte, «was ich wissen möchte, ist: wie stehst du mit – hem – dem kleinen Ding oben?»

«Ich finde, das ist nicht schwer zu sehen», sagte George

mit selbstgefälligem Grinsen. «Ziemlich klar, Papa. Was für ein fabelhafter Wein!»

«Was meinst du mit ziemlich klar?»

«Ach, zum Henker, treib mich nicht in die Enge. Ich bin ein bescheidener Mensch. Ich – hm – will nicht gerade behaupten, ein Herzensbrecher zu sein, aber ich muß zugeben, daß sie mich verteufelt gern hat. Das sieht ja ein Blinder!»

«Und du?»

«Aber Papa, hast du mir nicht befohlen, sie zu heiraten, und bin ich nicht ein folgsamer Sohn? Ich dachte, unsre Väter hätten das schon längst unter sich ausgemacht!»

«Ein braver Sohn, weiß Gott! Glaubst du, ich habe nicht gehört, was du mit Lord Tarquin und Hauptmann Crawley von der Leibgarde und dem Honorable Mr. Deuceace und deren Clique treibst? Nimm dich in acht, Junge, nimm dich in acht!»

Der alte Herr sprach die aristokratischen Namen mit größtem Behagen aus. Wenn er einen berühmten Mann kennenlernte, kroch er vor ihm und nannte ihn so häufig Mylord, wie es nur ein freigeborener Brite tun kann. Dann ging er nach Hause, las im Adelsregister dessen Familiengeschichte nach, erwähnte fortan seinen Namen in allen Gesprächen und prahlte vor seinen Töchtern mit Seiner Lordschaft. Er lag förmlich vor ihm auf den Knien und badete in seinem Glanz wie ein neapolitanischer Bettler in der Sonne. George erschrak, als er die Namen hörte. Er fürchtete, sein Vater könnte von gewissen Spielgeschichten etwas erfahren haben. Aber es beruhigte ihn, als der alte Moralprediger heiter erklärte:

«Ja, ja, Jugend will sich austoben. Und mir ist es ein Trost, George, daß du in der besten Gesellschaft Englands verkehrst, wie ich annehme – und wie es dir meine Mittel auch erlauben, hoffe ich.»

«Besten Dank, Papa.» George steuerte sofort auf sein Ziel los. «Ja, mit den berühmten Leuten kann man nicht umsonst leben, und meine Börse, da, sieh dir das mal an!» Und er hielt ihm ein kleines, von Amelia gestricktes

Geschenk hin, das die allerletzten von Dobbins Pfundnoten enthielt.

«Daran soll's nicht fehlen. Der Sohn eines britischen Kaufmanns soll keinen Mangel leiden, George. Meine Goldstücke sind so gut wie ihre, mein Junge, und ich will nicht knausern. Wenn du morgen durch die City fährst, suche Mr. Chopper auf, er hat etwas für dich bereit. Mir kommt es nicht aufs Geld an, wenn ich weiß, du bist in guter Gesellschaft, denn ich finde, die gute Gesellschaft hat immer recht. Ich bin nicht hochmütig, bin einfacher Herkunft. Aber du hast Vorteile gehabt, nun nütze sie auch aus! Verkehr mit den jungen Adligen, mein Junge! Da ist mancher, der kann keinen Dollar ausgeben, wo du ein Goldstück hast. Und was die Unterröcke angeht» (hier schoß ein schlauer und nicht sehr angenehmer Blick unter den dicken Brauen hervor), «Jugend will sich austoben! Nur eins mußt du meiden, unbedingt, sonst bekommst du keinen Schilling, weiß Gott: daß du mir nicht mit dem Glücksspiel anfängst!»

«Natürlich nicht, Papa», sagte George.

«Aber, um auf die Sache mit Amelia zurückzukommen: warum solltest du nicht was Besseres heiraten als die Tochter eines Börsenmaklers, George? Das möcht' ich wirklich wissen!»

«Das ist eine Familiensache, Vater!» sagte George und knackte sich Haselnüsse auf. «Das hast du schon vor hundert Jahren mit Mr. Sedley abgemacht.»

«Das leugne ich auch nicht, aber die Situation der Leute kann sich ändern. Ich leugne nicht, daß ich Sedley mein Vermögen verdanke, oder vielmehr hat er mir die Möglichkeiten verschafft, daß ich mich mittels meines Verstandes und meiner Gaben zu der stolzen Stellung emporarbeiten konnte, die ich heute im Talghandel und in der City einnehme. Ich habe Sedley meine Dankbarkeit gezeigt; er hat sie in letzter Zeit auf die Probe gestellt, wie mein Scheckbuch beweisen kann. George, ich sage dir im Vertrauen, mit Mr. Sedleys Geschäften sieht's nicht gut aus. Meinem Hauptbuchhalter, Mr. Chopper, gefällt's auch nicht, und der ist ein alter Fuchs und kennt die Börse wie kein zweiter. Hulker & Bullock sehen Sedley schief an; ich fürchte, er hat auf eigene Rechnung spekuliert. Wie es heißt, hat ihm die ‹*Jeune Amélie*› gehört, die vom amerikanischen Kaperschiff ‹*Molasses*› aufgebracht wurde. Und eins steht fest: wenn ich Amelias Zehntausend nicht in bar sehe, heiratest du sie nicht. Die Tochter eines unsicheren Spekulanten will ich nicht in meiner Familie haben. Gib mal den Wein, mein Junge, oder läute nach Kaffee!»

Damit öffnete Mr. Osborne die Abendzeitung, und George erkannte an diesem Zeichen, daß die Unterredung beendet war und daß sein Papa ein Nachtischschläfchen machen wollte.

In glänzender Stimmung eilte er nach oben zu Amelia. Wie kam es, daß er an diesem Abend so aufmerksam zu ihr war wie schon lange nicht mehr: so eifrig drauf aus, sie zu unterhalten, so zärtlich, so glänzend in der Unterhaltung? Wurde sein großmütiges Herz wärmer, weil er das Unglück für sie voraussah? Oder schätzte er die liebe kleine Beute bei der Vorstellung, sie aufgeben zu müssen, nur um so mehr?

Noch viele Tage hinterher lebte Amelia in der Erinnerung an den glücklichen Abend und dachte an all seine Worte, seine Blicke, an das Lied, das er gesungen hatte, an seine Haltung, wenn er sich über sie beugte oder sie von weitem betrachtete. Ihr schien es, als sei ein Abend in Mr. Osbornes Haus noch nie so rasch verflogen; und sie wäre beinahe ärgerlich geworden, als Sambo dies eine Mal viel zu früh mit dem Schal erschien, um sie abzuholen.

George kam am nächsten Morgen und nahm zärtlich Abschied von ihr, und dann eilte er in die City, wo er Mr. Chopper aufsuchte, seines Vaters rechte Hand; von ihm erhielt er ein Papier, daß er bei Hulker & Bullock gegen eine ganze Tasche voll Geld eintauschte. Als George die Bank betrat, kam der alte John Sedley gerade mit trüber Miene aus dem Sprechzimmer des Bankiers.

Aber sein Patenkind war viel zu beschwingt, um die Niedergeschlagenheit des braven Maklers oder den traurigen Blick zu bemerken, den der gütige alte Herr ihm zuwarf. Der junge Bullock begleitete ihn nicht wie sonst lächelnd aus dem Sprechzimmer.

Als sich die Flügeltüren von Hulker, Bullock & Co. hinter Mr. Sedley geschlossen hatten, blinzelte der Kassierer Mr. Quill (dessen wohltuende Beschäftigung darin bestand, knisternde Banknoten aus einem Schubfach zu holen und Goldstücke aus einer Kupferschaufel zu verteilen) dem Buchhalter Mr. Driver am Pult rechterhand zu. Mr. Driver zwinkerte zurück.

«Nix wert», flüsterte Mr. D.

«Gar nix», erwiderte Mr. Q. «Mr. George Osborne, wie wollen Sie es haben, Sir?» George stopfte sich eifrig eine Menge Geldnoten in die Tasche. Am gleichen Abend im Kasino zahlte er Dobbin fünfzig Pfund zurück.

Und am gleichen Abend schrieb ihm Amelia den zärtlichsten ihrer langen Briefe. Ihr Herz floß über vor Zärtlichkeit, aber noch immer schwante ihr Unheil. Weshalb hatte Mr. Osborne so finster ausgesehen? fragte sie. Hatte es zwischen ihm und ihrem Papa Streit gegeben? Ihr armer Papa war so niedergeschlagen aus der City heimgekehrt, daß sie sich alle um ihn sorgten... kurzum, es waren vier Seiten voller Liebe, Furcht, Hoffnung und trüber Ahnungen.

«Arme kleine Emmy, liebe kleine Emmy! Wie lieb sie mich hat!» sagte George, als er das Schreiben überflog. «Mein Gott, was für Kopfweh habe ich von dem Punschgebräu bekommen!»

XIV

Miss Crawley zu Hause

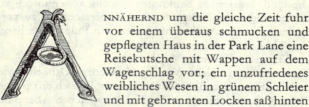

NNÄHERND um die gleiche Zeit fuhr vor einem überaus schmucken und gepflegten Haus in der Park Lane eine Reisekutsche mit Wappen auf dem Wagenschlag vor; ein unzufriedenes weibliches Wesen in grünem Schleier und mit gebrannten Locken saß hinten auf dem Bedientensitz, und ein umfangreicher, vertrauenswürdiger Mann thronte auf dem Bock. Es war die Equipage unserer Freundin Miss Crawley, die aus Hampshire zurückkehrte. Die Wagenfenster waren geschlossen. Der fette Spaniel, dessen Kopf und Zunge sonst aus einem der beiden Fenster baumelten, ruhte auf dem Schoß des mißvergnügten Wesens. Als das Gefährt hielt, wurde mit Hilfe verschiedener Dienstboten und einer jungen Dame, die als Begleitung mitgekommen war, ein dickes, rundes Bündel von Schals und Umhängen aus dem Wagen geholt. Das Bündel enthielt Miss Crawley, die sofort nach oben in ein geheiztes Zimmer geschafft und in ein für die Aufnahme einer Kranken entsprechend vorgewärmtes Bett gesteckt wurde. Boten riefen ihren Arzt und ihren Apotheker herbei. Sie kamen, berieten sich, verschrieben etwas und verschwanden wieder. Gegen das Ende ihrer Konsultation trat Miss Crawleys junge Begleiterin ein, nahm ihre Anweisungen entgegen und verabreichte der Kranken die antiphlogistischen Mittel, die von den gewichtigen Herren verordnet worden waren.

Am nächsten Tag kam Hauptmann Crawley von der Leibgarde aus der Kaserne in Knightsbridge herübergeritten; sein Rappe scharrte ungeduldig im Stroh vor dem Haus seiner kranken Tante. Er erkundigte sich äußerst liebevoll nach seiner teuren Verwandten. Es schien Grund zu großer Besorgnis zu bestehen. Miss Crawleys Zofe (das mißvergnügte weibliche Wesen) war ungewöhnlich mürrisch und niedergeschlagen. Miss Briggs, die Gesellschafterin, fand er in Tränen aufgelöst im Salon. Sie war, als sie von der Erkrankung ihrer geliebten Freundin hörte, eiligst zurückgekehrt. Sie wollte an ihr Lager fliegen, das Lager, das sie, Briggs, in Zeiten der Krankheit so oft geglättet hatte. Aber der Zutritt zu Miss Crawleys Zimmer wurde ihr verweigert. Eine Fremde verabreichte ihr die Medizinen, eine Fremde vom Lande, eine abscheuliche Miss... Tränen erstickten die Stimme der Gesellschafterin, und sie vergrub ihre zertrampelte Liebe und ihre arme alte rote Nase im Taschentuch.

Rawdon Crawley schickte die mürrische Zofe mit seiner Karte nach oben, und Miss Crawleys neue Gefährtin kam aus dem Krankenzimmer nach unten getrippelt, legte ihm, als er freudig auf sie zutrat, ihre kleine Hand in die seine, warf der verdutzten Briggs einen sehr spöttischen Blick zu, winkte den jungen Gardisten aus dem Salon hinaus und führte ihn in das jetzt öde Speisezimmer hinunter, in dem so manches gute Gastmahl stattgefunden hatte.

Hier unterhielten sich die beiden zehn Minuten lang und besprachen höchstwahrscheinlich die Krankheitssymptome der alten Dame oben; danach wurde sehr keck die Eßzimmerklingel gezogen, und im gleichen Augenblick erschien auch schon Mr. Bowls, der umfangreiche, vertrauenswürdige Butler Miss Crawleys (der nämlich während des größten Teils der Unterredung zufällig am Schlüsselloch gewesen war). Der Hauptmann ging hinaus, zwirbelte seinen Schnurrbart und bestieg, von den draußen versammelten Gassenjungen bewundert, seinen im Stroh scharrenden Rappen; er blickte zum Eßzimmerfenster hinauf und bändigte dabei sein Pferd, das prächtig stieg und tänzelte. Einen Augenblick konnte man die junge Person am Fenster sehen, dann verschwand ihre Gestalt, sicher um nach oben zu gehen und ihre rührenden Samariterdienste wieder aufzunehmen.

Wer mochte die junge Dame nur sein? Am Abend wurde im Eßzimmer für zwei Personen gedeckt, während Mrs. Firkin, die Kammerzofe, sich ins Schlafzimmer ihrer Herrin stahl und dort geschäftig herumhantierte, solange die neue Pflegerin abwesend war, die sich unterdessen mit Miss Briggs zu einer netten kleinen Mahlzeit niederließ.

Vor Aufregung war Briggs die Kehle wie zugeschnürt, so daß sie kaum ein Stück Fleisch herunterbringen konnte. Die junge Person dagegen zerlegte äußerst manierlich ein Huhn und bat so entschieden um die Eiersoße, daß die arme Briggs, vor der sich die köstliche Würze befand, zusammenfuhr, mit dem Soßenlöffel klapperte und dann wieder unter Tränen in ihren hysterischen Zustand zurücksank.

«Ich glaube, Sie sollten Miss Briggs lieber ein Glas Wein einschenken», sagte die junge Person zu Mr. Bowls, dem umfangreichen, vertrauenswürdigen Butler. Er tat es. Briggs griff mechanisch danach, goß es laut schluckend hinunter, ächzte ein bißchen und begann sich mit dem Hähnchen auf ihrem Teller zu beschäftigen.

«Ich glaube, wir können uns selbst bedienen», sagte die junge Person mit größter Verbindlichkeit, «und benötigen die freundlichen Dienste Mr. Bowls' nicht mehr. Bitte, Mr. Bowls, wenn wir Sie brauchen, werden wir läuten!» Daraufhin ging er nach unten, wo er sich Luft machte und mit gräßlichen Flüchen über den unschuldigen Diener, seinen Untergebenen, herzog.

«Es ist schade, daß Sie sich so aufregen, Miss Briggs», sagte die junge Dame mit kühler, leicht ironischer Miene.

«Meine liebste Freundin ist krank und w... w... will mich nicht sehen», würgte die Briggs in einem neuen Schmerzensausbruch hervor.

«Sie ist nicht mehr sehr krank. Trösten Sie sich, liebe Miss Briggs! Sie hat sich nur überfuttert, das ist alles. Bald ist sie wieder völlig hergestellt. Vom Schröpfen und von der ärztlichen Behandlung ist sie noch schwach, aber bald ist sie wieder wohlauf. Bitte, trösten Sie sich und trinken Sie noch etwas Wein!»

«Aber warum – warum will sie mich nicht sehen?» plärrte Miss Briggs. «Oh, Matilda, Matilda! Nach dreiundzwanzig Jahren zärtlicher Fürsorge! Ist das der Lohn für deine arme, arme Arabella?»

«Weinen Sie doch nicht so, arme Arabella», sagte die andere (mit unmerklichem Lächeln), «sie will Sie nur deshalb nicht sehen, weil sie sagt, Sie pflegen sie nicht so gut wie ich. Für mich ist es kein Vergnügen, die ganze Nacht aufzusitzen! Ich wünschte, Sie könnten es an meiner Stelle tun!»

«Habe ich sie nicht jahrelang auf ihrem teuren Lager umhegt?» rief Arabella. «Und jetzt...»

«... jetzt zieht sie jemand anders vor. Kranke haben ihre Launen, und man muß ihnen zu Willen sein. Wenn sie gesund ist, gehe ich.»

«Nie, nie!» rief Arabella und roch inbrünstig an ihrem Riechfläschchen.

«Soll sie nie gesund werden, oder soll ich nie gehen, Arabella?» fragte die andere mit der stets gleichen aufreizenden Gutmütigkeit. «Pah! In vierzehn Tagen ist sie wieder gesund, und ich gehe zu meinen kleinen Zöglingen in Queen's Crawley und zu deren Mutter, die bedeutend kränker ist als unsre Freundin hier. Sie brauchen nicht auf mich eifersüchtig zu sein, meine liebe Miss Briggs. Ich bin ein armes junges Ding ohne Freunde und ohne böse Absichten. Ich will Sie nicht aus Miss Crawleys Gunst verdrängen. Eine Woche nach meiner Abreise hat sie mich schon wieder vergessen, während Ihre Freundschaft das Ergebnis vieler Jahre ist. Bitte, geben Sie mir etwas Wein, meine liebe Miss Briggs, und lassen Sie uns Freundinnen sein, ich habe eine Freundin so dringend nötig!»

Auf diese Bitte hin reichte ihr die versöhnliche und weichherzige Briggs stumm die Hand, aber trotzdem empfand sie die Abtrünnigkeit ihrer Matilda sehr schmerzlich und klagte bitterlich über deren Wankelmut. Nach einer halben Stunde, als das Mahl beendet war, ging Miss Rebecca Sharp (denn so heißt erstaunlicherweise die Dame, die wir bisher listig als «die junge Person» bezeichneten) wieder ins Zimmer ihrer Patientin hinauf, aus dem sie die arme Firkin mit unwiderstehlicher Höflichkeit hinauskomplimentierte. «Vielen Dank, Mrs. Firkin, es genügt vollauf! Wie nett Sie alles gemacht haben! Ich läute, wenn ich etwas brauchen sollte!» – «Jawohl»; und Firkin ging in einem Sturm von Eifersucht nach unten, der nur um so gefährlicher war, weil sie gezwungen war, ihn im eigenen Busen zu verschließen.

War es der gleiche Sturm, der die Salontür aufblies, als sie über den Treppenabsatz im ersten Stock ging? Nein: die Tür wurde verstohlen von Miss Briggs' Hand geöffnet. Briggs hatte auf der Lauer gelegen. Zu genau hatte sie das Knarren der Treppenstufen und das Klappern des Löffels in der Grützeschüssel gehört, die von der armen, verabschiedeten Firkin nach unten getragen wurden.

«Wie geht's, Firkin?» fragte sie, als die andre zu ihr ins Zimmer trat. «Wie steht's, Jane?»

«'s wird immer schlimmer, Miss Briggs», sagte Firkin kopfschüttelnd.

«Also noch nicht besser?»

«Sie hat bloß ein einziges Mal was gesagt, als ich sie gefragt hab', ob's ihr nicht ein klein bißchen besser geht, und da sagt sie, ich soll meinen dummen Mund halten. Oh, Miss Briggs, ich hätt' nicht gedacht, daß ich so was mal erleben müßte!» Und wieder floß der Tränenbrunnen über.

«Was für eine Person ist das eigentlich, die Miss Sharp? Als ich die Weihnachtsfeiertage in dem vornehmen Heim meiner treuen Freunde, des Pfarrers Lionel Delamere und seiner liebenswürdigen Gattin, genoß, ahnte ich nicht, daß unterdessen eine Fremde meinen Platz im Herzen meiner teuersten, immer noch teuersten Matilda einnehmen könnte!» Miss Briggs war, wie man aus ihrer Redeweise ersieht, eine literarisch gebildete, gefühlvolle Dame; sie hatte sogar einmal einen Band Gedichte *Nachtigallen-Triller* auf Subskription veröffentlicht.

«Miss Briggs, sie sind ja alle ganz verrückt auf die junge Person», erwiderte Firkin. «Sir Pitt wollte sie durchaus nicht weglassen, aber er traut sich nicht, Miss Crawley was abzuschlagen. Und Mrs. Bute, die vom Pfarrhaus, die ist genauso schlimm: läßt sie nicht aus den Augen. Und der Hauptmann erst – der ist richtig wild auf sie, und Mr. Crawley ist rasend eifersüchtig. Sowie Miss Crawley krank wurde, wollt' sie niemand mehr um sich haben, bloß Miss Sharp; ich weiß auch nicht, wieso und weshalb. Ich glaub', sie haben sich alle von ihr behexen lassen!»

Rebecca wachte die ganze Nacht an Miss Crawleys Bett; in der folgenden Nacht schlief die alte Dame so friedlich, daß auch Rebecca Zeit fand, einige Stunden ungestört auf dem Sofa zu schlafen, das am Fußende des Krankenbettes stand. Sehr bald ging es Miss Crawley so gut, daß sie aufsitzen konnte; sie lachte von Herzen über Rebecca, die Miss Briggs und ihren Kummer treffend nachahmen konnte. Das tränenreiche Geschnüffel der Briggs und die Art, wie sie ihr Taschentuch benutzte, konnte Rebecca so köstlich wiedergeben, daß Miss Crawley geradezu fröhlich wurde – sehr zur Verwunderung der Ärzte, die sie besuchten und daran gewöhnt waren, die ehrenwerte Weltdame sonst bei der leichtesten Krankheit in der größten Niedergeschlagenheit und Todesangst vorzufinden.

Hauptmann Crawley kam jeden Tag und erhielt von Miss Rebecca Berichte über den Gesundheitszustand seiner Tante. Sie erholte sich so rasch, daß die arme Briggs ihre Gönnerin sehen durfte, und wer ein weiches Herz hat, kann sich die aufgestauten Gefühle der sentimentalen Dame und die ergreifende Art der Begegnung selbst ausmalen.

Miss Crawley wollte Briggs bald sehr häufig bei sich sehen. Rebecca ahmte sie nämlich vor ihrer Nase mit dem erstaunlichsten Ernst nach, was das Spiel für ihre ehrenwerte Herrin doppelt reizvoll machte.

*

Die Ursache der beklagenswerten Erkrankung Miss Crawleys und ihre Abreise aus dem Hause ihres Bruders auf dem Lande war so unromantischer Natur, daß man sie in unserm vornehmen und gefühlvollen Roman kaum nennen darf. Kann man denn andeuten, daß ein zartes weibliches Wesen, das in der guten Gesellschaft lebt, zuviel gegessen und getrunken hat und daß ein zu unmäßig genossenes warmes Hummeressen der Anlaß zu einer Unpäßlichkeit wurde, die Miss Crawley jedoch eigensinnigerweise nur dem feuchten Wetter zuschrieb? Der Anfall war so heftig, daß Matilda – wie Ehrwürden sich ausdrückte – beinahe «abgekratzt» wäre; die ganze Familie befand sich in fieberhafter Spannung wegen des Testaments, und Rawdon Crawley erwartete vor Beginn der Londoner Saison noch mindestens vierzigtausend Pfund. Mr. Crawley schickte ihr ein Paket auserlesener Traktate, um sie auf den Übergang vom Jahrmarkt der Eitelkeit und der Park Lane zur andern Welt vorzubereiten; jedoch ein rechtzeitig aus Southampton herbeigerufener Arzt bekämpfte den Hummer, der beinahe ihr Verderb geworden wäre, und brachte sie so weit zu Kräften, daß sie nach London zurückkehren konnte. Der Baronet konnte seinen heftigen Ärger über die Wendung nicht verhehlen.

Während jedermann um Miss Crawley besorgt war und Boten aus dem Pfarrhaus allstündlich Nachrichten über ihre Gesundheit an die lieben Verwandten dort übermittelten, lag in einem andern Teil des Schlosses eine schwerkranke Dame, um die sich kein Mensch kümmerte, und das war die Schloßherrin selbst. Der gute Doktor, dessen Besuch Sir Pitt gestattete, weil er ja nichts extra dafür zu zahlen brauchte, schüttelte den Kopf, als er sie untersucht hatte; und von da an ließ man sie in ihrem einsamen Zimmer hinwelken und schenkte ihr nicht mehr Beachtung als einem Unkraut im Park.

Die jungen Fräulein hatten auch nicht viel von der so überaus wertvollen Erziehung durch ihre Gouvernante. Miss Sharp war eine so liebevolle Pflegerin, daß Miss Crawley ihre Arzeneien aus keiner andern Hand nehmen wollte. Firkin war schon lange vor der Abreise ihrer Herrin beiseite geschoben worden. Bei ihrer Rückkehr nach London fand die getreue Dienerin einen trüben Trost darin, Miss Briggs die gleichen Eifersuchtsqualen leiden und sie auf die gleiche undankbare Art behandelt zu sehen, die ihr selbst widerfahren war.

Hauptmann Rawdon erhielt wegen der Erkrankung seiner Tante eine Verlängerung seines Urlaubs und blieb pflichtschuldigst zu Hause. Er hielt sich stets in ihrem Vorzimmer auf (sie lag nämlich im schönsten Gastzimmer, das man durch den kleinen blauen Salon erreichte). Dort stieß er stets auf seinen Vater; oder wenn er auch noch so leise den Korridor entlangging, öffnete sich bestimmt die Tür zum Zimmer seines Vaters, und das Hyänengesicht des alten Herrn stierte hervor. Weshalb waren sie so darauf erpicht, einander zu beobachten? Sicherlich war es ein edler Wettstreit, wer der lieben Dulderin im Staatszimmer die größte Aufmerksamkeit erwies. Rebecca kam meistens heraus und tröstete beide, oder vielmehr bald den einen und bald den anderen. Denn beide ehrenwerten Herren brannten darauf, von der kleinen Vertrauten Neues über die Kranke zu hören.

Beim Abendessen – zu dem Rebecca eine halbe Stunde nach unten ging – sorgte sie für Frieden zwischen den beiden; danach zog sie sich für den Abend zurück, und Rawdon ritt nach Mudbury, ins Quartier der Hundertfünfziger, und überließ seinen Papa der Gesellschaft von Mr. Horrocks und seinem Grog. Rebecca verbrachte in Miss Crawleys Krankenzimmer so trübselige vierzehn Tage wie nur je ein Sterblicher; aber die Nerven des kleinen Persönchens schienen aus Stahl zu sein, da sie nach den Pflichten und der Mühsal der Krankenpflege durchaus nicht geschwächt war.

Erst viel später sprach sie darüber, wie qualvoll diese

Pflicht und was für eine launische, gereizte Patientin die sonst so muntere alte Dame gewesen war, wie oft sie schlaflos lag, wie die Todesangst sie umklammert hielt, wie sie lange Nächte stöhnte und in beinahe wahnwitzigen Phantasien einer zukünftigen Welt fieberte, die sie sonst, wenn sie bei guter Gesundheit war, gänzlich ignorierte. – Stellt euch, schöne junge Leserinnen, so eine weltlich gesinnte, selbstsüchtige, undankbare, gottlose, unfromme alte Frau vor, die sich ohne ihre Perücke in Schmerzen und Ängsten windet, und ihr lernt lieben und beten, bevor ihr alt seid!

An diesem unschönen Krankenlager wachte Miss Sharp mit standhafter Geduld. Nichts entging ihr, und wie eine gute Haushälterin fand sie für alles Verwendung. In späteren Tagen erzählte sie manche guten Geschichten über Miss Crawleys Krankheit, Geschichten, bei denen die Dame unter der Schminke errötete. Während der Krankenpflege war Rebecca nie schlechter Laune und immer bei der Hand; sie konnte rasch Schlaf finden, da sie ein gutes Gewissen hatte, und, wenn es möglich war, jede freie Minute zum Ausruhen benutzen. Daher sah man ihr die Ermüdung kaum an. Ihr Gesicht war vielleicht einen Hauch blasser, und die Schatten unter ihren Augen waren ein wenig tiefer als gewöhnlich; aber sooft sie aus dem Krankenzimmer trat, lächelte sie, war frisch und nett und sah in ihrem Morgenrock und Häubchen so gepflegt aus wie im elegantesten Abendkleid.

Jedenfalls dachte der Hauptmann so und schwärmte in unbeholfener Erregung von ihr. Der Liebespfeil mit seinen Widerhaken hatte sich durch sein dickes Fell gebohrt. Sechs Wochen nächster Nähe und günstiger Gelegenheit hatten ihn vollkommen erledigt. Er vertraute sich seiner Tante im Pfarrhaus an – ausgerechnet ihr! Sie verspottete ihn, sie hatte seine Torheit schon bemerkt, sie warnte ihn, und schließlich gab sie zu, daß die kleine Sharp das klügste, drolligste, merkwürdigste, gutherzigste, harmloseste und freundlichste Geschöpf von der Welt sei. Rawdon dürfe aber mit ihrer Zuneigung nicht Mutwillen treiben, das würde ihm die liebe Miss Crawley nie verzeihen, denn auch sie sei so eingenommen von der kleinen Gouvernante und liebe sie wie eine Tochter. Rawdon solle lieber fortgehen, zurück zu seinem Regiment und dem nichtsnutzigen London, und nicht mit den Gefühlen eines armen, unschuldigen Mädchens spielen.

Aber aus Mitleid mit dem unseligen Zustand des Gardeoffiziers gab die gutherzige Dame ihm wieder und immer wieder Gelegenheit, Miss Sharp im Pfarrhaus zu treffen oder mit ihr nach Hause zu gehen, wie wir schon hörten. Wenn eine gewisse Sorte von Männern verliebt ist, meine Damen, dann schlucken sie den Köder, selbst wenn sie Angelhaken und Schnur und das ganze Gerät sehen, mit dem sie gefangen werden: sie müssen heran, sie müssen ihn verschlingen – und schon sind sie gefangen und schnappen nach Luft. Rawdon merkte, daß Mrs. Bute offensichtlich bezweckte, ihn Rebecca ins Garn zu treiben. Er war nicht sehr klug, aber er war doch ein Mann von Welt, der in mehreren Londoner Wintern seine Erfahrung gesammelt hatte. Wie er meinte, dämmerte ihm infolge eines Ausspruchs von Mrs. Bute ein Licht in seinem dumpfen Hirn.

«Denk an meine Worte, Rawdon», sagte sie, «eines Tages wird Miss Sharp deine Verwandte sein!»

«Meine Verwandte? Wohl meine Cousine, wie? Hat James sich etwa in sie verliebt?» scherzte der Offizier.

«Höher hinauf!» sagte Mrs. Bute, und ihre dunklen Augen blitzten.

«Doch nicht etwa Pitt? Der darf sie nicht bekommen. Der Duckmäuser ist ihrer nicht würdig. Und er ist ja auch für Lady Sheepshanks gebucht!»

«Ihr Männer merkt auch gar nichts! Du dummer, blinder Mensch! Wenn Lady Crawley etwas zustößt, wird Miss Sharp deine Stiefmutter – *so* wird's kommen!»

Rawdon Crawley stieß einen langen Pfiff aus – als Zeichen seiner Verwunderung über die Neuigkeit. Er konnte es nicht leugnen, seines Vaters offensichtliche Vorliebe für Miss Sharp war ihm nicht entgangen. Er kannte den

Charakter des alten Herrn gut – einen bedenkenloseren Alten... er stieß einen Pfiff aus, beendete den Gedanken nicht und ging schnurrbartzwirbelnd nach Hause, überzeugt, den Schlüssel zu Mrs. Butes geheimen Plänen gefunden zu haben.

Beim Zeus! Das ist stark, dachte Rawdon, das ist zu stark, beim Zeus! Ich glaube wahrhaftig, die Frau will das arme Mädchen ins Unglück stürzen, nur damit sie nicht als Lady Crawley in die Familie kommt.

Als er Rebecca allein antraf, verspottete er sie auf seine geschickte Art wegen seines Vaters Zuneigung zu ihr. Sie warf verächtlich den Kopf in den Nacken, blickte ihm voll ins Gesicht und sagte:

«Gut, angenommen, er hätte mich gern – was ist dabei? Ich weiß, daß er's tut, und andre auch. Sie glauben doch nicht etwa, daß ich Angst vor ihm habe, Hauptmann Crawley? Denken Sie etwa, ich könnte meine Ehre nicht selbst verteidigen?» rief die kleine Person und sah so stolz wie eine Königin aus.

«Oh, hm, ach, wollte Sie nur gewarnt haben – passen Sie auf, weiter nichts», sagte der Schnurrbartzwirbler.

«Wollen Sie vielleicht auf etwas Unehrenhaftes anspielen?» fuhr sie auf.

«Mein Gott, nein, wirklich, Miss Rebecca», beschwichtigte sie der schwere Dragoner.

«Glauben Sie, ich habe keine Selbstachtung, weil ich arm und ohne Freunde bin? Glauben Sie, weil ich eine Gouvernante bin, hätte ich nicht ebensoviel Verstand und Gefühl und gute Erziehung wie ihr Edelleute von Hampshire? Ich bin eine Montmorency! Denken Sie, eine Montmorency ist nicht ebensoviel wert wie eine Crawley?»

Wenn Miss Sharp aufgeregt war und auf ihre Verwandten mütterlicherseits anspielte, sprach sie stets mit einem ganz leichten ausländischen Akzent, was ihrer klaren, melodischen Stimme einen eigenartigen Reiz verlieh. «Nein», fuhr sie in zunehmender Erregung fort, «Armut kann ich ertragen, aber keine Schande; Gleichgültigkeit, ja, aber keine Beleidigung, vor allem keine Beleidigung von – von Ihnen!»

Sie konnte nicht länger an sich halten und brach in Tränen aus.

«Zum Henker, Miss Sharp – Rebecca! Oh, beim Zeus! Ehrenwort, nicht für tausend Pfund wollte ich Sie... warten Sie doch!»

Sie war fort. Am gleichen Tag fuhr sie mit Miss Crawley aus. Es war vor deren Erkrankung. Beim Abendessen war sie ungewöhnlich lebhaft und strahlend, doch nahm sie keinerlei Notiz von den Winken und Blicken und ungeschickten Protesten des gedemütigten, verblendeten Gardeoffiziers. Derartige Scharmützel fanden während des kurzen Feldzugs dauernd statt: es wäre langweilig, sie zu schildern, denn sie liefen schließlich auf das gleiche hinaus. Die Crawleysche schwere Kavallerie wurde durch ihre Niederlagen zur Raserei gebracht und Tag für Tag aufs Haupt geschlagen.

*

Hätte der Baronet von Queen's Crawley nicht befürchtet, vor seiner Nase um die Erbschaft seiner Schwester gebracht zu werden, würde er es nie zugelassen haben, daß seine lieben Töchterchen den Segen der Erziehung entbehren sollten, die ihnen ihre geschätzte Gouvernante angedeihen ließ. Das alte Schloß erschien ohne sie verödet, so nützlich und beliebt hatte sich Rebecca gemacht. Seit seine kleine Sekretärin fort war, schrieb ihm keiner die Briefe ab und verbesserte sie, keiner führte ihm die Bücher, und seine häuslichen Angelegenheiten und mannigfachen Pläne wurden vernachlässigt. Wie notwendig ihm eine solche Hilfe war, konnte sie leicht an der Tonart und Orthographie der zahlreichen Briefe erkennen, die er ihr schickte und in denen er flehte und befahl, sie solle zurückkehren. Fast jeder Tag brachte einen Brief vom Baronet mit den allerdringlichsten Bitten, Becky solle zurückkommen, oder mit ergreifenden Berichten an Miss Crawley über die vernachlässigte Erziehung seiner Töchter; doch Miss Crawley schenkte diesen Ergüssen sehr wenig Beachtung.

Miss Briggs war nicht förmlich entlassen worden, aber ihr Posten als Gesellschafterin war eine Sinekure und der reinste Hohn, denn ihre Gesellschaft war der feiste Spaniel im Salon oder gelegentlich die mißvergnügte Firkin im Zimmer der Haushälterin. Doch war auch Rebecca nicht regelrecht mit einem Amt in der Park Lane betraut worden, obzwar die alte Dame von ihrer Abreise kein Wort hören wollte. Wie so manche reichen Leute war auch Miss Crawley daran gewöhnt, so viele Dienste wie möglich von ihren Untergebenen anzunehmen und sie gutmütig zu verabschieden, wenn sie ihrer nicht länger bedurfte. Dankbarkeit ist bei gewissen Reichen selten, sie denken auch gar nicht daran, sondern sie nehmen die Dienste der Armen an, als ob sie ihnen rechtmäßig zukämen. – Doch du, armer Schmarotzer und demütiger Speichellecker, hast keinen Grund, dich zu beklagen! Deine Freundschaft für die Reichen ist ungefähr ebensoviel wert wie der Dank, den du erntest. Du liebst das Geld und nicht den Menschen, und wenn Krösus und sein Diener die Rollen tauschten, dann weißt du, du armer Schelm, wem du deine Anhänglichkeit zukommen ließest.

So bin ich nicht sicher, ob nicht trotz Rebeccas Einfachheit und Eifer, trotz ihrer Sanftmut und unwandelbar guten Laune die schlaue alte Londoner Dame, die mit solchen Freundschaftsbezeugungen überhäuft wurde, insgeheim doch die ganze Zeit einen Argwohn gegen die liebevolle Pflegerin und Freundin nährte. Es muß ihr häufig in den Sinn gekommen sein, daß niemand etwas umsonst tut. Wenn sie ihre eigenen Gefühle abschätzte, die sie gegenüber ihren Mitmenschen hegte, dann konnte sie wohl recht gut auch die Gefühle ihrer Mitmenschen zu ihr einschätzen, und vielleicht meinte sie, daß man meistens keine Freunde hat, wenn man sich selbst um niemand kümmert.

Becky war jedoch mittlerweile ein großer Trost und eine große Annehmlichkeit für sie geworden, und sie schenkte ihr ein paar neue Kleider und eine abgelegte Kette und einen Schal und bewies ihre Freundschaft damit, daß sie all ihre näheren Bekannten mit der neuen Vertrauten durchhechelte (was der rührendste Beweis einer Zuneigung ist), und dachte unbestimmt an eine große Wohltat, die sie ihr später einmal erweisen wolle: sie vielleicht an den Apotheker Clump verheiraten oder ihr sonst eine angenehme Zukunft sichern oder sie jedenfalls nach Queen's Crawley zurückzuschicken, wenn sie ihrer nicht mehr bedurfte und die Londoner Saison begann.

Als es Miss Crawley schon besser ging und sie sich in den Salon begeben konnte, sang Becky ihr Lieder vor oder unterhielt sie auf andere Art; als sie wohl genug war, um auszufahren, begleitete Becky sie. Und bis wohin in aller Welt drang Miss Crawley in ihrer wunderbaren Gutmütigkeit und Freundschaft auf diesen Ausfahrten vor? Bis nach Bloomsbury und dem Russell Square, bis zum Haus des Herrn John Sedley!

Ehe es so weit war, wurden viele Briefchen gewechselt, wie man sich's bei so treuen Freundinnen vorstellen kann. Während Rebeccas monatelangem Aufenthalt in Hampshire hatte die ewige Freundschaft (müssen wir's gestehen?) beträchtlich gelitten und war so altersschwach geworden, daß sie fast zu sterben verurteilt schien. Beide jungen Mädchen hatten eben ihre eigenen Angelegenheiten im Kopf: Rebecca dachte an die Fortschritte in der Gunst ihres Brotherrn, Amelia an das eine, verzehrende Thema. Doch als die beiden sich nun trafen, flogen sie sich mit all dem Ungestüm in die Arme, das für junge Damen und ihr Verhalten zueinander so kennzeichnend ist. Rebecca erledigte ihren Teil der Umarmung mit vollendeter Munterkeit und Frische, die arme kleine Amelia aber errötete, als sie ihre Freundin küßte, und dachte schuldbewußt, wie kalt sie eigentlich zu ihr geworden sei.

Die erste Unterhaltung war immerhin nur sehr kurz. Amelia hatte gerade ausgehen wollen. Miss Crawley wartete unten im Wagen, und ihre Leute wunderten sich über den seltsamen Stadtteil und gafften den braven Sambo, Sedleys schwarzen Diener, als einen merkwürdigen Eingeborenen Bloomsburys an. Und als dann noch Amelia mit ihrem freundlich lächelnden Gesicht nach unten kam (Rebecca wollte sie vorstellen, und Miss Crawley sehnte sich, sie kennenzulernen, war aber zu geschwächt, um den Wagen zu verlassen), als daher Amelia nach unten kam, da wunderte sich die Livree-Aristokratie aus der Park Lane erst recht, daß Bloomsbury so etwas hervorbringen konnte. Miss Crawley war geradezu bezaubert von dem hold errötenden Gesicht der jungen Dame, die so scheu und so anmutig näher trat, um die Gönnerin Rebeccas zu begrüßen.

«Was für eine Haut, meine Beste! Was für eine süße Stimme!» meinte Miss Crawley, als sie nach der kurzen Begegnung wieder gen Westen fuhren. «Meine liebe Sharp, Ihre kleine Freundin ist reizend! Sie müssen sie nach der Park Lane einladen, ja?» Miss Crawley hatte einen guten Geschmack. Ihr gefiel ein natürliches Benehmen, das durch ein wenig Scheu nur noch hervorgehoben wurde. Sie hatte hübsche Gesichter gern um sich, ebenso wie sie schöne Bilder und gutes Porzellan gern hatte. Ein halbes dutzendmal am Tag sprach sie voller Begeisterung von Amelia. Sie erzählte auch Rawdon Crawley von ihr, als er pflichtschuldigst kam, um sich am gebratenen Hähnchen seiner Tante zu beteiligen.

Natürlich betonte Rebecca daraufhin sofort, daß Amelia verlobt sei, mit einem Leutnant Osborne, es sei eine Jugendliebe.

«Ist er in einem Linienregiment?» fragte Hauptmann Crawley und erinnerte sich nach einiger Mühe (wie es sich für einen Gardeoffizier gehört) der Nummer des Regiments.

Rebecca meinte, das sei es wohl. «Der Name des Hauptmanns ist ‹Dobbin›.»

«Dobbin? Ein schlaksiger, linkischer Mensch, nicht wahr?» sagte Crawley. «Er stolpert über all und jeden. Ich kenne ihn. Und der Osborne ist ein leidlich hübscher Bursche mit großem schwarzem Backenbart, nicht?»

«Mit riesigem Bart, und riesig stolz darauf», erwiderte Miss Rebecca Sharp.

Daraufhin brach Hauptmann Rawdon Crawley in wieherndes Gelächter aus, und da die Damen ihn um eine Erklärung baten, sagte er, nachdem sich der Lachanfall gelegt hatte: «Er bildet sich ein, er könne Billard spielen. Ich hab' ihm im ‹Cocoa Tree› zweihundert Pfund abgewonnen! Der und spielen, der junge Simpel! Er hätte an dem Abend um jede Summe gespielt, wenn ihn nicht sein Freund Dobbin fortgeschleppt hätte, hol ihn der Henker!»

«Rawdon, Rawdon, fluche nicht so!» bemerkte seine Tante höchlich vergnügt.

«Aber Tante, von allen jungen Linienoffizieren, die ich kenne, ist er bestimmt der grünste. Tarquin und Deuceace knöpfen ihm soviel Geld ab, wie sie wollen. Er würde sich dem Teufel verschreiben, nur um mit einem Lord gesehen zu werden. Er zahlt ihnen ihr Diner in Greenwich, und sie laden sich Gesellschaft dazu ein.»

«Eine sehr feine Gesellschaft muß das sein!»

«Richtig, Miss Sharp! Richtig, wie immer! Eine fabelhaft feine Gesellschaft, ho, ho, ho!» Und der Hauptmann lachte immer unbändiger, weil er glaubte, er habe einen guten Witz gemacht.

«Rawdon, nicht so unmanierlich!» rief seine Tante.

«Ach, sein Vater ist Kaufmann in der City, sagenhaft reich soll er sein. Zum Henker mit den City-Bürschlein, sie müssen bluten! Ich bin noch nicht fertig mit ihm, das kann ich euch versichern! Ho, ho, ho!»

«Pfui, Hauptmann Rawdon! Ich muß Amelia warnen! Ein Ehemann, der spielt!»

«Entsetzlich, nicht wahr?» sagte der Hauptmann ganz ernst. Und dann, da ihm plötzlich ein Einfall gekommen war, fuhr er fort: «Weiß Gott, Tante, wir wollen ihn einladen!»

«Ist er gesellschaftsfähig?» erkundigte sich die Tante.

«Gesellschaftsfähig? Doch, ja. Du würdest keinen Unterschied merken!» erwiderte Hauptmann Crawley. «Ach bitte, lass ihn kommen, sobald du wieder ein paar Leute einladen kannst. Und seine – wie sagt man doch schnell? – seine *Amorata* – stimmt's, Miss Sharp? – seine Amorata auch. Weiß Gott, ich werde ihm einen Brief schreiben und ihn auffordern, und ich will mal zusehen, ob er Pikett ebensogut wie Billard spielt. Wo wohnt er, Miss Sharp?»

Miss Sharp gab Crawley die Londoner Adresse des Leutnants, und wenige Tage nach diesem Gespräch erhielt Leutnant Osborne einen Brief in Hauptmann Crawleys Schuljungenhandschrift, dem eine Einladung von Miss Crawley beigefügt war.

Rebecca sandte ebenfalls eine Einladung an ihre liebste Amelia, die sie, wie man sich denken kann, nur zu gern annahm, als sie hörte, ihr George wäre auch da. Es wurde abgemacht, daß Amelia schon am Vormittag zu den Damen in die Park Lane fahren solle. Alle waren sehr liebenswürdig zu ihr. Rebecca behandelte sie mit ruhiger Überlegenheit. Sie war von den beiden bei weitem die Klügere, und ihre Freundin war so sanft und bescheiden, daß sie stets nachgab, wenn jemand die Führung übernahm. Daher ließ sie sich auch Rebeccas Anordnungen gern gefallen, ohne von ihrer guten Laune einzubüßen. Miss Crawleys Liebenswürdigkeit war auch beachtlich: sie begeisterte sich weiterhin für die kleine Amelia und sprach in ihrer Anwesenheit über sie, als ob sie eine Puppe oder eine Angestellte oder ein Gemälde sei, und bewunderte sie mit der wohlwollendsten Bewunderung, die ihr zur Verfügung stand. Ich bewundere die Bewunderung, die gewisse feine Leute manchmal für die gewöhnlichen Sterblichen aufbringen. Es gibt nichts Erfreulicheres im Leben als die Herablassung feiner Leute. Miss Crawleys überströmendes Wohlwollen ermüdete die arme kleine Amelia ein wenig, und vielleicht fand sie von den drei Damen in der Park Lane die wackere Miss Briggs am nettesten. Wie für alle unterdrückten oder sanften Leute empfand sie auch für Miss Briggs Mitgefühl. Amelia war eben nicht, was man eine geistreiche Frau nennt.

George kam zum Essen, einem Abendessen *zu zweit* mit Hauptmann Crawley.

Die große Osbornesche Familienkutsche hatte ihn vom Russell Square zur Park Lane gebracht. Seine Schwestern, die nicht eingeladen waren, taten furchtbar gleichgültig wegen der Zurücksetzung; trotzdem schlugen sie Sir Pitt Crawleys Namen im Adelsregister nach und merkten sich alles, was sie daraus über die Familie Crawley und ihren Stammbaum sowie die Binkies und alle Verwandten erfahren konnten. Rawdon Crawley nahm George Osborne sehr freimütig und liebenswürdig auf, lobte sein Billardspiel, fragte ihn, wann er Revanche haben wollte, und interessierte sich für Osbornes Regiment. Beinahe hätte er ihm noch am gleichen Abend eine Partie Pikett vorgeschlagen, aber Miss Crawley duldete es nie, daß in ihrem Haus gespielt wurde, so daß die Börse des jungen Leutnants nicht von seinem edlen Gönner angezapft wurde, wenigstens nicht an jenem Abend. Sie verabredeten sich jedoch für den folgenden Tag: zuerst wollten sie ein Pferd besichtigen, das Crawley zu verkaufen hatte, und es im Park ausprobieren; dann wollten sie zusammen essen und zu guter Letzt den Abend mit ein paar fröhlichen Kameraden beschließen. «Das heißt, falls Sie nicht bei der hübschen Miss Sedley Dienst haben», fügte Crawley mit verständnisinniger Miene hinzu. «Fabelhaft nettes Mädchen, Osborne, bestimmt: Ehrenwort!» geruhte er noch zu bemerken. «Viel Kleingeld, wie?»

Osborne hatte keinen Dienst; er würde Crawley mit dem größten Vergnügen treffen. (Als sie sich dann am nächsten Tage sahen, lobte Crawley die Reitkunst seines neuen Freundes, was er sogar mit vollem Recht tun konnte, und stellte ihn drei oder vier jungen Leuten aus den besten Familien vor; der einfache junge Offizier war hochbeglückt, daß er ihre Bekanntschaft machen durfte.)

«Wie geht es übrigens der kleinen Miss Sharp?» fragte Osborne seinen Freund mit blasierter Miene, während die Damen noch oben waren. «Ein nettes kleines Ding! Sind sie in Queen's Crawley mit ihr zufrieden?

Miss Sedley mochte sie im vorigen Jahr recht gut leiden.»

Hauptmann Crawley warf dem Leutnant aus seinen kleinen blauen Augen einen wütenden Blick zu und beobachtete ihn, als er dann oben seine Bekanntschaft mit der schönen Gouvernante erneuerte. Falls im Herzen des Gardeoffiziers überhaupt etwas wie Eifersucht gebohrt hatte, so mußte ihr Verhalten Crawley vollkommen beruhigen. Als nämlich die beiden Herren hinaufgegangen waren und nachdem er der Dame des Hauses vorgestellt worden war, schlenderte Osborne herablassend und mit gönnerhafter Miene zu Rebecca hinüber. Er hatte im Sinn, freundlich und leutselig zu ihr zu sein; er wollte ihr, als Freundin Amelias, sogar die Hand geben. Deshalb sagte er: «Ah, Miss Sharp! Na, wie geht's denn?» und reichte die linke Hand – in der Annahme, daß soviel Auszeichnung sie vollkommen überwältigen würde.

Miss Sharp hielt ihren rechten Zeigefinger hin und nickte ihm so kühl und hochmütig zu, daß Rawdon Crawley, der den Vorgang vom andern Zimmer aus beobachtete, sich kaum das Lachen verbeißen konnte, als er die Verlegenheit des Leutnants sah und wie er zusammenzuckte und nicht weiterwußte und sich schließlich herbeiließ, den ihm dargebotenen Finger mit der größten Unbeholfenheit zu ergreifen.

Beim Zeus! dachte der Hauptmann begeistert, sie würde es auch mit dem Teufel aufnehmen! Um ein Gespräch mit ihr zu beginnen, fragte der Leutnant nun liebenswürdigerweise, wie es Rebecca in ihrer neuen Stelle gefiele.

«Meine Stelle?» entgegnete Miss Sharp kühl. «Wie freundlich von Ihnen, mich daran zu erinnern! Es ist ein leidlich guter Posten: das Gehalt ist annehmbar, wenn auch wohl nicht so hoch wie das von Miss Wirt bei ihren Schwestern am Russell Square. Wie geht es den jungen Damen – obwohl ich mich nicht erkundigen darf!»

«Aber warum denn nicht?» erwiderte Mr. Osborne verblüfft.

«Weil sie nie mit mir zu sprechen geruhten und mich auch nicht einluden, solange ich bei Amelia war. Doch wir armen Gouvernanten sind ja an eine derartige Geringschätzung gewöhnt!»

«Aber meine liebe Miss Sharp!» rief Osborne aus.
«Wenigstens in manchen Familien», fuhr Rebecca fort. «Sie können sich nicht vorstellen, was es da für Unterschiede gibt! In Hampshire sind wir ja nicht so reich wie ihr glücklichen City-Leute. Aber dafür lebe ich bei einem Gentleman – eine gute alteingesessene englische Familie. Sie wissen wohl, daß Sir Pitts Vater hätte Peer werden können, wenn er gewollt hätte. Und Sie sehen ja, wie ich behandelt werde: es geht mir recht gut. Doch, es ist

wirklich eine sehr nette Stelle. Und wie reizend von Ihnen, sich danach zu erkundigen!»

Osborne war wütend. Die kleine Gouvernante sprach so herablassend und spöttisch mit ihm, daß der junge britische Leu sich nicht zu helfen wußte und nicht einmal genügend Geistesgegenwart aufbringen konnte, um sich unter irgendeinem Vorwand vor einer Fortsetzung des erbaulichen Gesprächs zu drücken.

«Mir schien, Sie hätten die City-Familien recht gut leiden können?» sagte er hochmütig.

«Ach, Sie sprechen wohl vom vergangenen Jahr, als ich gerade aus jener abscheulichen Schule kam? Damals natürlich! Schließlich geht jedes junge Mädchen gern in die Ferien. Und wie konnte ich's damals auch besser wissen? Aber, Mr. Osborne, was für eine Erfahrung hat man doch nach anderthalb Jahren gewonnen! Anderthalb Jahre im Umgang mit – verzeihen Sie, daß ich es erwähne –, im Umgang mit Edelleuten! Die liebe Amelia ist allerdings eine Perle: sie würde überall bezaubernd wirken. Ah, das versetzt Sie endlich in bessere Stimmung! Ach, aber die komischen City-Leute! Und Mr. Joe – wie geht's eigentlich dem köstlichen Mr. Joe?»

«Voriges Jahr kam es mir so vor, als ob Ihnen der köstliche Mr. Joe gar nicht so übel gefiele», entgegnete Osborne freundlich.

«Wie streng Sie mit mir umgehen! Aber – unter uns gesagt – es hat mir nicht das Herz gebrochen. Wenn er mich zwar das gefragt hätte, was Sie mit Ihrer Miene anzudeuten scheinen (und noch dazu mit einer so ausdrucksvollen und freundlichen Miene!), so hätte ich nicht abgelehnt.»

Osborne warf ihr einen Blick zu, als wollte er sagen: «Wirklich nicht? Wie liebenswürdig von Ihnen!»

«Was für eine Ehre es gewesen wäre, Sie zum Schwager zu bekommen, nicht? Schwägerin von Mr. George Osborne, Sohn des Mr. John Osborne, Sohn des – wer war eigentlich Ihr Großpapa, Mr. Osborne? Ach, nicht böse werden! Sie können ja auch nichts für Ihre Abstammung, und ich geb's zu, daß ich Mr. Joe geheiratet hätte; denn was hätte ein armes Mädchen ohne Geld Besseres tun können? Jetzt kennen Sie das ganze Geheimnis: ich bin vollkommen offen und aufrichtig zu Ihnen! Wenn ich's mir recht überlege, war es ja sehr liebenswürdig von Ihnen, auf die Sache anzuspielen! Sehr liebenswürdig und höflich. – Liebste Amelia, Mr. Osborne und ich sprachen gerade von deinem armen Bruder Joseph. Wie geht's ihm jetzt?»

George war somit vollständig geschlagen. Nicht als ob Rebecca recht gehabt hätte – aber sie hatte es sehr geschickt fertiggebracht, ihn ins Unrecht zu setzen. Und jetzt floh er beschämt, denn er wußte: wenn er nur noch eine Minute bliebe, würde er vor Amelia wie ein Dummkopf dagestanden haben.

Obwohl Rebecca ihm eine Schlappe beigebracht hatte, war George doch nicht so gemein, über eine Dame zu klatschen oder sich an ihr zu rächen. Doch konnte er nicht umhin, Hauptmann Crawley am nächsten Tag ein paar seiner weisen Gedanken über Miss Rebecca anzuvertrauen: daß sie es dick hinter den Ohren habe, daß sie gefährlich sei, daß sie furchtbar kokett sei, und so weiter; lachend gab ihm Crawley in jeder Beziehung recht, und noch ehe vierundzwanzig Stunden verstrichen waren, hatte Rebecca alles erfahren und wurde dadurch in ihrer ursprünglichen Ansicht über Osborne nur noch bestärkt. Ihr weiblicher Instinkt sagte ihr, daß Osborne ihre erste Liebesangelegenheit vereitelt habe, und dementsprechend schätzte sie ihn.

«Ich will Sie nur warnen», sagte er mit Kennermiene zu Crawley, «denn ich kenne die Frauen und rate Ihnen, auf der Hut zu sein.» (Er hatte gerade Crawleys Pferd gekauft und nach dem Essen ein paar Dutzend Goldstücke an ihn verloren.)

«Besten Dank, mein Junge», erwiderte Crawley mit recht eigentümlich dankbaren Blicken. «Ihnen kann man nichts vormachen, wie ich sehe.» Und George ging im Bewußtsein von dannen, daß Crawley damit recht habe.

Er erzählte Amelia, was er getan und wie er Rawdon Crawley, einem verteufelt guten, offenherzigen Burschen, geraten habe, vor der kleinen, listigen, ränkespinnenden Rebecca auf der Hut zu sein.

«Vor *wem?*» schrie Amelia auf.

«Vor deiner Freundin, der Gouvernante! – Mach doch nicht solch entsetztes Gesicht!»

«Oh, George, was hast du nur getan!» sagte Amelia, denn ihrem weiblichen Blick, den die Liebe geschärft hatte, war sofort ein Geheimnis aufgegangen, das Miss Crawley, der armen alten Jungfer Miss Briggs und vor allem den blöden Augen des eingebildeten jungen Laffen, Leutnant Osborne, entgangen war.

Als Rebecca ihr nämlich im oberen Stock in ihren Umhang half und sie Gelegenheit zu etwas heimlichem Tuscheln und Plänemachen fanden, die das Entzücken jedes weiblichen Wesens bilden, da war Amelia auf Rebecca zugetreten und hatte ihre beiden kleinen Hände ergriffen und geflüstert: «Rebecca, ich habe alles gemerkt!»

Rebecca hatte sie geküßt, und in Anbetracht eines so wunderbaren Geheimnisses hatten die beiden jungen Damen kein Wort weiter darüber gesagt. Trotzdem sollte es schon bald ans Licht kommen.

Bald nach den geschilderten Ereignissen, während Miss Rebecca Sharp noch immer im Hause ihrer Gönnerin in der Park Lane weilte, war in der Great Gaunt Street wieder ein neues Trauerwappen zu sehen. Es befand sich an Sir Pitt Crawleys Haus, aber es kündigte nicht das Ableben des wackeren Baronets an. Es war das Trauerwappen einer Frau und hatte vor ein paar Jahren schon als Totenehrung für Sir Pitts alte Mutter, die verwitwete Lady Crawley, gedient. Nach der üblichen Zeit war es wieder von der Hausfront entfernt worden und hatte in irgendeiner Hofkammer von Sir Pitts Stadthaus ein zurückgezogenes Leben geführt. Jetzt war es für die arme Rose Dawson erschienen. Sir Pitt war wiederum Witwer geworden. Das Wappen, das sich mit seinem eigenen in das Schild teilte, war allerdings nicht das der armen Rose. Sie hatte natürlich kein Wappen. Aber die auf das Schild gemalten Engel paßten für sie so gut wie für seine Mutter, und unter dem Wappenschild stand, eingerahmt von der Taube und der Schlange der Crawleys, das Wort *Resurgam*. Wappen und Totenschild und *Resurgam:* eine gute Gelegenheit für Moralpredigten!

Mr. Crawley war der einzige, der sich um die verlassene Kranke gekümmert hatte. Gestärkt durch die Trostesworte, die er ihr spenden konnte, schied sie aus dieser Welt. Viele Jahre lang hatte sie nur von ihm Freundlichkeiten erfahren: es war die einzige Freundschaft gewesen, aus der die matte, einsame Seele etwas Erquickung schöpfte. Ihr Herz war schon lange vor ihrem Körper gestorben. Sie hatte es verkauft – damals, als sie Sir Pitts Frau wurde. Auf dem Jahrmarkt der Eitelkeit gehen Mütter und Töchter tagtäglich solchen Handel ein.

Als sie von hinnen schied, war ihr Gatte gerade in London und von seinen zahllosen Plänen und Advokaten in Anspruch genommen. Trotzdem hatte er Zeit gefunden, oft in der Park Lane vorzusprechen und viele Briefe an Rebecca zu schicken, in denen er sie drängte und beschwor und ihr befahl, zu ihren jungen Zöglingen aufs Land zurückzukehren, die jetzt, während der Krankheit ihrer Mutter, gänzlich ohne Umgang seien. Doch Miss Crawley wollte von Rebeccas Abreise nichts wissen. Zwar gab es in London keine vornehme Dame, die ihre Freunde leichteren Herzens im Stich ließ, wenn sie ihrer überdrüssig war (und keine Dame wurde ihrer ebenso schnell überdrüssig); doch solange ihre Vorliebe anhielt, war ihre Anhänglichkeit großartig, und einstweilen klammerte sie sich noch immer mit größter Hartnäckigkeit an Rebecca.

Die Nachricht vom Tode der Schloßherrin erregte in Miss Crawleys Umgebung – wie es zu erwarten gewesen war – weder großen Kummer, noch fand sie große Beachtung. «Da werde ich wohl meine Gesellschaft am Dritten nächsten Monats absagen müssen», meinte Miss

Crawley, und nach einer kleinen Pause fuhr sie fort: «Hoffentlich besitzt mein Bruder soviel Anstand, nicht noch einmal zu heiraten!» – «Wenn er das täte, würde Pitt verdammt wütend werden!» bemerkte Rawdon mit gewohnter Zuneigung für seinen älteren Bruder. Rebecca sagte gar nichts. Sie schien viel ernster und nachdenklicher als alle übrigen, und ehe Rawdon ging, verließ sie das Zimmer. Nachdem er oben Abschied genommen hatte und fortgehen wollte, trafen sie sich zufällig unten und hatten etwas zu besprechen.

Am nächsten Morgen, als Rebecca gerade aus dem Fenster blickte, erschreckte sie die friedlich in einen französischen Roman vertiefte Miss Crawley, indem sie bestürzt ausrief: «Mein Gott, da kommt Sir Pitt!» Gleich danach klopfte der Baronet schon an die Haustür.

«Ich kann ihn nicht begrüßen, mein Kind. Ich will ihn nicht sehen. Sagen Sie Bowls, ich sei nicht zu Hause, oder gehen Sie nach unten und sagen Sie ihm, ich sei nicht wohl genug, um jemand zu empfangen. Meine Nerven sind jetzt wirklich nicht in dem Zustand, daß ich meinen Bruder ertragen könnte!» rief sie und las weiter.

«Sie ist nicht wohl genug, um Sie zu empfangen, Sir», bestellte Rebecca und tänzelte die Treppe hinunter, die Sir Pitt gerade hinaufgehen wollte.

«Um so besser», erwiderte Sir Pitt. «Ich wollte *Sie* sprechen, Miss Becky! Kommen Sie mit mir ins Speisezimmer!»

Sie betraten das Zimmer, und der Baronet blickte sie fest an und sagte: «Ich brauche Sie jetzt wieder in Queen's Crawley, Miss!» Er hatte die schwarzen Handschuhe und den Hut mit dem breiten Trauerflor abgelegt; in seinem Blick, den er fest auf sie gerichtet hatte, stand ein so seltsamer Ausdruck, daß Rebecca Sharp fast zu zittern begann.

«Ich hoffe, daß ich bald kommen kann», sagte sie leise, «sobald es Miss Crawley besser geht, will ich wieder zurück zu – zu den lieben Kindern.»

«Das sagen Sie schon seit drei Monaten, Becky», entgegnete Sir Pitt, «und noch immer hocken Sie hier bei meiner Schwester herum, die Sie eines schönen Tages doch bloß wie einen alten Schuh wegwirft, wenn sie genug von Ihnen hat. Ich erkläre Ihnen, daß ich Sie *brauche!* Zum Begräbnis fahr' ich zurück. Kommen Sie auch zurück? Ja oder nein?»

«Ich wag's nicht – ich glaube, es wäre wohl nicht recht, mit Ihnen – allein im Schloß zu sein», sagte Becky anscheinend in großer Erregung.

«Und ich sag's Ihnen nochmal, daß ich Sie brauche!» rief Sir Pitt und schlug auf den Tisch. «Ohne Sie komm' ich nicht weiter! Hab's erst gemerkt, als Sie schon weg waren. Im Haus geht alles schief. 's ist nicht mehr wie sonst! Und in meinen Abrechnungen ist alles durcheinander. Sie *müssen* wiederkommen! Bitte, kommen Sie! Liebe Becky, kommen Sie!»

«Aber – als was, Sir?» stieß Rebecca hervor.

«Kommen Sie als Lady Crawley, wenn Sie wollen», sagte der Baronet und faßte nach seinem Hut mit dem Trauerflor. «Sind Sie jetzt zufrieden? Kommen Sie und werden Sie meine Frau! Sie sind's wert – Sie mit Ihrem Verstand! Und die adlige Abstammung soll der Teufel holen! Sie sind ebensogut eine Lady wie jede andre. Sie haben in Ihrem kleinen Finger mehr Verstand als jede Adlige in der Grafschaft! Wollen Sie kommen? Ja oder nein?»

«Oh, Sir Pitt!» sagte Rebecca und war sehr bewegt.

«Sag ja, Becky!» drängte Sir Pitt. «Ich bin ein alter Mann, aber stramm! Ich mach's noch gut zwanzig Jahre! Und ich mach' dich glücklich, sollst mal sehn! Du kannst tun, was du Lust hast, Geld verbrauchen, soviel du willst, und alles nach deinem Kopf einrichten. Ich setze dir ein Legat aus: alles, wie sich's gehört! Glaubst du's mir jetzt?» Und der alte Mann fiel auf die Knie und blinzelte sie wie ein Satyr an.

Rebecca fuhr mit der Miene größter Bestürzung zurück. Im Verlauf unsrer Geschichte haben wir es nie erlebt, daß sie die Geistesgegenwart verlor; doch jetzt weinte sie ein paar Tränen: die aufrichtigsten, die ihr je aus den Augen flossen.

«Oh, Sir Pitt», sagte sie. «Oh, Sir – ich – ich bin schon verheiratet!»

XV

Rebeccas Mann tritt für kurze Zeit auf

INEM gefühlvollen Leser (und einen andern wünschen wir uns nicht), muß das Bild gefallen haben, mit dem der letzte Akt unseres kleinen Schauspiels schloß; denn kann es ein hübscheres Bild geben als Amor auf den Knien vor Venus?
Doch als Amor von Venus das furchtbare Bekenntnis vernahm, daß sie schon verheiratet sei, da war's vorbei mit der demütigen Stellung auf dem Teppich, und er sprang auf und schrie, daß die arme kleine Venus noch ängstlicher wurde, als sie es bei ihrem Bekenntnis gewesen war. «Verheiratet? Sie machen wohl Witze?» rief der Baronet, nachdem er die erste Wut und Verwunderung hinter sich hatte. «Sie wollen mich zum Narren halten, Becky! Wer sollte Sie wohl je heiraten, wo Sie doch arm wie eine Kirchenmaus sind!»

«Ja, ja, verheiratet!» stieß Rebecca unter Tränen hervor; die Stimme klang vor Schluchzen erstickt, sie drückte das Taschentuch an die dauernd überquellenden Augen und lehnte sich fast ohnmächtig gegen den Kamin: ein Bild des Jammers, das auch das verstockteste Herz hätte erweichen müssen. «O Sir Pitt, lieber Sir Pitt, halten Sie mich nicht für undankbar gegenüber all Ihrer Güte! Nur Ihr Edelmut hat mir mein Geheimnis entlockt!»

«Der Teufel hol den Edelmut!» brüllte Sir Pitt. «Mit wem haben Sie sich verheiratet? Und wo war's denn?»

«Lassen Sie mich mit Ihnen aufs Land zurückkehren,

Sir! Lassen Sie mich Ihnen zur Seite stehen – so treu wie immer! Nur trennen Sie mich nicht von meinem lieben Queen's Crawley!»

«Aha, der Bursche hat Sie sitzenlassen, was?» sagte der Baronet und glaubte, ihm ginge ein Licht auf. «Meinetwegen, Becky, kommen Sie mit, wenn Sie wollen. Man kann nicht den Fünfer und das Weckli haben. Ich hab' Ihnen jedenfalls ein anständiges Angebot gemacht! Kommen Sie als Gouvernante – ganz nach Ihrem Belieben!» Sie streckte die eine Hand aus und weinte herzzerbrechend, so daß ihr die Locken ins Gesicht und auf den marmornen Kaminsims fielen, über den sie sich beugte.

«Der Schuft ist also auf und davon?» sagte Sir Pitt in einem widerlichen Versuch, sie zu trösten. «Laß nur gut sein, Becky, ich kümmere mich um dich!»

«O Sir, es wäre mein größter Stolz, nach Queen's Crawley zurückzukehren und für die Kinder zu sorgen – und auch für Sie, so wie damals, als Sie mit der Hilfe Ihrer kleinen Rebecca immer zufrieden waren. Wenn ich bedenke, was Sie mir gerade angeboten haben, dann schwillt mir das Herz vor Dankbarkeit – wirklich und wahrhaftig! Ich kann nicht Ihre Frau werden, Sir. Lassen Sie mich – lassen Sie mich Ihre Tochter sein!»

Bei diesen Worten sank Rebecca ihrerseits mit wunderbar tragischer Gebärde in die Knie, nahm Sir Pitts schwielige schwarze Tatze in ihre beiden Händchen (die sehr hübsch und weiß und so weich wie Atlas waren) und blickte mit inständigstem Pathos und Vertrauen zu ihm auf, als sich – die Tür öffnete und Miss Crawley ins Zimmer segelte.

Mrs. Firkin und Miss Briggs, die sich zufällig vor der Tür begegneten, und zwar bald nachdem der Baronet und Rebecca ins Speisezimmer gegangen waren, hatten ebenfalls rein zufällig (durchs Schlüsselloch) gesehen, wie der alte Herr vor der Gouvernante kniete, und den edelmütigen Antrag mit angehört, den er ihr machte. Kaum war er seinen Lippen entflohen, als Mrs. Firkin und Miss Briggs schon die Treppe hinaufflogen, ins Wohnzimmer stürzten, in dem Miss Crawley ihren französischen Roman las, und der alten Dame die verblüffende Nachricht hinterbrachten, Sir Pitt liege auf den Knien und mache Miss Sharp einen Heiratsantrag. Und wenn man nun die Zeit veranschlagt, in welcher das bewußte Zwiegespräch stattfand, und die Zeit, in welcher Briggs und Firkin ins Wohnzimmer stürmten, und die Zeit, in welcher Miss Crawley verblüfft zuhörte und ihren Band Pigault le Brun sinken ließ, und die Zeit, in welcher sie die Treppe hinunterging – so muß man zugeben, daß unsere Geschichte überaus genau ist und daß Miss Crawley haargenau in *dem* Augenblick erscheinen mußte, in dem Rebecca ihre demütige Stellung eingenommen hatte.

«Aber es ist ja die Dame, die hier kniet, und nicht der Herr», rief Miss Crawley mit sehr verächtlicher Miene und Stimme. «Mir wurde erzählt, daß du hier auf den Knien liegst, Pitt! Bitte, knie noch einmal nieder, damit ich mir das hübsche Pärchen betrachten kann!»

«Ich habe mich bei Sir Pitt Crawley bedankt, Ma'am», sagte Rebecca, «und ihm mitgeteilt, daß ich – daß ich niemals Lady Crawley werden kann.»

«Sie haben ihn abgewiesen?» rief Miss Crawley und staunte immer mehr. Briggs und Firkin hinter der Tür rissen vor Verwunderung Mund und Nase auf.

«Ja, abgewiesen», wiederholte Rebecca mit trauriger, tränenreicher Stimme.

«Kann ich meinen Ohren trauen, Pitt? Hast du ihr wirklich einen Heiratsantrag gemacht?» fragte die alte Dame.

«Hm – ja», erwiderte der Baronet.

«Und sie hat dich wirklich abgewiesen, wie sie eben behauptet hat?»

«Hm – ja», erwiderte Sir Pitt und verzog das Gesicht zu einem breiten Grinsen.

«Jedenfalls scheint's dir nicht das Herz zu brechen», bemerkte Miss Crawley.

«Kein bißchen», entgegnete Sir Pitt so kaltblütig und gut gelaunt, daß Miss Crawley vor lauter Nichtbegreifen fast rasend wurde. Daß ein alter Edelmann von Rang vor seiner bettelarmen Gouvernante auf die Knie fiel und sich dann eins lachte, weil sie ihn nicht heiraten wollte, daß eine bettelarme Gouvernante einen Baronet mit viertausend Pfund Einkommen im Jahr abwies, das waren Rätsel, die sie einfach nicht begreifen konnte. Es übertraf noch alle verwickelten Intrigen ihres Lieblingsschriftstellers Pigault le Brun.

«Freut mich, daß du es für einen guten Spaß hältst, Bruder», rief sie und versuchte krampfhaft, sich in dem Wirrwarr zurechtzufinden.

«Glänzend!» sagte Sir Pitt. «Wer hätte das gedacht! Was für ein schlaues Teufelchen! Was für ein kleiner Racker sie doch ist!» brummte er vor sich hin und kicherte vor Vergnügen.

«Wer hätte *was* gedacht?» rief Miss Crawley und stampfte mit dem Fuß auf. «Bitte sehr, Miss Sharp, warten Sie etwa auf die Scheidung des Prinzregenten, daß unsre Familie Ihnen nicht gut genug ist?»

«Als Sie ins Zimmer kamen, Ma'am», sagte Rebecca, «sah es bestimmt nicht so aus, als ob ich eine Ehre geringschätze, die ein so gütiger und edler Mann mir zu erweisen geruhte. Glauben·Sie, ich sei herzlos? Sie alle haben mich geliebt und sind gütig zu der armen Waise, zu dem verlassenen Mädchen gewesen, und da sollte *ich* nichts empfinden? O meine Wohltäter! Darf ich denn nicht mit meiner Liebe und meinem Leben und durch Pflichterfüllung versuchen, das mir erwiesene Vertrauen zu vergelten? Wollen Sie mir nicht einmal Dankbarkeit zugestehen, Miss Crawley? Das ist zu viel – mein Herz ist überwältigt!», und sie sank so kläglich auf einen Stuhl, daß die Mehrzahl der Anwesenden ob ihres Kummers geradezu zerfloß.

«Becky, Sie sind ein braves, kleines Ding, ob Sie mich nun heiraten oder nicht, und ich bleibe Ihr Freund, vergessen Sie das nicht!» sagte Sir Pitt, setzte seinen Trauerhut auf und ging von dannen – sehr zur Erleichterung Rebeccas; denn wie ersichtlich, wußte Miss Crawley noch nichts von ihrem Geheimnis, und so blieb ihr noch eine kleine Frist.

Sie drückte das Taschentuch an die Augen, winkte der guten Briggs ab, die sie begleiten wollte, und ging in ihr Zimmer hinauf, während Briggs und Miss Crawley in größter Aufregung zurückblieben, um den merkwürdigen Vorfall zu besprechen, und Firkin, die nicht weniger aufgewühlt war, in die Küchenregionen hinabtauchte und es der ganzen Gesellschaft, Männlein und Weiblein, erzählte. Ja, Mrs. Firkin war von der Neuigkeit so überwältigt, daß sie es für richtig hielt, noch mit der gleichen Abendpost «Mrs. Bute Crawley und der Familie im Pfarrhaus ihren gehorsamsten Respekt zu entbieten, und Sir Pitt hat Miss Sharp einen Heiratsantrag gemacht, und sie hat ihn abgewiesen, was alle sehr verwundert hat».

Die beiden Damen im Speisezimmer verwunderten sich nach Herzenslust über Sir Pitts Antrag und Rebeccas Korb, und die brave Miss Briggs (voller Freuden, endlich wieder von ihrer Herrin in ein vertrauliches Gespräch gezogen zu werden) vermutete sehr scharfsinnig, es müsse wohl ein Hindernis in Form einer früheren Bindung bestehen, andernfalls hätte eine junge Dame, die ihre fünf Sinne beisammen habe, nie einen so vorteilhaften Antrag abgewiesen.

«Sie hätten ihn wohl angenommen, Briggs, wie?» fragte Miss Crawley freundlich.

«Es wäre doch eine große Ehre, Miss Crawleys Schwägerin zu werden», wich Briggs bescheiden aus.

«Immerhin, Becky hätte sich schließlich als Lady Crawley nicht schlecht gemacht», bemerkte Miss Crawley (die durch Rebeccas Weigerung besänftigt war und, da kein Opfer von ihr verlangt wurde, nun auch wieder großzügig und edelmütig sein konnte). «Verstand hat sie reichlich: sie hat in ihrem kleinen Finger mehr als Sie in Ihrem ganzen Kopf, meine gute arme Briggs! Ihre Manieren sind jetzt ausgezeichnet, seit sie unter meinem Einfluß steht. Sie ist eine Montmorency, Briggs, und Blut hat eben doch etwas zu bedeuten, wenn ich für mein Teil es auch verachte; und gegen die aufgeblasenen, stumpfsinnigen Leute in Hampshire hätte sie sich weit besser durchsetzen können als die unglückselige Person aus der Eisenwarenhandlung.»

Briggs gab ihr recht, wie immer, und dann sprachen sie über die «frühere Bindung». «Ihr armen, einsamen Geschöpfe habt stets irgendeine dumme Verliebtheit im Kopf», sagte Miss Crawley. «Sie waren ja selber in einen Schreiblehrer verliebt (weinen Sie doch nicht, Briggs – immer müssen Sie gleich weinen: das macht ihn nicht wieder lebendig!), und die unglückliche Becky war vermutlich auch dumm und sentimental. Es wird sich wohl um irgendeinen Apotheker oder Verwalter oder Maler oder Hilfspfarrer oder dergleichen handeln.»

«Das arme Ding! Das arme Ding!» sagte die Briggs (und

dachte an den schwindsüchtigen jungen Schreiblehrer damals vor fünfundzwanzig Jahren, von dem sie eine blonde Locke und wunderbar unleserliche Briefe liebevoll oben in ihrem alten Schreibpult aufbewahrte). «Das arme Ding! Das arme Ding!» Sie sah sich wieder als rotbackiges Mädchen von achtzehn Jahren in der Abendandacht, als sie und der schwindsüchtige Schreiblehrer aus dem gleichen Gesangbuch ihre Hymnen anstimmten.

«Bei solcher Einstellung von seiten Rebeccas sollte unsre Familie etwas für sie tun», meinte Miss Crawley voller Schwung. «Briggs, Sie müssen herausbringen, um wen es sich handelt. Ich werde ihm einen Laden einrichten oder ein Porträt bei ihm bestellen, nicht wahr? Oder ich könnte mit meinem Vetter, dem Bischof, sprechen, und jedenfalls will ich Becky eine Aussteuer schenken, und dann wollen wir die Hochzeit feiern, und Sie, Briggs, sorgen für ein kaltes Buffet und sind Brautjungfer!»

Briggs fand es herrlich und beteuerte, ihre liebe Miss Crawley sei immer so gütig und freigebig; dann ging sie in Beckys Schlafzimmer hinauf, um sie zu trösten und über den Heiratsantrag und Beckys Ablehnung und den Grund dafür zu plaudern und um Miss Crawleys großzügigen Einfall anzudeuten und herauszubringen, wer der Mann sei, der Beckys Herz mit Beschlag belegt habe.

Rebecca war sehr freundlich, sehr zutraulich und bewegt – voller inniger Dankbarkeit ging sie auf Briggs' herzliches Entgegenkommen ein; sie gab zu, daß es sich um eine heimliche Bindung handle, ein süßes Geheimnis – ach, wie schade, daß Miss Briggs nicht eine halbe Minute länger am Schlüsselloch geblieben war! Vielleicht hätte ihr Rebecca auch mehr erzählt, aber Briggs war noch keine fünf Minuten in Rebeccas Zimmer, als – welch unerhörte Ehre! – Miss Crawley persönlich erschien; die Ungeduld hatte sie überwältigt; sie konnte das langsame Fühlungnehmen ihrer Gesandtin nicht abwarten! Deshalb war sie nun persönlich gekommen und schickte Briggs aus dem Zimmer. Sie billigte Rebeccas Einstellung, sie erkundigte sich nach Einzelheiten des bewußten

Zwiegesprächs und nach allem Vorausgegangenen, das zu dem erstaunlichen Antrag Sir Pitts geführt hatte.

Rebecca erwiderte, sie habe schon seit langem etwas von der besonderen Vorliebe bemerkt, mit der Sir Pitt sie ausgezeichnet habe (denn seine Gefühle äußerte er stets sehr offen und rückhaltlos), aber ganz abgesehen von persönlichen Gründen, mit denen sie Miss Crawley jetzt nicht belästigen wolle, machten doch Sir Pitts Alter, sein Rang und seine Gewohnheiten eine Heirat ganz unmöglich; und wie könnte sich ein junges Mädchen mit einigem Selbstbewußtsein und Sinn für Schicklichkeit überhaupt einen Heiratsantrag anhören, solange die verstorbene Frau des Freiers noch gar nicht beerdigt sei?

«Unsinn, meine Beste! Sie hätten ihn nie abgewiesen, wäre nicht jemand anders im Spiel!» erklärte Miss Crawley und ging sofort auf ihr Ziel los. «Erzählen Sie mir von Ihren persönlichen Gründen! Was sind es für persönliche Gründe? Es muß jemand dabei im Spiel sein: wer ist's, der Ihr Herz erobert hat?»

Rebecca schlug die Augen nieder. «Sie haben es erraten, Ma'am», bekannte sie schlicht und mit süßer, zitternder Stimme. «Sie wundern sich wohl, daß ein so armes, verlassenes Mädchen eine Zuneigung fassen kann? Aber ich habe nie gehört, daß Armut davor schützt. Ich wünschte, es wäre so!»

«Mein liebes armes Kind», rief Miss Crawley, die gar zu gern sentimental wurde, «Ihre Liebe wird wohl nicht erwidert? Haben wir heimlichen Liebeskummer? Erzählen Sie mir alles und lassen Sie sich trösten!»

«Ach, wenn es doch möglich wäre, teure Miss Crawley!» sagte Rebecca mit der gleichen wehmütigen Stimme. «Wie sehr brauchte ich Trost!» Und sie lehnte ihren Kopf an Miss Crawleys Schulter und weinte dort so natürlich, daß die alte Dame sie, von Mitleid überrascht, mit fast mütterlicher Güte umarmte und beteuerte, sie wie eine Tochter zu lieben und alles für sie zu tun, was in ihrer Macht stünde. «Aber wer ist es, meine Liebe? Ist es der Bruder unserer hübschen Miss Sedley? Sie erwähnten einmal etwas von einem Erlebnis mit ihm! Ich lade ihn zu mir ein; Sie bekommen ihn, meine Liebe, ganz sicher!»

«Bitte, fragen Sie mich jetzt nicht!» sagte Rebecca. «Sie sollen bald alles erfahren! Bestimmt! Liebste, beste Miss Crawley – teuerste Freundin, wenn ich Sie so nennen darf?»

«Sie dürfen's, mein Kind», erwiderte die alte Dame und küßte sie.

«Ich kann's Ihnen jetzt nicht sagen», schluchzte Rebecca, «ich bin sehr unglücklich! Aber bitte: behalten Sie mich lieb! Versprechen Sie mir, daß Sie mich immer liebbehalten!» Und unter beiderseits vergossenen Tränen – denn die Erregung der Jüngeren hatte das Mitleid der Älteren geweckt – legte Miss Crawley feierlich das Versprechen ab und verließ dann ihre kleine Schutzbefohlene, wünschte ihr das Beste und bewunderte sie als ein liebes, unschuldiges, weichherziges, zärtliches und unbegreifliches kleines Ding.

Und nun war Rebecca allein und konnte über die unvermuteten und wunderbaren Ereignisse des Tages nachdenken: über das, was gewesen war, und das, was hätte sein können. Was – meint ihr wohl – waren die geheimsten Gefühle unsrer Miss (nein, Verzeihung), Mrs. Rebecca? Wenn der Verfasser ein paar Seiten vorher das Recht für sich in Anspruch nahm, in Miss Amelia Sedleys Schlafzimmer zu schauen und bei der Allwissenheit des Romanschreibers alle die zarten Qualen und Gluten zu verstehen, die sich auf deren unschuldigem Kopfkissen tummelten – weshalb sollte er sich dann nicht auch zu Rebeccas Vertrautem erklären, zum Hüter ihrer Geheimnisse und Großsiegelbewahrer ihres Gewissens?

Zunächst also überließ sich Rebecca einem Gefühl sehr aufrichtigen und rührenden Bedauerns, weil ein so fabelhaftes Glück ihr so greifbar nahe gewesen und sie es doch hatte von sich weisen müssen: eine natürliche Regung, die jeder normal denkende Mensch mit ihr teilen wird. Welche gute Mutter würde nicht ein bettelarmes Mädchen bemitleiden, das – bei viertausend Pfund Einkommen im Jahr – eine vornehme Lady hätte werden können? Welche gebildete junge Person könnte es auf dem ganzen Jahrmarkt der Eitelkeit geben, die kein Mitgefühl für ein schwerarbeitendes kluges und tüchtiges Mädchen empfände, das einen so ehrenvollen, vorteilhaften und verlockenden Antrag gerade in dem Augenblick bekommt, in dem es außer ihrer Macht steht, ihn anzunehmen? Die Enttäuschung unsrer Freundin Becky verdient und erregt gewiß all unsre Sympathie.

Ich erinnere mich an einen Abend, den ich selbst auf dem Jahrmarkt der Eitelkeit in einer Gesellschaft verbrachte. Ich beobachtete, wie die alte Miss Toady, die auch anwesend war, die kleine Mrs. Briefless, das Frauchen des Advokaten (aus guter Familie zwar, aber bekanntlich so arm wie eine Kirchenmaus), mit besonderer Auszeichnung und Schmeichelei bedachte.

Was, fragte ich mich, kann Miss Toady zu solcher Kriecherei veranlassen? Hat Briefless einen Posten an einem Bezirksgericht bekommen? Oder hat seine Frau ein Vermögen geerbt? Mit der Einfalt, die für Miss Toadys ganzes Verhalten kennzeichnend ist, erklärte sie es mir. «Mrs. Briefless ist nämlich die Enkelin von Sir John Redhand», sagte sie, «der so krank in Cheltenham darniederliegt, daß er's kein halbes Jahr mehr macht. Mrs. Briefless' Papa folgt auf ihn, und damit wird sie die Tochter eines Baronets.» Und Toady lud Briefless und Frau gleich die Woche darauf zum Abendessen ein.

Wenn die bloße Möglichkeit, Tochter eines Baronets zu werden, einer Dame zu soviel Huldigungen verhilft, dann können wir sicher auch die Qualen eines jungen Mädchens würdigen, das die Gelegenheit verpaßt hat, Gattin eines Baronets zu werden. Wer hätte auch geahnt, daß Lady Crawley so bald schon stirbt? Sie gehörte zu jenen kränklichen Frauen, die es noch gut zehn Jahre hätten durchhalten können, dachte Rebecca in reuiger Qual, und nun hätte ich Milady werden können! Ich hätte den alten Mann um den Finger gewickelt, ich hätte mich an Mrs. Bute für ihre gönnerhafte Art und an Mr.

Pitt für seine unerträgliche Herablassung schadlos halten können. Ich hätte das Stadthaus neu eingerichtet und verschönt. Ich hätte die eleganteste Kutsche in ganz London und eine Loge in der Oper haben können. Und im kommenden Winter wäre ich bei Hofe vorgestellt worden. All das hätte sein können. Doch jetzt – jetzt ist alles voller Ungewißheit und Dunkel!

Rebecca war jedoch eine junge Dame von zuviel Entschlußkraft und Charakterstärke, um sich nutzlosem und unschicklichem Kummer um die unwiderrufliche Vergangenheit hinzugeben. Nachdem sie ihr also ein gewisses Maß an Bedauern gewidmet hatte, richtete sie wohlweislich all ihre Aufmerksamkeit auf die Zukunft, die ihr jetzt weitaus wichtiger war, und erwog ihre Lage mitsamt ihren Hoffnungen, Ungewißheiten und Aussichten.

Erstens einmal war sie verheiratet: das war ein wichtiger Umstand, der Sir Pitt bekannt war. Sie hatte sich nicht so sehr zu einem Geständnis überrumpeln lassen, als es vielmehr auf Grund einer raschen Überlegung gemacht. Eines Tages wäre es doch dazu gekommen: weshalb also nicht jetzt ebensogut wie später? Der sie hatte heiraten wollen, mußte mindestens über diese eine Tatsache Stillschweigen wahren. Die große Frage war nur, wie Miss Crawley die Nachricht aufnehmen würde. Wohl hegte Rebecca Zweifel – aber andrerseits dachte sie an alles, was die alte Dame gesagt hatte, wie wenig sie auf adlige Herkunft gab, ihre kühnen liberalen Ansichten, ihre romantischen Neigungen, ihre fast abgöttische Liebe zu ihrem Neffen und ihre wiederholt beteuerte Anhänglichkeit an Rebecca selbst. Sie liebt ihn so, dachte Rebecca, daß sie ihm alles verzeihen wird, und an mich hat sie sich so gewöhnt, daß sie ohne mich nicht glücklich wäre. Wenn also die große Enthüllung kommt, wird es eine Szene geben, einen hysterischen Auftritt und eine heftige Auseinandersetzung – und dann die große Versöhnung. Was hatte jedenfalls ein langes Hinauszögern jetzt noch für einen Sinn? Der Würfel war gefallen, und das Ergebnis würde heute oder morgen das gleiche sein.

Und da sie nun entschlossen war, daß Miss Crawley die Neuigkeit erfahren sollte, erwog sie in ihrem Sinn, wie man sie ihr am besten übermitteln solle und ob sie sich dem Gewitter aussetzen sollte, das unweigerlich ausbrechen würde, oder ob sie fliehen und ihm aus dem Wege gehen sollte, bis sich das schlimmste Ungestüm ausgetobt hatte. Nach diesen Überlegungen schrieb sie den folgenden Brief:

Teurer Freund,

Die große Krise, über die wir so oft gesprochen haben, ist da. Das Geheimnis ist zur Hälfte enthüllt, und ich habe gründlich nach-

gedacht und kam zu der Überzeugung, daß jetzt der Zeitpunkt gekommen ist, um es ganz aufzudecken. Heute morgen kam Sir Pitt zu mir und machte mir – was sagst Du dazu? – einen regelrechten Heiratsantrag! Stell'Dir das vor: ich armes Ding hätte Lady Crawley werden können! Wie sich Mrs. Bute darüber gefreut hätte – und erst ma tante, wenn ich den Vortritt vor ihr gehabt hätte! Ich hätte die Mama eines gewissen Jemands sein können, anstatt... Oh, ich zittere und bebe, wenn ich daran denke, wie bald wir alles erklären müssen!

Sir Pitt weiß, daß ich verheiratet bin, und da er nicht weiß, mit wem, ist er einstweilen nicht allzu ungehalten. Ma tante ist sogar ärgerlich, weil ich ihn abgewiesen habe, doch ist sie die Güte und Huld in Person. Sie läßt sich zu der Behauptung herbei, daß ich eine gute Frau für ihn gewesen wäre, und beteuert immer wieder, daß sie Deiner kleinen Rebecca eine Mutter sein wolle. Sie wird erschüttert sein, wenn sie die Neuigkeit vernimmt. Aber haben wir Schlimmeres zu befürchten als einen vorübergehenden Zorn? Ich glaube nicht. Nein, bestimmt nicht. Sie ist so vernarrt in Dich (Du schlimmer Tunichtgut!), daß sie Dir alles verzeihen würde; und ich glaube wirklich, daß ich nach Dir den nächsten Platz in ihrem Herzen einnehme und daß sie unglücklich wäre ohne mich. Liebster! Ein Gefühl sagt mir, daß wir siegen! Du mußt das greuliche Regiment quittieren und das Spiel und die Rennen aufgeben und ganz brav sein. Und dann wohnen wir alle in der Park Lane, und ma tante wird uns all ihr Geld vererben.

Ich werde versuchen, morgen um drei an der gleichen Stelle wie immer spazierenzugehen. Wenn Miss B. mich begleitet, mußt Du zum Abendessen kommen und die Antwort mitbringen. Stecke sie in den dritten Band von Porteus' Predigten. Auf alle Fälle komm aber

zu Deiner R.

AN:
MISS ELIZA STYLES,
BEI MR. BARNET,
SATTLERMEISTER,
KNIGHTSBRIDGE

Sicher haben meine scharfsinnigen Leser längst erraten, daß Miss Eliza Styles (eine alte Schulfreundin, behauptete Rebecca, mit der sie in letzter Zeit einen regen Briefwechsel gepflogen hatte und die ihre Briefe beim Sattler abholte) Reitsporen und einen flotten hochgezwirbelten Schnurrbart trug und niemand anders war als Hauptmann Rawdon Crawley.

XVI

Der Brief auf dem Nadelkissen

HATTEN sie auch geheiratet, so war das im Grunde doch ihre eigene Angelegenheit. Denn was sollte einen volljährigen Hauptmann und eine mündige junge Dame etwa daran hindern, eine Heiratslizenz zu kaufen und sich in irgendeiner Kirche der Stadt trauen zu lassen? Und wir wissen es ja alle: wenn eine Frau etwas will, findet sie bestimmt auch einen Weg. – Ich nehme an, daß man eines schönen Tages, als Miss Sharp ausgegangen war, um den Vormittag bei ihrer lieben Freundin Miss Amelia Sedley am Russell Square zu verbringen, eine ihr sehr ähnliche Dame hätte erblicken können, wie sie in Begleitung eines Herrn mit gewichstem Schnurrbart eine Kirche in der City betrat und wie der Herr sie nach Ablauf einer Viertelstunde zu der wartenden Mietkutsche geleitete, und daß es sich da um eine stille Trauung handelte.

Und wer in aller Welt darf nach unsern tagtäglichen Erfahrungen die Möglichkeit bezweifeln, daß ein Gentleman irgendeine beliebige Person heiratet? Wieviel weise und gelehrte Männer haben nicht ihre Köchin geheiratet! Ist nicht sogar Lord Eldon, der Vorsichtigste aller Männer, mit einer Frau durchgebrannt? Waren nicht Achilles und Ajax beide in ihre Dienerinnen verliebt? Wie dürfen wir da von einem schweren Dragoner mit heftigen Neigungen und schwachem Verstand, der nie im Leben seinen

Leidenschaften die Zügel anlegte, erwarten, daß er auf einmal vorsichtig wird und es ablehnt, jedweden Preis für die Erfüllung eines Wunsches zu zahlen, von dem er nicht lassen kann? Wenn die Leute nur noch Vernunftehen schließen würden, wäre es mit dem Zuwachs der Bevölkerung bald vorbei.

Was mich betrifft, so finde ich, daß Mr. Rawdons Heirat eine der anständigsten Handlungen war, die wir aus seiner Lebensgeschichte berichten können. Niemand wird behaupten wollen, es sei unmännlich, sich von einer Frau bezaubern zu lassen oder sie zu heiraten, wenn sie uns bezaubert hat. Und die Bewunderung, das Entzücken, die Leidenschaft und Begeisterung, das schrankenlose Vertrauen und die abgöttische Verehrung, mit denen der rauhe Krieger die kleine Rebecca allmählich zu betrachten lernte, sind lauter Gefühle, die ihm zumindest die Damenwelt nicht gar so sehr zum Nachteil ankreiden wird. Wenn sie sang, zitterte jeder Ton in seinem dumpfen Gemüt wider und erschütterte die ganze lange Gestalt. Wenn sie sprach, nahm er all seinen Verstand zusammen und hörte staunend zu. War sie zu Scherzen aufgelegt, dann ließ er sich ihre Worte lange durch den Kopf gehen und konnte plötzlich eine halbe Stunde später mitten auf der Straße zum größten Erstaunen des ihn im Wagen begleitenden Stallknechts oder des neben ihm durch die Rotten Row reitenden Kameraden in Gelächter ausbrechen. Jedes ihrer Worte war ihm sein Orakel, die geringfügigste Handlung fand er unweigerlich anmutig und weise. Ach, wie sie singt! Ach, wie sie malt! dachte er. Und wie gut sie die bockende Stute in Queen's Crawley ritt! In vertrauten Stunden sagte er ihr oft: «Beim Zeus, Becky, du könntest Oberbefehlshaber oder Erzbischof von Canterbury werden, beim Zeus!» Ist er eine Ausnahme? Sehen wir nicht jeden Tag manchen wackern Herkules am Schürzenzipfel seiner Omphale hängen und manchen großen, bärtigen Simson in Delilas Schoß liegen?

Als ihm Becky daher mitteilte, daß die große Krise nahe

und die Zeit zum Handeln gekommen sei, erklärte sich Rawdon genauso bereit, Order zu parieren, wie er auf Befehl seines Obersten mit seiner Truppe zum Angriff vorgestürmt wäre. Er brauchte seine Antwort nicht in den dritten Band Proteus zu stecken. Rebecca fand mühelos einen Ausweg, um ihre Begleiterin Briggs abzuschieben, und traf «ihre treue Freundin» am nächsten Tag an der gleichen Stelle wie immer. In der Nacht hatte sie sich alles überlegt und teilte Rawdon nun das Ergebnis mit. Natürlich war er mit ihren Entschlüssen einverstanden; er war überzeugt, daß alles richtig sei und daß es so am besten wäre, wie sie es vorschlug, und auch er glaubte, daß Miss Crawley nach einiger Zeit unbedingt nachgeben oder, wie er sich ausdrückte, «mürbe werden» würde. Hätte Rebecca ganz andere Vorschläge gehabt, so hätte er sie ebenso blindlings befolgt. «Du hast Verstand genug für uns beide, Becky», pflegte er zu sagen, «du wirst uns schon aus der Patsche ziehen. Eine Frau wie dich gibt's nicht zweimal, und dabei bin ich doch in meinem Leben manchem Prachtweib begegnet!» Und mit diesem schlichten Glaubensbekenntnis trennte sich der liebeskranke Dragoner von ihr, um das Seinige zum Gelingen des Planes beizutragen.

Seine Aufgabe bestand einfach darin, in Brompton oder sonstwo in der Nähe der Kaserne eine ruhige Wohnung für Hauptmann Crawley und Frau zu mieten. Denn Rebecca hatte wohlweislich beschlossen, die Flucht zu ergreifen. Rawdon war über ihren Plan begeistert: seit Wochen schon hatte er sie um diesen Entschluß gebeten. Mit allem Ungestüm der Liebe preschte er davon, um die Wohnung zu mieten. Er willigte so rasch ein, wöchentlich zwei Guineen Miete zu bezahlen, daß die Wirtin es bedauerte, nur so wenig verlangt zu haben. Er bestellte ein Klavier und ließ ein halbes Gewächshaus voll Blumen und eine Menge andrer schöner Dinge in die Wohnung schicken. Umhänge, Lederhandschuhe, Seidenstrümpfe, goldene französische Uhren, Armbänder und Parfüms kaufte er in seiner blinden Liebe und bei seinem unbegrenzten Kredit in verschwenderischer Fülle ein. Und nachdem er sein Herz durch so überströmende Freigebigkeit besänftigt hatte, ging er in seinen Klub, speiste nervös und wartete auf den großen Augenblick seines Lebens.

*

Die Ereignisse des voraufgegangenen Tages, Rebeccas bewundernswerte Zurückweisung eines so günstigen Antrags, der heimlich auf ihr lastende Kummer, die stille Sanftmut, mit der sie ihr Schicksal trug: all das stimmte Miss Crawley milder, als sie es sonst war. Eine Hochzeit, ein Heiratsantrag oder die Erteilung eines Korbes sind Ereignisse, die einen Haushalt von Frauen wohl in Aufregung versetzen und überschwengliche Anteilnahme auslösen können. Als ein Beobachter der menschlichen Natur besuche ich während der Heiratssaison der vornehmen Leute regelmäßig die St. Georgskirche am Hanover Square, und obwohl ich den Bräutigam und seine Freunde nie in Tränen ausbrechen und auch die Kirchendiener und den amtierenden Geistlichen in keiner Weise ergriffen sah, so ist es doch durchaus kein ungewöhnlicher Anblick, Frauen weinen, schluchzen und seufzen zu sehen, die nicht im geringsten mit den Vorgängen zu tun haben: alte Damen, die längst über das heiratsfähige Alter hinaus sind, stramme Frauen in mittleren Jahrgängen mit vielen Söhnen und Töchtern, ganz zu schweigen von den hübschen jungen Wesen im roten Häubchen, die noch alles vor sich haben und ein natürliches Interesse an der Feierlichkeit nehmen. Da verstecken sie ihre Gesichtchen in unbrauchbaren kleinen Taschentüchlein, und alt und jung stöhnt vor Rührung. Als mein Freund, der vornehme John Pimlico, die reizende Lady Belgravia Green Parker heiratete, war die Erregung so allgemein, daß sogar die mürrische alte Schließerin, die mich in den Kirchenstuhl einließ, in Tränen schwamm. Und warum? fragte ich mich; *sie* wurde ja nicht getraut.

Kurz und gut: Miss Crawley und Miss Briggs schwelgten nach dem Vorfall mit Sir Pitt in einem Übermaß an Gefühlen, und Rebecca wurde der Mittelpunkt ihrer zärtlichsten Anteilnahme. War Rebecca aber abwesend, dann tröstete sich Miss Crawley mit den gefühlvollsten Romanen ihrer Bibliothek. Die kleine Sharp mit ihrem geheimen Leid war die Heldin des Tages.

An dem bewußten Abend sang Rebecca so reizend, und sie plauderte so unterhaltsam, wie man es in der Park Lane noch nie an ihr erlebt hatte. Sie umgarnte Miss Crawleys Herz. Über Sir Pitts Heiratsantrag sprach sie leichthin und mit lachender Miene und verspottete ihn als törichten Einfall eines alten Mannes. Ihre Augen füllten sich mit Tränen (und Briggs' Herz stand unerträgliche Qualen ob der Demütigung aus), während sie erklärte, sie wünsche sich kein anderes Los, als ewig bei ihrer teuren Wohltäterin zu bleiben. «Mein liebes gutes Kind», sagte die alte Dame, «ich lasse Sie auf Jahre hinaus nicht fort, das können Sie mir glauben! Daß Sie zu meinem scheußlichen Bruder zurückkehren, kommt nach allem, was vorgefallen ist, überhaupt nicht in Frage. Sie bleiben hier bei mir und Briggs. Briggs möchte ihre Verwandten sehr oft besuchen. Sie können jederzeit gehen, Briggs, sooft Sie wollen. Aber Sie, mein liebes Kind, müssen hierbleiben und sich um mich alte Frau kümmern.»

Wenn Rawdon Crawley jetzt dort gewesen wäre, anstatt im Klub zu sitzen und nervös Rotwein zu trinken, hätte das Pärchen vor der alten Jungfer auf die Knie fallen und alles gestehen können, und es wäre ihnen im Nu verziehen worden. Doch diese günstige Gelegenheit blieb ihnen versagt – zweifellos nur aus dem Grund, damit unsere Geschichte geschrieben werden konnte, in der ich viele ihrer wundersamen Abenteuer erzähle – Abenteuer, die ihnen nie widerfahren wären, wenn sie unter Miss Crawleys bequemer, langweiliger Vergebung Obdach und Schutz gefunden hätten.

*

Im Haushalt in der Park Lane war der braven Mrs. Firkin ein junges Ding unterstellt, ein Mädchen aus Hampshire, zu dessen Pflichten es unter anderem gehörte, frühmorgens an Miss Sharps Tür zu klopfen und ihr einen Krug mit heißem Wasser zu bringen, denn die Firkin wäre eher gestorben, ehe sie selbst dem Eindringling etwas hinaufgebracht hätte. Das Mädchen, das auf dem Familiengut aufgewachsen war, hatte einen Bruder in Hauptmann Crawleys Truppe, und wenn man der Wahrheit nachforschte, würde es wohl herauskommen, daß sie von gewissen Verabredungen wußte, die in unsrer Geschichte eine große Rolle spielen. Jedenfalls kaufte sie sich von den drei Goldstücken, die Rebecca ihr gab, einen gelben Umhang, ein Paar grüne Stiefel und einen hellblauen Hut mit einer roten Feder, und da die kleine Sharp alles andere als freigebig mit ihrem Gelde war, so wird Betty Martin wohl für geleistete Dienste entschädigt worden sein.

Am zweiten Tag nach nach Sir Pitts Heiratsantrag ging die Sonne wie üblich auf, und zur üblichen Stunde klopfte das Zimmermädchen Betty Martin an die Zimmertür der Gouvernante.

Es kam keine Antwort, und sie klopfte noch einmal. Die Stille wurde noch immer nicht unterbrochen, und Betty öffnete die Tür und trat mit dem heißen Wasser ins Zimmer.

Das schmale weiße Bett mit der Pikeedecke war so glatt und säuberlich wie am Tage davor, als Betty es eigenhändig gemacht hatte. Zwei kleine Koffer standen verschnürt in der einen Ecke des Zimmers, und auf dem Tisch vor dem Fenster – auf dem Nadelkissen – auf dem großen, dicken Nadelkissen, das rosa gefüttert und wie eine Damennachthaube wattiert war – lag ein Brief. Wahrscheinlich hatte er schon die ganze Nacht dort geruht.

Betty näherte sich ihm auf Zehenspitzen, als ob sie Angst hätte, sie könnte ihn aufwecken; sie sah ihn an, blickte sich im Zimmer um und machte ein sehr erfreutes und befriedigtes Gesicht; sie nahm den Brief in die Hand,

Der Brief auf dem Nadelkissen

griente mächtig, als sie ihn um und um drehte, und trug ihn schließlich in Miss Briggs' Zimmer hinunter.

Wie konnte Betty wissen, daß der Brief für Miss Briggs war? Betty hatte nichts anderes gelernt, als was es in Mrs. Bute Crawleys Sonntagsschule zu lernen gab, und Geschriebenes konnte sie ebensowenig lesen wie Hebräisch.

«Hu, Miss Briggs», rief das Mädchen, «oh, Miss, ich glaube, es ist was passiert! In Miss Sharps Zimmer ist kein Mensch, und im Bett hat keiner geschlafen, und sie ist weg und hat den Brief für Sie dagelassen.»

«Was!» rief Miss Briggs, und der Kamm glitt ihr aus der Hand, so daß die dünne graue Haarsträhne ihr auf die Schulter fiel, «eine Entführung? Miss Sharp geflohen? Was – was ist nur passiert?» Und hastig zerbrach sie das zierliche Siegel und «verschlang», wie man so sagt, den Inhalt des an sie gerichteten Briefes.

Liebe Miss Briggs, schrieb die Entflohene, *Ihr Herz, das gütigste von der Welt, wird mich bemitleiden und verstehen und entschuldigen. Unter Tränen, Gebeten und Segenswünschen verlasse ich das Heim, in dem die arme Waise stets Güte und Liebe empfangen hat. Pflichten rufen mich von hinnen, die sogar noch wichtiger sind als die gegenüber meiner Wohltäterin. Ich begebe mich an meine Pflicht – meinem Mann gegenüber. Ja, ich bin verheiratet. Mein Gatte verlangt, daß ich zu ihm gehe, in das bescheidene Heim, das wir unser eigen nennen. Teuerste Miss Briggs, übermitteln Sie meiner lieben, geliebten Freundin und Wohltäterin die Nachricht so zartfühlend, wie es Ihnen Ihr Mitgefühl eingibt. Erzählen Sie ihr, daß ich vor dem Weggehen Tränen über ihrem lieben Kopfkissen vergoß – dem Kissen, das ich während ihrer Krankheit so oft geglättet, neben dem ich so gern wieder wachen würde! Oh, mit welcher Freude will ich in die liebe Park Lane zurückkehren! Wie zittere ich vor der Antwort, die mein Schicksal besiegeln wird! Als Sir Pitt mir die Ehre erwies, um meine Hand anzuhalten – eine Ehre, die ich verdiene, wie meine liebe Miss Crawley behauptet (und meine Segenswünsche begleiten sie, weil sie die arme Waise für würdig hielt, ihre Schwägerin zu werden!) –, entgegnete ich Sir Pitt, daß ich bereits verheiratet sei. Sogar er hat es mir verziehen. Aber ich hatte nicht den Mut, ihm alles zu gestehen: daß ich nämlich nicht seine Frau werden könne, weil ich schon seine Tochter sei! Ich bin mit dem besten, edelmütigsten Mann verheiratet: Miss Crawleys Rawdon ist mein Rawdon! Auf seinen Wunsch hin lüfte ich das Geheimnis und folge ihm in unser bescheidenes Heim, wie ich ihm durch die ganze Welt folgen würde. Oh, meine vortreffliche und gütige Freundin, machen Sie bei der geliebten Tante meines Rawdon den Fürsprech für ihn und für das arme Mädchen, dem sein ganzes edles Geschlecht eine so unvergleichliche Zuneigung erwiesen hat. Bitten Sie Miss Crawley, ihre Kinder in die Arme zu schließen. Mehr kann ich nicht sagen, nur Segen, Segen auf alle Bewohner des teuren Hauses, das ich jetzt verlasse,*

erfleht   Ihre Ihnen geneigte und dankbare
Rebecca Crawley.
Mitternacht.

Kaum hatte Miss Briggs die Lektüre dieser rührenden und interessanten Epistel beendet, durch die sie wieder in ihre Stellung als erste Vertraute Miss Crawleys aufrückte, als Mrs. Firkin ins Zimmer trat. «Eben ist Mrs. Bute Crawley mit der Postkutsche aus Hampshire eingetroffen und möchte Tee haben. Könnten Sie nach unten kommen und das Frühstück richten, Miss?»

Und zur Verwunderung Mrs. Firkins raffte Miss Briggs, der noch immer die Lockenwickel um die Stirn klebten, ihren Morgenrock zusammen und segelte zu Mrs. Bute hinunter, daß die graue Haarsträhne unordentlich hinter ihr drein flatterte. In der Hand hielt sie den Brief mit der erstaunlichen Neuigkeit.

«Oh, Mrs. Firkin», keuchte sie, «was für Sachen! Miss Sharp ist auf und davon mit dem Hauptmann, und jetzt sind sie unterwegs nach Gretna Green!» Den Gefühlen Mrs. Firkins würden wir gern ein ganzes Kapitel widmen, wenn nicht die Erregung ihrer Herrschaft unsre vornehmere Muse zu beschäftigen hätte.

Als die von der nächtlichen Reise noch halb erstarrte und sich jetzt am frisch geschürten Kaminfeuer wärmende Mrs. Bute Crawley die Neuigkeit über die heimliche Heirat erfahren hatte, erklärte sie es für ein Werk der Vorsehung, daß sie in einem solchen Augenblick angekommen sei. Jetzt könne sie der armen lieben Miss Crawley beistehen, den Schock zu überwinden. Rebecca sei eine abgefeimte kleine Kröte, gegen die sie stets Mißtrauen gehegt habe, und was Rawdon Crawley betreffe, so hätte sie nie die abgöttische Liebe seiner Tante für ihn begreifen können und ihn schon längst für einen liederlichen, verworfenen, lasterhaften Menschen gehalten. Doch jetzt würde sein schändliches Benehmen wenigstens das eine Gute haben, meinte Mrs. Bute, daß es der armen lieben Miss Crawley die Augen über den wahren Charakter des Bösewichts öffne. Danach genoß Mrs. Bute in aller Gemütsruhe ihren heißen Toast und Tee, und da ja nun ein Zimmer im Hause frei geworden war, brauchte sie nicht im Gloster-Kaffeehaus zu logieren, wo die Postkutsche sie abgesetzt hatte, sondern ließ durch einen jungen Mann, Mr. Bowls' Handlanger, ihr Gepäck von dort abholen.

Nun pflegte ja Miss Crawley ihr Zimmer erst gegen Mittag zu verlassen: vorher trank sie frühmorgens im Bett, während Becky ihr die «Morgenpost» vorlas, ihre Schokolade oder unterhielt sich anderweitig oder trödelte herum. Die Verschwörer unten kamen überein, die Gefühle der lieben Dame noch zu schonen, bis sie im Wohnzimmer erscheinen würde. Einstweilen wurde ihr nur gemeldet, daß Mrs. Bute Crawley mit der Postkutsche aus Hampshire gekommen und im Gloster abgestiegen sei und daß sie Miss Crawley bestens grüßen lasse und mit Miss Briggs gefrühstückt hätte. Mrs. Butes Erscheinen, das zu andern Zeiten keine große Begeisterung ausgelöst hätte, wurde jetzt von Herzen begrüßt, denn Miss Crawley freute sich schon auf eine Plauderstunde mit ihrer Schwägerin, in der sie die verstorbene Lady Crawley, die noch bevorstehende Trauerfeier und Sir Pitts unvorhergesehenen Heiratsantrag durchhecheln könnten.

Erst als die alte Dame richtig in ihrem gewohnten Lehnstuhl im Wohnzimmer untergebracht war und nachdem die einleitenden Begrüßungen und Erkundigungen ausgetauscht worden waren, hielten es die Verschworenen für ratsam, den Eingriff vorzunehmen. Wer hat nicht schon die Kunstgriffe und zarten Andeutungen bewundert, mit denen die Damen ihre Freundinnen auf eine schlechte Nachricht «vorbereiten»? Miss Crawleys zwei Freundinnen machten ein so geheimnisvolles Getue, ehe sie ihr die Nachricht mitteilten, daß sie die alte Dame endlich in den nötigen Zustand schlimmer Vorahnungen und Ängste versetzt hatten.

«Oh, Sie ahnen ja nicht, daß sie Sir Pitt bloß deshalb abgewiesen hat, meine liebe gute Miss Crawley, weil sie – hm – eben nicht anders konnte», sagte Mrs. Bute.

«Natürlich hatte sie einen Grund», erwiderte Miss Crawley. «Sie liebte jemand anders. Ich habe es gestern der Briggs erklärt.»

«Sie *liebt* jemand anders!» ächzte die Briggs. «Oh, meine liebe Freundin, sie ist ja schon verheiratet!»

«Schon verheiratet!» stimmte Mrs. Bute mit ein, und beide saßen mit verkrampften Händen da und blickten dann ihr Opfer an.

«Schickt sie zu mir, sobald sie ins Haus kommt! Die hinterhältige kleine Schelmin! Daß sie es gewagt hat, mir nichts davon zu erzählen!» rief Miss Crawley.

«So bald kommt sie nicht zurück! Bereiten Sie sich darauf vor, liebe Freundin: sie bleibt lange fort, sehr lange. Sie kommt nicht wieder!»

«Barmherziger Himmel! Wer soll mir denn da meine Schokolade kochen? Laßt sie sofort holen! Ich wünsche es, daß sie zurückkommt!» sagte die alte Dame.

«Sie ist in der Nacht durchgebrannt!» schrie Mrs. Bute.

«Und mir hat sie einen Brief dagelassen», rief Briggs. «Sie ist verheiratet mit...»

«Um Himmels willen, bringen Sie's ihr schonend bei! Sie könnte sich zu Tode erschrecken, meine liebe Miss Briggs!»

«Mit wem ist sie verheiratet?» schrie die alte Jungfer gereizt und wütend.

«Mit – mit einem Verwandten von...»

«Sir Pitt hat sie doch abgewiesen!» rief das arme Opfer. «Sprecht jetzt! Treibt mich nicht zum Wahnsinn!»

«Oh, Miss Crawley – Obacht, Miss Briggs! –, sie ist mit Rawdon Crawley verheiratet.»

«... Rawdon verheiratet... Rebecca... Gouvernante... niema... aus dem Hause, Sie Närrin, Sie Idiotin, Sie dumme alte Briggs! Was unterstehen Sie sich? Und du steckst dahinter, Martha, du hast ihn zu der Heirat angestiftet, weil du meinst, dann würde ich ihm mein Geld nicht hinterlassen, gesteh's nur!» kreischte die alte Dame hysterisch.

«Ich sollte jemand aus unsrer Familie dazu anstiften, die Tochter eines Zeichenlehrers zu heiraten?»

«Ihre Mutter war eine Montmorency», rief die alte Dame laut und zerrte mit aller Kraft am Klingelzug.

«Ihre Mutter war Ballettänzerin, und sie war selbst auf der Bühne oder noch schlimmer», sagte Mrs. Bute.

Miss Crawley stieß noch einen letzten Schrei aus und fiel dann in Ohnmacht. Sie mußten sie ins Zimmer zurückschaffen, das sie eben erst verlassen hatte. Ein hysterischer Anfall folgte auf den andern. Der Arzt wurde geholt, und der Apotheker kam auch. Mrs. Bute nahm den Posten der Pflegerin an ihrem Lager ein. «Jetzt müssen sich ihre Verwandten um sie kümmern», erklärte die liebenswürdige Dame.

Kaum war Miss Crawley in ihr Schlafzimmer hinaufgeschafft worden, als noch ein Gast erschien, dem man ebenfalls die Neuigkeit beibringen mußte. Es war Sir Pitt. «Wo ist Becky?» fragte er und trat ein. «Wo sind ihre Koffer? Sie muß mit mir nach Queen's Crawley fahren!»

«Haben Sie denn nicht die erstaunliche Neuigkeit von ihrem heimlichen Ehebund gehört?» fragte Briggs.

«Ist mir gleich», sagte Sir Pitt. «Ich weiß, daß sie verheiratet ist. Das hat nichts zu bedeuten. Sagen Sie ihr, sie soll sofort nach unten kommen und mich nicht ewig warten lassen!»

«Ist es Ihnen denn nicht bekannt, Sir», fragte Miss Briggs, «daß sie nicht mehr unter unserm Dache weilt – sehr zum Entsetzen von Miss Crawley, die fast der Schlag gerührt hat, als sie von ihrer Heirat mit Hauptmann Rawdon erfuhr?»

Als Sir Pitt hörte, Rebecca sei mit seinem Sohn verheiratet, ließ er derartige Flüche von Stapel, daß wir sie lieber nicht wiederholen wollen, da auch die arme Briggs entsetzt das Zimmer verließ. Zusammen mit ihr wollen auch wir die Tür des Zimmers schließen, in dem der alte, vor Haß ganz rasende und vor vereiteltem Begehren geradezu wahnsinnige Mann tobte.

Am Tag nach seiner Ankunft in Queen's Crawley brach er wie ein Verrückter in das Zimmer ein, das Rebecca bewohnt hatte, trat ihre Koffer mit den Füßen auf und schleuderte ihre Papiere und Kleider und ihre andern Habseligkeiten umher. Miss Horrocks, die Tochter des Butlers, nahm sich manches davon. Mit den andern Sachen verkleideten sich die Kinder und spielten Theater. Es war erst ein paar Tage her, seit ihre arme Mutter zu ihrem liebeleeren Grab getragen und unbeweint und mißachtet in einer Gruft voll lauter Fremder beigesetzt worden war.

*

«Und wenn die alte Dame nun doch nicht ‹mürbe wird›?» sagte Rawdon Crawley zu seinem Frauchen, als sie zusammen in ihrer behaglichen kleinen Wohnung in Brompton saßen. Rebecca hatte den ganzen Vormittag das neue Klavier ausprobiert. Die neuen Handschuhe paßten wie angegossen, die neuen Umhänge standen ihr herrlich, die neuen Ringe glitzerten an ihren kleinen Händen, und die neue Uhr tickte in der Gürteltasche. «Wenn sie nun doch nicht ‹mürbe wird›, Becky? Was dann?»

«Dann mache ich dein Glück», sagte sie. Und Delila tätschelte Simsons Wange.

«Du bringst alles fertig», sagte er und küßte die kleine Hand, «beim Zeus, das kannst du! Und jetzt fahren wir zum ‹Star and Garter› und essen dort zu Abend!»

XVII

Wie Hauptmann Dobbin ein Klavier kaufte

IMMER sind es auf dem Jahrmarkt der Eitelkeit ganz bestimmte Veranstaltungen, bei denen Spottlust und Mitgefühl Arm in Arm erscheinen, bei denen man auf die seltsamsten Gegensätze stößt, die zum Belächeln oder zum Beweinen sind, und bei denen man sich mit gutem Recht sanft und gefühlvoll oder dreist und zynisch benehmen darf: ich meine die öffentlichen Versteigerungen, deren täglich eine ganze Menge auf der letzten Seite der *Times* angekündigt werden und die der verstorbene Mr. George Robinson voller Würde zu leiten pflegte.

Auch der selbstsüchtigste Besucher des Jahrmarkts der Eitelkeit kann nicht umhin, etwas Mitgefühl und Bedauern zu verspüren, wenn er diesem widerlichen Teil der Totenfeier für seinen dahingeschiedenen Freund beiwohnt. Milord Dives' sterbliche Überreste ruhen in der Familiengruft, der Steinmetz meißelt eine Grabschrift, die wahrheitsgetreu seine Tugenden und den Kummer seines Erben verewigt, der jetzt über seinen Besitz verfügt. Wer kann, wenn er einstmals Gast an Dives' Tafel gewesen, ohne einen Seufzer an dem vertrauten Haus vorübergehen: an dem vertrauten Haus, dessen Lichter gegen sieben Uhr stets so heiter aufflammten, dessen Haustür sich so gastfreundlich öffnete, dessen Diener, wenn du die bequeme Treppe emporstiegst, deinen Namen ehrerbietig von Treppenabsatz zu Treppenabsatz meldeten, bis er oben in den Gemächern anlangte, wo der gute alte

Dives seine Gäste willkommen hieß! Was für eine Unmenge Freunde er hatte und wie vornehm er sie bewirtete! Wie witzig wurden die Leute hier, die vorher mürrisch gewesen, und wie höflich und liebenswürdig waren die Menschen, die sich anderswo verleumdeten und haßten! Er tat etwas großartig, aber bei solch einem Koch schluckte man mancherlei mit. Er war vielleicht etwas langweilig, aber bei solch einem Wein wurde jede Unterhaltung interessant. «Wir müssen uns um jeden Preis etwas von seinem Burgunder verschaffen!» rufen die Leidtragenden in seinem Klub. «Die Dose hier habe ich beim alten Dives auf der Versteigerung erwischt», ruft Pincher und reicht sie herum, «eine reizende Miniatur – eine von den Mätressen Ludwigs des Fünfzehnten – niedliches Ding, wie?» Und dann reden sie darüber, wie der junge Dives jetzt sein Vermögen verschleudert.

Wie sich das Haus doch verändert hat! Vorne kleben Plakate, die in grellen Lettern Einzelheiten über das Mobiliar verkünden. Aus einem Fenster im obersten Stock hängt ein abgetretener Teppich. Ein halbes Dutzend Träger lungern auf der schmutzigen Treppe herum. In der Halle unten wimmelt es von schmuddeligen Gästen mit orientalischen Gesichtszügen, die dir eine gedruckte Karte in die Hand drücken und dir das Bieten abnehmen wollen. Alte Frauen und Kenner sind in die oberen Räume eingedrungen, befühlen die Bettgardinen, drücken auf die Kissen, fahren über die Matratzen und schieben die Schrankfächer auf und zu. Unternehmungslustige junge Hausfrauen messen Spiegel und Vorhänge aus, um zu sehen, ob sie in ihren neuen Haushalt passen (wer ein Snob ist, wird sich noch nach Jahren damit brüsten, daß er dies und jenes aus Lord Dives' Nachlaß erstanden hat), und Mr. Hammerdown sitzt unten im Speisezimmer auf dem großen Mahagonitisch, schwingt den Elfenbeinhammer und läßt alle Künste der Beredsamkeit spielen: Begeisterung, Beschwörung, Vernunft und Verzweiflung; er schreit seine Gehilfen an, verspottet Mr. Davids wegen seiner Schwerfälligkeit, ermuntert Mr. Moss zum Handeln, fleht, befiehlt und brüllt, bis der Hammer zuschlägt wie das Schicksal und man zur nächsten Nummer übergeht. O Dives, wer hätte, als wir noch an deiner von Silber und makellosem Linnen gleißenden Tafel saßen, wer hätte da gedacht, daß er jemals obenan ein solches Gericht wie diesen brüllenden Auktionator erblicken würde?

Die Versteigerung ging schon dem Ende zu: die prächtige, von der besten Möbelfirma stammende Saloneinrichtung, die seltenen und berühmten, ohne Rücksicht auf den Preis mit Kennergeschmack eingekauften Weine und die reiche, komplette Tafelgarnitur Familiensilber waren bereits an den voraufgegangenen Tagen verkauft worden. Gewisse Sorten der besten Weine (die bei den Kennern der Nachbarschaft sehr beliebt waren) hatte der Butler unsres Freundes John Osborne, Russell Square, für seinen Herrn erstanden, der sie sehr gut kannte. Einen kleinen Teil der brauchbarsten Gegenstände des Tafelsilbers hatten ein paar junge Börsenmakler aus der City ersteigert. Und da nun heute das Publikum zum Kauf der weniger wertvollen Gegenstände aufgefordert wurde, ließ sich der Redner auf dem Tisch gerade über den Wert eines Gemäldes aus, das er seinen Zuhörern zu empfehlen versuchte, die aber durchaus nicht etwa so vornehm oder zahlreich wie an den Tagen davor waren.

«Nummer 369», brüllte Mr. Hammerdown. «Bildnis eines Herrn auf einem Elefanten. Wer bietet für den Herrn auf dem Elefanten? Heb das Bild hoch, Blowman, damit die Herrschaften das Stück prüfen können!» Ein langer, blasser, wie ein Offizier aussehender Herr, der scheu vor dem Mahagonitisch saß, konnte sich ein Lächeln nicht verbeißen, als Mr. Blowman das wertvolle Stück hochhob. «Zeig dem Hauptmann den Elefanten, Blowman! Wieviel bieten wir für den Elefanten, Sir?» Aber der Hauptmann, der sehr verlegen und rot wurde, wandte rasch den Kopf ab.

«Sagen wir mal zwanzig Goldstücke für das Kunstwerk! Fünfzehn! Fünf! Machen Sie mir einen Preis! Der Herr ohne den Elefanten ist allein schon fünf Pfund wert!»

Ein Elefant auf der Versteigerung

«Ein Wunder, daß der Elefant nicht unter ihm zusammengebrochen ist!» rief ein Spaßvogel, «so leicht ist der nicht!», worauf ein allgemeines Gekicher entstand, denn der Elefantenreiter war als sehr wohlbeleibter Mann dargestellt.

«Sie brauchen mir das Stück nicht schlechtzumachen, Mr. Moss», sagte Mr. Hammerdown, «das Publikum wird es bestimmt als Kunstwerk zu schätzen wissen: die vollkommen naturgetreue Haltung des braven Tiers, der Herr in der Nanking-Joppe mit dem Gewehr in der Hand, der sich auf die Jagd begibt, und in der Ferne ein heiliger Banyanbaum und eine Pagode, die sicher genau nach einer interessanten Gegend in unsern berühmten ostindischen Kolonien abkonterfeit sind. Wieviel geben Sie für das Stück? Los, Herrschaften, halten Sie mich nicht den ganzen Tag hier auf!»

Jemand bot fünf Schilling, worauf der wie ein Offizier aussehende Herr in die Richtung blickte, aus der das großartige Angebot gekommen war: er erblickte einen Offizier mit einer jungen Dame am Arm, die sich beide über den Vorfall köstlich zu amüsieren schienen und denen das Stück schließlich für eine halbe Guinee zugeschlagen wurde. Als der Herr am Tisch das junge Paar bemerkte,

sah er noch betroffener und unbehaglicher drein, zog den Kopf ein und drehte ihnen den Rücken zu, als wollte er nichts mit ihnen zu tun haben.

Von all den andern Gegenständen, die Mr. Hammerdown zum öffentlichen Wettbewerb anzubieten die Ehre hatte, wollen wir nur noch einen einzigen erwähnen, ein kleines Tafelklavier, das aus den oberen Gemächern im Hause stammte (der große Flügel war schon an einem der voraufgegangenen Tage versteigert worden) und das die junge Dame mit ein paar geschickten Anschlägen ausprobierte (wobei der blasse Offizier wiederum errötete und zusammenzuckte). Als es dann an die Reihe kam, ließ die Dame durch ihren Agenten bieten.

Doch diesmal stießen sie auf einen Gegner. Der hebräische Adjutant im Dienste des Offiziers am Tisch bot gegen den für die Elefantenkäufer arbeitenden hebräischen Herrn, und um das kleine Klavier entspann sich ein hitziges Gefecht, wobei die Kämpfer durch Mr. Hammerdown noch gehörig angefeuert wurden.

Als der Wettstreit eine Zeitlang gedauert hatte, gaben der Elefanten-Offizier und seine Dame das Rennen auf. Der Hammer sauste nieder, und der Auktionator sagte: «Mr. Lewis – fünfundzwanzig!» Damit war Mr. Lewis' Auftraggeber zum Besitzer des kleinen Tafelklaviers geworden. Nachdem ihm der Kauf gelungen war, richtete er sich auf, als sei er sehr erleichtert, und dabei erhaschten die besiegten Konkurrenten einen Blick auf ihn, und die Dame sagte zu ihrem Begleiter:

«Oh, Rawdon, das ist ja Hauptmann Dobbin!»

Becky war vermutlich mit dem neuen Klavier, das ihr Mann für sie gemietet hatte, nicht sehr zufrieden, oder vielleicht hatten die Besitzer des Instruments es abholen lassen, weil sie nicht länger Kredit gewähren wollten, oder vielleicht hing Becky ganz besonders an dem hier, das sie gerade zu kaufen versucht hatte, weil es sie an alte Zeiten erinnerte, als sie darauf zu spielen pflegte – damals im Wohnzimmer unsrer lieben Amelia Sedley!

Die Versteigerung fand nämlich in dem alten Haus am

Russell Square statt, in dem wir zu Beginn unsrer Geschichte einige Abende verbrachten. Der gute alte John Sedley war ruiniert. An der Börse war er als zahlungsunfähig erklärt worden, und dann folgten der Bankrott und der Zusammenbruch seiner Geschäfte. Mr. Osbornes Butler erschien, um etwas von dem berühmten Portwein zu kaufen und in den Keller gerade gegenüber zu schaffen. Drei junge Börsenmakler (die Herren Dale, Spiggot und Dale aus der Threadneedle Street), die mit dem alten Herrn in Geschäftsbeziehungen gestanden und Aufmerksamkeiten von ihm erfahren hatten, als er es sich noch leisten konnte, allen, mit denen er zu tun hatte, Aufmerksamkeiten zu erweisen, hatten ein Dutzend gutgearbeitete silberne Löffel und Gabeln zu soundso viel per Unze und ein Dutzend Dessertbestecke dito dito gekauft und schickten sie als kleine Splitter vom großen Wrack mit besten Empfehlungen an die gute Mrs. Sedley. Und was das kleine Klavier anbetraf, das Amelia gehört hatte und das sie jetzt vielleicht vermißte, so ist es – da Hauptmann William Dobbin ebensowenig Klavier spielen wie seiltanzen konnte – sehr wahrscheinlich, daß er das Instrument nicht zu eigenem Gebrauch erstand.

Kurz gesagt: es traf noch am gleichen Abend in einem erstaunlich kleinen Häuschen an einer Abzweigung von der Fulham Road ein – an einer von jenen Seitenstraßen, die stets die schönsten romantischen Namen haben (diese hier hieß Anna-Maria Road, St. Adelaide-Villen, West) und wo die Häuser alle wie Puppenhäuschen aussehen, ja, wo die Leute, die im ersten Stock aus dem Fenster schauen, scheinbar mit den Füßen im Erdgeschoß stecken (sollte man meinen); hier, wo die Büsche in den kleinen Vordergärten im ganzjährlichen Blütenschmuck von Kinderlätzchen, roten Söckchen, Mützchen (polyandria polygynia) und so weiter prangen; wo man das Geklimper eines Spinetts und singende Frauen hört; wo kleine Bierseidel sich auf dem Staket sonnen und wohin allabendlich müde Schreiberlinge aus der City nach Hause traben. Hier hatte auch Mr. Clapp, der ehemalige Buchhalter

Mr. Sedleys, seine Behausung, und als der große Krach kam, barg der gute alte Herr mitsamt Frau und Tochter in diesem Asyl sein Haupt.

Joseph Sedley handelte, als ihn die Nachricht vom Unglücksschlag in seiner Familie erreichte, wie es von einem Mann seines Charakters zu erwarten war. Er fuhr nicht nach London, sondern schrieb an seine Mutter, sie könne soviel Geld von seinem Konto abheben, wie sie brauche, damit seine armen, schwergeprüften Eltern nicht von der Armut bedroht würden. Nachdem er das getan hatte, lebte er in seiner Pension in Cheltenham genauso weiter wie vorher: er kutschierte seinen Einspänner, er trank seinen Rotwein, er erzählte Geschichten aus Indien, und die irische Witwe tröstete und umschmeichelte ihn wie bisher. Sein Geldgeschenk, so dringend nötig es war, machte doch wenig Eindruck auf seine Eltern; ja, ich hörte Amelia erzählen, ihr Vater habe den Kopf zum erstenmal nach dem Zusammenbruch wieder aufrecht getragen, als die jungen Börsenmakler das Päckchen mit den Löffeln und Gabeln und ihren herzlichen Grüßen übersandten. Da sei er wie ein Kind in Tränen ausgebrochen, und seine Rührung sei viel größer gewesen als die seiner Frau, für die das Geschenk bestimmt war. Edward Dale, der Juniorinhaber der Firma, war nämlich in Amelia verliebt und machte ihr trotz allem einen Heiratsantrag. Im Jahre 1820 heiratete er dann Miss Louisa Cutts, eine Tochter aus dem Hause Higham & Cutts, die den bekannten Getreidehandel haben. Sie brachte ihm ein nettes Vermögen zu, und jetzt lebt er mit seiner großen Familie in einer eleganten Villa in Muswell Hill. Aber die Erinnerung an den guten Burschen soll uns nicht von unsrer eigentlichen Erzählung ablenken.

*

Der Leser hat hoffentlich eine viel zu hohe Meinung von Hauptmann Crawley und Frau, um zu vermuten, es wäre ihnen jemals in den Sinn gekommen, einen so abgelegenen Stadtteil wie Bloomsbury aufzusuchen, wenn sie gewußt hätten, daß die Familie, die sie mit einem Besuch beehren wollten, nicht nur ohne gesellschaftliches Ansehen, sondern auch ohne Geld dastand und ihnen in keinerlei Beziehung nützlich sein konnte. Rebecca war sehr überrascht, als sie das behagliche alte Haus, in dem man ihr so freundlich entgegengekommen war, nun von Maklern und Händlern durchstöbert und die trauten Familienschätze öffentlicher Entweihung und Plünderung preisgegeben sah. Einen Monat nach ihrer Flucht war ihr Amelia eingefallen, und Rawdon hatte sich mit wieherndem Gelächter bereit erklärt, den jungen Osborne wiederzusehen. «Ein sehr netter Bekannter, Becky», sagte der Possenreißer. «Ich würde ihm gern noch ein Pferd verkaufen, Becky, und wieder mal ein paar Partien Billard mit ihm spielen. Er könnte uns gerade jetzt sehr nützlich sein, haha!» Aus diesen Worten braucht man nicht zu folgern, Rawdon Crawley wolle Mr. Osborne vorsätzlich beim Spiel betrügen: er wollte nur seinen Vorteil ihm gegenüber wahrnehmen, was fast jeder sportbeflissene Herr auf dem Jahrmarkt der Eitelkeit als recht und billig betrachtet.

Die alte Tante brauchte viel Zeit, um «mürbe zu werden». Ein Monat war schon verstrichen. Mr. Bowls verweigerte Rawdon an der Haustür den Zutritt; seine Diener fanden im Haus in der Park Lane keine Unterkunft mehr, und seine Briefe wurden ungeöffnet zurückgesandt. Miss Crawley rührte sich nicht aus dem Haus – sie sei nicht wohl –, und Mrs. Bute blieb noch immer bei ihr und verließ sie nie. Die lange Anwesenheit Mrs. Butes schien Crawley und seiner Frau Unheil zu bedeuten.

«Meine Güte, jetzt geht mir ein Licht auf, weshalb sie uns in Queen's Crawley immer zusammenbrachte», meinte Rawdon.

«Was für eine durchtriebene kleine Frau!» rief Rebecca.

«Immerhin – ich bedaure es nicht, falls du's nicht tust», rief der Hauptmann, der immer noch wahnsinnig verliebt in seine Frau war, die ihn statt einer Antwort mit einem

Kuß belohnte und sehr befriedigt über ihres Mannes umfassendes Vertrauen war.

Wenn er nur ein bißchen mehr Grütze im Kopf hätte, dachte sie bei sich, dann könnte ich etwas aus ihm machen. Aber sie ließ sich nie anmerken, was für eine Meinung sie von ihm hatte. Sie hörte sich mit nicht nachlassender Freundlichkeit seine Reiter- und Kasinogeschichten an, sie lachte über all seine Witze, sie nahm den größten Anteil an Jack Spatterdash, dessen Kutschpferd gestürzt war, und an Bob Martingale, der beim Glücksspiel ertappt wurde, und an Tom Cinqbars, der beim Hindernisrennen mitreiten wollte. Wenn er nach Hause kam, war sie lebhaft und glücklich, wenn er ausgehen wollte, redete sie ihm noch zu, wenn er zu Hause blieb, spielte sie ihm vor und sang für ihn, mischte ihm einen guten Drink, überwachte sein Essen, wärmte ihm die Pantoffeln und bettete ihn auf Rosen. Die besten Frauen, sagte meine Großmutter immer, seien Heuchlerinnen. Wir wissen nicht, wieviel sie uns verheimlichen, wie wachsam sie sind, wenn sie uns ganz harmlos und zutraulich erscheinen, wie oft das freimütige Lächeln, das sie dauernd zur Schau tragen, nur eine Falle ist, um uns zu schmeicheln oder auszuweichen oder zu entwaffnen. Und ich meine nicht etwa bloß die Koketten, sondern die Musterhausfrauen und Vorbilder weiblicher Tugend. Wer hat nicht schon beobachtet, wie eine Ehefrau die Dummheit ihres stumpfsinnigen Mannes kaschiert, wie sie den Zorn eines aufgeregten Mannes besänftigt? Wir nehmen solche liebenswürdigen Sklavendienste gerne an und loben die Frauen noch dafür: und solche freundlichen Betrügereien lassen wir als Wahrheit gelten. Ein gutes Eheweib ist notwendigerweise eine Schauspielerin, und Cornelias Mann wurde nicht weniger getäuscht als Potiphar, nur auf andere Weise.

Durch solche Aufmerksamkeiten fand sich der alte Draufgänger Rawdon Crawley in einen sehr glücklichen und fügsamen Ehemann verwandelt. Seine einstigen Kumpane bekamen ihn nicht mehr zu Gesicht. Ein paarmal fragten sie noch in seinen Klubs nach ihm, doch vermißten sie ihn nicht sehr: in den Buden auf dem Jahrmarkt der Eitelkeit vermißt man einander selten. Seine häusliche, stets lächelnde und fröhliche Frau, seine behagliche kleine Wohnung, die netten Mahlzeiten und gemütlichen Abende zu Hause hatten allen Reiz des Neuen und Heimlichen. Die Verheiratung war noch nicht bekanntgegeben oder in der «Morning Post» veröffentlicht worden. All seine Gläubiger wären vereint über ihn hergefallen, wenn sie erfahren hätten, daß er eine Frau ohne Vermögen geehelicht hatte. «Meine Verwandten werden nicht pfui über mich schreien», erklärte Becky mit ziemlich bitterem Lachen; sie war ganz zufrieden, so lange zu warten, bis die alte Tante wieder ausgesöhnt war, ehe sie Anspruch auf einen Platz in der Gesellschaft erhob. So lebte sie in Brompton und sah keinen Menschen außer den paar Kameraden ihres Mannes, die das kleine Eßzimmer betreten durften. Sie waren alle von ihr entzückt. Die kleinen Essen mit fröhlichem Lachen und Geplauder und dem Musizieren hinterher begeisterten alle, die an solchen Genüssen teilhaben durften. Major Martingale dachte nicht daran, nach der Heiratslizenz zu fragen; Hauptmann Cinqbars war von ihrer Kunst, den Punsch zuzubereiten, ganz hingerissen, und der junge Leutnant Spatterdash, der gern Pikett spielte und den Crawley oft einlud, verliebte sich offensichtlich sofort in Mrs. Crawley. Doch ihre Vorsicht und Zurückhaltung verließen sie nie, und überdies war Crawleys Ruf als Raufbold und Kampfhahn ein weiterer und hinreichender Schutz für seine kleine Frau.

In London leben Herren von sehr guter Familie und vornehmer Herkunft, die doch noch nie den Salon einer Dame betreten haben; und so kam es, daß man über Rawdon Crawleys Heirat zwar in seiner Grafschaft redete, wo natürlich Mrs. Bute die Nachricht verbreitet hatte, sie jedoch in London in Frage stellte oder sich nicht darum kümmerte oder auch gar nicht erwähnte. Der Hauptmann lebte also weiterhin behaglich auf Kredit. Er besaß ein großes Kapital an Schulden, das, wenn es weise gehandhabt wird, einen Mann viele Jahre ernährt und mit dem gewisse junge Herren hundertmal besser zu leben verstehen, als es sich Leute mit Bargeld leisten können. Kann nicht jeder, der durch Londons Straßen schlendert, auf ein halbes Dutzend Leute deuten, die großartig an ihm vorbeireiten, während er zu Fuß geht, die in der eleganten Welt beliebt sind, von den Kaufleuten unter vielen Verbeugungen an ihre Kutsche begleitet werden und sich keinen Wunsch zu versagen brauchen und dabei Gott weiß wovon leben! Wir sehen Jack Thriftless durch den Park stolzieren oder im Wagen die Pall Mall entlangflitzen, wir essen seine auf fabelhaftem Silbergeschirr gereichten Diners. «Wie hat er das nur angefangen», fragen wir, «oder wie soll das enden?» – «Mein lieber Freund», hörte ich Jack eines Tages sagen, «ich habe in jeder Hauptstadt Europas Schulden.» Das Ende muß eines Tages kommen, aber in der Zwischenzeit ergeht es ihm großartig, man schüttelt ihm nur zu gern die Hand, überhört die finsteren kleinen Geschichten, die hin und wieder über ihn gemunkelt werden, und erklärt ihn für einen gutherzigen, freundlichen, sorglosen Burschen.

Wir bekennen wahrheitsgemäß, daß Rebecca einen solchen Mann geheiratet hatte. Alles war in seiner Wohnung reichlich vorhanden, nur kein Bargeld, dessen Nichtvorhandensein der kleine Haushalt schon recht bald spürte. Und da las nun Rawdon eines Tages in der Gazette die Notiz: «Leutnant G. Osborne zum Hauptmann aufgerückt durch Kauf des Patents von Smith, der versetzt wird», was ihn zu der Bemerkung über Amelias Verehrer veranlaßte, die schließlich zu dem Besuch am Russell Square führte.

Als Rawdon und seine Frau bei der Versteigerung mit Hauptmann Dobbin sprechen und Einzelheiten über das Unglück hören wollten, das Rebeccas alte Bekannte betroffen hatte, war der Hauptmann plötzlich verschwunden, und alles, was sie hörten, stammte von herumlungernden Trägern oder Maklern.

«Schau sie dir bloß an mit ihren Hakennasen», sagte Becky, als sie mit ihrem Bild unter dem Arm sehr vergnügt in den Wagen stieg. «Sind sie nicht wie Aasgeier nach der Schlacht?»

«Kann's dir nicht sagen, mein Kind. Stand nie im Gefecht! Frag Martingale, der war in Spanien Adjutant bei General Blazes.»

«Mr. Sedley war ein sehr freundlicher alter Mann», sagte Rebecca, «es tut mir aufrichtig leid, daß es ihm so ergangen ist.»

«Ach – Börsenmakler – Bankrotteure – sind dran gewöhnt», erwiderte Rawdon und scheuchte mit der Peitsche eine Fliege vom Ohr des Pferdes.

«Ich wünschte, wir hätten uns etwas von dem Silber leisten können, Rawdon», fuhr seine Frau sentimental fort. «Fünfundzwanzig Guineen ist unerhört teuer für das kleine Klavier. Wir haben es bei Broadwoods für Amelia ausgesucht, als sie aus der Pension kam. Damals hat es bloß fünfunddreißig gekostet.»

«Der – wie heißt er doch schnell? – der Osborne wird jetzt wohl abspringen, nachdem die Familie ruiniert ist. Das wird deiner niedlichen kleinen Freundin aber nahegehen, was, Becky?»

«Sie kommt sicher darüber hinweg», meinte Rebecca lächelnd, und sie fuhren weiter und sprachen über etwas anderes.

XVIII

Wer spielt auf dem Klavier, das Dobbin gekauft hat?

OBWOHL unsere kleine Erzählung darüber verwundert ist, müssen wir sie doch einen Augenblick unter ganz berühmte Ereignisse und Persönlichkeiten versetzen, wo sie sich gewissermaßen an den Rockzipfel der Weltgeschichte hängt. Als die Adler des korsischen Emporkömmlings Napoleon Bonaparte nach kurzem Aufenthalt in Elba aus der Provence, wo sie sich niedergelassen hatten, von Glockenturm zu Glockenturm flogen, bis sie die Türme von Notre-Dame erreichten, hatten die kaiserlichen Vögel wohl kaum einen Blick für ein Eckchen in der Pfarrgemeinde Bloomsbury in London, das man für so still halten konnte, daß sogar das Rauschen und Flügelschlagen der mächtigen Schwingen dort unbemerkt hätte vorüberziehen können.

«Napoleon in Cannes gelandet!» Solche Neuigkeit mochte in Wien eine Panik hervorrufen und Rußland veranlassen, seine Karten aufzudecken, und Preußen in die Enge treiben; Talleyrand und Metternich mochten die Köpfe zusammenstecken, und sogar Fürst Hardenberg und der jetzige Marquis Londonderry waren bestürzt; aber wieso konnte die Nachricht eine junge Dame am Russell Square berühren, vor deren Tür der Nachtwächter die Stunden absang, während sie schlief, und die, wenn sie auf dem Square spazierenging, durch den Zaun und den Aufseher beschützt wurde – sie, der unser Freund Sambo mit einem riesigen Stock folgte, auch wenn sie sich nur das kurze Stück in die Southampton Road wagte, um dort ein Band zu kaufen, sie, die stets umhegt und schön gekleidet und zur Ruhe gelegt und von wer weiß wieviel Schutzengeln mit und ohne Gehalt behütet wurde? Großer Gott, muß ich da sagen, ist es nicht hart, daß der verhängnisvolle Sturm des großen kaiserlichen Kampfes sich nicht abspielen kann, ohne ein harmloses, armes achtzehnjähriges Ding zu treffen, das an nichts weiter denkt als Schnäbeln und Gurren oder am Russell Square Musselinkrägelchen zu sticken? Soll auch dich, du freundliche, bescheidene Blume, der gewaltig einherbrausende Kriegssturm knicken, obgleich du dich in Holborns Schutz duckst? Ja, Napoleon schleudert seinen letzten Einsatz hin, und das Glück der armen kleinen Emmy Sedley hängt irgendwie davon ab.

Als erstes wurde ihres Vaters Vermögen durch die verhängnisvolle Nachricht hinweggefegt. In der letzten Zeit hatte das Pech den alten Herrn bei all seinen Spekulationen verfolgt: Unternehmungen mißlangen, Geschäftsleute hatten bankrott gemacht, Papiere stiegen, wenn er geglaubt hatte, sie würden fallen. Was sollen wir noch Einzelheiten anführen? Wenn der Erfolg zaudert und seltener wird, meldet sich, wie jeder weiß, gar zu rasch und leicht der Ruin. Der alte Sedley hatte seine Sorgen für sich behalten. In dem ruhigen, wohlhabenden Haus ging alles seinen alten Gang. Die gutmütige Hausfrau überließ sich völlig ahnungslos ihrem emsigen Nichtstun und den täglichen kleinen Pflichten, und die Tochter war noch immer in einen einzigen selbstsüchtigen, zärtlichen Gedanken versponnen und kümmerte sich um gar nichts anderes in der Welt, bis dann der letzte große Schlag erfolgte, unter dem die ehrenwerte Familie zusammenbrach.

Eines Abends schrieb Mrs. Sedley die Einladungskarten für eine Gesellschaft. Die Osbornes hatten schon eine gegeben, da durfte sie nicht zaudern. John Sedley, der sehr spät von der City nach Hause gekommen war, saß stumm am Kamin, während seine Frau ihm etwas vorplauderte. Emmy war traurig und niedergeschlagen in ihr Zimmer hinaufgegangen. «Sie ist nicht glücklich», fuhr ihre Mutter fort. «George Osborne vernachlässigt sie. Zu dumm, wie eingebildet die Osbornes jetzt tun! Die Mädchen sind schon seit drei Wochen nicht mehr im Haus gewesen, und George war zweimal in der Stadt, ohne zu uns zu kommen. Edward Dale hat ihn in der Oper gesehen! Edward würde sie sofort heiraten, und dann ist auch noch Hauptmann Dobbin da, nur kann ich Offiziere nicht ausstehen! Was der George für ein Stutzer geworden ist! Und seine Offiziersallüren, nein! Manchen Leuten müssen wir eben zeigen, daß wir genausoviel sind wie sie. Edward Dale muß man nur ein bißchen ermutigen, dann wirst du schon sehen. Doch, wir wollen eine Gesellschaft geben. Weshalb sagst du denn nichts, John? Soll ich auf Dienstag in vierzehn Tagen einladen? Warum antwortest du denn nicht? Lieber Gott, John, was ist passiert?»

John Sedley sprang vom Stuhl auf, während seine Frau auf ihn zustürzte. Er schloß sie in die Arme und sagte hastig: «Wir sind ruiniert, Mary. Wir müssen wieder von vorn anfangen, mein Herz. Es ist am besten, wenn du gleich alles erfährst.» Beim Sprechen zitterte er an allen Gliedern und konnte sich kaum aufrecht halten. Er hatte geglaubt, die Nachricht würde seine Frau niederschmettern, denn sie hatte noch nie ein schlimmes Wort von ihm gehört. Doch nun war er viel aufgeregter, obwohl es sie so jäh getroffen hatte. Als er in seinen Sessel zurücksank, war es seine Frau, die ihn tröstete. Sie nahm die zitternde Hand und küßte sie und legte sich seinen Arm um den Hals; sie nannte ihn ihren John, ihren lieben John, ihr Alterchen, ihr gutes Alterchen; sie stammelte zärtliche, liebevolle Worte hervor, und ihre treue Stimme und die schlichten Liebkosungen erfüllten sein Herz mit unaussprechlichem Glück und Weh und stärkten und besänftigten sein schwerbedrücktes Gemüt.

Nur einmal während des langen Abends, als sie beieinandersaßen und der arme Sedley seinem bedrängten Herzen Luft machte und ihr in einer Generalbeichte von seinen Verlusten und Sorgen erzählte, vom Verrat einiger alter Freunde, von der männlichen Hilfsbereitschaft anderer, von denen er es nie erwartet hätte – nur einmal gab die treue Frau ihren Gefühlen Ausdruck.

«Mein Gott, mein Gott», sagte sie, «das wird Emmy das Herz brechen!»

Der Vater hatte das arme Mädchen vergessen. Wach und unglücklich lag sie oben in ihrem Zimmer. Trotz ihrer Freunde, trotz des Elternhauses und ihrer liebevollen Eltern war sie einsam und verlassen. Wieviel Menschen sind da, denen man alles erzählen kann? Wer möchte offen sein, wo er kein Mitgefühl antrifft, wer will zu denen sprechen, die ihn nicht verstehen? So war unsre sanfte Amelia ganz verlassen. Sie hatte eigentlich keine Vertraute mehr, seit sie etwas anzuvertrauen hatte. Ihrer alten Mama konnte sie nichts von ihren Zweifeln und Sorgen erzählen; die zukünftigen Schwägerinnen schienen ihr jeden Tag fremder. Und sie hatte trübe Ahnungen und Ängste, die sie nicht einmal sich selbst einzugestehen wagte, obwohl sie stets heimlich darüber nachsann.

Ihr Herz wollte daran glauben, daß George Osborne ihrer wert und ihr treu sei, und doch wußte sie, daß es nicht so war. Wie manches Wort hatte sie gesagt, ohne ein Echo bei ihm zu finden! Wie oft beschlich sie der Verdacht, er sei selbstsüchtig und gleichgültig, und jedesmal hatte sie ihn überwunden! Wem konnte die arme kleine Märtyrerin von ihren täglichen Kämpfen und Leiden erzählen? Sogar ihr Angebeteter verstand sie nur halb. Sie wagte es nicht, zuzugeben, daß der Mann, den sie liebte, ihr nicht ebenbürtig war, daß sie ihr Herz zu schnell verschenkt habe. Nachdem sie es einmal verschenkt hatte, war das reine, scheue Mädchen zu bescheiden, zu zärtlich, zu vertrauensvoll, zu schwach, zu sehr Frau, um es zurückzufordern. Wir gehen wie die Türken mit den Gefühlen unserer Frauen um und zwingen sie, sich unsrer Doktrin zu beugen. Ihrem Körper geben wir Freiheit genug, sich – wenn auch nicht hinter Schleiern und Yakmaks – hinter Lächeln und Löckchen und rosa Häubchen zu verstecken, aber ihre Seele dürfen sie nur einem einzigen Mann zeigen, und sie fügen sich nicht ungern und bleiben daheim als unsre Sklavinnen und bedienen uns und placken sich für uns ab.

So quälte sich das sanfte kleine Herz in seiner Gefangenschaft, als im Monat März Anno Domini 1815 Napoleon in Cannes landete und Ludwig der Achtzehnte die Flucht ergriff, als ganz Europa in Schrecken geriet, als die Papiere fielen und der alte John Sedley ruiniert war.

*

Wir wollen den wackeren alten Börsenmakler nicht während der letzten Qualen und Nöte begleiten, die er erdulden mußte, ehe er geschäftlich erledigt war. Sein Name wurde an der Börse öffentlich angeschlagen, er mußte seinem Kontor fernbleiben, seine Wechsel kamen mit Protest zurück, sein Bankrott wurde formell erklärt. Das Haus am Russell Square mitsamt der Einrichtung wurde beschlagnahmt und versteigert, und er und seine Familie wurden hinausgejagt, ihr Haupt zu bergen, wo sie eine Zuflucht fanden.

John Sedley brachte es nicht übers Herz, die Dienerschaft noch einmal wiederzusehen, der wir hier und da begegnet sind und von der er sich jetzt, durch Armut gezwungen, trennen mußte. Die Löhne der braven Leute waren bis zuletzt mit der Genauigkeit ausgezahlt worden, die man oft bei Menschen antrifft, die sehr große Summen schulden. Es tat ihnen leid, ihre guten Stellen aufzugeben, doch das Herz brach ihnen nicht, weil sie von ihrer verehrten Herrschaft scheiden mußten. Amelias Jungfer floß über vor Beileidsbezeugungen, ging aber ganz gefaßt von dannen, um in einem vornehmeren Stadtviertel eine bessere Stelle anzunehmen. Der Neger Sambo beschloß ein Wirtshaus zu eröffnen. Die brave alte Mrs. Blenkinsop, die schon Josephs und Amelias Geburt und sogar die Brautzeit John Sedleys und seiner Frau miterlebt hatte, wollte ohne Lohn bei ihnen bleiben, da sie sich in ihrem Dienst eine stattliche Summe zusammengespart hatte, und sie begleitete die gebrochene Familie zu ihrer neuen, bescheidenen Zuflucht, wo sie eine Zeitlang für sie sorgte und manchmal auch brummig mit ihnen tat.

In den nun folgenden Besprechungen mit seinen Gläubigern, die den gedemütigten alten Herrn so quälten, daß er in sechs Wochen schneller alterte als in den vorangegangenen fünfzehn Jahren, war der entschiedenste und hartnäckigste Gegner stets John Osborne, sein alter Freund und Nachbar, John Osborne, dem er den ersten Start gegeben hatte, John Osborne, der ihm hundertfach zu Dank verpflichtet war und dessen Sohn Sedleys Tochter heiraten sollte. Jeder einzelne dieser Umstände wäre schon genug, um die Heftigkeit von Osbornes Gegnerschaft zu erklären.

Wenn jemand einem andern sehr verpflichtet ist und in der Folge Streit mit ihm hat, dann macht ein gewisses Ehrgefühl ihn zu einem viel schlimmeren Feind, als er es einem Fremden gegenüber wäre. Um nämlich in solch einem Falle die eigene Hartherzigkeit und Undankbarkeit zu rechtfertigen, muß man die Schändlichkeit des andern nachweisen. Man ist nicht etwa selbstsüchtig und brutal und wütend über eine fehlgeschlagene Spekulation – nein, nein –, sondern durch gemeinen Verrat und aus finsteren Motiven hat der Partner einen dazu verleitet. Das Gefühl für Folgerichtigkeit zwingt den Kläger, nachzuweisen, daß der Beschuldigte ein Schurke ist – sonst wäre ja er, der Kläger, ein Schurke.

Und dann kommt noch eine allgemeine Theorie hinzu, die alle strengen Gläubiger zu beruhigen pflegt: sehr wahrscheinlich kann ein in Verlegenheit geratener Mensch nie durch und durch ehrlich sein. Er muß etwas verheimlichen; er übertreibt, wenn er von seinen guten Aussichten spricht; er vertuscht den wahren Stand der Dinge; er behauptet, das Geschäft blühe, wenn es hoffnungslos steht; noch dicht vor dem Bankrott zeigt er ein lächelndes (ach, welch krampfhaft lächelndes!) Gesicht; und er ist bereit, jeden Vorwand für einen Aufschub oder jede Geldsumme zu ergreifen, um den unvermeidlichen Ruin noch ein paar Tage hinauszuzögern. «Nieder mit solcher Unehrlichkeit!» ruft der Gläubiger triumphierend und beschimpft den sinkenden Feind. «Du Narr, warum klammerst du dich an einen Strohhalm?» spricht der Verstand zum Ertrinkenden. «Du Schurke, warum scheust du dich vor der unvermeidlichen Konkurserklärung in der Gazette?» fragt der Reichtum den armen Teufel, der sich aus dem schwarzen Morast herausmüht. Wer hat nicht schon die Bereitwilligkeit bemerkt, mit der die besten Freunde und ehrlichsten Männer einander des Betrugs verdächtigen und anklagen, sobald sie sich in Geldsachen streiten? Jeder tut es. Daher vermute ich, daß jeder recht hat und daß die Welt schlecht ist.

Obendrein hatte Osborne die unerträgliche, aufreizende und bohrende Erinnerung an früher empfangene Wohltaten, was seine feindselige Einstellung zu Sedley nur noch vertiefte. Und schließlich mußte er die Verlobung zwischen John Sedleys Tochter und seinem Sohn abbrechen, und da die Bindung schon so lange bestand und das Glück und vielleicht auch der Ruf des jungen Mädchens bedroht waren, mußte er eben die zwingendsten Gründe für den Bruch anführen und beweisen, daß John Sedley tatsächlich ein schlechter Mensch war.

Er benahm sich also auf den Gläubigerversammlungen so giftig und verächtlich zu John Sedley, daß es ihm fast gelang, dem zugrunde gerichteten, bankrotten Mann das Herz zu brechen. Gegen Georges Verkehr legte er sofort sein Veto ein, bedrohte den jungen Mann mit seinem Fluch, falls er sich seinem Befehl widersetzte, und verleumdete das arme, unschuldige Mädchen als gemeine und ganz gerissene Person. Eine der Grundbedingungen für Zorn und Haß ist es nämlich, über den Verhaßten Lügen zu verbreiten und sie selbst zu glauben, damit man, wie wir schon sagten, stets folgerichtig handelt.

Als der große Krach kam – die Bankrotterklärung, der Abschied vom Russell Square und die Nachricht, daß zwischen ihr und George alles vorbei sei, vorbei mit ihrer Liebe, vorbei mit ihrem Glück, vorbei mit ihrem Glauben an die Welt (ein grausamer Brief John Osbornes erklärte ihr in ein paar knappen Zeilen, daß ihres Vaters Verhalten jede Verbindung zwischen den beiden Familien zunichte gemacht habe), als die letzte Entscheidung kam, war sie nicht so verzweifelt, wie es ihre Eltern oder vielmehr ihre Mutter gefürchtet hatten (denn John Sedley war unter den Trümmern seiner eigenen Angelegenheiten und seiner besudelten Ehre gänzlich zusammengebrochen). Sie nahm die Nachricht sehr bleich und gefaßt entgegen. Es war nur die Bestätigung der trüben Ahnungen, die sie schon lange bedrückt hatten. Es war nur der Urteilsspruch für das Verbrechen, dessen sie sich seit langem schuldig gemacht hatte: des Verbrechens, falsch und zu heftig und gegen alle Vernunft geliebt zu haben. Über ihre Gefühle sprach sie jetzt ebensowenig wie auch sonst. Jetzt, da sie wußte, daß keine Hoffnung mehr war, schien sie kaum unglücklicher als vorher, wo sie es schon ahnte, sich aber nicht einzugestehen wagte. Sie zog also, ohne sich etwas anmerken zu lassen, von dem großen Haus in das kleine, blieb meistens in ihrem Stübchen, litt stumm und starb für die Welt ab. Ich möchte nicht etwa behaupten, daß alle weiblichen Wesen so sind. *Ihr* Herz, meine liebe Miss Bullock, würde wohl kaum brechen. Sie sind eine charakterstarke junge Dame mit vernünftigen Ansichten. Ich wage auch nicht zu behaupten, daß *mein* Herz brechen würde: es hat gelitten und ist, ich muß es gestehen, am Leben geblieben. Aber es gibt Seelchen, die sind eben von so feinem Stoff, so zart und zerbrechlich und feinfühlig.

Sooft der alte John Sedley an die Verbindung zwischen George und Amelia dachte oder darauf anspielte, war er fast ebenso erbittert wie Mr. Osborne. Er verwünschte Osborne und seine Familie und nannte sie herzlos, schlecht und undankbar. Er schwor, daß ihn keine Macht auf Erden dazu bringen könne, seine Tochter mit dem Sohn eines derartigen Schurken zu verheiraten, und er befahl Emmy, sich George aus dem Herzen zu reißen und ihm alle Geschenke und Briefe zurückzuschicken, die sie je von ihm erhalten hatte.

Sie versprach, sich zu fügen, und versuchte zu gehorchen. Sie packte die paar Schmucksachen zusammen und holte die Briefe aus dem Fach, in dem sie von ihr verwahrt worden waren. Sie las sie alle noch einmal durch – als ob sie nicht jeden schon auswendig wußte –, aber sie konnte sich nicht von ihnen trennen. Es war zuviel verlangt! Sie hegte sie an ihrem Herzen, wie eine junge Mutter ihr totes Kind. Die kleine Amelia meinte, daß sie sterben oder den Verstand verlieren würde, wollte man ihr diesen letzten Trost entreißen. Wie war sie rot geworden, wie hatte sie gestrahlt, wenn seine Briefe kamen! Wie lief sie hastig und klopfenden Herzens von dannen, um sie unbeobachtet lesen zu können! Waren sie kalt, wie deutete das liebevolle kleine Herz sie in Wärme um! Waren sie kurz oder selbstsüchtig, wieviel Entschuldigungen fand sie für den Schreiber!

Über diesen paar wertlosen Papieren saß sie und grübelte unaufhörlich. Sie lebte in ihrer Vergangenheit, und jeder Brief weckte neue Bilder. Wie gut sie sich an alle erinnerte! Sein Aussehen und seine Stimme, wie er gekleidet war, was er sagte und wie er es sagte – Bilder und Erinnerungen an ihre tote Liebe waren das einzige, was ihr auf der Welt noch blieb, und es war zu ihrer Lebensaufgabe geworden, am Leichnam ihrer Liebe zu wachen.

Mit unsagbarer Sehnsucht dachte sie an den Tod. Dann, fand sie, kann ich immer um ihn sein. Ich will ihr Verhalten nicht loben oder als nachahmenswertes Beispiel für Miss Bullock hinstellen. Miss B. versteht es besser als das arme kleine Ding, ihre Gefühle zu lenken, Miss B. hätte sich nie so gänzlich der Liebe ausgeliefert, wie es die törichte Amelia tat, die ihre Liebe unwiderruflich verschenkte und ihr Herz hingab, ohne etwas dafür zu erhalten – ausgenommen ein dürftiges Versprechen, das im Nu gebrochen und zunichte gemacht wurde. Eine lange Verlobung ist wie ein Vertrag, den der eine Partner halten oder brechen kann, während der andere sein ganzes Vermögen investiert.

Seid also vorsichtig, ihr jungen Damen, und gebt acht, ehe ihr euch verlobt! Hütet euch, offenherzig zu lieben, und sagt nie alles, was ihr fühlt, oder, besser noch, fühlt nur sehr wenig! Bedenkt die Folgen verfrühter Ehrlichkeit und Vertrauensseligkeit und mißtraut euch selbst und allen andern! Schließt eine Ehe, wie man's in Frankreich macht, wo Advokaten als Brautjungfern und Vertraute dienen! Und hegt keinesfalls Gefühle, die euch unbequem werden könnten, und gebt nie ein Versprechen, das ihr nicht in jedem erwünschten Augenblick brechen oder widerrufen könnt! So muß man's machen, wenn man auf dem Jahrmarkt der Eitelkeit vorankommen und sich Achtung und einen guten Ruf erwerben will.

Wenn Amelia die Bemerkungen hätte hören können, die in den Kreisen über sie gemacht wurden, aus denen ihres Vaters Ruin sie vertrieben hatte, dann hätte sie sofort ihre Vergehen erkannt, und wie sehr sie ihren Ruf aufs Spiel gesetzt hatte. Von einer so verbrecherischen Unklugheit hatte Mrs. Smith noch nie gehört – so schauderhafte Vertraulichkeiten hatte Mrs. Brown stets verurteilt, und das Ende konnte *ihren* Töchtern als Warnung dienen. «Natürlich kann Hauptmann Osborne nicht die Tochter eines Bankrotteurs heiraten», erklärten die Misses Dobbin. «Es genügte vollauf, von dem Vater betrogen zu werden. Und was die kleine Amelia betrifft, so übersteigt ihre Unvernunft wirklich alle...»

«Ihre Unvernunft?» schrie Hauptmann Dobbin sie an. «Sind sie nicht seit ihrer Kindheit miteinander versprochen gewesen? War es nicht so unverbrüchlich wie eine Ehe? Es soll sich nur einer unterstehen, ein Wort gegen das holdeste, reinste, zarteste, engelhafteste Mädchen zu sagen!»

«Oh, William, uns darfst du aber nicht so anfahren! Wir sind keine Männer. Wir können uns nicht wehren», sagte Miss Jane. «Wir haben nichts gegen Miss Sedley: wir finden nur, daß ihr Verhalten äußerst unklug war, um es milde auszudrücken, und daß ihre Eltern Menschen sind, die ihr Unglück verdient haben.»

«Willst du ihr nicht selbst einen Antrag machen, da sie ja jetzt frei ist?» fragte Miss Ann sarkastisch. «Es wäre eine sehr wünschenswerte Verbindung, haha!»

«Ich sollte sie heiraten?» rief Dobbin rasch und wurde sehr rot. «Wenn ihr, meine schönen Damen, so schnell bei der Hand seid, jemand aufzugeben und zu wechseln, glaubt ihr, da müsse sie es auch sein? Lacht und spottet nur über den Engel! Sie kann es ja nicht hören, und sie ist elend und unglücklich und verdient es, ausgelacht zu werden. Spotte nur weiter, Ann, du bist ja der Witzbold in der Familie, und die andern hören dir gerne zu.»

«Ich muß dich nochmals darauf aufmerksam machen, William, daß wir nicht in einer Kaserne sind», bemerkte Miss Ann.

«In einer Kaserne! Beim Zeus, ich möchte mal den Mann hören, der ein Wort gegen sie zu sagen wagt! Aber Männer reden nicht so, Ann. Nur die Frauen hocken zusammen und tuscheln und kreischen und schnattern. Ach, laßt's schon sein, fangt bloß nicht noch an zu weinen! Ich hab' bloß gesagt, daß ihr Gänse seid!» lenkte William Dobbin ein, als er merkte, daß Miss Anns rote Augen wie üblich überzulaufen begannen. «Also gut, ihr seid keine Gänse, sondern Schwäne – alles, was ihr wollt! Bloß Miss Sedley müßt ihr mir in Ruhe lassen!»

Die Mama und die Schwestern waren sich darin einig, daß es so etwas wie Williams Verliebtheit in das dumme kleine, flirtende und kokette Ding nicht zweimal gäbe. Sie zitterten davor, daß sie jetzt nach der aufgehobenen Verlobung mit Osborne sofort ihren andern Verehrer, Hauptmann Dobbin, erhören würde. Bei diesen Befürchtungen urteilten die feinen jungen Damen zweifellos aus eigener Erfahrung oder vielmehr (da sie bis jetzt noch keine Gelegenheit zum Heiraten oder Untreuwerden gehabt hatten) entsprechend ihren eigenen Ansichten über Recht und Unrecht.

«Ein Segen, Mama, daß sein Regiment auf den Kontinent geschickt wird», sagten die Mädchen. «Vor dieser Gefahr ist unser Bruder wenigstens sicher.»

Das war auch wirklich der Fall, und so kommt es, daß der Kaiser der Franzosen in unsrer bürgerlichen Komödie auf dem Jahrmarkt der Eitelkeit eine Rolle spielt, einer Komödie, die ohne die Dazwischenkunft der erlauchten stummen Persönlichkeit nie aufgeführt worden wäre. Er war es, der die Bourbonen und Mr. Sedley ins Unglück stürzte. Bei seiner Ankunft in der Hauptstadt griff ganz Frankreich zu den Waffen, um ihn dort zu verteidigen, und ganz Europa, um ihn dort zu vertreiben. Während das französische Volk und Heer den napoleonischen Adlern auf den Champs de Mars Treue schwor, setzten sich vier mächtige europäische Armeen zur großen *chasse à l'aigle* in Bewegung, und eins davon war das britische Heer, dem auch unsre beiden Helden, Hauptmann Dobbin und Hauptmann Osborne, angehörten.

Die Nachricht von Napoleons Flucht und Landung wurde von dem tapferen -ten Regiment mit feuriger Begeisterung und Freude aufgenommen, was jeder verstehen wird, der die berühmte Truppe kennt. Vom Oberst bis zum kleinsten Tambour waren alle durchdrungen von Hoffnung und Ehrgeiz und patriotischem Zorn, und jeder war dem französischen Kaiser wie für eine persönliche Gefälligkeit dankbar, weil er gekommen war, um den Frieden Europas zu stören. Jetzt war für das -te Regiment die langersehnte Zeit gekommen, wo sie ihren Waffenbrüdern beweisen würden, daß sie ebensogut wie die Veteranen von der spanischen Halbinsel zu kämpfen verstanden und daß Westindien und das Gelbfieber ihren Mut und ihre Tapferkeit nicht untergraben hatten. Stubble und Spooney hofften auf eine Kompanie, ohne das Patent kaufen zu müssen. Mrs. Major O'Dowd hoffte, sich noch vor dem Ende des Feldzugs (an dem sie teilzunehmen beschloß) Frau Oberst nennen zu können. Unsre beiden Freunde Dobbin und Osborne waren genauso aufgeregt wie alle andern, und jeder war auf seine Art (Mr. Dobbin sehr ruhig, Mr. Osborne sehr laut und tatkräftig) auf Pflichterfüllung erpicht, um sich ihr Teil an Ehre und Auszeichnung zu sichern.

Die Erregung, die infolge dieser Nachricht das Volk und das Heer in Aufruhr versetzte, war so groß, daß man sich um private Angelegenheiten wenig kümmerte. Daher wurde wahrscheinlich auch George Osborne, der soeben seine Kompanie bekommen hatte, nach weiteren Beförderungen lechzte und mit Vorbereitungen für den unvermeidlichen Abmarsch beschäftigt war, nicht so sehr von anderen Ereignissen berührt, die ihn in ruhigeren Zeitläuften interessiert hätten. Wir müssen gestehen, daß ihm Mr. Sedleys Unglück nicht allzu nahe ging. Am Tage, als die erste Gläubigerversammlung des unglückseligen alten Herrn stattfand, probierte er gerade seine neue Uniform an, die ihm sehr gut stand. Sein Vater erzählte ihm von dem gemeinen, schurkenhaften, schändlichen Benehmen des Bankrotteurs und erinnerte ihn daran, was er ihm wegen Amelia gesagt hatte: daß ihre Verbindung für immer gelöst bleiben müsse. Am Abend des gleichen Tages gab er ihm ein schönes Stück Geld, um seine neue Uniform mit den Epauletten zu bezahlen, die ihn so gut kleidete. Geld kam dem verschwenderischen jungen Mann stets wie gerufen, und er nahm es ohne viel Worte. Die Versteigerungsplakate klebten am Sedley-Haus, in dem er so viele, viele glückliche Stunden verlebt hatte. Er sah sie weiß im Mondlicht schimmern, als er an jenem Abend von zu Hause fortging (zu Old Slaughters, wo er abstieg, wenn er in der Stadt war). Das behagliche Haus hatte sich also hinter Amelia und ihren Eltern geschlossen: wo mochten sie Zuflucht gefunden haben? Der Gedanke an ihr Unglück bedrückte ihn einigermaßen, und er war an jenem Abend in der Kaffeestube im Old Slaughters sehr melancholisch und trank reichlich, wie seine Kameraden bemerkten.

Dobbin kam auch bald und mahnte ihn, nicht so viel zu trinken. Er tue es nur, erwiderte Osborne, weil er verdammt niedergeschlagen sei. Doch als sein Freund ihn unbeholfen auszufragen begann und ihn mit bedeutungsvoller Miene um Nachrichten bat, lehnte Osborne die Unterhaltung mit ihm ab. Er gab immerhin zu, daß er verteufelt aufgeregt und unglücklich sei.

Drei Tage danach fand Dobbin seinen Freund Osborne in dessen Zimmer in der Kaserne: den Kopf auf dem Tisch und eine Anzahl Papiere um sich her. Offensichtlich war er ganz verzweifelt. «Sie hat mir... ein paar Sachen zurückgeschickt... die ich ihr mal geschenkt hatte... ein paar alberne Schmucksachen. Schau her!» Ein Päckchen, das in der wohlbekannten Handschrift an Hauptmann Osborne adressiert war, sowie einige Sachen lagen herum: ein Ring, ein silbernes Taschenmesser, das er ihr als Knabe auf einem Jahrmarkt gekauft hatte, eine goldene Kette und ein Medaillon mit einer Haarlocke. «Es ist alles aus», sagte er reuig. «Hier, Will, du kannst es lesen, wenn du möchtest.»

Er deutete auf ein kurzes Briefchen, dessen wenige Zeilen so lauteten:

Mein Papa hat mir befohlen, Ihnen die Geschenke zurückzuschicken, die Sie mir in glücklicheren Tagen gemacht haben, und ich soll Ihnen heute zum letztenmal schreiben. Ich glaube, daß Sie den Schlag, der uns getroffen hat, ebenso stark wie ich empfinden. Ich selbst möchte Sie von dem Verlöbnis entbinden, das in unserm jetzigen Elend unmöglich ist. Sicher haben Sie keine Schuld daran, erst recht nicht an den grausamen Verdächtigungen Mr. Osbornes, die von all unsern Leiden am schwersten zu tragen sind. Leben Sie wohl, leben Sie ewig wohl! Ich bete zu Gott, mir die Kraft zu geben, um dies und weiteres Unglück zu ertragen. Gottes Segen über Sie!   *A.*

Ich will oft auf dem Klavier spielen – auf Ihrem Klavier! Es sieht Ihnen so ähnlich, mir gerade das zu schicken!

Dobbin war sehr weich. Der Anblick leidender Frauen und Kinder stimmte ihn wehmütig, und der Gedanke an die einsame Amelia mit ihrem gebrochenen Herzen quälte ihn entsetzlich. Deshalb überließ er sich jetzt einem Gefühlsüberschwang, den man nach Belieben für unmännlich halten kann. Er erklärte, Amelia sei ein Engel, und Osborne gab ihm von ganzem Herzen recht, denn er hatte ihrer beider gemeinsames Leben noch einmal überdacht und sie von der Kindheit bis zu ihrem jetzigen Alter vor sich gesehen: so hold, so unschuldig, so reizend einfach und so unverstellt zärtlich und liebevoll.

Wie es ihn schmerzte, das alles verlieren zu müssen! Es besessen und nicht genügend gewürdigt zu haben! In tausend traulichen Bildern und Erinnerungen tauchte sie vor ihm auf – und immer sah er sie nur gut und schön. Bei der Erinnerung an seine eigene Selbstsucht und Gleichgültigkeit errötete er vor Reue und Beschämung. Ein Weilchen waren Krieg und Ruhm vergessen, und das Freundespaar unterhielt sich nur von ihr allein.

«Wo sind sie jetzt?» fragte Osborne nach einem langen Gespräch und einer langen Pause, denn er schämte sich wirklich sehr, weil er keine Schritte unternommen hatte, ihr nachzuspüren. «Wo sind sie? Auf dem Brief ist kein Absender angegeben.»

Dobbin wußte es. Er hatte nicht nur das Klavier hingeschickt, sondern er hatte auch ein paar Zeilen an Mrs. Sedley geschrieben und um Erlaubnis gebeten, sie zu besuchen. Und dann hatte er sie gesehen, sie und Amelia, gestern, ehe er nach Chatham fuhr; ja, er hatte sogar den Abschiedsbrief und das Päckchen mitgenommen, über die sie so gerührt waren.

Mrs. Sedley war nur zu gern bereit gewesen, den gutherzigen Menschen zu empfangen, und bei der Ankunft des Klaviers war sie sehr bewegt, weil sie meinte, es müsse bestimmt von George stammen und sei ein Zeichen seiner Anteilnahme. Hauptmann Dobbin berichtigte ihren Irrtum nicht, sondern hörte sich mit großem Mitgefühl die lange Geschichte ihrer Leiden und Klagen an, bedauerte ihre Verluste und Entbehrungen und gab ihr recht, als sie Mr. Osbornes grausames Verhalten gegen seinen einstigen Wohltäter verurteilte. Als sie ihr übervolles Herz etwas erleichtert und ihm einen Teil ihrer Sorgen mitgeteilt hatte, brachte er den Mut zu der Bitte auf, ob er Amelia sehen dürfe. Sie war wie gewöhnlich oben in ihrem Zimmer, und ihre Mutter führte die Zitternde nach unten.

Ihr Anblick war so entsetzlich und ihre verzweifelte Miene so erschütternd, daß der brave William ganz erschrocken war. Er las die schlimmsten Möglichkeiten aus dem blassen, starren Gesicht. Nachdem sie ein oder zwei Minuten bei ihm gesessen hatte, reichte sie ihm das Päckchen und sagte: «Nehmen Sie es bitte für Hauptmann Osborne mit, und – und ich hoffe, daß es ihm gut geht – und es war sehr freundlich von Ihnen, uns zu besuchen; es gefällt uns in unserm neuen Haus sehr gut. Und ich – ich glaube, jetzt muß ich nach oben gehen, Mama, ich fühle mich etwas schwach.» Und nach diesen Worten grüßte die Arme und lächelte und ging. Die Mutter, die sie hinaufführte, warf Dobbin einen verzweifelten Blick zu. Der gute Mensch brauchte einen solchen Wink gar nicht – dazu liebte er sie selbst viel zu innig. Als er fortging, kam er sich wie ein Verbrecher vor, und unsagbarer Kummer und Mitleid und Angst verfolgten ihn.

Sobald Osborne hörte, daß sein Freund sie gefunden habe, erkundigte er sich mit dringlichen und besorgten Fragen nach dem armen Kind. Wie ging es ihr? Wie sah sie aus? Was hat sie gesagt? Sein Kamerad nahm ihn bei der Hand und blickte ihm ins Gesicht.

«George, sie stirbt», sagte William Dobbin – und konnte nicht weitersprechen.

*

In dem kleinen Haus, in dem die Familie Sedley Zuflucht gefunden hatte, verrichtete ein dralles irisches Dienstmädchen alle Arbeiten. Sie hatte schon oft versucht, Amelia zu helfen oder sie zu trösten. Emmy war viel zu traurig, um ihr zu antworten oder auch nur zu merken, was für Mühe das Mädchen sich ihretwegen gab.

Vier Stunden nach dem Gespräch zwischen Dobbin und Osborne trat das Dienstmädchen in Amelias Zimmer, wo sie wie immer saß und über die Briefe, ihren kleinen Schatz, nachgrübelte. Das Mädchen lächelte und blickte schalkhaft und strahlend drein, um dadurch Amelias Aufmerksamkeit zu erregen, die sie jedoch nicht beachtete.

«Miss Emmy», sagte das Mädchen.

«Ich komme gleich», erwiderte Emmy, ohne sich umzusehen.

«Ich soll was bestellen», fuhr das Mädchen fort. «Es ist was – jemand – ja, hier ist also ein neuer Brief für Sie! Die alten brauchen Sie nicht dauernd zu lesen!» Und sie gab ihr einen Brief, den Emmy nahm und las.

«Ich muß Dich wiedersehen», stand in dem Brief. «Liebste Emmy, teures Herz, geliebtes Weib – komm zu mir!»

George und ihre Mutter waren draußen und warteten, bis sie den Brief gelesen hatte.

XIX

Miss Crawley ist pflegebedürftig

IE WIR hörten, fühlte sich Mrs. Firkin, die Kammerzofe, stets bemüßigt, Mrs. Bute Crawley im Pfarrhaus sofort jedes wichtige Ereignis in der Familie Crawley mitzuteilen, und wir hatten bereits früher erwähnt, wie überaus freundlich und aufmerksam die gutherzige Pfarrfrau zu Miss Crawleys vertrautester Dienerin war. Auch zu der Gesellschafterin, Miss Briggs, benahm sie sich wie eine huldvolle Freundin: sie hatte sich deren guten Willen durch eine Menge Aufmerksamkeiten und Versprechen gesichert, die ja so wenig Kosten verursachen und doch für den Empfänger so wertvoll und angenehm sind. Jeder sparsame und gute Haushaltvorstand sollte wissen, wie billig und doch wie beliebt solche kleinen Vertraulichkeiten sind und wie sie im Leben den einfachsten Speisen eine Würze verleihen. Wer war nur der unwissende Tölpel, der behauptete, daß «schöne Worte den Kohl nicht fett machen»? In der menschlichen Gesellschaft wird die Hälfte aller Kohlgerichte mit gerade dieser Würze serviert und schmackhaft gemacht. Wie der unsterbliche Alexis Soyer für einen Groschen eine köstlichere Suppe machen kann, als sie ein dummer Koch aus Unmengen an Fleisch und Gemüse zusammenbraut, so kommt auch ein geschickter Künstler mit ein paar einfachen, freundlichen Redensarten weiter, als ein Stümper mit noch soviel handgreiflichen Wohltaten. Wir wissen sogar, daß handgreifliche Wohltaten uns oft Magendrücken verursachen, während die meisten von uns schöne Worte in unbegrenzter Menge vertragen und immer noch mehr vom gleichen Gericht verlangen. Mrs. Bute hatte Mrs. Firkin und Miss Briggs so oft erzählt, wie sehr sie die beiden schätze und was *sie* für so tüchtige und anhängliche Menschen tun würde, wenn sie Miss Crawleys Vermögen hätte, daß die beiden die größte Achtung und ebensoviel Dankbarkeit und Vertrauen für sie hegten, als hätte Mrs. Bute sie mit den teuersten Geschenken überschüttet.

Rawdon Crawley dagegen nahm sich als der egoistische schwere Dragoner, der er war, niemals die geringste Mühe, die Adjutanten seiner Tante für sich zu gewinnen, sondern zeigte ihnen ganz unverfroren, wie sehr er sie verachtete, ließ sich einmal sogar von Firkin die Stiefel ausziehen oder schickte sie bei Regenwetter zu herabwürdigenden Besorgungen hinaus – und gab er ihr doch mal ein Goldstück, so warf er's ihr wie eine Ohrfeige an den Kopf. Da seine Tante sich über die Briggs lustig machte, folgte der Hauptmann ihrem Beispiel und benutzte sie als Zielscheibe für seine Witze – Witze, die ungefähr ebenso sanftmütig waren wie ein Hufschlag seines Reitpferdes. Mrs. Bute jedoch zog die Briggs in allen Fragen guten Geschmacks und guten Tons zu Rate, bewunderte ihre Gedichte und bewies ihr durch tausenderlei freundliche und höfliche Worte, wie sehr sie die Gesellschafterin schätzte, und wenn sie Firkin ein Geschenk für einen Groschen machte, dann begleitete sie es mit so viel Komplimenten, daß sich der Groschen im Herzen der dankbaren Zofe in ein Goldstück verwandelte, die im übrigen ganz zufrieden auf das große Glück wartete, das ihr an dem Tage widerfahren würde, an dem Mrs. Bute die Erbschaft antrat.

Alle Personen, die Neulinge in der Welt sind, seien hiermit untertänigst auf ein so verschiedenartiges Benehmen aufmerksam gemacht. Ich empfehle euch: lobt jedermann, und nur nicht so schüchtern mit eurem Lob, sondern schmeichelt jedem offen ins Gesicht (und auch hinter seinem Rücken, falls ihr Gewähr habt, daß es ihm weitergetragen wird). Laßt nie eine Gelegenheit aus, ein freundliches Wort zu sagen. Wie Collingwood keinen leeren Fleck auf seinem Land sehen konnte, in den er nicht sofort eine Eichel aus seiner Tasche steckte, so müßt ihr in eurem Dasein mit Komplimenten umgehen. Eine Eichel kostet nichts, aber sie kann zu einer stattlichen Menge Holz heranwachsen.

Kurz und gut, solange es Rawdon Crawley gut ging, gehorchte man ihm nur mürrisch und ungern; als er in Ungnade fiel, war keiner da, der ihm half oder ihn bemitleidete. Als jedoch Mrs. Bute das Kommando in Miss Crawleys Haus übernahm, war die Garnison begeistert, unter solchem Anführer zu dienen, da jeder wegen ihrer Versprechungen, ihrer Hochherzigkeit und ihrer freundlichen Worte allerlei Vorteile für sich erwartete.

Mrs. Bute Crawley gab sich nie dem schönen Glauben hin, Rawdon könne sich nach einer Niederlage schon geschlagen geben und keinen Versuch unternehmen, die verlorene Stellung wiederzugewinnen. Sie wußte, daß Rebecca eine zu gescheite und tatkräftige, ja verwegene Frau war, um sich kampflos zu unterwerfen; deshalb fand sie, daß sie sich auf diesen Kampf vorbereiten und unablässig auf der Hut sein müsse gegen jeden Sturmangriff, jede Mine und jede Überrumpelung.

Zuallererst einmal: sie hielt die Festung – war sie aber auch der obersten Behörde sicher? Würde Miss Crawley durchhalten? Verspürte sie keine heimliche Sehnsucht, den vertriebenen Gegner wieder bei sich willkommen zu heißen? Die alte Dame liebte Rawdon und ebenfalls Rebecca mit ihrer amüsanten Unterhaltung. Mrs. Bute konnte es sich nicht verhehlen, daß keiner aus ihrem Gefolge so gut zur Unterhaltung der weltstädtischen Dame beitragen konnte. «Wenn man einmal die ekelhafte kleine Gouvernante singen gehört hat, kann man den Gesang meiner Kinder nur noch abscheulich finden», mußte sich die Pfarrerin ehrlich gestehen. «Matilda schlief stets ein, wenn Martha und Louisa ihre Duette spielten. Jims langweilige Hochschulgespräche und Butes ewiges Gerede über seine Hunde und Pferde mochte sie nicht leiden. Wenn ich sie zu uns ins Pfarrhaus nähme, würde sie auf uns alle wütend werden und sich aus dem Staube machen, ganz bestimmt, und dann könnte sie wieder dem greulichen Rawdon in die Klauen fallen oder das Opfer der kleinen Schlange, der Sharp, werden. Einstweilen steht jedoch fest, daß es ihr gar nicht gut geht und daß sie sich mindestens für einige Wochen nicht rühren kann, und in der Zeit muß ich mir einen Plan ausdenken, wie ich sie vor den Intrigen dieser gewissenlosen Menschen beschütze.»

Selbst wenn jemand in ihrer besten Zeit zu Miss Crawley gesagt hatte, sie sähe schlecht aus, hatte die alte Dame sofort furchtbebend den Doktor kommen lassen. Nach diesem unerwarteten Familienereignis jedoch, das auch stärkere Nerven hätte erschüttern können, ging es ihr wirklich schlecht. Jedenfalls hielt es Mrs. Bute für ihre Pflicht, den Arzt, den Apotheker, die Gesellschafterin und die Dienerschaft zu informieren, daß Miss Crawley sich in einem äußerst kritischen Zustand befände und daß sie sich danach verhalten sollten. Sie ließ die Straße kniehoch mit Stroh decken und den Türklopfer abnehmen und zu Mr. Bowls' Silberzeug legen. Sie bestand darauf, daß der Arzt zweimal täglich vorsprach, und überflutete ihre Patientin alle zwei Stunden mit Heiltränken. Wenn jemand das Zimmer betrat, stieß sie ein so zischendes und unheilvolles «pssst» aus, daß die arme alte Dame stets zusammenschrak. Sie konnte nicht aus ihrem Bett schauen, ohne die Knopfaugen Mrs. Butes starr auf sich geheftet zu sehen, da diese sich nicht aus ihrem Sessel neben dem Bett rührte. Die Augen schienen im Dunkeln zu leuchten (die Vorhänge waren nämlich stets zugezogen), wenn sie sich wie eine Katze auf Samtpfoten durchs Zimmer bewegte. So lag Miss Crawley tagelang – viele lange Tage –, während Mrs. Bute ihr aus Erbauungsbüchern vorlas, und nächtelang – viele lange Nächte –, während sie den Nachtwächter die Stunden singen und das Nachtlicht knistern hörte. Um Mitternacht kam dann noch als letztes der alte Schleicher von einem Doktor, und danach blieb ihr nichts weiter übrig, als Mrs. Butes

zwinkernde Augen oder das gelbe Lichterspiel zu betrachten, das ihr Nachtlicht auf die trübselige, halbdunkle Decke warf. Bei so einer Pflege wäre selbst die Göttin der Gesundheit krank geworden – wieviel mehr also das arme, ängstliche alte Opferlamm? Solange sie gesund und guten Mutes war, hatte die verehrte Darstellerin auf dem Jahrmarkt des Lebens so freie Ansichten über Religion und Moral, wie sie sich Monsieur de Voltaire nur wünschen konnte, doch wenn Krankheit sie befiel, machte die unsägliche Todesangst alles viel schlimmer, und die hingestreckte alte Sünderin wurde zum elenden Feigling.

Krankengebete und fromme Betrachtungen gehören natürlich nicht in unterhaltsame Erzählungen, und wir wollen unsere Leser nicht (nach Art mancher moderner Romanschreiber) mit einer Predigt überfallen, da er für sein Geld eine Komödie hören will. Aber ohne zu predigen, dürfen wir wohl doch darauf aufmerksam machen, daß alle Betriebsamkeit und aller Triumph, alles Gelächter und alle Heiterkeit, die der Jahrmarkt der Eitelkeit vor der Öffentlichkeit zeigt, dem Darsteller nicht immer ins Privatleben folgen, wo ihn oft die jämmerlichste Niedergeschlagenheit und die trübseligsten Gewissensbisse überfallen. Erinnerungen an die glänzendsten Festmähler können einen kranken Schlemmer kaum aufheitern. Erinnerungen an kleidsame Gewänder und strahlende Balltriumphe können eine verwelkte Schönheit kaum trösten. Vielleicht denken selbst Staatsmänner in bestimmten Augenblicken ihres Lebens nicht gern an ihre erfolgreichsten Schachzüge, und der Triumph oder die Freude von gestern haben wenig zu bedeuten, wenn ein gewisses (oder vielmehr ungewisses) Morgen in Aussicht steht, auf das wir alle eines Tages rechnen müssen. Liebe Mitbrüder vom Narrenrock! Kommen nicht Augenblicke, wo man Grimassen und Purzelbäume und das Klirren der Schellenkappe satt hat? Das, liebe Freunde und Gefährten, ist meine menschenfreundliche Aufgabe: mit euch über den Jahrmarkt zu schlendern, die Buden und Schaustellungen zu mustern – und dann nach all dem Gefunkel und Getöse und Gelächter nach Hause zu gehen und dort insgeheim todunglücklich zu sein.

*

Wenn mein armer Mann bloß einen Kopf auf den Schultern hätte, dachte Mrs. Bute Crawley, wie nützlich könnte er sich jetzt der unglücklichen alten Dame erweisen! Er könnte sie dahin bringen, ihre anstößigen Freidenkeransichten zu bereuen, er könnte sie bewegen, ihre Pflicht zu erfüllen und den widerlichen Gauner, der sich und seine Familie entehrt hat, endgültig zu verstoßen, und er könnte sie überreden, meinen lieben Töchtern und den beiden Söhnen Gerechtigkeit widerfahren zu lassen, denn sie brauchen und verdienen bestimmt jede Hilfe, die ihnen ihre Verwandten geben könnten.

Weil Abscheu vor dem Laster stets ein Schritt auf der Tugendbahn ist, bemühte sich Mrs. Bute Crawley, ihrer Schwägerin ein gehöriges Grauen vor Rawdon Crawleys mannigfachen Sünden einzuflößen: sie brachte deren eine solche Liste zusammen, daß es genügt hätte, ein ganzes Regiment junger Offiziere zu verdammen. Wenn jemand unrecht getan hat, ist kein Tugendheld so schnell bei der Hand, die Welt auf seine Fehler hinzuweisen, wie die lieben Verwandten. So bewies auch Mrs. Bute Crawley ein echtes Familieninteresse, denn sie wußte alles aus Rawdons Leben. Sie kannte alle Einzelheiten des üblen Streits mit Hauptmann Marker, bei dem Rawdon von Anfang an unrecht hatte und schließlich den Hauptmann erschoß. Sie wußte, wie der unglückliche Lord Dovedale, dessen Mama wegen seiner Studien in Oxford ein Haus gemietet hatte und der, bis er nach London kam, noch nie eine Spielkarte angerührt hatte, von Rawdon Crawley zum Besuch des «Cocoa Tree» verleitet und von dem abscheulichen Jugendverführer betrunken gemacht und um viertausend Pfund geschädigt wurde. Mit anschaulicher Genauigkeit beschrieb sie den Gram ländlicher Adelsfamilien, die er ruiniert hatte, deren Söhne er in Schande und Armut gestürzt und deren Töchter er in Verruf gebracht hatte. Sie kannte alle armen Kaufleute, die durch seine Verschwendungssucht Bankrott gemacht hatten, die gemeine Hinterlist und Spitzbüberei, mit der ihm das gelungen war, die unerhörten Schwindeleien, mit denen er die freigebigste aller Tanten ausgebeutet hatte, und die Undankbarkeit und den Hohn, mit der er ihre Opfer vergolten hatte. Sie flößte Miss Crawley diese Geschichten allmählich ein und hielt mit nichts zurück; sie erachtete es als die Pflicht einer Christin und Familienmutter, so zu handeln, und empfand weder Gewissensbisse noch Mitleid mit dem Opfer, das ihre Zunge abstach, sondern wahrscheinlich hielt sie ihr Vorgehen für sehr verdienstvoll und brüstete sich ihrer resoluten Art. Ja, ja, wenn über den Charakter eines Menschen hergezogen werden soll, dann besorgt das niemand so gründlich wie ein Verwandter. Aber man muß zugeben, daß bei dem unseligen Burschen von Rawdon Crawley schon die bloße Wahrheit genügte, ihn zu verdammen, und daß aller erfundene Skandal eine ganz überflüssige Mühe seiner Freunde war.

Auch Rebecca, die ja nun zur Familie gehörte, konnte sich Mrs. Butes gütigen Nachforschungen nicht entziehen. Als unermüdlicher Spürhund auf der Fährte der Wahrheit nahm sie sich (nachdem sie strengsten Befehl gegeben hatte, jeden Boten oder Brief von Rawdon an der Haustür abzuweisen) Miss Crawleys Kutsche und fuhr zu ihrer alten Freundin Miss Pinkerton im Minerva House an der Chiswick Mall, der sie die furchtbare Nachricht von Hauptmann Rawdons Verführung durch Miss Sharp übermittelte und von der sie verschiedene merkwürdige Einzelheiten über Herkunft und Jugend der ehemaligen Gouvernante erfuhr. Die Freundin des berühmten Lexikographen hatte mancherlei zu berichten. Miss Jemima mußte die Quittungen und Briefe des Zeichenlehrers holen. Der eine kam aus einem Schuldgefängnis, ein andrer flehte um Vorschuß, noch ein anderer war voller Dankbarkeit wegen Rebeccas Aufnahme bei den Damen in Chiswick. Das letzte Dokument aus der Feder des unglücklichen Künstlers war von seinem Sterbelager geschickt worden: da empfahl er seine Waise dem Schutze Miss Pinkertons. In der Sammlung befanden sich auch kindliche Briefe und Bittschriften von Rebecca, in denen sie Hilfe für ihren Vater erbat oder ihre Dankbarkeit äußerte. Auf dem Jahrmarkt der Eitelkeit gibt es vielleicht keine besseren Satiren als Briefe. Nimm ein Bündel Briefe, die dir dein guter Freund vor zehn Jahren geschrieben hat, dein lieber Freund, den du jetzt haßt. Schlage die Mappe mit Briefen von deiner Schwester auf!

Wie ihr aneinander gehangen habt – bis der Streit wegen der Erbschaft von zwanzig Pfund ausbrach! Hole die runden Kinderschnörkel deines Sohnes herunter, der dir inzwischen mit seinem selbstsüchtigen Ungehorsam fast das Herz gebrochen hat, oder nimm deine eigenen Briefe voll unendlicher Glut und ewiger Liebe vor, ein Päckchen, das dir deine Freundin zurücksandte, als sie einen indischen Nabob heiratete – deine Freundin, aus der du dir ebensowenig wie aus der Königin Elisabeth machst. Schwüre, Liebe, Versprechen, Geständnisse, Dankbarkeit: wie seltsam sich das nach einiger Zeit liest! Es sollte auf dem Jahrmarkt der Eitelkeit ein Gesetz geben, das die Vernichtung jedes geschriebenen Dokuments (ausgenommen quittierte Rechnungen) nach einer bestimmten Zeitspanne anordnet. Alle Quacksalber und Menschenfeinde, die unzerstörbare japanische Tinte anpreisen, sollte man mitsamt ihren schandbaren Erfindungen beseitigen. Für den Jahrmarkt der Eitelkeit wäre das beste eine Tinte, die in wenigen Tagen völlig verschwindet, so daß ein sauberes und leeres Blatt zurückbleibt, auf dem man an jemand anders schreiben kann.

Von Miss Pinkertons Haus verfolgte die unermüdliche Mrs. Bute die Spuren Mr. Sharps und seiner Tochter weiter zurück bis zur Wohnung in der Greek Street, wo der verstorbene Maler gelebt hatte und wo Bildnisse der Hausbesitzerin in weißem Atlasgewand und ihres Mannes in Uniform (als Entgelt gegen die Quartalsmiete) noch immer die Salonwände zierten. Mrs. Stoke war mitteilsam und erzählte sofort alles, was sie über Mr. Sharp wußte: wie leichtsinnig und arm er gewesen war, wie gutmütig und unterhaltsam, wie ihm immer Gerichtsdiener und Gläubiger auf den Fersen waren, wie er zum Entsetzen der Hausbesitzerin seine Frau – obwohl sie die Person nicht leiden konnte – erst kurz vor ihrem Tode heiratete, und was für eine verrückte wilde Hummel seine Tochter war, und wie sie alle durch ihre Späße und ihre Nachahmungskunst zum Lachen brachte, ja, wie sie immer den Branntwein aus der Kneipe holen mußte und in allen

Ateliers des Viertels bekannt war. Kurz und gut, Mrs. Bute erhielt einen so ausführlichen Bericht über Herkunft, Erziehung und Betragen ihrer neuen Nichte, daß Rebecca kaum erfreut gewesen wäre, wenn sie geahnt hätte, was für Nachforschungen über sie angestellt wurden.

Die mit soviel Fleiß gemachten Erhebungen wurden Miss Crawley aufs genaueste mitgeteilt. Mrs. Rawdon Crawley war die Tochter einer Balletttänzerin. Sie hatte auch selbst getanzt. Sie hatte Malern Modell gestanden. Sie wurde erzogen, wie es sich für die Tochter einer solchen Mutter gehörte. Sie trank mit ihrem Vater zusammen Branntwein – und so weiter, und so weiter. Ein verkommenes Weibsbild, das einen verkommenen Mann geheiratet hatte. Und die Moral von Mrs. Butes Geschichte war, daß die beiden ein Paar unverbesserlicher Schurken wären, um die sich kein wohlerzogener Mensch kümmern dürfe.

Das war das Material, das die kluge Mrs. Bute in der Park Lane zusammengetragen hatte, gewissermaßen Vorrat und Munition, mit denen sie das Haus gegen die kommende Belagerung versah, denn sie wußte, daß Rawdon und seine Frau Miss Crawley belagern würden.

*

Wenn ihren Vorkehrungen ein Fehler anhaftete, so vielleicht der, daß sie zu eifrig war: sie arrangierte alles zu gut. Bestimmt machte sie Miss Crawley kränker, als es nötig war, und obwohl sich die alte Patientin ihrem Genesungsplan beugte, war er doch so qualvoll und streng, daß sein Opfer Lust verspürte, bei der ersten sich bietenden Gelegenheit auszureißen. Tatkräftige Frauen, die Zierde ihres Geschlechts, Frauen, die alles für jeden regeln und soviel besser wissen, was ihrem Nächsten guttut, solche Frauen rechnen manchmal nicht mit der Möglichkeit eines häuslichen Aufruhrs oder mit andern unangenehmen Ergebnissen ihres allzu scharfen Regiments.

Mrs. Bute war überzeugt von der schweren Krankheit der alten Dame, trieb aber ihre Fürsorge so weit, daß sie

sie beinahe ins Grab brachte, und das alles zweifellos in der besten Absicht von der Welt und nur ihrer kranken Schwägerin zuliebe, indem sie sich selbst auf den Tod überanstrengte und auf Schlaf, Essen und frische Luft verzichtete. Auf ihre Opfer und deren Folgen wies sie eines Tages im Gespräch mit dem treuen Apotheker Mr. Clump hin.

«Ich weiß genau, mein lieber Mr. Clump», sagte sie, «daß ich es an nichts habe fehlen lassen, um unsrer lieben Patientin zur Gesundheit zu verhelfen, die sie nur durch die Undankbarkeit ihres Neffen eingebüßt hat. Ich schrecke vor keinerlei persönlichen Entbehrungen zurück! Ich scheue mich nie davor, mich für sie aufzuopfern!»

«Ihre Aufopferung ist bewundernswert, das gebe ich zu», sagte Mr. Clump und verneigte sich tief, «aber...»

«Seit meiner Ankunft habe ich kaum ein Auge zugetan. Ich opfere Schlaf, Gesundheit und alle Bequemlichkeiten meinem Pflichtgefühl. Als mein armer James die Blattern hatte, ließ ich da eine fremde Pflegerin an ihn heran? Niemals!»

«Sie haben getan, was sich für eine gute Mutter gehört, meine liebe Dame, für die allerbeste Mutter gewiß, aber...»

«Als Mutter einer Familie und als Frau eines englischen Geistlichen baue ich in aller Demut darauf, daß meine Grundsätze richtig sind», meinte Mrs. Bute mit glücklichem Brustton der Überzeugung, «und solange die Natur mir beisteht, werde ich niemals, niemals meinen Posten verlassen. Mögen andere das graue Haupt durch zuviel Kummer aufs Krankenlager bringen» (hier deutete Mrs. Bute auf eine von Miss Crawleys kaffeebraunen Perücken, die im Ankleidezimmer auf einem Ständer hing), «ich werde es nie im Stich lassen. Ach, Mr. Clump, ich fürchte, ja, ich weiß, daß das Krankenlager ebensosehr des geistlichen wie des ärztlichen Trostes bedarf!»

«Was ich sagen wollte, meine liebe Dame», unterbrach sie Mr. Clump wiederum mit freundlicher, aber entschlossener Miene, «was ich eben sagen wollte, als Sie den Gefühlen Ausdruck verliehen, die Ihnen so zur Ehre gereichen, war folgendes: ich glaube, daß Sie sich unnötig um unsre liebe Freundin sorgen und Ihre eigene Gesundheit in zu hohem Maße für sie aufreiben!»

«Ich würde mein Leben für meine Pflicht hingeben, für jeden aus meines Mannes Familie», unterbrach ihn Mrs. Bute.

«Ja, meine liebe Dame, wenn es notwendig wäre. Aber wir wollen nicht, daß Mrs. Bute Crawley zur Märtyrerin wird», sagte Clump galant. «Doktor Squills und ich haben Miss Crawleys Fall mit größter Umsicht und Sorgfalt studiert, wie Sie sich denken können. Wir stellten fest, daß sie niedergeschlagen und nervös ist. Familienereignisse haben sie aufgeregt...»

«Ihr Neffe verdient die ewige Verdammnis!» rief Mrs. Bute.

«... haben sie aufgeregt, und da kamen Sie als Schutzengel, als regelrechter Schutzengel, versichere ich Ihnen, um sie zu beschwichtigen. Doch Doktor Squills und ich finden, daß unsere liebenswürdige Freundin nicht in einem Zustand ist, daß sie unbedingt das Bett hüten muß. Sie ist niedergeschlagen, aber das ewige Krankenlager vermehrt vielleicht noch ihre Niedergeschlagenheit. Sie braucht Abwechslung, frische Luft, Fröhlichkeit – die herrlichsten Heilmittel der Arzneikunde», sagte Mr. Clump lächelnd und ließ seine schönen Zähne sehen. «Sie sollten sie überreden aufzustehen, meine liebe Dame. Reißen Sie sie vom Krankenlager und aus ihrem Trübsinn, bestehen Sie darauf, daß sie kleine Ausfahrten macht. Das wird auch Ihren Wangen die Rosen wiedergeben, falls ich mir gestatten darf, so zu Mrs. Bute Crawley zu sprechen.»

«Wenn sie im Park zufällig meinem abscheulichen Neffen begegnet, wo der Elende, wie ich hörte, mit der schamlosen Partnerin seiner Verbrechen spazierenfährt», sagte Mrs. Bute (und ließ damit endlich die Katze Selbstsucht aus dem Geheimsack), «könnte es ihr einen solchen Schock geben, daß wir sie wieder ins Bett schaffen müßten. Sie darf nicht ausgehen, Mr. Clump. Ich lasse sie nicht ausgehen, solange ich hier bin und über sie wache! Und meine Gesundheit – was kommt's darauf an? Ich opfere sie gern. Ich opfere sie auf dem Altar der Pflicht!»

«Hören Sie, Ma'am», sagte Mr. Clump jetzt rundheraus, «ich kann nicht für ihr Leben einstehen, wenn sie noch länger im dunkeln Zimmer eingesperrt bleibt. Sie ist so nervös, daß wir sie jeden Tag verlieren können, und wenn Sie wünschen, daß Hauptmann Crawley sie beerbt, dann kann ich Ihnen ganz offen versichern, daß Sie Ihr möglichstes tun, ihm dabei behilflich zu sein.»

«Barmherziger Himmel! Ist ihr Leben in Gefahr?» rief Mrs. Bute. «Oh, Mr. Clump, weshalb haben Sie mich nicht eher aufgeklärt?»

Am Abend zuvor hatten Mr. Clump und Doktor Squills (bei einer Flasche Wein im Hause Sir Lapin Warrens, dessen Frau ihn zum dreizehntenmal mit einem freudigen Ereignis überraschen wollte) eine Besprechung über Miss Crawley und ihren Fall abgehalten.

«Was für eine Hyäne ist das kleine Frauenzimmer aus Hampshire, nicht wahr?» sagt Squills. «Sie hat die alte Tilly Crawley ganz in ihre Klauen bekommen. Übrigens verteufelt guter Madeira!»

«Was für ein Dummkopf war der Rawdon Crawley», erwiderte Clump, «eine Gouvernante zu heiraten! Sie hatte aber etwas an sich!»

«Grüne Augen, eine helle Haut, eine gute Figur, famose Frontalentwicklung», bemerkte Squills. «Ja, sie hat etwas an sich, aber Crawley war doch ein Dummkopf, Clump.»

«Ist schon immer ein verdammter Dummkopf gewesen», bestätigte der Apotheker.

«Natürlich wird die alte Dame ihn über Bord werfen», meinte der Arzt und fuhr nach einer Pause fort: «Sie wird mit einer gehörigen Erbschaft abkratzen, nehme ich an?»

«Abkratzen?» sagte Clump grinsend. «Bei meinen zweihundert Pfund jährlich möcht' ich nicht, daß sie abkratzt.»

«Die Frau aus Hampshire bringt sie in zwei Monaten unter die Erde, mein Junge, wenn sie bei ihr bleibt», sagte

Doktor Squills. «Hohes Alter, starke Esserin, nervöse Veranlagung, Herzklopfen, Druck aufs Gehirn – Schlaganfall – und weg ist sie. Machen Sie, daß sie aufsteht, Clump, machen Sie, daß sie wieder ausgeht, oder Ihre zweihundert Pfund gelten nur noch ein paar Wochen.» Und auf diesen Wink hin hatte der wackere Apotheker so deutlich mit Mrs. Bute Crawley gesprochen.

Solange sie die alte Dame ganz allein für sich hatte und im Bett halten konnte, hatte Mrs. Bute Crawley mehr als einen Versuch unternommen, sie zu einer Testamentsänderung zu überreden. Doch Miss Crawleys übliche Todesangst wurde noch viel größer, sobald ihr so düstere Vorschläge gemacht wurden, und Mrs. Bute sah ein, daß sie ihre Patientin erst gesund machen und in gute Stimmung versetzen mußte, ehe sie auf die Erfüllung ihres frommen Wunsches hoffen konnte. Aber wohin mit ihr, das war das nächste Problem. Einzig in der Kirche würde sie den abscheulichen Rawdons nicht begegnen, und die Kirche würde Miss Crawley nicht sehr aufheitern, wie Mrs. Bute sehr richtig meinte. Wir sollten unsre schönen Londoner Vororte besuchen, dachte sie dann. Es sollen die malerischsten der Welt sein. Jetzt interessierte sie sich plötzlich für Hampstead und Hornsey und fand, daß Dulwich sehr reizvoll sei. Sie packte also ihr Opfer in die Kutsche und fuhr mit ihr in die ländlichen Gegenden, wobei sie die kleinen Ausflüge mit Gesprächen über Rawdon und seine Frau verkürzte und der alten Dame jede Geschichte erzählte, die dazu beitragen konnte, ihre Entrüstung über die Verruchten noch zu vertiefen.

Vielleicht zog Mrs. Bute die Schlinge unnötig fest an. Denn obwohl sich Miss Crawley in eine gehörige Abneigung gegen ihren ungehorsamen Neffen hineinsteigerte, hatte sie doch einen großen Abscheu und eine heimliche Angst vor ihrer Quälerin und sehnte sich danach, ihr zu entrinnen. Nach kurzer Zeit rebellierte sie schon gegen Highgate und Hornsey. Sie wollte in den Park fahren. Mrs. Bute wußte, daß sie dort den elenden Rawdon treffen würden, und sie hatte recht. Auf dem

Korso kam ihnen eines Tages Rawdon in einem leichten Zweisitzer entgegen; Rebecca saß neben ihm. In der feindlichen Equipage nahm Miss Crawley ihren gewohnten Platz ein, Mrs. Bute saß links von ihr, der Pudel und Miss Briggs auf dem Rücksitz. Es war ein aufregender Augenblick, und Rebecca bekam Herzklopfen, als sie die Kutsche erkannte. Während die beiden Wagen aneinander vorüberfuhren, faltete sie die Hände und blickte die alte Jungfer mit dem Ausdruck schmerzlicher Ergebenheit und Treue an. Rawdon zitterte, und sein Gesicht um den gewichsten Schnurrbart wurde feuerrot. Im andern Wagen war nur die alte Briggs gerührt und heftete ihre großen Augen ängstlich auf ihre alten Freunde. Miss Crawleys Haube blickte entschlossen zur Serpentine hinüber, und Mrs. Bute begeisterte sich zufällig für den Pudel, nannte ihn einen Schatz und ein süßes kleines Zotteltier. Die Wagen fuhren weiter, jeder in seiner Reihe.

«Erledigt, hol's der Teufel!» sagte Rawdon.

«Versuch's nochmals, Rawdon!» meinte Rebecca. «Kannst du nicht mit den Rädern in ihre hineinfahren, Schatz?»

Für ein solches Manöver hatte Rawdon keinen Mut. Als die Wagen sich wieder begegneten, erhob er sich in seinem Zweisitzer, die Hand am Hut, um ihn abzunehmen, und blickte gespannt hinüber. Aber diesmal hatte Miss Crawley ihr Gesicht nicht abgewandt. Sie und Mrs. Bute blickten ihrem Neffen voll ins Gesicht und schnitten ihn ohne Erbarmen. Fluchend sank er auf den Sitz zurück, brach aus der Reihe und fuhr in wildem Tempo nach Hause.

Es war ein herrlicher und eindeutiger Sieg für Mrs. Bute. Aber sie sah, wie auffallend nervös Miss Crawley geworden war, und spürte, wie gefährlich eine Wiederholung dieser Begegnungen werden könnte. Deshalb entschied sie, daß es für die Gesundheit ihrer lieben Freundin am besten sei, die Stadt eine Zeitlang zu verlassen, und sie empfahl ihr sehr nachdrücklich einen Aufenthalt in Brighton.

XX

Hauptmann Dobbin als Heiratsvermittler

WIE ER dazu gekommen war, wußte Hauptmann William Dobbin nicht, aber jedenfalls sah er sich plötzlich als den großen Förderer, Mittler und Stifter des Ehebundes zwischen George Osborne und Amelia. Ohne ihn wäre es niemals geglückt, wie er sich selbst mit bitterem Lächeln gestehen mußte, als er darüber nachsann, daß ausgerechnet er von allen Menschen auf der Welt für das Zustandekommen dieser Heirat sorgen sollte. Aber wenn es auch ungefähr die schmerzlichste Aufgabe war, die man ihm hätte stellen können, so war Hauptmann Dobbin doch, wenn er eine Pflicht zu erfüllen hatte, daran gewöhnt, sie ohne viele Worte oder viel Zaudern zu erledigen. Und da er sich nun darüber im klaren war, daß Miss Sedley vor Enttäuschung sterben würde, wenn sie diesen Mann nicht heiraten konnte, war er entschlossen, alle Kräfte einzusetzen, um sie am Leben zu erhalten.

Ich sehe davon ab, genaue Einzelheiten über die Begegnung zwischen George und Amelia wiederzugeben, als nämlich der erstere durch die Vermittlung seines Freundes, des wackeren William, wieder auf seinen Platz zu Füßen (oder darf ich sagen: in den Armen?) seiner Geliebten zurückgeführt worden war. Ein viel härteres Gemüt als das unsres Freundes George wäre beim Anblick des holden Gesichtchens geschmolzen, in dem der Gram und die Verzweiflung so traurige Spuren hinterlassen hatten, und ebenfalls bei den schlichten, leisen Worten, mit denen sie ihm ihr Herzeleid schilderte. Doch da sie nicht ohnmächtig wurde, als ihre zitternde Mutter Osborne zu ihr führte, und da sie nur ihr übervolles Herz erleichterte, indem sie den Kopf auf die Schulter ihres Geliebten legte und ein Weilchen ungehindert die zärtlichsten und wohltuendsten Tränen weinen konnte, war auch die alte Mrs. Sedley sehr zufrieden und hielt es für das beste, die jungen Leute allein zu lassen; sie ging hinaus, während Amelia weinend und demütig Georges Hand küßte, als ob sie ein schuldbeladenes, unwürdiges Wesen sei, das seiner Gunst und Gnade bedürfe.

Ihre Demut und die holde, von Vorwürfen freie Ergebenheit rührten und schmeichelten George Osborne sehr. Er sah in dem einfachen, nachgiebigen, treuen Geschöpf eine Sklavin vor sich, und in der Erkenntnis seiner Macht erzitterte ihm heimlich das Herz. Er wollte edelmütig sein, der Herr Pascha, und die kniende Esther aufheben und sie zu seiner Königin machen. Überdies rührten ihn ihre Trauer und ihre Schönheit ebensosehr wie ihre Ergebenheit, und daher redete er ihr gut zu und richtete sie auf und verzieh ihr gewissermaßen. All ihre Hoffnungen und Gefühle, die welkten und abstarben, weil ihre Sonne ihr genommen war, blühten unversehens wieder auf, da ihnen das Licht zurückgeschenkt wurde. In dieser Nacht hätte man in dem strahlenden Gesichtchen auf Amelias Kissen kaum das gleiche wiedererkannt, das noch in der Nacht zuvor so bleich, so leblos und so teilnahmslos dagelegen hatte. Das brave irische Dienstmädchen war so begeistert über die Veränderung, daß sie bat, das plötzlich so rosige Gesicht küssen zu dürfen. Amelia legte dem Mädchen die Arme um den Hals und küßte sie so herzlich wie ein Kind – und viel mehr war sie auch kaum. Und wie ein Kind hatte sie in der Nacht einen tiefen, erfrischenden Schlaf. Was für ein Quell unsagbaren Glücks, als sie in der Morgensonne erwachte!

Heute kommt er wieder! dachte Amelia. Er ist der herrlichste und beste von allen Männern! Und tatsächlich hielt sich auch George für eins der großmütigsten Geschöpfe von der Welt, denn er glaubte, er bringe ein ungeheures Opfer, wenn er das kleine Ding heirate.

Während sie und Osborne oben ihr reizendes *tête-à-tête* hatten, sprachen unten die alte Mrs. Sedley und Hauptmann Dobbin über die Lage der Dinge sowie die Aussichten und die Zukunft der jungen Leute. Obwohl Mrs. Sedley als echte Frau die beiden Liebenden zusammengebracht und sich selbst überlassen hatte, damit sie sich nach Herzenslust küssen konnten, vertrat sie doch die Ansicht, daß keine Macht der Welt Mr. Sedley bewegen könne, in die Verbindung seiner Tochter mit dem Sohn eines Mannes einzuwilligen, der ihn so schändlich, gemein und unerhört behandelt hatte. Und sie erzählte ihm lang und breit von glücklicheren Tagen und verflossener Herrlichkeit, als Osborne noch ganz armselig in der New Road hauste und seine Frau nur zu froh über Josephs ausgewachsene Babykleidchen war, die ihr Mrs. Sedley bei der Geburt von Osbornes Kindern überließ. Sie wußte genau, daß die teuflische Undankbarkeit Mr. Osbornes ihrem Mann das Herz gebrochen hatte, und daher würde er nie und nimmermehr in eine Heirat einwilligen.

«Dann müssen sie zusammen durchbrennen, Ma'am», sagte Dobbin lachend, «und dem Beispiel von Rawdon Crawley und Miss Emmys Freundin, der kleinen Gouvernante, folgen!» – «Ist's möglich? Nein, so etwas!» Mrs. Sedley wurde bei dieser Neuigkeit ganz aufgeregt. Wie sie wünschte, daß Blenkinsop hier wäre, um es auch zu hören! Blenkinsop hatte nämlich Miss Sharp immer mißtraut. Aber ihr Joe – der war noch heil davongekommen! Und sie beschrieb ihm die uns bereits bekannte Liebesgeschichte zwischen Rebecca und dem Steuereinnehmer von Boggley Wollah.

Dobbin fürchtete jedoch nicht so sehr Mr. Sedleys Zorn als vielmehr den des andern Vaters, und er gestand sich selbst, daß er sehr starke Zweifel und Sorgen hege, wie sich der finstere alte Tyrann von Talghändler am Russell Square verhalten würde. Er hat die Heirat strengstens verboten, dachte Dobbin und wußte genau, was für ein grimmiger, entschlossener Mann der alte Osborne war, der seine Worte nie zurücknehmen würde. Die einzige Aussicht auf Versöhnung, überlegte er, besteht darin, daß George sich im kommenden Feldzug auszeichnet. Wenn er fällt, ist's um beide geschehen. Wenn er sich nicht auszeichnet, was dann? Wie ich hörte, hat er etwas Geld von seiner Mutter geerbt, genug, um das Majorspatent zu erwerben – sonst müßte er sein Offizierspatent verkaufen und als Kolonist nach Kanada gehen oder schlecht und recht hier bei uns auf dem Lande leben. Mit solch einer Gefährtin, dachte Dobbin, würde er selbst nach Sibirien gehen. Seltsamerweise dachte der wunderliche und leichtsinnige junge Mann keinen Augenblick daran, welches Hindernis dem Bund zwischen George und Miss Sedley auch noch im Wege stand: nämlich die Mittel, sich einen eleganten Wagen und Pferde zu halten, und ein Einkommen, das ihnen ermöglichte, ihre Freunde standesgemäß zu bewirten.

Diese schwerwiegenden Überlegungen brachten ihn auf den Gedanken, die Trauung solle so bald wie möglich stattfinden. Vielleicht wünschte er selber, es bald hinter sich zu haben – so wie Leidtragende nach einem Todesfall auf eine schnelle Beerdigung drängen oder wie man eine Trennung, zu der man sich durchgerungen hat, beschleunigen möchte. Jedenfalls war Mr. Dobbin, nachdem er die Sache in die Hand genommen hatte, ganz erstaunlich eifrig auf die Durchführung bedacht. Er stellte George vor, wie notwendig sofortiges Handeln sei. Er wies auf die Aussichten einer Versöhnung mit seinem Vater hin, die eine ehrenvolle Erwähnung seines Namens in der Gazette mit sich bringen mußte. Wenn nötig, würde er selbst zu den beiden Vätern gehen und in der Angelegenheit gegen sie auftreten. Jedenfalls beschwor er George, alles zu erledigen, ehe der von allen erwartete Marschbefehl kam, daß sich das Regiment an die Front begeben müsse.

Mit diesen Heiratsplänen im Sinn, suchte Mr. Dobbin mit der herzlichen Zustimmung Mrs. Sedleys (die ihrem Mann nicht gern selbst die Sache mitteilen wollte) das jetzige Stammlokal John Sedleys in der City auf, das Tapioka-Kaffeehaus, wohin sich der zusammengebrochene arme alte Herr, seit sein Büro geschlossen war und das Schicksal ihn ereilt hatte, täglich begab, Briefe schrieb und empfing und sie zu geheimnisvollen Bündeln zusammenschnürte, von denen er stets mehrere in seinen Rockschößen bei sich trug. Ich kann mir nichts Traurigeres vorstellen als die geschäftige und betriebsame Geheimniskrämerei eines ruinierten Mannes – die Briefe von reichen Leuten, die er einem zeigt, die abgegriffenen fettigen Dokumente, die Hilfe versprechen und Beileid ausdrücken und die er einem alle ernst vorlegt, denn auf sie stützt sich seine Hoffnung auf Wiederherstellung seines Vermögens und zukünftigen Glückes. Meinen liebenswürdigen Lesern ist sicher im Laufe der Jahre auch schon von manchem Unglücklichen aufgelauert worden: er zieht einen in die Ecke, holt dann sein Bündel Papiere aus der vollgestopften Rocktasche, streift das Band ab und hält es zwischen den Lippen fest, bis er die günstigsten Briefe ausgesucht hat und sie einem vorlegt. Wer kennt nicht den traurigen, eifervollen, halb irren Blick, mit dem er uns aus hoffnungsleeren Augen anstarrt?

Dobbin fand nun auch den einst so blühenden, munteren und erfolgreichen John Sedley in einen solchen Mann verwandelt. Sein sonst so seidenweicher, gutsitzender Rock hatte abgescheuerte Nähte, und an den Knöpfen schimmerte das Kupfer durch. Das Gesicht war eingefallen und nicht rasiert; Halskrause und Halstuch hingen ihm schlaff über die faltige Weste. Wenn er früher seine Freunde im Kaffeehaus freigehalten hatte, pflegte er lauter zu lachen und zu rufen als alle andern, und die Kellner hüpften nur so um ihn herum; jetzt war es peinlich, mit anzusehen, wie demütig und höflich er mit John umging, einem triefäugigen alten Kellner in schmutzigen Strümpfen und brüchigen Halbschuhen, dessen Amt es war, den Gästen des trübseligen Etablissements, in dem anscheinend nichts anderes verkonsumiert wurde, Gläser mit Klebemarken, Zinnfäßchen mit Tinte und ein paar Blatt Schreibpapier zu servieren. Und was William Dobbin betraf, der in seiner Jugend manches Geldstück vom alten Sedley bekommen hatte und der wer weiß wie oft die Zielscheibe seiner Späße gewesen war – dem reichte der alte Herr jetzt nur ganz zaghaft und demütig die Hand und nannte ihn «Sir». Beschämung und Reue überfielen Dobbin, als der gebrochene alte Mann ihn so begrüßte und anredete – fast als ob er selbst irgendwie das Unglück verschuldet habe, das Sedley so weit heruntergebracht hatte.

«Ich freue mich sehr, Sie zu sehen, Herr Hauptmann», sagte er nach ein paar lauernden Blicken auf den Besucher (dessen lange Gestalt wie auch das militärische Äußere etwas Leben in die Triefaugen des Kellners in den brüchigen Tanzschuhen brachte und sogar die alte Dame in Schwarz aufweckten, die hinter verstaubten Kaffeetassen am Schanktisch döste). «Wie geht's dem verehrten Herrn Rat und Lady Dobbin, Ihrer vortrefflichen Frau Mutter, Sir?» Als er das Wort «Lady» in den Mund nahm, blickte er sich nach dem Kellner um, als wollte er sagen: Obacht, John! Ich habe immer noch Freunde, und zwar Leute von Rang und Stand! – «Kommen Sie in einer geschäftlichen Angelegenheit zu mir, Sir? Meine jungen Freunde Dale und Spiggot erledigen jetzt alles für mich, bis meine neuen Büroräume fertig sind, denn hier bin ich nur vorübergehend, wie Sie wohl wissen, Herr Hauptmann. Was kann ich für Sie tun, Sir? Möchten Sie etwas zu sich nehmen?»

Stotternd und zaudernd protestierte Dobbin, daß er weder hungrig noch durstig sei, daß er nichts Geschäftliches im Sinn habe und nur gekommen sei, um sich zu erkundigen, wie es ihm gehe, und um einem alten Freund die Hand zu schütteln. Und dann fuhr er unter ver-

Mr. Sedley im Restaurant

zweifelter Verdrehung der Wahrheit fort: «Meiner Mutter geht es sehr gut, das heißt, es ging ihr sehr schlecht, und sie will nun auf den ersten schönen Tag warten, um auszugehen und Mrs. Sedley einen Besuch zu machen. Wie geht es Mrs. Sedley, Sir? Hoffentlich recht gut!» Hier hielt er inne, weil ihm bewußt wurde, wie sehr er schwindelte, denn das Wetter war schön, und die Sonne schien so hell, wie es in der engbrüstigen Gasse, in der das Tapioka-Kaffeehaus liegt, nur möglich ist, und es fiel ihm ein, daß er Mrs. Sedley ja erst vor einer Stunde gesehen hatte, als er Osborne in seinem Einspänner nach Fulham gefahren und ihn dort im *tête-à-tête* mit Miss Amelia zurückgelassen hatte.

«Meine Frau wird sich über einen Besuch von Lady Dobbin sehr freuen», erwiderte Sedley und zog seine Dokumente hervor. «Ich habe hier einen sehr freundlichen Brief von Ihrem Vater, Sir, und ich bitte, ihm meine ergebensten Empfehlungen auszurichten. Lady Dobbin wird uns in einem etwas kleineren Haus antreffen als in dem alten, in dem wir früher unsre Freunde empfingen, aber es ist behaglich, und die Luftveränderung tut meiner Tochter gut, die in der Stadt – Sie erinnern sich wohl an die kleine Emmy, Sir? –, ja, die in der Stadt recht leidend war.» Die Augen des alten Herrn schweiften umher, indes er sprach, und er dachte an etwas anderes, während er dasaß und auf die Papiere trommelte und an der abgewetzten roten Schnur fingerte.

«Sie sind Offizier», fuhr er fort, «und ich frage Sie, William Dobbin, konnte man damit rechnen, daß der korsische Schurke aus Elba zurückkehren würde? Als die alliierten Herrscher voriges Jahr hier waren und wir ihnen das Festessen in der City gaben, Sir, und den Tempel der Eintracht und das Feuerwerk und die chinesische Brücke im St. James's Park sahen, konnte da ein vernünftiger Mensch argwöhnen, daß der Friede nicht wirklich geschlossen war, Sir, nachdem wir deswegen doch das Tedeum gesungen hatten? Ich frage Sie, William, konnte ich ahnen, daß der Kaiser von Österreich ein verdammter

Verräter ist, jawohl, ein Verräter, nichts anderes! Ich will meine Worte nicht bemänteln: ein doppelzüngiger Verräter und Ränkeschmied, der schon die ganze Zeit seinen Schwiegersohn hatte zurückhaben wollen. Und ich behaupte, daß Boneys Flucht von Elba eine verdammte Betrügerei und eine Verschwörung war, Sir, an der die Hälfte aller europäischen Mächte beteiligt war, um einen Kurssturz zu inszenieren und unser Land zu ruinieren. Deshalb sitze ich hier, William! Darum mußte mein Name in die Gazette. Warum, Sir? Weil ich dem Kaiser von Rußland und dem Prinzregenten traute. Schauen Sie her! Betrachten Sie sich meine Papiere! Sehen Sie, wie die Kurse am ersten März standen – wie die französischen Fünfprozentigen standen, als ich sie à conto kaufte. Und sehen Sie, wie sie jetzt stehen! Es war ein abgekartetes Spiel, Sir, sonst hätte der Schurke nie entkommen können. Wo war der englische Kommissar, der ihn entkommen ließ? Er sollte erschossen werden – vor ein Kriegsgericht gestellt und erschossen, weiß Gott!»

«Wir werden Boney schon rausjagen», sagte Dobbin, etwas erschrocken über den Zorn des alten Herrn, dem die Stirnadern zu schwellen begannen, während er mit der geballten Faust auf seine Papiere schlug. «Wir wollen ihn rausjagen, Sir! Der Herzog ist bereits in Belgien, und wir erwarten jeden Tag den Marschbefehl.»

«Gebt ihm keinen Pardon! Bringt den Kopf des Schurken her, Sir! Schießt den Feigling nieder, Sir!» schrie Sedley. «Ich würde mich selbst melden, weiß der Teufel, aber ich bin ein gebrochener alter Mann – ruiniert durch den verdammten Schurken und durch ein Pack von Lügnern und Betrügern in unserm Land, die ich selbst erst zu etwas gemacht habe und die jetzt stolz herumkutschieren», schloß er mit brechender Stimme.

Dobbin war ganz erschüttert beim Anblick des einst so gütigen alten Freundes, den das Unglück fast verrückt machte, so daß er in seniler Wut tobte. Habt Mitleid mit dem Gebrochenen, ihr, denen Geld und Ansehen die höchsten Güter sind! Und das sind sie ja auch – wenigstens auf dem Jahrmarkt der Eitelkeit.

«Ja», sagte er, «man kann Schlangen an seinem Busen wärmen, und hinterher stechen sie einen. Es gibt Bettler, denen man aufs Pferd hilft – und die sind dann die ersten, die einen niederreiten. Sie wissen doch, wen ich meine, nicht wahr, mein Junge? Ich meine den schuftigen Geldprotz am Russell Square, den ich kannte, als er noch keinen Schilling besaß, und ich bete und hoffe, ihn nochmals als den Bettler zu sehen, der er damals war, als ich ihm voranhalf.»

«Darüber habe ich etwas durch meinen Freund George gehört», sagte Dobbin, der gern zur Sache kommen wollte. «Der Streit zwischen Ihnen und seinem Vater hat ihn sehr getroffen, Sir. Ich bringe Ihnen sogar eine Botschaft von ihm.»

«Oho, sind Sie *deshalb* gekommen?» rief der alte Mann und sprang auf. «Was denn – vielleicht um mich zu trösten, ja? Sehr liebenswürdig von dem steifen, stolzen Laffen mit der Stutzermiene und den Westendmanieren! Er lungert wohl noch immer um mein Haus herum, wie? Wenn mein Sohn ein Mann wäre, würde er ihn niederknallen. Er ist genauso ein Schurke wie sein Vater. Ich dulde es nicht, daß sein Name in meinem Hause genannt wird. Ich verfluche den Tag, an dem ich ihn über meine Schwelle ließ, und ich will meine Tochter lieber tot zu meinen Füßen als mit ihm verheiratet sehen.»

«George hat doch keine Schuld an der Grausamkeit seines Vaters, Sir! Daß Ihre Tochter ihn liebt, haben Sie ebensosehr begünstigt wie er! Wie dürfen Sie es wagen, mit der Liebe zweier junger Menschen so zu spielen und ihnen nach Ihrem Belieben das Herz zu brechen?»

«Merken Sie sich's nur, nicht *sein* Vater löst die Verlobung auf, sondern *ich* bin dagegen!» rief der alte Sedley. «Seine und meine Familie sind auf ewig geschieden! Ich bin tief gesunken, aber doch nicht so tief, nein, nein! Und das können Sie der ganzen Sippschaft bestellen, dem Sohn und dem Vater und den Schwestern!»

«Ich bin der Ansicht, Sir», sagte Dobbin mit leiser Stimme, «daß Sie weder die Macht noch das Recht haben, die beiden zu trennen. Und wenn Sie Ihrer Tochter nicht Ihre Zustimmung geben, dann hat sie die Pflicht, auch ohne eine Zustimmung zu heiraten. Ich sehe gar nicht ein, warum sie sterben oder verkümmern soll, nur weil Sie starrköpfig sind. Meiner Ansicht nach ist sie so gut wie verheiratet, Sir: als ob das Aufgebot schon in allen Londoner Kirchen verkündet wäre. – Und was kann es übrigens für eine bessere Antwort auf Osbornes Beschuldigungen geben – falls sie überhaupt bestehen –, als daß sein Sohn wünscht, in Ihre Familie aufgenommen zu werden und Ihre Tochter zu heiraten?»

Als er auf dies Argument aufmerksam gemacht wurde, leuchtete etwas wie Genugtuung im Blick des alten Sedley auf; doch beharrte er noch immer darauf, daß er nie seine Einwilligung zur Heirat geben würde.

«Dann müssen wir es ohne Ihre Einwilligung tun», sagte Dobbin lächelnd und erzählte Mr. Sedley, was er vorhin auch schon Mrs. Sedley erzählt hatte: daß Rebecca und Hauptmann Crawley heimlich geheiratet hätten. Der alte Herr amüsierte sich darüber. «Ihr seid doch schreckliche Menschen, ihr Offiziere!» sagte er und schnürte seine Papiere zusammen. Auf seinem Gesicht stand etwas wie ein Lächeln – sehr zur Verwunderung des triefäugigen Kellners, der jetzt hinzugekommen war und solch einen Ausdruck noch nie in Sedleys Gesicht bemerkt hatte, seit er das schäbige Kaffeehaus regelmäßig aufsuchte.

Der Gedanke, seinem Feind Osborne so einen Schlag zu versetzen, besänftigte den alten Herrn vielleicht etwas – und da ihr Gespräch hiermit endete, schieden er und Dobbin als recht gute Freunde.

*

«Meine Schwestern behaupten, sie habe Diamanten, so groß wie Taubeneier», erzählte George lachend. «Wie gut sie sich von ihrer Hautfarbe abheben müssen! Die reinste Illumination, wenn sie ihre Juwelen am Hals trägt! Ihr pechschwarzes Haar ist ebenso kraus wie das von Sambo.

Vielleicht hat sie gar einen Nasenring getragen, als sie bei Hofe vorgestellt wurde! Und mit einem Federbusch im Haarknoten sähe sie bestimmt wie eine echte *belle sauvage* aus!»

George unterhielt sich mit Amelia und verspottete das Äußere einer jungen Dame, die sein Vater und seine Schwestern vor kurzem kennengelernt hatten und die von der Familie am Russell Square mit größter Hochachtung betrachtet wurde. In Westindien sollte sie wer weiß wie viele Plantagen besitzen, außerdem eine Unmenge Geld in Staatspapieren; im Verzeichnis der ostindischen Aktionäre standen drei Sterne hinter ihrem Namen. Sie hatte einen Landsitz in Surrey und ein Stadthaus am Portland Place. Den Namen der reichen westindischen Erbin hatte die *Morning Post* bewundernd angeführt. Mrs. Haggistoun, Oberst Haggistouns Witwe, die mit ihr verwandt war, stand ihrem Haushalt vor und spielte die Anstandsdame. Sie war gerade aus dem Institut gekommen, wo sie ihre Ausbildung abgeschlossen hatte. George und seine Schwestern hatten sie bei einer Abendgesellschaft im Hause des alten Hulker am Devonshire Place kennengelernt (Hulker, Bullock & Co. waren lange Zeit die Vertreter ihres Hauses in Westindien gewesen), und die jungen Damen hatten ihr das herzlichste Entgegenkommen bewiesen, was sich die Erbin sehr huldvoll gefallen ließ. «Eine Waise in ihrer Stellung – mit soviel Geld –, wie interessant!» sagten die Damen Osborne. Als sie vom Hulkerschen Ball zu ihrer Gesellschafterin, Miss Wirt, heimkehrten, waren sie noch ganz erfüllt von ihrer neuen Freundin. Sie hatten verabredet, daß sie sich sehr oft sehen wollten, und fuhren schon am nächsten Tage zu ihr, um ihr einen Besuch zu machen. Mrs. Haggistoun, Oberst Haggistouns Witwe und die Verwandte Lord Binkies, von dem sie dauernd redete, kam den lieben, unschuldigen Mädchen reichlich hochmütig vor und zu sehr darauf versessen, von ihren vornehmen Verwandten zu reden. Aber Rhoda war so, wie man sich's nur wünschen konnte: das offenherzigste, freundlichste und angenehmste Geschöpf, das vielleicht noch ein bißchen Politur brauchte, aber doch so gutmütig war. Die jungen Mädchen nannten sich gleich beim Vornamen.

«Du hättest ihr Kleid für den Empfang bei Hofe sehen sollen, Emmy», rief George lachend. «Sie kam zu meinen Schwestern, um sich bewundern zu lassen, ehe sie von Lady Binkie, der Verwandten von der Haggistoun, bei Hofe vorgestellt wurde. Die Haggistoun ist auch mit aller Welt verwandt! Ihre Diamanten glitzerten wie Vauxhall an dem Abend, als wir dort waren. Erinnerst du dich noch an Vauxhall, Emmy, und wie Joseph seiner Herzallerliii-iebsten vorsang? Diamanten und kaffeebraune Haut, Kindchen! Denk bloß, was für ein vorteilhafter Kontrast! Und dazu die weißen Federn im Haar – in der Wolle, meine ich. Sie trug Ohrringe, so lang wie Kronleuchter, man hätte sie, weiß Gott, anzünden können, und eine gelbe Atlasschleppe rauschte wie ein Kometenschweif hinter ihr drein!»

«Wie alt ist sie denn?» fragte Emmy, der unser Freund George am Morgen ihres ersten Wiedersehens ununterbrochen von dem schwarzen Musterexemplar vorplauderte.

«Hm, die schwarze Prinzessin hat zwar eben erst die Schule verlassen, aber sie muß zwei- oder dreiundzwanzig sein. Du solltest bloß mal ihre Handschrift sehen! Meistens schreibt Mrs. Haggistoun die Briefe für sie, aber in einem intimen Augenblick bei meinen Schwestern setzte sie selber die Feder aufs Papier. Saint Christopher schreibt sie Sint Kristoffer.»

«Oh, das muß ja Miss Swartz sein, meine Schulfreundin», rief Emmy und erinnerte sich an die gutmütige junge Mulattin, die damals so hysterisch geweint hatte, als Amelia Miss Pinkertons Institut verließ.

«Tatsächlich, so heißt sie», sagte George. «Ihr Vater war ein deutscher Jude, ein Sklavenhändler, wie es heißt, der irgendwie mit den Kannibaleninseln zu tun hatte. Er starb im vergangenen Jahr, und sie hat nun bei Miss Pinkerton ihre Ausbildung abgeschlossen. Sie kann zwei Stücke auf dem Klavier spielen, sie kennt drei Lieder, sie kann schreiben, was Mrs. Haggistoun ihr vorbuchstabiert, und Jane und Maria lieben sie bereits wie eine Schwester.»

«Ich wünschte, sie hätten mich auch liebgehabt», sagte Amelia ernst. «Immer waren sie so kalt zu mir.»

«Mein liebes Herz, sie hätten dich auch geliebt, wenn du zweihunderttausend Pfund besessen hättest», erwiderte George. «So sind sie nun mal erzogen worden. Wir leben in einer Bargeldgesellschaft! Wir leben unter Bankiers und Großkaufleuten, zum Henker mit ihnen, und jeder, der mit dir spricht, klimpert mit den Goldstücken in seiner Tasche. Da ist der Esel Fred Bullock, der meine Schwester Maria heiraten wird, da ist Goldmore, der Direktor der Ostindischen Handelsgesellschaft, da ist Dipley vom Talghandel – *unserm* Geschäft», sagte George, lachte verlegen und wurde rot. «Zum Teufel mit dem ganzen Pack von geldscharrenden Proleten! Bei ihren schweren Abendessen schlafe ich immer ein. Bei meines Vaters stumpfsinnigen Gesellschaften schäme ich mich. Ich bin's gewöhnt, mit Gentlemen zu verkehren, Emmy, mit Leuten von Rang und Stand, und nicht mit einer Bande vollgefressener Kaufleute. In unserm Kreis bist du, mein liebes Herzchen, die einzige, die wie eine Dame aussieht und denkt und spricht, und du tust es, weil du ein Engel bist und nicht anders kannst. Doch, widersprich mir nicht! Du bist hier die einzige Dame! Miss Crawley hat's doch auch gesagt, und die hat in der besten Gesellschaft Europas verkehrt. Und auch Crawley von der Leibgarde, zum Henker: der ist auch ein feiner Kerl. Mir gefällt es an ihm, daß er das Mädchen seiner Wahl geheiratet hat!»

Auch Amelia bewunderte Mr. Crawley aus dem gleichen Grunde. Sie war überzeugt, daß Rebecca glücklich war, und hoffte, daß sich Joseph (sie mußte lachen) inzwischen getröstet hätte. Und so plauderte das Pärchen weiter, ganz wie in der ersten Zeit. Amelia hatte ihr Vertrauen wiedergefunden, obwohl sie vorgab, auf Miss Swartz furchtbar eifersüchtig zu sein. Sie behauptete, sie habe entsetzliche Angst (die kleine Heuchlerin, die!), daß George sie um der Erbin und ihres Vermögens und ihrer Besitzungen in St. Christopher willen vergessen könnte. In Wirklichkeit war es so, daß sie viel zu glücklich war, um irgendwelche Befürchtungen oder Zweifel oder trübe Ahnungen zu hegen: da sie George wieder an ihrer Seite hatte, fürchtete sie weder eine Erbin noch eine Schönheit noch sonst eine Gefahr.

Als Hauptmann Dobbin am Nachmittag zu den lieben Leutchen zurückkehrte – das Herz von Mitgefühl für sie erfüllt –, tat es ihm unendlich wohl, als er sah, wie Amelia wieder jung geworden war, wie sie lachte und zwitscherte und vertraute alte Lieder am Klavier sang, bis sie durch die Türglocke unterbrochen wurden, die Mr. Sedleys Rückkehr von der Stadt ankündigte. Das war für George das Zeichen zum Rückzug.

Abgesehen vom ersten Lächeln bei der Begrüßung – und selbst das war geheuchelt, denn sie fand sein Erscheinen reichlich störend –, beachtete Miss Sedley den Hauptmann Dobbin überhaupt nicht mehr. Aber er war zufrieden, sie so glücklich zu sehen, und dankbar, daß er der Urheber ihres Glückes sein durfte.

XXI

Streit um eine Erbin

LIEBE kann man wohl für jede junge Dame empfinden, die solche Vorzüge wie Miss Swartz besaß; sie sollte daher die ehrgeizigen Träume verwirklichen, die der alte Mr. Osborne in seinem Herzen hegte. Mit größter Begeisterung und Freundlichkeit unterstützte er die reizende Freundschaft seiner Töchter mit der jungen Erbin und behauptete, es bereite ihm als Vater die aufrichtigste Freude, daß seine Töchter gerade sie zur Freundin erwählt hatten.

«In unserm bescheidenen Haus am Russell Square werden Sie zwar nicht die Pracht und Vornehmheit finden, mein liebes Fräulein», sagte er zu Miss Rhoda, «an die Sie im Westend gewöhnt sind. Meine Töchter sind einfache, uneigennützige Mädchen, aber sie tragen das Herz auf dem rechten Fleck, und sie haben eine Freundschaft zu Ihnen gefaßt, die ihnen Ehre macht – ja, die ihnen Ehre macht. Ich bin ein schlichter, einfacher, bescheidener britischer Kaufmann – ein redlicher, wie es meine geschätzten Freunde Hulker und Bullock, die Geschäftsfreunde Ihres zu früh verschiedenen Vaters, bestätigen können. Sie finden in uns eine einträchtige, schlichte, glückliche – und ich darf wohl sagen: geachtete Familie, eine schlichte Tafel, schlichte Menschen, aber ein warmes Willkommen, meine liebe Miss Rhoda – oder darf ich

Rhoda sagen? Denn mein Herz fühlt sich zu Ihnen hingezogen, wahrhaftig! Ich bin ein aufrichtiger Mann, und ich mag Sie gern. Champagner her! Hicks, schenk Miss Swartz Champagner ein!»

Man braucht kaum daran zu zweifeln, daß der alte Osborne alles glaubte, was er sagte, und daß die Mädchen es mit ihren Freundschaftsbeteuerungen für Miss Swartz ernst meinten. Auf dem Jahrmarkt der Eitelkeit klammern sich die Leute vollkommen natürlich an die Reichen. Wenn selbst die einfachsten Menschen dazu neigen, recht freundlich auf große Reichtümer zu blicken (denn wer von allen Briten will mir weismachen, daß der Gedanke an Reichtum nicht etwas Ehrfurchtgebietendes und Anziehendes für ihn hat? Und auch du, lieber Leser, wirst doch wohl mit einer gewissen Anteilnahme auf deinen Tischnachbarn blicken, sobald zu erfährst, daß er eine halbe Million besitzt?), wenn also auch die einfachen Menschen wohlwollend aufs Geld blicken, wieviel mehr müssen es erst die Weltkinder schätzen? Gleich stürzen sie mit ihrer Sympathie herbei, das Geld willkommen zu heißen! Spontan erwachen ihre freundschaftlichen Gefühle für den interessanten Besitzer. Ich kenne sehr ehrenwerte Leute, die es sich nicht gestatten, Freundschaft für einen Menschen zu empfinden, der nicht ein gewisses Vermögen oder eine bestimmte Stellung in der Gesellschaft innehat. Bei geeigneter Gelegenheit jedoch lassen sie ihren Gefühlen freien Lauf. Beweis dafür ist, daß die meisten Mitglieder der Familie Osborne, die sich im Verlauf von fünfzehn Jahren nicht zu einer herzlichen Zuneigung für Amelia Sedley entschließen konnten, Miss Swartz schon am ersten Abend so liebgewannen, wie es sich der romantischste Verteidiger einer «Freundschaft auf den ersten Blick» nur wünschen kann.

«Was für eine gute Partie für George sie wäre» (darin stimmten die Schwestern und Miss Wirt überein) «und wieviel besser würde sie zu ihm passen als die unbedeutende kleine Amelia! Und ein so eleganter junger Mann wie er, mit seinem guten Aussehen, seinem Rang, seinen Talenten, wäre gerade der richtige Mann für sie!» Träume von Bällen am Portland Place, Empfang bei Hofe und Verkehr mit der Hälfte des Hochadels beschäftigten die Phantasie der jungen Damen, die zu ihrer geliebten neuen Freundin nur von George und seinen vornehmen Beziehungen sprachen.

Auch der alte Osborne fand, daß sie eine großartige Partie für seinen Sohn wäre. Er müßte die Armee verlassen und ins Parlament gehen; er müßte in der vornehmen Welt und in der Politik eine Rolle spielen. Sein Blut wallte in ehrlicher britischer Begeisterung auf, als er den Namen Osborne in der Person seines Sohnes geadelt sah, und er meinte, daß er vielleicht der Stammvater einer ruhmreichen Reihe von Baronen werden könnte. Er forschte in der City und an der Börse nach, bis er alles über das Vermögen der Erbin wußte, wo ihr Geld angelegt war und wo sich ihre Besitzungen befanden. Der junge Fred Bullock, sein Hauptgewährsmann, hätte gern für sich selbst ein Angebot auf die Erbin gemacht (wie sich der junge Bankier ausdrückte), nur war er schon für Maria Osborne «gebucht». Doch da er sie sich nicht als Frau sichern konnte, war sie dem uneigennützigen Fred auch als Schwägerin recht. «George soll nur sofort drauflosgehen und sie erobern», riet er. «Man muß das Eisen schmieden, solange es heiß ist – nämlich: solange sie hier noch nicht sehr bekannt ist. In ein paar Wochen wird irgendein verdammter Westend-Stutzer mit vornehmem Titel und verschuldeten Ländereien kommen und uns Kaufleute alle ausstechen, wie es voriges Jahr Lord Fitzrufus bei Miss Grogram gemacht hat, die doch mit Podder von der Firma Podder & Brown schon regelrecht verlobt war. Je eher, je besser, Mr. Osborne, das ist meine Meinung», sagte er witzig. Aber hinterher, als Mr. Osborne das Sprechzimmer des Bankiers verlassen hatte, erinnerte sich Mr. Bullock an Amelia, und was für ein hübsches Mädchen sie doch war, und so verliebt in George! Er opferte mindestens zehn Minuten seiner kostbaren Zeit dafür, das Unglück zu bedauern, das die arme Amelia betroffen hatte.

Während so George Osbornes edlere Gefühle und sein guter Freund und Genius Dobbin den Ausreißer wieder zu Amelia führten, förderten Georges Vater und seine Schwestern bereits die glänzende Partie für ihn, und sie hätten es sich nicht träumen lassen, daß er Widerstand leisten würde.

Wenn der alte Osborne jemandem einen «Wink» gab, konnte selbst der Dümmste den Wink nicht mißverstehen. Wenn er einen Diener die Treppe hinunterwarf, nannte er das einen Wink für den Betreffenden, seinen Dienst zu verlassen. Mit seinem üblichen Freimut und Takt sagte er Mrs. Haggistoun, er würde ihr am Tage, da sein Sohn ihr Mündel heiratete, einen Scheck über fünftausend Pfund geben, und auch diesen Vorschlag nannte er einen Wink und hielt ihn für ein sehr geschicktes Diplomatenstückchen. Zu guter Letzt gab er auch George einen Wink in bezug auf die Erbin und befahl ihm, sie umgehend zu heiraten – befahl es ihm genau so, wie er seinem Butler befohlen haben würde, eine Flasche zu entkorken, oder seinem Sekretär, einen Brief zu schreiben.

Der gebieterische Wink beunruhigte George sehr. Er steckte mitten in der ersten Begeisterung und Freude seiner zweiten Werbung um Amelia und war unsagbar glücklich. Der Gegensatz zwischen ihrem Wesen und Äußeren und dem der Erbin ließ den Gedanken an eine Verehelichung mit der Mulattin doppelt lächerlich und ekelhaft erscheinen. Im offenen Wagen und in der Loge des Opernhauses – sollte er sich da an der Seite der kaffeebraunen Schönheit sehen lassen? Unvorstellbar! Es kam noch hinzu, daß der junge Osborne genauso dickköpfig wie Osborne senior war: wenn er etwas haben wollte, ließ er sich nicht davon abbringen, und im Zorn konnte er ebenso heftig werden wie sein Vater in seinen schlimmsten Auftritten.

Als ihm der alte Herr zum erstenmal den Wink gab, Miss Swartz seine Aufmerksamkeit zu Füßen zu legen, versuchte George, sich willfährig zu zeigen, um Zeit zu gewinnen. «Daran hättest du etwas eher denken sollen, Vater», entgegnete er. «Jetzt ist es zu spät, denn wir erwarten jeden Tag Befehl, an die Front zu gehen.» Und dann setzte er ihm auseinander, daß die paar Tage oder Wochen, die sie noch in England wären, wohl Geschäften, aber nicht einem Liebeshandel gewidmet werden sollten. Dafür sei Zeit genug, wenn er als Major nach Hause käme, «denn das verspreche ich», rief er selbstgefällig, «so oder so wirst du den Namen Osborne in der Gazette lesen!»

Die Antwort des Vaters stützte sich auf die Ansichten seines Gewährsmannes in der City: wenn man zauderte, würde unweigerlich irgendein Stutzer aus Westend sie einfangen, und wenn George sie nicht heiratete, solle er sich wenigstens ein schriftliches Eheversprechen sichern, das bei seiner Rückkehr nach England vollzogen würde. Überhaupt sei ein Mann, der sich durch Zuhausebleiben zehntausend Pfund Einkommen im Jahr verschaffen könne, ein Dummkopf, wenn er statt dessen im Ausland sein Leben aufs Spiel setzen wolle.

«Sie möchten also, daß man mich als Feigling betrachtet, der wegen Miss Swartz' Reichtum unsern guten Namen entehrt?» erwiderte George.

Diese Bemerkung ließ den alten Herrn etwas stutzen, doch weil er darauf antworten mußte und weil er ohnehin fest entschlossen war, sagte er: «Morgen ißt du hier bei uns zu Abend, und jeden Tag, den Miss Swartz herkommt, hast du hierzusein und dich um sie zu bemühen. Wenn du Geld brauchst, geh zu Chopper!» Dadurch stellte sich seinen Plänen mit Amelia ein neues Hindernis in den Weg, über das er mit Dobbin mehr als eine heimliche Beratung abhielt. Seines Freundes Ansichten, wie er vorgehen solle, kennen wir bereits, und was George anbetraf, so machten ihn, wenn er auf etwas erpicht war, ein paar neue Hindernisse nur um so entschlossener.

*

Das dunkelhäutige Objekt der Verschwörung, die von den Mitgliedern der Familie Osborne angezettelt worden war, ahnte nichts von deren Plänen, und seltsamerweise verriet auch ihre Freundin und Beschützerin nichts darüber. Sie hielt also alle Schmeicheleien der jungen Damen für echtes Gefühl, und da sie, wie wir schon anfänglich zeigten, ein sehr warmes und ungestümes Herz besaß, erwiderte sie ihre Zuneigung mit wahrhaft tropischer Glut. Offen gesagt, muß ich sogar gestehen, daß auch sie eine etwas egoistische Vorliebe für das Haus am Russell Square empfand: sie hielt nämlich George Osborne für einen reizenden jungen Mann. Schon am ersten Abend, als sie ihn bei Mr. Hulkers Ball sah, hatte sein Bart großen Eindruck auf sie gemacht, und wie wir wissen, war sie nicht die erste junge Dame, die sich dadurch betören ließ. George hatte etwas Forsches und zugleich Schwermütiges, etwas Sanftes und zugleich Feuriges an sich. Er sah wie ein Mann aus, dem man Leidenschaften und Geheimnisse, verschwiegenen bohrenden Gram und tolle Abenteuer zutrauen kann. Seine Stimme klang voll und tief. Wenn er bemerkte, daß der Abend warm sei, oder wenn er seine Tanzpartnerin fragte, ob sie ein Eis wünsche, dann war sein Tonfall so melancholisch oder innig, als ob er sie auf den Tod ihrer Mutter vorbereiten oder eine Liebeserklärung einleiten wolle. In den Kreisen seines Vaters stach er alle jungen Stutzer aus und war der erklärte Held solcher drittrangigen Burschen. Ein paar nur verspotteten oder haßten ihn. Manche, wie Dobbin, bewunderten ihn leidenschaftlich. Und jedenfalls hatte sein Bart bereits zu wirken begonnen und rankte sich um das Herz der Erbin.

Sooft eine Aussicht bestand, ihn am Russell Square anzutreffen, brannte das einfältige, gutherzige junge Mädchen darauf, ihre lieben Freundinnen zu besuchen. Sie stürzte sich in Unkosten für neue Kleider und Armbänder und Häubchen und üppigen Federschmuck. Mit großem Geschick staffierte sie sich heraus, um ihrem Eroberer zu gefallen, und führte ihre paar simpeln Fertig-

Miss Swartz' Generalprobe

keiten vor, um seine Gunst zu gewinnen. Die Misses Osborne baten sie stets sehr ernsthaft, etwas zu musizieren, und sie sang dann ihre drei Lieder und spielte ihre zwei Stücke, wieviel Male sie auch aufgefordert werden mochte, und mit stets wachsendem eigenem Vergnügen. Während dieser köstlichen Unterhaltung saßen Miss Wirt und die Anstandsdame im Hintergrund, blätterten im Adelsregister und sprachen über die Aristokratie.

Am Tage, nachdem George von seinem Vater den «Wink» bekommen hatte, saß er kurz vor dem Abendessen in sehr vorteilhafter und durchaus natürlicher Pose melancholisch hingegossen auf dem Sofa im Salon. Auf seines Vaters Aufforderung hin war er bei Mr. Chopper in der City gewesen (der alte Herr ließ ihm zwar ansehnliche Summen zukommen, aber nie einen regelmäßigen und festgesetzten Zuschuß, sondern er bedachte ihn ganz nach Lust und Laune). Danach hatte George drei Stunden bei Amelia, seiner geliebten kleinen Amelia, in Fulham verbracht, und als er nach Hause kam, traf er seine Schwestern in gestärkten Musselinkleidern im Salon an, im Hintergrund plauderten die beiden Gardedamen, und die brave Swartz in ihrem Lieblingskleid aus bernsteinfarbenem Atlas mit türkisblauen Armbändern, zahllosen Ringen, Blumen, Federn und allem erdenklichen Tand und Krimskrams war ungefähr so elegant herausgeputzt wie ein weiblicher Schornsteinfeger am ersten Mai.

Nach einigen vergeblichen Versuchen, ihn ins Gespräch zu ziehen, unterhielten sich die jungen Mädchen über die Mode und den letzten Empfang bei Hofe, bis ihm von ihrem Geschnatter ganz übel war. Er verglich ihr Benehmen mit dem der kleinen Emmy, die schrillen Stimmen mit Emmys sanft klingender Sprache, ihre wie auf Draht gezogene Haltung mit Emmys harmonischen Bewegungen und ihrem bescheidenen Liebreiz. Die arme Swartz saß auf einem Sessel, den Emmy früher innegehabt hatte. Die juwelengeschmückten Finger lagen gespreizt im bernsteingelben Atlasschoß. Ihre Anhänger und Ohrringe funkelten, und sie rollte mit den großen

Augen. Sie hielt sich für hinreißend und war mit ihrem süßen Nichtstun durchaus zufrieden. Die Schwestern hatten noch nie etwas so Kleidsames wie den gelben Atlas gesehen!

«Verdammt noch eins», sagte George später zu einem vertrauten Freund, «sie sah wie eine chinesische Puppe aus, die den ganzen Tag nichts weiter zu tun hat, als zu grinsen und mit dem Kopf zu nicken. Beim Zeus, Will, ich mußte mich wirklich schwer beherrschen, ihr nicht das Sofakissen an den Kopf zu werfen.» Doch diesen Gefühlsausbruch hatte er immerhin unterdrückt.

Die Schwestern begannen die *Schlacht von Prag* zu spielen. «Hört doch mit dem verdammten Zeug auf!» rief George wütend vom Sofa aus. «Es macht mich noch verrückt! Spielen *Sie* uns etwas vor, Miss Swartz, oder singen Sie etwas – alles, was Sie wollen, nur nicht die *Schlacht von Prag.*»

«Soll ich die *Blonde Marie* singen oder das Lied von der *Kleinen Hütte?*»

«Das reizende Lied von der Hütte!» baten die Schwestern.

«Das hatten wir schon», murrte der Spielverderber auf dem Sofa.

«Ich könnte *Fliehe, du Tag* singen, wenn ich den Text hätte», sagte Miss Swartz schüchtern. Es war die letzte Nummer in ihrem Repertoire.

«Oh, *Fleuve du Tage*», rief Miss Maria. «Wir haben die Noten», und sie ging weg, um das Album zu holen, in dem das Lied stand.

Dieses Lied, das damals sehr beliebt war, hatten die jungen Damen zufällig von einer jungen Freundin geschenkt bekommen, deren Name auf dem Titelblatt stand, und Miss Swartz beendete das Liedchen unter Georges Beifall (denn er erinnerte sich, daß es eins von Amelias Lieblingsliedern gewesen war) und blätterte dann in der Hoffnung, sie würde zu einer Wiederholung aufgefordert werden, in dem Notenalbum herum, als ihr

Blick auf das Titelblatt fiel, in dessen Ecke «Amelia Sedley» geschrieben stand.

«Gottchen!» schrie Miss Swartz und drehte sich rasch auf dem Klavierschemel herum, «ist das *meine* Amelia? Amelia, die in Hammersmith bei Miss Pinkerton war? Das muß sie sein! Das ist sie! Oh, erzählt mir von ihr! Wo ist sie jetzt?»

«Sprich nicht von ihr», sagte Miss Maria Osborne hastig. «Ihre Familie hat sich mit Schande bedeckt. Ihr Vater hat meinen Papa betrogen, und ihr Name darf in unserm Haus nicht erwähnt werden.» Das war Marias Rache für Georges Grobheit wegen der *Schlacht von Prag*.

«Sind Sie eine Freundin von Amelia?» fragte George und sprang auf. «Gott segne Sie dafür, Miss Swartz!

Glauben Sie nicht, was meine Schwestern erzählen! Amelia jedenfalls trifft keine Schuld. Sie ist das beste...»

«Du weißt doch, George, daß du nicht über sie sprechen darfst!» rief Miss Jane. «Papa hat es verboten!»

«Niemand kann mich daran hindern!» schrie George. «Ich *will* von ihr sprechen! Sie ist das beste, gütigste, sanfteste, holdeste Geschöpf von ganz England. Bankrott hin oder her: meine Schwestern sind nicht wert, ihr das Wasser zu reichen. Wenn Sie Amelia gern haben, besuchen Sie sie doch, Miss Swartz, Freunde hat sie jetzt nötig! Gott segne alle, die freundlich zu ihr sind! Jeder, der gut über sie spricht, ist mein Freund! Jeder, der schlecht über sie spricht, ist mein Feind! Vielen Dank, Miss Swartz!» sagte er, sprang auf und drückte ihr die Hand.

«George! George!» rief eine der beiden Schwestern flehend.

«Ich wiederhole», rief George wild: «Ich danke jedem, der Amelia Sed...» Er brach ab. Der alte Osborne stand mit einem vor Wut blassen Gesicht im Zimmer, und seine Augen glühten wie feurige Kohlen.

Wenn George auch mitten im Satz innegehalten hatte, so ließ er sich jetzt, wo sein Blut in Wallung geraten war, selbst durch ganze Generationen von Osbornes nicht mehr einschüchtern. Er faßte sich sofort und erwiderte den drohenden Blick seines Vaters mit einer so entschlossenen und trotzigen Miene, daß der alte Herr zurückwich und wegsah. Er fühlte, daß ihm ein harter Kampf bevorstand. «Mrs. Haggistoun, darf ich Sie zum Essen führen?» sagte er. «George, reiche Miss Swartz den Arm!» So gingen sie nach unten.

«Miss Swartz, ich liebe Amelia, und wir sind von Kindheit an miteinander verlobt», erzählte George seiner Tischdame. Während des ganzen Essens plauderte er mit einer Beredsamkeit, die ihn selbst überraschte und die seinen Vater im Hinblick auf den Kampf, der stattfinden mußte, sobald sich die Damen in den Salon zurückgezogen hatten, doppelt nervös machte.

Der Unterschied zwischen den beiden bestand darin, daß der Vater heftig und tyrannisch war, der Sohn aber dreimal soviel Mut und Unerschrockenheit wie sein Vater besaß und nicht nur angreifen, sondern auch einem Angriff standhalten konnte. Da er fand, jetzt sei der Augenblick gekommen, wo der Streit zwischen ihm und seinem Vater durchgefochten werden mußte, aß er mit Seelenruhe und Appetit. Der alte Osborne dagegen war nervös und trank zuviel. Seine Unterhaltung mit den neben ihm sitzenden Damen schleppte sich mühsam weiter, und Georges Kaltblütigkeit reizte ihn nur noch mehr. Es machte ihn rasend, als er sah, wie ruhig George die Serviette hinwarf und den Damen beim Verlassen des Speisezimmers mit eleganter Verbeugung die Tür aufhielt. Dann saß er wieder, schenkte sich Wein ein, kostete genießerisch und blickte seinem Vater voll ins Gesicht, als wollte er sagen: Die Herren von der Garde – Feuer! Auch der alte Mann versah sich mit Munition, doch die Karaffe klingelte gegen das Glas, als er sich einschenkte.

Er schöpfte tief Luft, und dann begann er mit dunkelrotem Gesicht und gepreßter Stimme: «Wie konntest du dich erdreisten, in meinem Salon und vor Miss Swartz den Namen dieser Person in den Mund zu nehmen?»

«Halt, Vater!» sagte George. «Sprich nicht von ‹erdreisten›. So redet man nicht mit einem Hauptmann der britischen Armee!»

«Ich rede mit meinem Sohn, wie es mir paßt. Ich kann ihn enterben, wenn's mir Spaß macht. Ich kann ihn an den Bettelstab bringen, wenn's mir Spaß macht. Und vor allem rede ich so, wie's mir paßt.»

«Ich bin ein Gentleman, Vater, auch wenn ich dein Sohn bin», erwiderte George hochmütig. «Darf ich dich bitten, alle Mitteilungen, die du mir zu machen hast, und alle Befehle, die du mir erteilen möchtest, in eine Sprache zu kleiden, die ich zu hören gewohnt bin.»

Sooft der Junge seine hochmütige Miene aufsetzte, regte sich in seinem Vater entweder großes Unbehagen oder großer Zorn. Der alte Osborne fürchtete sich insgeheim vor seinem Sohn als dem wahren Gentleman, und vielleicht haben meine Leser auf dem Jahrmarkt der Eitelkeit die Erfahrung gemacht, daß ein niedrig gesinnter Mensch niemanden so fürchtet wie einen Gentleman.

«Mein Vater hat mir nicht die Erziehung gegeben, die du gehabt hast, auch nicht die Ausbildung, die du gehabt hast, und auch nicht die Mittel, die du gehabt hast. Wenn *ich* den Verkehr gehabt hätte, den gewisse Leute mittels meines Geldes hatten, dann hätte mein Sohn vielleicht keinen Anlaß, sich mit seiner Überlegenheit und seinen Westend-Manieren zu brüsten.» (Diese Worte äußerte der alte Osborne in seiner bissigsten Stimme.) «Doch zu meiner Zeit schickte es sich nicht für einen Gentleman, seinen Vater zu beleidigen. Wenn ich so etwas getan hätte, würde mein Vater mich die Treppe hinuntergeworfen haben.»

«Ich habe dich nicht beleidigt, Vater. Ich bat dich, zu bedenken, daß dein Sohn nicht weniger ein Gentleman ist als du. Ich weiß ganz genau, daß du mir sehr viel Geld gibst» (Georges Finger spielten mit dem Banknotenbündel, das ihm Mr. Chopper heute früh gegeben hatte). «Du sagst es mir oft genug, Vater. Du brauchst also nicht zu befürchten, daß ich's vergesse.»

«Ich wünschte, daß du auch andere Sachen nicht vergessen würdest», erwiderte der Hausherr. «Ich wünschte, du würdest nicht vergessen, daß in diesem Hause – solange du es mit deiner Anwesenheit beehrst – ich der Herr bin und daß der Name, daß das – daß du – daß ich...»

«Daß was?» fragte George mit kaum merklichem Hohn und schenkte sich noch ein Glas Rotwein ein.

«Verdammt!» brüllte Osborne fluchend los, «daß von den Sedleys keiner hier erwähnt werden darf, nicht einer von der ganzen verdammten Bande!»

«*Ich* habe Miss Sedleys Namen nicht zuerst erwähnt, Vater! Meine Schwestern waren's, die vor Miss Swartz schlecht über sie redeten. Und zum Kuckuck, ich verteidige sie, einerlei, wo! In meiner Gegenwart darf keiner ihren Namen schlechtmachen! Unsre Familie hat ihr schon genügend Kränkungen zugefügt, sollte ich meinen, und könnte es unterlassen, sie jetzt, wo sie im Unglück sitzt, noch zu beschimpfen! Ich würde jeden andern niederknallen, der ein Wort gegen sie sagt!»

«Red nur so weiter», sagte der alte Mann, dem die Augen schon aus dem Kopf quollen.

«Worüber, Vater? Über die Art, wie wir diesen Engel von einem Mädchen behandelt haben? Wer hat mir gesagt, daß ich sie lieben soll? Das hattest du eingefädelt! Ich hätte jemand anders wählen können – hätte vielleicht höher hinaufgeschaut als in deine Kreise –, aber ich habe gehorcht. Und jetzt, da ihr Herz mir gehört, befiehlst du mir, es wegzuwerfen und sie für die Fehler andrer zu strafen – vielleicht gar zu töten! Weiß Gott, es ist eine Schande!» rief George und redete sich in immer größere Leidenschaft und Begeisterung hinein, «so frivol mit dem Herzen eines jungen Mädchens zu spielen – mit solch einem Engel – so himmelweit ist sie allen Menschen in ihrer Umgebung überlegen, daß sie den Neid der andern hätte erregen können, nur ist sie dafür viel zu gut und sanft, und es ist unbegreiflich, daß jemand sie zu hassen wagt. Glaubst du etwa, sie würde mich vergessen, wenn ich sie verlasse?»

«Ich will von dem verdammten sentimentalen Unsinn und Humbug nichts hören!» schrie sein Vater. «In meiner Familie gibt's keine Bettelheirat! Wenn du achttausend jährlich wegwerfen willst, die du mühelos haben könntest, dann tu's: aber dann schnüre dein Bündel und verlaß mein Haus, verstanden? Ein für allemal: willst du tun, was ich von dir verlange, oder nicht?»

«Die Mulattin heiraten?» fragte George und zog die Kragenzipfel höher. «Die Farbe gefällt mir nicht, Vater. Frag doch den Neger, der am Fleet Market die Straße kehrt! Ich jedenfalls heirate keine Hottentotten-Venus.»

Mr. Osborne zog wie rasend an der Klingelschnur, mit der er sonst den Butler bestellte, wenn er mehr Wein haben wollte. Fast blau im Gesicht, befahl er ihm, für Hauptmann Osborne eine Droschke zu holen.

*

«Ich hab's geschafft», sagte George, als er eine Stunde drauf mit sehr blassem Gesicht bei Slaughters erschien. «Was hast du geschafft, mein Junge?» fragte Dobbin.

George erzählte ihm, was sich zwischen ihm und seinem Vater abgespielt hatte. «Morgen heirate ich sie», schwor er. «Ich liebe sie täglich mehr, Dobbin!»

XXII

Eine Trauung und ein Teil der Flitterwochen

ES WAR dem alten Osborne sehr gut bekannt, daß auch der hartnäckigste und mutigste Feind sich gegen eine Aushungerung nicht behaupten kann; deshalb machte er sich wegen seines Gegners in dem soeben beschriebenen Scharmützel weiter keine Sorgen und erwartete zuversichtlich Georges bedingungslose Kapitulation, sobald ihm die Vorräte ausgingen. Natürlich war es dumm, daß der Junge gerade am Tage, als das erste Scharmützel stattfand, Proviant gefaßt hatte, doch war das nur eine befristete Hilfe, dachte der alte Osborne, die Georges Übergabe höchstens hinauszögern konnte. Ein paar Tage lang bestand keinerlei Verbindung zwischen Vater und Sohn. Der alte Osborne war ärgerlich über das Schweigen, aber nicht beunruhigt; denn wie er sagte, wußte er ja, wo er bei George die Schraube anzusetzen hatte, und nun wartete er nur auf das Ergebnis seiner Taktik. Er berichtete den Schwestern vom Ausgang des Streits, gebot ihnen aber, die Sache nicht weiter zu beachten und George bei seiner Rückkehr willkommen zu heißen, als ob nichts geschehen sei. Sein Gedeck lag jeden Tag wie gewohnt auf dem Eßtisch, und vielleicht erwartete ihn der alte Herr doch ziemlich gespannt. Aber er kam nicht. Bei einer Erkundigung in seinem Hotel erfuhr man, daß er und sein Freund Dobbin die Stadt verlassen hätten.

Es war ein stürmischer, rauher Apriltag, und der Regen peitschte über das Pflaster der alten Straße, in der früher Old Slaughters' Kaffeehaus lag, als George Osborne das Kaffeezimmer betrat und sehr bleich und mitgenommen aussah, obwohl er sehr elegant gekleidet war und einen blauen Rock mit Messingknöpfen und eine feine Lederweste nach der Mode der damaligen Zeit trug. Und da kam ihm auch sein Freund Dobbin entgegen, ebenfalls in einem blauen Rock und ohne die Uniform, die sonst seine hagere Gestalt bedeckte.

Dobbin war schon seit über einer Stunde im Kaffeezimmer. Er hatte sich alle Zeitungen vorgenommen, konnte sie aber nicht lesen. Er hatte viele dutzendmal auf die Uhr geblickt und auf die Straße geschaut, auf die der Regen niederklatschte, und auf die Leute, die in Holzschuhen vorbeiklapperten und lange Schatten auf das glänzende Pflaster warfen. Er trommelte auf den Tisch, er biß sich die Nägel fast ganz und gar ab, fast bis aufs Fleisch (er hatte die Gewohnheit, seine großen, langen Hände auf diese Art zu verschönen). Er balancierte den Teelöffel geschickt auf dem Milchkännchen, warf es um, und so weiter, und so weiter. Kurz und gut, er zeigte alle Merkmale großer Unruhe und unternahm verzweifelte Versuche, sich die Zeit zu vertreiben, wie man's meistens tut, wenn man sehr besorgt und erwartungsvoll und beunruhigt ist.

Einige seiner Kameraden, die auch anwesend waren, hänselten ihn wegen seines prächtigen Anzugs und wegen seiner Aufgeregtheit. Einer fragte ihn, ob er sich verheiraten wolle. Dobbin lachte und sagte, er würde ihm (Major Wagstaff von den Pionieren) ein Stück Kuchen schicken, wenn das Ereignis eintreten sollte. Endlich erschien Hauptmann Osborne – sehr elegant gekleidet, aber sehr blaß und erregt, wie wir sagten. Er betupfte sein bleiches Gesicht mit einem großen gelben, stark parfümierten Bandanna-Taschentuch, gab Dobbin die Hand, blickte auf die Uhr und sagte dem Kellner John, Curaçao zu bringen. In nervöser Hast kippte er ein paar Glas

Likör hinunter. Sein Freund fragte ihn etwas besorgt, wie er sich fühle.

«Hab' bis zum Tagesanbruch kein Auge zugetan, Dob», sagte er. «Verteufelte Kopfschmerzen und Fieber. Bin um neun aufgestanden und zu Hummums baden gegangen. Ich sage dir, Dob, mir ist's genauso zumute wie an dem Morgen in Quebec, als ich gegen Rocket antrat.»

«Mir auch», erwiderte Dobbin. «Damals war ich ganz verteufelt aufgeregt, mehr als du. Du hast an dem Morgen noch großartig gefrühstückt, wie ich mich erinnere. Iß jetzt was!»

«Du bist ein guter alter Kerl, Will. Jetzt trink' ich auf dein Wohl, mein Alter, und dann ade...»

«Nein, nein, zwei Glas sind genug», unterbrach ihn Dobbin. «He, John, trag den Likör weg! Nimm etwas Cayennepfeffer zu deinem Huhn! Mach aber schnell, es wird Zeit, daß wir hinfahren!»

Es war gegen halb zwölf, als die kurze Begegnung und Unterhaltung zwischen den beiden Offizieren stattfand. Seit einiger Zeit hatte schon ein Wagen gewartet, in den Hauptmann Osbornes Bursche das Schreib- und Toiletten-Necessaire gestellt hatte; nun eilten die beiden Herren unter einem Schirm darauf zu und stiegen ein, der Diener schwang sich auf den Bock und schalt über den Regen und den nassen Kutscher neben ihm, der vor Feuchtigkeit dampfte. «An der Kirchentür finden wir einen besseren Wagen als den hier», meinte er, «das ist wenigstens ein Trost.» Und der Wagen fuhr los, zuerst Piccadilly entlang, wo das Apsley House und das St. George's Hospital noch rote Backsteinjacken trugen, wo es noch Öllampen gab, wo die Achilles-Statue noch nicht stand und der Pimlico-Bogen noch nicht errichtet war, auch nicht das häßliche Reiterungetüm, das jetzt die Straße und die Nachbarschaft beherrscht, und dann weiter über Brompton und zu einer Kirche in der Nähe der Fulham Road.

Ein Vierspänner wartete schon, desgleichen ein anderer Wagen, eine sogenannte Glaskutsche. Wegen des abscheulichen Regenwetters hatten sich nur wenige Gaffer eingefunden.

«Zum Henker», sagte George, «ich wollte nur zwei Pferde!»

«Mein Herr hat vier bestellt», sagte Mr. Joseph Sedleys Diener, der auch draußen wartete, und er und Mr. Osbornes Diener waren sich, während sie William und George in die Kirche folgten, darüber einig, daß es «eine ganz schäbige Geschichte sei, mit nicht mal einem Frühstück und Rosetten fürs Knopfloch!»

«Da seid ihr ja», sagte unser alter Freund Joe Sedley und trat auf sie zu. «George, du hast dich um fünf Minuten verspätet, mein Junge! Scheußliches Wetter, was? Verdammich, 's ist wie der Beginn der Regenzeit in Bengalen. Aber ihr werdet sehen, mein Wagen ist wasserdicht! Kommt mit! Mutter und Emmy sind in der Sakristei!»

Joseph Sedley sah fabelhaft aus. Er war beleibter denn je. Sein Hemdkragen ragte noch höher, sein Gesicht war noch röter, und die Halskrause blähte sich prächtig über der bunten Weste. Lackschuhe waren damals noch nicht erfunden, aber die Stulpenstiefel an seinen schönen Beinen glänzten so sehr, daß es das gleiche Paar gewesen sein muß, in dem sich der Edelmann auf dem alten Bild beim Rasieren zu spiegeln pflegte. Auf seinem hellgrünen Rock prangte eine schöne Hochzeitsrosette, die so groß wie eine vollerblühte weiße Magnolie war.

Kurzum, George hatte den entscheidenden Schritt getan. Er heiratete – daher auch seine Blässe und Unruhe, die schlaflose Nacht und die Aufregung am Morgen. Leute, die das gleiche Wagnis auf sich genommen haben, gestanden mir, sie hätten die gleiche Erregung gespürt. Nach drei oder vier Wiederholungen gewöhnt man sich vermutlich dran, aber der erste Sprung ist, wie jeder zugibt, einfach schaurig.

Die Braut trug eine braune Seidenmantille (wie mir später Hauptmann Dobbin berichtete) und ein Strohhäubchen mit einem rosa Band. Über dem Häubchen lag ein Schleier aus weißer Chantilly-Spitze, ein Geschenk von ihrem Bruder Mr. Joseph Sedley. Hauptmann Dobbin hatte um Erlaubnis gebeten, ihr eine goldene Uhr mit Kette schenken zu dürfen, die sie zu diesem Anlaß trug, und ihre Mutter hatte ihr eine Diamantbrosche gegeben, fast das einzige Schmuckstück, das der alten Dame geblieben war. Während der Trauung weinte Mrs. Sedley in ihrem Kirchenstuhl sehr heftig, wurde aber vom irischen Dienstmädchen und von Mrs. Clapp aus dem Nachbarhaus getröstet. Der alte Sedley hatte der Feier nicht beiwohnen wollen. Er ließ sich durch Joseph vertreten, der die Braut fortgab, während Hauptmann Dobbin den Brautführer spielte.

Außer dem Geistlichen und der kleinen Hochzeitsgesellschaft war niemand in der Kirche. Die beiden Diener saßen hochmütig im Hintergrund. Der Regen prasselte nur so an den Fenstern herunter. Man hörte ihn gut, wenn kleine Pausen während der feierlichen Handlung entstanden, und auch das Schluchzen der alten Mrs. Sedley war dann lauter zu hören. Die Worte des Pfarrers hallten traurig von den leeren Wänden wider. Osbornes Ja erklang in tiefem Baß, Emmys Antwort flatterte vom Herzen auf ihre Lippen, wurde aber, außer von Hauptmann Dobbin, kaum von jemand vernommen.

Als die Trauung vollzogen war, trat Joseph Sedley vor und küßte seine Schwester, die Neuvermählte, zum erstenmal seit vielen Monaten. Georges düstere Miene war verschwunden, und er schien ganz stolz und strahlte. «Jetzt bist du an der Reihe, William», sagte er und legte Dobbin die Hand liebevoll auf die Schulter, woraufhin Dobbin näher trat und Amelias Wange berührte.

Dann gingen sie in die Sakristei und trugen sich ins Kirchenbuch ein. «Gott segne dich, mein Alter», sagte George zu Dobbin und ergriff seine Hand, wobei es ihm feucht in den Augen schimmerte. William antwortete nur mit einem Kopfnicken. Sein Herz war zu voll, als daß er viel hätte sagen können.

«Schreibe sofort und komm, sobald du kannst, hörst du?» mahnte George Osborne. Nachdem Mrs. Sedley von ihrer Tochter unter krampfhaftem Weinen Abschied genommen hatte, ging das junge Paar zum Wagen hinaus. «Macht Platz, ihr kleinen Schlingel!» rief George einer kleinen Schar nasser Straßenjungen zu, die am Kirchenportal herumlungerten. Der Regen schlug dem Bräutigam und der Braut ins Gesicht, als sie auf den Wagen zuschritten. Die Rosetten der Kutscher hingen schlaff auf den tropfnassen Röcken. Die paar Kinder riefen dem Wagen ein dürftiges Hoch nach, als er davonfuhr und der Schmutz aufspritzte.

William Dobbin stand unter dem Kirchenportal und sah ihnen nach – eine wunderliche Gestalt. Die kleine Zuschauerbande machte sich über ihn lustig, aber er dachte weder an sie noch an ihr Gelächter.

«Kommen Sie mit nach Hause, Dobbin, zu einem tüchtigen Mittagessen», rief eine Stimme hinter ihm, und eine fette Tatze legte sich auf seine Schulter und schreckte den guten Menschen aus seiner Träumerei auf. Aber der Hauptmann hatte keine Lust, mit Joseph Sedley zu feiern. Er half der weinenden alten Dame und ihren Begleiterinnen in den Wagen, dann stieg Joe ein, und er verabschiedete sich, ohne weitere Worte mit ihnen zu wechseln. Auch dieser Wagen fuhr ab, und die Straßenjungen stimmten wieder ein spöttisches Hurra an.

«Hier, ihr kleinen Räuber», sagte Dobbin und schenkte ihnen ein paar Münzen. Dann ging er selbst durch den Regen von dannen. Nun war es vorbei. Sie waren verheiratet – und glücklich, gebe Gott! Seit seiner Kindheit hatte er sich nicht mehr so elend und verlassen gefühlt. Voll schmerzlicher Sehnsucht wünschte er, die ersten paar Tage wären bald vorbei, damit er sie wiedersehen dürfte.

*

Zehn Tage nach der soeben geschilderten Feier genossen drei junge Leute unserer Bekanntschaft den schönen Blick auf die Erkerfenster linkerhand und das blaue Meer rechterhand, der sich in Brighton den Reisenden bietet. Manchmal blickt der Londoner begeistert aufs Meer, das mit zahllosen Grübchen lächelt und von weißen Segeln übersprenkelt ist, während Hunderte von Badekabinen den Saum seines blauen Gewandes küssen. Wer aber eher die menschliche Natur als eine schöne Aussicht liebt, wendet sich den Erkerfenstern und dem Gewimmel menschlichen Lebens zu, das sich dahinter zeigt. Aus dem einen dringen die Klänge eines Klaviers, auf dem eine junge Dame mit Korkzieherlöckchen zur Freude ihrer Hausgenossen sechs Stunden täglich übt; an einem andern kann man das Kindermädchen, die reizende Polly, sehen, wie sie den kleinen Master Omnium in ihren Armen wiegt, während Jacob, sein Papa, am Fenster darunter zum Frühstück Krebse ißt und die *Times* verschlingt. Dort drüben sind die Misses Leery, die nach den jungen Offizieren von der schweren Kavallerie Ausschau halten, denn um diese Zeit trifft man sie ziemlich sicher auf der Strandpromenade. Oder vielleicht hat ein Londoner Kaufmann mit einem Hang für die Schiffahrt sein Fernrohr von der Größe einer Sechspfünderkanone seewärts gerichtet, um jeden Ruderkahn, jedes Heringsboot und jede Bademaschine zu beobachten, die an den Strand kommt oder in See sticht. Aber haben wir genug Zeit, um Brighton zu beschreiben? Brighton, ein sauberes Neapel mit vornehmen Lazzaroni, Brighton, das immer so lebendig, munter und fröhlich wie ein Harlekinskostüm wirkt, Brighton, das zur Zeit unsrer Geschichte sieben Stunden von London entfernt lag, während es heute in hundert Minuten zu erreichen ist und uns vielleicht noch wer weiß wieviel näher rückt, falls Joinville nicht kommt und es vorzeitig bombardiert...

«Was für ein fabelhaft schönes Mädchen in der Wohnung drüben über dem Putzgeschäft, wie?» bemerkte einer von unsern drei Lustwandelnden zu den andern. «Potztausend, Crawley, haben Sie gesehen, wie sie mir zugeblinzelt hat?»

«Brechen Sie ihr nur nicht das Herz, Joseph, Sie alter

Halunke!» sagte einer. «Spielen Sie nicht mit ihren Gefühlen, Sie Don Juan!»

«Laßt mich doch!» erwiderte Joe Sedley ganz geschmeichelt und warf dem fraglichen Dienstmädchen einen Verführerblick zu. Hier in Brighton war Joe noch prächtiger gekleidet als bei der Trauung seiner Schwester. Er hatte prunkvolle Westen, deren jede allein ihn zu einem Durchschnittsstutzer hätte machen können, und trug gern einen Militärrock mit Posamentenverschluß, Knebeln, schwarzen Knöpfen, Tressenbesatz und anderem Zierat. Er hielt seit einiger Zeit auf militärisches Aussehen und Auftreten, und wenn er mit seinen beiden Freunden, die Militärs von Beruf waren, spazierenging, dann stolzierte er mit klirrenden Sporen einher und schoß Siegerblicke auf alle Dienstmädchen, die es wert waren, erlegt zu werden.

«Was wollen wir unternehmen, bis die Damen zurückkommen?» fragte der Modegeck.

Die Damen hatten in seinem Wagen eine Spazierfahrt nach Rottingdean unternommen.

«Laßt uns doch Billard spielen», schlug einer von ihnen vor – der Große mit dem gewichsten Schnurrbart.

«Nein, verdammich, nein, Herr Hauptmann», erwiderte Joseph etwas besorgt. «Heute lieber nicht, Crawley, gestern hat's mir genügt!»

«Sie spielen ausgezeichnet», lachte Crawley. «Stimmt's nicht, Osborne? Wie gut er den Fünfer machte, was?»

«Glänzend», sagte Osborne. «Joe ist ein Tausendsasa beim Billardspielen und auch sonst in jeder Beziehung. Ich wünschte, es gäbe hierherum Tigerjagden! Dann könnten wir vor dem Essen schnell noch ein paar erlegen! Da geht aber ein schönes Mädchen! Sieh mal hin, Joe! Was für Fesseln! Erzähl uns die Geschichte von deiner Tigerjagd und wie du ihn im Dschungel erledigt hast! Es ist eine großartige Geschichte, Crawley.» Dann gähnte er. «Hier ist nicht grade viel los», meinte er, «was könnten wir bloß anfangen?»

«Wollen wir uns ein paar Pferde ansehen, die Snaffler

vom Markt in Lewes mitgebracht hat?» fragte Crawley.

«Oder wollen wir vielleicht bei Duttons ein Aspik essen?» meinte der Schelm Joe, der zwei Fliegen mit einer Klappe schlagen wollte. «Bei Duttons ist ein verteufelt hübsches Mädchen!»

«Wir könnten ja auch zuschauen, wie die *Lightning* ankommt – die Post muß jetzt eintreffen!» schlug George vor. Dieser Einfall schien noch besser als Pferde und Aspik, und sie schlugen die Richtung zur Poststation ein, um bei der Ankunft der *Lightning* anwesend zu sein.

Unterwegs trafen sie die Equipage – Josephs offenen Wagen mit der prunkvollen Wappenverzierung –, ein großartiges Vehikel, in dem er mit verschränkten Armen und schief aufgesetztem Dreispitz majestätisch und allein – oder, in glücklicheren Fällen, in Begleitung einer Dame – in Cheltenham herumzukutschieren pflegte.

Jetzt saßen zwei Damen im Wagen: die eine klein, mit hellem Haar und nach der neuesten Mode gekleidet, die andere in einem braunseidenen Umhang und einem Strohhäubchen mit rosa Bändern, mit rosigem, rundlichem, glücklichem Gesicht, dessen Anblick herzerfreuend war. Sie ließ den Wagen halten, als er in die Nähe der drei Herren kam, wurde aber, weil sie selber etwas angeordnet hatte, sofort ängstlich und errötete dann ganz grundlos. «Wir haben eine herrliche Ausfahrt hinter uns, George», sagte sie, «und – und wir sind so froh, daß wir wieder hier sind. Ach, und Joseph – laß ihn ja nicht zu spät nach Hause kommen!»

«Verführen Sie unsre Ehemänner nicht zu Missetaten, Mr. Sedley, Sie Schlimmer!» sagte Rebecca und drohte Joseph mit ihrem niedlichen Finger, der in einem tadellosen französischen Glacéhandschuh steckte. «Kein Billard, kein Rauchen, keine Missetaten!»

«Meine verehrte Mrs. Crawley – aber bitte, Ehrenwort!» war alles, was Joe als Antwort herausbringen konnte; doch gelang es ihm, eine einigermaßen kleidsame Pose einzunehmen: den Kopf auf die Seite gelegt, die eine

Hand auf dem Rücken, den er mit seinem Stock stützte, und zu seinem Opfer auflächelnd, während die andere Hand (die mit dem Diamantring) an seiner Halskrause und den Westen zupfte. Als die Equipage davonrollte, sandte er den schönen Damen eine diamantenberingte Kußhand nach. Er wünschte nur, ganz Cheltenham, ganz Chowringhee, ganz Kalkutta hätte ihn in dieser Stellung gesehen, wie er einer solchen Schönheit nachwinkte, noch dazu in der Gesellschaft eines so berühmten Stutzers, wie es Rawdon Crawley von der Leibgarde war.

Unsre Jungvermählten hatten Brighton gewählt, um dort die ersten paar Tage nach der Hochzeit zu verbringen; sie hatten Zimmer in der Ship Inn und erfreuten sich der großen Behaglichkeit und Stille, bis sich Joseph zu ihnen gesellte. Er war übrigens nicht der einzige Bekannte, den sie dort trafen. Als sie eines Nachmittags von einem Strandspaziergang zurückkehrten – wem mußten sie da in die Arme laufen, wenn nicht Rebecca und ihrem Mann? Sie erkannten sich sofort. Rebecca flog ihrer geliebten Freundin an den Hals, Crawley und Osborne schüttelten sich sehr herzlich die Hand, und schon nach sehr wenigen Stunden fand Rebecca Gelegenheit, Osborne vergessen zu lassen, daß es einmal zu einem etwas unerfreulichen Wortwechsel zwischen ihnen gekommen war. «Erinnern Sie sich noch an das letzte Mal, als wir uns bei Miss Crawley trafen und ich so unhöflich zu Ihnen war, lieber Herr Hauptmann? Mir schien, als ob Sie unsre liebe Amelia vernachlässigten: das machte mich so ärgerlich und so schnippisch und so unfreundlich und so undankbar! Bitte, verzeihen Sie mir!» sagte Rebecca und reichte ihm ihre Hand mit so freimütiger und gewinnender Anmut, daß Osborne nicht umhinkonnte, sie zu ergreifen. Man weiß nie, mein Sohn, wieviel Gutes man sich antun kann, wenn man sein Unrecht offen und demütig zugibt. Ich kannte einmal einen Herrn, der auf dem Jahrmarkt der Eitelkeit ein erfahrener Praktikus war und seinen Mitmenschen absichtlich kleine Kränkungen zufügte, um sich hinterher sehr mannhaft und offen dafür zu entschuldigen. Und was war die Folge? Mein Freund Crocky Doyle war überall beliebt: er galt als reichlich ungestüm, aber doch als grundehrlicher Bursche. Und George Osborne hielt Beckys demütige Entschuldigung für Aufrichtigkeit.

Die beiden jungen Ehepaare hatten sich sehr viel zu erzählen. Sie sprachen über ihre Heirat und erörterten mit großer Offenheit und beiderseitigem Interesse ihre Aussichten für die Zukunft. Georges Vater sollte durch William Dobbin von der Heirat benachrichtigt werden, und der junge Osborne dachte mit Zittern an das Ergebnis der Besprechung. Miss Crawley, auf die sich Rawdons ganze Hoffnung stützte, hatte noch nicht nachgegeben. Da sie nicht in ihr Haus in der Park Lane eindringen konnten, waren ihr der liebevolle Neffe und die Nichte nach Brighton gefolgt, wo sie ihre Haustür ständig von Spähern beobachten ließen.

«Sie sollten mal ein paar von Rawdons Freunden sehen, die *unsere* Haustür ständig belagern!» rief Rebecca lachend. «Hast du überhaupt je im Leben einen hartnäckigen Gläubiger gesehen, Emmy? Oder einen Gerichtsvollzieher und seinen Büttel? Die ganze vorige Woche hindurch beobachteten uns zwei solche Kreaturen vom Gemüseladen aus, uns gerade gegenüber, so daß wir erst am Sonntag aus dem Haus gehen konnten. Was machen wir nur, wenn Tantchen nicht nachgibt?»

Unter dröhnendem Gelächter erzählte Rawdon Crawley eine Reihe ergötzlicher Geschichten von seinen Gläubigern, und wie Rebecca sie so geschickt abgefertigt habe. Er schwor hoch und heilig, daß es in Europa keine zweite Frau gäbe, die so gut mit einem Gläubiger fertig werden könne. Fast unmittelbar nach ihrer Heirat hatte ihre Praxis schon begonnen, und ihr Mann hatte erkannt, wie ungeheuer wertvoll eine solche Frau ist. Sie hatten reichlich Kredit, aber sie hatten auch einen Berg unbezahlter Rechnungen und litten unter einem dauernden Mangel an Bargeld. Beeinträchtigten diese Geldkalamitäten Rawdons gute Laune? Nein. Auf dem Jahrmarkt der Eitelkeit wird wohl jeder beobachtet haben, wie angenehm die Leute leben, die bis an den Hals gemütlich in Schulden stecken, wie sie sich nichts zu versagen brauchen und wie vergnügt und unbekümmert sie sind. Rawdon und seine Frau bewohnten die allerbesten Zimmer des Hotels in Brighton; wenn der Wirt den ersten Gang auftrug, verbeugte er sich vor ihnen so tief wie vor seinen besten Kunden, und dabei tadelte Rawdon das Essen und die Weine mit einer Anmaßung, die selbst der Größte im Land nicht hätte überbieten können. Langjährige Übung, eine männliche Erscheinung, tadellose Stiefel und Anzüge und eine selbstbewußte Entschiedenheit im Auftreten nützen manchem ebensosehr wie ein großes Guthaben bei der Bank.

Die Jungvermählten trafen sich bald in den Zimmern des einen, bald in denen des andern Paares. Nach zwei oder drei Abenden setzten sich die Herren zu einer Partie Pikett hin, während die Damen zusammensaßen und plauderten. Dieser Zeitvertreib und die Ankunft Joseph Sedleys, der in seinem großartigen offenen Wagen vorfuhr und ein paar Partien Billard mit Hauptmann Crawley spielte, füllten Rawdons Börse wieder auf und verhalfen ihm zu ein wenig Bargeld, ohne das selbst die größten Geister manchmal auf dem trockenen sitzen.

Die drei Herren schlenderten also zur Poststation, um dem Eintreffen der Lightning-Post zuzuschauen. Auf die Minute pünktlich und außen und innen überfüllt kam die Extrapost die Straße heruntergerasselt, während der Postillon das übliche Liedchen auf dem Posthorn blies, und dann hielt sie mit einem Ruck vor der Station.

«Hallo, da ist ja unser alter Dobbin!» rief George und war begeistert, seinen Freund oben auf dem Verdeck zu erblicken, denn sein Besuch in Brighton hatte sich verzögert. «Wie geht's dir, mein Alter? Fein, daß du gekommen bist! Emmy wird sich so freuen, wenn sie dich sieht!» sagte er und schüttelte seinem Freund herzhaft die Hand, sowie Dobbin nur von oben heruntergeklettert war.

Doch dann fuhr er etwas leiser und mit besorgter Stimme fort: «Was gibt's Neues? Warst du am Russell Square? Was sagt der alte Herr? Erzähl mir alles!»

Dobbin sah sehr blaß und ernst aus. «Ich habe deinen Vater aufgesucht», sagte er. «Wie geht's Amelia – Mrs. Osborne, meine ich? Ich erzähle dir gleich alles – aber die größte Neuigkeit, die ich mitgebracht habe...»

«Heraus mit der Sprache, mein Alter!» sagte Osborne.

«Wir sind nach Belgien abkommandiert. Die ganze Armee geht, Garde und alles. Heavytop hat die Gicht und ist wütend, daß er sich nicht rühren kann. O'Dowd übernimmt das Kommando, und nächste Woche müssen wir uns in Chatham einschiffen.»

Natürlich war die Kriegsnachricht ein Schlag für unsre Verliebten, und die Herren wurden sehr ernst.

XXIII

Hauptmann Dobbin als Vermittler

WELCHE geheimen magnetischen Kräfte muß doch die Freundschaft ausstrahlen, daß sie einen im allgemeinen eher trägen oder kalten oder schüchternen Menschen um eines Freundes willen klug, tatkräftig und entschlossen machen kann! Wie das Medium nach ein paar magnetischen Strichen Doktor Elliotsons für Schmerz unempfindlich wird, mit geschlossenen Augen lesen und meilenweit in die Ferne und gar in die Zukunft schauen kann und noch andre Wunder verrichtet, zu denen es im Normalzustand überhaupt nicht fähig ist, so kann im Alltag und unter dem Einfluß der Freundschaft der Bescheidene kühn werden, der Scheue wird selbstsicher, der Faule wird unternehmungslustig und der Hastige wird vorsichtig und friedfertig. Was veranlaßt andrerseits den Advokaten, seine eigene Sache nicht selbst zu vertreten, sondern seinen Kollegen als Berater heranzuziehen? Was veranlaßt den Arzt, wenn er krank ist, seinen Konkurrenten kommen zu lassen, anstatt sich vor den Kaminspiegel zu setzen und seine Zunge selber zu untersuchen oder sich am eigenen Schreibtisch selbst ein Rezept auszustellen? Ich lege diese Fragen meinen intelligenten Lesern zur Beantwortung vor, die ja wissen, wie leichtgläubig und wie weich wir einerseits sind und wie skeptisch und hartnäckig andrerseits, wie energisch für andere, wie gleichgültig in eigener Sache. Jedenfalls steht es fest, daß unser Freund Dobbin – der von so nachgiebigem Charakter war, daß er wahrscheinlich, falls seine Eltern ihn sehr gedrängt hätten, in die Küche hinuntergestiegen wäre und die Köchin geheiratet hätte, und der um seiner eigenen Interessen willen nicht einmal die Straße überqueren würde – nun George Osbornes Angelegenheiten so emsig und rührig vorantrieb, wie es auch der diplomatischste Egoist für sich selbst nicht besser könnte.

Während unser Freund George und seine junge Frau in Brighton die ersten rosigen Tage ihrer Flitterwochen verlebten, blieb also der brave William als Georges Bevollmächtigter in London zurück, um den geschäftlichen Teil der Heirat zu erledigen. Es gehörte zu seinen Pflichten, den alten Sedley und dessen Frau aufzusuchen und ersteren bei guter Laune zu halten; er sollte Joseph und seinen neuen Schwager näher zusammenbringen, damit Josephs Ansehen und sein Posten als Steuereinnehmer von Boggley Wollah als Ausgleich für seines Vaters ruinierten Ruf gelten und den alten Osborne eher mit der Heirat aussöhnen könnte; und schließlich sollte er dem alten Herrn in einer Form Mitteilung davon machen, die ihn sowenig wie möglich erbitterte.

Ehe er jedoch dem Oberhaupt der Familie Osborne mit der Nachricht gegenübertrat, die er ihr pflichtgemäß übermitteln mußte, hielt er es für diplomatischer, wenn er zuerst den andern Familienmitgliedern näherkam und die Damen, wenn möglich, auf seine Seite brachte. Im Grunde ihres Herzens können sie gar nicht darüber empört sein, dachte er. Wann hätte sich eine Frau jemals über eine romantische Heirat entrüstet? Zuerst würde es ein wenig Geschrei geben; allmählich würden sie für ihren Bruder sein, und dann könnten wir zu dritt den alten Osborne belagern. Wie ein Machiavelli sann also der Herr Infanteriehauptmann über geeignete Mittel und Wege oder eine Kriegslist nach, um die Misses Osborne behutsam und schonend mit dem Geheimnis ihres Bruders vertraut zu machen.

Er erkundigte sich beiläufig nach den gesellschaftlichen Verpflichtungen seiner Mutter und fand bald heraus, welche Bekannten von Milady um diese Zeit Gesellschaften gaben und wo er vielleicht den Damen Osborne begegnen könnte, und obwohl er wie, ach, so mancher vernünftige Mann Abscheu vor Festen und Gesellschaften hegte, fand er bald eine heraus, bei der die Damen Osborne anwesend sein würden. Er erschien also auch dort, tanzte ein paarmal mit ihnen und war überaus höflich. Er hatte sogar den Mut, Miss Jane um eine kurze Unterredung am nächsten Vormittag zu bitten, da er ihr, wie er sagte, eine Nachricht von größter Wichtigkeit mitteilen müsse.

Warum fuhr sie zurück und starrte ihn einen Augenblick an und sah dann zu Boden? Beinahe wäre sie in seinen Armen ohnmächtig geworden, hätte er ihr nicht glücklicherweise auf den Fuß getreten, so daß sie wieder zu sich kam. Warum regte sie sich so heftig über Dobbins Frage auf? Wir werden es nie erfahren. Doch als er am nächsten Tag kam, war Maria nicht bei ihrer Schwester im Salon, und Miss Wirt ging unter dem Vorwand hinaus, sie zu holen, so daß Hauptmann Dobbin und Miss Jane allein blieben. Sie waren beide so stumm, daß das Ticktack der Kaminuhr – mit der Opferung Iphigeniens – fast taktlos laut zu vernehmen war.

«Wie reizend der Ball gestern abend war!» fing Miss Jane endlich an, um ihm Mut zu machen. «Und wieviel besser – Sie jetzt tanzen, Hauptmann Dobbin! Sicher hat es Ihnen jemand beigebracht?» schloß sie mit liebenswürdiger Schelmerei.

«Sie sollten mich nur mal sehen, wie ich mit der Majorin O'Dowd von unserm Regiment einen Reel tanze! Und eine Gigue – haben Sie schon mal bei einer Gigue zugeschaut? Aber ich glaube, mit Ihnen könnte jeder tanzen, weil Sie so gut tanzen, Miss Osborne.»

«Ist die Frau Major jung und hübsch?» fragte die Schöne nun. «Ach, wie traurig, mit einem Soldaten verheiratet zu sein! Ich wundere mich, daß den Soldatenfrauen nach

Tanzen zumute ist, vor allem in der jetzigen schrecklichen Kriegszeit! Oh, Hauptmann Dobbin, ich zittere manchmal, wenn ich an unsern geliebten George denke und an die Gefahren für den armen Soldaten. Sind viele Offiziere im -ten Regiment verheiratet, Hauptmann Dobbin?»

(Meine Güte, wie sie die Karten aufdeckt – das ist etwas übertrieben! dachte Miss Wirt. Doch diese Bemerkung steht in Klammern und war durch die Türspalte, hinter der Miss Wirt zu sich selber sprach, nicht zu hören.)

«Einer unsrer jungen Offiziere hat sich gerade verheiratet», sagte Dobbin und kam jetzt zur Sache. «Es war eine Jugendliebe, und die jungen Leute sind so arm wie die Kirchenmäuse.»

«Oh, wie entzückend! Oh, wie romantisch!» rief Miss Osborne, als der Hauptmann von «Jugendliebe» und «arm» sprach. Ihr Mitgefühl flößte ihm Mut ein.

«Der schönste junge Mann im Regiment», fuhr er fort. «In der ganzen Armee gibt's keinen, der so tapfer und so hübsch ist – und eine so reizende Frau! Wie sie Ihnen gefallen würde! Wie sie Ihnen gefallen wird, wenn Sie sie erst einmal kennen, meine liebe Miss Osborne.» Die junge Dame glaubte, der entscheidende Augenblick sei gekommen, denn Dobbin wurde jetzt von einer Nervosität gepackt, die sich im Zucken seines Gesichts äußerte und in der Art, wie er mit seinen großen Füßen auf den Boden klopfte und seinen Rock hastig auf- und wieder zuknöpfte, so daß sie, wie gesagt, glaubte, wenn er sich noch ein bißchen länger aufgeplustert hätte, würde er sich ihr eröffnen, und sie brannte darauf, ihn anzuhören. Als das Uhrwerk im Altar, auf dem Iphigenie lag, nach einleitendem Räuspern zwölf zu schlagen begann, kam der erregten Jungfrau der Stundenschlag so langsam vor, als sollte er bis ein Uhr währen.

«Aber ich wollte nicht vom Heiraten sprechen – das heißt – von dieser Heirat – das heißt – nein, ich wollte sagen – meine liebe Miss Osborne – es handelt sich um unsern lieben George», sagte Dobbin.

«Um George?» sagte sie so fassungslos, daß Maria und Miss Wirt hinter der Tür lachen mußten, und sogar der unselige Dobbin hätte beinahe gelächelt, denn er war über die Lage der Dinge durchaus nicht etwa völlig im unklaren; George hatte ihn oft gutmütig geneckt und gesagt: «Zum Henker, Will, warum nimmst du dir nicht die gute Jane? Sie nimmt dich, wenn du sie fragst. Ich wette fünf gegen zwei, daß sie dich nimmt.»

«Ja, um George also», fuhr er fort. «Zwischen ihm und Mr. Osborne ist es zu einem Streit gekommen. Und ich schätze ihn so sehr – Sie wissen ja, daß wir uns wie Brüder verstehen – und hoffe und bete deshalb, der Streit möge beigelegt werden. Wir müssen vor den Feind, Miss Osborne. Jeden Tag können wir jetzt den Marschbefehl erhalten. Wer weiß denn, was im Krieg alles passieren kann? Regen Sie sich nicht auf, liebe Miss Osborne – aber die beiden sollten wenigstens nicht im Unfrieden scheiden!»

«Von einem Streit kann keine Rede sein, Hauptmann Dobbin, es war nur einer der üblichen kleinen Auftritte mit Papa!» sagte die junge Dame. «Wir erwarten George täglich zurück. Papa wollte ja nur sein Bestes. Er braucht nur zurückzukehren, und alles ist bestimmt wieder gut. Und auch die liebe Rhoda, die sehr bekümmert und verletzt von hier fortging, wird ihm sicher verzeihen. Eine Frau verzeiht ja so rasch, Herr Hauptmann!»

«Ja, solche Engel wie Sie – davon bin ich überzeugt», erwiderte Mr. Dobbin mit abgründiger Hinterlist. «Und kein Mann kann es sich verzeihen, wenn er einer Frau Schmerzen zufügt. Was würden Sie tun, wenn ein Mann Ihnen die Treue bräche?»

«Ich würde zugrunde gehen – ich würde mich aus dem Fenster stürzen – ich würde Gift nehmen – ich würde hinsiechen und sterben! Ja, das weiß ich», rief Miss Jane, die immerhin ein oder zwei Herzensaffären hinter sich hatte, ohne an Selbstmord zu denken.

«Und es gibt noch mehr Frauen», fuhr Dobbin fort, «die ebenso treu und ebenso gutherzig sind wie Sie! Ich spreche nicht von der westindischen Erbin, Miss Osborne, sondern von einem armen Mädchen, das George einst geliebt hat und das von ihrer Kindheit an darauf hingewiesen wurde, nur an ihn zu denken. Ich habe sie in ihrer Armut gesehen, ohne den geringsten Makel, mit gebrochenem Herzen, aber ohne ein Wort der Klage. Ich spreche von Miss Sedley. Liebe Miss Osborne, kann Ihr großmütiges Herz Ihrem Bruder böse sein, weil er Miss Sedley treu geblieben ist? Hätte sein eigenes Gewissen ihm je verzeihen können, wenn er sie verlassen hätte? Seien *Sie* ihre Freundin – sie hat Sie immer gern gehabt –, denn – denn – ich stehe in Georges Auftrag hier, um Ihnen zu sagen, daß er es für seine heiligste Pflicht ansieht, das Verlöbnis mit ihr nicht aufzuheben, und er fleht Sie an, wenigstens *Sie* möchten auf seiner Seite stehen!»

Wenn eine starke Gemütsbewegung von Hauptmann Dobbin Besitz ergriff, konnte er nach den ersten stockenden Worten vollkommen geläufig sprechen, und es war offensichtlich, daß seine Beredsamkeit jetzt einigen Eindruck auf seine Zuhörerin machte.

«Ach», sagte sie, «das ist ja – sehr überraschend – sehr peinlich – ganz unerhört –, was wird nur Papa dazu sagen? Daß George eine so großartige Partie ausschlägt, wie sie sich ihm geboten hatte... Jedenfalls hat er in Ihnen einen sehr tapferen Fürsprech gefunden, Hauptmann Dobbin! – Aber es nützt nichts», fuhr sie nach einer Pause fort. «Ich habe Mitleid mit Miss Sedley, bestimmt aufrichtiges Mitleid. Wir haben es nie für sehr günstig gehalten, waren aber immer sehr freundlich zu ihr, sehr. Doch Papa wird nie seine Einwilligung geben, das weiß ich. Und eine guterzogene junge Dame sollte nämlich – wenn Sie ein wenig Vernunft hat – George muß sie aufgeben, Hauptmann Dobbin, wirklich, es geht nicht anders!»

«Soll ein Mann die von ihm geliebte Frau gerade dann aufgeben, wenn sie ins Unglück geraten ist?» fragte Dobbin und hielt ihr seine Hand hin. «Liebe Miss Osborne, ist das der Rat, den ich von Ihnen hören muß? Meine teure Miss Osborne, Sie müssen ihre Freundin werden! Er kann sie nicht aufgeben! Er darf sie nicht aufgeben! Meinen Sie, ein Mann würde *Sie* aufgeben, wenn Sie arm geworden wären?»

Mit dieser geschickten Frage rührte er ein wenig an ihr Herz. «Ich weiß nicht, ob wir armen Mädchen glauben dürfen, was ihr Männer sagt, Hauptmann Dobbin», erwiderte sie. «Die Liebe macht die Frauen nur zu leichtgläubig. Ich glaube, die Männer sind alle furchtbar grausame Betrüger!», und dabei meinte Dobbin deutlich zu spüren, wie sie seine Hand drückte.

Er ließ sie betroffen los. «Betrüger?» rief er. «Nein, liebe Miss Osborne, nicht alle Männer sind Betrüger. Ihr Bruder ist es gewiß nicht. Er hat Amelia Sedley seit ihrer frühesten Jugend geliebt. Kein Reichtum könnte ihn bewegen, eine andre zu heiraten. Soll er sie verlassen? Würden Sie ihm das raten?»

Was konnte Miss Jane auf solch eine Frage antworten, noch dazu mit ihren eigenen, besonderen Absichten? Sie konnte keine Antwort geben, und darum wich sie aus: «Gut denn, wenn Sie kein Betrüger sind, so sind Sie jedenfalls sehr romantisch!» Und diese Bemerkung ließ Hauptmann Dobbin widerspruchslos hingehen.

Als er sie endlich mittels weiterer höflicher Redensarten für genügend vorbereitet glaubte, um *alles* zu hören, brachte er's ihr bei: «George kann Amelia nicht aufgeben – George ist schon mit ihr verheiratet!» Und dann erzählte er ihr, was wir schon wissen: unter welchen Umständen es zu der Trauung kam, wie das arme Mädchen gestorben wäre, wenn George ihr nicht die Treue gehalten hätte, wie der alte Sedley die Einwilligung zur Heirat abgeschlagen hätte, und wie eine Lizenz besorgt werden mußte, und wie Joe von Cheltenham gekommen sei, um die Braut wegzugeben, wie sie in Josephs Wagen nach Brighton gefahren seien, um dort die Flitterwochen zu verleben, und wie George auf seine lieben guten Schwestern zähle, ihm bei der Aussöhnung mit seinem Vater zu helfen, was sie – als so echte und feinfühlige Frauen – sicher auch tun würden. Und dann bat Hauptmann Dobbin um die (gern gewährte) Erlaubnis, Miss Jane wiedersehen zu dürfen, und da er sehr richtig annahm, die von ihm übermittelte Neuigkeit würde innerhalb der nächsten Minuten den andern Damen übermittelt werden, machte er eine Verbeugung und empfahl sich.

Er war kaum aus dem Hause, als Miss Maria und Miss Wirt zu Miss Jane ins Zimmer stürzten, die ihnen das ganze wunderbare Geheimnis mitteilte. Um ihnen Gerechtigkeit widerfahren zu lassen: keine der beiden Schwestern war sehr empört. Eine heimliche Heirat hat etwas an sich, dem nur sehr wenig Frauen widerstehen können, und Amelia stieg eher in ihrer Achtung, weil sie Mut bewiesen hatte, als sie in die Entführung einwilligte. Während sie die Sache noch erörterten und zusammen darüber schwatzten und sich fragten, was Papa nun wohl tun und sagen würde, klopfte es laut wie ein strafender Donnerschlag an die Haustür, und die Verschwörerinnen schraken hoch. Das muß Papa sein, meinten sie. Aber er war es nicht. Es war nur Mr. Frederick Bullock, der auf Grund einer Verabredung aus der City gekommen war, um die Damen zu einer Blumenschau zu führen.

Wie man sich denken kann, wurde dem Herrn das Geheimnis nicht lange verschwiegen. Doch sein Gesicht zeigte dabei einen Ausdruck der Überraschung, der grundverschieden von den gefühlvoll staunenden Mienen der Schwestern war. Mr. Bullock war ein Mann von Welt und Juniorpartner einer wohlhabenden Firma. Er kannte den Wert des Geldes und seine Bedeutung, daher zuckte die Vorfreude in seinen kleinen Augen auf, als er lächelnd auf seine Maria blickte und dabei dachte, daß sie durch Mr. Georges Narrenstreich gut dreißigtausend Pfund mehr wert geworden sei, als er je mit ihr zu erheiraten gehofft hatte.

«Lieber Himmel, Jane!» rief er und betrachtete auch die ältere Schwester mit einigem Interesse, «da wird sich Eels aber ärgern, daß er abgesprungen ist! Da wirst du noch eine Fünfzigtausenderin!»

Die Schwestern hatten bis dahin noch gar nicht an die Geldfrage gedacht, aber Fred Bullock machte während des ganzen vormittäglichen Ausflugs seine gutmütigen Scherze darüber, so daß sie, als sie zum Essen nach Hause fuhren, nicht wenig in ihrer eigenen Achtung gestiegen waren. Meine lieben Leser dürfen diesen Eigennutz nicht als unnatürlich bezeichnen. Erst heute beobachtete der Schreiber dieser Zeilen, als er von Richmond auf dem Omnibus hereinkam, beim Pferdewechsel vom Dach aus drei kleine Kinder, die sehr schmutzig und zufrieden und glücklich in einer Pfütze spielten. Dann trat ein anderes Kind zu den dreien und sagte: «Polly, deine Schwester hat einen Penny bekommen!» Worauf die Kinder sofort aufsprangen und wegliefen, um Peggy zu hofieren. Als der Omnibus abfuhr, sah ich Peggy mitsamt ihrem Gefolge, wie sie sehr selbstbewußt zum Stand der Frau mit den Zuckerzeltli zog.

XXIV

Mr. Osborne nimmt die Familienbibel zur Hand

OWIE Dobbin die Schwestern eingeweiht hatte, eilte er in die City, um den schwierigsten Teil seiner Aufgabe zu erledigen. Der Gedanke, dem alten Osborne gegenübertreten zu müssen, stimmte ihn reichlich nervös, und ein paarmal war er drauf und dran, es den jungen Damen zu überlassen, dem alten Herrn das Geheimnis zu enthüllen, das sie, wie er genau wußte, nicht lange für sich behalten konnten. Aber er hatte George versprochen, ihm zu berichten, wie der alte Osborne die Nachricht aufgenommen habe. Er ging also ins Kontor seines Vaters in der Thames Street und schickte von dort aus ein Briefchen an Mr. Osborne, in dem er ihn um eine halbstündige Unterredung, seinen Sohn George betreffend, ersuchte. Dobbins Bote kehrte mit Empfehlungen Mr. Osbornes zurück, der sich sehr freuen würde, den Hauptmann sofort zu empfangen. Dobbin machte sich daraufhin gleich auf den Weg.

Weil der Hauptmann ein Geheimnis aufdecken mußte, an dem er mitschuldig war, und weil ihm jetzt ein unangenehmes und stürmisches Treffen bevorstand, betrat er Mr. Osbornes Geschäftshaus mit niedergeschlagener Miene und bedrückter Haltung. Als er durch den Vorraum ging, in dem Mr. Chopper regiert, grüßte dieser ihn mit schalkhaftem Ausdruck, was ihn erst recht aus der Fassung brachte. Mr. Chopper nickte und zwinkerte ihm zu, deutete auf die Tür seines Prinzipals und sagte mit einem Optimismus, der Dobbin zur Verzweiflung brachte: «Der Alte ist glänzender Laune!»

Auch Osborne schüttelte ihm herzlich die Hand, während er aufstand und sagte: «Wie geht's, mein lieber Junge?» – und das mit einer Wärme, daß der Vermittler unsres armen Freundes George sich doppelt schuldbewußt fühlte. Seine Hand lag wie tot in der des alten Herrn. Er hatte jetzt das Gefühl, mehr oder weniger der Urheber alles Vorgefallenen zu sein. Er war es, der George zu Amelia zurückgebracht hatte, er war es, der die Heirat begrüßt und gefördert und fast vollzogen hatte – eine Heirat, über die er Georges Vater aufklären wollte –, und dabei empfing ihn der alte Herr mit lächelndem Willkommen, klopfte ihm auf die Schulter und nannte ihn: «Dobbin, mein lieber Junge!» Der Abgesandte hatte wirklich allen Grund, den Kopf hängen zu lassen.

Osborne war nämlich fest überzeugt, daß der Vermittler gekommen sei, ihm seines Sohnes Übergabe zu melden. Im gleichen Augenblick, als Dobbins Bote eingetroffen war, hatten Mr. Chopper und sein Prinzipal die Angelegenheit zwischen Vater und Sohn durchgesprochen. Nun waren beide der Meinung, George kapituliere. Sie hatten es schon seit Tagen erwartet, und Mr. Osborne rief seinem Hauptbuchhalter zu: «Himmel nochmal, das wird eine Hochzeit, Chopper!», schnalzte mit seinen dicken Fingern, klimperte mit all den Goldstücken und Schillingen in seinen großen Taschen und warf seinem Untergebenen einen triumphierenden Blick zu.

Auch jetzt klimperte Osborne wieder mit dem Geld in seinen Taschen und betrachtete von seinem Schreibtischsessel aus mit wissender Miene den Hauptmann, der ihm bestürzt und stumm gegenübersaß. Für einen Hauptmann unsrer Armee ist er ziemlich tölpelhaft, dachte der alte Osborne. Erstaunlich, daß George ihm nicht bessere Manieren beibringen konnte.

Schließlich faßte Dobbin Mut und begann: «Sir», sagte er, «ich muß Ihnen einige sehr ernste Nachrichten überbringen. Ich bin heute früh im Kriegsministerium gewesen, und es besteht kein Zweifel, daß unser Regiment noch vor Ablauf der Woche ins Ausland beordert wird, und zwar nach Belgien. Sie können sich denken, Sir, daß wir nicht eher wieder heimkehren, als bis wir einen Kampf hinter uns haben, der für manchen von uns verhängnisvoll werden kann.»

Osborne blickte ernst drein. «Ich bin überzeugt, daß mein S..., daß das Regiment seine Pflicht tun wird.»

«Die Franzosen sind sehr stark, Sir», fuhr Dobbin fort. «Es wird sehr lange dauern, bis die Österreicher und Russen ihre Truppen herangeschafft haben. Wir müssen dem ersten Ansturm standhalten, Sir, und Sie können sich drauf verlassen, daß es heftig zugeht!»

«Worauf wollen Sie hinaus, Dobbin?» fragte der Angeredete unruhig und stirnrunzelnd. «Es wird sich doch kein Brite vor einem verdammten Franzmann fürchten, was?»

«Ich meine nur, ehe wir marschieren – und in Anbetracht der großen und unleugbaren Gefahren, die uns alle erwarten – wäre es da – falls etwa Mißstimmigkeiten zwischen Ihnen und George bestehen – nicht besser, wenn Sie sich vorher noch die Hand drückten? Sollte ihm etwas zustoßen, würden Sie sich's vermutlich nie verzeihen, wenn Sie nicht im Guten geschieden wären.»

Während er es sagte, errötete der arme Dobbin und begriff, daß er hinterrücks gehandelt hatte. Wäre er nicht gewesen, wäre es vielleicht nie zum Bruch gekommen. Warum war Georges Trauung nicht hinausgeschoben worden? Warum mußte sie so eifrig vorangetrieben werden? George hätte sich auf alle Fälle ohne großen Schmerz von Amelia getrennt, das wußte er, und auch Amelia hätte sich *vielleicht* von dem Schlag erholt, ihn zu verlieren. Seine Ratschläge waren es gewesen, die ihre Heirat und alles, was sich daraus ergab, zustande gebracht hatten. Und weshalb? Weil er sie so sehr liebte, daß er es nicht ertragen konnte, sie unglücklich zu sehen, oder weil ihm die Ungewißheit so qualvoll war, daß er sie lieber so bald wie möglich enden wollte –, wie wir ja auch nach einem Todesfall ein baldiges Begräbnis wünschen oder bei einer bevorstehenden Trennung von unsern liebsten Menschen nicht ruhen, bis der Abschied überstanden ist.

«Sie sind ein guter Junge, William», fuhr Osborne etwas besänftigt fort. «Es ist richtig, George und ich sollten nicht im Zorn auseinandergehen. Aber bedenken Sie eins: ich habe soviel für ihn getan wie kein zweiter Vater. Er bekam dreimal soviel Geld von mir, wie Ihr Vater Ihnen gegeben hat, das können Sie mir glauben. Aber damit will ich mich gar nicht rühmen. Wie ich für ihn geschuftet und gearbeitet und meine Kenntnisse und meine Tatkraft eingesetzt habe, will *ich* nicht erzählen. Das kann Ihnen Chopper sagen. Fragen Sie ihn nur! Fragen Sie in der City herum! Schön – nun schlage ich ihm eine Partie vor, auf die jeder Edelmann im Land stolz wäre – das einzige, um das ich ihn je im Leben gebeten habe – und er schlägt es mir ab. Bin ich im Unrecht? Bin ich schuld am Streit? Was will ich denn weiter als sein Glück? Will ich denn nicht nur sein Bestes, habe ich mich nicht dafür wie ein Sträfling abgerackert, seit er auf der Welt ist? Keiner kann behaupten, daß ich selbstsüchtig gewesen bin. Lassen Sie ihn nur zu mir kommen. Ich gebe ihm die Hand, ich sage: alles vergessen und vergeben! Was die Heirat betrifft, so kommt sie jetzt ohnehin nicht in Frage. Er und Miss Swartz können es jetzt abmachen und später heiraten, wenn er als Oberst wiederkommt. Denn ein Oberst muß er mir werden, zum Kuckuck, und er wird's auch, wenn Geld dazu beitragen kann. Ich bin froh, daß Sie ihn zur Vernunft gebracht haben. Ich weiß, daß Sie es waren, Dobbin. Sie haben ihm schon oft aus der Patsche geholfen. Soll er nur kommen. Ich trage ihm nichts nach. Kommt beide – kommt heute abend zum Essen an den Russell Square. Der gleiche Ausschank und die gleiche Zeit wie immer! Es gibt Rehrücken, und Fragen werden nicht gestellt!»

Sein Lob und sein Vertrauen trafen Dobbin ins Herz. Er fühlte sich immer schuldbewußter, je länger das Gespräch in dieser Tonart fortdauerte. «Sir», sagte er, «ich fürchte, Sie täuschen sich. Ich weiß es. George ist viel zu vornehm gesinnt, als daß er eine Geldheirat eingehen würde. Eine Drohung Ihrerseits, daß Sie ihn enterben, falls er nicht gehorcht, würde seinen Widerstand nur noch verstärken.»

«I, zum Henker, Mann! Nennen Sie das eine Drohung, wenn ich ihm acht- bis zehntausend jährlich anbiete?» rief Mr. Osborne mit noch immer herausfordernd guter Laune. «Meine Güte, wenn Miss Swartz mich haben wollte, ich nähm' sie unbesehen! *Ich* stoße mich nicht an ein bißchen dunkler Hautfarbe!» Und der alte Herr griente vielsagend und stieß ein wieherndes Gelächter aus.

«Sir, Sie vergessen frühere Verpflichtungen, die Hauptmann Osborne eingegangen ist», sagte der Abgesandte sehr ernst.

«Was für Verpflichtungen? Was zum Teufel meinen Sie? Sie meinen doch nicht etwa», fuhr Osborne in zunehmendem Staunen und Ärger fort, da ihm der Gedanke eben erst dämmerte, «Sie meinen doch nicht etwa, daß er so ein verdammter Esel ist, immer noch der Tochter des alten bankrotten Schwindlers nachzulaufen? Sind Sie etwa hergekommen, um mir weiszumachen, daß er *die* heiraten will? Die Person? Na, das ist ein Witz. Mein Sohn und Erbe soll eines Bettlers Mädchen aus der Gosse heiraten? Zum Teufel, wenn er das will, kann er sich gleich einen Besen kaufen und Straßenkehrer werden. Ich weiß ja, sie ist immer hinter ihm hergewesen und hat ihm schöne Augen gemacht – sicher auf Anstiften ihres Vaters, dieses alten Betrügers!»

«Früher war ihr Vater ein sehr guter Freund von Ihnen, Sir», unterbrach ihn Dobbin und war beinahe froh, daß er sich in Zorn geraten fühlte. «Es gab Zeiten, da hatten Sie bessere Namen als Schurke und Schwindler für ihn. Das Heiratsprojekt haben *Sie* eingefädelt! George hatte kein Recht, frivol mit ihrem Herzen zu spielen...»

«Frivol?» brüllte der alte Osborne los. «Frivol? Das sind

ja, zum Henker, genau die Worte, die mein Gentleman von Sohn gebrauchte, als er sich Donnerstag vor vierzehn Tagen hier so aufspielte und mir was von der britischen Armee vorschwatzte – mir, der ihn erst zu dem gemacht hat, was er ist! So, Sie haben ihn also dazu angestiftet, was? Verbindlichsten Dank, Herr Hauptmann! Sie wollen mir Bettler in die Familie bringen? Danke ergebenst! *Die* soll er heiraten? Hihi, warum denn? Ich wette, die rennt auch ohne das zu ihm!»

«Sir!» rief Dobbin und sprang in unverhülltem Zorn auf, «in meiner Gegenwart darf niemand die Dame beleidigen, und am allerwenigsten Sie!»

«Ach, Sie wollen mich wohl fordern, was? Moment, ich läute gleich und laß uns zwei Pistolen bringen! George hat Sie also hergeschickt, damit Sie seinen Vater beleidigen, was?» rief Osborne und riß am Klingelzug.

«Mr. Osborne», sagte Dobbin mit schwankender Stimme, «*Sie* sind's, der das beste Geschöpf unter der Sonne beleidigt. Sie sollten sie lieber schonen, Sir, denn sie ist die Frau Ihres Sohnes!»

Und damit ging Dobbin hinaus, da er spürte, daß er nicht weitersprechen konnte. Osborne sank in seinen Stuhl und blickte wild um sich. Ein Schreiber, der die Glocke gehört hatte, trat ins Zimmer, und der Hauptmann war kaum über den Hof gegangen, an dem Osbornes Büroräume lagen, als schon Mr. Chopper, der Hauptbuchhalter, hinter ihm dreingestürzt kam.

«Um Gottes willen, was ist passiert?» fragte Mr. Chopper und packte den Hauptmann am Rock. «Der alte Herr ist außer sich. Hat Mr. George etwas angestellt?»

«Er hat sich vor fünf Tagen mit Miss Sedley verheiratet», erwiderte Dobbin. «Ich war als Brautführer dabei, Mr. Chopper, und Sie müssen zu ihm halten!»

Der alte Mann schüttelte den Kopf. «Wenn Sie ihm die Nachricht gebracht haben, Herr Hauptmann, dann steht's schlimm. Der Herr wird's ihm nie verzeihen.»

Dobbin bat Mr. Chopper, ihm Weiteres in sein Hotel zu berichten, und brach niedergeschlagen und voll schwerer Sorgen wegen der Vergangenheit und der Zukunft zum Westend auf.

Als die Familie am Russell Square sich abends zum Essen einstellte, fand sie den Hausherrn an seinem üblichen Platz, aber sein Gesicht trug den finsteren Ausdruck, der, sobald er erschien, die ganze Tafelrunde verstummen ließ. Die Damen und Mr. Bullock, der beim Essen zugegen war, vermuteten, daß Mr. Osborne die Neuigkeit erfahren hatte. Wegen seiner düsteren Miene verhielt sich Mr. Bullock so still und ruhig wie möglich, war aber ungewöhnlich aufmerksam und freundlich zu Miss Maria, die neben ihm saß, und zu deren Schwester, die den Platz der Hausfrau innehatte.

Folglich war Miss Wirt die einzige auf ihrer Tischseite, denn zwischen ihr und Miss Janes Platz war eine Lücke. Es war Georges Platz, wenn er zu Hause aß, und sein Gedeck lag, wie bereits erwähnt, in Erwartung des Ausreißers immer bereit. Während der Mahlzeit war nichts zu hören als das zeitweilige vertrauliche Flüstern des lächelnden Mr. Frederick, und nur das Klirren des Geschirrs und des Silbers unterbrach die Stille. Die Diener gingen beim Bedienen äußerst behutsam umher, und Leichenbitter konnten nicht kläglicher dreinschauen als die Bedienten Mr. Osbornes. Den Rehrücken, zu dem er Mr. Dobbin eingeladen hatte, zerlegte er unter tiefstem Schweigen, doch sein eigener Anteil wurde fast unberührt wieder abgeräumt, obwohl er sehr viel trank und der Butler ihm fleißig nachschenkte.

Endlich, gegen Ende der Mahlzeit, richtete er die Blicke, nachdem er jeden der Reihe nach angestarrt hatte, eine Weile auf den für George hingestellten Teller. Dann deutete er mit der linken Hand darauf. Seine Töchter sahen ihn an und verstanden die Geste nicht – oder wollten sie nicht verstehen. Ebensowenig verstanden ihn zuerst die Diener.

«Nehmt den Teller weg!» rief er schließlich und stand fluchend auf, stieß seinen Stuhl zurück und ging in sein Zimmer.

Hinter Mr. Osbornes Eßzimmer lag ein kleineres Zimmer, das in seinem Hause als Schreibkabinett bezeichnet wurde und das Allerheiligste des Hausherrn war. Hierhin zog sich Mr. Osborne Sonntag morgens zurück, wenn ihm der Sinn einmal nicht nach Kirchgang stand, und in seinem roten Ledersessel verbrachte er zeitunglesend den Vormittag. Hier standen ein paar verglaste Bücherschränke mit Standardwerken in schweren, vergoldeten Einbänden: *Annual Register, Gentleman's Magazine, Blair's Sermons* und *Hume and Smollett*. Vom ersten bis zum letzten Tag des Jahres nahm er nie auch nur einen einzigen Band aus dem Fach, und doch hätte kein Mitglied der Familie je gewagt, eins von seinen Büchern anzurühren. Nur an einem der seltenen Sonntagabende, an denen sie keine Gäste hatten, wurden die große scharlachrote Bibel und das Gebetbuch aus der Ecke geholt, in der sie neben dem Adelsalmanach standen, und nachdem die Bedienten durch ein Glockenzeichen ins Eßzimmer heraufgeholt wurden, las Osborne seiner Familie mit lauter, krächzender und wichtigtuerischer Stimme die Abendandacht vor. Kein Mitglied der Familie, weder Kind noch Dienstbote, betrat das Schreibkabinett ohne eine unbestimmte Angst. Hier prüfte er die Abrechnung der Haushälterin, und hier ging er die Weinliste des Butlers durch. Von hier aus konnte er quer über den sauberen Kiesplatz hinweg den rückwärtigen Eingang zu den Ställen überblicken, der mit einer seiner Klingeln in Verbindung stand, und auf diesen Hof begab sich der Kutscher, von seiner Unterkunft her wie in einer Anklagebank auftauchend, um sich von Mr. Osborne, der am Fenster des Schreibkabinetts stand, ausschelten zu lassen. Viermal im Jahr betrat Miss Wirt das Zimmerchen, um sich ihren Lohn auszahlen zu lassen, und Osbornes Töchter, um das vierteljährliche Taschengeld in Empfang zu nehmen. Als kleiner Junge war George in diesem Zimmer oft mit der Reitpeitsche verprügelt worden, während seine Mutter unglücklich auf der Treppe saß und die Schläge vernahm. Doch der Junge hatte bei der Bestrafung kaum jemals geweint; und wenn er wieder erschien, hatte ihn die arme Mutter heimlich geherzt und geküßt und ihm Geld geschenkt.

Über dem Kamin hing ein Familienbildnis, das nach dem Tode von Mrs. Osborne aus dem Vorderzimmer hierhergebracht worden war: George saß auf einem Pony, die ältere Schwester reichte ihm einen Blumenstrauß hinauf, und die jüngere ließ sich von der Mutter an der Hand führen. Alle hatten rote Wangen und einen großen roten Mund, und alle lächelten sich in der bewährten Familienbildnis-Manier zu. Die Mutter lag jetzt unter dem Rasen, längst vergessen: die Schwestern und der Bruder hatten jeder hunderterlei verschiedene Interessen und waren einander gänzlich entfremdet, obwohl sie äußerlich noch eine Familie bildeten. Was für ein bitterer Hohn spricht ein paar Dutzend Jahre später, wenn alle Abkonterfeiten alt geworden sind, aus solchen protzigen, kindischen Familienporträts mit ihrer unechten Sentimentalität und den lächelnden Lügen und der so selbstbewußten, selbstgefälligen Unschuld! Osbornes eigenes Galaporträt – das mit dem großen silbernen Schreibzeug und seinem Lehnstuhl – nahm jetzt an Stelle des Familienbildnisses den Ehrenplatz im Eßzimmer ein.

Der alte Osborne zog sich also in sein Schreibkabinett zurück – sehr zur Erleichterung der andern. Nachdem auch die Diener gegangen waren, fingen die Zurückgebliebenen an, sich leise, aber sehr eifrig zu unterhalten. Dann gingen sie still nach oben, wohin ihnen Mr. Bullock – mit seinen knarrenden Sohlen sachte auftretend – folgte, denn er hatte keine Lust, allein unten im Eßzimmer bei seinem Wein zu bleiben – nicht in so unmittelbarer Nähe von dem schrecklichen alten Herrn im Schreibkabinett.

Als der Butler mindestens eine Stunde nach Anbruch der Dunkelheit noch immer nicht gerufen wurde, wagte er es, an die Tür zu klopfen und ihm den Leuchter und Tee zu bringen. Der Hausherr saß in seinem Armstuhl und gab vor, die Zeitung zu lesen, und nachdem der Diener Licht und Erfrischungen neben ihn auf ein Tischchen gestellt hatte und wieder gegangen war, stand Mr. Osborne auf und verschloß hinter ihm die Tür. Jetzt war kein Mißverständnis mehr möglich: der ganze Haushalt wußte, daß eine große Katastrophe bevorstand, die wahrscheinlich für den jungen Master George schlimme Folgen haben würde.

In seinem großen blankpolierten Mahagonischreibtisch hatte Mr. Osborne ein Schubfach, das vor allem für die Angelegenheiten und Papiere seines Sohnes reserviert war. Hier bewahrte er alle Schriftstücke über George auf, und zwar von dessen Kindheit an. Da lagen Schreibhefte und Zeichenblöcke, für die er eine Prämie bekommen hatte, alle in Georges Schrift und in der seines Lehrers; da lagen seine ersten Briefe in großer Kinderhandschrift, in denen er Papa und Mama seine Grüße sandte und sie um einen Kuchen bat. Sein lieber Pate Sedley wurde mehr als einmal in den Briefen erwähnt. Wenn Osborne beim Durchsehen der Briefe auf dessen Namen stieß, zitterten ihm Flüche über die fahlen Lippen, und Haß und Enttäuschung drückten ihm fast das Herz ab. Alle Briefe waren datiert, mit Inhaltsangabe versehen und mit roter Schnur zusammengebunden. Da hieß es: von Georgy, Bitte um fünf Schilling, 23. April 18.., beantwortet 25. April – oder: Georgy wegen eines Ponys, 13. Okt., und so weiter. Auf einem andern Päckchen hieß es: Rechnungen von Dr. S. – Georges Schneiderrechnungen, Wechsel auf mich, ausgestellt von G. Osborne jr. und so weiter – dann seine Briefe aus Westindien, Briefe seiner Agenten und die Zeitungsausschnitte mit seinen Beförderungen. Hier lag eine Peitsche, die er als kleiner Junge gehabt hatte, und in einem Papier war ein Medaillon mit einer Haarlocke von ihm, das seine Mutter getragen hatte.

Der unglückliche Mann verbrachte viele Stunden damit, ein Stück nach dem andern in die Hand zu nehmen und den Erinnerungen nachzusinnen. Seine größte Eitelkeit, seine ehrgeizigsten Hoffnungen – hier lagen sie greifbar vor ihm! Wie stolz er auf den Jungen gewesen war! Er war das reizendste Kind, das man sich denken konnte. Jedermann sagte, er sähe wie der Sohn eines Edelmanns aus. In Kew Gardens war er einer königlichen Prinzessin aufgefallen, die nach seinem Namen gefragt und ihn geküßt hatte. Welcher Kaufmann in der City hatte solch einen Sohn aufzuweisen? Kein Prinz konnte besser umhegt werden. Alles, was Geld kaufen konnte, hatte sein Sohn bekommen. An den jährlichen Schulschlußfeiern fuhr der Vater vierspännig zur Schule und verteilte neue Schillingstücke unter die Jungen in Georges Schule. Als er George zur Garnison seines Regiments begleitete, ehe es sich nach Kanada einschiffte, gab er den Offizieren ein Essen, das man sogar dem Herzog von York hätte vorsetzen können. Hatte er je einen Wechsel zurückgewiesen, den George ausgestellt hatte? Sie wurden bezahlt, ohne daß er ein Wort darüber verlor. Mancher General konnte sich nicht solche Pferde wie George leisten! Er hatte George vor Augen, bei hunderterlei Anlässen: nach dem Essen, wenn er – als Kind noch – kühn wie ein Lord ins Eßzimmer trat und seinem Vater an der Spitze der Tafel vom Glas abtrank; in Brighton auf seinem Pony, als er glatt die Hecke nahm und dem Jäger auf den Fersen blieb; am Tag, als er dem Prinzregenten beim Empfang vorgestellt wurde und ganz St. James's keinen schöneren jungen Burschen vorweisen konnte. Und das – das war nun das Ende! Die Tochter eines Bankrotteurs zu heiraten und der Pflicht und dem Reichtum den Rücken zu kehren! Welche Demütigungen und welche Wut, welche Qualen unerträglichen Zorns, vereitelter ehrgeiziger Pläne und verschmähter Liebe, welche Wunden gekränkter Eitelkeit, ja sogar Zärtlichkeit mußte das arme alte Weltkind jetzt hinnehmen!

Nachdem er alle Papiere durchgesehen und über dem einen oder anderen in jenem bitteren, hilflosen Weh nachgesonnen hatte, mit dem der Mensch im Unglück an vergangene glückliche Tage denkt, nahm er sie allesamt aus dem Schubfach, in dem er sie so lange aufbewahrt hatte, und verschloß sie in einer Mappe, die er verschnürte und mit seinem Petschaft versiegelte. Dann öffnete er den Bücherschrank und holte die große rote Familienbibel hervor, von der wir schon gesprochen haben – ein prunkvolles, selten benutztes Buch, das über und über von Gold glänzte. Das Titelblatt stellte die Opferung Isaaks durch Abraham dar. In dieses Buch hatte Osborne, dem Brauch

gemäß, auf dem Vorsatzblatt in seiner großen Büroschrift die Daten seiner Trauung und des Todes seiner Frau eingetragen, dazu die Geburtsdaten und Taufnamen der Kinder. Er nahm eine Feder zur Hand und strich Georges Namen sorgfältig aus, und als das Papier wieder trocken war, stellte er das Buch wieder an den Platz zurück, von dem er es geholt hatte. Dann holte er aus einem andern Schubfach ein Dokument hervor, in dem er seine persönlichen Papiere aufbewahrte. Nachdem er es gelesen hatte, zerknüllte er es, hielt es an eine Kerze und wartete, bis es auf dem Kaminrost vollständig verbrannt war. Es war sein Testament; als es verbrannt war, setzte er sich hin und warf rasch ein paar Zeilen aufs Papier; dann läutete er dem Diener und beauftragte ihn, den Brief am nächsten Morgen wegzubringen. Der Morgen war bereits da: als er nach oben und zu Bett ging, erstrahlte das ganze Haus vor Sonnenschein, und am Russell Square sangen die Vögel im frischen grünen Laub.

William Dobbin war ängstlich darauf bedacht, Mr. Osbornes ganze Familie und auch die Untergebenen bei guter Laune zu erhalten und George in der Stunde der Not soviel Freunde wie möglich zu sichern, und da er die Wirkung guter Mahlzeiten und guter Weine kannte, schrieb er sofort nach der Rückkehr in seinen Gasthof eine sehr herzliche Einladung an Herrn Thomas Chopper, Hochwohlgeboren, in der er den Gentleman bat, am nächsten Tag mit ihm bei Slaughters zu speisen. Das Briefchen erreichte Mr. Chopper, bevor er die City verließ, und die umgehende Antwort lautete, Mr. Chopper werde – mit respektvollen Empfehlungen – die Ehre und das Vergnügen haben, Hauptmann Dobbin seine Aufwartung zu machen. Die Einladung und der Entwurf zu der Antwort wurden Mrs. Chopper und ihren Töchtern gezeigt, als er am Abend nach Somers Town heimkehrte, und als die Familie sich zum Abendbrot hinsetzte, redete jeder begeistert von den Herren Offizieren und den Leuten im Westend. Nachdem die Mädchen schlafen gegangen waren, unterhielten sich Mr. und Mrs. C. über die seltsamen Ereignisse, die sich in der Familie seines Prinzipals abspielten. Noch nie hatte der Hauptbuchhalter seinen Herrn so aufgewühlt gesehen. Als er nach Hauptmann Dobbins Abschied ins Zimmer seines Prinzipals gegangen sei, habe er Mr. Osborne mit blauem Gesicht vorgefunden, und einem Schlaganfall nahe. Er war überzeugt, daß sich ein furchtbarer Streit zwischen Mr. O. und dem jungen Hauptmann abgespielt haben mußte. Chopper war beauftragt worden, eine Liste aller Summen anzufertigen, die dem Hauptmann Osborne innerhalb der letzten drei Jahre ausgezahlt worden seien. «Und das war ein hübsches Stück Geld», sagte der Hauptbuchhalter und respektierte seinen alten und seinen jungen Herrn nur noch mehr wegen der großzügigen Art, mit der sie das Geld ausgegeben hatten. Der Streit hatte sich um Miss Sedley gedreht. Mrs. Chopper beteuerte, was für Mitleid sie mit der armen jungen Dame habe, die einen so hübschen jungen Herrn wie den Hauptmann aufgeben müsse. Mr. Chopper jedoch hegte für Miss Sedley als Tochter eines unglücklichen Spekulanten, der immer nur eine sehr schäbige Dividende gezahlt habe, keine große Hochachtung. Er respektierte die Firma Osborne mehr als alle anderen in der City, und er wünschte und hoffte, Hauptmann George würde die Tochter eines Adligen heiraten. Der Hauptbuchhalter schlief in der Nacht bedeutend besser als sein Prinzipal. Nach dem Frühstück (das er mit recht herzhaftem Appetit einnahm, obwohl sein bescheidener Lebensbecher nur mit braunem Kandiszucker gesüßt war) herzte er seine Kinder und machte sich in seinem besten Sonntagsanzug und dem Hemd mit der Halskrause auf den Weg ins Geschäft, nicht ohne seiner Frau, die bewundernd vor ihm stand, versprochen zu haben, am Abend mit Hauptmann Dobbins Portwein schonend umzugehen.

Als Mr. Osborne zur gewohnten Zeit in der City erschien, fiel sein Aussehen den Büroangestellten, die sein Mienenspiel wohlweislich stets zu studieren pflegten, als besonders bleich und mitgenommen auf. Um zwölf Uhr sprach Mr. Higgs (von der Rechtsanwaltsfirma Higgs & Blatherwick in der Bedford Row) laut Verabredung vor, wurde in das Privatkontor des Prinzipals geführt und blieb dort über eine Stunde. Um ein Uhr erhielt Mr. Chopper ein Briefchen mit einer Einlage für Mr. Osborne, die der Hauptbuchhalter auch sofort hineintrug und ablieferte. Kurze Zeit danach wurden Mr. Chopper und Mr. Birch, der zweite Buchhalter, hereingerufen, um ein Dokument als Zeugen gegenzuzeichnen. «Ich habe ein neues

Testament gemacht», erklärte Mr. Osborne, und die beiden Herren setzten ihre Namen darunter. Es wurde nicht darüber gesprochen. Mr. Higgs sah furchtbar ernst aus, als er durch die Büroräume ging, und blickte Mr. Chopper sehr scharf an, doch Erklärungen gab er keine. Zur Verwunderung aller, die aus seiner finsteren Miene Unheil prophezeit hatten, war Mr. Osborne den ganzen Tag auffallend ruhig und still. Er beschimpfte niemand, und man hörte ihn auch nicht fluchen. Er verließ das Geschäft früher als sonst, und ehe er fortging, rief er seinen Hauptbuchhalter noch einmal zu sich. Nach ein paar allgemeinen Anweisungen fragte er ihn, wenn auch scheinbar zaudernd und mit innerem Widerstreben, ob Hauptmann Dobbin wohl noch in der Stadt sei.

Chopper erwiderte, er nehme es an. Im Grunde wußten es beide ganz genau.

Osborne hob einen an den Hauptmann gerichteten Brief auf, gab ihn seinem Hauptbuchhalter und bat ihn, das Schreiben sofort Dobbin persönlich zu überbringen. «Und jetzt, Chopper», sagte er mit seltsamem Blick und griff dabei nach seinem Hut, «kommt mein Herz zur Ruhe!» Genau als die Uhr zwei schlug, erschien (offensichtlich auf eine Verabredung hin) Mr. Frederick Bullock, und er und Mr. Osborne gingen zusammen fort.

*

Der Kommandeur des -ten Regiments, in dem die Herren Dobbin und Osborne Kompanien befehligten, war ein alter General, der damals unter Wolfe in Quebec seinen ersten Feldzug mitgemacht hatte und schon längst viel zu alt und schwach für ein Kommando war; doch nahm er noch einigen Anteil an dem Regiment, dessen nomineller Anführer er war, und lud öfters einige seiner jungen Offiziere an seine Tafel – eine Gastfreundschaft, die man heute, glaube ich, bei seinesgleichen nicht mehr antrifft. Hauptmann Dobbin war besonders gut bei dem alten General angeschrieben. Dobbin war in der Berufsliteratur sehr beschlagen und konnte fast ebensogut wie der General selbst, den die kriegerischen Erfolge der Gegenwart kalt ließen und dessen Herz bei den großen Strategen des vorigen Jahrhunderts war, über den großen Friedrich und Maria Theresia und ihre Kriege sprechen. Am gleichen Morgen, als Mr. Osborne sein Testament änderte und Mr. Chopper seine beste Halskrause anlegte, schickte der alte General dem jungen Dobbin eine Einladung, bei ihm zu frühstücken, und dann unterrichtete er seinen Günstling ein paar Tage im voraus über das, was bereits alle erwarteten: über den Marschbefehl nach Belgien. In ein oder zwei Tagen würde das Oberkommando den Befehl ausgeben, das Regiment solle sich in Bereitschaft halten, und da reichlich Transporter vorhanden seien, würden sie noch vor Ende der Woche den Marschbefehl erhalten. Während das Regiment in Chatham lag, hatte es sich durch Rekruten verstärkt, und der alte General erhoffte von seinem Regiment, das in Kanada geholfen hatte, Montcalm zu besiegen, und auf Long Island Mr. Washington in die Flucht geschlagen hatte, es würde sich auf den so oft umkämpften Schlachtfeldern der Niederlande seines alten Rufs würdig erweisen. «Und wenn Sie daher noch eine Affäre haben, mein lieber Freund», sagte der alte General, nahm mit seiner zitternden weißen Greisenhand eine Prise Schnupftabak und deutete auf die Stelle seines Hausrocks, unter der ihm noch schwach das Herz schlug, «wenn Sie eine Phyllis trösten oder Papa und Mama Lebewohl sagen oder ein Testament machen müssen, dann empfehle ich Ihnen, es ohne Säumen zu erledigen!» Daraufhin reichte der General seinem jungen Freund einen Finger und nickte ihm mit seinem bezopften und gepuderten Kopf gutmütig zu. Sowie sich die Tür hinter Dobbin geschlossen hatte, setzte er sich hin, um ein *poulet* (er war so stolz auf sein Französisch!) für Mademoiselle Aménaide am Theater Seiner Majestät des Königs zu schreiben.

Die Neuigkeit stimmte Dobbin ernst, und er dachte an seine Freunde in Brighton, und dann schämte er sich, weil ihm Amelia immer zuerst in den Sinn kam (immer vor allen andern, vor Vater und Mutter, Schwestern und Pflicht, beim Einschlafen und beim Erwachen sogar, den ganzen Tag über). Als er ins Hotel zurückgekehrt war, schickte er Mr. Osborne ein kurzes Briefchen und teilte ihm mit, was er gehört hatte, denn er hoffte, das könne auch noch dazu beitragen, eine Versöhnung mit George herbeizuführen.

Dieses Briefchen wurde vom gleichen Boten ausgetragen, der am Tage vorher die Einladung zu Mr. Chopper gebracht hatte, und der wackere Buchhalter erschrak gehörig. Als er den Brief öffnete, zitterte er vor Angst, das Essen könne abgesagt werden, auf das er sich schon so gefreut hatte. Wie erleichtert war er, als er entdeckte, daß für ihn nur eine Notiz beigefügt war, die ihn noch einmal ans Essen erinnern sollte. («Erwarte Sie um halb sechs», schrieb Hauptmann Dobbin.) Natürlich nahm er großen Anteil an der Familie seines Prinzipals, aber *que voulez-vous?*, ein großartiges Essen war ihm wichtiger als die Angelegenheiten jedes andern Sterblichen.

Dobbin war ermächtigt worden, die Neuigkeit des Generals auch andern Offizieren mitzuteilen, die er im Laufe des Nachmittags etwa traf; deshalb erzählte er auch dem Fähnrich Stubble davon, den er beim Agenten traf und der vor lauter kriegerischer Begeisterung sofort hinging und sich beim Waffenhändler einen neuen Degen kaufte. Obwohl der junge Mann erst siebzehn Jahre alt und etwa fünfeinhalb Fuß hoch, obendrein von rachitischer Veranlagung und in seiner Gesundheit durch vorzeitigen Alkoholgenuß noch beeinträchtigt war, hatte er doch unleugbar Mut und das Herz eines Löwen, wie er da die Waffe, die seiner Meinung nach unter den Franzosen Verwüstungen anrichten würde, in der Hand wog und bog und ausprobierte. Mit gewaltiger Energie stampfte er mit den kleinen Füßen auf, schrie «he! he!» und richtete die Spitze zwei oder dreimal auf Hauptmann Dobbin, der die Stöße lachend mit seinem Rohrstock parierte.

Mr. Stubble gehörte, wie bei seinem kurzen Wuchs und

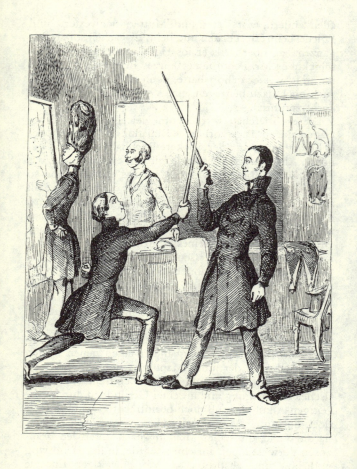

Fähnrich Stubble übt sich in der Kriegskunst

seiner Magerkeit zu vermuten ist, zur leichten Infanterie. Fähnrich Spooney dagegen war ein langer Bursche aus Hauptmann Dobbins Grenadierkompanie. Er probierte eine neue Bärenmütze auf, in der er für sein jugendliches Alter erschreckend grimmig aussah. Danach zogen die beiden jungen Leute zu Slaughters, bestellten ein fabelhaftes Essen und schrieben Briefe an die lieben, besorgten Eltern daheim, Briefe voller Liebe und Unerschrockenheit, voller Courage und schlechter Orthographie. Ach, viele Herzen pochten damals in England voll banger Sorge, und in manchem Elternhaus beteten und weinten die Mütter.

Dobbin wollte gerade einen Brief an George Osborne schreiben, als er an einem Tisch im Kaffeezimmer bei Slaughters den jungen Stubble erblickte, dem die Tränen die Nase entlang aufs Papier tropften (der Kleine dachte an seine Mama und daß er sie vielleicht nie wiedersehen würde); es rührte ihn so, daß er seine Schreibkassette schloß. Warum denn schon schreiben? dachte er. Lieber soll sie noch eine Nacht glücklich sein! Morgen früh kann ich meine Eltern besuchen, und dann fahre ich selbst nach Brighton.

Er trat also auf den jungen Stubble zu und legte ihm die Hand auf die Schulter, sprach dem jungen Krieger Mut zu und erklärte ihm, wenn er die Finger vom Brandy ließe, könnte er ein ebenso tüchtiger Soldat sein, wie er jetzt schon ein anständiger und gutherziger Bursche sei. Da leuchteten die Augen des kleinen Stubble auf, denn Dobbin erfreute sich großer Achtung in seinem Regiment und galt als der beste Offizier und der klügste Mensch.

«Besten Dank, Dobbin», sagte er und bohrte die Knöchel in die Augen, «ich hab's – hab's ihr grad geschrieben, daß ich mir Mühe geben will. Sie ist nämlich so verdammt gut zu mir – Sir!» Damit begann das Wasserwerk wieder zu arbeiten, und ich bin nicht einmal sicher, ob die Augen des weichherzigen Hauptmanns nicht auch ein bißchen zwinkerten.

Die beiden Fähnriche, Hauptmann Dobbin und Mr. Chopper speisten in der gleichen Nische. Chopper brachte den Brief von Mr. Osborne mit, in dem er ihm seine besten Empfehlungen übermittelte und ihn mit wenig Worten bat, Hauptmann George Osborne den beigefügten Brief auszuhändigen. Chopper wußte auch weiter nichts; zwar beschrieb er Mr. Osbornes Miene und die Zusammenkunft mit seinem Advokaten, staunte, weil der alte Herr niemanden angeschnauzt habe, und erging sich, vor allem als der Wein die Runde machte, in haltlosen Vermutungen und Annahmen, die aber mit jedem Glas unbestimmter und zuletzt ganz unverständlich wurden. Zu vorgerückter Stunde schob Hauptmann Dobbin seinen Gast in eine Droschke, und der gute Chopper, der den Schluckauf hatte, beteuerte, er würde immer und ewig der F...F...Freund des Hauptmanns bleiben.

Als Hauptmann Dobbin sich von Miss Osborne verabschiedet hatte, bat er, wie wir hörten, um Erlaubnis, sie am folgenden Tag wieder besuchen zu dürfen, und das Fräulein wartete auch einige Stunden auf ihn. Wäre er gekommen und hätte er ihr die Frage gestellt, auf die sie ihm gern eine Antwort gegeben hätte, so würde sie sich vielleicht auf die Seite ihres Bruders geschlagen haben, und eine Versöhnung zwischen George und seinem erzürnten Vater hätte zustande kommen können. Doch obwohl sie zu Hause auf ihn wartete, kam der Hauptmann nicht. Er hatte mit seinen eigenen Angelegenheiten zu tun, mußte seine Eltern besuchen und sie trösten und noch beizeiten einen Platz in der Lightning-Post sichern, um seine Freunde in Brighton zu besuchen. Im Laufe des Tages hörte Miss Osborne, wie ihr Vater Anweisungen gab, der Schurke und Intrigant Dobbin dürfe nie wieder vorgelassen werden, und damit fanden alle Hoffnungen, die sie insgeheim gehegt haben mochte, ein jähes Ende. Mr. Frederick Bullock erschien und war besonders liebevoll zu Maria und sehr aufmerksam gegen den niedergeschlagenen alten Herrn. Denn wenn er auch behauptet hatte, sein Herz sei zur Ruhe gekommen, so schienen die dafür von ihm gewählten Mittel doch noch nicht geholfen zu haben, und die Ereignisse der letzten zwei Tage hatten ihn sichtlich angegriffen.

XXV

Alle Hauptpersonen halten es für richtig, Brighton zu verlassen

aptain Dobbin tat, als er im Hotel zu den Damen geführt wurde, sehr munter und gesprächig, was uns beweist, daß unser junger Freund von Tag zu Tag ein schlimmerer Heuchler wurde. Er versuchte seine eigenen Gefühle zu verheimlichen, erstens, weil er Amelia nun in ihrer neuen Würde als junge Frau sah, und zweitens, weil er wegen der Wirkung besorgt war, die seine traurigen Nachrichten auf sie ausüben mußten.

Zu George aber sagte er: «Meiner Meinung nach wird uns der französische Kaiser, noch ehe drei Wochen verstrichen sind, mit Infanterie und Kavallerie überfallen und dem Herzog derart zum Tanz aufspielen, daß die Kämpfe in Spanien dagegen eine Kinderei sind. Doch das brauchst du Mrs. Osborne nicht zu sagen, hörst du! Vielleicht kommen wir gar nicht ins Gefecht, und vielleicht beschränkt sich unsre Aufgabe in Belgien bloß auf militärische Besetzung. So denken viele, und Brüssel ist voll von vornehmen Leuten und eleganten Damen.» Sie verabredeten daher, Amelia die Aufgabe der britischen Armee in Belgien im harmlosesten Licht zu zeigen.

Nach Abschluß der Verschwörung konnte der Heuchler Dobbin also Mrs. Osborne sehr fröhlich begrüßen; er versuchte, ihr ein paar Komplimente zu machen, die allerdings – wir müssen es zugeben – erstaunlich ungeschickt und mühsam herauskamen, und dann begann er über

Brighton und die Seeluft und die Unterhaltungen im Seebad und die schöne Herfahrt und die Vorzüge der Expreßpost und der Pferde zu sprechen – und alles in einer Art, die Amelia ganz unverständlich fand, die aber für Rebecca sehr vergnüglich war, denn sie beobachtete den Hauptmann, wie es bei jedem ihre Gewohnheit war, der in ihre Nähe kam.

Die kleine Amelia hatte, wie wir gestehen müssen, eine ziemlich geringe Meinung vom Freunde ihres Mannes. Er lispelte, er sah sehr unschön und häßlich aus, und er war furchtbar unbeholfen und linkisch. Sie mochte ihn gern, weil er ihrem Mann so treu ergeben war (was zwar kein besonderes Verdienst war), und sie hielt es für edel und gut von George, Dobbins Freundschaft zu erwidern. George hatte in ihrer Gegenwart sehr häufig das Lispeln und die komische Art seines Freundes nachgemacht, doch muß man es ihm lassen, daß er über Dobbins gute Eigenschaften sehr anerkennend sprach. In der kurzen Zeit ihres Triumphes nahm sie den guten William, den sie noch nicht genügend kannte, nicht ganz für voll, und er wußte genau, was sie für Ansichten über ihn hegte, und gab ihr in aller Bescheidenheit recht. Wohl sollte eine Zeit kommen, da sie ihn besser kannte und ihre Meinung über ihn änderte, doch die lag noch in weiter Ferne.

Rebecca jedoch hatte Hauptmann Dobbins Geheimnis vollkommen durchschaut, noch bevor er zwei Stunden in Gesellschaft der beiden Damen verbracht hatte. Sie mochte ihn nicht leiden und fürchtete ihn insgeheim, und auch er war nicht sehr von ihr begeistert. Er war so ehrlich, daß ihre Ränke und Kniffe bei ihm nicht verfingen, und mit instinktivem Widerwillen wich er vor ihr zurück. Und da sie ihren Geschlechtsgenossinnen nicht so überlegen war, um keine Eifersucht zu empfinden, war er ihr um so unsympathischer, weil er Amelia verehrte. Trotzdem benahm sie sich freundlich und höflich zu ihm, denn er war ein Freund der Familie Osborne! Ein Freund ihrer teuersten Freunde! Sie beteuerte, daß sie ihn stets aufrichtig gern haben würde; sie erinnerte sich noch so gut an den

Abend in Vauxhall, wie sie Amelia schalkhaft erzählte, und sie machte sich ein bißchen über ihn lustig, als die beiden Damen in ihre Zimmer gingen, um sich fürs Essen umzukleiden. Rawdon Crawley beachtete ihn so gut wie gar nicht; er hielt Dobbin für einen gutmütigen Einfaltspinsel und einen schlechterzogenen Kaufmannssohn. Joseph begönnerte ihn sehr würdevoll.

Als George seinem Freund in dessen Zimmer gefolgt war, wo sie endlich allein waren, entnahm Dobbin seiner Schreibmappe den Brief, den er auf Wunsch Mr. Osbornes seinem Sohn aushändigen sollte. «Das ist nicht die Handschrift meines Vaters!» rief George ziemlich unruhig. Und es stimmte auch: der Brief stammte von Mr. Osbornes Advokat und lautete folgendermaßen:

Bedford Row, 7. Mai 1815.

Sir,

Mr. Osborne hat mich beauftragt, Sie davon zu benachrichtigen, daß er bei dem Entschluß bleibt, den er Ihnen gegenüber bereits geäußert hat, und daß er infolge der Ehe, die einzugehen Ihnen beliebte, hinfort aufhört, Sie als Mitglied seiner Familie zu betrachten. Dieser Entschluß ist endgültig und unwiderruflich.

Die Summen, die während Ihrer Minderjährigkeit für Sie ausgegeben wurden, sowie die Wechsel, die Sie in den letzten Jahren so übermäßig auf Mr. Osborne gezogen haben, übersteigen bei weitem den Betrag, der Ihnen von Rechts wegen zusteht (es handelt sich um ein Drittel vom Vermögen Ihrer Mutter, der verstorbenen Mrs. Osborne, das bei deren Tode Ihnen und den Damen Miss Jane Osborne und Miss Maria Frances Osborne zufiel). Trotzdem hat mich Mr. Osborne ermächtigt, Ihnen mitzuteilen, daß er alle Ansprüche auf Ihr Vermögen aufgibt und daß die Summe von zweitausend Pfund in vierprozentigen Staatspapieren (Ihr Drittel an der Gesamtsumme von sechstausend Pfund) Ihnen oder Ihrem Agenten zum Tageskurs gegen Quittung ausgezahlt wird

von Ihrem gehorsamsten Diener

S. Higgs.

PS. Mr. Osborne bittet mich, Ihnen mitzuteilen, daß er es ein für allemal ablehnt, in dieser Sache Botschaften, Briefe oder Mitteilungen von Ihnen in Empfang zu nehmen.

«Das hast du ja großartig gekonnt!» rief George und blickte seinen Freund Dobbin wütend an. «Da sieh mal!», und er warf ihm den Brief seines Vaters zu. «Jetzt bin ich ein Bettler, beim Zeus, und alles nur wegen meiner verdammten Sentimentalität! Warum konnten wir nicht warten? Mich hätte eine Kugel im Laufe des Krieges erledigen können, ja, sie kann es noch immer; und wieso ist Emmy dann besser dran, wenn sie als eines Bettlers Witwe zurückbleibt? Es ist alles deine Schuld! Du hast nicht eher Ruhe gegeben, bis du mich verheiratet und ruiniert hattest. Was zum Teufel soll ich mit zweitausend Pfund anfangen? Die reichen keine zwei Jahre! Seit wir hier sind, habe ich beim Billard und beim Kartenspiel hundertvierzig Pfund an Crawley verloren. Du bist wirklich ein großartiger Vermittler!»

«Es läßt sich nicht leugnen, daß die Lage ernst ist», sagte Dobbin, nachdem er den Brief mit bestürzter Miene gelesen hatte, «und du hast recht, es ist zum Teil meine Schuld. Doch es gibt manchen, der nichts dagegen hätte, mit dir zu tauschen», fügte er mit bitterem Lächeln hinzu. «Was meinst du wohl, wieviel Hauptleute in der Armee bare zweitausend Pfund besitzen? Du mußt, bis dein Vater besänftigt ist, von deinem Sold leben, und wenn du fallen solltest, hinterläßt du deiner Frau hundert Pfund jährlich.»

«Bildest du dir ein, daß ein Mann von meinem Lebensstil mit seinem Sold und hundert Pfund jährlich auskommen kann?» rief George zornig aus. «Du bist wohl nicht gescheit, Dobbin! Wie soll ich denn meine Stellung in der Welt mit so einer erbärmlichen Kleinigkeit bestreiten? Ich kann meine Gewohnheiten nicht ändern! Ich muß einen gewissen Luxus haben! Ich bin nicht mit Hafergrütze großgezogen worden wie MacWhirter oder mit Kartoffeln wie der alte O'Dowd! Soll meine Frau etwa für die Soldaten waschen oder im Bagagewagen hinter dem Regiment dreinfahren?»

«Aber, aber», meinte Dobbin noch immer gutmütig, «wir werden schon ein besseres Gefährt für sie auftreiben. Du mußt dir doch mal vor Augen halten, George, mein Junge, daß du jetzt ein entthronter Prinz bist: verhalte dich still, solange der Sturm dauert! Ewig wird's nicht sein! Sieh zu, daß dein Name in der Gazette steht, und ich wette, der alte Herr gibt klein bei!»

«In der Gazette?» erwiderte George. «Und in welcher Spalte, bitte? Wohl unter den Gefallenen oder Verwundeten und gleich obenan?»

«Pah! Zum Weinen ist noch Zeit genug, wenn wir verwundet sind!» sagte Dobbin. «Und wenn etwas passieren sollte, George, dann weißt du doch, daß ich auch eine Kleinigkeit habe; ich bin nicht fürs Heiraten und werde meinen Patenjungen in meinem Testament nicht vergessen», fügte er lächelnd hinzu. Daraufhin endete der Streit wie schon viele ähnliche Gespräche zwischen Osborne und seinem Freund: Osborne gab zu, daß man Dobbin unmöglich lange Zeit böse sein könne, und er verzieh ihm höchst edelmütig, nachdem er ihn ohne Grund beschimpft hatte.

*

«Hör mal, Becky», rief Rawdon Crawley aus dem Nebenzimmer seiner Frau zu, die sich in ihrem Zimmer zum Essen umkleidete.

«Was?» kam mit schriller Stimme die Antwort. Becky blickte über ihre Schulter in den Spiegel. Sie hatte ein weißes Kleid angelegt, so sauber und frisch, wie man sich's nur denken konnte, und mit den entblößten Schultern, einem feinen Kettchen und einer hellblauen Schärpe war sie ein Bild mädchenhafter Unschuld und jugendlichen Glücks.

«Sag mal, was wird Mrs. Osborne machen, wenn er mit dem Regiment ausrücken muß?» fragte Crawley und betrat ihr Zimmer, wobei er mit zwei mächtigen Haarbürsten auf seinem Kopf ein Duett vollführte und unter dem Haar hervor bewundernd auf seine hübsche kleine Frau blickte.

«Wahrscheinlich wird sie sich die Augen aus dem Kopf weinen», entgegnete Becky. «Sie hat mir schon bei der bloßen Vorstellung ein halbes dutzendmal was vorgejammert.»

«Dir macht's natürlich gar nichts aus, wie?» fragte Rawdon etwas verärgert, weil sie so gefühllos sprach.

«Du Bösewicht! Weißt du denn nicht, daß ich mitkommen will?» erwiderte Becky. «Außerdem ist es mit dir doch anders! Du gehst als Adjutant von General Tufto. Wir gehören gar nicht zu den Fronttruppen!» sagte sie und warf ihren Kopf so bezaubernd in den Nacken, daß ihr Mann sich zu ihr niederbeugte und sie küßte.

«Rawdon, Liebster – findest du nicht auch, du solltest dir – das Geld von Kupido geben lassen, ehe er abreist?» fuhr Becky fort und befestigte eine entzückende Schleife am Kleid. Sie sprach von George Osborne als Kupido, und über sein gutes Aussehen hatte sie ihm schon eine Unmenge Schmeicheleien gesagt. Wenn er abends eine halbe Stunde vor dem Schlafengehen in Rawdons Zimmer saß, pflegte sie ihm freundlich in die Karten zu schauen.

Oft hatte sie ihn auch einen scheußlichen, verschwenderischen Tunichtgut genannt und ihm gedroht, Emmy von seinen Lastern und seinen schlimmen, unbesonnenen Streichen zu erzählen. Sie brachte ihm eine Zigarre und zündete sie für ihn an, denn sie kannte die Wirkung dieses Tricks, den sie früher einmal an Rawdon Crawley ausprobiert hatte. Er fand sie lustig, lebhaft, schelmisch, elegant und bezaubernd. Bei ihren kleinen Spazierfahrten und gemeinsamen Abendessen stach Becky natürlich die arme Emmy vollkommen aus, die nur stumm und schüchtern dasaß, während Mrs. Crawley und Osborne drauflosschwatzten und Hauptmann Crawley und dann auch Joe, nachdem er in Brighton eingetroffen war, einfach dem Essen zusprachen.

Emmys Herz war Becky gegenüber von Zweifeln erfüllt. Wenn sie an ihre geistreiche, lebhafte und begabte Freundin dachte, überfielen sie Besorgnis und Unruhe. Erst seit einer Woche war sie verheiratet, und schon langweilte sich George mit ihr und sehnte sich nach andrer

Gesellschaft! Es bangte ihr vor der Zukunft. Wie kann ich ihm je eine Gefährtin werden, dachte sie, wo er doch so klug und geistreich ist – und ich so ein einfältiges, unbedeutendes Ding? Wie edel es von ihm war, mich zu heiraten – alles aufzugeben und sich mit mir zu begnügen! Ich hätte ihn zurückweisen sollen, doch dazu hat's mir an Mut gefehlt. Ich hätte zu Hause bleiben und mich um den armen Papa kümmern sollen. Daß sie ihre Eltern vernachlässigt hatte (ein tatsächlich nicht ganz unbegründeter Vorwurf, den ihr schlechtes Gewissen erhob), wurde ihr jetzt zum erstenmal bewußt, so daß sie vor Beschämung errötete. Oh, dachte sie, ich war böse und selbstsüchtig! Wie selbstsüchtig, die Eltern in ihrem Kummer zu vergessen, wie selbstsüchtig, George zu heiraten! Ich weiß, daß ich seiner nicht wert bin, ich weiß, daß er ohne mich glücklicher gewesen wäre – und doch, ich habe ja immer wieder versucht, ihn aufzugeben!

Es ist hart, wenn sich einer jungen Frau solche Gedanken und Erkenntnisse aufdrängen, noch bevor sieben Tage ihrer Ehe verstrichen sind. Doch so war es nun einmal, und am Abend, ehe Dobbin zu den jungen Leuten nach Brighton fuhr, an einem schönen, strahlenden, mondhellen Abend im Mai, an dem es so warm und gelinde war, daß die Türen zum Balkon weit geöffnet wurden, betrachteten George und Mrs. Crawley das stille Meer, das schimmernd vor ihnen lag, während Rawdon und Joseph im Zimmer in ihr Puffspiel vertieft waren. Amelia aber kauerte, ohne daß sich jemand um sie kümmerte, in einem großen Sessel, beobachtete die beiden Gruppen und fühlte, wie Verzweiflung und Reue, bittere Gefährten für das zärtliche, einsame Herz, in ihr aufstiegen. Kaum eine Woche war verstrichen, und dahin war es schon gekommen! Hätte sie an die Zukunft gedacht, hätten sich trübe Aussichten geboten; aber Emmy war gewissermaßen zu ängstlich, um so weit vorauszuschauen und sich allein aufs weite Meer hinauszuwagen, unfähig, es ohne Lotsen und Beschützer zu befahren. Ich weiß, Miss Smith hat nur eine sehr geringschätzige Meinung von ihr. Aber wie viele Frauen, meine liebe Miss Smith, haben denn Ihre bewundernswerte Seelenruhe?

«Himmel, was für eine schöne Nacht, und wie hell der Mond scheint!» sagte George und stieß den Rauch seiner Zigarre aus, daß er still in die Lüfte stieg.

«Wie köstlich die Zigarre im Freien duftet! Ich schwärme für Zigarren! – Kaum zu glauben, daß der Mond 236 847 Meilen von der Erde entfernt ist!» fuhr Becky fort und blickte lächelnd zum fernen Himmelskörper auf. «Habe ich das nicht gut behalten? Puh, das haben wir alles bei Miss Pinkerton gelernt. Wie ruhig das Meer ist, und wie deutlich ist alles zu sehen! Ich glaube wahrhaftig, ich kann die Küste von Frankreich erkennen!» Ihre strahlenden grünen Augen leuchteten auf und spähten in die Nacht hinaus, als könnten sie hindurchsehen.

«Wissen Sie, was ich eines Morgens vorhabe?» fragte sie. «Ich habe entdeckt, daß ich sehr gut schwimmen kann, und eines Tages, wenn Tante Crawleys Gesellschafterin – Sie wissen doch, die alte Briggs, erinnern Sie sich: die mit der krummen Nase und den flatternden Haarsträhnen –, wenn also die alte Briggs baden geht, habe ich vor, tauchend unter ihr Badezelt zu schwimmen und auf einer Versöhnung im Wasser zu bestehen. Ist das nicht eine tolle Kriegslist?»

George stimmte ein schallendes Gelächter an, als er sich die Begegnung im Wasser vorstellte. «Was habt ihr beiden denn Lustiges?» rief Rawdon nach draußen und rasselte mit dem Würfelbecher. Amelia aber machte sich törichterweise lächerlich, indem sie in Tränen ausbrach und in ihr Zimmer rannte, um sich dort allein sattzuweinen.

In diesem Kapitel muß unsre Geschichte des öfteren in anscheinend sehr unentschlossener Art bald vor-, bald zurückhüpfen. Haben wir unsre Geschichte demnächst bis zum Morgen geführt, müssen wir sofort zum Gestern zurück, damit jeder einzelne Teil zu seinem Recht kommt. Bei einem Empfang Ihrer Majestät sieht man auch die Equipagen der Gesandten und hohen Würdenträger von einem Privatausgang wegrollen, während Hauptmann Jones' Damen noch auf ihre Droschke warten müssen, und im Vorzimmer des Finanzministers sieht man, wie ein halbes Dutzend Bittsteller geduldig auf ihre Audienz warten und einer nach dem andern vorgelassen wird, bis plötzlich ein Parlamentsmitglied oder eine andere wichtige Persönlichkeit das Wartezimmer betritt und sofort, unbekümmert um alle Anwesenden, zum Unterstaatssekretär vordringt. So muß auch der Verfasser

Ein Familienfest in Brighton

eines Romans auf sehr parteiische Art Gerechtigkeit walten lassen. Obwohl all die kleinen Vorfälle zu Worte kommen sollten, müssen sie doch zurückstehen, wenn wichtige Ereignisse auftreten. Der Umstand, der Dobbin nach Brighton führte, nämlich der Marschbefehl für die Garde und die Linientruppen und die Aufstellung der alliierten Heere in Belgien unter dem Oberbefehl des Herzogs von Wellington – ein so bedeutungsvoller Umstand hat gewiß den Vortritt vor allen weniger wichtigen Vorkommnissen unserer Geschichte, und deshalb ist ein wenig Unordnung und Umstellung wohl entschuldbar und berechtigt. Zeitlich sind wir jetzt erst so weit über das zweiundzwanzigste Kapitel hinausgekommen, daß wir am Tage von Dobbins Ankunft unsre verschiedenen Hauptdarsteller vor dem Abendessen, das zur üblichen Stunde stattfand, in ihre Ankleidezimmer beförderten.

George war zu rücksichtsvoll oder auch zu sehr mit dem Knüpfen seines Halstuchs beschäftigt, als daß er Amelia gleich alle die Neuigkeiten erzählt hätte, die sein Kamerad aus London mitgebracht hatte. Doch dann trat er mit dem Brief des Advokaten in der Hand in ihr Zimmer und trug eine so ernste und gewichtige Miene zur Schau, daß seine Frau, immer auf irgendein drohendes Unheil gefaßt, schon glaubte, das Schlimmste stehe bevor, und auf ihren Mann zulief und ihren liebsten George anflehte, ihr alles zu sagen: er habe Befehl zum Abmarsch erhalten – in einer Woche käme es zu einer Schlacht – ach, sicher war es so?

Der liebste George wich der Frage nach dem Marschbefehl geschickt aus und sagte, traurig den Kopf schüttelnd: «Nein, Emmy, das ist es nicht. Nicht um mich mache ich mir Sorgen, sondern um dich! Ich habe schlimme Nachrichten von meinem Vater. Er lehnt jede Verbindung mit mir ab, er hat uns verstoßen und überläßt uns der Armut. Ich kann mich wohl durchschlagen – aber du, mein Liebling, wie willst du das ertragen? Komm, lies!» Und er reichte ihr den Brief.

Amelia hörte ihrem Helden mit zärtlich besorgtem

Ausdruck zu, während er sich in so selbstlosen Gefühlen erging, und dann setzte sie sich aufs Bett und las den Brief, den George ihr mit affektierter Märtyrermiene übergab. Ihr Gesicht hellte sich jedoch auf, als sie das Schreiben las. Der Gedanke, Armut und Entbehrungen mit einem geliebten Menschen teilen zu müssen, hat, wie wir schon früher gesagt haben, für eine warmherzige Frau durchaus nichts Abstoßendes. Im Gegenteil, unsre kleine Amelia freute sich darüber. Dann schämte sie sich, wie meistens, über sich selbst, weil sie in einem so ungeeigneten Augenblick fröhlich sein konnte, unterdrückte ihre Freude und sagte treuherzig: «O George, wie muß dir das Herz bluten beim Gedanken an die Trennung von deinem armen Papa!»

«Allerdings», sagte George mit schmerzlich verzogener Miene.

«Aber er kann dir nicht lange böse sein», fuhr sie fort. «Das kann niemand, bestimmt nicht! Er muß dir vergeben, mein liebster, bester Mann! Oh, ich könnte es mir nie verzeihen, wenn er nicht einlenkt!»

«Was mich beunruhigt, ist nicht mein Mißgeschick, liebste Emmy, sondern deins», sagte George. «Mir macht ein bißchen Armut nichts aus. Ohne mich selbst zu rühmen, glaube ich sogar, genug Talente zu besitzen, daß ich meinen Weg allein machen könnte.»

«Die hast du bestimmt!» rief seine Frau, denn sie war überzeugt, daß ihr Mann bei Kriegsende sofort zum General befördert würde.

«Ja, ich könnte meinen Weg genausogut wie jeder andre machen», fuhr Osborne fort. «Aber du, mein liebes Mädchen? Wie soll ich's nur ertragen, daß du der Annehmlichkeiten und der gesellschaftlichen Stellung beraubt wirst, die du als meine Frau beanspruchen darfst? Mein liebes Mädchen in der Kaserne! Als Soldatenfrau bei einem marschierenden Regiment! Allen Arten von Verdruß und Entbehrung ausgesetzt! Es macht mich unglücklich!»

Emmy war ganz erleichtert, daß ihr Mann keine andre

Ursache hatte, besorgt zu sein; sie nahm seine Hand und begann mit strahlendem Lächeln die Strophe aus dem beliebten Lied *Wapping Old Stairs* zu singen, wo die Heldin, nachdem sie ihren Tom wegen seiner Gleichgültigkeit ausgezankt hat, verspricht, «seine Hosen zu flicken und Grog zu bereiten», falls er liebevoll und treu sei und sie nicht verlassen wolle. «Außerdem», sagte sie nach einer Pause und sah dabei so hübsch und glücklich aus, wie es ein junges Frauchen immer sein sollte, «sind doch zweitausend Pfund furchtbar viel Geld, nicht wahr, George?»

George lachte über ihre kindliche Ahnungslosigkeit, und als sie schließlich zum Essen gingen, hing Amelia an Georges Arm, trällerte noch immer die Melodie *Wapping Old Stairs* und war fröhlicher und unbekümmerter, als sie es in den letzten Tagen gewesen war.

So verlief die Mahlzeit nicht trübselig, sondern überaus munter und vergnügt. Die Aufregung über den Feldzug wirkte in Georges Gemüt wie ein Gegenmittel, so daß ihn die Nachricht über die Enterbung weniger bedrückte. Dobbin behielt seine Rolle als fröhlicher Plauderer weiterhin bei. Er unterhielt die Gesellschaft mit Berichten über die Armee in Belgien, wo jeder nur an Feste und Vergnügungen und Modeneuheiten dachte. Und da er eine bestimmte Absicht verfolgte, ging er nun sehr geschickt dazu über, die Majorin O'Dowd zu beschreiben, wie sie für sich und den Major die Sachen packte und dabei seine besten Epauletten in eine Teebüchse stopfte, damit sie ihren berühmten gelben Turban mit dem in Packpapier gewickelten Paradiesvogel im blechernen Hutfutteral des Majors unterbringen konnte, und er gab ihnen zu bedenken, was für einen Eindruck sie wohl mit dem Turban am Hof des französischen Königs in Gent oder bei den großen Militärbällen in Brüssel machen würde.

«Gent? Brüssel?» rief Amelia und fuhr erschrocken zusammen. «Muß das Regiment marschieren, George? Muß es marschieren?» Ihr reizendes, lächelndes Gesicht blickte plötzlich entsetzt, und instinktiv klammerte sie sich an George.

«Ängstige dich nicht, Liebste», sagte er gutmütig, «die Überfahrt dauert ja nur zwölf Stunden, da kann dir nichts geschehen. Du darfst nämlich mitkommen, Emmy!»

«Ich gehe auf jeden Fall mit», warf Rebecca ein. «Ich gehöre zum Stab. General Tufto ist ein großer Verehrer von mir, nicht wahr, Rawdon?»

Rawdon platzte mit seinem üblichen Gewieher heraus. William Dobbin wurde feuerrot. «Sie kann nicht mitgehen», sagte er, «denk doch an die...» Er wollte hinzufügen: Denk doch an die Gefahr!; aber hatte er nicht mit all seinem Geplauder während des Essens beweisen wollen, daß von Gefahr keine Rede sein konnte? Er wurde ganz verwirrt und verstummte.

«Ich muß mit und will mit!» rief Amelia mit größtem Eifer, und George lobte sie wegen ihrer Entschlossenheit, tätschelte sie und fragte alle Anwesenden, ob sie jemals einen solchen Unband von Ehefrau gesehen hätten. Er war einverstanden, daß sie ihn begleitete. «Mrs. O'Dowd kann dich ja unter ihre Fittiche nehmen», sagte er. Was kümmerte sie das, solange ihr Mann in ihrer Nähe war! So täuschten sie sich über die Bitterkeit des Abschieds etwas hinweg. Wenn auch Krieg und Gefahr ihrer harrten, so konnte es doch noch Monate dauern, ehe sie Wirklichkeit wurden. Jedenfalls blieb ihnen eine Galgenfrist, über die sich die ängstliche kleine Amelia beinahe ebenso wie über eine volle Begnadigung freute und die selbst Dobbin, wie er sich's heimlich gestehen mußte, sehr willkommen war. Denn für ihn war es jetzt das größte Glück und die größte Hoffnung seines Lebens, Amelia ständig sehen zu dürfen, und insgeheim freute er sich darauf, über ihr zu wachen und sie zu beschützen. Ich hätte sie nie mitfahren lassen, wenn ich mit ihr verheiratet wäre, dachte er. Doch George war Herr und Meister, und sein Freund hielt es nicht für richtig, ihm Vorwürfe zu machen.

Rebecca verließ schließlich Arm in Arm mit Amelia den Eßtisch, an dem soviel Wichtiges besprochen worden war, und die Herren blieben in sehr gehobener Stimmung zurück und tranken und plauderten äußerst angeregt.

Im Laufe des Abends erhielt Rawdon von seiner Frau ein Zettelchen, und obwohl er es sofort zerknüllte und an einer Kerze verbrannte, war es uns zum Glück schon vorher möglich gewesen, einen Blick über Rebeccas Schulter zu werfen. «Große Neuigkeit», hatte sie geschrieben. «Mrs. Bute ist fort. Laß dir heute abend von Kupido das Geld geben, da er morgen wahrscheinlich abreist. Vergiß es nicht! R.» Als sich daher die Herren zum Kaffee zu den Damen begeben wollten, hielt Rawdon den jungen Osborne am Ellbogen fest und sagte liebenswürdig: «Oh, Osborne, wenn's Ihnen paßt, möchte ich Sie gern noch um die bewußte Kleinigkeit bitten!» Es paßte George durchaus nicht, aber er zog trotzdem eine beträchtliche Menge Banknoten als Anzahlung aus seiner Geldtasche, und für die restliche Summe gab er ihm einen Wechsel auf seinen Agenten, zahlbar in einer Woche.

Nachdem das geregelt war, hielten George, Joe und Dobbin bei einer Zigarre Kriegsrat und kamen überein, am nächsten Tag allesamt in Josephs offenem Wagen nach London aufzubrechen. Joseph wäre vermutlich lieber noch bis zur Abreise Rawdon Crawleys in Brighton geblieben, aber Dobbin und George überstimmten ihn, und er willigte ein, die Gesellschaft nach London zu fahren, und bestellte, wie es sich für den würdigen Herrn ziemte, vier Pferde, mit denen sie am nächsten Tag nach dem Frühstück in vollem Staat abfuhren. Amelia war sehr früh aufgestanden und hatte mit größter Bereitwilligkeit die Koffer gepackt, während George im Bett lag und bedauerte, daß sie keine Jungfer zum Helfen habe. Doch sie war nur zu froh, daß sie es allein machen konnte. Beim Gedanken an Rebecca empfand sie bereits ein unbestimmtes leises Unbehagen, und wenn sie sich auch beim Abschied herzlichst küßten, wissen wir doch, was Eifersucht ist – und davon besaß Mrs. Amelia neben anderen Tugenden ihres Geschlechts auch ein Teilchen.

*

Wir müssen aber daran denken, daß außer den Leutchen, die solchermaßen kommen und gehen, auch noch andere alte Freunde von uns in Brighton sind, nämlich Miss Crawley und ihr ganzes Gefolge. Obwohl nun Rebecca und ihr Mann keine hundert Schritte vom Haus der kranken alten Dame wohnten, blieb ihnen deren Haustür doch genauso unbarmherzig verschlossen wie vorher in London. Solange Mrs. Bute Crawley ihrer Schwägerin zur Seite stand, sorgte sie dafür, daß ihre geliebte Matilda durch eine Begegnung mit dem Neffen nicht beunruhigt wurde. Wenn die alte Dame ihre Ausfahrt machte, saß die getreue Mrs. Bute neben ihr im Wagen. Wenn Miss Crawley sich im Rollstuhl an die frische Luft fahren ließ, marschierte Mrs. Bute auf der einen Seite, während die brave alte Briggs den andern Flügel bewachte. Und wenn sie zufällig Rawdon und seine Frau trafen, dann zog er zwar stets sehr unterwürfig den Hut, aber die Miss-Crawley-Clique blickte mit so eisiger und schneidender Gleichgültigkeit über ihn hinweg, daß Rawdon zu verzweifeln begann.

«Wir könnten ebensogut in London wie hier sein», sagte Hauptmann Rawdon manchmal mit niedergeschlagener Miene.

«Ein behagliches Hotel in Brighton ist besser als das Schuldgefängnis in Chancery Lane», antwortete seine Frau, die es weniger schwer nahm. «Denke doch an die beiden Adjutanten vom Gerichtsvollzieher Moses, die unsre Wohnung eine Woche lang belagert hielten. Unsre Freunde hier sind zwar sehr langweilig, aber Mr. Joe und Hauptmann Kupido sind doch noch bessere Kameraden als die Adjutanten von Mr. Moses, mein Lieber!»

«Ich frage mich nur, ob mir die Haftbefehle nicht bis nach hier gefolgt sind», fuhr Rawdon immer noch in düsterer Stimmung fort.

«Wenn's dahin kommt, finden wir schon Mittel und Wege, um uns zu drücken», sagte die kleine Becky ganz unverzagt und erinnerte ihren Mann daran, wie angenehm und nützlich es doch gewesen sei, Joseph und Osborne hier zu treffen, denn der Verkehr mit ihnen hatte Rawdon zu dem bereits sehr erwünschten kleinen Vorrat an Bargeld verholfen.

«Das genügt kaum, um die Hotelrechnung zu bezahlen», murrte der Leibgardist.

«Warum müssen wir sie denn bezahlen?» sagte die Dame, die auf alles eine Antwort wußte.

Das junge Paar war ziemlich genau über Miss Crawleys Tun und Lassen im Bilde, und zwar durch Rawdons Diener, der mit den männlichen Bedienten der alten Dame noch hin und wieder zusammentraf und angewiesen war, den Kutscher zu einem Trunk einzuladen, sooft er ihn sah. Rebecca hatte den glücklichen Einfall gehabt, sich nicht recht wohl zu fühlen und den gleichen Doktor kommen zu lassen, der die alte Dame behandelte. Überdies war Miss Briggs, wenn sie auch äußerlich zu einer feindseligen Haltung gezwungen war, insgeheim den jungen Leuten nicht feindlich gesinnt. Sie war im Grunde eine freundliche und friedfertige Seele. Seit der Anlaß zur Eifersucht nicht mehr bestand, war auch ihre Abneigung gegen Rebecca verschwunden, und sie dachte nur noch an all ihre freundlichen Bemerkungen und ihre unveränderlich gute Laune. Denn jetzt stöhnten sie und die Zofe, Mrs. Firkin, und überhaupt die ganze Dienerschaft unter der Tyrannei der siegreichen Mrs. Bute.

Wie es oft der Fall ist, hatte auch hier die brave, aber herrschsüchtige Frau ihren Vorteil und ihren Erfolg zu unbarmherzig ausgenützt. Im Verlauf von ein paar Wochen hatte sie ihre Patientin in einen solchen Zustand hilfloser Abhängigkeit versetzt, daß die Arme sich vollständig den Anordnungen ihrer Schwägerin unterwarf und es nicht einmal wagte, sich bei der Briggs oder bei der Firkin über ihre Sklaverei zu beklagen. Mit eiserner Genauigkeit maß Mrs. Bute die paar Glas Wein ab, die Miss Crawley täglich trinken durfte, sehr zum Ärger von Firkin und dem Butler, die sich dadurch sogar der Kontrolle über die Sherryflasche beraubt sahen. Sie bestimmte, wann und wieviel Kalbsbriesen, Aspik und Hühnchen verspeist werden durften. Morgens, mittags und abends brachte sie die vom Doktor verordneten widerlichen Mixturen und zwang ihre Patientin, sie mit so rührendem Gehorsam zu schlucken, daß Firkin versicherte: «Meine arme Missus nimmt ihre Medizin wie ein Lämmchen!»

Mrs. Bute schrieb vor, wann der Wagen und wann der Rollstuhl benutzt werden sollte, kurzum, sie behinderte die Genesung der alten Dame in solchem Maße, wie es nur eine wacker regierende, mütterliche und moralisch einwandfreie Frauensperson fertigbringt. Wenn die Patientin jemals schwachen Widerstand leistete oder um etwas zu essen und etwas weniger Medizin bat, drohte ihr die Pflegerin mit dem raschen Tod, woraufhin Miss Crawley sofort nachgab. «'s ist auch rein gar nichts mehr mit ihr los», klagte Firkin zu Briggs, «seit drei Wochen hat sie mich schon nicht mehr ‹dumme Gans› genannt!» Zu guter Letzt beschloß Mrs. Bute, die eben erwähnte treue Kammerfrau, den dicken Butler Mr. Bowls und sogar die Briggs zu entlassen und statt dessen ihre Töchter kommen zu lassen, um dann die teure Patientin ins Pfarrhaus von Queen's Crawley zu verfrachten. Doch ein häßlicher Unfall rief sie von der Ausführung so erfreulicher Pflichten fort. Ihr Gatte, der Pfarrer Bute Crawley, war eines Nachts beim Heimreiten mit dem Pferd gestürzt und hatte sich das Schlüsselbein gebrochen. Fieber und entzündliche Symptome stellten sich ein, und Mrs. Bute mußte Sussex verlassen und nach Hampshire fahren. Sie versprach jedoch, zu ihrer liebsten Freundin zurückzukehren, sowie Bute wiederhergestellt sei, und schied, nachdem sie den Dienstboten die strengsten Vorschriften über die Behandlung ihrer Herrin gemacht hatte. Kaum hatte sie die Postkutsche nach Southampton bestiegen, als ein solcher Jubel und ein so allgemeines Aufatmen in Miss Crawleys Haus einzogen, wie es die Bewohner schon seit Wochen nicht mehr erlebt hatten. Noch am gleichen Tage ließ Miss Crawley die Nachmittagsmedizin aus, und noch am gleichen Nachmittag öffnete Mr. Bowls für sich und Mrs. Firkin eine Spezialflasche Sherry. Noch am gleichen Abend genossen Miss Crawley und Miss Briggs anstatt der Predigten des verehrten Porteus eine Partie Karten. Es war wie im alten Kinderverslein, als der Stock vergaß, den Hund zu verprügeln: alle Ereignisse gerieten in eine friedliche, fröhliche Revolution.

Miss Briggs pflegte sich zwei- oder dreimal wöchentlich zu sehr früher Stunde zu einem Badekarren zu begeben, um sich in einem Flanell-Badekleid und mit einer Kappe aus geölter Leinwand im Wasser zu ergehen. Rebecca war, wie schon erwähnt, darüber im Bilde, und wenn sie auch ihre Drohung nicht wahr machte, die arme Briggs zu überfallen und durch Tauchen bis ins geheiligte Badezelt vorzudringen, so beschloß sie doch, Briggs zu attackieren, wenn sie, durch das Bad erfrischt und gestärkt, wahrscheinlich in guter Laune aus dem Badekarren trat.

Becky stand also am nächsten Morgen recht früh auf, brachte das Fernglas ins Wohnzimmer, das aufs Meer hinausging, und richtete es auf die Badekarren am Strand. Sie sah die Briggs ankommen, den Badekarren betreten und in See stechen und war im gleichen Augenblick am Strand, als die von ihr gesuchte Badenixe wieder aus dem fahrbaren Vehikel stieg und auf die Uferkiesel trat. Es war ein hübsches Bild: die Bucht, die Gesichter der Badeweiber und die lange Reihe der Klippen und Häuser, die im Glanz der Morgensonne rötlich aufstrahlten. Als die Briggs aus dem Karren trat, streckte ihr Rebecca mit einem lieben, freundlichen Lächeln ihre hübsche weiße Hand hin. Was konnte die Briggs anders tun, als die Begrüßung erwidern?

«Miss Sh... Mrs. Crawley!» rief sie.

Mrs. Crawley ergriff ihre Hand, drückte sie ans Herz und schlang in plötzlicher Eingebung die Arme um sie und gab ihr einen Kuß. «Oh, liebste Freundin!» rief sie mit einem Ton so echter Empfindung aus, daß die Briggs natürlich sofort zu schmelzen begann und sogar die Badefrau gerührt war.

Für Rebecca war es eine Kleinigkeit, die Briggs in ein langes, vertrauliches und herzliches Gespräch zu verwickeln. Briggs erzählte ihr alles, was seit Beckys unerwarteter Flucht an jenem Morgen in der Park Lane bis auf den heutigen Tag geschehen war, nicht zu vergessen Mrs. Butes erfreuliche Abreise. Miss Crawleys Vertraute schilderte alle Symptome und Einzelheiten der Krankheit sowie die ärztliche Behandlung mit einer Ausführlichkeit und Genauigkeit, die den Frauen nun einmal liegt. Werden Damen wohl je müde, sich über ihre Beschwerden und ihre Ärzte zu unterhalten? Die Briggs jedenfalls nicht, und auch Rebecca hörte unermüdlich zu. Sie war dankbar, von Herzen dankbar, daß die gute, liebe Briggs und die treue, zuverlässige Firkin während der ganzen Krankheit bei ihrer Wohltäterin bleiben durften, Gottes Segen über sie! Und wenn Rebecca anscheinend undankbar an ihr gehandelt hatte, war ihr Vergehen nicht natürlich und entschuldbar? Konnte sie anders, als dem Mann, der ihr Herz erobert hatte, die Hand zu reichen? Bei einer solchen Frage blieb der gefühlvollen Briggs nichts weiter übrig, als die Augen zum Himmel zu erheben, verständnisinnig zu seufzen und daran zu denken, daß auch sie vor vielen Jahren ihr Herz verschenkt hatte: folglich war Rebecca keine sehr schlimme Verbrecherin.

«Wie sollte ich jemals die Wohltäterin vergessen, die der einsamen Waise ihre Freundschaft schenkte? Nein, wenn sie mich auch verstoßen hat, werde ich nie aufhören, sie zu lieben. Wie gern würde ich ihr mein Leben lang dienen! Wie keine andre Frau in der Welt liebe und bewundre ich Miss Crawley als meine Wohltäterin und als verehrte Tante meines geliebten Rawdon, und außer ihr liebe ich alle, die ihr treu ergeben sind. *Ich* hätte Miss Crawleys treue Freunde nie so behandelt, wie die abscheuliche, ränkesüchtige Mrs. Bute es getan hat. Rawdon, der eine Seele von einem Menschen ist, obwohl er nach außen oft schroff und rücksichtslos erscheinen mag, hat hundertmal mit Tränen in den Augen versichert, wie er dem Himmel dankt, weil er seinem liebsten Tantchen zwei so wunderbare Pflegerinnen wie die treue Firkin und die herrliche Miss Briggs geschenkt habe.» Sollten aber, wie Rebecca es leider befürchten mußte, die Machenschaften der abscheulichen Mrs. Bute damit enden, daß sie jede treue Seele von Miss Crawleys Seite verdrängte und die arme Dame den Harpyien im Pfarrhaus als Opfer auslieferte, dann solle Miss Briggs nicht vergessen, daß Rebeccas Heim, so bescheiden es sein mochte, sie stets liebevoll aufnähme. «Liebste Freundin», rief sie im Überschwang der Begeisterung aus, «manche Herzen sind einfach unfähig, empfangene Wohltaten zu vergessen, und nicht jede Frau ist eine Mrs. Bute. Doch ich kann mich nicht über sie beklagen», fuhr Rebecca fort, «denn wenn ich auch

Opfer und Werkzeug ihrer Machenschaften geworden bin, verdanke ich ihr doch meinen geliebten Rawdon!» Und nun enthüllte sie der guten Briggs das ganze Verhalten Mrs. Butes in Queen's Crawley, das ihr damals zwar unverständlich war, sich aber jetzt durch die Ereignisse aufgeklärt hatte, jetzt, da die Liebe erwacht war, die Mrs. Bute mit tausend Ränken gefördert hatte, jetzt, da zwei unschuldige Menschen in die von ihr gelegten Schlingen getreten waren und sich verliebt und geheiratet hatten – und durch ihre Hinterlist ruiniert wurden.

Es stimmte alles ganz genau. Briggs durchschaute die Ränke. Mrs. Bute hatte die Ehe zwischen Rawdon und Rebecca angezettelt. Aber wenn Rebecca auch ein ganz unschuldiges Opfer war, so konnte Miss Briggs ihrer Freundin doch nicht die Befürchtung verschweigen, daß ihr Miss Crawleys Herz hoffnungslos entfremdet worden sei und daß die alte Dame ihrem Neffen die unkluge Heirat niemals verzeihen würde.

Über diesen Punkt behielt sich Rebecca ihre eigene Ansicht vor und ließ den Mut noch nicht sinken. Wenn Miss Crawley ihnen jetzt noch nicht verzieh, konnte sie doch an einem zukünftigen Tag einmal nachgeben. Selbst jetzt stand nur der schwächliche, Andachten plärrende Pitt Crawley zwischen Rawdon und dem Titel eines Baronets, und wenn ihm etwas zustieß, war alles in Ordnung. Jedenfalls war es schon eine Genugtuung, Mrs. Butes Ränkespiel aufgedeckt und sie gehörig verlästert zu haben, und vielleicht war es für Rawdons Interessen günstig. Nachdem sie eine Stunde lang mit ihr geplaudert hatte, verließ Rebecca die wiedergefundene Freundin unter den herzlichsten Freundschaftsbeteuerungen und war überzeugt, daß ihre Unterredung schon innerhalb weniger Stunden Miss Crawley berichtet werden würde.

Nach der Zusammenkunft war es für Rebecca höchste Zeit, ins Hotel zurückzukehren, wo die ganze Gesellschaft vom Abend vorher sich zu einem Abschiedsfrühstück versammelt hatte. Rebecca nahm von Amelia so zärtlich Abschied, wie es sich für Freundinnen gehört, die sich schwesterlich lieben, und nachdem sie ihr Taschentuch oft an die Augen geführt und ihre Freundin ans Herz gedrückt hatte, als schieden sie fürs Leben, und ihr zu guter Letzt, als der Wagen davonrollte, mit dem Tüchlein nachwinkte (das übrigens ganz trocken war), kehrte sie an den Frühstückstisch zurück und aß mit einem für ihre Rührung immerhin erstaunlichen Appetit eine Portion Krebse. Während sie noch an den Leckerbissen knabberte, erzählte sie Rawdon, was sich während ihres Morgenspaziergangs zwischen ihr und der Briggs abgespielt hatte. Sie hegte große Hoffnung, und Rawdon schloß sich ihr an. Es glückte ihr ohnehin meistens, daß ihr Mann sich ihren Ansichten anschloß, ob sie nun trübselig oder heiter waren.

«Und jetzt, Liebster, setz dich bitte an den Schreibtisch und entwirf ein nettes Briefchen für Miss Crawley, in dem du ihr erklärst, was für ein lieber Junge du bist und so weiter.» Rawdon setzte sich also hin und schrieb gleich sehr rasch «Brighton, Donnerstag» und «Meine liebe Tante» – doch dann verließ die Erfindungsgabe den tapferen Offizier. Er kaute am Ende seiner Schreibfeder und blickte zu seiner Frau auf. Sie mußte über seine klägliche Miene lachen. Dann begann sie, mit auf dem Rücken verschränkten Händen im Zimmer auf und ab zu marschieren und ihm einen Brief zu diktieren:

«Bevor ich England verlasse und an einem Feldzug teilnehme, der höchstwahrscheinlich lebensgefährlich ist...»

«Was?» rief Rawdon ziemlich überrascht, durchschaute dann aber den Witz und schrieb den Satz grinsend nieder.

«... lebensgefährlich ist, bin ich hierhergekommen, um meiner besten und ältesten Freundin Lebewohl zu sagen. Ehe ich hinausziehe, um vielleicht nie mehr wiederzukehren, flehe ich Dich um Erlaubnis an, die Hand noch einmal drücken zu dürfen, von der ich mein Leben lang nur Gutes empfing.»

«... nur Gutes empfing», kam das Echo von Rawdon, der die Worte rasch hinkritzelte und ganz erstaunt über seine Fertigkeit im Briefschreiben war.

«Ich bitte Dich nur um das eine: daß wir nicht im Unfrieden auseinandergehen! Ich habe auch meinen Familienstolz – wenn nicht in allen Punkten, so doch in manchen, und ich schäme mich keineswegs, daß ich die Tochter eines Mahlers geheiratet habe.»

«Ich lass' mich hängen, wenn ich's tue!» unterbrach Rawdon laut.

«Du kleiner Dummbart», sagte Rebecca, zupfte ihn am Ohrläppchen und blickte ihm über die Schulter, um nachzusehen, ob er auch keine Fehler mache, «Maler schreibt man nicht mit einem h!» Er verbesserte es also und fügte sich dem höheren Wissen seiner kleinen Frau.

«Ich hatte geglaubt, meine zunehmende Liebe sei Dir bekannt», fuhr Rebecca fort, «da ich ja wußte, wie Mrs. Bute Crawley sie billigte und förderte. Doch erhebe ich gegen niemand einen Vorwurf. Ich habe ein armes Mädchen geheiratet, und ich stehe freudig zu dem, was ich tat. Dein Vermögen, liebe Tante, hinterlasse nur, wem *Du* willst: *ich* werde mich nie beklagen, einerlei, wie Du darüber verfügst! Ich möchte gern, daß Du überzeugt bist, ich liebe Dich um Deinetwillen – und nicht wegen Deines Geldes. Ich möchte mich so gern mit Dir aussöhnen, ehe ich England verlasse. Erlaube mir doch bitte, bitte, Dich zu besuchen, ehe ich fort muß! In ein paar Wochen oder Monaten mag es schon zu spät sein, und ich kann den Gedanken nicht ertragen, England ohne ein gütiges Abschiedswort von Dir zu verlassen.»

«*Daran* kann sie meinen Stil nicht erkennen!» rief Becky. «Ich habe die Sätze absichtlich kurz und flott abgefaßt.» Das eigenhändig unterschriebene Machwerk wurde einem Brief an Miss Briggs beigefügt.

Die alte Miss Crawley lachte, als Briggs ihr sehr geheimnisvoll das aufrichtige und schlichte Bekenntnis überreichte. «Jetzt dürfen wir's ja lesen, da Mrs. Bute weg ist», meinte sie. «Lies es mir vor, Briggs!»

Als Briggs den Brief vorgelesen hatte, lachte ihre Herrin noch mehr. «Merken Sie denn nicht, Sie Gans», sagte sie zu der Briggs, die über den aufrichtig liebevollen Ton des

Schreibens tief gerührt war, «merken Sie denn nicht, daß kein Wort im ganzen Brief von Rawdon stammt? Noch nie im Leben hat er mir geschrieben, ohne mich gleichzeitig um Geld zu bitten, und alle seine Briefe sind voll von orthographischen Schnitzern und Grammatikfehlern und Kleksen. Er stammt von der kleinen Schlange von Gouvernante, die ihn beherrscht.» Sie sind doch alle gleich, dachte sie bei sich. Alle wollen sie, ich wäre schon tot, und alle sind gierig auf mein Geld.

«Ich habe nichts dagegen, Rawdon wiederzusehen», fügte sie nach einer Pause in völlig gleichgültigem Ton hinzu. «Es ist mir ganz einerlei, ob ich ihm die Hand gebe oder nicht. Weshalb sollten wir uns nicht treffen? Vorausgesetzt, es geht ohne Auftritt ab. Mir ist es gleich. Aber alle Geduld hat ihre Grenzen, und deshalb vergessen Sie nicht, meine Liebe, daß ich mich höflichst weigere, Mrs. Rawdon zu begrüßen – *das* könnte ich denn doch nicht recht ertragen!» Miss Briggs mußte sich wohl oder übel mit dieser halben Friedensbotschaft begnügen und hielt es für das beste, Miss Crawley und ihren Neffen zusammenzubringen, indem sie Rawdon auf die Strandpromenade bestellte, wohin sich Miss Crawley in ihrem Rollstuhl fahren ließ, um frische Luft zu schöpfen.

Und dort trafen sie sich auch. Ich weiß nicht, ob Miss Crawley ein heimliches Gefühl von Zuneigung oder Rührung verspürte, als sie ihren ehemaligen Liebling wiedersah; jedenfalls hielt sie ihm mit so lächelnder und gutmütiger Miene die Fingerspitzen hin, als hätten sie sich erst am Tag zuvor gesehen. Rawdon jedoch wurde dunkelrot, und seine Freude und Verwirrung waren so groß, daß er Briggs fast die Hand zerquetschte. Vielleicht war es ein egoistisches Interesse, das ihn so aufwühlte, oder vielleicht Liebe; vielleicht rührte ihn auch die Veränderung, die sich durch die Krankheit der letzten Wochen in ihrem Gesicht abzeichnete.

«Das alte Dämchen hat sich immer fabelhaft zu mir benommen», sagte er zu seiner Frau, als er ihr von der Begegnung erzählte, «und mir war, weiß Gott, ganz seltsam zumute. Ich ging neben ihrem Dingsda bis zu ihrem Haus und zu ihrer Tür, wo dann Bowls kam, um ihr hineinzuhelfen. Ich wäre zu gern auch hineingegangen, aber...»

«*Du bist nicht auch hineingegangen, Rawdon?*» schrie seine Frau.

«Nein, Liebste: ich lass' mich hängen, wenn ich's nicht mit der Angst bekam, als es so weit war!»

«Du Dummkopf! Du hättest hineingehen und nie wieder 'rauskommen müssen!» sagte Rebecca.

«Schimpf doch nicht!» erwiderte der lange Leibgardist verdrießlich. «Vielleicht war es ja dumm von mir, Becky, aber du brauchst es nicht noch zu sagen.» Er warf seiner Frau einen Blick zu, der sich in seine Augen stahl, wenn er zornig war, und dem man lieber auswich.

«Gut, Liebling, aber morgen mußt du auf dem Posten sein und sie bestimmt besuchen, ob sie dich auffordert oder nicht!» sagte Rebecca und versuchte ihren zornigen Ehepartner zu beruhigen. Er erwiderte darauf, daß er nur das tun würde, was ihm passe, und er wäre ihr dankbar, wenn sie den Mund hielte. Damit ging der gekränkte Ehemann von dannen und verbrachte den Vormittag mürrisch, stumm und voll finsterer Vermutungen im Billardzimmer.

*

Aber noch vor Ablauf des Tages mußte er nachgeben und wie üblich die überlegene Klugheit und Voraussicht seiner Frau einsehen, denn ihre Befürchtungen wegen der Folgen des von ihm begangenen Fehlers wurden aufs traurigste bestätigt. Miss Crawley mußte doch eine gewisse Erregung verspürt haben, als sie ihn nach einer so langen Zeit wiedersah und ihm die Hand reichte. Sie grübelte noch eine ganze Weile über das Zusammentreffen nach. «Rawdon wird alt und sehr dick, Briggs», bemerkte sie zu ihrer Gesellschafterin. «Seine Nase ist rot geworden, und seine äußere Erscheinung ist jetzt furchtbar gewöhnlich. Durch die Ehe mit der Frau da wird er rettungslos ordinär. Mrs. Bute erzählte mir, daß sie zusammen tränken, was mir sehr glaubwürdig vorkommt. Ja, er roch abscheulich nach Branntwein. Es fiel mir auf. Ihnen nicht auch?»

Miss Briggs wandte vergebens ein, Mrs. Bute rede von jedermann schlecht und sei, soweit es jemand wie sie in ihrer bescheidenen Stellung beurteilen könne, ein...

«... ein gerissenes, hinterlistiges Frauenzimmer? Ja, das ist sie, und von jedem redet sie etwas Böses – aber ich glaube trotzdem, daß die Person Rawdon zum Trunk verleitet hat. Alle ordinären Leute tun es.»

«Er war so gerührt, als er sie sah, Ma'am», sagte die Gesellschafterin, «und wenn Sie bedenken, daß er in die Schlacht muß, könnten Sie wirklich...»

«Wieviel Geld hat er Ihnen versprochen, Briggs?» kreischte die alte Jungfer los und geriet in furchtbaren Zorn. «Da haben wir's, natürlich fangen Sie an zu weinen. Ich hasse Szenen. Kann man mich denn nie in Ruhe lassen? Gehn Sie nach oben und weinen Sie sich in Ihrem Zimmer aus, und mir schicken Sie die Firkin! Nein, halt! Setzen Sie sich hin, putzen Sie sich die Nase und hören Sie mit dem Heulen auf! Sie können einen Brief an Hauptmann Crawley schreiben!» Die arme Briggs nahm gehorsam vor der Schreibmappe Platz, deren Löschpapier überall Spuren der energischen, männlichen und flüssigen Handschrift Mrs. Bute Crawleys trugen.

«Fangen Sie an mit ‹Sehr geehrter Herr!› oder ‹Geehrter Herr!›, das ist besser, und schreiben Sie, daß Sie ihm auf Wunsch von Miss Crawley – nein, von Miss Crawleys Arzt, Mr. Creamer, mitteilen sollen, starke Erregungen seien in meinem gegenwärtigen schwachen Gesundheitszustand gefährlich und ich müsse jegliche Besprechung über Familienangelegenheiten oder auch sonstige Zusammenkünfte ablehnen. Danken Sie ihm, daß er nach Brighton gekommen sei und so weiter und so fort, und bitten Sie ihn, meinetwegen doch ja nicht länger hierzubleiben. Und fügen Sie vielleicht noch hinzu, Briggs, ich wünsche ihm *bon voyage,* und wenn er sich zu meinem Anwalt am Gray's Inn Square bemühen wolle, finde er dort eine Mitteilung vor. Ja, das genügt. Und daraufhin reist er sicher ab!» Die gutmütige Briggs schrieb den Schlußsatz mit größter Befriedigung hin.

«Mich gleich einen Tag nach Mrs. Butes Abreise zu überfallen», plapperte die alte Dame weiter, «nein, das war zu unpassend! Briggs, meine Liebe, schreiben Sie einen Brief an Mrs. Bute und sagen Sie ihr, sie brauche nicht wiederzukommen. Nein, sie braucht nicht – und sie darf nicht – und ich lass' mich nicht in meinem eigenen Haus wie eine Sklavin behandeln – und ich lass' mich nicht aushungern und voll Gift stopfen! Alle wollen sie mich umbringen – alle – alle!», und damit brach die einsame alte Frau in krampfhaftes Schluchzen aus.

Die letzte Szene ihrer trübseligen Komödie auf dem Jahrmarkt der Eitelkeit sollte sich nun sehr bald abspielen: die flitterbunten Lampen erloschen eine nach der andern, und der dunkle Vorhang wartete bereits darauf, herabgelassen zu werden.

Der Schlußsatz des Briefes, der Rawdon an Miss Crawleys Londoner Anwalt verwies und den die Briggs so befriedigt niedergeschrieben hatte, tröstete den Dragoner und seine Frau etwas über ihre erste krasse Enttäuschung hinweg, daß die alte Jungfer eine Aussöhnung ablehnte, und erzielte genau die Wirkung, um derentwillen die alte Dame ihn hatte schreiben lassen: Rawdon Crawley war nun sehr darauf erpicht, nach London zurückzukehren.

Mit Josephs Spielverlusten und Georges Banknoten bezahlte er die Rechnung im Hotel, dessen Inhaber vermutlich bis auf den heutigen Tag noch nicht weiß, wie fragwürdig es einst um ihre Begleichung gestanden hatte. Denn wie ein General vor Beginn einer Schlacht die Bagage zur Nachhut schickt, so hatte auch Rebecca wohlweislich die Wertsachen eingepackt und sie unter der Obhut von Georges Burschen fortspediert, der in der Postkutsche mit allen Koffern nach London zurückgekehrt war. Rawdon und seine Frau benutzten am folgenden Tag die gleiche Fahrgelegenheit.

«Ich hätte die alte Dame gern noch einmal vor der Abreise gesehen», sagte Rawdon. «Sie schien mir so mitgenommen und verändert! Bestimmt macht sie's nicht mehr lange! Wenn ich nur wüßte, was für einen Scheck ich bei Waxy vorfinde! Vielleicht über zweihundert – weniger als zweihundert kann's doch nicht sein, was, Becky?»

Wegen der wiederholten Besuche, mit denen die Gerichtsdiener des Sheriffs von Middlesex sie beehrt hatten, kehrten Rawdon und seine Frau nicht in ihre Wohnung in Brompton zurück, sondern sie stiegen in einem Hotel ab. Doch Rebecca sah sie, als sie früh am nächsten Morgen auf der Fahrt zum Haus der alten Mrs. Sedley in Fulham durch Brompton kam. Sie hatte ihre liebe Amelia und ihre Freunde aus Brighton besuchen wollen, aber sie waren schon alle auf dem Wege nach Chatham und von dort weiter nach Harwich, um sich mit dem Regiment nach Belgien einzuschiffen, und die liebe alte Mrs. Sedley war einsam und traurig und in Tränen aufgelöst. Als Rebecca von ihrem Besuch zurückkehrte, traf sie ihren Mann in wütender Stimmung an. Er war in Gray's Inn gewesen, um zu erfahren, was ihm das Schicksal zugedacht hatte.

«Zum Kuckuck, Becky», rief er, «sie hat mir nur zwanzig Pfund gegeben!»

Der Spaß war, obwohl er auf ihre Kosten ging, doch zu gut, und Becky brach über Rawdons Schlappe in helles Gelächter aus.

XXVI

Zwischen London und Chatham

OHNE BEDENKEN fuhr Freund George, wie es sich für eine vornehme Persönlichkeit gehört, die in einer vierspännigen Equipage aus Brighton angereist kommt, großartig vor einem teuren Hotel am Cavendish Square vor, wo eine Flucht prächtiger Zimmer und ein üppig mit Silber gedeckter Tisch, um den ein halbes Dutzend schwarzbefrackte Kellner schweigend herumscharwenzelten, den Gentleman und seine junge Frau erwarteten. George machte Joseph und Dobbin gegenüber wie ein Prinz die Honneurs, und Amelia spielte zum erstenmal mit der größten Scheu und Schüchternheit an ihrem eigenen Tisch (wie George es nannte) die Hausfrau.

George nörgelte wegen des Weins und führte sich vor den Kellnern großherrlich auf, während Joseph mit ungeheurer Befriedigung die Schildkrötensuppe schlürfte, die Dobbin ihm aufgefüllt hatte; denn die Hausfrau, vor die man die Terrine gestellt hatte, kannte sich mit deren Inhalt so wenig aus, daß sie Mr. Sedley davon geben wollte, ohne ihm vom Rücken- oder vom Bauchfleisch der Schildkröte vorzulegen.

Der Luxus des Mahles und der Gemächer, in denen es stattfand, beunruhigte Mr. Dobbin, und nach dem Essen, als Joseph im großen Lehnstuhl eingeschlafen war, machte er George Vorhaltungen. Aber er protestierte vergebens gegen das verschwenderische Auftischen von Schildkrötensuppe und Champagner, die eines Erzherzogs würdig waren. «Ich bin es von jeher gewöhnt, wie ein Gentleman zu reisen», sagte George, «und verdammich, meine Frau soll wie eine Lady reisen! Solange noch Geld im Beutel ist, soll es ihr an nichts fehlen!» sagte der freigebige Herr selbstgefällig und stolz. Dobbin versuchte nicht erst, ihn davon zu überzeugen, daß Amelias Glück nicht von Schildkrötensuppe abhinge.

Ein Weilchen nach dem Essen äußerte Amelia den schüchternen Wunsch, ihre Mama in Fulham zu besuchen, und George gab ihr etwas ungehalten Erlaubnis. Darauf trippelte sie in ihr riesiges Schlafzimmer hinüber, in dessen Mitte wie ein Katafalk das riesige Bett stand, in dem «Kaiser Alexanders Schwester geschlafen hatte, als die verbündeten Monarchen hier waren». Mit größtem Eifer und Vergnügen legte sie Hut und Umhang an. Als sie wieder ins Eßzimmer ging, saß George noch immer vor seinem Rotwein und machte keinerlei Anstalten, sich zu erheben. «Kommst du denn nicht mit, Liebster?» fragte sie ihn. Nein, der «Liebste» hatte heute abend «Geschäftliches» zu erledigen. Sein Diener solle ihr eine Droschke besorgen und sie begleiten. Und als die Droschke vor dem Hoteleingang stand, blickte Amelia ihren George fragend an und nickte ihm dann enttäuscht zu. Traurig ging sie die Treppe hinunter, Hauptmann Dobbin hinter ihr drein: er half ihr in den Wagen und wartete, bis er abgefahren war. Dem Diener aber war es peinlich, dem Kutscher vor dem Hotelpagen die Adresse anzugeben; er solle nur zufahren, sagte er, unterwegs würde er ihm schon Bescheid geben.

Während Dobbin zu seinem alten Zimmer im Old Slaughters zurückschlenderte, malte er sich wahrscheinlich aus, wie herrlich es sein müsse, neben Mrs. Osborne in der Droschke zu sitzen. George hatte offenbar einen ganz anderen Geschmack, denn als er genug Wein getrunken hatte, ging er zu halbem Preis in die Vorstellung, um sich Kean als Shylock anzusehen. Hauptmann Osborne schwärmte sehr fürs Theater und hatte selbst zur allgemeinen Bewunderung Lustspielrollen auf den Liebhaberbühnen mehrerer Garnisonen übernommen. Joe schlief bis spät in die Dämmerstunde hinein; dann fuhr er zusammen und erwachte, weil der Diener ins Zimmer getreten war und die Weinkaraffen abräumte und leerte. Wieder wurde beim Droschkenstand ein Mietwagen angefordert, der den beleibten Helden heimspedierte, zurück zu Wohnung und Bett.

*

Natürlich kam Mrs. Sedley, als die Droschke am kleinen Gartentor vorfuhr, rasch aus dem Haus gelaufen, um ihre Tochter zu begrüßen und die zitternde und weinende junge Frau mit aller mütterlichen Inbrunst und Liebe ans Herz zu drücken. Der alte Mr. Clapp, der in Hemdsärmeln war, weil er gerade in seinem Gärtchen kramte, zog sich erschrocken zurück. Das irische Dienstmädchen eilte aus der Küche herbei, um ihr lächelnd Glück und Segen zu wünschen. Amelia kam kaum den Plattenweg entlang und die Stufen zum Wohnzimmer hinauf.

Wie Mutter und Tochter sich in den Armen lagen, sobald sie sich in die stille Zuflucht des Wohnzimmers gerettet hatten, und wie die Schleusen aufsprangen, kann sich jeder Leser, dessen Gefühle nicht gänzlich abgestumpft sind, leicht vorstellen. Bei welchem traurigen, freudigen oder sonstigen Anlaß im Leben weinen die Frauen eigentlich nicht? Jedenfalls hatten Mutter und Tochter nach einem Ereignis wie einer Heirat gewiß das Recht, sich in einem Gefühlsausbruch zu ergehen, der ebenso liebevoll wie befreiend ist. Wenn es sich um eine Heirat handelte, habe ich sogar Frauen, die einander haßten, beobachten können, wie sie sich sehr zärtlich küßten und zusammen weinten. Wieviel mehr erst, wenn sie sich lieben! Gute Mütter heiraten gewissermaßen bei der Hochzeit ihrer Töchter noch einmal, und was die späteren Ereignisse betrifft: wer wüßte da nicht, daß die Großmütter supermütterlich sind? Ja, tatsächlich weiß eine Frau oft erst, wenn sie Großmutter ist, was es heißt, Mutter zu sein. Gönnen wir es also Amelia und ihrer Mutter, wenn sie im Zwielicht des Wohnzimmers zusammen flüstern und seufzen und lachen und weinen. Auch der alte Sedley tat's. Er hatte nicht erraten, wer in der Droschke saß, die am Gartentor vorfuhr. Er war nicht nach draußen geeilt, der Tochter entgegen, obwohl er sie sehr herzlich küßte, als sie ins Zimmer trat (in dem er, wie üblich, hinter

seinen Papieren und Dokumenten und Bilanzen saß), und nachdem er kurze Zeit bei Mutter und Tochter geblieben war, überließ er ihnen wohlweislich das Feld.

Georges Diener blickte recht hochmütig auf Mr. Clapp herunter, der in Hemdsärmeln die Rosensträucher goß. Er zog jedoch ganz leutselig den Hut, als Mr. Sedley sich bei ihm nach Neuigkeiten über seinen Schwiegersohn und nach Josephs Equipage erkundigte, und ob die Pferde in

Brighton gewesen seien, und was man über den abgefeimten Verräter Napoleon und über den Krieg wüßte. Dann kam das irische Dienstmädchen mit einem Tablett und einer Weinflasche, und der alte Herr bestand darauf, dem Diener einzuschenken, und gab ihm sogar eine halbe Guinee Trinkgeld, die der Diener halb erstaunt, halb verächtlich einsackte, während der alte Sedley sagte: «Auf das Wohl Ihrer Herrschaften, Trotter, und hier haben Sie noch etwas, um zu Hause auf Ihr eigenes Wohl zu trinken!»

Es waren erst neun Tage verstrichen, seit Amelia das kleine Haus und Heim verlassen hatte – und doch, wie lange schien es her, seit sie ihm Lebewohl gesagt hatte! Was für eine Kluft lag zwischen ihr und der Vergangenheit! Von ihrem jetzigen Standort aus konnte sie darauf zurückblicken und fast wie über ein anderes Wesen über das unverheiratete junge Ding nachsinnen, das so von Liebe verzehrt war, daß es für nichts anderes Augen hatte, und die Liebe der Eltern, wenn auch nicht undankbar, so doch mindestens gleichgültig und als gutes Recht entgegennahm, während ihr Herz und all ihr Sinnen auf die Erfüllung des einen Wunsches gerichtet waren. Wenn sie an die noch gar nicht weit zurückliegende und doch so ferne Zeit dachte, schämte sich Amelia, und beim Anblick ihrer Eltern verspürte sie zärtliche Reue. War der Preis – der Himmel auf Erden – errungen oder war der Gewinner immer noch im Zweifel und unbefriedigt? Wenn der Held und die Heldin die Eheschranken durchschritten haben, läßt der Autor meistens den Vorhang fallen, als sei das Drama beendet, als sei nach glücklicher Ankunft im Neuland der Ehe dort alles schön grün und erfreulich und als hätten Mann und Frau weiter nichts zu tun, als Arm in Arm und sachte ihr Glück genießend dem Lebensabend entgegenzuwandern. Aber unsre kleine Amelia war eben erst am Ufer des Neulands angelangt und blickte sich doch bereits ängstlich nach den traurigen, vertrauten Gestalten um, die ihr vom andern, fernen Ufer aus über den Strom hinweg Lebewohl zuwinkten.

Der jungen Frau zu Ehren hielt es die Mutter für notwendig, irgendwelche festlichen Leckerbissen vorzubereiten, und nachdem der erste Redeschwall versiegt war, verabschiedete sie sich ein Weilchen von ihrer Tochter und stieg in die tiefer gelegenen Regionen des Hauses hinunter, wo in einer Art Wohnküche Mr. und Mrs. Clapp hausten, und abends auch Miss Flannigan, das irische Dienstmädchen, sobald sie das Geschirr abgewaschen und die Lockenwickel entfernt hatte. Hier wollte Mrs. Sedley eine üppige Teemahlzeit zubereiten. Jeder hat seine eigene Art, Freundlichkeiten zu erweisen, und Mrs. Sedley meinte, ein Brötchen und recht viel Orangenmarmelade auf einem kleinen Kristallteller müsse für Amelia in ihrer jetzigen interessanten Lage eine besonders angenehme Erfrischung sein.

Während unten die Delikatessen hergerichtet wurden, verließ Amelia das Wohnzimmer, stieg die Treppe hinauf und fand sich, sie wußte kaum, wie, in dem Zimmerchen, das sie vor ihrer Heirat bewohnt, und in dem gleichen Sessel, in dem sie so viele bittere Stunden verbracht hatte. Sie ließ sich zurücksinken, als wäre er ein alter Freund, und verfiel in Nachsinnen über die vergangene Woche und das Leben, das auf sie folgen würde. Immer traurig und unruhvoll zurückzublicken, immer etwas zu ersehnen, das, kaum erreicht, eher Zweifel und Traurigkeit anstatt Freude brachte: das war das Los unsrer armen Kleinen, die sich als harmloser Wanderer in der großen feindlichen Menge auf dem Jahrmarkt der Eitelkeit verirrt hatte!

So saß sie da und rief sich das liebe Bild Georges ins Gedächtnis zurück, das sie vor der Heirat so verehrt hatte. Gestand sie sich ein, wie sehr sich der wirkliche Mann von dem herrlichen jungen Helden unterschied, den sie vergöttert hatte? Es braucht viele, viele Jahre – und ein Mann muß schon wirklich sehr schlecht sein –, bis der Stolz und die Eitelkeit einer Frau ein solches Eingeständnis zulassen. Dann tauchten Rebeccas glitzernde grüne Augen und ihr fatales Lächeln vor ihr auf und machten ihr Angst. Und so saß sie eine ganze Weile da und überließ sich der alten Gewohnheit, selbstsüchtig nachzugrübeln: es war die gleiche teilnahmslose, schwermütige Haltung, in der das brave Dienstmädchen sie angetroffen hatte, als sie ihr den Brief mit Georges erneutem Heiratsantrag brachte.

Sie blickte auf das schmale weiße Bett, das ihr noch vor wenigen Tagen gehört hatte, und hätte gern die Nacht darin geschlafen, um wie sonst am nächsten Morgen aufzuwachen und das lächelnde Gesicht ihrer Mutter über sich zu sehen. Dann dachte sie mit Entsetzen an den großen Katafalk mit dem Damasthimmel, der sie in dem großen Hotel am Cavendish Square erwartete. Das geliebte kleine weiße Bett! Wie manche Nacht hatte sie in sein Kissen geweint! Wie verzweifelt sie war, wie sie gehofft hatte, darin zu sterben! Waren denn jetzt nicht alle ihre Wünsche in Erfüllung gegangen, war nicht der Geliebte, den sie verloren geglaubt hatte, ihr eigen für immer? Die liebe Mutter! Wie geduldig und liebevoll hatte sie oft an ihrem Bett gestanden! Sie ging zum Bett und kniete davor nieder, und hier suchte nun die verwundete und ängstliche, aber sanfte und liebevolle Seele nach Trost – hier, wo ihn unser kleines Mädchen bisher, das müssen wir zugeben, nur sehr selten gesucht hatte. Bisher war die Liebe ihr Glauben gewesen, doch nun begann das traurige, blutende, enttäuschte Herz zu begreifen, daß es einen anderen Tröster brauchte.

Haben wir ein Recht, ihre Gebete zu wiederholen oder zu belauschen? Das, lieber Bruder, sind Geheimnisse, die nicht im Bereich des Jahrmarkts der Eitelkeit liegen, auf dem unsere Geschichte sich abspielt.

Doch so viel sei berichtet: als endlich zum Tee gerufen wurde, ging unsre junge Dame sehr viel fröhlicher die Treppe hinunter. Sie verzagte nicht, sie beklagte ihr Los nicht, sie dachte weder an Georges Kälte noch an Rebeccas Augen, wie sie es in letzter Zeit so oft getan hatte. Sie ging nach unten, küßte ihre Eltern, plauderte mit dem alten Herrn und stimmte ihn so heiter wie lange nicht. Sie setzte sich ans Klavier, das Dobbin ihr gekauft hatte, und sang all die alten Lieblingslieder ihres Vaters. Sie fand den Tee ausgezeichnet und lobte den Geschmack, mit dem die Orangenmarmelade auf den Tellerchen angerichtet war. Im Bestreben, alle andern glücklich zu machen, wurde sie es auch selbst. Als George aus dem Theater heimkehrte, hatte sie unter dem großen Begräbnis-Baldachin schon fest geschlafen und erwachte mit einem Lächeln.

Am nächsten Tag hatte George wichtigere Geschäfte zu erledigen, als Mr. Kean in der Rolle des Shylock zu sehen. Gleich nach seiner Ankunft in London hatte er an seines Vaters Anwälte geschrieben und ihnen gnädigst mitgeteilt, er würde sich am nächsten Morgen das Vergnügen machen, bei ihnen vorzusprechen. Seine Hotelrechnung und die Verluste beim Billard und Kartenspiel an Hauptmann Crawley hatten seine Börse fast gänzlich geleert. Er wollte sie auffüllen, bevor er England verließ, hatte aber keine andre Reserve mehr als die zweitausend Pfund, die ihm von den Anwälten ausbezahlt werden sollten. Er war im stillen völlig überzeugt, daß sein Vater binnen kurzem einlenken würde. Wie konnte sich auch ein Vater gegenüber einem solchen Ausbund an Vollkommenheit auf die Dauer verhärten? Wenn seine bisherigen und persönlichen Verdienste nicht ausreichen sollten, seinen Vater weich zu stimmen, dann war George entschlossen, sich im bevorstehenden Feldzug so unerhört hervorzutun, daß der alte Herr nachgeben mußte. Und wenn nicht? Pah, die Welt stand ihm offen! Seine Pechsträhne beim Kartenspiel konnte enden, und überdies waren die zweitausend Pfund nicht so rasch ausgegeben.

Daher schickte er Amelia noch einmal in einer Droschke zu ihrer Mama – mit dem ausdrücklichen Befehl, die beiden Damen sollten zusammen alles einkaufen, und zwar ohne Einschränkung seinerseits, was eine Frau von Mrs. Osbornes gesellschaftlicher Stellung benötigte, wenn sie ins Ausland reiste. Es verblieb ihnen nur ein einziger Tag, um Amelias Ausstattung zu vervollständigen, und man kann sich daher vorstellen, daß sie vollauf damit zu tun hatten. Mrs. Sedley, die endlich wieder einmal in einem Wagen saß, von der Putzmacherin zum Wäschegeschäft eilte und von unterwürfigen Angestellten oder höflichen Ladeninhabern an den Wagen zurückbegleitet wurde, war beinahe wieder die alte und seit dem Unglück zum erstenmal aufrichtig glücklich. Auch Mrs. Amelia war durchaus nicht über das Vergnügen erhaben, einzukaufen, zu handeln und hübsche Dinge zu sehen und zu erwerben. (Würde ein Mann, selbst der größte Philosoph, auch nur einen Penny für eine Frau geben, die so etwas *nicht* liebte?) Sie fügte sich den Befehlen ihres Gebieters, genoß es von Herzen und erstand einige Kleidungsstücke, wobei sie, wie alle Verkäufer sagten, sehr viel Geschmack und den richtigen Blick für Eleganz bewies.

Wegen des bevorstehenden Krieges war Mrs. Osborne

nämlich nicht weiter besorgt: Napoleon würde schon ohne viele Kämpfe vernichtet werden! Täglich fuhren Postdampfer mit vornehmen Herren und Damen von Margate nach Brüssel und Gent. Die Menschen begaben sich weniger auf einen Kriegsschauplatz als vielmehr auf eine Luxusfahrt. Die Zeitungen verlachten und verspotteten den elenden Emporkömmling und Schwindler. Solch ein korsischer Wicht wollte den Armeen Europas und dem Genie des unsterblichen Wellington Trotz bieten? Amelia verachtete ihn gründlich, denn selbstverständlich bezog das sanfte, weiche Geschöpf seine Ansichten aus seiner nächsten Umgebung, da solche Gutgläubigkeit viel zu bescheiden ist, um sich eine eigene Meinung zu bilden. Mit einem Wort, sie und ihre Mama hatten einen Tag voll herrlicher Besorgungen, und Amelia benahm sich bei ihrem ersten Auftreten in der vornehmen Londoner Welt recht gewandt und würdig.

Inzwischen begab sich George mit schief aufgesetztem Hut, angezogenen Ellbogen und protzig soldatischem Gebaren in die Beford Row, wo er in die Büroräume der Anwälte stolzierte, als ob er Herr und Meister über jeden kritzelnden blaßgesichtigen Schreiberling wäre. Er befahl jemand, Mr. Higgs zu benachrichtigen, Hauptmann Osborne warte, und tat gebieterisch und herablassend, als ob der *pékin* von einem Anwalt, der dreimal soviel Verstand, fünfzigmal soviel Geld und tausendmal soviel Erfahrung wie er hatte, ein armseliger Angestellter sei, der sofort alle Geschäfte abbrechen müßte, um dem Herrn Hauptmann zu Diensten zu stehen. Er sah nicht das höhnische Grinsen, das von einem zum andern flog, vom Bürovorsteher zu den Anwaltsgehilfen, von den Anwaltsgehilfen zu den schäbigen Schreibern und bleichen Laufburschen in ihren herausgewachsenen Kleidern, sondern er dachte nur, was für ein elendes Pack armseliger Schlucker sie wären, und klopfte dabei mit dem Stöckchen gegen den Stiefel. Die elenden, armseligen Schlucker wußten aber über seine Lage genau Bescheid. Abends beim Glas Bier im Wirtshaus unterhielten sie sich mit andern Schreibern darüber. Meine Güte, was doch Anwälte und Anwaltsgehilfen in London nicht alles wissen! Nichts bleibt ihrer Spürnase verborgen, und ihre Vertrauten sind die stummen Beherrscher unsrer Stadt.

Vielleicht erwartete George, als er bei Mr. Higgs eintrat, der Herr sei von seinem Vater beauftragt worden, ihm einen Kompromiß oder eine Aussöhnung vorzuschlagen; vielleicht hatte er das hochmütige und kalte Benehmen nur deshalb angenommen, um seinen ungebrochenen Sinn und seine Entschlossenheit zu zeigen: doch wenn dem so war, dann stieß sein Stolz bei dem Anwalt nur auf eisige Kälte und Gleichgültigkeit, die alles Großtun lächerlich machte. Als der Hauptmann eintrat, tat der Anwalt so, als habe er noch zu schreiben. «Bitte, nehmen Sie Platz, Sir», sagte er, «ich werde mich sogleich mit Ihrem kleinen Anliegen befassen. Mr. Poe, besorgen Sie mir bitte die Auflassungspapiere!», und damit schrieb er weiter.

Nachdem Poe die Dokumente besorgt hatte, rechnete sein Prinzipal die zweitausend Pfund Staatspapiere zum Tageskurs um und fragte Hauptmann Osborne, ob er die Summe in einem Scheck auf eine Bank wünsche oder ob er die Bank anweisen solle, für den Betrag Papiere zu besorgen. «Einer von den Testamentsvollstreckern der Mrs. Osborne selig ist jetzt nicht in London, aber mein Klient möchte Ihren Wünschen entgegenkommen und die Angelegenheit so schnell wie möglich bereinigen.»

«Geben Sie mir einen Scheck, Sir», sagte der Hauptmann sehr mürrisch. «Lassen Sie doch die verdammten Schillinge und Pennies, Sir», fuhr er fort, als der Anwalt den genauen Betrag ausrechnen wollte. Er bildete sich ein, den alten Kauz mit dieser großzügigen Geste beschämt zu haben, und stolzierte mit dem Scheck in der Tasche aus dem Büro.

«In zwei Jahren sitzt der Bursche im Gefängnis», sagte Mr. Higgs zu Mr. Poe.

«Glauben Sie nicht, daß der alte Osborne weich wird?»

«Glauben Sie, daß ein Steinbild weich wird?» erwiderte Mr. Higgs.

«Er treibt's reichlich flott», sagte der Sekretär. «Ist kaum eine Woche verheiratet, und schon hab' ich beobachtet, wie er und ein paar andre Offiziere Mrs. Highflyer nach dem Theater an ihren Wagen begleiteten.» Dann kam ein anderer Fall an die Reihe, und Mr. George Osborne hörte für die ehrenwerten Herren auf zu existieren.

Der Scheck war auf unsre Freunde Hulker und Bullock in der Lombard Street ausgestellt, zu deren Bank George jetzt seine Schritte lenkte, um sich das Geld auszahlen zu lassen, immer noch der Meinung, er sei geschäftlich tätig. Frederick Bullock war zufällig im Schalterraum, als George eintrat; er beugte sein gelbes Gesicht über ein Hauptbuch, vor dem ein beflissener Schreiber saß. Seine Gesichtsfarbe wurde noch leichenhafter, als er den Hauptmann erkannte, und schuldbewußt verzog er sich in die hinteren Räume. George weidete sich so gierig am Anblick des Geldes (denn eine solche Summe hatte er noch nie besessen), daß ihm weder das Gesicht noch die Flucht des leichenblassen Freiers seiner Schwester auffiel.

Fred Bullock berichtete dem alten Osborne vom Besuch und Auftreten seines Sohnes. «Stolz wie ein Spanier kam er an», erzählte Frederick, «und er hat die Summe bis auf den letzten Schilling abgehoben. Wie weit reichen ein paar hundert Pfund bei so einem Burschen?» Osborne fluchte wüst und sagte, es sei ihm völlig einerlei, wann oder wie bald er es verbraucht habe. Fred war jetzt jeden Tag zum Abendessen am Russell Square. George war trotz allem mit seiner geschäftlichen Tätigkeit äußerst zufrieden. Sein eigenes Gepäck und seine Ausrüstung wurden auch schnellstens vorbereitet; Amelias Einkäufe bezahlte er großartig wie ein Lord mit Schecks auf seinen Agenten.

XXVII

Amelia stößt zu ihrem Regiment

WER ANDERS als Hauptmann Dobbin wäre wohl eine Stunde lang die Straße auf und ab patrouilliert, um die Ankunft seiner Freunde zu erwarten? Das freundliche Gesicht Dobbins war denn auch das erste, was Amelia in Chatham erblickte, als Josephs vornehmer Wagen vor der Hoteltüre vorfuhr. Mit den blanken Knöpfen auf seinem Waffenrock, der scharlachroten Feldbinde und dem Säbel sah er so militärisch aus, daß Joseph sehr stolz war, mit ihm bekannt zu sein, und der korpulente Zivilist begrüßte ihn deshalb auch mit einer Herzlichkeit, die sich sehr von der Herablassung unterschied, die er in Brighton oder London für den Freund übrig gehabt hatte.

Neben dem Hauptmann stand Fähnrich Stubble: als sich die Equipage dem Hotel näherte, rief er laut: «Beim Zeus, was für eine Schönheit!» und spendete damit Osbornes Geschmack lebhaften Beifall. Und Amelia sah denn auch mit ihrem Hochzeitsumhang, den rosa Bändern und ihren von der raschen Fahrt in frischer Luft geröteten Wangen so gesund und hübsch aus, daß des Fähnrichs Kompliment wirklich gerechtfertigt war. Dobbin hatte es erfreut gehört. Als Stubble nun vortrat, um der Dame aus dem Wagen zu helfen, sah er, was für eine niedliche kleine Hand sie ihm reichte und was für ein niedlicher kleiner Fuß den Tritt hinabstieg. Er errötete über und über und machte ihr seine allerbeste Verbeugung, wofür ihm Emmy, als sie die eingestickte Nummer des -ten Regiments auf seiner Mütze erkannte, mit lächelndem Erröten und leichter Verneigung dankte – was dem Fähnrich natürlich im Nu den Rest gab. Von Stund an schloß Dobbin ihn ganz besonders in sein Herz, und auf gemeinsamen Spaziergängen oder im Quartier ermunterte er ihn stets, von Amelia zu sprechen. Ja, bei all den wackern jungen Leuten des -ten Regiments wurde es rasch Mode, Mrs. Osborne anzuschwärmen und zu bewundern. Ihre schlichte, unschuldige Art und ihre liebenswürdige Bescheidenheit eroberte die unverbildeten Soldatenherzen; doch läßt sich ihre Einfalt und Lieblichkeit gar nicht mit Worten beschreiben. Wer aber hat nicht schon ihresgleichen bei Frauen angetroffen und alle möglichen guten Eigenschaften erkannt, auch wenn einem nichts weiter gesagt wird, als daß sie «für die nächste Quadrille bereits vergeben sei» oder daß «es schrecklich heiß» sei? George, der schon immer der Liebling seines Regiments war, stieg in der Achtung der jungen Leute seiner Kompanie ganz ungeheuer, weil er sich eine so hübsche, liebenswürdige Kameradin gewählt und ritterlicherweise ein mittelloses junges Mädchen geheiratet hatte.

Im Wohnzimmer, das für die Reisenden bereitstand, fand Amelia zu ihrer Überraschung einen an Frau Hauptmann Osborne gerichteten Brief vor. Es war ein rosa Briefchen, dreieckig gefaltet, mit sehr großen, wenn auch unsicheren weiblichen Schriftzügen bedeckt und mit einer Unmenge hellblauen Siegellacks verschlossen, der eine Taube und einen Ölzweig erkennen ließ.

«Das ist Peggy O'Dowds Faust!» lachte George. «Ich erkenne es an den Siegellackklecksen!» Es war tatsächlich ein Briefchen von der Majorin O'Dowd, die Mrs. Osborne bat, ihr das Vergnügen zu machen und den heutigen Abend in kleinem Freundeskreis bei ihr zu verbringen. «Da mußt du hingehen», sagte George. «Du wirst das ganze Regiment kennenlernen. O'Dowd befehligt das Regiment, und Peggy befehligt O'Dowd.»

Aber kaum hatten sie sich einige Minuten über Mrs.

O'Dowds Brief gefreut, als die Tür aufgerissen wurde und eine umfangreiche, vergnügte Dame im Reitkostüm ins Zimmer trat, hinter ihr drein ein paar Offiziere vom Regiment.

«Weiß Gott, ich konnt's nicht bis zum Abend abwarten! George, mein lieber Junge, stellen Sie mich Ihrer jungen Frau vor! Madame, ich bin hocherfreut, Sie kennenzulernen und Ihnen meinen Mann vorzustellen, Major O'Dowd!», und damit ergriff die vergnügte Dame im Reitkostüm Amelias Hand sehr herzlich. Amelia begriff sofort, daß sie die Dame vor sich hatte, über die ihr Mann so oft gelacht hatte. «Durch Ihren Gatten haben Sie bestimmt schon viel von mir gehört», sagte die Majorin sehr aufgeräumt.

«... bestimmt schon viel von ihr gehört!» echote der Major.

Amelia bestätigte es lächelnd.

«Und viel Gescheites wird's nicht gewesen sein», meinte Mrs. O'Dowd und ergänzte, daß George eben ein «Satansbrocken» sei.

«Dafür garantiere ich!» rief der Major und versuchte eine pfiffige Miene aufzusetzen, worüber George lachen mußte. Die Majorin gab ihrem Mann einen Schmitz mit der Reitgerte und sagte, er solle still sein, und dann bat sie, der Frau Hauptmann in aller Form vorgestellt zu werden.

«Liebe Amelia», sagte George furchtbar ernst, «hiermit stelle ich dir meine sehr gütige, liebenswerte und treffliche Freundin Aurelia Margareta vor, sonst auch Peggy genannt...»

«Weiß Gott, er hat recht!» warf der Major ein.

«... sonst auch Peggy genannt, Gattin des Majors Michael O'Dowd von unserm Regiment und Tochter des Fitzjurld Ber'sford de Burgo Malony aus Glenmalony in der Grafschaft Kildare.»

«... und am Muryan Square in Dublin», sagte die Dame mit gelassener Überlegenheit.

«... und am Muryan Square, ja, allerdings», tuschelte der Major.

«Dort hast du nämlich um mich geworben, mein Lieber», sagte die Dame, und der Major stimmte dieser und auch jeder anderen Behauptung zu, die vor der Öffentlichkeit geäußert wurde.

Major O'Dowd, der seinem König in allen Winkeln der Welt gedient und jeden Aufstieg in seinem Beruf mit einer überdurchschnittlich wagemutigen und kühnen Tat bezahlt hatte, war ein denkbar bescheidener, stiller, schafsgesichtiger und sanfter kleiner Mann und seiner Frau so gehorsam wie ein Lakai. Im Kasino saß er schweigend da, trank aber gehörig. Hatte er genug Alkohol geladen, dann schwankte er schweigend heimwärts. Wenn er sprach, dann stimmte er mit jedermann in jedweder Hinsicht überein. Die heißeste Sonne Indiens hatte sein Temperament nicht zum Sieden gebracht, und das Walcherenfieber hatte sein Blut nicht angegriffen. Einer Batterie ging er ebenso gleichmütig entgegen wie dem gedeckten Tisch. Er hatte Pferdefleisch und Schildkrötensuppe mit dem gleichen Appetit verspeist. Und er hatte eine alte Mutter, Mrs. O'Dowd in O'Dowdstown, jawohl, der er nie ungehorsam gewesen war, außer, als er durchbrannte, um Soldat zu werden, und dann, als er darauf bestand, die furchtbare Peggy Malone zu heiraten.

Peggy war eine von fünf Schwestern unter elf Kindern aus dem edlen Hause Glenmalony, doch ihr Gatte, obschon er ihr Vetter war, stammte von der mütterlichen Linie ab und hatte daher nicht den unschätzbaren Vorzug, mit den Malonys verwandt zu sein, die sie für die berühmteste Familie von der Welt hielt. Nachdem sie neunmal die Wintersaison in Dublin und zweimal die Sommersaison in Bath und Cheltenham mitgemacht hatte, ohne einen Lebensgefährten zu finden, befahl sie im Alter von etwa dreiunddreißig Jahren ihrem Vetter Mick, sie zu heiraten, und der brave Bursche gehorchte und nahm sie nach Westindien mit, wo sie den Damen des -ten Regiments vorstehen konnte, in das er gerade versetzt worden war.

Noch bevor Mrs. O'Dowd eine halbe Stunde mit Amelia zusammengesessen hatte (übrigens machte sie es mit aller Welt so), hatte sie ihrer neuen jungen Freundin alles über ihre Herkunft und Abstammung anvertraut. «Eigentlich, meine Liebe», plauderte sie gutmütig weiter, «war es ja meine Absicht gewesen, George zu meinem Schwager zu machen, denn meine Schwester Glorvina hätte großartig zu ihm gepaßt. Doch vorbei ist vorbei, und da Sie schon mit ihm versprochen waren, bin ich entschlossen, Sie als Schwester hinzunehmen und als solche zu betrachten und wie ein Mitglied unsrer Familie zu lieben. Denn wahrhaftig, Sie haben ein so nettes, gutherziges Gesicht und eine so liebe Art, daß wir bestimmt gut miteinander auskommen. Jedenfalls sind Sie ein willkommener Zuwachs unsrer Familie!»

«Jedenfalls, klar», pflichtete Major O'Dowd ihr bei, und Amelia war sehr vergnügt und dankbar, weil sie so unvermutet rasch zu einer so großen Verwandtschaft gekommen war.

«Wir sind hier alle gute Kameraden», fuhr die Majorin fort. «Im ganzen Heer gibt es kein Regiment, in dem Sie größere Einigkeit und einen netteren Ton im Kasino finden. Bei *uns* gibt's weder Streit noch Gezänk, weder Verleumdung noch Klatsch. Wir haben uns alle sehr gern.»

«Besonders Mrs. Magenis», lachte George.

«Frau Hauptmann Magenis und ich haben Frieden geschlossen, obzwar sie mich so behandelt, daß meine grauen Haare mit Leid in die Grube fahren müßten.»

«Und dabei hast du so schöne schwarze Vorstecklocken, liebste Peggy!» rief der Major.

«Halt den Mund, Mick, du Dummbart! Ehemänner stören doch immer, liebe Mrs. Osborne. Meinem Mick habe ich schon so oft gesagt, er soll seinen Mund nur beim Kommandieren und beim Essen und Trinken aufmachen. Vom Regiment erzähle ich Ihnen später noch, wenn wir allein sind, damit Sie sich vorsehen können. Stellen Sie mich jetzt Ihrem Bruder vor! Ein ganz prächtiger Mensch – erinnert mich sehr an meinen Vetter Dan Malony (einen Malony von Ballymalony, Kindchen, der die Ophelia Scully von Oystherstown geheiratet hat, die direkte Cousine von Lord Poldoody!). Mr. Sedley, ich bin hocherfreut, Ihre Bekanntschaft zu machen. Sie werden doch wohl auch mit uns im Kasino speisen? (Denk an den verflixten Doktor, Mick, und trinke nicht mehr, als du vertragen kannst, damit du heut abend bei meiner Gesellschaft noch nüchtern bist!)»

«Die Hundertfünfziger geben uns heute ein Abschiedsessen, mein Schatz», warf der Major ein, «aber für Mr. Sedley bekommen wir sicher noch eine Karte.»

«Los, Simple! (Fähnrich Simple aus unserm Regiment, meine liebe Amelia, hab' vergessen, ihn vorzustellen) laufen Sie rasch mit Mrs. O'Dowds besten Empfehlungen zu Oberst Tavish, und Hauptmann Osborne hätte seinen Schwager mitgebracht und nimmt ihn punkt fünf Uhr mit ins Kasino zur Abschiedsfeier der Hundertfünfziger. In der Zeit können wir beide, meine liebe Amelia, hier einen kleinen Imbiß zu uns nehmen, wenn's Ihnen paßt.» Noch ehe Mrs. O'Dowd zu sprechen aufhörte, sprang der junge Fähnrich schon mit seinem Auftrag die Treppe hinunter.

«Gehorsam ist die Seele des Dienstes, darum gehn wir jetzt unsern Pflichten nach, Emmy, während Mrs. O'Dowd bei dir bleibt und dich in alles einweiht», sagte Osborne. Die beiden Herren hakten rechts und links beim Major ein und gingen mit ihm von dannen, wobei sie sich über seinen Kopf hinweg zublinzelten.

Als die ungestüme Mrs. O'Dowd jetzt ihre neue Freundin für sich allein hatte, überschüttete sie die arme kleine Frau mit einer solchen Flut von Tatsachen, wie sie kein weibliches Gedächtnis je fassen konnte. Sie erzählte Amelia tausend Einzelheiten über die sehr zahlreiche Familie, als deren Mitglied sich die verdutzte junge Dame auf einmal sah. «Mrs. Heavytop, die Frau des Obersten, starb in Jamaika an Gelbfieber plus gebrochenem Herzen, weil der greuliche alte Oberst, dessen Kopf so kahl war wie eine Kanonenkugel, ein Halbblutmädchen anpirschte. Mrs. Magenis hat zwar keine Kinderstube, ist aber eine wackere Frau, nur hat sie eine verteufelte Lästerzunge, und beim Whist würde sie ihre eigene Mutter betrügen. Die Frau vom Hauptmann Kirk verdreht ihre Froschaugen schon beim bloßen Gedanken an ein harmloses Spielchen (und dabei hat mein Vater, ein frommer Kirchgänger, mit meinem Onkel, dem Dekan Malony, und unserm Vetter, dem Bischof, sein Leben lang jeden Abend Whist oder Loo gespielt). Mit dem Regiment geht diesmal keine einzige mit. Fanny Magenis bleibt bei ihrer Mutter, die, glaub' ich, in Islington bei London Kohlen und Kartoffeln im Kleinhandel verhökert, obzwar sie immer mit ihres Vaters Handelsschiffen prahlt und sie uns zeigt, wenn sie stromauf fahren. Mrs. Kirk und ihre Kinder bleiben hier am Bethesda Place, weil sie in der Nähe von ihrem Lieblingsprediger Dr. Ramshorn wohnen wollen. Mrs. Bunny ist in interessanten Umständen – was sie übrigens immer ist –; sie hat ihrem Mann, dem Leutnant, schon sieben Stück geschenkt. Und die Frau von Fähnrich Posky, die zwei Monate vor Ihnen zu uns kam, meine Liebe, streitet sich wer weiß wie oft mit ihm, bis man's über den ganzen Kasernenhof hören kann (sie sollen sich sogar schon mit Geschirr bewerfen, und Tom hat nie gesagt, wo er das blaue Auge bekommen hat). Und nun geht sie wieder zu ihrer Mutter, die in Richmond ein Mädchenpensionat hat; ihr Pech, warum ist sie erst fortgelaufen! In welchem Institut sind Sie erzogen worden, meine Liebe? Ich war im teuersten, bei Madame Flanahan in Ilyssus Grove in Booterstown bei Dublin, da hatten wir eine Marquise, die uns die echte Pariser Aussprache beibrachte, und einen pensionierten Generalmajor von der französischen Armee, der mit uns übte.»

Unsre erstaunte Amelia sah sich also plötzlich als Mitglied einer sehr gemischten Familie – mit Mrs. O'Dowd als ihrer älteren Schwester. Beim Abendtee wurde sie den übrigen weiblichen Verwandten vorgestellt, auf die sie einen sehr guten Eindruck machte, da sie ja still, gutherzig und nicht allzu hübsch war – bis dann die Herren vom Essen der Hundertfünfziger heimkehrten und Amelia so bewunderten, daß die Damen natürlich etwas an ihr auszusetzen hatten.

«Hoffentlich hat sich Osborne jetzt die Hörner abgestoßen!» sagte Mrs. Magenis zu Mrs. Bunny. «Wenn ein bekehrter Draufgänger einen guten Ehemann abgibt, dann hat sie bei George die besten Aussichten», sagte Mrs. O'Dowd zu Mrs. Posky, die jetzt ihre Stellung als jüngste Regimentsdame verloren hatte und auf den Eindringling böse war. Und was Mrs. Kirk anbetraf, so stellte sie als Schülerin Dr. Ramshorns Amelia ein paar entscheidende Glaubensfragen, um herauszufinden, ob sie erweckt sei, ob sie eine gläubige Christin sei und so weiter, und an Mrs. Osbornes naiven Antworten merkte sie bald, daß die Kleine noch in äußerster Finsternis wandelte, und drückte ihr drei kleine Groschenheftchen mit Bildern in die Hand, nämlich *Öde Wüste, Die Waschfrau von Wandsworth* und *Die beste Waffe des britischen Soldaten*. Sie bat Amelia, die Heftchen noch am gleichen Abend zu lesen, bevor sie zu Bett ging, da sie sich vorgenommen hatte, Amelia zu erwecken, ehe sie eingeschlafen war. Doch alle Männer scharten sich als gute Burschen, die sie nun einmal waren, um das hübsche Frauchen ihres Kameraden und machten ihr soldatisch galant den Hof. Sie feierte einen kleinen Triumph, der sie so anregte, daß ihre Augen strahlten. George war stolz, daß sie beliebt war, und zufrieden mit ihrer sehr heiteren und anmutigen, wenn auch ein wenig naiven und befangenen Art, in der sie die Huldigungen der Herren entgegennahm und auf ihre Komplimente antwortete. Und *er* in seiner Uniform – wieviel schöner war er als jeder andre Mann im Zimmer! Sie spürte, daß seine Blicke liebevoll auf ihr ruhten, und erglühte vor Freude über seine Güte. Ich will zu all seinen Freunden nett sein, beschloß sie bei sich. Ich will sie alle ebenso lieb haben wie ihn. Ich will immer versuchen, fröhlich und guter Laune zu sein, und ihm ein glückliches Heim schaffen.

Man kann wirklich sagen, daß das Regiment sie unter allgemeinem Beifall bei sich aufnahm. Die Hauptleute waren einverstanden mit ihr, die Leutnants waren begeistert, und die Fähnriche vergingen vor Bewunderung. Der alte Cutler (der Regimentsarzt) machte ein paar Witze, die in sein Handwerk schlugen und deshalb nicht wiederholt werden sollen, und Cackle, der Assistenzarzt aus Edinburgh, ließ sich herbei, ihre Kenntnisse in der Literatur zu prüfen, indem er ihr die drei französischen Zitate vorlegte, die er am besten behalten hatte. Der junge Stubble ging von einem zum andern und tuschelte: «Verdammt hübsches Kind, was?» und ließ die Blicke erst von ihr, als der Punsch hereingebracht wurde.

Hauptmann Dobbin jedoch sprach den ganzen Abend keine zwei Worte mit ihr. Er und Hauptmann Porter von den Hundertfünfzigern brachten Joseph in sein Hotel, da er in weinseligem Zustand war: er hatte seine Tigerjagdgeschichte sehr eindrucksvoll vorgetragen, sowohl im Kasino wie nachher bei der Soiree von Mrs. O'Dowd, die mit Turban und Paradiesvogel geziert war. Nachdem Dobbin den Steuereinnehmer den Händen seines Dieners anvertraut hatte, trödelte er noch vor der Hoteltür herum und rauchte eine Zigarre. George hatte inzwischen seine junge Frau achtsam in Schals eingehüllt und sie nach allgemeinem Händeschütteln von Mrs. O'Dowds Gesellschaft fortgeführt, während die jungen Offiziere sie begleiteten und dem Wagen nachriefen, als er von dannen fuhr. Beim Aussteigen konnte Amelia also Dobbin ihre kleine Hand reichen. Sie schalt ihn lächelnd, weil er sich den ganzen Abend nicht um sie gekümmert habe.

Der Hauptmann gab sich dem schädlichen Genuß seiner Zigarre noch lange hin – lange nachdem Hotel und Straße zur Ruhe gegangen waren. Er sah, wie die Lichter in Georges Wohnzimmerfenstern erloschen und im Schlafzimmer nebenan aufflammten. Es war beinahe Tag, als er in sein Quartier zurückkehrte. Er konnte die Rufe auf den Schiffen im Fluß hören, wo die Transporter bereits Ladung an Bord nahmen, ehe sie die Themse hinunterfuhren.

XXVIII

Amelia rückt in die Niederlande ein

RANSPORTER waren von der Regierung Seiner Majestät gestellt worden, um das Regiment mitsamt seinen Offizieren nach Belgien zu befördern, und zwei Tage nach dem kleinen Fest bei Mrs. O'Dowd fuhren die Schiffe unter dem Beifallsjubel der Ostindienfahrer, die dort vor Anker lagen, und der Soldaten, die am Ufer standen, zu den von der Militärkapelle gespielten Klängen der Nationalhymne und unter Hüteschwenken der Offiziere und tapferem Hurrageschrei der Mannschaft den Strom hinab und weiter unter Bedeckung bis nach Ostende. Joseph hatte inzwischen ritterlich eingewilligt, seine Schwester und die Majorin zu begleiten, deren umfangreiches Gepäck einschließlich des berühmten Turbans mit dem Paradiesvogel sich bei der Regimentsbagage befand, so daß unsre beiden Heldinnen ziemlich unbeschwert nach Ramsgate fuhren, wo viele Postdampfer verkehrten, und mit einem davon gelangten sie rasch nach Ostende hinüber.

In Josephs Leben war der nun folgende Zeitabschnitt so ereignisreich, daß er ihm noch viele Jahre hinterher Unterhaltungsstoff lieferte und daß selbst die Geschichte von der Tigerjagd um der aufregenderen Berichte willen beiseite gelegt wurde, die er über die große Schlacht von

Waterloo zu erzählen hatte. Sobald er eingewilligt hatte, seine Schwester ins Ausland zu begleiten, fiel es allen auf, daß er sich nicht länger die Oberlippe rasierte. In Chatham verfolgte er die Paraden und Exerzierübungen mit lebhaftem Interesse. Mit größter Aufmerksamkeit lauschte er der Unterhaltung seiner Kameraden (wie er die Offiziere später manchmal zu nennen beliebte) und prägte sich soviel militärische Ausdrücke ein, wie er nur konnte. Bei diesen Studien war ihm die vortreffliche Mrs. O'Dowd eine große Hilfe. Am Tage, als sie sich dann endgültig an Bord der *Schönen Rose* begaben, die sie an ihren Bestimmungsort bringen sollte, erschien er in einem Tressenrock, weißen Beinkleidern und einer mit leuchtendem Goldband besetzten Fouragiermütze. Da er seine Equipage bei sich hatte und jedermann an Bord vertraulich mitteilte, daß er sich der Armee des Herzogs von Wellington anschlösse, hielten ihn die Leute für eine große Persönlichkeit, einen Generalproviantmeister oder zumindest einen Regierungskurier.

Während der Überfahrt war er furchtbar seekrank, und auch die Damen mußten liegen. Amelia fand aber sofort ins Leben zurück, als der Dampfer in Ostende anlegte und sie die Transporter erblickte, die ihr Regiment herübergeschafft hatten, da sie fast zur gleichen Zeit wie die «Schöne Rose» in den Hafen einliefen. Joseph begab sich in hochgradig erschöpftem Zustand in ein Hotel, während Hauptmann Dobbin zuerst die Damen begleitete und sich dann darum bemühte, Josephs Wagen und Gepäck vom Schiff zu holen und durch den Zoll zu schleusen, denn Joseph war augenblicklich ohne Diener, weil sein eigener und Osbornes verwöhnter Lakai sich in Chatham zusammengetan und rundheraus geweigert hatten, die Überfahrt mitzumachen. Die Revolte, die ganz unerwartet und am letzten Tag ausbrach, beunruhigte Mr. Sedley junior so sehr, daß er drauf und dran war, die Expedition aufzugeben, aber Hauptmann Dobbin (dem sehr an Josephs Beteiligung gelegen war) tadelte ihn und lachte ihn gehörig aus, und da auch der Schnurrbart in seinem Wachstum schon ziemlich vorgeschritten war, ließ sich Joe schließlich doch überreden, an Bord zu gehen. An Stelle der gutgeschulten und gutgenährten Londoner Bedienten, die nur Englisch sprechen konnten, besorgte Dobbin für Joseph einen kleinen dunkelhäutigen belgischen Diener, der überhaupt keine lebende Sprache beherrschte, jedoch durch seine geschäftige Fürsorge und durch die Ergebenheit, mit der er Mr. Sedley als «Milord» titulierte, bald dessen Gunst gewann. Heutzutage ist es in Ostende anders geworden: von den Briten, die jetzt dorthin gehen, sehen nur sehr wenige wie Lords aus, und kaum einer führt sich wie ein Mitglied unsrer Erb-Aristokratie auf. Die meisten stecken in schäbigen Anzügen und schmutziger Wäsche und interessieren sich für Billard und Brandy, Zigarren und unsaubere Kneipen.

Übrigens kann man verallgemeinernd behaupten, daß jeder Engländer in der Armee des Herzogs von Wellington zahlte, was er verzehrte. Sich daran zu erinnern, steht einer Nation von Krämern wohl an. Für ein handelsfreudiges Land war es jedenfalls ein Segen, von einer solchen Kundenarmee überrannt zu werden und so zahlungskräftige Soldaten ernähren zu dürfen. Denn das Volk, das zu beschützen die Engländer einmarschiert waren, ist nicht kriegsliebend. Im Laufe der Weltgeschichte hat es meistens andre Völker auf seinem Boden kämpfen lassen. Als der Schreiber dieser Zeilen nach Waterloo fuhr, um mit Adlerblicken das Schlachtfeld zu überschauen, fragte er den Kutscher der Postkutsche, einen stattlichen, soldatisch aussehenden Veteranen, ob er an der Schlacht teilgenommen habe. «Nicht so blöd!» war die Antwort – eine Antwort und Einstellung, die jedem Franzosen unfaßlich wäre. Andrerseits aber war der Postillon, der uns fuhr, ein Graf – Sohn eines verarmten kaiserlichen Generals, der sich unterwegs gern mit Bier freihalten ließ. Die Moral ist sicherlich gut!

Belgien, das flache, blühende, heitere Land, hätte nicht reicher und glücklicher aussehen können als zu Beginn des Sommers 1815: seine grünen Auen und friedlichen

Städtchen waren von zahllosen englischen Rotröcken belebt; auf seinen breiten Chausseen wimmelte es von prächtigen englischen Equipagen; seine großen Kanalboote, die an saftigen Weiden und netten, wunderlich-altmodischen Dörfern und an von hohen Bäumen überragten alten Schlössern vorüberglitten, waren überfüllt mit wohlhabenden englischen Reisenden; der im Dorfwirtshaus trinkende Soldat trank nicht nur, sondern er zahlte auch, und Donald vom Schottischen Hochland, der im flämischen Bauernhof einquartiert war, schaukelte das Kleine in der Wiege, während Jean und Jeannette Heu einfuhren. Da unsre Maler jetzt auf militärische Sujets versessen sind, gebe ich obige Schilderung als gutes Motiv für ihre Pinsel, damit sie die Prinzipien eines anständigen englischen Krieges im Bilde darstellen können. Alles sah so prächtig und harmlos wie eine Parade im Hyde Park aus. Inzwischen bereitete Napoleon, hinter seinem Vorhang von Grenzfestungen versteckt, alles zu einem Durchbruch vor, der so viele von den friedlichen Leutchen in einen blutigen Kriegswirbel jagen und so manchen von ihnen niederstrecken sollte.

Jedermann setzte ein so unbedingtes Vertrauen auf den Anführer (denn die entschlossene Zuversicht, die der Herzog von Wellington dem ganzen englischen Volk eingeflößt hatte, war ebenso stark wie die eher etwas fiebrige Begeisterung, mit der die Franzosen einst zu Napoleon aufsahen), das Land schien in einem so tadellos geordneten Verteidigungszustand und für den Fall der Not schien die Hilfe so nah und so überwältigend groß, daß keiner beunruhigt war, und auch unsere Reisenden, unter denen zwei von Natur etwas furchtsam waren, fühlten sich wie all die andern zahlreichen englischen Touristen vollkommen ruhig. Das berühmte Regiment, von dem wir schon viele Offiziere kennengelernt haben, wurde in Kanalbooten nach Brügge und Gent befördert, um von dort aus nach Brüssel zu marschieren. Joseph begleitete die beiden Damen auf einem der Passagierboote, und was sie an Luxus und Bequemlichkeit boten, wird noch jedem alten Flandernreisenden in Erinnerung stehen. So verschwenderisch üppig aß und trank man an Bord dieser schneckenhaft langsamen, aber überaus behaglichen Schiffe, daß die Legende von einem englischen Reisenden erzählt, der für eine Woche nach Belgien gekommen sei, dann auf einem dieser Passagierschiffe reiste und so begeistert über die Verpflegung war, daß er unentwegt zwischen Gent und Brügge hin und her fuhr bis zur Erfindung der Eisenbahn. Bei der letzten Fahrt, die stattfand, nahm er sich das Leben, indem er ins Wasser sprang. Josephs Leben sollte nicht auf die gleiche Art enden, doch fühlte er sich überaus wohl, und Mrs. O'Dowd behauptete, daß ihm zu einem vollkommenen Glücke nun nichts weiter fehle als ihre Schwester Glorvina. Den ganzen Tag saß er oben an Deck, trank flämisches Bier, rief nach seinem Diener Isidor und unterhielt sich galant mit den Damen.

Sein Mut war unerhört. «Wie? Napoleon sollte *uns* angreifen?» rief er. «Aber liebes Kind, hab doch keine Angst, meine arme Emmy! Es besteht keinerlei Gefahr.

Ich sage dir, in zwei Monaten stehen die Alliierten in Paris, und dann führe ich dich zum Essen ins Palais Royal, beim Zeus! Bei Mainz und am Rhein dringen dreihunderttausend Russen nach Frankreich ein, sage ich dir, dreihunderttausend unter Wittgenstein und Barclay de Tolly, mein armes Herzchen! Du verstehst eben nichts von der Kriegskunst, mein gutes Kind! Ich weiß Bescheid, und ich sage dir, in Frankreich gibt's keine Infanterie, die der russischen standhalten könnte, und keiner von Napoleons Generälen kann dem Wittgenstein das Wasser reichen. Und dann sind doch noch die Österreicher da, gut und gerne fünfhunderttausend! Die stehen jetzt zehn Tagemärsche von der Grenze entfernt unter Schwartzenberg und dem Prinzen Karl. Und dann kommen die Preußen unter ihrem tapferen Marschall Vorwärts. Zeig mir mal einen Reitergeneral, der es, seit Murat nicht mehr lebt, mit ihm aufnehmen könnte. Wie, Mrs. O'Dowd, glauben Sie, unsre Kleine müsse sich fürchten? Besteht ein Anlaß zur Furcht, Isidor? Wie? Geh, bring mir nochmal Bier!»

Mrs. O'Dowd sagte, daß ihre Glorvina «sich vor keinem Lebendigen fürchte, und erst recht nicht vor einem Franzosen!», und dabei kippte sie ihr Glas Bier vergnüglich zwinkernd hinunter, um ihre Vorliebe für das Gebräu kundzutun.

Da unser Freund, der Steuereinnehmer, letzthin häufig vor dem Feind gestanden hatte (das heißt vor der Damenwelt von Cheltenham und Bath), so hatte er ein gut Teil seiner früheren Furcht verloren und war jetzt, besonders nach alkoholischer Stärkung, überaus redselig. Beim Regiment war er recht beliebt, da er die jungen Offiziere großartig bewirtete und sie mit seinem militärischen Auftreten ergötzte; und weil es in der Armee ein bekanntes Regiment gibt, das mit einer Ziege an der Spitze der Kolonne losmarschiert, während sich ein anderes von einem Hirsch anführen läßt, behauptete nun George im Hinblick auf seinen Schwager, das -te Regiment marschiere mit einem Elefanten.

Seit Amelia zum Regiment gestoßen war, schämte

George sich wegen einiger Leute, mit denen er sie hatte bekannt machen mußten; er beschloß, wie er Dobbin zu dessen größter Genugtuung erzählte, bald in ein anderes Regiment überzuwechseln und seine Frau nicht mehr mit so verdammt vulgären Frauen in Berührung zu bringen. Aber die vulgäre Manier, sich seines Umgangs zu schämen, ist bei Männern viel verbreiteter als bei Frauen (abgesehen von ganz vornehmen Damen, die es natürlich im Übermaß tun); und unsrer Amelia, einem natürlichen und schlichten Geschöpfchen, war die affektierte Scham, die ihr Mann irrtümlich für vornehmes Empfinden hielt, völlig fremd. Mrs. O'Dowd zum Beispiel trug eine Hahnenfeder auf dem Hut und eine sehr dicke Repetieruhr auf dem Magen, die sie bei jeder Gelegenheit die Stunde schlagen ließ, wobei sie erzählte, ihr Vater habe sie ihr geschenkt, als sie nach der Trauung in die Hochzeitskutsche steigen wollte: die Schmuckstücke nun, nebst andern äußerlichen Eigenheiten der Majorin, verursachten Hauptmann Osborne unerträgliche Pein, sooft seine Frau mit der des Majors zusammenkam; Amelia dagegen amüsierte sich nur über die Verschrobenheiten der braven Frau, ohne sich im geringsten ihrer Gesellschaft zu schämen.

Für die bekannte Fahrt, die seither fast jeder Engländer aus dem Bürgerstand unternommen hat, hätte man wohl eine besser unterrichtete, aber kaum eine unterhaltsamere Reisegefährtin als die Majorin O'Dowd finden können. «Erzählen Sie mir nichts von Kanalschiffen, Kindchen! Sie sollten mal die Kanalschiffe zwischen Dublin und Ballinasloe sehen! Mit denen reist man schnell, und dann das schöne Vieh! Mein Vater hat für eine vierjährige Kuh eine goldene Medaille erhalten – ein Tier, wie Sie's hierzulande nie im Leben zu sehen bekommen, und sogar Seine Exzellenz hat nachher von dem Braten eine Scheibe gegessen und gesagt, beßres Fleisch gäb's nicht!» Auch Joseph mußte seufzend zugeben, daß «gutdurchwachsenes Rindfleisch, mager und fett, wie sich's gehört, nur in England zu haben sei».

«Abgesehen von Irland, wo all euer bestes Fleisch herkommt», sagte die Majorin, und wie es bei den irischen Patrioten nicht ungewöhnlich ist, fuhr sie fort, Vergleiche zu ziehen, die sehr zum Vorteil ihrer Heimat ausfielen. Der Gedanke, den Marktplatz von Brügge mit dem in Dublin zu vergleichen, stachelte sie zu größtem Spott und Hohn an, obwohl sie selbst davon angefangen hatte. «Wenn mir bloß einer sagen könnte, was die alte Baracke da auf dem Marktplatz zu suchen hat», sagte sie und lachte so schallend, daß der alte Turm hätte einstürzen können. Bei der Durchreise bemerkten sie, daß alles voll englischer Soldaten war. Morgens wurden sie von englischen Hörnern geweckt, und abends gingen sie beim Klang englischer Trommeln und Pfeifen zu Bett: das ganze Land mitsamt Europa starrte vor Waffen, das größte Ereignis der Geschichte stand bevor, aber die brave Peggy O'Dowd, die es genausogut wie alle andern anging, plapperte weiter von Ballinafad und den Pferden in den Ställen von Glenmalony und dem Rotwein, den man bei ihnen trank, und Joseph Sedley unterbrach sie mit Schilderungen vom Curry und Reis in Dumdum, und Amelia dachte an ihren Mann und wie sie ihm am besten ihre Liebe beweisen könne – als ob das alles das Wichtigste von der Welt wäre.

*

Wer das Buch der Weltgeschichte manchmal aus der Hand legt und darüber nachsinnt, was hätte geschehen können, wenn nicht leider geschehen wäre, was tatsächlich geschehen ist (eine äußerst knifflige, unterhaltsame, geistreiche und gewinnbringende Überlegung!), hat wahrscheinlich oft bei sich gedacht, was für einen besonders ungünstigen Zeitpunkt Napoleon wählte, um von Elba zurückzukehren und seine Adler vom Golf San Juan bis nach Notre-Dame flattern zu lassen. Unsere Historiker sagen uns, daß die Heere der alliierten Mächte vorsorglich schon alle gerüstet und bereit waren, sich augenblicks auf den Kaiser von Elba zu stürzen. Die gekrönten Spieler, die sich in Wien versammelt hatten, um nach ihrem Gutdünken die Königreiche Europas zurechtzustutzen, hatten so viel Gründe zum Streit untereinander, daß die Heere, die einst Napoleon besiegt hatten, leicht gegeneinander ins Feld gezogen wären, wenn nicht der einmütig gehaßte und gefürchtete Erzfeind zurückgekehrt wäre. Der eine Monarch hatte eine gutbewaffnete Armee, weil er sich Polen ergattert hatte und es behalten wollte, ein andrer hatte halb Sachsen gestohlen und wollte das Erworbene um keinen Preis wieder hergeben, ein dritter ließ Italien seine liebevolle Fürsorge angedeihen. Jeder widersetzte sich gegen die Raubgier des andern, und hätte der Korse nur so lange im Gefängnis ausgeharrt, bis sich alle Parteien in den Haaren lagen, dann hätte er zurückkehren und ungehindert herrschen können. Was aber wäre dann aus unsrer Geschichte und aus unsren Freunden geworden? Wenn jeder Tropfen Wasser verdunstete, was würde dann aus dem Meer werden?

In der Zwischenzeit nahmen Leben und Treiben und insbesondere die Vergnügungen ihren Fortgang, als ob kein Ende abzusehen wäre und kein Feind an der Front stünde. Als unsre Reisenden in Brüssel ankamen (denn das Regiment hatte, wie alle sagten, das große Glück gehabt, in Brüssel einquartiert zu werden), sahen sie sich in eine der heitersten und glänzendsten kleinen Hauptstädte Europas versetzt, wo sämtliche Schaubuden des Jahrmarkts der Eitelkeit verlockend abwechslungsreich und prächtig ausstaffiert waren. Gespielt und getanzt wurde überall; man aß so gut, daß selbst ein so großer Feinschmecker wie Joseph hingerissen war; im Theater entzückte die zauberhafte Catalani alle Zuhörer; herrliche Promenaden, durch die Buntheit der Uniformen noch belebt, und eine köstliche alte Stadt voll seltsamer Trachten und wundervoller Bauten: wie sie unsre kleine Amelia begeisterten und mit Staunen und Verwunderung erfüllten, denn sie hatte ja noch nie ein fremdes Land gesehen! So kam es, daß Mrs. Amelia ein, zwei Wochen lang in einer eleganten, schönen Wohnung, deren Kosten Joseph und Osborne bestritten – denn George hatte reichlich flüssiges Geld und verwöhnte seine Frau mit Aufmerksamkeiten –, ja daß Mrs. Amelia etwa vierzehn Tage lang, bis zum Ende ihrer Flitterwochen, so glücklich und froh wie jede andre junge Frau war.

In dieser glücklichen Zeit brachte jeder Tag für alle Beteiligten Neues und Unterhaltsames. Man besichtigte eine Kirche oder eine Gemäldegalerie, man machte eine Ausfahrt oder ging in die Oper. Zu jeder Tageszeit konnte man die Regimentskapellen musizieren hören. Die berühmtesten Leute Englands gingen im Park spazieren, es war eine ununterbrochene militärische Festparade. George führte seine Frau jeden Abend zu einer andern Lustbarkeit oder Veranstaltung und war wie üblich sehr mit sich zufrieden; ja, er behauptete, ein musterhafter Ehemann geworden zu sein. Eine Lustbarkeit oder Veranstaltung mit *ihm!* Es genügte, ihr kleines Herz vor Freude höher schlagen zu lassen. Die Briefe, die sie in dieser Zeit an ihre Mutter nach Hause schickte, waren voller Begeisterung und Dankbarkeit. Ihr Mann ermunterte sie, sich Spitzen, Putz, Schmuck und Flitterkram aller Art zu kaufen. Ach, er war der gütigste, beste und freigebigste Mann!

Der Anblick so vieler Lords und Ladies und vornehmer Herrschaften, von denen die Stadt wimmelte und die sich überall in der Öffentlichkeit zeigten, erfüllte Georges wackeres Britenherz mit innigem Entzücken. Hier streiften sie die selbstgefällige Kälte und unverschämte Überheblichkeit ab, die für den Vornehmen daheim manchmal so kennzeichnend sind, erschienen in zahllosen öffentlichen Lokalen und geruhten, sich unter die übrigen Anwesenden zu mischen. Eines Abends bei einer Gesellschaft des Divisionsgenerals, dem auch Georges Regiment unterstellt war, hatte er die Ehre, mit Lady Blanche Thistlewood, der Tochter Lord Bareacres', zu tanzen; er flog nur so, um den beiden vornehmen Damen Eis und Erfrischungen zu verschaffen, er stieß und drängte sich durch die Menge, um Lady Bareacres' Wagen zu rufen, und als er wieder zu Hause war, prahlte er derartig mit der Gräfin, daß selbst sein Vater es nicht besser gekonnt hätte. Er machte den Damen am nächsten Tag seine Aufwartung, er ritt neben ihnen durch den Park, er lud sie und ihren Anhang zu einem großen Diner in einem teuren Restaurant ein und geriet ganz aus dem Häuschen, als sie zusagten. Der alte Bareacres hatte keinen übermäßigen Stolz, aber einen solchen Appetit, daß er für ein gutes Essen überallhin gegangen wäre.

«Hoffentlich sind außer uns keine andern Damen dabei!» sagte Lady Bareacres, nachdem sie über die allzu eilig angenommene Einladung nachgedacht hatte.

«Gott im Himmel, Mama! Du glaubst doch nicht etwa, der Mann könne seine Frau mitbringen?» kreischte Lady Blanche, die am Abend vorher zu den Klängen des neuen Walzers stundenlang sehnsüchtig in Georges Armen geschmachtet hatte. «Die Männer sind noch erträglich, aber ihre Frauen...»

«Jung verheiratet, verteufelt hübsche Frau, wie ich hörte», warf der alte Graf ein.

«Siehst du, meine liebe Blanche», sagte die Mutter, «wenn Papa hingehen will, müssen wir's wohl auch; aber in England brauchen wir sie natürlich nicht zu kennen.» Und mit dem festen Vorsatz, in der Bond Street ihren neuen Bekannten zu schneiden, geruhten die vornehmen Herrschaften, in Brüssel sein Diner zu essen; sie gestatteten ihm herablassend, für ihr Vergnügen zu bezahlen, und bewiesen ihre Vornehmheit dadurch, daß sie seine Frau in die unbehaglichste Lage brachten und sie gewissenhaft von der Unterhaltung ausschlossen. Es ist eine Art Vornehmheit, in der die adlige Engländerin unüberbietbar ist. Das Benehmen einer vornehmen Dame gegenüber andern, einfacheren Frauen zu beobachten, ist für den philosophisch veranlagten Besucher auf dem Jahrmarkt der Eitelkeit ein großes Vergnügen.

Das Festessen, für das der wackere George eine Menge Geld ausgab, war für Amelia die trübseligste Veranstaltung während ihrer Flitterwochen. Sie schickte ihrer Mama eine ganz klägliche Schilderung des Essens: wie die Gräfin Bareacres nicht antwortete, wenn Amelia sie anredete, wie Lady Blanche sie durch die Lorgnette musterte, wie Hauptmann Dobbin über solch Benehmen vor Wut außer sich geriet und wie Milord, als sie sich zum Gehen anschickten, die Rechnung zu sehen verlangt und erklärt habe, es sei ein verdammt schlechtes Essen und verdammt teuer gewesen.

Obwohl Amelia alle Einzelheiten schilderte und die Unhöflichkeit der Gäste und ihr eigenes Unbehagen beschrieb, war die alte Mrs. Sedley doch hocherfreut und erzählte überall so eifrig von Emmys Freundin, der Gräfin Bareacres, daß die Nachricht, wie sein Sohn Grafen und Gräfinnen bewirtete, sogar dem alten Osborne in der City zu Ohren kam.

Wer den Generalleutnant Sir George Tufto, Ritter vom Bath-Orden, heute kennt und ihn jetzt sieht, würde in ihm nur schwer den mutigen Offizier der Schlachten in Spanien und bei Waterloo wiedererkennen: auswattiert und in einem Schnürleib stolziert er gichtisch auf hochhackigen Lackstiefeln die Pall Mall entlang, zwinkert den Vorübergehenden dreist unters Häubchen oder reitet auf einem auffallenden Braunen durch den Park und äugelt in die Equipagen. Er hat dichtes braungelocktes Haar und schwarze Augenbrauen, und sein Schnurrbart ist vom tiefsten Schwarz. Im Jahre 1815 war er hellblond und fast kahl und an Rumpf und Gliedmaßen dicker: vor allem letztere sollen in jüngster Zeit sehr eingeschrumpelt sein. Als er etwa siebzig war (jetzt ist er an die achtzig), wurde sein Haar, das sehr schütter und vollkommen weiß war, plötzlich dicht und braun und lockig, und sein Schnurrbart und die Augenbrauen nahmen die gegenwärtige Farbe an. Schlechte Menschen sagen, sein Brustkasten bestehe bloß aus Watte und sein Haar sei, weil es niemals wächst, eine Perücke. Tom Tufto, mit dessen Vater er sich vor vielen, vielen Jahren zerstritten hat, behauptet nun, Mademoiselle de Jaisey vom Französischen Theater habe seinem Großpapa mal im Künstlerzimmer die Haare ausgerauft. Aber Tom ist stadtbekannt als bos-

Mrs. O'Dowd auf dem Blumenmarkt

haft und eifersüchtig, und die Perücke des Generals hat mit unsrer Geschichte nichts zu tun.

Eines Tages, als einige unsrer Freunde vom -ten Regiment über den Blumenmarkt in Brüssel schlenderten, nachdem sie das Rathaus besichtigt hatten, von dem Mrs. O'Dowd erklärte, es sei bei weitem nicht so groß und schön wie ihres Vaters Landsitz in Glenmalony, ritt ein hoher Offizier, hinter sich eine Ordonnanz, auf den Markt, stieg vom Pferd, trat zum Blumenstand und suchte das schönste und teuerste Bukett aus. Der herrliche Strauß wurde in Papier gewickelt; der Offizier stieg wieder auf und vertraute den Strauß seinem Burschen an, der ihn grinsend entgegennahm und seinem selbstbewußt und stolz davonreitenden Herrn folgte.

«Sie sollten die Blumen bei uns in Glenmalony sehen», sagte Mrs. O'Dowd. «Mein Vater hat drei schottische Gärtner mit neun Gehilfen. Unsre Gewächshäuser bedecken einen ganzen Morgen Land, und in der Saison sind Ananas bei uns nichts Selteneres als hier die Erbsen. Von unserm Wein wiegt jede Traube ihre sechs Pfund, und unsre Magnolien, das schwör' ich auf Ehre und Gewissen, sind so groß wie Teekessel.»

Dobbin zog Mrs. O'Dowd niemals auf, wie es der abscheuliche Osborne so gerne tat (sehr zu Amelias Entsetzen, die ihn immer anflehte, die Majorin nicht zu foppen), Dobbin also verdrückte sich unter die Menge, krächzte und prustete, bis er in sicherer Entfernung war, und dann brach er inmitten der erstaunten Marktleute in schallendes Gelächter aus.

«Was gurgelt der lange Laban da herum?» fragte Mrs. O'Dowd. «Hat er wieder Nasenbluten? Immer sagt er, daß er Nasenbluten hat – bald hat er sich alles Blut 'rausgezapft! – Nicht wahr, O'Dowd, die Magnolien in Glenmalony sind so groß wie Teekessel?»

«Natürlich, Peggy, und sogar noch größer», sagte der Major. Und dann wurde die Unterhaltung, wie bereits beschrieben, durch die Ankunft des Offiziers unterbrochen, der den Strauß kaufte.

«Verteufelt schönes Pferd – wer ist denn das?» fragte George.

«Sie sollten mal Molasses sehen, das Pferd, das meinem Bruder Molloy Malony gehört und mit dem er den Curragh-Pokal gewonnen hat», rief die Frau Majorin aus und fuhr in ihrer Familiengeschichte fort, doch ihr Gatte unterbrach sie und sagte:

«Das ist General Tufto, der die -te Kavalleriedivision befehligt.» Gelassen schloß er: «Bei Talavera wurden er und ich am gleichen Bein verwundet.»

«... mit dem Sie dann einen Grad aufrückten», lachte George. «General Tufto? Dann sind auch die Crawleys hier, mein Kind!»

Amelia sank das Herz – sie wußte nicht, warum. Die Sonne schien nicht mehr so hell. Die hohen alten Dächer und Giebel wirkten plötzlich weniger malerisch, obwohl's doch ein glühender Sonnenuntergang war, einer der klarsten und schönsten Tage gegen Ende Mai.

XXIX

Brüssel

R. JOSEPH hatte für seinen offenen Wagen zwei Pferde gemietet und machte mit diesem Gespann und der eleganten Londoner Equipage auf den Spazierfahrten außerhalb Brüssels eine ganz passable Figur. George kaufte sich zum Privatgebrauch ein Reitpferd, und er und Hauptmann Dobbin begleiteten oft den Wagen, in dem Joe und seine Schwester ihre täglichen Ausfahrten unternahmen. Als sie auch heute wie gewöhnlich in den Park fuhren, stellte es sich heraus, daß Georges Bemerkung wegen der Ankunft Rawdon Crawleys und seiner Frau durchaus richtig war. In der Mitte einer kleinen Reiterschar, die aus einigen der bedeutendsten Brüsseler Persönlichkeiten bestand, war auch Rebecca an der Seite des tapferen Generals Tufto in einem überaus eleganten und knapp anliegenden Reitkleid auf einem schönen kleinen Araber zu sehen, den sie ausgezeichnet ritt, denn das hatte sie in Queen's Crawley erlernt, wo ihr der Baronet, Mr. Pitt und Rawdon viele Unterrichtsstunden erteilt hatten.

«Herrje, 's ist der Herzog!» rief Mrs. O'Dowd Joseph zu, der daraufhin dunkelrot wurde, «und der da auf dem Braunen, das ist Lord Uxbridge. Wie elegant der aussieht! Mein Bruder Molloy Malony gleicht ihm wie ein Ei dem andern!»

Rebecca ritt nicht an den Wagen heran, aber sowie sie ihre alte Freundin Amelia darinsitzen sah, nahm sie mit freundlichem Kopfnicken und Lächeln von ihr Kenntnis und warf scherzend ein paar Kußhände in der Richtung der Equipage. Dann nahm sie die Unterhaltung mit General Tufto wieder auf, der sich erkundigte, wer «der dicke Offizier in der goldbetreßten Kappe» sei. Becky erwiderte darauf, er sei «ein Beamter im Dienst der Ostindischen Handelsgesellschaft». Rawdon Crawley löste sich jedoch aus der Reitergruppe, ritt auf den Wagen zu, schüttelte Amelia herzlich die Hand und sagte zu Joseph: «Wie geht's, alter Junge?» Mrs. O'Dowd mit ihren schwarzen Hahnenfedern starrte er so lange an, bis sie zu glauben begann, sie habe eine Eroberung an ihm gemacht.

George war etwas zurückgeblieben und ritt jetzt rasch mit Dobbin näher. Sie hoben vor den hohen Persönlichkeiten grüßend die Hand an die Mütze, und sofort bemerkte Osborne in ihrer Mitte Mrs. Crawley. Er war hocherfreut, als er sah, wie Crawley sich vertraut über den Wagen beugte und mit Amelia plauderte; er erwiderte den herzlichen Gruß des Adjutanten mit noch größerer Herzlichkeit. Rawdon und Dobbin nickten sich so knapp und kühl zu, wie es die Höflichkeit noch eben zuließ.

Crawley erzählte George, daß sie mit General Tufto im Hotel du Parc wohnten, und George ließ sich von seinem Freund versprechen, daß er ihn sehr bald in seiner eigenen Wohnung besuchen werde. «Schade, daß ich Sie nicht schon vor drei Tagen gesehen habe», sagte George. «Hatten ein Diner in einem Restaurant, sehr nett gewesen. Lord Bareacres und die Gräfin und Lady Blanche waren so reizend, mit uns zu speisen. Hätten Sie gern dabeigehabt!» Nachdem er seinem Freund hiermit klargemacht hatte, daß er als Mann von Welt betrachtet werden wolle, trennte sich Osborne von Rawdon, der mitsamt der vornehmen Kavalkade im Galopp in eine Seitenallee einbog, während Dobbin und Osborne wieder ihren Platz zu beiden Seiten von Amelias Wagen einnahmen.

«Wie gut der Herzog aussieht!» bemerkte Mrs. O'Dowd.

«Die Wellesleys und die Malonys sind verwandt, aber ich wäre natürlich nie so unbescheiden, mich vorzustellen, wenn Seine Gnaden sich nicht von selbst an die Familienbande erinnert.»

«Er ist ein großartiger Soldat», sagte Joe, der sich jetzt, nachdem der hohe Herr fort war, viel behaglicher fühlte. «Ist wohl je eine Schlacht glänzender ausgefochten worden als die von Salamanca? Wie, Dobbin? Und wo hat er seine Kriegskunst erlernt? In Indien, mein Junge! Der Dschungel ist die beste Schule für einen General, glaubt mir das. Ich habe ihn auch persönlich gekannt, Mrs. O'Dowd: wir haben beide am gleichen Abend mit Miss Cutler getanzt, mit der Tochter vom Cutler bei der Artillerie in Dumdum, einem verteufelt netten Mädchen!»

Die Begegnung mit den hohen Persönlichkeiten lieferte ihnen während ihrer Spazierfahrt genug Gesprächsstoff, ja auch noch beim Essen und bis zur Stunde, als sie alle ins Opernhaus gingen.

Es war fast wie im guten alten England! Überall im Zuschauerraum sah man bekannte englische Gesichter und elegante Toiletten, wie sie lange Zeit ein Merkmal der englischen Damen waren. Mrs. O'Dowd hatte es bei ihrer Robe durchaus nicht an Pracht fehlen lassen, und auf der Stirn hatte sie Locken und ein Diadem aus irischen Diamanten und Rauchtopasen, die ihrer Ansicht nach allen Schmuck im ganzen Zuschauerraum überstrahlten. Ihre Anwesenheit pflegte Osborne stets zu irritieren, aber sie nahm beharrlich an allen festlichen Anlässen teil, die ihre jungen Freunde mitmachen wollten. Es kam ihr nie in den Sinn, daß sie über ihre Begleitung nicht begeistert sein könnten.

«Allerdings ist sie dir nützlich gewesen, mein Kind», sagte George zu seiner Frau, die er in ihrer Gesellschaft mit leichterem Gewissen allein lassen konnte. «Aber es ist ein Trost, daß Rebecca gekommen ist: an ihr hast du eine Freundin, und nun können wir uns der verdammten Irin entledigen.» Hierauf antwortete Amelia nicht, weder mit Ja noch mit Nein: und wie können wir wissen, was sie bei sich dachte?

Der Gesamtanblick der Brüsseler Oper machte auf Mrs. O'Dowd keinen so großartigen Eindruck wie das Theater in der Fishamble Street in Dublin, und auch die französische Musik konnte sich ihrer Meinung nach

durchaus nicht mit den Melodien ihrer Heimat messen. Mit solchen und ähnlichen sehr laut geäußerten Urteilen beglückte sie ihre Freunde und klappte dabei, sichtlich selbstzufrieden, den großen Fächer, den sie benutzte, geräuschvoll auf und zu.

«Wer ist das wunderbare Geschöpf neben Amelia, liebster Rawdon?» sagte in einer der gegenüberliegenden Logen eine Dame (die selbst daheim fast immer höflich zu ihrem Mann war, vor Fremden benahm sie sich jedoch noch viel zärtlicher zu ihm). «Siehst du nicht das Wesen mit dem gelben Ding auf ihrem Turban und dem roten Atlaskleid und der dicken Uhr?»

«Meinen Sie die neben dem hübschen Frauchen in Weiß?» fragte ein neben ihr sitzender Herr in mittleren Jahren, der Orden im Knopfloch hatte und mehrere Unterwesten und eine sehr enge, hohe weiße Halsbinde trug.

«Die hübsche Frau in Weiß ist Amelia, General! Daß Sie auch immer sofort alle hübschen Frauen bemerken müssen, Sie Schlimmer!»

«Nur eine in der ganzen Welt, weiß Gott», sagte der General geschmeichelt, und die Dame versetzte ihm einen leichten Klaps mit dem großen Bukett, das vor ihr lag.

«Wahrhaftig, das ist er!» rief Mrs. O'Dowd, «und das ist auch haargenau das Bukett, das er auf dem Blumenmarkt gekauft hat.» Als Rebecca den Blick ihrer Freundin auffing, warf sie ihr wieder eine Kußhand zu, und Mrs. O'Dowd bezog das Kompliment auf sich selbst und erwiderte den Gruß mit huldvollem Lächeln, was den unseligen Dobbin wieder prustend aus der Loge scheuchte.

Am Ende des ersten Auftritts verließ George blitzschnell die Loge; er beabsichtigte sogar, Rebecca in ihrer Loge seine Aufwartung zu machen. Doch im Foyer stieß er auf Crawley, und sie wechselten ein paar Worte über die Ereignisse der letzten vierzehn Tage.

«Mein Scheck auf den Agenten ging doch in Ordnung, wie?» fragte George bedeutungsvoll.

«Bestens, mein Junge», antwortete Rawdon. «Gern bereit, Ihnen Revanche zu geben! Hat der alte Herr nachgegeben?»

«Noch nicht», sagte George, «aber er wird schon noch. Hab' von meiner Mutter her etwas eigenes Vermögen. Ist das Tantchen mürbe geworden?»

«Hat mir zwanzig Pfund geschickt, der verdammte alte Knicker! Wann wollen wir mal zusammenkommen? Am Dienstag speist der General auswärts. Könnten Sie nicht

Dienstag kommen? Übrigens, sehen Sie doch zu, daß sich Sedley den Bart abnehmen läßt! Was zum Kuckuck will ein Zivilist mit einem Schnurrbart und mit den lächerlichen Verschnürungen auf seinem Rock! Also dann...! Versuchen Sie, es Dienstag möglich zu machen.» Rawdon wandte sich schon zwei eleganten jungen Herren zu, die gleich ihm beim Stabe waren.

George war nicht allzu erfreut, daß er gerade an dem Abend zum Essen eingeladen wurde, an dem der General nicht dabei war. «Ich gehe eben noch hinein, um Ihrer Frau meine Aufwartung zu machen», sagte er. Rawdon antwortete darauf: «Hm, wenn Sie wollen», und sah mürrisch drein, was die jungen Offiziere veranlaßte, vielsagende Blicke auszutauschen. George verabschiedete sich von ihnen und stelzte den Gang bis zur Loge des Generals hinab, deren Nummer er vorher genau abgezählt hatte.

«Entrez», rief ein helles Stimmchen, und unser Freund sah sich Rebecca gegenüber, die sofort aufsprang, in die Hände klatschte und sie dann beide dem jungen Hauptmann entgegenstreckte, so sehr freute sie sich, ihn wiederzusehen. Der General mit seinen Orden im Knopfloch starrte den Eindringling mit verdrießlichem Stirnrunzeln an, als wollte er sagen: «Wer bist *du* denn, zum Teufel?»

«Mein lieber Hauptmann George!» rief die kleine Rebecca hingerissen. «Wie nett von Ihnen, herzukommen! Der General und ich langweilten uns gerade beim *tête-à-tête*. – General, das ist mein Hauptmann George, von dem ich Ihnen schon oft erzählt habe!»

«Allerdings», sagte der General mit sehr knapper Verbeugung. «In welchem Regiment steht Hauptmann George?»

George nannte das -te Regiment. Was hätte er darum gegeben, eine schneidige Kavalleriekompanie zu nennen!

«Vor kurzem aus Westindien zurück, wenn ich mich recht entsinne? Nicht viel vom letzten Krieg mitgemacht, wie? Hier im Quartier, Hauptmann George?» fuhr der General mit eisigem Hochmut fort.

«Doch nicht Hauptmann George, Sie Dummchen! Er heißt Osborne!» lachte Rebecca. Der General blickte wütend von einem zum andern.

«Ah, wirklich? Hauptmann Osborne! Mit den Osbornes in L. verwandt?»

«Wir haben das gleiche Wappen», sagte George, was auch der Wahrheit entsprach. Als Mr. Osborne vor fünfzehn Jahren am Anfang seiner Laufbahn stand, hatte er einen Heraldiker in Long Acre zu Rate gezogen, und aus dem Adelsalmanach das Wappen der Osbornes in L. gewählt. Der General hatte auf diese Behauptung nichts zu erwidern, sondern er nahm sein Opernglas auf – unser heutiges Doppellorgnon war damals noch nicht erfunden – und tat so, als mustere er die Zuschauer; aber Rebecca sah, daß sein uninteressierter Blick immer wieder abschweifte und George und sie haßerfüllt anstarrte.

Sie verdoppelte ihre Herzlichkeit noch: «Wie geht's meiner geliebten Amelia? Aber was frage ich denn? Sie sieht reizend aus! Und wer ist das nette, gutmütige Wesen neben ihr? Wohl eine neue Flamme von Ihnen? Ach, ihr bösen Männer! Und da sitzt ja auch Mr. Sedley und ißt Eis, nein, so etwas! Wie er's genießt! General, warum haben wir kein Eis bekommen?»

«Soll ich's besorgen?» fragte der General und erstickte fast an seinem Zorn.

«Lassen Sie *mich* gehen, ich bitte Sie!» sagte George.

«Nein, ich möchte Amelia in ihrer Loge besuchen. Das süße, reizende Ding! Geben Sie mir Ihren Arm, Hauptmann George!» Und mit einem Kopfnicken für den General trippelte sie aus der Loge. Als sie draußen waren, warf sie George einen sehr vielsagenden, seltsamen Blick zu, den man etwa so hätte deuten können: siehst du nicht, wie's um ihn steht und wie ich ihn zum Narren halte? Aber George bemerkte es nicht. Er dachte an seine eigenen Pläne und war in aufgeblasene Bewunderung seiner verführerischen Unwiderstehlichkeit versunken.

Die Flüche, die der General mit unterdrückter Stimme von sich gab, sowie ihn Rebecca am Arm ihres Eroberers verlassen hatte, waren so wüst, daß die Setzer in der Druckerei sie bestimmt nicht setzen würden, auch wenn ich sie niederschriebe. Sie kamen dem General aus tiefstem Herzen. Was für ein wunderbarer Gedanke, daß des Menschen Herz je nach den Erfordernissen des Augenblicks solch eine Fülle an Gier und Wut, an Zorn und Haß produzieren und hervorschleudern kann!

Auch Amelias sanfte Augen waren besorgt auf das Paar gerichtet, das dem eifersüchtigen General so auf die Nerven gefallen war. Rebecca aber betrat ihre Loge und flog ihrer Freundin in herzlichstem Entzücken entgegen, das sich, obwohl sie von allen Seiten gesehen wurde, auf ihren Zügen bemerkbar machte. Sie umarmte ihre liebste Amelia vor aller Augen, zumindest vor denen des Generals, der sein Opernglas jetzt auf die Loge der Osbornes gerichtet hatte. Mrs. Rawdon begrüßte auch Joseph aufs herzlichste und bewunderte Mrs. O'Dowds große Rauchtopasbrosche und die herrlichen irischen Diamanten und wollte gar nicht glauben, daß sie nicht aus Golkonda stammten. Sie flatterte und schnatterte, sie drehte sich und wand sich, sie lächelte den einen an und blinzelte dem andern zu, und alles in voller Sicht des eifersüchtigen Opernglases. Als das Zeichen für den Auftritt des Balletts ertönte (bei dem es keine Tänzerin gab, die mit *ihrem* Mienenspiel und *ihren* Gesten hätte wetteifern können), tänzelte sie zu ihrer Loge zurück, diesmal am Arm des Hauptmanns Dobbin. Nein, George durfte sie nicht begleiten – er mußte bei seiner liebsten, allerbesten kleinen Amelia bleiben und sie unterhalten.

«Was für eine Komödiantin die Frau ist!» flüsterte unser guter alter Dobbin seinem Freund zu, als er von Rebeccas Loge zurückkehrte, zu der er sie in völligem Schweigen und mit Leichenbittermiene geführt hatte. «Sie dreht und windet sich wie eine Schlange! Hast du nicht gesehen, George, daß sie uns die ganze Zeit über nur wegen des Generals drüben ihr Theater vorspielte?»

«Eine Komödiantin? Theater spielt? Unsinn, sie ist die reizendste kleine Frau von ganz England!» erwiderte

George, ließ seine weißen Zähne sehen und wandte ihm den herrlichen Bart zu. «Dobbin, du bist eben kein Mann von Welt! Sieh sie dir jetzt an, verdammt, wie sie den alten Tufto im Handumdrehen beschwatzt hat! Sieh doch, wie er lacht! Himmel, was für Schultern sie hat! Emmy, warum hast du kein Bukett? Jede Dame hat eins!»

«I, warum haben Sie ihr denn keins gekauft?» sagte Mrs. O'Dowd, und sowohl Dobbin wie Amelia waren ihr beide für die passende Bemerkung dankbar. Aber im übrigen kamen die Damen nicht wieder in Stimmung. Amelia war von dem blendenden Auftreten und Aussehen und dem mondänen Geplapper ihrer weltgewandten Rivalin ganz überwältigt. Sogar die O'Dowd war nach Rebeccas strahlendem Feuerwerk still und bedrückt und erzählte den ganzen Abend kaum noch ein Wort von Glenmalony.

*

«George, wann wirst du endlich das Spielen lassen, wie du's mir schon unzähligemal versprochen hast?» fragte Dobbin seinen Freund ein paar Tage nach dem Abend in der Oper. «Wann wirst du endlich das Predigen lassen?» war die Entgegnung des andern. «Was für Sorgen, zum Teufel, machst du dir nur, Mann? Wir spielen niedrig; gestern abend habe ich gewonnen. Du glaubst doch wohl nicht, daß Crawley betrügt? Bei ehrlichem Spiel gleicht sich's im Laufe eines Jahres so ungefähr wieder aus.»

«Aber ich glaube, er könnte nicht bezahlen, wenn er verliert», sagte Dobbin, und sein Rat hatte den gleichen Erfolg, den gute Ratschläge meistens haben. Osborne und Crawley waren jetzt oft zusammen. General Tufto speiste fast dauernd in andern Häusern. George war in den Hotelzimmern, die der Adjutant mit seiner Frau bewohnte und die fast unmittelbar neben den Räumen des Generals lagen, stets willkommen.

Amelias Verhalten, als sie und George den Crawleys dort ihren ersten Besuch abstatteten, hätte fast zu ihrem ersten Streit geführt; das heißt, George schalt seine Frau gehörig aus, weil sie zuerst ganz offensichtlich nicht hingehen wollte und sich dann ihrer alten Freundin Mrs. Crawley gegenüber sehr hochmütig benahm. Amelia erwiderte kein einziges Wort, war aber beim zweiten Besuch, den sie Mrs. Rawdon machten, womöglich noch schüchterner und verlegener als beim ersten, weil sie ständig ihres Mannes Auge und Rebeccas prüfenden Blick auf sich fühlte.

Rebecca war natürlich doppelt liebenswürdig und nahm von der kühlen Zurückhaltung ihrer Freundin überhaupt keine Notiz. «Ich glaube, Emmy ist noch stolzer geworden, seit ihres Vaters Name in der... seit Mr. Sedleys Pech, meine ich», schloß Rebecca, um den Satz für Georges Ohr höflicherweise zu mildern. «In Brighton glaubte ich, weiß Gott, sie erweise mir die Ehre, auf mich eifersüchtig zu sein. Und jetzt rümpft sie vermutlich die Nase, weil Rawdon, ich und der General zusammenleben. Aber mein lieber Junge, wie sollten wir mit unsern Mitteln denn überhaupt leben, hätten wir nicht einen Freund, der sich mit uns in die Kosten teilt? Und glauben Sie etwa, Rawdon wäre nicht Manns genug, meine Ehre zu beschützen? Trotzdem bin ich Emmy natürlich sehr dankbar, wirklich», sagte Mrs. Rawdon.

«Puh, nichts als Eifersucht», sagte George. «Alle Frauen sind eifersüchtig.»

«Und alle Männer ebenfalls. Waren Sie nicht an dem Abend in der Oper auf General Tufto eifersüchtig, und der General auf Sie? Er hätte mich am liebsten mit Haut und Haaren verspeist, weil ich mit Ihnen fortging, um Ihrem Närrchen von Frau einen Besuch zu machen. Als ob ich mir auch nur so viel aus euch beiden machte!» sagte Rebecca und warf stolz den Kopf in den Nacken. «Wollen Sie heute abend hier essen? Mein Mann ißt beim Oberbefehlshaber. Es sind große Neuigkeiten eingetroffen. Die Franzosen haben angeblich die Grenze überschritten. Wir haben also einen ruhigen Abend vor uns.»

George nahm die Einladung an, obwohl seine Frau sich nicht besonders wohl fühlte. Sie waren jetzt sechs Wochen verheiratet. Da spottete und lachte also eine andere Frau über sie, und er wurde nicht ärgerlich. Er wurde nicht einmal über sich selbst ärgerlich, der gutmütige Mensch. Es ist eine Schande, gestand er sich ein – aber, zum Henker, wenn eine hübsche Frau sich einem durchaus an den Hals werfen will, was soll man da machen, nicht wahr? Ich bin eben ein rechter Draufgänger, hatte er Stubble und Spooney und anderen Kameraden im Kasino oft mit vielsagendem Lächeln und Nicken erzählt, und wegen seiner Keckheit achteten sie ihn höchstens um so mehr. Triumphe in der Liebe gelten bei den Männern auf dem Jahrmarkt der Eitelkeit seit undenklichen Zeiten beinahe ebensoviel wie Triumphe im Krieg – wie könnten sonst Schuljungen mit ihren Liebschaften prahlen oder Don Juan eine beliebte Figur sein?

Da Mr. Osborne selbst also fest überzeugt war, ein Damenheld und Herzensbrecher zu sein, fügte er sich ganz zufrieden in sein Los und versuchte nicht, dagegen anzugehen. Und weil Emmy nicht viel sagte und ihn nicht mit ihrer Eifersucht plagte, sondern nur unglücklich wurde und sich heimlich grämte, so bildete er sich ein, daß sie keine Ahnung von dem hatte, was alle seine Bekannten wußten: daß er sich in eine tolle Liebelei mit Mrs. Crawley eingelassen hatte. Er ritt mit ihr aus, sooft sie frei war. Amelia gegenüber schützte er dienstliche Verpflichtungen vor (durch solche Schwindeleien ließ sie sich aber nicht täuschen) und überließ seine Frau der Einsamkeit oder der Gesellschaft ihres Bruders, und dann verbrachte er die Abende in der Gesellschaft der beiden Crawleys und verlor sein Geld an den Mann und schmeichelte sich, daß die Frau aus Liebe zu ihm vergehe. Es ist nicht sehr wahrscheinlich, daß unser braves Pärchen sich offen und ausdrücklich verschwor, der eine Partner solle dem jungen Herrn schöntun, während der andere Partner ihm im Spiel sein Geld abknöpfte; doch sie verstanden sich beide ganz ausgezeichnet, und in bester Laune ließ Rawdon den jungen Hauptmann kommen und gehen.

George war durch seine neuen Freunde so sehr in Anspruch genommen, daß er und William Dobbin bei weitem nicht so oft wie früher zusammen waren. George ging ihm in Gesellschaften und beim Dienst aus dem Wege, denn wie wir schon hörten, machte er sich nichts aus den Predigten, die sein älterer Freund ihm gerne hielt. Und wenn Georges Benehmen den Hauptmann Dobbin überaus ernst und kühl stimmte – was hätte es genützt, George zu sagen, er sei so grün wie ein Schuljunge, auch wenn sein Bart noch so stattlich und seine Meinung über seine eigene Weisheit noch so großartig wäre, und daß Rawdon ihn zum Opfer erkoren hatte, wie schon so manchen vor ihm, und daß er ihn verächtlich wegwerfen würde, sobald er ihn ausgebeutet hatte? George wollte ja nicht hören. Da Dobbin also, wenn er in jenen Tagen die Osbornes besuchte, seinen alten Freund selten antraf, blieben ihnen beiden viele peinliche und unnütze Auseinandersetzungen erspart. Unser Freund George aber genoß die Vergnügungen auf dem Jahrmarkt der Eitelkeit in vollen Zügen.

*

Seit den Tagen des Darius hat es nie wieder einen so prächtigen Schwarm von Schlachtenbummlern gegeben wie den, der im Jahre 1815 in den Niederlanden der Armee des Herzogs von Wellington folgte und ihr tanzend und schwelgend sozusagen bis an den Vorabend der Schlacht das Geleit gab. Ein Ball, den eine vornehme Herzogin am fünfzehnten Juni des obengenannten Jahres in Brüssel gab, ist historisch geworden. Ganz Brüssel war darob in helle Erregung geraten, und von Damen, die in jener Zeit in der Stadt waren, hörte ich später, daß der Ball bei ihresgleichen viel mehr Gerede und Interesse auslöste als der Feind an der Front. Die Kämpfe, die Intrigen und die Betteleien um Einladungskarten wurden mit einer Erbitterung durchgeführt, wie sie Engländerinnen eigen ist, wenn sie zur vornehmen Gesellschaft ihrer eigenen Nation Zutritt erlangen wollen.

Joseph und Mrs. O'Dowd, die nach einer Einladung lechzten, bemühten sich vergebens, Karten zu bekommen. Andre von unsern Freunden hatten mehr Glück. So erhielt zum Beispiel George durch Lord Bareacres' Vermittlung und als Gegenleistung für das Diner im Restaurant eine Karte für Hauptmann und Mrs. Osborne, was ihn in den siebenten Himmel hob. Dobbin, der mit dem kommandierenden General seines Regiments befreundet war, kam eines Tages lachend zu Mrs. Osborne und zeigte ihr auch eine Einladung, woraufhin Joe neidisch wurde und George sich wunderte, wieso ausgerechnet Dobbin in die vornehme Gesellschaft kam. Mr. und Mrs. Rawdon waren natürlich eingeladen, was bei Freunden eines Generals, der eine Kavalleriebrigade kommandierte, ja auch nicht anders zu erwarten war.

George hatte für Amelia allerlei neue Kleidungsstücke und Schmuck gekauft, und am festgesetzten Abend fuhr er mit ihr zu dem berühmten Ball, auf dem seine Frau keine Menschenseele kannte. Nachdem er Lady Bareacres gesucht hatte, die ihn aber schnitt, da sie fand, die Einladungskarte genüge reichlich, führte er Amelia zu einer Bank, überließ sie ihren eigenen Gedanken und glaubte, daß er nett genug zu ihr gewesen sei, denn schließlich hatte er ihr die neuen Sachen gekauft und sie auf den Ball begleitet, wo sie sich nun nach eigenem Gutdünken unterhalten durfte. Ihre Gedanken waren nicht gerade heiter, und niemand außer dem braven Dobbin kam, um sie abzulenken.

Während Amelias Erscheinen, wie ihr Gatte entrüstet feststellte, von niemand beachtet wurde, war dagegen Mrs. Crawleys *début* geradezu glänzend. Sie kam sehr spät. Ihr Gesicht strahlte. Ihr Kleid konnte nicht schöner sein. In all der vornehmen Gesellschaft, die hier versammelt war und ihre Lorgnetten auf sie richtete, schien Rebecca so kühl und gelassen wie damals bei Miss Pinkerton, wenn sie die kleinen Mädchen zur Kirche führte. Viele von den Herren kannte sie bereits, und die Stutzer drängten sich um sie. Die Damen dagegen tuschelten sich zu, daß Rawdon sie aus einem Kloster entführt hätte und daß sie der Familie Montmorency entstamme. Sie sprach so fließend Französisch, daß etwas

Wahres an dem Gerücht sein konnte, und man fand allgemein, daß ihr Auftreten vornehm und ihre Erscheinung *distingué* sei. Fünfzig Herren drängten sich gleichzeitig heran und baten um die Ehre, mit ihr tanzen zu dürfen. Aber sie sagte, sie sei schon vergeben und würde überhaupt nur sehr wenig tanzen; dann steuerte sie sofort auf die Bank zu, auf der unbeachtet und elend und unglücklich die kleine Emmy saß. Und um dem armen Kind gleich den Rest zu geben, lief Mrs. Rawdon auf sie zu, begrüßte sie herzlich als ihre liebste Amelia und begann sich als ihre Gönnerin aufzuspielen. Sie tadelte ihr Kleid und ihre Frisur, staunte, daß sie so *chaussée* sein konnte, und versprach, ihr am nächsten Morgen ihre eigene *corsetière* zu schicken. Sie versicherte, der Ball sei wundervoll, weil alle erschienen seien, die man kenne, und im ganzen Saal befänden sich nur wenig Unbekannte. Tatsächlich hatte sich die junge Frau im Verlauf von zwei Wochen und nach drei Festessen in größerer Gesellschaft den Jargon der vornehmen Welt so glänzend zu eigen gemacht, daß auch ein Dazugehöriger ihn nicht besser hätte sprechen können, und nur an ihrem ausgezeichneten Französisch konnte man noch merken, daß sie keine geborene Lady war.

George, der Amelia bei Betreten des Ballsaals allein auf der Bank gelassen hatte, fand sehr schnell zu ihr zurück, als er Rebecca an der Seite ihrer lieben Freundin erblickte. Becky hielt Mrs. Osborne gerade einen Vortrag über die Dummheiten, die ihr Mann beging. «Halte ihn um Gottes willen von den Karten fern, Liebste», sagte sie, «sonst ruiniert er sich noch. Er und Rawdon spielen jeden Abend, und du weißt doch, daß er sehr arm ist und daß Rawdon ihm jeden Schilling abnehmen wird, wenn er nicht aufpaßt. Weshalb hinderst du ihn denn nicht daran, du ahnungsloses Dummchen? Warum kommst du nicht auch manchmal abends zu uns, anstatt dich zu Hause mit dem Hauptmann Dobbin zu langweilen? Er mag ja *très aimable* sein – aber wie kann man einen Menschen mit so großen Füßen lieben? Dein Mann hat reizende Füße –

da ist er ja! Wo haben Sie gesteckt, Sie Schlimmer? Emmy weint sich schon die Augen nach Ihnen aus. Wollten Sie mich zur Quadrille abholen?» Und sie ließ Strauß und Schal neben Amelia auf der Bank liegen und trippelte mit George zum Tanz. Nur Frauen verstehen es, so zu verwunden. Auf der Spitze ihrer kleinen Pfeile ist ein Gift, das tausendmal heftiger brennt als die stumpfere Waffe der Männer. Unsre arme Emmy, die in ihrem ganzen Leben nie gehaßt und nie gespottet hatte, war den Händen ihrer gewissenlosen kleinen Feindin hilflos ausgeliefert.

George tanzte zwei- oder dreimal mit Rebecca – Amelia wußte kaum, wie oft. Sie saß völlig unbeachtet in ihrer Ecke; nur einmal kam Rawdon und knüpfte recht ungeschickt eine Unterhaltung mit ihr an, und später, als der Abend schon vorgerückt war, erkühnte sich Hauptmann Dobbin, ihr Erfrischungen zu bringen und sich neben sie zu setzen. Er mochte sie nicht gern fragen, weshalb sie so traurig sei, aber um die Tränen in ihren Augen zu erklären, gab sie vor, Mrs. Crawley habe sie mit der Nachricht geängstigt, daß George immer noch spiele.

«Es ist seltsam, auf was für plumpe Gauner ein Mann hereinfällt, wenn er aufs Spielen versessen ist.» Und Emmy sagte: «Ach ja.» Aber sie dachte an etwas anderes. Es war nicht der Verlust des Geldes, der sie betrübte.

Endlich kam George zurück, um Rebeccas Schal und Blumen zu holen. Sie wollte gehen. Sie ließ sich nicht einmal herbei, zu Amelia zurückzukehren, um sich zu verabschieden. Die arme Kleine ließ ihren Mann kommen und gehen, ohne ein Wort zu sagen, und der Kopf sank ihr tiefer auf die Brust. Dobbin war geholt worden und stand nun, in ein geflüstertes Gespräch vertieft, neben seinem Freund, dem Divisionsgeneral; daher hatte er George nicht beobachtet. George ging mit dem Bukett fort, als er es aber der Eigentümerin überreichte, lag zwischen den Blumen, wie eine Schlange zusammengerollt, ein Briefchen. Rebecca erspähte den Zettel sofort. Mit Zetteln umzugehen, hatte sie schon sehr bald im

Mrs. Osbornes Kutsche versperrt den Weg

Leben gelernt. Sie streckte die Hand aus und nahm den Strauß. Als sich ihre Blicke trafen, erkannte er, daß sie wußte, was sie vorfinden würde. Ihr Mann trieb sie zur Eile an und war anscheinend noch immer zu sehr in seine eigenen Angelegenheiten vertieft, um irgendwelche Zeichen eines Einverständnisses zwischen seinem Freund und seiner Frau zu bemerken, die übrigens auch kaum auffallen konnten. Rebecca reichte George mit einem ihrer üblichen raschen und vielsagenden Blicke die Hand, verneigte sich und ging. George hatte sich über Rebeccas Hand gebeugt und nichts auf eine Bemerkung Crawleys erwidert, da er sie nicht einmal gehört hatte, so pochten ihm die Schläfen vor Triumph und Erregung – und hatte sie wortlos gehen lassen.

Seine Frau hatte wenigstens einen Teil der Bukettszene mit angesehen. Es war ganz natürlich, daß George auf Rebeccas Bitte hin kam und ihren Schal und ihre Blumen holte: das hatte er im Laufe der letzten paar Tage schon mindestens zwanzigmal getan. Aber diesmal war es ihr zu viel. «William», sagte sie plötzlich und klammerte sich an Dobbin, der neben ihr stand, «Sie sind immer so freundlich zu mir gewesen – mir ist – mir ist nicht sehr gut! Bringen Sie mich nach Hause!» Sie wußte nicht, daß sie ihn, wie George es immer zu tun pflegte, bei seinem Taufnamen genannt hatte. Er ging rasch mit ihr fort. Ihre Zimmer waren ganz in der Nähe. Sie zwängten sich draußen durch die Menge, wo es noch viel lebhafter als im Saal zuging.

George war ein paarmal ärgerlich geworden, seine Frau noch auf zu finden, wenn er von Gesellschaften heimkehrte. Daher ging sie jetzt sofort zu Bett, aber obwohl sie nicht schlafen konnte und obwohl das Getöse und Gerassel und das Vorbeigaloppieren nicht abriß, hörte sie nichts von alledem, weil eine ganz andre Unruhe sie wach hielt.

George hatte sich inzwischen in glühendem Siegergefühl an einen Spieltisch begeben und begann wie toll zu setzen. Er gewann wiederholt. Heute abend glückt mir alles, dachte er. Aber selbst sein Glück beim Spiel heilte ihn nicht von der Rastlosigkeit, und nach einer Weile sprang er auf, strich seinen Gewinn ein und trat an ein Bufett, wo er mehrere Glas Wein hinunterstürzte.

Hier, wo er laut lachend und hochgradig erregt auf die Umstehenden einredete, fand ihn Dobbin. Er hatte seinen Freund an den Kartentischen gesucht. Dobbin sah so blaß und ernst aus, wie sein Freund erhitzt und fröhlich war.

«Hallo, Dob! Komm und halt mit, Dob! Der Wein des Herzogs ist großartig! Schenken Sie mir nochmal ein, Sie!», und zitternd hielt er ein leeres Glas hin.

«Komm nach draußen, George», bat Dobbin, noch immer sehr ernst. «Laß das Trinken!»

«Trinken – was Besseres gibt's nicht! Trink auch, alter Junge, bis du Farbe bekommst! Prosit!»

Dobbin trat auf ihn zu und flüsterte ihm etwas ins Ohr. George zuckte daraufhin zusammen, rief wild «Hurra!», kippte sein Glas hinunter und stellte es klirrend auf den Tisch. Dann ging er am Arm seines Freundes schleunigst hinaus. William hatte ihm gesagt: «Der Feind hat die Sambre überschritten, und unser linker Flügel steht schon im Gefecht. Komm fort! Wir müssen in drei Stunden marschieren!»

*

George ging nach Hause. Seine Nerven zitterten vor Erregung wegen der so lange erwarteten Nachricht, die nun doch so unerwartet gekommen war. Was hatten jetzt Liebe und Flirt zu bedeuten? Auf dem schnellen Heimweg dachte er an tausend andere Dinge, nur nicht mehr daran: er dachte an sein vergangenes Leben und seine Zukunftsaussichten, an das Schicksal, das ihm vielleicht bevorstand, an seine Frau, vielleicht gar sein Kind, von dem er sich, ohne es gesehen zu haben, trennen mußte. Oh, wie gern hätte er jetzt den heutigen Abend ungeschehen gemacht, damit er dem zarten und unschuldigen Geschöpf, auf dessen Liebe er so wenig Wert gelegt hatte, zumindest mit ruhigem Gewissen Lebewohl sagen könnte!

Er überdachte sein kurzes Eheleben. In den paar Wochen hatte er sein kleines Vermögen entsetzlich verschleudert. Wie unbesonnen und rücksichtslos war er gewesen! Sollte ihm ein Unglück zustoßen – was blieb ihr dann? Wie unwert er ihrer war! Warum hatte er sie geheiratet? Er taugte nicht für die Ehe. Warum hatte er seinem Vater nicht gehorcht, der immer so gut zu ihm gewesen war? Hoffnung, Reue, Ehrgeiz, Zärtlichkeit und Mitleid mit sich selbst erfüllten sein Herz. Er setzte sich hin, schrieb an seinen Vater und erinnerte sich dabei der Worte, die er schon einmal geschrieben hatte, als er vor einem Duell stand. Das Morgengrauen glitt bereits leise über den Himmel, als er seinen Abschiedsbrief schloß. Er siegelte ihn und küßte die Aufschrift. Er dachte daran, wie er seinen guten Vater im Stich gelassen hatte, und an die tausenderlei Freundlichkeiten, die ihm der strenge alte Mann erwiesen hatte.

Bei der Heimkehr hatte er in Amelias Schlafzimmer geschaut: sie lag still da, ihre Augen schienen geschlossen, und er war froh, daß sie schlief. Als er nach dem Ball die Wohnung betreten hatte, fand er seinen Burschen bereits mit der Vorbereitung für den Abmarsch beschäftigt. Der Mann hatte den Wink verstanden, sich leise zu verhalten, und so ging alles sehr schnell und still vonstatten. Sollte er nun hineingehen und Amelia wecken oder sollte er ihrem Bruder ein Briefchen dalassen, damit der ihr die Nachricht vom Abmarsch überbrachte? Er ging hinein, um noch einmal nach ihr zu schauen.

Sie war wach gewesen, als er das erstemal ins Zimmer getreten war, hatte aber die Augen geschlossen, so daß selbst ihr Wachsein keinen Vorwurf bedeuten könnte. Doch weil er so bald nach ihr schon heimgekehrt war, fühlte sich das scheue kleine Herz etwas erleichtert, und als er leise aus dem Zimmer schlich, hatte sie ihm nachgeblickt und war in leisen Schlummer gesunken. Nun trat er also nochmals ein, noch leiser als vorher, und blickte sie wieder an. Beim blassen Schimmer des Nachtlichts konnte er ihr holdes, bleiches Gesicht erkennen, die dunkleren Augenlider mit den langen Wimpern waren geschlossen, und ein Arm lag rund und glatt und weiß auf der Bettdecke. Großer Gott, wie keusch sie war! Wie sanft, wie zart und wie verlassen! Und er: wie selbstsüchtig, wie grausam und verbrecherisch! Schuldbewußt und beschämt stand er am Fußende ihres Bettes und sah auf die schlafende junge Frau nieder. Wer war er – wie durfte er es wagen, für ein so makelloses Geschöpf zu beten? Segne sie, Gott! Segne sie, Gott! Er trat neben das Bett und betrachtete die Hand, die weiche kleine Hand, die da schlafend lag, und geräuschlos beugte er sich über das Kissen und das sanfte, blasse Gesicht.

Zwei weiße Arme schlossen sich zärtlich um seinen Hals, als er sich niederbeugte. «Ich bin wach, George», sagte das arme Kind und schluchzte so erschüttert, daß es das kleine Herz, das sich so nahe an das seine schmiegte, fast brechen wollte. Sie war aufgewacht, die arme Seele – doch wofür? Im gleichen Augenblick ertönte auf der Place des Armes deutlich ein Hornsignal, und von überallher erklang die Antwort. Vom Trommeln der Infanterie und dem schrillen Pfeifen der Schotten erwachte die Stadt.

XXX

« Das Mädchen blieb zurücke … »

WIR ERHEBEN keinen Anspruch darauf, als Verfasser von Kriegsromanen zu gelten. Unser Platz ist bei den Nichtkämpfern. Sind die Decks klar zum Gefecht, dann gehen wir nach unten und warten dort bescheiden ab. Wir wären den tapferen Burschen über uns bei ihren Heldentaten nur im Wege. Wir folgen dem -ten Regiment auch nicht weiter als bis ans Stadttor, überlassen den Major O'Dowd seiner Pflicht und kehren zur Majorin und den Damen und der Bagage zurück.

Der Major und seine Frau, die nicht wie manche unsrer Freunde zu dem Ball eingeladen waren, hatten viel mehr Zeit gehabt, der natürlichen Bettruhe zu frönen, als andere Leute, die nicht nur ihre Pflicht erfüllen, sondern sich auch noch dem Vergnügen hingeben wollten. «Ich glaube, liebste Peggy», sagte er und zog sich die Nachtmütze über die Ohren, «daß in ein oder zwei Tagen nach einer Melodie zum Tanz aufgespielt wird, wie sie mancher noch nie vernommen hat.» Es war ihm nämlich sehr viel lieber, sich nach einem friedlichen Gläschen zur Ruhe zu begeben, anstatt an irgendeinem andern Vergnügen teilzunehmen. Peggy hingegen hätte sich gern in ihrem paradiesvogelgeschmückten Turban auf dem Ball sehen lassen, wäre nicht die Nachricht gewesen, die ihr Mann ihr mitgeteilt hatte und die sie sehr ernst stimmte.

«Du könntest mich bitte eine halbe Stunde vor der Reveille wecken», bat der Major seine Frau. «Ja, ruf mich um halb zwei, liebe Peggy, und sieh nach, ob meine Sachen in Ordnung sind. Kann sein, daß ich nicht zum Frühstück zurückkomme!» Nach diesen Worten, die bedeuteten, daß seiner Ansicht nach das Regiment am nächsten Morgen marschieren würde, verstummte der Major und schlief ein.

Mrs. O'Dowd, in Lockenwickeln und Nachtjacke, hielt es unter so kritischen Umständen für ihre Pflicht, nicht zu schlafen, sondern zu handeln. Zum Schlafen ist noch immer Zeit, wenn Mick fort ist, dachte sie und packte ihm den Reisekoffer für den Marsch, bürstete seinen Umhang, die Mütze und die übrigen Uniformstücke und legte sie ihm der Reihe nach zurecht. In die Manteltaschen steckte sie ihm ein Päckchen mit Erfrischungen und eine kleine Korbflasche, Taschenpistole genannt, die einen halben Liter eines besonders guten Kognaks enthielt, den sie und der Major sehr schätzten. Sobald der Zeiger ihrer Repetieruhr halb zwei angab und ihr innerer Mechanismus (sie hatte einen genauso schönen Klang wie eine Domglocke, fand die holde Besitzerin der Uhr) die Schicksalsstunde verkündete, weckte Mrs. O'Dowd den Major und hatte eine so köstliche Tasse Kaffee für ihn bereit, wie man sie an jenem Morgen in Brüssel nicht besser hätte finden können. Und wer will nun abstreiten, daß die Vorbereitungen der wackeren Dame nicht ebensoviel Liebe verrieten wie Tränenströme und Schluchzen, mit denen empfindsamere Frauen ihre Liebe bekundeten, und daß der Genuß des Kaffees, den sie gemeinsam tranken, während die Hörner zum Sammeln riefen und die Trommeln die verschiedenen Viertel der Stadt aufweckten, nicht nützlicher und zweckdienlicher als jeder bloße Gefühlsausbruch war? Infolgedessen erschien der Major denn auch zur Parade nett und adrett und in bester Verfassung, und sein gutrasiertes rosiges Gesicht flößte, wie er da zu Pferde saß, dem ganzen Regiment Frohsinn und Zuversicht ein. Alle Offiziere salutierten, als das Regiment am Balkon vorbeimarschierte, auf dem seine tapfere Frau stand und ihnen fröhlich zuwinkte. Bestimmt

Venus lässt Mars in den Krieg ziehen

war es nicht Mangel an Mut, sondern frauliches Feingefühl für Sitte und Schicklichkeit, das sie davon zurückhielt, die tapferen Kameraden vom -ten Regiment persönlich bis vor den Feind zu führen.

An den Sonntagen und bei anderen feierlichen Anlässen pflegte Mrs. O'Dowd mit großem Ernst in einem dicken Band zu lesen, der die Predigten ihres Onkels, des Dekans, enthielt. Bei der Heimkehr aus Westindien, als sie beinahe Schiffbruch erlitten, hatte sie an Bord großen Trost aus dem Buch geschöpft. Nach dem Abmarsch des Regiments hoffte sie wieder, darin Erbauung zu finden, aber vielleicht verstand sie nicht viel von dem, was sie las, oder ihre Gedanken weilten anderswo. Jedenfalls war der Vorsatz, jetzt einzuschlafen, ganz vergeblich, denn neben ihr auf dem Kopfkissen lag Micks Nachtmütze. So geht's in der Welt zu. Jack und Donald marschieren mit dem Tornister auf dem Rücken kriegerischem Ruhm entgegen und schreiten munter aus zu der Melodie «Das Mädchen blieb zurücke...». Ja, sie bleibt zurück und grämt sich und hat Zeit genug, nachzusinnen und zu grübeln und sich zu erinnern.

Mrs. Rebecca, die genau wußte, wie zwecklos es ist, sich zu grämen, und wie elend ein Übermaß an Gefühl den Menschen machen kann, beschloß wohlweislich, sich keinem unfruchtbaren Kummer hinzugeben; daher ertrug sie den Abschied von ihrem Mann mit geradezu spartanischem Gleichmut. Ja, Hauptmann Crawley war, als sie sich trennten, viel bewegter als die resolute kleine Person, der er Lebewohl sagte. Sie hatte sein grobes, rohes Naturell gebändigt, und er liebte und verehrte sie, sosehr er überhaupt verehren und bewundern konnte. In seinem ganzen Leben war er noch nie so glücklich gewesen, wie er es in den vergangenen paar Monaten durch seine Frau geworden war. Alle einstigen Freuden – der Rennplatz, das Kasino, die Jagd, das Spiel – und all seine voraufgegangenen Liebschaften mit Putzmacherinnen und seine Courmacherei bei Tänzerinnen und ähnliche leichte Eroberungen des ungehobelten militärischen Adonis waren im Vergleich zu den gesetzlich gestatteten Ehefreuden, die er in letzter Zeit genossen hatte, furchtbar fade. Stets hatte sie gewußt, wie sie ihn zerstreuen konnte, und er hatte ihr Heim und ihre Gesellschaft tausendmal netter als jeden Ort oder Umgang gefunden, den er seit seiner Kindheit kennenlernte. Er verwünschte seine einstige Dummheit und Verschwendungssucht, und vor allem beklagte er die ungeheuren Schulden, die er überall hatte und die seiner Frau bei ihrem Vorankommen in der Welt ewig ein Hindernis sein würden. Oft hatte er in mitternächtlichen Unterhaltungen zu Rebecca darüber gestöhnt, obwohl sie ihn in seiner Junggesellenzeit niemals beunruhigt hatten, was ihn selbst sehr verwunderte. «Zum Henker», pflegte er zu sagen (oder vielleicht benutzte er einen noch stärkeren Ausdruck aus seinem simplen Wortschatz), «ehe ich verheiratet war, hab' ich mich den Teufel drum geschert, unter was für Wechsel ich meinen Namen setzte, und solange Moses wartete und Levy alle drei Monate verlängerte, war's mir ganz egal. Doch seit ich verheiratet bin, hab' ich auf Ehre nie ein abgestempeltes Papier angerührt – abgesehen von den verlängerten natürlich.»

Rebecca verstand es immer, seine schwermütigen Stimmungen wegzuzaubern. «Aber mein dummes Schätzchen», sagte sie wohl, «wir sind doch noch nicht mit deiner Tante fertig! Und wenn sie uns im Stich läßt, bleibt uns immer noch, was man als *Gazette* zu umschreiben pflegt. Oder wart, wenn dein Onkel Bute mal sein Leben beschließt, habe ich noch einen andern Plan. Die Pfründe hat immer dem jüngeren Bruder gehört – warum solltest du dann nicht dein Offizierspatent verkaufen und Geistlicher werden?» Beim Gedanken an seine Konversion brach Rawdon in schallendes Gelächter aus, so daß man um Mitternacht im ganzen Hotel den Lärm und das laute «Hoho!» des tollen Dragoners hören konnte. General Tufto vernahm es in seiner Wohnung im Stockwerk über ihnen ebenfalls, und zur größten Belustigung des Generals wiederholte Rebecca am Frühstückstisch die ganze Szene und hielt Rawdons Antrittspredigt.

Doch das waren verflossene Zeiten und Gespräche. Als die endgültige Nachricht von der Eröffnung des Feldzuges und dem Ausrücken der Truppen kam, wurde Rawdon so tragisch, daß ihn Rebecca in einer Weise damit aufzog, die Rawdons Gefühle empfindlich verletzte. «Du glaubst doch wohl nicht, daß ich mich fürchte, Becky», sagte er mit bebender Stimme. «Aber ich bin eine elend gute Zielscheibe, und wenn's mich trifft, dann lasse ich einen oder vielleicht gar zwei Menschen zurück, für die ich gern sorgen möchte, nachdem ich sie nun mal in die Klemme gebracht habe. Und das ist jedenfalls nicht zum Lachen, meine Beste!»

Mit hundert Zärtlichkeiten und einschmeichelnden Worten versuchte Rebecca die verletzten Gefühle ihres Liebsten zu besänftigen. Nur wenn Temperament und Humor mit ihr durchgingen (was dem lebhaften Geschöpf in fast jeder Lebenslage widerfuhr), wurde sie zur Spottdrossel, konnte aber bald wieder eine brave Miene aufsetzen. «Schätzchen», sagte sie, «meinst du denn, ich empfinde gar nichts?» Und hastig wischte sie sich etwas aus den Augen und blickte ihrem Mann lächelnd ins Gesicht.

«Hör jetzt zu», sagte er. «Laß uns überschlagen, was dir bleibt, wenn ich fallen sollte. Ich habe hier eine nette Glückssträhne gehabt; da hast du zweihundertdreißig Pfund. Ich habe zehn Goldstücke bei mir. Mehr brauche ich nicht, denn der General kommt wie ein Fürst für alles auf. Und wenn ich getroffen werde, koste ich dich ohnehin nichts mehr. Wein doch nicht, kleine Frau: vielleicht bleibe ich auch leben und kann dich plagen! Von meinen beiden Pferden nehme ich keins mit, sondern reite den Grauschimmel des Generals; hab' ihm gesagt, daß meine lahmten. Wenn's mit mir aus ist, kannst du für die beiden allerhand einkassieren. Grigg hat mir gestern für die Stute neunzig geboten, gerade bevor die verwünschte Nachricht durchkam, aber ich alter Esel wollt' bis zu zwei

Nullen gehen! Für Bullfinch bekommst du jederzeit, was er wert ist; nur wär's gescheiter, du verkaufst ihn hier, weil die Pferdehändler drüben zuviel Wechsel von mir haben, deshalb möcht' ich lieber, daß er nicht nach England kommt. Für die kleine Stute, die der General dir geschenkt hat, kannst du auch was erzielen, und hier gibt's nicht, wie in London, die verdammten Rechnungen vom Mietstall!» fügte Rawdon lachend hinzu. «Dann ist da noch das Reisenecessaire, für das ich zweihundert Pfund bezahlt habe – das heißt, ich schulde sie noch, und die goldenen Flakons und Deckel sind bestimmt dreißig oder vierzig Pfund wert. Bitte, versetze sie, hörst du, zusammen mit meinen Krawattennadeln und Ringen und der Uhr und Uhrkette und ähnlichem Kram. Die haben einen schönen Batzen Geld gekostet! Ich weiß, daß Miss Crawley allein für die Kette und die ‹Ticktack› hundert Pfund bezahlt hat. Bei den goldenen Deckeln und Flakons tut's mir verdammt leid, daß ich nicht noch mehr genommen habe. Edwards wollte mir noch einen vergoldeten silbernen Stiefelanzieher andrehen, und ich hätte auch einen Toilettenkoffer mit silberner Wärmflasche und silbernem Frühstücksgeschirr haben können. Aber wir müssen aus dem, was wir haben, das Beste herausschlagen, was, Becky?»

Und so traf Hauptmann Crawley, der bis auf die letzten Monate, als die Liebe ihn besiegte, noch selten an jemand anders als sich selber gedacht hatte, die letzten Verfügungen, ging die verschiedenen Posten seiner paar Besitztümer durch und überlegte, wie sie sich zugunsten seiner Frau zu Geld machen ließen, falls ihm etwas zustoßen sollte. Es machte ihm Spaß, in seiner Schuljungenschrift mit Bleistift die verschiedenen Posten seiner beweglichen Habe hinzusetzen, die seine Witwe vielleicht verkaufen könnte, zum Beispiel: «Meine doppelläufige Flinte von Manton, sagen wir vierzig Guineen; mein zobelgefütterter Kutschiermantel, fünfzig Pfund; meine Duellpistolen im Rosenholzkasten (mit denen hab' ich Hauptmann Marker erschossen), zwanzig Pfund; meine Kommiß-

Sattelholster und Schabracke; dito von Laurie», und so weiter. Alle Sachen ließ er Rebecca zu ihrer Verfügung.

Seiner Sparpolitik getreu, kleidete sich der Hauptmann nun in seine älteste und schäbigste Uniform samt Epauletten und ließ die neueste in der Obhut seiner Frau (oder vielleicht auch seiner Witwe), so daß der in Windsor und im Hyde Park berühmte Stutzer in einer ebenso bescheidenen Ausrüstung wie ein Sergeant ins Feld zog – und auf den Lippen so etwas wie ein Gebet für die Frau, die er zurückließ. Er hob sie vom Boden auf und hielt sie so: fest an sein wild klopfendes Herz gedrückt. Als er sie niedersetzte und von ihr ging, war sein Gesicht dunkelrot, und in den Augen standen ihm Tränen. Er ritt neben seinem General einher und rauchte schweigend eine Zigarre, während sie den Truppen ihrer Brigade nacheilten, die bereits vorausgeritten waren, und erst nachdem sie ein paar Meilen Wegs zurückgelegt hatten, brach er das Schweigen und hörte auf, seinen Schnurrbart zu zwirbeln.

Rebecca dagegen hatte, wie wir schon berichteten, wohlweislich beschlossen, sich beim Scheiden ihres Mannes keiner unnützen Sentimentalität zu überlassen. Sie winkte ihm vom Fenster aus Lebewohl zu und blieb, nachdem er verschwunden war, noch einen Augenblick

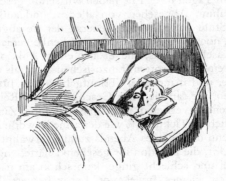

dort und hielt Ausschau. Die Türme der Kathedrale und die reichgeschmückten Giebel der altertümlichen Häuser begannen im Morgenrot zu erglühen. Rebecca hatte in der Nacht nicht geschlafen, sie trug noch immer ihr schönes Ballkleid. Ihre hellen Locken hatten sich am Nacken etwas gelöst, und um die übernächtigten Augen hatte sie dunkle Ringe. Als sie in den Spiegel blickte, rief sie: «Wie scheußlich ich aussehe und wie blaß mich das Rosa macht!» Sie legte das rosa Kleid ab, und dabei fiel ein Briefchen aus ihrem Mieder, das sie lächelnd aufhob und in ihrem Toilettennecessaire verschloß. Dann stellte sie ihr Ballbukett ins Wasser, ging zu Bett und schlief sehr wohlig.

In der Stadt war alles ruhig, als Rebecca um zehn Uhr erwachte und Kaffee trank, der nach der Überanstrengung und dem frühmorgendlichen Kummer sehr notwendig und stärkend war.

Als die Mahlzeit beendet war, nahm sie die Berechnungen, die der brave Rawdon in der Nacht aufgestellt hatte, noch einmal zur Hand und überprüfte ihre Lage. Sollte das Schlimmste eintreffen, so stand sie, im großen und ganzen betrachtet, doch gut da. Ihre eigenen Schmuckstücke und Sachen kamen noch zu dem hinzu, was ihr Mann zurückgelassen hatte. Rawdons Freigebigkeit in den ersten Tagen ihrer Ehe haben wir schon geschildert und gerühmt. Abgesehen von alledem und außer der kleinen Stute hatte ihr der General, der sie abgöttisch verehrte, noch viele sehr schöne Geschenke gemacht, so einige Kaschmirschals, die er bei einer Auktion von der Frau eines bankrotten französischen Generals erstanden hatte, und mancherlei «Tributgaben» aus Juweliergeschäften, die sämtlich den Geschmack und Reichtum ihres Verehrers verrieten. Dann gab es in ihren Zimmern alle möglichen «Ticktacks», wie der arme Rawdon immer sagte. Denn da sie eines Abends zufällig erwähnt hatte, daß die Uhr, die Rawdon ihr geschenkt hatte, englische Arbeit sei und schlecht ginge, kam schon am nächsten Morgen ein kleines Juwel, von Leroy hergestellt, mit

einer Kette und einem entzückend mit Türkisen besetzten
Deckel, und noch ein zweites, von Breguet signiert, das
mit Perlen bedeckt und doch kaum größer als ein Goldstück war. General Tufto hatte das eine Ührchen gekauft,
das andere war ein Geschenk des galanten George Osborne. Mrs. Osborne besaß keine Uhr; allerdings wollen
wir George nicht unrecht tun: sie hätte eine haben können, wenn sie darum gebeten hätte. Und die sehr ehrenwerte Mrs. Tufto hatte noch von ihrer Mutter her ein
altes Stück, das auch als silberne Wärmflasche hätte dienen
können (von der Rawdon vorhin sprach). Wenn die
Firma Howell & James eine Liste all ihrer Kunden veröffentlichen würde, die Juwelen bei ihnen gekauft hatten,
dann wäre manche englische Familie sehr überrascht,
und wenn all diese Schmuckstücke in die Hände der
rechtmäßigen Frauen und Kinder der betreffenden Käufer gelangten, dann könnte man in den vornehmsten
Häusern auf dem Jahrmarkt der Eitelkeit eine verschwenderische Fülle an Juwelen sehen!

Nach genauen Berechnungen ihrer Wertsachen stellte
Mrs. Rebecca nicht ohne ein prickelndes Gefühl stolzer
Befriedigung fest, daß sie im gegebenen Falle mit mindestens sechs- oder siebenhundert Pfund rechnen könnte,
um ihr Leben in der großen Welt zu beginnen. So verbrachte sie den Morgen aufs angenehmste, indem sie
ihre Besitztümer überschlug, ordnete, hervorholte und
verwahrte. Zwischen den Zetteln in Rawdons Notizbuch
fand sie einen Scheck über zwanzig Pfund von Osbornes
Bankfirma. Das erinnerte sie an Mrs. Osborne. Ich könnte
den Scheck einkassieren und nachher der armen kleinen
Emmy einen Besuch machen, dachte sie. Wenn wir hier
auch einen Roman ohne einen Helden schreiben, so erheben wir immerhin Anspruch auf eine Heldin. Kein
Mann in der soeben ausmarschierenden britischen
Armee, nicht einmal der große Herzog, konnte einer unsicheren und schwierigen Lage kühler und gefaßter gegenüberstehen als die unerschrockene kleine Adjutantenfrau.

*

Und noch jemand aus unsrer Bekanntschaft war zurückgeblieben, ebenfalls ein Zivilist, über dessen Gefühl und Verhalten wir deshalb auch berichten dürfen. Es war unser Freund, der ehemalige Steuereinnehmer von Boggley Wollah, dessen Nachtruhe wie die noch andrer Leute durch den Hörnerklang in erster Morgenfrühe unterbrochen wurde. Da er ein großartiger Langschläfer war und sein Bett sehr liebte, ist es möglich, daß er trotz aller Trommeln, Hörner und Dudelsackpfeifen der britischen Armee wie üblich bis weit in den Vormittag hineingeschlummert hätte, wäre er nicht daran gehindert worden. Die Störung kam aber nicht von George Osborne, der mit Joe die Wohnung teilte, denn George war wie immer viel zu sehr mit seinen eigenen Angelegenheiten oder auch mit dem Kummer wegen der Trennung von seiner Frau beschäftigt, als daß er daran gedacht hätte, sich von seinem schlafenden Schwager zu verabschieden. Nein, George war es nicht, der sich zwischen Joseph und den Schlaf drängte, sondern Hauptmann Dobbin, der ihn weckte und darauf bestand, ihm vor dem Abmarsch noch die Hand zu drücken.

«Sehr nett von Ihnen!» gähnte Joseph und wünschte den Hauptmann zum Teufel.

«Ich – ich wollte nämlich nicht gern fort, ohne mich zu verabschieden», stotterte Dobbin, «weil nämlich – mancher von uns vielleicht nicht wiederkommt, und ich – möchte Sie nämlich – alle gut aufgehoben wissen und so weiter!»

«Was wollen Sie eigentlich?» fragte Joseph und rieb sich die Augen. Der Hauptmann sah und hörte nichts von dem dicken Herrn in der Nachtmütze, an dem er so ein liebevolles Interesse zu nehmen behauptete, sondern der Heuchler blickte und lauschte angestrengt zu Georges Räumen hinüber, wanderte dabei im Zimmer auf und ab, riß Stühle um, trommelte mit den Fingern auf Möbelstücke, kaute an den Fingernägeln und verriet noch mit anderen Anzeichen seine große innere Erregtheit.

Joe hatte noch nie sehr viel von Dobbin gehalten. Jetzt

begann er zu glauben, auch mit seinem Mut sei es nicht weit her. «Was kann ich für Sie tun, Dobbin?» fragte er mit sarkastischer Stimme.

«Ich will's Ihnen sagen, was Sie für mich tun können», erwiderte der Hauptmann und trat an sein Bett. «In einer Viertelstunde rücken wir ins Feld, Sedley, und vielleicht kommen weder George noch ich zurück. Merken Sie sich eins: Sie dürfen die Stadt hier nicht verlassen, bis Sie genau wissen, wie alles steht. Sie müssen hierbleiben und Ihre Schwester beschützen, sie trösten und darauf achten, daß ihr nichts Schlimmes widerfährt! Wenn George etwas zustößt, dann denken Sie daran, daß sie niemand auf der Welt hat als Sie! Wenn das Heer aufgerieben wird, müssen Sie sie sicher nach England zurückbringen, und Sie müssen mir Ihr Ehrenwort geben, daß Sie sie nie im Stich lassen! Ich weiß ja, daß Sie das auch nicht wollen, und was das Geld anbelangt, so sind Sie immer großzügig gewesen. Brauchen Sie noch mehr Geld? Ich meine, haben Sie genug bei sich, um sie im Falle einer Katastrophe nach England zurückzubringen?»

«Sir», sagte Joseph großartig, «wenn ich Geld brauche, weiß ich, wo ich es beziehen kann. Und was meine Schwester betrifft, so brauchen *Sie* mir nicht zu sagen, was ich mit ihr machen soll!»

«Joe, Sie sprechen wie einer, der das Herz auf dem rechten Fleck hat», entgegnete der andere gutmütig, «und ich bin froh, daß George sie in so guten Händen zurücklassen kann. Ich darf ihm also Ihr Ehrenwort übermitteln, daß Sie ihr im Falle der Not beistehen?»

«Selbstverständlich, selbstverständlich», erwiderte Joe, dessen Großzügigkeit in Geldsachen Dobbin ganz richtig eingeschätzt hatte.

«Und im Falle einer Niederlage bringen Sie Amelia sicher aus Brüssel heraus, nicht wahr?»

«Einer Niederlage? Verdammt noch eins, das ist doch unmöglich! Glauben Sie, daß Sie *mir* Angst machen könnten?» rief der Held vom Bett aus. Daher war Dobbin nun vollkommen beruhigt, weil Joseph sich so mannhaft über sein Verhalten Amelia gegenüber ausgesprochen hatte. Wenigstens ist ihr der Rückzug gesichert, dachte der Hauptmann, falls das Schlimmste eintreffen sollte.

Wenn Hauptmann Dobbin darauf gezählt hatte, auch für sich persönlich etwas Trost zu finden und noch einen Blick von Amelia zu erhaschen, ehe das Regiment marschierte, so wurde seine Selbstsucht so bestraft, wie es solch übler Egoismus eben verdient. Josephs Schlafzimmertür führte in das gemeinsame Wohnzimmer, und dahinter lag Amelias Schlafzimmer. Die Hörner hatten alle Welt aufgeweckt, und mit dem Verheimlichen war es vorbei. Im Wohnzimmer packte Georges Bursche den Koffer, und Osborne erschien immer wieder aus dem anstoßenden Schlafzimmer und warf dem Mann Sachen zu, die er unterwegs zu brauchen vermeinte. Und dabei ergab sich für Dobbin die ersehnte Gelegenheit, und er erblickte Amelias Gesicht. Aber was war das für ein Gesicht! So weiß und so wild und verzweifelt, daß ihn die Erinnerung daran wie ein begangenes Verbrechen verfolgte und ihr Anblick unsagbare Sehnsucht und Teilnahme in ihm weckte.

Sie war in ein weißes Morgenkleid gehüllt, das Haar fiel ihr auf die Schultern nieder, und die großen Augen waren starr und ohne Glanz. Um bei den Vorbereitungen für den Abmarsch zu helfen und zu zeigen, daß auch sie sich in einem so kritischen Augenblick nützlich machen könne, hatte die arme Seele eine von Georges Schärpen von der Kommode genommen, auf der sie gelegen hatte, folgte ihm nun mit der Schärpe in der Hand überall nach und schaute stumm zu, während das Packen vor sich ging. Sie kam aus dem Schlafzimmer und stand da, an die Wand gelehnt, und drückte die Schärpe an die Brust, und das schwere rote Gewebe hob sich wie ein riesiger Blutstropfen ab. Bei ihrem Anblick durchfuhr es unsern gutherzigen Hauptmann schuldbewußt. Großer Gott, dachte er, daß ich's wagte, solch Leid zu belauschen! Und es gab keine Hilfe, keine Möglichkeit, ihr hilfloses, stummes Elend zu lindern und sie zu trösten. Einen Augenblick stand er da und sah sie an, ohnmächtig und von Erbarmen gefoltert, wie ein Vater auf sein leidendes Kind blickt.

Endlich ergriff George Emmys Hand, führte sie ins Schlafzimmer und kam ohne sie zurück. In dieser einen Sekunde hatte der Abschied stattgefunden, und nun war er fort.

Gott sei Dank, daß es überstanden ist! dachte George, sprang die Treppe hinunter, den Degen unter dem Arm, und stürzte schleunigst zum Sammelplatz, wo das Regiment gemustert wurde und wohin aus allen Quartieren Soldaten und Offiziere eilten. Seine Pulse pochten, die Wangen glühten, denn das große Kriegsspiel sollte beginnen, und er war einer der Mitspieler. Wie ihn Ungewißheit und Hoffnung und Freude wild bedrängten! Was für ein ungeheurer Einsatz war zu verlieren oder zu gewinnen! Was bedeuteten alle je von ihm gespielten Glücksspiele – verglichen mit diesem? Seit seiner Kindheit hatte sich der junge Mann mit Leib und Seele an jedem Wettkampf beteiligt, der Mut und Gewandtheit erforderte. Er war der Held seiner Schule und seines Regiments gewesen, dem der Beifall seiner Kameraden überallhin folgte. Vom Kricketspiel der jungen Knaben bis zu den Rennen der Garnison hatte er Hunderte von Triumphen errungen, und wohin er auch ging, bewunderten ihn Männer und Frauen. Für welche Eigenschaften erntet ein Mann so rasch Beifall, wenn nicht für körperliche Tüchtigkeit, Behendigkeit und Mut? Seit undenklichen Zeiten sind Kraft und Mut von Barden und Dichtern besungen worden, und immer, angefangen von der Belagerung Trojas bis auf den heutigen Tag, hat die Dichtung sich einen Krieger zum Helden gewählt. Kommt es vielleicht daher, weil die Menschen im Grunde ihres Herzens Feiglinge sind, daß sie den Mut des Soldaten so viel mehr preisen und bewundern als jede andre Eigenschaft?

George riß sich also beim erregenden Ruf zur Schlacht aus den zarten Armen, in denen er noch gesäumt hatte, und war etwas beschämt (obwohl seine Frau ihn ja nur mit schwachen Banden hielt), daß er sich so lange hatte zurückhalten lassen. Der gleiche Eifer und die gleiche Erregung herrschte bei all seinen uns schon ein wenig bekannten Freunden, vom strammen alten Major angefangen, der das Regiment in den Kampf führte, bis zum kleinen Stubble, dem Fähnrich, der heute die Regimentsfahne trug.

Die Sonne ging gerade auf, als der Abmarsch begann – es war ein stolzer Anblick – die Musikkapelle zog voran und spielte den Regimentsmarsch – dann kam der kommandierende Major auf Pyramus, seinem stämmigen Schlachtroß – dann folgten die marschierenden Grenadiere, jeweils mit ihrem Hauptmann an der Spitze – in der Mitte die Fahnen, getragen vom ältesten und jüngsten Fähnrich – und schließlich George an der Spitze seiner Kompanie. Er blickte auf und lächelte Amelia zu, ritt weiter und war fort ... und dann verhallten auch noch die Klänge der Musik.

XXXI

Joseph Sedley kümmert sich um seine Schwester

TATSÄCHLICH war nun Joseph Sedley, weil alle höheren Offiziere zu anderweitigem Dienst abkommandiert waren, alleiniger Befehlshaber seiner kleinen Garnison, die sich aus der kränklichen Amelia, dem belgischen Diener Isidor und der *bonne*, einem Mädchen für alles, zusammensetzte. Obwohl er sich etwas aufgeregt hatte und sein Schlaf durch Dobbins Eindringen und durch die Ereignisse des frühen Morgens vereitelt war, blieb Joseph doch noch viele Stunden wachend im Bett und wälzte sich von einer Seite auf die andre, bis die übliche Zeit zum Aufstehen für ihn gekommen war. Die Sonne stand hoch am Himmel, und unsre tapferen Freunde vom -ten Regiment waren schon meilenweit marschiert, ehe der Zivilist in seinem geblümten Morgenrock am Frühstückstisch erschien.

Georges Abwesenheit ging dem Schwager nicht sehr nahe. Vielleicht war Joe im Grunde seines Herzens ganz zufrieden, daß Osborne fort war, denn während Georges Anwesenheit hatte er nur eine sehr untergeordnete Rolle in der kleinen Familie gespielt, und Osborne hatte den wohlbeleibten Zivilisten ganz unbekümmert seine Geringschätzung spüren lassen. Emmy jedoch war immer gut und aufmerksam zu ihm gewesen. Sie sorgte für seine Bequemlichkeit, sie kümmerte sich um seine Lieblingsgerichte, sie ging oder fuhr mit ihm spazieren (wozu sie viel, ach, gar zu viel Gelegenheit hatte, denn wo war

George?), und ihr liebes Gesicht schob sich besänftigend zwischen seinen Ärger und Georges Verachtung. Oft hatte sie George schüchtern Vorhaltungen gemacht, weil er ihren Bruder so behandelte, doch George in seiner scharfen Art hatte ihre Bitten kurz abgeschnitten: «Ich bin ein offener Mensch», hatte er gesagt, «und zeige ehrlich, was ich fühle. Wie zum Teufel könnte ich mich zu solch einem Narren wie deinem Bruder wohl respektvoll benehmen, Liebste?» Joseph freute sich also, daß George nicht da war. Der Hut und die Handschuhe auf dem Seitentisch erinnerten ihn daran, daß ihr Besitzer fort war, und das erfüllte ihn heimlich mit spitzbübischer Freude. Heute vormittag kann er mich jedenfalls nicht mit seinen Stutzermanieren und seiner Anmaßung ärgern, dachte Joe.

«Lege den Hut des Herrn Hauptmann ins Vorzimmer», sagte er zu seinem Diener Isidor.

«Vielleicht braucht er ihn nie wieder», erwiderte der Lakai und blickte seinen Herrn vielsagend an. Auch er haßte George, weil er von ihm mit der typisch englischen Unverschämtheit behandelt wurde.

«Und frage mal, ob Madame zum Frühstück kommt», sagte Mr. Sedley nun sehr hoheitsvoll, weil er sich schämte, seine Abneigung gegen George mit einem Diener zu erörtern. Er hatte jedoch schon sehr oft vor dem Diener über seinen Schwager geschimpft.

O weh, Madame könne nicht zum Frühstück kommen und die *tartines* so schneiden, wie Mr. Joseph es gern hatte. Madame sei viel zu krank und seit dem Abschied von ihrem Gatten in einem schrecklichen Zustand, habe die *bonne* gesagt. Joseph bezeigte seine Teilnahme, indem er ihr eine große Tasse Tee einschenkte. Es war seine Art, sein Mitgefühl zu äußern, und er machte darin sogar Fortschritte: er schickte ihr nicht nur das Frühstück ins Zimmer, sondern er überlegte auch, welche Leckerbissen sie sich wohl zum Essen wünschen könnte.

Der Diener Isidor hatte sehr mürrisch zugeschaut, wie Osbornes Bursche sich um das Gepäck seines Herrn kümmerte, ehe der Hauptmann abmarschierte. Denn erstens haßte er Mr. Osborne, der sich zu ihm und allen andern Angestellten stets so hochfahrend benahm (die Dienstboten auf dem Kontinent lassen sich nicht so unverschämt wie unsre gutmütigen englischen Diener behandeln), und zweitens war er empört, daß so viele Wertsachen aus seiner Reichweite gerieten, nur, um andern Leuten in die Hände zu fallen, sowie die Engländer ihre Schlappe erlitten. Von dieser Niederlage waren nämlich er und eine große Zahl anderer Leute in Brüssel und Belgien felsenfest überzeugt. Fast allgemein glaubte man, der Kaiser würde die preußische und die englische Armee trennen, erst die eine und dann die andre vernichten und noch vor Ablauf von drei Tagen in Brüssel einmarschieren. Und dann würde alle bewegliche Habe seiner jetzigen Herrschaften, die dann tot oder auf der Flucht oder gefangen waren, das rechtmäßige Eigentum Monsieur Isidors werden.

Während er Joseph bei seiner mühsamen und umständlichen täglichen Toilette half, überlegte der treue Diener schon, was er mit eben den Sachen tun wollte, mit denen er jetzt seinen Herrn verschönte. Mit den silbernen Essenzfläschchen und den Toilettensachen wollte er einer jungen Dame, die er gern hatte, ein Geschenk machen, und die englischen Rasiermesser und die große Rubinnadel wollte er für sich behalten. Sie würde sich auf seiner feinen Halskrause sehr elegant ausnehmen, und zusammen mit der goldbetreßten Mütze und dem verschnürten Tressenrock, die beide leicht auf seine Figur umgeändert werden konnten, und mit des Hauptmanns Stock mit dem goldenen Knauf und dem großen Doppelring mit den Rubinen, die er sich in ein Paar herrlicher Ohrringe umarbeiten lassen wollte, war er dann ein vollendeter Adonis, für den Mademoiselle Reine eine leichte Beute war. Wie mir die Manschettenknöpfe gut stehen werden! dachte er, während er sie an Mr. Sedleys fetten, quabbeligen Handgelenken befestigte. Manschettenknöpfe habe ich mir schon lange gewünscht. Und die Stiefel des Hauptmanns mit den Messingsporen, *corbleu!*, was für einen Eindruck werden die in der *Allée verte* machen! Während also Monsieur Isidor die Nase seines Herrn zwischen seinen leiblichen Fingern hielt und die untere Hälfte von Josephs Gesicht rasierte, sah er sich im Geist schon durch die Grüne Allee schlendern, bekleidet mit verschnürtem Rock und gekräuseltem Hemd und in Begleitung von Mademoiselle Reine, bummelte die Ufer entlang und beobachtete die Barken, die im kühlen Schatten der Bäume langsam den Kanal hinabsegelten, oder er labte sich auf der Bank einer Kneipe am Wege nach Laeken an einem Seidel Bier.

Für Mr. Joseph Sedleys Seelenfrieden war es ein Glück, daß er nicht wußte, was im Geist seines Dieners vorging – genausowenig wie der verehrte Leser und ich ahnen, was John und Mary, denen wir Lohn zahlen, von uns denken. Was unsre Diener über uns denken! Wüßten wir, was unsre vertrauten Freunde und lieben Verwandten von uns denken, dann lebten wir in einer Welt, die wir nur zu gern verlassen würden, und in einer Gemütsverfassung und einer ewigen Furcht, die ganz unerträglich wären. Josephs Diener zeichnete also schon sein Opfer, wie man es manchmal in der Leadenhall Street sehen kann, wo Mr. Paynters Gehilfen eine ahnungslose Schildkröte mit einem Zettel verzieren, auf dem zu lesen steht: «Für morgen als Suppe!»

*

Amelias Bedienung war weit weniger selbstsüchtig. Mit der freundlichen und sanften Amelia kamen nur wenig Angestellte in Berührung, ohne ihrer reizenden und gutherzigen Wesensart den üblichen Tribut an Treue und Zuneigung zu zollen. Tatsächlich tröstete die Köchin Pauline ihre Herrin besser als jeder andre, der sie am heutigen Unglücksmorgen sah; denn als Pauline entdeckte, daß Amelia noch stundenlang hinterher stumm und bewegungslos und vergrämt am Fenster blieb, von dem aus sie den letzten Bajonetten der abmarschierenden Truppen nachblickte, nahm das brave Mädchen Amelias Hand und sagte: «*Tenez, madame, est-ce qu'il n'est pas aussi à l'armée, mon homme à moi?*», wobei sie in Tränen ausbrach, und Amelia fiel ihr um den Hals und konnte endlich weinen, und so bemitleideten und trösteten sie einander.

Im Laufe des Vormittags ging auch Mr. Josephs Isidor wiederholt in die Stadt und zu den Haustüren der Hotels und Pensionen am Park, wo die Engländer wohnten, und dort traf er mit andern Dienern, Ausläufern und Lakaien zusammen, schnappte Neuigkeiten auf und trug sie seinem Herrn zu. Im Grunde ihres Herzens standen die Burschen alle auf seiten des Kaisers und hatten ihre eigene Ansicht über das Ende des Feldzuges. Die Proklamation des Kaisers in Avesnes war auch in Brüssel überall verteilt worden. Sie lautete: «Soldaten! Jetzt jähren sich die Tage von Friedland und Marengo, an denen das Schicksal Europas zweimal entschieden wurde. Damals, wie auch nach Austerlitz und nach Wagram, waren wir zu edelmütig. Wir glaubten den Schwüren und Versprechen von Fürsten, denen wir ihren Thron ließen. Wir wollen ihnen wieder entgegenmarschieren. Wir und sie – sind wir nicht die gleichen Männer wie damals? Soldaten! Die nämlichen Preußen, die heute so anmaßend sind, waren bei Jena dreimal und bei Montmirail sechsmal so stark wie ihr. Wer von euch als Gefangener nach England geschleppt wurde, kann seinen Kameraden erzählen, welche gräßlichen Martern sie an Bord der englischen Leichter zu erdulden hatten. Die Wahnwitzigen! Ein kurzes Wohlergehen hat sie verblendet, und wenn sie in Frankreich einmarschieren, werden sie dort ihr Grab finden!» Doch die Anhänger der Franzosen prophezeiten, daß die Feinde des Kaisers schon vorher vernichtet würden, und allerseits war man sich einig, daß die Preußen und die Engländer nie zurückkehren würden, es sei denn als Gefangene im Troß der siegreichen Armee.

Mit diesen Ansichten wurde auch Mr. Sedley im Laufe des Tages bombardiert. Es wurde ihm erzählt, der Herzog von Wellington versuche seine Armee wieder zu sammeln, deren Vorhut in der vorangegangenen Nacht völlig vernichtet worden sei.

«Vernichtet? Pah!» rief Joseph, der am Frühstückstisch stets von Mut beseelt war. «Der Herzog wird den Kaiser schlagen, wie er früher all seine Generäle geschlagen hat.»

«Sein Quartier wird schon, nachdem sie seine Papiere verbrannt und seine Sachen fortgeschafft haben, für den Herzog von Dalmatien hergerichtet», entgegnete Josephs Berichterstatter. «Ich hab's von seinem eigenen *maître d'hôtel*. Die Diener des Herzogs von Richmont packen alles zusammen, Seine Gnaden selbst ist schon geflohen, und die Herzogin wartet nur noch das Einpacken des Silbergeschirrs ab, um sich dann nach Ostende zum König von Frankreich zu begeben.»

«Der König von Frankreich ist in Gent, Bursche», sagte Joseph und tat, als glaube er ihm nicht.

«Er ist letzte Nacht nach Brügge geflohen und schifft sich heute in Ostende ein. Der Herzog von Berry wurde gefangengenommen. Wer sich in Sicherheit bringen will, sollte lieber bald aufbrechen, denn morgen werden die Deiche geöffnet; und wer kann fliehen, wenn das ganze Land unter Wasser steht?»

«Unsinn, mein Junge, wir stehen in dreifacher Übermacht gegen alles, was Napoleon ins Feld führen kann!» widersprach Mr. Sedley. «Die Österreicher und die Russen sind auf dem Marsch. Er muß und er soll geschlagen werden!» rief Joe und hieb mit der Hand auf den Tisch.

«Bei Jena waren die Preußen auch dreimal so stark wie er, und in einer Woche hatte er ihre Armee und ihr Königreich über den Haufen gerannt. Bei Montmirail waren sie sechs zu eins, und er hat sie wie eine Hammelherde auseinandergetrieben. Die österreichische Armee kommt allerdings, aber mit der Kaiserin und dem König von Rom an der Spitze. Und die Russen – pah, die Russen, die reißen aus! Den Engländern wird kein Pardon gegeben, weil sie zu unsern braven Soldaten auf den furchtbaren Leichtern so grausam waren. Sehen Sie her, da steht's schwarz auf weiß! Das ist die Proklamation Seiner Majestät des Kaisers und Königs», sagte Isidor und bekannte sich damit offen als Anhänger Napoleons: er zog das Flugblatt aus der Tasche, hielt es seinem Herrn vor die Nase und sah den Tressenrock und die Wertsachen schon als seine eigene Kriegsbeute an.

Joseph war, wenn auch noch nicht ernstlich erschrokken, so doch ziemlich beunruhigt. «Gib mir meinen Rock und meine Mütze», sagte er, «und komm mit! Ich will mich selbst überzeugen, ob an den Berichten etwas Wahres ist.» Isidor war wütend, weil Joseph den Tressenrock anziehen wollte. «Milord sollten lieber nicht den Militärrock anziehen», sagte er. «Die Franzosen haben geschworen, keinem einzigen britischen Soldaten Pardon zu geben!» «Schweig, Bursche!» rief Joseph noch immer mit entschlossener Miene und wollte gerade seinen Arm energisch in den Rockärmel stoßen, wurde aber bei der Ausführung seiner Heldentat durch Mrs. Rawdon Crawley unterbrochen, die gekommen war, um Amelia zu besuchen, und eingetreten war, ohne an der Vorzimmertür zu läuten.

Rebecca war wie immer sehr gepflegt und elegant. Der ruhige Schlaf nach Rawdons Aufbruch hatte sie erfrischt, und ihre rosig lächelnden Wangen waren ein hübscher Anblick, besonders in einer Stadt und an einem Tage, wo die Mienen aller andern Leute große Angst und Sorge verrieten. Sie lachte über die Stellung, in der sie Joseph überraschte, wie sich der korpulente Mann abmühte und zappelte, um in den Tressenrock zu gelangen.

«Wollen Sie auch zur Armee stoßen, Mr. Joseph?» fragte sie. «Bleibt denn keiner in Brüssel, der uns arme Frauen beschützen will?» Joseph gelang es endlich, sich in den Rock zu zwängen, und mit rotem Kopf und hervorgestotterten Entschuldigungen stand er nun vor seiner schönen Besucherin und erkundigte sich, wie es ihr nach den Ereignissen des heutigen Morgens und nach den Strapazen des Balles am gestrigen Abend ginge. Monsieur Isidor verschwand im anstoßenden Schlafzimmer und nahm den geblümten Morgenrock seines Herrn mit.

«Wie reizend von Ihnen, sich danach zu erkundigen!» erwiderte sie und umschloß seine Hand mit ihren beiden Händen. «Wie kühl und gefaßt Sie aussehen, wo jedermann so verängstigt ist! Wie geht's unsrer lieben kleinen Emmy? Es muß ein entsetzlicher Abschied für sie gewesen sein.»

«Fürchterlich», sagte Joe.

«Ihr Männer könnt alles ertragen», sagte die Dame. «Abschied und Gefahr bedeuten euch gar nichts. Geben Sie's nur zu, daß Sie zur Armee stoßen und uns unserm Schicksal überlassen wollten! Ich weiß es – ich spürte es einfach! Ich war so erschrocken, als mir der Gedanke durch den Kopf flog – denn ich denke manchmal an Sie, Mr. Joseph, wenn ich allein bin –, daß ich sofort wegstürzte, um Sie zu bitten und anzuflehen, uns nicht im Stich zu lassen!»

Diese Rede ließe sich etwa folgendermaßen deuten: «Mein lieber Herr, wenn die Armee geschlagen und ein Rückzug notwendig werden sollte, haben Sie einen sehr bequemen Wagen, in dem ich mir gern einen Platz sichern möchte.» Ich weiß nicht, ob Joe ihre Worte in dem Sinne deutete. Er war aber schwer verletzt, weil ihn die Dame während ihres Aufenthaltes in Brüssel so wenig beachtet hatte. Er war keinem einzigen von Rawdon Crawleys berühmten Bekannten vorgestellt worden; er war kaum je zu Rebeccas Gesellschaften eingeladen worden, denn er war zu ängstlich, um oft zu spielen, und seine Anwesenheit langweilte sowohl George wie Rawdon, die vielleicht alle beide nicht gern einen Zeugen bei den Vergnügungen haben wollten, denen sie frönten. Aha, dachte Joseph, jetzt, wo sie mich brauchen kann, kommt sie zu mir. Wenn niemand anders für sie da ist, kann sie an den alten Joseph Sedley denken. Doch neben diesen Zweifeln fühlte er sich andrerseits auch geschmeichelt wegen der hohen Meinung, die Rebecca von seinem Mut hatte.

Er wurde sehr rot und setzte eine wichtige Miene auf. «Ich würde mir die Schlacht natürlich gerne ansehen», sagte er. «Jeder mutige Mann wünscht sich das. Zwar habe ich in Indien schon etwas Pulver gerochen – aber nicht in großem Maßstab.»

«Für ein Vergnügen opfert ihr Männer eben alles», klagte Rebecca. «Hauptmann Crawley trennte sich heute früh so heiter von mir, als ginge er zu einem Jagdausflug. Was kümmert's ihn? Was kümmern euch alle die Leiden und Qualen einer armen verlassenen Frau?» (Möchte mal wissen, ob er's wirklich fertiggebracht hätte, ins Feld zu rücken, der faule, dicke Feinschmecker!) «Ach, lieber Mr. Sedley, ich kam zu Ihnen, weil ich Trost und Zuspruch brauche! Den ganzen Morgen habe ich auf den Knien gelegen. Ich zittere an allen Gliedern, wenn ich an die fürchterliche Gefahr denke, in die sich unsre Gatten, unsre Freunde, unsre tapferen Truppen und Verbündeten stürzen. Schutz suchend komme ich her, nur um noch einen meiner Freunde – den letzten, der mir verbleibt – entschlossen zu finden, sich ebenfalls auf den fürchterlichen Schauplatz zu begeben.»

«Meine liebe Gnädige», sagte Joseph, der allmählich immer versöhnlicher gestimmt wurde, «regen Sie sich bitte nicht auf! Ich habe doch nur gesagt, ich *würde* gern hingehen! Welcher Brite möchte das nicht? Aber meine Pflicht hält mich hier: ich kann das arme Kind im Nebenzimmer nicht im Stich lassen.» Und er deutete mit dem Finger auf die Tür, hinter der sich Amelia aufhielt.

«Sie sind ein guter, ein edler Bruder!» sagte Rebecca, betupfte sich die Augen und atmete den Duft ihres mit Eau de Cologne getränkten Taschentuchs ein. «Ich habe Ihnen unrecht getan: Sie haben doch ein Herz. Ich glaubte schon, Sie hätten keins!»

«Oh – bei meiner Ehre!» sagte Joseph und machte eine Geste, als wollte er die Hand auf die fragliche Stelle legen. «Sie tun mir unrecht, wirklich, meine liebe Mrs. Crawley.»

«Ja, ich tat's. Aber jetzt ist Ihr Herz ja bei Ihrer Schwester. Doch wenn ich zwei Jahre zurückdenke – da war es falsch – gegen mich!» sagte Rebecca, blickte ihn einen Augenblick bedeutungsvoll an und trat dann ans Fenster.

Joseph errötete über und über. Der Muskel, den er laut Rebeccas Beschuldigung nicht besitzen sollte, begann wild zu hämmern. Er erinnerte sich an die Tage, als er vor ihr geflohen war, und an die Leidenschaft, die ihn einst entflammt hatte – an die Tage, als er sie in seinem Einspänner ausfuhr – als sie die grünseidene Börse für ihn strickte – als er hingerissen dasaß und ihre weißen Arme und die strahlenden Augen anstarrte.

«Ich weiß es wohl, Sie halten mich für undankbar», sagte Rebecca und wandte sich vom Fenster ab. Sie blickte ihm wieder in die Augen und sprach mit leise bebender Stimme. «Ihre Kälte, die abgewandten Blicke, Ihr ganzes Verhalten, wenn wir uns in der letzten Zeit begegneten – sogar eben, als ich ins Zimmer trat –, bewiesen es mir längst. Aber gab es etwa keine Gründe, weshalb ich Ihnen aus dem Wege gehen mußte? Ihr Herz kann Ihnen gewiß die Antwort darauf geben. Glauben Sie, mein Mann hätte Freude daran gehabt, Sie oft bei uns zu sehen? Die einzigen unfreundlichen Worte, die ich jemals von ihm hörte (ich will ihm da nicht unrecht tun), bezogen sich auf Sie – und waren sehr, sehr hart!»

«Gott im Himmel! Was habe ich denn getan?» fragte Joe ganz verwirrt vor Freude und Bestürzung. «Was habe ich getan, um... um...?»

«Ist Eifersucht etwa nichts?» sagte Rebecca. «Ihretwegen hat er mir das Leben schwer gemacht! Und dabei gehört mein Herz ihm – einerlei, was einst war. Ich bin jetzt unschuldig – oder etwa nicht, Mr. Joseph?»

Joseph zitterte vor Begeisterung das Blut in allen Adern, als er das Opfer seiner Reize betrachtete. Ein paar geschickt angebrachte Worte, ein oder zwei vielsagend zärtliche Blicke – und schon stand sein Herz aufs neue in Flammen, und aller Zweifel und Argwohn waren vergessen. Weisere Männer als er sind seit Salomos Zeiten (ihn inbegriffen) von den Frauen umschmeichelt und gefoppt worden. Wenn es zum Schlimmsten kommt, dachte Becky, ist meine Flucht gesichert, und ich bekomme den besten Platz in der Equipage!

Wer weiß, zu was für glühenden Liebesbeteuerungen unser Joe sich durch den leidenschaftlichen Tumult seines Blutes noch hätte hinreißen lassen, wenn nicht der Diener Isidor erschienen wäre, um sich im Zimmer nützlich zu machen. Joe hatte gerade ein Geständnis hervorkeuchen wollen und erstickte nun fast an den Gefühlen, die er zurückdrängen mußte. Auch Rebecca fand, es sei an der Zeit, daß sie weiterginge und sich um die liebe Amelia kümmere. «*Au revoir!*» rief sie, warf Joseph eine Kußhand zu und klopfte leise an die Schlafzimmertür seiner Schwester. Als sie eingetreten war und die Tür hinter sich ins Schloß gezogen hatte, sank er in einen Sessel, blickte starr vor sich hin und ächzte und schnaufte gewaltig. «Der Rock ist Milord zu eng», meinte Isidor, der den Blick nicht von den Verschnürungen wenden konnte. Aber sein Herr hörte ihn gar nicht, da seine Gedanken anderswo weilten: bald dachte er voll qualvoller Glut an die bezaubernde Rebecca, bald schreckte er schuldbewußt vor dem Bild des eifersüchtigen Rawdon Crawley zurück, der ihm mit seinem hochgezwirbelten wilden Schnurrbart und den entsetzlichen geladenen und entsicherten Duellpistolen vor Augen stand.

Bei Rebeccas Anblick fuhr Amelia entsetzt zusammen und wich zurück. Sie wurde ans Leben und an den gestrigen Tag erinnert. In der überwältigenden Angst um die Zukunft hatte sie Rebecca, die Eifersucht und alles andre vergessen, nur nicht das eine, daß ihr Mann fort war und in Gefahr schwebte. Bis das dreiste Weltkind Rebecca die Klinke niederdrückte und den Bann brach, hielten auch wir uns dem traurigen Zimmer fern. Wie lange hatte das arme Kind auf den Knien gelegen! Wieviel Stunden hatte sie dort mit unaufhörlichen Gebeten und in bitterem Gram zugebracht! Hierüber berichten uns die Kriegschronisten mit ihren glänzenden Schilderungen von Kämpfen und Siegen so gut wie nichts. Es sind zu unbedeutende Rollen im großen Schaugepränge, und das Jammern der Witwen und das Schluchzen der Mütter geht im großen Siegerchor mit seinem Jubelgeschrei unter. Und doch – wann hatte es je eine Zeit gegeben, daß sie nicht aufjammerten, zerrissenen Herzens matten Einspruch erhoben, aber ungehört im Siegestaumel verhallten?

Als Rebecca ihre grünen Augen auf Amelia heftete, als sie mit ausgebreiteten Armen und raschelnd vor starrer Seide und glänzendem Zierat auf sie zutrippelte, um sie zu umarmen, da überfielen Amelia – nach dem ersten erschrockenen Zurückweichen – Unwille und Zorn, und wenn sie vorher totenbleich gewesen war, so wurde ihr Gesicht jetzt glühend rot, und schon im nächsten Augenblick konnte sie Rebeccas Blick so standhaft erwidern, daß ihre Rivalin überrascht und etwas eingeschüchtert war.

«Liebste Amelia, es geht dir nicht gut», sagte sie und

streckte die Hand aus, um Amelias Hand zu erhaschen. «Was ist? Ich hatte keine Ruhe, bis ich wußte, wie's dir geht.»

Amelia versteckte ihre Hand. Nie im Leben hatte das sanfte Herz sich geweigert, ein Zeichen guten Willens und freundlicher Zuneigung für aufrichtig zu halten und zu erwidern. Doch jetzt versteckte sie die Hand und zitterte an allen Gliedern. «Weshalb kamst *du* her, Rebecca?» fragte sie und sah sie noch immer mit großen ernsten Augen an. Ihre Blicke waren Rebecca etwas unbehaglich.

Sie muß gesehen haben, wie er mir nach dem Tanz das Briefchen gab, dachte Rebecca. «Rege dich nicht auf, liebste Amelia», sagte sie und schlug die Augen nieder. «Ich kam nur her, um nachzusehen, ob du dir – ob es dir gut geht?»

«Geht es dir gut?» entgegnete Amelia. «Man sollte es meinen! Du liebst deinen Mann nicht. Wenn du ihn liebtest, wärst du jetzt nicht hier. Sag mir doch, Rebecca, bin ich je anders als freundlich und gut zu dir gewesen?»

«Nein, Amelia, natürlich nicht», sagte Rebecca noch immer mit gesenktem Kopf.

«Als du ganz arm warst, wer war da deine Freundin? War ich nicht wie eine Schwester zu dir? Du kanntest uns alle in glücklicheren Zeiten, ehe er mich heiratete. Damals war ich sein alles. Hätte er sonst sein Vermögen und seine Familie aufgegeben, als er so großmütig handelte, nur um mich glücklich zu machen? Weshalb hast du dich zwischen meinen Liebsten und mich gedrängt? Wer hat dich hergeschickt, daß du trennst, was Gott zusammengefügt hat, und mir das Herz meines Liebsten, meines Mannes, nimmst? Glaubst du etwa, du könntest ihn ebenso lieben wie ich? Für mich bedeutete seine Liebe alles. Du wußtest es und wolltest sie mir entreißen. Du solltest dich schämen, Rebecca, du bist böse und schlecht, du falsche Freundin und treulose Ehefrau!»

«Amelia, ich kann's bei Gott beschwören, daß ich nicht treulos an meinem Mann gehandelt habe!» rief Rebecca und wandte sich ab.

«Und mir – mir hast du wohl nichts angetan? Es ist dir nicht gelungen, aber versucht hast du's. In deinem Herzen mußt du's zugeben.»

Sie weiß nichts darüber, dachte Rebecca.

«Er kam wieder zu mir. Ich wußte, daß er's tun würde. Ich wußte, daß keine Falschheit und Schmeichelei ihn mir lange entwenden könnten. Ich wußte, daß er wiederkommt. Ich habe so sehr darum gebetet.»

Das arme Kind äußerte alles mit einem Feuer und einer Beredsamkeit, die Rebecca vorher nie an ihr bemerkt hatte, so daß sie selber verstummte. «Aber was habe ich dir getan?» fuhr Amelia mit rührender Stimme fort. «Ich hatte ihn doch nur sechs Wochen. Die hättest du mir gönnen sollen, Rebecca. Und doch mußtest du vom ersten Tag unsrer Ehe an schon kommen und alles verderben. Jetzt ist er fort; und du bist wohl hier, um zu sehen, wie elend ich bin? Du hast mich in den letzten vierzehn Tagen unglücklich genug gemacht: das hier hättest du mir ersparen können.»

«Ich – ich bin doch nie hier gewesen», warf Rebecca ein, was leider stimmte.

«Nein, du kamst nicht her. Du hast ihn fortgelockt. Bist du jetzt hier, um ihn dir zu holen?» fuhr sie erregter fort. «Er war hier, aber jetzt ist er weg. Da auf dem Sofa hat er gesessen. Rühre es ja nicht an! Da saßen wir und sprachen zusammen. Ich saß auf seinen Knien und hatte ihm die Arme um den Hals gelegt, und wir beteten das Vaterunser. Ja, er war hier, und dann kamen sie und holten ihn mir weg. Aber er hat mir versprochen, wiederzukommen.»

«Er kommt bestimmt wieder, Liebste», sagte Rebecca und war gegen ihren Willen gerührt.

«Das hier», sagte Amelia, «ist seine Schärpe – ist es nicht eine schöne Farbe?» Und sie hob das Ende mit den Fransen auf und küßte es, denn sie hatte sich die Schärpe im Laufe des Morgens umgebunden. Anscheinend hatte sie jetzt ihren Zorn, ihre Eifersucht, ja sogar die Anwesenheit ihrer Freundin vergessen. Stumm und fast mit einem

Lächeln im Gesicht trat sie auf das Bett zu und begann Georges Kopfkissen zu glätten.

Rebecca verstummte auch und ging. «Wie geht's Amelia?» fragte Joe, der noch immer in seinem Sessel saß.

«Es sollte jemand bei ihr sein», antwortete Rebecca. «Ich glaube, es geht ihr recht schlecht.» Mit ernster Miene ging sie fort, ohne auf Mr. Sedleys Bitte zu hören, sie solle doch noch bleiben und das frühe Mahl mit ihm teilen, das er schon bestellt hatte.

*

Rebecca war im Grunde gutmütig und gefällig, und eigentlich mochte sie Amelia ganz gern. Selbst Amelias harte Worte und Vorwürfe betrachtete sie noch als Kompliment: es war das Ächzen eines Menschen, der sich unter der Niederlage krümmte. Im Park stieß sie auf Mrs. O'Dowd, die, durch die Predigten des Dekans keineswegs getröstet, sehr niedergeschlagen umherwanderte. Rebecca begrüßte sie – sehr zum Erstaunen der Majorin, die an solche Höflichkeiten von seiten Mrs. Rawdon Crawleys gar nicht gewöhnt war – und teilte ihr mit, daß sich die arme kleine Mrs. Osborne in einem verzweifelten Zustand befinde und vor Kummer fast außer sich sei. Das veranlaßte die gutherzige Irin, sofort nachzusehen, ob sie ihren jungen Liebling trösten könne.

«Ich habe genug eigene Sorgen», sagte Mrs. O'Dowd ernst, «und ich hatte geglaubt, daß sich die kleine Amelia heute wenig nach Gesellschaft sehnen würde. Aber wenn es ihr so schlecht geht, wie Sie sagen, und wenn Sie ihr nicht helfen können, obwohl Sie Amelia immer so gern hatten, dann muß ich mal zusehen, was ich ausrichten kann. Wünsche also guten Morgen, Ma'am», und damit warf sie den Kopf in den Nacken und verabschiedete sich von Mrs. Crawley, deren Gesellschaft ihr nicht am Herzen lag.

Mit einem Lächeln auf den Lippen sah Becky ihr nach. Sie hatte sehr viel Sinn für Humor, und der spitzige Blick, den ihr die fliehende Mrs. O'Dowd noch über die Schulter nachsandte, hätte Mrs. Crawleys Ernst beinahe ins Wanken gebracht. Peggy aber dachte: mein Kompliment, schöne Dame! Sie jedenfalls weinen sich nicht vor Kummer die Augen aus dem Kopf. Und damit eilte sie weiter und war bald in Mrs. Osbornes Wohnung.

Die arme Amelia stand, vor Schmerz ganz von Sinnen, noch immer vor Georges Bett – genau wie Rebecca sie verlassen hatte. Die Majorin, eine stärkere Natur, bemühte sich nach Kräften, ihre junge Freundin zu trösten. «Sie müssen sich zusammennehmen, liebe Amelia», sagte sie freundlich, «denn wenn er sie nach dem Sieg holen läßt, dürfen Sie doch nicht krank sein! Sie sind auch nicht die einzige, die heute in Gottes Hand ist.»

«Ich weiß, ich weiß», sagte Amelia. «Ich bin nicht fromm genug – ich bin zu schwach.» Sie kannte ihre Schwäche; immerhin wurde sie durch die Anwesenheit der energischen Freundin etwas zur Beherrschung gezwungen, so daß ihr die Gesellschaft guttat. So saßen sie bis um zwei Uhr zusammen. Ihre Herzen waren bei den Truppen, die immer weiter wegmarschierten. Bange Ahnungen und Ängste, Gebete und Befürchtungen und unaussprechlicher Gram folgten dem Regiment. Es war der Tribut der Frauen an den Krieg. Von beiden erhebt er gleichermaßen seinen Zoll: Blut von den Männern und Tränen von den Frauen.

Um halb drei fand ein für Mr. Joseph sich täglich wiederholendes, sehr wichtiges Ereignis statt: die Essensstunde nahte. Krieger mochten kämpfen und fallen, aber er mußte sein Essen haben. Er trat zu Amelia ins Zimmer, um nachzusehen, ob er sie vielleicht überreden könne, die Mahlzeit mit ihm einzunehmen. «Versuch's doch, die Suppe ist sehr gut! Bitte, versuch's doch, Emmy!», und er küßte ihr die Hand. Abgesehen von ihrem Hochzeitstag, hatte er das seit vielen Jahren nicht mehr getan. «Du bist so freundlich und gut, Joseph», sagte sie. «Jeder ist so nett zu mir – aber bitte, laßt mich lieber in meinem Zimmer bleiben.»

Mrs. O'Dowd jedoch stieg der Duft der Suppe sehr angenehm in die Nase; und sie fand, daß sie Mr. Josephs Gesellschaft wohl ertragen könne. Also setzten sie sich zum Essen hin. «Gesegne 's Gott!» sagte die Majorin feierlich und dachte an ihren braven Mick, der an der Spitze seines Regiments einherritt. «Unsre braven Jungen bekommen heut kein gutes Essen», sagte sie seufzend und machte sich dann wie ein echter Philosoph übers Essen her.

Josephs Lebensgeister wurden durch die Mahlzeit gehoben. Er wollte auf das Wohl des Regiments trinken – oder vielleicht auch nur eine Entschuldigung haben, um sich ein Glas Champagner zu spendieren. «Wir wollen auf O'Dowd und sein braves Regiment trinken», sagte er und verbeugte sich galant vor seinem Gast. «Doch, Mrs. O'Dowd! Isidor, schenke Mrs. O'Dowd ein!»

Aber Isidor war plötzlich zusammengefahren, und die Majorin hatte Messer und Gabel niedergelegt. Die Fenster des Zimmers standen offen und blickten gen Süden, und aus jener Richtung kam über die sonnenbeschienenen Dächer ein dumpfer Laut – wie aus weiter Ferne. «Was ist denn?» fragte Joseph. «Warum gießt du nicht ein, du Schlingel?»

«*C'est le feu*», sagte Isidor und stürmte auf den Balkon. «Gott steh uns bei – das sind Kanonen!» rief Mrs. O'Dowd, sprang hoch und eilte ans Fenster. Auch an tausend andern Fenstern hätte man blasse und ängstliche Gesichter sehen können, die nach draußen starrten. Und bald schien es, als ob sämtliche Einwohner der Stadt auf die Straße stürzten.

XXXII

Josephs Flucht und das Ende des Krieges

WIR HIER im friedlichen London haben nie solche Hast und Aufregung gesehen, wie sie nun in Brüssel herrschte, und Gott gebe, daß wir's auch niemals erleben. Die Menge stürzte ans Tor nach Namur, aus dessen Richtung der Geschützdonner kam, und viele fuhren weiter, die ebene Chaussee entlang, um noch schneller etwas über die Armee zu erfahren. Jeder fragte seinen Nachbarn nach Neuigkeiten, und selbst vornehme englische Lords und Ladies ließen sich herab, mit Menschen zu sprechen, die sie nicht kannten. Die Franzosenfreunde liefen in wilder Aufregung einher und prophezeiten den Sieg des Kaisers. Die Kaufleute schlossen ihre Läden und kamen hervor und verstärkten noch den Chor lärmender und entsetzter Stimmen. Die Frauen hasteten in die Kirchen und drängten sich in den Kapellen und knieten und beteten auf den Fliesen und den Treppenstufen. Und unaufhörlich dröhnte der dumpfe Donner der Geschütze. Schon begannen Wagen mit Reisenden die Stadt zu verlassen und galoppierten am Schlagbaum der Genter Chaussee vorbei. Die Prophezeiungen der Franzosenfreunde wurden bereits als Tatsache angesehen. «Er hat die Armeen getrennt», hieß es. «Er marschiert schnurstracks auf Brüssel los. Er schlägt die Engländer und ist heute nacht hier!» Und Isidor schrie seinem Herrn zu: «Er schlägt die Engländer und ist heute nacht hier!» Der Diener rannte vom

Haus auf die Straße und von der Straße ins Haus zurück, und jedesmal brachte er neue Unglücksbotschaften mit. Josephs Gesicht wurde zusehends blasser. Die Angst bemächtigte sich des dicken Zivilisten. Selbst aller Champagner, den er trank, gab ihm den Mut nicht wieder. Noch vor Sonnenuntergang hatte seine Nervosität einen solchen Grad erreicht, daß sein Freund Isidor es befriedigt zur Kenntnis nahm und schon felsenfest auf die Beute aus dem Besitz des Herrn im Tressenrock zählte.

Die Damen waren nicht länger um ihn. Kaum hatte die Majorin den Geschützdonner gehört, als sie sich auf ihre kleine Freundin im Nebenzimmer besann und hinüberlief, um Amelia zu behüten und wenn möglich zu trösten. Der Gedanke, daß sie das hilflose und sanfte Geschöpfchen zu beschützen habe, verlieh der wackeren Irin mit ihrem angeborenen Mut doppelt soviel Kraft. Sie verbrachte fünf lange Stunden an der Seite ihrer Freundin, teils um sie zu ermahnen, teils um sie aufzuheitern, und meistens schweigend und nur im stillen entsetzt um Beistand flehend. «Ich habe ihre Hand kein einziges Mal losgelassen», erzählte die dicke Dame später, «erst nach Sonnenuntergang, als das Geschützfeuer eingestellt wurde.» Pauline, die Bonne, lag in der nahen Kirche auf den Knien und betete für *son homme à elle*.

Als der Kanonendonner verstummte, ging Mrs. O'Dowd aus Amelias Zimmer hinüber ins anstoßende Wohnzimmer, wo Joseph mit zwei leeren Flaschen und ohne jede Spur von Mut saß. Ein- oder zweimal hatte er sich ins Zimmer seiner Schwester gewagt und sehr besorgt dreingeschaut, als wollte er etwas sagen. Aber die Majorin behauptete ihren Platz, und er zog wieder ab, ohne sein Herz erleichtert zu haben. Er schämte sich, in ihrer Gegenwart zu sagen, daß er fliehen wolle.

Doch als sie dann im Eßzimmer erschien, wo er im Zwielicht in freudloser Gesellschaft seiner leeren Champagnerflaschen saß, rückte er mit seiner Absicht heraus. «Mrs. O'Dowd», sagte er, «würden Sie Amelia beim Ankleiden helfen?»

«Wollen Sie etwa mit ihr spazierengehen? Dafür ist sie viel zu schwach!» entgegnete die Majorin.

«Ich – ich habe – meinen Wagen bestellt», sagte er, «und Postpferde. Isidor besorgt sie gerade.»

«Wo wollen Sie denn am Abend noch hinfahren?» rief sie. «Im Bett ist sie viel besser aufgehoben. Ich habe sie eben überredet, daß sie sich hinlegt.»

«Sie muß wieder aufstehen», sagte Joseph, «sofort muß sie aufstehen!» Und er stampfte energisch mit dem Fuß. «Die Pferde sind schon bestellt, sage ich Ihnen doch, die Pferde sind schon bestellt. Es ist alles aus, und...»

«... und was?» fragte Mrs. O'Dowd.

«Ich fahre nach Gent», sagte Joseph. «Alle reisen ab. Auch für Sie ist Platz. In einer halben Stunde fahren wir.»

Die Majorin sah ihn mit grenzenloser Verachtung an. «Ich rühre mich nicht vom Fleck, bis mir O'Dowd die Marschroute angibt», sagte sie. «Sie können ja abreisen, Mr. Sedley, wenn Sie wollen. Aber Amelia und ich bleiben hier.»

«Sie *muß* mit», sagte Joseph und stampfte wieder mit dem Fuß auf. Mrs. O'Dowd stellte sich mit aufgestemmten Armen vor die Schlafzimmertür.

«Wollen Sie Amelia zu ihrer Mutter bringen, Mr. Sedley», fragte sie, «oder wollen Sie gern selbst zur Mama? Dann guten Tag und angenehme Fahrt! *Bon voyage,* wie man hier sagt, und hören Sie auf meinen Rat und rasieren Sie den Schnurrbart ab, sonst bringt er Sie noch ins Unglück!»

«Verdammt!» schrie Joseph, der vor Furcht, Wut und Beschämung jetzt außer sich war. Und im gleichen Augenblick kam Isidor und fluchte ebenfalls. «*Pas de chevaux, sacrebleu!*» stieß er wütend hervor. Alle Pferde waren fort. Joseph war nicht der einzige in Brüssel, den die Panik gepackt hatte.

Doch Josephs Angst, so heftig sie schon war, sollte sich noch vor Ende der Nacht bis fast zum Wahnsinn steigern. Wie schon berichtet, war auch Paulines *homme à elle* in den Reihen der Armee, die ausgezogen war, den Kaiser Napoleon zu schlagen. Ihr Schatz war ein belgischer Husar, und er stammte aus Brüssel. Die Truppen der belgischen Nation zeichneten sich in diesem Kriege durch alles andere als Mut aus, und der junge van Cutsum, Paulines Verehrer, war ein zu guter Soldat, um dem Befehl seines Obersten, alle sollten ausreißen, nicht zu gehorchen. Solange der junge Regulus van Cutsum in Brüssel in Garnison lag, hatte er in Paulines Küche großen Trost gefunden und jede freie Stunde dort verbracht. So hatte er auch vor einigen Tagen, die Taschen und Holster mit guten Dingen aus Paulines Speisekammer vollgestopft, von seinem weinenden Schatz Abschied genommen, um ins Feld zu rücken.

Der Feldzug nun war, soweit es sein Regiment betraf, bereits vorüber. Sie hatten einen Teil der Division unter dem Kommando des Prinzen von Oranien gebildet, und was die Länge ihrer Säbel und Bärte und die Pracht ihrer Uniformen und der Ausrüstung betraf, sahen Regulus und seine Kameraden so tapfer aus wie nur je ein Truppenteil, den die Trompete in die Schlacht rief.

Als Ney sich auf die Vorhut der Alliierten stürzte und eine Stellung nach der andern nahm, bis die Ankunft des Hauptteils der britischen Armee aus Brüssel das Bild der Schlacht von Quatre-Bras änderte, bewiesen die Schwadronen, in denen auch Regulus ritt, die größte Wendigkeit im Rückzug vor den Franzosen und ließen sich mit vorbildlicher Bereitwilligkeit aus einer Stellung nach der andern vertreiben. Ihren Bewegungen wurde erst durch den Vormarsch der Briten in ihrem Rücken Einhalt geboten. So wurden sie zum Halten gezwungen, und die Kavallerie des Feindes, deren blutrünstige Hartnäckigkeit nicht streng genug gerügt werden kann, hatte endlich Gelegenheit, den tapferen Belgiern gegenüberzutreten, die es aber vorzogen, lieber den Briten als den Franzosen zu begegnen, und daher kehrtmachten, durch die englischen Regimenter sprengten und sich in alle Himmelsrichtungen zerstreuten, so daß ihr Regiment buchstäblich zu existieren aufgehört hatte. Es war nirgends. Es hatte kein Hauptquartier. Regulus merkte, daß er viele Meilen vom Schlachtfeld entfernt völlig allein weitergaloppierte – und wohin sollte er da fliehen, wenn nicht in einen so natürlichen Unterschlupf wie die Küche und die Arme der teuren Pauline, die ihn stets willkommen hieß!

Um zehn Uhr konnte man auf der Treppe des Hauses, in dem die Osbornes nach kontinentaler Sitte ein Stockwerk bewohnten, einen Säbel rasseln hören. An der Küchentür ließ sich ein Klopfen vernehmen, und die arme Pauline, die kaum aus der Kirche zurückgekehrt war, fiel vor Schreck fast in Ohnmacht, als sie aufmachte und ihren abgezehrten Husar vor sich sah. Er war so bleich wie der Reiter, der zu mitternächtger Stunde Leonore störte. Pauline hätte aufgeschrien, wenn ihr Kreischen nicht ihre Herrschaft herbeigerufen hätte, was die Entdeckung ihres Freundes zur Folge gehabt hätte. Sie unterdrückte also den Schrei, führte ihren Helden in die Küche und gab ihm einen Becher Bier und die leckersten Reste vom Abendessen, das Joe aus Angst nicht zu kosten gewagt hatte. Durch die ungeheuren Mengen an Fleisch und Bier, die der Husar verkonsumierte, bewies er deutlich, daß er kein Gespenst war – und zwischen dem Hinunterschlucken erzählte er seine Unglücksmär.

Sein Regiment hatte Wunder an Tapferkeit vollbracht und eine Weile dem Ansturm der ganzen französischen Armee standgehalten. Doch endlich wurden sie überwältigt und gleichzeitig auch die ganze britische Armee. Ney vernichtete ein Regiment nach dem andern. Die Belgier warfen sich vergebens dazwischen, um das Niedermetzeln der Briten zu verhindern. Die Leute des Braunschweigers waren in die Flucht geschlagen und zerstreut, ihr Herzog war gefallen. Es war ein allgemeines *débâcle*. Er suchte seinen Kummer über die Niederlage mit Strömen von Bier zu löschen.

Isidor, der in die Küche gekommen und einen Teil des Gesprächs mit angehört hatte, stürzte hinaus, um seinen Herrn zu benachrichtigen. «Es ist alles aus!» kreischte er Joseph zu. «Der englische Milord Herzog ist gefangen, der Herzog von Brunswick ist gefallen, das britische Heer hat sich zur Flucht gewandt, aber nur ein einziger Mann ist entkommen, und der sitzt jetzt in der Küche. Kommen Sie nur und hören Sie zu!» Joseph torkelte also in die Küche, wo Regulus noch immer auf dem Küchentisch saß und sich an der Bierflasche festhielt. Im besten Französisch, das er zusammenkratzen konnte und das leider sehr falsch war, beschwor Joe den Husaren, ihm alles zu erzählen. Das Unheil wurde schlimmer, je länger Regulus darüber sprach. Er war der einzige Mann seines Regiments, der nicht auf dem Schlachtfeld geblieben war. Er hatte den Herzog von Brunswick fallen sehen, er hatte die Schwarzen Husaren fliehen sehen, er hatte gesehen, wie die Schotten von den Kanonen niedergemäht wurden.

«Und das -te Regiment?» keuchte Joseph.

«Völlig aufgerieben, Herr», sagte der Husar – woraufhin Pauline schrie: «Oh, meine Herrin, *ma bonne petite dame!*» und einen gehörigen Weinkrampf bekam und das Haus mit ihrem Geschrei erfüllte.

*

Mr. Sedley war vor Entsetzen außer sich und wußte nicht, wie oder wo er sich in Sicherheit bringen könne. Er stürzte aus der Küche und ins Wohnzimmer zurück, warf einen flehenden Blick auf Amelias Tür, die ihm Mrs. O'Dowd vor der Nase verschlossen und verriegelt hatte, erinnerte sich aber daran, wie verächtlich sie ihn behandelt hatte, lauschte einen kurzen Augenblick an der Tür und beschloß dann, zum erstenmal am heutigen Tag auf die Straße zu gehen. Er nahm einen Leuchter und suchte seine mit dem Goldband geschmückte Mütze, fand sie auf ihrem üblichen Platz im Vorraum auf einem Tischchen unterhalb des Spiegels, mit dem Joseph stets zu kokettieren pflegte, indem er sich die Locken glättete und die Mütze kecker aufs Ohr setzte, ehe er sich in der Öffentlichkeit sehen ließ. Aber so groß ist die Macht der Gewohnheit, daß er sich selbst jetzt in all seiner Angst mechanisch übers Haar fuhr und die Mütze zurechtrückte. Dann starrte er verblüfft auf das bleiche Gesicht im Spiegel und ganz besonders auf seinen Schnurrbart, der im Verlaufe von sieben Wochen und seit er das Licht der Welt erblickt hatte, recht üppig gewachsen war. Bestimmt halten sie mich für einen Soldaten, dachte er, erinnerte sich an Isidors Warnung, der geschlagenen britischen Armee drohe ein Blutbad, und torkelte in sein Schlafzimmer, wo er wie verrückt am Klingelzug riß, um seinen Diener herbeizuholen.

Isidor erschien. Joseph war in einen Sessel gesunken. Er hatte sich die Halsbinde abgerissen und den Kragen heruntergeklappt und saß nun da, beide Hände an der Kehle.

«*Coupez-moi,* Isidor!» schrie er. «*Vite, coupez-moi!*»

Einen Augenblick glaubte Isidor, sein Herr wäre verrückt geworden und verlange, der Diener solle ihm die Kehle durchschneiden.

«*Les moustaches*», keuchte Joseph, «*les moustaches – couper, raser, vite!*» So war eben sein Französisch: flott, aber nicht gerade richtig.

Isidor hatte ihm im Nu mit dem Rasiermesser den Schnurrbart abgenommen und vernahm zu seiner größten Begeisterung den Befehl seines Herrn, ihm einen Hut und einen einfachen Rock zu bringen. «*Ne porter plus – habit militaire – bonnet – donner à vous – prenez dehors*», waren Josephs Worte – und Rock und Mütze waren endlich Josephs Eigentum.

Nachdem Joseph die Sachen verschenkt hatte, wählte er einen einfachen schwarzen Rock mit Weste aus seiner Garderobe, dazu eine hohe weiße Halsbinde und einen einfachen Filzhut. Hätte er sich einen Priesterhut beschaffen können, er hätte ihn noch lieber getragen. Wie er jetzt aussah, mochte er für einen wohlgenährten dicken Pfarrer der Staatskirche gelten.

«*Vennay maintenong*», fuhr er fort, «*suivez – allez – partez donc la rue.*» Und nachdem er das gesagt hatte, eilte er hastig die Treppe hinunter und auf die Straße hinaus.

Obwohl Regulus geschworen hatte, er sei der einzige Überlebende seines Regiments oder beinah der ganzen alliierten Heere, der dem Schicksal entronnen war, durch Ney niedergemetzelt zu werden, schien seine Behauptung doch nicht zu stimmen, und eine ganze Anzahl schien außer ihm das Gemetzel überlebt zu haben. Ganze Scharen seiner Kameraden hatten ebenfalls den Weg nach Brüssel gefunden, und da sie alle zugaben, geflohen zu sein, glaubte die ganze Stadt an die Niederlage der Alliierten. Stündlich erwartete man die Ankunft der Franzosen; die Panik hielt an, und überall wurden Vorbereitungen zur Flucht getroffen. Keine Pferde! dachte Joseph entsetzt. Er ließ Isidor bei Dutzenden von Leuten anfragen, ob sie Pferde zu verkaufen oder zu verleihen hätten, und das Herz sank ihm, als von überallher nur negative Antworten einliefen. Sollte er die Reise zu Fuß machen? Selbst die Angst konnte einen so gewichtigen Körper nicht derartig beflügeln.

In Brüssel blickten fast alle von Engländern bewohnten Hotels auf den Park, und hier irrte Joseph unschlüssig und von Furcht und Spannung niedergedrückt mit Scharen anderer Leute umher. Er sah Familien, die glücklicher als er waren, ein Gespann ergattert hatten und nun durch die Straßen jagten. Andere wieder waren in der gleichen Lage wie er und konnten sich weder für Geld noch gute Worte die zur Flucht nötigen Pferde verschaffen. Unter ihnen bemerkte Joseph auch Lady Bareacres und ihre Tochter, die im Torweg ihres Hotels in ihrer Kutsche saßen, deren Kofferräume vollgepackt waren. Das einzige Hindernis bei ihrer Flucht war das gleiche, das auch Joseph zurückhielt: die treibende Kraft.

Rebecca Crawleys Zimmer lagen im gleichen Hotel, und in den vergangenen Wochen hatte sie schon verschiedene feindselige Begegnungen mit den Damen der Familie Bareacres gehabt. Milady schnitt Rebecca, wenn sie ihr zufällig auf der Treppe begegnete, und wenn irgendwo Mrs. Crawleys Name fiel, redete Milady nur Schlechtes über ihre Nachbarin. Die Gräfin war entsetzt über das vertraute Verhältnis zwischen General Tufto und der Frau seines Adjutanten, und Lady Blanche mied sie wie die Pest. Nur der alte Graf stand heimlich auf Grüßfuß mit ihr, wenn er sich nicht gerade innerhalb des Hoheitsbereichs seiner Damen befand.

An diesen unverschämten Feindinnen konnte sich Rebecca jetzt rächen. Im Hotel war es bekannt, daß Hauptmann Crawley seine Pferde dagelassen hatte, und als die Panik begann, geruhte Lady Bareacres ihre Zofe mit Empfehlungen und der Anfrage zur Frau des Hauptmanns zu schicken, wieviel die Pferde kosten sollten. Mrs. Crawley schickte ein Briefchen mit ihren Komplimenten zurück, leider sei es nicht ihre Gewohnheit, mit Kammerzofen zu verhandeln.

Die schroffe Antwort Rebeccas führte den alten Grafen persönlich zu ihr, aber er erreichte nicht mehr als die Zofe. «Mir eine Kammerzofe zu schicken!» rief Rebecca zornig. «Soll ich ihr vielleicht auch noch die Pferde anschirren? Will Milady fliehen – oder ihre Kammerzofe?» Das war die ganze Antwort, die der Graf seiner Frau bringen konnte.

Was tut man nicht alles in der Not? Die Gräfin ließ sich, nachdem auch der zweite Gesandte keinen Erfolg gehabt hatte, tatsächlich selbst herbei, Mrs. Crawley aufzusuchen. Sie bat sie inständig, einen beliebigen Preis zu nennen, sie erbot sich sogar, Becky auf ihren Landsitz einzuladen, wenn sie ihr nur die Möglichkeit verschaffen wollte, dorthin zurückzukehren. Mrs. Crawley lachte höhnisch.

«Ich möchte gar nicht von uniformierten Bütteln bedient werden», rief sie; «außerdem ist es höchst fraglich, ob Sie dorthin zurückkehren werden – jedenfalls nicht Sie und Ihre Diamanten zusammen! Die bekommen die Franzosen! In zwei Stunden treffen sie hier ein, und dann bin ich schon halbwegs nach Gent. Nein, meine Pferde verkaufe ich Ihnen nicht – auch nicht für die beiden größten Diamanten, die Sie auf dem Ball trugen!» Lady Bareacres zitterte vor Wut und Angst. Ihre Diamanten hatte sie in ihr Kleid eingenäht und in Milords Wattefutter und seinen Stiefeln versteckt. «Sie Weibsbild! Die Diamanten sind in der Bank verwahrt. Ich *muß* die Pferde haben!» sagte sie. Rebecca lachte ihr ins Gesicht. Die wütende Gräfin ging nach unten und setzte sich wieder in ihren Wagen. Noch einmal wurden ihre Zofe, ihr Reisekutscher und ihr Mann in die Stadt gehetzt, um nach Pferden zu suchen, und wehe dem, der als letzter eintraf! Die Lady war nämlich fest entschlossen, aufzubrechen, sowie sie Pferde erhielt – einerlei, ob mit oder ohne ihren Mann.

Rebecca hatte das Vergnügen, die Lady im unbespannten Wagen sitzen zu sehen. Sie fixierte sie ständig und bejammerte mit lauter Stimme das Los der Gräfin. «Daß die auch keine Pferde bekommen kann», rief sie, «wo sie doch alle Diamanten in die Wagenkissen eingenäht haben! Was für eine Beute für die Franzosen! Das heißt, der Wagen und die Diamanten – nicht etwa die Gräfin!» Mit diesen Informationen beglückte sie den Wirt, die Diener, die Gäste und die unzähligen Leute, die am Hotel vorbeigingen. Lady Bareacres hätte sie am liebsten durchs Wagenfenster erschossen.

Während Rebecca so die Demütigung ihrer Feindin genoß, gewahrte sie Joseph, der sofort auf sie zusteuerte, als er sie sah.

Sein verändertes, entsetztes, schlaffes Gesicht sprach Bände. Auch er wollte fliehen, auch er hielt nach einer

Fluchtmöglichkeit Ausschau. Der kann meine Pferde kaufen, dachte Rebecca, und ich werde auf der kleinen Stute reiten.

Joseph trat zu seiner Freundin und stellte ihr die in der letzten Stunde hundertmal wiederholte Frage, ob sie wisse, wo man Pferde bekommen könne.

«Wie – wollen Sie etwa fliehen?» rief Rebecca lachend. «Ich glaubte, Sie seien der Beschützer aller Damen, Mr. Sedley?»

«Ich – ich bin kein Soldat!» keuchte er hervor.

«Und Amelia? Wer soll Ihre arme kleine Schwester nun beschützen?» fragte Rebecca. «Sie werden sie doch hoffentlich nicht im Stich lassen?»

«Was kann ich ihr denn nützen, wenn – wenn die Feinde kommen?» rief Joseph. «Die Frauen verschonen sie. Aber mein Diener hat mir erzählt, daß sie geschworen haben, den Männern keinen Pardon zu geben – die feigen Memmen!»

«Schauderhaft!» rief Rebecca und weidete sich an seiner Verwirrung.

«Außerdem will ich sie ja gar nicht verlassen», rief der Bruder jetzt. «In meinem Wagen ist ein Platz für sie – und auch für Sie, liebe Mrs. Crawley, falls Sie mitkommen wollen. Und falls wir Pferde bekommen!» seufzte er.

«Ich habe zwei zu verkaufen», sagte die junge Dame. Bei dieser Mitteilung hätte Joseph sie am liebsten umarmt. «Hol den Wagen, Isidor!» rief er, «wir haben welche – wir haben welche!»

«Meine Pferde sind nie im Geschirr gegangen», fuhr Rebecca fort, «und Bullfinch würde den ganzen Wagen in Stücke schlagen, wenn Sie ihn einspannen wollten.»

«Aber als Reitpferd – ist er da fromm?» fragte er.

«Fromm wie ein Lamm und flink wie ein Hase», antwortete Rebecca.

«Glauben Sie, er könnte mein Gewicht tragen?» fragte Joseph. In Gedanken saß er schon im Sattel, ohne auch nur den leisesten Gedanken für die arme Amelia. Aber welcher Pferdeliebhaber könnte auch einer solchen Versuchung widerstehen?

Anstatt einer Antwort bat Rebecca ihn, mit in ihr Zimmer zu kommen, wohin er ihr ganz atemlos folgte, um den Handel abzuschließen. Joseph hatte wohl selten in seinem Leben eine halbe Stunde verbracht, die ihn so viel Geld kostete. Rebecca bemaß den Wert der Ware, die sie zu verkaufen hatte, an Josephs Begierde, sie zu erwerben, wie auch an der Knappheit des Artikels und nannte einen so hohen Preis, daß sogar der dicke Joe zurückschreckte. Sie sagte sehr entschieden, daß sie beide Pferde oder gar keins verkaufe. Rawdon hatte bestimmt, sie dürfe sich nicht mit einem geringeren Preis als dem von ihr genannten zufriedengeben. Lord Bareacres würde ihr gern die gleiche Summe geben – und bei aller Liebe und Hochschätzung für die Familie Sedley müsse der liebe Mr. Joseph doch begreifen, daß arme Leute auch leben wollten – kurzum, keiner konnte liebenswürdiger und keiner konnte fester bei dieser Transaktion sein.

Schließlich willigte Joseph ein, wie man sich's auch von ihm hätte denken können. Die Summe, die er ihr geben sollte, war so groß, daß er um Zahlungsfrist bitten mußte, so groß, daß sie für Rebecca ein kleines Vermögen bedeutete, denn sie hatte schnell ausgerechnet, daß sie mit dieser Summe und dem Erlös aus Rawdons Wertsachen und ihrer Witwenpension, wenn er etwa fallen sollte, vollkommen unabhängig dastand und der Witwentrauer gefaßt entgegensehen könne.

Ein- oder zweimal im Verlauf des Tages hatte sie natürlich selber an Flucht gedacht. Doch ihr Verstand gab ihr besseren Rat. Selbst wenn die Franzosen kommen, überlegte Becky, was können sie einer armen Offizierswitwe schon tun? Pah! Die Zeiten von Raub und Plünderung sind vorüber. Uns lassen sie ruhig nach Hause ziehen, oder ich könnte auch mit meinem netten kleinen Einkommen angenehm im Ausland leben.

Joseph und Isidor gingen inzwischen in die Ställe, um die soeben erworbenen Pferde zu besichtigen. Joe bat seinen Diener, die Pferde sofort zu satteln. Er wollte noch am gleichen Abend, noch in der gleichen Stunde losreiten. Er ließ den Diener da, der sich um die Pferde kümmern mußte, und ging selbst nach Hause, um seine Abreise vorzubereiten. Es mußte heimlich geschehen. Er konnte durch den hinteren Eingang in sein Zimmer gelangen. Es lag ihm nichts daran, Mrs. O'Dowd und Amelia zu begegnen und ihnen zu gestehen, daß er ausreißen wollte.

Bis Joseph seinen Handel mit Rebecca abgeschlossen und die Pferde inspiziert hatte, war beinahe ein neuer Morgen angebrochen. Aber wenn Mitternacht auch längst vorbei war, gab es für die Stadt doch keine Ruhe. Die Leute waren auf, in den Häusern brannte Licht, vor den Haustüren standen Menschenmengen, und die Straßen waren voller Leben. Noch immer flogen die verschiedenartigsten Gerüchte von Mund zu Mund. Nach einem Bericht sollten die Preußen vollständig besiegt, nach einem andern sollten die Engländer angegriffen und geschlagen worden sein, und ein dritter meldete, daß die Engländer ihre Stellung behaupteten. Dies letzte Gerücht gewann an Wahrscheinlichkeit. Kein Franzose war aufgetaucht. Versprengte kehrten zurück und brachten immer günstigere Berichte. Endlich erschien sogar ein Adjutant mit Depeschen für den Kommandanten von Brüssel, der alsbald überall in der Stadt eine offizielle Mitteilung über den Sieg der Alliierten bei Quatre-Bras und den nach sechsstündiger Schlacht erfolgten vollständigen Rückzug der Franzosen unter Ney anschlagen ließ. Der Adjutant mußte gerade eingetroffen sein, als Joe und Rebecca ihren Handel abschlossen oder als der neue Besitzer seine Pferde besichtigte. Als er nach Hause kam, fand er ein Dutzend Hausbewohner vor der Tür, die sich eifrigst über die neuesten Nachrichten unterhielten. An der Wahrheit war nicht zu zweifeln. Er ging also nach oben, um sie den Damen mitzuteilen, die unter seinem Schutz standen. Er hielt es nicht für notwendig, ihnen zu sagen, auf welche Art er sich eigentlich von ihnen hatte verabschieden wollen, noch wie er die Pferde erworben und wieviel er dafür bezahlt hatte.

Aber ihnen, die nur an die Sicherheit ihrer Lieben dachten, hatte Erfolg oder Niederlage wenig zu bedeuten. Amelia regte sich bei der Nachricht vom Sieg nur noch mehr auf. Sie wollte im gleichen Augenblick zur Armee. Sie flehte ihren Bruder unter Tränen an, sie hinzuführen. Ihre Befürchtungen und Ängste erreichten ihren Höhepunkt, und die arme Frau, die viele Stunden lang in Teilnahmslosigkeit versunken war, verzweifelte jetzt und rannte in irrer Erregung im Zimmer umher – ein erbarmungswürdiger Anblick! Kein Verwundeter auf dem hartumkämpften Schlachtfeld, auf dem jetzt nach dem Kampf so viele Tapfere lagen – keiner kann so entsetzlich gelitten haben wie die junge Frau: ein armes, unschuldiges Opfer des Krieges. Joseph konnte ihre Qualen nicht länger mit ansehen. Er ließ seine Schwester in der Obhut ihrer robusteren Freundin und ging wieder zum Hoteleingang, wo noch alle herumstanden und sich unterhielten und auf weitere Neuigkeiten warteten.

Während sie so dastanden, wurde es heller Tag, und Männer, die dabeigewesen waren, brachten neue Nachrichten vom Kriegsschauplatz. Leiterwagen und lange Kastenwagen voller Verwundeter rollten in die Stadt, gräßliches Stöhnen drang aus dem Stroh, und abgezehrte Gesichter schauten traurig heraus. Joseph Sedley blickte halb neugierig, halb mitleidig auf einen Karren, den die müden Pferde kaum noch weiterschleppen konnten. «Halt! Halt!» rief eine schwache Stimme aus dem Stroh, und der Karren hielt vor Mr. Sedleys Hotel.

«Das ist George!» rief Amelia. «Ich weiß, daß er's ist!» Sie stürzte mit bleichem Gesicht und offenem, flatterndem Haar ans Balkongeländer. Es war jedoch nicht George, aber immerhin das Nächstbeste: Nachricht von ihm. Es war der arme Tom Stubble, der vor vierundzwanzig Stunden mit der Regimentsfahne, die er tapfer verteidigt hatte, so mutig aus Brüssel ausmarschiert war. Ein französischer Ulan hatte dem Fähnrich, der im Fallen noch tapfer die Fahne umklammerte, das Bein durchbohrt. Nach Einstellung des Kampfes hatte sich für den armen Burschen ein Platz auf einem Karren gefunden, und er war nach Brüssel zurückgebracht worden.

«Mr. Sedley! Mr. Sedley!» rief der Junge mit schwacher Stimme, und Joseph trat fast ängstlich näher, denn im ersten Augenblick hatte er nicht unterscheiden können, wer ihn gerufen hatte.

Der kleine Stubble streckte ihm matt die heiße Hand entgegen. «Ich soll hierher», sagte er. «Osborne und – und Dobbin – haben's gesagt. Und Sie sollen dem Mann zwei Goldstücke zahlen – meine Mutter gibt's Ihnen wieder.» Die Gedanken des jungen Burschen waren während der langen fiebrigen Stunden auf dem Karren oft in das elterliche Pfarrhaus zurückgeschweift, das er erst vor wenigen Monaten verlassen hatte, und in seinem Fieberwahn hatte er manchmal seine Schmerzen vergessen.

Das Hotel war groß, und die Menschen waren freundlich, so daß alle Verwundeten aus dem Karren geholt und ins Haus auf verschiedene Lager getragen wurden. Der junge Fähnrich wurde in Osbornes Wohnung untergebracht. Amelia und die Majorin waren nach unten geeilt, als letztere ihn vom Balkon aus erkannt hatte. Jeder kann sich die Empfindungen der beiden Frauen vorstellen, als sie hörten, daß der Kampf vorbei und ihre beiden Männer in Sicherheit seien. In stummer Freude fiel Amelia ihrer guten Freundin um den Hals und küßte sie und dankte den himmlischen Mächten, die ihren Mann behütet hatten.

Kein Arzt hätte unsrer jungen Frau in ihrem fiebrigen und nervösen Zustand eine heilsamere Medizin verschreiben können als die ihr vom Zufall geschenkte. Sie und Mrs. O'Dowd wachten unablässig bei dem verwundeten Jungen, dessen Schmerzen sehr stark waren, und die ihr auferlegte Pflicht ließ Amelia keine Zeit, über ihre persönlichen Sorgen zu grübeln oder sich nach ihrer Gewohnheit in Ängste und böse Vorahnungen hineinzusteigern. Der Verwundete erzählte auf seine einfache Art von den Ereignissen des Tages und den Kämpfen unsrer tapfern Freunde vom -ten Regiment. Es hatte schwer gelitten und eine große Zahl an Offizieren und Mannschaften verloren. Dem Major war beim Angriff des Regiments das Pferd unter dem Leibe weggeschossen worden, und alle glaubten schon, O'Dowd sei tot und Dobbin würde an seine Stelle rücken; doch bei der Rückkehr vom Angriff entdeckten sie den Major, der auf seinem toten Pyramus saß und sich an seiner Feldflasche labte. Hauptmann Osborne hatte den französischen Ulan niedergeschlagen, der den Fähnrich verwundet hatte. Als Amelia das hörte, wurde sie so bleich, daß Mrs. O'Dowd dem Fähnrich ein Zeichen machte, seine Geschichte abzubrechen. Hauptmann Dobbin war zwar selbst verwundet, hatte aber den jungen Fähnrich auf seinen eigenen Armen zum Verbandsplatz und von dort zum Karren getragen, der ihn nach Brüssel bringen sollte. Er hatte auch dem Fuhrknecht die zwei Goldstücke versprochen, wenn er ihn vor Mr. Sedleys Hotel abladen und Mrs. Sedley erzählen würde, daß die Schlacht beendet und ihr Mann unverletzt und wohlauf sei.

«Der William Dobbin hat doch wahrhaftig ein gutes Herz», sagte Mrs. O'Dowd, «auch wenn er mich immerzu auslacht.»

Der junge Stubble versicherte ihr, es gäbe keinen zweiten Offizier wie Dobbin im Heer, und er konnte nicht aufhören, den Hauptmann zu rühmen und von seiner Bescheidenheit und Güte und seiner bewunderswerten Kaltblütigkeit auf dem Schlachtfeld zu sprechen. War von Dobbin die Rede, dann hörte Amelia nur sehr unaufmerksam zu, und erst wenn von George gesprochen wurde, lauschte sie andächtig, und wenn er nicht erwähnt wurde, dachte sie an ihn.

Der zweite Tag verging Amelia nicht allzu langsam, denn jetzt hatte sie den Verwundeten zu pflegen, und im übrigen dachte sie über das Wunder nach, daß ihr Mann am Tag zuvor mit dem Leben davongekommen war. Für sie gab es eben nur einen einzigen Mann in der Armee, und solange es ihm gut ging, interessierte sie sich für die Truppenbewegungen nur wenig. Alle Berichte, die Joe von der Straße mitbrachte, hörte sie nur mit halbem Ohr, obwohl sie dazu angetan waren, nicht nur den ängstlichen Joseph, sondern noch viele andere Leute in Brüssel in Unruhe zu versetzen. Die Franzosen waren zwar abgewiesen worden, aber erst nach einem sehr harten und ungewissen Ringen, an dem nur eine einzige französische Division teilgenommen hatte. Der Kaiser stand noch mit der Hauptmacht bei Ligny, wo er die Preußen gänzlich aufgerieben hatte und daher jetzt frei war, alle Streitkräfte gegen die Alliierten einzusetzen. Der Herzog von Wellington zog sich bereits auf die Hauptstadt zurück, und vor ihren Mauern würde wahrscheinlich eine große Schlacht geschlagen werden, deren Ausgang ungewiß war. Der Herzog von Wellington hatte nur zwanzigtausend britische Soldaten, auf die er sich verlassen konnte, denn die Deutschen waren nichts als unausgebildete Bürgerwehr, und die Belgier waren unzufrieden. Und mit einer solchen Handvoll Soldaten sollte Seine Gnaden hundertfünfzigtausend Soldaten Widerstand leisten, die unter Napoleon nach Belgien eingefallen waren. Unter Napoleon! Welcher Heerführer, sei er auch noch so berühmt und geschickt, konnte sich bei einer so ungleichen Partie gegen Napoleon behaupten?

Joseph bedachte das alles, und er zitterte vor Angst. Allen andern Einwohnern Brüssels erging es ebenso: jeder ahnte, daß die gestrige Schlacht nur der Auftakt zu einem weitaus größeren Kampf gewesen war, der unmittelbar bevorstand. Schon war eine der gegen den Kaiser ausgezogenen Armeen in alle Winde zerstreut. Die paar Engländer, die man zum Widerstand aufbieten konnte, würden auf ihrem Posten fallen, und der Kaiser würde über ihre Leichen hinweg in die Stadt einziehen. Wehe den Ausländern, die er dort antraf! Die Stadt arbeitete schon Begrüßungsansprachen aus, ihre Vertreter kamen insgeheim zusammen und beratschlagten, Wohnungen wurden vorbereitet, und die Trikolore und andere Siegeszeichen wurden angefertigt, um Seine Majestät den Kaiser und König bei seiner Ankunft willkommen zu heißen.

Der Auszug aus der Stadt hielt noch immer an, und jede Familie, die eine Möglichkeit zur Abreise entdeckte, ergriff die Flucht. Als Joseph am Nachmittag des siebzehnten Juni noch einmal zu Rebecca ins Hotel ging, sah er, daß die große Familienkutsche der Bareacres endlich doch aus dem Torweg gerollt war. Der Graf hatte sich auch ohne Mrs. Crawleys Hilfe ein Paar Pferde beschaffen können und befand sich auf der Chaussee nach Gent, der Stadt, in der «Ludwig der Ersehnte» ebenfalls sein Bündel schnürte. Es schien, als ob das Schicksal den unbeholfenen Verbannten unermüdlich weiterhetzen wollte.

Joe glaubte, der gestrige Sieg sei nur eine Atempause gewesen und seine so teuer erstandenen Pferde würden sicher noch requiriert werden. Den ganzen Tag litt er Höllenqualen. Solange sich die englische Armee zwischen Brüssel und Napoleon halten konnte, brauchte er nicht zu fliehen. Immerhin hatte er seine Pferde aus den entfernten Stallungen in den Hof des Hotels bringen lassen, so daß er sie immer vor Augen hatte und die Gefahr einer gewaltsamen Enteignung nicht zu fürchten brauchte. Isidor ließ den Blick nicht von der Stalltür und hatte die Pferde zum Aufbruch bereit und gesattelt. Er wartete ungeduldig darauf.

Nach der Begrüßung am Tage zuvor legte Rebecca keinen sonderlichen Wert darauf, sich in die Nähe ihrer lieben Amelia zu begeben. Sie beschnitt die Blumen, die George ihr gebracht hatte, und stellte den Strauß in frisches Wasser. Dann las sie das Briefchen noch einmal durch, das er ihr zugesteckt hatte. Das armselige Ding, dachte sie und zerrollte das Stück Papier zwischen den Fingern, wie ich sie hiermit erledigen könnte! Und wegen so eines Menschen bricht ihr fast das Herz, für einen so dummen Menschen, einen Stutzer, der sich gar nichts aus ihr macht. Mein armer guter Rawdon ist zehnmal soviel wert wie so ein Mensch! Und dann verfiel sie in Grübeleien, was sie tun sollte, wenn – wenn dem armen guten

Rawdon etwas zustieße, und schätzte sich glücklich, daß er die Pferde zurückgelassen hatte.

Mrs. Crawley, die zu ihrem Ärger die Bareacres abfahren sah, erinnerte sich übrigens an die Vorsichtsmaßnahmen der Gräfin und nahm zu ihrem eigenen Nutzen auch eine kleine Näherei vor: sie nähte den größten Teil ihrer Schmucksachen, Wechsel und Banknoten in die Sachen ein, die sie auf dem Leibe trug. Damit war sie für jeden erdenklichen Fall gerüstet; sie konnte fliehen, wenn sie es für richtig hielt, oder auch bleiben und den Sieger willkommen heißen, mochte er nun Engländer oder Franzose sein. Vielleicht – wer weiß – träumte sie in der Nacht sogar davon, eine Herzogin oder Marschallin zu werden, träumte es in der gleichen Nacht, in der Rawdon, in seinen Mantel gewickelt, im Biwak auf der Höhe Saint-Jean im Regen lag und von ganzem Herzen an die kleine Frau dachte, die er in Brüssel gelassen hatte.

Der nächste Tag war ein Sonntag, und Mrs. O'Dowd konnte befriedigt feststellen, daß die Nachtruhe ihre beiden Patienten an Leib und Seele erquickt hatte. Sie selbst hatte die Nacht im großen Armsessel in Amelias Zimmer verbracht, um jederzeit ihrer armen Freundin oder dem Fähnrich beistehen zu können, falls sie ihrer Fürsorge bedurften. Als der Morgen kam, kehrte die robuste Frau in das Haus zurück, in dem sie und der Major einquartiert waren, und hier machte sie ausgiebig Toilette und warf sich in Staat, wie es sich für den Sonntag gehörte. Es ist sehr gut möglich, daß sie während ihres Alleinseins in eben dem Zimmer, das ihr Mann bewohnt hatte und in dem noch immer seine Nachtmütze auf dem Kopfkissen lag und sein Stock in der Ecke stand, ein Gebet für das Wohlergehen des tapferen Soldaten Michael O'Dowd gen Himmel sandte.

Als sie zu Amelia zurückkehrte, nahm sie ihr Gebetbuch und den berühmten Band mit den Predigten ihres Onkels mit; sie unterließ es nie, sonntags daraus vorzulesen, obwohl sie vielleicht nicht alles verstand und manche Wörter nicht richtig aussprach, die zu lang und zu schwierig waren, denn der Dekan war ein hochgelahrter Herr und liebte lange lateinische Wörter, doch las sie mit großem Ernst und starker Betonung. Wie oft, dachte sie, hat mein Mick sich die Predigten angehört, wenn ich sie ihm bei Windstille in der Kajüte vorlas. Auch heute wollte sie es so halten, und Amelia und der verwundete Fähnrich sollten ihre Gemeinde sein. Am gleichen Tag und zur gleichen Stunde wurde in zwanzigtausend Kirchen Gottesdienst abgehalten, und Millionen von britischen Männern und Frauen lagen auf den Knien und flehten ihren himmlischen Vater um Schutz an.

Sie hörten das Getöse nicht, das unsre kleine Gemeinde in Brüssel aufschreckte. Mrs. O'Dowd las gerade voller Andacht aus dem Predigtbuch vor, als es begann: viel lauter als vor zwei Tagen brüllten jetzt die Kanonen von Waterloo.

Als Joseph das furchtbare Dröhnen hörte, glaubte er, die ewige Wiederkehr solcher Schrecknisse nicht länger ertragen zu können, und beschloß, sofort zu fliehen. Er stürzte in das Zimmer des Verwundeten, wo unsre drei Freunde im Gebet unterbrochen worden waren, und störte sie durch seine ungestüme Aufforderung noch mehr.

«Ich kann es nicht länger aushalten, Emmy!» rief er. «Ich lasse es mir nicht mehr gefallen, und du mußt mitkommen! Ich habe ein Pferd für dich gekauft – was es gekostet hat, ist einerlei –, und du mußt dich ankleiden und mitkommen: du kannst hinter Isidor aufsitzen.»

«Alles, was recht ist, Mr. Sedley», sagte Mrs. O'Dowd und legte das Buch hin, «Sie sind doch der reinste Feigling!»

«Höre nicht auf sie, Amelia», sagte der arme Zivilist, «du mußt mitkommen! Warum sollen wir hierbleiben und uns von den Franzosen niedermetzeln lassen?»

«Sie vergessen wohl das -te Regiment, alter Junge?» rief der verwundete Held, der kleine Stubble, von seinem Lager her. «Und – und mich – mich lassen Sie doch nicht im Stich, nicht wahr, Mrs. O'Dowd?»

Mr. Joseph ohne Bart

«Nein, mein guter Junge», sagte die Majorin, trat an sein Bett und küßte ihn. «Ihnen soll kein Leid geschehen, solange ich da bin! Ich rühre mich nicht vom Fleck, bis Mick mir Bescheid gibt. Das wäre ein köstliches Bild – ich hinter dem Burschen auf dem Sattelkissen, wie?»

Als er sich's vorstellte, mußte der junge Patient in seinem Bett laut herauslachen, und selbst Amelia lächelte. «Ich will sie doch gar nicht», brüllte Joe, «ich will sie doch gar nicht, die Irin die! Dich will ich mitnehmen, Amelia. Zum letztenmal: kommst du mit?»

«Ohne meinen Mann, Joseph?» erwiderte Amelia mit erstauntem Blick und reichte der Majorin ihre Hand. Josephs Geduld war erschöpft.

«Dann leb wohl», sagte er, schüttelte wütend die Faust und schlug die Tür laut hinter sich zu. Diesmal gab er wirklich Anweisungen zum Aufbruch und schwang sich im Hof aufs Pferd. Mrs. O'Dowd hörte Hufegeklapper, als sie durchs Tor preschten, und unter verächtlichen Bemerkungen über den armen Joseph blickte sie ihm nach, wie er die Straße entlangritt, hinter ihm Isidor mit der Goldbandmütze. Die Pferde waren ein paar Tage nicht bewegt worden und sprangen deshalb sehr wild einher, so daß Joseph, ein ungeschickter und zaghafter Reiter, nicht gerade sehr vorteilhaft im Sattel wirkte. «Sehen Sie ihn bloß an, liebe Amelia, da reitet er beinahe in eine Fensterscheibe hinein! Nein, solchen Ochs im Porzellanladen hab' ich doch noch nie gesehen!» Bald darauf verschwanden die Reiter in der Richtung nach Gent, und solange sie noch zu erblicken waren, verfolgte Mrs. O'Dowd sie mit ätzendem Spott.

Den ganzen Tag über vom Morgen bis nach Sonnenuntergang ließ das Dröhnen der Geschütze nicht nach. Dann, als es dunkel wurde, brach die Kanonade plötzlich ab.

Wir alle haben gelesen, was sich in der Zwischenzeit ereignete. Die Kunde davon lebt im Munde eines jeden Engländers, und du und ich, lieber Leser, die wir Kinder waren, als die große Schlacht gewonnen und verloren wurde, werden nie müde, dem Bericht über den berühmten Kampf zu lauschen und ihn weiterzuerzählen. Die Erinnerung daran frißt aber auch noch immer am Herzen von Millionen von Landsleuten all der Tapferen, die damals besiegt wurden. Sie lechzen nach einer Gelegenheit, sich für die Demütigung zu rächen, und wenn es zu einem neuen Kampf käme, der für sie mit einem Sieg und mit Überhebung ihrerseits endete, bliebe uns das verfluchte Erbe an Haß und Wut, und der sogenannten Ehre und Schande wäre kein Ende, und kein Ende des abwechselnd siegreichen oder vergeblichen Mordens, in das sich zwei hochgemute Völker einlassen. So könnten wir Engländer oder Franzosen uns noch nach Jahrhunderten gegenseitig überheben und umbringen – immer dem Ehrenkodex des Teufels getreu.

Zu der großen Schlacht trugen alle unsre Freunde ihr Teil bei und kämpften wie Männer. Während die Frauen zehn Meilen entfernt für sie beteten, hielten die Reihen der wackeren englischen Infanterie den wütenden Angriffen der französischen Kavallerie stand und wehrten sie ab. Die Geschütze, die in Brüssel zu hören waren, mähten ihre Reihen nieder, und Kameraden fielen, und Überlebende sprangen unerschrocken für sie ein. Gegen Abend ließ die Wut der französischen Angriffe, die so tapfer wiederholt und so tapfer abgewiesen wurden, allmählich etwas nach. Die Franzosen hatten sich andrer Feinde als der Briten zu erwehren – oder sie bereiteten sich auf den Erdkampf vor. Tatsächlich kam es dazu: die Kolonnen der Kaiserlichen Garde marschierten die Höhe von Saint-Jean hinauf, um die Engländer endlich und mit einem einzigen Schlag von der Kuppe zu verjagen, die sie den ganzen Tag – allen zum Trotz – gehalten hatten; ohne Furcht vor dem Donner der englischen Artillerie, die ihnen Tod und Verderben entgegenspie, drängte die dunkle Kolonne die Anhöhe hinan. Fast schien sie den Kamm erreicht zu haben – als sie ins Schwanken geriet und zu wanken begann. Dann stand sie – noch immer dem Feuer ausgesetzt. Nun endlich stürzten die englischen

Truppen aus der Stellung, aus der sie kein Feind hatte vertreiben können, und die Kaiserliche Garde machte kehrt und floh.

In Brüssel vernahm man kein Geschützfeuer mehr, weil sich die Verfolgung des Feindes meilenweit erstreckte. Dunkel senkte sich über Schlachtfeld und Stadt. Amelia betete für George, der tot dalag, das Gesicht der Erde zugewandt, eine Kugel im Herzen.

XXXIII

Miss Crawleys Verwandte sind sehr um sie besorgt

TROTZDEM die Armee aus Flandern zog, um nach den dort vollbrachten Heldentaten gegen die Befestigungen an der französischen Grenze vorzurücken, sie einzunehmen und danach das ganze Land zu besetzen, sollte sich der geneigte Leser doch erinnern, daß eine Anzahl Leute friedlich in England lebten, die mit unserer Erzählung zu tun haben und auch etwas Raum in der Chronik beanspruchen. Während all der Kämpfe und Gefahren lebte die alte Miss Crawley in Brighton und ließ sich von den großen Ereignissen nur wenig erschüttern. Immerhin wurde ihre Zeitung dadurch recht interessant, und Briggs las ihr aus der *Gazette* vor, die Rawdon Crawleys Tapferkeit rühmend erwähnte und seine Beförderung anzeigte.

«Wie schade, daß sein erster Schritt in die Welt hinaus nicht wiedergutzumachen ist», sagte die Tante. «Bei seinem Rang und Stand hätte er eine Bierbrauerstochter mit einer Viertelmillion heiraten können, wie etwa die Miss Grains, oder er hätte danach trachten können, in die vornehmsten Familien Englands einzuheiraten. Früher oder später hätte er mein Geld geerbt – oder seine Kinder hätten es bekommen, denn mir eilt es noch nicht mit dem Abkratzen, Miss Briggs, wenn es Ihnen vielleicht auch eilt, mich loszuwerden. Statt dessen ist er verdammt, ein Bettler zu bleiben, der eine Tänzerin zur Frau hat!»

«Könnte meine liebe Miss Crawley denn nicht mit etwas Barmherzigkeit auf den Helden blicken, dessen Name jetzt die Ruhmestafeln seines Vaterlandes ziert?» fragte die Briggs, die durch die Ereignisse bei Waterloo ganz aufgewühlt war und gern davon schwärmte, sooft sich Gelegenheit ergab. «Hat der Herr Hauptmann – oder der Herr Oberst, wie ich ihn jetzt titulieren sollte – nicht Taten verrichtet, die den Namen Crawley berühmt machen?»

«Briggs, Sie sind eine Gans», sagte Miss Crawley. «Oberst Crawley hat den Namen Crawley in den Schmutz gezogen. Die Tochter eines Zeichenlehrers zu heiraten! Eine Gesellschafterin – denn etwas Besseres war sie nicht, Briggs, nein, nein, genau das, was Sie sind, nur sehr viel hübscher und jünger. Ich frage mich wirklich, ob Sie etwa eine Mithelferin der elenden Person waren, deren niederträchtigen Listen er zum Opfer gefallen ist. Sie haben sie ja immer so bewundert! Doch, mir scheint es ganz klar, daß Sie ihre Mithelferin waren! Aber das sage ich Ihnen, mein Testament wird Sie enttäuschen! Würden Sie bitte an Mr. Waxy schreiben, daß ich ihn sofort zu sprechen wünsche!» Miss Crawley hatte es sich allmählich angewöhnt, jeden lieben Wochentag an ihren Rechtsanwalt, Mr. Waxy, zu schreiben, denn die Verfügungen über ihren Besitz hatte sie fast alle widerrufen, und nun war sie in der größten Verlegenheit, was mit ihrem Geld geschehen sollte.

Immerhin hatte sie sich beträchtlich erholt, wie es die zunehmende Bosheit und Häufigkeit ihrer Sticheleien gegen die arme Briggs bewiesen; alle Angriffe ertrug die arme Gesellschafterin voller Sanftmut und Feigheit und mit einer Resignation, die halb gutherzig, halb unaufrichtig war, oder, kurz gesagt, mit einer sklavischen Unterwürfigkeit, wie sie Frauen ihres Temperaments und ihrer Stellung nun einmal zeigen müssen. Wer hätte noch nicht erlebt, wie Frauen oft ihresgleichen tyrannisieren? Was bedeuten schon die Qualen, denen die Männer standhalten müssen, wenn man sie mit den tagtäglich wiederholten grausamen und verächtlichen Sticheleien vergleicht, mit denen viele arme Frauen von den Tyranninnen ihres eigenen Geschlechts verletzt werden? Die armen Opfer! Aber wir schweifen von unserm Ausgangspunkt ab: daß Miss Crawley nämlich stets besonders ekelhaft und bissig war, wenn sie sich nach einer Krankheit wieder erholte, wie ja auch Wunden bekanntlich am meisten kribbeln, wenn sie zu heilen beginnen.

Wie alle hofften, ging Miss Crawley also der Genesung entgegen; doch das einzige Opfer, das bei der Patientin Zutritt hatte, war Miss Briggs. Aber auch Miss Crawleys ferne Verwandtschar vergaß die geliebte Tante nicht und war bestrebt, sich durch allerlei Aufmerksamkeiten, Geschenke und liebevolle, freundliche Briefe in Erinnerung zu bringen.

An erster Stelle nennen wir da ihren Neffen Rawdon Crawley. Wenige Wochen nach der berühmten Schlacht von Waterloo und nachdem die *Gazette* von der Beförderung und Tapferkeit des hervorragenden Offiziers berichtet hatte, brachte der Diepper Postdampfer ein Kistchen für Miss Crawley in Brighton, das Geschenke und einen ehrerbietigen Brief vom Oberst, ihrem Neffen, enthielt. Im Kistchen lagen ein Paar französische Epauletten, ein Kreuz der Ehrenlegion und ein Säbelgriff – Andenken vom Schlachtfeld. Im Brief hieß es sehr humorvoll, der Säbel habe einem kommandierenden Offizier der Garde gehört, der gerade gerufen habe: «Die Garde fällt, ergibt sich aber nie», und schon im nächsten Augenblick sei er von einem gemeinen Soldaten gefangengenommen worden, der mit dem Kolben seines Gewehrs den Säbel des Franzosen zerschlug, woraufhin sich Rawdon die zerbrochene Waffe angeeignet habe. Das Kreuz und die Epauletten stammten von einem französischen Kavallerieoberst, der während des Kampfes unter Rawdons Hand gefallen war, und was konnte er als Neffe mit der Siegesbeute nun Besseres tun, als sie seiner gütigsten und liebevollsten alten Freundin zu senden? Sollte er ihr auch weiterhin aus Paris schreiben, wohin jetzt die ganze Armee marschierte? Vielleicht könnte er ihr interessante Neuigkeiten aus der Hauptstadt und auch über einige ihrer alten Freunde schicken, denen sie soviel Gutes angetan hatte, als sie noch arme Emigranten waren.

Die alte Dame beauftragte Briggs, dem Oberst einen liebenswürdigen Brief und ihre Komplimente zu senden und ihn aufzufordern, mit dem Briefwechsel nur fortzufahren. Sein erster Brief sei so überaus anschaulich und vergnüglich gewesen, daß sie sich auf die folgenden freue. – «Natürlich weiß ich», erklärte sie der guten Briggs, «daß Rawdon genausowenig imstande ist, einen so glänzenden Brief zu schreiben, wie Sie es wären, meine arme Briggs, sondern daß ihm die schlaue kleine Schlange Rebecca alles Wort für Wort diktiert hat. Das ist jedoch kein Grund, weshalb ich mir nicht von meinem Neffen die Zeit vertreiben lassen sollte, und daher möchte ich ihm zu verstehen geben, daß er mich in die beste Laune versetzt hat.»

Ich frage mich, ob sie ahnte, daß Becky nicht nur die Briefe geschrieben, sondern auch die Siegestrophäen beschafft und nach Hause geschleppt hatte. Sie wurden für ein paar Franken bei einem der zahllosen Hausierer erstanden, die jetzt überall mit Kriegsandenken zu handeln begannen. Der Verfasser, der bekanntlich alles weiß, ist auch darüber im Bilde. Jedenfalls ermutigte Miss Crawleys leutselige Antwort unsere jungen Freunde, die nun von der offensichtlich besänftigten Stimmung der Tante das Beste für sich erhofften. Sie waren darauf bedacht, die alte Dame mit vielen köstlichen Briefen aus Paris zu unterhalten, denn, wie Rawdon schrieb, hatten sie das Glück gehabt, im Gefolge der siegreichen Armee dorthinzureisen.

Durchaus nicht so leutselig waren dagegen die Briefe der alten Dame an die Pfarrfrau, die nach Queen's Crawley ins Pfarrhaus zurückgekehrt war, um ihres Mannes gebrochenes Schlüsselbein zu pflegen. Mrs. Bute, eine lebhafte, geschäftige, tüchtige und herrschsüchtige

Frau, hatte ihrer Schwägerin gegenüber den verhängnisvollsten Irrtum begangen, als sie Miss Crawley und ihren ganzen Haushalt nicht nur tyrannisierte, sondern sogar langweilte! Wenn die arme Miss Briggs etwas temperamentvoller gewesen wäre, so hätte der Auftrag ihrer Herrin, einen Brief an Mrs. Bute Crawley zu schreiben, sie sehr glücklich machen müssen. Sie sollte ihr nämlich mitteilen, daß sich Miss Crawleys Gesundheitszustand seit Mrs. Butes Abreise bedeutend gebessert habe und daß Miss Crawley sie bitten ließe, sich unter keinen Umständen zu bemühen oder um Miss Crawleys willen ihre eigene Familie zu verlassen. Der Triumph über eine Dame, die zu Miss Briggs so hochmütig und grausam gewesen war, hätte den meisten Frauen Freude bereitet. Aber Briggs hatte eben überhaupt kein Temperament, und kaum war ihre Feindin besiegt, da begann sie schon Mitleid mit ihr zu empfinden.

Wie dumm ich nur war, dachte Mrs. Bute (und mit Recht), überhaupt anzudeuten, daß ich kommen wollte, wie ich es in dem albernen Brief tat, den wir Miss Crawley zusammen mit den Perlhühnern schickten! Ich hätte ohne jede Anmeldung zu der armen, lieben, kindischen alten Person fahren und sie der dummen Briggs und der Bestie von Kammerfrau einfach aus den Händen reißen sollen! O Bute, Bute, warum mußtest du dir auch das Schlüsselbein brechen?

Ja, warum? Wir haben gesehen, wie Mrs. Bute, als sie am Spiel war, ihre Karten allzugut ausspielte. Sie hatte Miss Crawleys Haushalt voll und ganz beherrscht und wurde dann voll und ganz besiegt, sowie sich eine günstige Gelegenheit zum Aufstand bot. Sie und ihre Angehörigen fanden allerdings, sie sei das Opfer von Selbstsucht und Verrat geworden und es sei ihr mit grausamstem Undank vergolten worden, daß sie sich so für Miss Crawley aufgeopfert habe. Außerdem beunruhigte sich die gute Christenseele wegen Rawdons Beförderung und der rühmlichen Erwähnung seines Namens in der *Gazette*. Würde die Tante nun ihm gegenüber weich werden, weil er Oberst und Ritter des Bath-Ordens geworden war? Und würde die abscheuliche Rebecca wieder ihr bevorzugter Liebling sein? Die Pfarrfrau entwarf für ihren Mann eine Predigt über die Nichtigkeit soldatischen Ruhmes und über das Wohlergehen schlechter Menschen, und der würdige Pfarrherr las sie mit schönster Betonung vor, ohne aber eine Silbe davon zu verstehen. Unter seinen Zuhörern befand sich Pitt Crawley, der mit seinen kleinen Stiefschwestern in die Kirche gegangen war, während der alte Baron sich durch nichts bewegen ließ, mit ihnen zu gehen.

Seit Becky Sharps Abreise war der elende Alte vollkommen auf Abwege geraten, was heftigen Anstoß in der Grafschaft und stummes Entsetzen bei seinem Sohn erregte. Die Bänder an Miss Horrocks' Haube wurden farbenprächtiger denn je. Die ehrbaren Familien mieden das Schloß und seinen Besitzer. Sir Pitt kneipte in den Häusern seiner Pächter, und an den Markttagen trank er mit den Bauern in Mudbury und den benachbarten Dörfern Grog. Er fuhr vierspännig in der Familienkutsche nach Southampton, neben ihm Miss Horrocks, und von Woche zu Woche erwarteten die Leute in der Grafschaft (ebenso wie sein Sohn, der schweigend darunter litt), daß die Heirat der beiden im Kreisblatt angezeigt würde. Es war wirklich eine schwere Last, die Mr. Crawley zu tragen hatte. An den Missionstagungen und bei andern religiösen Versammlungen in der Nachbarschaft, wo er sonst den Vorsitz geführt und stundenlang gesprochen hatte, schien sein Redefluß jetzt versiegt, denn wenn er sich erhob, glaubte er die Gedanken seiner Zuhörer zu vernehmen: das ist der Sohn des ruchlosen alten Sir Pitt, der sich sehr wahrscheinlich gerade in der Schenke betrinkt. Und einmal, als er von dem heidnischen König von Timbuktu und seinen zahlreichen, gleich ihm in Finsternis wandelnden Weibern sprach, rief ein ungläubiger Strolch aus der Menge: «Wie viele von der Sorte gibt's denn in Queen's Crawley, Sie kleiner Moralprediger?», was für die Rednertribüne sehr peinlich war und das

Ende von Mr. Pitts Rede bedeutete. Und die beiden Töchter wären im Schloß völlig verwildert aufgewachsen (denn Sir Pitt hatte geschworen, eine Erzieherin käme ihm nie wieder über die Schwelle), hätte Mr. Pitt den alten Herrn nicht durch Drohungen dazu bewegt, sie auf eine Schule zu schicken.

Doch was für Hader zwischen Miss Crawleys Nichten und Neffen auch bestehen mochte, sie stimmten alle in der Liebe zu ihrer Tante überein und schickten ihr Beweise ihrer Anhänglichkeit. So schickte Mrs. Bute ihr Perlhühner und besonders schönen Blumenkohl und eine hübsche Börse oder ein Nadelkissen, von den lieben Kinderchen gestickt, die um ein noch so kleines Plätzchen im Herzen der teuren Tante baten, und Mr. Pitt sandte vom Schloß Pfirsiche und Weintrauben und Wildbret. Die Southamptoner Postkutsche brachte die Liebesgaben nach Brighton, und manchmal beförderte sie auch Mr. Pitt persönlich dorthin, denn seine Zwistigkeiten mit Sir Pitt trieben ihn jetzt oft aus dem Schloß, und außerdem übte Brighton noch besondere Anziehungskraft auf ihn aus, weil sich Lady Jane Sheepshanks dort aufhielt, von deren Verlobung mit Mr. Pitt wir schon früher sprachen. Die Lady und ihre Schwestern lebten in Brighton bei ihrer Mama, der Gräfin Southdown, einer Frau von aufrechtem Geist, die bei den Frommen im Lande wohlbekannt war.

Wir sollten ein paar Worte über die Dame und ihre edlen Angehörigen sagen, die mit dem Haus Crawley jetzt und inskünftig so eng verbunden waren. Was das Oberhaupt der Familie Southdown betrifft, so braucht nur wenig über ihn erzählt zu werden, höchstens, daß er, Clement William und vierter Graf Southdown, unter den Auspizien von Mr. Wilberforce als Lord Wolsey ins Parlament kam und als ein ausgesprochen frommer junger Mann seinem politischen Paten während einiger Zeit alle Ehre machte. Doch Worte können die Gefühle seiner bewundernswerten Mutter nicht schildern, als sie sehr kurz nach dem Ableben ihres edlen Gatten erfahren mußte, daß ihr Sohn Mitglied verschiedener weltlicher Klubs sei und bei Wattier und im «Cocoa Tree» große Summen beim Kartenspiel verloren habe, daß er sich durch nach dem Tode zahlbare Schuldscheine Geld verschafft und die Familiengüter auch anderweitig belastet habe und daß er vierspännig fahre, der Gönner von Preisboxern sei und sich sogar eine Loge in der Oper halte, wo er mit den berüchtigsten Junggesellen zusammentreffe. In der Umgebung der Witwe seufzte man, wenn sein Name fiel.

Lady Emily war viele Jahre älter als ihr Bruder und erfreute sich in der Welt der Frommen als Verfasserin einiger bereits erwähnter herrlicher Traktate und vieler Hymnen und geistlicher Lieder eines beträchtlichen Ansehens. Sie war eine Jungfrau in reiferen Jahren, besaß nur undeutliche Vorstellungen von der Ehe und hegte eine Liebe zu den Negern, die fast all ihr Sinnen ausfüllte. Ihr verdanken wir, wenn ich mich nicht irre, das schöne Gedicht:

Führe uns zu fernen Meeren,
zu den sonnenhellen Inseln,
wo der Himmel ewig lächelt
und die Schwarzen kläglich winseln.

Sie stand in regem Briefwechsel mit den Geistlichen unsrer west- und ostindischen Besitzungen und hatte eine verstohlene Neigung für den Reverend Silas Hornblower, der auf den Südseeinseln tätowiert worden war.

Lady Jane nun, der Mr. Pitt Crawley seine Liebe zugewandt hatte, war ein sanftes, stilles und schüchternes Geschöpf, das leicht rot wurde. Sie weinte um ihren Bruder, obwohl er ein Abtrünniger war, und schämte sich sehr, weil sie ihn immer noch liebte. Selbst jetzt schickte sie ihm hastig hingekritzelte Briefchen, die sie selber heimlich in den Briefkasten schmuggelte. Das eine furchtbare Geheimnis, das ihr Leben belastete, war der heimliche Besuch, den sie und die alte Haushälterin ihm einmal im «Albany» abgestattet hatten, wo sie ihn – o den nichtsnutzigen, lieben, gottverlassenen Schlingel – bei einer Zigarre und einer Flasche Curaçao angetroffen hatten. Sie bewunderte ihre Schwester, sie verehrte ihre Mutter, sie hielt Mr. Crawdon (nach Southdown, dem gefallenen Engel) für den reizendsten und gebildetsten Mann. Ihre Mama und ihre Schwestern waren Damen von ganz großartiger Überlegenheit, erledigten alles für sie und betrachteten sie mit dem liebevollen Mitleid, von dem eine wirklich überlegene Frau stets reichlich abzugeben hat. Ihre Mama sorgte für ihre Kleider, Bücher, Hauben und Gedanken. Sie mußte Pony reiten und Klavier üben oder irgendwelche Heilmittel nehmen, je nachdem es Lady Southdown für richtig befand. Milady hätte ihre Tochter am liebsten bis zu ihrem jetzigen, sechsundzwanzigsten Lebensjahr noch im Kinderkittel herumlaufen lassen, hätte sie ihn nicht ablegen müssen, als sie der Königin Charlotte vorgestellt wurde.

Nachdem die Damen ihr Haus in Brighton bezogen hatten, machte Mr. Crawley nur bei ihnen einen persönlichen Besuch und begnügte sich damit, im Hause seiner Tante eine Karte abzugeben und sich in aller Zurückhaltung bei Mr. Bowls oder dem zweiten Diener nach dem Befinden der kränkelnden Dame zu erkundigen. Als er unterwegs Miss Briggs traf, die mit einem Bücherpaket unter dem Arm aus der Bibliothek kam, wurde er sehr rot, was bei ihm ganz ungewöhnlich war. Er machte Miss Briggs mit der Dame bekannt, mit der er zufällig spazierenging, nämlich mit Lady Jane Sheepshanks, und sagte: «Lady Jane, erlauben Sie mir, Ihnen die beste Freundin und liebevollste Gefährtin meiner Tante vorzustellen, Miss Briggs, die Ihnen auch unter einem andern Namen bekannt ist: als Autorin der entzückenden ‹Lieder eines Herzens›, die Sie ja so lieben.» Auch Lady Jane errötete, als sie Miss Briggs freundlich ihre kleine Hand reichte, und sagte etwas sehr Höfliches und Zusammenhangloses über ihre Mama, wobei sie von einem Besuch bei Miss Crawley stammelte und wie erfreut sie sei, die Freunde und Bekannten von Mr. Crawley kennenzu-

lernen. Mit sanften Taubenaugen verabschiedete sie sich
von Miss Briggs, während Pitt Crawley sie mit einer überaus höflichen Verneigung beehrte, wie er sie nur vor Ihrer
Königlichen Hoheit, der Herzogin von Pumpernickel,
gemacht hatte, als er an deren Hof Gesandtschafts-
attaché gewesen war.

Was für ein geschickter Diplomat war doch der Schüler
Lord Binkies, der bei einem Machiavelli in die Lehre gegangen sein könnte! Er selbst hatte Lady Jane das Bändchen mit den Jugendgedichten der armen Briggs gegeben!
Er hatte sich erinnert, es mit einer Widmung an seines
Vaters verstorbene Frau in Queen's Crawley gesehen zu
haben, nahm es nach Brighton mit, las es in der Post-

kutsche und strich einige Stellen mit Bleistift an, ehe er es der sanften Lady Jane schenkte.

Er war es auch gewesen, der Lady Southdown auf die großen Vorteile hinwies, die aus einem näheren Verkehr zwischen ihrer Familie und Miss Crawley erwachsen könnten, und zwar sowohl weltlicher wie geistlicher Art, wie er sagte. Denn Miss Crawley sei jetzt ganz allein, da die ungeheure Verschwendungssucht und die Heirat seines Bruders Rawdon den ruchlosen jungen Menschen ihrer Liebe beraubt hätten. Ebenso hätten Herrschsucht und Geiz der habgierigen Mrs. Bute Crawley die alte Dame veranlaßt, sich gegen die maßlosen Ansprüche der Familie Bute Crawley aufzulehnen. Er selbst hätte zwar sein Leben lang – vielleicht aus unangebrachtem Stolz – davon abgesehen, eine Freundschaft mit Miss Crawley zu pflegen, doch glaube er jetzt, jedes erlaubte Mittel zu benutzen, um ihre Seele vor der Verdammnis zu retten und sich selber als dem Oberhaupt des Hauses Crawley ihr Vermögen zu sichern.

Beiden Vorschlägen ihres Schwiegersohnes stimmte die aufrechte Lady Southdown durchaus zu: sie war Feuer und Flamme, Miss Crawley sofort zu bekehren. In ihrem eigenen Wirkungskreis, sowohl in Southdown wie auf Schloß Trottermore, fuhr die Lady, ein stattlicher und ehrfurchtgebietender Wahrheitsapostel, in ihrer Kutsche nebst Vorreitern auf dem Lande umher und bombardierte die Tagelöhner und Dorfbewohner mit ganzen Stapeln von Traktätchen, und dabei befahl sie dem Gevatter Jones, sich zu bekehren, und der Gevatterin Hicks, eine Dosis Fieberpulver zu schlucken – unbekümmert um flehentliche Einwände, Widerstand oder befreiende Vorrechte. Lord Southdown, ihr verstorbener Mann, ein Epileptiker und schlichter Edelmann, hatte es sich angewöhnt, alles zu billigen, was seine Matilda tat oder dachte. Sie hatte nie die geringsten Bedenken, von ihren Pächtern und Untergebenen zu verlangen, ihr zu folgen und das gleiche wie sie zu glauben, einerlei, wie oft sich ihr eigener Glaube wandeln mochte – und sie paßte ihn einer ungeheuren Zahl verschiedenster Meinungen an, die von allen möglichen gelahrten Herren Sektierern stammten. Ob sie nun den schottischen Geistlichen, Ehrwürden Saunders McNitre, empfing oder Ehrwürden Luke Waters, den sanftmütigen Anhänger Wesleys, oder den erleuchteten Flickschuster Ehrwürden Giles Jowls, der sich selbst zum Geistlichen ernannt hatte, wie Napoleon sich selbst zum Kaiser krönte – stets erwartete sie vom ganzen Haushalt, mitsamt Kindern und Pächtern, daß sie mit Milady auf die Knie sanken und mit ihr das Amen hinter die Gebete jedweden Doktors der Theologie setzten. Während der Andachtsübungen durfte der alte Southdown wegen seines kränkelnden Zustandes in seinem Zimmer bleiben, Punsch trinken und sich aus der Zeitung vorlesen lassen. Lady Jane war die Lieblingstochter des alten Grafen gewesen: sie hatte ihn gepflegt und aufrichtig geliebt. Was dagegen Lady Emily, die Autorin der «Waschfrau von Finchley», betraf, so waren ihre Androhungen eines zukünftigen Strafgerichts (damals wenigstens, denn später änderte sie ihre Ansicht) so grauenerregend, daß sie den schüchternen alten Herrn in die größte Angst versetzten, und die Ärzte behaupteten denn auch, seine Anfälle träten stets nach einer Andacht seiner Tochter auf.

«Ich will ihr gern einen Besuch machen», erwiderte Lady Southdown auf den Rat des Zukünftigen ihrer Tochter. «Welchen Arzt konsultiert Miss Crawley?»

Mr. Crawley nannte seinen Namen: «Mr. Creamer!»

«Ein sehr gefährlicher und unwissender Arzt, mein lieber Pitt! Als Werkzeug in der Hand der Vorsehung durfte ich ihn aus verschiedenen Häusern entfernen, doch kam ich in ein oder zwei Fällen nicht rechtzeitig. So konnte ich den armen General Glanders nicht retten, der unter den Händen des Unwissenden hinstarb, ja hinstarb. Er erholte sich ein wenig nach den Podgers-Pillen, die ich ihm eingab, aber ach, es war zu spät. Sein Sterben war jedoch erhebend, und für ihn war es das beste. Ja, mein lieber Pitt, Creamer muß fort!»

Pitt war durchaus einverstanden. Auch er hatte sich der Tatkraft seiner edlen Verwandten und künftigen Schwiegermutter gebeugt. Er hatte sie alle akzeptiert: Saunders McNitre, Luke Waters, Giles Jowls, Podgers' Pillen, Rodgers' Pillen, Pokeys Elixier und alle andern weltlichen und geistlichen Heilmittel der Lady. Nie verließ er ihr Haus, ohne respektvollst einen Stoß ihrer Scharlatantheologie und -medizin mitzunehmen. Oh, all ihr lieben Mitbrüder und Kameraden auf dem Jahrmarkt der Eitelkeit, wer von euch kennt sie nicht, die wohlmeinenden Despoten, und hat nicht unter ihnen gelitten? Vergeblich erwidert man ihnen: «Aber liebste Gnädige, auf Ihre Anordnung hin nahm ich voriges Jahr Podgers' Heilmittel und schwöre darauf – warum soll ich ihnen jetzt untreu werden und Rodgers' Heilmittel nehmen?» Doch das nützt alles nichts: wenn die gläubigen Proselytenmacher nicht durch Argumente überzeugen können, brechen sie in Tränen aus, und der Widerspenstige beendet den Wortwechsel, indem er die Pille schluckt und erklärt: «Gut, gut, Rodgers hat recht.»

«Und um ihr Seelenheil müssen wir uns selbstredend sofort kümmern», fuhr die Dame fort, «denn bei Creamers Behandlung kann sie jeden Tag verscheiden, und in welcher Seelenverfassung, mein lieber Pitt, in welcher entsetzlichen Seelenverfassung! Ich werde umgehend Ehrwürden Mr. Irons zu ihr schicken. Jane, schreibe ein paar Worte an Ehrwürden Bartholomew Irons, in der dritten Person natürlich, ich bäte um das Vergnügen, ihn heute abend um halb sieben bei mir zum Tee zu sehen. Er rüttelt die Menschen auf! Er sollte Miss Crawley aufsuchen, bevor sie sich zur Ruhe begibt. Und mach doch bitte ein Bücherpaket für Miss Crawley zurecht, liebste Emily! Nimm *Die Stimme aus den Flammen, Eine Warnungstrompete für Jericho* und *Die zerbrochenen Fleischtöpfe oder Der bekehrte Kannibale*.»

«Und *Die Waschfrau von Finchley,* Mama!» schlug Lady Emily vor. «Es ist vielleicht besser, gelinde anzufangen.»

«Halt, meine lieben Damen», unterbrach sie der Diplomat Pitt. «Bei aller Hochachtung für die Ansichten meiner teuren, verehrten Lady Southdown halte ich es keinesfalls für ratsam, bei Miss Crawley schon so früh mit ernsten Themen zu beginnen. Denken Sie an ihre geschwächte Gesundheit und wie wenig, wie sehr wenig sie bisher an Betrachtungen gewöhnt ist, die ihr Seelenheil betreffen.»

«Kann man damit je zu früh beginnen, Pitt?» sagte Lady Emily und hatte schon sechs Büchlein in der Hand.

«Wenn wir zu unvermittelt beginnen, wird sie ein für allemal zurückschrecken. Ich kenne die weltliche Natur meiner Tante so gut und bin überzeugt, daß jeder jähe Bekehrungsversuch das ungeeignetste Mittel wäre, das man für das Seelenheil der Unglücklichen anwenden könnte. Damit würde man sie nur erschrecken und reizen. Sie würde die Bücher höchstwahrscheinlich in die Ecke werfen und jeden Verkehr mit Ihnen ablehnen.»

«Pitt, Sie sind ebenso weltlich gesinnt wie Miss Crawley!» rief Lady Emily, warf den Kopf auf und verließ mit den Büchern in der Hand das Zimmer.

«Und ich brauche Ihnen wohl nicht zu sagen, meine liebe Lady Southdown», fuhr Pitt unbekümmert um den Zwischenruf mit leiserer Stimme fort, «wie verhängnisvoll sich ein Mangel an Behutsamkeit und Vorsicht auf die Hoffnungen auswirken könnte, die wir im Hinblick auf den irdischen Besitz meiner Tante hegen. Bedenken Sie, daß sie siebzigtausend Pfund besitzt; denken Sie an ihr Alter, an ihren hochgradig nervösen und geschwächten Zustand! Ich weiß, daß sie das Testament zerstört hat, das sie zugunsten meines Bruders, des Obersts Crawley, gemacht hatte. Nur durch sanften Zuspruch können wir die verletzte Seele wieder auf den rechten Pfad lenken, nicht aber dadurch, daß wir ihr Angst machen. Und daher werden Sie mir wohl beipflichten, daß... daß...»

«Natürlich, natürlich!» rief Lady Southdown. «Liebe Jane, das Briefchen an Mr. Irons braucht nicht abgeschickt zu werden. Wenn ihre Gesundheit so zart ist, daß Gespräche sie ermüden, dann wollen wir lieber warten, bis es ihr besser geht. Ich werde Miss Crawley morgen einen Besuch abstatten.»

«Und wenn ich mir einen Vorschlag erlauben darf, verehrte Freundin», sagte Pitt mit schmeichelnder Stimme, «wäre es wohl besser, daß Sie nicht unsre teure Emily mitnehmen, da sie zu leicht in Begeisterung gerät, sondern sich eher von unsrer sanften, lieben Lady Jane begleiten lassen.»

«Selbstredend! Emily würde alles verderben», sagte Lady Southdown. Diesmal willigte sie also ein, von ihrer üblichen Methode abzusehen: wenn sie sich nämlich sonst persönlich auf ein Opfer stürzte, das sie sich unterjochen wollte, so pflegte sie auf den Bedrohten zuerst eine Menge Traktate abzuschießen, wie ja auch einem Sturmangriff der Franzosen stets eine heftige Beschießung vorausging. Jedenfalls willigte Lady Southdown ein, sich diesmal zu mäßigen – entweder wegen des Gesundheitszustandes der alten Dame oder wegen des ewigen Heils ihrer Seele oder wegen ihres Geldes.

Am nächsten Tag fuhr die große, für den Gebrauch der Damen Southdown bestimmte Familienkutsche mit der Grafenkrone und dem Wappen (drei hüpfende Lämmer in Silber auf dem grünen Feld der Southdowns, daneben das Abzeichen der Binkies, ein Querbalken auf schwarzem Grund mit drei roten Schnupftabaksdosen) in vollem Staat vor Miss Crawleys Haustür vor, und der lange, feierliche Lakai gab Mr. Bowls die Karten von Milady für Miss Crawley und ebenfalls eine für Miss Briggs. Lady Emily fand eine Zwischenlösung und schickte der alten Dame gegen Abend ein Paket, das ein paar Bände wie *Die Waschfrau* und andere sanfte und beliebte Traktätchen für Miss Crawleys persönliche Lektüre enthielt, und außerdem für die Dienerschaft *Krumen aus der Speisekammer, Die Bratpfanne und das Feuer, Die Livree der Sünde* und ähnliche, weit kräftigere Sachen.

XXXIV

James Crawley wird die Pfeife ausgelöscht

TEILS WAR es Mr. Crawleys liebenswürdiges Benehmen, teils auch Lady Janes freundliche Begrüßung, die der armen Briggs so schmeichelten, daß sie gleich ein gutes Wort für die junge Dame einlegen konnte, nachdem die Karten der Familie Southdown bei Miss Crawley abgegeben worden waren. Es erfreute die arme alleinstehende Gesellschafterin nur noch mehr, daß sich darunter eigens für sie, Briggs, die Karte einer Gräfin befand. «Ich möchte bloß mal wissen, was sich Lady Southdown dabei dachte, als Sie auch eine Karte für Sie daließ, Briggs?» meinte die republikanisch gesinnte Miss Crawley, worauf die Gesellschafterin schüchtern sagte: «Es würde hoffentlich keinen kränken, wenn eine vornehme Aristokratin einer armen Dame Beachtung schenke.» Sie verwahrte die Visitenkarte in ihrem Arbeitskörbchen neben andern ihr besonders teuren Andenken, und dann erzählte sie, daß sie am Tag zuvor Mr. Crawley getroffen habe, der mit seiner Kusine, nämlich der ihm schon seit langem anverlobten Braut, spazierengegangen sei, und sie schilderte, wie freundlich und sanft die junge Dame aussähe und wie einfach, um nicht zu sagen ärmlich, ihre Kleidung gewesen sei, die sie von der Haube bis zu den Schuhen mit weiblicher Genauigkeit beschrieb und würdigte.

Miss Crawley ließ die Briggs weiterschwatzen, ohne sie allzuoft zu unterbrechen. Je besser es ihr ging, um so mehr sehnte sie sich nach Unterhaltung. Mr. Creamer, ihr

Arzt, wollte nichts davon wissen, daß sie wieder nach London zu ihrem alten Verkehr und Umgang zurückkehrte. Die alte Jungfer war daher sehr froh, in Brighton Gesellschaft zu finden. Sie ließ schon am nächsten Tage ihre Karten bei den Southdowns abgeben und lud Pitt Crawley huldvoll ein, die Tante zu besuchen. Er kam und brachte Lady Southdown und deren Tochter mit. Die Witwe ließ kein einziges Wort über Miss Crawleys Seelenheil verlauten, sondern sprach höchst taktvoll über das Wetter, über den Krieg und den Sturz des Ungeheuers Bonaparte, vor allem aber über Ärzte, Quacksalber und die besonderen Verdienste Doktor Podgers', der damals gerade bei ihr in Gunst stand.

Während der Unterhaltung glückte Pitt Crawley ein großartiger Treffer, der gleichzeitig bewies, daß er es in der diplomatischen Laufbahn sehr weit hätte bringen können, wenn er nicht in den ersten Anfängen übergangen worden wäre. Als die Gräfinwitwe über den korsischen Emporkömmling herzuziehen begann und behauptete, er sei ein mit allen erdenklichen Verbrechen besudeltes Ungeheuer, ein Feigling und ein Tyrann, der nicht zu leben verdiene und dessen Sturz schon prophezeit sei, und so weiter und so fort, da ergriff Pitt Crawley plötzlich Partei für das Werkzeug der Vorsehung. Er schilderte Napoleon, wie er ihn als Ersten Konsul nach dem Frieden von Amiens in Paris gesehen habe, als er, Pitt Crawley, die Genugtuung hatte, die Bekanntschaft des großen und gütigen Mr. Fox zu machen, eines Staatsmannes, den man glühend bewundern mußte, auch wenn man ganz andere Ansichten als er hatte, eines Staatsmannes, der den Kaiser Napoleon immer sehr hoch geschätzt habe. Und mit Ausdrücken heftigsten Unwillens sprach Pitt nun über das treulose Verhalten der Alliierten gegenüber dem entthronten Monarchen, der sich gutgläubig ihrer Gnade ausgeliefert hatte und dann grausamerweise in eine unwürdige Verbannung geschickt wurde, während an seiner Stelle ein bigotter, papistischer Pöbel Frankreich tyrannisierte.

Sein rechtgläubiger Abscheu vor dem römischen Aberglauben rettete Pitt Crawley in den Augen Lady Southdowns, während seine Bewunderung für Fox und Napoleon ihn in Miss Crawleys Augen unermeßlich steigen ließ. Ihre Freundschaft mit dem verstorbenen britischen Staatsmann hatten wir schon erwähnt, und als treue Anhängerin der Whigs war Miss Crawley den ganzen Krieg über in Opposition gewesen, obwohl der Sturz des Kaisers die alte Dame bestimmt nicht allzusehr berührte, und ebensowenig vermochte die schlechte Behandlung, die ihm widerfuhr, ihr Leben abzukürzen oder ihren Schlaf zu beeinträchtigen; doch Pitt hatte ihr aus der Seele gesprochen, als er ihre beiden Helden rühmte. Durch die eine Äußerung hatte er im Nu ungeheure Fortschritte in ihrer Gunst gemacht.

«Und wie denken Sie darüber, meine Liebe?» fragte Miss Crawley die junge Dame, an der sie auf den ersten Blick Gefallen gefunden hatte, wie es ihr immer bei hübschen und bescheidenen jungen Menschen erging. Allerdings müssen wir gestehen, daß ihre Zuneigung ebenso schnell abkühlte wie aufflammte.

Lady Jane wurde sehr rot und erwiderte, daß «sie nichts von Politik verstehe und sie klügeren Köpfen überließe; aber wenn ihre Mama auch sicher recht habe, so hätte Mr. Crawley doch sehr schön gesprochen». Als die Damen dann den Besuch beendeten und sich verabschiedeten, gab Miss Crawley der Hoffnung Ausdruck, «Lady Southdown würde so freundlich sein und Lady Jane zu ihr schicken, falls sie abkömmlich sei, um eine arme, kranke, einsame alte Frau zu trösten». Es wurde ihr liebenswürdig versprochen, und man trennte sich im besten Einvernehmen.

«Laß Lady Southdown nicht wiederkommen, Pitt», sagte die alte Dame. «Sie ist dumm und aufgeblasen – wie alle andern aus deiner Mutter Familie! Aber die nette, gutherzige kleine Jane kannst du mir so oft bringen, wie du willst!» Pitt versprach es ihr. Der Gräfin Southdown erzählte er nicht, was seine Tante von ihr hielt, denn die Lady glaubte, daß sie einen hinreißenden und überwältigenden Eindruck auf Miss Crawley gemacht haben müsse.

Und da Lady Jane durchaus nicht abgeneigt war, eine kränkliche Dame zu trösten, und es vielleicht im Grunde ihres Herzens nicht bedauerte, hin und wieder den langweiligen Ergüssen von Ehrwürden Bartholomew Irons und andern frömmlerischen Speichelleckern zu entgehen, die sich um die stolze Gräfin, ihre Mama, versammelten, so wurde sie bald ein ziemlich regelmäßiger Gast Miss Crawleys und begleitete sie auf ihren Ausfahrten oder erheiterte sie an den langen Abenden. Sie war von Natur so gut und sanft, daß selbst Firkin nicht auf sie eifersüchtig wurde, und die gute Briggs fand, ihre alte Freundin sei weniger grausam zu ihr, wenn die freundliche Lady Jane da war. Miss Crawley war zu der jungen Dame einfach bezaubernd. Sie erzählte ihr tausenderlei Anekdoten aus ihrer Jugend, aber in einer sehr andern Tonart als damals in ihren Gesprächen mit der schlimmen kleinen Rebecca, denn Lady Janes Unschuld hatte etwas an sich, das leichtfertiges Reden in ihrer Anwesenheit als Beleidigung gestempelt hätte. Miss Crawley war von zu vornehmer Art, um solche Reinheit zu verletzen. Die junge Dame hatte, außer von der alten Jungfer und ihrem Vater und Bruder, noch niemals viel Freundlichkeit erfahren, und daher erwiderte sie Miss Crawleys Vorliebe für sie mit argloser, reizender Freundschaft.

An den Herbstabenden (an denen Rebecca in Paris als fröhlichste der fröhlichen Eroberer Triumphe feierte und Amelia, unsre liebe, grambgebeugte Amelia, ach, wer weiß wo steckte) saß Lady Jane bei Miss Crawley im Wohnzimmer und sang ihr im Dämmerlicht mit lieblicher Stimme ihre einfachen kleinen Lieder und Choräle vor, während draußen die Sonne unterging und die Brandung gegen den Strand dröhnte. Die alte Jungfer wachte meistens auf, wenn die Liedchen zu Ende waren, und bat um mehr. Wer aber kann das Glück und die Gefühlsseligkeit der guten Briggs ermessen, die zwar zu stricken vorgab, dabei aber selige Tränen vergoß und auf das glänzende

Meer hinausblickte, das allmählich dunkler wurde, bis die himmlischen Lichter zu strahlen begannen!

Unterdessen saß Pitt mit einer Flugschrift über die Korngesetze oder einem Missionsregister im Eßzimmer und genoß jene Entspannung, die sowohl romantischen wie unromantischen Herren nach dem Essen stets gut bekommt. Er trank kleine Schlückchen Madeira, er baute Luftschlösser, er hielt sich für einen fabelhaften Burschen, er glaubte sich verliebter in die kleine Jane, als er es je während der sieben Jahre gewesen war, die ihre Beziehung – ohne die geringste Ungeduld von seiten Pitts – nun schon andauerte, vor allem aber schlummerte er sehr häufig. Kam jedoch die Zeit für den Kaffee, dann pflegte Mr. Bowls geräuschvoll einzutreten und es dem gnädigen jungen Herrn zu melden, der im Dunkeln sehr mit seiner Flugschrift beschäftigt schien.

«Ach, Kindchen, ich wünschte, jemand würde mit mir Pikett spielen», seufzte Miss Crawley eines Abends, als der Butler mit dem Leuchter und dem Kaffee erschien. «Die arme Briggs spielt wie ein dummes Huhn!» (Die alte Jungfer nahm jede Gelegenheit wahr, Briggs vor der Dienerschaft herabzusetzen.) «Ich glaube, ich könnte besser schlafen, wenn ich vorher mein Spielchen hätte!»

Da errötete Lady Jane bis zu ihren kleinen Ohrläppchen hinauf und bis zu den niedlichen Fingerspitzen hinunter, und als Mr. Bowls das Zimmer verlassen und die Türe hinter sich geschlossen hatte, sagte sie:

«Miss Crawley – ich kann ein bißchen spielen! Ich habe nämlich – früher heimlich mit meinem armen Papa gespielt!»

«Kommen Sie her und geben Sie mir einen Kuß! Kommen Sie sofort her und geben Sie mir einen Kuß, Sie liebe gute Seele!» rief Miss Crawley begeistert, und in dieser malerischen und freundschaftlichen Stellung fand Mr. Pitt die alte und die junge Dame, als er mit dem Flugblatt in der Hand nach oben kam. Wie sie den ganzen Abend immer wieder errötete, die arme kleine Lady Jane!

*

Man muß nun aber nicht glauben, daß Mr. Pitt Crawleys Diplomatenkniffe der Aufmerksamkeit seiner lieben Verwandten im Pfarrhaus von Queen's Crawley entgingen! Hampshire und Sussex liegen nicht weit voneinander, und Mrs. Bute hatte in Sussex Freundinnen, die dafür sorgten, daß sie alles (und noch sehr viel mehr) erfuhr, was sich in Miss Crawleys Haus in Brighton abspielte. Pitt war immer häufiger dort. Monatelang kehrte er nicht ins Schloß zurück, wo sich sein abscheulicher alter Vater gänzlich dem Grog und dem widerlichen Umgang mit der Familie Horrocks ergab. Pitts Erfolge versetzten die Pfarrersleute in Wut, und Mrs. Bute bedauerte immer mehr (obwohl sie das Gegenteil behauptete), daß sie einen ungeheuren Fehler begangen hatte, als sie die Briggs beleidigte und zu Bowls und Firkin so hochmütig und geizig war, denn nun war in Miss Crawleys Haushalt keine Menschenseele, die ihr Auskunft gegeben hätte, was dort geschah. «Es ist alles wegen Butes Schlüsselbein», wiederholte sie dauernd. «Wenn er sich's nicht gebrochen hätte, wäre ich nie von ihr weggegangen. Ich bin ein Opfer der Pflichterfüllung und deiner ekelhaften und unfrommen Vorliebe für die Jagd, Bute!»

«Meine Vorliebe für die Jagd? Unsinn! Du hast ihr Angst gemacht, Barbara!» entgegnete der geistliche Herr. «Du bist eine kluge Frau, aber du hast ein verteufeltes Temperament, und obendrein knauserst du mit dem Geld, Barbara!»

«Wenn ich nicht mit dem Geld geknausert hätte, stecktest du längst im Schuldgefängnis, mein lieber Bute!»

«Ich weiß, ich weiß, meine Liebe», sagte der Pfarrer gutmütig. «Du bist eine geschickte Frau, aber du machst alles ein bißchen zu geschickt, verstehst du?» Und dann tröstete sich der fromme Mann mit einem großen Glas Portwein.

«Was zum Kuckuck kann sie bloß an solchem Narren wie dem Pitt Crawley finden?» fuhr er fort. «Der Bursche hat nicht so viel Mut, um einen Gänserich fortzuscheuchen. Ich erinnere mich noch an die Zeit, als Rawdon (zum Henker mit ihm, aber ein richtiger Mann ist er wenigstens!) seinen Bruder wie einen Kreisel durch alle Ställe peitschte und wie Pitt dann heulend zu seiner Mama heimlief, haha! Von unsern Jungen würde ihn jeder mit einer Hand k:o. schlagen. Jim sagt, in Oxford spricht man noch immer als ‹Fräulein Crawley› von ihm – so ein Narr!»

Nach einer Pause fuhr der hochwürdige Herr fort: «Hör mal zu, Barbara!»

«Was denn?» fragte Barbara, die auf den Tisch trommelte und sich die Nägel zerbiß.

«Warum wollen wir nicht James nach Brighton schicken, damit er bei der alten Dame etwas erreicht? Er hat beinah den Universitätsabschluß geschafft – durchgefallen ist er bloß zweimal, genau wie ich, aber er war in Oxford und hat studiert. Er ist dort mit ein paar von den besten jungen Leuten befreundet. Im Bonifatius-Boot ist er Vormann, und ein hübscher Bursche ist er auch. Zum Teufel, wir wollen ihn auf die alte Frau loslassen, und den Pitt soll er verdreschen, wenn er 's Maul aufreißen will. Hahaha!»

«Sicher, Jim sollte mal hinfahren und sie besuchen», sagte die Hausfrau, und seufzend fuhr sie fort: «Wenn wir doch eins von den Mädchen bei ihr einschmuggeln dürften! Aber sie mochte ja beide nie ausstehen, weil sie nicht hübsch sind.» Während die Mutter sprach, konnte man hören, wie die beiden armen, wohlerzogenen Töchter im Wohnzimmer nebenan mit hartem Anschlag ein schwieriges Klavierstück herunterhämmerten; sie trieben tatsächlich den ganzen Tag entweder Musik oder Turnen oder Geographie oder Geschichte. Was nützen aber den jungen Damen auf dem Jahrmarkt der Eitelkeit all solche Talente, wenn sie einen schlechten Teint haben und klein, arm und häßlich sind? Mrs. Bute kannte außer dem Vikar keinen andern Mann, der ihr eine abgenommen hätte. Doch nun kam Jim aus dem Stall und trat mit seiner Wachstuchmütze und der Pfeife durch die Verandatür ein. Er und sein Vater unterhielten sich über die Aussichten beim St. Léger-Rennen, und damit brach die Unterhaltung zwischen dem Pfarrer und seiner Frau ab.

Mrs. Bute erwartete nicht viel Gutes für ihre Sache, als sie James wie einen Gesandten losschickte, sondern sie sah ihn in ziemlich verzweifelter Stimmung abfahren. Auch der junge Bursche war nicht weiter auf Vergnügen oder Vorteile gefaßt, als er hörte, welcher Art sein Auftrag sein sollte. Doch tröstete er sich mit dem Gedanken, daß ihm die alte Dame vielleicht ein hübsches Andenken schenken würde, womit er beim kommenden Semesterbeginn in Oxford ein paar seiner dringendsten Schulden bezahlen könnte. Er stieg also in die Southamptoner Postkutsche und kam noch am gleichen Abend mitsamt seinem Portemanteau, seiner Lieblingsbulldogge Towzer und einem Riesenkorb voller Feld- und Gartenprodukte, der lieben Miss Crawley von den lieben Pfarrersleuten zugedacht, wohlbehalten in Brighton an. Er hielt es für zu spät, die kränkliche Dame am Abend seiner Ankunft bereits zu stören, stieg deshalb in einem Gasthof ab und machte Miss Crawley erst am folgenden Nachmittag seine Aufwartung.

Als seine Tante ihn das letztemal gesehen hatte, war James Crawley ein linkischer Junge und in den peinlichen Jahren gewesen, wo die Stimme zwischen einem unheimlichen Diskant und einem abnormen Baß hin- und herschwankt – wo im Gesicht Blüten sprießen, gegen die Rowlands Kalydor ein gutes Mittel sein soll – wo sich die Jungen heimlich mit der Schere ihrer Schwester rasieren – wo der Anblick andrer junger Mädchen ihnen unerträgliches Grauen einflößt – wo große Hände und Knöchel weit aus den zu eng gewordenen Anzügen hervorschauen – wo ihre Anwesenheit im Salon den im Zwielicht tuschelnden Damen schrecklich ist, aber ebenso unsagbar widerwärtig auf die Herren am Mahagonitisch wirkt, die sich durch die Anwesenheit der linkischen Unschuld in ihrem freien Gedankenaustausch und dem Erzählen köstlicher Witze behindert fühlen – wo Papa nach dem zweiten Glas sagt: «Jack, mein Junge, geh nach draußen und sieh nach, ob sich das Wetter hält!» und wo der Junge, erlöst, wieder frei zu sein, aber verletzt, weil er noch kein richtiger Erwachsener ist, das unfertige Bankett verläßt. Solch ein Tölpel war James also damals auch gewesen, doch jetzt war er ein junger Mann geworden, der eine Universitätsbildung genossen und die wertvolle Politur erworben hatte, die man nur dann bekommt, wenn man an einer kleinen Hochschule in einem flotten Freundeskreis lebt, Schulden macht, relegiert wird und durchfällt.

Er war aber ein hübscher Mensch, als er kam, um sich seiner Tante in Brighton vorzustellen, und gutes Aussehen fiel bei der Gunst der wetterwendischen alten Dame immer ins Gewicht. Auch sein Erröten und seine Verlegenheit schadeten ihm nichts, denn sie freute sich darüber und nahm sie für gesunde Anzeichen jugendlicher Aufrichtigkeit.

Er sagte, er sei «ein paar Tage nach Brighton gekommen, um einen Studienfreund zu besuchen und – und Ihnen meine Aufwartung zu machen, Ma'am, und Ihnen Empfehlungen von meinem Vater und meiner Mutter auszurichten, die hoffen, daß es Ihnen gut geht».

Pitt war bei Miss Crawley im Zimmer, als der junge Mann gemeldet wurde, und sah sehr bestürzt aus, als der Name fiel. Die alte Dame hatte Sinn für Humor und genoß die Bestürzung ihres sonst so korrekten Neffen. Sie erkundigte sich mit dem größten Interesse nach allen Menschen im Pfarrhaus und sagte, sie gedächte sie vielleicht zu besuchen. Sie sagte dem jungen Mann allerlei Nettes, lobte seine Figur und wie er sich herausgemacht habe und bedauerte dann, daß seine Schwestern nichts von seinem guten Äußeren mitbekommen hätten. Als sie durch ihre Fragen erfuhr, daß er in einem Hotel abgestiegen sei, wollte sie nichts davon wissen, daß er dort bliebe, sondern befahl Mr. Bowls, sofort Mr. James Crawleys Sachen abzuholen. «Und hören Sie, Bowls», fügte sie sehr liebenswürdig hinzu, «seien Sie so gut, Mr. James' Rechnung zu bezahlen.»

Sie warf Pitt einen listig triumphierenden Blick zu. Der Diplomat erstickte fast vor Neid. Sosehr er bei seiner

Tante in Gunst stand, hatte sie ihn doch noch nie eingeladen, bei ihr zu wohnen, und da kam so ein junger Grünschnabel einher und wurde auf den ersten Blick willkommen geheißen.

«Bitte um Verzeihung, Sir», sagte Bowls und trat mit einer tiefen Verbeugung näher, «von welchem Hotel darf Thomas das Gepäck holen?»

«Oh, verdammich», sagte der junge James und fuhr hoch, als erschrecke er, «ich gehe lieber selbst!»

«Was denn?» sagte Miss Crawley.

«Es ist der *Gasthof zum Boxer*», sagte James und wurde furchtbar rot.

Miss Crawley brach in schallendes Gelächter aus. Mr. Bowls, als vertrauter Diener der Familie, gestattete sich ein kurzes Auflachen, unterdrückte aber den Rest der Lachsalve. Der Diplomat lächelte nur.

«Ich kannte mich nicht aus», sagte James und schlug die Augen nieder. «Ich bin noch nie hier gewesen. Der Postillon hat mir den Gasthof genannt.» Der kleine Lügner! James hatte nämlich am Tag zuvor in der Postkutsche den Preiskämpfer von Tutbury getroffen, der nach Brighton zu einem Wettkampf mit dem Rottingdean-Champion gekommen war, und da er von der Unterhaltung mit ihm begeistert war, hatte er den Abend in Gesellschaft des interessanten Menschen und seiner Freunde in der bewußten Kneipe verbracht.

«Ich... ich geh' wirklich lieber selbst und bezahle die Sache», sagte James. «Ich kann Sie doch nicht damit belästigen, Ma'am», fuhr er großzügig fort.

Sein Zartgefühl brachte die Tante noch mehr zum Lachen.

«Begleichen Sie die Rechnung, Bowls», sagte sie und winkte mit der Hand, «und dann bringen Sie sie mir!»

Die arme Dame, sie ahnte nicht, was ihr bevorstand! «Es ist – auch noch ein kleiner Hund da», sagte James und blickte schrecklich schuldbewußt drein. «Den hole ich lieber selbst. Er beißt die Lakaien gern in die Waden!»

Bei dieser Beschreibung brach die ganze Gesellschaft

wieder in Lachen aus, sogar Briggs und Lady Jane, die während der Unterhaltung zwischen Miss Crawley und ihrem Neffen stumm dagesessen hatten. Und Bowls verließ wortlos das Zimmer.

Miss Crawley war, um ihren Neffen Pitt zu strafen, weiterhin sehr liebenswürdig zu dem jungen Oxforder Studenten. Wenn sie einmal damit angefangen hatte, kannten ihre Freundlichkeit und ihre Komplimente keine Grenzen. Sie sagte Pitt, er dürfe zum Abendessen kommen, und bestand darauf, daß James sie auf ihrer Spazierfahrt begleiten solle, und folglich wurde er auf dem Rücksitz ihrer Kutsche feierlich den Strand hinauf- und hinabgefahren. Während des ganzen Ausflugs unterhielt sie sich sehr gebildet mit ihm. Sie sagte dem verdutzten Jungen italienische und französische Gedichte auf und behauptete, er sei ein gescheiter Kopf und würde ganz bestimmt eine goldene Medaille gewinnen und Senior-Bakkalaureus werden.

«Hoho», lachte James, der wegen der Komplimente etwas mutiger geworden war. «Senior-Bakkalaureus – das gibt's ja bloß im andern Laden!»

«Was ist das für ein andrer Laden, mein liebes Kind?» fragte die Dame.

«Das gibt's bloß in Cambridge, nicht in Oxford», sagte der Student mit überlegener Miene. Wahrscheinlich würde er noch mehr erzählt haben, wenn nicht plötzlich auf der Promenade ein leichter Mietwagen erschienen wäre, den ein schmuckes Pony zog und in dem seine Boxerfreunde in weißen Flanellröcken mit Perlmutterknöpfen saßen und den armen James in seiner Equipage grüßten. Der Zwischenfall dämpfte die Stimmung des naiven Jünglings, und während der ganzen übrigen Fahrt war ihm kein Ja und kein Nein mehr zu entlocken.

Bei der Heimkehr fand er sein Zimmer zurechtgemacht und das Portemanteau an Ort und Stelle. Als der Butler ihn hinaufbegleitete, hätte er auf Mr. Bowls' Gesicht einen ernsten, erstaunten und mitleidigen Ausdruck feststellen können. Aber er dachte gar nicht an Mr. Bowls.

Er war verzweifelt, weil er sich in einer so furchtbaren Klemme befand: in einem Haus voller Frauen, die alle Französisch und Englisch verstanden und ihm Gedichte aufsagten. «Regelrecht in der Falle, hol's der Deuker!» rief der schüchterne Junge, der selbst der sanftesten ihres Geschlechts, selbst der Briggs, nicht Rede stehen konnte, während er in Iffley-Lock sogar den frechsten Schiffer mit derben Worten ausstach.

Zum Abendessen erschien James in einer weißen Halsbinde, die ihn fast abwürgte, und hatte die Ehre, Lady Jane zu Tisch zu führen, während Briggs und Mr. Crawley die alte Dame begleiteten und ihr ganzes Rüstzeug an Decken, Schals und Kissen trugen. Briggs verbrachte die Hälfte ihrer Zeit bei Tisch damit, sich um die Bequemlichkeit der kränklichen alten Dame zu kümmern und für den fetten Spaniel Geflügel zu zerkleinern. James sprach nicht viel, trank aber allen Damen zu. Er nahm Mr. Crawleys Herausforderung an und leerte mit ihm den größten Teil einer Flasche Champagner, die Mr. Bowls ihm zu Ehren hatte heraufholen müssen. Als sich die Damen zurückgezogen hatten und die beiden Vettern allein bei Tisch saßen, wurde der Exdiplomat Pitt sehr mitteilsam und freundlich. Er erkundigte sich nach James' Laufbahn an der Universität und was er für Zukunftspläne hege und hoffte, er käme gut voran: mit einem Wort, er war offen und liebenswürdig. Der Portwein löste James die Zunge, und er erzählte seinem Vetter von seinem Leben, seinen Aussichten, seinen Schulden, seinen Sorgen wegen des Vorexamens und den Scherereien mit dem Proktor. Dabei schenkte er sich emsig aus den vor ihm stehenden Flaschen ein und ging munter und behende vom Portwein zum Madeira über.

«Für die Tante ist es die größte Freude», sagte Pitt Crawley und goß sich ein, «wenn man in ihrem Haus tut, was einem Spaß macht. Hier herrscht Freiheit, James, und du kannst Miss Crawley keinen größeren Gefallen erweisen, als wenn du tust, was du willst, und verlangst, was du haben möchtest. Ich weiß ja, daheim auf dem Lande habt ihr mich alle als Tory verspottet. Aber Miss Crawley ist so liberal, daß sie für jeden Verständnis hat. Im Prinzip ist sie republikanisch gesinnt und verachtet alles, was Rang und Titel heißt.»

«Und warum heiratest du eine Grafentochter?» fragte James.

«Bedenke doch, lieber Freund, es ist nicht die Schuld der armen Lady Jane, daß sie adliger Herkunft ist!» erwiderte Pitt mit weltmännischer Miene. «Sie kann nichts dafür, daß sie eine Lady ist. Außerdem bin ich ja selber ein Tory.»

«Ja, wahrhaftig», rief James, «es geht eben nichts über blaues Blut, nein, verdammich! Ich bin nicht für die Radikalen. Ich weiß, was es heißt, ein Edelmann zu sein. Sieh dir mal die Burschen bei der Regatta an! Sieh die Kerls bei einem Boxkampf! Ja, und wenn's nur ein Hund ist, der auf Ratten Jagd macht – wer gewinnt da? Der Blaublütige! Holen Sie mehr Portwein, Bowls, alter Junge, solange ich die hier leerflüstere! Was hab' ich doch gesagt?»

«Ich glaube, du sprachst von Hunden, die auf Ratten Jagd machen», sagte Pitt milde und reichte seinem Vetter die Karaffe zum «Leerflüstern».

«Rattenjagd, so? Also, Pitt, bist du ein Sportsmann? Möchtest du mal einen Hund sehen, der wirklich ein Rattenfänger ist? Dann mußt du zu Tom Corduroy in die Castle Street Mews mitkommen, da zeig' ich dir einen derartigen Bullterrier, daß du... Pah! Schwindel!» rief James und begann über seinen eigenen dummen Vorschlag zu lachen, «*du* kannst dich ja gar nicht für Hunde oder Ratten interessieren! Ist ja Blödsinn! Ich lass' mich hängen, wenn du einen Hund von einer Ratte unterscheiden kannst!»

«Nein – übrigens hast du gerade von Blut gesprochen», fuhr Pitt noch viel freundlicher fort, «und von den persönlichen Vorteilen, die man von seiner adligen Herkunft hat. Hier ist die neue Flasche!»

«Blut ist das richtige Wort!» rief James und goß sich die

rubinrote Flüssigkeit in die Kehle. «Es geht nichts über edles Blut, Sir, bei Pferden, Hunden *und* Menschen! Im letzten Semester, kurz bevor ich geschaßt wurde... ich meine, bevor ich die Masern bekam, haha, da waren ich und Ringwood vom Christchurch College, du weißt schon, Bob Ringwood, der Sohn von Lord Cinqbar, da waren wir also in Blenheim in der *Bell* beim Bier, und der Fährknecht von Banbury wollte mit einem von uns um eine Terrine Punsch boxen. Ich konnte nicht, hatte den Arm in der Schlinge, konnte nicht mal kutschieren. Zwei Tage vorher war meine verdammte Stute auf der Abingdon-Jagd mit mir gestürzt, und ich glaubte schon, ich hätt' den Arm gebrochen. Konnt' ihn also nicht erledigen, Sir, aber Bob hatte sich sofort den Rock ausgezogen, drei Minuten ging er auf den Banbury-Mann los, und in der vierten Runde hat er ihn spielend umgelegt. Herrje, wie der hinschlug, Sir! Und was war's? Blut, Sir, edles Blut!»

«Du trinkst ja gar nicht, James», sagte der ehemalige Attaché. «Zu meiner Zeit ließen wir in Oxford die Flasche schneller kreisen, als es heute bei euch jungen Leuten der Fall zu sein scheint.»

«Hoho!» sagte James, legte den Finger an die Nase und blinzelte seinem Vetter mit weinseligen Augen zu. «Keine Mätzchen, alter Junge! Geht bei mir nicht! Willst mich für dumm verkaufen, was? Geht aber nicht. *In vino veritas,* was, alter Junge? *Mars, Bacchus, Apollo virorum,* he? Ich wünschte, die Tante würde meinem alten Herrn etwas von dem da schicken: ist ein köstlicher Tropfen!»

«Bitte sie doch drum», riet der kleine Machiavelli, «oder nütze die Zeit hier aus! Wie sagt doch der Dichter? *Nunc vino pelite curas, Cras ingens iterabimus aequor*», und während er den Vers mit der Miene eines Unterhausmitgliedes zitierte, goß der Bacchusschüler beinahe einen Fingerhut voll Wein hinunter – aber mit gehörigem Schwenken seines Glases.

Wenn im Pfarrhaus nach dem Essen die Flasche mit

dem Portwein entkorkt wurde, erhielten die jungen Damen jede ein Glas Johannisbeerwein, Mrs. Bute trank ein Glas Portwein, und der brave James bekam meistens zwei, aber da sein Vater sehr ärgerlich wurde, wenn er weitere Angriffe auf die Flasche machte, so verzichtete der gute Junge im allgemeinen darauf, mehr zu erlangen, und begnügte sich entweder mit dem Johannisbeerwein oder mit einem heimlichen Glas Schnaps im Stall in Gesellschaft des Kutschers und seiner Pfeife. In Oxford war die Quantität des Weins nicht begrenzt, aber die Qualität war minderwertig. Doch wenn sich nun Quantität und Qualität auf gleicher Höhe befanden, wie hier im Hause der Tante, dann bewies James, daß er es zu schätzen verstand und sich kaum von seinem Vetter nötigen lassen mußte, auch die zweite von Mr. Bowls geholte Flasche leerzupicheln.

Als jedoch die Zeit kam, zum Kaffee zu den Damen zurückzukehren, vor denen er solche Scheu hatte, da verließ den jungen Herrn all seine nette Offenheit, und er verfiel wieder in seine übliche mürrische Schüchternheit. Er begnügte sich damit, ja oder nein zu sagen, Lady Jane stirnrunzelnd anzustarren und eine Tasse mit Kaffee umzustoßen.

Wenn er nicht sprach, gähnte er mitleiderregend, und seine Anwesenheit warf einen Schatten auf die bescheidenen Unternehmungen des Abends, denn Miss Crawley und Lady Jane beim Pikett sowie Miss Briggs bei ihrer Handarbeit spürten alle drei, daß er die Augen mit wildem Ausdruck auf sie heftete, und es wurde ihnen bei seinen glasigen Blicken unbehaglich zumute.

«Er scheint ein sehr schweigsamer, unbeholfener und scheuer Bursche zu sein», sagte Miss Crawley zu Mr. Pitt.

«In Männergesellschaft ist er gesprächiger als unter lauter Damen», erwiderte der Machiavelli trocken; vielleicht war er enttäuscht, daß der Portwein Jim nicht redseliger gemacht hatte.

Den ersten Teil des folgenden Morgens verbrachte James damit, nach Hause zu schreiben und seiner Mutter den Empfang bei Miss Crawley in den prächtigsten Farben zu schildern. Aber ach! Was ahnte er davon, welch Unheil ihm der Tag noch bringen und wie kurze Zeit er bei seiner Tante in Gunst stehen sollte! Am Abend, bevor er ins Haus seiner Tante zog, hatte sich ein Vorfall ereignet, ein unbedeutender und doch verhängnisvoller Vorfall. Jim hatte nämlich im Verlauf des Abends – freigebig war er immer, doch ganz besonders in angeheitertem Zustand – den Preiskämpfer von Tutbury und den Rottingdean-Boxer samt deren Freunden zu zwei oder drei Runden Wacholderschnaps eingeladen, die dann als achtzehn Glas Schnaps zu acht Pence das Glas auf Mr. James Crawleys Rechnung erschienen. Es waren weniger die achtzehnmal acht Pence, die ein übles Licht auf den Charakter des armen James warfen, als der Butler, Mr. Bowls, auf Wunsch der Tante in den Gasthof ging, um die Rechnung des jungen Herrn zu bezahlen, sondern viel eher die feierliche Versicherung des Wirts (der befürchtete, die Bezahlung könne verweigert werden), der junge Herr habe den Schnaps bis auf den letzten Tropfen selbst getrunken. Bowls bezahlte schließlich die Rechnung, kehrte heim und zeigte sie Mrs. Firkin, die über den schrecklichen Schnapsverbrauch entsetzt war, und dann gab er die Rechnung Miss Briggs als der Hauptbuchhalterin, die es ihrerseits für ihre Pflicht hielt, ihrer Herrin, Miss Crawley, den Umstand mitzuteilen.

Hätte er ein Dutzend Flaschen Rotwein getrunken, dann hätte es ihm die alte Jungfer verzeihen können. Mr. Fox und Mr. Sheridan tranken auch Rotwein. Ein Gentleman trinkt eben Rotwein. Aber achtzehn Glas Schnaps zu trinken – in der Gesellschaft von Boxern in einer vulgären Kneipe –, das war ein scheußliches Verbrechen und nicht leicht zu verzeihen. Alles schlug zuungunsten des Jungen aus: er kam nach Hause und roch nach Stall, weil er seinen Hund Towzer besucht hatte, und als er ihn dann an die Luft führte, traf er unterwegs Miss Crawley und ihren asthmatischen Blenheim-Spaniel, den Towzer mit Haut und Haar verschlungen hätte, wäre der Blenheim nicht quietschend zu Miss Briggs geflohen, während der abscheuliche Herr und Meister der Bulldogge danebenstand und der grausigen Hetze lachend zuschaute.

Heute hatte den unseligen Jungen auch seine Scheu verlassen. Beim Abendessen war er aufgeräumt und witzig. Während der Mahlzeit machte er ein- oder zweimal Pitt Crawley zur Zielscheibe seines Humors. Er trank ebensoviel Wein wie am Tage vorher und ging ganz ahnungslos in den Salon, wo er die Damen mit ein paar saftigen Geschichten aus Oxford unterhielt. Er beschrieb die verschiedenen Boxertugenden von Molyneux und Holland-Sam, bot Lady Jane scherzend eine Wette auf Tutbury gegen den Rottingdean-Boxer an (oder auch umgekehrt, ganz wie die Lady es wünschte) und krönte den Spaß mit dem Vorschlag, sich mit seinem Vetter Pitt Crawley zu messen, mit oder ohne Handschuhe. «Das ist ein anständiges Angebot, mein Junge!» sagte er lachend und schlug Pitt auf die Schulter, «und überdies hat's mir mein Vater geraten; er übernimmt die Hälfte vom Einsatz, haha!» Bei seinen Worten nickte der liebenswerte Jüngling der armen Miss Briggs vielsagend zu und deutete schmunzelnd und anmaßend über die Schulter hinweg mit dem Daumen auf Pitt Crawley.

Pitt war vielleicht nicht allzu erfreut, doch im großen und ganzen war er auch nicht unzufrieden. Der arme Jim lachte sich satt und torkelte dann, als die alte Dame sich zu Bett begeben wollte, mit ihrer Kerze durchs Zimmer und wünschte ihr mit freundlichem, bezechtem Lächeln gute Nacht. Danach zog er sich ebenfalls zurück, stieg äußerst zufrieden mit sich selbst die Treppe hinauf und wiegte sich in dem angenehmen Gedanken, daß seine Tante all ihr Geld ihm und nicht seinem Vater und der übrigen Familie hinterlassen würde.

Als er oben in seinem Schlafzimmer war, hätte man kaum vermutet, daß er die Lage noch verschlimmern könnte, aber der unselige Junge brachte es doch fertig. Das Meer glänzte so schön im Mondlicht, und Jim wurde von dem herrlichen Anblick des Wassers und des Himmels ans Fenster gelockt und fand, er könne sich noch länger daran erfreuen und dabei rauchen. Kein Mensch würde den Tabakrauch bemerken, glaubte er, wenn er geschickterweise das Fenster öffnete und den Kopf und die Pfeife zum Fenster hinaussteckte. Das tat er auch. Da er aber in gehobener Stimmung war, hatte der arme Jim vergessen, daß seine Zimmertür die ganze Zeit über offenstand, und weil die Brise landwärts blies und ein leichter, gründlicher Durchzug herrschte, wurden die Tabakwolken ins Haus und die Treppe hinuntergeweht und gelangten kräftig duftend bis zu Miss Crawley und zu Miss Briggs.

Die Pfeife Tabak gab ihm den Rest, und die Bute Crawleys erfuhren nie, wieviel tausend Pfund die Pfeife sie noch kosten sollte. Firkin stürzte nach unten zu Mr. Bowls, der dem zweiten Diener mit lauter, geisterhafter Stimme aus dem Heftchen *Das Feuer und die Bratpfanne* vorlas. Firkin berichtete ihm von dem entsetzlichen Geheimnis mit so erschrockener Miene, daß Mr. Bowls und sein junger Mann im ersten Augenblick glaubten, es wären Einbrecher im Haus, deren Beine vielleicht unter Miss Crawleys Bett entdeckt worden seien. Doch als er den wahren Sachverhalt vernommen hatte, war es für Mr. Bowls ein Spiel von Sekunden: er stürzte die Treppe hinauf, immer drei Stufen auf einmal, er betrat das Zimmer des ahnungslosen James, er rief: «Mr. James!» und keuchte mit gequälter Stimme: «Um Gottes willen, Sir, hören Sie bloß auf zu rauchen!» Dann warf er selbst das fürchterliche Gerät aus dem Fenster und sagte dabei: «Oh, Mr. James, was haben Sie getan! Was haben Sie getan! Die Gnädige kann so was nicht ausstehen!»

«Die Gnädige braucht ja nicht zu rauchen!» rief James mit tollem, unangebrachtem Gelächter und hielt das Ganze für einen ausgezeichneten Spaß. Doch am nächsten Morgen waren seine Gefühle ganz anderer Art, als der zweite Diener, der ihm die Stiefel putzte und ihm heißes Wasser zum Rasieren eines sehnsüchtig erwarteten Bartes brachte, dem noch im Bett liegenden James ein Briefchen in der Handschrift der Briggs überreichte.

«Sehr geehrter Herr», hieß es, «Miss Crawley hat infolge des Tabakrauchs, der das ganze Haus so widerwärtig verpestet hat, eine überaus unruhige Nacht verbracht. Miss Crawley bittet mich, Ihnen mitzuteilen, daß es ihr zu ihrem Bedauern zu schlecht geht, um Sie vor Ihrer Abreise zu sehen, vor allem bedauert sie aber, Sie verleitet zu haben, aus der Kneipe auszuziehen, in der sie sich für die

Mr. James darf nicht rauchen

restliche Zeit Ihres Aufenthalts in Brighton sicher viel wohler fühlen werden.»

Und hiermit endete die Laufbahn des wackeren James als Kandidat um die Gunst seiner Tante. Er hatte tatsächlich, und ohne es zu wissen, seine Herausforderung wahrgemacht: er hatte sich mit seinem Vetter Pitt gemessen – mit Boxhandschuhen.

*

Wo steckte unterdessen der ehemals erste Favorit beim Wettrennen ums Geld? Becky und Rawdon hatten sich, wie wir schon hörten, nach der Schlacht von Waterloo getroffen und verlebten den Winter 1815 großartig und heiter in Paris. Rebecca konnte gut rechnen, und die Summe, die der arme Joseph Sedley ihr für die beiden Pferde gezahlt hatte, reichte an sich schon aus, um ihren kleinen Haushalt mindestens ein Jahr über Wasser zu halten. Es war nicht nötig, «die Pistolen, mit denen ich Hauptmann Marker erschoß» oder das goldene Reisenecessaire oder den zobelgefütterten Mantel zu Geld zu machen. Becky hatte sich aus dem Mantel einen Umhang gemacht, in dem sie zur allgemeinen Bewunderung Ausfahrten im Bois de Boulogne machte. Aber man hätte die Szene zwischen ihr und ihrem glücklichen Gatten miterleben sollen, den sie nach dem Einmarsch der englischen Truppen in Cambrai wiedersah, als sie die Nähte ihres Kleides auftrennte und alle die Uhren und Schmucksachen und Banknoten und Schecks und Wertgegenstände hervorholte, die sie vor einer vielleicht notwendigen Flucht aus Brüssel im Futter versteckt hatte! Tufto war hingerissen, und Rawdon brüllte vor Lachen und schwor, sie sei beim Zeus unterhaltsamer als jedes Schauspiel, das er je gesehen hätte. Und als sie überaus komisch schilderte, wie sie Joseph das Geld abgegaunert hatte, steigerte sich sein Entzücken zu geradezu verrückter Begeisterung. Er glaubte ebenso fest an seine Frau, wie die französischen Soldaten an Napoleon glaubten.

Ihr Erfolg in Paris war erstaunlich. Alle französischen

Damen fanden sie bezaubernd. Sie spreche ihre Sprache bewundernswert gut, erklärten sie. Rebecca machte sich sogleich ihre Anmut, ihre Lebhaftigkeit und ihre Manieren zu eigen. Der Mann war natürlich stumpfsinnig – alle Engländer sind stumpfsinnig –, und überdies wird ein langweiliger Ehemann in Paris einer Dame zugute gehalten. Er war der Erbe der reichen und geistvollen Miss Crawley, deren Haus während der Emigration so vielen französischen Adligen offengestanden hatte. Sie empfingen den Oberst und seine Frau in ihren Stadtvillen. Eine Herzogin, der Miss Crawley seinerzeit Spitzen und Schmuck zu dem von ihr verlangten Preis abgekauft hatte und die sie in den kargen Zeiten nach der Revolution zu manchem Abendessen einlud, schrieb an die alte Dame: «Warum kommt unsre teure Miss Crawley nicht nach Paris zu ihrem Neffen und ihrer Nichte und ihren treuen Freunden? Alle Welt *raffole* die reizende junge Frau und ihre *espiègle* Schönheit! Ja, wir erkennen in ihr die Anmut, den Zauber und den Geist unsrer teuren Freundin Miss Crawley wieder! Gestern in den Tuilerien fiel sie dem König auf, und nun sind wir alle eifersüchtig wegen der Aufmerksamkeit, die Monsieur ihr gezollt hat. Sie hätten nur die Wut einer gewissen dummen Milady Bareacres sehen sollen, als Madame, die Herzogin von Angoulême, die erlauchte Tochter und Gefährtin von Königen, ausdrücklich wünschte, Mrs. Crawley als Ihre liebe Schwiegertochter und *protégée* kennenzulernen, um ihr im Namen Frankreichs für alle Ihre Wohltaten zu danken, die Sie unsern Unglücklichen im Exil erwiesen haben! Sie ist bei allen Gesellschaften und bei allen Bällen zu sehen, tanzt aber nicht mehr. Wie interessant und hübsch sieht das schöne Geschöpf im Kreise der ihr huldigenden Männer aus, und dabei soll sie doch so bald schon Mutter werden! Mrs. Crawley von Ihnen, Ihrer Beschützerin und Mutter sprechen zu hören, würde selbst ein Ungeheuer zu Tränen rühren. Wie sie Sie liebt! Wie wir alle unsre bewundernswerte, hochverehrte Miss Crawley lieben!»

Es ist zu befürchten, daß der Brief der vornehmen

Pariserin Beckys Interessen bei ihrer bewundernswerten, hochverehrten Verwandten nicht dienlich war. Im Gegenteil, die Wut der alten Jungfer kannte keine Grenzen, als sie von Rebeccas gesellschaftlicher Stellung und von der Dreistigkeit erfuhr, mit der sie Miss Crawleys Namen benutzt hatte, um sich Eintritt in die Pariser Gesellschaft zu verschaffen. Sie war körperlich und seelisch zu erschüttert, um einen Antwortbrief in der französischen Sprache abzufassen, und deshalb diktierte sie der Briggs eine hitzige Erwiderung in ihrer Muttersprache, wobei sie Rebecca Crawley regelrecht verleugnete und die Öffentlichkeit vor ihr als einer furchtbar listigen und gefährlichen Person warnte. Doch da die Herzogin von X nicht länger als zwanzig Jahre in England geweilt hatte, verstand sie kein einziges Wort Englisch und begnügte sich, Mrs. Rawdon Crawley bei ihrer nächsten Begegnung mitzuteilen, daß sie einen reizenden Brief von der *chère Mies* erhalten habe, der voller Liebenswürdigkeiten für Mrs. Rawdon Crawley sei – die daraufhin allen Ernstes zu hoffen begann, die alte Jungfer würde mürbe werden.

In der Zwischenzeit war sie von allen Engländerinnen die Vergnügteste und wurde am meisten bewundert. Ihr Empfangsabend war ein europäischer Kongreß im Kleinen: Preußen und Kosaken, Spanier und Engländer – die ganze Welt war während jenes berühmten Winters in Paris, und alle Juweliergeschäfte der Baker Street wären vor Neid erblaßt, hätten sie die Sterne und Ordensbänder in Rebeccas einfachem Salon erblickt. Berühmte Offiziere ritten im Bois neben ihrem Wagen her oder drängten sich in ihrer bescheidenen Loge in der Oper. Rawdon war glänzender Laune. Bis jetzt gab's in Paris noch keine lästigen Gläubiger – jeden Tag fanden bei Véry oder Beauvillier Gesellschaften statt – es wurde viel gespielt, und er hatte Glück. Tufto war vielleicht etwas verdrießlich. Mrs. Tufto war aus eigenem Antrieb nach Paris gekommen, und abgesehen von diesem Pech, umstanden auch noch mindestens zwanzig Generäle Beckys Sessel, und wenn sie ins Theater fuhr, konnte sie unter einem

Dutzend Sträußen wählen. Lady Bareacres und die Spitzen der englischen Gesellschaft, dumme und einwandfreie Frauenzimmer, platzten vor Ärger über den Erfolg unsres kleinen Emporkömmlings Becky, deren Scherze wie vergiftete Pfeile im keuschen Busen der Damen zitterten und schwärten. Doch sie hatte alle Männer auf ihrer Seite. Mit unerschrockenem Mut bekämpfte sie die Frauen, und die konnten ja auch nur in ihrer Muttersprache über Becky herziehen.

So verstrich der Winter 1815/16 für Mrs. Rawdon Crawley mit Festen und Vergnügungen und Wohlleben. Sie paßte sich dem Leben der vornehmen Welt so gut an, als ob ihre Vorfahren seit Jahrhunderten Personen von Stand gewesen wären: für ihren Geist, ihre Gaben und ihre Tatkraft verdiente sie auch wirklich einen Ehrenplatz auf dem Jahrmarkt der Eitelkeit. Zu Beginn des Frühjahrs brachte *Galignanis Journal* in einer interessanten Spalte die folgende Notiz: «Am 26. März wurde die Gemahlin Oberstleutnant Crawleys von der Leibgarde von einem Sohn und Erben entbunden.»

Diese Nachricht wurde auch in den Londoner Zeitungen abgedruckt, und Briggs las sie Miss Crawley beim Frühstück in Brighton vor. Wenn sie auch nicht unerwartet kam, rief sie doch in den Familienangelegenheiten der Crawleys eine Wendung hervor. Der Zorn der alten Jungfer erreichte einen Höhepunkt: sie ließ sofort ihren Neffen Pitt und Lady Southdown vom Brunswick Square zu sich kommen und verlangte umgehend die Vermählung, die ja zwischen den beiden Familien schon längst geplant war. Außerdem verkündete sie ihre Absicht, dem jungen Paar tausend Pfund jährlich zu ihren Lebzeiten auszusetzen, und nach ihrem Tode sollte die Hauptmasse ihres Vermögens an ihren Neffen und ihre liebe Nichte Lady Jane Crawley fallen. Waxy kam nach Brighton, um die Urkunden auszustellen, Lord Southdown vertrat den Brautvater, und seine Schwester wurde von einem Bischof getraut und nicht etwa von Ehrwürden Bartholomew Irons, sehr zum Verdruß des Sektierers.

Nach der Hochzeit hätte Pitt gerne eine Hochzeitsreise mit seiner jungen Frau gemacht, wie es sich für Leute ihres Standes schickte. Aber die alte Dame hatte Lady Jane mittlerweile so ins Herz geschlossen, daß sie rundheraus erklärte, sie könne sich von ihrem Liebling nicht trennen. Deshalb siedelten Pitt und seine Frau zu Miss Crawley über, und von ihrem benachbarten Hause aus regierte Lady Southdown über die ganze Familie – über Pitt, Lady Jane, Miss Crawley, Briggs, Bowls, Firkin und so weiter –, sehr zum Ärger des armen Pitt, der sich ganz bedauernswert vorkam, da er einerseits den Launen seiner Tante und andrerseits den Launen seiner Schwiegermutter ausgesetzt war. Lady Southdown verabreichte ihnen allen ohne Erbarmen Traktätchen und Medizinen, sie entließ Doktor Creamer und bestellte Doktor Rodgers, und bald war Miss Crawley selbst des äußeren Anscheins von Autorität entblößt. Die arme Seele wurde so verängstigt, daß sie sogar die Briggs nicht länger tyrannisierte und sich, von Tag zu Tag liebebedürftiger und verschüchterter, an ihre Nichte klammerte. Friede sei mit dir, du gütige und selbstsüchtige, eitle und großherzige alte Heidin! Wir sehen dich nun nicht wieder. Hoffen wir, daß Lady Jane dir freundlich beisteht und dich mit sanfter Hand aus dem geschäftigen Treiben des Jahrmarkts der Eitelkeit hinausführt!

XXXV

Witwe und Mutter

TRIUMPH und Furcht erfüllten ganz England bei den ruhmreichen Nachrichten von den großen Schlachten bei Waterloo und Quatre-Bras, deren Ausgang zur gleichen Zeit in der *Gazette* gemeldet wurde. Danach folgten die Einzelheiten. Nach den Siegesmeldungen wurden die Listen der Verwundeten und Gefallenen veröffentlicht. Wer beschreibt die Angst, mit der sie geöffnet und gelesen wurden! Man stelle sich nur vor, wie fast überall in jedem Ort und Heim in den drei Königreichen die großartige Nachricht von den Schlachten in Flandern eintraf, dann die Begeisterung und Dankbarkeit, und schließlich Trauer und Herzeleid, als jeder die Verlustlisten des Regiments durchgesehen und herausgefunden hatte, ob der teure Freund oder Verwandte mit dem Leben davongekommen oder gefallen war. Wer sich die Mühe machen würde, einen Stoß Zeitungen aus jener Zeit durchzublättern, würde selbst jetzt noch nachträglich die atemlose Pause banger Erwartung spüren. Die Verlustliste wird von Tag zu Tag weitergeführt: man bricht in der Mitte ab wie bei einer Geschichte, die in der nächsten Nummer fortgesetzt wird. Man stelle sich nur vor, welche Gefühle die Menschen bewegt haben müssen, als die Zeitungen einander frisch von der Druckerpresse folgten! Und wenn man in unserm Land und bei einer Schlacht, an der nur zwanzigtausend unsrer Landsleute beteiligt waren, schon eine solche Anteilnahme empfand, dann bedenke man doch einmal die Lage Europas vor zwanzig Jahren, als nicht Tausende, sondern Millionen im Kampf standen, von denen jeder, der einen Feind erschlug, auch irgendwo in der Ferne ein unschuldiges Herz schrecklich verwundete!

Die Nachricht, die jene erste berühmte Gazette den Osbornes brachte, versetzte der Familie und ihrem Oberhaupt einen furchtbaren Schlag. Die Mädchen überließen sich hemmungslos ihrem Schmerz. Den schwermütigen alten Vater drückten Leid und Gram noch mehr nieder. Er versuchte sich einzureden, sein Sohn sei für seinen Ungehorsam gestraft worden; er wagte es sich nicht einzugestehen, daß ihn die Strenge des Richterspruches erschütterte und daß die Vollstreckung des Urteils seinen Verwünschungen zu rasch gefolgt war. Manchmal überliefen ihn Schauder und Entsetzen, als habe er selber das Verhängnis auf seines Sohnes Haupt herabbeschworen. Vorher hatte noch die Möglichkeit einer Aussöhnung bestanden. Die Frau seines Sohnes hätte sterben können, oder der Sohn hätte zurückkehren und sagen können: «Vater, ich habe gesündigt!», doch jetzt war keine Hoffnung mehr, er stand auf der andern Seite der unüberbrückbaren Kluft und verfolgte den Vater mit traurigen Blicken. Er erinnerte sich, daß der Junge ihn schon einmal mit solchen Augen angesehen hatte, im Fieber, als jeder dachte, er müsse sterben, und als er stumm im Bett gelegen und furchtbar traurig vor sich hingestarrt hatte. Großer Gott, wie hatte sich der Vater da an den Arzt geklammert, und mit welch weher Angst war er ihm gefolgt, und was für eine Last war ihm dann von der Seele genommen, als die Krise überstanden war und der Junge genas und den Vater mit Augen ansah, die ihn erkannten. Doch jetzt gab's weder Hilfe noch Heilung noch eine Aussicht auf Versöhnung und vor allem keine demütigen Worte, den beleidigten und empörten Stolz zu besänftigen oder das vergiftete, ergrimmte Blut wieder natürlicher pulsen zu lassen. Es ist schwer zu sagen, welcher Schmerz des

Vaters stolzes Herz am glühendsten sengte: daß der Sohn nun außer Reichweite seiner Vergebung stand – oder daß er um die Entschuldigung geprellt war, die sein eigener Stolz erwartet hatte.

Doch was auch die Empfindungen des finsteren alten Mannes gewesen sein mochten – er wollte sich niemandem anvertrauen. Nie erwähnte er den Namen des Sohnes vor seinen Töchtern; er befahl nur der älteren, alle Frauen des Haushaltes mit Trauerkleidern auszustatten. Dann äußerte er den Wunsch, daß die männliche Bedienung ebenfalls Schwarz tragen solle. Natürlich wurden alle Einladungen und Gesellschaften abgesagt. Seinem zukünftigen Schwiegersohn, dessen Hochzeitstag schon bestimmt war, machte er keinerlei Mitteilung, doch Mr. Osbornes Gesichtsausdruck hielt Mr. Bullock davon ab, Fragen zu stellen oder irgendwie auf der Trauung zu bestehen. Manchmal unterhielt er sich flüsternd mit den Damen im Wohnzimmer darüber, wohin der Vater nie kam. Er blieb ständig in seinem Schreibkabinett, und die ganze Vorderseite des Hauses blieb noch über das Ende der üblichen Trauerzeit hinaus verschlossen.

Ungefähr drei Wochen nach dem achtzehnten Juni sprach Sir William Dobbin, Mr. Osbornes Bekannter, in dessen Haus am Russell Square vor und verlangte mit sehr bleichem und bewegtem Gesicht den Hausherrn zu sehen. Er wurde in sein Zimmer geführt, und nach ein paar Worten, die weder der Sprechende noch der Hausherr verstanden, holte Sir Dobbin aus einer Hülle einen Brief mit großem rotem Siegel. «Mein Sohn, Major Dobbin», sagte der Ratsherr stockend, «hat mir durch einen Offizier des -ten Regiments, der heute in der Stadt eintraf, einen Brief übersandt. Dem Brief meines Sohnes war ein anderer für Sie beigefügt, Osborne.» Der Ratsherr legte den Brief auf den Tisch, und Osborne starrte ihn ein paar Minuten schweigend an. Seine Blicke erschreckten den Überbringer, und nachdem er den gramgebeugten Mann ein Weilchen schuldbewußt angesehen hatte, eilte er ohne ein weiteres Wort hinaus.

Der Brief trug Georges wohlbekannte kühne Schriftzüge. Es war der Brief, den er am sechzehnten Juni vor Tagesanbruch geschrieben hatte, kurz bevor er sich von Amelia trennte. Das große rote Siegel wies das angeblich Osbornesche Wappen auf, das er dem Adelsregister entnommen hatte: *pax in bello* lautete der Wahlspruch. Es war das Wappen eines herzoglichen Hauses, mit dem verwandt zu sein der eitle alte Mann sich so gern einbildete. Die Hand, die es aufgedrückt hatte, würde nie wieder Feder oder Schwert halten. Sogar das Petschaft, mit dem George den Brief versiegelt hatte, war dem Toten, als er auf dem Schlachtfeld lag, geraubt worden. Davon wußte der Vater nichts; er saß nur da und starrte entsetzt und wie gelähmt auf den Brief. Er schlug fast hin, als er an den Tisch trat, um den Brief zu öffnen.

Bist du jemals mit einem guten Freund in Streit geraten? Wie widerwärtig sind dir dann seine Briefe, die er in der Zeit schrieb, als noch Liebe und Vertrauen zwischen euch bestanden! Mit was für einer dumpfen Trauer betrachtet man nun seine glühenden Beteuerungen einer toten Liebe! Welch verlogene Grabsprüche über der toten Liebe stellen sie dar! Was für düstere, grausame Glossen sind es doch – über das Leben und seine Eitelkeiten! Die meisten von uns haben ganze Schubfächer voll erhalten oder geschrieben. Es sind Hausgespenster, die wir im Schrank aufbewahren und doch meiden. Osborne saß lange zitternd vor dem Brief seines toten Sohnes.

Der Brief des armen Jungen sagte nicht viel. Er war zu stolz gewesen, um die Zärtlichkeit einzugestehen, die sein Herz empfand. Er schrieb nur, daß er am Vorabend der großen Schlacht das Bedürfnis habe, seinem Vater Lebewohl zu sagen und ihn feierlich um Fürsorge anzuflehen für seine Frau – vielleicht gar ein Kind –, die er zurücklasse. Voller Reue gestand er, daß er durch seine Verschwendung und seinen Leichtsinn bereits einen großen Teil von dem kleinen Erbteil mütterlicherseits vergeudet habe. Er dankte seinem Vater für alle ihm früher erwiesene Freigebigkeit und versprach ihm, sollte er fallen oder die Schlacht überleben, dem Namen Osborne immer Ehre zu machen.

Seine englische Art, sein Stolz, seine Unbeholfenheit vielleicht hatten ihn abgehalten, mehr zu sagen. Sein Vater konnte den Kuß nicht sehen, den George auf die Überschrift gedrückt hatte. Mr. Osborne ließ im Gefühl bitteren, tödlichen Schmerzes und durchkreuzter Liebe und Rachsucht den Brief zu Boden gleiten. Noch immer liebte er den Sohn, noch immer hatte er ihm nicht verziehen.

Etwa zwei Monate später bemerkten jedoch die jungen Damen, als sie mit ihrem Vater in die Kirche gingen, daß er einen andern Platz als sonst einnahm, wenn er dem Gottesdienst beiwohnte, und daß er von seinem Kissen aus auf die Wand über ihren Köpfen blickte. Das veranlaßte die jungen Damen, ebenfalls dorthin zu schauen, wo ihres Vaters düstere Blicke haftenblieben, und sie sahen ein kunstvolles Relief, auf dem Britannia sich weinend über eine Urne neigte; ein zerbrochenes Schwert und ein ruhender Löwe deuteten an, daß die Skulptur zu Ehren eines gefallenen Kriegers gestiftet worden war. Die Steinmetze damaliger Zeit hatten einen Vorrat solcher Symbole der Trauer auf Lager, wie man sie noch heute an den Wänden der St. Paulskirche sehen kann, die mit Hunderten von prunkvoll heidnischen Allegorien bedeckt sind. Während der ersten fünfzehn Jahre unsres Jahrhunderts war die Nachfrage nach ihnen sehr groß.

Unter der Gedenktafel war das bekannte protzige Osbornesche Wappen angebracht, und der Inschrift nach war das Relief «Geweiht dem Andenken von George Osborne junior, Hauptmann in Seiner Majestät -tem Regiment zu Fuß, der am achtzehnten Juni 1815 im Alter von achtundzwanzig Jahren im Kampf für König und Vaterland in der ruhmreichen Schlacht von Waterloo fiel. *Dulce et decorum est pro patria mori*».

Der Anblick des Gedenksteins erschütterte die Nerven der Schwestern so stark, daß Miss Maria gezwungen war, die Kirche zu verlassen. Ehrerbietig machte die Gemeinde für die weinenden, in tiefe Trauer gekleideten Mädchen Platz und empfand Mitleid mit dem grimmigen alten Vater, der dem Gedenkmal gegenübersaß. Ob er Mrs. George verzeihen wird? fragten sich die Mädchen, sobald der erste, überwältigende Schmerz sich gelegt hatte. Auch die Bekannten der Familie Osborne, die von dem Bruch zwischen Vater und Sohn wegen der Heirat des Sohnes gehört hatten, unterhielten sich oft darüber, ob Aussicht auf eine Versöhnung mit der jungen Witwe bestünde. Unter den jungen Herren am Russell Square und in der City wurden sogar Wetten darüber abgeschlossen.

Wenn die Schwestern einige Sorge wegen der etwaigen Anerkennung Amelias als Tochter der Familie Osborne hegten, so wurde sie bald verstärkt, denn gegen Ende des Herbstes erklärte ihr Vater, daß er ins Ausland reisen wolle. Er sagte nicht, wohin, aber sie wußten sofort, daß er seine Schritte nach Belgien lenken würde, und es war ihnen auch bekannt, daß Georges Witwe noch in Brüssel lebte. Sie hatten sogar ziemlich genaue Nachrichten über Amelia, und zwar von Lady Dobbin und ihren Töchtern. Unser braver Hauptmann Dobbin war zum Major befördert worden, als der zweite Major gefallen war, und der tapfere O'Dowd, der sich auch diesmal genauso wie bei allen andern Gelegenheiten hervorgetan hatte, bei denen er seine Kaltblütigkeit und seine Tapferkeit beweisen konnte, war Oberst und Ritter des Bath-Ordens geworden.

Sehr viele Soldaten von dem wackeren -ten Regiment, das an beiden Kampftagen große Verluste gehabt hatte, waren im Herbst noch in Brüssel und erholten sich von ihren Verwundungen. Noch monatelang nach den beiden großen Schlachten glich die Stadt einem riesigen Lazarett, und als sich die Soldaten und Offiziere von ihren Wunden zu erholen begannen, wimmelten die Parks und öffentlichen Anlagen von alten und jungen verstümmelten Soldaten, die, knapp dem Tode entronnen, sich schon wieder dem Spiel, dem Vergnügen und der Liebe hingaben, wie es die Leute auf dem Jahrmarkt der Eitelkeit nun eben tun. Mr. Osborne fand also ohne weiteres ein paar Leute vom -ten Regiment. Er kannte die Uniform sehr gut, denn von jeher war er über die Beförderungen und Versetzungen innerhalb des Regiments im Bild gewesen und hatte gern über die Truppe und ihre Offiziere gesprochen, als ob er dazugehörte. Am Tage nach seiner Ankunft in Brüssel, als er aus dem Hotel trat, das dem Park gegenüberlag, sah er einen Soldaten mit den wohlbekannten Aufschlägen, der sich auf einer Steinbank im Park ausruhte, und zitternd nahm er neben dem Verwundeten Platz.

«Waren Sie in Hauptmann Osbornes Kompanie?» fragte er, und nach einer Pause setzte er hinzu: «Er war mein Sohn.»

Der Mann gehörte nicht zur Kompanie des Hauptmanns, aber er hob den nicht verwundeten Arm traurig und ehrerbietig grüßend vor dem verhärmten, niedergeschlagenen Herrn, der ihm die Frage gestellt hatte. «In der ganzen Armee gab's keinen besseren und tüchtigeren Offizier», sagte der Soldat. Der Sergeant aus der Kompanie des Hauptmanns (die jetzt von Hauptmann Raymond geführt werde) sei jedoch in der Stadt und gerade von einem Schulterschuß genesen. Der Herr könne ihn aufsuchen, wenn er wolle, da ihm der Sergeant alles über... über... die Bewegungen des Regiments erzählen könne. Aber der Herr habe gewiß schon Major Dobbin gesehen, den großen Freund des tapferen Hauptmanns, und Mrs. Osborne sei ja auch hier, und es sei ihr sehr schlecht ergangen, wie er gehört habe. Man habe erzählt, sie sei sechs Wochen lang gar nicht recht bei Verstand gewesen. «Aber das weiß der Herr wohl alles, und verzeihen Sie bitte», schloß der Mann.

Osborne drückte dem Soldaten ein Goldstück in die Hand und sagte ihm, er solle noch eins bekommen, wenn er den Sergeanten ins Hotel du Parc führen könne. Das Versprechen brachte den Gewünschten sehr bald zu ihm. Der Soldat aber ging fort, erzählte ein paar Kameraden, daß Hauptmann Osbornes Vater angekommen und wie freigebig der alte Herr zu ihm gewesen sei, und dann gingen sie hin und tranken und feierten fröhlich, solange die Goldstücke aus der wohlgefüllten Börse des trauernden alten Vaters reichten.

Mit dem gerade genesenen Sergeanten machte sich Osborne auf die Reise nach Waterloo und Quatre-Bras, eine Pilgerfahrt, die damals Tausende seiner Landsleute unternahmen. Er ließ den Sergeanten in seinem eigenen Wagen mitfahren und ging unter seiner Führung über beide Schlachtfelder. Er sah die Gabelung der Landstraße, wo das Regiment am sechzehnten in den Kampf zog, und den Abhang, von dem sie die französische Kavallerie verjagt hatten, die ihrerseits gegen die zurückweichenden Belgier drückte. Da war die Stelle, wo der edle Hauptmann den französischen Offizier niedergehauen hatte, der mit dem jungen Fähnrich um die Fahne kämpfte, nachdem der Fahnenunteroffizier schon erschossen war. Längs dieser Straße zogen sie sich am nächsten Tage zurück, und hier war die Böschung, an der das Regiment in der Nacht auf den siebzehnten im Regen biwakierte. Etwas entfernter lag die Stellung, die sie genommen und den Tag über gehalten hatten, indem sie sich immer wieder neu formierten, um den Angriff der feindlichen Kavallerie abzuwehren, und wo sie immer wieder hinter der Böschung Schutz vor der wütenden französischen Kanonade suchten. Und als gegen Abend die ganze englische Front den Befehl zum Vorrücken erhielt, weil der Feind nach seinem letzten Vorstoß zurückwich, da stürmte Hauptmann Osborne von dieser Höhe mit Hurra und den Säbel schwingend den Hang hinunter und wurde von einem Schuß getroffen und fiel. «Major Dobbin hat dann die Leiche des Hauptmanns nach Brüssel zurückgebracht», sagte der Sergeant mit leiser Stimme, «und hat ihn dort begraben lassen, wie der Herr ja weiß.» Bauern und Andenkenhändler schwatzten auf die beiden ein, während der Sergeant seine Geschichte erzählte, und boten alle möglichen Erinnerungsstücke an, Kreuze und Epauletten, zerschmetterte Kürasse und Adler.

Osborne gab dem Sergeanten eine reichliche Entschädigung, als er sich von ihm trennte, nachdem sie zusammen die Stätte der letzten Heldentaten seines Sohnes besucht hatten. Sein Grab hatte er schon vorher gesehen. Er war sofort nach seiner Ankunft in Brüssel dorthingefahren. George ruhte auf dem schönen Friedhof von Laeken außerhalb der Stadt, den er einmal auf einer Spazierfahrt besichtigt und dabei scherzend den Wunsch geäußert hatte, dort wolle er sein Grab haben. Und nun war der junge Offizier von seinem Freund dort begraben worden, in einem ungeweihten Winkel des Friedhofs, durch eine kleine Hecke von den Tempeln und Türmchen und Blumen und Sträuchern geschieden, unter denen die Katholiken ruhten. Der alte Osborne fand es demütigend, daß sein Sohn, ein englischer Gentleman, ein Hauptmann der berühmten britischen Armee, nicht wert befunden wurde, ebenfalls auf dem Friedhof zu liegen, auf dem «gewöhnliche Ausländer» begraben wurden. Wer unter uns kann wissen, ob sich nicht auch in unsre herzlichsten Gefühle für andere etwas Eitelkeit mischt oder wie selbstsüchtig unsre Liebe ist? Der alte Osborne grübelte nicht lange über die zwiespältige Natur seiner Gefühle nach, und wie Instinkt und Selbstsucht sich bekämpften. Er war fest überzeugt, daß alles, was er tat, auch richtig war, und daß er darum bei jeder Gelegenheit seinen Willen haben mußte. Wie der Stachel einer Wespe oder ein Schlangenzahn schoß sein Haß mit giftiger Waffe auf jeden Widerstand. Er war auf seinen Haß so stolz wie auf alles andere. Immer im Recht, immer voranstampfen und nie zweifeln – sind das nicht die großen Tugenden, mit denen sich die Dummheit in der Welt durchsetzt?

Als Mr. Osbornes Wagen sich auf der Rückkehr von Waterloo gegen Sonnenuntergang den Toren der Stadt näherte, begegneten sie einem andern offenen Wagen, in dem mehrere Damen und ein Herr saßen, während ein Offizier nebenherritt. Osborne zuckte zusammen, und der neben ihm sitzende Sergeant warf einen überraschten Blick auf seinen Nachbarn, während er vor dem Offizier salutierte, der den Gruß mechanisch erwiderte. Es war Amelia, neben ihr saß der gelähmte junge Fähnrich und ihr gegenüber ihre treue Freundin Mrs. O'Dowd. Es war Amelia, aber wie anders als das frische, hübsche Mädchen, das Osborne gekannt hatte! Ihr Gesicht war weiß und mager. Ihr hübsches braunes Haar war unter einer Witwenhaube gescheitelt – die arme Kleine! Ihre Augen starrten geradeaus, ohne etwas zu sehen. Sie starrten Osborne mitten ins Gesicht, als die Wagen aneinander vorbeifuhren, aber sie erkannte ihn nicht. Auch er erkannte sie nicht, bis er aufblickte und Dobbin nebenherreiten sah: da wußte er, wer sie war. Er haßte sie. Er hatte nicht gewußt, wie sehr er sie haßte, bis er sie jetzt sah. Als der Wagen vorübergefahren war, wandte er sich um und blickte dem Sergeanten, der ihn unwillkürlich betrachtete, wütend und herausfordernd ins Gesicht, als wollte er sagen: was unterstehst du dich, mich zu betrachten! Zum Teufel nochmal, ich hasse sie wirklich. Sie hat all meine Hoffnungen und meinen Stolz zunichte gemacht! – «Sag dem Halunken, er soll schneller fahren!» schnauzte er den Lakai auf dem Kutschbock an. Eine Minute drauf klapperten Hufe auf dem Pflaster hinter Osbornes Wagen, und Dobbin kam angeritten. Als die beiden Wagen sich begegnet waren, weilte er mit seinen Gedanken anderswo, und erst als er weiterritt, fiel ihm ein, daß es Osborne gewesen sein müsse, der gerade an ihnen vorbeigefahren war. Er drehte sich um und wollte sehen, ob der Anblick ihres Schwiegervaters Amelia irgendwie berührt habe, aber die Arme hatte nicht bemerkt, wer da vorübergefahren war. Daraufhin zog William, der sie täglich auf ihren Spazierfahrten zu begleiten pflegte, seine Uhr hervor, sprach von einer Verabredung, an die er sich plötzlich erinnere, und ritt los. Auch das bemerkte sie nicht. Sie blickte starr über die eintönige Landschaft hinweg, bis zu den fernen Wäldern, durch die George auf seinem Ausmarsch gekommen war.

«Mr. Osborne! Mr. Osborne!» rief Dobbin, ritt heran und streckte die Hand aus. Osborne machte keinerlei

Anstalten, sie zu ergreifen, sondern schnauzte seinen Diener noch einmal an, schneller zu fahren.

Dobbin legte die Hand auf den Wagenschlag. «Ich möchte Sie sprechen, Sir», sagte er. «Ich habe Ihnen etwas auszurichten.»

«Von der Frau dort?» fragte Osborne gehässig.

«Nein», erwiderte der andre, «von Ihrem Sohn!» Da sank Osborne in die Ecke seines Wagens zurück, und Dobbin ließ ihn weiterfahren, ritt aber stets hinter ihm her. So erreichten sie, ohne ein Wort zu wechseln, die Stadt und Mr. Osbornes Hotel. Er folgte Osborne die Treppe hinauf in dessen Zimmer. George war früher auch dort gewesen, denn es waren die gleichen Zimmer, in denen die Crawleys während ihres Brüsseler Aufenthalts gewohnt hatten.

«Bitte, was wünschen Sie, Hauptmann Dobbin – Verzeihung, ich sollte wohl Major Dobbin sagen, seit bessere Männer fielen und Sie in ihre Schuhe getreten sind?» sagte Mr. Osborne mit dem höhnischen Tonfall, den er manchmal anzuschlagen beliebte.

«Allerdings, bessere Männer fielen – und über einen von ihnen möchte ich jetzt sprechen!» erwiderte Dobbin.

«Fassen Sie sich kurz, Sir!» schnauzte der Alte und warf seinem Besucher einen finsteren Blick zu.

«Ich stehe hier als sein bester Freund und als der Vollstrecker seines Letzten Willens», sagte der Major. «Er setzte ihn auf, ehe er in die Schlacht zog. Wissen Sie, über wie wenig Mittel er nur noch verfügte und in welcher bedrängten Lage sich seine Witwe befindet?»

«Ich kenne seine Witwe nicht, Sir», sagte Osborne. «Soll sie doch zu ihrem Vater zurückkehren!» Doch der Herr, mit dem er so redete, war entschlossen, nicht die Beherrschung zu verlieren, und fuhr zu sprechen fort, ohne den Ausfall zu beachten.

«Kennen Sie Mrs. Osbornes Lage, Sir? Ihr Leben und ihr Verstand sind durch den Schlag, der sie traf, fast zerrüttet. Es ist sehr zweifelhaft, ob sie sich wieder erholen kann. Eine Hoffnung besteht jedoch noch, und darüber wollte ich mit Ihnen sprechen. Sie wird bald Mutter werden. Wollen Sie das Vergehen des Vaters noch an seinem Kind rächen? Oder wollen Sie dem Kind um des armen George willen vergeben?»

Osborne brach in eine Flut von Eigenlob und Verwünschungen aus: mit ersterem wollte er sich vor seinem eigenen Gewissen reinwaschen, mit letzteren stellte er Georges Ungehorsam übertrieben schlimm hin. Kein Vater in ganz England konnte großzügiger zu einem so schlechten Sohn sein, der sich gegen ihn aufgelehnt hatte. Er war gestorben, ohne seine Schuld zuzugeben. Mochte er nun die Folgen seines Ungehorsams und seiner Torheit ernten. Er selber, Osborne, stehe zu seinem Wort: er habe geschworen, nie mit der Frau zu sprechen oder sie als Georges Frau anzuerkennen. «Und das können Sie ihr ausrichten», schloß er grob, «denn daran will ich bis zu meiner Sterbestunde festhalten!»

Hier war also nichts zu erhoffen. Die Witwe mußte von ihren paar Groschen und von dem Wenigen leben, womit Joe ihr half. Wenn ich's ihr auch erklärte, dachte Dobbin traurig, sie würde sich nichts daraus machen! Seit der Unglücksbotschaft weilte die Arme mit ihren Gedanken nicht mehr hier, und unter der Last ihres Kummers war sie gegen Gutes wie gegen Schlimmes gleichermaßen abgestumpft – sogar gegen Freundschaft und Güte. Sie nahm alles ohne Klage hin, und dann versank sie wieder in ihren Gram.

*

Nach dem obigen Gespräch waren zwölf Monate im Leben der armen Amelia verstrichen. Davon hatte sie die erste Zeit in so tiefem und bejammernswertem Leid verbracht, daß wir, die wir die Regungen des zarten kleinen Herzens beobachtet haben, uns angesichts der grausamen Wunde, aus der es noch immer blutet, zurückziehen wollen. Tretet leise auf, die ihr am Schmerzenslager der armen gebrochenen Seele weilt! Schließt sachte die Tür der dunkeln Kammer, in der sie leidet, wie es auch die gütigen Menschen machten, die sie während der ersten

Monate ihres Kummers pflegten und ihr beistanden, bis der Himmel ihr Trost sandte. Ein Tag kam – ein Tag fast erschrockenen Entzückens und Staunens –, als die arme junge Witwe ein Kind an ihre Brust drückte, ein Kind mit den Augen ihres dahingegangenen George, einen kleinen Knaben, der schön wie ein Engel war. Was für ein Wunder, seinen ersten Schrei zu hören! Wie sie da lachen und weinen mußte! Wie Liebe und Hoffnung und Gebet wieder in ihrer Brust erwachten, als sich das Kind an sie schmiegte! Sie war gerettet! Die Ärzte, die sie behandelten und um ihr Leben oder ihren Verstand besorgt waren, hatten voller Unruhe auf die Krise gewartet, ehe sie es aussprechen konnten, daß für beide nichts mehr zu befürchten war. Für die Menschen, die ständig um sie gewesen waren und lange Monate im Zweifel und Angst geschwebt hatten, war es ein schöner Lohn, als Amelias Augen ihnen wieder zärtlich entgegenstrahlten.

Zu ihnen gehörte auch Dobbin. Er war es, der sie nach England und in das Haus ihrer Mutter zurückbrachte, weil Mrs. O'Dowd einen kategorischen Befehl von ihrem Oberst erhalten hatte und ihre Pflegebefohlene verlassen mußte. Jeder, der Sinn für Humor hat, hätte seine helle Freude daran gehabt, wie Dobbin den Säugling auf dem Arm hielt und wie Amelia bei dem Anblick überlegen lachen mußte. William war der Pate des Kleinen und bewies beim Einkauf von Bechern und Löffeln, Breinäpfen und Kinderklappern für den kleinen Täufling sehr viel Findigkeit.

Wie seine Mutter ihn nährte und kleidete, wie sie alle Säuglingsschwestern fortschickte und wie fast niemand außer ihr selber das Kind anfassen durfte, wie sie es für die größte Ehre hielt, die sie dem Patenonkel, Major Dobbin, erwies, wenn er es gelegentlich hätscheln durfte, brauchen wir gar nicht erst zu sagen. Das Kind war ihr ein und alles. Ihr Leben war nichts als mütterliche Zärtlichkeit. Sie umgab das zarte, ahnungslose Geschöpfchen mit ihrer Liebe und Bewunderung. Es war *ihr* Leben, das der Säugling aus ihrer Brust sog. Des Abends und auch sonst, wenn sie allein war, überfiel sie die Mutterliebe wie ein heimliches und inniges Entzücken, mit dem Gottes wunderbare Fürsorge den weiblichen Instinkt belohnt: Freuden sind es, höher und tiefer als aller Verstand, eine blinde herrliche Hingabe, die nur Frauenherzen bekannt ist. Es war William Dobbins Los, über Amelias Empfindungen nachzusinnen und über ihrem Herzen zu wachen, und wenn seine Liebe zu ihr auch beinahe alle Gefühle erriet, die es bewegten, so sah er doch mit peinlicher Klarheit, daß darin für ihn kein Platz war. Aber aus dieser Erkenntnis heraus ertrug er sanftmütig sein Geschick und war's zufrieden.

Vermutlich durchschauten Amelias Eltern die Gefühle des Majors und waren nicht abgeneigt, ihn zu ermutigen; Dobbin besuchte sie ja täglich und blieb oft stundenlang entweder bei ihnen oder bei Amelia oder bei dem braven Hauswirt Mr. Clapp und seiner Familie. Unter den verschiedensten Vorwänden brachte er allen fast jeden Tag Geschenke mit. Bei dem Töchterchen des Hauswirts, das Amelia sehr gern hatte, hieß er daher nur Major Zuckerzeltli. Die Kleine machte meistens die Zeremonienmeisterin und meldete ihn bei Mrs. Osborne. Als aber eines Tages der Major Zuckerzeltli im Wagen vorfuhr, ausstieg und ein großes Holzpferd, eine Trommel, eine Trompete und anderes Soldatenspielzeug für den kleinen Georgy mitbrachte, der kaum ein halbes Jahr alt war, mußte sie lachen: dafür war er wirklich noch zu klein.

Das Kind schlief. «Pst!» machte Amelia und ärgerte sich vielleicht über die knarrenden Stiefel des Majors. Sie hielt ihm die Hand hin und lächelte dann, weil der Major sie nicht ergreifen konnte, bevor er seine Ladung Spielzeug abgelegt hatte. «Geh nach unten, Mary», sagte er zu dem kleinen Mädchen, «ich möchte mit Mrs. Osborne sprechen.» Sie blickte etwas erstaunt auf und legte das Kind in sein Bettchen.

«Ich bin gekommen, um mich zu verabschieden, Amelia», sagte er und nahm sachte ihre kleine weiße Hand.

Major Zuckerzeltli

«Wohin wollen Sie denn?» fragte sie und lächelte.

«Schicken Sie die Briefe bitte an die Kommandantur», sagte er, «die werden sie schon weiterleiten. Sie schreiben mir doch, nicht wahr? Ich bin sehr lange abwesend.»

«Dann werde ich Ihnen von Georgy berichten», sagte sie. «Lieber William, Sie sind so gut zu ihm und zu mir gewesen! Schauen Sie ihn doch an! Ist er nicht ein Engel?»

Die kleinen rosa Fingerchen des Kindes klammerten sich fest um den großen Finger des braven Majors, und Amelia blickte voll strahlender Mutterfreude zu ihm auf. Der grausamste Blick hätte ihn nicht so verwunden können wie ihre unbefangene Güte. Er beugte sich über das Kind und die Mutter. Einen Augenblick konnte er nicht sprechen. Nur mit aller Willenskraft brachte er ein «Gott behüte Sie!» über die Lippen. «Gott behüte Sie!» erwiderte Amelia und hob ihr Gesicht zu ihm auf und küßte ihn.

«Pst! Wecken Sie Georgy nicht auf!» setzte sie hinzu, als Dobbin schweren Schrittes zur Tür ging. Sie hörte nichts vom Lärm des fortrollenden Wagens. Sie war in den Anblick des Kindes versunken, das im Schlaf lächelte.

XXXVI

Wie man ohne Einkommen gut leben kann

ICH GLAUBE, auf unserm Jahrmarkt der Eitelkeit ist keiner so gleichgültig, daß er nicht manchmal über die finanzielle Lage seiner Bekannten nachdenkt, und es wird auch keiner so großzügig sein, daß er sich nicht zuweilen wundert, wie Nachbar Jones oder Nachbar Smith mit ihrem Geld auskommen. Bei aller Hochachtung für die Familie Jenkins zum Beispiel (ich werde nämlich zwei-, dreimal in der Saison bei ihnen zum Abendessen eingeladen) muß ich doch gestehen, daß ich es bis an mein Lebensende erstaunlich und rätselhaft finden werde, wieso sie immer in einer eleganten Equipage mit stattlichen Lakaien im Park spazierenfahren. Denn wenn ich auch weiß, daß die Equipage bloß gemietet ist und daß die Lakaien nur gegen Kostgeld bei den Jenkins' sind, stellen die drei Diener und die Equipage doch Spesen von mindestens sechshundert Pfund jährlich dar, und dazu kommen noch die prachtvollen Abendgesellschaften und die beiden Söhne in Eton und die erstklassigen Gouvernanten und Lehrer für die Töchter sowie im Herbst die Reisen ins Ausland oder nach Eastbourne oder Worthing und der alljährliche Ball mit dem vom Restaurant Gunter gelieferten Essen (der übrigens die meisten der erstklassigen Abendessen für Jenkins liefert: ich weiß es sehr genau, weil ich einmal eingeladen war, um für eine Absage einzuspringen, und sofort merkte, daß es bedeutend besseres Essen als bei den zweitklassigen Gesellschaften gab, zu denen Jenkins seine einfacheren Bekannten einlädt). Muß sich da nicht auch der gutmütigste Mensch von der Welt wundern, wie die Jenkins' das alles bezahlen können? Was *ist* er denn, der Jenkins? Das wissen wir doch alle: Kommissar im Siegelamt, Jahresgehalt von zwölfhundert Pfund! Hat seine Frau etwa Privatvermögen? Pah! Miss Flint ist eins von elf Kindern eines kleinen Gutsbesitzers in Buckinghamshire. Alles, was sie je von ihrer Familie erhält, ist ein Truthahn zu Weihnachten, und dafür muß sie dann zwei oder drei von ihren Schwestern während der stillen Saison bei sich unterbringen und auch die Brüder beherbergen und verpflegen, wenn sie mal in London sind. Wie kommt Jenkins also mit seinem Gehalt aus? Wie jeder seiner Bekannten frage auch ich: wie kommt es, daß er nicht schon längst im Schuldgefängnis sitzt, sondern voriges Jahr sehr zum Erstaunen aller aus Boulogne zurückkehrte?

Das «ich» steht hier für die Leute im allgemeinen, für die Klatschbasen aus dem Bekanntenkreis unsrer geschätzten Leser, von denen jede einige befreundete Familien aufzählen kann, die von wer weiß was leben. Bestimmt haben wir alle schon manches Glas Wein getrunken, mit dem gastfreundlichen Hausherrn angestoßen und uns dabei gefragt, womit, zum Teufel, er es wohl bezahlt hat!

Als Rawdon Crawley und seine Frau sich drei oder vier Jahre nach ihrem Aufenthalt in Paris ein kleines, behagliches Haus in der Curzon Street in Mayfair einrichteten, befand sich unter den zahlreichen Freunden, die sie zu Tisch einluden, kaum ein einziger, der sich nicht fragte, wovon sie eigentlich lebten. Der Erzähler weiß, wie wir schon sagten, über alles Bescheid, und da ich in der Lage bin, dem Publikum sagen zu können, wie die Crawleys es fertigbrachten, ohne Einkommen zu leben, darf ich wohl die Zeitungen (die es sich angewöhnt haben, Teilstücke aus den verschiedenen Zeitschriften zu bringen) höflich

Der Brief vor der Schlacht

ersuchen, die folgende genaue Beschreibung und Berechnung *nicht* nachzudrucken, denn als deren Entdecker (es hat mich auch was gekostet!) sollte ich den alleinigen Nutzen davon haben. Mein Sohn (würde ich zu ihm sagen, wenn mir Kinder beschert wären), wie jemand ohne Jahreseinkommen angenehm leben kann, das erfährst du durch gründliches Nachforschen und ständigen Verkehr mit ihm. Doch ist es am besten, sich mit einem Herrn solchen Berufs nichts allzusehr anzufreunden, sondern die Berechnung lieber aus zweiter Hand zu übernehmen, wie man es auch bei Logarithmen macht, denn die eigene Berechnung würde dir erhebliche Kosten verursachen, verlaß dich drauf!

Crawley und seine Frau lebten also zwei oder drei Jahre lang in Paris mit einem Einkommen von Null-Komma-Nichts sehr glücklich und behaglich, doch können wir darüber nur ganz kurz berichten. Während dieser Zeit schied Crawley aus dem Heer aus und verkaufte sein Offizierspatent. Wenn wir ihn jetzt wiedersehen, sind der Schnurrbart und der Titel Oberst auf seiner Visitenkarte die einzigen Überbleibsel seiner militärischen Laufbahn.

Wir sagten schon, daß Rebecca bald nach ihrer Ankunft in Paris in der Gesellschaft der Hauptstadt eine sehr elegante und führende Rolle spielte und in einigen der vornehmsten Häuser des wieder anerkannten französischen Adels verkehrte. Auch die vornehmen englischen Gentlemen in Paris machten ihr den Hof – sehr zum Ärger ihrer Gattinnen, die den Emporkömmling nicht ausstehen konnten. Mrs. Crawley war mehrere Monate lang begeistert und vielleicht sogar ein wenig berauscht von den Salons des Faubourg St. Germain, in denen sie einen festen Platz behauptete, und von der Pracht am neuen Hofe, an dem sie mit großer Auszeichnung empfangen wurde. Und während dieser ruhmreichen Zeitspanne war sie vielleicht geneigt, auf manche Leute herabzusehen, meistens wackere junge Offiziere, aus denen ihres Mannes Verkehr hauptsächlich bestand.

Der Oberst dagegen gähnte traurig zwischen all den

Herzoginnen und vornehmen Damen bei Hofe. Die alten Damen, die Ecarté spielten, machten so viel Aufhebens um ein verlorenes Fünffrankenstück, daß es sich für den Oberst Crawley gar nicht verlohnte, an einem Kartentisch Platz zu nehmen. Ihre witzigen Gespräche konnte er nicht würdigen, da er ihre Sprache nicht beherrschte. Und was hatte seine Frau eigentlich davon, dachte er unwillig, daß sie jeden Abend vor einem ganzen Kreis von Prinzessinnen den Hofknicks machte? Bald ließ er Rebecca solche Gesellschaften allein besuchen und ging seinem einfacheren Zeitvertreib und Vergnügen im Kreise seiner Freunde nach.

Wenn wir von einem Gentleman sagen, daß er sehr elegant von «gar nichts» lebt, dann gebrauchen wir das Wort «nichts» für eine unbekannte Größe und meinen damit einfach, daß wir nicht wissen, wie der betreffende Herr die Ausgaben seines Haushalts bestreitet. Nun hatte aber unser Freund, der Oberst, eine große Begabung für alle möglichen Glücksspiele, und da er ständig mit den Spielkarten, dem Würfelbecher und dem Billardstock in der Übung blieb, erlangte er natürlich eine viel größere Geschicklichkeit damit als andere, die nur gelegentlich spielen. Mit einem Billardstock geht es einem zuerst genauso wie mit einem Bleistift, einer Querflöte oder einem Stoßdegen: man beherrscht sie nicht von Anfang an, und nur mit Fleiß und Ausdauer, verbunden mit einer natürlichen Begabung, kann man es so weit bringen, sich dabei auszuzeichnen. Aus einem glänzenden Amateur war Crawley allmählich zu einem vollendeten Billardspieler geworden. Wie bei einem großen Feldherrn pflegte sein Genie angesichts der Gefahr noch zu wachsen, und wenn ihm das Glück während einer ganzen Runde abhold gewesen war und die Wetten infolgedessen gegen ihn abgeschlossen wurden, dann konnte er mit vollendeter Geschicklichkeit und Kühnheit ein paar großartige Stöße machen, die das Gleichgewicht wiederherstellten, so daß er schließlich zur größten Verwunderung aller - das heißt all derer, die sein Spiel noch nicht kannten – als

Sieger aus dem Kampf hervorging. Wer ihm aber oft zusah, hütete sich, sein Geld gegen einen Mann mit so überraschenden Reserven und einer so überwältigenden Geschicklichkeit aufs Spiel zu setzen.

Beim Kartenspiel war er ebenso geschickt. Wenn er auch zu Beginn eines Abends dauernd verlor, unaufmerksam spielte und solche Schnitzer machte, daß Neulinge oft nicht viel von seinem Spiel hielten, konnte man doch bemerken, daß Crawleys Spiel, war er erst einmal durch wiederholte kleine Verluste gewarnt und angespornt, ganz anders wurde, ja, daß er seinen Gegner noch vor Ablauf des Abends gründlich schlagen würde. So konnten denn auch nur sehr wenige erklären, ihn je besiegt zu haben.

Seine Siege wiederholten sich so häufig, daß es nicht weiter verwunderlich war, wenn die Neider und die Besiegten oft mit Bitterkeit darüber sprachen. Und wie die Franzosen vom Herzog von Wellington, der nie eine Niederlage erlitt, zu behaupten pflegen, nur infolge einer erstaunlichen Kette von glücklichen Zufällen sei er stets Sieger geblieben und bei Waterloo habe er nur durch einen Betrug den letzten großen Stich gemacht, so munkelte man auch im englischen Hauptquartier, die andauernden Siege Oberst Crawleys ließen sich einzig durch Falschspiel erklären.

Obwohl damals in Paris das Haus Frascati und der Salon eröffnet waren, war die Spielsucht doch so verbreitet, daß die öffentlichen Spiellokale für den allgemeinen Bedarf nicht ausreichten und das Glücksspiel auch in Privathäusern derartig gang und gäbe war, als könne der Spielleidenschaft nicht anderweitig gefrönt werden. Bei den reizenden kleinen Abendgesellschaften der Crawleys huldigte man der bedenklichen Unterhaltung regelmäßig, sehr zum Ärger der gutmütigen kleinen Mrs. Crawley. Sie sprach tiefbekümmert über ihres Mannes leidenschaftlichen Hang zum Würfelspiel und klagte jedermann ihr Leid, der in ihr Haus kam. Sie flehte die jungen Leute an, nie, wirklich niemals einen Würfelbecher anzurühren, und als der junge Green von den Jägern einmal eine sehr große Summe verloren hatte, weinte Rebecca die ganze Nacht, wie der Diener dem unglücklichen Gentleman erzählte, und bat ihren Mann sogar kniefällig, ihm die Schuld zu erlassen und den Schuldschein zu verbrennen. Aber wie konnte er das? Er hatte ja selber die gleiche Summe an Blackstone von den Husaren und an den Gra-

fen Punter von der Hannoverschen Reiterei verloren. Er wollte Green jede angemessene Frist bewilligen – aber bezahlen mußte er, natürlich mußte er das, und es war kindisch, vom Verbrennen des Schuldscheins zu reden.

Andere Offiziere, vor allem junge – denn gerade die jungen umschwärmten Mrs. Crawley –, gingen mit langen Gesichtern von ihren Gesellschaften weg, weil sie an ihren verhängnisvollen Spieltischen mehr oder weniger Geld verloren hatten. Rebeccas Haus erhielt allmählich einen bedenklichen Ruf. Die älteren Kameraden warnten die unerfahrenen jüngeren vor der Gefahr. Oberst O'Dowd vom -ten Regiment, das Paris noch besetzt hielt, warnte Leutnant Spooney vom gleichen Truppenteil. Ein lauter und heftiger Streit spielte sich zwischen dem Infanterieoberst und seiner Frau einerseits, die im Café de Paris speisten, und Oberst und Mrs. Crawley andrerseits ab, die auch dort zu Abend aßen. Auch die beiden Damen mischten sich ein. Mrs. O'Dowd schnippte Mrs. Crawley mit dem Finger ins Gesicht und erklärte, ihr Mann sei nichts Besseres als ein Schwindler. Oberst Crawley forderte Oberst O'Dowd zum Duell. Der Oberbefehlshaber erfuhr von dem Streit und ließ Oberst Crawley kommen, der gerade die Pistolen reinigte, «mit denen er Hauptmann Marker erschossen hatte», und nahm ihn so ins Gebet, daß kein Duell stattfand. Wenn Rebecca nicht vor General Tufto auf den Knien gelegen hätte, wäre Oberst Crawley nach England zurückgeschickt worden. Einige Wochen lang spielte er nicht mehr, das heißt nur noch mit Zivilisten.

Aber trotz Rawdons unzweifelhafter Geschicklichkeit und seiner ständigen Erfolge wurde es Rebecca in Anbetracht obiger Vorfälle doch klar, daß ihre Lage sehr heikel war und daß, auch wenn sie kaum jemandem etwas zahlten, ihr kleines Kapital eines Tages zu nichts zerschmelzen würde. «Weißt du, Liebster», sagte sie zu ihm, «das Glücksspiel ist gut und recht, um das Einkommen aufzubessern, aber nicht als Einkommen an sich. Eines Tages könnten die Leute es satt haben, und was soll dann aus uns werden?» Rawdon gab zu, daß sie recht habe; er hatte tatsächlich schon bemerkt, daß die Herren nach ein paar Abenden mit den Crawleyschen kleinen Nachtessen das Spiel mit ihm satt hatten und sich trotz Rebeccas Charme nicht mit dem Wiederkommen beeilten.

So leicht und angenehm ihr Leben in Paris sein mochte, es war eigentlich doch nur eine müßige Tändelei und ein angenehmes Herumtrödeln, und Rebecca sah ein, daß sie Rawdon in seinem Vaterland zu einer günstigeren Situation verhelfen sollte. Sie mußte ihm zu Hause oder in den Kolonien einen Posten oder ein Amt verschaffen, und sie beschloß, es mit England zu versuchen, sobald die Luft dort rein war für sie. Als erstes hatte sie Crawley veranlaßt, aus der Garde auszuscheiden und sich auf halben Sold setzen zu lassen. Seine Tätigkeit als Adjutant General Tuftos hatte er schon früher aufgegeben. Rebecca machte sich auf allen Gesellschaften über den General lustig: über die Perücke, die er sich hatte anfertigen lassen, als er nach Paris kam, über seinen Leibgurt, über sein Gebiß und vor allem über seine Einbildung, unwiderstehlich zu sein und in närrischer Eitelkeit zu glauben, jede Frau in seiner Umgebung sei in ihn verliebt. Jetzt galten die Aufmerksamkeiten des Generals einer Dame mit buschigen Augenbrauen, der Gattin des Kommissars Brent: ihr waren seine Bukette, seine Abendeinladungen in den Restaurants, die Logen in der Oper und die Schmuckstücke zugedacht. Die arme Mrs. Tufto war nicht glücklicher als zu Beckys Zeiten; noch immer mußte sie lange Abende allein bei ihren Töchtern zubringen und wußte dabei, daß ihr General parfümiert und schön frisiert fortgegangen war, um während des Schauspiels hinter Mrs. Brents Sessel zu stehen. Becky hatte natürlich statt seiner ein halbes Dutzend anderer Verehrer und konnte ihre Nebenbuhlerin mit ihrem Witz tödlich verletzen. Doch wie gesagt, sie war des müßigen gesellschaftlichen Lebens überdrüssig geworden, Opernlogen und Essen in Restaurants langweilten sie, Sträuße konnte man nicht für Zeiten der Not auf die hohe Kante legen, und sie konnte nicht allein von Schmucksachen, Spitzentüchlein und Glacéhandschuhen leben. Sie erkannte, wie hohl die Vergnügungen waren, und sehnte sich nach dauerhafterem Gewinst.

Alles deutete auf eine Wende in ihrem Leben, und gerade da traf eine Nachricht ein, die sich unter den zahlreichen Gläubigern des Obersten rasch herumsprach und sie mit Genugtuung erfüllte: Miss Crawley, die reiche Tante, von der er eine riesige Erbschaft erwartete, sollte im Sterben liegen, und der Oberst müsse an ihr Krankenlager eilen; Mrs. Crawley und ihr Kind würden dableiben, bis er sie holte. Er begab sich auch nach Calais, und von dort – so hätte man wenigstens meinen sollen – nach Dover. Statt dessen nahm er die Postkutsche nach Dünkirchen und fuhr weiter nach Brüssel, einer Stadt, für die er schon immer eine besondere Vorliebe gehabt hatte. Es verhielt sich nämlich so, daß er in London noch mehr Schulden hatte als in Paris, und er zog die ruhige kleine belgische Stadt den beiden geräuschvolleren Hauptstädten vor.

Ihre Tante war gestorben. Mrs. Crawley kleidete sich und den kleinen Rawdon in tiefste Trauer. Der Oberst war mit dem Ordnen der Erbschaftsangelegenheiten beschäftigt. Sie konnten sich nun das erste Stockwerk leisten anstatt des kleinen Zwischenstocks, den sie bisher bewohnt hatten. Mrs. Crawley und der Hausbesitzer berieten über neue Tapeten, hatten einen freundschaftlichen Wortwechsel wegen andrer Teppiche, und schließlich war alles geregelt – bis auf die Rechnung. In einem seiner Wagen fuhr sie ab, neben sich die *bonne* und das Kind, und der freundliche Hauswirt und seine Frau winkten ihnen vom Torweg aus lächelnd Lebewohl nach. General Tufto war wütend, als er hörte, daß sie abgereist sei; Mrs. Brent war wütend auf ihn, weil er wütend war; Leutnant Spooney war bis ins Herz getroffen. Der Hauswirt ließ inzwischen seine beste Wohnung für die bezaubernde kleine Frau und ihren Gatten herrichten. Mit größter Gewissenhaftigkeit verwahrte er die Koffer, die sie in seiner Obhut gelassen hatte. Madame Crawley hatte sie ihm ganz besonders ans Herz gelegt. Es fanden sich jedoch keine Wertsachen darin, als man sie nach einiger Zeit öffnete.

Doch ehe Mrs. Crawley zu ihrem Mann nach Brüssel fuhr, unternahm sie einen kleinen Ausflug nach England. Ihr kleiner Sohn blieb auf dem Kontinent zurück: sie vertraute ihn dem Schutz ihres französischen Dienstmädchens an.

Der Abschied verursachte weder Rebecca noch dem kleinen Rawdon besonderen Kummer. Sie hatte, um die

Mrs. Rawdons Abreise aus Paris

Wahrheit zu gestehen, seit seiner Geburt nicht viel von dem jungen Herrn zu sehen bekommen. Nach der liebevollen Sitte französischer Mütter hatte sie ihn einer Amme in einem Dorf bei Paris in Pflege gegeben: dort verbrachte der kleine Rawdon die ersten Monate seines Lebens nicht etwa unglücklich inmitten einer Gesellschaft zahlreicher Pflegebrüder in Holzschuhen. Sein Vater pflegte sehr oft zu ihm hinauszureiten, um ihn zu besuchen, und Rawdon senior wurde es warm ums Vaterherz, wenn er den rotwangigen, schmutzigen Jungen sah, der vergnügt krähte und unter der Aufsicht seiner Amme, einer Gärtnersfrau, selig im Sand herumspielte.

Rebecca lag nicht viel daran, den Sohn und Erben zu besuchen. Er hatte ihr einmal ihren neuesten taubengrauen Umhang verdorben. Er ließ sich lieber von der Amme anstatt von seiner Mama verhätscheln, und als er sich schließlich von der wackeren Amme trennen mußte, die ihm fast eine Mutter gewesen war, brüllte er stundenlang aus Leibeskräften. Er ließ sich nur durch das Versprechen trösten, er dürfe am nächsten Tag wieder zur Pflegemutter zurückkehren, die ihn ihrerseits schmerzlich erwartete, da auch ihr erzählt worden war (weil ihr der Abschied sonst vermutlich ebenfalls weh getan hätte), das Kind würde ihr sofort zurückgebracht.

Von unsern Freunden kann man wirklich behaupten, daß sie zu den ersten einer abgehärteten Sippe englischer Pioniere gehörten, die fortan das Festland überschwemmten und sich durch alle Hauptstädte Europas schwindelten. In den glücklichen Jahren 1817/18 war nämlich der Respekt vor dem Reichtum und Anstand der Engländer sehr groß. Damals hatten sie, wie man mir erzählte, noch nicht gelernt, mit jener Hartnäckigkeit um Preisermäßigung zu feilschen, für die sie jetzt berühmt sind. Die großen Städte Europas hatten unsern Gaunern und ihrem Unternehmungsgeist bis dahin noch nicht offengestanden. Während es jetzt kaum eine Stadt in Frankreich oder Italien gibt, in der nicht einer unsrer edlen Landsleute jene fröhliche Prahlerei und Unverschämtheit zur Schau trägt, die wir überall entfalten, und Gastwirte betrügt und leichtgläubigen Bankiers falsche Wechsel anhängt und Wagenbauern ihre Kutschen und Goldschmieden ihre Schmucksachen und unvorsichtigen Reisenden ihr Geld beim Kartenspiel, ja sogar öffentlichen Bibliotheken die Bücher stiehlt, brauchte man vor dreißig Jahren nur der «Milor

anglais» zu sein, der in seiner eigenen Kutsche reiste, und man hatte überall beliebigen Kredit, und die Gentlemen wurden betrogen, anstatt zu betrügen. Erst einige Wochen nach der Abreise der Crawleys entdeckte der Besitzer des Hauses, in dem sie während ihres Pariser Aufenthalts gewohnt hatten, daß er von ihnen geprellt worden war: nämlich erst dann, als die Putzmacherin Madame Marabou wiederholt wegen ihrer kleinen Rechnung für alle die

Sachen kam, die sie Mrs. Crawley geliefert hatte, ja erst dann, als Monsieur Didelot von der Boule d'Or im Palais Royal ein halbes dutzendmal nachfragte, ob die reizende *Miladi* noch nicht wieder da sei, die bei ihm Uhren und Armbänder gekauft hatte. Tatsächlich war sogar der armen Gärtnersfrau, die dem kräftigen und gesunden kleinen Rawdon die Milch menschlicher Herzensgüte gespendet hatte, nach den ersten sechs Monaten überhaupt nichts mehr bezahlt worden. Nein, nicht einmal Rawdons Pflegemutter war bezahlt worden – die Crawleys hatten es zu eilig, um sich noch an eine solche Lappalie zu erinnern. Was den Hausbesitzer betraf, so hatte er bis zum Ende seiner Tage für die englische Nation nur die schlimmsten Flüche bei der Hand. Er erkundigte sich bei allen Reisenden, ob sie einen gewissen Oberst Lor Crawley kennten, ihn und seine Frau, eine kleine, sehr lebhafte Dame. «*Ah, monsieur*», schloß er dann, «*ils m'ont affreusement volé.*» Man konnte trübsinnig werden, wenn man hörte, wie er von dem Mißgeschick sprach.

Rebecca unternahm ihre Londoner Reise, um einen Kompromiß mit den zahllosen Gläubigern ihres Mannes anzustreben, und indem sie ihnen einen Anteil von einem Schilling pro Pfund anbot, hoffte sie ihm die Rückkehr in sein Vaterland zu ermöglichen. Wir brauchen nicht alle Schritte zu verfolgen, die sie bei der Durchführung der äußerst schwierigen Verhandlungen unternahm, doch nachdem sie den Gläubigern des Obersten hinreichend klargemacht hatte, daß die Summe, die sie ihnen anbot, das ganze Vermögen ihres Mannes darstellte, und nachdem sie alle überzeugt hatte, daß Oberst Crawley lieber dauernd auf dem Festland als mit unbeglichenen Schulden in England leben würde, und nachdem sie ihnen bewiesen hatte, daß ihm von keiner andern Quelle Geld zufallen könnte, und keine Aussicht bestand, einen höheren Anteil als den von ihr gebotenen zu erhalten, da gingen sie einstimmig auf ihren Vorschlag ein, und mit fünfzehnhundert Pfund in bar wurde eine Schuld getilgt, die das Zehnfache überstieg.

Mrs. Crawley hatte keinen eigenen Anwalt für die Verhandlungen benötigt. Die Sache war so einfach – es ging nur darum, anzunehmen oder abzulehnen, wie sie sehr richtig bemerkte –, daß sie den Anwälten der Gläubiger die Arbeit überlassen konnte. Und Mr. Lewis als Anwalt Mr. Davids' vom Red Lion Square und Mr. Moss als Anwalt von Mr. Manasseh aus der Cursitor Street (die Hauptgläubiger des Obersten) beglückwünschten die Dame, wie glänzend sie sich aufs Geschäftliche verstünde, und erklärten, daß kein Fachmann es hätte besser machen können.

Rebecca nahm die Komplimente in aller Bescheidenheit entgegen, ließ eine Flasche Sherry und ein Kuchenbrot in die schäbige kleine Wohnung kommen, in der sie hauste, solange sie geschäftlich zu tun gehabt hatte, und bewirtete damit die Anwälte der Gegenpartei. Beim Abschied schüttelte sie ihnen in bester Laune die Hand und kehrte sofort aufs Festland zurück, um ihren Mann und ihren Sohn aufzusuchen und ersteren mit der frohen Nachricht zu überraschen, daß er schuldenfrei war. Das Kind dagegen war während der Abwesenheit seiner Mutter von der französischen *bonne* Mademoiselle Geneviève beträchtlich vernachlässigt worden. Die junge Dame hatte eine Zuneigung zu einem Soldaten der Garnison Calais gefaßt, und in seiner Gesellschaft hatte sie ihren kleinen Schützling so gründlich vergessen, daß er am Strand von Calais, wo er ihr abhanden gekommen war, beinahe ins Wasser gefallen und ertrunken wäre.

Der Oberst Crawley und seine Frau kehrten also nach London zurück, und in ihrem neuen Haus an der Curzon Street in Mayfair entwickelten sie nun so recht die Geschicklichkeit derer, die von dem eingangs erwähnten Einkommen zu leben pflegen.

XXXVII

Das gleiche Thema

ICH MUSS zuerst und als Allerwichtigstes beschreiben, wie man sich ein Haus nehmen kann, ohne Miete zu zahlen. Solche Wohnungen kann man entweder unmöbliert haben und sie, wenn man bei den Firmen Gillows oder Bantings Kredit hat, herrlich und ganz nach eigenem Geschmack einrichten und dekorieren lassen, oder man mietet sie möbliert, was den meisten Leuten lieber ist, weil es weniger Umstände und Schwierigkeiten mit sich bringt. Auch Oberst Crawley und seine Frau zogen es vor, ein möbliertes Haus zu mieten.

Ehe Mr. Bowls als Butler Miss Crawleys Haushalt und Keller in der Park Lane vorstand, hatte die Dame einen Butler namens Raggles gehabt, der als jüngerer Sohn eines Gärtners auf dem Familiengut Queen's Crawley geboren war. Durch gute Führung, eine hübsche Erscheinung, stramme Waden und ein würdevolles Auftreten war Raggles vom Messerputzbrett zum Kutschbock und vom Kutschbock zum Butlerbüfett aufgerückt. Als er eine gewisse Reihe von Jahren Miss Crawleys Haushalt vorgestanden hatte, wo ihm ein guter Lohn, fette Nebeneinnahmen und reichlich Gelegenheit zum Sparen geboten waren, erklärte er, daß er mit einer früheren Köchin Miss Crawleys, die sich durch den Betrieb einer Wäschemangel und eines Gemüselädchens in der Nachbarschaft redlich ernährt hatte, die Ehe eingehen wolle. Eigentlich verhielt es sich aber so, daß die Trauung schon vor Jahren heimlich vollzogen worden war. Die Nachricht von Mr.

Raggles' Heirat kam Miss Crawley jedoch auf dem Umweg über einen siebenjährigen Jungen und ein achtjähriges Mädchen zu Ohren, die sich ständig in der Küche aufhielten und dadurch Miss Briggs' Aufmerksamkeit erregt hatten.

Mr. Raggles gab also seinen Posten auf und übernahm die Oberaufsicht über Lädchen und Gemüse. Er erweiterte das Geschäft um Milch und Sahne, Eier und Bauernspeck, und während andere ehemalige Butler in Kneipen Schnaps ausschenkten, begnügte er sich damit, die einfachsten ländlichen Produkte zu verkaufen. Und da er gute Beziehungen zu jedem Butler in der Nachbarschaft hatte und ein gemütliches Hinterzimmer besaß, in dem er und seine Frau die Herren empfingen, kauften viele seiner Kollegen in seiner Milch-Rahm-Eier-Handlung, und seine Einnahmen wurden von Jahr zu Jahr höher. Jahraus, jahrein scheffelte er still und bescheiden Geld ein, und als eines Tages die behagliche und gutausgestattete Junggesellenwohnung in der Curzon Street Nr. 201 in Mayfair, die früher dem ins Ausland verzogenen Honourable Frederick Deuceace gehört hatte, mitsamt der kostbaren und geschmackvollen, von ersten Firmen gelieferten Einrichtung unter den Hammer kam, wer konnte da hingehen und Mietvertrag und Möbel übernehmen, wenn nicht unser Charles Raggles? Einen Teil der Kaufsumme mußte er sich zwar zu ziemlich hohen Zinsen von einem Kollegen leihen, doch den Hauptanteil bezahlte er selbst in bar, und mit nicht geringem Stolz schlief Mrs. Raggles in einem Bett aus geschnitztem Mahagoni mit seidenem Betthimmel, ihr gegenüber ein riesiger Drehspiegel und ein Kleiderschrank, in den sie und Mr. Raggles und die ganze Kinderschar hineinpaßten.

Natürlich wollten sie nicht dauernd in einem so vornehmen Haus wohnen. Raggles hatte es mit der Absicht erworben, es weiterzuvermieten. Sobald ein Mieter gefunden war, stieg er wieder ins Gemüselädchen hinab, doch trug es zu seinem Glücke bei, in die Curzon Street zu gehen und dort sein Haus zu betrachten: sein eigenes

Haus mit den Geranien am Fenster und dem verzierten Bronzetürklopfer. Der Lakai, der manchmal am Souterraingeländer herumstand, grüßte ihn respektvoll, und die Köchin kaufte ihr Gemüse in seinem Lädchen und nannte ihn «den Herrn Hauswirt». Raggles konnte also nach Belieben alles erfahren, was seine Mieter trieben oder was sie für Gerichte aßen.

Raggles war ein guter Mensch, gut und glücklich. Durch das Haus hatte er ein so nettes jährliches Einkommen, daß er beschloß, seine Kinder auf gute Schulen zu schicken, und daher besuchte Charles ungeachtet aller Kosten Doktor Swishtails Internat Sugar-cane Lodge und die kleine Matilda das Laurentinum House von Miss Peckover in Clapham.

Raggles liebte und verehrte die Familie Crawley, weil dank ihr sein Leben eine glückliche Wendung nahm. In seinem Ladenstübchen hingen eine Silhouette von Miss Crawley und eine in chinesischer Tusche von der alten Dame angefertigte Zeichnung des Torhüterhauses in Queen's Crawley, und der einzige Wandschmuck, den er seinem Haus in der Curzon Street noch hinzufügte, war eine farbige Reproduktion von Queen's Crawley in Hampshire, dem Landsitz des Barons Sir Walpole Crawley, der in einer vergoldeten, von sechs Schimmeln gezogenen Kutsche dargestellt war, wie er an einem mit Schwänen bevölkerten See entlangfuhr, über den bewimpelte Barken mit Damen in Reifröcken und Musikanten in Perücke glitten. Raggles glaubte in vollem Ernst, in der ganzen Welt gäbe es kein zweites Schloß wie Queen's Crawley und keine so feine Familie wie die Crawleys.

Nun wollte es der Zufall, daß Raggles' Haus in der Curzon Street gerade zu vermieten war, als Rawdon und seine Frau nach London zurückkehrten. Der Oberst kannte das Haus und seinen Besitzer sehr gut, denn Raggles' Beziehung zur Familie Crawley war nie abgerissen, da er zum Beispiel Mr. Bowls aushalf, wenn Miss Crawley Einladungen gab. Der alte Mann vermietete daher nicht nur sein Haus an den Oberst, sondern er betätigte sich auch als Butler, sooft Gesellschaften gegeben wurden, während Mrs. Raggles unten in der Küche wirtschaftete und Diners nach oben schickte, die sogar den Beifall Miss Crawleys gefunden hätten. Das war also die Methode, mittels der Mr. Rawdon umsonst zu einem Haus gekommen war. Raggles aber mußte zahlen: Steuern und Abgaben und die Zinsen für das Darlehen von seinem Kollegen und seine Lebensversicherung und das Schulgeld für seine Kinder und Essen und Trinken für seine eigene Familie – und eine Zeitlang auch für die des Obersten Crawley. Und wenn der arme Wicht durch so ein Geschäft auch vollkommen ruiniert wurde und seine Kinder in der Gosse und er selber im Fleet-Gefängnis landete – einer mußte ja schließlich für die Herrschaften zahlen, die ohne Einkommen leben, und so wurde der Pechvogel Raggles zum Repräsentanten von Rawdons nicht vorhandenem Kapital.

Ich frage mich, wieviel Familien durch große Genies in der Crawleyschen Kunst zu Untergang und Bankrott getrieben werden, wieviel vornehme Edelleute kleine Handwerker berauben und ihre armen Dienstleute um erbärmlich niedrige Summen beschwindeln und um ein paar Schillinge betrügen! Wenn wir lesen, daß ein edler Lord nach dem Festland geflohen ist oder daß ein andrer in seinem Haus eine Zwangsversteigerung hat und daß dieser oder jener sechs oder sieben Millionen Schulden hat, dann scheint uns selbst sein Untergang noch glorreich, und wir achten das Opfer wegen der Größe des Ruins. Wer aber hat Mitleid mit einem armen Friseur, der sein Geld für das Puder der Lakaienperücken nicht bekommen kann, oder mit einem armen Tischler, der sich ruiniert hat, weil er Dekorationen und Lauben für Miladys Gartenfest gezimmert hat, oder mit dem armen Teufel von einem Schneider, der beim Verwalter in Gunst steht und nun alles, was er besitzt, und noch mehr dransetzt, um die Livreen fertigzustellen, weil Milord ihm die Ehre erwiesen hat, sie bei ihm in Auftrag zu geben? Wenn das große Haus stürzt, stürzen die armen Schlucker auch, und unbemerkt; denn so heißt es ja in dem alten Sprichwort: ehe ein Mann in die Hölle fährt, schickt er eine Menge armer Seelen voraus.

Rawdon und seine Frau beglückten mit ihrer Kundschaft alle Händler und Lieferanten Miss Crawleys, die auch ihnen zu liefern bereit waren. Manche waren nur zu gern bereit, besonders die armen unter ihnen. Es war wundervoll zu beobachten, mit welcher Ausdauer die Waschfrau aus Tooting jeden Samstag die Wäsche anschleppte und Woche für Woche die Rechnungen abgab. Das Gemüse hatte Mr. Raggles zu liefern. Die Rechnung für das Dienstbotenbier aus der Kneipe «Fortune of War» ist eine Sehenswürdigkeit in der Statistik des Bierverbrauchs. Außerdem blieb man jedem Diener den größeren Teil seines Lohns schuldig und erzwang dadurch ein Interesse am Haus. Tatsächlich zahlte man niemandem etwas: nicht dem Schlosser, der ein Schloß ausbesserte, noch dem Glaser, der die Fensterscheibe einsetzte, nicht dem Pferdeverleiher, der die Kutsche auslieh, noch dem Kutscher, der sie fuhr, nicht dem Metzger, der die Hammelkeule lieferte, noch dem Kohlenhändler, der die Kohlen fürs Feuer im Bratherd schickte, nicht dem Koch, der sie briet, noch den Dienern, die sie aßen – denn das ist, wie ich höre, eine der Methoden, jährlich sehr elegant von gar nichts zu leben.

In einer kleinen Stadt können derlei Dinge nicht unbemerkt hingehen. Dort wissen wir, wieviel Milch unser Nachbar verbraucht, und sehen den Braten oder das Geflügel, das er zum Mittagessen bekommt. So konnten vielleicht Nr. 200 und Nr. 202 in der Curzon Street wissen, was in dem Haus zwischen ihnen vor sich geht, denn da unterhalten sich die Diener übers Treppengeländer hinweg. Aber Crawley und seine Frau und ihre Freunde wußten nichts über Nr. 200 und Nr. 202. Kam man nach Nr. 201, so ward einem ein herzliches Willkommen zuteil und ein freundliches Lächeln, ein gutes Essen und ein liebenswürdiger Händedruck von Hausherr und Hausfrau – ganz und gar, als ob sie unbestrittene Eigentümer von jährlich drei- bis viertausend Pfund wären, und das waren sie ja auch, nicht in Bargeld, so doch in Produkten und Leistungen. Wenn sie die Hammelkeule nicht bezahlten – sie stand jedenfalls auf dem Tisch. Wenn sie keine Stange Gold für den Wein zahlten – wie sollte man's wissen? Nirgends gab es besseren Rotwein zu trinken als an der Tafel des braven Rawdon, nirgends war das Essen so nett und sauber angerichtet. Seine Wohnzimmer waren die reizendsten kleinen Salons, die man sich denken konnte; sie waren mit dem größten Geschmack eingerichtet und von Rebecca mit tausenderlei hübschen Dingen aus Paris verziert. Wenn Rebecca dann am Klavier saß und leichten Herzens ihre Liedchen trällerte, glaubte sich der Fremde in einem Paradies häuslichen Glücks und fand, der Mann sei zwar ziemlich stumpfsinnig, die Frau jedoch bezaubernd und die Diners die reizendsten von der Welt.

Rebecca mit ihrem Witz, ihrer Klugheit und ihren losen Reden war bald in gewissen Londoner Kreisen sehr beliebt. Man sah vor ihrer Haustür unauffällige Wagen halten, aus denen sehr vornehme Leute stiegen. Im Park war ihre Equipage von berühmten Stutzern umringt. In der kleinen Loge im dritten Rang des Opernhauses drängten sich immer wieder neue Gesichter, doch wollen wir zugeben, daß die Damen sich fernhielten und daß ihre Türen unsrer kleinen Abenteurerin verschlossen blieben.

Über die weibliche vornehme Welt und ihre Gebräuche kann der Verfasser natürlich nur vom Hörensagen berichten. Solche Mysterien vermag ein Mann ebensowenig zu durchschauen oder zu begreifen, wie er wissen kann, worüber die Damen sich unterhalten, wenn sie nach dem Essen in den Salon gehen. Nur durch beharrliches Fragen gelangt man manchmal hinter derartige Geheimnisse, und durch ähnlichen Eifer erfährt jeder, der die Pall Mall entlanggeht oder die Klubs der Hauptstadt besucht, entweder durch eigene Erlebnisse oder durch Bekannte, mit denen er Billard spielt oder gemeinsam zu Mittag speist, etwas über die vornehme Londoner Welt. Wie es nämlich Männer (wie etwa Rawdon Crawley) gibt, die nur in den Augen von Unwissenden und von grünen Neulingen im Park eine gute Figur machen, weil sie im Umgang mit den berühmtesten Stutzern angetroffen werden, so gibt es auch Damen, die man Gentlemen's Damen nennen könnte, da alle Herren sie gern sehen, während alle Ehefrauen sie schneiden oder über die Achsel ansehen. Hierhin gehört zum Beispiel Mrs. Firebrace, die Dame mit den blonden Ringellocken, die man jeden Tag im Hyde Park sieht und die stets von den vornehmsten und berühmtesten Stutzern des britischen Weltreichs umgeben ist; eine andere ist Mrs. Rockwood, deren Gesellschaften in den vornehmen Modezeitungen ausführlich beschrieben werden und bei der man Gesandte aus aller Welt und hohe Adlige speisen sieht, und noch viel mehr solcher Damen könnten wir nennen, wenn sie mit unsrer Erzählung zu tun hätten. Wenn nun einfache Menschen, die nichts von der großen Welt wissen, oder Leute vom Land mit einem Hang für alles Vornehme solche Damen in ihrem scheinbaren Glanz in der Öffentlichkeit sehen oder sie auch nur aus der Ferne beneiden, so könnten Besserinformierte sie dahin belehren, daß diese beneideten Damen ebensowenig Aussicht haben, sich einen Platz in der «Gesellschaft» zu erringen, wie die blödeste Farmersfrau in Somersetshire, die in der *Morning Post* von ihrem Tun und Treiben liest. Wer in London lebt, weiß genau, wie schrecklich wahr das ist. Da hört man, wie erbarmungslos vielen Damen von scheinbarem Rang und Wohlstand die «Gesellschaft» verschlossen bleibt. Die krampfhaften Bemühungen, die sie machen, um in jenen Kreis einzudringen, die Erniedrigungen, denen sie sich unterwerfen, die Beleidigungen, die sie sich gefallen lassen, müssen jeden verwundern, der die Menschheit oder die Frauen als Gegenstand seiner Studien betrachtet, und die mit derartigen Schwierigkeiten verbundene Jagd nach einem Platz in der Gesellschaft wäre ein geeignetes Thema für jede sehr vornehme Persönlichkeit, die Geist und Muße und die notwendigen Kenntnisse der englischen Sprache besitzt, um eine Abhandlung darüber zusammenzustellen.

Die paar Damen nun, die Mrs. Crawley im Ausland kennengelernt hatte, lehnten es nicht nur ab, sie zu besuchen, als sie wieder diesseits des Kanals lebte, sondern sie schnitten sie ganz eindeutig, wenn sie ihr in der Öffentlichkeit begegneten. Wie schnell die großen Damen vergessen konnten, war merkwürdig zu beobachten und für Rebecca zweifellos keine sehr angenehme Erfahrung. Wenn Lady Bareacres ihr im Foyer der Oper begegnete, scheuchte sie ihre Töchter hinter sich, als wäre die Berührung mit Becky ansteckend, trat dann ein paar Schritte zurück, stellte sich schützend vor ihre Brut und fixierte die Feindin. Doch um Becky aus der Fassung zu bringen, brauchte es einen strengeren Blick, als ihn selbst die eisige alte Bareacres aus finsteren Augen auf sie abschoß. Wenn Lady de la Mole, die in Brüssel Dutzende von Malen an Beckys Seite ausgeritten war, jetzt im Hyde Park ihren offenen Wagen traf, war Milady wie erblindet und konnte ihre ehemalige Freundin überhaupt nicht erkennen. Sogar Mrs. Blenkinsop, die Frau des Bankiers, verleugnete in der Kirche die Bekanntschaft mit ihr. Becky ging jetzt regelmäßig in die Kirche; es war ein erhebender Anblick, sie an Rawdons Seite, jeder ein großes vergoldetes Gesangbuch in der Hand, die Kirche betreten und dann mit ernster Weltverneinung dem Gottesdienst folgen zu sehen.

Rawdon litt anfänglich sehr unter der Zurücksetzung, die seiner Frau widerfuhr, und war jedesmal finster und aufgebracht. Er sprach davon, die Männer oder Brüder der unverschämten Frauen, die seiner Frau nicht respektvoll genug begegneten, zum Duell zu fordern, und nur ihr inständiges Flehen und Verlangen konnte ihn bewegen, sich gesittet zu benehmen. «Du kannst mich nicht in die Gesellschaft *schießen!*» sagte sie gutgelaunt. «Vergiß doch nicht, Liebster, daß ich nur eine Erzieherin war und daß du, du armes altes Dummchen, wegen deiner Schulden und deiner Glücksspiele und andrer schlimmer Sachen einen ganz schlechten Ruf hast! Mit der Zeit bekommen wir bestimmt soviel gute Freunde, wie wir haben wollen, und bis dahin mußt du ein artiger Junge sein und deiner Lehrerin in allem folgen, was sie dir sagt. Als wir hörten, daß deine Tante fast ihr ganzes Vermögen Pitt und seiner Frau vermacht hat – erinnerst du dich noch, wie rasend du da warst? Du hättest es am liebsten ganz Paris erzählt, wenn ich dich nicht beruhigt hätte; denn wo würdest du sonst gelandet sein? Im Schuldgefängnis von Ste-Pélagie – und nicht in London in einem hübschen Haus mit allem Komfort! So wütend warst du, daß du deinen Bruder hättest ermorden können, du böser alter Kain! Und was hätte es uns genützt, wenn du wütend geblieben wärst? Das verrückteste Toben hätte uns nicht zum Geld deiner Tante verholfen, und es ist viel besser, daß wir mit deines Bruders Familie gut stehen, anstatt uns so mit ihnen zu verfeinden, wie es die dummen Butes getan haben. Wenn dein Vater stirbt, stellt Queen's Crawley für dich und mich ein angenehmes Winterquartier dar. Wenn wir ruiniert sind, kannst du den Haus- und Stallmeister spielen, und ich kann bei Lady Janes Kindern als Erzieherin antreten. Ach was! Ruiniert! Vorher verschaffe ich dir einen guten Posten, oder vielleicht sterben ja auch Pitt und sein kleiner Junge, und dann werden *wir* Sir Rawdon und Milady! ‹Solange noch Leben ist, besteht auch noch Hoffnung›, mein Lieber, und ich habe die Absicht, etwas aus dir zu machen. Wer hat dir deine Pferde verkauft? Wer hat dir deine Schulden bezahlt?» Und Rawdon mußte zugeben, daß er das alles seiner Frau zu verdanken habe und sich auch in Zukunft ihrer Führung anvertrauen wolle.

Als Miss Crawley aus dieser Welt schied und das Geld, um das all ihre Verwandten so heiß gekämpft hatten, schließlich an Pitt fiel, geriet Bute Crawley (der nur fünftausend Pfund anstatt der zwanzigtausend erbte, auf die er gezählt hatte) vor Enttäuschung in eine solche Wut, daß er sich in wüsten Schmähworten gegen seinen Neffen Luft machte, und die seit jeher zwischen ihnen schwelenden Streitereien endeten mit einem gänzlichen Abbruch aller Beziehungen. Das Verhalten Rawdon Crawleys dagegen, der nur hundert Pfund geerbt hatte, versetzte seinen Bruder in Erstaunen und die Schwägerin in Begeisterung, denn sie dachte auf Grund ihrer eigenen Veranlagung von allen Verwandten ihres Mannes nur das Beste. Rawdon schrieb seinem Bruder aus Paris einen sehr freimütigen, mannhaften, gutgelaunten Brief. Er sagte darin, er wisse sehr gut, daß er sich durch seine Heirat die Gunst der Tante verscherzt habe. Wenn er auch nicht seine Enttäuschung verhehlte, daß sie ihm gegenüber so unversöhnlich geblieben war, freue er sich andrerseits, daß ihr Vermögen *seinem* Zweig der Familie erhalten bliebe, und gratuliere seinem Bruder von Herzen zu dessen Glück. Seiner Schwägerin sandte er die herzlichsten Empfehlungen und gab seiner Hoffnung Ausdruck, sie würde sich mit Mrs. Crawley gut verstehen. Der Brief schloß mit einigen Zeilen an Pitt in Rebeccas Handschrift. Sie bat, sich den Glückwünschen ihres Mannes anschließen zu dürfen. Sie würde sich immer der Freundlichkeiten erinnern, die Miss Crawley ihr erwiesen habe, als sie noch eine einsame Waise und die Erzieherin seiner jungen Stiefschwestern gewesen sei, an deren Wohlergehen sie noch immer liebevollen Anteil nähme. Sie wünschte ihm alles Glück in der Ehe und ließ sich Lady Jane (von deren Güte alle Welt schwärme) höflichst empfehlen. Sie hoffte, ihr Söhnchen eines Tages seinem Onkel und seiner Tante vorstellen zu dürfen, und bat für ihn um ihre Zuneigung und Freundschaft.

Pitt Crawley nahm diese Zuschrift sehr huldvoll auf – viel gnädiger, als Miss Crawley einst Rebeccas Kompositionen in Rawdons Handschrift aufgenommen hatte. Was aber Lady Jane anbetraf, so war sie derartig über den Brief erfreut, daß sie annahm, ihr Mann würde die Erbschaft seiner Tante augenblicks in zwei gleich große Teile teilen und seinem Bruder die eine Hälfte schicken.

Zur Verwunderung der Lady lehnte es Pitt jedoch ab, seinem Bruder einen Scheck über dreißigtausend Pfund zukommen zu lassen. Dagegen bot er Rawdon von sich aus seinen Beistand an für den Fall, daß er nach England zurückkehre und seiner bedürfe. Er dankte Mrs. Crawley für die schmeichelhafte Meinung, die sie von ihm und Lady Jane hege, und erklärte sich gern bereit, sich jederzeit für ihren kleinen Jungen einzusetzen.

So war fast etwas wie eine Versöhnung zwischen den beiden Brüdern zustande gekommen. Als Rebecca nach London zurückkehrte, waren Pitt und seine Frau nicht in der Stadt. Immer wieder fuhr sie an der alten Haustür in der Park Lane vorbei, um nachzusehen, ob sie Miss Crawleys Stadthaus schon bezogen hatten. Aber die neue Familie tauchte nicht auf, und nur durch Raggles erfuhr Rebecca von allem, was vorgegangen war: Miss Crawleys Dienstboten waren mit einer guten Belohnung entlassen worden, und Mr. Pitt war nur ein einziges Mal in London gewesen und hatte ein paar Tage im Haus gewohnt, mit seinen Rechtsanwälten verhandelt und sämtliche französischen Romane Miss Crawleys an einen Buchhändler von der Bond Street verkauft. Becky hatte ihre Gründe, weshalb sie die Ankunft ihrer neuen Verwandten so ersehnte. Wenn Lady Jane kommt, dachte sie, muß sie mich in die Londoner Gesellschaft einführen! Die Frauen – pah! – die werden mich schon einladen, wenn sie sehen, daß die Männer mich haben wollen!

*

Was eine Dame in einer solchen Lage ebenso notwendig wie ihre Equipage oder ihr Bukett braucht, das ist eine Gesellschafterin. Ich habe es immer sehr bewundert, wie die zarten Geschöpfchen, die nicht ohne eine teilnahmsvolle Seele bestehen können, sich dafür stets eine furchtbar häßliche Freundin aussuchen, von der sie dann fast unzertrennlich sind. Der Anblick solch einer unvermeidlichen Person, die in verschossenem Kleid hinter ihrer lieben Freundin in der Opernloge oder auf dem Rücksitz ihrer Equipage sitzt, birgt für mich stets etwas Gesundes und Moralisches, ja ein ebenso nettes Warnungszeichen wie etwa der Totenschädel bei den Gastmählern der ägyptischen Schlemmer: ein merkwürdig hämisches Mahnmal auf dem Jahrmarkt der Eitelkeit! Man bedenke: selbst die schamlose, abgebrühte, schöne, gewissenlose und herzlose Mrs. Firebrace, deren Vater aus Gram wegen ihrer Schande starb, und selbst die bezaubernde, kühne Mrs. Mantrap, die mit ihrem Pferd über jeden Zaun springt, den nur die tollsten Männer nehmen, und die mit ihren Grauschimmeln im Park spazierenfährt, während ihre Mutter in Bath noch in ihrer Hökerbude sitzt, selbst sie, die Kühnen, von denen man meint, sie würden vor nichts zurückschrecken, wagen es doch nicht, sich ohne eine Freundin vor der Welt zu zeigen. Sie müssen jemand haben, an den sie sich klammern können, die zärtlichen Geschöpfe! Man wird sie kaum jemals in der Öffentlichkeit ohne eine armselige Begleiterin in aufgefärbtem Seidenkleid erblicken, die irgendwo dicht hinter ihnen im Schatten sitzt.

«Rawdon», sagte Becky eines Abends sehr spät, als eine Gruppe von Herren um ihr prasselndes Kaminfeuer saß (denn zum Abschluß eines angebrochenen Abends kamen die Herren gerne noch zu ihr, wo sie Eis und Kaffee bekamen, den besten, den man in London erhielt), «ich muß einen Schäferhund haben!»

«Einen – hm?» fragte Rawdon und blickte von seinem Ecarté-Tisch auf.

«Einen Schäferhund?» rief der junge Lord Southdown. «Aber liebste Mrs. Crawley, was für ein Einfall! Warum nicht eine dänische Dogge? Ich weiß von einer, die ist beim Zeus so groß wie eine Giraffe. Sie könnte fast ihre Equipage ziehen! Wie wär's mit einem persischen Windhund? (Pardon, ich biete!) Oder mit einem Möpschen, der in Lord Steynes Schnupftabaksdose Platz hätte? Ein Mann in Bayswater hat einen mit einer Nase, daß man (ich steche mit dem König und spiele aus!), daß man seinen Hut dran aufhängen könnte.»

«Ich steche», sagte Rawdon ganz ernst. Meistens achtete er auf das Spiel und mischte sich nicht ins Gespräch, außer wenn es sich um Pferde oder Wetten drehte.

«Wozu um alles in der Welt brauchen Sie einen Schäferhund?» fuhr der lebhafte kleine Southdown mit Fragen fort.

«Ich meine einen symbolischen Schäferhund», sagte Becky lachend und blickte zum Marquis Lord Steyne auf.

«Was zum Teufel ist das?» fragte der Lord.

«Einen Hund, der mir die Wölfe fernhält», sagte Rebecca. «Eine Gesellschafterin.»

«Sie armes unschuldiges Lämmchen, Sie brauchen sie dringendst!» sagte der Marquis, begann mit mahlendem Unterkiefer scheußlich zu grinsen und Rebecca aus kleinen Augen zuzublinzeln.

Der berühmte Lord Steyne stand am Kamin und trank seinen Kaffee. Das Feuer prasselte und flackerte behaglich. Viele Kerzen in allerlei seltsamen Leuchtern aus vergoldetem Metall und Porzellan und Bronze standen auf dem Kaminsims. Sie warfen ein bezauberndes Licht auf Rebecca, die auf einem buntgeblümten Sofa saß. Ihr rosa Kleid war so taufrisch wie ein Rosenblatt, die blendendweißen Arme und Schultern schimmerten durch einen hauchdünnen Schal. Ihr Haar fiel in langen Locken auf den Nacken. Der eine ihrer kleinen Füße schaute unter den knisternden Falten des Seidenkleides hervor: der niedlichste kleine Fuß in der niedlichsten kleinen Sandale und dem feinsten Seidenstrumpf von der Welt.

Die Kerzen beleuchteten Lord Steynes schimmernde Glatze, die ein Kranz roter Haare besäumte. Er hatte dicke, buschige Augenbrauen und zwinkernde, von roten Adern durchzogene Augäpfel und lauter Krähenfüße um die Augen. Sein Unterkiefer stand zu weit vor, und wenn er lachte, erschienen zwei weiße Raffzähne und glitzerten wie bei einem grinsenden Raubtier. Er hatte heute mit Hoheiten diniert und trug den Hosenbandorden. Milord war klein, mit breiter Brust und krummen Beinen, aber auf seine kleinen Füße und feinen Knöchel war er stolz, und stets streichelte er das Knie mit dem Ordensband.

«Der Schäfer genügt also nicht», fragte er, «um sein Lämmchen zu verteidigen?»

«Der Schäfer spielt zu gern Karten und geht zu gern in Klubs», erwiderte Becky lachend.

«Himmel, was für ein unzüchtiger Schäfer!» sagte der Lord. «Was für Lippen für eine Hirtenflöte!»

«Ich halte mit drei gegen zwei!» rief Rawdon am Kartentisch.

«Hören Sie unsern Schäfer», knurrte der edle Marquis. «Er ist ganz schäferlich beschäftigt: er schert einen Southdown-Hammel! Was für ein Unschuldslamm, wie? Ein verdammt schneeweißes Vlies!»

Rebeccas Augen sprühten spöttische Blitze. «Milord», sagte sie, «sind Sie nicht selber ein Ritter des Ordens?» Und er trug auch tatsächlich das Goldene Vlies um den Hals, eine Gabe der wiedereingesetzten spanischen Fürsten.

In seinen Jugendjahren war Lord Steyne wegen seiner Tollkühnheit und seines Erfolgs beim Spiel berüchtigt. Mit Mr. Fox hatte er zwei Tage und zwei Nächte lang beim Hazardspiel gesessen. Er hatte den erlauchtesten Persönlichkeiten des britischen Weltreichs Geld beim Spiel abgewonnen. Er hatte, wie es hieß, seine Marquiswürde am Spieltisch gewonnen. Doch eine Anspielung auf seine ehemaligen Jugendtorheiten schätzte er nicht. Rebecca sah das Unwetter, das sich auf seiner Stirn zusammenzog.

Sie stand vom Sofa auf, trat auf ihn zu und nahm ihm mit einer kleinen Verbeugung die Kaffeetasse ab. «Ja», sagte sie, «ich brauche einen Wachhund. Aber *Sie* darf er nicht anbellen!» Und damit ging sie ins andere Wohnzimmer hinüber, setzte sich ans Klavier und begann mit einer so bezaubernd ansprechenden Stimme kleine französische Lieder zu singen, daß der besänftigte Edelmann ihr schleunigst ins andere Zimmer folgte und mit dem Kopf nickte und den Takt angab.

Rawdon und sein Freund spielten unterdessen Ecarté, bis sie genug hatten. Der Oberst hatte gewonnen. Aber wenn er auch noch so viel und noch so oft gewann: Abende wie der heutige (und es waren ihrer viele in einer

Woche) mußten dem ehemaligen Dragoneroffizier recht langweilig vorkommen, denn die ganze Unterhaltung und Bewunderung bezog sich auf seine Frau, und er saß schweigend außerhalb des Kreises und verstand kein Wort von den Scherzen, den Anspielungen und der Sprache, die nicht die seine war.

«Wie geht's Mrs. Crawleys Mann?» pflegte ihn Lord Steyne zu fragen, wenn sie sich irgendwo trafen. Denn das war tatsächlich jetzt sein neuer Beruf. Er war nicht länger Oberst Rawdon. Er war Mrs. Crawleys Mann.

*

Daß wir die ganze Zeit nichts von dem kleinen Rawdon erzählt haben, kommt daher, weil er irgendwo oben in einer Mansarde versteckt saß oder nach unten in die Küche krabbelte, um sich Gesellschaft zu suchen. Seine Mutter kümmerte sich fast niemals um ihn. Er verbrachte die Tage mit seiner französischen *bonne,* solange sie noch in Mr. Crawleys Familie diente, und nachdem sie gegangen war und der kleine Bursche nachts in seiner Verlassenheit weinte, erbarmte sich ein Hausmädchen seiner und holte ihn aus dem einsamen Kinderzimmer in die Dachkammer nebenan in ihr Bett und tröstete ihn.

Rebecca, Lord Steyne und ein oder zwei andere Herren saßen nach der Oper im Salon beim Tee, als auf einmal über ihnen Geheul zu hören war. «Mein kleiner Engel weint nach seiner Kinderfrau», sagte Rebecca. Sie machte aber keinerlei Anstalten, sich um das Kind zu kümmern. «Übernehmen Sie sich nur ja nicht, indem Sie etwa zu ihm gehen!» sagte Lord Steyne sarkastisch. «Ach wo», erwiderte sie und wurde ein wenig rot, «er wird sich schon in Schlaf weinen.» Und sie unterhielten sich weiter über die Oper.

Rawdon hatte sich jedoch aus dem Zimmer geschlichen, um nach seinem Sohn und Erben zu schauen; als er sah, daß die brave Dolly das Kind tröstete, kam er wieder. Das Ankleidezimmer des Papas befand sich auch im obersten Stock, und dort sah er den Jungen oft ganz allein. Wenn er sich morgens rasierte, unterhielten sie sich. Der Kleine saß neben seinem Vater auf einer Kiste und beobachtete die Operation mit unermüdlichem Interesse. Er und der Hausherr waren die besten Freunde. Sein Vater brachte ihm Süßigkeiten vom Nachtisch mit herauf und versteckte sie in einer alten Epaulettenschachtel, wo das Kind sie dann suchte, und wenn es den Schatz entdeckte, lachte es vor Freude auf. Es lachte, aber ja nicht zu laut, denn unten schlief Mama und durfte nicht gestört werden. Sie begab sich erst sehr spät zur Ruhe und stand selten vor dem Mittagessen auf.

Rawdon kaufte dem Jungen viel Bilderbücher, und sein Kinderzimmer stopfte er ihm voll Spielzeug. Die Wände waren mit Bildern bedeckt, die der Vater eigenhändig aufgezogen und gegen Bargeld für ihn gekauft hatte. Wenn der Oberst nicht seine Frau pflichtgemäß in den Park begleiten mußte, pflegte er hier oben zu sitzen und viele Stunden mit dem Jungen zu verleben, der auf ihm reiten und an seinem langen Schnurrbart ziehen durfte, als ob das die Zügel wären, und manchen Tag in nimmermüdem Herumtollen zubrachte. Es war ein Zimmer mit niedriger Decke, und einmal, als der Junge noch keine fünf Jahre alt war, schleuderte der Vater ihn beim Spiel so wild in die Höhe, daß der Schädel des armen Kleinen gegen die Decke prallte, was dem Vater einen solchen Schreck einjagte, daß er ihn beinahe hätte fallen lassen.

Rawdon junior verzog das Gesicht, als wollte er zu einem ungeheuren Gebrüll ansetzen (die Heftigkeit des Stoßes hätte ihn dazu berechtigt), doch als er gerade loslegen wollte, sprach der Vater auf ihn ein.

«Um Gottes willen, Rawdy», rief er, «wecke bloß nicht die Mama auf!» Und das Kind blickte seinen Vater ganz starr und kläglich an, biß sich auf die Lippen und ballte die Fäuste und schrie kein bißchen. Rawdon erzählte die Geschichte in den Klubs, im Kasino und überall in der Stadt. «Weiß Gott, meine Herren», erklärte er seinen Zuhörern, «was für ein tapferer Bursch mein kleiner Junge ist – was für ein Staatskerl! Ich hab' ihn mit dem Kopf fast durch die Zimmerdecke gestoßen, und er hat weiß Gott nicht geschrien, weil er seine Mama nicht wecken wollte.»

Manchmal – ein- oder zweimal die Woche – besuchte die Dame die oberen Regionen, in denen das Kind hauste. Sie kam wie eine lebendig gewordene Abbildung aus einem Modejournal und lächelte freundlich in ihren wunderschönen neuen Kleidern und zierlichen Handschuhen und Stiefelchen. Sie schimmerte vor herrlichen Schals und Spitzen und Juwelen. Immer hatte sie eine neue Haube auf, und immer blühten neue Blumen darauf oder sonst prachtvoll wellige Straußenfedern, die weich und so schneeweiß wie Kamelien waren. Sie nickte dem kleinen Jungen ein paarmal huldreich zu, wenn er von seinem Essen zu ihr aufsah oder auch von den Soldatenbildern, die er gerade malte. Wenn sie aus dem Zimmer ging, hing noch lange ein Duft von Rosen oder ein anderer feenhafter Geruch in der Luft. In seinen Augen war sie ein überirdisches Wesen, etwas Höheres als der Vater, ja als die ganze Welt: darum mußte man sie aus der Entfernung verehren und bewundern. Mit solcher Dame im Wagen ausfahren zu dürfen, war ein atemraubendes Fest: dann saß er auf dem Rücksitz und wagte nicht zu sprechen, sondern starrte nur unverwandt die herrlich gekleidete Prinzessin an, die ihm gegenübersaß. Herren auf wunderschönen tänzelnden Pferden kamen heran und lächelten und sprachen mit ihr. Wie strahlend sie alle anblickte! Wie hübsch ihre Hand ihnen zuwinkte, wenn sie weiterfuhren! Fuhr er mit ihr aus, dann trug er sein neues rotes Kleidchen. Der alte braune Leinenkittel war gut genug fürs Daheimbleiben. Manchmal, wenn sie nicht da war und Dolly ihr Bett machte, stahl er sich ins Zimmer seiner Mutter. Für ihn war es die Behausung einer Fee – ein verzaubertes Reich voll lauter Pracht und Herrlichkeit. Im Kleiderschrank hingen ihre wunderschönen Sachen, rosa und blau und in vielen Farben. Da stand auch der Schmuckkasten mit dem silbernen Schloß, und auf dem Toilettentisch glitzerte die seltsame Bronzehand mit den vielen, vielen Ringen. Und dort war der Ankleidespiegel, das Wunderwerk, in dem er gerade noch sein staunendes Gesicht sah, und außerdem Dolly, aber komisch verzerrt, als ob sie oben an der Decke klebte und die Kissen aufklopfte und glättete. Oh, du armer, verlassener, ahnungsloser kleiner Junge! Auf den Lippen und im Herzen der kleinen Kinder ist «Mutter» der Name für Gott; aber hier war eins, das betete einen Stein an!

Wenn Rawdon Crawley auch ein Halunke war, so barg sein Herz doch mancherlei zärtliche Regungen und war fähig, eine Frau und ein Kind zu lieben. So hegte er für den kleinen Rawdon eine große und stille Zärtlichkeit, was Rebecca nicht entging, obwohl sie mit ihrem Mann nicht darüber sprach. Sie ärgerte sich nicht darüber: dazu war sie zu gutmütig. Es bestärkte sie nur in ihrer Verachtung für ihn. Irgendwie schämte er sich, ein so weicher Vater zu sein, und tat vor seiner Frau nicht dergleichen. Nur wenn er mit dem Kleinen allein war, ließ er seinem Gefühl freien Lauf.

Morgens nahm er ihn oft mit, und dann gingen sie in die Ställe und in den Park. Der kleine Lord Southdown – der gutmütigste Mann von der Welt, der einem das Hemd vom Leibe schenken konnte und dessen Hauptbeschäftigung im Leben darin bestand, allerhand Krimskrams zu erstehen, um später andere damit zu erfreuen – kaufte dem kleinen Burschen ein Pony, das nicht viel größer als eine Ratte war, wie er sagte, und auf diesen schwarzen Shetlandzwerg setzte Rawdons großer Vater den kleinen Jungen und ging neben ihm her durch den Park. Es machte ihm Spaß, seine alte Kaserne und die alten Kameraden in Knightsbridge wiederzusehen. Er hatte nämlich begonnen, mit einigem Bedauern an seine Junggesellenzeit zu denken. Die Soldaten freuten sich, ihrem ehemaligen Hauptmann zu begegnen und mit dem kleinen Oberst zu schäkern. Der große Oberst Crawley aber fand es sehr nett, im Kasino und bei seinen einstigen Kameraden zu essen. «Ach, zum Henker, sie wird mich schon nicht vermissen», pflegte er zu sagen. «Ich bin ja doch nicht klug genug für sie!» Und damit hatte er recht: seine Frau vermißte ihn nicht.

Rebecca hatte ihren Mann gern. Sie war immer freundlich und guter Laune zu ihm. Sie ließ ihn nicht einmal besonders merken, wie sehr sie ihn verachtete; vielleicht hatte sie ihn nur um so lieber, weil er ein Dummkopf war. Er war ihr erster Diener und ihr *maître d'hôtel*. Er erledigte Botengänge für sie, er gehorchte ihren Anweisungen ohne Widerrede, er fuhr mit ihr im Wagen über den Ring, ohne sich zu beklagen, er begleitete sie zu ihrer Loge in der Oper und tröstete sich während der Vorstellung in seinem Klub, kehrte aber pünktlich wieder zurück, um sie abzuholen. Es würde ihm Freude gemacht haben, wäre sie zu dem Jungen etwas liebevoller gewesen, aber auch damit fand er sich ab. «Ach, zum Henker, sie ist so gescheit», sagte er, «und ich versteh' nichts von Literatur und all solchem Kram, müssen Sie bedenken.» Denn wie wir schon bemerkten, erfordert es keine große Weisheit, um am Kartentisch und beim Billard zu gewinnen, und Rawdon hatte nicht im Sinn, sich in anderer Beziehung hervorzutun.

Als die Gesellschafterin eintraf, wurden seine häuslichen Pflichten noch geringer. Seine Frau ermunterte ihn, auswärts zu essen, und erließ ihm seinen Dienst während der Oper. «Heut abend solltest du nicht zu Haus bleiben und dich langweilen, Liebster», sagte sie oft. «Es kommen ein paar Herren, die dich nicht interessieren. Ich würde sie überhaupt nicht einladen, wenn es uns nicht doch zugute käme, und jetzt habe ich ja meinen Schäferhund und brauche mich nicht zu fürchten, mit ihnen allein zu sein!»

Ein Schäferhund – eine Gesellschafterin! Becky Sharp hat eine Gesellschafterin! Ist das nicht ein köstlicher Witz? dachte Mrs. Crawley bei sich. Mit ihrem Sinn für Humor konnte sie sich sehr über die Vorstellung amüsieren.

*

Georgy lernt einen Kriegsveteranen kennen

Als Rawdon Crawley, sein kleiner Sohn und das Pony eines Sonntagmorgens ihren gewohnten Spaziergang durch den Park machten, begegneten sie einem alten Bekannten Rawdons, dem Korporal Clink aus seinem Regiment, während er mit einem alten Herrn sprach, der einen kleinen Jungen, etwa gleichen Alters wie Rawdons Sohn, auf dem Arm hielt. Der Kleine hatte sich der Waterloo-Medaille bemächtigt, die der Korporal trug, und betrachtete sie entzückt.

«Guten Morgen, Euer Gnaden», sagte Clink als Erwiderung auf das «Morgen, Clink!» des Obersten. «Der kleine Mann hier ist ungefähr so alt wie der junge Oberst, Sir», fuhr der Korporal fort.

«Sein Vater war auch bei Waterloo», sagte der alte Herr, der den Kleinen hochhielt. «Nicht wahr, Georgy?»

«Ja», nickte Georgy. Er und der kleine Bursche auf dem Pony blickten sich eingehend an und betrachteten sich sehr ernst und genau, wie Kinder das so an sich haben.

«Bei den Linientruppen», sagte Clink gönnerhaft.

«Er war Hauptmann im -ten Regiment», erklärte der alte Herr etwas großspurig. «Hauptmann George Osborne, Sir – vielleicht kannten Sie ihn? Er starb den Heldentod im Kampf gegen den korsischen Tyrannen.»

Oberst Crawley wurde rot. «Ich kannte ihn sehr gut, Sir», sagte er, «und auch seine Frau, seine liebe kleine Frau. Wie geht es ihr?»

«Sie ist meine Tochter, Sir», erwiderte der alte Herr, stellte den kleinen Jungen ab und zog sehr feierlich eine Karte hervor, die er dem Oberst überreichte. Es stand darauf geschrieben:

«Mr. Sedley, alleiniger Agent für die Steinkohlen- und Antischlackekohlen-Gesellschaft. Bunker's Wharf, Thames Street, und Anna-Maria Cottages, Fulham Road West.»

Der kleine Georgy kam näher und besah sich das Shetlandpony.

«Möchtest du mal drauf reiten?» fragte Rawdon junior vom Sattel aus.

«Ja», sagte Georgy. Der Oberst, der ihn voller Interesse

betrachtet hatte, hob das Kind hoch und setzte es hinter dem kleinen Rawdon aufs Pony.

«Halt dich an ihm fest, Georgy!» sagte er. «Leg die Ärmchen fest um meinen kleinen Jungen! Er heißt Rawdon!» Beide Kinder lachten vergnügt.

«Ein hübscheres Pärchen wird's heut den lieben langen Sommertag nicht zu sehen geben, Sir», sagte der Korporal freundlich, und der Oberst, der Korporal und der alte Mr. Sedley mit seinem Regenschirm gingen neben den Kindern her.

XXXVIII

Eine Familie in sehr bescheidenen Verhältnissen

WIR MÜSSEN uns nun vorstellen, daß der kleine George von Knightsbridge nach Fulham geritten ist, und wollen in dem Dörfchen haltmachen und uns nach einigen Freunden erkundigen, die wir dort zurückgelassen haben. Wie ist es Mrs. Amelia seit dem Sturm von Waterloo ergangen? Lebt sie und geht es ihr gut? Was ist aus Major Dobbin geworden, dessen Wagen dauernd vor ihrer Haustür stand? Und gibt's etwas Neues über den Steuereinnehmer von Boggley Wollah? Was wir über letzteren wissen, sei kurz berichtet.

Unser braver dicker Freund Joseph Sedley kehrte bald nach seiner Flucht aus Brüssel wieder nach Indien zurück. Entweder war sein Urlaub abgelaufen, oder er befürchtete, mit Zeugen seiner Waterloo-Flucht zusammenzutreffen. Wie dem auch sei, er kehrte auf seinen Posten in Bengalen zurück, und zwar bald nachdem Napoleon Wohnsitz in Sankt Helena genommen hatte, wo Joseph den Exkaiser sah. Wenn man Mr. Sedley an Bord des Schiffes erzählen hörte, hätte man glauben können, es sei nicht das erstemal, daß er und der Korse sich begegnet seien, sondern daß der Zivilist dem französischen General schon am Mont-Saint-Jean Trotz geboten habe. Über die berühmten Schlachten wußte er tausend Anekdoten zu berichten und kannte die Stellung jedes Regiments und die Verluste, die es erlitten hatte. Er leugnete nicht, daß er an diesen Siegen beteiligt war, daß er bei der Armee gewesen und daß er Depeschen für den Herzog von Wellington überbracht habe. Er schilderte, was der Herzog in jedem erdenklichen Augenblick des Tages von Waterloo getan oder gesagt habe, und zwar mit so genauer Kenntnis der Gefühle und Handlungen des Herzogs, daß es jedem klar wurde, er müsse den ganzen Tag über an der Seite des siegreichen Feldherrn gestanden haben, obwohl sein Name als der eines Nichtkämpfers nicht in den über die Schlacht veröffentlichten Dokumenten erwähnt wurde. Vielleicht redete er sich allmählich in den Glauben hinein, daß er bei der Armee beschäftigt war; sicher ist, daß er eine Zeitlang in Kalkutta ungeheures Aufsehen erregte und während seines ganzen Aufenthalts in Bengalen nur noch der Waterloo-Sedley hieß.

Die Wechsel, die er für den Erwerb der unseligen Pferde ausgestellt hatte, wurden von ihm und seiner Bank anstandslos bezahlt. Keiner hat je gehört, daß er etwas von diesem Handel erwähnte, und man weiß auch nicht genau, was aus den Pferden wurde oder wie er sich ihrer und seines belgischen Dieners Isidor entledigte, der übrigens irgendwann im Herbst 1815 in Valenciennes ein Pferd verkaufte, das dem Grauschimmel, auf dem Joseph floh, sehr ähnlich gewesen sein soll.

Josephs Londoner Bank hatte Anweisung, seinen Eltern in Fulham jährlich hundertzwanzig Pfund auszuzahlen. Es war das Haupteinkommen des alten Paares, denn Mr. Sedleys Bemühungen, die er seit dem Bankrott unternahm, verhalfen dem gebrochenen alten Herrn nicht wieder zu einem Vermögen. Er versuchte sich als Weinhändler, als Kohlenhändler, als Lotterieeinnehmer und so weiter, er schickte Prospekte an seine Freunde, sooft er ein neues Geschäft begann, und bestellte ein neues Messingschild für die Haustür, nicht ohne zu prahlen, daß er noch einmal sein Glück machen würde. Doch die Glücksgöttin ließ den geschlagenen Alten im Stich. Ein Freund nach dem andern fiel von ihm ab, weil sie es satt hatten, teure Kohle und schlechten Wein bei ihm zu erstehen, und seine Frau war die einzige Seele in der ganzen Welt, die ihm glaubte, daß er noch geschäftlich tätig sei, wenn er morgens in die Stadt zog. Abends schlich er dann langsam wieder heim, und manchmal besuchte er einen kleinen Klub in einem Wirtshaus, wo er über die Finanzen der Nation disponierte. Es war wundervoll, ihn von Millionen und Wechselgeschäften und Diskont sprechen zu hören oder darüber, was Rothschild oder die Gebrüder Baring planten. Er nahm so gewaltige Summen in den Mund, daß die Klubmitglieder (der Apotheker, der Leichenbestatter, der große Bauunternehmer und Zimmermann, der Küster – der nur heimlich kommen durfte – und unser alter Bekannter, Mr. Clapp) allen Respekt vor dem alten Herrn bekamen. «Ich habe bessere Tage gesehen, Sir», erzählte er jedem, der in den Klub kam. «Mein Sohn ist jetzt Verwaltungschef in Ramgunge in der Präsidentschaft Bengalen und verdient seine viertausend Rupien pro Monat. Meine Tochter könnte die Frau eines Obersten sein, wenn sie wollte. Ich könnte morgen auf meinen Sohn einen Wechsel von zweitausend Pfund ziehen, und Alexander würde ihn mir sofort auszahlen, Sir, bar auf den Tisch, Sir! Die Sedleys sind eben immer eine großartige Familie gewesen.» Du und ich, mein lieber Leser, könnten auch eines Tages in solche Lage geraten; denn ist es nicht vielen unsrer Freunde so ergangen? Unser Glück kann sich wenden, unsre Kräfte uns verlassen, unser Platz auf den Brettern kann von besseren und jüngeren Schauspielern eingenommen werden, die Glückswoge kann hinwegfluten, so daß unser Lebensschifflein zertrümmert am Strand liegenbleibt. Die Leute gehen dann auf die andre Straßenseite hinüber, wenn sie dir begegnen, oder, schlimmer noch, sie strecken dir ein paar Finger hin und tun mitleidig und gönnerhaft. Dann weißt du auch, daß dein Freund, kaum hat er dir den Rücken gekehrt, bei sich denkt: der arme Schlucker! Was für Dummheiten er begangen hat! Was für gute Gelegenheiten hat sich der

Bursche entgehen lassen! Doch immerhin: eine Equipage und dreitausend Pfund jährlich sind weder der höchste Lohn auf Erden noch Gottes letztes Wort über einen Menschen. Wenn Scharlatane ebensooft Glück haben, wie sie Bankrott machen können, wenn Parasiten Erfolg haben und Schurken zu einem Vermögen kommen – und umgekehrt – und so ihren Anteil Pech und Glück einstecken müssen, genau wie die Tüchtigsten und Anständigsten unter uns, dann, Bruder, dürfen wir den Gaben und Freuden des Jahrmarkts der Eitelkeit nicht allzuviel Wert beimessen, und es ist wahrscheinlich... aber wir schweifen zu sehr von unsrer Geschichte ab!

Wenn Mrs. Sedley eine energische Frau gewesen wäre, dann hätte sie nach ihres Mannes Bankrott ihre Tatkraft eingesetzt und, da sie ein großes Haus bewohnte, Pensionäre bei sich aufgenommen. Der gebrochene alte Mr. Sedley hätte sich als Mann der Pensionsbesitzerin recht gut gemacht: er hätte den *Munoz* ihres Privatlebens und (dem Titel nach) den Herrn und Meister abgegeben und daneben den Butler und Hausverwalter und bescheidenen Ehemann der Inhaberin eines armseligen Thrones. Ich habe Männer von Verstand und Bildung gesehen, die einst, als sie noch jung und frisch und hoffnungsvoll waren, für Edelleute Feste gaben und sich Jagdpferde hielten – wie sie jetzt boshaften alten Weibern den Hammelbraten vorlegten und sich den Anschein gaben, als führten sie an ihrer schäbigen Tafelrunde von Kostgängern noch den Vorsitz. Doch wie gesagt, Mrs. Sedley besaß nicht genug Schwung, sich (wie man es oft in der *Times* liest) für «ein paar gebildete Hausgenossen, die Aufnahme in eine heitere, musikalische Familie wünschten», abzumühen. Sie war's zufrieden, als Gestrandete dort liegenzubleiben, wohin das Unglück sie verschlagen hatte. Es leuchtet also ein, daß dem alten Paar keine Zukunft mehr blüht.

Ich glaube nicht, daß sie unglücklich waren. Vielleicht waren sie jetzt, nach dem Sturz, noch ein wenig stolzer als vorher in ihrem Glück. Mrs. Sedley war für ihre Hauswirtin, Mrs. Clapp, noch immer gern die große Dame, wenn sie zu ihr ins Souterrain oder in die Wohnküche hinunterstieg und manche Stunde bei ihr blieb. Die Hauben und Bänder des irischen Dienstmädchens Betty Flanagan, ihre Dreistigkeit und Faulheit und ihre unbekümmerte Verschwendung an Küchenkerzen und ihr Verbrauch an Tee und Zucker interessierten und belustigten die alte Dame fast ebensosehr wie ehemals die Vorgänge in ihrem großen Haushalt, wo sie Sambo und den Kutscher, einen Stallburschen und einen Laufjungen sowie eine Haushälterin mit einem ganzen Regiment weiblicher Angestellter gehabt hatte, o ja, und von dem die gute Dame hundertmal am Tage erzählen konnte. Und außer Betty Flanagan mußte Mrs. Sedley auch noch alle Dienstmädchen der Nachbarschaft überwachen. Sie wußte, wieviel Miete für jedes kleine Häuschen gezahlt wurde – oder ob man die Miete schuldig blieb. Sie raffte die Röcke zusammen, wenn Mrs. Rougemont, eine Schauspielerin, mit ihrer fragwürdigen Familie an ihr vorüberging. Sie warf den Kopf in den Nacken, wenn Mrs. Pestler, die Apothekersgattin, in ihres Mannes leichtem Einspänner die Straße entlangfuhr. Sie hatte lange Besprechungen mit dem Gemüsemann über die paar Rübchen, die Mr. Sedley so gern aß; sie kontrollierte den Milchmann und den Bäckerjungen und stattete dem Metzger Besuche ab, der wahrscheinlich an die hundert Ochsen mit weniger Umständlichkeit verkaufte, als sie Mrs. Sedley beim Einkauf ihrer einen Hammelkeule entwickelte, und sie zählte die Kartoffeln, die sonntags um den Braten lagen – sonntags, wenn sie in ihrem Schwarzseidenen zweimal in die Kirche ging und abends Blairs Hausandachten las.

Am Sonntag (denn wochentags verboten es ihm seine «Geschäfte», sich solche Vergnügen zu gestatten), am Sonntag war es die größte Freude des alten Sedley, seinen kleinen Enkel Georgy zu den nahen Parks oder nach dem Kensington Park zu führen, wo sie den Soldaten zuschauten oder die Enten fütterten. Georgy hatte eine

Vorliebe für die Rotröcke, und sein Großpapa erzählte ihm, was für ein berühmter Soldat sein Vater gewesen sei, und machte ihn mit vielen Sergeanten und andern Soldaten mit der Waterloo-Medaille auf dem Rock bekannt, denen er den Jungen voll Stolz als Sohn des Hauptmanns Osborne vom -ten Regiment vorstellte, der am glorreichen Achtzehnten ein glorreiches Ende auf dem Schlachtfeld gefunden habe. Einigen dieser Unteroffiziere soll er sogar hin und wieder ein Glas Porter spendiert haben, und anfangs verwöhnte er während der Sonntagsspaziergänge auch den kleinen George und stopfte den Jungen sehr zum Schaden seiner Gesundheit mit Äpfeln und Pfefferkuchen voll, bis Amelia schließlich erklärte, George dürfe nie wieder mit ihm ausgehen, wenn der Großpapa nicht feierlich bei seiner Ehre verspräche, dem Kind keinerlei Kuchen oder Lutschbonbons oder andre Budenschleckereien zu kaufen.

Zwischen Mrs. Sedley und ihrer Tochter herrschte eine gewisse Kühle und heimliche Eifersucht wegen des kleinen Jungen, denn eines Abends, als Georgy noch sehr klein war, hatte Amelia arbeitend im kleinen Wohnzimmer gesessen und kaum bemerkt, daß die alte Dame nach oben gegangen war. Auf das Schreien des Kindes, das bis dahin geschlafen hatte, war sie ahnungsvoll ins Kinderzimmer hinaufgeeilt und hatte dort Mrs. Sedley auf frischer Tat ertappt, wie sie dem kleinen Säugling Daffys Elixier einflößte. Als Amelia, die sonst das sanfteste und friedliebenste Menschenkind war, den Eingriff in ihre mütterliche Autorität gewahrte, zitterte und bebte sie vor Empörung. Ihre gewöhnlich so bleichen Wangen glühten auf, bis sie so rot waren wie damals, als sie ein Mädchen von zwölf Jahren gewesen war. Sie riß ihrer Mutter das Kind aus den Armen und haschte nach der Flasche, während die alte Frau sie wütend und mit offenem Munde anstarrte und den verräterischen Teelöffel noch immer in der Hand hielt.

Amelia schleuderte die Flasche in den Kamin, daß sie zerbrach. «Ich lasse mein Baby nicht vergiften, Mama!»

rief Emmy, umschlang das Kind mit beiden Armen und wiegte es heftig hin und her, während sie die Mutter mit blitzenden Augen ansah.

«Vergiften?» rief die alte Dame. «Wie redest du denn mit mir?»

«Er darf keine anderen Mittel bekommen außer denen, die Doktor Pestler verordnet. Er hat mir gesagt, Daffys Elixier sei das reinste Gift.»

«Ach so! Dann hältst du mich also für die Mörderin?» erwiderte Mrs. Sedley. «Solche Worte gebrauchst du also zu deiner Mutter! Ich habe viel Unglück im Leben gehabt und bin tief gesunken, ich habe früher meine eigene Equipage gehabt und muß jetzt zu Fuß gehen. Aber daß ich eine Mörderin bin, habe ich bis jetzt noch nicht gewußt. Besten Dank für die Neuigkeit!»

«Mama», sagte die arme junge Frau, der die Tränen stets locker saßen, «sei doch nicht so hart zu mir! Ich – ich meinte ja nicht – ich meine, ich wollte ja nicht sagen, daß du dem Kind etwas Schlimmes antun willst, nur...»

«... nur, daß ich eine Mörderin bin, jawohl, meine Liebe. Und da kann ich auch gleich ins Gefängnis gehen. Aber als *du* ein Baby warst, habe ich dich nicht vergiftet, sondern ich habe dir die beste Erziehung und die teuersten Lehrer gegeben, die man für Geld bekommen konnte. Ja, fünf Kinder habe ich aufgezogen und ihrer drei begraben müssen. Aber die eine, die ich am meisten geliebt und bei der Bräune, beim Zahnen und bei den Masern und beim Keuchhusten selbst gepflegt habe und die ohne Rücksicht auf die Kosten im Minerva-Haus von ausländischen Lehrern eine vornehme Erziehung erhielt – wie ich sie als junges Mädchen nicht bekam und trotzdem Vater und Mutter ehrte, auf daß ich lange lebe auf Erden, und mich im Haus nützlich machte und nicht den lieben langen Tag in meinem Zimmer Trübsal blies und die feine Dame spielte –, die eine sagt mir jetzt, ich sei eine Mörderin! Dann kann ich dir nur wünschen, daß du niemals eine Schlange an deinem Busen nährst!»

«Aber Mama, Mama!» rief die junge Frau bestürzt, und das Kind in ihren Armen stimmte ein tolles Gebrüll an.

«Eine Mörderin – nein, so etwas! Fall auf die Knie nieder, Amelia, und bete zu Gott, er möge dein schlechtes, undankbares Herz läutern und dir vergeben – wie ich es

tue!» Und damit rauschte Mrs. Sedley aus dem Zimmer, zischte aber noch einmal das Wort «Gift!» hervor und beschloß damit ihre liebevolle Predigt.

Bis zum Ende ihrer Lebtage wurde der Bruch zwischen Mrs. Sedley und ihrer Tochter nie wieder richtig geheilt. Der Streit gab der alten Dame zahllose Vorteile in die Hand, die sie mit echt weiblicher Findigkeit und Ausdauer auszunutzen verstand. So sprach sie zum Beispiel viele Wochen danach kein Wort mit Amelia. Sie ermahnte die Dienstboten, das Kind nicht anzurühren, weil Mrs. Osborne sonst beleidigt sei. Sie bat ihre Tochter, sich selbst zu überzeugen, daß kein Gift in den Schüsselchen mit Brei enthalten sei, die täglich für George gekocht wurden. Wenn die Nachbarn sich nach der Gesundheit des Kleinen erkundigten, verwies sie jeden mit spitzigen Worten an Mrs. Osborne. Sie selbst wage es nie, sich nach der Gesundheit des Kleinen zu erkundigen. Sie selbst würde das Kind nicht anrühren, wenn er auch ihr Enkel und Herzensschatz sei, denn sie sei eben nicht an Kinder gewöhnt und könne ihn umbringen! Und wenn Mr. Pestler Visite machte, begrüßte sie den Doktor mit so höhnischer und verächtlicher Miene, daß der gute Mann erklärte, nicht einmal Lady Thistlewood, die zu verarzten er die Ehre habe, könne sich so aufspielen wie die alte Mrs. Sedley, der er nie eine Rechnung schickte. Aber wahrscheinlich war auch Amelia eifersüchtig, denn welche Mutter ist nicht eifersüchtig auf jeden, der ihr Kind pflegt und vielleicht den ersten Platz in seinem Herzen einnehmen könnte? Jedenfalls war sie unruhig, wenn ein andrer das Kind versorgte, und ebensowenig erlaubte sie Mrs. Clapp oder dem Dienstmädchen, den Kleinen anzukleiden oder zu waschen, wie sie ihnen erlaubt hätte, das Miniaturbild ihres Mannes abzustäuben, das über ihrem schmalen Bett hing. Es war das gleiche schmale Bett, das sie als junge Frau für *sein* Bett aufgegeben hatte und in das sie nun für lange, stille, tränenreiche, aber glückliche Jahre zurückgekehrt war.

Das Zimmer barg Amelias ganzes Herz und ihren ganzen Schatz. Hier sorgte sie für ihren Kleinen, hier pflegte sie ihn während der mancherlei Kinderkrankheiten mit treuer Mutterliebe. Sein Vater schien in ihm weiterzuleben, nur noch vollkommener und wie vom Himmel zurückgekehrt. Mit hundert kleinen Äußerungen, Blicken und Gebärden glich das Kind seinem Vater so sehr, daß ihr Witwenherz vor Freude zitterte, wenn sie ihn an sich drückte. Er fragte sie oft, weshalb sie weine. Weil er seinem Vater so ähnlich sei, erklärte sie ihm dann ganz offen. Sie erzählte ihm ständig von seinem toten Vater und sprach mit dem unschuldigen und verwunderten Kind von ihrer Liebe zu George – viel öfter und inniger, als sie es je zu George oder einer Jugendvertrauten getan hatte. Zu ihren Eltern sprach sie nie darüber, denn sie schreckte davor zurück, ihnen ihr Herz zu eröffnen. Der kleine George verstand sie wahrscheinlich auch nicht besser, aber seinen Ohren, und einzig den seinen, vertraute sie ihre geheimsten Gefühle ohne Rückhalt. Selbst die Freude der jungen Frau war noch eine Art Kummer oder zumindest so zarter Natur, daß sie sich in Tränen äußern mußte. Sie war von so feiner und zitternder Empfindsamkeit, daß man eigentlich gar nicht in einem Buch darüber schreiben sollte. Mr. Pestler (jetzt ein angesehener Frauenarzt mit einer kostspieligen dunkelgrünen Kutsche, einem Haus am Manchester Square und der Aussicht, bald geadelt zu werden) erzählte mir, Amelias Kummer, als das Kind entwöhnt wurde, sei ein Anblick gewesen, der selbst einen Herodes gerührt hätte. Vor vielen Jahren war er nämlich noch sehr weichherzig, und seine Frau war damals und noch lange Zeit danach von tödlicher Eifersucht gegen Mrs. Amelia besessen.

Vielleicht hatte die Frau des Doktors allen Grund zur Eifersucht. Die meisten Frauen aus Amelias kleinem Bekanntenkreis teilten sie mit ihr und waren ganz erbittert über die Bewunderung, die das andere Geschlecht für Amelia hegte. Denn fast alle Männer, die in ihre Nähe kamen, liebten sie, obwohl sie bestimmt nicht zu sagen vermocht hätten, weshalb eigentlich. Sie war weder geistreich noch witzig noch allzu klug oder auffallend hübsch. Aber wo sie auch erscheinen mochte, sie rührte und bezauberte jeden Mann ebenso unweigerlich, wie sie in jeder Frau Skeptizismus und Verachtung weckte. Ich glaube, ihr größter Reiz war ihre Schwachheit, eine Art süßer Hingabe und Sanftmut, die sofort bei jedem Mann, dem sie begegnete, sein Mitgefühl und seinen Schutz anzurufen schienen. Wir haben schon früher gesehen, wie im Kasino alle Säbel der jungen Männer unter Georges Kameraden aus der Scheide geflogen wären, um für sie zu kämpfen, obwohl sie dort nur mit wenigen gesprochen hatte. Ebenso war es in dem engen, kleinen Haus und Kreis in Fulham, wo sie allen gefiel und jeder sich für sie interessierte. Wäre sie Mrs. Mango gewesen, Mrs. Mango aus der großen Firma Mango, Plantain & Co., Crutched Friars, die großartige Besitzerin der Ananastreibhäuser von Fulham, die im Sommer Gartenfeste gab, zu denen Herzöge und Grafen erschienen, und die im ganzen Kirchspiel mit prächtig gelb gekleideten Lakaien und kastanienbraunen Pferden umherfuhr, wie selbst die Königlichen Ställe von Kensington nicht schönere besaßen – wenn sie, wiederhole ich, Mrs. Mango oder die Frau ihres Sohnes, Lady Mary Mango (eine Tochter des Grafen Castlemouldy, die geruht hatte, den Leiter der Firma zu heiraten), gewesen wäre, dann hätten die Kaufleute des Viertels ihr nicht mehr Ehrerbietung erweisen können als der sanften jungen Witwe, wenn sie an der Ladentür vorbeikam oder im Geschäft ihre bescheidenen Einkäufe erledigte.

Daher kam es also, daß sich nicht nur der Arzt, Mr. Pestler, sondern auch sein junger Gehilfe, Mr. Linton, der die Dienstmädchen und die kleinen Kaufleute verarztete und den man jeden Tag, in die *Times* vertieft, in der Apotheke sehen konnte, offen als Mrs. Osbornes ergebenen Sklaven erklärte. Er war ein stattlicher junger Mann, der in Mrs. Sedleys Wohnung willkommener als sein Prinzipal war. Wenn mit Georgy irgend etwas nicht ganz stimmte, schaute er zwei- oder dreimal täglich herein, um nach dem kleinen Burschen zu sehen, und dachte nicht im Traume daran, ein Honorar zu fordern. Für den kleinen Georgy brachte er aus den Schubladen der Apotheke Pastillen, Tamarinden und andere Sachen mit und braute ihm Tränke und Mixturen, die so wunderbar süß schmeckten, daß es geradezu ein Vergnügen war, ein bißchen krank zu sein. Dann kam die kritische und gefährliche Woche, als Georgy die Masern hatte und man, nach der Angst der Mutter zu schließen, hätte glauben können, daß es so etwas wie Masern noch niemals gegeben habe: da saßen also Linton und sein Prinzipal Pestler zwei ganze Nächte am Bett des Kleinen. Hätten sie wohl für andere Leute das gleiche getan? Saßen sie bei den Leuten mit den Ananastreibhäusern ebenfalls die Nacht durch auf, als Ralph Plantagenet und Gwendoline und Guinever Mango an derselben Kinderkrankheit litten? Saßen sie für die kleine Mary Clapp die Nacht durch auf, die sich erst an dem kleinen Georgy angesteckt hatte? Die Wahrheit zwingt uns, es zu verneinen. Sie schliefen ganz ungestört, jedenfalls soweit es die kleine Mary Clapp betraf, erklärten es für einen sehr leichten Fall, der fast von selbst ausheilen würde, schickten ihr ein paar Mixturen und warfen, als das Kind sich wieder erholte – aber bloß um der Form willen und ganz gleichgültig –, noch ein bißchen Chinarinde hinein.

Dann war da noch der kleine französische Chevalier von gegenüber, der an verschiedenen Schulen der Nachbarschaft Unterricht in seiner Muttersprache erteilte und den man abends in seiner Wohnung hören konnte, wie er auf einer asthmatischen alten Fiedel zitterige alte Gavotten und Menuette spielte. Wenn der gepuderte höfliche alte Mann, der sonntags niemals beim Gottesdienst in der Konventskapelle in Hammersmith fehlte und der in jeder Hinsicht, in seinem Denken, Benehmen und seiner Haltung, so gänzlich anders war als die bärtigen Wilden seiner Nation, die das perfide Albion verfluchen und dich noch bis auf den heutigen Tag in den Quadrant Arcades über ihre Zigarre hinweg finster anblicken – wenn er, der alte Chevalier de Talonrouge von Mrs. Osborne sprach, pflegte er zunächst eine Prise zu nehmen, schnippte sodann mit anmutiger Handbewegung die übriggebliebenen Stäubchen fort, legte die Fingerspitzen zusammen, führte sie zum Mund und blies sie mit einem Kuß auseinander, wobei er ausrief: «*Ah, la divine créature!*» Er schwor und behauptete, daß unter Amelias Schritten überall

Blumen zu sprießen begännen, wenn sie über die Wege Bromptons wandelte. Den kleinen Georgy nannte er Cupido und fragte ihn, wie es Venus, seiner Mama, erginge, und der staunenden Betty Flanagan erzählte er, sie sei eine der drei Grazien und die Lieblingsgefährtin der *Reine des Amours*.

Es ließen sich noch zahlreiche Beispiele für Amelias mühelos erworbene Beliebtheit anführen, deren sie sich gar nicht bewußt war. Machte Mr. Binny, der milde und vornehme Geistliche ihres Viertels, zu dessen Gottesdienst die Familie sonntags ging, der jungen Witwe nicht zahlreiche Besuche, nahm er nicht den kleinen Jungen aufs Knie und erbot er sich nicht, ihm Lateinunterricht zu geben – sehr zum Ärger seiner Schwester, einer ältlichen Jungfer, die ihm den Haushalt führte? «Es ist wirklich nichts an ihr, Beilby», sagte sie stets. «Wenn sie zum Tee herkommt, spricht sie den ganzen Abend kein einziges Wort. Sie ist nichts als ein armes Jammergeschöpf, und ich bin überzeugt, daß sie kein Herz hat. Es ist nur ihr hübsches Gesichtchen, das ihr Herren alle so bewundert. Miss Grits mit ihren fünftausend Pfund und Aussicht auf noch mehr Geld hat doppelt soviel Charakter und ist tausendmal netter, wenigstens für meinen Geschmack, und wenn sie auch noch hübsch wäre, würdest du sie ideal finden, das weiß ich.»

Höchstwahrscheinlich hatte Miss Binny sehr weitgehend recht. Immer ist's das hübsche Gesicht, das bei den Männern, den schlimmen Halunken, Liebesgefühle weckt. Eine Frau kann die Weisheit und Keuschheit einer Minerva besitzen – wenn sie häßlich ist, beachten wir sie nicht. Welche Albernheit würde man einem Paar strahlender Augen nicht verzeihen? Wieviel Dummheit wirkt nicht reizend, wenn sie von einer süßen Stimme und roten Lippen geäußert wird? Daher folgern die Damen – mit ihrem üblichen Gerechtigkeitssinn –, daß eine Frau dumm sein muß, weil sie hübsch ist. Ach, meine Damen, meine Damen! Es gibt doch auch manche unter Ihnen, die weder hübsch noch weise sind.

Es sind nur alltägliche Vorkommnisse, die wir hier aus dem Leben unsrer Heldin berichtet haben. In ihrem Leben geschehen keine Wunder, wie der liebe Leser sicher schon bemerkt hat. Hätte man über die sieben Jahre seit der Geburt ihres Sohnes Tagebuch geführt, man hätte

nur wenige Ereignisse darin gefunden, die wichtiger waren als die Masern, über die wir vorhin berichteten. Immerhin – eines Tages fragte sie der soeben erwähnte Mr. Binny zu ihrem größten Erstaunen, ob sie den Namen Osborne gegen den seinen eintauschen wolle. Unter tiefem Erröten und mit Tränen in den Augen und schwankender Stimme dankte sie ihm für die Achtung, die er für sie hege, und für alle die Aufmerksamkeiten, die er ihr und ihrem armen kleinen Jungen erwiesen habe, sagte ihm aber, daß sie nie, nein, niemals an einen andern Mann als den Gatten denken könne, den sie verloren habe.

Am fünfundzwanzigsten April und am achtzehnten Juni, ihrem Hochzeitstag und dem Tag, da sie Witwe wurde, verließ sie ihr Zimmer überhaupt nicht und weihte die beiden Tage (und wer weiß, wie viele einsame Nachtstunden, während der Kleine in seinem Bettchen neben ihr schlief) dem Andenken des hingeschiedenen Freundes. Tagsüber war sie sonst ziemlich rührig. Sie mußte Georgy lesen und schreiben und ein wenig zeichnen lehren. Sie las selbst Bücher, um ihm Geschichten daraus erzählen zu können. Als sich sein Gesichtskreis erweiterte und sein Verstand unter der Einwirkung der ihn umgebenden Natur zunahm, lehrte sie ihn, sosehr es in ihren bescheidenen Kräften stand, den Schöpfer aller Dinge zu erkennen, und jeden Morgen und Abend beteten er und sie, der kleine Junge und die Mutter, in ehrfurchtgebietendem und rührendem Einssein, das wohl jedes Menschen Herz ergreifen mußte, der Zeuge war oder sich daran erinnerte, zusammen zum Vater im Himmel, und die Mutter flehte aus inbrünstigem Herzen, während das Kind ihr die Worte leise nachsprach. Jedesmal beteten sie zu Gott, er möge den lieben Papa segnen – als ob er noch am Leben und mit ihnen im gleichen Zimmer wäre.

Es nahm viele Stunden ihres Tages in Anspruch, den jungen Herrn zu waschen und anzukleiden, ihn morgens vor dem Frühstück, ehe Großpapa «ins Geschäft» ging, zu einem kurzen Lauf auszuführen und ihm die schönsten und geschickt ausgedachten Kleidchen zu nähen, zu welchem Zwecke sie als sparsame Witwe jedes bißchen Putz aus ihrer Garderobe während ihrer Ehezeit zertrennte und änderte (denn Mrs. Osborne selbst trug – sehr zum Ärger ihrer Mutter, die schöne Kleider liebte, vor allem seit dem Unglück – nichts anderes als ein schwarzes Kleid und einen Strohhut mit schwarzem Band). Hatte sie sonst noch freie Stunden, dann widmete sie sich ihren Eltern. Sie hatte Cribbage erlernt und spielte es mit dem alten Herrn an Abenden, wenn er nicht in seinen Klub ging. Sie sang ihm etwas vor, wenn ihm der Sinn danach stand, und das war ein gutes Zeichen, denn während der Musik sank er stets in einen sanften Schlummer. Sie kopierte ihm auch seine unzähligen Eingaben und Briefe, Prospekte und Entwürfe. In ihrer Handschrift erhielt daher der größte Teil seiner früheren Bekannten die Nachricht, daß der alte Herr eine Vertretung für die Steinkohlen- und Antischlackekohlen-Gesellschaft übernommen habe und seine Freunde und das verehrte Publikum mit den besten Kohlen beliefern könne. Er tat nichts weiter, als die Zirkulare mit seiner verschnörkelten Unterschrift zu versehen und mit zitteriger Bürohandschrift zu adressieren. Eins dieser Rundschreiben ging auch an Major Dobbin vom -ten Regiment, doch da der Major zurzeit in Madras weilte, hatte er keinen besonderen Bedarf an Kohlen. Er kannte jedoch die Hand, die den Prospekt geschrieben hatte. Großer Gott, was hätte er nicht darum gegeben, hätte er die Hand in seiner eigenen halten dürfen! Nach einiger Zeit traf ein zweites Zirkular ein, das den Major benachrichtigte, J. Sedley & Company habe Agenturen in Oporto, Bordeaux und St. Mary eröffnet und sie seien daher in der Lage, ihren Freunden und dem Publikum im allgemeinen die feinsten und berühmtesten Jahrgänge an Portwein, Sherry und Rotwein zu mäßigen Preisen und unter sehr günstigen Zahlungsbedingungen anzubieten. Auf diesen Fingerzeig hin warb Dobbin in verrücktem Eifer beim Gouverneur, beim Oberbefehlshaber, bei den Richtern, den Regimentern und bei jedermann, den er in der Präsidentschaft kannte, und bestellte bei Sedley & Company so viel Wein, daß Mr. Sedley und Mr. Clapp (der in dieser Firma der Kompagnon war) äußerst überrascht waren. Auf diesen ersten Glücksfall hin wollte der arme alte Sedley schon ein Haus in der City bauen, ein Regiment von Schreibern einstellen, ein eigenes Büro für sich und Korrespondenten in aller Welt haben. Aber der alte Herr verstand nun nicht mehr soviel von Weinen wie früher. Im Kasino wurde Major Dobbin wegen der scheußlichen Weine verwünscht, deren Bestellung er veranlaßt hatte, und er kaufte große Mengen zurück und ließ sie öffentlich versteigern, aber mit schweren Verlusten. Was Joe betrifft, der inzwischen an das Steueramt in Kalkutta versetzt worden war, so wurde er ganz rasend, als ihm die Post einen Stoß solcher Bacchusprospekte und gleichzeitig einen Brief seines Vaters brachte, der ihm schrieb, er als Vater rechne mit Josephs Unterstützung und habe laut beiliegender Rechnung eine Sendung erlesener Weine an ihn abgehen lassen und für den Betrag schon Wechsel auf seinen Namen ausgestellt. Joseph wollte es ebensowenig, daß man seinen Vater, den Vater Joseph Sedleys vom Steueramt, für einen um Aufträge bittenden Weinhändler hielt, wie man ihn für den Henker halten sollte: er wies also die Wechsel verächtlich zurück und schrieb dem alten Herrn einen Schmähbrief, er solle sich um seine eigenen Angelegenheiten kümmern. Als der protestierte Wechsel zurückkam, mußten Sedley & Company ihn mit dem Erlös aus dem Madras-Abenteuer und einem Teil von Amelias Ersparnissen decken.

Außer ihrer Witwenpension von fünfzig Pfund jährlich befanden sich, wie ihres Mannes Testamentsvollstrecker mitgeteilt hatte, zur Zeit von Osbornes Ableben noch fünfhundert Pfund bei seinem Agenten, und Dobbin hatte als Vormund des kleinen Georgy vorgeschlagen, sie zu acht Prozent bei einem indischen Exporthaus anzulegen. Mr. Sedley widersetzte sich dem Plan, weil er glaubte, der Major habe mit dem Geld unredliche Absichten im Sinn, und begab sich persönlich zu Osbornes Agenten, um gegen die Verwendung der fraglichen Summe Einspruch zu erheben, mußte aber zu seinem Erstaunen hören, daß sie nie eine so hohe Summe in Händen gehabt hätten, da sich das Guthaben des verstorbenen Hauptmanns noch nicht einmal auf hundert Pfund belief.

Die fünfhundert Pfund müßten ein anderer Betrag sein, über den nur Major Dobbin Einzelheiten wissen könne. Der alte Sedley war nun erst recht überzeugt, es läge eine Schurkerei vor, paßte den Major in einem Lokal ab und verlangte als nächster Angehöriger seiner Tochter mit anmaßender Stimme Aufklärung über die Gelder des verstorbenen Hauptmanns. Dobbins Stottern, sein Erröten und seine Verlegenheit überzeugten ihn nur noch mehr, daß er es mit einem Betrüger zu tun habe, und er sagte dem Major gründlich Bescheid, wie er es nannte: daß er nämlich des festen Glaubens sei, die Gelder seines verstorbenen Schwiegersohnes würden vom Major in ungesetzlicher Weise unterschlagen.

Nun verlor Dobbin alle Geduld, und wäre der Mann, der ihn dermaßen beschuldigte, nicht alt und bedauernswert gewesen, so wäre es auf der Stelle – nämlich in Slaughters' Kaffeehaus, wo die Unterredung an einem Tisch in einer Nische stattfand – zu einem üblen Streit gekommen. «Kommen Sie mit nach oben, Sir!» stieß der Major mühsam hervor. «Ich bestehe darauf, daß Sie mit mir nach oben kommen, wo ich Ihnen beweisen werde, wer der Benachteiligte ist – ich oder der arme George.» Er schleppte den alten Herrn in sein Zimmer hinauf und holte aus dem Schreibtisch Osbornes Rechnungen und ein Bündel von Schuldscheinen, die sein Freund ihm ausgestellt hatte. (Denn darin müssen wir Osborne Gerechtigkeit widerfahren lassen: er war immer gerne bereit, einen Schuldschein zu unterschreiben.) «Seine Rechnungen in England sind bezahlt», sagte Dobbin, «doch als er fiel, besaß er keine hundert Pfund. Ein paar seiner Kameraden und ich haben die fünfhundert Pfund zusammengelegt, die alles waren, was wir erübrigen konnten, und da wagen Sie von uns zu behaupten, wir wollten die Witwe und das Waisenkind betrügen!» Sedley war sehr zerknirscht und kleinlaut. Trotzdem hatte Dobbin dem alten Herrn eine grobe Lüge vorgesetzt: er allein hatte jeden Schilling der bewußten Summe aufgebracht, wie er auch seinen Freund begraben und alle Kosten und Ausgaben getragen hatte, die durch das Unglück und Amelias Heimkehr entstanden waren.

Über alle solche Ausgaben hatte sich der alte Sedley nie den Kopf zerbrochen, aber auch kein andrer Verwandter Amelias, ja nicht einmal sie selbst, denn sie verließ sich ganz auf Dobbin, hielt seine etwas unklaren Abrechnungen für richtig und ahnte gar nicht, wie sehr sie in seiner Schuld stand.

Zwei- oder dreimal im Jahr schrieb sie ihm, ihrem Versprechen getreu, Briefe nach Madras, die nur von dem kleinen Georgy handelten. Wie teuer ihm die Briefe waren! Wenn Amelia ihm geschrieben hatte, antwortete er – aber nur dann. Aber immer wieder sandte er seinem Patenkind und ihr Geschenke, die sie an ihn erinnerten. Aus China ließ er ihr eine Sendung gestickter Schals und einen Satz wunderbarer Schachfiguren aus Elfenbein zukommen. Die Bauern waren kleine grüne und weiße Soldaten mit richtigen Schwertern und Schilden, die Springer saßen zu Pferde, und die Türme standen auf dem Rücken von Elefanten. «Die Schachfiguren von Mrs. Mango in The Pineries sind lange nicht so schön», bemerkte Mr. Pestler. Sie bildeten auch Georgys ganzes Entzücken, und um sich für das Geschenk seines Patenonkels zu bedanken, malte er seine ersten Buchstaben. Dobbin schickte auch eingemachte Früchte und Mixed Pickles, die der junge Herr heimlich in der Anrichte probierte, bis er sich halbtot daran gegessen hatte. Er glaubte, es sei die Strafe für seine Nascherei: so sehr brannten sie! Emmy schrieb dem Major einen komischen kleinen Bericht über das Unglück, und er freute sich, denn ihm schien es nun, als ob ihre Lebensgeister wieder erwachten und sie manchmal vergnügt sein könne. Er schickte ihr zwei Schals, einen weißen für sie selber und einen schwarzen mit Palmwedeln für ihre Mutter, und außerdem zwei rote Halstücher, die der alte Mr. Sedley und Georgy im Winter tragen sollten. Die Schals waren mindestens fünfzig Guineen pro Stück wert, wie Mrs. Sedley genau wußte: sie trug ihren schwarzen, wenn sie sich für die Kirche fein machte, und all ihre Freundinnen gratulierten ihr zu der herrlichen Neuerwerbung. Auch Emmys Schal paßte gut zu ihrem einfachen schwarzen Kleid. «Wie schade, daß sie nichts von ihm wissen will», bemerkte Mrs. Sedley zu Mrs. Clapp und all ihren andern Freundinnen in Brompton. «Joe schickt uns nie solche Geschenke und will überhaupt nichts für uns herausrücken. Es ist mir ganz klar, daß der Major bis über die Ohren in sie verliebt ist. Aber wenn ich so etwas auch bloß andeute, wird sie gleich rot und fängt an zu weinen und setzt sich oben vor die Miniatur. Ich hab's jetzt wirklich satt mit der Miniatur! Und ich wünschte, wir hätten die abscheulichen Geldprotzen von Osbornes nie kennengelernt!»

In so einfacher Umgebung hatte Georgy seine früheste Kindheit verbracht, und jetzt wuchs er zu einem zarten, empfindsamen, eigenwilligen Knaben heran, einem Muttersöhnchen; er tyrannisierte seine sanfte Mama, an der er jedoch mit leidenschaftlicher Liebe hing. Er regierte auch über die sonstige kleine Welt um sich her. Je größer er wurde, desto betroffener wurden die Erwachsenen über seine hochfahrende Art und die unveränderliche Ähnlichkeit mit seinem Vater. Er stellte dauernd Fragen, wie es wißbegierige Kinder gerne tun. Der alte Großvater wunderte sich so über seine klugen Fragen und Bemerkungen, daß er den Klub im Wirtshaus bald gründlich mit seinen Schilderungen von den Talenten und Fertigkeiten des Kleinen zu langweilen begann. Die Großmutter ertrug der Knabe mit gutmütiger Gleichgültigkeit. Der kleine Kreis um ihn her glaubte, daß es auf Erden keinen gäbe, der an Georgy heranreichte. Da er seines Vaters Stolz geerbt hatte, meinte er wahrscheinlich, sie hätten damit recht.

Als er etwa sechs Jahre alt war, begann Dobbin ihm häufiger zu schreiben. Der Major wollte wissen, ob Georgy in die Schule ginge und ob er sich dort auszeichne, wie er sehr hoffe. Oder sollte er lieber einen guten Hauslehrer haben? Jedenfalls sei es höchste Zeit, mit dem

Lernen anzufangen. Der Patenonkel und Vormund ließ durchblicken, er hoffe, die Kosten der Ausbildung des Jungen tragen zu dürfen, da sie seiner Mutter kleines Einkommen zu sehr belasten würden. Jedenfalls dachte der Major stets an Amelia und ihren kleinen Knaben, und durch Aufträge an seine Bankfirma versorgte er Georgy mit Malbüchern, Farbkästen, einem Schreibpult und allen möglichen andern Sachen, die ihn belehren oder unterhalten konnten. Drei Tage vor Georgys sechstem Geburtstag fuhr ein von einem Diener begleiteter Herr in seinem Einspänner bei Mr. Sedleys Haustür vor und verlangte Master George Osborne zu sprechen. Es war der Militärschneider Mr. Woolsey aus der Conduit Street, der auf Veranlassung des Majors gekommen war, um dem jungen Herrn für einen Anzug Maß zu nehmen. Er hatte die Ehre gehabt, für den Herrn Hauptmann, den Vater des jungen Herrn, arbeiten zu dürfen.

Manchmal – und sicher auf des Majors ausdrücklichen Wunsch – kamen auch seine Schwestern, die Misses Dobbin, in der Familienequipage vorbei, um Amelia und den kleinen Jungen zu einer Ausfahrt mitzunehmen, falls sie Lust hätten. Die herablassende Freundlichkeit der Damen behagte Amelia gar nicht, doch sie nahm es geduldig hin, denn Nachgiebigkeit lag in ihrer Natur. Überdies bereitete die prächtige Equipage dem Jungen das größte Vergnügen. Die Damen baten hin und wieder darum, ob der Kleine einen ganzen Tag bei ihnen verbringen dürfe, und er war immer sehr gern in dem schönen Landhaus am Denmark Hill, wo es in den Treibhäusern feine Weintrauben und an den Spalieren Pfirsiche zu sehen gab.

Eines Tages kamen sie liebenswürdigerweise mit einer Nachricht zu Amelia, die sie *gewiß* sehr erfreuen würde: etwas sehr Interessantes über den lieben William.

«Was denn? Kommt er nach Hause?» fragte Amelia mit freudestrahlenden Blicken.

O nein, im Gegenteil, aber sie hätten allen Grund zu der Annahme, daß der liebe William bald heiraten würde, und zwar eine Verwandte einer sehr guten Freundin

Amelias: nämlich Miss Glorvina O'Dowd, die Schwester Sir Michael O'Dowds, die zu Lady O'Dowd in Madras auf Besuch gefahren sei. Ein sehr schönes und gebildetes Mädchen, wie jeder sage.

Amelia sagte: «Oh!» Doch, Amelia war sehr, *sehr* froh, es zu hören. Sie glaubte zwar kaum, daß Glorvina ihrer alten Freundin gliche, die sehr gütig sei, aber – aber jedenfalls freue sie sich wirklich sehr. In einer Aufwallung, die ich nicht erklären kann, nahm sie Georgy in die Arme und küßte ihn mit ungewöhnlicher Zärtlichkeit. Als sie das Kind wieder losließ, waren ihre Augen feucht, und während der ganzen Ausfahrt sprach sie kaum ein Wort – obwohl sie wirklich sehr glücklich war.

XXXIX

Ein heikles Kapitel

OFFEN GESTANDEN ist es jetzt unsre Pflicht, daß wir uns, wenn auch noch so kurz, um unsre alten Bekannten in Hampshire kümmern, deren Erwartungen auf die Verteilung des Vermögens ihrer reichen Tante so schmerzlich enttäuscht wurden. Für Bute Crawley, der von seiner Schwester dreißigtausend Pfund erhofft hatte, war es ein schwerer Schlag, als er nur fünftausend erhielt. Denn als er mit der ererbten Summe seine eigenen Schulden und die seines Sohnes Jim an der Universität bezahlt hatte, blieb nur ein sehr kleiner Rest für die Aussteuer seiner vier häßlichen Töchter übrig. Mrs. Bute war sich nie im klaren – oder gestand es sich nie ein –, wie weit ihr tyrannisches Benehmen dazu beigetragen hatte, ihren Mann zu ruinieren. Sie beteuerte und protestierte, alles getan zu haben, was sie hätte tun können. War es etwa ihr Fehler, wenn sie nicht solch Speichellecker wie ihr heuchlerischer Neffe Pitt war? Sie wünschte ihm alles Glück, das er mit seinem ergaunerten Vermögen verdiene. «Jedenfalls bleibt das Geld in der Familie», sagte sie voller Nächstenliebe. «Pitt wird es nie ausgeben, mein Lieber, das steht fest, denn einen größeren Geizhals gibt es in ganz England nicht. Er ist genauso ekelhaft, wenn auch auf andere Art, wie sein verschwenderischer Bruder, der lasterhafte Rawdon.»

Nach der ersten entsetzlichen Wut und Enttäuschung begann Mrs. Bute also, sich nach bestem Können den veränderten Vermögensverhältnissen anzupassen und mit aller Kraft zu sparen und sich einzuschränken. Sie unterwies ihre Töchter darin, wie man Armut heiter ertragen könne, und erfand tausenderlei beachtliche Methoden, sie zu verheimlichen oder zu umgehen. Mit bewundernswerter Energie führte sie ihre Töchter auf die Bälle in der Nachbarschaft und bewirtete ihre Freunde sogar häufiger und mit größerer Gastfreundschaft im Pfarrhaus als in den Jahren, bevor ihnen das Erbe der lieben Miss Crawley zugefallen war. Aus Mrs. Butes äußerer Haltung hätte keiner darauf schließen können, daß die Familie sich in ihren Erwartungen enttäuscht sah. Man hätte es auch nicht aus ihrem häufigen Auftreten in der Öffentlichkeit erraten können, wie sie zu Hause knauserte und darbte. Die Mädchen hatten mehr Putz als je in ihrem Leben. Sie besuchten mit der größten Ausdauer die Gesellschaften in Winchester und Southampton. Sie stießen sogar bis Cowes vor, um an den Bällen nach den Rennen und an den Regattavergnügen teilzunehmen. Ihre Kutsche mit den rasch vom Pflug geholten Pferden war ständig unterwegs, bis man wirklich bald zu glauben begann, ein Vermögen sei den Schwestern von der Tante vermacht worden, deren Namen sie übrigens vor der Öffentlichkeit nur mit der zärtlichsten Dankbarkeit und Achtung nannten. Ich kenne keine Lüge, die auf dem Jahrmarkt der Eitelkeit häufiger vorkäme, und darf vielleicht bemerken, daß die Leute, die so lügen, sich auf ihre Heuchelei noch etwas zugute tun und sich einbilden, sie seien äußerst tugendhaft und allen Lobes wert, weil sie der Welt in bezug auf ihre Geldmittel Sand in die Augen streuen können.

Mrs. Bute hielt sich bestimmt für eine der tugendhaftesten Frauen Englands, und der Anblick ihrer glücklichen Familie wirkte auf Fremde herzerhebend. Sie waren alle so fröhlich, so liebevoll, so gut erzogen, so schlicht! Martha verstand es ausgezeichnet, Blumen zu malen, und belieferte die Wohltätigkeitsbasare der halben Grafschaft. Emma war eine regelrechte Heimatsängerin, deren Verse im *Hampshire Telegraph* den Dichterwinkel der

Zeitung berühmt gemacht hatten. Danny und Matilda sangen zusammen Duette, die ihre Mama auf dem Klavier begleitete, während die beiden andern Schwestern in inniger Umarmung danebensaßen und begeistert lauschten. Doch keiner sah, wie den armen Geschöpfen zu Hause die Duette eingepaukt wurden, keiner sah, wie die Mama sie eine Stunde nach der andern eisern vornahm. Kurz und gut, Mrs. Bute bot dem Schicksal die Stirn und sorgte aufs beste für Aufrechterhaltung des guten Scheins.

Mrs. Bute unternahm alles, was eine gute und brave Mutter tun kann. Sie lud sie alle ein: Jachtbesitzer von Southampton, Pfarrer vom Domplatz in Winchester und Offiziere aus der dortigen Garnison. Sie versuchte junge Anwälte von den Geschworenengerichten anzulocken und ermutigte Jim, Studienfreunde mit nach Hause zu bringen, die mit ihm die Hetzjagden der Hampshire-Meute reiten konnten. Was tut eine Mutter nicht alles zum Wohl ihrer geliebten Töchter?

Zwischen einer solchen Frau und ihrem Schwager, dem berüchtigten Baronet im Schloß, konnten natürlich keine Beziehungen bestehen. Zwischen Bute und seinem Bruder war es zum endgültigen Bruch gekommen, ja eigentlich auch zwischen Sir Pitt und der ganzen Grafschaft, da jeder das Benehmen des Alten für skandalös hielt. Seine Abneigung gegen ehrbare Gesellschaft wuchs mit zunehmendem Alter, und die Torflügel am Pförtnerhaus hatten sich nicht wieder vor dem Wagen eines Edelmannes geöffnet, seit Pitt und Lady Jane nach der Heirat ihren Anstandsbesuch abgestattet hatten.

Es war ein schlimmer und unseliger Besuch gewesen, an den sich die Familie nie ohne Schaudern erinnerte. Pitt bat seine Frau mit totenbleicher Miene, niemals darüber zu sprechen, und nur durch Mrs. Bute, die noch immer alles wußte, was im Schlosse vorging, wurden die näheren Umstände bekannt, wie Sir Pitt seinen Sohn und die Schwiegertochter empfangen hatte.

Als sie in ihrem hübschen und gepflegten Wagen die

Allee im Park entlangfuhren, hatte Pitt mit Bestürzung und Ingrimm festgestellt, daß sich große Lücken zwischen den Alleebäumen – seinen Bäumen – befanden, die der alte Baron ohne jegliche Befugnis fällen ließ. Der Park bot einen überaus traurigen und verwahrlosten Anblick. Die Zufahrtswege waren ungepflegt, und der saubere Wagen schwankte längs der ganzen Straße schmutzaufspritzend durch verschlammte Pfützen. Die große Auffahrt vor der Terrasse und der Freitreppe war schwarz und von Flechten bedeckt, die ehemals so schmucken Blumenbeete wucherten in die Höhe und erstickten im Unkraut. Fast an der ganzen Vorderseite des Hauses waren die Fenster durch Läden versperrt. Nach vielem Läuten wurde die große Haustür aufgeriegelt, und als Horrocks endlich den Erben von Queen's Crawley und seine junge Frau in das Schloß seiner Väter eintreten ließ, konnte man eine mit bunten Bändern geschmückte Person die schwarze Eichentreppe hinaufflitzen sehen. Horrocks schritt ihnen zu Sir Pitts sogenannter Bibliothek voraus, und der Tabakdunst wurde dichter, je mehr sich die beiden der Bibliothek näherten. «Sir Pitt fühlt sich nicht sehr wohl», entschuldigte Horrocks seinen Herrn und erklärte, er leide an Hexenschuß.

Die Bibliothek blickte auf die Auffahrt und den Park hinaus. Sir Pitt hatte ein Fenster aufgemacht und brüllte von dort aus dem Kutscher und Pitts Diener etwas zu, weil sie im Begriff schienen, das Gepäck abzuladen.

«Rührt mir die Koffer nicht an!» schrie er und deutete mit der Pfeife darauf, die er noch in der Hand hielt. «'s ist doch bloß ein Morgenbesuch, Tucker, du Dummkopf! Meine Güte, was für Stellen hat denn das rechte Pferd an den Fesseln! Ist keiner im *King's Head,* der sie ihm ein bißchen einreiben kann? Morgen, Pitt! Morgen, meine Liebe! Den alten Mann mal besuchen, was? Je, du hast ein hübsches Gesichtchen! Gleichst ja gar nicht deiner Mutter, dem alten Roß! Komm, gib dem alten Pitt 'n Kuß, sei schön brav!»

Der Kuß brachte die Schwiegertochter etwas aus der

Fassung, was bei Zärtlichkeiten von unrasierten, nach Tabak riechenden alten Herren begreiflich ist. Aber sie dachte daran, daß ihr Bruder Southdown einen Schnurrbart hatte und Zigarren rauchte, und konnte dem Wunsch des Baronets in leidlicher Haltung nachkommen.

«Pitt ist fett geworden», sagte der Baronet nach seiner Gunstbezeugung. «Liest er dir immer lange Andachten vor, Kindchen? Hundertsten Psalm und Abendlied, was, Pitt? Los, Horrocks, hol Kuchen und ein Glas Malvasier für Lady Jane, du alter, dicker Tolpatsch, und glotz nicht so wie ein fettes Schwein! Ich möchte dich nicht einladen, hierzubleiben, meine Liebe, du würdest es nur langweilig finden – wie ich's bei Pitt langweilig fände. Bin jetzt ein alter Mann geworden und will meine Ruhe haben und abends meine Pfeife und mein Puffspiel!»

«Ich kann auch Puff spielen», erwiderte Lady Jane lachend. «Ich habe es immer mit Papa und später mit Miss Crawley gespielt, nicht wahr, Pitt?»

«Lady Jane versteht sich auf das Spiel, Sir, das Sie so gern haben!» sagte Pitt hochmütig.

«Aber deshalb bleibt sie doch nicht hier. Nein, nein, geht wieder nach Mudbury und gebt Mrs. Rincer was zu verdienen. Oder fahrt ins Pfarrhaus und bittet Buty um ein Mittagessen! Der wird nämlich begeistert sein, wenn er euch sieht! Er ist euch ja so dankbar, weil ihr das Geld von der Alten eingesackt habt, haha! Ein bißchen wird wohl ausreichen, um das Schloß aufzupolieren, wenn ich erst mal abgekratzt bin!»

«Ich bemerkte, Sir», sagte Pitt mit erregter Stimme, «daß die Leute Alleebäume umschlagen!»

«Jaja, sehr schönes Wetter und wie sich's gehört für die Jahreszeit», antwortete Sir Pitt, der plötzlich schwerhörig zu sein schien. «Tja, Pitt, ich werde allmählich alt. Gottsdonner, bist auch nicht weit von fünfzig, was? Aber er hat sich gut gehalten, nicht wahr, meine hübsche Lady? Das kommt alles von Frömmigkeit, Mäßigkeit und moralischem Lebenswandel. Schau mich mal an – bin nicht mehr weit von den Achtzig, hihi!» lachte er, nahm eine Prise Tabak, blinzelte sie lüstern an und drückte ihre Hand.

Pitt brachte das Gespräch nochmals auf die Bäume, aber der Baronet war im Nu wieder stocktaub.

«Man wird immer älter, und dies Jahr ist's mir scheußlich schlecht gegangen mit dem ewigen Hexenschuß. Ich mach's nicht mehr lange. Aber ich hab' mich gefreut, Schwiegertöchterchen, daß du gekommen bist. Kann dein Gesicht gut leiden, Lady Jane: hast nichts von den verdammten Binkies, den hochnäsigen! Ich schenk' dir auch was Hübsches, meine Kleine, damit kannst du zu Hofe gehen!» Und er schlurfte quer durchs Zimmer an einen Schrank, aus dem er ein Kästchen nahm, das Juwelen von beträchtlichem Wert enthielt. «Nimm sie, Kindchen», sagte er. «Sie haben meiner Mutter gehört und nachher der ersten Lady Crawley. Hübsche Perlen, Kindchen, die hab' ich der Eisenhändlerstochter nie gegeben! Bewahre! Nimm sie und steck sie schnell weg!» sagte er, drückte seiner Schwiegertochter das Kästchen in die Hand und schlug die Schranktür zu, weil Horrocks mit einem Tablett und Erfrischungen ins Zimmer trat.

«Was hast'n Pitts Frau geschenkt?» fragte das buntbebänderte Individuum, nachdem Pitt und Lady Jane den alten Herrn verlassen hatten. Es war Miss Horrocks, die Tochter des Butlers: sie war die Ursache des Skandals – die Dame, die jetzt fast unumschränkt in Queen's Crawley regierte.

Die Grafschaft und die Familie Crawley hatten den Aufstieg und die Erfolge der Buntbebänderten mit Bestürzung wahrgenommen. Die Buntbebänderte eröffnete ein Konto bei der Zweigstelle der Savings-Bank in Mudbury. Die Buntbebänderte fuhr allein im Ponywagen zur Kirche, und dabei war er eigentlich für die Angestellten im Schloß vorgesehen. Dienstboten wurden entlassen, wenn es der Buntbebänderten so beliebte. Der schottische Gärtner, der immer noch da war, voller Stolz das Spalierobst und die Treibhäuser pflegte und durch den Garten, den er anbaute und dessen Erzeugnisse er nach Southampton verkaufte, recht gute Einnahmen hatte, entdeckte eines sonnigen Morgens die Buntbebänderte am Südspalier beim Pfirsichessen und bekam ein paar Ohrfeigen, weil er gegen den Übergriff in sein Privateigentum Einspruch erhob. Er und seine schottische Frau und die schottischen Kinderlein – die einzigen rechtschaffenen Einwohner von Queen's Crawley – wurden gezwungen, mit Hab und Gut auszuziehen, und somit verkamen die schönen, großen Gärten, und die Blumenbeete verwilderten. Der Rosengarten der armen Lady Crawley wurde die traurigste Wüstenei. Jetzt drückten sich nur noch zwei oder drei Leute fröstelnd im trübseligen alten Bedientenquartier herum. Die Ställe und Nebengebäude standen leer und waren zugesperrt und halb verfallen. Sir Pitt lebte zurückgezogen und soff jeden Abend mit Horrocks oder vielmehr dem Hausverwalter, wie er sich jetzt nannte, und der leichtfertigen Buntbebänderten. Die Zeiten hatten sich sehr geändert, seit sie auf dem offenen Wagen nach Mudbury hatte fahren müssen und die Kaufleute mit «Sir» anredete. Vielleicht schämte sich der alte Zyniker von Queen's Crawley oder vielleicht waren ihm die Nachbarn einfach zuwider, jedenfalls kam er kaum je aus seinem Parktor heraus. Er stritt sich mit seinen Verwaltern und plagte seine Pächter, jedoch alles brieflich. Die Tage füllte er mit dem Erledigen seiner Korrespondenz aus. Die Anwälte und Verwalter, die geschäftlich mit ihm zu tun hatten, erreichten ihn nur auf dem Umweg über die Buntbebänderte, die sie an der Tür des Haushälterinnenzimmers abfing, denn sie wurden nur am hinteren Eingang vorgelassen. So wuchs die Verwirrung in den Angelegenheiten des Baronets von Tag zu Tag, und die Schwierigkeiten mehrten sich.

Man kann sich das Entsetzen Pitt Crawleys, eines so mustergültigen und einwandfreien Gentlemans, wohl ausmalen, als er erfuhr, sein Vater würde immer kindischer. Täglich fürchtete er zu hören, daß die Buntbebänderte seine zweite gesetzlich abgestempelte Stiefmutter geworden sei. Nach dem ersten und letzten Besuch in Queen's Crawley wurde seines Vaters Name in Pitts gebildetem und vornehmem Haushalt nie mehr erwähnt. Der Alte war das Hausgespenst geworden, an dem die ganze Familie nur in stummem Entsetzen vorüberschlich. Die Gräfin Southdown warf immer wieder am Pförtnerhaus die aufregendsten Traktätchen ab, bei denen jedem die Haare zu Berge stehen mußten. Mrs. Bute schaute jeden Abend im Pfarrhaus aus dem Fenster, um festzustellen, ob sich der Himmel über den Ulmen, hinter denen das Schloß stand, schon rot färbe und das Schloß in Flammen stünde. Sir G. Wapshot und Sir H. Fuddlestone, alte Freunde der Familie, wollten an den Quartalssessionen nicht mehr mit Sir Pitt auf der gleichen Bank sitzen und schnitten ihn mitten auf der Hauptstraße von Southampton, wenn der alte Sünder ihnen seine schmutzige alte Pfote entgegenstreckte. Aber das machte ihm keinen Eindruck: er steckte sie wieder in die Tasche und lachte laut heraus, während er in seinen Vierspänner kletterte. Über Lady Southdowns Traktätchen lachte er auch schallend, und ebenso lachte er über seine Söhne und die ganze Welt und auch über die Buntbebänderte, wenn sie wütend wurde, was nicht selten vorkam.

Miss Horrocks war jetzt als Haushälterin eingesetzt und regierte sehr hoheitsvoll und streng über die Dienstboten von Queen's Crawley. Alle Diener waren angewiesen, sie Madame anzureden, und ein kleines Dienstmädchen, das sich besonders empfehlen wollte, sagte sogar hartnäckig Milady zu ihr, ohne daß die Haushälterin den Titel abgelehnt hätte. «Es hat schon bessere Ladies gegeben, Hester, und es hat schlechtere gegeben», lautete Miss Horrocks' Antwort auf das Kompliment von seiten ihrer Untergebenen. Und so regierte sie und hatte unumschränkte Gewalt über alle, ausgenommen ihren Vater, den sie aber trotzdem mit beträchtlichem Hochmut behandelte und ihn warnte, er dürfe nicht zu ungezwungen in seinem Benehmen zu einer sein, die «bald Baronsfrau» würde. Tatsächlich studierte sie die vornehme Rolle schon zu ihrer großen Genugtuung und zu Sir Pitts Belustigung ein, der über ihr albernes Getue kicherte und stundenlang über ihre angemaßte Würde und ihre Nachäfferei vornehmer Lebensart lachen mußte. Er erklärte, es sei die tollste Komödie, sie in der Rolle einer vornehmen Dame zu sehen, und forderte sie auf, eins von den Hofkleidern der ersten Lady Crawley anzulegen; dann beteuerte er, daß ihr das Kleid ganz großartig stünde (wovon Miss Horrocks vollkommen überzeugt war), und drohte, er würde sie sofort im Vierspänner zu Hofe fahren. Sie plünderte die Kleiderschränke der beiden verstorbenen Ladies und trennte und schnitt an ihrem nachgelassenen Putz herum, bis alles für ihren Geschmack und ihre Figur recht war. Sehr gerne hätte sie auch von ihren Juwelen und Schmucksachen Besitz ergriffen, doch die hielt der Baronet in seinem Privatkabinett unter Verschluß, und sie konnte ihm die Schlüssel nicht abschmeicheln und entlocken. Aber tatsächlich entdeckte man, nachdem sie Queen's Crawley verlassen hatte, ein ihr gehörendes Schreibheft, aus dem man ersah, daß sie sich heimlich die größte Mühe gegeben hatte, die Kunst des Schreibens zu erlernen und ganz besonders die Unterschrift ihres eigenen Namens als Lady Crawley, Lady Betsy Horrocks, Lady Elizabeth Crawley und so weiter zu üben.

Obwohl die guten Leute aus dem Pfarrhaus nie ins Schloß gingen und seinen Besitzer, den greulichen, kindischen Greis, meiden wollten, hielten sie sich doch stets über alles, was dort vorfiel, auf dem laufenden und erwarteten von Tag zu Tag das Eintreffen der Katastrophe, die Miss Horrocks auch herbeisehnte. Doch das Schicksal trat neidisch dazwischen und hinderte sie daran, die Belohnung in Empfang zu nehmen, die solch reiner Liebe und Tugend gebührt hätte.

Eines Tages überraschte der Baronet «Milady», wie er sie im Scherz nannte, als sie vor dem verstimmten alten Klavier im Salon saß, das, seit Becky Sharp Quadrillen darauf gespielt hatte, wohl kaum von jemand angerührt worden war. Sie saß todernst davor und kreischte, so gut sie konnte, Melodien nach, die sie manchmal gehört hatte.

Das dienstbeflissene kleine Küchenmädchen stand neben seiner Herrin, war ganz hingerissen von der Vorführung, nickte im Takt mit dem Kopf und rief: «Oh, Milady, wie wunnerschön!» Genau wie ein vornehmer Speichellecker in einem richtigen Salon.

Der Baronet mußte, wie immer, über den Vorfall in schallendes Gelächter ausbrechen. Im Verlauf des Abends erzählte er Horrocks die Sache wohl ein dutzendmal, sehr zum Ärger von Miss Horrocks. Er trommelte auf den Tisch, als habe er ein Musikinstrument vor sich, und grölte laut, um ihren Gesang nachzuäffen. Er beteuerte, eine so schöne Stimme müsse ausgebildet werden, und erklärte, sie solle Gesanglehrer haben, was sie keineswegs lächerlich fand. Er war an jenem Abend in glänzender Stimmung und trank mit seinem Freund und Butler außergewöhnliche Quantitäten Grog, bis der treue Freund und Diener zu sehr später Stunde seinen Herrn ins Schlafzimmer geleitete.

*

Eine halbe Stunde später hob im Schloß ein allgemeines Rennen und Hasten an. Lichter huschten im einsamen, verlassenen Haus, in dem nur zwei oder drei Zimmer vom Besitzer bewohnt wurden, von einem Fenster zum andern. Dann galoppierte ein Junge auf einem Pony nach Mudbury, um den Doktor zu holen. Und nach einer weiteren Stunde (woraus wir ersehen, wie tadellos die tüchtige Mrs. Bute Crawley den Nachrichtendienst mit dem großen Haus unterhalten hatte) war die Dame selbst in Kapuze und Galoschen in Begleitung des Pfarrers Bute Crawley und ihres Sohnes James vom Pfarrhaus durch den Park gewandert und hatte das Herrenhaus durch das offene Schloßportal betreten.

Sie gingen durch die Halle und das kleine eichengetäfelte Wohnzimmer, wo auf dem Tisch noch die drei Becher und die leere Rumflasche von Sir Pitts Zecherei kündeten, und weiter durch das Zimmer hinüber in Sir Pitts Bibliothek, wo sie Miss Horrocks, die schuldbewußte Buntbebänderte, dabei überraschten, wie sie mit wilden Blicken ein Schlüsselbund an den Schränken und Schreibpulten ausprobierte. Sie ließ die Schlüssel mit einem entsetzten Aufschrei fallen, als die Augen der kleinen Mrs. Bute sie unter der schwarzen Kapuze hervor anblitzten.

«Seht euch das an, Bute und James!» rief die Pfarrfrau und deutete auf das erschrockene Gesicht der schwarzäugigen, schuldbewußten Person.

«Er hat sie mir gegeben! Er hat sie mir gegeben!» kreischte sie.

«Dir gegeben, du liederliche Trine?» keifte Mrs. Bute.

Auf frischer Tat ertappt

«Ihr seid Zeugen, daß wir die nichtsnutzige Person ertappten, als sie deines Bruders Eigentum stehlen wollte. Dafür wird sie gehängt, wie ich's ihr schon immer prophezeit habe!»

Betsy Horrocks brach in Tränen aus und warf sich völlig eingeschüchtert vor ihr auf die Knie. Wer aber eine wirklich rechtschaffene Frau kennt, der weiß auch, daß sie es mit dem Verzeihen nicht so eilig hat und daß ihre Seele die Demütigung einer Feindin wie einen Triumph genießt.

«Läute, James!» befahl sie. «Läute so lange, bis jemand kommt!» Die drei oder vier Diener, die noch in dem verlassenen alten Haus wohnten, kamen auf das anhaltende schrille Läuten sofort herbei.

«Sperrt die Person in den Keller!» rief sie. «Wir haben sie dabei ertappt, als sie Sir Pitt bestehlen wollte. Bute, du stellst den Haftbefehl aus, und Beddoes, Sie fahren sie morgen früh auf dem offenen Wagen nach Southampton ins Gefängnis.»

«Meine Liebe», warf der Friedensrichter und Pfarrer ein, «sie hat nur...»

«Sind keine Handschellen da?» fragte Mrs. Bute und stampfte mit den Galoschen auf. «Früher waren hier Handschellen! Wo ist der scheußliche Vater des Frauenzimmers?»

«Er hat sie mir aber doch gegeben!» jammerte die arme Betsy immer noch. «Sag's ihnen, Hester! Du hast's ja gesehen, du weißt doch noch, wie Sir Pitt sie mir gegeben hat – 's ist schon so lange her –, nach dem Jahrmarkt in Mudbury war's! Aber ich will sie ja gar nicht! Nehmen Sie sie nur, wenn Sie glauben, daß sie mir nicht gehören!» Und damit zog das Unglückswurm aus ihrer Tasche ein paar mit unechten Steinen besetzte Schuhschnallen, die ihr ins Auge gestochen hatten und die sie gerade eben aus einem Bücherschrank in der Bibliothek genommen hatte, wo sie aufbewahrt lagen.

«Jemine, Betsy, wie du lügen kannst!» rief das ehrgeizige kleine Küchenmädchen, «vor der lieben, guten Madame Crawley so zu lügen, und vor Ehrwürden!» (Dabei knickste sie.) «Meine Schubfächer können Sie alle durchsuchen, Ma'am, da haben Sie meine Schlüssel, ich bin nämlich ein ehrliches Mädchen, wenn meine Eltern auch arm waren und ich bloß im Armenhaus aufgewachsen bin; wenn einer auch nur einen einzigen Seidenstrumpf oder ein winziges Fetzchen Spitze von all den Sachen findet, von denen *die da* sich das Beste ausgesucht hat, dann will ich nie wieder in die Kirche dürfen!»

«Gib deine Schlüssel her, du verstockte Dirne!» zischte die tugendsame kleine Dame in ihrem Kapuzenumhang.

«Hier ist die Kerze, Ma'am, wenn's beliebt, und ich kann Ihnen ihr Zimmer zeigen, Ma'am, und den Schrank von der Haushälterin, wo sie Berge von Sachen versteckt hat, Ma'am!» rief die eifrige kleine Hester und knickste dauernd.

«Halt deinen Mund, ja? Ich kenne das Zimmer ganz genau, in dem die Trine gehaust hat! Mrs. Brown, wollen Sie so gut sein und mit mir kommen, und Sie, Beddoes, lassen mir ja nicht die Person aus den Augen!» sagte Mrs. Bute und packte die Kerze. «Du solltest nach oben gehen, Bute, und achtgeben, daß sie deinen unseligen Bruder nicht ermorden!» Und damit wackelte die Kapuze, von Mrs. Brown begleitet, hinaus und zu dem Zimmer, das sie ganz genau kannte (was auch der Wahrheit entsprach).

Bute ging nach oben und fand den Doktor aus Mudbury und den erschrockenen Horrocks, der sich über seinen im Stuhl sitzenden Herrn beugte: sie versuchten, Sir Pitt Crawley zur Ader zu lassen.

*

Früh am nächsten Morgen wurde Mr. Pitt Crawley ein Eilbrief von der Pfarrfrau gesandt, die das Oberkommando ergriffen hatte und die Nacht über am Lager des alten Baronets gewacht hatte. Er war noch einmal halbwegs ins Leben zurückgerufen worden und konnte zwar nicht sprechen, aber die Leute erkennen. Mrs. Bute saß grimmig entschlossen neben seinem Bett. Schlaf schien sie überhaupt nicht zu brauchen, die kleine Frau, und obwohl der Doktor im Sessel schnarchte, dachte sie nicht daran, ihre feurigen schwarzen Augen zu schließen. Horrocks machte ein paar krampfhafte Anstrengungen, sich in seiner Autorität zu behaupten und seinem Herrn beizustehen, aber Mrs. Bute nannte ihn einen versoffenen alten Halunken und befahl ihm, sich nie mehr im Schloß blicken zu lassen, sonst würde er ebenso abtransportiert wie seine abscheuliche Tochter.

Mit ihrem Grimm machte sie ihm Angst, und er schlich in das eichengetäfelte Wohnzimmer hinunter, wo er Mr. James vorfand, der gerade die dortstehende Flasche untersucht hatte. Weil sie leer war, befahl James ihm, eine neue Flasche Rum zu holen, die er auch, zusammen mit sauberen Gläsern, brachte. Der Pfarrer und sein Sohn ließen sich davor nieder und befahlen Horrocks, sofort die Schlüssel auszuhändigen und sich nie mehr sehen zu lassen.

Ihr Verhalten schüchterte Horrocks so ein, daß er die Schlüssel abgab. Mit seiner Tochter zusammen stahl er sich in der Nacht leise davon, und damit gaben sie ihre Ansprüche auf das Schloß Queen's Crawley endgültig auf.

XL

Becky wird von der Familie anerkannt

TANTE Butes Eilbrief zufolge traf der Erbe von Crawley bald nach dem Unglück im Schloß ein, und von nun an regierte eigentlich er in Queen's Crawley, denn wenn der alte Baronet auch noch viele Monate weiterlebte, erlangte er doch den Verstand und die Sprache nie wieder völlig zurück, so daß die Bewirtschaftung des Gutes auf seinen älteren Sohn überging. Pitt fand den Besitz in einem seltsamen Zustand vor. Sir Pitt hatte sich dauernd mit Käufen und Hypotheken beschäftigt. Er hatte mit zwanzig Geschäftsleuten zu tun und lag mit jedem im Streit. Er hatte Streit mit all seinen Pächtern und prozessierte gegen sie. Er prozessierte gegen Anwälte, gegen die Bergbau- und Hafenanlagen-Gesellschaften, bei denen er Mitinhaber war, und gegen alle übrigen Leute, mit denen er geschäftlich zu tun gehabt hatte. Die Schwierigkeiten zu entwirren und das Gut schuldenfrei zu machen, war eine Aufgabe, für die der ordentliche und zähe Diplomat von Pumpernickel wie geschaffen schien, und er setzte sich auch mit beträchtlichem Fleiß dahinter. Natürlich siedelte seine ganze Familie nach Queen's Crawley über, und natürlich kam auch Lady Southdown mit. Vor der Nase des Pfarrers begann sie seine Gemeinde zu bekehren und brachte zum Ärger der empörten Mrs. Bute ihre eigenen Laienprediger mit. Sir Pitt hatte das Patronatsrecht über die Pfarre doch noch nicht verkauft, und Lady Southdown schlug vor, sobald die Pfarrstelle frei werde, wolle sie selbst das Patronat übernehmen und die Pfarre einem ihrer jungen Schützlinge geben. Der Diplomat Pitt sagte kein Wort darüber.

Was Mrs. Bute mit Betsy Horrocks vorhatte, wurde nicht in die Tat umgesetzt, so daß sie nicht im Gefängnis von Southampton landete. Nachdem ihr Vater mit ihr das Schloß verlassen hatte, übernahm er die Leitung des Dorfgasthofs Crawley Arms, den ihm Sir Pitt in Pacht gegeben hatte. Außerdem hatte der Ex-Butler ein kleines Freigut im Dorf erhalten, womit er stimmberechtigt wurde. Der Pfarrer hatte ebenfalls eine Stimme, und zusammen mit vier andern Männern bildeten sie also die Wählerschaft, die für Queen's Crawley die zwei Parlamentsmitglieder aufstellte.

Zwischen den Damen im Pfarrhaus und im Schloß wurde der Form wegen ein höflicher Verkehr aufrechterhalten, wenigstens was die jüngeren Damen betraf, denn Mrs. Bute und Lady Southdown stritten sich unweigerlich, wenn sie sich trafen, und allmählich sahen sie davon ab. Wenn die Damen aus dem Pfarrhaus ihre Verwandten im Schloß besuchten, blieb also Milady in ihrem Zimmer. Vielleicht war Mr. Pitt die gelegentliche Abwesenheit seiner Schwiegermutter gar nicht so unerwünscht. Er glaubte, die Familie Binkie sei die vornehmste, klügste und berühmteste von der Welt, und lange genug hatte er sich der Überlegenheit Lady Southdowns und Miss Crawleys gefügt; doch manchmal fand er, die Lady regiere ihn zu sehr. Es war bestimmt ein Kompliment, wenn man ihn für jung hielt; aber mit sechsundvierzig Jahren noch wie ein Knabe gegängelt zu werden, war zeitweise unerträglich. Lady Jane jedoch überließ alles ihrer Mama. Sie zeigte ihre Liebe zu den Kindern nur, wenn niemand in der Nähe war, und es war ein großes Glück für sie, daß Lady Southdowns vielseitige Verpflichtungen, die Konferenzen mit Predigern und der

Sir Pitts letzter Auftritt

Briefwechsel mit all den Missionaren in Afrika, Asien und Australien die verehrungswürdige Gräfin stark in Anspruch nahmen, so daß sie ihren Enkelkindern, der kleinen Matilda und dem jungen Master Pitt Crawley, nur wenig Zeit widmen konnte. Der Knabe war von zarter Konstitution, und nur mit riesigen Mengen des guten Abführmittels Kalomel gelang es Lady Southdown, ihn am Leben zu erhalten.

Sir Pitt aber hatte sich in die gleichen Gemächer zurückgezogen, in denen seinerzeit Lady Crawley verschieden war, und hier wurde er von Hester, dem ehrgeizigen Küchenmädchen, mit ständiger Fürsorge und Aufmerksamkeit gepflegt. Wo findet man soviel Liebe und Treue und Beständigkeit wie bei einer Pflegerin mit hohem Lohn? Sie klopft die Kissen glatt und kocht einen Pfeilwurzeltee, sie steht nachts auf und hört sich alle Klagen und Nörgeleien an, sie sieht draußen den Sonnenschein und geht nicht hinaus, sie schläft nur im Sessel und ißt ihr einsames Mahl, sie verbringt endlos lange Abende, ohne etwas zu tun, sie beobachtet die Glut, über der die Tränklein für ihren Patienten im Krug summen, sie liest die ganze Woche über nur das Sonntagsblatt, und *Der Mahnruf des Gesetzes* oder *Des Menschen einzige Pflicht* genügen ihr ein Jahr lang als Lektüre. Und doch schelten wir sie aus, wenn ihre Verwandten, die sie einmal wöchentlich besuchen, ihr ein bißchen Branntwein zwischen die Wäsche schmuggeln! Meine Damen, welcher Mann liebt so sehr, daß er den geliebten Menschen ein ganzes Jahr lang pflegen würde? Aber eine Pflegerin ist zu alledem für vierteljährlich zehn Pfund bereit, und dann finden wir es noch zu hoch bezahlt! Mr. Crawley wenigstens murrte reichlich, weil er Miss Hester für die ständige Pflege seines Vaters die Hälfte zahlen mußte.

An sonnigen Tagen wurde der alte Herr auf die Terrasse hinausgefahren – im gleichen Rollstuhl, den Miss Crawley in Brighton benutzt hatte und der mit einer Anzahl von Lady Southdowns Sachen nach Queen's Crawley gebracht worden war. Lady Jane ging stets neben dem

Alten her und war offenbar sein besonderer Liebling. Er nickte ihr immer wieder zu und lächelte, sobald sie ins Zimmer trat, und wenn sie fortging, stieß er unartikulierte flehentliche Klagelaute aus. Wenn sich die Tür hinter ihr schloß, fing er an zu weinen und zu schluchzen, woraufhin sich Hesters Miene, die während der Anwesenheit der jungen Dame immer furchtbar freundlich und sanft war, sofort veränderte: sie schnitt ihm Grimassen, drohte ihm mit der Faust und schrie ihn an: «Halt den Mund, du dummer alter Esel!» Dann rollte sie seinen Stuhl vom Feuer weg, das er so gern betrachtete, und nun weinte er nur noch mehr. Und das war alles, was übriggeblieben war von den siebzig Jahren voller Intrigen und Kampf, voller Trinken und Pläneschmieden, voller Sünde und Selbstsucht: ein wimmernder alter Narr, den man wie einen Säugling ankleidet und zu Bett bringt und säubert und füttert.

Endlich kam der Tag, an dem die Arbeit der Pflegerin ein Ende fand. Eines Morgens in aller Frühe, als Pitt in der Bibliothek über den Büchern seiner Verwalter saß, klopfte es an die Tür, und Hester erschien knicksend und sagte:

«Verzeihung, Sir Pitt, Sir Pitt ist heut früh gestorben, Sir Pitt. Ich hab' gerade seinen Toast gemacht, Sir Pitt, für seinen Haferschleim, Sir Pitt, den er jeden Morgen punkt sechs bekam, Sir Pitt, und da dacht' ich, es hörte sich so wie Stöhnen an, Sir Pitt, und – und – und...» Sie machte noch einen Knicks.

Weshalb wurde Pitts bleiches Gesicht plötzlich so dunkelrot? Kam es daher, weil er endlich Sir Pitt war – mit einem Sitz im Parlament und der Aussicht auf weitere Ehren? Jetzt kann ich den Besitz mit meinem Bargeld schuldenfrei machen, dachte er und überschlug rasch die aufgenommenen Hypotheken und die geplanten Verbesserungen. Bisher hatte er das Geld seiner Tante noch nicht verwenden wollen, weil sich Sir Pitt hätte erholen können, und dann wären seine Ausgaben vergeblich gewesen.

Im Schloß und im Pfarrhaus wurden alle Vorhänge heruntergelassen. Die Kirchenglocke läutete, und die Kanzel war umflort. Bute Crawley ging nicht, wie beabsichtigt, zu einem Wettrennen, sondern er speiste still im Schloß Fuddlestone, wo beim Portwein über seinen verstorbenen Bruder und den jungen Sir Pitt gesprochen wurde. Miss Betsy, die sich inzwischen in Mudbury mit einem Sattler verheiratet hatte, weinte gehörig. Der Hausarzt fuhr zum Schloß, machte einen Beileidsbesuch und erkundigte sich nach dem Befinden der Damen. Der Todesfall wurde auch in Mudbury und im Wirtshaus Crawley Arms besprochen, dessen Besitzer sich in letzter Zeit mit dem Pfarrer ausgesöhnt hatte, und man wußte, daß Mr. Bute gelegentlich in die Gaststube trat und Mr. Horrocks' Dünnbier kostete.

«Soll ich an deinen Bruder schreiben – oder willst du es tun?» fragte Lady Jane ihren Gatten, Sir Pitt.

«Natürlich schreibe ich», sagte Sir Pitt. «Ich lade ihn zur Trauerfeier ein; das gehört sich so.»

«Und – und Mrs. Rawdon?» fragte Lady Jane schüchtern.

«Jane!» schrie Lady Southdown auf. «Wie kannst du nur an so etwas denken?»

«Natürlich muß auch Mrs. Rawdon eingeladen werden», bemerkte Sir Pitt entschlossen.

«Nicht, solange ich im Hause weile!» rief Lady Southdown.

«Milady möge sich erinnern, daß ich das Oberhaupt der Familie bin», entgegnete Sir Pitt. «Willst du bitte die Güte haben, Jane, und ein Briefchen an Mrs. Rawdon schreiben und sie zu dem traurigen Anlaß um ihr Erscheinen bitten?»

«Jane, ich verbiete dir, die Feder in die Hand zu nehmen!» rief die Gräfin.

«Ich glaube, ich bin das Oberhaupt der Familie», wiederholte Sir Pitt, «und sosehr ich es bedauern würde, wenn Milady sich gezwungen sähen, mein Haus zu verlassen, muß ich das Regiment doch so führen, wie ich es für richtig halte.»

Lady Southdown erhob sich ebenso majestätisch wie Mrs. Siddons in der Rolle der Lady Macbeth und befahl, die Pferde anzuspannen. Wenn ihr Sohn und ihre Tochter sie aus ihrem Hause wiesen, wolle sie sich mit ihrem Kummer irgendwo in die Einsamkeit flüchten und beten, daß sie bald besseren Sinnes würden.

«Wir weisen dich nicht aus unserm Haus!» sagte die schüchterne Lady Jane mit bittender Stimme.

«Ihr ladet Menschen ein, mit denen eine Christin nichts zu tun haben will, und deshalb möchte ich morgen früh die Pferde haben!»

«Jane, sei so gut und schreibe, was ich dir diktiere», sagte Sir Pitt, stand auf und nahm eine so gebieterische Haltung ein, wie auf dem «Bildnis eines Gentleman» in der Ausstellung. «Fange bitte an: ‹Queen's Crawley, 14. September 1822. Mein lieber Bruder...›»

Als «Lady Macbeth», die bei ihrem Schwiegersohn auf Anzeichen von Schwäche oder Zaudern gewartet hatte, so furchtbar entschiedene Worte vernahm, stand sie auf und verließ mit erschrockener Miene die Bibliothek. Lady Jane blickte zu ihrem Mann auf, als ob sie am liebsten ihrer Mama nachlaufen und sie besänftigen wollte, aber Pitt verbot seiner Frau, sich von der Stelle zu rühren.

«Sie reist nicht ab», sagte er. «Ihr Haus in Brighton hat sie vermietet, und ihr Einkommen vom letzten Halbjahr hat sie verbraucht. Überdies ist eine Gräfin, die in einem Gasthof lebt, so gut wie ruiniert. Ich habe schon lange auf die Gelegenheit gewartet, einen so – so entscheidenden Schritt zu tun, meine Liebe; denn wie du begreifen wirst, ist es unmöglich, daß eine Familie zwei Oberhäupter hat. Und jetzt wollen wir bitte mit dem Diktat fortfahren. ‹Mein lieber Bruder, es ist meine Pflicht, der Familie eine traurige Nachricht zu übermitteln, die schon seit langem vorauszusehen war...›»

Kurz und gut, da Pitt nun zur Regierung gelangt war und durch glückliche Umstände oder vielmehr, wie er es ansah, durch eigene Verdienste fast das ganze Vermögen erhalten hatte, das seine übrigen Verwandten für sich erhofft hatten, war er jetzt entschlossen, seine Familie freundlich und achtungsvoll zu behandeln und Queen's Crawley wieder zu einem vornehmen Landsitz zu machen. Der Gedanke, daß er das Oberhaupt der Familie war, machte ihm Freude. Er hatte im Sinn, den umfassenden Einfluß, den er auf Grund seiner überragenden Fähigkeiten und seiner Stellung rasch erlangen würde, dazu auszunutzen, um seinem Bruder wieder zu einer Stellung zu verhelfen und seine Vettern gut unterzubringen. Vielleicht hatte er auch ein wenig Gewissensbisse, weil er der Besitzer all dessen war, worauf sie selbst gehofft hatten. Innerhalb von drei oder vier Tagen seiner Regierungszeit hatte seine Haltung sich verändert, und seine Pläne standen unumstößlich fest. Er wollte gerecht und anständig regieren, Lady Southdown absetzen und zu allen Blutsverwandten die denkbar freundlichsten Beziehungen unterhalten.

Er diktierte also einen Brief an seinen Bruder Rawdon, einen feierlichen und kunstvoll abgefaßten Brief voll tiefsinnigster Bemerkungen, die in lange Worte gekleidet waren und die liebe kleine Sekretärin, die alles auf Wunsch ihres Mannes niederschrieb, mit Ehrfurcht erfüllten. Was für ein Redner wird er sein, wenn er erst im Unterhaus spricht! dachte sie (denn darüber wie auch über Lady Southdowns Zwangsherrschaft hatte er manchmal abends im Bett ein paar Andeutungen fallenlassen); wie weise und gut und was für ein Genie ist doch mein Mann! Ich glaubte, er sei ein bißchen kalt – aber wie gut ist er doch und was für ein Genie!

Eigentlich verhielt es sich aber so, daß Pitt Crawley jedes Wort des Briefes auswendig wußte, da er ihn mit diplomatenhafter Verschwiegenheit gründlich und eingehend durchdacht hatte, und zwar lange bevor er den Zeitpunkt für gekommen hielt, seiner staunenden Frau das Schreiben zu diktieren.

Sir Pitt Crawley sandte also den Brief mit breitem Trauerrand und einem schwarzen Siegel an seinen Bruder, den Oberst, nach London. Rawdon Crawley war nicht besonders beglückt, als er ihn erhielt. Was hat's für einen Sinn, nach dem langweiligen Queen's Crawley zu fahren? dachte er. Ich kann's nicht ertragen, nach dem Essen mit Pitt allein beim Portwein zu sitzen – und die Fahrt hin und zurück kostet zwanzig Pfund.

Wie mit all seinen schwierigen Problemen, ging er auch mit dem Brief zu Becky in ihr Schlafzimmer hinauf, zusammen mit ihrer Schokolade, die er ihr jeden Morgen kochte und nach oben trug. Er stellte das Tablett mit dem Frühstück und dem Brief auf den Frisiertisch, vor dem Becky saß und sich ihr helles Haar kämmte. Sie griff nach dem schwarzumrandeten Brief, überflog ihn, sprang vom Stuhl auf und schwenkte ihn mit «Hurra!» durch die Luft.

«Wieso denn hurra?» fragte Rawdon und staunte, weshalb das kleine Persönchen im wollenen, weich niederfließenden Morgenrock und den aufgelösten rötlichblonden Locken Freudensprünge vollführte. «Er hat uns ja gar nichts vermacht, Becky! Ich hab' meinen Anteil schon bekommen, als ich mündig wurde!»

«Du wirst nie mündig werden, du altes Dummchen!» erwiderte Becky. «Lauf jetzt zu Madame Brunoy, denn ich brauche Trauerkleider, und besorge dir Trauerkrepp für deinen Hut und einen schwarzen Rock – ich glaube, du hast keinen: laß alles morgen ins Haus bringen, damit wir Donnerstag reisen können.»

«Du willst doch nicht etwa hinfahren?» widersetzte sich Rawdon.

«Natürlich will ich hinfahren! Ich will sogar, daß Lady Jane mich nächstes Jahr bei Hofe vorstellt. Ich will, daß dir dein Bruder einen Sitz im Parlament verschafft, du altes Schäfchen! Ich will, daß Lord Steyne deine und seine Stimme bekommt, du lieber alter Dummkopf, und daß du Staatssekretär für Irland oder Gouverneur auf Westindien oder Lord-Schatzmeister oder Konsul oder irgend so was wirst!»

«Die Extrapost wird uns verdammt viel Geld kosten», brummte Rawdon.

«Wir könnten Southdowns Kutsche nehmen, denn als Verwandter der Familie muß er ja auch bei der Beerdigung anwesend sein. Aber nein, ich möchte doch lieber, daß wir mit der Postkutsche fahren. Das werden sie richtiger finden, weil es bescheidener wirkt...»

«Rawdy kommt natürlich mit?» fragte der Oberst.

«Gott bewahre! Warum sollen wir noch einen Platz extra bezahlen? Er ist schon zu groß, um sich zwischen dich und mich zu klemmen. Er kann ruhig im Kinderzimmer bleiben, und Briggs kann ihm ein schwarzes Röckchen nähen. Geh jetzt und tu, was ich dir gesagt habe. Und am besten erzählst du deinem Diener Sparks, daß der alte

Sir Pitt gestorben ist und daß du Aussicht auf ein schönes Erbe hast, sowie alles geregelt ist. Dann erzählt er's Raggles weiter, der uns dauernd wegen Geld zusetzt, und für den armen Raggles wär's ein Trost!» Und nun begann Rebecca kleine Schlückchen von ihrer Schokolade zu trinken.

Als am Abend der treue Lord Steyne erschien, fand er Becky und ihre Gesellschafterin, die keine andere als unsere alte Freundin Briggs war, eifrig beschäftigt, allerlei vorhandenen schwarzen Stoff für Trauersachen zu zertrennen und zu zerschneiden und zu zerschnippeln und zu zerreißen.

«Miss Briggs und ich sitzen in Sack und Asche, weil unser Papa gestorben ist», sagte Rebecca. «Ja, Milord, Sir Pitt Crawley ist tot. Wir haben uns schon den ganzen Morgen die Haare gerauft, und jetzt zerreißen wir unsre Gewänder!»

«Oh, Rebecca, wie können Sie nur...», war alles, was die Briggs mit entsetztem Augenaufschlag hervorbrachte.

«Oh, Rebecca, wie können Sie nur...», kam von Milord ein Echo. «So, der alte Schurke ist tot? Er hätte Pair im Oberhaus werden können, wenn er seine Karten besser ausgespielt hätte. Mr. Pitt hätte ihm beinahe dazu verholfen, aber der Baronet ist immer im falschen Moment zur andern Partei übergelaufen. Was für ein alter Silen er doch war!»

«Ich hätte Silens Witwe sein können», sagte Rebecca. «Wissen Sie noch, Briggs, wie Sie durchs Schlüsselloch geschaut haben und den alten Sir Pitt vor mir auf den Knien sahen?» Unsre alte Freundin Miss Briggs erinnerte sich nur unter sehr heftigem Erröten daran und war froh, als Lord Steyne sie bat, nach unten zu gehen und ihm eine Tasse Tee zu machen.

*

Briggs war der Hofhund, den sich Rebecca als Wächter ihrer Unschuld und ihres guten Rufs besorgt hatte. Miss Crawley hatte der Briggs eine kleine Jahresrente vermacht; trotzdem wäre sie gern als Gesellschafterin Lady Janes in der Familie Crawley geblieben, denn die junge Frau war gütig zu ihr wie überhaupt zu jedermann. Aber Lady Southdown entließ die arme Briggs, so rasch es der Anstand nur eben erlaubte, und Mr. Pitt hatte nichts gegen den eigenmächtigen Beschluß seiner Schwiegermutter einzuwenden, denn er hielt sich infolge der völlig überflüssigen Freigebigkeit seiner verstorbenen Tante gegenüber einer Dame, die zwanzig Jahre lang weiter nichts als ihre treue Dienerin gewesen war, für stark benachteiligt. Auch Bowls und die Firkin hatten Legate erhalten und waren entlassen worden. Sie heirateten und vermieteten möblierte Zimmer, wie es bei ihresgleichen Brauch ist.

Briggs versuchte zuerst, bei ihren Verwandten auf dem Lande zu leben, fand es aber unmöglich, da sie an das Leben in feinerer Gesellschaft gewöhnt war. Außerdem stritten sich ihre Angehörigen, kleine Händler in einem Landstädtchen, um Briggs' Einkommen von jährlich vierzig Pfund genauso gierig, nur noch unverhüllter, wie sich Miss Crawleys Verwandte um deren Erbschaft gezankt hatten. Briggs' Bruder, ein radikaler Hutmacher und Kramladenbesitzer, nannte seine Schwester eine geldstolze Aristokratin, weil sie ihm nicht einen Teil ihres Kapitals zu Neuanschaffungen geben wollte, und das hätte sie wahrscheinlich doch getan, wenn nicht ihre Schwester, eine pietistische Schustersfrau, mit dem Bruder in Streit gelegen hätte, weil er in eine andre Kirche ging, und die arme Briggs dahin aufklärte, daß der Bruder dicht vor dem Bankrott stehe und sich nun ihrer bemächtigte. Der pietistische Schuster verlangte von Miss Briggs, sie solle seinen Sohn auf die Hochschule schicken und ihn zum Gentleman erziehen lassen. Die beiden Familien knöpften ihr einen großen Teil ihrer Ersparnisse ab, und schließlich floh sie, von den Verwünschungen aller begleitet, nach London und beschloß, sich wieder in ein Dienstverhältnis zu begeben, da es ihr viel weniger lästig als die Freiheit vorkam. Sie gab also in den Zeitungen eine Anzeige auf, daß «eine Dame von angenehmer Wesensart und an den Umgang in feinsten Kreisen gewöhnt, sich gerne...» und so weiter. Inzwischen wohnte sie bei Mr. Bowls in der Half Moon Street und erwartete die Antworten auf ihre Anzeige.

Und so stieß sie auf Rebecca. Mrs. Rawdons flinker kleiner Ponywagen jagte eines Tages die Straße hinab, als Briggs gerade nach einem trübseligen Gang zum Büro der *Times,* wo sie ihre Anzeige zum sechstenmal aufgegeben hatte, müde vor Mr. Bowls' Haustüre anlangte. Rebecca kutschierte selbst und erkannte sie sofort, und da sie, wie wir sahen, ein sehr gutmütiges Geschöpf war und die Briggs gern hatte, hielt sie, gab dem Stallknecht die Zügel und sprang herunter, um Briggs' Hände zu ergreifen, noch ehe die «Dame von angenehmer Wesensart» sich von dem Schreck erholt hatte, plötzlich eine alte Bekannte wiederzusehen.

Briggs weinte reichlich, und Becky lachte reichlich und küßte sie, sowie sie im Hausflur waren und von dort Mrs. Bowls' Vorderzimmer mit den roten Wolldamast-Vorhängen und dem runden Spiegel mit dem angeketteten Adler betraten, der ständig aufs Fenster und auf die Rückseite des Plakats «Zimmer zu vermieten» starrte.

Mit dem bekannten, vollkommen überflüssigen Geschluchze und Gestaune, mit dem Frauen von ihrer weichen Gemütsart alte Bekannte begrüßen oder auf Zufallsbegegnungen reagieren, erzählte die Briggs ihre ganze Geschichte. Denn obwohl es jeden Tag vorkommt, daß sich Menschen zufällig wiedersehen, gibt es doch einige, die darin unbedingt Zeichen und Wunder entdecken wollen, so daß Frauen, auch wenn sie sich nicht leiden können, bei einem Wiedersehen zu weinen anfangen und jammernd der alten Zeiten gedenken, in denen sie sich nicht leiden konnten. Kurz und gut, Briggs gab ihre Erlebnisse zum besten, und auch Becky schilderte mit der gewohnten unschuldigen Freimütigkeit ihr bisheriges Leben.

Mrs. Bowls, gewesene Firkin, stand im Gang und lauschte ergrimmt auf das krampfhafte Geschluchze und

Gekicher im Vorderzimmer. Sie hatte nie etwas für Becky übrig gehabt. Seit sie sich als Verheiratete in London niedergelassen hatten, besuchten sie oft ihre alten Freunde, die Raggles', deren Berichte über den Haushalt des Obersten ihnen durchaus nicht gefielen. «*Dem* würde ich nicht trauen, Ragg, alter Junge», meinte Mr. Bowls. Als Mrs. Rawdon daher aus dem Vorderzimmer kam, wurde sie von Mrs. Bowls nur mit einer sehr knappen Verneigung begrüßt, und ihre Finger lagen kalt und leblos wie lauter Würste in der Hand Rebeccas, die darauf bestanden hatte, die ehemalige Zofe mit einem Händedruck zu begrüßen. Dann wirbelte Becky Piccadilly zu, nachdem sie Miss Briggs, die genau unter dem Plakat nickend aus dem Fenster schaute, mit ihrem liebenswürdigsten Lächeln bedacht hatte – und schon war sie im Park, wo ein halbes Dutzend Stutzer an ihren Wagen heransprengten.

Als sie begriff, in welcher günstigen Lage sich die Briggs befand und daß sie bei ihrem netten kleinen Legat nicht so sehr auf ein Gehalt sehen würde, schmiedete sie gleich ein paar menschenfreundliche Privatpläne für die gute Briggs, die ja gerade die ideale Gesellschafterin für sie wäre! Sie lud die Briggs ein, noch am gleichen Abend bei ihr zu essen, damit sie sich Beckys süßen kleinen Liebling Rawdy ansehen könne.

Mrs. Bowls warnte ihre Mieterin vor dem Betreten der Löwenhöhle, «denn Sie werden's bereuen, Miss Briggs, so wahr ich Bowls heiße – glauben Sie mir!» Die Briggs versprach, sehr vorsichtig zu sein. Das Ergebnis ihrer Vorsicht bestand darin, daß sie von der nächsten Woche an bei Rebecca wohnte und noch vor Ablauf eines halben Jahres Rawdon Crawley sechshundert Pfund ihrer Rente geliehen hatte.

XLI

Becky besucht die Hallen ihrer Väter

SO BELEGTEN Oberst Crawley und seine Frau, nachdem die Trauerkleidung fertig und Sir Pitt von ihrem Kommen benachrichtigt worden war, zwei Plätze in der gleichen alten Highflyer-Postkutsche, in der unsre Becky vor neun Jahren in Begleitung des Verstorbenen ihre erste Fahrt ins Leben angetreten hatte. Wie gut erinnerte sie sich an den Hof des Wirtshauses und an den Stallknecht, dem sie kein Trinkgeld gegeben, und an den freundlichen Studenten aus Cambridge, der sie während der Fahrt in seinen Überrock gehüllt hatte! Rawdon hatte einen Platz auf dem Kutschbock und hätte am liebsten selber kutschiert, doch durfte er es wegen der Trauer nicht. Er saß neben dem Postillion und sprach während der ganzen Fahrt von Pferden und von den Wegeverhältnissen und wem jetzt die Posthöfe gehörten und wer die Pferde für die Postkutsche stellte, mit der er so oft gereist war, als er und Pitt noch Knaben waren, die in Eton die Schule besuchten. In Mudbury erwartete sie eine Equipage mit zwei Pferden und dem schwarzgekleideten Kutscher. «Es ist noch der gleiche alte Kutschwagen, Rawdon», sagte Rebecca, als sie einstiegen. «Die Motten haben ziemlich viel vom Tuch weggefressen. Und da ist der Fleck, über den Sir Pitt – oh! sieh mal, der Eisenhändler Dawson hat die Läden vorgelegt –, über den Sir Pitt sich so geärgert hat. Er stammt von einer Flasche Cherry Brandy, die Sir Pitt für deine Tante aus Southampton holte und die ihm zerbrach. Nein, wie die Zeit vergeht! Das kann doch nicht Polly Talboys sein, das stramme Ding, das da neben ihrer Mutter vor der Hütte steht? Ich hab' sie noch als armseligen kleinen Knirps gekannt, der im Garten Unkraut gejätet hat.»

«Schmuckes Mädchen», sagte Rawdon und erwiderte den Gruß, der von der Hütte herkam, indem er zwei Finger an den Hut mit dem Trauerflor legte. Becky verbeugte sich und grüßte liebenswürdig, wenn sie hier und da Leute wiedererkannte. Die Grüße taten ihr ungemein wohl: es war gerade so, als sei sie nicht länger eine Hochstaplerin, sondern als kehre sie heim ins Haus ihrer Ahnen. Rawdon dagegen war eher kleinlaut und niedergeschlagen. Was für Erinnerungen an seine unschuldige Kindheit mochten ihm durch den Kopf fliegen? Was für Gewissensbisse und dumpfe Reue und Scham?

«Deine Schwestern müssen jetzt schon junge Damen sein», sagte Rebecca und erinnerte sich ihrer vielleicht zum erstenmal, seit sie die Kleinen verlassen hatte.

«Das weiß ich wahrhaftig nicht!» antwortete der Oberst. «Hallo, da ist ja die alte Mutter Lock! Wie geht's denn, Mutter Lock? Kennst mich doch noch, was? Master Rawdon, was? Verdammich, was die Frauen doch für 'n zähes Leben haben: sie war schon hundert, als ich noch ein kleiner Junge war.»

Sie fuhren durch das Parktor, das die alte Mrs. Lock versorgte. Becky bestand darauf, ihr die Hand zu reichen, als sie ihnen die kreischenden Torflügel aufstieß und der Wagen zwischen den moosüberwachsenen Torpfeilern hindurchfuhr, die von der Schlange und der Taube bekrönt wurden.

«Der alte Herr hat ordentlich Holz schlagen lassen», bemerkte Rawdon, der sich umsah, und verstummte. Auch Becky sagte nichts mehr. Beide waren ziemlich bewegt und dachten an die alten Zeiten. Er dachte an Eton und an seine Mutter, die als kühle, ernste Frau in seiner Erinnerung weiterlebte, und an eine frühverstorbene Schwester, die er innig geliebt hatte, und an Pitt, den er oft zu verdreschen pflegte – und dann an seinen kleinen Rawdy zu Haus. Und Rebecca dachte an ihre eigene Jugend und die dunklen Geheimnisse jener frühen, schimpflichen Tage und an den Eintritt ins Leben, hier durch das alte Tor, und an Miss Pinkerton und Joe und Amelia.

Der Kiesweg und die Terrasse waren gesäubert worden. Über dem Schloßportal hing schon ein großartiges gemaltes Trauerwappen, und zwei sehr feierliche, große Lakaien in Trauerkleidung rissen jeder einen Türflügel auf, als der Wagen an der vertrauten Freitreppe vorfuhr. Rawdon wurde dunkelrot und Becky etwas blasser, als sie Arm in Arm durch die alte Halle schritten. Sie kniff ihren Mann in den Arm, ehe sie das eichengetäfelte Wohnzimmer betraten, in dem Sir Pitt und seine Frau zu ihrem Empfang bereitstanden. Sir Pitt war in Schwarz, Lady Jane war in Schwarz, und Lady Southdown trug einen hohen schwarzen Kopfputz aus Schmelzperlen und Federn, der ihr auf dem Kopf wippte wie der Schmuck auf einem Leichenwagen.

Sir Pitt hatte recht gehabt, daß sie das Schloß nicht verlassen würde. Sie begnügte sich damit, ein zurückhaltendes, eisiges Schweigen zu wahren, wenn sie Pitt und seiner aufsässigen Frau nahekam, und die Kleinen im Kinderzimmer fürchteten sich vor ihrer gespensterhaft düsteren Miene. Nur ein sehr schwaches Neigen des Kopfschmucks und der Federn begrüßte den Verlorenen Sohn, der in seine Familie zurückgekehrt war.

Doch Rawdon und seine Frau ließen sich, um es offen zu gestehen, durch ihre Kälte nicht einschüchtern. Für sie war Milady gerade jetzt nur von sehr zweitrangiger Bedeutung: sie waren viel zu gespannt, wie der regierende Herr Bruder und seine Frau sie aufnehmen würden.

Pitt, der etwas weniger bleich als sonst war, trat auf sie zu und schüttelte seinem Bruder die Hand, während er sich vor Rebecca sehr tief verneigte und ihr die Hand reichte. Lady Jane aber ergriff beide Hände ihrer Schwägerin und küßte sie herzlich. Ihr Kuß trieb unsrer kleinen

Abenteurerin irgendwie die Tränen in die Augen – ein Schmuck, den sie bekanntlich nur sehr selten anlegte. Die unschuldige Bezeugung von soviel Güte und Zutrauen rührte und erfreute sie. Rawdon wurde durch das Verhalten seiner Schwägerin ermutigt, zwirbelte seinen Schnurrbart und erlaubte sich, Lady Jane mit einem Kuß zu begrüßen, woraufhin Milady über und über rot wurde.

«Verteufelt hübsches Frauchen, die Lady Jane», lautete sein Urteil, als er und seine Frau wieder allein waren. «Pitt ist dicker geworden, und er benimmt sich wirklich nett.» – «Kann er sich auch leisten», meinte Rebecca und schloß sich dann ihres Mannes Meinung an, daß die Schwiegermutter eine grausige alte Vogelscheuche sei und daß sich die Schwestern recht hübsch herausgemacht hätten.

Auch sie waren aus ihrem Institut geholt worden, um an der Trauerfeier teilzunehmen. Sir Pitt hatte es anscheinend um der Würde des Hauses und der Familie willen für richtig befunden, so viel Leidtragende wie nur möglich im Schloß zu versammeln. Alle trugen Schwarz: die Diener und Dienstmädchen vom Haus, die alten Frauen aus dem Armenhaus (die der ältere Sir Pitt gehörig um das betrogen hatte, was ihnen zustand), die Familie des Küsters und alle, die sonst noch zum Schloß oder Pfarrhaus gehörten. Zu ihnen gesellten sich die Leute des Leichenbestatters, mindestens ihrer zwanzig, und alle mit Trauerflor und schwarzem Hutband. Sie nahmen sich gut aus, als das große Leichenbegängnis stattfand, doch da sie in unserm Drama nur Statisten sind und nichts zu tun oder zu sagen haben, wollen wir ihnen nicht allzuviel Platz einräumen.

Ihren jungen Schwägerinnen gegenüber versuchte Rebecca nicht etwa, jede Erinnerung an ihre einstige Stellung als ihre Erzieherin auszulöschen, sondern sie sprach offen und freundlich darüber und erkundigte sich sehr ernsthaft nach ihren Studien, erzählte ihnen, wie oft sie an die beiden gedacht hätte, und wollte gar zu gern etwas über ihr Ergehen hören. Man hätte wirklich glauben können, sie hätte ihnen, seit sie von hier fortging, stets den ersten Platz in ihrem Herzen bewahrt und nehme das liebevollste Interesse an ihrem Wohlergehen. Jedenfalls glaubten es Lady Crawley und ihre beiden jungen Schwägerinnen.

«Sie hat sich in den acht Jahren kaum verändert», meinte Miss Rosalind zu Miss Violet, während sie sich zum Abendessen umkleideten.

«Rothaarige Frauen sehen immer so gut aus!» erwiderte die andere.

«Ihr Haar ist dunkler, als es war; sie wird's wohl färben, nehme ich an», setzte Miss Rosalind hinzu. «Sie hat auch etwas zugenommen und sieht überhaupt besser aus!» fuhr Miss Rosalind fort, die eher zur Fülle neigte.

«Wenigstens spielt sie sich nicht auf, sondern denkt daran, daß sie unsere Erzieherin war», sagte Miss Violet, als wollte sie damit andeuten, es gezieme sich für alle Erzieherinnen, den ihnen gebührenden Platz einzunehmen. Dabei vergaß sie ganz, daß sie nicht nur die Enkelin von Sir Walpole Crawley, sondern auch von Mr. Dawson in Mudbury war und somit eine Kohlenschaufel im Wappen hatte. Auf dem Jahrmarkt der Eitelkeit trifft man tagtäglich solche biederen Leute, die ein ebenso kurzes Gedächtnis haben.

«Es kann doch nicht wahr sein, was die Mädchen im Pfarrhaus erzählen, daß ihre Mutter Tänzerin bei der Oper war...»

«Keiner kann etwas für seine Herkunft», erwiderte Rosalind, die sehr liberal gesinnt war. «Ich bin durchaus der Ansicht unsres Bruders, daß wir uns um sie kümmern müssen, da sie nun mal zur Familie gehört. Und Tante Bute sollte nur den Mund halten: sie will nämlich Kate an den jungen Weinhändler Hooper verheiraten und fordert ihn einfach auf, ins Pfarrhaus zu kommen und sich Aufträge zu holen!»

«Ich möchte mal wissen, ob Lady Southdown abreist; sie hat Mrs. Rawdon jedenfalls ganz finster angestarrt!» sagte die andere Schwester.

«Hoffentlich tut sie's! Ich denke nicht dran, die *Waschfrau von Finchley* zu lesen!» erklärte Violet. Dann gingen die jungen Damen, als die Glocke wie üblich zum Essen läutete, nach unten, mieden aber einen Korridor, an dessen Ende in einem verhangenen Zimmer ein Sarg mit einer Leichenwache aufgestellt war und wo ständig die Kerzen brannten.

Doch vorher hatte Lady Jane noch Rebecca in die ihnen zugedachten Zimmer geführt, die, wie das ganze übrige Haus seit Sir Pitts Herrschaft, viel besser, ordentlicher und behaglicher aussahen. Sie achtete darauf, daß Mrs. Rawdons bescheidene Koffer gebracht und im Schlafzimmer und dem anstoßenden Ankleidezimmer aufgestellt wurden, half ihr dann, den Umhang und das hübsche schwarze Häubchen abzulegen, und fragte ihre Schwägerin, womit sie ihr sonst noch behilflich sein könne.

«Am liebsten würde ich ins Kinderzimmer gehen», sagte Rebecca, «und mir Ihre lieben Kinderchen anschauen.» Woraufhin sich die beiden Damen recht freundlich anblickten und Hand in Hand zu den Kindern gingen.

Becky bewunderte die noch nicht vierjährige kleine Matilda und fand, sie sei das reizendste Schätzchen von der Welt. Von dem Jungen, einem kleinen zweijährigen, blassen Bürschlein mit müden Augen und großem Schädel, behauptete sie, er sei ein wahres Wunder an Größe, Schönheit und Verstand.

«Ich wünschte nur», seufzte Lady Jane, «Mama würde ihm nicht dauernd soviel Medizin zu schlucken geben. Ich denke oft, er wäre ohne Medizin viel besser dran!» Und nun hatten Lady Jane und ihre neue Freundin eine vertrauliche Unterredung über Kinderkrankheiten, wie sie so recht nach dem Herzen aller Mütter und, wie ich hörte, überhaupt der meisten Frauen ist. Vor fünfzig Jahren, als der Verfasser, ein neugieriger kleiner Knabe, nach dem Essen mit den Damen zusammen das Zimmer verlassen mußte, drehte sich deren Gespräch, wie er sich noch recht gut erinnern kann, vor allem um Krankheiten, und wenn er sich seither bei zwei oder drei Damen darüber erkundigte, erhielt er stets die Antwort, daß sich die Zeiten nicht geändert hätten. Meine schönen Leserinnen können ja heute abend selbst darauf achten, wenn sie das Dessert gegessen haben und sich zurückziehen, um die Salon-Mysterien zu begehen. Jedenfalls waren Becky und Lady Jane nach einer halben Stunde die innigsten und vertrautesten Freundinnen, und im Laufe des Abends teilte Lady Jane ihrem Gatten mit, sie hielte ihre Schwägerin für eine liebe, freimütige, natürliche und freundliche junge Frau.

Nachdem also das Wohlwollen der Tochter gewonnen war, machte sich die unermüdliche kleine Frau an die Aufgabe, die erlauchte Lady Southdown versöhnlich zu stimmen. Sobald Rebecca die Lady allein traf, fiel sie sofort mit dem Problem der Kinderkrankheiten über sie her und erzählte, wie ihr kleiner Junge durch reichlich verabfolgtes Kalomel gerettet, ja, buchstäblich gerettet worden sei, als bereits alle Ärzte in Paris das liebe Kind aufgegeben hatten. Und dann erwähnte sie, wie oft sie schon von Lady Southdown durch den ausgezeichneten Pfarrer Lawrence Grills gehört habe, den Prediger der Kirche in Mayfair, die sie sonntags besuche, und wie sich ihre Ansichten unter dem Einfluß von Erlebnissen und Schicksalsschlägen geändert hätten und wie sie hoffe, daß ein in Weltlichkeit und Irrtum verbrachtes früheres Leben sie nicht unfähig gemacht habe, in Zukunft *ernstere* Gedanken zu hegen. Sie beschrieb auch, wie sie früher einmal Mr. Pitt ihre religiöse Unterweisung zu verdanken gehabt hätte, nannte die *Waschfrau von Finchley,* deren Lektüre ihr sehr viel gegeben habe, und erkundigte sich nach Lady Emily, der begabten Verfasserin, jetzt Lady Emily Hornblower in Kapstadt, wo ihr Mann die besten Aussichten hatte, Bischof der Zulukaffern zu werden.

Die Krönung des Ganzen aber war es (und damit errang sie sich auch endgültig die Gunst der Dame), daß sie sich nach der Beerdigung sehr erregt und unwohl fühlte und Lady Southdown um ihren ärztlichen Rat bat.

Die vornehme Dame erschien sogar, in ein Nachtgewand gehüllt und Lady Macbeth ähnlicher denn je, nachts in Beckys Zimmer, und zwar mit einem Bündel ihrer Lieblingstraktate und einem Heiltrank eigener Zusammensetzung, den Mrs. Rawdon unbedingt einnehmen sollte.

Becky nahm zunächst die Traktate und begann sie mit größtem Eifer durchzusehen und die Dame in eine Unterhaltung darüber und über ihr Seelenheil zu verwickeln, womit sie ihrem Körper die ärztliche Behandlung zu ersparen hoffte. Doch nachdem die religiösen Themen erschöpft waren, wollte Lady Macbeth das Zimmer nicht verlassen, bis das Glas mit dem Nachttrunk geleert war. Die arme Mrs. Rawdon mußte also tatsächlich die Medizin mit dankbarer Miene vor den Augen der unerbittlichen Gräfin trinken, die ihr Opfer endlich mit einem Segensspruch verließ.

Er nützte Mrs. Rawdon nicht sonderlich; sie sah recht seltsam aus, als Rawdon ins Zimmer trat und erfuhr, was geschehen war. Seine Lachsalven dröhnten so laut wie immer, als Becky ihm mit einem Humor, den sie nicht unterdrücken konnte, auch wenn der Spaß auf ihre eigenen Kosten ging, ihr Erlebnis schilderte und wie sie Lady Southdowns Opfer geworden war. Nachdem Rawdon und seine Frau wieder in ihr Haus nach Mayfair zurückgekehrt waren, mußten auch Lord Steyne und Lady Southdowns Sohn noch oft darüber lachen, denn Becky spielte ihnen den ganzen Auftritt vor. Sie legte ein Nachtgewand und eine Nachtmütze an und hielt in echter Frömmlermanier eine glänzende Predigt über den Segen der Medizin, die sie zu verabreichen vorgab – und das alles mit so vollendet nachgeahmtem Ernst, daß man hätte glauben können, es sei die Adlernase der Gräfinwitwe, die hier schnüffle. «Bitte, spielen Sie uns Lady Southdown und die schwarze Medizin vor!» hieß es noch oft bei den Besuchern in Beckys kleinem Salon in Mayfair. Und so trug die Gräfinwitwe von Southdown zum erstenmal in ihrem Leben zu einer lustigen Unterhaltung bei.

Sir Pitt erinnerte sich noch gut an die Achtung und Ehrerbietung, die ihm Rebecca während ihres ersten Aufenthalts erwiesen hatte, und daher war er ihr recht wohlgesinnt. Die Heirat, so unklug sie gewesen war, hatte aus Rawdon etwas gemacht; das ging aus den veränderten Manieren und Gewohnheiten des Obersten deutlich hervor. Und hatte der Bund nicht sehr zu Pitts persönlichem Glück beigetragen? Der schlaue Diplomat mußte verstohlen lächeln, als er sich gestand, daß er der Heirat Rawdons sein Vermögen verdankte, und deshalb durfte er nichts dagegen einzuwenden haben! Seine Befriedigung wurde auch durch Rebeccas Worte und ihr Verhalten in keiner Weise herabgemindert.

Sie verdoppelte die Ehrerbietung vor ihm, die ihn schon früher so bezaubert hatte, und regte ihn derartig zur Beredsamkeit an, daß sogar Pitt selbst überrascht war, der zwar immer alle Hochachtung vor seinen eigenen Talenten hatte, sie jedoch um so mehr bewunderte, wenn Rebecca ihn noch besonders darauf hinwies. Ihrer Schwägerin konnte Rebecca überzeugend beweisen, daß Mrs. Bute Crawley die Ehe angestiftet hatte, die sie nachträglich so verlästerte, und daß Mrs. Butes Habgier all den bösen Klatsch über Rebecca erfunden und ausgestreut hatte, da sie selbst Miss Crawleys Vermögen erben und Rawdon aus der Gunst seiner Tante verdrängen wollte. «Es ist ihr gelungen, uns arm zu machen», sagte Becky mit engelhafter Duldermiene. «Aber wie kann ich einer Frau böse sein, der ich den besten Mann von der Welt verdanke? Und ist ihre Habgier nicht genügend durch die Vernichtung all ihrer Träume und durch den Verlust des Vermögens gestraft worden, auf das sie so großen Wert legte? Armut!» rief sie aus, «liebe Lady Jane, was hat uns die Armut zu bedeuten? Ich bin ja von Kindheit an daran gewöhnt, und ich bin so dankbar, daß Miss Crawleys Geld dazu gedient hat, den Glanz des edlen alten Hauses wiederherzustellen, dem anzugehören ich so stolz bin. Ich bin überzeugt, daß Sir Pitt viel besseren Gebrauch davon macht, als Rawdon es je hätte tun können.»

Alle diese Worte wurden Sir Pitt von der treuesten aller Frauen übermittelt und trugen so sehr zu dem guten Eindruck bei, den Rebecca auf ihn gemacht hatte, daß Sir Pitt Crawley am dritten Tag nach der Beerdigung, als die Familie bei Tisch saß, beim Zerlegen des Geflügels zu Mrs. Rawdon sagte: «Oh, Rebecca – darf ich Ihnen einen Flügel vorlegen?» –, eine Anrede, bei der die Augen der kleinen Frau vor Freude aufleuchteten.

*

Während Rebecca also ihre eigenen Pläne und Hoffnungen im Auge behielt und Pitt Crawley die Trauerfeier und ähnliche Angelegenheiten ordnete, die zu seinem Aufstieg und Ruhm beitragen sollten, und während Lady Jane im Kinderzimmer steckte, soweit ihre Mama es zuließ, und während die Sonne wie immer aufging und unterging und die Glocke im Schloßturm wie gewohnt zum Essen und zur Andacht läutete, lag der Leichnam des letzten Eigentümers von Queen's Crawley im gleichen Zimmer, das er bewohnt hatte, und die Leichenwache hielten Angestellte, die dafür bezahlt wurden. Ein paar Frauen und drei oder vier Leute des Leichenbestatters, die besten, die es in Southampton gab, wachten abwechselnd neben der sterblichen Hülle des Schloßherrn, und wenn sie keinen Dienst hatten, fanden sie sich im Zimmer der Haushälterin ein, wo sie ganz unter sich Karten spielten und Bier tranken.

Die Mitglieder der Familie und die Diener mieden den traurigen Raum, in dem die Gebeine des Abkömmlings eines altadligen Geschlechts lagen und auf die letzte Beisetzung in der Familiengruft warteten. Kein Mensch betrauerte Sir Pitt, ausgenommen die arme Frau, die gehofft hatte, seine Gattin und Witwe zu werden, und die mit Schande bedeckt aus dem Schloß fliehen mußte, über das sie schon fast geherrscht hatte. Außer ihr und einem alten Vorstehhund, der in den Tagen, als sein Herr kindisch wurde, immer größere Anhänglichkeit bewies, war dem alten Herrn kein Freund verblieben, der ihn betrauert hätte, denn während seines ganzen Lebens hatte er sich nicht die geringste Mühe gegeben, Freunde zu erwerben. Wenn die Besten und Gütigsten unter uns nach dem Tode Gelegenheit hätten, die Erde wieder zu besuchen, würden sie sicher (immer vorausgesetzt, daß es in der andern Welt solche Gefühle gibt wie hier auf dem Jahrmarkt der Eitelkeit) schmerzlich gekränkt entdecken müssen, wie bald sich die Überlebenden getröstet haben. Und so wurde auch Sir Pitt bald vergessen, genau wie die Besten und Gütigsten unter uns – nur ein paar Wochen eher.

Wer will, mag seiner sterblichen Hülle zum Grabe folgen, wohin sie am festgesetzten Tage auf höchst würdige Art getragen wurde: die Familie in schwarzausgeschlagenen Kutschen, das Taschentuch an der Nase und bereit für die Tränen, die nicht kommen wollten; der

Leichenbestatter und seine Leute in größter Trübsal; die besseren Pächter in Trauer – aus Rücksichtnahme auf den neuen Gutsherrn; die Wagen der benachbarten Adligen – langsam, leer und in tiefster Betrübnis; und der Pfarrer mit seiner Phrase vom «lieben dahingeschiedenen Bruder». Solange wir den Leichnam eines Angehörigen zur Verfügung haben, benutzen wir ihn für unsre Eitelkeit, umgeben ihn mit allerlei falschem Zauber und Zeremonien, bahren ihn großartig auf, verpacken ihn mit Samt und vergoldeten Nägeln und entledigen uns aller Pflichten, indem wir einen Stein auf ihn legen, in den wir lauter Lügen einmeißeln lassen. Butes Vikar, ein flotter junger Mann aus Oxford, und der neue Gutsherr Sir Pitt verfaßten gemeinsam eine passende lateinische Grabschrift für den allgemein betrauerten Verstorbenen. Der Vikar hielt eine klassische Grabrede, in der er die Überlebenden ermahnte, sich nicht vom Kummer überwältigen zu lassen, und sie respektvollst daran erinnerte, daß auch sie eines Tages aufgerufen würden, durch das düstere und geheimnisvolle Tor zu schreiten, das sich soeben hinter den sterblichen Überresten ihres allgemein betrauerten Bruders geschlossen habe. Danach bestiegen die Pächter wieder ihre Pferde, oder sie blieben im Dorf und stärkten sich im Wirtshaus. Nach dem Mittagessen im Dienerquartier in Queen's Crawley kehrten auch die Kutscher mit den Wagen des Landadels wieder heim. Dann sammelten die Leute des Leichenbestatters die Seile und Bahrtücher, den Samt und die Straußenfedern und andre Begräbnisrequisiten ein, kletterten auf das Dach des Leichenwagens und fuhren nach Southampton. Als die Pferde das Parktor hinter sich hatten und auf der Landstraße in einen munteren Trab fielen, entspannten sich die Gesichter der Sargträger und nahmen wieder einen natürlichen Ausdruck an. Von Zeit zu Zeit sah man sie später in Gruppen vor einem Wirtshaus stehen, und aus all dem Schwarz blitzten die Zinnkrüge im Sonnenschein auf. Sir Pitts Rollstuhl wurde in einem Geräteschuppen im Garten versorgt. Der alte Vorstehhund hatte anfangs noch manchmal geheult, aber das waren die einzigen Schmerzenslaute im Schloß, dessen Herr etwa sechzig Jahre lang ein Baronet Sir Pitt Crawley gewesen war.

*

Da es reichlich Rebhühner gab und die Jagd auf sie sozusagen zu den Pflichten eines englischen Edelmannes mit staatsmännischen Ambitionen gehört, zog auch Sir Pitt, nachdem der erste Kummer überstanden war, ein wenig ins Freie und überließ sich in einem weißen Hut mit Trauerflor dem weidmännischen Vergnügen. Der Anblick der Stoppel- und Rübenfelder, die jetzt ihm gehörten, bereitete ihm stille Freuden. Manchmal nahm er vor lauter Demut nicht einmal eine Flinte mit, sondern trug nur ein friedfertiges Bambusstöckchen, während rings um ihn her die Wildhüter und sein großer Bruder Rawdon drauflosknallten. Auf Rawdon machten Geld und Felder des Bruders einen großen Eindruck. Der bettelarme Oberst war dem Familienoberhaupt gegenüber ganz folgsam und ergeben und verspottete nicht länger den einstigen Waschlappen Pitt. Voller Interesse hörte er sich die Pläne des Älteren an, wie er die Felder bepflanzen und entwässern wollte; er gab ihm Ratschläge für die Stallungen und das Vieh, ritt nach Mudbury, um sich eine Stute anzusehen, von der er glaubte, sie könne für Lady Jane geeignet sein, erbot sich, sie zuzureiten, und so weiter. So wurde aus dem aufsässigen Dragoner ein ganz bescheidener und unterwürfiger, durchaus erfreulicher jüngerer Bruder. Von Miss Briggs in London erhielt er regelmäßig Bericht über den kleinen Rawdon, den sie dortgelassen hatten und der ihnen schon selbst Briefchen schickte. «Mir geht es gut», schrieb er. «Hoffentlich geht es dir gut! Hoffentlich geht es Mama gut! Dem Pony geht es sehr gut. Grey reitet jeden Tag mit mir im Park. Ich kann galoppieren. Ich habe den kleinen Jungen getroffen, der mal reiten durfte. Beim Galoppieren hat er geweint. Ich weine nicht.» Rawdon las die Briefe seinem Bruder und auch Lady Jane vor, die sie ganz reizend fanden. Der Baronet versprach, die Schulkosten für den Kleinen zu übernehmen, und seine gutherzige Frau gab Rebecca eine Banknote und bat sie, ihrem kleinen Neffen dafür ein Geschenk zu kaufen.

Ein Tag reihte sich an den andern, und die Damen im Schloß verbrachten die Zeit mit den geruhsamen Beschäftigungen und Unterhaltungen, an denen Frauen auf dem Lande Genüge finden. Die Glocke rief zu den Mahlzeiten und Andachten. Die jungen Mädchen übten jeden Vormittag nach dem Frühstück Klavier, und Rebecca war so freundlich, ihnen dafür Anweisungen zu geben. Danach zogen sie derbe Schuhe an und gingen im Park oder in den Gartenanlagen spazieren, oder sie wanderten außerhalb des Schloßbereichs bis zum Dorf, wo sie den Kranken in den Hütten Lady Southdowns Medizinen und Traktätchen brachten. Lady Southdown fuhr manchmal im Ponywagen aus, und Rebecca saß neben der Gräfinwitwe und hörte sich mit größtem Interesse ihre ernsten Reden an. Sie sang der Familie abends Arien von Händel oder Haydn vor und begann eine umfangreiche Handarbeit, als ob sie für ein solches Leben geboren sei und beabsichtige, es fortzusetzen, bis sie in geziemend hohem Alter betrauert und unter Hinterlassung zahlreicher Staatspapiere ins Grab sinken würde – als gäbe es keine Sorgen und Gläubiger, keine Kniffe, Ausflüchte und Geldnöte, die jenseits der Parktore auf sie lauerten, um sich auf sie zu stürzen, sobald sie wieder ins Leben hinaustrat.

Es ist nicht schwer, die Frau eines Landedelmannes zu sein, dachte Rebecca. Ich glaube, ich könnte eine gute Frau sein, wenn ich jährlich fünftausend Pfund zur Verfügung hätte. Ich könnte im Kinderzimmer herumtrödeln und die Aprikosen am Spalier draußen zählen. Ich könnte die Pflanzen im Wintergarten begießen und die trocknen Blätter von den Geranien ablesen. Ich könnte die alten Weiber nach ihrem Rheumatismus befragen und den Armen für eine halbe Krone Suppe kochen lassen, denn bei fünftausend Pfund im Jahr würde mich das Geld nicht reuen. Ich könnte sogar zehn Meilen über Land fahren und bei einem Nachbar zu Abend speisen und mich nach der Mode vom vorvorigen Jahr kleiden. Ich könnte in die Kirche gehen und im großen Kirchenstuhl der Familie hellwach zuhören, oder ich könnte, wenn ich genügend Übung hätte, hinter dem Vorhang und meinem Schleier einschlafen. Ich könnte allen Leuten die Rechnungen bezahlen, wenn ich soviel Geld hätte. Und darauf bilden sich die Zauberkünstler hier soviel ein! Sie blicken mitleidig auf uns arme Sünder herab, die kein Geld haben. Sie halten sich für freigebig, wenn sie unsern Kindern einen Fünfpfundschein schenken, und uns für verächtlich, weil wir keinen haben! Und wer weiß, ob Rebecca nicht recht hatte mit ihren Überlegungen? Vielleicht war es wirklich nur eine Frage von Glück und Geld, die allen Unterschied zwischen ihr und einer rechtschaffenen Frau ausmachten? Wenn man auch noch die Versuchung hinzurechnet, wer will dann sagen, er sei besser als sein Nächster? Wenn ein Leben in behaglichem Wohlstand die Menschen nicht ehrlich macht, so verführt es ihn wenigstens nicht zur Unehrlichkeit. Ein Ratsherr, der sich gerade an Schildkrötenfleisch gütlich getan hat, wird nicht aus dem Wagen steigen, um sich eine Hammelkeule zu stehlen; aber laßt ihn mal hungern und seht dann zu, ob er nicht einen Laib Brot entwenden wird. Damit tröstete sich Becky, als sie die Aussichten im Leben und die Verteilung von Gut und Böse gegeneinander abwog und auf einen Nenner brachte.

Voller Interesse suchte sie jedes alte Fleckchen wieder auf, die Wiesen und Wälder von ehemals, Hain, Teich und Garten sowie die Zimmer im alten Schloß, in denen sie vor sieben Jahren eine Zeitlang gelebt hatte. Damals war sie noch jung gewesen, oder mindestens vergleichsweise jung (denn an die Zeit, in der sie wirklich jung gewesen war, dachte sie nie). Sie erinnerte sich ihrer Gedanken und Gefühle vor sieben Jahren und verglich sie mit den heutigen – jetzt, da sie die Welt gesehen und unter vornehmen Leuten gelebt hatte und weit über ihren einstigen niedrigen Stand aufgestiegen war.

Ich habe mich heraufgearbeitet, weil ich Verstand habe, dachte Becky, und weil fast alle Leute Dummköpfe sind. Ich könnte nicht wieder zurück und mit den Menschen verkehren, die ich in meines Vaters Atelier traf. Jetzt stehen Lords mit Orden und Ehrenzeichen vor meiner Tür – und nicht mehr die armen Künstler mit einem Röllchen Tabak in der Tasche. Mein Mann ist ein Gentleman, meine Schwägerin die Tochter eines Grafen, und wir leben im gleichen Haus, in dem ich vor wenigen Jahren nicht viel mehr als ein Dienstbote war. Aber bin ich jetzt soviel besser dran als damals, als ich noch die Tochter eines armen Malers war und dem Krämer an der Ecke Zucker und Tee abschwatzen mußte? Wenn ich nun Francis geheiratet hätte, der mich so geliebt hat – ich wäre auch nicht sehr viel ärmer als jetzt. Ach je, ich wünschte, ich könnte meine Stellung in der Gesellschaft und alle meine Verwandten gegen ein schönes Sümmchen dreiprozentiger Staatspapiere austauschen! Denn so durchschaute Becky die Eitelkeit alles menschlichen Bemühens, und sie wäre lieber in sicheren Staatspapieren vor Anker gegangen.

Vielleicht war ihr auch der Gedanke gekommen, daß Ehrlichkeit, Bescheidenheit und Pflichterfüllung ohne Abweichen vom geraden Weg sie dem Glück ebenso nah gebracht hätte wie der Pfad, auf dem sie es jetzt zu erreichen trachtete. Doch da verhielt es sich genauso wie mit den Kindern in Queen's Crawley, die das Zimmer mieden, in dem ihr Vater aufgebahrt lag: wenn Becky jemals solche Gedanken kamen, war sie es gewöhnt, um sie herumzugehen und sie nicht unter die Lupe zu nehmen. Sie wich ihnen aus und verachtete sie, oder zumindest hatte sie sich schon zu sehr dem andern Weg überlassen, von dem eine Umkehr jetzt unmöglich war. Ich für mein Teil glaube, daß die Reue die gebrechlichste aller menschlichen Regungen ist: man kann sie am leichtesten abtöten, wenn sie einmal erwachen sollte, und bei vielen erwacht sie überhaupt nicht. Wenn wir erwischt werden, leiden wir im Gedanken an die darauffolgende Beschämung und

Strafe; aber nur sehr wenig Leute auf dem Jahrmarkt der Eitelkeit sind unglücklich, weil sie ein Unrecht begangen haben.

Während ihres Aufenthalts in Queen's Crawley erwarb sich Rebecca daher bei den Besitzern des ungerechten Mammons so viele Freunde, wie es ihr nur möglich war. Lady Jane und ihr Gatte verabschiedeten sich von ihr mit warmen Freundschaftsbeteuerungen und freuten sich auf die Zeit, wenn sie sich, sobald das Familienhaus in der Gaunt Street ausgebessert und verschönert sei, in London wiedersehen würden. Lady Southdown stellte ein Päckchen mit Heilmitteln zusammen und gab ihr einen Brief an Ehrwürden Lawrence Grills mit, in dem sie den geistlichen Herrn ermahnte, die arme Seele, die den Brief überbringe, vor dem drohenden Höllenfeuer zu erretten. Pitt begleitete sie persönlich im Vierspänner bis nach Mudbury, da er das Gepäck schon auf einem offenen Wagen zusammen mit einer ganzen Ladung Wildbret vorausgeschickt hatte.

«Wie werden Sie froh sein, Ihren kleinen Jungen wiederzusehen!» meinte Lady Jane, als sie sich von ihrer Verwandten verabschiedete.

«Unbeschreiblich froh!» sagte Rebecca und schlug die grünen Augen zum Himmel auf. Sie war unbeschreiblich froh, Queen's Crawley zu verlassen – und doch tat es ihr leid, wegzugehen. Queen's Crawley war erbärmlich langweilig, und doch schien die Luft hier reiner als die andere, die sie sonst zu atmen gewöhnt war. Hier waren alle langweilig, aber auf ihre Art waren sie alle gut zu ihr gewesen. Es ist alles der Einfluß von dreiprozentigen Staatspapieren, die man schon lange im Besitz hat, dachte Becky im stillen, und höchstwahrscheinlich hatte sie recht.

Doch die Londoner Lichter blitzten fröhlich auf, als die Postkutsche Piccadilly entlangrollte, und in der Curzon Street hatte Briggs für ein herrliches Kaminfeuer gesorgt, und der kleine Rawdon war noch auf, damit er seinen Papa und seine Mama begrüßen konnte.

XLII

Familie Osborne

CHRONOLOGISCH betrachtet, hätten wir uns längst um unsern ehrenwerten Freund, den alten Mr. Osborne vom Russell Square, kümmern sollen. Er ist, seit wir ihn zuletzt sahen, nicht der Glücklichste unter den Sterblichen gewesen. Vorkommnisse ereigneten sich, die seine Stimmung nicht gerade verbessern konnten, und in mehr als einem Fall ging es nicht so, wie er sich's in den Kopf gesetzt hatte, was doch gewiß ein begreiflicher Wunsch ist. Wurde er ihm nicht erfüllt, dann wirkte sich das auf den alten Herrn stets sehr schädlich aus. Jeder Widerstand erbitterte ihn um so mehr, als jetzt Gicht, Alter, Einsamkeit und die Wucht vieler Enttäuschungen zusammentrafen und ihn niederdrückten. Bald nach dem Tode seines Sohnes wurde sein schwarzes Borstenhaar ganz weiß, die Röte in seinem Gesicht vertiefte sich noch, und seine Hände zitterten immer mehr, wenn er ein Glas Portwein einschenkte. Seinen Angestellten in der City machte er das Leben sauer, aber auch seine Familie daheim war nicht besser dran. Ich zweifle, ob Rebecca, die wir letzthin so fromm um Staatspapiere beten sahen, ihre Armut und die verwegenen Abenteuer und Aussichten ihres eigenen Lebens gegen Osbornes Geld und die düstere Langeweile um ihn her hätte eintauschen mögen. Mr. Osborne hatte Miss Swartz einen Heiratsantrag gemacht, war aber vom Anhang der jungen Dame verächtlich abgewiesen worden, die statt dessen mit dem Sproß einer schottischen Adelsfamilie verheiratet wurde. Er war so recht der Mann, eine Frau niederen

Standes zu heiraten und sie dann furchtbar zu tyrannisieren. Doch bot sich für seinen Geschmack keine passende Partie, und nun tyrannisierte er die unverheiratete Tochter, die noch zu Hause war. Eine schöne Kutsche und ein schönes Gespann standen zu ihrer Verfügung, und sie saß auf dem Ehrenplatz an einer mit herrlichem Silber überladenen Tafel. Sie besaß ein Scheckbuch und hatte überall Kredit; ein baumlanger Lakai folgte ihr, wenn sie ausging; sie erntete von allen Kaufleuten Schmeicheleien und Verbeugungen; sie besaß alle Vorrechte einer reichen Erbin – und doch führte sie ein klägliches Leben. Die kleinen Armenkinder im Findelhaus, die Straßenkehrerin an der nächsten Ecke, das ärmste Hilfsküchenmädchen unten im Bedientenquartier waren glücklicher dran als die unselige Jane Osborne, die nun schon in mittleren Jahren war.

Herr Frederick Bullock von der Firma Bullock & Hulker hatte Maria Osborne geheiratet; aber es war nicht ohne große Schwierigkeiten und viel Groll von seiten Mr. Bullocks abgegangen. Da George nicht mehr lebte und überdies von seinem Vater enterbt worden war, bestand Frederick darauf, daß seiner Maria die Hälfte vom Vermögen des alten Herrn überschrieben werden solle, und weigerte sich sogar lange Zeit, unter anderen Bedingungen «anzubeißen» (Mr. Fredericks eigener Ausdruck). Osborne erwiderte, Frederick habe eingewilligt, seine Tochter mit zwanzigtausend zu nehmen, und er brauche sich nicht zu mehr zu verpflichten. «Fred soll sie nehmen, dann ist's mir recht, oder er soll's bleibenlassen und sich zum Teufel scheren.» Freds Hoffnungen waren damals, als George enterbt wurde, sehr gestiegen; daher fühlte er sich jetzt von dem alten Kaufmann schändlich hintergangen und tat eine Zeitlang so, als wolle er das Verlöbnis auflösen. Osborne hob sein Konto bei Bullock & Hulker auf, ging mit einer Reitpeitsche auf die Börse und fluchte, daß er sie einem gewissen Schurken, den er nicht nennen wolle, über den Buckel ziehen würde – mit einem Wort, er führte sich auf die gewohnt heftige Art auf.

Während des Familienstreits wollte Jane Osborne ihre Schwester Maria trösten. «Ich hab's dir ja immer gesagt, Maria: er hat bloß dein Geld geliebt und nicht dich!» erklärte sie besänftigend.

«Jedenfalls hat er aber mein Geld und mich gewählt und nicht dein Geld und dich haben wollen», sagte Maria und warf den Kopf in den Nacken.

Doch der Bruch war nur vorübergehender Natur. Freds Vater und die älteren Teilhaber der Firma rieten ihm, Maria mit auch nur zwanzigtausend zu nehmen, wovon die Hälfte in bar und die andere Hälfte beim Tode Mr. Osbornes ausgezahlt werden sollte und dann immer noch die Aussicht auf eine weitere Teilung des Vermögens bestand. Er «kroch also zu Kreuze», um wieder seinen eigenen Ausdruck zu gebrauchen. Er schickte den alten Hulker mit einem Friedensangebot zu Osborne und ließ ihm sagen, sein Vater habe von der Heirat nichts wissen wollen und solche Schwierigkeiten gemacht – er dagegen wolle nur zu gern die Verlobung aufrechterhalten. Die Entschuldigung wurde von Osborne mürrisch angenommen. Hulker und Bullock gehörten nämlich zu den ersten Familien der City-Aristokratie; sie hatten Beziehungen zur vornehmen Welt in Westend. Für den alten Mann bedeutete es etwas, wenn er sagen konnte: «Mein Schwiegersohn von der Firma Bullock & Hulker, Sir» – oder: «Die Kusine meiner Tochter, Sir, Lady Mary Mango, Tochter des Grafen von Castlemouldy.» In der Phantasie sah er sein Haus bereits vom hohen Adel besucht. – Er verzieh also dem jungen Bullock und gab seine Einwilligung zur Heirat.

Es war eine großartige Hochzeit! Die Verwandten des Bräutigams gaben das Essen, da sie in der Nähe der St. Georgskirche am Hanover Square wohnten, in der die Trauung stattfand. Die «Vornehmen von Westend» waren eingeladen, und viele trugen sich in das Kirchenbuch ein. Mrs. Mango und Lady Mary Mango waren da, und Brautjungfern waren die liebe Gwendoline Mango und die liebe Guinever Mango. Außerdem erschienen

Oberst Bludyer von den Gardedragonern (ältester Sohn der Firma Gebrüder Bludyer in der Mincing Lane), auch ein Vetter des Bräutigams, mit Mrs. Bludyer sowie Honourable George Boulter, Sohn von Lord Levant, mit seiner Gattin, einer geborenen Miss Mango, dann Lord Viscount Castletoddy, der Honourable James McMull und Mrs. McMull (ehemals Miss Swartz) und eine Schar eleganter Leute, die alle in die Lombard Street eingeheiratet und viel getan hatten, um Cornhill zu heben.

Das junge Paar hatte ein Haus in der Nähe vom Berkeley Square und eine kleine Villa in Roehampton in der dortigen Bankierssiedlung. Fred habe eigentlich eine *mésalliance* geschlossen, meinten die Damen der Familie, deren Großvater zwar noch in die Armenschule gegangen war, die aber durch ihre Ehemänner mit den besten Familien Englands verschwägert waren. Maria fühlte sich verpflichtet, die Mängel ihrer Geburt durch besonderen Stolz und größte Vorsicht in der Zusammenstellung ihrer Gästelisten wettzumachen und deshalb ihren Vater und ihre Schwester so selten wie möglich bei sich zu sehen.

Daß sie völlig mit dem alten Mann brechen würde, der immer noch unzählige Tausendpfundnoten zu vergeben hatte, wäre eine widersinnige Annahme. Fred Bullock würde ihr so etwas nie erlauben. Doch sie war noch jung und konnte ihre Gefühle nicht gut verheimlichen. Sie lud also ihren Papa und ihre Schwester zu drittrangigen Gesellschaften ein, benahm sich sehr kalt zu ihnen, wenn sie kamen, und ging nicht ins Haus am Russell Square, sondern bat ihren Vater taktloserweise, die häßliche, ordinäre Wohngegend aufzugeben. So richtete sie mehr Schaden an, als Fredericks ganze Diplomatie wiedergutmachen konnte, und gefährdete wie ein unbesonnenes, leichtfertiges junges Ding ihre Erbansprüche.

«Soso, Russell Square ist nicht mehr gut genug für Mrs. Maria, he?» schalt der alte Herr und riß klirrend die Wagenfenster hinauf, als er und seine Tochter eines Abends nach einem Essen von Mrs. Frederick Bullocks

Haus heimfuhren. «Sie lädt also ihren Vater und ihre Schwester zu einem aufgewärmten Essen ein! Wenn die *Angtrehs* oder wie sie das Zeugs nannte, nicht schon gestern serviert wurden, laß' ich mich hängen! Lädt uns mit City-Leuten und Versedrechslern ein, aber die Lords und Grafen und Ladies, die behält sie für sich! Lords und Ladies! Der Teufel hol die Lords und Ladies! Ich bin ein einfacher britischer Kaufmann, jawohl, aber ich könnt' mir das ganze Bettelpack kaufen! Lords, haha! Hab' bei einer von ihren *Sauerehs* gesehen, wie so 'n Lord mit einem verdammten Geiger gesprochen hat – mit einem Kerl, auf den ich spucke! Und die will nicht zum Russell Square kommen, soso! Aber ich wette meinen Kopf, daß ich ihnen besseren Wein vorsetzen könnte und mehr dafür zahle und schöneres Silber habe und besseres Essen auf meinem Mahagonitisch servieren lasse, als sie's jemals auf ihrem zu Gesicht bekommen, die kriecherischen, knickerigen, hochnäsigen Dummköpfe die! Fahr zu, James! Ich möchte gern rasch zum Russell Square, haha!», und mit wildem Gelächter sank er in die Wagenecke zurück. Mit derartigen Betrachtungen über seinen viel höheren Wert pflegte sich der alte Mann recht häufig zu trösten.

Was das Benehmen ihrer Schwester betraf, so mußte Jane Osborne ihrem Vater recht geben. Als Mrs. Frederick Bullocks Erstgeborener, Frederick Augustus Howard Stanley Devereux Bullock, zur Welt kam, wurde der alte Osborne als Pate zur Taufe eingeladen, doch er beschränkte sich darauf, dem Kind einen goldenen Becher zu schenken, der mit zwanzig Goldstücken für die Amme gefüllt war. «Ich wette, daß es mehr ist, als ihr einer von ihren Lords schicken wird», sagte er und weigerte sich, bei der Feier anwesend zu sein.

Im Hause Bullock rief die prachtvolle Gabe große Genugtuung hervor. Maria meinte, ihr Vater sei sehr zufrieden mit ihr, und Frederick prophezeite seinem Sohn und Erben das Beste.

Man kann sich Jane Osbornes Leiden vorstellen, wenn sie in ihrer Einsamkeit am Russell Square die *Morning*

Post las, in der unter der Überschrift «Aus der Gesellschaft» hin und wieder der Name ihrer Schwester erwähnt wurde und wo sie auch eine Beschreibung von Mrs. F. Bullocks Toilette lesen konnte, in der ihre Schwester durch Lady Frederica Bullock bei Hofe vorgestellt wurde. In Janes Leben fehlte es an solchem Glanz. Es war ein furchtbares Dasein für sie. Im Winter mußte sie morgens, wenn noch schwärzeste Nacht herrschte, aufstehen und für ihren brummigen alten Papa das Frühstück bereiten, der bestimmt alle Hausbewohner zum Tempel hinausgejagt hätte, wäre sein Tee nicht um halb neun fertig gewesen. Sie saß ihm stumm gegenüber, horchte auf das Summen des Teekessels und wartete zitternd, bis ihr Vater die Zeitung gelesen und die gewohnte Menge Brötchen und Tee verzehrt hatte. Um halb zehn stand er auf und ging in die Stadt, und bis zum Essen genoß sie fast eine Art Freiheit: sie konnte die Küche aufsuchen und die Dienstboten schelten, sie konnte ausfahren und bei den Kaufleuten vorsprechen, die überaus ehrerbietig waren, sie konnte ihre und ihres Vaters Visitenkarten in den düsteren, stattlichen Häusern ihrer City-Bekannten abgeben, oder sie konnte allein im Salon sitzen, auf Besucher warten und auf dem Sofa vor dem Kamin an einer riesigen Stickerei arbeiten, während die große Iphigenien-Uhr laut und traurig durch das verlassene Zimmer tickte und die Stunden schlug. Der große Spiegel über dem Kamin und der große Pfeilerspiegel an der gegenüberliegenden Zimmerwand spiegelten unzähligemal den Nesselsack wider, in dem der große Kronleuchter steckte, so oft, daß sich die Nesselsäcke in einer endlosen Perspektive verloren und der Raum, in dem sie saß, der Mittelpunkt eines ganzen Systems von Wohnzimmern zu sein schien. Wenn sie die Korduan-Lederdecke vom Flügel nahm und ein paar Akkorde anzuschlagen wagte, klang es todtraurig und schreckte die düsteren Echos des Hauses auf. Georges Bildnis hing nicht mehr dort: es lag oben im Dachstock in der Rumpelkammer. Obwohl er in ihren Gedanken lebte und Vater und Tochter oft instinktiv wußten, daß sie gerade an ihn gedacht hatten, so wurde der tapfere und einst so geliebte Sohn doch nie erwähnt.

Um fünf Uhr kam Mr. Osborne zum Essen zurück, das er und seine Tochter schweigend einnahmen (die Stille wurde nur unterbrochen, wenn er wütend war und fluchte, weil ein Gericht nicht nach seinem Geschmack gekocht war) und an dem zweimal monatlich eine Gruppe trübseliger Gesellen von Osbornes Rang und Stand teilnahmen, nämlich der alte Doktor Gulp und seine Frau, die am Bloomsbury Square wohnten, der alte Anwalt Mr. Frowser von der Bedford Row, ein sehr bedeutender Mann, der infolge seines Berufs mit den Vornehmen von Westend auf bestem Fuße stand; dann der alte Oberst Livermore von der Bombay-Truppe und seine Frau, die am Upper Bedford Place lebten, auch der alte Sergeant Toffy und seine Frau und manchmal noch der alte Sir Thomas Coffin und Lady Coffin vom Bedford Square. Sir Thomas war berühmt als Richter, der viele an den Galgen gebracht hatte. Speiste er bei Mr. Osborne, dann gab es stets einen besonders guten goldbraunen Portwein.

Diese Leute und ihresgleichen erwiderten die Essen des protzigen Kaufmanns vom Russell Square ebenfalls mit protzigen Essen. Sie spielten, wenn sie nach dem Wein zu den Damen hinaufgingen, feierlich Whist und verlangten um halb elf ihre Wagen. Viele Reiche, die von uns armen Teufeln beneidet werden, führen in aller Zufriedenheit ein Dasein wie das eben beschriebene. Jane Osborne traf selten einen Mann, der unter sechzig war, und fast der einzige Junggeselle, der in ihrem Kreis erschien, war der berühmte Frauenarzt Mr. Smirk.

Aber ich will nicht behaupten, daß die furchtbare Eintönigkeit ihres Daseins nie unterbrochen worden wäre. Im Leben der armen Miss Jane hatte es tatsächlich ein Geheimnis gegeben, dessen Enthüllung ihren Vater noch zorniger und mürrischer gemacht hatte, als er es durch Veranlagung, Dünkel und unmäßiges Essen bereits war. Das Geheimnis hing mit Miss Wirt zusammen, die einen

Künstler, einen Mr. Smee, zum Vetter hatte, der mittlerweile als Porträtmaler und Mitglied der Königlichen Akademie sehr berühmt geworden ist. Damals allerdings war er froh, wenn er vornehmen Damen Zeichenunterricht erteilen durfte. Heute hat Mr. Smee vergessen, wo der Russell Square liegt, aber im Jahre 1818, als Miss Osborne Stunden bei ihm hatte, ging er nur zu gern hin.

Smee war ein Schüler von Sharpe aus der Frith Street, einem ausschweifenden und unordentlichen Mann, der keinen Erfolg im Leben hatte, jedoch sehr begabt war. Nachdem Miss Wirts Vetter bei Miss Osborne eingeführt worden war, deren Herz und Hand nach verschiedenen ergebnislosen Liebesgeschichten noch frei war, spürte er bald eine große Neigung für die junge Dame, und auch ihr Herz meldete sich vermutlich bald. Miss Wirt war die Vertraute der Liebenden. Ich weiß nicht, ob sie das Zimmer verließ, in dem der Lehrer und seine Schülerin malten, um ihnen Gelegenheit zu geben, Schwüre und Empfindungen auszutauschen, die man in Anwesenheit Dritter nicht sehr gut äußern kann. Ich weiß auch nicht, ob sie hoffte, daß der Vetter, falls es ihm glückte, die reiche Kaufmannstochter zu heiraten, ihr einen Teil des Vermögens zustecken sollte, das zu gewinnen sie ihm Gelegenheit gegeben hatte. Sicher ist nur, daß Mr. Osborne Wind von der Geschichte bekam, unvermutet aus der City nach Hause eilte und das Wohnzimmer mit einem Bambusstock betrat. Er fand den Lehrer, die Schülerin und die Gesellschafterin mit bleicher, verstörter Miene vor, warf ersteren aus dem Haus, indem er ihm androhte, er würde ihm sämtliche Knochen im Leibe zerbrechen, und entließ eine halbe Stunde drauf auch die Gesellschafterin, stieß ihre Koffer mit dem Fuß die Treppe hinunter, zertrampelte ihre Hutschachteln und drohte mit der Faust noch der Droschke nach, die sie fortbrachte.

Jane Osborne blieb viele Tage in ihrem Schlafzimmer. Sie durfte nie wieder eine Gesellschafterin haben. Ihr Vater versicherte ihr unter Flüchen, daß sie keinen Schilling von seinem Geld bekäme, wenn sie sich ohne seine Einwilligung verheiratete. Da er aber eine Frau brauchte, die seinem Haushalt vorstand, so paßte es ihm eben nicht, wenn sie geheiratet hätte. Sie war also gezwungen, alle Pläne aufzugeben, mit denen Kupido zu tun hatte. Während ihres Vaters Lebzeiten mußte sie sich daher mit dem hier geschilderten Dasein abfinden und sich begnügen, eine alte Jungfer zu werden. Ihre Schwester bekam unterdessen jedes Jahr ein Kind mit stets vornehmeren Namen – und der Umgang zwischen den beiden Schwestern war kaum noch der Rede wert. «Jane und ich bewegen uns nicht in der gleichen Atmosphäre», pflegte Mrs. Bullock zu sagen. «Ich betrachte sie natürlich als meine Schwester...» Aber was bedeutet das schon, wenn eine Dame sagt, sie betrachte Jane als ihre Schwester?

*

Wir erzählten bereits, daß die beiden Misses Dobbin mit ihrem Vater in einer schönen Villa am Denmark Hill wohnten, wo es so schöne Traubengewächshäuser und Pfirsichspaliere gab, die das helle Entzücken des kleinen George Osborne bildeten. Die Misses Dobbin, die oft nach Brompton fuhren, um unsre liebe Amelia zu besuchen, kamen manchmal auch zum Russell Square, um ihrer alten Bekannten, Miss Jane Osborne, einen Besuch abzustatten. Ich glaube, es geschah auf Wunsch des Majors, ihres Bruders in Indien, vor dem ihr Papa einen ungeheuren Respekt hatte, daß sie sich um Mrs. George Osborne kümmerten. Der Major hoffte als Pate und Vormund des kleinen Georgy immer noch, der Großvater des Kleinen könne eines Tages bewogen werden, ihm gegenüber nachzugeben, und ihn um seines gefallenen Sohnes willen anerkennen. Die Damen Dobbin hielten Miss Jane über Amelias Verhältnisse auf dem laufenden: daß sie bei ihrem Vater und ihrer Mutter lebte, wie arm sie waren, daß sie sich wunderten, daß Männer, vor allem solche Männer wie ihr Bruder, der liebe Hauptmann Osborne, an einem so unbedeutenden kleinen Ding etwas hatten finden können, daß sie noch immer genau wie einst ein zimperliches, fades, sentimentales Geschöpf sei, daß aber der kleine Knabe wirklich der feinste kleine Mann sei, den man sich denken könne. Bei kleinen Kindern wird es eben jeder Frau warm ums Herz, und sogar eine sauertöpfische alte Jungfer ist freundlich zu ihnen.

Eines Tages erlaubte Amelia nach inständigen Bitten von seiten der Damen Dobbin, daß der kleine Georgy einen ganzen Tag am Denmark Hill bleiben dürfe. Sie selbst verbrachte einen Teil des Tages damit, an den Major in Indien zu schreiben. Sie gratulierte ihm zu der herrlichen Nachricht, die seine Schwestern ihr gerade übermittelt hatten. Sie schrieb ihm, daß sie für sein Glück und das der von ihm erwählten Braut beten wolle. Sie dankte ihm für die tausend und aber tausend Beweise seiner treuen Freundschaft in Zeiten, da es ihr schlechtging. Sie erzählte ihm das Neueste vom kleinen Georgy, und daß er den heutigen Tag bei den Schwestern des Majors auf dem Lande verbringen sollte. Sie machte sehr viel Unterstreichungen in ihrem Brief und unterzeichnete als seine getreue Freundin Amelia Osborne. Sie vergaß, Grüße an Lady O'Dowd zu bestellen, wie sie es sonst immer tat; sie nannte Glorvina auch nicht bei Namen, sondern sprach nur von ihr als der Braut des Majors, für die sie Gottes Segen erflehe. Doch die Nachricht von der bevorstehenden Heirat hatte den Bann gebrochen, und sie war nicht länger so zurückhaltend zu ihm. Sie war froh, daß sie zugeben konnte, mit welch herzlicher Dankbarkeit sie an ihn dachte; aber den Gedanken, sie könne auf Glorvina eifersüchtig sein (auf eine Glorvina!), nein, den hätte sie verächtlich abgestritten, auch wenn ein himmlischer Engel so etwas angedeutet hätte.

Als Georgy am Abend im Ponywagen zurückkam, den er so liebte und den Sir William Dobbins alter Kutscher lenkte, trug er um seinen Hals eine schmale goldene Kette mit einer Uhr. Er erzählte, eine alte Dame habe sie ihm gegeben. Sie sei nicht hübsch gewesen, und sie habe geweint und ihn furchtbar oft geküßt. Aber er mochte sie nicht. Trauben, die mochte er. Und überhaupt liebte er bloß seine Mama. Amelia erschrak und zitterte: die scheue Seele durchzuckte eine entsetzliche Ahnung, als sie erfuhr, die Verwandte seines Vaters habe den Kleinen gesehen.

Miss Osborne war zum Abendessen wieder zu Hause. Ihr Vater war besserer Laune als sonst, da er in der City gute Geschäfte gemacht hatte. Zufällig fiel ihm die Erregung auf, in der sich Miss Jane befand. «Was hast du denn?» geruhte er zu fragen.

Sie brach in Tränen aus. «O Sir», sagte sie, «ich habe den kleinen George gesehen! Er ist schön wie ein Engel – und sieht *ihm* so ähnlich!» Der alte Mann ihr gegenüber sagte kein Wort, aber sein Gesicht wurde dunkelrot, und er begann an allen Gliedern zu zittern.

XLIII

Der Leser muß das Kap der Guten Hoffnung umsegeln

TAUSENDE von Meilen muß der erstaunte Leser jetzt zurücklegen, bis er die Militärstation Bundlegunge in der Präsidentschaft Madras in Ostindien erreicht, wo unsre tapferen alten Freunde vom -ten Regiment unter dem Kommando ihres braven Obersten Sir Michael O'Dowd in Garnison liegen. Die Zeit hat dem stämmigen Offizier nichts anhaben können, wie es meistens bei Männern der Fall ist, die einen gesunden Magen und ein glückliches Temperament besitzen und sich nicht leicht aus der Fassung bringen lassen, weil sie ihr Gehirn schonend behandeln. Beim Mittagessen ist der Oberst im Gebrauch von Messer und Gabel recht behende, und auch beim Abendessen führt er eine gute Klinge. Nach beiden Mahlzeiten raucht er seine Hookah und pafft während der Scheltworte seiner Frau ebenso gelassen wie damals während der Kanonade der Franzosen bei Waterloo. Weder Alter noch Hitze haben der Geschäftigkeit und Beredsamkeit des Sprößlings der Familien Malony und Molloy etwas anhaben können. Unsre alte Freundin fühlt sich in Madras genauso zu Hause wie in Brüssel – und im Quartier ebenso wie unter Zelten. Auf dem Marsch konnte man sie an der Spitze des Regiments auf einem königlichen Elefanten thronen sehen – ein majestätischer Anblick! Auf einem solchen Tier reitend, hat sie Tiger im

Dschungel gejagt; sie ist von eingeborenen Fürsten empfangen worden, die sie und Glorvina in die Abgeschiedenheit der Frauengemächer einluden, wo sie ihnen Schals und Juwelen schenken wollten, welche sie schweren Herzens ausschlagen mußten. Die Wachtposten aller Waffengattungen salutieren vor ihr, wo sie auch auftreten mag, und sie legt feierlich grüßend die Hand an den Hut. Lady O'Dowd ist eine der ersten Damen in der Präsidentschaft Madras, und mancher erinnert sich noch an ihren Streit mit Lady Smith, der Frau des Unterrichters Sir Minos Smith, als die Gattin des Obersten vor der Nase der Unterrichtersgattin mit den Fingern schnippte und erklärte, sie dächte nicht im Traume daran, einer armseligen Zivilistengattin den Vortritt zu lassen. Obwohl es fünfundzwanzig Jahre her ist, erinnern sich die Leute jetzt noch, wie Lady O'Dowd im Gouverneurspalast eine irische Gigue vorführte, wobei sie einen Partner um den andern zur Strecke brachte: nämlich zwei Adjutanten, einen Major von der Madras-Kavallerie und zwei Herren von der Verwaltung, und schließlich von Major Dobbin, dem stellvertretenden Kommandeur des -ten Regiments, überredet werden mußte, sich in den Saal mit den Erfrischungen zurückzuziehen, *lassata nondum satiata recessit*.

Peggy O'Dowd ist tatsächlich noch ganz die alte: gutmütig im Handeln und Denken, stürmischer Natur, begierig zu befehlen, ihren Michael tyrannisierend, ein Drache zu allen Regimentsdamen, eine Mutter zu all den jungen Männern, die sie pflegt, wenn sie krank sind, und denen sie immer heldenmütig aus jeder Patsche hilft, weshalb Lady Peggy auch bei ihnen so beliebt ist. Doch die Frauen der Subalternen und der Hauptleute (der Major ist nicht verheiratet) intrigieren reichlich gegen sie. Sie behaupten, Glorvina sei so affektiert, und Peggy sei unerträglich herrschsüchtig. Sie mischte sich in die Angelegenheiten einer kleinen Gemeinde, die Mrs. Kirk gegründet hatte, lachte die jungen Leute aus, bis sie nicht mehr zu den Andachten gingen, und erklärte, eine Soldatenfrau solle sich nicht als Pfarrer aufspielen, sondern es wäre viel gescheiter, wenn Mrs. Kirk ihres Mannes Sachen flickte, und falls das Regiment Bedarf an Andachten hätte, besäße sie die besten von der Welt, nämlich die von ihrem Onkel Dekan veröffentlichten. Einer Liebelei, die Leutnant Stubble mit der Frau des Arztes angesponnen hatte, bereitete sie ein jähes Ende, indem sie Stubble mit der Rückforderung des Geldes drohte, das er sich bei ihr geborgt hatte (denn der junge Mann hatte immer noch eine verschwenderische Ader), falls er nicht sofort Schluß mache und auf Erholungsurlaub nach Kapstadt ginge. Andrerseits bot sie Mrs. Posky Schutz und Obdach, als sie eines Nachts aus ihrem Bungalow floh, auf der Flucht vor ihrem wütenden Ehemann, der drohend seine zweite Flasche Brandy schwang, und Mr. Posky half sie übers *delirium tremens* hinweg und heilte ihn von der Trunksucht, die, wie es bei jedem Laster der Fall ist, allmählich immer mehr Macht über den Offizier gewonnen hatte. Kurz und gut, im Unglück war sie der beste Trost und im Glück die beschwerlichste Freundin, weil sie nämlich stets eine großartige Meinung von sich selbst hegte und eisern entschlossen war, ihren Kopf durchzusetzen.

Unter anderem hatte sie auch beschlossen, Glorvina müsse unsern alten Freund Dobbin heiraten. Mrs. O'Dowd kannte die Aussichten des Majors und wußte seine guten Eigenschaften und den guten Ruf zu schätzen, dessen er sich in seinem Regiment erfreute. Glorvina, eine sehr hübsche schwarzhaarige junge Dame mit frischen Wangen und blauen Augen, die es im Reiten und Sonatenspielen mit jedem Mädchen in der Grafschaft Cork aufnehmen konnte, schien von der Vorsehung dazu bestimmt, Dobbin glücklich zu machen – weit eher als die arme, liebe, zaghafte kleine Amelia, wegen der er sich so anstellte. «Schauen Sie sich nur Glorvina an, wie die ein Zimmer betritt», pflegte Mrs. O'Dowd zu sagen, «und vergleichen Sie dann Glorvina mit der armen Mrs. Osborne, die keiner Fliege etwas zuleide tun kann. Glorvina wäre die Richtige für Sie, Major: Sie sind selber so ruhig, Sie brauchen jemand, der für Sie redet. Und wenn sie auch nicht so guter Herkunft wie die Malonys oder die Molloys ist, stammt sie doch aus einer alten Familie, in die jeder Edelmann voller Stolz einheiraten würde.»

Ehe sie jedoch zu ihrem Entschluß gekommen war und sich vorgenommen hatte, den Major Dobbin mit Glorvinas Reizen zu ködern, hatte Glorvina besagte Reize schon gehörig andernorts ausprobiert. Sie hatte eine Wintersaison in Dublin und weiß der Himmel wie viele in Cork, Killarney und Mallow mitgemacht. Sie hatte mit allen heiratsfähigen Offizieren in der Garnison ihrer Heimat geflirtet und ebenso mit allen ledigen Gutsbesitzern, die eine gute Partie zu sein schienen. In Irland war sie über ein dutzendmal verlobt gewesen, ganz zu schweigen von dem Geistlichen in Bath, der sie hatte sitzenlassen. Sie hatte die ganze Reise von Irland nach Madras mit dem Kapitän und dem Ersten Offizier des Ostindienfahrers Ramchunder geflirtet, und sie hatte eine Saison bei den O'Dowds in der Präsidentschaft mitgemacht, als sie dort weilten, während der Major inzwischen auf der Militärstation das Kommando über O'Dowds Regiment hatte. Alle hatten sie bewundert, alle hatten mit ihr getanzt, aber keiner, der in Frage gekommen wäre, hatte ihr einen Heiratsantrag gemacht. Ein oder zwei junge Unteroffiziere schmachteten sie an, auch ein oder zwei Milchbärte von Zivilisten, aber sie wies sie ab, da sie höhere Ansprüche stellte, und daher waren andere und jüngere Mädchen rascher als Glorvina verheiratet. Es gibt manche Frauen, sogar sehr hübsche, denen es im Leben so ergeht. Sie verlieben sich mit der größten Bedenkenlosigkeit, sie reiten und flirten mit dem halben Offizierskorps, obwohl sie sich schon den Vierzig nähern, und doch bleibt Miss O'Grady immer weiter Miss O'Grady. Glorvina behauptete dauernd, wenn nicht Lady O'Dowds unseliger Streit mit der Frau des Unterrichters dazwischengekommen wäre, hätte sie sich in Madras sehr gut verheiraten können, da der alte Mr. Chutney, der Chef der Zivilverwaltung, schon nahe daran gewesen sei, ihr einen Antrag zu machen (später heiratete er dann Miss Dolby, die erst dreizehn Jahre alt und gerade aus Europa von der Schule zurückgekehrt war).

Wenn sich nun aber Lady O'Dowd und Glorvina jeden Tag wer weiß wie oft und über alles nur Erdenkliche stritten (wirklich: hätte Mick O'Dowd nicht solche Engelsgeduld gehabt, so wäre er über den beiden ihm ständig in die Ohren gellenden Frauen längst verrückt geworden), waren sie sich doch in dem einen Punkte einig, daß Glorvina Major Dobbin heiraten müsse. Sie waren fest entschlossen, den Major nicht in Ruhe zu lassen, bis die Sache zustande gekommen war. Trotz vierzig oder fünfzig bereits voraufgegangener Niederlagen machte sich Glorvina unverzagt an die Belagerung des Majors. Sie sang ihm unablässig irische Volkslieder vor und forderte ihn so oft und so schmelzend auf: «Kommst du nicht in meine Laube?», daß es verwunderlich ist, wieso ein Mann von Gefühl solcher Einladung widerstehen konnte. Sie wurde nicht müde, ihn zu fragen: «Welcher Gram bleicht dir die Wange?», und wie Desdemona war auch sie bereit, mit Tränen in den Augen den Berichten von seinen Feldzügen und Abenteuern zu lauschen. Wir sagten wohl schon, daß unser wackerer und lieber alter Freund manchmal für sich allein die Flöte blies. Glorvina wollte nun durchaus Duette mit ihm spielen, und wenn das junge Paar sich damit unterhielt, pflegte Lady O'Dowd aufzustehen und in aller Unschuld das Zimmer zu verlassen. Glorvina zwang den Major, frühmorgens mit ihr auszureiten. Die ganze Garnison sah sie fortreiten und zurückkehren. Sie schickte ihm dauernd Briefchen in sein Haus hinüber, lieh sich seine Bücher und unterstrich mit dicken Bleistiftstrichen alle Stellen, die ihr besonders herzerhebend oder humorvoll vorkamen und daher gefielen. Sie lieh sich seine Pferde, seine Diener, seine Löffel, seine Sänfte: was Wunder, daß der Klatsch sie zusammenbrachte und daß in England die Schwestern des Majors glaubten, sie bekämen bald eine Schwägerin.

Der so hartnäckig belagerte Dobbin ließ sich jedoch durch nichts aus seiner widerwärtigen Ruhe bringen. Er lachte, wenn die jungen Offiziere seines Regiments ihn mit deutlichen Bemühungen hänselten. «Bah!» sagte er, «sie will nur nicht aus der Übung kommen – sie übt sich bei mir genauso, wie sie auf Mrs. Tozers Klavier übt, weil es hier das brauchbarste Instrument ist. Für eine so schöne junge Dame wie Glorvina bin ich viel zu alt und verbraucht.» Und daher ritt er weiter mit ihr aus und schrieb ihr Lieder und Verse ins Album und spielte ganz folgsam Schach mit ihr: mit so simplen Vergnügungen vertreiben sich nämlich manche Offiziere in Indien die Mußezeit, während andere mit weniger häuslichen Neigungen auf die Sauhatz gehen oder Schnepfen schießen oder um Geld spielen oder Manilazigarren rauchen oder sich dem Alkohol ergeben. Der alte Soldat Sir Michael O'Dowd, den seine Gattin und seine Schwägerin bedrängten, er solle den Major auffordern, sich endlich zu erklären und ein armes, unschuldiges junges Mädchen nicht länger auf so beschämende Art zu quälen, schlug es ihnen rundheraus ab, an der Verschwörung teilzuhaben. «Ach was, der Major ist groß genug, um selbst wählen zu können», sagte Sir Michael. «Er wird dich schon fragen, falls er dich will.» Oder er zog alles ins Lächerliche und behauptete, Dobbin sei zu jung, schon einen Hausstand zu gründen. Er habe an seine Mama geschrieben und um Erlaubnis gefragt. Er ging sogar noch einen Schritt weiter. Wenn er mit dem Major unter vier Augen war, warnte er ihn spöttisch: «Paß ja auf, Dob, mein Sohn: die Frauenzimmer führen Unheil im Schilde. Meine Frau hat gerade Kleider aus Europa bekommen, und für Glorvina ist eins aus rosa Atlas dabei; das gibt dir den Rest, Dob, falls dich Frauen und Atlasseide überhaupt erschüttern können!»

Doch weder Schönheit noch Eleganz konnten ihn erobern. Unser braver Freund hatte nur eine Frau im Kopf, und die glich nicht im entferntesten einer Miss Glorvina in rosa Atlas. Eine sanfte kleine Frau in Schwarz, mit großen Augen und braunem Haar, die selten sprach, außer wenn sie angeredet wurde, und dann in einer Stimme, die Miss Glorvinas nicht im geringsten glich –

Glorvina versucht den Major zu bestricken

eine sanfte junge Mutter, die ein Kindchen im Arm wiegte und den Major mit einem Lächeln bat, den Kleinen anzuschauen – ein rotwangiges Mädchen, das am Russell Square singend ins Zimmer hüpfte oder glücklich und verliebt an George Osbornes Arm hing –, das war das einzige Bild, das dem braven Major Tag und Nacht vor Augen stand und ihn gänzlich ausfüllte. Sehr wahrscheinlich ähnelte Amelia gar nicht dem Bild, das der Major sich von ihr machte: in einem Modeheft, das sich seine Schwestern in England hielten und das William ihnen heimlich entwendet hatte, war eine Abbildung gewesen, die er in den Deckel seines Briefpults geklebt hatte, weil er eine Ähnlichkeit mit Mrs. Osborne darin zu sehen vermeinte. Ich sah es – und kann beschwören, daß es nur die Wiedergabe eines hochgegürteten Kleides war, über dem ein unmögliches Puppengesicht süßlich lächelte. Vielleicht war Mr. Dobbins Vorstellung einer gefühlvollen Amelia der echten ebensowenig ähnlich wie das alberne Modebild, das er so treulich bewahrte? Aber wer von uns verliebten Männern ist denn sehend? Und sind wir etwa glücklicher, wenn wir sehen und unsern Irrtum erkennen? Dobbin stand völlig in einem solchen Bann. Er belästigte seine Freunde und die Öffentlichkeit nicht sehr mit seinen Gefühlen, noch verlor er ihretwegen seine ihm eigene Ruhe oder seinen Appetit. Seine Schläfen sind, seit wir ihn zuletzt sahen, ein wenig ergraut: in dem weichen braunen Haar sind auch schon ein paar Silberfädchen zu sehen. Doch seine Gefühle sind weder anders noch älter geworden, und seine Liebe ist so jugendfrisch wie die Kindheitserinnerungen eines Mannes.

Wir haben berichtet, daß die beiden Fräulein Dobbin und Amelia, die dem Major stets aus England schrieben, letzthin Briefe geschickt hatten. Mrs. Osborne gratulierte ihm mit größter Offenheit und Herzlichkeit zu seiner bevorstehenden Heirat mit Miss O'Dowd.

«Ihre Schwester war so freundlich, mir einen Besuch zu machen», schrieb Amelia, *«und erzählte mir von einem* inter-

essanten Ereignis, *zu dem ich Ihnen meine* aufrichtigsten Glückwünsche *senden möchte. Hoffentlich wird sich die junge Dame, mit der Sie sich, wie ich hörte, zu* vermählen *gedenken, in jeder Hinsicht eines Mannes würdig erweisen, der die* Güte und Freundlichkeit *selbst ist. Die arme Witwe hat nichts als ihre Gebete und ihre allerherzlichsten Wünsche für Ihr Wohlergehen zu bieten. Georgy läßt seinen lieben Patenonkel herzlichst grüßen und hofft, daß Sie ihn nicht vergessen. Ich habe ihm erzählt, daß Sie andere Bindungen eingehen wollen, und zwar mit einer Dame, die sicher all Ihre Liebe verdient. Wenn solche Bindungen natürlich auch die stärksten und heiligsten sind und vor allen andern kommen, so hoffe ich doch zuversichtlich, daß die Witwe und das Kind, die Sie immer beschützt und geliebt haben, stets ein Plätzchen in Ihrem Herzen behalten dürfen.*»

Der Brief, von dem wir ja schon früher sprachen, ging in der gleichen Tonart weiter und bekannte mit jeder Zeile, wie groß die Genugtuung der Schreiberin sei.

Der Brief traf mit dem nämlichen Schiff ein, das Lady O'Dowds Schachtel mit den Kleidern aus London brachte. Natürlich öffnete Dobbin ihn vor allen andern Sachen, die ihm die Post gebracht hatte, und er geriet beim Lesen in einen solchen Zustand, daß ihm Glorvina und ihr rosa Atlaskleid und alles, was ihr sonst noch gehörte, einfach widerwärtig wurde. Der Major verwünschte den Weibertratsch und die Frauen im allgemeinen. Es war ein Tag, an dem er sich über alles ärgerte. Die Parade war unerträglich heiß und ermüdend. Gütiger Himmel, sollte ein Mann von Verstand tagaus, tagein sein Leben damit verzetteln, daß er Riemenzeug inspizierte und Dummköpfe drillte? Das sinnlose Geschwätz der jungen Offiziere im Kasino zerrte an seinen Nerven. Was kümmerte es ihn, einen Mann, der den Vierzig bedenklich nahe kam, wieviel Schnepfen Leutnant Smith geschossen hatte oder was für Tugenden Fähnrich Browns Stute besaß? Die Witze während des Essens waren ihm peinlich. Er war zu alt, um sich die Späße des Hilfsarztes und die

Anzüglichkeiten der jungen Burschen mit anzuhören, über die der alte O'Dowd mit seinem Kahlkopf und dem roten Gesicht ohne weiteres lachen konnte – dabei hatte er sich solche Scherze schon dreißig Jahre lang anhören müssen, Dobbin aber erst fünfzehn Jahre lang. Und nach dem geräuschvollen Stumpfsinn am Offizierstisch kamen dann Streit und Skandal bei den Regimentsdamen! Es war unerträglich! Es war ekelhaft! Oh, Amelia, dachte er, so treu bin ich dir gewesen, und *du* machst mir Vorwürfe! Nur weil du nichts für mich empfindest, schleppe ich das öde Leben hier noch weiter. Und nach Jahren treuester Liebe ist *das* der Lohn: daß du mir deinen Segen zu der Heirat mit dem aufgetakelten irischen Mädchen gibst! Krank und elend war dem armen William zumute, und er fühlte sich unglücklicher und verlassener denn je. Er wünschte, das Leben in all seiner Nichtigkeit schon hinter

sich zu haben – so vergeblich und unbefriedigend schien ihm der Kampf, so traurig und freudlos die Aussicht auf die Zukunft! Die ganze Nacht lag er schlaflos da und sehnte sich, nach Hause zu fahren. Amelias Brief war wie ein Fehlschlag all seiner Hoffnungen. Keine Treue, keine aufrichtige Beständigkeit und Liebe konnten eine warme Regung in ihr wecken. Sie wollte nicht sehen, daß er sie liebte. Er wälzte sich im Bett und rief ihr zu: «Großer Gott, Amelia! Weißt du denn nicht, daß ich nur dich allein auf der Welt liebe – und du bist wie ein Stein zu mir! Endlose Monate habe ich dich während deiner Krankheit und während deines Kummers gepflegt – und dann hast du mich mit einem Lächeln im Gesicht verabschiedet und mich vergessen, noch ehe ich die Tür geschlossen hatte.» Die eingeborenen Diener, die draußen auf seiner Veranda lagen, wunderten sich, daß der sonst so ruhige und kühle Major jetzt so leidenschaftlich erregt und so niedergeschlagen war. Ob sie Mitleid mit ihm empfunden hätten, wenn sie ihn so hätte sehen können? Wieder und immer wieder las er alle Briefe durch, die er je von ihr erhalten hatte – Geschäftsbriefe, die sich auf das kleine Vermögen bezogen, von dem er ihr erzählt hatte, ihr Mann habe es ihr hinterlassen, kurze Einladungskärtchen, jeden kleinsten Zettel, den sie ihm geschickt hatte – wie kühl, wie nett, wie aussichtslos, wie selbstsüchtig waren sie alle!

Wäre eine gütige, sanfte Seele dagewesen, die in seinem schweigsamen, edelmütigen Herzen hätte lesen können, wäre es vielleicht mit Amelias Herrschaft doch vorbei gewesen, und Williams Liebe wäre auf Gefilde übergeströmt, die danach dürsteten. Aber da war nur Glorvina mit den lackschwarzen Locken, mit der er näher bekannt war, und die flotte junge Dame war nicht darauf aus, den Major zu lieben, sondern vielmehr, von ihm bewundert zu werden. Auch das war ein ganz vergebliches, hoffnungsloses Bemühen, wenigstens in Anbetracht der Mittel, die dem armen Mädchen für ihre Absichten zur Verfügung standen. Sie drehte sich Locken und zeigte ihm ihre entblößten Schultern, als wollte sie sagen: hast du je so schwarze Locken und solche Haut gesehen? Sie lachte ihn an, damit er sehen konnte, was für prächtig gesunde Zähne sie hatte – doch alle ihre Reize ließen ihn kalt. Sehr bald nach der Ankunft des Kleiderpakets (und vielleicht gar dem Paket zu Ehren) gaben Lady O'Dowd und die Damen des Königlichen Regiments für die Truppen der Ostindischen Handelskompanie und für die Zivilisten der Militärstation einen Ball. Glorvina trug das bezaubernde rosa Atlaskleid – und der Major, der auch am Fest teilnahm und trübselig durch die Säle wanderte, bemerkte das rosa Gewand überhaupt nicht. Wutentbrannt tanzte Glorvina mit allen jüngeren Offizieren der Station an ihm vorbei, doch der Major war nicht im geringsten eifersüchtig und ärgerte sich auch nicht, als Hauptmann Bangles von der Kavallerie sie zu Tische führte. Weder Eifersucht noch Kleider oder Schultern konnten ihn erregen – und was sonst hätte Glorvina aufbieten können?

Die beiden waren also ein gutes Beispiel für die Nichtigkeit unsres Daseins, denn beide sehnten sich nach dem, was sie nicht erlangen konnten. Glorvina weinte vor Wut über ihren Mißerfolg. Sie hatte es auf den Major abgesehen, «mehr als auf irgendeinen andern», gestand sie schluchzend. «Er wird mir noch das Herz brechen, bestimmt, Peggy!» wimmerte sie ihrer Schwester vor, wenn sie sich gerade gut verstanden. «Sicher müssen alle meine Kleider enger gemacht werden – ich bin schon das reinste Knochengerippe!» Dick oder mager, lachend oder schwermütig, zu Pferde oder auf dem Klavierhocker, dem Major war es ganz einerlei. Und der Oberst, der seine Pfeife paffte und das Gejammer mit anhörte, schlug Glory vor, sie solle sich mit der nächsten Sendung ein paar schwarze Kleider aus London schicken lassen, und dann erzählte er eine rätselhafte Geschichte von einer Dame in Irland, die aus Gram um den Verlust ihres Gatten starb, noch ehe sie einen hatte.

Während der Major Glorvina weiterhin so quälte und ihr keinen Heiratsantrag machte und sich weigerte, sich in sie zu verlieben, traf wieder ein Schiff aus Europa ein, das Briefe mitbrachte, und darunter befanden sich auch einige für den herzlosen Mann. Es waren Briefe von zu Hause, aber älteren Datums als die von den letzten Postdampfern, und als der Major auch einen in der Handschrift seiner Schwester bemerkte, die ihre Briefe an den Bruder stets kreuz und quer beschrieb und alle möglichen schlechten Nachrichten zusammentrug, ihn schalt und ihm mit schwesterlicher Offenheit Strafpredigten hielt und ihren «liebsten William», nachdem er sich durch ihre Epistel hindurchgearbeitet hatte, den ganzen Tag in traurige Stimmung versetzte, beeilte sich «der liebste William», wie wir offen gestehen diesmal gar nicht so sehr, das Siegel auf Miss Dobbins Brief zu erbrechen, sondern er wartete lieber auf eine besonders günstige Zeit und Stimmung. Außerdem hatte er ihr vor vierzehn Tagen geschrieben und sie gescholten, weil sie Mrs. Osborne so unsinnige Geschichten über ihn erzählt hatte. Und auch an die Dame persönlich hatte er eine Antwort geschickt und sie wegen ihres Irrtums aufgeklärt, was die Gerüchte über ihn betraf, und ihr versichert, daß «er im Augenblick keinerlei Absicht habe, sein jetziges Leben zu ändern».

Zwei oder drei Tage nach der Ankunft der zweiten Briefsendung hatte der Major einen verhältnismäßig netten Abend bei Lady O'Dowd verbracht, und Glorvina hatte geglaubt, daß er etwas aufmerksamer als sonst dem «Wasserfall», dem «Sängerknaben» und ein paar anderen Proben ihrer Kunst gelauscht habe, mit denen sie ihn stets beglückte (doch hatte er Glorvina ebensowenig wie das Geheul der Schakale draußen im Mondschein gehört, und der Irrtum lag ganz bei ihr, wie immer). Nachdem er eine Partie Schach mit ihr gespielt hatte, während Lady O'Dowd mit dem Arzt ihrem Lieblingszeitvertreib, dem Cribbagespiel, frönte, verabschiedete er sich zur gewohnten Stunde von der Familie seines Obersten und kehrte in sein eigenes Haus zurück.

Dort lag auf dem Tisch der Brief seiner Schwester und blickte ihn vorwurfsvoll an. Er nahm ihn auf, schämte sich ein bißchen, weil er so gleichgültig gewesen war, und machte sich auf eine unangenehme Stunde gefaßt, die er den Krähenfüßen seiner fernen Schwester widmen wollte... Es mochte etwa eine Stunde vergangen sein, seit der Major das Haus des Obersten verlassen hatte: Sir Michael schlief den Schlaf des Gerechten, Glorvina hatte ihre schwarzen Locken in unzählige Papierfetzchen eingedreht, wie sie es immer machte, auch Lady O'Dowd hatte ihr Bett im ehelichen Schlafzimmer im Erdgeschoß aufgesucht und das Moskitonetz sorgsam ringsum zugestopft, als die Wache vor dem Grundstück des Kommandierenden Offiziers plötzlich im Mondschein Major Dobbin erblickte, der mit hastigen Schritten und sehr erregter Miene auf das Haus zustürzte und an der Wache vorbei bis zu den Schlafzimmerfenstern des Obersten vordrang.

«O'Dowd! Oberst O'Dowd!» rief Dobbin ein paarmal sehr laut.

«Himmel, der Major!» sagte Glorvina und steckte alle ihre Lockenwickel aus dem Fenster.

«Was ist denn los, Dob, mein Sohn?» fragte der Oberst, der überzeugt war, irgendwo sei ein Feuer ausgebrochen oder ein Marschbefehl vom Hauptquartier sei eingetroffen.

«Ich muß – ich muß Urlaub haben! Ich muß nach England – in einer ganz dringlichen Privatangelegenheit», sagte Dobbin.

Großer Gott, was kann nur passiert sein? dachte Glorvina und zitterte an allen Lockenwickeln.

«Ich muß weg – jetzt – heute abend noch», fuhr Dobbin fort, und der Oberst stand auf und trat zu ihm hinaus, um mit ihm zu reden.

In der Nachschrift zu Miss Dobbins Kritzelbrief war der Major gerade auf folgenden Absatz gestoßen:

Ich fuhr gestern aus, um Deine alte Bekannte, Mrs. Osborne, zu besuchen. Du kennst ja das schäbige Haus, in dem sie seit dem Bankrott wohnen. Mr. S. ist, nach dem Messingschild an seiner

Hütte (viel mehr ist es nicht) zu schließen, jetzt Kohlenhändler geworden. Der Kleine, Dein Patenjunge, ist wirklich ein schönes Kind, wenn auch keck und gern etwas dreist und eigenwillig. Doch wir kümmern uns um ihn, wie Du es wünschtest, und haben ihn seiner Tante, Miss O., vorgestellt, die sich sehr über ihn freute. Vielleicht läßt sich sein Großpapa – nicht der Bankrotteur, der ist fast kindisch –, sondern Mr. Osborne vom Russell Square, noch dazu bewegen, bei dem Kind Deines Freundes, seines ungehorsamen und eigenwilligen Sohnes, *doch Milde walten zu lassen. Amelia wird ihn nicht gern hergeben. Die Witwe hat sich* getröstet *und ist im Begriff, einen Geistlichen zu heiraten, den Pfarrer Mr. Binny, einen der Vikare in der Gemeinde Brompton. Eine armselige Partie! Aber Mrs. O. wird alt, ich habe sehr viel graue Haare bei ihr entdeckt. Sie war sehr guter Laune. Dein kleiner Patenjunge hat sich bei uns den Magen verdorben. Mama sendet Dir herzliche Grüße, ebenso Deine*

Dich liebende Ann Dobbin.

XLIV

Zwischen London und Hampshire

OBWOHL das Stadthaus unsrer alten Freunde, der Crawleys, in der Great Gaunt Street auf seiner Front noch immer das Trauerwappen trug, das als Zeichen der Trauer über Sir Pitts Ableben dort angebracht worden war, so stellte das Wappenschild doch gleichzeitig auch einen ganz herrlichen, prachtvollen Schmuck dar, und auch sonst wurde das Haus bald schöner, als es zu Lebzeiten des verstorbenen Baronets jemals der Fall gewesen war. Die schwarze Deckfarbe auf den Ziegelsteinen wurde entfernt, und sie zeigten ein fröhlich errötendes Antlitz mit lichtem Weiß dazwischen. Die alten Bronzelöwen am Türklopfer wurden frisch vergoldet, das Geländer vor dem Souterrain neu gestrichen, und das trübseligste Haus in der Great Gaunt Street wurde zum elegantesten im ganzen Viertel, noch ehe in Hampshire grünes Laub die Blätter ersetzte, die damals an den Bäumen der Parkallee gilbten, als Sir Pitt zum letztenmal unter ihnen dahinfuhr.

Eine kleine Dame in einer gut zu ihr passenden Equipage war jetzt ständig in der Umgebung des Hauses zu sehen; auch eine alte Jungfer mit einem kleinen Jungen an der Hand ging täglich hin. Es war Miss Briggs mit dem kleinen Rawdon, deren Aufgabe darin bestand, die Renovierung im Innern des Hauses zu überwachen, auf die Frauen zu achten, die emsig an Gardinen und Vorhängen stichelten, sowie den in Schubfächern und Schränken angehäuften schmutzigen Flitterkram und Plunder mehrerer Generationen von Crawley-Damen zu durchsuchen und zu sichten und schließlich ein Inventar über das Porzellan und die Gläser und andere Sachen in den Wandschränken und Vorratskammern anzufertigen.

Mrs. Rawdon Crawley führte den Oberbefehl über alle Arbeiten und war von Sir Pitt bevollmächtigt worden, Möbelstücke zu verkaufen, zu vertauschen, zu konfiszieren und neu zu erwerben, und sie hatte die größte Freude an einer Beschäftigung, bei der sie ihrem Geschmack und Einfallsreichtum die Zügel schießen lassen durfte. Die Renovierung des Hauses war im November beschlossen worden, als Sir Pitt nach London gekommen war, um seine Anwälte zu sprechen: damals hatte er fast eine Woche unter dem Dach seiner liebevollen Geschwister in der Curzon Street verbracht.

Er war zuerst in einem Hotel abgestiegen, aber sowie Becky von der Ankunft des Baronets hörte, fuhr sie hin, um ihn zu begrüßen, und war nach einer Stunde mit Sir Pitt neben sich im Wagen wieder in der Curzon Street. Es war manchmal einfach unmöglich, der Gastfreundschaft der unschuldigen kleinen Person zu widerstehen, so offenherzig und liebenswürdig wurde sie angeboten und so freundlich beharrte sie dabei. Als Sir Pitt einwilligte, zu ihnen zu kommen, ergriff Becky, überwältigt von Dankbarkeit, seine Hand, drückte sie und blickte dem Baronet in die Augen, so daß er ziemlich rot wurde: «Vielen Dank», sagte sie, «wie sehr wird Rawdon sich darüber freuen!» Sie huschte geschäftig nach oben und führte die Diener, die seine Koffer trugen, zu Sir Pitts Schlafzimmer. Dann brachte sie lachend den Kohlenkorb aus ihrem eigenen Zimmer.

Ein Feuer prasselte bereits in Sir Pitts Zimmer (es war eigentlich das von Miss Briggs, die nach oben ziehen und beim Dienstmädchen schlafen mußte). «Ich wußte doch, daß ich Sie mitbringen würde», sagte sie mit freudestrahlenden Augen. Ja, sie war aufrichtig glücklich, ihn als Gast bei sich zu haben.

Während Sir Pitt bei ihnen wohnte, veranlaßte Becky ihren Mann, ein paarmal aus «geschäftlichen Gründen» auswärts zu speisen, und der Baronet verbrachte den Abend sehr angenehm allein mit ihr und der Briggs. Sie ging in die Küche hinunter und bereitete sogar selber ein paar kleine Gerichte für ihn zu. «Ist das Wildbret-Ragout recht?» fragte sie. «Ich habe es eigenhändig für Sie gekocht. Ich kann noch bessere Gerichte machen und werde sie Ihnen das nächste Mal vorsetzen, wenn Sie mich wieder besuchen.»

«Alles, was Sie in die Hand nehmen, machen Sie ausgezeichnet», sagte der Baronet galant. «Das Ragout ist wirklich köstlich!»

«Die Frau eines armen Mannes muß sich auf allerlei verstehen», erwiderte Becky heiter, woraufhin ihr Schwager beteuerte, sie sei es wert, eines Kaisers Frau zu sein, und Geschick in häuslichen Dingen gehöre zu den reizendsten Tugenden, die eine Frau haben könne. Und etwas mißmutig dachte er an Lady Jane und an eine gewisse Pastete, die sie durchaus selbst zubereiten wollte und ihm zum Abendessen vorgesetzt hatte: es war eine widerliche Pastete gewesen!

Zu dem Ragout, das aus Lord Steynes Fasanen von Seiner Lordschaft Jagdhaus in Stillbrook bestand, bot Becky ihrem Schwager eine Flasche Weißwein an, von denen Rawdon ein paar aus Frankreich mitgebracht hatte, erzählte die kleine Phantastin, weil er sie fast umsonst bekommen hatte. Eigentlich war es jedoch ein *Hermitage blanc* aus den berühmten Kellern des Marquis von Steyne, der die bleichen Wangen des Baronets rötete und seinen schwachen Körper feurig erglühen ließ.

Als er dann das «nette Weinchen» ausgetrunken hatte, gab sie ihm die Hand und führte ihn nach oben ins Wohnzimmer, machte es ihm auf dem Sofa neben dem Kamin behaglich und lauschte ihm mit dem rücksichtsvollsten und freundlichsten Interesse, während sie neben ihm saß und ein Hemdchen für ihren lieben kleinen Jungen säumte. Immer wenn Mrs. Rawdon besonders schlicht und tugendhaft wirken wollte, wurde das Hemdchen aus dem Arbeitsbeutel hervorgeholt. Ehe es fertig wurde, war es für Rawdy längst zu klein geworden.

Rebecca hörte ihm also zu, sprach mit ihm, sang ihm etwas vor, schmeichelte ihm und verwöhnte ihn derartig, daß er von Tag zu Tag mit größerem Vergnügen von seinen Anwälten in Gray's Inn zu dem prasselnden Kaminfeuer in der Curzon Street zurückkehrte – ein Vergnügen, aus dem auch die Herren Rechtsgelehrten Vorteil zogen, denn Pitts Reden nahmen sonst kein Ende. Als er abreisen mußte, war ihm ganz traurig zumute. Wie hübsch sie aussah, als sie ihm von ihrem Wagen aus einen Handkuß nachsandte und mit ihrem Taschentuch winkte, sowie er in der Postkutsche Platz genommen hatte. Einmal führte sie sogar das Taschentuch an die Augen. Er dagegen zog sich die Sealkappe ins Gesicht, als die Post abfuhr, und sank ins Polster zurück, um darüber nachzudenken, wie sehr sie ihn achtete und wie sehr er es verdiente, und daß Rawdon ein dummer, langweiliger alter Esel sei, der seine Frau gar nicht richtig zu schätzen verstand, und wie dumm und fade seine eigene Frau im Vergleich zu der geistsprühenden kleinen Becky sei. Becky hatte ihre Vorschläge vielleicht selbst vorgebracht, aber so taktvoll und fein hatte sie es angedeutet, daß er sich kaum erinnern konnte, wann oder wo sie es getan hatte. Bevor sie schieden, hatten sie also abgemacht, daß das Stadthaus in London für die nächste Wintersaison instand gesetzt werden sollte und daß sich die Familien der beiden Brüder zu Weihnachten auf dem Lande wiedersehen wollten.

«Ich wünschte, du hättest ihm etwas Geld aus der Nase gezogen», sagte Rawdon nach der Abreise des Barons verdrießlich zu seiner Frau. «Ich würde dem alten Raggles gerne etwas geben, verdammt noch eins. Es ist wirklich nicht recht, daß der arme Mensch immer ohne sein Geld dasitzen muß. Es könnte unangenehm werden: er könnte das Haus an jemand anders vermieten!»

«Sag ihm nur», erwiderte Becky, «sobald Sir Pitts Angelegenheiten geregelt seien, würde alles bezahlt werden, und gib ihm eine kleine Anzahlung. Hier ist ein Scheck, den Pitt mir für den Kleinen gegeben hat!» Sie holte einen Schein aus der Tasche, den ihr Schwager ihr für den Sohn und Erben der jüngeren Linie Crawley geschenkt hatte, und gab ihn ihrem Mann.

Sie hatte jedoch bereits selber den Boden sondiert, auf den sie sich, wie ihr Mann meinte, hätte hinauswagen sollen. Sie hatte ihn äußerst behutsam sondiert, und er war ihr unsicher vorgekommen. Schon bei der leisesten Andeutung von finanziellen Schwierigkeiten war Sir Pitt sofort voller Unruhe umgeschwenkt und hatte eine lange Rede begonnen und ihr erklärt, wie knapp er selbst an Bargeld sei: die Pächter wollten nicht zahlen, und seines Vaters Geschäfte und die durch das Ableben des alten Herrn entstandenen Kosten hätten ihn zu sehr in Anspruch genommen; er wollte Hypothekenschulden tilgen, doch seine Konten bei den Banken seien schon überzogen. Sir Pitt ging schließlich einen Vergleich mit seiner Schwägerin ein und gab ihr eine sehr geringfügige Summe für ihren kleinen Sohn.

Pitt wußte, wie arm sein Bruder mitsamt seiner Familie sein mußte. Der Beobachtungsgabe eines so kühlen und erfahrenen alten Diplomaten konnte es nicht entgangen sein, daß die Rawdons nichts zu leben hatten und daß man Haus und Wagen nicht umsonst haben kann. Er wußte ganz genau, daß er der Eigentümer oder Nutznießer des Geldes war, das nach Recht und Billigkeit seinem jüngeren Bruder hätte zufallen sollen, und bestimmt hatte er insgeheim Gewissensbisse, die ihn mahnten, seine enttäuschten Verwandten gerecht zu behandeln oder sie wenigstens etwas zu entschädigen. Als gerechter und anständiger Mensch, der nicht dumm war, tagtäglich betete, den Katechismus auswendig kannte und nach außen hin seine Pflichten erfüllte, konnte er nicht umhin, einzusehen, daß er seinem Bruder etwas geben müsse, ja daß er – moralisch gesprochen – Rawdons Schuldner war.

Wenn man hin und wieder in den Spalten der *Times* seltsame Anzeigen vom Finanzministerium liest, die den Erhalt von fünfzig Pfund von A. B. oder von zehn Pfund von W. T. bestätigen, und zwar als Gewissensbeschwichtigung für A. B. oder W. T., die ihre Steuern nicht bezahlten und den Sehr Ehrenwerten Herrn Minister bitten, die Zahlung durch die Zeitung bekanntzugeben – dann sind zweifellos sowohl der Finanzminister wie auch der Leser vollkommen überzeugt, daß die Herren A. B. oder W. T. nur eine sehr geringe Anzahlung auf die Summe leisten, die sie eigentlich schulden, und daß der Mann, der eine Zwanzigpfundnote schickt, höchstwahrscheinlich deren noch Hunderte und Tausende besitzt, über die er Rechenschaft ablegen müßte. So empfinde ich's jedenfalls immer, wenn ich von A.B.s oder W.T.s unzureichenden Bußleistungen lese. Und ich zweifle nicht, daß Sir Pitts Bußfertigkeit oder, wenn man so will, seine Güte dem jüngeren Bruder gegenüber, durch den er so sehr profitiert hatte, nur eine sehr kleine Abzahlung auf das Kapital darstellte, das er Rawdon schuldete. Und selbst so wenig zu zahlen, wäre nicht einmal jeder gewillt. Sich vom Geld zu trennen, ist ein Opfer, das fast alle Menschen mit einigem Ordnungssinn einfach nicht bringen können. Es gibt kaum einen Menschen, der es sich nicht als hohes Verdienst anrechnet, wenn er seinem Nachbar fünf Pfund schenkt. Der Verschwender gibt nicht aus wohlmeinender Freude am Geben, sondern aus einem nachlässigen Vergnügen am Ausgeben. Er selbst würde sich kein Vergnügen versagen: nicht seine Loge in der Oper, nicht sein Pferd und sein Abendessen, nicht einmal das Vergnügen, Lazarus mit fünf Pfund zu beschenken. Der Sparsame, der gut, weise und gerecht ist und keinem Menschen einen Pfennig schuldet, dreht einem Bettler den Rücken, feilscht mit dem Droschkenkutscher oder weist einen armen Verwandten ab. Welcher von den beiden selbstsüchtiger ist, weiß ich nicht. Das Geld hat eben in den Augen beider einen verschiedenen Wert.

Pitt Crawley dachte also, er wolle etwas für seinen Bruder tun, und dann dachte er, er wolle ein andermal daran denken.

Was aber Becky betrifft, so war sie keine Frau, die allzuviel von der Freigebigkeit ihrer Mitmenschen erwartete, und daher war sie ganz zufrieden mit allem, was Sir Pitt für sie getan hatte. Das Oberhaupt der Familie hatte sie als Mitglied anerkannt. Wenn Pitt ihr nichts geben konnte, so würde er ihr doch eines Tages etwas verschaffen. Wenn sie kein Geld von ihrem Schwager erhielt, so erhielt sie doch etwas, das ebensogut wie Geld war, nämlich Kredit. Raggles fühlte sich angesichts der Einigkeit zwischen den Brüdern sowie einer kleinen Barzahlung und der baldigst versprochenen Auszahlung einer viel größeren Summe sehr erleichtert. Rebecca zahlte Miss Briggs mit so aufrichtig erfreuter Miene, als ob ihre Kasse von Gold überflösse, die Weihnachtszinsen auf die kleine, von ihr geliehene Summe und erzählte ihr in strengstem Vertrauen, daß sie mit Sir Pitt, der in Finanzfragen ausgezeichnet Bescheid wüßte, über Briggs gesprochen habe und wie sie ihr restliches Kapital am günstigsten anlegen könne. Nach reiflicher Überlegung habe er herausgefunden, wie Miss Briggs ihr Geld sehr sicher und vorteilhaft anlegen könne, und da er an ihr als einer treuen Freundin der verstorbenen Miss Crawley besonderen Anteil nähme, habe er empfohlen, sie solle das Geld jederzeit bereithalten, damit man bei günstiger Gelegenheit die Aktien kaufen könne, die Sir Pitt im Auge habe. Die arme Miss Briggs war äußerst dankbar für einen derartigen Beweis von Sir Pitts Anteilnahme. Es käme ihr so unerwartet, sagte sie, denn sie habe nie selbst daran gedacht, ihre Staatspapiere zu Geld zu machen. Sein Anerbieten sei um so liebenswürdiger wegen des Takts, mit dem es ihr vorgeschlagen würde. Sie versprach, sofort mit ihrem Bankier zu sprechen und zur gegebenen Stunde ihr kleines Kapital bereitzuhalten.

Die brave Frau war Rebecca für ihren Beistand in der Angelegenheit und auch ihrem Wohltäter, dem Oberst, so dankbar, daß sie in die Stadt ging und den größten Teil ihrer Halbjahreszinsen für einen schwarzen Samtmantel für den kleinen Rawdon ausgab, der zwar jetzt für ein schwarzes Samtmäntelchen beinahe zu alt geworden war und seiner Größe und seinem Alter nach Anspruch auf eine Jacke und Herrenbeinkleider erheben durfte.

Rawdy war ein hübscher Junge mit offenem Gesicht, blauen Augen und welligem Blondhaar, kräftig gebaut, aber mit einem liebevollen und weichen Herzen. Er liebte alle, die gut zu ihm waren: sein Pony – Lord Southdown, der ihm das Tier geschenkt hatte (er wurde stets glühend rot, wenn er den freundlichen jungen Adligen sah) – den Stallknecht, der für das Pony sorgte – die Köchin Molly, die ihn abends mit Gespenstergeschichten und herrlichen Überresten vom Abendessen vollstopfte – Miss Briggs, die er plagte oder neckte – und besonders seinen Vater, dessen Anhänglichkeit an den Jungen ebenfalls eigentümlich war. Und damit endete, als er etwa acht Jahre alt war, die Reihe derer, die er liebte. Das schöne Bild, das er sich von seiner Mutter gemacht hatte, war bald verblaßt. Fast zwei Jahre lang hatte sie kaum ein Wort mit dem Kind gesprochen. Sie mochte ihn nicht leiden. Er hatte Masern und Keuchhusten. Er langweilte sie. Eines Tages hatte er auf dem Treppenabsatz gestanden, da er, angelockt von der Stimme seiner Mutter, die Lord Steyne etwas vorsang, sich vom oberen Stock nach unten geschlichen hatte. Plötzlich öffnete sie die Wohnzimmertür und entdeckte den kleinen Horcher, der noch einen Augenblick vorher hingerissen vor Entzücken der Musik gelauscht hatte.

Seine Mutter trat rasch auf ihn zu und gab ihm ein paar derbe Ohrfeigen. Er hörte, wie der Marquis laut herauslachte (denn Beckys unbekümmerter und unbeherrschter Temperamentsausbruch belustigte ihn), und floh nach unten zu seinen Freunden in die Küche, wo er seinem Jammer Luft machte.

«Ich weine ja nicht, weil's mir weh tut», stieß er hervor, «nur – nur...» Der Rest ging in einem Tränenstrom unter. Dem kleinen Jungen blutete das Herz. «Warum darf ich sie denn nicht singen hören? Warum singt sie mir nie was vor – bloß immer dem Kahlkopf mit den langen Zähnen?» Vor Kummer und Empörung brachte er nur abgerissene Sätze hervor. Die Köchin blickte das Hausmädchen an, das Hausmädchen warf einen vielsagenden Blick auf den Diener: die furchtbare Kücheninquisition, die es in jedem Hause gibt und die alles weiß, saß über Rebecca zu Gericht.

Nach diesem Vorfall steigerte sich die Abneigung der Mutter bis zum Haß. Die ständige Anwesenheit des Kindes im Haus wirkte auf sie wie ein Vorwurf und quälte sie. Sie ärgerte sich schon über seinen Anblick. Furcht,

Zweifel und Widersetzlichkeit stellten sich auch im Herzen des Knaben ein. Der Ohrfeigentag hatte sie für immer getrennt.

Auch Lord Steyne konnte den Jungen nicht leiden. Wenn sie sich zufällig begegneten, machte er höhnische Verbeugungen oder Bemerkungen zu dem Kind oder stierte es mit wildem Ausdruck an. Rawdon blickte ihm fest ins Gesicht und ballte die Fäuste. Er spürte es, wenn jemand sein Feind war, und Lord Steyne erregte von allen Herren, die ins Haus kamen, seinen größten Zorn. Eines Tages überraschte ihn der Diener in der Vorhalle, wie er vor Lord Steynes Hut die Fäuste ballte. Der Diener erzählte es als guten Witz an Lord Steynes Kutscher weiter, der es wiederum Lord Steynes Butler und dem Bedientenzimmer im allgemeinen berichtete. Und sehr bald danach, als Mrs. Rawdon Crawley im Gaunt House zu Gast war, wußten alle über sie Bescheid oder bildeten es sich wenigstens ein: der Pförtner, der das Tor öffnete, Diener in allerlei Livreen in der Vorhalle, Lohndiener in weißer Weste, die auf der Treppe von Absatz zu Absatz den Namen von Oberst und Mrs. Crawley weiterriefen! Der Mann, der ihr Erfrischungen gebracht hatte und nun hinter ihrem Stuhl stand, hatte ihren Charakter bereits mit dem großen Diener im bunten Frack erörtert. Großer Gott, so eine Lakaien-Inquisition ist etwas Scheußliches! Da sieht man bei einem großen Fest in einem prächtigen Salon eine Dame im Kreise ihrer getreuen Verehrer, wie sie strahlende Blicke austeilt, tadellos gekleidet und gelockt und geschminkt und heiter und glücklich ist: doch schon tritt respektvoll und in Gestalt eines riesigen gepuderten Mannes mit dicken Waden und einem Tablett voller Eisbecher *die Entlarvung* auf sie zu, ihm auf den Fersen *die Verleumdung* (die genauso fatal wie die Wahrheit ist), in Gestalt eines ungeschlachten Gesellen, der die Eiswaffeln bringt. Es sind die Leute, Madame, die heute abend im Klub ihres Wirtshauses Ihr Geheimnis durchhecheln werden. James wird Charles bei seiner Pfeife und dem zinnernen Bierkrug sagen, was er von Ihnen hält.

Manche Leute auf dem Jahrmarkt der Eitelkeit sollten stumme Diener haben – Stumme, die nicht schreiben können. Wenn Sie schuldig sind, dann erzittern Sie nur! Der Bursche hinter Ihrem Stuhl kann ein Janitschar sein, der in der Tasche seiner Plüschhose schon die seidene Schnur bereithält. Wenn Sie nicht schuldig sind, hüten Sie sich vor dem Schein, der oft ebenso verderbenbringend wie die Schuld sein kann.

War Rebecca schuldig oder nicht? Das Femegericht im Bedientenzimmer hatte sie schuldig gesprochen.

Und – ich schäme mich, es zu gestehen: hätte man sie nicht für schuldig gehalten, hätte sie keinen Kredit bekommen. Der Anblick von Lord Steynes Wagenlampen, die in dunkler Mitternacht vor ihrer Haustür brannten, «stärkten Raggles das Rückgrat», wie er später zugab – mehr noch als Rebeccas listige Schmeicheleien.

Und so schlängelte und stieß sie sich vor, um «eine Stellung in der Gesellschaft» zu erlangen, und die Diener deuteten auf sie als eine Verlorene und Gezeichnete, während sie höchstwahrscheinlich doch nicht schuldig war. Es ist genau das gleiche, wie wenn Molly frühmorgens eine Spinne beobachtet, die am Türpfosten ihren Faden befestigt und ihn mühsam hinaufkrabbelt – bis Molly den Spaß satt bekommt, den Besen hebt und Faden und Webkünstlerin wegfegt.

*

Ein oder zwei Tage vor Weihnachten machten sich Becky und ihr Mann und Sohn reisefertig, um die Feiertage auf dem Schloß ihrer Väter in Queen's Crawley zu verbringen. Becky hätte den kleinen Bengel am liebsten zu Hause gelassen, hätte nicht Lady Jane den Jungen so besonders herzlich eingeladen und hätte nicht Rawdon deutliche Anzeichen von Aufsässigkeit und Unzufriedenheit gezeigt, weil sein Sohn vernachlässigt werden sollte. «Er ist der netteste Junge in ganz England», sagte der Vater mit vorwurfsvollem Ton zu ihr, «aber du scheinst dir nicht soviel aus ihm zu machen wie aus deinem Spaniel.

Er wird dir nicht zur Last fallen: im Haus ist er nicht bei dir, sondern im Kinderzimmer, und unterwegs kann er neben mir auf dem Kutschbock sitzen.»

«Wo du selbst so gern sitzt, weil du deine widerlichen Zigarren rauchen möchtest!» erwiderte Mrs. Rawdon.

«Ich erinnere mich an eine Zeit, als du sie gern hattest!» antwortete ihr Mann.

Becky lachte: sie war fast immer guter Laune. «Damals empfahl ich mich noch zur Beförderung, Dummchen!» sagte sie. «Nimm also Rawdon mit zu dir hinauf und gib ihm auch eine Zigarre, wenn's dir Spaß macht!»

Aber *so* wollte Rawdon sein Söhnchen für die winterliche Reise doch nicht erwärmen, sondern er und die Briggs packten das Kind in Tücher und Decken, und in dunkler Morgenfrühe wurde er vor der Laterne des *White Horse* respektvoll aufs Dach der Postkutsche gehievt und erlebte staunend den Sonnenaufgang, während sie zu dem Ort reisten, den sein Vater immer noch als «Zuhause» bezeichnete. Die Reise bereitete dem Jungen das größte Vergnügen, denn alles, was auf der Landstraße geschah, war furchtbar interessant, und sein Vater beantwortete alle wißbegierigen Fragen und erzählte ihm, wer in dem großen weißen Haus rechts von der Straße wohnte und wem drüben der Park gehörte. Seine Mutter saß mit ihrem Mädchen und Decken und Pelzen und Riechfläschchen im Wageninnern und stellte sich so an, daß man hätte glauben können, sie sei noch nie in einer Postkutsche gereist, und erst recht nicht, daß sie schon mal vor beinah einem Dutzend Jahren aus genau der gleichen Postkutsche hinausbefördert wurde, um für einen vollzahlenden Fahrgast Platz zu machen.

Es war wieder dämmerig, als der kleine Rawdon geweckt und in Mudbury in den Wagen seines Onkels gesetzt wurde. Er saß da und blickte verwundert hinaus, wie die großen Eisenportale aufflogen und die weißen Stämme der Linden vorbeisausten, bis sie endlich vor den hellen Fenstern des Schlosses anhielten, das ihnen ein strahlend weihnachtliches, behagliches Willkommen bot.

Das Schloßportal flog auf – ein riesiges Feuer loderte in dem großen alten Kamin – über dem schwarzen Schachbrettmuster der Fliesen lag ein Teppich – 's ist der alte Perser, der früher immer in der Damengalerie lag, dachte Rebecca – und im nächsten Augenblick küßte sie Lady Jane.

Sie und Sir Pitt begrüßten sich ebenso, nur mit würdevollem Ernst. Rawdon dagegen sah, weil er geraucht hatte, lieber davon ab, seine Schwägerin zu küssen, deren zwei Kinder auf ihren Vetter zukamen, und während Matilda ihm die Hand gab und ihn küßte, blieb der Sohn und Erbe, Pitt Binkie Southdown, etwas abseits stehen und musterte ihn prüfend wie ein kleiner Hund einen großen.

Dann führte die Gastgeberin ihre Gäste in ihre behaglichen Zimmer, in denen fröhliche Kaminfeuer flackerten. Bald klopften die jungen Damen unter dem Vorwand, sich nützlich zu machen, an Mrs. Rawdons Tür, doch eigentlich freuten sie sich darauf, einen Blick in die Putz- und Hutschachteln und auf Beckys Kleider zu werfen, die zwar schwarz, aber doch neueste Londoner Mode waren. Sie erzählten ihr, wieviel hübscher das Schloß jetzt sei, und Lady Southdown sei abgereist, und Pitt nehme eine Stellung in der Grafschaft ein, die ihm als einem Crawley ja auch gebühre. Als dann die große Glocke läutete, fand sich die Familie zum Essen ein, und Rawdon durfte neben seiner Tante, der gutherzigen Schloßherrin, sitzen, während Sir Pitt sich gegen die Schwägerin zu seiner Rechten ungemein aufmerksam verhielt.

Der kleine Rawdon entwickelte einen großartigen Appetit und benahm sich wie ein kleiner Herr.

«Hier esse ich sehr gern», sagte er zu seiner Tante, als er fertig war. Nach Beendigung der Mahlzeit und nach geziemendem Tischgebet, das Sir Pitt sprach, wurde der kleine Sohn und Erbe hereingeführt und auf ein hohes Stühlchen neben den Baronet gesetzt, während das Töchterchen sich neben die Mutter setzte, wo bereits ihr kleines

Die Ankunft in Queen's Crawley

Weinglas stand. «Hier esse ich sehr gern», sagte der kleine Rawdon und blickte zum freundlichen Gesicht seiner Tante auf.

«Warum?» fragte die gute Lady Jane.

«Zu Hause esse ich in der Küche», erzählte Rawdon junior, «oder mit Briggs.» Becky war jedoch in die Unterhaltung mit ihrem Gastgeber vertieft, den sie mit einer Flut von Komplimenten und begeisterten Freudenausbrüchen bedachte. Sie bewunderte den kleinen Pitt Binkie, den sie als das schönste, klügste und edelste kleine Geschöpf bezeichnete – und dem Vater so ähnlich! Daher hörte sie nicht, was ihr eigenes Fleisch und Blut am andern Ende der breiten schimmernden Tafel gerade hervorbrachte.

Als kleiner Gast, und weil es sein erster Abend nach der Ankunft war, durfte Rawdy aufbleiben, bis nach der Teestunde ein großes goldenes Buch vor Sir Pitt auf den Tisch gelegt wurde, alle Dienstboten der Familie ins Zimmer strömten und Sir Pitt die Abendandacht las. Es war das erstemal in seinem Leben, daß der arme kleine Junge von einer solchen Feierstunde etwas sah oder hörte.

Selbst innerhalb der kurzen Regierungszeit des Baronets war das Schloß bereits schöner geworden, und als Becky es in seiner Begleitung besichtigte, fand sie alles großartig, bezaubernd und wunderschön. Für den kleinen Rawdon aber, der von den Kindern herumgeführt wurde, war es ein rechter Feen- und Märchenpalast. Da waren lange Galerien und antike Prunkschlafzimmer, da waren Gemälde und altes Porzellan und Rüstungen. Da waren die Zimmer, in denen Großpapa gestorben war und an denen die Kinder mit verängstigten Gesichtern vorübergingen. «Wer war Großpapa?» fragte er, und sie erzählten ihm, daß er sehr, sehr alt gewesen sei und in einem Rollstuhl herumgefahren wurde, und eines Tages zeigten sie ihm auch den Rollstuhl, der draußen in einem Schuppen vermoderte, wo er schon seit dem Tage lag, als der alte

Herr zur Kirche gefahren wurde, deren Turm sie zwischen den Ulmen im Park schimmern sahen.

Die Brüder waren mehrere Vormittage mit der Besichtigung der Verbesserungen beschäftigt, die der begabte und sparsame Sir Pitt angeregt hatte. Und während sie herumgingen oder ausritten, um sich alles anzusehen, konnten sie miteinander sprechen, ohne sich gegenseitig allzusehr zu langweilen. Pitt trug Sorge, Rawdon auseinanderzusetzen, was für eine schwere Summe Geld ihn die Verbesserungen gekostet hätten und daß ein Mann mit Grundbesitz und festgelegtem Vermögen oft keine zwanzig Pfund in bar bei der Hand habe. «Da ist das neue Parktor», sagte Sir Pitt und deutete bescheiden mit seinem Bambusstock darauf, «das kann ich ebensowenig vor Eintreffen der Januarzinsen bezahlen, wie ich fliegen kann.»

«Bis dahin kann ich dir etwas leihen», sagte Rawdon ziemlich bedrückt. Dann gingen sie hinüber und betrachteten das renovierte Pförtnerhäuschen, wo eben das Familienwappen neu in den Stein gehauen wurde und wo die alte Mrs. Lock zum erstenmal seit vielen langen Jahren wieder gutschließende Türen, ein wasserdichtes Dach und heile Fensterscheiben hatte.

XLV

Zwischen Hampshire und London

SIR PITT Crawley hatte noch mehr getan, als nur Zäune zu flicken und verfallene Pförtnerhäuschen zu renovieren. Als weiser Mann hatte er sich darangemacht, den schadhaft gewordenen Ruf seines Hauses wiederherzustellen und die Löcher und Risse in seinem Namen zu stopfen, die sein verrufener und verschwenderischer Vorgänger verursacht hatte. Bald nach seines Vaters Ableben wurde er von der Gemeinde als ihr Vertreter gewählt: als Friedensrichter, Parlamentsmitglied, Großgrundbesitzer und Oberhaupt einer alten Familie fühlte er sich verpflichtet, sich oft in Hampshire in der Öffentlichkeit zu zeigen, zeichnete reichlich bei allen Wohltätigkeitsveranstaltungen der Grafschaft, machte gewissenhaft beim ganzen Landadel Besuch und legte es, kurz gesagt, darauf an, in Hampshire und später im britischen Weltreich die Stellung einzunehmen, die ihm, wie er meinte, auf Grund seiner hervorragenden Talente auch gebührte. Lady Jane war angewiesen, freundliche Beziehungen zu den Fuddlestones und den Wapshots und den berühmten Baronets in der Nachbarschaft zu unterhalten, deren Wagen man jetzt häufig in der Queen's-Crawley-Allee sehen konnte, da sie ziemlich oft im Schlosse zu Abend speisten (wo die Küche so gut war, daß Lady Jane sich offenbar nur sehr selten einmischte), und umgekehrt fuhren Pitt und seine Frau eifrig zum Abendessen aus, selbst wenn das Wetter noch so schlecht und die Entfernungen groß waren. Denn obwohl sich Pitt nichts aus Gesellschaften machte, da er kühler Natur war und eine klägliche Gesundheit und schlechten Appetit hatte, so erachtete er es bei seiner Stellung doch für seine Pflicht, gastfreundlich und liebenswürdig zu sein, und jedesmal, wenn er nach einer zu langen Abendunterhaltung Kopfweh bekam, fühlte er sich als Märtyrer seiner Pflicht. Er sprach mit den vornehmsten Herren des Landes über die Ernte, die Korngesetze und die Politik. Er (der früher leider dazu neigte, sehr liberal zu empfinden) trat jetzt voller Eifer gegen die Wilddieberei und für das Hegen des Wildes auf. Er jagte nicht selber; er war kein Jäger, sondern ein Bücherwurm mit friedliebenden Gewohnheiten, aber er fand, die Pferdezucht im Lande müsse hochgehalten werden, und daher sollte man sich auch um die Fuchsjagd kümmern. Wenn daher sein Freund Sir Huddlestone Fuddlestone Lust hätte, auf seinem Grund und Boden zu jagen, und wie in früheren Zeiten die Fuddlestone-Meute in Queen's Crawley besammeln wolle, dann würde er sich freuen, ihn und die Herren der Fuddlestone-Jagd bei sich zu begrüßen. Zu Lady Southdowns größter Bestürzung wurde er täglich konservativer in seinen Ansichten, er predigte nicht mehr vor der Öffentlichkeit und besuchte nicht länger die Bethäuser der Sektierer, sondern ging brav in die Kirche, machte dem Bischof und allen Geistlichen von Winchester seine Aufwartung und erhob keine Einwände, als der Ehrwürdige Archidiakonus Trumper ihn zu einer Partie Whist aufforderte. Was für Qualen mußte es Lady Southdown bereitet haben, daß ihr Schwiegersohn eine so gottlose Zerstreuung duldete, und wie verworfen mußte er ihr vorkommen! Als die Familie von einem Oratorium in Winchester heimkehrte, versprach der Baronet den jungen Mädchen sogar, daß er sie im nächsten Winter sehr wahrscheinlich zu den Grafschaftsbällen mitnehmen wolle. Sie waren ob seiner Güte begeistert, und Lady Jane fügte sich nur zu gern, denn vermutlich wollte sie selbst gern hingehen. Die Gräfinwitwe schickte der

Verfasserin der *Waschfrau von Finchley* die schwärzesten Berichte nach Kapstadt, wie weltlich sich ihre Tochter benähme, und da ihr Haus um diese Zeit nicht vermietet war, kehrte sie in das Seebad zurück, ohne daß ihre Kinder über ihre Abwesenheit sehr betrübt waren. Es ist anzunehmen, daß auch Rebecca bei ihrem zweiten Besuch in Queen's Crawley nicht allzusehr über die Abwesenheit der Lady mit dem Apothekerschränkchen trauerte, doch sie schrieb ihr einen Weihnachtsbrief, in dem sie sich Lady Southdown ganz ergebenst in Erinnerung brachte, äußerte sich dankbar über die Freude, die eine Unterhaltung mit Milady bei ihrem vorigen Besuch ihr bereitet hatte, erging sich lang und breit über die Güte, mit der die Lady sie während ihrer Krankheit behandelt hatte, und versicherte schließlich, daß alles in Queen's Crawley sie an die ferne Freundin erinnere.

Das veränderte Benehmen und die Beliebtheit Sir Pitt Crawleys mochten zu einem großen Teil auf die Ratschläge der gescheiten kleinen Frau von der Curzon Street zurückzuführen sein. «Sie wollen ein Baronet bleiben – sich also bescheiden, ein einfacher Landedelmann zu sein?» hatte sie zu ihm gesagt, als er in London bei ihr zu Gast war. «Nein, Sir Pitt, da kenne ich Sie besser! Ich kenne Ihre Talente und Ihren Ehrgeiz. Sie glauben, Sie könnten sie verstecken; aber mir bleibt beides nicht verborgen. Ich zeigte Lord Steyne Ihre Flugschrift über das Malz. Er kannte sie bereits und sagte, nach der Meinung des ganzen Kabinetts sei es das Beste, was je über das Thema geschrieben wurde. Das Ministerium ist auf Sie aufmerksam geworden, und ich weiß, was Sie im Sinn haben! Sie wollen sich im Parlament auszeichnen! Jeder sagt, Sie seien der glänzendste Redner Englands, denn man erinnert sich an Ihre Oxforder Reden. Sie wollen Ihre Grafschaft im Parlament vertreten, wo Sie mit Ihrer eigenen Stimme und Ihrer Sie stützenden Gemeinde alles erreichen können. Sie möchten ein echter Baronet Crawley auf Queen's Crawley werden, und das gelingt Ihnen auch. Ich habe es alles vorausgesehen. Ich konnte in Ihrem

Herzen lesen, Sir Pitt. Wenn ich einen Gatten hätte, der nicht nur Ihren Namen, sondern auch Ihren Geist besäße, dann wäre ich seiner nicht unebenbürtig, scheint mir manchmal. Aber – aber nun bin ich eben Ihre Verwandte», schloß sie lachend, «und obschon ich arm bin wie eine Kirchenmaus, habe ich doch Beziehungen – und wer weiß, vielleicht kann die Maus einmal dem Löwen helfen!»

Pitt Crawley war über ihre Worte erstaunt und begeistert. Wie mich die kleine Frau versteht! dachte er. Ich habe Jane nie dazu bringen können, auch nur die ersten drei Seiten meiner Flugschrift über das Malz zu lesen. Sie hat keine Ahnung von meinen außergewöhnlichen Talenten und meinem heimlichen Ehrgeiz. So, man erinnert sich noch meiner Reden in Oxford? Die Schurken! Jetzt, seit ich meinen Wahlkreis vertrete und den Sitz für die Grafschaft erhalten kann, fangen sie an, sich meiner zu erinnern! Voriges Jahr hat mich Lord Steyne am Empfang bei Hofe noch geschnitten. Jetzt merken sie allmählich, daß Pitt Crawley doch jemand ist. Dabei war es stets der gleiche Mann, den sie vernachlässigten – nur hat's ihm an einer günstigen Gelegenheit gefehlt. Ich werd's ihnen schon zeigen, daß ich ebensogut sprechen und handeln wie schreiben kann. Auch ein Achilles offenbarte sich erst, als er ein Schwert in die Hand bekam. Jetzt halte ich eins in Händen, und die Welt soll noch von Pitt Crawley hören!

Deshalb also war der schlaue Diplomat so gastfreundlich geworden, deshalb so freigebig gegen Spitäler und bei Oratorien, deshalb so liebenswürdig zu den Dekanen und dem Domkapitel, deshalb führte er ein so geselliges Leben, deshalb war er an den Markttagen zu den Bauern so erstaunlich gnädig, deshalb interessierte er sich so sehr für alle Grafschaftsangelegenheiten und deshalb war auch das diesjährige Weihnachtsfest auf dem Schloß so fröhlich wie schon lange nicht mehr.

Am ersten Feiertag fand ein allgemeines Familientreffen statt. Alle Crawleys aus dem Pfarrhaus kamen zum

Essen. Rebecca benahm sich so freimütig und nett zu Mrs. Bute, als ob die alte Dame nie ihre Feindin gewesen wäre. Sie nahm freundlichen Anteil am Ergehen der lieben Töchter, staunte über die Fortschritte, die sie inzwischen in der Musik gemacht hatten, und bat inständig um Wiederholung eines Duetts aus dem großen Liederalbum, das James widerborstig aus dem Pfarrhaus hatte herschleppen müssen. Mrs. Bute mußte also wohl oder übel zu der kleinen Abenteurerin höflich sein – natürlich konnte niemand ihr verbieten, hinterher mit ihren Töchtern über die alberne Hochachtung zu lästern, mit der Sir Pitt seine Schwägerin behandelte. Doch Jim, der beim Essen neben ihr gesessen hatte, erklärte rundheraus, sie sei fabelhaft, und überdies stimmte die ganze Pfarrersfamilie darin überein, daß der kleine Rawdy ein hübscher Junge sei. Sie respektierten bereits den möglichen Baronet in ihm, denn zwischen Rawdy und dem Adelstitel stand nur der blasse, kränkliche kleine Pitt Binkie.

Die Kinder waren sehr gute Freunde geworden. Pitt Binkie war ein zu kleines Hündchen, um mit dem großen Hund Rawdy spielen zu können, und da Matilda nur ein Mädchen und natürlich keine geeignete Gefährtin für einen fast achtjährigen jungen Herrn war, der bald einen richtigen Anzug tragen würde, so übernahm Rawdon sofort das Kommando. Das kleine Mädchen und der kleine Junge folgten ihm mit großer Ehrerbietung überallhin, falls er sich herabließ, sich mit ihnen abzugeben. Für ihn war das Leben auf dem Lande eine einzige Freude und Wonne. Der Küchengarten gefiel ihm mächtig, die Blumenbeete weniger, aber die Tauben und das Geflügel und die Ställe, die er manchmal anschauen durfte, begeisterten ihn. Von den Fräulein Crawley wollte er sich nicht küssen lassen, doch Lady Jane durfte ihn gelegentlich in die Arme schließen. Er saß auch gerne neben ihr, wenn die Tafel aufgehoben wurde, die Herren beim Rotwein sitzen blieben und die Damen sich in den Salon zurückzogen: neben ihr saß er lieber als neben seiner Mutter. Als Rebecca nämlich sah, daß Zärtlichkeit hier Trumpf war, hatte sie Rawdy eines Abends zu sich gerufen und sich zu ihm niedergebückt und ihn in Anwesenheit aller Damen geküßt. Da hatte er ihr zitternd und ganz rot, wie immer, wenn er sehr erregt war, offen ins Gesicht geblickt. «Zu Hause küßt du mich nie, Mama!» hatte er gesagt. Daraufhin war eine allgemeine Stille und Bestürzung entstanden, und in Beckys Augen war ein keineswegs sympathisches Licht aufgeglommen.

Rawdon mochte seine Schwägerin sehr gut leiden, weil sie zu seinem Sohn nett war. Lady Jane und Becky kamen bei diesem Besuch nicht so gut miteinander aus wie bei dem vorigen, als die Frau des Obersten sich vorgenommen hatte, allen zu gefallen. Die beiden Aussprüche des Kleinen hatten eine gewisse Abkühlung bewirkt. Vielleicht war auch Sir Pitt etwas zu aufmerksam zu ihr.

Doch wie es sich für Rawdy bei seinem Alter und seiner Größe gehörte, liebte er den Umgang mit Männern mehr als Damengesellschaft. Es war ihm nie langweilig, seinen Vater zu den Ställen zu begleiten, wohin sich der Oberst oft zurückzog, um seine Zigarre zu rauchen, und Jim, der Pfarrerssohn, schloß sich ihm manchmal hierbei wie auch bei andern Vergnügungen an. Er und der Wildhüter des Baronets waren sehr eng befreundet, da sie beide ein gemeinsames Interesse an Hunden hatten. Eines Tages gingen Mr. James, der Oberst und der Wildhüter los, um Fasanen zu schießen, und den kleinen Rawdon nahmen sie mit. An einem andern herrlichen Vormittag unterhielten sich die Herren in einer Scheune mit der Jagd auf Ratten, und einen besseren Sport hatte Rawdon noch nie gesehen! Sie verstopften einige Abzugslöcher in der Scheune, während sie andere mit Frettchen besetzten. Dann warteten sie stumm und mit erhobenem Knüttel in der Hand, während ein nervöser kleiner Terrier (übrigens war es Mr. James' berühmter Hund Forceps) vor Aufregung kaum schnaufte, bewegungslos auf drei Pfoten stand und dem schwachen Quieken der Ratten unter dem Fußboden lauschte. Dann jagten die verfolgten Tiere mit verzweifeltem Mut an die Oberfläche. Eine wurde vom

Terrier erledigt, eine andere vom Wildhüter. Rawdon schlug vor Aufregung in dem allgemeinen Wirrwarr daneben, hätte aber beinahe ein Frettchen umgebracht.

Doch das Schönste war der Tag, an dem Sir Huddlestone Fuddlestones Meute sich auf dem Rasen vor dem Schloß Queen's Crawley einfand.

Für den kleinen Rawdon war es ein herrlicher Anblick. Um halb elf sah man Tom Moody, Sir Huddlestone Fuddlestones Jagdleiter, die Allee heraufreiten, hinter ihm drein die edlen Hetzhunde, dicht gedrängt die ganze Meute; die letzten werden von zwei in schmutzige scharlachrote Röcke gekleideten Hundejungen aufgebracht, mageren, häßlichen Burschen auf schlanken Vollblutpferden, die ein erstaunliches Geschick haben, mit der äußersten Spitze ihrer langen, schweren Peitsche auf die empfindlichste Stelle jedes Hundes zu schmitzen, der es wagt, aus der Meute auszubrechen oder von den vor ihrer Nase aufspringenden Hasen und Kaninchen die geringste Notiz zu nehmen, und sei's auch nur mit einem Augenzwinkern.

Als Nächster kommt der junge Jack, Tom Moodys Sohn, der fünf Stein wiegt, achtundvierzig Zoll mißt und nicht mehr wächst. Er hockt auf einem großen, grobknochigen Jagdpferd, das fast ganz von einem großen Sattel bedeckt ist. Es ist Sir Huddlestone Fuddlestones Lieblingspferd und heißt Nob. Von Zeit zu Zeit treffen weitere Pferde ein, die ebenfalls von kleinen Burschen geritten werden und ihre bald herangaloppierenden Herren erwarten.

Tom Moody reitet bis zum Schloßportal, wo er vom Butler begrüßt wird, der ihm einen Trunk anbietet, doch er lehnt ab. Dann verzieht er sich mit seiner Meute in einen abgelegenen Winkel der weiten Rasenfläche, wo die Hunde sich im Grase wälzen oder spielen oder sich wütend anknurren und von Zeit zu Zeit in eine wilde Balgerei ausbrechen, die rasch durch Toms im Schimpfen unübertreffliche Stimme oder die geschmeidigen Schmitze seiner Peitsche beigelegt werden.

Viele junge Herren in hohen Gamaschen galoppieren auf ihren Vollblut-Reitpferden heran und gehen ins Schloß, um Cherry Brandy zu trinken und den Damen ihre Aufwartung zu machen, oder sie sind zurückhaltender und weidmannsmäßiger, entledigen sich ihrer schweren Stiefel, wechseln ihr Reittier gegen ihr Jagdpferd aus und bringen ihm durch einen Probegalopp rund um die Rasenflächen das Blut etwas in Wallung. Dann scharen sie sich um die Meute drüben und unterhalten sich mit Tom Moody über frühere Jagden und die Vorzüge von Sniveller und Diamond und die Beschaffenheit des Jagdgebietes und den miserablen Bestand an Füchsen.

Jetzt erscheint Sir Huddlestone auf seinem klugen Gaul, reitet bis zur Freitreppe des Schlosses, tritt ein und begrüßt die Damen, um dann als Mann von wenig Worten sofort zur Sache zu kommen. Die Hunde werden vor der Schloßtür zusammengezogen, und der kleine Rawdy mischt sich unter sie und ist halb begeistert und halb ängstlich wegen der Zärtlichkeiten, mit denen sie ihn überfallen und wegen der Hiebe ihrer wedelnden Schwänze und ihrer Hundefehden, die Tom Moody mit seinem Schelten und seiner Peitsche kaum in Schach halten kann.

Sir Huddlestone hat sich unterdessen schwerfällig auf seinen Nob geschwungen und sagt zu Tom: «Wollen's mal mit Sowsters Wäldchen probieren, Tom! Farmer Mangle sagt, es stecken zwei Füchse drin!» Tom bläst ins Horn und trabt los, hinter ihm drein die Meute, die Peitschenjungen, die jungen Herren aus Winchester, die Farmer aus der Umgegend und schließlich, zu Fuß, die Knechte aus dem Dorf, für die der Tag ein großes Fest ist. Sir Huddlestone bildet mit Oberst Rawdon die Nachhut, und die ganze Kavalkade verschwindet in der Allee.

Der Pfarrer Bute Crawley ist zu bescheiden gewesen, um sich zu dem allgemeinen Treffen vor den Fenstern seines Neffen einzufinden; Tom Moody aber erinnert sich noch gut an ihn, wie er vor vierzig Jahren als schlanker Geistlicher die wildesten Pferde ritt, über die breitesten Gräben sprang und über die höchsten Gatter hinwegsetzte. Der Pfarrer also trabt wie zufällig und gerade im Augenblick, als Sir Huddlestone vorbeikommt, auf seinem mächtigen Rappen aus dem Pfarrweg hervor; er schließt sich dem würdigen Baron an. Hunde und Reiter verschwinden, und der kleine Rawdon bleibt verwundert und glücklich auf der Freitreppe zurück.

Während seiner unvergeßlichen Ferien auf dem Lande hat der kleine Rawdon, wenn er auch keine Freundschaft mit dem stets so angsteinflößenden und kalten Oheim schließen konnte (der immer, in Friedensrichterakten vertieft, in seinem Studierzimmer saß oder von Verwaltern und Farmern umgeben war), doch die Herzen seiner verheirateten und unverheirateten Tanten, der kleinen Schloßkinder und des Pfarrerssohnes Jim gewonnen, den Sir Pitt in seinem Werben um die eine der beiden jungen Damen ermutigt – zweifellos mit dem Hintergedanken, daß er die Pfarrstelle erhält, wenn sein Vater, der alte Fuchsjäger, sie räumt. Jim hat die Hetzjagd aufgegeben und begnügt sich während der Weihnachtsferien mit einer harmlosen kleinen Enten- oder Schnepfenjagd oder einer stillvergnügten Rattenhatz, wonach er wieder auf die Universität zurückkehren und noch einmal versuchen will, nicht durchzufallen. Seine grünen Röcke, roten Halstücher und andern weltlichen Tand trägt er nicht mehr, sondern er bereitet sich auf einen Wechsel in seiner Laufbahn vor. Auf diesem billigen und sparsamen Wege versucht Sir Pitt, bei der Familie seine Schulden abzutragen.

*

Außerdem hatte der Baronet, noch ehe die fröhliche Weihnachtszeit vorüber war, genug Mut aufgebracht, um seinem Bruder einen zweiten Scheck auszustellen, und zwar auf den nicht geringen Betrag von hundert Pfund lautend – eine Tat, die Sir Pitt zunächst grausame Qualen bereitete; aber bei dem Gedanken, daß er ein sehr freigebiger Mann sei, wurde ihm hinterher doch warm ums Herz. Rawdon und sein Sohn reisten nur schweren Herzens ab. Becky und die Damen dagegen trennten sich gar nicht so ungern, und unsre kleine Freundin kehrte nach London zurück, um sich den Aufgaben zu widmen, mit denen wir sie zu Anfang des Kapitels beschäftigt sahen. Unter ihrer Oberaufsicht verjüngte sich das Haus in der Great Gaunt Street und war für den Empfang Sir Pitts und seiner Familie bereit, als er nach London kam, um seinen Pflichten im Parlament nachzugehen und die Stellung einzunehmen, für die er kraft seiner genialen Begabung geeignet war.

Während der ersten Sitzungsperiode verheimlichte der schlaue Heuchler seine Pläne noch und machte den Mund nicht auf, abgesehen von einem einzigen Mal, als er eine Petition Mudburys verlas. Doch besuchte er eifrig alle Sitzungen und machte sich gründlich mit der Routine und den Bräuchen des Hauses vertraut. Zu Hause versenkte er sich so sehr ins Studium der Blaubücher, daß Lady Jane sich wunderte und es mit der Angst bekam, er könne sich durch das nächtliche Aufsitzen und die Überanstrengung den Tod holen. Er machte auch die Bekanntschaft von Ministern und Parteiführern und war entschlossen, zu ihnen zu gehören, noch ehe viele Jahre verstrichen.

Lady Janes liebes und gütiges Wesen hatte Rebecca mit einer solchen Verachtung gegen ihre Schwägerin erfüllt, daß es der kleinen Frau gar nicht leichtfiel, sie zu verbergen. Lady Jane besaß eben eine besondere Art Güte und Schlichtheit, die unsre Freundin Becky reizte, und manchmal war es ihr einfach unmöglich, der andern ihre Verachtung nicht zu zeigen oder sie nicht durchblicken zu lassen. Doch war Lady Jane schon in Rebeccas bloßer Gegenwart unbehaglich zumute. Ihr Mann plauderte ständig mit Becky. Zeichen geheimen Einverständnisses schienen zwischen ihnen hin und her zu fliegen. Pitt sprach mit ihr über Themen, die er nicht im Traume mit seiner Frau besprechen würde. Zwar verstand Lady Jane nichts davon, doch es kränkte sie, so stumm dabeizusitzen, und noch kränkender war es, zu wissen, daß man nichts zu sagen hatte, und die kecke kleine Mrs. Rawdon zu hören, wie sie von einem Thema zum andern hüpfte, für jeden ein schlagfertiges Wort und immer einen Scherz bei der Hand hatte, während sie in ihrem eigenen Haus allein am Kamin sitzen und beobachten mußte, wie sich alle Herren um ihre Rivalin scharten.

Wenn Lady Jane auf dem Lande den Kindern, die sich um ihre Knie drängten, Märchen erzählte (auch der kleine Rawdon war dabei, denn er hatte sie sehr gern) und Becky mit spöttischem Lächeln und verächtlichen grünen Augen ins Zimmer trat, dann verstummte Lady Jane vor ihrem fatalen Blick. Ihre schlichten kleinen Träumereien verkrochen sich zitternd wie die Elfen im Märchenbuch vor dem mächtigen bösen Zauberer. Sie konnte nicht weitererzählen, obwohl Rebecca sie mit dem leisesten Anflug von Spott in der Stimme bat, in ihrer reizenden Geschichte fortzufahren. Sanfte Gedanken und harmlose Freuden waren Mrs. Becky widerwärtig, sie paßten nicht zu ihr; wer Gefallen daran fand, den haßte sie, und Kinder und Kinderfreunde strafte sie mit Verachtung. «An Butterbrot kann ich keinen Geschmack finden», sagte sie, wenn sie Lady Jane und ihre Art vor Lord Steyne lächerlich gemacht hatte.

«Ebensowenig wie ein gewisser Jemand am Weihwasser», erwiderte Lord Steyne, verneigte sich grinsend und schlug eine mißtönende Lache an.

Die beiden Damen sahen sich also nicht oft, abgesehen von gewissen Anlässen, wenn die Frau des jüngeren Bruders die andere aufsuchte, weil sie etwas von ihr haben wollte. Dann ging es nur so mit «meine Liebe» und «meine Beste»; doch im allgemeinen mieden sie sich. Sir Pitt dagegen fand trotz seiner unendlichen Geschäfte täglich Zeit, seine Schwägerin zu besuchen.

Als der Sprecher des Unterhauses sein erstes Essen gab, nahm Sir Pitt die Gelegenheit wahr, um sich seiner Schwägerin in Uniform zu zeigen – der alten Diplomatenuniform, die er als Attaché bei der Gesandtschaft in Pumpernickel getragen hatte.

Becky sagte ihm viel Schmeichelhaftes über die Uniform und bewunderte sie fast ebensosehr wie seine Frau und die Kinder, denen er sich beim Fortgehen vorgestellt hatte. Sie erklärte, nur ein blaublütiger Edelmann könne eine Hofuniform mit Anstand tragen, denn die *coulotte courte* stehe eben nur Männern von altem Geblüt. Pitt

blickte wohlgefällig an seinen Beinen herunter, die ehrlich gesagt nicht größere Symmetrie oder rundere Formen als der dürre Hofdegen besaßen, der ihm an der Seite herunterbaumelte. Ja, er sah an seinen Beinen herunter und hielt sich für unwiderstehlich schön.

Als er gegangen war, zeichnete Becky eine Karikatur von ihm, die sie nachher Lord Steyne zeigte. Milord war so begeistert über die sprechende Ähnlichkeit, daß er die

Skizze mitnahm. Er hatte Sir Pitt die Ehre erwiesen, ihn in Mrs. Rawdons Haus kennenzulernen, und war zu dem neuen Baronet und Parlamentsmitglied sehr leutselig gewesen. Pitt war überrascht, wie ehrerbietig der berühmte Marquis seine Schwägerin behandelte und ebenso über die Ungezwungenheit und Lebhaftigkeit, mit der sie plauderte, und über das Vergnügen, mit dem die andern Herren ihrem Geplauder zuhörten. Lord Steyne ließ keinen Zweifel aufkommen, daß der Baronet erst am Anfang seiner politischen Laufbahn stehe, und erklärte, er warte voller Spannung darauf, ihn als Redner zu hören. Da sie Nachbarn waren (denn die Great Gaunt Street mündet in den Great Gaunt Square, dessen Längsseite, wie jeder weiß, vom Gaunt House eingenommen wird), hoffte Milord, Lady Steyne würde bald nach ihrer Ankunft in London die Ehre haben, Lady Crawleys Bekanntschaft zu machen. Am nächsten oder übernächsten Tag gab er seine Visitenkarte bei dem Nachbarn ab, von dessen Vorgänger er nie Notiz genommen hatte, obwohl sie fast ein Jahrhundert lang Nachbarn gewesen waren.

Inmitten solcher Intrigen, solcher vornehmen Gesellschaften und klugen, hervorragenden Persönlichkeiten fühlte sich Rawdon von Tag zu Tag einsamer. Er durfte immer häufiger in den Klub gehen und mit befreundeten Junggesellen auswärts speisen und konnte kommen und gehen, wie er wollte, ohne daß ihm Fragen gestellt wurden. Er wanderte manches Mal mit dem kleinen Rawdy in die Gaunt Street, wo sie bei der Lady und den Kindern saßen, während Sir Pitt auf dem Weg zum Parlament oder auf dem Rückweg mit Rebecca Besprechungen abhielt.

Stundenlang konnte der Ex-Oberst schweigsam in seines Bruders Haus sitzen und sowenig wie möglich sagen oder tun. Er war froh, wenn er eine Besorgung machen, Erkundigungen über ein Pferd oder einen Diener einholen oder den Hammelbraten für das Essen der Kleinen tranchieren durfte. Er war ein Geschlagener und zu Trägheit und Unterwürfigkeit verdammt worden. Delila hatte ihn gefesselt und ihm das Haar abgeschnitten. Der vor zehn Jahren noch so kühne und sorglose junge Hitzkopf war unterjocht und in einen abgestumpften, untersetzten gefügigen Herrn mittleren Alters verwandelt worden.

Und die arme Lady Jane wußte, daß Rebecca ihr den Gatten abspenstig gemacht hatte. Trotzdem begrüßten sie sich stets mit «meine Liebe» und «meine Beste», wenn sie sich trafen.

XLVI

Kämpfe und Prüfungen

OBWOHL unsre Freunde in Brompton Weihnachten auf ihre Art verlebten, waren sie doch keineswegs sehr fröhlich.

Von den hundert Pfund, die ungefähr das Jahreseinkommen der Witwe Osborne darstellten, hatte sie ihrem Vater und ihrer Mutter fast dreiviertel für ihren und ihres Sohnes Lebensunterhalt gegeben. Mit weiteren hundertzwanzig Pfund, die Joseph beisteuerte, konnte die vierköpfige Familie mitsamt dem irischen Dienstmädchen, das auch noch für Mr. und Mrs. Clapp arbeitete, einigermaßen behaglich und anständig leben, ja sogar Freunden gelegentlich eine Teemahlzeit vorsetzen und trotz der Stürme und Enttäuschungen der vorangegangenen Jahre den Kopf hoch tragen. Sedley betonte noch immer seine Überlegenheit über die Familie Mr. Clapps, seines ehemaligen Buchhalters, und Clapp erinnerte sich an die Zeit, als er, auf der Stuhlkante klebend, am üppigen Tisch des Kaufmanns vom Russell Square sein Glas auf das Wohl Mrs. Sedleys, Miss Emmys und Mr. Josephs in Indien geleert hatte. Die Zeit verklärte die Erinnerungen im Herzen des wackeren Buchhalters. Sooft er von seiner Wohnküche unten ins Wohnzimmer hinaufstieg und Mr. Sedley dort Tee oder ein Glas Gin trank, sagte er stets: «Sie waren an anderes gewöhnt, Sir!», und dann trank er so ernst und ehrerbietig auf das Wohl der Damen, wie er es in den Tagen ihres größten Wohlstandes getan hatte. Er hielt «Miss Melias» Klavierspiel für die schönste Musik und sie selbst für die schönste Dame. Sogar im Klub setzte er sich nie, bevor nicht Sedley saß, und er duldete es auch nicht, daß je einer von den Herren etwas Schlechtes über den Charakter seines ehemaligen Prinzipals redete. Er habe mit angesehen, wie die berühmtesten Leute in London Mr. Sedley die Hand schüttelten, sagte er, und er kenne ihn noch aus der Zeit, als Rothschild persönlich jeden Tag mit ihm auf der Börse zu sehen gewesen war – und er persönlich verdanke ihm einfach alles.

Clapp, der die besten Zeugnisse und eine gute Handschrift hatte, konnte sehr bald nach dem Unglück seines Herrn eine neue Stellung finden. «So ein kleiner Fisch wie ich kann in jedem Eimer schwimmen», sagte er stets. Der Partner einer Firma, mit der Mr. Sedley früher zu tun hatte, war sehr froh, Mr. Clapp bei sich anzustellen und ihn für seine Dienste mit einem schönen Gehalt zu entschädigen. Wie man sieht, waren alle reichen Freunde Sedleys einer nach dem andern von ihm abgerückt, und nur sein armer Angestellter hielt treu und anhänglich zu ihm.

Den kleinen Rest ihres Einkommens mußte Amelia mit aller erdenklichen Sparsamkeit und Sorgfalt zusammenhalten, um ihr geliebtes Kind so kleiden zu können, wie es sich für einen Sohn George Osbornes geziemte, und um die Kosten der kleinen Schule zu bestreiten, in die sie ihn nach langem Zaudern und mancherlei Besorgnis und heimlicher Angst und Qual schließlich doch geschickt hatte. Viele Abende war sie lange aufgeblieben und hatte Lektionen durchstudiert und sich mit verzwickten Grammatik- und Geographiebüchern befaßt, um Georgy selbst unterrichten zu können. Sie hatte sogar die Anfangsgründe des Lateinischen in Angriff genommen, weil sie es ihm sehr gern beigebracht hätte. Sich den ganzen Tag über von ihm zu trennen, ihn dem Rohrstock eines Lehrers und der Roheit seiner Kameraden zu überlassen, war für die schwache Mutter, die so ängstlich und sensibel war, fast so schlimm wie ein zweites Entwöhnen. Der Junge dagegen stürmte überglücklich in die Schule. Er hatte sich nach etwas Neuem gesehnt. Seine kindliche Freude tat der Mutter weh, weil sie selber so darunter litt, sich von ihm trennen zu müssen. Sie meinte, es wäre leichter gewesen, wenn auch er betrübt gewesen wäre, doch dann bereute sie es furchtbar, weil sie gewagt hatte, so eigennützig zu sein und zu wünschen, ihr eigener Sohn solle traurig sein.

Georgy machte große Fortschritte in der Schule, die von einem Freund Pfarrer Binnys, Amelias treuem Verehrer, geleitet wurde. Er brachte viele Preise und gute Zensuren heim. Jeden Abend erzählte er seiner Mutter unzählige Geschichten von seinen Schulkameraden: was für ein toller Kerl der Lyons und was für eine Schwatzbase der Sniffin sei und daß Steels Vater das Fleisch für die Schule liefere und Goldings Mutter jeden Samstag ihren Jungen in einem Wagen abhole, und Nead hätte Stege an seinen Hosen – ob er auch Stege haben dürfe? – und der Bull I sei so tüchtig (wenn auch nur im Eutropius), daß alle glaubten, er könne es sogar besser als der Hilfslehrer Mr. Ward. Eines Tages, nach einer Rauferei mit Master Smith, kam Georgy mit einem blauen Auge nach Hause und prahlte gehörig vor seiner Mutter und dem hocherfreuten Großvater, wie mutig er sich geschlagen habe, doch eigentlich hatte es sich so verhalten, daß er gar keinen besonderen Heldenmut entwickelt, sondern den kürzeren gezogen hatte. Amelia aber konnte es Smith bis auf den heutigen Tag nicht verzeihen, obwohl der jetzt längst ein friedfertiger Apotheker am Leicester Square ist.

Das Leben der jungen Witwe verstrich also mit stillen Pflichten und harmlosen Sorgen. Ein paar Silberhaare mehr auf dem Kopf und ein paar fast unsichtbare Fältchen auf der schönen Stirn erinnerten daran, wie die Zeit verging. Sie lächelte nur über solche Zeichen. «Was hat das für eine alte Frau wie mich zu bedeuten?» sagte sie. Sie hoffte es nur zu erleben, daß ihr Sohn ein so großer, wunderbarer und berühmter Mann würde, wie er es verdiente. Sie bewahrte seine Hefte, Zeichnungen und Aufsätze auf und zeigte sie in ihrem kleinen Kreis herum, als seien es Wunderwerke eines Genies. Ein paar Musterstücke vertraute sie Miss Dobbin an, um sie Georgys Tante, Miss Osborne, zu zeigen, die sie wiederum Mr. Osborne vorlegen sollte, damit der alte Mann seine Grausamkeit und Verstocktheit gegen den Dahingerafften bereue. Alle Schwächen und Fehler ihres Gatten hatte sie mit ihm begraben. Sie dachte an ihn nur noch als an den geliebten Mann, der sie unter soviel Opfern geheiratet hatte, an den edlen Gatten, der so tapfer und schön war und dessen Arme sie an jenem Morgen umschlungen hielten, als er auszog, um für seinen König zu kämpfen und den Heldentod zu sterben. Gewiß lächelte ihr Held vom Himmel auf das Wunder von einem Knaben nieder, den er ihr zu Trost und Freude zurückgelassen hatte!

Wir hörten schon, wie der eine von Georgys Großvätern – der in seinem Lehnstuhl am Russell Square – täglich heftiger und launischer wurde und wie seine Tochter, trotz ihrer schönen Kutsche und der schönen Pferde und obwohl ihr Name auf fast allen Wohltätigkeitslisten der Stadt erschien, doch eine einsame, unglückliche und geplagte alte Jungfer war. Immer wieder mußte sie an den Sohn ihres Bruders denken, an den hübschen kleinen Jungen, den sie gesehen hatte. Sie sehnte sich danach, in ihrem schönen Wagen zu dem Häuschen fahren zu dürfen, in dem er wohnte, und Tag für Tag hielt sie nach ihm Ausschau, wenn sie einsam durch den Park fuhr, immer in der Hoffnung, ihn zu erblicken. Ihre Schwester, die Frau des Bankiers, geruhte hin und wieder, ihrer Jugendgespielin und ihrem Elternhaus am Russell Square einen Besuch abzustatten. Sie brachte zwei kränkliche Geschöpfe unter der Obhut einer aufgeputzten Kinderfrau mit und schnatterte ihrer Schwester mit zarter, albern-vornehmer Stimme etwas von ihren feinen Bekannten vor, und ihr kleiner Frederick sei der ganze Schwarm von Lord Claud Lollypop, und ihre süße

Maria sei der Baronin aufgefallen, als sie in ihrem Eselwagen in Roehampton spazierenfuhren. Sie drängte ihre Schwester, den Papa zu bitten, etwas für die Schätzchen zu tun. Frederick mußte zur Garde, das hatte sie schon beschlossen, und wenn er zum Majoratserben gemacht würde (Mr. Bullock schuftete und geizte sich buchstäblich zu Tode, um immer mehr Land zu kaufen), dann wäre für das süße Mädchen nicht gesorgt. «Ich rechne auf *dich*, Liebste», sagte Mrs. Bullock, «denn mein Anteil an Papas Vermögen geht natürlich an das Oberhaupt der Familie. Die liebe Rhoda McNull will den ganzen Castletoddy-Besitz von Verpflichtungen freikaufen, sowie der arme liebe Lord Castletoddy stirbt; er ist ja schwer epileptisch, und dann wird der kleine McDuff McNull gleich zum Grafen Castletoddy. Und die Bludyers von der Mincing Lane haben ihr ganzes Vermögen schon Fanny Bludyers kleinen Jungen verschrieben. Mein süßer Frederick muß unbedingt Majoratserbe werden, und – und bitte doch Papa, sein Konto wieder nach der Lombard Street zu verlegen, ja, Liebste? Es sieht nicht gut aus, daß er jetzt bei Stumpy & Rowdy ist!» Nach solchen Reden, in denen Modeklatsch und das Hauptinteresse geschickt gemischt waren, und nach einem Kuß, der wie die Berührung einer Auster war, pflegte Mrs. Frederick Bullock ihre steifgestärkten Hätschelkinder wieder einzusammeln und zimperlich zum Wagen zu trippeln.

Jeder Besuch, den die prominente Dame ihrer Familie abstattete, wirkte sich unheilvoll für sie aus. Ihr Vater zahlte nur noch mehr Gelder bei Stumpy & Rowdy ein. Ihre gönnerhafte Leutseligkeit wurde immer unerträglicher. Die arme Witwe, die in dem bescheidenen Häuschen in Brompton ihren Schatz hütete, ahnte nicht, wie sehr andre Menschen ihn begehrten.

An dem Abend, als Jane Osborne ihrem Vater erzählte, sie habe seinen Enkel gesehen, hatte der alte Mann nichts erwidert, er war aber auch nicht zornig geworden, sondern hatte ihr, als er in sein Zimmer ging, mit recht freundlicher Stimme gute Nacht gewünscht. Und er mußte auch über das, was sie ihm erzählte, nachgedacht und sich bei den Dobbins über ihren Besuch erkundigt haben, denn vierzehn Tage danach fragte er sie, wo denn ihre kleine französische Uhr und die Uhrkette sei, die sie sonst immer getragen habe.

«Ich hatte sie doch von meinem eigenen Geld gekauft, Sir», erwiderte sie ängstlich.

«Bestelle dir eine neue oder auch eine bessere, wenn so etwas zu haben ist», sagte der alte Herr und versank wieder in Schweigen.

In der letzten Zeit hatten die Fräulein Dobbin immer häufiger ihre Bitte wiederholt, Amelia möge doch erlauben, daß George sie besuche. Er habe seiner Tante so gut gefallen, und vielleicht, so deuteten sie an, wäre auch der Großvater bereit, sich mit ihm auszusöhnen. Solche günstigen Aussichten für den Jungen dürfe Amelia doch keinesfalls zurückweisen? Sie wollte es auch nicht, doch gab sie ihren Bitten nur mit schwerem Herzen und voll schlimmer Vorahnungen nach. Während der Abwesenheit des Kleinen war sie immer unruhig, und bei seiner Rückkehr begrüßte sie ihn, als sei er einer großen Gefahr entronnen. Er brachte Geld und Spielzeug mit, das die Witwe voller Sorge und Angst betrachtete. Sie fragte ihn jedesmal, ob er einen Herrn gesehen hätte. Nur den alten Sir William, erzählte er, der ihn in der großen Kutsche ausgefahren habe, und Mr. Dobbin, der am Nachmittag auf seinem schönen braunen Pferd erschienen sei, und der habe einen grünen Rock und ein rotes Halstuch und eine Peitsche mit goldenem Knauf getragen und ihm versprochen, ihm den Tower zu zeigen und ihn mit der Surrey-Meute auf die Jagd mitzunehmen. Aber eines Tages berichtete er: «Heute war ein alter Mann mit buschigen Augenbrauen und einem großen Hut da, und an seiner dicken Uhrkette hingen lauter Siegel.» Er war auf sie zugekommen, als der Kutscher ihn auf seinem kleinen Pony im Kreis herumgeführt hatte. «Er hat mich immerzu angesehen. Er hat furchtbar gezittert. Nach dem Essen hab' ich aufgesagt: ‹Norval ward ich genannt›.

Meine Tante fing gleich an zu weinen. Sie weint jedesmal.» So lautete an jenem Abend Georgys Bericht.

Nun wußte Amelia, daß der Junge seinen Großvater getroffen hatte, und wartete in fiebernder Angst auf das Anerbieten, das bestimmt kommen mußte und auch ein paar Tage danach eintraf. Mr. Osborne erbot sich in aller Form, den Knaben zu sich zu nehmen und ihn zum Erben des Vermögens zu machen, das er ursprünglich seinem Vater zugedacht hatte. Mrs. Osborne wollte er eine Jahressumme aussetzen, die ihr ein hinlängliches Auskommen sicherte. Wenn Mrs. Osborne sich wieder verheiraten sollte, wie es anscheinend in ihrer Absicht läge, dann wolle er ihr die Jahressumme nicht entziehen. Bedingung sei jedoch, daß der Junge zu seinem Großvater am Russell Square übersiedle – oder an irgendeinen andern Ort, den Mr. Osborne bestimmen wolle; es würde ihm hin und wieder erlaubt werden, Mrs. George Osborne in ihrer Wohnung zu besuchen. Dieser Vorschlag wurde ihr eines Tages, als ihre Mutter nicht zu Hause und ihr Vater wie üblich in der City war, überbracht oder vielmehr vorgelesen.

Amelia war eigentlich höchstens zwei-, dreimal in ihrem ganzen Leben zornig geworden, und Mr. Osbornes Anwalt hatte das Glück, sie in einer solchen Stimmung zu erleben. Sobald Mr. Poe den Brief vorgelesen und ihr dann ausgehändigt hatte, sprang sie zitternd und dunkelrot im Gesicht auf, zerriß den Brief in tausend Fetzen und trat darauf herum. «‹Ich soll wieder heiraten? Ich soll Geld nehmen, damit ich mich von meinem Kind trenne? Wer wagt es, mich mit solchen Vorschlägen zu beleidigen? Sagen Sie Mr. Osborne, es sei ein verächtlicher Brief, Sir, ja ein verächtlicher Brief, und ich werde ihn nicht beantworten. Guten Morgen, Sir!› Und damit verabschiedete sie mich – wie eine Königin in einer Tragödie», sagte der Anwalt, der darüber berichtete.

Ihre Eltern merkten an dem Tage nichts von ihrer inneren Erregtheit, und sie erzählte ihnen niemals etwas von der Unterredung. Sie hatten ihre eigenen Sorgen, um die sie sich kümmern mußten, die jedoch auch für unsre unschuldige und ahnungslose Freundin bedeutungsvoll waren. Ihr Vater befaßte sich noch immer mit Spekulationen. Wir sahen bereits, was für Fehlschläge er mit dem Weinhandel und dem Kohlenvertrieb gehabt hatte. Aber er lief weiterhin eifrig und rastlos in der City herum und verfiel auf einen neuen Plan, den er so gut fand, daß er sich trotz der Vorhaltungen Mr. Clapps darauf einließ und ihm gar nicht zu sagen wagte, wie weit er sich dabei festgelegt hatte. Und da es von jeher Mr. Sedleys Grundsatz gewesen war, nie vor Frauen über Geldsachen zu reden, hatten sie keine Ahnung von dem ihnen bevorstehenden Unglück, bis sich der alte Pechvogel allmählich gezwungen sah, eine Beichte nach der andern abzulegen.

Zunächst geriet der kleine Haushalt mit seinen Rechnungen, die sonst jede Woche bezahlt wurden, in Rückstand. Der Wechsel aus Indien sei noch nicht eingetroffen, erklärte Mr. Sedley mit sorgenvoller Miene. Da seine Frau ihre Rechnungen bis dahin sehr regelmäßig bezahlt hatte, wurden ein oder zwei Kaufleute, bei denen die arme Dame vorsprechen und um Aufschub bitten mußte, sehr ungehalten über die Verzögerung, obwohl sie bei weniger pünktlichen Kunden an so etwas durchaus gewöhnt waren. Doch Emmys Beitrag, den sie freundlich und ohne Fragen zur Verfügung stellte, hielt den kleinen Haushalt über Wasser. Die ersten sechs Monate vergingen noch halbwegs erträglich. Der alte Sedley war wie bisher überzeugt, seine Aktien müßten steigen, und dann wäre alles gut.

Doch am Ende des ersten Halbjahres trafen die sechzig Pfund nicht ein, die dem Haushalt wieder hätten aufhelfen sollen, so daß die Schwierigkeiten immer größer wurden. Mrs. Sedley begann zu kränkeln, da ihre Gesundheit erschüttert war. Meistens saß sie stumm da, oder sie weinte unten bei Mrs. Clapp in der Küche. Der Metzger war besonders mürrisch, der Kaufmann wurde unverschämt. Der kleine Georgy hatte schon ein paarmal über das Essen genörgelt, und Amelia, die auch mit einer Scheibe Brot anstatt des Abendessens zufrieden gewesen wäre, merkte bald, daß ihr Sohn zu kurz kam, und kaufte von ihrem eigenen Geld etwas Zukost, um seine Gesundheit nicht zu gefährden.

Endlich erzählten sie es ihr, oder vielmehr, sie erzählten es ihr so zurechtgestutzt, wie man's eben macht, wenn man in Schwierigkeiten ist. Eines Tages traf dann ihre Pension ein, und sie wollte ihren Anteil bezahlen, schlug aber vor, etwas davon zurückzubehalten, weil sie einen neuen Anzug für Georgy bestellt habe.

Da kam es denn heraus, daß Josephs Wechsel nicht ausbezahlt worden waren und daß der Haushalt in Schwierigkeiten steckte, was Amelia längst hätte bemerken können, wie ihre Mutter sagte, aber sie dachte ja an nichts und niemand als ihren Georgy. Daraufhin schob sie alles Geld wortlos ihrer Mutter zu und ging in ihr Zimmer, um sich die Augen auszuweinen. Sie hatte noch eine zweite tränenreiche Anwandlung, als sie den Anzug abbestellen mußte, an dem ihr ganzes Herz hing, denn es sollte Georgys Weihnachtsgeschenk sein, ein wunderschöner Anzug, dessen Schnitt und Machart sie ganz ausführlich mit ihrer Bekannten, einer kleinen Schneiderin, besprochen hatte.

Am schwersten fiel es ihr, Georgy die Sache beizubringen – er schrie denn auch gleich los. *Jeder* bekam zu Weihnachten einen neuen Anzug! Die andern würden ihn auslachen. Er *mußte* einen neuen Anzug haben. Sie hatte es ihm versprochen. Die arme Witwe konnte weiter nichts tun, als ihn küssen. Mit Tränen in den Augen stopfte sie seine alten Sachen. Sie sah ihre bescheidenen Kostbarkeiten durch und überlegte, ob sie nicht etwas verkaufen könne, um den ersehnten neuen Anzug bezahlen zu können. Da war der indische Schal, den Dobbin ihr geschickt hatte! Sie erinnerte sich, daß sie in der guten alten Zeit einmal mit ihrer Mutter in einem eleganten indischen Geschäft am Ludgate Hill gewesen war, wo die Damen solche Waren erhandelten und kauften. Ihre Wangen glühten, und die Augen blitzten froh, als sie an den Ausweg dachte. Am nächsten Morgen, als Georgy zur Schule ging, küßte sie ihn und lächelte ihn strahlend an. Da glaubte er, ihr Blick hätte etwas Gutes für ihn zu bedeuten.

Sie wickelte den Schal in ein seidenes Tuch (auch ein Geschenk des guten Majors), versteckte alles unter ihrem Umhang und wanderte eifrig und erhitzt den ganzen Weg bis nach Ludgate Hill zu Fuß, huschte an Parkmauern entlang und rannte über Straßenkreuzungen, so daß mancher Mann, an dem sie vorbeihastete, sich nach dem hübschen rosigen Gesicht umwandte. Sie rechnete sich aus, wie sie den Erlös des Schals verwenden würde: außer dem Anzug würde sie auch noch die Bücher bezahlen können, die er sich gewünscht hatte, und sein Halbjahrs-Schulgeld; und für ihren Vater wollte sie einen richtigen Mantel kaufen anstatt des alten Überrocks, den er jetzt immer trug. Sie hatte sich nicht getäuscht, daß die Gabe des Majors sehr wertvoll war: es war ein wunderschönes und sehr feines Gewebe, und der Kaufmann machte noch ein gutes Geschäft, als er ihr zwanzig Goldstücke gab.

Sie lief mit ihren Reichtümern ganz verwirrt und aufgeregt zur Buchhandlung Darton am St.-Pauls-Kirchhof, erstand die beiden Bücher – «*Parents' Assistant*» und «*Sandford and Merton*» –, die Georgy sich gewünscht hatte, stieg mit ihrem Paket in einen Wagen und fuhr fröhlich nach Hause. Dort schrieb sie mit ihrer zierlichsten Handschrift freudig eine Widmung ein: «Für George Osborne. Ein Weihnachtsgeschenk von seiner ihn liebenden Mutter.» – Die Bücher mit der feinen, zarten Inschrift sind noch heute vorhanden.

Mit den Büchern im Arm trat sie aus ihrem Zimmer, um sie Georgy aufs Pult zu legen, so daß er sie bei der Rückkehr von der Schule gleich sah; aber auf dem Flur begegnete sie ihrer Mutter. Der vergoldete Einband der sieben hübschen Bände fiel der alten Dame auf.

«Was ist das?» fragte sie.

«Ein paar Bücher für Georgy», erwiderte sie. «Ich – ich hatte sie ihm zu Weihnachten versprochen.»

«Bücher!» rief die alte Dame empört. «Bücher, und dabei ist kein Brot im Haus! Bücher! Aber um dich und deinen Sohn ein Luxusleben führen zu lassen und deinen lieben Vater vor dem Schuldgefängnis zu bewahren, habe ich alle meine Schmucksachen und den indischen Schal von meinem Rücken weg verkauft, sogar die silbernen Löffel, damit die Kaufleute nicht frech werden und Mr. Clapp seine Miete bekommt, denn die hat er wohl verdient, weil er kein strenger Hauswirt ist und höflich und ein Familienvater! Ach, Amelia, du kannst einem das Herz brechen mit deinen Büchern und deinem Hätscheljungen, den du lieber ins Unglück stürzt, ehe du dich von ihm trennst! Ach, Amelia, gebe Gott, daß du ein pflichtgetreues Kind hast – und nicht so eins wie ich! Joseph läßt seinen alten Vater im Stich; und Georgy könnte versorgt und reich sein! Aber da läuft er wie ein Lord in die Schule und trägt eine goldene Uhr mit Kette um den Hals, während mein lieber, lieber Alter ohne einen Sch – Schilling – dasteht!» Krampfhaftes Schluchzen und Weinen erstickte Mrs. Sedleys Rede, die man in jedem Zimmer des kleinen Hauses hatte hören können, dessen weibliche Insassen denn auch jedes Wort verstanden hatten.

«O Mutter, aber Mutter!» rief die arme Amelia. «Du hast mir nichts davon gesagt, und ich hatte ihm die Bücher versprochen! Ich – ich habe doch meinen Schal verkauft! Da – nimm das Geld – nimm alles!» Und mit zitternder Hand holte sie das Silber und die Goldstücke hervor, ihre kostbaren Goldstücke, und drückte sie der Mutter in die Hände, die sie nicht halten konnten, so daß sie zu Boden fielen und die Treppe hinunterrollten.

Dann ging sie in ihr Zimmer und sank verzweifelt und sterbensunglücklich nieder. Sie begriff es jetzt alles. Sie hatte den Jungen ihrer Selbstsucht geopfert! Ohne sie hätte er Reichtum und Ansehen und eine gute Erziehung haben und seines Vaters Platz einnehmen können, den sich der ältere George um ihretwillen verscherzt hatte. Sie brauchte die Worte nur zu äußern, und ihr Vater war wieder sorgenfrei und dem Glück des Jungen stand nichts mehr im Wege. Was für ein Urteilsspruch war es für das zarte, gepeinigte Herz!

XLVII

Gaunt House

ALLE WELT weiß, daß Lord Steynes Stadtpalast am Gaunt Square liegt; von dort zweigt die Great Gaunt Street ab, wohin wir Rebecca einst zu Lebzeiten Sir Pitt Crawleys begleiteten. Wenn man über den Zaun und zwischen den düsteren Bäumen hindurch auf die Anlagen des Squares späht, sieht man ein paar unglückliche Gouvernanten mit ihren blassen Zöglingen immer rundherumspazieren, rund um den traurigen Rasen, in dessen Mitte sich das Denkmal Lord Gaunts erhebt, der bei Minden kämpfte: er trägt eine Perücke mit drei Zöpfchen, ist aber im übrigen wie ein römischer Kaiser gekleidet. Gaunt House nimmt fast eine ganze Seite des Squares ein. Auf den andern drei Seiten stehen Herrenhäuser, die jetzt wie verwaist wirken, hohe, düstere Häuser mit steinernen oder in hellerem Rot abgesetzten Fensterrahmen. Hinter den hageren, unbehaglichen Fenstern ist selten ein Lichtschimmer zu sehen, und die Gastfreundschaft scheint ebenso von den Türen geflohen zu sein wie die betreßten Lakaien und Fackelträger alter Zeiten, die in den leeren eisernen Löschpfannen, wie sie noch heute rechts und links neben den Lampen über der Treppe vorhanden sind, ihre Fackeln zu löschen pflegten. Messingschilder sind in den Square eingedrungen: Schilder von Ärzten, von der Zweigstelle West der Diddlesex-Bank, von der Englisch-Europäischen Union und andere mehr. Es sieht trübselig aus –

und Lord Steynes Palast ist nicht weniger trübselig. Ich habe nie mehr davon zu sehen bekommen als die breite Vorderfront mit den Rustikasäulen vor dem Hauptportal, durch das manchmal das feiste, finstere rote Gesicht eines Pförtners blinzelt, und hoch oben die Fenster der Dachkammern und Schlafzimmer und die Schlote, aus denen jetzt selten Rauch aufsteigt. Augenblicklich lebt Lord Steyne in Neapel, da er den Blick auf den Golf und auf Capri und den Vesuv wahrscheinlich dem trübseligen Anblick der Mauer am Gaunt Square vorzieht.

Etwa achtzig Schritt weiter die New Gaunt Street entlang ist ein kleines, bescheidenes Hinterpförtchen, das zu den Stallungen gehört und von den Türen andrer Stallgebäude kaum zu unterscheiden ist. Doch manche geschlossene kleine Kutsche hat dort vor dem Pförtchen gehalten, wie mir mein Berichterstatter, der kleine Tom Eaves, der alles weiß und mich darauf aufmerksam machte, erzählt hat. «Perdita und der Prinz sind durch die kleine Pforte ein- und ausgegangen, Sir», hat er mir oft erzählt, «und Marianne Clarke ist zusammen mit dem Herzog von ... über die Schwelle getreten, denn die Pforte führt zu den berühmten *petits appartements* Lord Steynes, von denen eins ganz in Elfenbein und weißem Atlas und ein anderes in Ebenholz und schwarzem Samt ausgestattet war. Ein kleiner Bankettsaal wurde dem in Sallusts Haus in Pompeji nachgebildet, Sir, und Cosway hat die Wandgemälde ausgeführt. Auch eine kleine Küche ist da, in der sämtliche Bratpfannen aus Silber und sämtliche Spieße aus Gold sind. Hier war es, wo Philipp Egalité an dem berühmten Abend, als er und der Marquis von Steyne einer hohen Persönlichkeit beim Hombre hunderttausend Pfund abgewannen, Rebhühner gebraten hat. Die Hälfte des Geldes war für die Französische Revolution bestimmt, die andre Hälfte, um Lord Gaunt den Marquistitel und den Hosenbandorden zu kaufen, und ein Restchen...» Doch was mit dem Rest geschah, gehört nicht in unsre Geschichte, obwohl der kleine Tom Eaves, der über alle Welt Bescheid weiß, uns gern über die

Verwendung jeden Schillings berichten würde – und noch sehr viel mehr.

Außer seinem Stadtpalast besaß der Marquis noch Schlösser und Paläste in verschiedenen Landstrichen der drei Königreiche, und Beschreibungen über sie findet man in den Reisehandbüchern: Schloß Strongbow mit seinen Waldungen am Ufer des Shannon – Gaunt Castle in Carmarthenshire, wo Richard der Zweite gefangengenommen wurde – Gauntly Hall in Yorkshire, wo es, wie man mir sagte, für das Frühstückservice der Gäste des Hauses zweihundert silberne Teekannen gab, und alles, was dazugehörte, war ebenso prächtig – und Stillbrook in Hampshire, Milords Farm, ein bescheidenes Plätzchen, an dessen wundervolles Mobiliar wir uns noch alle erinnern, da es beim Ableben des Lords von einem kürzlich verstorbenen berühmten Auktionator versteigert wurde.

Die Marquise von Steyne entstammte der berühmten alten Familie der Caerlyons, Grafen von Camelot, die seit der Bekehrung ihres allerersten Ahnherrn, eines verehrungswürdigen Druiden, den alten Glauben beibehalten haben und deren Stammbaum bis weit über die Zeit zurückreicht, als König Brut auf unsrer Insel landete. Pendragon lautet der Titel des ältesten Sohnes dieses Geschlechts. Die Söhne heißen seit undenklichen Zeiten stets Arthur, Uther und Caradoc. Ihre Häupter fielen in mancher patriotischen Verschwörung. Elizabeth ließ den Arthur ihrer Generation enthaupten, der ein Kammerherr bei Philip und Mary gewesen war und Briefe zwischen der Königin von Schottland und ihren Oheimen, den Guisen, hin und her beförderte. Ein jüngerer Sohn des Hauses war Offizier des großen Herzogs und zeichnete sich in der berühmten Bartholomäusnacht aus. Während der ganzen Gefangenschaft Marias stand die Familie Camelot auf ihrer Seite. Zur Zeit der Armada erlitten sie durch ihre Auslagen für das Aufstellen einer Kriegsflotte ebensoviel Schaden wie durch die von Elizabeth ihnen auferlegten Geldbußen und Beschlagnahmungen, weil sie Priestern Unterkunft gewährt hatten, hartnäckig bei ihrer Ansicht blieben und papistische Missetaten begingen. Ein Abtrünniger wurde zur Zeit James' des Ersten auf Grund der Argumente des großen Theologen vorübergehend seiner Religion untreu, und dank seiner recht gelegen kommenden Schwäche wurde die Vermögenslage der Familie wieder etwas gehoben. Doch während der Regierung Charles' kehrte ein Graf von Camelot wieder zum Glauben seiner Vorfahren zurück, und sie fuhren fort, dafür zu kämpfen und sich dafür zugrunde zu richten, solange es noch einen Stuart gab, der Aufstände anführen oder anstiften konnte.

Lady Mary Caerlyon war in einem Pariser Kloster erzogen worden; Marie-Antoinette, die Frau des Dauphin, war ihre Patin. In der vollsten Blüte ihrer Schönheit war sie verheiratet – oder vielmehr verkauft worden, wie es hieß –, und zwar an Lord Gaunt, der damals in Paris weilte und dem Bruder der jungen Dame bei den Banketten Philipps von Orleans riesige Summen abgewann. Das berühmte Duell des Grafen Gaunt mit dem Comte de la Marche von den Grauen Musketieren wurde allgemein darauf zurückgeführt, daß sich der junge Franzose (der zuerst Page war und auch weiterhin Günstling der Königin blieb) ebenfalls um die Hand der schönen Lady Caerlyon bewarb. Sie wurde dem Grafen angetraut, während er noch an seiner Duellwunde krankte, lebte dann im Gaunt House und spielte kurze Zeit am glänzenden Hof des Prinzen von Wales eine Rolle. Fox hat Trinksprüche auf sie ausgebracht, Morris und Sheridan haben Gedichte über sie geschrieben, Malmesbury hat ihr seine schönsten Komplimente gemacht, Walpole erklärte, sie sei bezaubernd, Devonshire wurde ihretwegen fast eifersüchtig; sie aber fürchtete die wilden Vergnügungen und Lustbarkeiten einer Gesellschaft, in die man sie hineingestoßen hatte, und nach der Geburt ihrer Söhne zog sie sich in ein Leben frommer Weltabgeschiedenheit zurück. Kein Wunder, daß man Lord Steyne, der Vergnügen und Heiterkeit liebte, nach der Heirat nicht oft an der Seite seiner ängstlichen, stillen, abergläubischen, unglücklichen Frau sah.

Der schon erwähnte Tom Eaves (der in unsrer Geschichte keine Rolle spielt, außer eben der, daß er alle Vornehmen Londons und die Geschichten und Geheimnisse ihrer Familie kennt) weiß noch mehr über Lady Steyne zu berichten, mag es nun zutreffen oder nicht. «Die Demütigungen», sagt Tom, «denen die Dame sich in ihrem eigenen Haus unterziehen mußte, waren schändlich. Lord Steyne zwang sie, sich mit Frauen an den gleichen Tisch zu setzen, mit denen ich meine Frau nicht ums liebe Leben verkehren ließe, nämlich mit Lady Crackenbury, mit Mrs. Chippenham und mit Madame de la Cruchecassée, der Frau des französischen Gesandtschaftssekretärs» (und doch war Tom Eaves mehr als froh, wenn er von den Damen – deren Bekanntschaft er seiner Frau bei Todesstrafe verweigerte – ein Kopfnicken oder eine Einladung bekam), «kurz und gut, mit der jeweils regierenden Mätresse. Und glauben Sie etwa, daß eine solche Lady aus einer solchen Familie, die so stolz sind wie die Bourbonen und bei denen die Steynes nur als Lakaien und Emporkömmlinge gelten (denn schließlich stammen sie nicht von den *alten* Gaunts ab, sondern von einer obskuren und fragwürdigen Seitenlinie), glauben Sie etwa, wiederhole ich» (der Leser darf nicht vergessen, daß es immer noch Tom Eaves ist, der hier spricht), «daß die Marquise von Steyne, die hochmütigste Frau Englands, sich ihrem Gatten so unterwürfig gefügt hätte, wenn sie nicht Ursache dafür gehabt hätte? Pah! Ich versichere Ihnen, daß es geheime Gründe gab. Der Abbé de la Marche, der während der Emigration hier in England lebte und zusammen mit Puisaye und Tinteniac für die Quiberoon-Sache arbeitete, war der gleiche Oberst von den Grauen Musketieren, mit dem sich Steyne im Jahre sechsundachtzig duellierte, und er und die Marquise haben sich wiedergesehen, und erst nachdem der Reverend Oberst in der Bretagne erschossen wurde, nahm Lady Steyne die furchtbar strengen Andachtsübungen auf, die sie noch heute durchführt. Jeden Tag geht sie zu ihrem Beichtvater, jeden Morgen geht sie am Spanish Place in die Messe; ich habe sie beobachtet, das heißt, ich kam zufällig dort vorbei. Und Sie können sich drauf verlassen, daß ein Geheimnis dahintersteckt! Die Menschen sind nicht derartig unglücklich, wenn sie nicht etwas zu bereuen hätten», fügte Tom Eaves mit verständnisinnigem Kopfnicken zu, «und verlassen Sie sich drauf, die Lady wäre nicht so fügsam, wenn der Lord nicht eine Waffe in der Hand hätte, mit der er sie bedrohen kann.»

Wenn Mr. Eaves also recht hat, hätte die vornehme Frau mancherlei heimliche Kränkung erduldet und mancherlei geheimen Kummer hinter einer gelassenen Miene versteckt. Wir aber, meine Brüder, die wir nicht in den Adelsregistern stehen, wollen uns mit dem Gedanken trösten, wie erbärmlich es hochgestellten Persönlichkeiten gehen kann, denn dem Damokles, der auf Atlaskissen sitzt und von goldenem Teller speist, kann ein furchtbares Schwert über dem Haupte schweben – entweder in der Gestalt eines Büttels oder einer Erbkrankheit oder eines Familiengeheimnisses, das von Zeit zu Zeit gespenstig hinter dem Wandteppich hervorschaut –, ein Schwert, das bestimmt eines Tages auf die richtige Stelle niederschlägt.

Vergleicht ein armer Mann seine Lage mit der eines Reichen, so kann er (immer Mr. Eaves zufolge) noch einen anderen Trost finden. Wo es wenig oder kein Vermögen zu vermachen oder zu ererben gibt, können Vater und Sohn gut miteinander auskommen, während der Erbe eines großen Fürsten, wie es Lord Steyne einer ist, ganz natürlicherweise ungeduldig ist, weil ihm sein Königreich dauernd vorenthalten wird, und den derzeitigen Besitzer wird er nicht mit sehr freundlichen Blicken betrachten. «Man kann ruhig behaupten», pflegte der spöttische alte Eaves zu sagen, «daß sich in jeder vornehmen Familie der Vater und der älteste Sohn stets hassen. Der Kronprinz steht immer in Opposition zur Krone, oder er verlangt danach. Shakespeare kannte die

Welt, mein lieber Herr, und wenn er schildert, wie Prinz Hal (von dessen Familie die Gaunts abzustammen vorgeben, obwohl sie mit John von Gaunt ebensowenig verwandt sind wie Sie oder ich) sich seines Vaters Krone aufsetzt, dann gibt er eine naturgetreue Beschreibung aller Erben. Wenn Sie Aussicht auf ein Herzogtum und täglich tausend Pfund Einkommen hätten, wollen Sie mir da erzählen, daß Sie es nicht zu besitzen wünschen? Pah! Und es ist ganz selbstverständlich, daß jeder große Mann, der einst seinem Vater gegenüber eine solche Einstellung gehabt hatte, sich dessen bewußt ist, daß sein Sohn ihm gegenüber die gleichen Gefühle hegt. Daher können sie nur argwöhnisch und feindselig zueinander sein.

Betrachten Sie nun die Gefühle des ältesten Sohnes gegen die jüngeren Söhne! Mein lieber Herr, Sie sollten wissen, daß der Älteste die jüngeren Brüder stets als seine natürlichen Feinde ansieht, die ihn um so und soviel Bargeld bringen, das von Rechts wegen ihm gehören sollte. Ich habe oft gehört, wie George Mac Turc, Lord Bajazets ältester Sohn, rundheraus erklärte, wenn es nach ihm ginge, dann würde er es, sobald er die Nachfolge antreten könnte, am liebsten wie die Sultane machen und dadurch Ordnung schaffen, daß er sofort all seine jüngeren Brüder enthaupten ließe. Und so steht es ungefähr bei allen. Ich versichere Ihnen, im Grunde ihres Herzens sind sie alle die reinsten Türken.» Doch da kam zufällig ein vornehmer Herr vorbei, und Toms Hut flitzte ihm nur so vom Kopf, und Tom stürzte vor und dienerte und grinste, was uns beweist, daß er die Welt kannte – auf Tom-Eavessche Art natürlich. Und da er jeden Schilling seines Vermögens in einer Rente angelegt hatte, brauchte er gegen seine Neffen und Nichten keinen Groll und Reichen gegenüber kein anderes Gefühl zu hegen als den ständigen großmütigen Wunsch, bei ihnen zu speisen.

Zwischen der Marquise und der natürlichen und zärtlichen Liebe zu ihren Kindern erhob sich eine grausame Scheidewand: die Verschiedenheit ihres Glaubens. Gerade die Liebe, die sie für ihre Söhne empfand, machte die scheue und fromme Frau nur um so ängstlicher und unglücklicher. Der Abgrund, der sie trennte, war unheilvoll und unüberbrückbar. Sie konnte mit ihren schwachen Armen nicht hinüberreichen und auch nicht

die Kinder auf ihre Seite hinüberziehen, fort vom andern Ufer, das – ihrem Glauben nach – kein Heil bot. Als seine Kinder heranwuchsen, konnte sich Lord Steyne, selbst ein halber Gelehrter und Kasuist, abends nach dem Essen auf dem Lande keinen besseren Spaß vorstellen, als den Erzieher der Knaben, Ehrwürden Mr. Trail (jetzt Fürstbischof von Ealing), beim Wein auf Miladys Beichtvater, Pater Mole, zu hetzen und Oxford gegen St. Acheul kämpfen zu lassen. Dann rief er abwechselnd: «Bravo, Latimer!» oder «Sehr richtig, Loyola!» und versprach Mole eine Bischofsmütze, falls er übertreten würde, und Trail einen Kardinalshut, falls er konvertieren wolle. Aber keiner von den beiden Geistlichen ließ sich beeinflussen. Obwohl die Mutter in ihrer Liebe noch immer hoffte, daß wenigstens ihr jüngster Sohn und besonderer Liebling in den Schoß der Mutterkirche zurückkehren würde, wartete ihrer auch da eine traurige, schwere Enttäuschung, die ihr wie eine Strafe für die durch ihre Eheschließung begangene Sünde vorkam.

Wie jeder mit dem Adelsregister Vertraute weiß, verheiratete sich der junge Lord Gaunt mit Lady Blanche Thistlewood, einer Tochter aus dem edlen Hause Bareacres, von der wir in unsrer wahrheitsgetreuen Geschichte schon erzählten. Dem jungen Paar wurde ein Flügel im Gaunt House zugewiesen, denn dem Oberhaupt der Familie beliebte es, sie unter seiner Aufsicht zu behalten, und solange er Herrscher war, wollte er unumschränkter Herrscher sein. Sein Sohn und Erbe lebte jedoch selten dort, da er sich nicht mit seiner Frau verstand. Das Geld, das er außer der sehr bescheidenen Summe benötigte, die ihm sein Vater gewährte, lieh er sich gegen nach dem Tode seines Vaters zahlbare Schuldscheine. Der Marquis wußte jedoch bis zum letzten Schilling über seines Sohnes Schulden Bescheid, und als er starb, stellte es sich heraus, daß er selbst diese Schuldscheine besaß, die er den Kindern seines jüngeren Sohnes vermachte, denn zu ihrem Nutzen hatte er sie aufgekauft.

Da Lady Gaunt zu Lord Gaunts Bestürzung und sehr zum Ergötzen seines Vaters (als seines natürlichen Feindes) keine Kinder bekam, wurde Lord George Gaunt nahegelegt, aus Wien zurückzukehren, wo er sich mit Walzertanzen und Diplomatie befaßte, und einen Ehebund mit Joan zu schließen, der einzigen Tochter von John Jones, Erstem Baron Helvellyn und Prinzipal des Bankhauses Jones, Brown & Robinson in der Threadneedle Street, ein Bündnis, dem mehrere Söhne und Töchter entsprangen, die aber mit unserer Geschichte nichts zu tun haben.

Die junge Ehe war zuerst glücklich und verlief nach Wunsch. Lord George Gaunt konnte nicht nur lesen, sondern auch einigermaßen richtig schreiben. Französisch sprach er mit beachtlicher Geläufigkeit, und er galt als einer der besten Walzertänzer von ganz Europa. Mit solchen Talenten und seinem Einfluß in England konnte man kaum daran zweifeln, daß Seine Lordschaft in seinem Beruf noch zu den höchsten Ehren aufsteigen würde. Seine Gattin fand, Fürstenhöfe seien die ihr gemäße Atmosphäre, und ihr Reichtum erlaubte es ihr, in allen Städten auf dem Kontinent, in die ihres Gatten diplomatische Pflichten ihn riefen, glänzende Empfänge zu veranstalten. Es war die Rede davon, ihn zum Gesandten zu ernennen, und im Travellers' Klub wurden bereits Wetten abgeschlossen, daß er binnen kurzem Botschafter sein würde, als ganz plötzlich Gerüchte über das ungewöhnliche Benehmen des Gesandtschaftsattachés auftauchten. Bei einem großen Diplomatenbankett, das sein Vorgesetzter gegeben hatte, sei er aufgesprungen und habe erklärt, die *pâté de foie gras* sei vergiftet. Zu einem Ball im Hause des bayrischen Gesandten, des Grafen von Springbock-Hohenlaufen, erschien er mit geschorenem Kopf und in einer Kapuzinerkutte. Dabei sei es kein Maskenball gewesen, wie es einem manche Leute einreden wollten. Es sei etwas Merkwürdiges, tuschelte man. Sein Großvater sei auch so gewesen. Es liege in der Familie.

Seine Frau kehrte mit den Kindern nach England zurück und nahm Gaunt House zum Wohnsitz. Lord Gaunt gab seinen Posten auf dem Kontinent auf und wurde laut Zeitungsmeldungen nach Brasilien versetzt. Aber die Leute wußten es besser: er kehrte von der Fahrt nach Brasilien nie zurück – starb auch nicht dort – lebte nie dort – war überhaupt nie dort gewesen. Er war nirgends: er war gänzlich verschwunden. «Brasilien», flüsterte ein Klatschmaul grinsend dem nächsten zu, «Brasilien liegt in St. John's Wood. Rio de Janeiro ist eine Hütte mit vier

Wänden, und Lord George Gaunt ist bei einem Wärter akkreditiert, der ihm den ‹Orden zur Zwangsjacke› verliehen hat.» Solcher Art sind die Grabreden, die einem die Leute auf dem Jahrmarkt der Eitelkeit halten.

Zwei- oder dreimal wöchentlich in der frühesten Morgenstunde besuchte die arme Mutter um ihrer Sünden willen den armen Kranken. Manchmal lachte er ihr zu (sein Lachen war schwerer zu ertragen, als wenn man ihn weinen hörte), manchmal fand sie den eleganten, großartigen Diplomaten vom Wiener Kongreß, wie er ein Kinderspielzeug hinter sich einherzog oder die Puppe vom Kinde seines Wärters herzte. Manchmal erkannte er sie und den Beichtvater Pater Mole, der sie begleitete, aber häufiger kam es vor, daß er sich nicht an sie erinnerte, ebensowenig wie an Frau und Kinder, Liebe, Ehrgeiz und Ruhm. Doch wußte er stets, wann es Essenszeit war, und wenn sie ihm den Wein zu stark mit Wasser verdünnt hatten, weinte er.

Es war der geheimnisvolle Makel in seinem Blut, und die arme Mutter hatte ihn als Erbe ihres alten Geschlechts mitgebracht. Das Leiden war in ihres Vaters Familie in ein oder zwei Fällen aufgetreten, aber das war lange vor der Zeit, als Lady Gaunt ihre Sünden beging und sie nachher mit Fasten und Tränen und Bußübungen wieder zu sühnen versuchte. Wie die Erstgeburt der Ägypter war der Stolz des Hauses geschlagen. Die hohe alte Tür, die mit Kronen und geschnitzter Wappenzier geschmückt war, trug auf der Schwelle das düstere Schicksalsmal der Verdammnis.

Die Kinder des verschollenen Lords wuchsen unterdessen munter plaudernd auf und ahnten nicht, was für ein Verhängnis auch ihnen drohte. Zuerst sprachen sie von ihrem Vater und fragten, wann er denn wiederkäme. Dann tauchte der Name des lebenden Toten seltener auf, und schließlich wurde er nicht mehr erwähnt. Doch die gramgebeugte Großmutter der Kleinen zitterte bei dem Gedanken, daß die beiden sowohl die Ehre wie auch den Makel ihres Vaters erben könnten, und beobachtete sie voller Angst, ob der furchtbare Fluch ihrer Vorfahren sich schon an ihnen zeige.

Die gleiche düstere Vorahnung verfolgte auch Lord Steyne. Er versuchte das entsetzliche Gespenst schlafloser Nächte in einem Meer von Wein und Lustbarkeiten zu ertränken und verlor es tatsächlich im Trubel seiner zahllosen Vergnügungen oft aus den Augen. Aber es kehrte stets zu ihm zurück, sowie er allein war, und mit den Jahren schien es bedrohlicher zu werden. «Ich habe deinen Sohn geholt», sagte es, «warum nicht auch dich? Ich könnte dich eines Tages in ein ähnliches Gefängnis wie deinen Sohn George einsperren. Morgen schon könnte ich deinen Verstand schlagen, und dann ist's aus mit Freuden und Ehren, mit Festen und Schönheit, mit Freunden und Schmeichlern, mit französischen Köchen und schönen Pferden und Häusern – und statt dessen bekommst du eine Zelle, einen Wärter und ein Strohlager wie George Gaunt.» Dann pflegte der Lord dem Gespenst von neuem Trotz zu bieten, denn er kannte ein Heilmittel, das ihm half, dem Feind zu entgehen.

Hinter dem hohen geschnitzten Portal des Gaunt-Hauses mit seinen rauchgeschwärzten Kronen und Jahreszahlen herrschten also Glanz und Reichtum, aber wahrscheinlich nicht sehr viel Glück. Nirgends in London wurden so großartige Feste gefeiert wie dort, aber viel Freude war kaum dabei, höchstens bei den Gästen, die an Milords Tafel speisten. Wäre er nicht ein so hoher Herr gewesen, würden wahrscheinlich nur sehr wenig Menschen mit ihm verkehrt haben. Aber auf dem Jahrmarkt der Eitelkeit ist man mit den Lastern hochgestellter Persönlichkeiten sehr nachsichtig. *«Nous regardons à deux fois»* (wie eine Französin sagte), «ehe wir einen Mann mit so unantastbaren Talenten wie den Lord verurteilen.» Ein paar berüchtigte Spötter und ängstliche Moralisten mochten ihm vielleicht übelwollen, und doch waren sie nur zu froh, wenn sie von ihm eingeladen wurden.

«Lord Steyne treibt es wirklich zu arg», sagte Lady Slingstone, «aber alle Welt geht hin, und ich kann natürlich auf-

passen, daß meinen Töchtern nichts geschieht.» – «Seine
Lordschaft ist ein Mann, dem ich sehr viel, ja alles verdanke», bemerkte Hochwürden Doktor Trail und dachte
dabei an den Erzbischof, mit dessen Gesundheit es nicht

mehr weit her war. Mrs. Trail und ihre Töchter hätten
lieber auf den Kirchgang als auf eine von Lord Steynes
Gesellschaften verzichtet. «Stimmt, er hat keine Moral»,
sagte der kleine Lord Southdown zu seiner Schwester,
die ihm gelinde Vorhaltungen machte, da sie von ihrer
Mama entsetzliche Geschichten über die Lustbarkeiten
im Gaunt House gehört hatte, «aber zum Henker, er hat

den besten Sillery Sec von Europa!» Und was den Baronet Sir Pitt Crawley betraf – Sir Pitt: ein Muster an Anstand, Sir Pitt: der Vorsitzende von Missionsversammlungen –, so dachte er nicht eine Sekunde daran, nicht hinzugehen. «Wo man Persönlichkeiten wie den Bischof von Ealing und die Gräfin Slingstone trifft, meine liebe Jane», sagte er zu seiner Frau, «da kannst du ziemlich sicher sein, daß auch wir ruhigen Gewissens dort erscheinen dürfen! Der hohe Rang Lord Steynes und seine Stellung erlauben es ihm, Leute unsres Standes zu dirigieren. Der höchste Beamte einer Grafschaft ist ein geachteter Mann, meine Liebe. Außerdem waren George Gaunt und ich in unsrer Jugend sehr befreundet, und als wir in Pumpernickel Attachés waren, arbeitete er unter mir.»

Mit einem Wort, jeder machte dem hohen Herrn seine Aufwartung, das heißt jeder, der eingeladen wurde. Und auch du, lieber Leser (sage nicht nein!), oder ich als Verfasser würden hingehen, wenn wir eine Einladung erhielten.

XLVIII

Der Leser wird in die feinste Gesellschaft eingeführt

ALLE Aufmerksamkeit und Gefälligkeit, die Becky dem Oberhaupt der Familie ihres Mannes erwiesen hatte, sollten endlich ihre Belohnung erhalten, eine ungewöhnlich hohe Belohnung, die zwar kaum greifbarer Natur war, jedoch von der kleinen Frau viel eifriger begehrt worden war als materielle Vorteile. Wenn sie auch kein tugendhaftes Leben führen wollte, so wünschte sie doch mindestens in den Ruf einer tugendhaften Frau zu kommen. Wir wissen nun aber, daß eine Dame der vornehmen Welt ein solches Glück nur dann erringen kann, wenn sie Schleppe und Federputz getragen hat und bei Hofe vorgestellt worden ist. Nach der erlauchten Begegnung mit ihrem König ist sie dann als anständige Frau abgestempelt. Der Oberzeremonienmeister stellt ihr die Bescheinigung ihrer Tugend aus. Und wie verdächtige Waren oder Briefe bei der Quarantänestation mit aromatischem Essig besprizt werden und einen Ofen zu passieren haben, ehe sie als unschädlich erklärt werden, so muß auch manche Dame, deren Ruf sonst anrüchig und ansteckend sein könnte, die gesunde Feuerprobe des Empfangs bei Hofe passieren, um makellos daraus hervorzugehen.

Lady Bareacres, Lady Tufto, Mrs. Bute Crawley daheim auf dem Land und noch andere Damen, die mit Mrs.

Rawdon Crawley in Berührung gekommen waren, mochten wohl Zetermordio rufen, weil die abscheuliche kleine Abenteurerin ihren Hofknicks vor dem Landesfürsten machen sollte, und einmütig erklären, wenn die gute Königin Charlotte noch lebte, hätte sie einer so furchtbar liederlichen Frauensperson nie Zutritt in ihren keuschen Salon gewährt. Wenn man jedoch bedenkt, daß es der Erste Gentleman Europas war, in dessen erlauchter Gegenwart Mrs. Rawdon ihre Prüfung bestand und gewissermaßen ein Diplom für ihren Ruf erhielt, so wäre es ja der reinste Hochverrat, wollte man noch länger an ihrer Tugend zweifeln. Ich für mein Teil denke nur mit Liebe und Hochachtung an ihn, jenen großen historischen Charakter. Oh, wie hoch muß man doch edles Frauentum auf dem Jahrmarkt der Eitelkeit geschätzt haben, wenn man dem verehrten und erlauchten Fürsten unter allgemeinem Beifall des feineren, gebildeteren Teils unsres Weltreichs den Rang «Premier Gentilhomme seines Königreichs» verlieh? Erinnerst du dich, lieber M., du Freund meiner Jugend, noch des seligen Abends vor fünfundzwanzig Jahren, als unter Ellistons Regie und mit Dowton und Liston als Schauspielern der «Heuchler» aufgeführt wurde und zwei Knaben der Slaughter-House-Schule von ihren königstreuen Lehrern Erlaubnis erhalten hatten, ins Drury-Lane-Theater zu gehen, wo sich eine Menschenmenge angesammelt hatte, den König zu begrüßen. *Den König?* Da war er! Königliche Leibgardisten standen vor der erlauchten Loge; der Marquis von Steyne (Lord des Puderkabinetts) und andere hohe Staatsbeamte standen hinter dem Sessel, auf dem er saß – *er* saß! –, blühenden Gesichts, von stattlicher Figur, ordenbedeckt und in üppigem Lockenschmuck. Wie inbrünstig sangen wir die Königshymne! Wie der Zuschauerraum von der prachtvollen Melodie widerhallte und erbebte! Wie sie alle «Hoch!» riefen und schrien und winkten! Frauen weinten, Mütter drückten ihre Kinder fester an sich, mancher fiel vor Rührung in Ohnmacht. Die Leute im Parkett drückten einander fast tot, und

Kreischen und Ächzen stieg aus der wogenden und rufenden Menge auf, die beinahe bereit schien, ihr Leben für ihn hinzugeben. Ja, wir haben ihn gesehen! Das Erlebnis kann uns kein Schicksal rauben! Andere haben Napoleon gesehen. Ein paar leben noch unter uns, die Friedrich den Großen, Doktor Johnson, Marie-Antoinette und andere erblickt haben. Wir aber können uns mit Recht vor unsern Kindern rühmen, daß wir George den Guten, den Herrlichen, den Großen gesehen haben.

Endlich nahte er also, der glücklichste Tag in Mrs. Rawdon Crawleys Dasein, an dem sie als Engel in das ersehnte Paradies des Königlichen Hofes eingelassen wurde, wobei ihre Schwägerin als Patin auftrat. Am festgesetzten Tag fuhren Sir Pitt und Lady Jane in ihrer großen Familienkutsche (die gerade erst fertiggestellt worden und für die Einführung des Baronets in sein Amt als Obersheriff der Grafschaft bereit war) vor dem kleinen Haus in der Curzon Street vor, und zwar zur größten Genugtuung des guten Raggles, der sie von seinem Gemüseladen aus beobachtete und im Innern der Kutsche die schönen Federn und bei den Lakaien im Aufschlag ihrer neuen Livreen die riesengroßen Sträuße sah.

Sir Pitt in seiner glitzernden Uniform stieg aus dem Wagen und betrat das Haus, wobei ihm der Degen zwischen die Beine geriet. Der kleine Rawdon preßte das Gesicht gegen die Scheibe des Wohnzimmerfensters, nickte seiner Tante im Wagen eifrig zu und lächelte. Schon bald trat Sir Pitt wieder aus dem Haus und führte eine Dame mit herrlichem Federputz am Arm, die in einen weißen Schal gehüllt war und eine Schleppe aus prachtvollem Brokat zierlich über dem Arm trug. Sie betrat die Kutsche wie eine Prinzessin und als sei sie ihr ganzes Leben daran gewöhnt, zu Hofe zu gehen; dabei lächelte sie dem Lakai am Wagenschlag und dem ihr folgenden Sir Pitt huldvoll zu.

Dann erschien Rawdon in seiner alten Gardeuniform, die jämmerlich schäbig und viel zu eng geworden war. Er hatte eigentlich in einer Droschke hinter ihnen drein zur Audienz seines Landesherrn fahren sollen, aber seine gutherzige Schwägerin hatte darauf bestanden, sie müßten als Familie zusammenbleiben. Die Kutsche war sehr groß, die Damen waren nicht sehr umfangreich, denn die Schleppen konnten sie auf dem Schoß halten; schließlich fuhren sie alle vier friedlich zusammen, und schon schloß sich ihre Kutsche der langen Reihe prächtiger Equipagen an, die über Piccadilly und St. James's Street zum alten Backsteinpalast fuhren, wo der «Stern von Braunschweig» sich für den Empfang von Edelleuten und Vornehmen seines Landes bereit hielt.

Becky hätte am liebsten dem Volk vom Wagenfenster aus ihren Segen erteilt, in so seliger Stimmung war sie und so sehr war sie sich der würdevollen Stellung bewußt, die sie endlich erreicht hatte. Selbst unsere Becky hatte ihre Schwächen, und wie man oft sieht, daß Männer auf Vorzüge stolz sind, die andere kaum an ihnen bemerken (so glaubt Comus, er sei der größte Tragöde Englands, und der berühmte Romancier Brown sehnt sich danach, nicht als Genie, sondern als tonangebend in der Mode zu gelten, während der große Anwalt Robinson nicht den geringsten Wert auf seinen Ruf in Westminster Hall legt, sondern sich beim Geländeritt und Hürdenrennen für unvergleichlich hält), so war es auch Beckys Lebensziel, eine achtbare Frau zu sein oder für eine solche gehalten zu werden. Daher eignete sie sich die vornehme Lebensart mit so erstaunlichem Eifer und mit Leichtigkeit und großem Erfolg an. Wie wir schon bemerkten, gab es Zeiten, wo sie sich selbst für eine vornehme Dame hielt und ganz vergaß, daß kein Geld in der Kasse war und Gläubiger am Tor lauerten und die Kaufleute umschmeichelt und beschwatzt werden mußten – mit einem Wort, daß sie keinen Boden unter den Füßen hatte. Als sie nun in der Kutsche zu Hofe fuhr, nahm sie eine so großartige, selbstzufriedene, überlegene und würdevolle Haltung ein, daß sogar Lady Jane darüber lächeln mußte. Erhobenen Hauptes, wie es einer Kaiserin gut angestanden hätte, betrat sie den Palast, und wäre sie wirklich eine gewesen, sie hätte ihre Rolle bestimmt glänzend gespielt.

Wir dürfen feststellen, daß Mrs. Rawdon Crawleys Courtoilette anläßlich ihrer Vorstellung bei Hofe äußerst elegant und prächtig war. Wer Stern und Ordensbänder trägt und die Gesellschaften bei Hofe besucht oder wer in schmutzigen Stiefeln Pall Mall entlangschlendert und in die Kutschen blickt, die mit vornehmen Leuten in vollem Staat vorbeifahren, der hat gegen zwei Uhr mittags, wenn gerade Empfangstag ist und die Garde in tressenbesetzten Uniformjacken auf einherstolzierenden Musikschemeln, nämlich ihren sahneweißen Rossen, sitzt und Triumphmärsche bläst, wohl schon Damen gesehen, die um jene frühe Tagesstunde alles andere als lieblich und bezaubernd sind. Eine korpulente Gräfin in den Sechzigern, dekolletiert, bemalt, bis zu den schweren Augenlidern hinauf wie verkrustet von Rouge und voll funkelnder Diamanten in der Perücke, bietet vielleicht einen heilsamen und lehrreichen, aber nicht einen erfreulichen Anblick. Sie gleicht der Beleuchtung in der St. James's Street in der ersten Morgenfrühe, wenn die Hälfte aller Laternen gelöscht ist und die andere Hälfte trübe blinzelt, als wollten sie wie Gespenster noch vor dem Morgengrauen verschwinden. Solche Reize, von denen wir einen flüchtigen Blick erhaschen, wenn Miladys Wagen vorüberfährt, sollten sich nur abends sehen lassen. Da selbst Cynthia an Nachmittagen, wie wir sie in diesem Winter haben, bleichsüchtig dreinschaut, während Phöbus sie von der gegenüberliegenden Himmelsecke mit seinen Strahlen aus der Fassung bringt, wie könnte da wohl die alte Lady Castlemouldy den Kopf aufrecht halten, wenn ihr die Sonnenstrahlen durchs Wagenfenster voll ins Gesicht scheinen und alle die Furchen und Falten zeigen, mit denen die Zeit ihr Gesicht gezeichnet hat! Nein: der Empfang bei Hofe sollte nur im November oder am ersten nebligen Tag stattfinden, oder die ältlichen Sultansdamen unsres Jahrmarkts der Eitelkeit sollten sich in verhängter Sänfte an den Hof begeben, in einem geschlossenen Torweg aussteigen und sich vor dem Landesfürsten im Schutze künstlichen Lichts verneigen.

Unsre geliebte Rebecca bedurfte jedoch keines freundlichen Kerzenschimmers, um ihre Schönheit ins rechte Licht zu setzen. Ihr Teint konnte noch gut dem Sonnenschein standhalten, und wenn ihr Kleid auch heutzutage von jeder Dame auf dem Jahrmarkt der Eitelkeit als ein ganz verrücktes und abgeschmacktes Gewand bezeichnet würde, so war es immerhin vor fünfundzwanzig Jahren in ihren Augen und denen der Zuschauer so schön wie das herrlichste Kleid der berühmtesten Schönheit unsrer Tage; doch nach zwanzig Jahren wird auch das Wunderwerk einer Schneiderin von heute so albern wirken wie aller andere Tand. Aber wir schweifen ab. Am ereignisreichen Tag ihrer Vorstellung bei Hofe wurde Mrs. Rawdons Hofrobe allgemein als entzückend bezeichnet. Sogar die gute kleine Lady Jane mußte zugeben, daß das Kleid ihrer Schwägerin bezaubernd wirkte, und im stillen gestand sie sich etwas bekümmert, daß sie Mrs. Becky in Fragen des Geschmacks weit unterlegen war.

Sie ahnte nicht, wieviel Sorgfalt, Nachdenken und geniales Geschick Mrs. Rawdon auf ihre Courtoilette verwandt hatte. Rebecca besaß einen mindestens ebensoguten Geschmack wie die besten Schneiderinnen Europas, und ihre gescheiten Finger verstanden sich auf alles, während Lady Jane von solchen Arbeiten gar nichts verstand. Doch begriff sie rasch genug, wie prachtvoll der Brokat an Beckys Schleppe und wie kostbar der Spitzenbesatz an ihrem Kleid war.

Der Brokat sei ein alter Rest, erklärte Becky, und die Spitze – ach, die habe sie mal günstig erstehen können. Sie habe sie schon seit Ewigkeiten.

«Aber liebe Becky, sie muß ein Vermögen gekostet haben!» rief Lady Jane und blickte auf ihre eigenen Spitzen, die lange nicht so wertvoll waren. Und als sie dann die Qualität des alten Brokats prüfte, aus dem Mrs. Rawdons Hofkleid angefertigt war, hätte sie am liebsten gesagt, daß sie sich nicht so elegante Kleider leisten könne; doch mit einiger Mühe unterdrückte sie ihre Bemerkung, weil sie ihr einer Verwandten gegenüber unfreundlich vorkam.

Hätte Lady Jane aber genau Bescheid über alles gewußt, dann würde ihr gutmütiges Temperament sie wohl doch im Stich gelassen haben. Als Mrs. Rawdon nämlich Sir Pitts Stadthaus aufräumte, hatte sie die Spitze und den Brokat, die einst den verstorbenen Herrinnen der Familie gehört hatten, in den alten Kleiderschränken gefunden und die Sachen stillschweigend heimgetragen, um sie für ihr eigenes kleines Persönchen zurechtzunähen. Briggs sah, wie sie die Sachen nahm, stellte aber keine Fragen und sprach nicht darüber, sondern war, wie ich vermute, in dem Falle ganz auf Beckys Seite – wie es so manche andere ehrliche Frau auch gewesen wäre.

Und die Diamanten? «Wo zum Kuckuck hast du die Diamanten her, Becky?» fragte ihr Mann und bewunderte einige Schmuckstücke, die er noch nie an ihr gesehen hatte und die jetzt überreich an ihrem Hals und den Ohren auffunkelten.

Becky errötete ein bißchen und sah ihn eine Sekunde lang scharf an. Auch Pitt Crawley wurde ein wenig rot und sah aus dem Wagenfenster. Ein Bruchteil der Diamanten stammte nämlich von ihm: ein hübsches Brillantschloß, das ihre Perlenkette zierte. Der Baronet hatte es unterlassen, seiner Frau davon zu erzählen.

Becky blickte ihren Mann an – und sah dann mit keck triumphierender Miene auf Sir Pitt, als wollte sie sagen: soll ich dich verraten?

«Rate doch!» sagte sie zu ihrem Mann. «Du Dummchen», fuhr sie dann fort, «woher sollte ich sie denn haben? Allesamt – außer dem kleinen Brillantschloß, das mir vor langer Zeit eine teure Freundin schenkte – habe ich bei Mr. Polonius in der Coventry Street geliehen. Du glaubst hoffentlich nicht, daß alle Diamanten, die man bei Hofe sieht, den Trägerinnen gehören, wie die schönen Edelsteine, die Lady Jane trägt und die viel wertvoller als meine sind!»

«Das ist Familienschmuck», sagte Sir Pitt und blickte wieder unbehaglich drein. Die Kutsche fuhr unterdessen während des Verwandtengeplauders immer weiter die Straße entlang, bis ihre kostbare Fracht am Portal des Palastes ausgeladen wurde, in dem der Landesherr Audienz erteilte.

Die Diamanten, die Rawdons Bewunderung erregt hatten, wanderten nicht in die Coventry Street zu Mr. Polonius, u. d sie wurden auch nicht von dem guten Mann zurückverlangt, sondern sie verzogen sich in ein kleines Geheimfach in einer alten Schreibkassette, die Amelia ihrer Freundin Becky vor vielen, vielen Jahren geschenkt hatte und in der Becky eine Anzahl nützlicher und vielleicht auch wertvoller Sachen aufbewahrte, von denen ihr Gatte nichts wußte. Nichts oder nur sehr wenig zu wissen, liegt in der Natur mancher Ehemänner. Etwas zu verstecken – in der Natur wie vieler Frauen liegt denn das? Oh, meine Damen, wie viele von Ihnen haben heimliche Schneiderrechnungen? Wie viele von Ihnen haben Kleider und Armbänder, die Sie nicht zu zeigen wagen oder die Sie nur zitternd tragen? Zitternd und schmeichlerisch lächeln Sie dem Gatten an Ihrer Seite zu, der das neue Samtkleid nicht von Ihrem alten unterscheiden kann, auch nicht das neue Armband vom vorjährigen, und er hat natürlich keine Ahnung, daß der zerlumpt aussehende gelbe Spitzenumhang vierzig Goldstücke kostet und daß Madame Bobinot jede Woche Mahnbriefe wegen des Geldes schreibt.

Daher wußte Rawdon also nichts über die prachtvollen Brillantohrringe oder den herrlichen Brillantschmuck, der den schönen Busen seiner Frau zierte. Lord Steyne jedoch, der sich als Lord des Puderkabinetts und als einer der großen Würdenträger und berühmten Verteidiger des englischen Thrones auf seinem Platz im Audienzsaal befand und mit all seinen Ordenssternen und -bändern und dem Hosenbandorden auf die kleine Frau zutrat und sie besonders auszeichnete – Lord Steyne wußte, woher die Juwelen stammten und wer sie bezahlt hatte.

Während er sich tief über ihre Hand neigte, lächelte er und zitierte den schönen, abgedroschenen Vers aus dem «Lockenraub» über Belindas Diamantschmuck, den «Juden küssen und Ungläubige anbeten wollten».

«Ich hoffe immerhin, Euer Gnaden sind rechtgläubig», sagte die kleine Dame und warf den Kopf in den Nacken. Und viele Damen ringsum flüsterten und tuschelten, und viele Herren nickten bedeutungsvoll und flüsterten, als sie sahen, welche ausdrücklichen Artigkeiten der berühmte Edelmann der kleinen Abenteurerin erwies.

Von den näheren Umständen der Begegnung Rebecca Crawleys, geborener Sharp, mit ihrem Königlichen Herrn zu berichten, geziemt sich nicht für eine so schwache und ungewandte Feder wie die meine. Von der überwältigenden Vorstellung geblendet, schließen sich unsre Augen ganz von selber. Untertänigster Respekt und Anstand gebieten sogar der Phantasie, sich nicht zu neugierig und dreist im geheiligten Audienzsaal umzuschauen, sondern sich rasch, stumm und ergeben unter tiefen Verbeugungen rückwärts aus der Nähe des Erlauchten zu verziehen.

Aber so viel sei gesagt, daß es seit der Audienz in ganz London kein königstreueres Herz als Beckys gab. Der Name ihres Königs war jetzt dauernd auf ihren Lippen, und sie schilderten ihn als den bezauberndsten aller Männer. Sie ging zu Colnaghi und bestellte dort das schönste Bildnis von ihm, das je ein Künstler geschaffen hatte und das auf Kredit zu haben war. Sie wählte das bekannte Porträt, auf dem der beste aller Monarchen in einem zweireihigen Schoßrock mit Pelzkragen, Kniehosen und seidenen Strümpfen dargestellt ist, wie er auf einem Sofa sitzt und unter seiner braunen Lockenperücke hervor süßlich lächelt. Sie ließ ihn auf eine Brosche malen, die sie ständig trug – ja, eigentlich amüsierte und belästigte sie sogar ihre Bekannten mit dem ewigen Gerede über seine Liebenswürdigkeit und Schönheit. Wer weiß: vielleicht bildete die kleine Frau sich ein, sie könne eines Tages die Rolle einer Maintenon oder Pompadour spielen.

Doch der größte Spaß seit ihrer Vorstellung bei Hofe

war es, sie tugendhaft reden zu hören. Sie hatte ein paar Damenbekanntschaften, die sich, gestehen wir es, auf dem Jahrmarkt der Eitelkeit nicht des besten Rufs erfreuten. Seit Becky nun gewissermaßen zu einer tugendhaften Frau gemacht worden war, wollte sie nicht länger mit Frauen von zweifelhaftem Ruf verkehren: sie schnitt Lady Crackenburg, wenn sie ihr aus ihrer Opernloge zunickte, und im Park fuhr sie an Mrs. Washington White vorüber, ohne sie zu erkennen. «Man muß jetzt zeigen, daß man jemand ist, mein Lieber», sagte sie. «Man darf sich nicht mit Menschen von zweifelhaftem Ruf sehen lassen. Im Grunde tut mir Lady Crackenburg furchtbar leid, und Mrs. Washington White mag ja eine sehr gutmütige Person sein. Du kannst meinetwegen bei ihnen zu Abend essen, weil du so gern Whist spielst, aber ich darf es nicht und will's auch nicht. Sei bitte so gut und sage Smith, ich sei nie zu Hause, wenn eine von den beiden herkommt.»

In den Zeitungen standen alle Einzelheiten über Beckys Hofkleid: die Federn und Spitzen und prachtvollen Diamanten und alles übrige. Lady Crackenburg las die Beschreibung mit verbittertem Gemüt und sprach mit ihren Anhängerinnen über die Art, «wie die Frau sich aufspielte». Mrs. Bute Crawley und ihre jungen Damen auf dem Lande lasen die *Morning Post* und machten ihrer ehrlichen Entrüstung Luft. «Wenn du ‚rötliche Haare und grüne Augen hättest und die Tochter einer französischen Seiltänzerin wärest», sagte Mrs. Bute zu ihrer ältesten Tochter (die im Gegenteil eine sehr dunkle, kleine und stupsnasige junge Dame war), «dann könntest du weiß Gott auch herrliche Diamanten tragen und wärst durch deine Base, Lady Jane, bei Hofe eingeführt worden. Aber du bist bloß eine Aristokratin, mein armes liebes Kind! In deinen Adern fließt weiter nichts als bestes englisches Blut, und dein Erbanteil besteht in guter Moral und Frömmigkeit. Ich als Frau vom jüngeren Bruder eines Baronets habe nie daran gedacht, zu Hofe zu gehen – aber andre Leute würden's auch nicht, wenn die gute Königin

Charlotte noch lebte.» Solchermaßen tröstete sich die wackere Pfarrfrau, und ihre Töchter blätterten den ganzen Abend im Adelskalender.

*

Ein paar Tage nach der berühmten Vorstellung bei Hofe wurde der tugendhaften Becky noch eine große, ja außerordentliche Ehrung zuteil. Lady Steynes Wagen fuhr an Mrs. Rawdon Crawleys Türe vor, und der Lakai, anstatt gleich die ganze Hausfront zusammenzuschlagen, wie es nach dem fürchterlichen Pochen gegen die Haustür seine Absicht zu sein schien, beruhigte sich und gab nur ein paar Karten ab, denen die Namen Marquise von Steyne und Gräfin Gaunt eingraviert waren. Wären die Stückchen Kartonpapier wunderbare Gemälde gewesen oder wären hundert Ellen echte Spitzen aus Mecheln um sie herumgewickelt gewesen, die doppelt soviel Goldstücke wert waren – Becky hätte sie nicht mit größerer Freude betrachten können. Selbstverständlich erhielten sie einen in die Augen fallenden Platz in der Porzellanschale auf dem Salontisch, wo Becky die Visitenkarten aufbewahrte. Du lieber Gott, wie die Karten der armen Mrs. Washington White und der Lady Crackenburg, die unsre kleine Freundin vor wenigen Monaten hocherfreut bekam und auf die das einfältige kleine Ding damals ziemlich stolz war – du lieber Gott, wiederhole ich, wie rasch die armen, nun mißachteten Zweierkarten beim Erscheinen der wertvollen Bildkarten *unter* den Haufen der andern Spielkarten gerieten! Steyne! Bareacres! Jones of Helvellyn! und Caerlyon of Camelot! Becky und die Briggs schlugen die vornehmen Namen natürlich im Adelsregister nach und verfolgten die edlen Geschlechter durch alle Verzweigungen ihres Stammbaumes.

Milord Steyne sprach ein paar Stunden später vor und schaute sich um. Da er gewöhnlich alles bemerkte, entdeckte er die Karten seiner Damen, die sozusagen schon geordnet als Trumpfkarten in Beckys Hand steckten, und grinste, wie er als alter Zyniker es immer tat, wenn sich jemand eine menschliche Schwäche gar zu naiv anmerken ließ. Becky kam bald zu ihm nach unten. Wenn das gute Kind den Lord erwartete, war sie stets tadellos zurechtgemacht, das Haar schön frisiert, die Tüchlein,

Schürzchen, Schals, Saffianschuhchen und andrer weiblicher Tand waren zierlich angeordnet, und sie selbst saß in natürlicher, gefälliger Haltung da und war bereit, ihn zu empfangen. Wenn er jedoch überraschend kam, mußte sie natürlich in ihr Zimmer hinaufhuschen, um sich vor dem Spiegel einer schnellen Musterung zu unterziehen, und dann trippelte sie wieder nach unten und begrüßte den edlen Lord.

Sie fand ihn grinsend über die Kartenschale gebeugt, fühlte sich durchschaut und errötete ein wenig. «Wie Sie sehen, sind Ihre Damen schon hier gewesen. Vielen Dank, Monseigneur, wie liebenswürdig von Ihnen!» sagte sie. «Ich konnte nicht schneller kommen; ich war in der Küche und habe einen Pudding gemacht.»

«Ich weiß», erwiderte der alte Herr, «ich habe Sie hinter dem Gitter gesehen, als ich vorfuhr.»

«Sie sehen wirklich alles», erwiderte sie.

«Manches – aber nicht das, meine schöne Dame!» entgegnete er gutmütig. «Sie törichte kleine Schwindlerin! Ich hörte Sie oben im Zimmer hin und her gehen, wo Sie vermutlich ein wenig Rouge aufgelegt haben. Sie müssen Lady Gaunt etwas davon geben, denn ihr Teint ist ganz abscheulich. Ich habe gehört, wie Ihre Schlafzimmertür aufging, und dann kamen Sie nach unten.»

«Ist es denn ein Verbrechen, wenn ich versuchte, so gut wie möglich auszusehen, weil *Sie* gemeldet wurden?» antwortete Mrs. Rawdon schmollend und rieb sich die Wange mit dem Taschentuch ab, als wollte sie ihm beweisen, daß kein Rouge daran haftete, sondern daß es nichts als echtes, schamhaftes Erröten war. Doch wer wollte das feststellen? Ich weiß, daß manches Rouge nicht abfärbt, und andres ist so gut, daß es sogar von Tränen nicht verwischt wird.

«Sie sind also darauf aus, eine vornehme Dame zu werden», fuhr der alte Herr fort und spielte mit der Visitenkarte seiner Frau. «Sie plagen mich alten Mann, Ihnen Zutritt zur großen Welt zu verschaffen. Aber sie werden sich dort nicht behaupten können, Sie dummes Närrchen! Sie haben ja kein Geld!»

«Sie verschaffen uns einen Posten, nicht wahr?» warf Becky ein. «So bald wie möglich!»

«Sie haben kein Geld, und Sie wollen mit denen wetteifern, die welches haben. Sie armes, kleines irdenes Töpfchen wollen zusammen mit den großen Kupferkesseln den Strom hinabschwimmen! Ihr Frauen seid doch alle gleich. Jede will haben, was gar nicht der Mühe wert ist. Mein Himmel, ich hab' gestern beim König diniert, und es gab Rübchen mit Hammelfleisch. Sehr häufig ist ein gutes Gemüse besser als ein gemästeter Ochse. Sie wollen also im Gaunt House verkehren. Sie lassen dem alten Knaben keine Ruhe, bis Sie eine Einladung erhalten. Aber bei uns ist's nicht halb so nett wie hier. Sie werden sich langweilen. Genau wie ich. Meine Frau ist so fröhlich wie Lady Macbeth, und meine Schwiegertöchter sind so vergnügt wie Regan und Goneril. In dem Gemach, das mein Schlafzimmer heißt, mag ich gar nicht schlafen. Das Bett gleicht dem Baldachin der Peterskirche, und die Bilder sind zum Fürchten. In meinem Ankleidezimmer habe ich ein schmales Messingbett, und ich schlafe wie ein Anachoret auf einem härenen Lager. Ich bin ein Anachoret, hoho! Nächste Woche werden Sie also zum Diner eingeladen. Aber *gare aux femmes!* Passen Sie auf und behaupten Sie sich! Die Frauen werden Sie schlecht behandeln!» Das war für einen so wortkargen Mann wie Lord Steyne eine sehr lange Rede, und es war auch nicht die einzige, die er an dem Tage zu Beckys Wohl hielt.

Briggs blickte von dem Nähtisch im Zimmer nebenan auf, wo sie saß und arbeitete; sie seufzte tief, als sie den großen Marquis so geringschätzig über die Frauen sprechen hörte.

«Wenn Sie den abscheulichen Schäferhund nicht abschaffen», sagte Lord Steyne und warf einen wütenden Blick nach rückwärts auf die Briggs, «dann lasse ich ihn vergiften.»

«Ich gebe meinem Hund immer von meinem Teller zu essen», lachte Becky mutwillig, und nachdem sie sich einige Zeit am Ärger des Lords geweidet hatte, der die arme Briggs haßte, weil sie sein *tête-à-tête* mit der schönen Frau des Obersten störte, hatte sie endlich Mitleid mit ihrem Verehrer. Sie rühmte das schöne Wetter und bat die Briggs, mit dem Kind spazierenzugehen.

Nach einem Weilchen sagte sie mit sehr bedrückter Stimme: «Ich kann sie nicht fortschicken.» Ihre Augen hatten sich, während sie sprach, mit Tränen gefüllt, und sie wandte den Kopf ab.

«Sie sind ihr wohl den Lohn schuldig?» sagte der Lord.

«Viel schlimmer», erwiderte Becky und hatte den Blick noch immer gesenkt. «Ich habe sie ruiniert.»

«Sie ruiniert! Warum jagen Sie sie dann nicht fort?» fragte der edle Herr.

«So etwas tun nur Männer», entgegnete Becky bitter. «Frauen sind nicht so schlimm. Voriges Jahr, als wir bei unserm letzten Goldstück angelangt waren, hat sie uns alles gegeben, was sie hatte. Sie darf uns nicht eher verlassen, als bis wir selber restlos ruiniert sind oder bis ich ihr alles zurückzahlen kann.»

«Verdammt noch eins, wieviel ist es denn?» rief der Lord. Becky erinnerte sich rasch an seinen Reichtum und nannte nicht die Summe, die sie von der Briggs entliehen hatte, sondern fast das Doppelte des Betrags.

Ihre Antwort veranlaßte Lord Steyne zu einem neuen, kurzen und heftigen Wutausbruch, woraufhin Rebecca den Kopf noch mehr senkte und bitterlich weinte. «Ich konnte nicht anders. Es war mein letzter Ausweg. Und ich wage nicht, es meinem Mann zu erzählen. Er würde mich umbringen, wenn er wüßte, was ich gemacht habe. Ich habe es vor allen geheimgehalten – außer vor Ihnen, und Sie haben es mir gegen meinen Willen abgenötigt. Ach, was soll ich bloß tun, Lord Steyne? Ich bin ja so furchtbar unglücklich!»

Lord Steyne gab keine Antwort. Er trommelte mit den Fingern auf dem Tisch und biß sich die Nägel. Endlich stülpte er sich den Hut auf den Kopf und rannte aus dem Zimmer. Rebecca gab ihre niedergeschlagene Haltung erst auf, als die Haustür hinter ihm ins Schloß fiel und der Wagen davonrollte. Dann erhob sie sich, und ein ganz eigentümlicher Ausdruck boshaften Triumphs blitzte in ihren grünen Augen auf. Während sie bei einer Näherei saß, mußte sie ein paarmal hell auflachen. Dann setzte sie sich ans Klavier und hämmerte eine Siegesimprovisation auf den Tasten herunter, so daß die Leute draußen unter ihrem Fenster stehenblieben und dem brillanten Spiel lauschten.

Am Abend trafen zwei Briefchen vom Gaunt House für die kleine Frau ein. Das eine enthielt eine Einladung von Lord und Lady Steyne zu einem Abendessen im Gaunt House am nächsten Freitag. In dem andern lag ein graues Zettelchen mit Lord Steynes Unterschrift: es war an Messrs. Jones, Brown & Robinson in der Lombard Street adressiert.

In der Nacht hörte Rawdon, wie Becky ein- oder zweimal lachte. Es sei nur aus Freude über die Einladung im Gaunt House, sagte sie, und den Damen dort gegenüberzutreten, mache ihr riesigen Spaß. Doch eigentlich war sie mit ganz andern Gedanken beschäftigt. Sollte sie der alten Briggs das Geld zurückzahlen und sie entlassen? Sollte sie Raggles zum Staunen bringen und seine Rechnung begleichen? Sie wälzte all diese Fragen in ihrem Kopf, und am folgenden Tag, als Rawdon seinem Klub einen Morgenbesuch abstattete, fuhr Mrs. Crawley, bescheiden gekleidet und mit einem Schleier vor dem Gesicht, in einer Droschke rasch in die City. In der Bank von Messrs. Jones & Robinson zeigte sie dem Schalterbeamten ein Stück Papier, doch der fragte sie nur, wie sie es haben wolle.

Sie antwortete leise, sie bäte um hundertfünfzig Pfund in kleinen Scheinen, und den Rest wolle sie gern in einer Note nehmen. Sie ließ hinter dem St. Paul's Churchyard halten und kaufte für die Briggs das schönste schwarzseidene Kleid, das für Geld zu haben war, und mit einem Kuß und den freundlichsten Worten überreichte sie es der einfältigen alten Jungfer.

Dann begab sie sich zu Mr. Raggles, erkundigte sich liebevoll nach seinen Kindern und gab ihm fünfzig Pfund als Abschlagszahlung. Danach ging sie zum Besitzer des Mietstalles, von dem sie sich immer ihren Wagen mietete, und bedachte ihn mit der gleichen Summe. «Hoffentlich

Becky in der Lombard Street

lassen Sie sich das als Lehre dienen, Spavin», sagte sie, «damit mein Schwager, Sir Pitt, am nächsten Audienztag nicht wieder in die unangenehme Lage gerät, uns alle vier in seiner Equipage zu Seiner Majestät fahren zu müssen, weil mein eigener Wagen einfach nicht kommt.» Anscheinend hatte es am letzten Audienztag einen Zwist gegeben, und deshalb wäre dem Oberst beinahe die Erniedrigung widerfahren, sich in einer gewöhnlichen Droschke in die Gegenwart Seines Königlichen Herrn zu begeben.

Nachdem Becky alles geregelt hatte, stattete sie der vorhin schon erwähnten Schreibkassette einen Besuch ab, die ihr Amelia Sedley vor vielen, vielen Jahren geschenkt hatte und die eine Anzahl nützlicher und wertvoller kleiner Sachen enthielt. Auch die eine große Banknote, die Messrs. Jones & Robinson ihr gegeben hatten, verwahrte sie in dem kleinen Privatmuseum.

IL

Wir genießen drei Gänge und einen Nachtisch

WÄHREND die Damen an jenem Morgen im Gaunt House beim Frühstück saßen, erschien auch Lord Steyne, der seine Schokolade sonst stets bei sich trank und die weiblichen Mitglieder seines Haushaltes selten störte; ja, er sah sie eigentlich nur bei öffentlichen Anlässen oder wenn sie einander in der Halle begegneten oder wenn er sie von seiner Parterreloge aus mit dem Opernglas in ihrer Balkonloge betrachtete. Wie gesagt, Lord Steyne erschien unter den Damen und Kindern, die um Tee und Toast versammelt saßen, und dann kam es wegen Rebecca zu einer großen Schlacht.

«Ich möchte die Gästeliste für das Diner am Freitag sehen, Milady Steyne», sagte er, «und schreiben Sie doch bitte auch eine Karte für Oberst und Mrs. Crawley!»

«Blanche schreibt die Karten», sagte Lady Steyne verwirrt. «Lady Gaunt schreibt sie.»

«Ich schreibe der Person nicht», sagte Lady Gaunt, eine große und stattliche Dame, die einen Augenblick aufsah und dann, nachdem sie gesprochen hatte, sofort wieder den Blick senkte. Wer Lord Steyne gereizt hatte, tat besser daran, seine Augen zu meiden.

«Schicken Sie die Kinder aus dem Zimmer! Geht!» rief er und zerrte am Klingelzug. Die kleinen Knirpse, die sich stets vor ihm fürchteten, verließen das Zimmer, und ihre Mutter wäre ihnen am liebsten gefolgt. «Sie nicht!» sagte er. «Sie bleiben hier!»

«Milady Steyne», sagte er, «ich wiederhole: wollen Sie bitte die Güte haben, an Ihren Schreibtisch zu gehen und die Einladungskarten für Ihr Essen am Freitagabend ausfüllen!»

«Milord, ich bin nicht zugegen», rief Lady Gaunt, «ich fahre nach Hause!»

«Ich wünschte, Sie würden es tun und gleich dortbleiben. Sie können dann feststellen, daß die Gerichtsbüttel von Bareacres eine angenehme Gesellschaft sind, und ich brauche Ihren Verwandten kein Geld mehr zu leihen und bin Ihre verdammte Trauermiene los. Wer sind Sie eigentlich, daß Sie hier befehlen wollen? Sie haben kein Geld. Sie haben keinen Verstand. Sie sind hier, um Kinder in die Welt zu setzen, aber Sie haben keine bekommen. Gaunt ist Ihrer überdrüssig. Georges Frau ist die einzige in der Familie, die nicht wünscht, Sie wären tot. Gaunt könnte wieder heiraten, wenn Sie tot wären.»

«Ich wünschte, ich wäre es!» antwortete die Lady wütend und mit Tränen in den Augen.

«Wahrhaftig, Sie müssen sich als die Tugendsame aufspielen, während meine Frau, die eine makellose Heilige ist, wie alle Welt weiß, und die nie im Leben etwas Schlechtes begangen hat, keinerlei Einwände erhebt, meine junge Freundin Mrs. Crawley kennenzulernen. Milady Steyne weiß, daß oft bei den besten Frauen der Schein trügt und daß über die Unschuldigsten Lügen verbreitet werden. Bitte sehr, Madame, soll ich Ihnen vielleicht ein paar Anekdötchen über Lady Bareacres, Ihre Frau Mama, erzählen?»

«Sie können mich schlagen, wenn Sie wollen, oder Ihre Grausamkeit an mir auslassen, Sir», erwiderte Lady Gaunt. Seine Frau und seine Schwiegertöchter leiden zu sehen, versetzte den Lord immer in gute Laune.

«Meine süße Blanche», sagte er, «ich bin ein Kavalier und lege nie Hand an eine Frau, außer in Güte. Ich möchte nur ein paar kleine Fehler in Ihrem Charakter bessern. Ihr Frauen seid zu stolz, und es fehlt euch bedauerlicherweise an Demut, wie Pater Mole gewiß zu Lady Steyne sagen würde, wenn er hier wäre. Sie müssen sich nicht aufspielen, Sie müssen sanft und demütig sein, meine Lieben! Trotz allem, was Lady Steyne gehört hat, ist die verlästerte, einfache, gutmütige Mrs. Crawley ganz unschuldig – sogar noch unschuldiger als Milady selbst! Ihres Gatten Ruf ist nicht besonders gut, aber ebensogut wie der Ruf Bareacres', der ein wenig gespielt hat und nicht sehr viel bezahlt hat und Sie um die einzige Erbschaft betrogen hat, die Sie je zu erwarten hatten. Dafür überließ er Sie mir als Bettlerin zur Versorgung. Mrs. Crawley ist nicht von sehr vornehmer Herkunft, aber auch nicht von schlechterer als Fannys berühmter Ahnherr, der erste de la Jones.»

«Das Vermögen, das ich in die Familie brachte, Sir...», begann Lady George.

«Damit haben Sie sich die Anwartschaft auf ein Erbe erkauft», erwiderte der Lord düster. «Wenn Gaunt stirbt, könnte Ihr Gatte Oberhaupt der Familie werden, und Ihre kleinen Söhne können ihn beerben und wer weiß was sonst noch alles. Inzwischen, meine Damen, dürfen Sie in der Öffentlichkeit so stolz und tugendhaft sein, wie Sie wollen, aber spielen Sie sich bitte nicht vor *mir* auf! Was Mrs. Crawleys Ruf betrifft, so will ich weder mich noch die gänzlich makellose und vollkommen einwandfreie Dame so weit erniedrigen, um auch nur mit dem leisesten Wort anzudeuten, er bedürfe einer Verteidigung. Sie werden sie mit der größten Herzlichkeit empfangen – wie übrigens alle, die ich ins Haus bringe. Ins Haus?» lachte er auf. «Wer ist der Herr des Hauses? Und was für ein Haus ist es? Mir gehört er, der Tugendtempel! Und wenn ich das ganze Gefängnis oder das ganze Irrenhaus einlüde, zum Teufel, sie sollten willkommen sein!»

Nach seiner kraftvollen Ansprache – mit ähnlichen bedachte Lord Steyne seinen «Harem» stets, sooft Zeichen von Insubordination sich bemerkbar machten – blieb den niedergeschlagenen Frauen weiter nichts übrig, als zu gehorchen. Lady Gaunt schrieb die Einladung, die Seine Lordschaft verlangt hatte, und sie und ihre Schwiegermutter fuhren persönlich und mit verbittertem und gedemütigtem Herzen aus, um bei Mrs. Rawdon die Karten abzugeben, die der ahnungslosen kleinen Frau solche Freude bereiteten.

Es gab in London Familien, die für eine solche Ehre von der Hand so vornehmer Damen ein Jahreseinkommen geopfert hätten. Mrs. Frederick Bullock zum Beispiel wäre von Mayfair bis zur Lombard Street auf den Knien gerutscht, wenn Lady Steyne und Lady Gaunt sie in der City erwartet und aufgehoben hätten um ihr zu sagen: «Bitte, besuchen Sie uns nächsten Freitag!» – nicht zu einem von den großen Empfängen oder Bällen im Gaunt House, zu denen jeder ging, sondern zu einem der ganz privaten, unzugänglichen, geheimnisvollen, reizenden Abende, zu denen eingeladen zu werden ein Vorrecht und eine Ehre und ein Himmelsgeschenk war.

Lady Gaunt, die gestrenge, makellose und schöne, nahm auf dem Jahrmarkt der Eitelkeit den allerhöchsten Rang ein. Die ausgesuchte Höflichkeit, mit der sie von Lord Steyne behandelt wurde, entzückte jeden, der Zeuge seines Verhaltens war, und selbst die strengsten Kritiker mußten zugeben, daß er ein vollendeter Gentleman sei und daß Seine Lordschaft zumindest sein Herz auf dem rechten Fleck trüge.

*

Die Damen vom Gaunt House riefen Lady Bareacres zu Hilfe, um den gemeinsamen Feind zurückzuwerfen. Einer von Lady Gaunts Wagen fuhr nach der Hill Street, um Miladys Mutter zu holen, deren Equipagen alle in der Hand der Gerichtsvollzieher waren, und es hieß sogar, daß auch ihre Juwelen und Kleider von den unerbittlichen Israeliten beschlagnahmt worden waren. Auch Schloß Bareacres gehörte ihnen mitsamt all seinen kostbaren Gemälden und Möbeln und Antiquitäten, den prachtvollen van Dycks, den edlen Bildern von Reynolds, den Porträts von Lawrence, die so prunkvoll und prächtig waren und vor dreißig Jahren für ebenso kostbar wie die Werke eines echten Genies gehalten wurden; dann die unvergleichliche *Tanzende Nymphe* von Canova, zu der Lady Bareacres in ihrer Jugend Modell gesessen hatte, die damals so herrliche Lady Bareacres, strahlend vor Reichtum und Vornehmheit und Schönheit – und jetzt ein zahnloses, kahlköpfiges altes Weib, nur noch ein Fetzen vom ehemaligen Staatsgewand. Ihr Mann, der um die gleiche Zeit von Lawrence gemalt worden war, wie er in der Uniform eines Obersten der Thistlewood-Freiwilligen vor seinem Schloß Bareacres den Säbel schwingt, war jetzt ein hagerer, dürrer alter Mann in Überrock und Brutusperücke, der morgens meistens um Gray's Inn herumstrich und allein in einem seiner Klubs aß. Jetzt speiste er nicht mehr gern bei Steyne. In ihrer Jugend hatten sie sich um die Wette in einen Taumel von Vergnügungen gestürzt, und Bareacres war stets Sieger gewesen. Aber Steyne hatte den längeren Atem gehabt und ihn schließlich ausgestochen. Der Marquis war jetzt zehnmal so bedeutend wie der junge Lord Gaunt der achtziger Jahre – Bareacres dagegen lief nicht mehr mit im Rennen und war alt und erledigt, bankrott und gebrochen. Er hatte sich von Steyne zu viel Geld geliehen, um ein häufiges Zusammentreffen mit seinem alten Kameraden noch erfreulich zu finden. Steyne aber, wenn er sich einen Spaß machen wollte, fragte Lady Gaunt spöttisch, warum ihr Vater sie nicht besuche. «Er ist seit vier Monaten nicht mehr hier gewesen», sagte er. «Ich kann es später stets in meinem Scheckbuch feststellen, wann Bareacres mich besucht hat. Wie bequem es für mich ist, meine Damen: der Schwiegervater des einen meiner Söhne ist Bankier, und ich bin der Bankier des andern!»

Über die andern erlauchten Persönlichkeiten, denen Becky bei ihrer ersten Einführung in die vornehme Welt zu begegnen die Ehre hatte, braucht der Verfasser nicht viel zu berichten. Da war Seine Exzellenz der Fürst von

Peterwardein mit der Fürstin: ein stark geschnürter Edelmann mit breitem, soldatischem Brustkasten, auf dem der Stern seines Ordens prächtig funkelte, und um den Hals trug er das rote Band vom Goldenen Vlies. Er war Besitzer von zahllosen Schafherden. «Sehen Sie doch sein Gesicht an! Sicher stammt er von einem Schaf ab!» tuschelte Becky Lord Steyne zu. Tatsächlich hatte das längliche, ernste weiße Gesicht Seiner Exzellenz mit dem roten Band um den Hals eine gewisse Ähnlichkeit mit einem ehrwürdigen Leithammel.

Dann war noch Mr. John Paul Jefferson Jones da, ehrenamtlicher Attaché der amerikanischen Botschaft und Korrespondent des *New York Demagogue,* der gern zur Tischunterhaltung etwas beitragen wollte und während einer Gesprächspause Lady Steyne fragte, wie es seinem lieben Freund George Gaunt in Brasilien gefiele. Er und George waren in Neapel sehr befreundet gewesen und hatten zusammen den Vesuv bestiegen. Mr. Jones schrieb einen langen und eingehenden Bericht über die Abendgesellschaft, der auch im *Demagogue* erschien. Er erwähnte die Namen und Titel aller Gäste und gab von den bedeutenderen einen biographischen Abriß. Mit großem Wortreichtum schilderte er die Toiletten der Damen, das Tafelservice und die Statur und Livree der Lakaien. Er zählte die Gerichte und Weine sowie die Prunkgefäße auf der Anrichte und den ungefähren Wert des Tafelsilbers auf. Er rechnete aus, daß ein solches Essen nicht unter fünfzehn bis achtzehn Dollar pro Person geliefert werden könne. Noch viele Jahre hindurch pflegte er *protégés* aus den Staaten mit einem Empfehlungsbrief an den jetzigen Marquis von Steyne zu schikken, und zwar auf Grund seiner «innigen Beziehungen, die er mit seinem lieben Freund, dem verstorbenen Marquis, unterhalten habe». Er war sehr entrüstet, daß ein unbedeutender junger Aristokrat, der Graf von Southdown, ihm auf dem Weg zum Speisesaal nicht den Vortritt ließ. «Als ich gerade herantrat, um meinen Arm einer ganz reizenden und geistreichen Dame von Welt, der brillanten und vornehmen Mrs. Rawdon Crawley, zu reichen», schrieb er, «drängte sich der junge Edelmann zwischen mich und die Dame und entführte mir die Helena ohne ein Wort der Entschuldigung. Ich sah mich genötigt, mit einem Oberst die Nachhut zu bilden: es war der Gatte der Dame, ein stattlicher rotwangiger Krieger, der sich bei Waterloo ausgezeichnet hat, wo er mehr Glück hatte als einige seiner rotröckigen Kameraden bei New Orleans.»

*

Als der Oberst in die vornehme Gesellschaft geriet, flog eine Röte nach der andern über sein Gesicht – genau wie bei einem sechzehnjährigen Jungen, der den Schwestern seiner Schulfreunde vorgestellt wird. Wir hatten schon berichtet, daß der wackere Rawdon in seinem bisherigen Leben nicht sehr an Umgang mit Damen gewöhnt war. Er verstand sich ausgezeichnet mit den Männern im Klub oder Kasino und konnte mit den tollsten Draufgängern reiten, wetten, rauchen und Billard spielen. Auch Damenfreundschaften hatte er einst gepflegt, aber das war zwanzig Jahre her, und die Damen waren solche, wie sie in der Komödie der junge Marlowe zu Freundinnen hatte, ehe er beschämt vor Miss Hardcastle steht. Die Zeiten sind nun einmal so, daß man kaum von jener Art Gesellschaft zu sprechen wagt, in der unsre jungen Leute auf dem Jahrmarkt der Eitelkeit tagtäglich verkehren und die allnächtlich Kasinos und Ballsäle bevölkern: ihr Vorhandensein ist ebenso bekannt wie der Korso im Hyde Park oder die Pfarrgemeinde von St. James's, aber unsre überaus wählerische, wenn auch nicht überaus moralische Gesellschaft ist eisern entschlossen, jene andre zu ignorieren. Kurz und gut, obwohl Oberst Crawley jetzt fünfundvierzig Jahre alt war, hatte er noch nicht das Glück gehabt, auch nur einem halben Dutzend wirklicher Damen zu begegnen – außer seiner Frau, diesem leuchtenden Vorbild. Außer ihr und seiner gütigen Schwägerin Lady Jane, die ihn mit ihrer Sanftmut gezähmt und erobert hatte, jagten sie ihm alle Angst ein. Bei seinem ersten

Abendessen im Gaunt House ließ der brave Oberst kein Wort verlauten – abgesehen von der Bemerkung, daß es sehr heiß sei. Becky hätte ihn auch am liebsten zu Hause gelassen, aber der Anstand gebot es nun einmal, daß ihr

Gatte ihr zur Seite stand, um das scheue, verwirrte Geschöpfchen bei seinem ersten Auftreten in der vornehmen Gesellschaft zu beschützen.

Als sie erschien, trat Lord Steyne auf sie zu, ergriff ihre Hand und begrüßte sie mit erlesener Höflichkeit, um sie dann Lady Steyne und seinen Schwiegertöchtern vorzustellen. Die drei Damen machten jede eine stolze Verbeugung, und die älteste reichte ihrem Gast sogar die Hand, die aber kalt und leblos wie Marmor war.

Becky ergriff sie jedoch bescheiden und dankbar, vollführte eine Verneigung, die dem besten Tanzlehrer Ehre gemacht hätte, und legte sich sozusagen Lady Steyne zu Füßen, indem sie sagte, Seine Lordschaft sei einer der ersten Freunde und Gönner ihres Vaters gewesen und daher habe sie, Becky, seit ihrer Kindheit die Familie Steyne ehren und achten gelernt. Tatsächlich hatte Lord Steyne einmal ein paar Bilder des verstorbenen Malers Sharp gekauft, und die liebevolle Waise hörte nie auf, für die Gunst dankbar zu sein.

Nun kam Becky die alte Lady Bareacres vor Augen. Auch vor ihr vollführte sie eine sehr respektvolle Verbeugung, die von der erhabenen Dame mit gemessener Würde erwidert wurde.

«Ich hatte schon vor zehn Jahren in Brüssel das Vergnügen, Euer Gnaden Bekanntschaft zu machen», sagte Becky in ihrer bezauberndsten Art. «Ich hatte den Vorzug, Lady Bareacres am Vorabend der Schlacht von Waterloo auf dem Ball der Herzogin von Richmond zu treffen. Ich erinnere mich noch, wie Milady und Ihre Tochter, Lady Blanche, im Torweg unsres Hotels in Ihrem Reisewagen saßen und auf Pferde warteten. Hoffentlich hat Milady Ihre Diamanten retten können!»

Alle wechselten Blicke miteinander. Anscheinend waren die berühmten Diamanten einer berühmten Beschlagnahme zum Opfer gefallen, worüber Becky natürlich nichts wissen konnte. Rawdon Crawley zog sich mit Lord Southdown in eine Fensternische zurück, in der man den jungen Lord unbändig lachen hörte, weil Rawdon ihm die Geschichte von Lady Bareacres' Pferdesuche erzählte und wie sie «vor Becky weiß Gott zu Kreuze kriechen mußte». Ich glaube, vor *der* brauche ich mich nicht mehr zu fürchten, dachte Becky. Und wirklich, Lady Bareacres wechselte entsetzte und zornige Blicke mit ihrer Tochter und zog sich dann an einen Seitentisch zurück, wo sie mit großer Energie Bildermappen betrachtete.

Nachdem der Potentat von der Donau erschien, wurde die Unterhaltung in französischer Sprache weitergeführt, und Lady Bareacres und die jüngeren Damen mußten, wieder sehr zu ihrem Ärger, feststellen, daß Mrs. Crawley viel besser mit der Sprache vertraut war als sie selber und auch einen besseren Akzent hatte. In den Jahren 1816/17 hatte Becky in Frankreich bei der Armee schon andere ungarische Magnaten kennengelernt und erkundigte sich nun mit der größten Anteilnahme nach ihren Freunden. Die Ausländer hielten sie für eine Dame sehr vornehmer Herkunft, und der Fürst wie auch die Fürstin fragten den Marquis und die Marquise, die sie zu Tisch führten, mehrfach danach, wer die kleine Dame sei, die so reizend Französisch spreche.

Nachdem schließlich alle in der Reihenfolge zum Essen angetreten waren, die der amerikanische Diplomat beschrieb, begaben sie sich in den Speisesaal, in dem das Festmahl serviert wurde, von dem sich der Leser nach Belieben zulangen darf, da ich ihm versprochen habe, er solle es genießen.

Doch als die Damen unter sich waren, ging der Krieg erst richtig an, wie Becky bald erleben mußte. Die kleine Frau sah sich in einer so üblen Lage, daß sie zugeben mußte, Lord Steyne habe mit seiner Warnung recht gehabt, sie solle sich vor der Gesellschaft höherstehender Damen in acht nehmen. Wie es heißt, werden die Iren am meisten von den Iren selbst gehaßt. So sind ganz sicher Frauen die größten Tyrannen andrer Frauen. Als die arme kleine Becky allein bei den Damen zurückblieb und auf den Kamin zutrat, an den sich die Damen begeben hatten, marschierten die vornehmen Herrschaften von dort weg und zu einem Tisch mit Stichen hinüber; als Becky ihnen folgte, gingen sie eine nach der andern wieder an den Kamin. Sie versuchte mit einem von den Kindern zu sprechen (sie war in der Öffentlichkeit sehr kinderlieb), aber Master George Gaunt wurde zu seiner Mama gerufen. Die Fremde wurde so grausam behandelt, daß schließlich sogar Lady Steyne Mitleid mit ihr empfand und auf sie zutrat, um mit der einsamen kleinen Frau zu sprechen.

«Wie mir Lord Steyne erzählte», sagte sie, und die Röte schoß ihr in die blassen Wangen, «singen und spielen Sie sehr gut, Mrs. Crawley. Ich wünschte, Sie würden mir den Gefallen tun und ein wenig singen.»

«Ich will gern alles tun, was Lord Steyne oder Ihnen Freude macht», erwiderte Rebecca aufrichtig dankbar und setzte sich an den Flügel, um zu singen.

Sie sang geistliche Lieder von Mozart – einst Lieblingslieder von Lady Steyne – und trug sie so zart und innig vor, daß die Lady, die am Flügel stehengeblieben war, sich neben sie setzte und zuhörte, bis ihr die Tränen über die Wangen liefen. Allerdings plauderten und lärmten die Damen von der Gegenpartei am andern Ende des Zimmers laut und unaufhörlich, aber davon bemerkte Lady Steyne nichts. Sie war wieder ein Kind: sie war durch eine vierzigjährige Wüste in ihren Klostergarten zurückgewandert. Von der Orgel in der Kapelle waren die gleichen Melodien erklungen, und von der Organistin, einer Nonne, die sie von allen Ordensschwestern am meisten liebte, hatte sie in fernen, glücklichen Tagen die Lieder gelernt. Sie war wieder ein junges Mädchen, und die kurze Zeit ihres Glückes blühte für eine Stunde wieder auf. Sie schrak zusammen, als die Türflügel geräuschvoll aufgerissen wurden und Lord Steyne laut lachend mit den fröhlichen Herren eintrat.

Er sah auf den ersten Blick, was sich in seiner Abwesenheit zugetragen hatte, und ausnahmsweise war er seiner Frau einmal dankbar. Er trat auf sie zu, sprach mit ihr und nannte sie sogar beim Vornamen, was ihr wieder die Röte ins blasse Gesicht trieb. «Meine Frau sagt, Sie hätten gesungen wie ein Engel», wandte er sich an Becky. Nun gibt es ja zweierlei Engel, aber beide sollen auf ihre Art bezaubernd sein.

Wie auch der vorausgegangene Teil des Abends verlaufen sein mochte – der zweite Teil wurde für Becky zu einem großen Triumph. Sie sang so gut wie noch nie, und alle Männer kamen herbei und drängten sich um den Flügel. Ihre Feindinnen, die Frauen, blieben allein. Mr. Paul Jefferson Jones aber meinte, er habe sich bei Lady Gaunt besonders beliebt gemacht, als er auf sie zutrat und den wundervollen Gesang ihrer entzückenden Freundin rühmte.

L

Ein alltäglicher Zwischenfall

TUNLICHST sollte nun die Muse, die unsre Komödie inspiriert, von den vornehmen Höhen hinabsteigen, in denen sie umherschwebte, und sich auf das niedrige Dach John Sedleys niederlassen, um die Ereignisse zu beschreiben, die dort stattfanden. Auch hier, in einer so bescheidenen Wohnung, hausen Sorge und Mißtrauen und Kummer. In der Küche murrt Mrs. Clapp heimlich mit ihrem Mann wegen der Miete und drängt den guten Burschen, sich gegen seinen alten Freund und Gönner und jetzigen Mieter aufzulehnen. Mrs. Sedley macht ihrer Hauswirtin in den unteren Regionen keine Besuche mehr, denn sie ist nicht länger in der Lage, Mrs. Clapp gönnerhaft zu behandeln. Wie kann man auch zu einer Dame herablassend sein, der man einen Betrag von vierzig Pfund schuldet und die nun unaufhörlich Anspielungen darüber macht? Das irische Dienstmädchen hat sich in ihrem freundlichen und achtungsvollen Benehmen nicht die Spur geändert, aber Mrs. Sedley bildet sich ein, sie sei dreist und undankbar geworden, und wie der schuldbewußte Dieb, der hinter jedem Busch den Büttel fürchtet, glaubt Mrs. Sedley aus allen Reden und Antworten des Mädchens drohende Andeutungen und Fallstricke herauszuhören. Miss Clapp, die inzwischen herangewachsen ist, wird von der sauertöpfischen alten Dame für eine unerträgliche und freche kleine Range erklärt, und warum Amelia sie so gern hat und sie so oft in ihrem Zimmer duldet und ständig mit ihr spazierengeht, ist Mrs. Sedley unbegreiflich. Die Bitterkeit der Armut hat das Dasein der einst so heiteren und gütigen Frau vergiftet. Für Amelias stets gleichbleibende Sanftmut und Geduld weiß sie ihr keinen Dank, sondern bekrittelt alle Bemühungen, freundlich oder hilfsbereit zu sein, und schmäht sie, weil sie so stolz auf ihren Sohn ist, die Eltern aber vernachlässigt. In Georgys Heim geht es nicht sehr munter zu, seit Onkel Joe seinen Wechsel nicht mehr schickt, und die kleine Familie ist fast auf Hungerkost gesetzt.

Amelia grübelt und grübelt und zerbricht sich den Kopf, wie sie das bißchen Einkommen vermehren könnte, bei dem der Haushalt nicht bestehen kann. Könnte sie Unterricht geben? Kartengestelle bemalen? Feine Handarbeiten machen? Sie muß entdecken, daß manche Frauen für einen Twopence täglich schwer arbeiten und es besser machen, als sie es könnte. In einer Kunsthandlung kauft sie zwei Bristolkarten mit Goldrand und malt, so gut sie es irgend kann, auf die eine Karte einen Schäfer mit roter Jacke und rosig lächelndem Gesicht vor einem gestrichelten Hintergrund und auf die andre eine Schäferin, die mit einem kleinen Hund über eine Brücke geht. Der Kunsthändler im «Brompton Emporium of Fine Arts», bei dem sie die Kartons in der stillen Hoffnung kaufte, er würde sie ihr abnehmen, wenn sie von ihrer Hand bemalt seien, kann das spöttische Lächeln kaum unterdrücken, als er die kläglichen Machwerke prüft. Er blickt die im Laden wartende Dame von der Seite an, steckt die Karten wieder in ihren Umschlag aus graubraunem Papier und händigt sie der armen Witwe und Miss Clapp aus, die in ihrem Leben noch nie etwas so Schönes gesehen und ganz zuversichtlich geglaubt hatte, der Mann würde mindestens zwei Goldstücke für die Bilder zahlen. Sie versuchen es in andern Geschäften in der Stadtmitte, aber ihre Hoffnung schwindet immer mehr. «Brauche nichts», sagt einer. «Raus!» ruft ein andrer ärgerlich. Dreiundeinhalb Schilling sind umsonst ausgegeben worden, die Bildchen wandern in Miss Clapps Schlafzimmer, denn sie findet sie immer noch wunderschön.

Nun beschreibt Emmy in ihrer schönsten Handschrift ein Kärtchen, dessen Wortlaut sie mühsam und nach langem Nachdenken abgefaßt hat und womit sie dem Publikum mitteilt, «eine Dame, die über freie Zeit verfügt, wünscht die Erziehung einiger kleiner Mädchen zu übernehmen, die sie in Englisch, Französisch, Geographie, Geschichte und Musik unterrichten könnte. Sich wenden an A.O., c/o Mr. Brown». Sie vertraut die Karte dem Herrn in der Kunsthandlung an, der einwilligt, sie auf dem Ladentisch auszulegen, wo sie bald schmuddelig und fliegenbekleckst ist. Amelia geht oft sehnsüchtig an der Tür vorbei, immer in der Hoffnung, Mr. Brown habe eine Nachricht für sie. Aber er ruft sie nie herein. Wenn sie hingeht, um ein paar kleine Besorgungen zu machen, ist nie eine Nachricht für sie da. Du armes, törichtes, zartes und schwaches Geschöpf – wie willst du den Kampf mit der brutalen Welt aufnehmen?

Von Tag zu Tag wird sie sorgenvoller und trauriger und blickt ihr Kind mit so entsetzten Augen an, daß der Kleine nicht begreift, was es bedeutet. Nachts schreckt sie aus dem Schlaf hoch und späht heimlich in sein Zimmer, um sich zu überzeugen, daß er schläft und ihr nicht etwa gestohlen wurde. Sie schläft jetzt nur wenig. Ständig verfolgt sie ein furchtbarer Gedanke. Wie sie in den langen, stillen Nächten weint und betet! Wie sie versucht, sich vor dem stets wiederkehrenden Gedanken zu verstecken, daß sie sich von dem Knaben trennen sollte, weil sie das einzige Hindernis zwischen ihm und seinem Glück ist! Sie kann es nicht! Sie kann es nicht! Wenigstens jetzt noch nicht! Später! Oh, es ist zu schwer, daran zu denken und es zu ertragen!

Ein Gedanke überfällt sie, daß sie erröten und sich abwenden muß: wenn ihre Witwenpension den Eltern verbliebe und der Pfarrer sie heiratete und ihr und dem

Knaben ein Heim gäbe? Aber Georges Bild und die teuren Erinnerungen an ihn verwehren ihr einen solchen Schritt. Scham und Liebe wollen das Opfer nicht. Sie schreckt davor zurück, als wäre es eine Sünde. Solche Gedanken haben in dem reinen, sanften Herzen noch nie Raum gefunden.

Viele Wochen währte der Kampf im Herzen der armen Amelia, auch wenn wir ihn nur mit ein paar Sätzen beschreiben. Und während der ganzen Zeit hatte sie keine vertraute Seele, hätte allerdings auch keine gebrauchen können, da sie sich die Möglichkeit, nachzugeben, nicht eingestehen wollte. Und doch gab sie dem Feind, mit dem sie kämpfte, täglich etwas mehr nach. Eine Wahrheit nach der andern zog stumm vor ihr auf und behauptete sich. Armut und Elend für alle – Mangel und Schande für die Eltern – Nachteile für den Jungen – eins ums andere fielen die Vorwerke der kleinen Zitadelle, in der die arme Seele ihren einzigen geliebten Schatz leidenschaftlich hütete.

Zu Beginn ihrer Kämpfe hatte sie einen Brief voll zärtlicher Bitten an ihren Bruder nach Kalkutta gesandt und ihn angefleht, doch nicht die Unterstützung aufzuheben, die er den Eltern bisher gewährt hatte, und mit schlichten und rührenden Worten hatte sie ihm ihre Verlassenheit und die unselige Lage geschildert. Sie wußte ja nicht, wie es sich in Wirklichkeit verhielt: daß Josephs Rente noch immer regelmäßig ausgezahlt wurde, daß aber ein Geldverleiher in der City sie in Empfang nahm. Der alte Sedley hatte sie nämlich für einen Betrag verpfändet, mit dem er seine sinnlosen Pläne weiter verfolgen wollte. Emmy hatte sich freudig ausgerechnet, wieviel Zeit vergehen müsse, ehe der Brief ankam und beantwortet wurde. Sie hatte den Tag, an dem sie ihren Brief abgesandt hatte, in ihrem Notizbuch vermerkt. Dem Vormund ihres Sohnes, dem guten Major in Madras, hatte sie nichts von ihrem Kummer und ihren Schwierigkeiten mitgeteilt. Sie hatte ihm nicht wieder geschrieben, seit sie ihm zu seiner bevorstehenden Heirat gratuliert hatte. In kläglicher Verzweiflung dachte sie, daß nun auch der eine, einzige Freund, der sie verehrt hatte, nicht mehr für sie da war.

Eines Tages, als die Lage immer kritischer wurde – als die Gläubiger drängten, als die Mutter Weinkrämpfe bekam und der Vater in noch trüberer Stimmung als sonst dasaß, als die Mitglieder der kleinen Familie sich aus dem Wege gingen, weil ein jedes unter seinem persönlichen Gram litt und glaubte, ihm geschehe Unrecht –, da blieben Vater und Tochter zufällig allein beisammen. Amelia meinte den Vater damit trösten zu können, daß sie ihm erzählte, was sie getan hatte. Sie habe an Joseph geschrieben, und in drei oder vier Monaten müsse die Antwort eintreffen. Er war immer freigebig gewesen, wenn auch gedankenlos. Er konnte es seinen Eltern nicht abschlagen, wenn er erfuhr, in welcher bedrängten Lage sie sich befanden.

Da enthüllte ihr der arme alte Mann die volle Wahrheit: daß der Sohn die Rente noch regelmäßig zahle und daß nur seine eigene Torheit sie aufs Spiel gesetzt habe. Er habe nicht gewagt, es zu gestehen. Er glaubte, Amelias schreckensbleiche und entsetzte Miene bedeute Vorwürfe, weil er alles so lange verheimlicht habe. «O weh», sagte er mit zitternden Lippen und abgewandtem Gesicht, «jetzt verachtest du deinen alten Vater!»

«O nein, Papa, das ist es nicht», rief Amelia, fiel ihm um den Hals und bedeckte ihn mit Küssen. «Du bist immer gut und wolltest ja nur das Beste. Es ist nicht wegen des Geldes. Es ist – o mein Gott! Mein Gott! Steh mir bei und gib mir Kraft, die Prüfung zu ertragen!» Sie küßte ihn noch einmal heftig und ging dann hinaus.

Der Vater wußte noch nicht, was der Ausruf und der Schmerzensausbruch bedeuteten, mit dem die arme Frau ihn verlassen hatte. Sie war besiegt! Das Urteil war gefällt! Das Kind mußte fort – zu andern – es mußte sie vergessen! Ihr Herz und ihr Schatz – ihre Freude und Hoffnung und Liebe – ihr Glauben und beinahe ihr Gott! Sie mußte es aufgeben, und dann – dann würde sie zu George gehen, und gemeinsam würden sie über dem Kind wachen, bis es einst zu ihnen in den Himmel kam.

Sie wußte kaum, was sie tat, als sie die Haube aufsetzte und ins Freie hinaustrat, um die Wege aufzusuchen, auf denen Georgy meistens von der Schule heimkam und wo sie ihm oft entgegenzugehen pflegte. Es war Mai und ein halber Feiertag. Die Blätter sproßten schon, und das Wetter war herrlich. Da kam er ihr entgegengelaufen, blühend vor Gesundheit! Er sang und schwenkte sein Bücherbündel an einem Riemen. Da war er! Sie umschlang ihn mit beiden Armen. Nein, es war unmöglich! Sie konnten sich nicht trennen! «Was ist denn, Mutter?» fragte er. «Du bist ganz weiß im Gesicht!»

«Nichts, mein Kind», sagte sie, beugte sich über ihn und küßte ihn.

Am Abend ließ sich Amelia von ihrem Sohn die Geschichte Samuels vorlesen: wie Hannah, seine Mutter, nachdem sie ihn entwöhnt hatte, ihn zum Hohenpriester Eli brachte, damit er dem Herrn diene. Er las das Danklied, das Hannah sang und in dem es heißt: «Der Herr machet arm und machet reich; er erniedriget und erhöht. Er hebet auf den Dürftigen aus dem Staube, und aus eigener Kraft soll keiner stark sein.» Dann las er, wie Samuels Mutter ihm jedes Jahr einen kleinen Rock nähte und den mitbrachte, wenn sie kam, um das alljährliche Opfer darzubringen. Und nun begann Georgys Mutter auf ihre liebe, schlichte Art, ihm die rührende Geschichte zu erläutern. Wie Hannah, obwohl sie ihren Sohn so liebte, ihn doch fortgab, weil sie es gelobt hatte. Und wie sie wohl immer an ihn gedacht haben mußte, wenn sie, fern von ihm, zu Hause saß und an dem kleinen Rock nähte, und wie Samuel seine Mutter bestimmt nie vergaß, und wie glücklich sie gewesen sein muß, als die Zeit dann gekommen war (die Jahre vergehen ja so schnell), daß sie ihren Sohn wiedersehen durfte, und wie klug und weise er da geworden war! Sie hielt ihre kleine Predigt mit sanfter, feierlicher Stimme und trockenen Augen, bis sie schildern mußte, wie sie sich wiedersahen: da versagte ihr plötzlich die Stimme, das Herz strömte ihr über, und sie drückte den Jungen an sich, wiegte ihn in den Armen und vergoß stumme, durch den Schmerz geheiligte Tränen.

*

Da die Witwe ihren Entschluß gefaßt hatte, begann sie Maßnahmen zu treffen, die zur Erreichung ihres Zieles geeignet schienen. Eines Tages erhielt Miss Osborne am Russell Square (Amelia hatte den Namen und die Hausnummer nun schon seit Jahren nicht mehr geschrieben) einen Brief, der ihr das Blut in die Wangen trieb. Sie blickte zu ihrem Vater hinüber, der finster auf seinem Platz am andern Ende des Tisches saß.

Amelia führte in schlichten Worten die Gründe auf, die sie bewogen, ihren Standpunkt wegen des Knaben zu ändern. Ihrem Vater sei neues Mißgeschick widerfahren, das ihn nun gänzlich ruiniert habe. Ihr eigenes Einkommen sei so klein, daß es kaum genüge, die Eltern zu unterstützen, und so könne sie Georgy nicht die Möglichkeiten einer Erziehung bieten, die ihm zukämen. Sosehr sie unter der Trennung von ihm leiden würde, wolle sie es doch mit Gottes Hilfe um des Knaben willen ertragen. Sie wußte, daß die Menschen, zu denen er ginge, alles Erdenkliche tun würden, um ihn glücklich zu machen. Sie beschrieb seine Veranlagung, wie sie ihr bekannt war: er sei hitzig und überempfindlich gegen Zwang und Schroffheit, doch mit Liebe und Güte ließe er sich leicht lenken. In einer Nachschrift verlangte sie eine schriftliche Zusicherung, daß sie das Kind sehen dürfte, sooft sie wolle – unter andern Bedingungen könne sie sich nicht von ihm trennen.

«So? Frau Hochmut gibt endlich klein bei, was?» sagte der alte Osborne, als ihm Miss Osborne mit vor Eifer zitternder Stimme den Brief vorgelesen hatte. «Regelrecht ausgehungert, he? Haha! Hab' mir's ja gleich gedacht.» Er versuchte seine Würde zu wahren und wie immer die Zeitung zu lesen – aber er konnte dem Inhalt nicht folgen. Hinter dem Blatt lachte oder fluchte er vor sich hin.

Endlich warf er die Zeitung fort, und indem er seine Tochter mit einem grimmigen Blick bedachte, ging er aus dem Zimmer und in sein anstoßendes Schreibkabinett, aus dem er gleich darauf mit einem Schlüssel zurückkehrte.

«Laß das Zimmer über meinem zurechtmachen... seins...», sagte er. «Ja», erwiderte seine Tochter zitternd. Es war Georges Zimmer. Seit über zehn Jahren war es nicht geöffnet worden. Ein Teil seiner Anzüge, Papiere, Taschentücher, Peitschen und Mützen, Angelruten und Jagdgeräte war noch immer da. Auf dem Kaminsims lag eine Armeeliste aus dem Jahre 1814 mit seinem Namen auf dem Umschlag, ein kleines Wörterbuch, das er beim Schreiben immer benutzt hatte, und die Bibel, die seine Mutter ihm geschenkt hatte; daneben ein Paar Sporen und ein eingetrocknetes Tintenfaß, das mit dem Staub von zehn Jahren bedeckt war. Ach, was für Tage und Menschen waren dahingegangen seit damals, als die Tinte noch frisch war! Der Schreibblock lag auf dem Tisch, das Löschblatt zeigte Spuren seiner Handschrift.

Miss Osborne war sehr aufgewühlt, als sie das Zimmer nun zum erstenmal mit den Dienstboten betrat. Ganz bleich sank sie auf das schmale Bett. «Was für ein Segen, Ma'am, wirklich, was für ein Segen!» sagte die Haushälterin. «Jetzt kommt auch die gute alte Zeit wieder. Der liebe kleine Bursche, Ma'am, wie glücklich der wohl sein wird! Aber seine Verwandten in Mayfair, Ma'am, die werden's ihm nicht gönnen!» Und sie stieß den Riegel auf die Seite, der das Schiebefenster schloß, und ließ frische Luft ins Zimmer.

«Du solltest der Frau etwas Geld schicken», sagte Mr. Osborne, ehe er ausging. «Es soll ihr an nichts fehlen. Schick ihr hundert Pfund!»

«Und soll ich sie morgen besuchen?» fragte Miss Osborne.

«Das ist deine Sache. Aber denk dran, hierher kommt

sie mir nicht! Nein, zum Teufel, nicht um alles Geld der City! Aber jetzt soll's ihr an nichts fehlen. Sieh also zu, daß alles in Ordnung kommt!» Mit den paar Worten verabschiedete sich Mr. Osborne von seiner Tochter und begab sich, wie gewohnt, in die Stadt.

«Hier ist etwas Geld, Papa», sagte Amelia gegen Abend, küßte den alten Mann und drückte ihm eine Hundertpfundnote in die Hand. «Und – und – Mama, sei nicht ärgerlich über Georgy! Er – er bleibt nicht mehr lange bei uns.» Sie konnte nicht weitersprechen und ging stumm in ihr Zimmer hinauf. Wir wollen die Tür hinter ihr schließen und sie mit ihren Gebeten und ihrem Kummer allein lassen. Ich finde, über soviel Liebe und Schmerz sollte man nur sehr wenig sagen.

Miss Osborne kam am folgenden Tag, wie in ihrem Briefchen versprochen, um Amelia zu besuchen. Es war eine freundliche Begegnung. Ein Blick und ein paar Worte von Miss Osborne zeigten der armen Witwe, daß sie, wenigstens was die Dame hier betraf, nicht zu bangen brauchte, sie würde ihr den ersten Platz im Herzen ihres Kindes rauben. Sie war kühl und vernünftig, jedoch nicht unfreundlich. Georgys Mutter wäre vielleicht nicht so zufrieden gewesen, wenn die Rivalin hübscher, jünger, liebevoller und warmherziger gewesen wäre. Miss Osborne dagegen fielen die alten Zeiten und Erinnerungen ein, und unwillkürlich rührte die bemitleidenswerte Lage der armen Mutter an ihr Herz. Da war Amelia besiegt, streckte die Waffen und schickte sich in alles. Gemeinsam besprachen sie die Präliminarien für den Kapitulationsvertrag.

Georgy wurde am nächsten Tag nicht in die Schule geschickt, weil seine Tante kam. Amelia ließ sie beide allein und ging in ihr Zimmer. Sie probierte die Trennung aus – so wie die arme, sanfte Lady Jane Gray die Schneide des Beils befühlte, das niedersausen und ihr junges Leben enden sollte. Die Tage vergingen mit Besprechungen, Besuchen und Vorbereitungen. Die Witwe brachte Georgy die Nachricht sehr vorsichtig bei: sie hatte erwartet, daß

Georgys vornehmer Kirchgang

er sehr erschüttert sein würde. Doch er war eher erfreut, und die arme Witwe wandte sich traurig ab. In der Schule mußte er den andern Jungen sofort etwas vorprahlen. Er erzählte ihnen, daß er bei seinem Großvater wohnen würde, beim Vater seines Vaters, nicht bei dem andern, der ihn manchmal hier abholte, und daß er sehr reich sein und einen Wagen und ein Pony haben und eine viel vornehmere Schule besuchen würde. Wenn er dann reich war, wollte er Leaders Federkasten kaufen und seine Schulden bei der Kuchenfrau bezahlen. Der Junge war das Ebenbild seines Vaters, dachte die verliebte Mutter.

Wegen unsrer lieben Amelia bringe ich es wirklich nicht übers Herz, von Georgys letzten Tagen daheim zu erzählen.

Endlich kam der allerletzte Tag, der Wagen fuhr vor, die bescheidenen kleinen Pakete voller Andenken und Liebeszeichen lagen schon längst im Flur bereit, und Georgy stand in seinem neuen Anzug da, für den der Schneider rechtzeitig Maß genommen hatte. Beim ersten Sonnenstrahl war er aus dem Bett gesprungen und hatte seine neuen Sachen angezogen: seine Mutter konnte ihn vom Nebenzimmer aus hören, in dem sie sprachlos vor Schmerz wachgelegen hatte. Seit Tagen hatte sie für den Aufbruch zu tun gehabt, hatte allerlei Nützliches für ihn gekauft, seine Bücher und die Wäsche gezeichnet, mit ihm gesprochen und ihn auf das Neue vorbereitet – in der liebevollen Idee befangen, daß er einer Vorbereitung bedürfe.

Aber was machte es ihm schon aus – solange sich etwas Neues ereignete? Er sehnte sich danach. Mit tausend eifrigen Erklärungen, was er tun würde, wenn er erst bei seinem Großvater wohnte, hatte er der armen Witwe gezeigt, wie wenig ihn der Gedanke an die bevorstehende Trennung niederdrücken konnte. Er würde seine Mama sehr oft mit dem Pony besuchen, versprach er. Er würde sie im Wagen abholen, und sie würden zusammen in den Park fahren, und sie sollte alles bekommen, was sie haben wollte. Die arme Mutter mußte sich wohl oder übel mit so selbstsüchtigen Beweisen seiner Anhänglichkeit begnügen. Sie versuchte sich einzureden, daß ihr Sohn sie von Herzen liebe. Natürlich liebte er sie! Alle Kinder waren so: gierig auf Neues und ein bißchen – nein, nicht eigensüchtig, nur eigenwillig. Ihr Kind sollte seine Vergnügungen und seinen Ehrgeiz haben. Sie hatte ihm bisher in ihrer Selbstsucht und in ihrer törichten Liebe seine ihm zustehenden Rechte und Vergnügen vorenthalten.

Ich kenne kaum etwas Rührenderes als die furchtsame Selbsterniedrigung und Demut einer Frau, wenn sie zugibt, daß *sie* schuldig ist und nicht der Mann, wenn sie sich zu allen Fehlern bekennt, ja, wie sie Bestrafung für Untaten ersehnt, die sie gar nicht begangen hat, und wie sie darauf beharrt, den wahren Schuldigen in Schutz zu nehmen! Wer den Frauen Schmerz zufügt, wird am liebevollsten von ihnen behandelt, denn Frauen sind sowohl furchtsam wie tyrannisch, und sie behandeln jeden schlecht, der sich vor ihnen demütigt.

Die arme Amelia hatte sich also in stummem Gram auf die Abreise ihres Sohnes eingestellt und viele lange und einsame Stunden mit Vorbereitungen für den letzten Tag zugebracht. Georgy stand neben seiner Mutter und schaute ihr ohne das geringste Mitgefühl zu. Tränen waren in seine Koffer gefallen; in seinen Lieblingsbüchern hatte sie Stellen angestrichen; alte Spielsachen, Andenken und heimlich verwahrte Schätze wurden mit besonderer Ordnung und Sorgfalt verpackt – doch von alledem merkte der Junge nichts. Ein Kind geht lächelnd fort, während seiner Mutter das Herz bricht. Mein Himmel! Wie bemitleidenswert ist doch auf dem Jahrmarkt der Eitelkeit die unsinnige Liebe einer Mutter zu ihren Kindern!

Ein paar Tage sind verstrichen. Das große Ereignis in Amelias Leben fand statt – und kein Engel ist dazwischengetreten. Das Kind ist dem Schicksal geopfert worden, und die Witwe ist ganz allein.

Natürlich besucht der Junge sie häufig. Er reitet auf einem Pony, gefolgt vom Stallknecht, und der alte Großvater Sedley ist begeistert und geht stolz neben ihm her die Straße entlang. Sie sieht ihn, aber er ist nicht länger ihr Junge. Er reitet sogar zu seiner alten Schule, um die Jungen dort wiederzusehen und mit seinem neuen Reichtum zu prahlen. In zwei Tagen hat er eine leicht herrische Manier und eine etwas gönnerhafte Art angenommen. Er ist zum Befehlen geboren, denkt seine Mutter, ganz wie einst sein Vater.

Es ist jetzt schönes Wetter. An den Abenden der Tage, an denen er nicht zu ihr kommt, macht sie einen langen Spaziergang nach London, ja bis zum Russell Square, und ruht sich auf dem steinernen Sims des Gartengeländers gegenüber von Mr. Osbornes Haus aus. Es ist so schön und kühl dort. Sie kann am Haus hinaufschauen und die erhellten Wohnzimmerfenster sehen und dann, um neun, das Kämmerchen im oberen Stock, in dem Georgy schläft. Sie weiß es, er hat es ihr erzählt. Wenn das Licht ausgeht, betet sie für ihn, betet mit ach so demütigem Herzen und geht geduckt und schweigsam nach Hause. Sie ist sehr müde, wenn sie zu Hause ankommt. Vielleicht kann sie nach einem so langen Spaziergang um so besser schlafen, und vielleicht träumt sie von Georgy.

Eines Sonntags ging sie zufällig in einiger Entfernung von Mr. Osbornes Haus über den Russell Square (konnte das Haus aber trotz der Entfernung sehen), als die Sonntagsglocken zu läuten begannen und Georgy mit seiner Tante aus dem Haus trat, um in die Kirche zu gehen. Ein kleiner Straßenkehrer bettelte um ein Almosen, und der Lakai, der die Gesangbücher trug, wollte ihn fortjagen, aber Georgy blieb stehen und gab ihm Geld. Gott behüte ihren Jungen! Emmy lief rasch um den Square herum, trat auf den Straßenkehrer zu und gab ihm auch ihr Scherflein. Alle Sonntagsglocken läuteten, und sie folgte den beiden, bis sie zur *Foundling Church* kam, in die sie eintrat. Dort setzte sie sich auf einen Platz, von dem aus sie den Kopf des Knaben unter dem Grabstein seines Vaters sehen konnte. Viele hundert frische Kinderstimmen stiegen auf und sangen dem gütigen Vater im Himmel Lobeshymnen. Die Seele des kleinen Georgy jubelte vor Freude über den herrlichen Gesang. Seine Mutter konnte ihn ein Weilchen nicht sehen: ein Schleier trübte ihr den Blick.

LI

*Eine Scharade wird aufgeführt, die dem Leser
zu raten gibt – oder auch nicht*

ls es Becky gelungen war, zu einer von Lord Steynes berühmten «Gesellschaften im kleinsten Kreis» zu erscheinen, hatte sie sich damit auch die Anerkennung ihrer Zugehörigkeit zur vornehmen Welt gesichert, und eiligst öffneten sich ihr einige der größten und höchsten Türen unsrer Hauptstadt – so große und so hohe Türen, daß der geliebte Leser und auch der Verfasser vergeblich hoffen würden, jemals durch sie einzutreten. Liebe Brüder, erzittert gleich mir vor so erlauchten Portalen! Ich stelle sie mir vor, von Kammerdienern mit silberner Flammenforke behütet, auf die jeder aufgespießt wird, der nicht zum Eintritt berechtigt ist. Man behauptet ja, der brave Reporter, der im Vestibül sitzt und die Namen der zu den Festen zugelassenen Berühmtheiten aufschreibt, müsse nach einiger Zeit sterben, weil er den Glanz der vornehmen Welt nicht lange ertragen kann, denn er versengt ihn, wie die Erscheinung Jupiters in voller Gala die arme, unvorsichtige Semele vernichtete: ein unbesonnenes Faltertier, das sich ins Verderben stürzte, weil es sich aus der ihm gemäßen Atmosphäre fortwagte. Die Sage von Semele sollten sich die Tyburnier und die Belgravier zu Herzen nehmen – und vielleicht auch die Geschichte von Becky Sharp. Ach, meine Damen! Fragen Sie den Pfarrer Mr. Thurifer, ob Belgravia nicht ein tönendes Erz und Tyburnia nicht eine klingende Schelle ist. Es sind Eitelkeiten. Sogar *sie* sind vergänglich! Und irgendwann einmal (doch erst lange nach uns, Gott sei Dank!) weiß man von den Anlagen im Hyde Park nicht viel mehr als von den berühmten Hängenden Gärten von Babylon, und der Belgrave Square wird so zerfallen sein wie die Baker Street oder wie Palmyra in der Wüste.

Meine Damen, wissen Sie auch, daß der große Pitt in der Baker Street gewohnt hat? Was hätten Ihre Großmütter nicht dafür gegeben, wären sie zu Lady Hesters Gesellschaften in dem jetzt zerfallenen Haus eingeladen worden! Ich habe dort diniert: *moi qui vous parle*. Ich habe das Zimmer mit den Geistern der gewaltigen Toten bevölkert. Als wir mit Männern von heute dort saßen und dem Rotwein mäßig zusprachen, kamen die Geister der Hingeschiedenen herein und nahmen ihre Plätze an der düstern Tafel ein. Der Lotse, der den Sturm überstand, goß volle Humpen gespenstigen Portweins hinunter; der Schatten von Graf Dundas ließ keinen Hauch einer Nagelprobe im Glas; Addington nickte und grinste gespenstig und wollte nicht zurückstehen, als die Flasche lautlos umging; Scott zwinkerte unter buschigen Augenbrauen hervor, weil er ein Häutchen edlen Alters auf dem Portwein bemerkte; Wilberforces Blicke flogen zur Decke auf, so daß er nicht zu merken schien, wie sein Glas voll zum Mund kam und leer auf dem Tisch landete: zur gleichen Decke, die noch gestern über unsern Köpfen war und zu der die Großen der Vergangenheit aufgeblickt haben. Jetzt werden die Zimmer des Hauses an Logiergäste abgegeben. Ja, Lady Hester wohnte damals in der Baker Street und schläft jetzt in der Wüste. Eothen hat sie dort gesehen – nicht in der Baker Street – sondern in der andern Einsamkeit.

Sicher, es ist alles Eitelkeit. Aber wer will nicht zugeben, daß er ein bißchen davon ganz gern hat? Ich möchte mal wissen, welcher vernünftige Mensch Roastbeef verabscheut, nur weil es vergänglich ist. Es gehört auch zu den Eitelkeiten. Doch ich wünsche jedem, der das hier liest, sein Leben lang eine gehörige Portion, ja, ja, und wenn ich fünfhunderttausend Leser hätte! Nehmen Sie Platz, meine Herren, und langen Sie mit gesundem und herzhaftem Appetit zu! Vom Fetten, vom Mageren, von der Tunke und vom Meerrettich, ganz wie Sie's mögen und nur nicht so zaghaft! Noch ein Glas Wein, Jones, mein Alter – ein bißchen «vom besseren»! Ja, essen wir uns nach Herzenslust satt an dem nichtigen Ding und seien wir dankbar dafür! Und ebenso wollen wir Beckys aristokratische Vergnügungen nach besten Kräften mitgenießen. Auch *sie* waren, wie alle sterblichen Freuden, vergänglicher Natur.

*

Eine Folge ihres Besuchs bei Lord Steyne war es, daß Seine Hoheit der Fürst von Peterwardein die Bekanntschaft mit Oberst Crawley erneuerte, als er ihn am nächsten Tag im Klub traf, und daß er Mrs. Crawley beim Korso im Hyde Park begrüßte, indem er sehr tief den Hut vor ihr zog. Sie und ihr Mann wurden auch gleich zu einer der kleinen Gesellschaften des Fürsten im Levant House eingeladen, das Seine Hoheit vorübergehend bewohnte, solange der erlauchte Eigentümer des Hauses von England abwesend war. Nach dem Essen sang sie im kleinsten Kreise. Der Marquis von Steyne war zugegen und wachte väterlich über den Fortschritten seines Schützlings.

Im Levant House lernte Becky einen der vornehmsten Gentlemen und größten Minister kennen, die Europa je hervorgebracht hat: den Herzog de la Jabotière, damals Botschafter des Allerchristlichsten Königs und später Minister des gleichen Monarchen. Ich muß schon sagen, mir schwillt vor Stolz der Kamm, wenn meine Feder so erlauchte Namen niederschreibt und wenn ich bedenke, in welch glänzender Gesellschaft sich meine liebe Becky bewegte! Sie wurde ständiger Gast in der französischen Botschaft, wo eine Gesellschaft ohne die Anwesenheit der reizenden «Madame Ravdonne Cravley» einfach nicht für vollständig angesehen wurde.

Die Herren de Truffigny (aus der Familie Périgord) und Champignac, beide Attachés an der Botschaft, verliebten sich sofort in die charmante, schöne Frau Oberst, und beide behaupteten, dem Brauch ihrer Nation zufolge (denn wer hat je einen aus England zurückkehrenden Franzosen gesehen, der nicht ein halbes Dutzend Familien unglücklich gemacht hätte und ebensoviel Herzen in seiner Brieftasche mit sich nahm?), sie seien mit der bezaubernden Mrs. Ravdonne *au mieux*.

Ich bezweifle jedoch die Richtigkeit ihrer Behauptung. Champignac hatte sehr viel für Ecarté übrig und spielte abends sehr viele Partien mit dem Oberst, während Becky im Zimmer nebenan Lord Steyne etwas vorsang, und von Truffigny wußte man sehr genau, daß er nicht in den Travellers' Klub zu gehen wagte, wo er den Kellnern Geld schuldete, und wenn er nicht in der Botschaft hätte essen können, wäre der brave junge Mann wahrscheinlich verhungert. Ich bezweifle es, wie gesagt, daß Becky einen der beiden jungen Leute auserkoren haben sollte, um ihm ihre besondere Gunst zu schenken. Sie erledigten Aufträge für sie, kauften ihr Handschuhe und Blumen, stürzten sich in Schulden, um ihr eine Loge in der Oper zu verschaffen, und machten sich in jeder Hinsicht bei ihr beliebt. Englisch sprachen sie mit anbetungswürdiger Schlichtheit, und zur immer wieder neuen Belustigung Beckys und Lord Steynes ahmte sie den einen oder andern ins Gesicht hinein nach und machte ihm mit einem Ernst Komplimente über seine Fortschritte in der englischen Sprache, die den Marquis, ihren spöttischen Freund und Gönner, unfehlbar zum Lachen reizten. Truffigny schenkte der Briggs einen Schal, um Beckys Vertraute für sich zu gewinnen, und bat sie, einen Brief abzugeben, den die einfältige alte Jungfer der Adressatin in aller Öffentlichkeit aushändigte. Jeder, der ihn las, amüsierte sich köstlich über den Stil. Lord Steyne las ihn, alle lasen ihn, nur der wackere Rawdon las ihn nicht, denn es war nicht nötig, ihm alles zu erzählen, was in dem kleinen Haus in Mayfair geschah.

Hier empfing Becky sehr bald nicht nur die «besten» Ausländer (wie der Ausdruck in unserm edlen und bewundernswerten Gesellschaftsjargon lautet), sondern auch ein paar der besten Engländer. Damit meine ich nicht die Tugendhaftesten und auch nicht die am wenigsten Tugendhaften, auch nicht die Klügsten oder die Dümmsten oder die Reichsten oder die Hochgeborensten, sondern die «Besten», das heißt Leute, die über allen Zweifel erhaben sind, wie etwa die große Lady Fitz-Willis, die Schutzpatronin Almacks, dann die große Lady Slowbore, die große Lady Grizzel Macbeth (früher Lady G. Glowry, Tochter des Lord Grey of Glowry) und andere mehr. Wenn die Gräfin Fitz-Willis (die Lady entstammt der King-Street-Familie, siehe Debrett und Burke) mit jemand Verkehr anknüpft, dann ist der Betreffende auf der sichern Seite. Seine Stellung in der Gesellschaft ist dann über allen Zweifel erhaben. Nicht etwa, daß Lady Fitz-Willis besser als die andern wäre; im Gegenteil, sie ist eine welke Person von siebenundfünfzig Jahren und weder hübsch noch wohlhabend noch geistreich; aber alle sind sich darin einig, daß sie zu den «Besten» gehört. Wer bei ihr verkehrt, gehört zu den «Besten». Wahrscheinlich geschah es auf Grund eines alten Grolls, den sie gegen Lady Steyne hegte (um deren Krone sie, die damals jugendliche Georgina Frederica, Tochter des Favoriten vom Prince of Wales, nämlich des Grafen Portansherry, sich einstmals bemüht hatte), daß die große und berühmte, in der vornehmen Welt tonangebende Dame geruhte, Mrs. Rawdon Crawley förmlich anzuerkennen. Bei einer Gesellschaft, wo sie den Vorsitz führte, zeichnete sie Rebecca durch einen betont liebenswürdigen Gruß aus und ermutigte nicht nur ihren Sohn, Sir Kitts (der Lord hatte seinen Posten durch Lord Steynes Einfluß erhalten), Mrs. Crawleys Haus zu besuchen, sondern sie lud sie auch zu sich ein und sprach während des Essens zweimal vor aller Augen höchst leutselig mit ihr.

Noch am gleichen Abend hatte sich das bedeutende Ereignis in ganz London herumgesprochen. Wer vorher über Mrs. Crawley Schimpf und Schande geschrien hatte, mußte verstummen. Wenham, ein geistreicher Rechtsanwalt und Lord Steynes rechte Hand, sang überall ihr Lob. Wer bis jetzt noch gezaudert hatte, trat vor und hieß sie willkommen: der kleine Tom Toady, der Lord Southdown gewarnt hatte, eine so verkommene Frau zu besuchen, flehte ihn jetzt an, in ihrem Haus eingeführt zu werden. Mit einem Wort, sie wurde zu den «Besten» gezählt. Ach, meine lieben Leser und Brüder, beneidet die arme Becky nicht voreilig, denn Ruhm von solcher Art soll vergänglich sein. Es wird allgemein behauptet, daß selbst in den innersten Kreisen der vornehmen Welt die Menschen nicht glücklicher sind als die armen Wanderer an der Peripherie, und Becky, die bis zum Mittelpunkt vordrang und sogar den großen Georg den Vierten von Angesicht zu Angesicht sah, hat seither zugegeben, daß auch dort alles eitel sei.

Bei der Beschreibung dieses Teils ihrer Laufbahn können wir nicht weitschweifig werden. Sowenig ich die Geheimnisse der Freimaurer schildern kann (obwohl ich die boshafte Vorstellung habe, es sei alles Humbug), ebenso wenig kann sich ein Nichteingeweihter unterfangen, die vornehme Welt genau abzukonterfeien. Am besten behält er seine Meinung für sich, einerlei, wie sie ist.

Becky hat in späteren Jahren oft von der Zeit gesprochen, als sie sich in den allervornehmsten Kreisen der Londoner Gesellschaft bewegte. Ihr Erfolg begeisterte und beglückte sie zuerst, und dann langweilte er sie. Anfänglich schien es keine nettere Beschäftigung zu geben, als sich die schönsten neuen Kleider und Schmucksachen auszudenken und zu beschaffen (letzteres erforderte übrigens bei Mrs. Rawdon Crawleys sehr beschränkten Mitteln nicht wenig Mühe und Scharfsinn), zu feinen Abendessen zu fahren, wo sie von vornehmen Leuten freudig begrüßt wurde, und von den feinen Abendessen zu feinen Gesellschaften zu fahren, wohin die gleichen Leute gingen, mit denen sie diniert hatte und die sie am Abend zuvor getroffen hatte und auch am folgenden Tag sehen würde: die jungen Herren tadellos angezogen, mit hübschem Halstuch, feinsten blanken Stiefeln und weißen Handschuhen, die älteren Herren stattlich mit Messingknöpfen, vornehm aussehend, höflich und langweilig, die jungen Damen blond, schüchtern und in Rosa, die Mütter großartig, wunderschön, prunkvoll, würdig und in Diamanten. Sie sprachen Englisch – und nicht etwa schlechtes Französisch wie in den Romanen. Sie unterhielten sich über die Familien und Häuser und Eigenheiten ihrer Bekannten, genau wie sich Familie Jones über Familie Smith unterhält. Beckys ehemalige Bekannte haßten und beneideten sie. Doch die Arme selbst gähnte vor Langeweile. Ich wünschte, ich wäre nicht mehr dabei, dachte sie bei sich. «Ich möchte lieber eine Pfarrersfrau sein und Sonntagsschule halten als so weitermachen – oder eine Sergeantenfrau, die auf dem Regimentswagen mitfährt, oder: oh, wieviel lustiger wäre es doch, Flitter und Trikots zu tragen und vor einer Bude auf dem Jahrmarkt zu tanzen!»

«Das könnten Sie sicher ausgezeichnet!» sagte Lord Steyne lachend. In ihrer offenen Art erzählte sie dem großen Mann nämlich immer von ihren *ennuis* und Verdrießlichkeiten. Es machte ihm Spaß.

«Rawdon würde einen sehr guten Oberstallmeister abgeben – Manegedirektor oder wie nennt man ihn, den Mann mit den großen Stiefeln und der Uniform, der im Ring herumgeht und mit der Peitsche knallt? Er ist groß und stattlich und hat eine Soldatenfigur... Ich erinnere mich», fuhr Becky nachdenklich fort, «daß mich mein Vater, als ich noch klein war, zu einer Jahrmarktsvorstellung in Brookgreen mitnahm, und als wir wieder zu Hause waren, machte ich mir ein Paar Stelzen und tanzte zum Staunen aller Schüler im Atelier herum.»

«Das hätte ich sehen mögen!» rief Lord Steyne.

«Wie gern würde ich's jetzt nochmals tun!» seufzte Becky. «Wie Lady Blinkey die Augen aufreißen und wie Lady

Grizzel Macbeth mich anstarren würde! Pst! Still! Die Pasta fängt zu singen an!» Becky war gegen die Künstler und Künstlerinnen, die bei den Gesellschaften der Aristokratie zugegen waren, absichtlich von betonter Höflichkeit, suchte sie in den abgelegenen Winkeln auf, wo sie schweigsam dasaßen, reichte ihnen die Hand und lächelte ihnen angesichts aller Gäste zu. Sie sei selbst Künstlerin, meinte sie sehr richtig. Es lag so viel Freimut und Bescheidenheit in der Art, wie sie von ihrer Herkunft sprach, daß es ihre Zuhörer je nachdem schockierte oder entwaffnete oder belustigte. «Wie kaltblütig die Person ist», sagte der eine, «und wie selbstsicher sie sich benimmt, anstatt stillzusitzen und dankbar zu sein, daß überhaupt jemand mit ihr redet!» – «Was für eine gute, ehrliche Seele!» rief ein andrer. «Was für ein schlauer kleiner Racker!» sagte ein dritter. Wahrscheinlich hatten sie allesamt recht. Becky aber handelte nach ihrem Kopf und nahm die Künstler so für sich ein, daß sie nie «heiser» waren, wenn sie bei Beckys Gesellschaften singen sollten, und ihr umsonst Unterricht erteilten.

Jawohl, sie gab Gesellschaften in dem kleinen Haus in der Curzon Street! Dutzende von Equipagen mit grellen Laternen versperrten die Straße: sehr zum Ärger von Nr. 100, wo man nicht einschlafen konnte, so laut hämmerte der Türklopfer, und von Nr. 102, wo man vor Neid keine Ruhe fand. Die langen Lakaien, die hinten auf den Wagen standen, waren für Beckys kleines Vestibül viel zu riesig und wurden in benachbarten Wirtshäusern untergebracht, von wo man sie durch Botenjungen von ihrem Bier wegholte, falls sie wieder gebraucht wurden. Dutzende der größten Stutzer Londons traten einander auf Beckys schmaler Treppe im Gedränge auf die Zehen und mußten lachen, daß sie sich hier begegneten. Und viele tadellose und gestrenge Damen der tonangebenden Gesellschaft saßen in den kleinen Salons und lauschten den Künstlern, die trotz allem so laut wie immer sangen: als wollten sie die Fensterscheiben sprengen. Am folgenden Tag erschien dann in der *Morning Post* zwischen andern vornehmen *réunions* ein Abschnitt folgenden Inhalts:

«Gestern abend bewirteten Oberst und Mrs. Crawley in ihrem Haus in Mayfair eine ausgewählt vornehme Gesellschaft: Ihre Exzellenzen, Fürst und Fürstin von Peterwardein, Seine Exzellenz, den türkischen Botschafter Papusch Pascha, begleitet von Kibob Bey, dem Dragoman der Botschaft, den Marquis von Steyne, den Earl of Southdown, Sir Pitt und Lady Jane Crawley, Mr. Wagg und andere mehr. Nach dem Diner gab Mrs. Crawley eine Abendgesellschaft, die besucht wurde von der Herzoginwitwe von Stilton, dem Herzog de la Gruyère, der Marquise von Cheshire, Marchese Alessandro Strachino, Comte de Brie, Baron Schapzieger, Chevalier Tosti, Gräfin Slingstone, Lady Macadam, Generalmajor G. Macbeth und Lady G. Macbeth und den beiden Fräulein Macbeth, Viscount Paddington, Sir Horace Fogey, Hon. Bedwin Sands, Bobbachy Bahawder» – und einem Etcetera, das der Leser nach Belieben in weiteren zwölf kleingedruckten Zeilen ergänzen mag.

In ihrem Umgang mit den Größten zeigte unsre liebe Freundin den gleichen Freimut, der für ihr Verhalten gegen Niedrigerstehende charakteristisch war. Einmal, als Rebecca in einem sehr vornehmen Haus eingeladen war und sich vielleicht etwas zu ostentativ mit einem berühmten französischen Tenor in dessen Muttersprache unterhielt, warf Lady Grizzel Macbeth finstere Blicke auf das Paar.

«Wie gut Sie Französisch können», sagte die Lady schließlich, denn sie selbst sprach ein wegen seines Edinburger Akzents ganz merkwürdiges Französisch.

«Das sollte ich auch», erwiderte Becky bescheiden und schlug die Augen nieder. «Ich habe an einer Schule französischen Sprachunterricht gegeben, und meine Mutter war eine gebürtige Französin.»

Durch soviel Bescheidenheit hatte sie Lady Grizzel für sich gewonnen, die der kleinen Frau gegenüber jetzt versöhnlich gestimmt war. Zwar beklagte die Lady den unheilvollen Zug der Zeit zur Egalité, wodurch Personen aus allen Schichten Zutritt in die Gesellschaft Höherstehender erlangten, doch mußte sie zugeben, daß zumindest die eine hier sich gut benahm und nie vergaß, wer sie war. Lady Grizzel Macbeth war eine sehr gütige Frau: sie war gut zu den Armen, dumm, einwandfrei und ahnungslos. – Es ist nicht etwa Miladys Fehler, daß sie meint, sie sei etwas Besseres als du und ich. Jahrhundertelang wurde ihren Vorfahren der Rocksaum geküßt, und es soll jetzt tausend Jahre her sein, seit die Lords und Ratgeber des seligen Duncan das Tartanmuster des Oberhaupts der Macbeth übernahmen – damals nämlich, als der große Ahnherr ihres Hauses König von Schottland wurde.

Nach dem Erlebnis am Flügel gab Lady Steyne sich geschlagen, und vielleicht war sie Becky sogar wohlgesinnt. Auch die jüngeren Damen des Hauses mußten sich fügen. Ein paarmal hetzten sie andere Leute gegen Becky auf, aber es glückte ihnen nicht. Die begabte Lady Stunnington ließ sich in ein Wortgefecht mit ihr ein, wurde aber von der unerschrockenen kleinen Becky großartig niedergemetzelt. Wurde Becky angegriffen, so konnte sie manchmal eine unbefangen naive Miene aufsetzen und war dann besonders gefährlich. In so einer Stimmung machte sie die boshaftesten Bemerkungen mit vollkommen harmloser und offener Miene, war aber sehr darauf bedacht, ganz unschuldig für ihren Schnitzer um Verzeihung zu bitten, damit auch ja jedermann merkte, daß sie einen begangen hatte.

Mr. Wagg, der berühmte Witzbold, Schmarotzer und Schlemmer, wurde von den Damen Gaunt veranlaßt, Rebecca anzugreifen. Der gute Bursche schielte also zu seinen Gönnerinnen hinüber, blinzelte ihnen zu, als wollte er sagen: jetzt gibt's einen Hauptspaß!, und eröffnete die Attacke auf Becky, die nichtsahnend ihr Diner einnahm. Die so plötzlich überfallene kleine Frau, die nie ganz ohne Waffen war, flammte im Nu auf, parierte und erwiderte mit einem Gegenhieb, so daß Wagg schamrot wurde. Danach aß sie vollkommen gelassen und mit einem stillen Lächeln um den Mund ihre Suppe weiter. Waggs hoher Gönner, der ihm Diners spendierte und ihm manchmal auch etwas Geld lieh, schoß dem Unglücksraben einen so wütenden Blick zu, daß er fast unter den Tisch sank und beinahe geweint hätte. Er blickte kläglich auf den Lord, der während des ganzen Essens nicht mit ihm sprach, und zu den Damen, die ihn einfach fallen ließen. Schließlich erbarmte sich Becky seiner und versuchte ihn ins Gespräch zu ziehen. Sechs Wochen lang wurde er nicht wieder zum Abendessen eingeladen. Fiche, der Kammerdiener Lord Steynes, um den sich Wagg natürlich sehr bemühte, mußte ihm ausrichten, daß der Lord sämtliche Schuldscheine Waggs dem Advokaten übergeben und ihn erbarmungslos pfänden lassen würde, wenn er es je noch einmal wagen sollte, zu Mrs. Crawley frech zu werden oder sie zur Zielscheibe seiner albernen Witze zu machen. Wagg weinte Fiche etwas vor und flehte seinen lieben Freund an, sich für ihn einzusetzen. Er schrieb ein Gedicht zum Lobe von Mrs. R. C., das gleich in der nächsten Nummer des *Harumscarum-Magazines* erschien, dessen Herausgeber er war. Begegnete er ihr auf Gesellschaften, dann warb er um ihre Gunst. Im Klub scharwenzelte und dienerte er vor Rawdon. Nach einiger Zeit durfte er wieder ins Gaunt House kommen. Becky war immer nett zu ihm, immer fröhlich und nie gekränkt.

Mr. Wenham, der Großwesir und erste Vertrauensmann des Lords (mit einem Sitz im Parlament und an der abendlichen Tafel), war in seinem Verhalten und seinen Ansichten viel vorsichtiger als Mr. Wagg. Wie sehr der Adjutant des Marquis auch dazu neigte, alle Emporkömmlinge zu hassen (Mr. Wenham war ein unerschütterlicher, waschechter alter Tory und sein Vater ein kleiner Kohlenhändler in Nordengland), so zeigte er sich doch nie feindselig zu der neuen Favoritin des Lords, sondern verfolgte sie mit schleicherischer Freundlichkeit und einer verschmitzten und unterwürfigen Höflichkeit, die Becky irgendwie mehr Unbehagen verursachte als die offene Feindschaft anderer Leute.

Wo die Crawleys das Geld hernahmen, das sie für die Bewirtung ihrer vornehmen Gäste brauchten, war ein Geheimnis, das damals zu mancherlei Rätselraten Anlaß gab und wahrscheinlich den kleinen Festen noch eine besondere Würze verlieh. Einige Leute meinten, Sir Pitt Crawley gäbe seinem Bruder eine hübsche Rente: wenn das stimmte, mußte Beckys Macht über den Baronet wirklich ungeheuer groß sein, und sein Charakter mußte sich mit zunehmendem Alter stark verändert haben. Andere deuteten an, Becky pflege von allen Freunden ihres Mannes Tribut zu erheben: dem einen erzähle sie weinend, daß ihnen eine Pfändung drohe, vor dem andern falle sie auf die Knie und erkläre, die ganze Familie käme ins Schuldgefängnis oder müsse Selbstmord begehen, wenn nicht die und die Rechnung bezahlt würde. Ihre mitleiderregenden Schilderungen, so hieß es, hätten Lord Southdown bewogen, ihr viele Hunderte zu geben. Auch der junge Feltham von den -ten Dragonern (ein Sohn der Firma Tiler & Feltham, Armeebedarfsartikel), den die Crawleys in die vornehme Welt eingeführt hatten, wurde als ein weiteres zahlendes Opfer genannt. Man erzählte sich, daß Becky von allerlei gutgläubigen Menschen Geld erhielte, denen sie vorgespiegelt hatte, ihnen Vertrauensposten bei der Regierung zu verschaffen. Wer kann wissen, was für Geschichten über unsre liebe und unschuldige Freundin erzählt und nicht erzählt wurden? Eins steht fest: wenn sie all das Geld gehabt hätte, das sie sich zusammengebettelt oder geliehen oder gestohlen haben sollte, dann hätte sie es anlegen und ihr Leben lang tugendhaft bleiben können, wohingegen... aber wir wollen nicht vorgreifen!

Vielmehr ist es so: durch Sparsamkeit und geschicktes Haushalten – indem man möglichst kein Bargeld ausgibt und so gut wie keine Rechnungen bezahlt – kann man wenigstens eine Zeitlang mit sehr geringen Mitteln einen großen Aufwand treiben. Wir sind überzeugt, daß Beckys vielbesprochene Gesellschaften, die übrigens nicht gar so häufig stattfanden, sie nicht viel mehr als die Wachskerzen kosteten, die in den Wandleuchtern brannten. Die Stillbrook-Farm und Queen's Crawley versorgten sie reichlich mit Wildbret und Früchten. Lord Steynes Weinkeller stand ihr zur Verfügung, und seine berühmten Köche führten in Beckys kleiner Küche die Oberaufsicht oder schickten auf Milords Wunsch die erlesensten Leckerbissen aus ihrer eigenen Küche herüber. Ich finde, es ist schändlich, ein einfaches Geschöpf so zu verdächtigen, wie die Leute es seinerzeit mit Becky taten, und ich warne die Öffentlichkeit, auch nur ein Zehntel der über sie verbreiteten Geschichten zu glauben. Wenn jeder aus der Gesellschaft verbannt würde, der in Schulden gerät und sie nicht bezahlen kann – wenn wir unsre Nase in jedermanns Privatleben stecken und sein Einkommen abtaxieren wollten, um ihn zu schneiden, falls wir seine Ausgaben nicht billigen –, meine Güte, was für eine scheußliche Einöde und was für ein unerträglicher Aufenthalt wäre dann der Jahrmarkt der Eitelkeit! Dann würde sich nämlich jeder gegen seinen Nächsten wenden, mein lieber Herr, und mit den Segnungen der Zivilisation wäre es aus. Wir würden uns streiten und beschimpfen und aus dem Wege gehen. Unsre Häuser würden wieder zu Höhlen werden, und wir würden in Lumpen herumlaufen, weil uns die andern gleichgültig wären. Die Mieten würden heruntergehen. Wir würden uns gegenseitig nicht mehr einladen. Alle Kaufleute würden Bankrott machen. Weine, Kerzen, Lebensmittel, Rouge, Krinolinen, Diamanten, Perücken, Nippes aus der Zeit Ludwigs des Vierzehnten und altes Porzellan, Mietpferde und stolz einhertrabende Kutschpferde, kurz, alle Freuden unsres Daseins würden zum Teufel gehen, wenn jeder nur nach seinen albernen Prinzipien handeln und alle meiden würde, die er nicht mag oder verlästert. Mit ein wenig Nächstenliebe und gegenseitiger Nachsicht kann es jedoch ganz erfreulich weitergehen. Wir können einen Mann verlästern und ihn als den größten bisher noch nicht aufgehängten

Schurken bezeichnen – aber wünschen wir ihn deshalb sofort an den Galgen? Nein. Wir drücken ihm die Hand, wenn wir ihm begegnen. Wenn sein Koch gut ist, vergeben wir ihm und gehen zum Abendessen zu ihm, und wir erwarten, daß er sich zu uns ebenso verhält. Solchermaßen blüht der Handel, die Zivilisation nimmt zu, der Friede bleibt erhalten, jede Woche müssen neue Abendkleider für neue Gesellschaften gekauft werden, und der letzte Jahrgang Lafitte wird dem wackern Weinbergbesitzer etwas einbringen.

Obwohl zu der Zeit, von der wir berichten, noch Georg der Große auf dem Thron saß und die Damen Hammelkeulenärmel an ihren Kleidern und schaufelförmige Riesenschildpattkämme im Haar trugen (anstatt der schlichten Ärmel und hübschen Kränze, die jetzt modern sind), lebte man in den vornehmen Kreisen doch nicht sehr viel anders als heutzutage, wie mir scheint, und unterhielt sich auf sehr ähnliche Art. Wenn die sinnverwirrenden Schönheiten zu Hofe oder zum Ball fahren und wir Außenseiter sie nur über die Schultern der Polizisten anstarren können, mögen sie uns wie Wesen von überirdischer Herrlichkeit vorkommen, die sich eines wundervollen Glückes erfreuen, das für uns unerreichbar ist. Um solche Unzufriedenen zu trösten, berichten wir hier von den Kämpfen unsrer lieben Becky, von ihren Triumphen und auch von ihren Enttäuschungen, denn von allem war ihr – wie jeder verdienstvollen Persönlichkeit – ein gutes Päcklein zugemessen.

Damals war ein reizendes Gesellschaftsspiel, das Aufführen von Scharaden, aus Frankreich zu uns herübergekommen und bald in England große Mode geworden, denn es bot den vielen Damen, die schön waren, eine Gelegenheit, ihre Reize zur Schau zu stellen, und die weit weniger zahlreichen, die klug waren, konnten sich als geistreich erweisen. Becky, die vielleicht beide Eigenschaften zu besitzen glaubte, schlug Lord Steyne vor, im Gaunt House eine Gesellschaft zu geben, bei der kleine Scharaden vorgeführt werden sollten. Wir erlauben uns, den Leser zu dem herrlichen Fest einzuladen, wenn auch mit einiger Wehmut, denn es gehört zu den allerletzten vornehmen Veranstaltungen, zu denen wir ihn geleiten.

Ein Teil der herrlichen Gemäldegalerie im Gaunt House wurde für die Aufführung der Scharade zurechtgemacht. Schon zur Zeit Georgs des Dritten war sie für Theaterzwecke benutzt worden. Vom Marquis Gaunt ist uns noch ein Porträt erhalten, auf dem er das Haar gepudert und mit einem roten Band trägt – nach Römerart, wie man es nannte. So trat er in der Rolle des Cato in Mr. Addisons gleichnamigem Trauerspiel vor den Königlichen Hoheiten auf, nämlich dem Prinzen von Wales, dem Bischof von Osnaburgh und dem Prinzen William Henry, die aber damals, genau wie der Schauspieler, noch Kinder waren. Jetzt wurden ein paar von den alten Kulissen aus den Dachkammern hervorgeholt, wo sie die ganze Zeit über gelegen hatten, und für das Fest neu hergerichtet.

Der junge Bedwin Sands, ein eleganter Modegeck und Orientreisender, war der Spielleiter. Mit Orientreisen konnte man sich damals noch einen Namen machen, und der abenteuerlustige Bedwin, der seinen Quartband veröffentlicht und mehrere Monate in Zelten in der Wüste gelebt hatte, war eine Persönlichkeit von beträchtlichem Ansehen. Sein Buch enthielt auch mehrere Bilder, die Sands in verschiedenen orientalischen Trachten zeigten. Er pflegte mit einem schwarzen Diener von höchst abstoßendem Äußerem herumzureisen, gerade wie ein zweiter Brian de Boisguillebert. Im Gaunt House hieß man Bedwin mitsamt seinen Kostümen und seinem Schwarzen als sehr wertvoll und brauchbar willkommen.

Er führte also die erste Scharade vor. Auf einem Diwan sah man einen türkischen Offizier mit einem ungeheuren Federkopfputz liegen (es wurde wohl vorausgesetzt, daß die Janitscharen noch existierten und der Tabusch noch nicht den alten, hoheitsvollen Kopfschmuck der wahren Gläubigen verdrängt hatte), wie er angeblich eine Wasserpfeife schmauchte, die aber – der Damen wegen – nur eine wohlriechende Pastille enthielt. Der türkische Würdenträger gähnt und gibt Zeichen von Müdigkeit und Langeweile von sich. Er klatscht in die Hände, und der magere, große und häßliche Nubier Mesrour erscheint: mit nackten Armen, dem krummen Türkensäbel, Armreifen und anderem türkischem Schmuck. Er grüßt seinen Herrn, den Aga, mit einem feierlichen Salaam.

Schreck und Begeisterung laufen wie eine Welle durchs Publikum. Die Damen tuscheln untereinander. Bedwin Sands hatte den schwarzen Sklaven als Dank für drei Dutzend Flaschen Maraschino von einem ägyptischen Pascha erhalten – einem Mann, der schon wer weiß wieviel Haremsdamen in Säcke nähen und in den Fluß werfen ließ.

«Laß den Sklavenhändler eintreten!» sagt der Wollüstling von einem Türken und hebt lässig die Hand. Mesrour läßt den Sklavenhändler ein, der eine verschleierte Frau mit sich führt und alsbald den Schleier lüftet. Die Zuschauer brechen in entzückten Beifall aus. Es ist Mrs. Winkworth (ehemals Miss Absolom), die so schöne Augen und Haare hat. Sie ist in ein strahlend schönes orientalisches Kostüm gekleidet; die schwarzen Zöpfe sind über und über mit Edelsteinen durchflochten, und das Gewand ist reich mit Goldpiastern geschmückt. Der widerliche Mohammedaner ist von ihrer Schönheit bezaubert. Sie fällt auf die Knie nieder und fleht ihn an, sie ziehen zu lassen, heim in die Berge, wo sie geboren wurde und wo ihr tscherkessischer Bräutigam noch immer um seine Suleika trauert. Doch kein Bitten vermag den hartherzigen Hassan zu erweichen. Beim Gedanken an den tscherkessischen Freund lacht er. Suleika bedeckt das Gesicht mit den Händen und sinkt in vollendet schöner Pose verzweifelt zu Boden. Für sie scheint keine Hoffnung mehr zu bestehen – doch da tritt der Kislar Aga ein.

Der Kislar Aga bringt einen Brief vom Sultan. Hassan nimmt die Unglücksschreiben in Empfang und berührt es mit der Stirn. Schauerliche Angst packt ihn, während sich in den Zügen des Negers (es ist wiederum Mesrour, doch in einem andern Kostüm) teuflische Befriedigung

Der Triumph Klytämnestras

malt. «Gnade! Gnade!» ruft der Pascha, während der Kislar Aga unter scheußlichem Grinsen aus der Tasche eine – seidene Schnur hervorzieht.

Der Vorhang schließt sich im gleichen Augenblick, als er von der furchtbaren Waffe Gebrauch machen will. Hinter dem Vorhang brüllt Hassan: «Die ersten zwei Silben!» Mrs. Rawdon Crawley, die auch in der Scharade mitwirkt, tritt vor und beglückwünscht Mrs. Winkworth zu ihrem bewundernswert geschmackvollen, schönen Kostüm.

Nun beginnt der zweite Teil der Scharade. Es ist wieder ein Bild aus dem Orient. Hassan sitzt in einem anderen Kostüm in malerischer Stellung neben Suleika, die sich vollkommen mit ihm ausgesöhnt hat. Der Kislar Aga ist jetzt ein friedfertiger schwarzer Sklave. Ein Sonnenaufgang in der Wüste wird dargestellt, und die Türken wenden ihr Gesicht gen Osten und berühren mit der Stirne den Sand. Da keine Dromedare zur Hand sind, spielt die Kapelle drolligerweise: «Wenn sich die Kamele nahen...» Ein riesengroßer Ägypterkopf gehört zum Bühnenbild und ist – zur Verwunderung der Wüstenwandrer – musikalisch, denn er singt plötzlich ein lustiges Lied, das Mr. Wagg komponiert hat. Die Wandrer ziehen tanzend ab – wie Papageno und der Mohrenkönig in der *Zauberflöte*. Der Kopf brüllt: «Die letzten zwei Silben!»

Das letzte Bild zeigt ein griechisches Schlafgemach, in dem ein großer, kräftiger Mann auf seinem Lager ruht. Über ihm hängen sein Helm und sein Schild. Er braucht sie jetzt nicht mehr. Ilion ist gefallen, Iphigenie ist geopfert, und Kassandra befindet sich als Gefangene im Vorhof. In seinem Gemach in Argos schläft der König der Männer, der *anax andron* (gespielt von Oberst Crawley, der allerdings noch nie von der Eroberung Trojas und der Gefangennahme Kassandras gehört hat). Ein Lämpchen wirft den riesigen Schatten des schlafenden Kriegers zitternd über die Wand – und das Schwert und der Schild von Troja glitzern in seinem Licht. Die Kapelle spielt die schauerlichen Takte aus dem «Don Giovanni» vor dem Erscheinen des «Steinernen Gastes».

Bleich und auf Zehenspitzen stiehlt sich Ägisthus herein. Was ist das für ein gespenstiges Gesicht, das ihm aus den Falten des Vorhangs so unheilkündend nachblickt? Er hebt den Dolch, um den Schlafenden zu ermorden, doch der dreht sich um und scheint seine breite Brust dem Stoß darzubieten. Ägisthus kann den edlen schlummernden Feldherrn nicht ermorden. Klytämnestra gleitet rasch wie eine Geistererscheinung in das Gemach – ihre weißen Arme sind entblößt, das rötliche Haar fließt ihr über die Schultern, das Gesicht ist totenblaß, und in ihren Augen glimmt ein so gespenstiges Lächeln, daß die Zuschauer bei ihrem Anblick erschrecken.

Ein Zittern läuft durch den Saal. «Großer Gott», ruft jemand, «das ist ja Mrs. Rawdon Crawley!»

Verächtlich reißt sie dem Ägisthus den Dolch aus der Hand und schreitet auf das Lager zu. Man sieht ihn im Schimmer des Lämpchens über ihrem Kopf aufblitzen – dann erlischt das Lämpchen – ein Stöhnen – und alles ist dunkel.

Die Dunkelheit und der ganze Vorgang bedrücken die Zuschauer. Rebecca hatte ihre Rolle so gut und so unheimlich echt gespielt, daß alle wie benommen dasaßen, bis die Lichter im Saal wieder aufflammten und jedermann in Beifallsrufe ausbrach. «Bravo, bravo!» hörte man die durchdringende Stimme des alten Steyne alle andern übertönen. «Teufel nochmal», stieß er zwischen den Zähnen hervor, «sie wäre auch dazu imstande!» Die Schauspieler wurden von der Menge herausgerufen, und noch lauter hörte man Rufe wie: «Spielleiter! Klytämnestra!» Agamemnon ließ sich nicht überreden, sich in seiner antiken Tunika zu zeigen, sondern blieb mit Ägisthus und den andern Darstellern des kleinen Schauspiels im Hintergrund. Mr. Bedwin Sands führte Suleika und Klytemnästra nach vorne. Eine hohe Persönlichkeit äußerte allen Ernstes den Wunsch, der bezaubernden Klytämnestra vorgestellt zu werden. «Hihi, ihn erstechen und einen andern heiraten, he?» bemerkte Seine Königliche Hoheit sehr passend.

«Mrs. Rawdon Crawley war in ihrer Rolle wirklich überwältigend», sagte Lord Steyne. Becky lachte, sah heiter und keck aus und machte die reizendste kleine Verbeugung, die man sich nur denken kann.

*

Während die Diener Tabletts mit mancherlei kalten Leckerbissen herumreichten, verschwanden die Schauspieler, um sich für das nächste Scharadenbild zurechtzumachen.

Die drei Silben der Scharade wurden als Pantomime in folgender Art und Weise vorgeführt:

Erste Silbe: Oberst Rawdon Crawley, Ritter des Bath-Ordens, schreitet in Schlapphut und Mantel mit Stock und Laterne quer über die Bühne und ruft laut, wie ein Nachtwächter, die Stunde aus. Hinter dem Fenster im Erdgeschoß sieht man zwei Handlungsreisende offenbar Karten spielen und dabei reichlich gähnen. Ein dritter Mann tritt auf sie zu, der wie ein Hausknecht aussieht (es ist der Honourable G. Ringwood, der seine Rolle ausgezeichnet spielt), und zieht ihnen die Stiefel aus. Dann erscheint das Zimmermädchen (Lord Southdown) mit zwei Leuchtern und einer Wärmpfanne. Sie geht in das Zimmer im oberen Stock und wärmt das Bett. Die Wärmpfanne benutzt sie als Waffe, um sich gegen die Aufmerksamkeiten der Handlungsreisenden zu wehren. Sie tritt ab. Die beiden setzen die Nachtmützen auf und ziehen die Vorhänge herunter. Der Hausknecht kommt hervor und schließt die Fensterläden im Erdgeschoß. Man hört, wie er die Haustür von innen zuriegelt und die Kette vorlegt. Alle Lichter erlöschen. Die Musik spielt: «*Dormez, dormez, chers amours.*» Eine Stimme hinter dem Vorhang ruft: «Erste Silbe!»

Zweite Silbe: Plötzlich flammen alle Lampen wieder auf. Die Musik spielt die alte Weise aus «John of Paris»: «*Ah quel plaisir d'être en voyage!*» Es ist das gleiche Bühnenbild. Zwischen dem ersten und zweiten Stock des Hauses erblickt man ein Gasthausschild mit dem Steyneschen Wappen. Überall im Haus werden die Klingeln gezogen.

Im unteren Zimmer sieht man einen Mann mit einem langen Zettel. Er überreicht ihn einem andern, der daraufhin die Fäuste ballt und droht und beteuert, es sei unerhört. «Der Stallknecht soll mit meinem Wagen vorfahren», ruft jemand zur Tür herein. Er faßt dem Zimmermädchen schmeichelnd unters Kinn: sie scheint über seine Abreise so betrübt zu sein wie Kalypso beim Aufbruch eines ebenfalls sehr berühmten Reisenden namens Odysseus. Der Hausdiener trägt eine Kiste mit silbernen Kannen herum und ruft mit so köstlichem Humor und so natürlichem Tonfall: «Bier! Bier!», daß der ganze Saal vor Beifallsrufen erdröhnt und ihm ein Strauß zugeworfen wird. Klatsch, klatsch, klatsch, knallen die Peitschen. Wirt und Zimmermädchen und Kellner stürzen an die Haustür, doch gerade als der vornehme Gast ankommt, wird der Vorhang zugezogen, und der unsichtbare Spielleiter ruft: «Zweite Silbe!»

«Ich glaube, es muß ‹Hotel› sein», sagt Hauptmann Grigg von der Leibgarde, und die schlaue Bemerkung des Hauptmanns wird allgemein belacht. Er hat jedoch nicht sehr weit danebengeschossen.

Während die dritte Silbe vorbereitet wird, spielt die Kapelle Matrosenlieder: «In den Dünen», «Ach, kalter Nordwind, blas nicht mehr», «Herrsche, Britannia» und «In der Bucht von Biskaya». Es soll also wohl ein Ereignis auf See dargestellt werden. Als der Vorhang beiseite gezogen wird, hört man eine Glocke läuten. «Auf jetzt, an Land!» ruft eine Stimme. Die Leute nehmen voneinander Abschied. Sie deuten ängstlich nach oben, als meinten sie die Wolken, die durch einen düsteren Vorhang dargestellt sind, und schütteln furchtsam den Kopf. Lady Squeams (Lord Southdown) setzt sich mitsamt Schoßhund, Reisetaschen, Pompadours und Ehemann aufs Deck und hält sich an einem Tau fest; denn es ist offensichtlich an Bord eines Schiffes.

Der Kapitän (Oberst Crawley) mit Dreispitz und Fernrohr tritt auf und hält den Hut fest, während er ins Wetter blickt; die Rockschöße flattern wie im Sturm. Als er, um durchs Fernrohr zu schauen, den Hut losläßt, fliegt er ihm davon, was gewaltigen Beifall auslöst. Der Wind weht heftiger. Die Musik schwillt an und gellt immer schriller. Die Matrosen gehen torkelnd quer über die Bühne, als ob das Schiff stark schlingerte. Der Steward

(G. Ringwood) taumelt mit sechs Becken in der Hand vorbei und stellt eins rasch vor Lord Squeams hin. Lady Squeams (die ihren Hund so gezwickt hat, daß er kläglich zu heulen beginnt) hält sich das Taschentuch vors Gesicht und stürzt fort, als wollte sie in die Kabine. Die Musik steigert sich zum wildesten Fortissimo stürmischen Aufruhrs. Damit schließt die dritte Silbe.

Damals waren die Montessu und die Noblet durch ein kleines Ballett, «Die Nachtigall», berühmt geworden, und Mr. Wagg hatte es als Operette auf die englische Bühne gebracht, indem er als geschickter Dichter den hübschen Melodien des Balletts seine eigenen Reime unterlegte. Es wurde in altfranzösischen Kostümen aufgeführt. Jetzt trat der kleine Lord Southdown auf, aber großartig als alte Frau verkleidet, die an einem wunderbaren Krückstock auf der Bühne umherhumpelte.

Hinter der Szene – Kulissen aus Pappe, die eine reizende, mit Rosenspalieren überzogene Hütte darstellen – hört man jemand ein Liedchen trällern. «Philomele, Philomele!» ruft die alte Frau. Philomele erscheint.

Neuer Beifall, denn es ist Mrs. Rawdon Crawley, gepudert und mit Schönheitspflästerchen: die bezauberndste kleine Marquise von der Welt!

Lachend und trällernd tritt sie auf, hüpft mit der ganzen Unschuld der jugendlichen Naiven über die Bühne und macht ihren Knicks. Die Mama ruft: «Was du auch immer zu lachen und zu singen hast, Kind?» Und schon antwortet sie:

*« Die Rose, die am Fenster mein voll Duft am Morgen blühet,
stand blätterlos zur Winterzeit und hat den Lenz ersehnt.
Fragst du, warum ihr Duft jetzt süß und ihre Wange glühet?
's ist einfach, weil die Sonne scheint und Vogelsang ertönt.*

*Die Nachtigall läßt durch den Hain ihr Lied so hold erklingen
und schwieg doch, als die Äste kahl und kalt der Winterwind.
Nun fragst du, Mutter: ‹Warum mag sie jetzt so fröhlich singen?›
's ist einfach, weil die Sonne scheint und grün die Blätter sind.*

*Ein jedes lebt nach seiner Art: die Vögel singen Lieder,
die Rosenwänglein sind erglüht, wie's bei den Rosen Brauch.
Vor Sonnenschein mein Herz erwacht und ist voll Freuden wieder,
und deshalb, Mutter, glaube mir, sing' und erglüh' ich auch.»*

In den Pausen zwischen den Strophen des Liedchens bemüht sich die von der Sängerin als «Mutter» angeredete gute Alte (unter deren Haube ein dichter Backenbart hervorlugt), ihre mütterliche Zärtlichkeit zu bezeugen und das unschuldige Ding zu umarmen, das die Rolle der Tochter spielt. Jede Liebkosung wurde von den verständnisinnigen Zuschauern mit beifälligen Lachsalven begrüßt. Nach Beendigung des Liedes, während die Kapelle noch eine Art Symphonie spielte, daß es wie ein Jubilieren unzähliger Vögel klang, verlangten die Zuschauer einstimmig eine Widerholung, und die Nachtigall des Abends[1] wurde mit Beifallsrufen und Sträußchen überschüttet. Lord Steynes Stimme rief am lautesten Beifall. Becky, die Nachtigall, fing die Blumen auf, die er ihr zuwarf, und drückte sie wie die erfahrenste Schauspielerin an ihr Herz. Lord Steyne war vor Entzücken außer sich, und die Begeisterung seiner Gäste war nicht geringer. Wo war jetzt die schöne schwarzäugige Huri, die in der ersten Scharade alle Zuschauer entzückt hatte? Sie war doppelt so schön wie Becky, doch deren glänzendes Spiel hatte sie ganz in den Schatten gestellt. Becky war in aller Munde. Sie wurde mit der Stephens, der Caradori oder der Ronzi de Begnis verglichen, und alle fanden (wahrscheinlich mit Recht), daß sie, wenn sie Schauspielerin gewesen wäre, von niemand hätte übertroffen werden können. Sie hatte den Höhepunkt ihres Daseins erreicht: ihre Stimme erhob sich in strahlenden Trillern über den Beifallssturm und schwang sich so hoch und jubelnd wie ihr Triumph empor. Nach den Theatervorführungen fand ein Ball statt, und alle drängten sich um Becky als den größten Anziehungspunkt des Abends. Die Königliche Hoheit beteuerte, Becky sei die Vollkommenheit in Person, und zog sie immer wieder ins Gespräch. Bei solchen Ehrungen schwoll der kleinen Becky das Herz vor Freude und Entzücken; sie sah schon Reichtum, Berühmtheit und Rang in greifbarer Nähe. Lord Steyne war ihr ergebener Sklave; er folgte ihr auf Schritt und Tritt, sprach kaum mit jemand anders im Saal und zeichnete sie mit den auffallendsten Komplimenten und Aufmerksamkeiten aus.

---

[1] Nachtigall = nightingale ist die englische Lösung der Scharade: *night* = Nacht; in oder *inn* = Gasthof; *gale* = Sturm.

Sie trug noch immer ihr Kostüm als Marquise und tanzte darin ein Menuett mit Monsieur de Truffigny, dem Attaché des Herzogs de la Jabotière. Der Herzog, der in der alten höfischen Tradition aufgewachsen war, erklärte, Madame Crawley sei würdig, eine Schülerin Vestris' gewesen zu sein oder in Versailles eine Rolle gespielt zu haben. Nur das Empfinden für Würde sowie seine Gicht und ein stark ausgeprägtes Gefühl für Pflichterfüllung und Entsagung hinderten Seine Exzellenz daran, selbst mit ihr zu tanzen. Vor aller Öffentlichkeit erklärte er, eine Dame, die so plaudern und tanzen könne wie Mrs. Rawdon, würde an jedem Hof Europas mit Ehren als Gesandtin bestehen. Als er hörte, daß sie von Geburt eine halbe Französin sei, war er endlich befriedigt. «Nur eine Landsmännin», behauptete Seine Exzellenz, «konnte diesen königlichen Tanz auf solche Art ausführen!»

Danach tanzte sie einen Walzer mit Monsieur de Klingenspohr, dem Vetter und Attaché des Fürsten von Peterwardein. Auch der begeisterte Fürst, der weniger zurückhaltend als sein französischer Kollege war, bestand darauf, mit dem reizenden Geschöpf zu tanzen, und wirbelte dermaßen im Ballsaal mit ihr herum, daß die Diamanten aus seinen Stiefelquasten und seiner Husarenjacke flogen und Seine Hoheit reichlich außer Atem geriet. Selbst Papusch Pascha hätte gern mit ihr getanzt, wenn ein solches Vergnügen nicht den Sitten seines Landes widersprochen hätte. Die Gesellschaft bildete einen Kreis um sie und klatschte so leidenschaftlich Beifall, als ob sie eine Noblet oder eine Taglioni gewesen wäre. Jeder war in Ekstase geraten, und Becky selbstverständlich auch. Mit verächtlichem Blick tanzte sie an Lady Stunnington vorüber; sie behandelte Lady Gaunt und deren verblüffte und empörte Schwägerin mit Herablassung; sie erledigte all ihre bezaubernden Rivalinnen. Und was war aus der armen Mrs. Winkworth mit ihrem langen Haar und den großen Augen geworden, die doch zu Beginn des Abends solchen Eindruck gemacht hatte? Sie war aus dem Rennen ausgeschieden. Sie hätte sich das lange Haar ausreißen und die großen Augen ausweinen können – ohne daß sich auch nur ein einziger Mensch um sie gekümmert oder ihre Niederlage bedauert hätte.

Den allergrößten Triumph erlebte Becky beim Souper. Sie erhielt zusammen mit Seiner Königlichen Hoheit und den andern erlauchten Gästen einen Platz an der Ehrentafel. Sie speiste von goldenen Tellern. Hätte sie ein Wort geäußert, man hätte ihr gleich einer zweiten Kleopatra Perlen in ihrem Champagner aufgelöst, und der Potentat von Peterwardein hätte für einen freundlichen Blick aus ihren strahlenden Augen gern die Hälfte aller Diamanten an seiner Husarenjacke hergegeben. Jabotière erwähnte sie in einem Schreiben an seine Regierung. Die Damen an den andern Tischen, die bloß von Silber speisten und Lord Steynes ständige Aufmerksamkeiten für sie beobachteten, erklärten, es sei eine ungeheuerliche Verblendung und eine gröbliche Beleidigung aller Damen von Rang. Wenn Sarkasmus töten könnte, hätten Lady Stunningtons Bemerkungen Becky auf der Stelle umgebracht.

Rawdon Crawley war über ihre Triumphe erschrocken. Sie schienen seine Frau weiter denn je von ihm zu entfernen. Mit einem Gefühl, das dem Schmerz sehr nahe kam, dachte er, wie unendlich überlegen sie ihm doch sei.

Als die Stunde des allgemeinen Aufbruchs kam, begleitete sie eine Schar junger Männer zu ihrem Wagen, den die Leute draußen schon herbeigerufen hatten. Der Ruf wurde von den Fackelträgern wiederholt, die vor den hohen Toren von Gaunt House postiert waren und jeden heimkehrenden Gast hinauskomplimentierten und meinten, hoffentlich habe sich «Eure Lordschaft» auf dem vornehmen Fest gut unterhalten.

Nach dem üblichen Rufen kam also Mrs. Crawleys Wagen ans Tor gefahren, rasselte in den beleuchteten Hof und hielt unter dem Vordach. Rawdon half seiner Frau beim Einsteigen, und der Wagen fuhr ab. Mr. Wenham hatte Rawdon vorgeschlagen, ob sie nicht zu Fuß

Oberst Crawley wird festgenommen

heimkehren wollten, und bot ihm zur Stärkung eine Zigarre an.

Sie zündeten ihre Zigarren am Feuer eines der vielen Fackelträger an, und zusammen mit seinem Freunde Wenham machte sich Rawdon auf den Heimweg. Aus der Menge der Gaffer lösten sich zwei Gestalten und folgten ihnen. Als sie knapp hundert Schritte über den Gaunt Square gegangen waren, trat der eine Mann herzu, berührte Rawdon an der Schulter und sagte: «Verzeihung, Herr Oberst, ich muß ganz dringend mit Ihnen sprechen!» Während er noch sprach, stieß sein Begleiter einen lauten Pfiff aus, und auf das Zeichen hin kam eine der am Tor von Gaunt House wartenden Droschken angerattert. Der «Adjutant» des Sprechenden schwenkte rasch herum und pflanzte sich vor Oberst Crawley auf.

Der tapfere Offizier wußte sofort, was ihm widerfahren war. Er war in die Hände der Gerichtsbüttel gefallen. Er fuhr zurück, stieß aber dabei gegen den Mann, der ihm die Hand auf die Schulter gelegt hatte.

«Wir sind zu dritt – ausreißen nützt nichts!» sagte der Mann hinter ihm.

«*Sie* sind's, Moss, nicht wahr?» fragte der Oberst, der den Wortführer zu kennen schien. «Um wieviel handelt es sich?»

«Nur um eine Kleinigkeit», flüsterte Mr. Moss aus der Cursitor Street, Chancery Lane, der Unterbeamte des Friedensrichters von Middlesex. «Hundertsechsunddreißig Pfund, sechs Schilling und acht Pence, eingefordert von Mr. Nathan.»

«Wenham, um Gottes willen, leihen Sie mir hundert Pfund!» bat der arme Rawdon. «Zu Hause habe ich siebzig!»

«Ich besitze auf der ganzen Welt keine zehn Pfund», erwiderte der arme Wenham. «Gute Nacht, lieber Freund!»

«Gute Nacht», sagte Rawdon kläglich, und Wenham verließ ihn. Als Rawdon in der Droschke unter dem Torweg von Temple Bar hindurchfuhr, hatte er gerade seine Zigarre zu Ende geraucht.

LII

Lord Steyne zeigt sich von der liebenswürdigsten Seite

WENN Lord Steyne wohlwollend aufgelegt war, begnügte er sich nicht mit halben Maßnahmen, und seine Güte gegenüber der Familie Crawley gereichte seiner scharfsinnigen Fürsorge zur größten Ehre. Seine Lordschaft erstreckte sein Wohlwollen auch auf den kleinen Rawdy: er machte die Eltern darauf aufmerksam, wie nötig es sei, den Jungen in eine gute Schule zu schicken; er sei jetzt in einem Alter, wo ihm der Wetteifer mit andern, die Grundbegriffe der lateinischen Sprache, Boxübungen und das Zusammenleben mit Kameraden von größtem Nutzen sein würde. Der Vater wandte ein, er sei nicht reich genug, um das Kind in eine vornehme Schule zu schicken, und die Mutter meinte, daß die Briggs eine ausgezeichnete Lehrerin für ihn sei, da sie ihn (was auch zutraf) im Englischen, in den Anfangsgründen des Lateinischen und in allgemeinen Kenntnissen großartig gefördert habe. Aber alle Einwände zerschellten vor der hartnäckigen Großmut des Marquis Steyne. Seine Lordschaft gehörte zum Aufsichtsrat eines berühmten alten Lehrinstituts, der sogenannten White Friars. In alten Zeiten war es ein Zisterzienserkloster gewesen – damals, als das anstoßende Smithfield noch Turniergrund war. Verstockte Ketzer pflegte man hierherzubringen, weil man sie praktischerweise gleich nebenan verbrennen konnte. Heinrich der Achte, der Verteidiger des Glaubens, bemächtigte sich des Klosters und seiner Besitzungen und hängte oder folterte einige Mönche, die sich dem Tempo seiner Reformen nicht anpassen wollten. Schließlich erwarb ein reicher Kaufherr das Haus und das anstoßende Land und gründete mit Hilfe weiterer ansehnlicher Schenkungen an Land und Geld ein bekanntes Stift für Kinder und alte Leute. Eine Schule erstand neben dem alten, fast klösterlichen Haupthaus, das in seinem mittelalterlichen Gewand und Brauchtum noch heute besteht, und alle Zisterzienser beten, daß es noch lange blühen und gedeihen möge.

Einige der vornehmsten Adligen, Prälaten und Würdenträger Englands gehören zur Aufsichtsbehörde der berühmten Anstalt, und da die Knaben dort ganz vorzüglich untergebracht, ernährt und erzogen werden und später gute Universitätsstipendien und Pfarrstellen erhalten, wird mancher kleine Gentleman von zartester Jugend an für den geistlichen Stand bestimmt, und der Wettbewerb um einen Platz im Institut ist beträchtlich. Ursprünglich war es für die Söhne armer verdienter Geistlicher und Laien gedacht, doch viele adlige Vorsteher der Stiftung dehnten ihr Wohlwollen ziemlich nach eigener Laune aus und setzten wer weiß was für Kinder in den Genuß solcher Vorteile. Eine gute Ausbildung umsonst zu erhalten und obendrein Zukunft und Beruf sichergestellt zu wissen, das war eine günstige Gelegenheit, die selbst einige der Reichsten nicht von der Hand wiesen. Nicht nur die Verwandten vornehmer Leute, sondern die Vornehmen selbst schickten ihre Söhne hin: Kirchenfürsten sandten ihre jungen Verwandten oder die Kinder ihrer Geistlichen hin, und andrerseits ließ sich mancher vornehme Edelmann herbei, auf diese Weise für die Kinder seines Kammerdieners zu sorgen, so daß ein Junge, der in die Anstalt eintrat, eine sehr bunt gemischte jugendliche Gesellschaft vorfand.

Obwohl Rawdon Crawley kein anderes Buch als den Rennkalender las und seine Erinnerungen ans Studium sich auf die Prügel bezogen, die er in früher Jugend in

Eton hatte einstecken müssen, hegte er doch wie jeder Engländer eine aufrichtige und geziemende Hochachtung vor der klassischen Bildung, freute sich sehr, daß sein Sohn vielleicht fürs Leben versorgt sein und bestimmt Gelegenheit haben würde, ein Gelehrter zu werden. Und wenn der Junge auch sein einziger Trost und sein bester Kamerad war, mit dem ihn tausend kleine Bande verknüpften (über die er aber nicht mit seiner Frau sprechen mochte, weil sie von jeher nur die größte Gleichgültigkeit gegen ihren Sohn an den Tag gelegt hatte), so willigte Rawdon doch sofort ein, sich von ihm zu trennen und seine eigene größte Freude und sein Glück dem Wohle des kleinen Burschen zu opfern. Bis es notwendig wurde, das Kind fortzuschicken, hatte er überhaupt nicht gewußt, wie sehr er an ihm hing. Als er dann fort war, mochte er sich selbst gar nicht eingestehen, wie traurig und niedergeschlagen ihm zumute war – viel trauriger als dem Jungen, der ganz glücklich war, ein neues Leben anzufangen und mit gleichaltrigen Gefährten zusammenzukommen. Becky hatte den Oberst ein paarmal ausgelacht, als er in seiner ungeschickten und stockenden Redeweise über den tiefempfundenen Schmerz wegen der Trennung von seinem Jungen sprechen wollte. Der arme Mensch spürte, daß ihm seine größte Freude und sein bester Freund genommen waren. Oft blickte er sehnsüchtig auf das unbenutzte Kinderbett in seinem Ankleidezimmer, in dem der Junge immer geschlafen hatte. An den Vormittagen vermißte er ihn besonders schmerzlich und versuchte vergebens, die Spaziergänge im Park ohne ihn fortzusetzen. Wie einsam er war, wußte er erst, seit der kleine Rawdon fort war. Er liebte alle Leute, die seinen Sohn gern hatten; so ging er auch zu seiner gutherzigen Schwägerin Lady Jane und konnte endlose Stunden bei ihr sitzen, um über das gute Herz und das nette Äußere und hundert gute Eigenschaften des Kindes zu sprechen.

Die Tante des kleinen Rawdon hatte ihn, wie gesagt, sehr lieb, ebenso wie ihr Töchterchen, das viele Tränen vergoß, als die Stunde der Trennung von ihrem Vetter gekommen war. Der alte Rawdon war Mutter und Tochter für ihre Zuneigung sehr dankbar. Die allerbesten und aufrichtigsten Gefühle des Mannes kamen zutage, wenn er sich, durch ihre Anteilnahme ermutigt, in ihrer Gegenwart ganz offen den Ausbrüchen seiner väterlichen Liebe überließ. Durch die so geäußerten Gefühle, die er vor seiner Frau nicht zeigen konnte, errang er sich nicht nur Lady Janes gutes Herz, sondern auch ihre aufrichtige Hochachtung. Die beiden Schwägerinnen sahen sich so selten wie möglich. Becky lachte voller Härte über Janes empfindsames, weiches Herz, während die gütige und sanfte Natur der andern sich unwillkürlich über das gefühllose Benehmen ihrer Schwägerin empörte.

Die Entfremdung zwischen Rawdon und seiner Frau vertiefte sich mehr, als er ahnte oder sich eingestehen wollte. Ihr war es einerlei. Sie vermißte ihn ebensowenig wie überhaupt jemanden. Sie betrachtete ihn als ihren Laufburschen und ergebenen Sklaven. Er konnte noch so niedergeschlagen oder verdrießlich sein, sie bemerkte es nicht oder ging mit einem spöttischen Lächeln darüber hinweg. Sie hatte genug damit zu tun, über ihre Stellung, ihre Vergnügungen und ihren Aufstieg in der Gesellschaft nachzudenken: ein bedeutender Platz stand ihr jedenfalls zu, soviel ist sicher.

Die wackere Briggs war es, die dem Jungen die kleine Ausrüstung zusammenstellte, die er in die Schule mitbringen mußte. Das Dienstmädchen Molly schluchzte im Gang unten, als der Kleine fortging – Molly, die Gute und Getreue, der seit langer Zeit kein Lohn ausbezahlt worden war. Mrs. Becky wollte ihrem Mann nicht den Wagen geben, um den Jungen zur Schule zu bringen. Die Pferde zu einer Fahrt in die City benutzen? Das war ja noch nie dagewesen! Sollte er doch eine Droschke nehmen! Sie machte keinerlei Anstalten, den Kleinen zu küssen, als er sich verabschiedete, und auch er versuchte nicht, sie zu umarmen. Wohl aber gab er der alten Briggs einen Kuß (die er im allgemeinen nicht gern liebkoste) und tröstete sie damit, daß er ja samstags heimkäme, wo sie ihn dann genießen könne. Als die Droschke nach der City rasselte, rollte Beckys Equipage zum Park. An der Serpentine plauderte und lachte sie mit einem Dutzend junger Herrchen, während um die gleiche Zeit Vater und Sohn durch das alte Portal der Schule schritten, wo Rawdon sein Kind verließ und mit einem so traurigen und reinen Gefühl im Herzen heimkehrte, wie es der arme, gebrochene Mensch vielleicht seit seiner eigenen Kindheit nicht mehr gekannt hatte.

Trübselig legte er den ganzen Heimweg zu Fuß zurück und aß dann mit Briggs zusammen. Er war sehr nett zu ihr, denn er war ihr dankbar für die Liebe und Betreuung seines Sohnes. Sein Gewissen plagte ihn, weil er Geld von ihr geliehen und dazu beigetragen hatte, sie zu schädigen. Sie sprachen lange über den kleinen Rawdon, denn Becky kam nur nach Hause, um sich umzuziehen und zu einem Essen zu fahren. Danach ging er besorgt zu Lady Jane zum Tee und erzählte ihr, wie sich alles abgespielt hatte und daß der kleine Rawdon sich wacker gehalten habe und jetzt eine Robe und kurze Kniehosen tragen müsse, und der junge Blackball – der Sohn seines alten Regimentskameraden – habe ihn in seine Obhut genommen und versprochen, nett zu ihm zu sein.

Im Laufe der Woche hatte der junge Blackball den kleinen Rawdon zu seinem Burschen gemacht, der ihm die Schuhe wichsen und das Frühstücksbrot rösten mußte. Er hatte ihn in die Geheimnisse der lateinischen Grammatik eingeweiht und ihn drei- oder viermal verprügelt, aber nicht zu schlimm. Das gutmütige, ehrliche Gesicht des kleinen Burschen gewann ihm alle Herzen. Er erhielt nur die Portion Prügel, die zweifellos zuträglich für ihn war, und was das Stiefelwichsen, Brotrösten und sonstige Dienste anbetraf – wurden sie nicht für die Erziehung eines jungen englischen Gentleman für unumgänglich gehalten?

Wir haben uns jedoch nicht mit der zweiten Generation und dem Schulleben Master Rawdons zu befassen, sonst würde unsere Geschichte endlos lang werden. Der Oberst besuchte seinen Sohn kurze Zeit danach und fand den kleinen Burschen, der in seiner schwarzen Robe und den Kniehosen schmunzelte und lachte, durchaus gesund und glücklich vor.

In kluger Voraussicht drückte er dem Lehrmeister seines Sohnes ein Goldstück in die Hand und sicherte sich dadurch das Wohlwollen Blackballs gegen den Kleinen. Da der junge Rawdon ein Schützling des großen Lord Steyne und der Neffe eines Parlamentsmitgliedes war, zudem der Sohn eines Obersten und Ritters des Bath-Ordens, dessen Name in Berichten der *Morning Post* über einige ganz vornehme Gesellschaften erwähnt wurde, war die Schulleitung wohl nicht unfreundlich gegen das Kind eingestellt. Er hatte reichlich Taschengeld, das er dazu benutzte, um seinen Kameraden sehr freigebig Himbeertörtchen zu spendieren, und an den Samstagen durfte er sehr oft zu seinem Vater heimfahren, der dann ein Freudenfest veranstaltete. Wenn Rawdon nichts anderes vorhatte, nahm er den Jungen mit ins Theater, oder sonst schickte er ihn mit seinem Diener hin. Sonntags ging er mit Briggs und Lady Jane und deren Kindern in die Kirche. Rawdon ließ sich staunend Geschichten über die Schule und über seine Boxkämpfe und die Pflichten als Bursche erzählen. Nach kurzer Zeit schon kannte er die Namen der Lehrer und der Klassenersten ebensogut wie der kleine Rawdon. Er lud auch den besten Freund des Kleinen ein, und nach dem Theater ließ er ihnen so viel Gebäck und Austern und Bier auftischen, daß sie sich den Magen verdarben. Er bemühte sich, eine verständnisinnige Miene aufzusetzen, wenn der kleine Rawdon ihm zeigte, welche Stelle in der lateinischen Grammatik gerade «dran» war. «Streng dich nur an, mein Junge», ermahnte er ihn sehr ernst, «es geht nichts über eine gute humanistische Bildung – rein gar nichts!»

Beckys Verachtung für ihren Mann nahm mit jedem Tag zu. «Mach doch, was du willst – iß, wo du magst – genieße bei Astley Ingwerbier und Zirkusluft oder sing mit Lady Jane fromme Lieder – nur erwarte nicht von mir, daß ich mich mit dem Jungen abgebe! Ich muß mich schon genug um deine Interessen kümmern, da du es ja nicht verstehst. Ich möchte nur mal wissen, wo du heute wärst und was für eine Stellung in der Gesellschaft du einnähmst, wenn ich nicht für dich gesorgt hätte?» Und wirklich, bei den Gesellschaften, zu denen Becky jetzt zu gehen pflegte, fragte niemand nach dem armen alten Rawdon. Sie wurde bereits oft ohne ihn eingeladen. Sie sprach über vornehme Leute, als ob sie über ganz Mayfair, das feinste Stadtviertel, Alleinverfügungsrecht hätte, und immer trug sie Schwarz, wenn Hoftrauer war.

Nachdem Lord Steyne solchermaßen über den kleinen Rawdon verfügt hatte, fand er in seinem väterlichen Interesse für die Angelegenheiten der liebenswürdigen armen Familie, daß deren Ausgaben durch die Entlassung von Miss Briggs sehr vorteilhaft verringert werden könnten, da Becky gescheit genug war, um die Leitung ihres Haushalts allein zu übernehmen. In einem voraufgegangenen Kapitel haben wir erzählt, wie der Edelmann seinem Schützling aus lauter Wohlwollen Geld gegeben hatte, um die kleine Schuld bei Miss Briggs zu bezahlen, die aber noch weiterhin bei ihren Freunden blieb. Hieraus zog Milord den peinlichen Schluß, daß Mrs. Crawley das Geld zu irgendeinem andern Zweck als dem gebraucht habe, wofür ihr freigebiger Gönner es ihr geliehen hatte. Lord Steyne war jedoch nicht so unhöflich, seinen Verdacht hierüber vor Mrs. Becky zu erwähnen, die sich durch eine Erörterung jener Geldsache verletzt fühlen könnte und tausenderlei schmerzliche Gründe gehabt haben mochte, um über das großzügige Darlehen Seiner Lordschaft anderweitig zu verfügen. Er beschloß aber, sich über den wahren Sachverhalt Klarheit zu verschaffen, und zog auf sehr vorsichtige und taktvolle Art die notwendigen Erkundigungen ein.

Zunächst benutzte er die erste beste Gelegenheit, um Miss Briggs auszuhorchen. Das war eine Kleinigkeit. Im allgemeinen bedurfte es bei der guten Frau nur einer kleinen Ermunterung, und schon schwatzte sie ausgiebig und schüttete einem ihr ganzes Herz aus. Als nun Mrs. Rawdon eines Tages ausgefahren war (was Mr. Fiche, der Kammerdiener Seiner Lordschaft, mühelos in dem Mietstall erfuhr, wo die Crawleys Pferd und Wagen hatten, oder besser gesagt, wo der Fuhrhalter Pferd und Wagen für die Crawleys hatte), sprach Milord in der Curzon Street vor, bat Briggs um eine Tasse Kaffee, erzählte ihr, daß er von der Schule einen guten Bericht über den kleinen Rawdon erhalten habe – und in fünf Minuten hatte er aus ihr herausgebracht, daß Mrs. Rawdon ihr nichts als ein schwarzseidenes Kleid gegeben hatte, wofür ihr die Briggs ungeheuer dankbar war.

Im stillen lachte er über den ihm so unbefangen gegebenen Bescheid. Unsre liebe Freundin Rebecca hatte ihm nämlich ganz ausführlich geschildert, wie entzückt die Briggs über den Erhalt des Geldes gewesen sei – elfhundertfünfundzwanzig Pfund waren es – und in was für Papieren sie es angelegt hatte und wie schmerzlich es ihr, Becky, gewesen sei, ein so schönes Stück Geld weggeben zu müssen. Wer weiß, mochte die Teure bei sich gedacht haben, vielleicht gibt er mir noch ein bißchen mehr? Der Lord hatte der kleinen Rechenkünstlerin kein derartiges Anerbieten gemacht, da er vermutlich fand, er sei bereits großherzig genug gewesen.

Dann kam ihn die Neugier an, Miss Briggs nach dem Stand ihrer Privatangelegenheiten zu fragen, und sie schilderte ihm ganz aufrichtig ihre Lage: daß Miss Crawley ihr etwas Geld vermacht habe, von dem ihre Verwandten einen Teil erhalten hätten, und daß Oberst Crawley einen andern Teil für sie selbst in absolut sicheren Wertpapieren und mit gutem Zinsfuß angelegt habe, und Mr. und Mrs. Rawdon hatten freundlicherweise Sir Pitt gebeten, den Rest möglichst günstig für sie unterzubringen, sobald er Zeit habe. Der Lord fragte, wieviel der Oberst schon für sie angelegt habe, und Miss Briggs erwiderte umgehend und wahrheitsgemäß, die Summe belaufe sich auf sechshundert und einige Pfund.

Aber kaum hatte sie ihre Geschichte vorgetragen, da bereute die geschwätzige Briggs auch schon ihre Offenheit und flehte den Lord an, Mr. Crawley nichts von ihren Geständnissen zu verraten. Der Oberst sei so gütig gewesen – jetzt könnte er gekränkt sein und ihr das Geld zurückzahlen, für das sie dann nirgends so hohe Zinsen bekäme. Lord Steyne versprach ihr lachend, kein Wort darüber verlauten zu lassen, und nachdem er und Miss Briggs sich getrennt hatten, lachte er noch mehr.

Was für ein abgefeimter kleiner Racker sie doch ist! dachte er. Was für eine großartige Schauspielerin und

Rechenkünstlerin! Mit ihren Schmeichelkünsten hätte sie mir neulich um ein Haar noch mehr Geld abgeluchst! Sie übertrumpft alle Frauen, die ich je im Laufe meines langen, weise angewandten Lebens angetroffen habe! Im Vergleich mit ihr sind es die reinsten Säuglinge. Und ich selbst bin ein Grünhorn und Dummkopf in ihren Händen – ein alter Dummkopf! Im Lügen ist sie unübertrefflich! Milords Bewunderung für Becky stieg bei dem neuen Beweis ihrer Klugheit ins Unermeßliche. Sich das Geld zu verschaffen, war nichts, aber sich das Doppelte von dem zu verschaffen, was sie brauchte, und keinem etwas zurückzuzahlen – das war ein glänzender Streich! Und Crawley, dachte Milord, Crawley ist nicht so dumm, wie er aussieht und den Anschein erweckt. Er für sein Teil hat die Sache schlau genug angestellt. Nach seinem Aussehen und Verhalten zu schließen, würde kein Mensch je vermutet haben, daß er von der ganzen Geldgeschichte etwas weiß. Und doch hat er sie dazu angestiftet und bestimmt auch das Geld verbraucht! Hierin irrte der Lord, wie wir wissen, doch wurde sein Benehmen gegen Oberst Crawley dadurch stark beeinflußt, und er behandelte ihn jetzt nicht einmal mehr mit dem Anschein von Achtung, den er bisher ihm gegenüber noch gewahrt hatte. Mrs. Crawleys Gönner kam nie auf den Gedanken, die kleine Dame könne für ihre eigene Tasche arbeiten, denn er beurteilte – gestehen wir's offen – den Oberst nach seinen Erfahrungen mit andern Ehemännern, denen er im Laufe eines langen, weise angewandten Lebens begegnete, was ihn mit mancherlei menschlichen Schwächen vertraut gemacht hatte. Milord hatte sich in seinem Leben so viele Männer gekauft, daß man ihm gewiß seine Überzeugung verzeihen darf, er habe auch den Preis dieses einen entdeckt.

Bei der ersten Gelegenheit, wo er Becky allein traf, sagte er es ihr auf den Kopf zu und schmeichelte ihr gutgelaunt wegen ihrer Schlauheit, sich mehr Geld zu verschaffen, als sie brauchte. Becky geriet nicht allzusehr aus der Fassung. Das liebe Geschöpf sagte nicht gewohnheitsmäßig die Unwahrheit, sondern nur, wenn die Notwendigkeit sie dazu zwang; im äußersten Notfall pflegte sie jedoch ganz unbekümmert zu lügen. Im Nu hatte sie wieder eine gute, glaubwürdige und ausführliche Geschichte bei der Hand, die sie ihrem Gönner vorsetzte. Was sie ihm zuerst gesagt habe, sei eine Lüge gewesen, eine schandbare Lüge, sie gäbe es zu – aber wer hatte sie so weit gebracht? «Oh, Milord», rief sie, «Sie ahnen nicht, was ich alles schweigend leiden und erdulden muß! Sie sehen mich immer froh und glücklich und wissen nicht, was ich ertragen muß, wenn kein Beschützer in meiner Nähe ist! Mein Mann war's – *er* hat mich durch Drohungen und die grausamste Behandlung dazu gezwungen, Sie um die Summe zu bitten, derentwegen ich Sie hinterging. Er hatte auch vorausgesehen, daß Sie mich nach der Verwendung des Geldes fragen könnten, und zwang mich zu der Erklärung, die ich Ihnen gab. Er nahm das Geld. Er erzählte mir, daß er Miss Briggs bezahlt habe, und ich wollte und wagte es nicht zu bezweifeln. Verzeihen Sie das Unrecht, das ein Mann in seiner Verzweiflung begehen mußte, und bemitleiden Sie eine elende, todunglückliche Frau!» Und damit brach sie in Tränen aus. Noch nie sah die verfolgte Unschuld so betörend unglücklich aus!

Sie hatten beide eine sehr lange Besprechung, während der sie in Mrs. Crawleys Wagen zusammen viele Runden im Regent's Park machten, eine Besprechung, von der wir keine Einzelheiten zu berichten brauchen. Das Ergebnis aber war, daß Becky bei der Heimkehr mit strahlendem Gesicht auf ihre teure Briggs zuflog und ihr verkündete, sie habe eine herrliche Nachricht für sie. Lord Steyne habe äußerst edel und großzügig gehandelt. Er denke immer daran, wie und wann er Gutes tun könne. Seit der kleine Rawdon in der Schule wohne, brauche sie nicht länger eine Gefährtin und Gesellschafterin. Wenn sie auch unaussprechlich betrübt sei, sich von ihrer lieben Briggs trennen zu müssen, so verlangten ihre knappen Mittel doch jede erdenkliche Einschränkung; aber ihr

Kummer werde durch den Gedanken gelindert, daß ihr freigebiger Gönner weit besser für die liebe Briggs sorgen könne als sie hier in ihrem bescheidenen Heim. Mrs. Pilkington, die Haushälterin in Gauntly Hall, sei hochbetagt und schwach und rheumatisch; sie sei der Aufgabe, dem riesigen Herrenhaus vorzustehen, nicht mehr gewachsen und müsse sich nach einer Nachfolgerin umsehen. Es sei eine glänzende Stelle. Die Familie käme nur alle zwei Jahre einmal nach Gauntly Hall, und in der übrigen Zeit sei die Haushälterin Herrin des prachtvollen Hauses, habe täglich vier Gedecke und würde von den Geistlichen und den achtbarsten Leuten der Grafschaft besucht – kurzum, sie sei eigentlich die Lady von Gauntly. Die beiden letzten Haushälterinnen vor Mrs. Pilkington hätten den jeweiligen Pfarrer von Gauntly geheiratet, was Mrs. Pilkington nicht konnte, da sie die Tante des jetzigen Pfarrers sei. Die Stelle sei noch offen, und sie könne einmal hinfahren und Mrs. Pilkington besuchen. Dann würde sie ja sehen, ob sie ihre Nachfolgerin werden wolle.

Worte vermögen die überschwengliche Dankbarkeit der Briggs nicht zu schildern. Sie bat nur um die Zusicherung, daß der kleine Rawdon sie im Schloß Gauntly besuchen dürfe. Becky versprach es ihr, wie sie alles versprochen hätte. Als ihr Mann nach Hause kam, lief sie auf ihn zu und erzählte ihm die erfreuliche Neuigkeit. Rawdon war froh, verteufelt froh: ein Stein fiel ihm vom Herzen wegen des Geldes der armen Briggs. Für sie war nun jedenfalls gesorgt, aber – aber er war trotzdem unruhig. Irgendwie war es ihm unbehaglich zumute. Er erzählte dem kleinen Southdown, was Lord Steyne gemacht habe, und der junge Mann beäugte ihn mit einer Miene, die Crawley stutzig machte.

Er berichtete Lady Jane über den neuerlichen Beweis von Lord Steynes Güte, und auch sie blickte eigentümlich und beunruhigt drein, ebenso Sir Pitt. «Sie ist zu unbekümmert und zu lebenslustig, als daß sie ein Fest nach dem andern ohne Gesellschafterin besuchen dürfte», sagten beide. «Du mußt sie begleiten, Rawdon, einerlei, wohin sie geht, und du mußt ihr auch jemand fürs Haus besorgen –, vielleicht eins von den Mädchen aus Queen's Crawley, obwohl sie etwas leichtfertige Hüterinnen wären.»

Becky sollte also jemand um sich haben, aber inzwischen durfte sich auch die brave Briggs nicht die Aussicht auf eine Stelle fürs Leben entgehen lassen. Daher wurden sie und ihre Koffer reisefertig gemacht, und sie fuhr ab. Damit befanden sich zwei von Rawdons Vorposten in der Hand des Feindes.

Sir Pitt ging zu seiner Schwägerin und machte ihr ernste Vorhaltungen wegen der Entlassung ihrer Gesellschafterin und wegen andrer heikler Fragen, die das Interesse der Familie berührten. Vergebens wies sie darauf hin, wie notwendig Lord Steynes Protektion für ihren armen Mann sei und wie grausam es von ihnen wäre, würden sie die arme Briggs um die ihr angebotene Stelle bringen. Weder Schmeicheln noch Beschwatzen, weder Lächeln noch Tränen konnten Sir Pitt beruhigen, und er hatte beinahe einen regelrechten Streit mit der einst bewunderten Becky. Er sprach von der Ehre der Familie und dem unbefleckten Ruf der Crawleys und äußerte seinen Unwillen darüber, daß sie junge Franzosen empfing, lauter zügellose junge Lebemänner, sowie Lord Steyne, dessen Wagen dauernd vor ihrer Haustüre hielt, der täglich stundenlang bei ihr weilte und durch dessen ständige Anwesenheit sie bei den Leuten ins Gerede kam. Als Oberhaupt der Familie bat er sie dringendst, vorsichtiger zu sein. In der Gesellschaft spreche man bereits abfällig über sie. Lord Steyne sei zwar ein Edelmann von höchstem Rang und Wissen, aber auch ein Mann, der mit seinen Aufmerksamkeiten jede Frau kompromittiere. Er bedrängte seine Schwägerin mit Bitten und Befehlen, im Verkehr mit dem Lord zurückhaltender zu sein.

Becky versprach all und jedes, was Sir Pitt verlangte; aber Lord Steyne kam so oft wie bisher in ihr Haus, und Sir Pitts Verstimmung nahm zu. Ich möchte wohl wissen, ob Lady Jane ungehalten oder erfreut war, weil ihr Mann endlich etwas an seinem Liebling Rebecca auszusetzen hatte? Da Lord Steynes Besuche fortgesetzt wurden, stellte er seine eigenen ein, und seine Frau war sogar dafür, jeden weiteren Verkehr mit dem Edelmann abzubrechen und die Einladung zum Scharadenabend, die ihr von der Marquise geschickt worden war, auszuschlagen. Sir Pitt jedoch hielt es für notwendig, sie anzunehmen, da Seine Königliche Hoheit anwesend sein würde.

Obwohl Sir Pitt das erwähnte Fest besuchte, verließ er es doch sehr früh, und auch seine Frau war froh, wieder gehen zu dürfen. Becky hatte kaum ein Wort mit ihm gesprochen und ihre Schwägerin so gut wie gar nicht beachtet. Pitt Crawley fand ihr Benehmen äußerst ungehörig und mißbilligte in starken Ausdrücken die Mode, Theater zu spielen und sich zu verkleiden, da es sich für eine britische Dame durchaus nicht schicke. Als die Scharaden zu Ende waren, machte er seinem Bruder Rawdon heftige Vorwürfe, weil er selbst aufgetreten sei und auch seine Frau an so unpassenden Schaustellungen habe teilnehmen lassen.

Rawdon versprach, sie würde nicht mehr an solchen Unterhaltungen teilnehmen. Tatsächlich war er – vielleicht infolge der Andeutungen seines älteren Bruders und seiner Schwägerin – bereits ein sehr wachsamer und musterhaft häuslicher Ehemann geworden. Er hatte seine Klubs und das Billardspiel aufgegeben. Er ging nie allein aus. Er begleitete Becky bei ihren Ausfahrten. Er war geflissentlich bei all ihren Gesellschaften an ihrer Seite. Sooft Lord Steyne vorsprach, traf er unweigerlich auch den Oberst an. Und wenn Becky vorschlug, ohne ihren Mann auszugehen, oder wenn sie Einladungen erhielt, die nur für sie bestimmt waren, so befahl er ihr sehr entschieden, daß sie absage: es lag nämlich etwas in seiner Art, das sich Gehorsam erzwang. Die kleine Becky (wir wollen ihr Gerechtigkeit widerfahren lassen) zeigte sich über Rawdons Ritterlichkeit begeistert. Wenn er auch verdrießlich war – sie war es nie. Ob Freunde zugegen waren oder nicht – sie hatte immer ein freundliches Lächeln für ihn und sorgte für sein Vergnügen und Behagen. Es war wieder wie in den ersten Tagen ihrer Ehe: die gleiche gute Laune, Zuvorkommenheit und Heiterkeit – die gleiche natürliche Vertraulichkeit und Rücksichtnahme! «Wieviel netter ist es doch», pflegte sie zu sagen, «dich neben mir im Wagen zu haben als die dumme alte Briggs! Laß uns immer so leben, lieber Rawdon! Wie nett wäre es und wie glücklich könnten wir sein, wenn wir nur genug Geld hätten!» Nach dem Essen schlief er in seinem Stuhl ein. Er sah nicht das Gesicht gegenüber: ein wildes, verdrossenes und schreckliches Gesicht, das von neuem in unschuldsvollem Lächeln erstrahlte, wenn er erwachte und sie ihn fröhlich küßte. Er wunderte sich, daß er jemals Verdacht gehegt hatte. Nein, jetzt war er nicht länger argwöhnisch: all die dumpfen Zweifel und grämlichen Befürchtungen, die sich in seinem Herzen angesammelt hatten, waren nichts als müßige Eifersucht. Sie liebte ihn – sie hatte ihn immer geliebt. Daß sie in Gesellschaft glänzte, war schließlich nicht ihr Fehler; sie war wie dazu geschaffen. Gab es denn eine zweite Frau, die so plaudern und singen, ja die einfach alles so tun konnte wie sie? Wenn sie nur den Jungen liebhätte, dachte Rawdon. Aber Mutter und Sohn fanden wohl nie zusammen.

Während Rawdons Gemüt noch von solchen Zweifeln und Fragen geplagt wurde, ereignete sich der Vorfall, den wir im vorigen Kapitel schilderten, und der unglückliche Oberst sah sich als Gefangenen – und fern von seinem Heim.

LIII

Eine Befreiung und eine Katastrophe

FREUND Rawdon fuhr also zur Wohnung von Mr. Moss in der Cursitor Street und wurde in jenem Haus trübseliger Gastlichkeit gebührend aufgenommen. Der Morgen brach über den heiteren Giebeln der Chancery Lane an, als die heranrasselnde Droschke das Echo der Straße weckte. Ein kleiner Judenjunge mit roten Lidern und einem Haarschopf von der Röte der Morgensonne ließ die Männer ins Haus ein, und Rawdon wurde von Mr. Moss, seinem Weggefährten und Gastgeber, in die Wohnung im Erdgeschoß geführt und mit munterer Stimme gefragt, ob er nach der Fahrt etwas Warmes zu trinken wünsche.

Als der Oberst sich nun im Schuldgefängnis eingesperrt sah, war er nicht so niedergeschlagen, wie es mancher andere Sterbliche wäre, der einen Palast und eine *placens uxor* hätte verlassen müssen; denn – um es zu gestehen – er hatte schon ein- oder zweimal Mr. Moss' Gastfreundschaft genossen. Wir haben es bisher nicht für notwendig gehalten, so unbedeutende häusliche Zwischenfälle zu erwähnen, doch der Leser kann überzeugt sein, daß sie im Leben eines Mannes, dessen Jahreseinkommen gleich Null ist, recht häufig vorkommen.

Während seines ersten Aufenthaltes bei Mr. Moss war der Oberst, der damals noch Junggeselle war, durch die

Freigebigkeit seiner Tante ausgelöst worden. Bei dem zweiten Mißgeschick hatte sich die kleine Becky sehr unerschrocken und freundlich von Lord Southdown etwas Geld geliehen und den Gläubiger ihres Mannes (der übrigens ihr Lieferant für Schals und Samtkleider, Spitzentaschentücher, Schmuck und Nippsachen war) überredet, nur einen Teil der verlangten Summe in bar entgegenzunehmen und sich für den Rest mit einem Schuldschein zu begnügen. Bei beiden Gelegenheiten waren also Gefangennahme und Freilassung allerseits mit der größten Höflichkeit durchgeführt worden, und Moss und der Oberst standen deshalb auf bestem Fuße miteinander.

«Sie finden Ihr altes Bett vor, Herr Oberst», sagte Moss, «und jede Bequemlichkeit, wie ich wohl behaupten darf. Sie können überzeugt sein, daß es gelüftet und sogar vorgewärmt ist, und zwar von den feinsten Leuten. In der vorletzten Nacht hat noch Hauptmann Famish vom fünfzigsten Dragonerregiment drin geschlafen, und seine Mama holte ihn raus, allerdings erst nach vierzehn Tagen – um ihn ein bißchen zu bestrafen, sagte sie. Aber weiß Gott, ich schwör's Ihnen, daß er meinen Champagner geschädigt hat, denn jede Nacht hatte er hier ein Gelage, richtige elegante Lebemänner aus den Klubs und von Westend: Hauptmann Ragg, den ehrenwerten Deuceace, der im Temple wohnt, und noch ein paar Leutchen, die sich auf einen guten Tropfen verstehen, das können Sie mir glauben! Oben hab' ich einen Doktor der Theologie untergebracht, und im Kaffeesalon sind fünf Herren. Mrs. Moss hat um halb sechs eine *table d'hôte* und hinterher ein bißchen Karten oder Musik, wobei wir Sie gerne begrüßen würden!»

«Ich werde läuten, wenn ich etwas brauche», erwiderte Rawdon und ging ruhig in sein Schlafzimmer. Wir haben schon bemerkt, daß er ein alter Soldat ist, der sich durch kleine Schicksalsschläge nicht aus der Fassung bringen läßt. Ein schwacher Charakter würde sofort nach seiner Gefangennahme einen Brief an seine Frau geschickt haben. Aber Rawdon dachte: was hat es für einen Sinn, ihre Nachtruhe zu stören? Jetzt weiß sie gar nicht, daß ich nicht in meinem Zimmer bin. Zum Schreiben ist noch Zeit genug, wenn sie ausgeschlafen hat, und ich ebenfalls. Es handelt sich ja nur um hundertsiebzig, und es müßte schon mit dem Teufel zugehen, wenn wir das nicht aufbrächten. Und mit dem Gedanken an den kleinen Rawdon (den er allerdings nicht wissen lassen wollte, an welch merkwürdigem Ort er sich befand) begab sich der Oberst in das zuletzt von Hauptmann Famish benutzte Bett und schlief ein. Es war zehn Uhr, als er erwachte; der rothaarige Junge brachte ihm mit offensichtlichem Stolz einen schönen silbernen Toilettenkasten, damit er sich rasieren konnte. Mr. Moss' Haus war überhaupt großartig eingerichtet, wenn es auch etwas schmutzig war. Auf der Anrichte standen stets schmutzige Tabletts und Weinkühler; an schmutzigen, breiten vergoldeten Leisten hingen verstaubte gelbe Atlasgardinen vor den vergitterten Fenstern, die auf die Cursitor Street hinausgingen; große und schmutzige vergoldete Bilderrahmen umgaben Jagd- und Heiligenbilder, alles Werke der besten Meister, die auch die besten Preise bei den Darlehensgeschäften erzielten, in deren Verlauf sie immer wieder gekauft und verkauft wurden. Das Frühstück wurde dem Oberst ebenfalls auf schmutzigem, aber kostbarem Silber serviert. Miss Moss, eine dunkeläugige Maid in Lockenwickeln, erschien mit der Teekanne und fragte lächelnd, wie der Oberst geschlafen habe. Sie brachte ihm die *Morning Post* mit den Namen aller vornehmen Leute, die am Abend vorher an der Gesellschaft bei Lord Steyne teilgenommen hatten, sowie einer prächtigen Schilderung der Festlichkeiten und der bewundernswerten Darstellungen der schönen und begabten Mrs. Rawdon Crawley.

Nach einer munteren Plauderei mit Miss Moss (die in so ungezwungener Haltung auf dem Rand des Frühstückstisches saß, daß dabei das Gewebe ihres Strumpfes und ein ehemals weißer Atlasschuh mit heruntergetretenem Absatz zu sehen waren) verlangte Oberst Crawley

Federn und Tinte und Papier. Auf die Frage, wieviel Bogen er brauche, wünschte er nur einen, den ihm Miss Moss zwischen Daumen und Zeigefinger brachte. Manchen Bogen Papier hatte die dunkeläugige Dame schon gebracht, und manch armer Bursche hatte hastig ein paar Zeilen voll flehentlicher Bitten hingekritzelt und gelöscht und war dann in dem greulichen Zimmer auf und ab gegangen, bis sein Bote mit der Antwort kam. Arme Leute benutzen stets Boten anstatt der Post. Wer hat nicht schon solche Briefe mit noch nassen Oblaten und der Mitteilung erhalten, daß im Flur ein Bote auf Antwort warte?

Rawdon nun hegte hinsichtlich seiner Bitte keine großen Befürchtungen.

«Liebe Becky» (schrieb er),

«*hoffentlich hast Du gut geschlafen! Erschrick nicht, wenn ich Dir nicht Deinen Kaffee bringe! Gestern abend, als ich rauchend nach Hause gehen wollte, hatte ich Pech. Moss aus der Cursitor Street hat mich geschnappt – ich schreibe Dir hier aus seinem schönen vergoldeten Salon, dem gleichen, in dem ich vor zwei Jahren gesteckt habe. Miss Moss hat mir meinen Tee gebracht, sie ist sehr dick geworden und hat wie immer schiefgetretene Absätze.*

Es ist die Sache mit Nathan – hundertfünfzig – mit Gerichtskosten hundertsiebzig. Bitte, schicke mir meine Schreibmappe (es sind siebzig drin) und was anzuziehen – bin noch immer in Ballschuhen und weißer Krawatte (die Miss Moss' Strümpfen gleicht). Und sobald Du den Brief hier gelesen hast, fahr zu Nathan, biete ihm fünfundsiebzig in bar und bitte um Verlängerung. Sag ihm, ich nehme Wein, wir könnten etwas Sherry für den Tisch brauchen. Aber keine Gemälde – die sind zu teuer.

Wenn er's durchaus nicht will, nimm meine Ticktack und was Du von Deinen Sachen entbehren kannst und schick sie zu Balls. Bis heut abend müssen wir das Geld natürlich haben. Aufschieben hat keinen Zweck, weil morgen Sonntag ist; die Betten sind hier nicht sehr sauber, und vielleicht sind noch an-

dere Sachen gegen mich im Gang. Bin bloß froh, daß es nicht der Samstag ist, an dem Rawdy heimkommt. Gott behüt Dich!

In großer Eile,
R.C.

PS. Mach schnell und komm bald!»

Der mit einer Oblate verschlossene Brief wurde einem von den Boten gegeben, die immer um Mr. Moss' Haus herumlungern; und nachdem Rawdon ihn hatte abziehen sehen, ging er in den Hof hinaus und rauchte dort in leidlicher Seelenruhe eine Zigarre – trotz des Gitters über seinem Kopf. Mr. Moss' Hof ist nämlich wie ein Käfig eingegittert, damit seine Gäste nicht etwa auf den Einfall kommen, seiner Gastfreundschaft zu entrinnen.

Höchstens drei Stunden, so rechnete er, würde Becky brauchen, um zu ihm zu kommen und ihm die Kerkertore zu öffnen. Daher verbrachte er die Zeit ziemlich heiter, rauchte, las die Zeitung und spielte im Kaffeesalon mit einem Bekannten, Hauptmann Walker, der zufällig auch da war, ein paar Stunden mit ungefähr gleichem Glück auf beiden Seiten um halbe Schillinge.

Aber der Tag verstrich, und kein Bote kehrte zurück, keine Becky kam. Mrs. Moss' *table d'hôte* begann zur festgesetzten Stunde, um halb sechs, und diejenigen Gäste, die für das Festmahl zahlen konnten, nahmen in dem schon beschriebenen prächtigen Vorderzimmer daran teil (das eine Verbindungstür zu Mr. Crawleys derzeitigem Schlafzimmer hatte). Miss Moss erschien dann ohne die Lockenwickel vom Vormittag, und Mrs. Moss bewirtete ihre Gäste mit einer trefflich gebratenen Hammelkeule und Rübchen, doch der Oberst aß nur mit sehr schwachem Appetit. Auf die Frage, ob er eine Flasche Champagner für die Gesellschaft spendieren wolle, erklärte er sich dazu bereit, und die Damen nippten auf sein Wohl, und Mr. Moss trank ihm aufs höflichste zu.

Mitten in der Mahlzeit hörte man jedoch die Türglocke. Der junge Moss mit dem roten Haarschopf erhob sich mit den Schlüsseln, um an die Tür zu gehen, und als er wiederkam, sagte er dem Oberst, der Bote sei mit einer Reisetasche, einer Schreibmappe und einem Brief zurückgekehrt, den er ihm aushändigte. «Keine Umstände, Herr Oberst, bitte sehr!» sagte Mrs. Moss und deutete auf den Brief, und er öffnete ihn mit etwas zittrigen Händen. Es war ein wunderschöner Brief, stark parfümiert, rosa Papier mit hellgrünem Siegel.

«Mon pauvre cher petit» (schrieb Mrs. Crawley), *ich habe kein Auge zugetan, weil ich immerfort daran denken mußte, was aus meinem häßlichen alten Ungetüm geworden sei, und fand erst gegen Morgen Ruhe, nachdem ich Mr. Blench hatte holen lassen (ich fieberte nämlich), und er gab mir ein Beruhigungsmittel und befahl Finette, ich dürfe unter keinen Umständen gestört werden. So kam es, daß der Bote meines lieben Alten, der übrigens, wie Finette sagte,* bien mauvaise mine *hatte und nach* Genièvre *roch, stundenlang im Flur warten mußte, bis ich wieder läutete. Du kannst Dir meinen Zustand vorstellen, als ich dann Dein liebes, armes klägliches Briefchen las!*

So krank ich war, bestellte ich den Wagen, und kaum war ich angekleidet (obwohl ich keinen Tropfen Schokolade trinken konnte, ich schwör's Dir, ich konnte es nicht, weil mein Ungetüm sie mir nicht gebracht hatte), da fuhr ich schon ventre à terre *zu Nathan. Ich sprach ihn – ich weinte – ich jammerte – ich fiel vor dem scheußlichen Kerl auf die Knie. Der greuliche Mensch ließ sich durch nichts erweichen. Entweder wolle er alles Geld haben, sagte er, oder mein armes Ungetüm müsse im Gefängnis bleiben. Ich fuhr mit der Absicht heim, die* triste visite chez mon oncle *zu machen (denn jedes Schmuckstück, das ich habe, sollte Dir zur Verfügung stehen, obwohl ich keine hundert Pfund dafür bekommen hätte, ein paar sind ja schon, wie Du weißt, bei dem* cher oncle), *fand aber zu Hause Milord vor, der mit dem alten Schafsgesicht von Bulgaren gekommen war, um mir wegen der Aufführung von gestern abend Schmeicheleien zu sagen. Paddington kam auch, der immer so näselt und lispelt und an seinem Haar zupft, und sein Chef Champignac, jeder mit einer Unmenge von Komplimenten und schönen Redensarten. Und so plagten sie mich Arme, die sich danach sehnte, sie los-*

zuwerden, und jeden Augenblick nur an den pauvre prisonnier *dachte.*

Als die andern gegangen waren, warf ich mich vor Milord auf die Knie, sagte ihm, daß wir alles versetzen müßten, und bettelte und bat ihn, mir zweihundert Pfund zu geben. Er wurde wütend und rief, ich solle doch nicht so dumm sein und Sachen versetzen, er wolle zusehen, ob er mir das Geld leihen könne. Schließlich ging er und versprach, es mir morgen früh zu schicken: und dann will ich es meinem armen alten Ungetüm auch sofort geben, gleichzeitig mit einem Kuß

von Deiner Dich liebenden Becky.

PS. Ich schreibe im Bett. Ach, der Kopf zerspringt mir fast, und das Herz will mir brechen.»

Als Rawdon den Brief überflog, wurde er so rot und sah so grimmig aus, daß die Tischgesellschaft schnell begriff, er habe schlechte Nachrichten erhalten. Aller Argwohn, den er zu verscheuchen versucht hatte, überfiel ihn wieder. Sie konnte nicht mal ausgehen und ihren Schmuck versetzen, um ihn zu befreien! Sie konnte lachen und von den Komplimenten schwatzen, die man ihr gemacht hatte, während er im Gefängnis saß! Wer hatte ihn hierhergebracht? Wenham war mit ihm gegangen! Sollte etwa…? Er konnte es nicht ertragen, sich auszumalen, was er argwöhnte. Hastig verließ er das Zimmer, lief in sein eigenes, öffnete die Schreibmappe, schrieb rasch zwei Zeilen, die er an Sir Pitt und Lady Crawley adressierte, und befahl dem Boten, sie sofort nach der Gaunt Street zu bringen. Er solle eine Droschke nehmen, und wenn er in einer Stunde wieder zurück wäre, bekäme er ein Goldstück.

In seinem Briefchen beschwor er seinen lieben Bruder und seine Schwägerin, um Gottes und seines lieben Kindes und seiner Ehre willen zu ihm zu kommen und ihn aus seiner schwierigen Lage zu befreien. Er sei im Gefängnis und brauche hundert Pfund, um freizukommen; er flehe sie an, zu ihm zu eilen.

Nachdem er den Boten fortgeschickt hatte, kehrte er ins Eßzimmer zurück und bestellte mehr Wein. Er lachte und redete mit einer Lebhaftigkeit, die den andern merkwürdig vorkam. Manchmal lachte er wie toll über seine eigenen Befürchtungen. Eine Stunde lang trank er weiter und lauschte die ganze Zeit auf den Wagen, der ihm die Entscheidung über sein Schicksal bringen sollte.

Nach Ablauf einer Stunde hörte man Räder zum Tor heranrasseln, und der junge Türhüter ging mit seinen Schlüsseln hinaus. Es war eine Dame, die er in das Haus des Gerichtsvollziehers ließ.

«Zu Oberst Crawley», sagte sie und zitterte sehr. Mit verständnisinnigem Blick schloß er die Außentür hinter ihr zu und öffnete die innere Tür. Dann rief er: «Herr Oberst, Sie werden gewünscht!» und führte sie in das Hinterzimmer, das der Oberst bewohnte.

Rawdon trat aus dem Eßzimmer, in dem die Männer noch zechten, in sein eigenes Zimmer, und ein greller Lichtstreifen folgte ihm bis dorthin, wo die Dame immer noch sehr ängstlich wartete.

«Ich bin's, Rawdon», sagte sie mit schüchterner Stimme, die heiter klingen sollte. «Ich, Jane!» Rawdon war von der gütigen Stimme und ihrem Kommen ganz überwältigt. Er rannte auf sie zu, schloß sie in die Arme, stieß ein paar unverständliche Dankesworte hervor und schluchzte sogar an ihrer Schulter. Sie verstand nicht, was ihn so sehr erschütterte.

Die Rechnungen bei Mr. Moss waren rasch beglichen, vielleicht sehr zu dessen Enttäuschung, da er wohl damit gerechnet hatte, den Oberst wenigstens noch über Sonntag als seinen «Gast» bei sich zu haben. Mit strahlendem Lächeln und glücklichen Augen führte Jane ihren Schwager aus dem Schuldgefängnis heraus, und sie fuhren in der gleichen Droschke nach Hause, in der sie zu seiner Befreiung herbeigeeilt war. «Pitt war zu einem Parlamentsessen gefahren, lieber Rawdon», erzählte sie, «als dein Briefchen kam, und da – da machte ich mich selbst auf den Weg», und sie legte ihre gütige Hand über die seine.

Vielleicht war es für Rawdon Crawley ganz gut, daß Pitt bei seinem Essen war. Rawdon dankte seiner Schwägerin hundertmal und mit solcher Wärme und Inbrunst, daß die weichherzige Frau gerührt und beinahe beunruhigt war.

«Ach», sagte er in seiner schwerfälligen, ungekünstelten Art, «du – du weißt eben nicht, wie ich mich geändert habe, seit ich dich kenne – und den kleinen Rawdy habe. Ich möchte gern ein andrer – ein andrer Mensch werden. Ich wäre so gern – so sehr gern...» Er beendete den Satz nicht, aber sie konnte ihn sich erklären. Als er gegangen war und sie am Abend neben dem Bett ihres eigenen kleinen Jungen saß, betete sie demütig für den armen wandermüden Sünder.

*

Rawdon hatte sich von ihr verabschiedet und ging rasch nach Hause. Es war neun Uhr abends. Er hastete durch die Straßen und über die großen Plätze des Jahrmarkts der Eitelkeit, bis er endlich atemlos vor seinem eigenen Haus stand. Als er hinaufschaute, schrak er zurück und taumelte zitternd gegen den Zaun. Die Fenster im Salon waren strahlend hell. Sie hatte geschrieben, daß sie krank sei und im Bett liege. Eine Zeitlang stand er so, und das Licht aus den Zimmern fiel auf sein bleiches Gesicht.

Er holte den Hausschlüssel aus der Tasche und schloß auf. In den oberen Räumen konnte er Gelächter hören. Er trug noch den Abendanzug, in dem er in der vergangenen Nacht verhaftet worden war. Leise ging er die Treppe hinauf und lehnte sich auf dem Flur oben an den Treppenpfosten. Sonst rührte sich niemand im Haus – alle Diener waren weggeschickt worden. Rawdon hörte Lachen im Zimmer – Lachen und Singen. Becky sang eine Stelle aus dem Lied vom vorigen Abend; eine heisere Stimme rief: «Bravo! Bravo!» Es war Lord Steynes Stimme.

Rawdon öffnete die Tür und ging hinein. Ein kleiner Tisch war zum Abendessen gedeckt: Wein und Silbergeschirr standen bereit. Steyne hing halb über dem Sofa, auf dem Becky saß. Die unselige Frau war in glänzender Abendtoilette, ihre Arme und die Finger funkelten von Armbändern und Ringen, und an der Brust trug sie die Brillanten, die Steyne ihr geschenkt hatte. Er hielt ihre Hand in der seinen und beugte sich darüber, um sie zu küssen, als Becky plötzlich mit einem leisen Schrei hochfuhr, weil sie Rawdons bleiches Gesicht erblickt hatte. Im nächsten Augenblick versuchte sie ein Lächeln aufzusetzen, ein grauenhaftes Lächeln, als ob sie ihren Mann willkommen heißen wolle. Steyne richtete sich zähneknirschend, blaß und mit wütenden Blicken auf.

Auch er versuchte zu lachen und trat mit ausgestreckter

Hand auf den Oberst zu. «Was? Schon wieder zurück? Guten Abend, Crawley!» sagte er, und seine Mundwinkel zuckten krampfhaft, als er sich bemühte, dem Eindringling zuzulächeln.

In Rawdons Gesicht stand ein Ausdruck, der Becky zwang, sich ihm vor die Füße zu werfen. «Ich bin unschuldig, Rawdon», rief sie, «bei Gott, ich bin unschuldig.» Sie klammerte sich an seinen Rock, an seine Hände – ihre eigenen Arme und Hände waren über und über mit Schlangenreifen, Ringen und anderm Tand bedeckt. «Ich bin unschuldig! Sagen Sie ihm, daß ich unschuldig bin!» rief sie Lord Steyne zu.

Der Lord glaubte, ihm sei eine Falle gestellt worden, deshalb war er über die Frau ebenso wütend wie über den Mann. «Sie und unschuldig? Der Teufel hol Sie!» schrie er. «Sie und unschuldig? Dabei ist jedes Schmuckstück, das Sie am Leibe tragen, von mir bezahlt worden! Ich habe Ihnen Tausende von Pfunden gegeben, die der Bursche da verbraucht hat und für die er Sie verkauft hat. Unschuldig, zum Teufel! Sie sind ebenso unschuldig wie Ihre Mutter, die Ballettänzerin, und Ihr Mann, der Zuhälter! Glauben Sie nur nicht, daß Sie mich so wie die andern einschüchtern können. Platz da, Sir! Lassen Sie mich vorbei!» Lord Steyne griff nach seinem Hut, und mit lodernden Blicken seinem Feind wild ins Gesicht starrend, schritt er geradewegs auf ihn zu, ohne auch nur eine Sekunde zu glauben, der andere würde nicht beiseite treten.

Aber Rawdon Crawley sprang vor und packte ihn am Halstuch, bis Steyne fast erstickte und sich unter seinem Zugriff wand und krümmte. «Du lügst, du Hund!» rief Rawdon. «Du lügst, du Feigling und Schurke!» Und er schlug dem edlen Lord zweimal mit der flachen Hand ins Gesicht und schleuderte ihn blutend zu Boden. Es geschah so rasch, daß Rebecca nicht eingreifen konnte. Jetzt stand sie zitternd da. Sie bewunderte ihren Mann, der so stark und tapfer war und gesiegt hatte.

«Komm her!» sagte er. Sie kam sofort zu ihm.

«Nimm das Zeug ab!» Zitternd begann sie sich den Schmuck von den Armen und die Ringe von den fliegenden Fingern zu streifen. Sie hielt sie ihm alle hin und blickte bebend zu ihm auf. «Wirf sie hin!» sagte er, und sie ließ sie fallen. Er riß ihr die Diamantbrosche von der Brust und warf sie dem Lord an den Kopf. Sie zerschnitt ihm die Stirn. Steyne trug die Narbe bis zu seinem Tode.

«Komm nach oben!» sagte Rawdon zu seiner Frau. «Bring mich nicht um, Rawdon!» flehte sie. Er lachte wild auf. «Ich will mich nur überzeugen, ob das mit dem Geld ebenso erlogen ist wie das, was er über mich gesagt hat! Hat er dir was gegeben?»

«Nein», sagte Rebecca, «das heißt...»

«Gib deine Schlüssel her!» erwiderte Rawdon, und sie gingen beide aus dem Zimmer.

Rebecca gab ihm all ihre Schlüssel – bis auf einen, und sie hoffte, er würde nicht merken, daß einer fehlte. Der Schlüssel gehörte zu der kleinen Briefkassette, die Amelia ihr einst geschenkt hatte und die sie an einem geheimen Platz aufbewahrte. Aber Rawdon riß alle Schubfächer und Schränke auf, schleuderte den bunten Putz, den sie enthielten, hierhin und dorthin und fand zu guter Letzt die Briefkassette. Er zwang die Frau, sie aufzuschließen. Sie enthielt Papiere, Liebesbriefe, die schon viele Jahre alt waren – allerhand kleine Schmucksachen und Andenken, wie sie eine Frau aufbewahrt, und außerdem eine Brieftasche mit Banknoten. Einige davon waren schon zehn Jahre alt und eine war ganz neu: eine Tausendpfundnote, die Lord Steyne ihr gegeben hatte.

«Hat er sie dir gegeben?» fragte Rawdon.

«Ja», antwortete Rebecca.

«Ich schicke sie ihm heute zurück», sagte Rawdon; denn über dem Durchsuchen der Sachen waren mehrere Stunden verstrichen, und ein neuer Tag dämmerte herauf. «Ich werde auch der Briggs ihr Geld zurückgeben, denn sie war gut zu dem Jungen, und sonst noch ein paar Schulden bezahlen. Du mußt mir dann mitteilen, wohin ich dir den Rest schicken soll. Von dem allem hier hättest du mir wohl hundert Pfund geben können, Becky – ich habe immer alles mit dir geteilt.»

«Ich bin unschuldig», sagte Becky. Er verließ sie, ohne noch ein Wort zu ihr zu sagen.

*

Was mag sie gedacht haben, als er sie verließ? Sie blieb noch stundenlang dort, nachdem er gegangen war. Die Sonne flutete ins Zimmer, und Rebecca saß allein auf der Bettkante. Die Schubfächer standen alle offen, ihr Inhalt lag verstreut auf dem Boden, Kleider und Federn, Schals und Schmuck, ein unordentlicher Haufen eitlen Tands – in Trümmern. Das Haar fiel ihr lose über die Schultern, und am Ausschnitt, wo Rawdon den Brillantschmuck abgezerrt hatte, war ihr Kleid aufgerissen. Kurz nachdem er sie verlassen hatte, hörte sie ihn die Treppe hinuntergehen, dann schlug die Türe hinter ihm laut ins Schloß. Sie wußte, daß er nie mehr zurückkommen würde. Er war für immer von ihr gegangen. Würde er sich das Leben nehmen? dachte sie. Wohl erst nachdem er sich mit Lord Steyne duelliert hat. Sie überdachte ihr ganzes vergangenes Leben und all die düsteren Erlebnisse. Ach, wie trübselig erschien es ihr, wie elend und einsam und nutzlos! Sollte sie Opium nehmen und auch Schluß machen – alle Hoffnungen und Pläne, Schulden und Triumphe hinter sich lassen? Die französische Zofe fand sie in dieser Stellung: inmitten ihrer kläglichen Trümmer sitzend, mit gefalteten Händen und trockenen Augen. Das Mädchen war ihre Mitschuldige, sie wurde von Steyne bezahlt. «Mon Dieu, Madame, was ist geschehen?» rief sie.

Ja, was war eigentlich geschehen? War sie schuldig oder nicht? Sie verneinte es. Aber wer kann wissen, ob es Wahrheit war, was von ihren Lippen kam – und ob ihr verdorbenes Herz in diesem Falle rein war? All ihre Lügen und Pläne, ihre Selbstsucht und ihre Ränke, ihr Witz und ihre Begabung hatten Schiffbruch erlitten. Das Mädchen zog die Vorhänge zu und überredete ihre Herrin mit Bitten und scheinbarer Güte, sich aufs Bett zu legen.

Dann ging sie nach unten und sammelte alle Schmuckstücke ein, die auf dem Fußboden herumlagen, seit Rebecca sie auf Befehl ihres Mannes hingeworfen hatte und Lord Steyne fortgegangen war.

LIV

Der Sonntag nach der Schlacht

Tatsächlich hatte Rawdon seinen Abendanzug nun schon seit zwei Tagen auf dem Leibe, und die Stadtwohnung Sir Pitt Crawleys in der Great Gaunt Street begann sich bereits für den Sonntag herauszuputzen, als er an dem die Steinstufen scheuernden Mädchen vorbeihastete, das erschrocken aufblickte, und dann seines Bruders Studierzimmer betrat. Lady Jane war auf und saß im Morgenrock oben im Kinderzimmer, wo sie die Toilette der Kinder überwachte und sich die Gebete anhörte, die ihre Kleinen an ihren Knien aufsagten. Jeden Morgen erfüllte sie mit ihnen allein diese Pflicht, noch vor der allgemeinen Andacht, die Sir Pitt abhielt und zu der sich alle Mitglieder des Haushalts einzustellen hatten. Rawdon ließ sich im Studierzimmer am Schreibtisch seines Bruders nieder, auf dem die wohlgeordneten Parlamentsberichte und Briefe, säuberlich gestapelte Rechnungen und symmetrisch ausgerichtete Broschüren lagen, daneben die zugesperrten Hauptbücher, die Schreibmappen und Posttaschen, die Bibel, die *Quarterly Review* und der *Court Guide* – alles stand wie zur Parade da und als erwartete es die Besichtigung des Chefs.

Ein Buch mit Hausandachten, aus denen Sir Pitt seiner Familie jeden Sonntagmorgen eine Predigt zu verabreichen pflegte, lag auf dem Tisch bereit und wartete auf seine weise Auswahl. Und neben dem Predigtbuch lag seine Zeitung, der *Observer,* noch feucht und sauber gefaltet und nur zu Sir Pitts persönlichem Gebrauch. Einzig sein Diener nahm die Gelegenheit wahr, die Zeitung sorgsam durchzulesen, bevor er sie auf den Schreibtisch seines Herrn legte. Ehe er sie heute ins Studierzimmer brachte, hatte er einen überschwenglichen Bericht von den «Festlichkeiten im Gaunt House» gelesen, in dem die Namen aller vornehmen Persönlichkeiten aufgeführt waren, die Lord Steyne eingeladen hatte, um sie Seiner Königlichen Hoheit vorzustellen. Nachdem er während der ersten Tasse Tee mit Buttertoast im Zimmer der Haushälterin mit ihr und ihrer Nichte über die Veranstaltung gesprochen und sich gewundert hatte, wie die Rawdon Crawleys es überhaupt schafften, hatte der Kammerdiener das Blatt wieder aufgedämpft und zusammengefaltet, so daß es der Ankunft des Hausherrn ganz neu und unschuldig entgegensah.

Der arme Rawdon nahm die Zeitung auf und versuchte bis zur Ankunft seines Bruders darin zu lesen. Aber die Buchstaben verschwammen ihm vor den Augen, und er wußte überhaupt nicht, was er las. Die amtlichen Nachrichten und Ernennungen (die Sir Pitt seiner Stellung wegen verfolgen mußte, ansonsten hätte er nie und nimmer am Sonntag eine Zeitung in seinem Hause geduldet), die Theaterkritiken, das Preisboxen um hundert Pfund zwischen dem Barking Butcher und dem Tutbury Pet, selbst der Bericht über das Fest im Gaunt House, der eine höchst schmeichelhafte, aber trotzdem unverbindliche Schilderung der berühmten Scharaden brachte, deren Heldin Mrs. Becky war – all das zog wie in einem Nebel an Rawdon vorüber, während er dasaß und auf das Oberhaupt der Familie wartete.

Als die Stutzuhr aus schwarzem Marmor mit schrillem Klang neun Uhr zu schlagen begann, trat Sir Pitt auf auf den Plan: frisch, ordentlich, glattrasiert, mit sauberem wachsbleichem Gesicht, steifem Hemdkragen und schütterem, sorgfältig gekämmtem und pomadisiertem Haar kam er, mit dem Feilen seiner Nägel beschäftigt, majestätischen Schritts in gestärkter Krawatte und grauem Flanellmorgenrock die Treppe hinunter – mit einem Wort, ein echter altenglischer Gentleman, ein Vorbild an Sauberkeit und Schicklichkeit. Er schrak zurück, als er den armen Rawdon in zerdrückter Kleidung und mit blutunterlaufenen Augen und in die Stirn hängendem Haar in seinem Studierzimmer sitzen sah. Er glaubte, sein Bruder sei nicht nüchtern und habe die ganze Nacht bei einem Trinkgelage zugebracht. «Großer Gott, Rawdon», rief er entgeistert, «was führt dich so früh am Morgen schon her? Weshalb bist du nicht zu Hause?»

«Zu Hause!» entgegnete Rawdon und lachte wild auf. «Du brauchst nicht zu erschrecken, Pitt! Ich bin nicht betrunken. Mach bitte die Tür zu! Ich muß mit dir sprechen!»

Pitt schloß die Tür und trat an den Schreibtisch, wo er sich in den zweiten Sessel setzte (der für den Verwalter, den Agenten oder einen Besucher bereitstand, der etwa mit dem Baronet vertraulich über geschäftliche Transaktionen verhandeln wollte), und feilte noch nervöser als vorher an seinen Nägeln herum.

«Pitt, mit mir ist es aus», sagte der Oberst nach einer Pause. «Ich bin erledigt!»

«Ich habe immer gesagt, daß es noch dahin kommen würde», rief der Baronet ärgerlich und trommelte mit seinen sauber gefeilten Nägeln einen Marsch. «Ich habe dich tausendmal gewarnt! Ich kann dir nicht mehr helfen. Jeder Schilling meines Geldes ist fest angelegt. Selbst die hundert Pfund, die Jane dir gestern abend brachte, waren meinem Anwalt für morgen vormittag versprochen, und daß sie mir fehlen, wird mich in große Verlegenheit bringen. Ich will damit nicht sagen, daß ich dir nicht letzten Endes doch beistehen werde. Wenn ich aber deine Gläubiger voll auszahlen wollte, könnte ich mich ebensogut unterfangen, die Staatsschulden zu tilgen. An so etwas zu denken, ist Wahnsinn, der reinste Wahnsinn! Du

In Sir Pitts Studierzimmer

mußt zu einem Kompromiß kommen! Für die Familie ist es peinlich, aber schließlich macht es ja jeder so. Letzte Woche zum Beispiel stand George Kitely, Lord Raglands Sohn, vor Gericht und wurde, wie man, glaube ich, sagt, wieder weißgewaschen. Lord Ragland wollte keinen Schilling für ihn zahlen, und...»

«Ich will kein Geld», unterbrach ihn Rawdon. «Ich bin nicht meinetwegen zu dir gekommen. Einerlei, was aus mir wird...»

«Um was handelt es sich dann?» fragte Pitt etwas erleichtert.

«Es ist wegen des Jungen», erwiderte Rawdon mit heiserer Stimme. «Versprich mir bitte, daß du dich um ihn kümmerst, wenn ich nicht mehr da bin. Deine liebe Frau war immer gut zu ihm, und er hängt mehr an ihr als an seiner... verdammt! Denn sieh mal, Pitt, du weißt doch, daß ich Miss Crawleys Geld hätte erben sollen. Ich bin nicht so wie andere jüngere Söhne erzogen worden, sondern wurde noch darin bestärkt, Geld auszugeben und wie ein Müßiggänger zu leben. Wäre das nicht gewesen, hätte ich vielleicht ein ganz andrer Mensch werden können. Beim Regiment tat ich meinen Dienst gar nicht so schlecht. Du weißt, wie ich um das Geld gekommen bin und wer es dann erhielt.»

«Nach den Opfern, die ich dir gebracht habe, und nach dem Beistand, den ich dir geleistet habe, finde ich solche Vorwürfe überflüssig!» sagte Sir Pitt. «An deiner Heirat bist nur du schuld und nicht ich.»

«Das ist jetzt vorbei», erwiderte Rawdon. «Es ist vorbei!» Er brachte die Worte nur ächzend hervor, so daß sein Bruder erschrak.

«Großer Gott! Ist sie tot?» fragte Sir Pitt mit einer Stimme voll echter Bestürzung und Teilnahme.

«Ich wünschte, *ich* wäre tot!» entgegnete Rawdon. «Wenn der kleine Rawdon nicht da wäre, hätte ich mir heute früh die Kehle durchgeschnitten... und dem verdammten Schurken auch!»

Sir Pitt erriet sofort den Sachverhalt und ahnte, daß

Lord Steyne der Mann sei, den Rawdon töten wollte. Der Oberst erzählte seinem älteren Bruder kurz und in abgebrochenen Sätzen die näheren Umstände. «Es war ein abgekartetes Spiel zwischen ihr und dem Schurken», sagte er. «Sie hatten die Gerichtsbüttel auf mich gehetzt. Ich wurde verhaftet, nachdem ich sein Haus verlassen hatte. Als ich ihr schrieb und um das Geld bat, antwortete sie mir, sie liege krank zu Bett, und vertröstete mich auf den nächsten Tag. Aber als ich nach Hause kam, fand ich sie, wie sie diamantengeschmückt mit dem Schurken allein zusammensaß.» Dann beschrieb er hastig seinen Streit mit Lord Steyne. Es gäbe natürlich nur einen einzigen Weg, um einen solchen Vorfall zu bereinigen, sagte er. Nach der Unterredung mit seinem Bruder wolle er sofort hingehen und die notwendigen Vorkehrungen für den unvermeidlichen Zweikampf treffen. «Und da er für mich einen tödlichen Verlauf nehmen kann», sagte Rawdon mit gebrochener Stimme, «und da der Junge keine Mutter hat, muß ich ihn dir und Jane anvertrauen, Pitt – und es wäre mir ein Trost, wenn du mir versprechen könntest, gut zu ihm zu sein.»

Der ältere Bruder war sehr gerührt und schüttelte Rawdon mit einer Herzlichkeit die Hand, wie man sie nur selten an ihm wahrnahm. Rawdon strich mit der Hand über seine buschigen Brauen. «Danke, Bruder», sagte er. «Ich weiß, daß ich mich auf dein Wort verlassen kann.»

«Das kannst du, bei meiner Ehre», sagte der Baronet. Mit so wenigen Worten wurde die Sache zwischen ihnen abgemacht.

Dann holte Rawdon die kleine Brieftasche hervor, die er in Beckys Briefkassette entdeckt hatte und der er jetzt ein Päckchen Banknoten entnahm. «Hier sind sechshundert Pfund», sagte er. «Du hast wohl nicht gedacht, daß ich so reich bin? Ich möchte, daß du das Geld der armen Briggs gibst, die es uns geliehen hat und die so freundlich zu dem Jungen war: ich hab' mich immer geschämt, weil wir dem armen alten Wurm das Geld abgenommen hatten. Und hier ist noch etwas – ich habe nur ein paar Pfund zurückbehalten –, das kann Becky haben, damit sie für den Anfang was hat.» Während er sprach, griff er nach den andern Geldscheinen, um sie seinem Bruder zu geben, aber er war so bewegt, daß ihm die Hände zitterten und er die Brieftasche fallen ließ, wobei die Tausendpfundnote zum Vorschein kam – die letzte Beute der unglücklichen Becky.

Pitt bückte sich und hob sie auf – verblüfft über solche Reichtümer. «Die nicht», sagte Rawdon. «Ich hoffe, daß ich dem Mann, dem sie gehört, eine Kugel in den Leib jagen kann!» Im stillen hatte er gedacht, es wäre eine herrliche Rache, wenn er eine Kugel in die Banknote wickeln und Steyne damit erschießen könnte.

Nach beendetem Gespräch drückten sich die Brüder noch einmal die Hand und trennten sich. Lady Jane hatte erfahren, daß der Oberst da sei, und wartete im anstoßenden Eßzimmer auf ihren Mann, denn mit ihrem weiblichen Instinkt ahnte sie Schlimmes. Die Tür zum Eßzimmer war zufällig offengeblieben, und als die Brüder aus dem Studierzimmer traten, kam sie auf die beiden zu. Sie streckte Rawdon die Hand hin und sagte, sie freue sich, daß er zum Frühstück gekommen sei; eigentlich merkte sie aber an seinem hageren, unrasierten Gesicht und an ihres Mannes düsterem Ausdruck, daß ihnen der Sinn nicht sehr nach Frühstück stand. Rawdon entschuldigte sich und murmelte etwas von einer anderen Verabredung, wobei er die schüchtern dargebotene kleine Hand seiner Schwägerin krampfhaft drückte. Ihre flehenden Augen konnten in seinen Zügen nur Unheil lesen, doch ging er ohne ein weiteres Wort. Auch Sir Pitt ließ sich zu keiner Erklärung herbei. Als die Kinder hereinkamen, um ihm guten Morgen zu sagen, küßte er sie auf seine übliche kalte Art. Die Mutter zog beide dicht an sich heran und hielt ihre Händchen, als sie zur Andacht niederknieten, die Sir Pitt vorlas, während die Dienstboten in Sonntagsanzügen oder Livreen auf den Stühlen saßen, die hinter dem summenden Teekessel aufgereiht waren. Das Frühstück fand infolge der Ereignisse, die dazwischengekommen waren, so spät statt, daß die Kirchenglocken zu läuten begannen, als sie noch bei Tisch saßen. Lady Jane jedoch, deren Gedanken schon während der Andacht dauernd abgeschweift waren, erklärte, sie fühle sich nicht wohl genug, um in die Kirche zu gehen.

Rawdon Crawley hatte unterdessen die Great Gaunt Street in Eile verlassen und klopfte am Portal des Gaunt-Hauses gegen das große bronzene Medusenhaupt, was den Pförtner des Palastes, einen purpurnen Silen in rotsilbernem Tressenrock, herbeirief. Der Mann erschrak ebenfalls über das verwahrloste Äußere des Obersten und vertrat ihm den Weg, als fürchte er, der andere wolle sich den Zutritt erzwingen. Aber Oberst Crawley zog nur seine Karte hervor und schärfte ihm ein, sie Lord Steyne hineinbringen zu lassen, auf die angegebene Adresse hinzuweisen und zu bestellen, Oberst Crawley sei von ein Uhr an den ganzen Tag im Regent Club in der St. James's Street, jedoch nicht zu Hause. Der dicke rotbackige Mann sah ihm erstaunt nach, als er mit großen Schritten von dannen ging, ebenso die Leute im Sonntagsstaat, die so früh schon zugegen waren: die Waisenkinder mit ihren blankgescheuerten Gesichtern, der lässig an seiner Tür lehnende Gemüsehändler und der Kneipenwirt, der trotz des Sonnenscheins die Läden schloß, weil der Gottesdienst begann. Auch die Männer am Droschkenstand machten Witze über sein Aussehen, als er sich dort einen Wagen nahm und dem Kutscher sagte, ihn nach den Knightsbridge-Kasernen zu fahren.

Als er dort ankam, läuteten und dröhnten sämtliche Glocken. Hätte er aus dem Wagenfenster geblickt, so hätte er vielleicht seine alte Bekannte Amelia gesehen, die auf dem Wege von Brompton nach dem Russell Square war. Ganze Scharen von Schulkindern zogen in die Kirche. In den sauberen Straßen und oben auf den Omnibussen drängten sich die Menschen, die ihren Sonntagsvergnügungen nachgingen. Doch der Oberst war viel zu sehr mit sich selbst beschäftigt, um auf die Außenwelt zu achten, und nach der Ankunft in Knightsbridge eilte er sofort ins Zimmer seines alten Freundes und Kameraden Macmurdo hinauf, den er zu seiner Befriedigung auch antraf.

Hauptmann Macmurdo, ein altgedienter Offizier und Waterloo-Kämpfer und sehr beliebt in seinem Regiment, in dem er nur aus Mangel an Geld nicht einen der höchsten Dienstgrade innehatte, genoß den Vormittag geruhsam in seinem Bett. Der alte Mac hatte am vergangenen Abend eine lustige Gesellschaft mitgemacht, die der Hauptmann George Cinqbars in seinem Hause am Brompton Square mehreren jüngeren Offizieren vom Regiment und einer Anzahl Damen vom Ballettkorps gegeben hatte; nach der anstrengenden Nacht ruhte er, der mit Menschen jeden Alters und Ranges auf bestem Fuße stand und mit Generälen, Hundezüchtern, Ballettänzerinnen und Boxern, kurz, mit allen möglichen Leuten verkehrte, sich noch aus und lag im Bett, da er keinen Dienst hatte.

An allen Wänden seines Zimmers hingen Bilder mit Box-, Jagd- und Tanzszenen, die ihm von Kameraden geschenkt worden waren, als sie das Regiment verlassen und sich ins ruhige Eheleben zurückgezogen hatten. Und da er jetzt beinahe fünfzig war und vierundzwanzig Jahre in seinem Regiment verlebt hatte, besaß er eine einzigartige Bildergalerie. Er war einer der besten Schützen Englands und trotz seines Gewichts einer der besten Reiter; ja, als Crawley noch beim Militär war, waren sie Rivalen gewesen. Kurz und gut, Mr. Macmurdo, ein würdiger rauher Krieger mit einem kurzgeschorenen kleinen Graukopf, einer seidenen Nachtmütze, rotem Gesicht und roter Nase und einem fabelhaften gefärbten Schnurrbart lag im Bett und las in *Bell's Life* einen Bericht über den gleichen Preiskampf zwischen dem Tutbury Pet und dem Barking Butcher, den wir schon einmal erwähnten.

Als Rawdon dem Hauptmann sagte, er brauche einen Freund, wußte der andere ganz genau, was für ein Freundschaftsdienst da von ihm verlangt wurde, weil er schon Dutzende solcher Angelegenheiten mit größter Umsicht und Geschicklichkeit für seine Freunde erledigt hatte. Seine Königliche Hoheit, der verstorbene, allgemein betrauerte Oberbefehlshaber, hatte in dieser Hinsicht die größte Hochachtung für Macmurdo gehegt, und jeder, der sich in Schwierigkeiten befand, wandte sich an Macmurdo.

«Was ist denn los, Crawley, mein Junge?» fragte der alte Recke. «Doch wohl keine Spielgeschichte wie damals, als wir Hauptmann Marker umlegten?»

«Es ist wegen... wegen meiner Frau», antwortete Crawley, schlug die Augen nieder und wurde sehr rot.

Der andere stieß einen Pfiff aus. «Ich hab's ja immer gesagt, sie läßt dich noch mal im Stich», fing er an. Tatsächlich waren im Regiment und in den Klubs schon Wetten über das voraussichtliche Los des Obersten abgeschlossen worden, so gering schätzten seine Kameraden und die Welt den Charakter seiner Frau ein. Da Macmurdo aber den wilden Blick bemerkte, mit dem Rawdon diese Ansicht quittierte, hielt er es für gescheiter, sich nicht weiter darüber auszulassen.

«Ist denn kein andrer Ausweg, mein Alter?» fuhr der Hauptmann mit ernster Stimme fort. «Ist es nur ein Verdacht, meine ich, oder was ist's? Hast du Briefe gefunden? Kannst du es nicht vertuschen? Bei einer solchen Sache schlägt man am besten keinen Lärm, wenn man's vermeiden kann.» Insgeheim dachte der Hauptmann: daß er sie erst jetzt ertappt hat!, und unzählige Gespräche am Offizierstisch fielen ihm ein, bei denen Mrs. Crawleys Ruf verrissen worden war.

«Es gibt nur einen Ausweg, Mac», erwiderte Rawdon, «und nur einem von uns steht er offen – verstehst du? Sie hatten mich kaltgestellt – verhaftet –, und dann fand ich die beiden allein zusammen. Ich hab' ihm gesagt, er sei ein Lügner und ein Feigling, und hab' ihn k. o. geschlagen und verprügelt.»

«Geschieht ihm recht», sagte Macmurdo. «Wer war's?»

Rawdon erwiderte, es sei Lord Steyne.

«Oh, verdammt! Ein Marquis! Es hieß doch, daß er... oder vielmehr, daß du...»

«Was zum Teufel meinst du?» brüllte Rawdon los. «Hast du etwa je gehört, daß jemand die Tugend meiner Frau angezweifelt hat, und es mir dann nicht erzählt, Mac?»

«Die Welt ist sehr kritisch, mein Alter», erwiderte Macmurdo. «Was zum Teufel konnte es dir helfen, wenn ich dir erzählt hätte, was jeder Dummkopf tratscht?»

«Es war verdammt wenig freundschaftlich von dir, Mac», sagte Rawdon überwältigt. Er bedeckte das Gesicht mit beiden Händen und überließ sich einem Gefühlsausbruch, bei dessen Anblick dem abgehärteten alten Haudegen ihm gegenüber vor Mitleid ganz jämmerlich zumute wurde. «Kopf hoch, mein Alter!» sagte er. «Ob's ein vornehmer Mann ist oder nicht, wir wollen ihm eine Kugel in den Leib jagen, verdammich! Und was die Weiber betrifft – die sind alle so!»

«Aber wie sehr ich an der einen hing, das weißt du eben nicht», sagte Rawdon mit erstickter Stimme. «Verdammt, ich bin ihr wie ein Lakai nachgelaufen! Ich hab' ihr alles gegeben, was ich hatte. Ich bin heut ein Bettler, weil ich sie durchaus heiraten wollte. Weiß Gott, ich habe sogar meine Uhr versetzt, um ihr alle Wünsche zu erfüllen – und sie – sie hat die ganze Zeit in ihre eigene Tasche gewirtschaftet und mir nicht mal hundert Pfund gegönnt, um mich aus dem Gefängnis zu holen.» Er erzählte Macmurdo die einzelnen Umstände der ganzen Geschichte – aber wütend und zusammenhanglos und in einer Aufregung, wie sie sein Berater noch nie an ihm bemerkt hatte. Macmurdo hakte bei einzelnen Punkten ein.

«Sie könnte trotz allem unschuldig sein», sagte er. «Sie behauptet es! Steyne ist schon hundertmal mit ihr allein im Haus gewesen.»

«Es kann sein», antwortete Rawdon traurig, «aber das hier sieht nicht sehr nach Unschuld aus!» Und er zeigte dem Hauptmann die Tausendpfundnote, die er in Beckys Brieftasche gefunden hatte. «Die hier hat er ihr gegeben, Mac, und sie hat es mir verheimlicht. Und mit soviel Geld im Haus hat sie sich geweigert, mir zu helfen, als ich eingesperrt war.» Der Hauptmann mußte zugeben, daß die Sache durch das Verheimlichen des Geldes einen sehr häßlichen Beigeschmack erhielt.

Während ihrer Besprechung hatte Rawdon den Burschen des Hauptmanns mit einer Anweisung an den Diener in die Curzon Street geschickt, man solle ihm eine Reisetasche mit Kleidungsstücken zusammenpacken, die der Oberst dringend brauchte. Und während der Abwesenheit des Burschen verfaßten Rawdon und sein Sekundant mit vieler Mühe und mit Hilfe von Johnsons

Wörterbuch, das ihnen sehr zustatten kam, einen Brief, den Macmurdo an Lord Steyne schicken sollte: Hauptmann Macmurdo habe die Ehre, sich in Sachen des Oberst Crawley dem Marquis Steyne höflichst zu empfehlen, und er bäte, ihm mitteilen zu dürfen, daß er von Oberst Crawley ermächtigt worden sei, die nötigen Anordnungen für das Duell zu treffen, das zu verlangen Seine Lordschaft zweifellos beabsichtige und das durch die Vorkommnisse der vergangenen Nacht unvermeidlich geworden sei. Hauptmann Macmurdo bat Lord Steyne in den höflichsten Ausdrücken, einen Freund zu nennen, mit dem er, Hauptmann Macmurdo, sich in Verbindung setzen könne, und er sprach den Wunsch aus, das Duell möge so bald wie möglich stattfinden.

In einer Nachschrift erklärte der Hauptmann, daß er eine Banknote über einen hohen Betrag in seinem Besitz habe, und Oberst Crawley vermute wohl nicht ohne Grund, daß sie das Eigentum des Marquis von Steyne sei. Im Auftrag des Obersten würde er sich beeilen, die Banknote ihrem Eigentümer wieder zuzustellen.

Bis der Brief verfaßt war, war auch schon der Bursche von seinem Gang zu Oberst Crawleys Haus in der Curzon Street zurückgekehrt, jedoch ohne Reisetasche und Portemanteau, die er hätte holen sollen, aber statt dessen mit einer sehr verlegenen und seltsamen Miene.

«Sie wollten nichts rausgeben», sagte der Mann. «'s ist ein toller Krakeel in dem Haus, und alles geht drunter und drüber. Der Hauswirt ist da und hat alles beschlagnahmt, und die Diener haben oben im Salon gesessen und gesoffen. Sie haben gesagt – sie haben gesagt, daß Sie mit dem Silber fort sind, Herr Oberst.» Nach einer Pause fuhr er fort: «Eins von den Dienstmädchen ist schon weg, und der eine, der so schrie und ganz betrunken war, hat gesagt, nichts darf aus dem Haus, bis sein Lohn ganz und gar ausgezahlt ist.»

Der Bericht von der kleinen Revolution in Mayfair überraschte die beiden Offiziere und verlieh der sonst sehr trübseligen Unterhaltung eine etwas fröhliche Note. Sie lachten beide über Rawdons Schlappe.

«Ich bin nur froh, daß der Kleine nicht zu Hause ist», sagte Rawdon nägelkauend. «Du erinnerst dich sicher noch an ihn, Mac – von der Reitschule her? Wie er sich auf dem auskeilenden Gaul hielt, was?»

«Ja, wahrhaftig, mein Alter», sagte der gutmütige Hauptmann.

Der kleine Rawdon saß um die gleiche Stunde unter fünfzig andern schwarzberockten Jungen in der Kapelle der White-Friars-Schule. Er dachte nicht an die Predigt, sondern daran, daß er am nächsten Samstag nach Haus gehen dürfe, wo er von seinem Vater bestimmt Geld bekommen und vielleicht mit ihm ins Theater gehen würde.

«Ja, der Junge ist ein Staatskerl», fuhr der Vater fort, der noch immer an seinen Sohn dachte. «Hör mal, Mac, wenn es schlimm ausgehen sollte – wenn ich falle – dann wär's mir lieb, wenn du – wenn du zu ihm gehen könntest, verstehst du? Sag ihm dann, ich hätt' ihn sehr lieb gehabt – oder so was ähnliches. Und, zum Kuckuck, alter Junge, gib ihm die goldenen Manschettenknöpfe hier – 's ist alles, was ich noch habe!» Er bedeckte das Gesicht mit seinen ungewaschenen Händen, über die nun die Tränen niederrannen und helle Spuren zurückließen. Mr. Macmurdo fühlte sich ebenfalls gedrängt, die seidene Nachtmütze abzuziehen und sich damit über die Augen zu fahren.

«Geh nach unten und bestell Frühstück!» rief er dann mit lauter, munterer Stimme dem Burschen zu. «Was möchtest du essen, Crawley? Ich schlage vor: Paprikanierchen und einen Hering! Und, Clay, leg für den Herrn Oberst einen Anzug zurecht! Wir hatten immer ziemlich die gleiche Figur, Rawdon, alter Junge, und so leichte Reiter wie damals beim Eintritt ins Korps sind wir beide nicht mehr.» Damit der Oberst sich umziehen konnte, drehte Macmurdo sich zur Wand und setzte die Lektüre in *Bell's Life* so lange fort, bis sein Freund die Morgentoilette beendet hatte und er mit seiner eigenen anfangen konnte.

Er verwendete besondere Sorgfalt darauf, da er heute wahrscheinlich einem Lord gegenübertreten würde. Er wichste seinen Schnurrbart auf Hochglanz und legte eine steife Krawatte und eine knappe Wildlederweste an, so daß alle jungen Offiziere im Kasino, wohin Crawley seinem Freund schon vorausgegangen war, Mac beim Frühstück mit Komplimenten wegen seiner Aufmachung überschütteten und ihn fragten, ob er am heutigen Sonntag Hochzeit hätte.

LV

Fortsetzung des gleichen Themas

BECKY erholte sich erst von der lähmenden Verwirrung, in die das Geschehen der letzten Nacht ihren sonst so unerschrockenen Geist gestürzt hatte, als die Kirchglocken in der Curzon Street zum Nachmittagsgottesdienst riefen. Da erhob sie sich und läutete, um das französische Zimmermädchen herbeizurufen, das vor ein paar Stunden bei ihr im Zimmer gewesen war.

Mrs. Rawdon Crawley läutete oft, aber vergeblich, und obwohl sie zuletzt mit solchem Ungestüm läutete, daß die Klingelschnur riß, erschien Mademoiselle Fifine doch nicht – sogar dann nicht, als ihre Herrin sehr aufgebracht mit offenen Haaren und dem Klingelzug in der Hand auf den oberen Flur hinaustrat und wiederholt nach ihrer Bedienung rief.

Mademoiselle Fifine hatte das Haus nämlich schon verlassen und sich sozusagen «französisch» verabschiedet. Nachdem sie im Salon die Schmucksachen aufgesammelt hatte und in ihr eigenes Zimmer hinaufgestiegen war, hatte sie ihre Koffer gepackt und verschnürt, war nach unten getrippelt, um eine Droschke zu rufen, und hatte die Koffer eigenhändig hinuntergetragen, ohne einen von den andern Dienstboten um Hilfe zu bitten, die sie von Herzen haßten und es wahrscheinlich doch nur abgelehnt hätten; ohne jemandem adieu zu sagen, hatte sie die Curzon Street für immer verlassen.

Ihrer Ansicht nach war das Spiel in dem kleinen Haushalt ausgespielt. Fifine fuhr in einer Mietkutsche fort, wie das bekanntlich auch vornehmere Leute ihrer Nation unter ähnlichen Umständen getan haben, doch war sie vorsichtiger oder glücklicher und stellte nicht nur ihre eigenen Besitztümer sicher, sondern auch einige ihrer Herrin (falls man bei der Lady überhaupt von eigenem Besitz sprechen kann). Sie nahm nicht nur die bereits erwähnten Juwelen und einige Lieblingskleider mit, auf die sie schon lange ein Auge geworfen hatte, sondern auch vier schwervergoldete Louis-Quatorze-Leuchter hatten mit Mademoiselle Fifine zusammen die Wohnung verlassen, außerdem sechs vergoldete Alben, Andenken und Prachtausgaben von Büchern, eine goldene Email-Schnupftabaksdose, die ehemals der Madame Dubarry gehört hatte, und ein entzückendes kleines Tintenfaß und eine Schreibunterlage aus Perlmutter, die Becky benutzt hatte, wenn sie ihre charmanten rosa Briefchen verfaßte, und alle silbernen Bestecke, mit denen der Tisch für das kleine *festin* gedeckt war, das Rawdon unterbrochen hatte. Das silberne Geschirr ließ Mademoiselle jedoch da, weil es zu viel Platz erforderte, und aus dem gleichen Grunde sah sie wahrscheinlich von den Schüreisen, dem Kaminspiegel und dem Rosenholzklavier ab.

Eine ihr sehr ähnliche Dame hat später ein Putzgeschäft in der Rue du Helder in Paris gehabt, wo sie viel Kundschaft hatte und sich der Gunst Lord Steynes erfreute. Diese Person sprach von England stets als von dem hinterhältigsten Land der Welt und erzählte ihren Lehrmädchen, daß sie von den Bewohnern der Insel *affreusement volé* worden sei. Zweifellos war es Mitleid mit ihrem Unglück, das den Marquis Steyne bewog, sich zu Madame de Saint-Amaranthe so überaus gütig zu verhalten. Möge es ihr so wohl ergehen, wie sie es verdient – in *unserm* Bezirk vom Jahrmarkt der Eitelkeit tritt sie nicht wieder auf.

Da Mrs. Crawley unten Stimmengewirr und Lärm hörte und über die Unverschämtheit der Diener empört war, die auf ihr Läuten nicht achteten, warf sie ihr Morgenkleid über und stieg hoheitsvoll in den Salon hinunter, aus dem der Lärm kam.

Dort saß die Köchin mit finsterem Gesicht auf dem wundervollen Chintzsofa neben Mrs. Raggles, der sie Maraschino eingoß. Der Page mit den Zuckerhutknöpfen, der sonst Beckys rosa Briefchen auszutragen und so behende auf ihre Equipage aufzuspringen pflegte, war jetzt damit beschäftigt, seine Finger in eine Schüssel mit Creme zu stecken. Der Diener sprach mit Raggles, der ein verstörtes und unglückliches Gesicht machte. Obwohl die Türe offenstand und Becky aus ein paar Meter Entfernung gut ein halbes dutzendmal gerufen hatte, wollte doch kein einziger von den Dienern auf ihren Ruf antworten. «Ach, noch ein Tröpfchen, Mrs. Raggles, warum denn nicht!» sagte die Köchin, als Becky in ihrem wallenden weißen Kaschmirgewand auf der Schwelle erschien.

«Simpson! Trotter!» rief die Hausherrin in größtem Zorn. «Was unterstehen Sie sich, hierzubleiben, wenn Sie mich rufen hören? Was unterstehen Sie sich, in meiner Gegenwart auf meinem Sofa sitzen zu bleiben? Wo ist meine Jungfer?» Im ersten Schreck zog der kleine Page die Finger aus dem Mund, die Köchin aber nahm ein Glas Maraschino, aus dem Mrs. Raggles getrunken hatte, und schlürfte es leer, wobei sie Becky über das vergoldete Gläschen hinweg anstarrte. Der Alkohol schien der greulichen Rebellin Mut zu machen.

«*Ihr* Sofa – haha!» rief die Frau Köchin. «Ich sitz' hier auf Mrs. Raggles' ihrem Sofa. Bleiben Sie ja sitzen, Mrs. Raggles! Ich sitz' hier auf Mr. und Mrs. Raggles' ihrem Sofa, und das haben sie mit ehrlichem Geld gekauft und ist ihnen teuer genug zu stehen gekommen. Aber ich glaub', wenn ich hier sitzen bleibe, bis ich meinen Lohn ausbezahlt kriege, muß ich schön lange sitzen, Mrs. Raggles, aber ich bleib' doch sitzen, haha!» Und damit schenkte sie sich noch ein Glas Likör ein und trank es mit noch ekelhafterer, höhnischer Miene leer.

«Trotter! Simpson! Werft das betrunkene Weibsbild raus!» kreischte Mrs. Crawley.

«Tu' ich nicht», sagte der Diener Trotter. «Machen Sie's doch selber! Zahlen Sie unsern Lohn, dann können Sie mich auch rauswerfen! Dann gehn wir im Nu!»

«Will mich denn hier jeder beleidigen?» schrie Becky wütend. «Wenn Oberst Crawley nach Hause kommt...»

Darüber brach die Dienerschaft in ein wieherndes Gelächter aus, in das allerdings Raggles, der immer noch ein schwer melancholisches Gesicht machte, nicht einstimmte. «Der kommt nicht wieder», erklärte Mr. Trotter. «Er wollte seine Sachen geschickt haben, aber ich hab' sie nicht ausgeliefert, obschon Mr. Raggles dafür war. Ich glaub', ein Oberst ist der ebensowenig wie ich! Er ist fort, und Sie gehn hinterher, scheint mir. Ihr beide seid nichts weiter als Schwindler. Kommen Sie mir bloß nicht frech! Das lasse ich mir nicht gefallen. Zahlen Sie unsern Lohn aus, sag' ich! Zahlen Sie unsern Lohn aus!» An Mr. Trotters erhitztem Gesicht und seiner lallenden Sprache erkannte man, daß auch er beim Alkohol Zuflucht gesucht hatte.

«Mr. Raggles», stieß Becky in leidenschaftlichem Ärger hervor, «Sie dulden hoffentlich nicht, daß ich von einem Betrunkenen beleidigt werde?» Der Page Simpson rief: «Halt endlich die Schnauze, Trotter!», denn ihm tat seine Herrin in ihrer peinlichen Lage leid, und es gelang ihm, den Diener von einem wütenden Protest gegen das Wort «Betrunkener» abzuhalten.

«O Ma'am», erwiderte Raggles, «ich hätt' nie geglaubt, daß ich so was erleben würde! Hab' die Familie Crawley seit meiner Geburt gekannt, und bei Miss Crawley bin ich dreißig Jahre lang Butler gewesen. Nie wär' ich auf den Gedanken gekommen, daß mich einer von der Familie ruiniert – jawohl, buchstäblich ruiniert!» rief der arme Mann mit Tränen in den Augen. «Wollen Sie jetzt zahlen? Vier Jahre haben Sie in meinem Haus gewohnt, und meine Sachen, mein Silber und meine Wäsche haben Sie auch benutzt. Für Milch und Butter sind Sie mir zweihundert Pfund schuldig, und immer sollten's ganz frische Eier für Ihre Omeletten sein und Sahne für Ihren Spaniel!»

«Aber was ihr eignes Fleisch und Blut bekommen hat, darum hat sie sich nicht gekümmert», unterbrach ihn die Köchin. «Der hätt' oft verhungern können, der Kleine, wenn ich ihm nicht was gegeben hätt'!»

«Und jetzt ist er 'n Armenschüler, hoho!» sagte Trotter und lachte betrunken. Der brave Raggles aber fuhr fort, mit weinerlichem Ton die ihm widerfahrene Unbill aufzuzählen. Alles, was er sagte, entsprach der Wahrheit. Becky und ihr Mann hatten ihn ruiniert. In der nächsten Woche wurden Wechsel fällig, und er hatte kein Geld mehr, sie zu bezahlen. Er würde für bankrott erklärt und aus seinem Geschäft und Haus gejagt werden, weil er der Familie Crawley getraut hatte. Seine Tränen und Klagen erbosten Becky nur noch mehr.

«Ihr seid anscheinend alle gegen mich», sagte sie bitter. «Was wollt ihr eigentlich? Kann ich euch etwa am Sonntag auszahlen? Kommt morgen wieder, dann zahl' ich euch alles. Ich dachte, Oberst Crawley hätte alles in Ordnung gebracht. Dann macht er's eben morgen. Ich gebe euch mein Wort, daß er heute früh mit fünfzehnhundert Pfund in der Brieftasche aus dem Haus gegangen ist. Er hat mir nichts dagelassen. Ihr müßt euch an ihn halten. Bringt mir meine Haube und meinen Schal, dann geh' ich ihn suchen. Wir hatten heut früh Streit miteinander, das scheint ihr ja zu wissen. Ich verspreche es euch, daß ihr alle euren Lohn erhalten sollt. Er hat einen guten Posten bekommen. Laßt mich nur gehn und ihn suchen!»

Auf ihre kühne Rede hin blickten sich Raggles und die andern Anwesenden furchtbar betreten an, und Rebecca verließ sie. Sie ging nach oben und kleidete sich diesmal ohne Hilfe ihrer französischen Zofe an. In Rawdons Zimmer sah sie, daß ein Koffer und eine Reisetasche fertig gepackt und zum Abholen bereitstanden, und auf dem danebenliegenden, mit Bleistift beschriebenen Zettel las sie, daß die Sachen ausgehändigt werden sollten, wenn sie verlangt würden. Danach stieg sie ins Mansardenzimmer der Französin hinauf: es war ganz kahl, und sämtliche Schubfächer waren leer. Die Juwelen fielen ihr ein, die sie auf dem Fußboden hatte liegen lassen, und nun kam sie zu der Überzeugung, daß die Person geflohen sei. «Lieber Himmel, hat ein Mensch schon je solch Pech gehabt wie ich?» rief sie. «So nah am Ziel – und dann alles verlieren zu müssen! Ist es wirklich zu spät? Nein, ein Ausweg bleibt noch!»

Sie kleidete sich an und ging unbelästigt, aber allein aus dem Haus. Sie hastete durch die Straßen, ohne stehenzubleiben (Geld für eine Droschke hatte sie nicht), bis sie in der Great Gaunt Street vor Sir Pitt Crawleys Haustür stand. Wo war Lady Jane? Sie war in der Kirche. Becky bedauerte es nicht weiter. Sir Pitt saß in seinem Studierzimmer und hatte Anweisungen gegeben, man dürfe ihn nicht stören. Sie mußte ihn sehen. Sie schlüpfte im Nu an dem Wachtposten in Livree vorbei und glitt in Sir Pitts Zimmer, noch ehe der erstaunte Baronet die Zeitung hingelegt hatte.

Er wurde rot und fuhr mit erschrockenem, entsetztem Blick vor ihr zurück.

«Sehen Sie mich nicht so an!» sagte sie. «Ich bin unschuldig, Pitt, lieber Pitt: Sie waren doch sonst mein Freund! Bei Gott, ich bin nicht schuldig. Es scheint nur so. Alles spricht gegen mich. Und ach, in einem solchen Augenblick! Gerade als alle meine Hoffnungen sich verwirklichen sollten, gerade als uns das Glück endlich hold war!»

«Es ist also wahr, was hier in der Zeitung steht?» fragte Sir Pitt und zeigte auf eine Nachricht, die ihn sehr überrascht hatte.

«Es ist wahr. Lord Steyne hatte es mir am Freitagabend erzählt, in der verhängnisvollen Nacht, als das Fest stattfand. Während der letzten sechs Monate hatte man ihm wiederholt einen Posten für Rawdon versprochen. Gestern hat ihm Mr. Martyr, der Kolonialminister, mitgeteilt, das Dekret sei ausgefertigt. Dann kam die unglückliche Verhaftung und die schreckliche Begegnung. Ich habe nichts weiter getan, als daß ich mich zu sehr für Rawdon eingesetzt habe. Ich habe Lord Steyne schon hundertmal allein im Haus empfangen. Daß ich Geld hatte, von dem Rawdon nichts wußte, gebe ich zu. Sie wissen doch, wie leichtsinnig er damit umgeht – konnte ich da wagen, es ihm anzuvertrauen?» Und so fuhr sie fort, ihrem verdutzten Schwager eine vollkommen logische Schilderung vorzusetzen.

Es lief etwa auf Folgendes hinaus: Becky gab mit völliger Offenheit, aber tiefer Zerknirschung zu, daß sie Lord Steynes Neigung für sie wohl bemerkt habe (hierüber errötete Sir Pitt heftig). Da sie ihrer Tugend sicher sei, habe sie beschlossen, die Zuneigung des vornehmen Edelmannes für sich und ihre Familie auszunützen. «Ich wollte Ihnen die Pairswürde verschaffen, Pitt», sagte sie (wieder wurde ihr Schwager rot). «Wir haben darüber gesprochen. Ihre Begabung und Lord Steynes Einfluß ließen es mehr als sicher erscheinen – bis der furchtbare Zusammenstoß unsern Hoffnungen ein Ende setzte! Doch zuerst, das gestehe ich, wollte ich meinem lieben Mann helfen und ihn aus der Armut und dem ständig drohenden Ruin erretten – denn ich liebe ihn trotz seiner Mißhandlungen und seines Argwohns gegen mich. Ich bemerkte Lord Steynes Zuneigung zu mir», sagte sie und schlug die Augen nieder. «Ich gebe zu, daß ich alles tat, was in meinen Kräften lag, um mich bei ihm beliebt zu machen und seine... seine Wertschätzung zu gewinnen – soweit es eine anständige Frau darf. Am Freitagmorgen traf die Nachricht vom Tod des Gouverneurs der Insel Coventry ein, und schon sicherte Milord den Posten für meinen lieben Mann. Es war als Überraschung für ihn gedacht: er sollte es heute in der Zeitung lesen. Sogar nach der greulichen Verhaftung (deren Unkosten Lord Steyne großzügigerweise zu ordnen versprach, so daß ich gewissermaßen daran verhindert wurde, meinem Mann sofort Beistand zu leisten) lachte Milord mit mir darüber und sagte scherzend, mein teurer Rawdon würde sich trösten, wenn er in der ekelhaften Gerichtsbüttelwohnung aus der Zeitung von seiner Ernennung erführe. Und dann – kam er nach Hause. Sein Mißtrauen war geweckt worden – ein furchtbarer Auftritt zwischen Milord und meinem lieben, grausamen Rawdon fand statt – und nun – o mein Gott, was wird nun noch alles geschehen? Pitt, lieber Pitt, haben Sie Mitleid mit mir und versöhnen Sie uns wieder!» Und damit warf sie sich vor Pitt auf die Knie, brach in Tränen aus, haschte nach seiner Hand und küßte sie inbrünstig.

Das war die Stellung, in der Lady Jane den Baronet und seine Schwägerin vorfand, als sie, aus der Kirche heimkehrend, sofort in ihres Mannes Zimmer eilte, weil sie gehört hatte, Mrs. Rawdon Crawley sei dort mit ihm zusammen.

«Ich bin überrascht, daß die Frau so dreist ist, unser Haus zu betreten», sagte Lady Jane, die ganz bleich wurde und am ganzen Leibe zitterte. (Gleich nach dem Frühstück hatte die Lady ihre Jungfer zu Raggles und Rawdon Crawleys Dienern geschickt, die ihr alles über das Vorgefallene erzählten, ja mehr, als sie wußten, und obendrein noch viele andere Geschichten.) «Wie kann Mrs. Crawley es wagen, das Haus einer – anständigen Familie zu betreten?»

Sir Pitt fuhr zurück, so verblüfft war er, daß seine Frau soviel Willensstärke bewies. Becky hatte ihre kniende Stellung beibehalten und klammerte sich noch immer an Sir Pitts Hand.

«Sagen Sie ihr, daß sie nicht alles weiß! Sagen Sie ihr, daß ich unschuldig bin, lieber Pitt!» wimmerte sie.

«Tatsächlich, liebes Kind, ich glaube, du tust Mrs. Crawley unrecht», sagte Sir Pitt, worüber Becky sehr erleichtert aufatmete. «Ich halte sie wirklich für...»

«Für was?» rief Lady Jane aus. Ihre helle Stimme überschlug sich, und das Herz pochte ihr heftig, als sie weitersprach. «Für eine schlechte Frau, eine herzlose Mutter, eine treulose Gattin? Sie hat ihren reizenden kleinen Jungen nie liebgehabt – immer flüchtete er sich zu mir und erzählte mir, wie grausam sie zu ihm gewesen war. Nie ist sie in eine Familie gekommen, ohne Unheil anzustiften und durch ihre falschen Schmeicheleien und Lügen die heiligsten Gefühle zu untergraben. Sie hat ihren Mann betrogen, wie sie alle Welt betrogen hat. In ihrer schwarzen Seele ist nichts als Eitelkeit und Oberflächlichkeit und

verbrecherisches Ränkespiel. Ich zittere davor, sie zu berühren. Ich halte meine Kinder von ihr fern. Ich...»

«Jane!» rief Sir Pitt und sprang auf. «Das ist wirklich eine Sprache...»

«Ich bin dir eine aufrichtige und treue Ehefrau gewesen, Pitt», fuhr Lady Jane unerschrocken fort. «Ich habe mein Ehegelübde, das ich vor Gott ablegte, gehalten und bin gehorsam und sanft gewesen, wie es sich für eine Ehefrau gehört. Aber jede Pflicht hat ihre Grenzen, und ich erkläre dir, daß ich die – die Frau da nicht noch einmal in meinem Hause sehen will. Wenn sie wiederkommen sollte, ziehe ich mit den Kindern aus. Sie ist es nicht wert, mit Christenmenschen an einem Tisch zu sitzen. Du mußt jetzt wählen, Pitt – zwischen ihr und mir!» Und damit rauschte Milady ganz erschrocken über ihre eigene Kühnheit aus dem Zimmer, während Rebecca und Sir Pitt ziemlich erstaunt zurückblieben.

Becky war übrigens nicht gekränkt – nein, sie war eher erfreut. «Das war wegen der Brillantspange, die Sie mir geschenkt haben», sagte sie zu Sir Pitt und hielt ihm die Hand hin. Und ehe sie ihn verließ (worauf Lady Jane selbstverständlich am Fenster ihres Ankleidezimmers im oberen Stock wartete), hatte der Baronet Rebecca bereits versprochen, seinen Bruder aufzusuchen und eine Aussöhnung anzustreben.

*

Im Kasino fand Rawdon ein paar von den jüngeren Offizieren des Regiments am Frühstückstisch vor, und ohne viel Mühe liess er sich überreden, an der Mahlzeit teilzunehmen und sich an gebratenen Geflügelstücken und Mineralwasser zu laben. Danach unterhielten sie sich, wie es dem Tag und ihrem Alter angemessen war: über das nächste Taubenschießen in Battersea, wobei teils auf Ross und teils auf Osbaldiston gewettet wurde; über Mademoiselle Ariane von der Französischen Oper, deren Freund sie im Stich gelassen hatte, und daß sie sich nun von Panther Carr trösten ließ; und über den Preiskampf zwischen dem Butcher und dem Pet und über die Wahrscheinlichkeit, daß es dabei betrügerisch zugegangen sei. Der junge Tandyman, ein Held von siebzehn Jahren, der krampfhaft bemüht war, sich einen Schnurrbart zu züchten, hatte dem Preiskampf zugeschaut und sprach jetzt sehr sachverständig über den Verlauf und über den Zustand der beiden Boxer. Er hatte den Butcher selbst in seinem Wagen zum Ring gefahren und den ganzen vorausgegangenen Abend mit ihm verbracht. Er hätte gewinnen müssen, wenn nicht eine Gaunerei dabei im Spiel gewesen wäre. All die alten Schlaufüchse hätten die Finger drin gehabt. Tandyman würde nicht zahlen, nein, verdammich, er würde nicht zahlen! – Es war nur ein Jahr her, daß der junge Fähnrich, der jetzt in Cribbs Kneipe den Sachverständigen mimte, eine noch nicht überwundene Vorliebe für Zuckerwerk hatte und in Eton manchmal die Rute bekam.

So unterhielten sie sich weiter über Tänzerinnen, Boxkämpfe, Trinkgelage und Halbweltdamen, bis Macmurdo nach unten kam, sich zu den jungen Leuten setzte und sich ins Gespräch mischte. Der alte Knabe schien nicht der Ansicht, daß er auf ihr jugendliches Alter Rücksicht nehmen müsse, sondern er steuerte Geschichten bei, die bestimmt ebenso saftig waren wie die, welche die jungen Lebemänner zu erzählen hatten, und er ließ sich weder durch seine eigenen grauen Haare noch durch ihre Milchbärte davon abhalten. Der alte Mac war für seine guten Geschichten berühmt. Er war für Damengesellschaften nicht gerade geeignet, das heißt, seine Freunde luden ihn lieber ins Haus ihrer Maitressen als ihrer Mütter ein. Ein bescheideneres Leben als das seine kann man sich kaum denken, aber er war ganz zufrieden damit, wie es war, und lebte stets überaus gutmütig und einfach und bescheiden weiter.

Bis Mac sein reichhaltiges Mahl beendet hatte, waren auch fast alle andern mit dem Frühstück fertig. Der junge Lord Varinas rauchte eine riesige Meerschaumpfeife, während Hauptmann Hugues mit einer Zigarre beschäftigt war. Der hitzige kleine Teufelskerl Tandyman hatte seinen Bullterrier zwischen die Beine geklemmt und spielte mit Hauptmann Deuceace aus Leibeskräften (irgendein Spielchen mußte er immer vorhaben) mit Schillingen «Kopf oder Schrift»; und Mac und Rawdon gingen in den Klub, natürlich ohne die leiseste Andeutung zu machen, was für eine Sache sie jetzt beschäftigte. Doch an der Unterhaltung hatten sich beide ziemlich lebhaft beteiligt – denn warum hätten sie die andern auch aus dem Gleichgewicht bringen sollen? Essen und Trinken, Zotenreißen und Lachen vertragen sich auf dem Jahrmarkt der Eitelkeit mit mancherlei andern Beschäftigungen. Als Rawdon und sein Freund die St. James's Street entlanggingen und ihren Klub betraten, strömten die Menschen aus den Kirchen.

Die alten Stutzer und Habitués, die meistens gaffend und grinsend am großen Vorderfenster des Klubs stehen, hatten ihren Posten noch nicht bezogen. Das Lesezimmer war fast leer. Ein Herr war da, den Rawdon nicht kannte, und ein andrer, dem er noch eine kleine Summe von der letzten Whistpartie schuldete und dem er daher nicht in die Arme laufen wollte. Ein dritter saß am Tisch, las die Sonntagsnummer des *Royalist* (eine wegen ihrer Skandalgeschichten und ihrer Anhänglichkeit an Kirche und König berühmte Zeitung) und blickte mit einigem Interesse auf, indem er zu Crawley sagte: «Ich gratuliere, Crawley!»

«Wieso?» fragte der Oberst.

«Es steht im *Observer* und auch im *Royalist*», antwortete Mr. Smith.

«Was denn?» rief Rawdon und wurde sehr rot. Er glaubte, die Sache zwischen ihm und Lord Steyne stehe bereits in der Presse. Smith blickte lächelnd auf und wunderte sich, daß der Oberst sich so aufgeregt zeigte, während er die Zeitung aufhob und zitternd zu lesen begann.

Mr. Smith und Mr. Brown (der Herr, bei dem Rawdon die Whistschulden hatte) hatten sich über den Oberst unterhalten, ehe er ins Zimmer trat.

«Es ist gerade noch in der letzten Minute eingetroffen», hatte Smith gesagt. «Ich glaube, Crawdon besaß keinen einzigen Schilling mehr.»

«'s ist ein Wind, der jedem etwas Gutes bringt», sagte Mr. Brown. «Er kann nicht abreisen, ohne mir das Geld zu zahlen, das er mir noch schuldig ist.»

«Wie hoch mag das Gehalt sein?» fragte Smith.

«Zwei- oder dreitausend», sagte der andre. «Aber das Klima ist so höllisch ungesund, daß keiner sein Gehalt lange genießt. Liverseege ist nach anderthalb Jahren gestorben, und sein Vorgänger ist, wie ich hörte, sogar schon nach sechs Wochen abgekratzt.»

«Manche Leute sagen, sein Bruder sei ein sehr kluger Mann. Aber ich hab' immer gefunden, daß er ein verdammt langweiliger Mensch ist», rief Smith aus. «Und doch muß er gute Beziehungen haben, denn er wird dem Oberst wohl die Stelle verschafft haben.»

«*Der?*» sagte Brown höhnisch. «Pah! Lord Steyne war's, der dafür gesorgt hat.»

«Wie meinen Sie das?»

«Ein tugendsam Weib ist ihres Mannes Krone», antwortete der andere rätselhaft und versenkte sich wieder in seine Zeitung.

Rawdon aber las jetzt im *Royalist* folgende erstaunliche Nachricht:

GOUVERNEURSPOSTEN AUF COVENTRY ISLAND

Seiner Majestät Schiff «Yellowjack» unter dem Kommandanten Jaunders hat Briefe und Zeitungen von Coventry Island mitgebracht. Seine Exzellenz Sir Thomas Liverseege ist dem in Swampton herrschenden Fieber zum Opfer gefallen. Sein Verlust wird von der blühenden Kolonie tief betrauert. Wie wir hören, wurde der Posten des Gouverneurs dem ausgezeichneten Waterloo-Kämpfer Oberst Rawdon Crawley, Ritter des Bath-Ordens, angeboten. Wir brauchen nicht nur Männer von anerkannter Tapferkeit, sondern auch mit verwaltungstechnischen Talenten, und wir sind überzeugt, daß der vom Kolonialministerium Erwählte, der die bedauerliche Vakanz ausfüllen soll, für den einzunehmenden Posten hervorragend geeignet ist.

«Coventry Island? Wo ist denn das? Wer hat dich denn der Regierung vorgeschlagen? Du mußt mich als deinen Sekretär mitnehmen, mein Alter», erklärte Hauptmann Macmurdo lachend. Während Crawley und sein Freund wegen der Bekanntmachung noch verwundert und verblüfft dasaßen, brachte der Klubdiener dem Oberst eine

Karte, auf der Mr. Wenhams Name eingraviert stand. Der Herr wünsche den Oberst zu sprechen.

Der Oberst und sein Sekundant gingen hinaus, um den Herrn zu begrüßen, von dem sie sehr richtig vermuteten, daß er ein Beauftragter Lord Steynes sei. «Guten Tag, Crawley! Freut mich, Sie zu sehen», sagte Mr. Wenham mit freundlichem Lächeln und schüttelte mit großer Herzlichkeit Crawleys Hand.

«Sie kommen vermutlich von...»

«Sehr richtig», sagte Mr. Wenham.

«Dann darf ich Ihnen meinen Freund, Hauptmann Macmurdo von der Grünen Leibgarde, vorstellen.»

«Freut mich sehr, Ihre Bekanntschaft zu machen, Herr Hauptmann!» sagte Mr. Wenham und bedachte den Sekundanten mit dem gleichen freundlichen Lächeln und Händedruck wie vorher den Duellanten. Mac streckte ihm aber nur einen Finger hin, der obendrein mit Lederhandschuh bewehrt war, und machte Mr. Wenham über seine steife Krawatte hinweg eine sehr kühle Verbeugung. Mac war vielleicht unzufrieden, weil er mit einem Zivilisten verhandeln sollte, und dachte wohl, Lord Steyne könnte ihm zumindest einen Oberst geschickt haben.

«Da Macmurdo mein Bevollmächtigter ist und meine Ansichten kennt», sagte Oberst Crawley, «ist es besser, wenn ich mich zurückziehe und sie beide allein lasse.»

«Gewiß», sagte Macmurdo.

«Keinesfalls, mein lieber Herr Oberst», sagte Mr. Wenham. «Die Unterredung, um die zu bitten ich die Ehre hatte, betrifft Sie persönlich, aber auch die Anwesenheit von Hauptmann Macmurdo ist mir natürlich sehr angenehm. Ich hoffe nämlich, Herr Hauptmann, daß unsre Unterredung zu den erfreulichsten Ergebnissen führen wird, und zwar zu ganz anderen als denen, die mein Freund Oberst Crawley zu erwarten scheint.»

«Hm!» sagte Hauptmann Macmurdo, und im stillen dachte er: zum Henker mit den Zivilisten, immer wollen sie alles wieder einrenken und bereden!

Mr. Wenham nahm sich einen Stuhl, der ihm nicht angeboten worden war, holte einen Zettel aus der Tasche und begann von neuem: «Sie haben wohl heute früh in den Zeitungen eine erfreuliche Bekanntmachung gelesen, Herr Oberst? Die Regierung gewinnt in Ihnen eine äußerst verdienstvolle Kraft und Sie – wenn Sie den Posten annehmen, wie ich wohl voraussetzen darf – eine ausgezeichnete Stellung. Dreitausend Pfund im Jahr, ein wunderbares Klima, einen prächtigen Gouverneurspalast, ein vollkommen unabhängiges Amt innerhalb der Kolonie und sichere Beförderung. Ich beglückwünsche Sie von ganzem Herzen. Vermutlich wissen Sie, meine Herren, wem unser Freund für die Protektion zu Dank verpflichtet ist?»

«Ich will mich hängen lassen, wenn ich's weiß!» rief der Hauptmann, während der Oberst über und über rot wurde.

«Einem der freigebigsten und gütigsten Männer von der Welt – wie er auch einer der vornehmsten ist: meinem bewundernswerten Freund, dem Marquis von Steyne.»

«Lieber will ich ihn in die Hölle schicken, ehe ich von ihm eine Stelle annehme», schalt Rawdon mürrisch.

«Sie zürnen meinem edlen Freund», fuhr Mr. Wenham gelassen fort, «aber im Namen der Vernunft und Gerechtigkeit frage ich Sie: warum eigentlich?»

«*Warum?*» rief Rawdon überrascht.

«Warum? Verdammt noch mal!» rief der Hauptmann und stieß mit dem Stock auf.

«Ja, verdammt noch mal», sagte Mr. Wenham mit dem liebenswürdigsten Lächeln. «Immerhin, betrachten Sie doch die Sache als Mann von Welt, als ehrlicher Mensch, und fragen Sie sich, ob Sie nicht vielleicht doch unrecht haben. Sie kommen von einer Reise nach Hause und entdecken – nun, was denn? Lord Steyne, der in ihrem Haus in der Curzon Street mit Mrs. Crawley zu Abend speist. Ist das etwas Merkwürdiges oder Niedagewesenes? Hat er nicht schon hundertmal das gleiche getan? Bei meiner Ehre und bei meinem Wort als Gentleman» (hier legte

Mr. Wenham mit parlamentarischer Gebärde die Hand auf seine Weste) «erkläre ich, daß ich Ihren Argwohn für unerhört und vollkommen unbegründet halte und daß Sie damit einen ehrenwerten Edelmann beleidigen, der seine Geneigtheit für Sie schon mit tausenderlei Wohltaten bewiesen hat – und überdies auch noch eine durchaus makellose, unschuldige Dame.»

«Wollen Sie damit etwa sagen, daß Crawley sich geirrt hat?» fragte Mr. Macmurdo.

«Ich glaube, daß Mrs. Crawley so unschuldig wie meine eigene Frau ist», sagte Mr. Wenham mit sehr viel Nachdruck. «Ich glaube, daß unser Freund hier, von teuflischer Eifersucht irregeleitet, einen Schlag nicht nur gegen einen schwachen alten Mann von hohem Rang, seinen Freund und Wohltäter, geführt hat, sondern auch gegen seine Frau, gegen seine eigene Ehre, gegen seines Sohnes zukünftigen Ruf und gegen seine eigenen Aussichten im Leben. Ich werde Ihnen erzählen, was geschehen ist!» fuhr Mr. Wenham sehr feierlich fort. «Heute morgen wurde ich zu Lord Steyne geholt und fand ihn in einem bedauernswerten Zustand vor, wie es (das brauche ich Herrn Oberst Crawley wohl kaum zu sagen) jeder alternde, kränkliche Mann nach einem Zweikampf mit einem Mann von Ihrer Körperkraft wäre. Und ich sage es Ihnen ins Gesicht, Oberst Crawley: Sie haben Ihre körperliche Überlegenheit brutal ausgenützt! Aber nicht nur körperlich wurde mein edler und bewundernswerter Freund verwundet, sondern auch sein Herz blutete. Ein Mann, den er mit Wohltaten überhäufte und den er mit seiner Zuneigung bedachte, hat ihn schmachvoll unwürdig behandelt. Was anders ist denn die Ernennung, die heute in den Zeitungen erscheint, als ein Beweis seiner Güte gegen Sie? Als ich den Lord heute morgen besuchte, fand ich ihn in einem wirklich bejammernswerten Zustand vor, und er war ebenso begierig wie Sie, die ihm widerfahrene Schmach blutig zu rächen. Daß er schon oft Proben seines Mutes abgelegt hat, wissen Sie vermutlich, Herr Oberst?»

«Er hat viel Courage», erwiderte der Oberst. «Niemand hat etwas anderes behauptet.»

«Zuerst befahl er mir, einen Brief mit einer Forderung zu schreiben und ihn Oberst Crawley zu überbringen. ‹Einer von uns beiden›, so sagte er, ‹darf den Schimpf der letzten Nacht nicht überleben!›»

Crawley nickte. «Jetzt kommen Sie zur Sache, Wenham», sagte er.

«Ich habe das Äußerste versucht, um Lord Steyne zu beruhigen. ‹Großer Gott, Sir›, habe ich gesagt, ‹wie sehr bedaure ich es jetzt, daß meine Frau und ich nicht Mrs. Crawleys Einladung annahmen, bei ihr zu speisen!›»

«Sie hat Sie eingeladen, bei ihr zu essen?» fragte Hauptmann Macmurdo.

«Ja, nach der Oper. Hier ist ihre Einladungskarte – halt – nein, das ist etwas anderes – ich dachte, ich hätte sie bei mir, aber es tut ja nichts zur Sache, und jedenfalls gebe ich Ihnen mein Wort, daß es sich so verhält. Wenn wir hingegangen wären – und nur die Kopfschmerzen meiner Frau haben uns abgehalten, sie leidet darunter, besonders im Frühling –, wenn wir hingegangen wären, dann hätte es bei Ihrer Rückkehr keinen Streit, keine Beleidigungen, keinen Verdacht gegeben. Im Grunde verhält es sich daher so, daß Sie wegen der Kopfschmerzen meiner Frau zwei Ehrenmänner in Lebensgefahr bringen und zwei der vortrefflichsten und ältesten Familien des Königreichs in Schande und Kummer stürzen.»

Mr. Macmurdo blickte seinen Freund mit furchtbar verblüffter Miene an, und Rawdon spürte mit einer Art Wut, wie seine Beute ihm entschlüpfte. Er glaubte kein Wort von der ganzen Geschichte – und doch, wie sollte er sie anfechten und das Gegenteil beweisen?

Mr. Wenham fuhr mit der gleichen flüssigen Beredsamkeit fort, die er im Parlament so oft hatte entfalten können: «Eine Stunde oder länger saß ich an Lord Steynes Bett und flehte ihn an, er solle von seiner Absicht lassen, ein Duell zu verlangen. Ich wies ihn darauf hin, daß die Umstände schließlich verdächtig gewesen seien – sie waren verdächtig! Ich gebe es zu: jeder Mann in Ihrer Lage hätte sich dadurch täuschen lassen. Ich sagte ihm, daß sich ein rasend Eifersüchtiger in jeder Beziehung wie ein Irrsinniger benehme und als solcher anzusehen sei – daß ein Duell zwischen Ihnen beiden nur Schande über alle Beteiligten bringen würde – daß heutzutage, wo dem Volk die widerwärtigsten revolutionären Grundsätze und die gefährlichsten Lehren von Gleichmacherei gepredigt würden, ein Mann von der hohen Stellung Seiner Lordschaft nicht das Recht habe, einen öffentlichen Skandal hervorzurufen – und daß, einerlei, wie unschuldig er wäre, das gewöhnliche Volk ihn doch für schuldig erklären würde. Mit einem Wort, ich bat ihn flehentlich, die Forderung nicht abzuschicken.»

«Ich glaube kein Wort von der ganzen Geschichte», erwiderte Rawdon zähneknirschend. «Ich halte es für eine verdammte Lüge, und Sie haben die Finger mit im Spiel, Mr. Wenham! Wenn die Forderung nicht von ihm kommt, dann soll sie weiß Gott von mir kommen.»

Als der Oberst ihn so heftig unterbrach, wurde Mr. Wenham totenblaß und schielte nach der Tür.

Er fand jedoch einen Fürsprecher in Hauptmann Macmurdo, der fluchend aufsprang und Rawdon wegen seiner Worte zurechtwies. «Du hast die Sache in meine Hände gelegt, und du sollst so handeln, wie es *mir* richtig scheint und nicht *dir,* zum Teufel! Du hast kein Recht, Mr. Wenham mit derartigen Reden zu beleidigen, und verdammt noch mal, Mr. Wenham, Sie verdienten eine Entschuldigung! Was deine Forderung an Lord Steyne betrifft, so kannst du dir jemand anders suchen, sie zu überbringen, ich tu's jedenfalls nicht. Wenn Milord, obwohl er die Prügel eingesteckt hat, sich lieber still verhalten will, dann laß ihn doch, verdammich! Und was die Sache mit – Mrs. Crawley angeht, so ist meiner Meinung nach überhaupt nichts bewiesen, und deine Frau ist so unschuldig, wie Mr. Wenham es von ihr behauptet, und jedenfalls wärst du ein verdammter Dummkopf, wenn du nicht den Posten annehmen und den Mund halten würdest!»

«Hauptmann Macmurdo, Sie sprechen wie ein Mann von Verstand», rief Mr. Wenham ungeheuer erleichtert. «Ich werde jedes Wort vergessen, das Oberst Crawley in der Erregtheit des Augenblicks geäußert hat.»

«Hab's mir gleich gedacht, daß Sie das tun würden!» rief Rawdon höhnisch.

«Halt den Mund, du alter Esel!» sagte der Hauptmann gutmütig. «Mr. Wenham ist gegen Duelle, und sehr mit Recht.»

«Ich finde», rief der Steynesche Beauftragte, «man sollte die ganze Sache begraben und in Vergessenheit geraten lassen. Es sollte kein Wort darüber an die Öffentlichkeit dringen. Ich spreche im Interesse meines Freundes wie auch Oberst Crawleys, der mich immer noch als seinen Feind betrachten will.»

«Lord Steyne wird vermutlich nicht viel darüber sprechen wollen», meinte Hauptmann Macmurdo, «und ich sehe keinen Grund, warum wir es tun sollten. Die Sache ist nicht sehr erfreulich, von welcher Seite man sie auch betrachten mag, und je weniger darüber gesagt wird, um so besser. *Sie* haben die Prügel bekommen und nicht wir, und wenn Sie sich zufriedengeben, könnten wir's ja wohl auch, finde ich.»

Daraufhin griff Mr. Wenham nach seinem Hut. Hauptmann Macmurdo begleitete Lord Steynes Beauftragten zur Tür hinaus und zog sie hinter sich ins Schloß, während Rawdon wutentbrannt im Zimmer blieb. Als die beiden draußen waren, blickte Macmurdo den andern scharf an, und sein rundes, fröhliches Gesicht trug einen Ausdruck, der alles andere als Hochachtung war.

«Über Kleinigkeiten setzen Sie sich großzügig hinweg, Mr. Wenham», sagte er.

«Sie schmeicheln mir, Herr Hauptmann», antwortete der andere lächelnd. «Doch auf Ehre und Gewissen, Mrs. Crawley hat uns tatsächlich gebeten, nach der Oper bei ihr zu speisen.»

«Natürlich – und Mrs. Wenham hatte wieder mal ihre Kopfschmerzen! Übrigens habe ich hier eine Tausendpfundnote, die ich Ihnen geben möchte, wenn Sie mir eine Quittung dafür ausstellen könnten. Ich werde die Banknote in einen an Lord Steyne gerichteten Briefumschlag stecken. Mein Duellant darf sich nicht mit ihm schlagen – aber sein Geld wollen wir auch nicht.»

«Es war alles ein Mißverständnis, alles ein Mißverständnis, mein lieber Herr», sagte der andere mit der unschuldigsten Miene von der Welt. Als Hauptmann Macmurdo ihn die Klubtreppe hinunterkomplimentierte, kam Sir Pitt Crawley die Stufen herauf. Zwischen den beiden Herren bestand eine flüchtige Bekanntschaft, und während der Hauptmann mit dem Baronet in das Zimmer zurückkehrte, in dem sich der Oberst aufhielt, erzählte er Sir Pitt im Vertrauen, daß die Sache zwischen Lord Steyne und dem Oberst gütlich beigelegt worden sei.

Sir Pitt freute sich natürlich sehr über die Nachricht, gratulierte seinem Bruder herzlich zu dem friedlichen Ausgang der Affäre und machte ein paar passende moralische Bemerkungen über die Unsitte, sich zu duellieren, und dass es eine unzulängliche Lösung sei, auf solche Art einen Streit zu schlichten.

Nach dieser Einleitung bot er seine ganze Beredsamkeit auf, um eine Aussöhnung zwischen Rawdon und seiner Frau herbeizuführen. Er wiederholte Beckys Erklärungen, wies darauf hin, daß sie höchstwahrscheinlich der Wahrheit entsprächen, und erklärte, daß er selber an ihre Unschuld glaube.

Doch Rawdon wollte nichts davon hören. «Zehn Jahre lang hat sie Geld vor mir verheimlicht», sagte er. «Noch gestern abend hat sie mir geschworen, sie habe nie Geld von Steyne erhalten. Sie wußte sofort, daß alles aus war, als ich's gefunden hatte. Wenn sie nicht schuldig ist, Pitt, dann ist sie doch ebenso schlecht, wie wenn sie schuldig wäre, und ich will sie nie wieder sehen, nie.» Der Kopf sank ihm auf die Brust, während er es sagte, und er sah völlig gebrochen und traurig aus.

«Der arme alte Junge», sagte Macmurdo und schüttelte den Kopf.

Eine Zeitlang widersetzte Rawdon sich dem Gedanken, den Posten anzunehmen, den ihm ein so verhaßter Gönner verschafft hatte. Er war sogar dafür, den Jungen aus der Schule zu nehmen, in die er dank Lord Steynes Einfluß aufgenommen worden war. Er ließ sich jedoch durch die Bitten seines Bruders und Macmurdos bewegen, die Wohltaten anzunehmen, vor allem aber, weil Macmurdo ihn darauf hinwies, wie wütend Steyne wohl sei, weil er seinem Feind zum Glück verholfen habe.

Als der Marquis von Steyne nach seinem Unfall wieder auszugehen begann, trat der Kolonialminister mit höflichen Verbeugungen auf ihn zu und sagte, wie glücklich er und das Ministerium sich zu schätzen wüßten, weil sie den Posten so vortrefflich besetzen konnten. Man kann sich denken, mit welcher überwältigenden Dankbarkeit Lord Steyne sich solche Komplimente anhörte!

Wie Wenham erklärt hatte, sollte über das geheimnisvolle *rencontre* zwischen Lord Steyne und Oberst Crawley von den Sekundanten und Duellanten Stillschweigen gewahrt werden. Doch noch ehe der Abend verstrichen war, redete man bereits an fünfzig Abendtafeln auf dem Jahrmarkt der Eitelkeit über die Affäre. Der kleine Cackleby nahm an sieben Abendgesellschaften teil und erzählte die Geschichte in jedem Haus mitsamt Erläuterungen und Berichtigungen. Wie Mrs. Washington White sich daran erlabte! Die Frau des Bischofs von Ealing war über die Maßen entsetzt, und der Bischof ging noch am gleichen Tage hin und trug seinen Namen in die Besucherliste des Gaunt-Hauses ein. Der kleine Southdown war niedergeschlagen, und bestimmt war es auch seine Schwester, Lady Jane. Lady Southdown berichtete darüber an ihre andere Tochter am Kap der Guten Hoffnung. Mindestens drei Tage lang war es Stadtgespräch, und nur durch die Bemühungen Mr. Waggs, der einen Wink von Mr. Wenham erhalten hatte, konnte es aus den Zeitungen gehalten werden.

Die Gerichtsdiener und Gläubiger stürzten sich auf den armen Raggles in der Curzon Street – und wo war unterdessen die letzte schöne Bewohnerin des kleinen Hauses

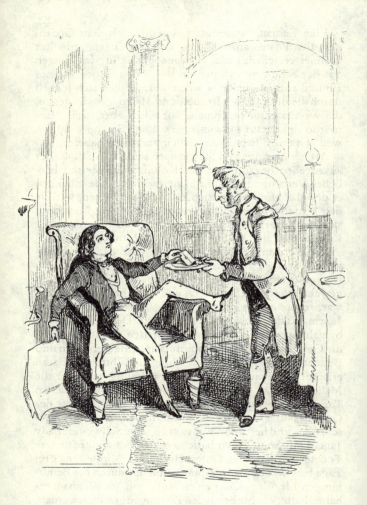

Georgy als Gentleman

geblieben? Wer kümmerte sich darum? Wer fragte nach ein oder zwei Tagen noch nach ihr? War sie schuldig oder nicht? Wir alle wissen, wie barmherzig die Welt ist und wie auf dem Jahrmarkt der Eitelkeit ein Urteil ausfällt, wenn Zweifel bestehen. Manche behaupteten, sie sei Lord Steyne nach Neapel gefolgt, während andere sagten, der Lord habe, sowie er von Beckys Ankunft hörte, Neapel verlassen und sei nach Palermo geflüchtet. Manche erzählten, sie lebe in Bierstadt und sei Hofdame der Königin von Bulgarien geworden, manche, daß sie in Boulogne sei, und einige, daß sie in einem Fremdenheim in Cheltenham lebe.

Rawdon setzte ihr eine leidliche Jahresrente aus, und sie war ja bestimmt eine Frau, die «aus wenig viel machen» kann, wie man so sagt. Er hätte vor der Abreise aus England gern seine Schulden bezahlt, wenn er mit einer Lebensversicherung hätte abschließen können, um auf Grund seines Gehalts Geld aufzunehmen, doch dafür war das Klima auf Coventry Island zu berüchtigt. Aber seinem Bruder ließ er die Zahlungen pünktlich zukommen, und an seinen kleinen Jungen schrieb er regelmäßig mit jeder Post. Er versorgte Macmurdo mit Zigarren, und Lady Jane schickte er Unmengen von Muscheln, Cayennepfeffer, scharfen Mixed Pickles, Guajava-Gelee und andere Erzeugnisse der Kolonie. Seinem Bruder sandte er die *Swamp Town Gazette,* die mit der größten Begeisterung den neuen Gouverneur pries, während der Redakteur des *Swamp Town Sentinel,* dessen Frau keine Einladungen in den Gouverneurspalast erhielt, Seine Exzellenz für einen Tyrannen erklärte, gegen den Nero ein aufgeklärter Menschenfreund gewesen sei. Der kleine Rawdon war froh, wenn er die Zeitungen auch bekam und über Seine Exzellenz lesen konnte.

Seine Mutter unternahm nie einen Versuch, das Kind wiederzusehen. An den Sonn- und Feiertagen ging Rawdy heim zu seiner Tante, und bald kannte er jedes Vogelnest in Queen's Crawley und ritt mit Sir Huddlestones Meute mit, die er bei seinem ersten, unvergeßlichen Besuch in Hampshire so sehr bewundert hatte.

LVI

Aus Georgy wird ein Gentleman gemacht

GEORGY Osborne war jetzt in seines Großvaters Haus am Russell Square ein für allemal untergebracht: er bewohnte seines Vaters Zimmer und war der rechtmäßige Erbe all der Pracht und Herrlichkeit. Sein gutes Aussehen, die selbstsichere Haltung und sein Auftreten, das schon dem eines kleinen Gentleman glich, hatten ihm das Herz seines Großvaters gewonnen. Mr. Osborne war auf ihn ebenso stolz wie ehemals auf den älteren George.

Das Kind wurde weit mehr verwöhnt und weit nachsichtiger als einst sein Vater behandelt. Osbornes Geschäft war in den letzten Jahren sehr aufgeblüht, und sein Vermögen sowie sein Ansehen in der City hatten beträchtlich zugenommen. Damals in den alten Tagen hatte er sich gefreut, daß er den älteren George auf eine gute Privatschule schicken konnte, und der Erwerb eines Offizierspatents bedeutete für ihn eine Quelle nicht geringen Stolzes. Doch für den kleinen Georgy und dessen Zukunft setzte sich der alte Herr viel höhere Ziele. Er wollte aus dem kleinen Burschen einen Gentleman machen, lautete Mr. Osbornes ständige Redensart, wenn er von dem kleinen Georgy sprach. Im Geist sah er ihn schon als Studierten, als Parlamentsmitglied, vielleicht gar als Baronet. Der alte Mann fand, er könne in Frieden sterben, wenn er seinem Enkel auf den besten Weg zu solchen Ehren verhelfen könne. Er wollte ihn nur von einem erstklassigen Akademiker unterrichten lassen – nicht von einem Scharlatan und Halbgelehrten, nein, nein! Noch vor ein paar Jahren pflegte er wütend über alle Pfarrer, Studierten und dergleichen zu schimpfen, sie seien eine Bande von Schwindlern und Scharlatanen, die sich ihren Lebensunterhalt nicht anders als durch das Einpauken von Latein und Griechisch verdienen könnten – eine Clique hochmütiger Laffen, die sich einbildeten, auf einen britischen Kaufmann und Gentleman herabsehen zu dürfen, der sich aber ein halbes Hundert von ihnen kaufen könne. Doch jetzt beklagte er es mit ernster Miene, daß seine eigene Erziehung vernachlässigt worden sei, und in geschwollenen Reden erklärte er dem kleinen Georgy oft die Notwendigkeit und den Wert klassischer Bildung.

Wenn sie sich beim Abendessen sahen, pflegte der Großvater den Jungen zu fragen, was er im Laufe des Tages gelesen habe, hörte sich interessiert den Bericht des Kleinen an und tat so, als ob er alles verstünde. Er machte mancherlei Schnitzer und verriet immer wieder seine Unwissenheit. Dadurch wurde die Achtung des Kindes vor dem alten Herrn nicht größer. Seine rasche Auffassungsgabe und der sonstige bessere Unterricht ließen den Knaben sehr bald entdecken, daß sein Großvater ein Dummkopf war, und deshalb begann er ihn zu beherrschen und auf ihn herabzublicken, denn seine frühere Erziehung, so einfach und bescheiden sie gewesen sein mochte, hatte einen viel besseren Gentleman aus Georgy gemacht, als es alle Pläne seines Großvaters konnten. Er war von einer liebevollen, schwachen und zärtlichen Mutter erzogen worden, die auf nichts andres stolz war als auf ihn und deren Herz so rein und deren Wesen so sanft und bescheiden war, daß sie nicht umhinkonnte, eine wahre Dame zu sein. Sie erging sich in sanften Dienstleistungen und stiller Pflichterfüllung, und wenn sie nie geistsprühende Bemerkungen machte, so kam ihr auch nie etwas Unfreundliches über die Lippen oder in den Sinn. Unschuldig und ungekünstelt, liebevoll und reinen Herzens – konnte unsre arme kleine Amelia überhaupt etwas anderes als eine wahre Dame sein?

Der junge Georgy hatte leichtes Spiel mit einem so sanften und nachgiebigen Geschöpf, und der Gegensatz zwischen einer so einfachen und feinen Natur und der ungehobelten Aufgeblasenheit des einfältigen Mannes, mit dem er danach in Berührung kam, bewirkte es, daß er auch über ihn den Herrn spielte. Wenn er ein Kronprinz gewesen wäre, hätte man ihn nicht besser dazu erziehen können, eine hohe Meinung von sich zu haben.

Während sich seine Mutter zu Hause wohl zu jeder Tagesstunde und auch viele Stunden ihrer einsamen, traurigen Nächte nach ihm sehnte und an ihn dachte, wurden dem jungen Herrn so viel Freuden und Tröstungen verabfolgt, daß es für ihn nicht schwer war, die Trennung zu ertragen. Kleine Jungen weinen, wenn sie wieder ins Schulheim zurückkehren müssen, weil es ein sehr unangenehmer Aufenthalt ist – und nur sehr wenige weinen aus echter Anhänglichkeit an ihre Eltern. Wenn du bedenkst, daß die Tränen deiner Kindertage beim Anblick eines Stückchens Pfefferkuchen versiegten und daß ein Rosinenkuchen dir den Schmerz beim Abschied von Mama und den Schwestern verscheuchte, dann, o mein Freund und Bruder, brauchst auch du nicht allzusehr auf deine eigenen feinen Gefühle zu pochen.

Der junge Master George Osborne hatte also jeden Luxus und jede Annehmlichkeit, die der reiche und freigebige alte Großvater ihm zudachte. Der Kutscher wurde beauftragt, das netteste Pony für ihn zu kaufen, das für Geld zu haben war, und auf dem Pony lernte George reiten, zunächst in einer Reitschule, und nachdem er zufriedenstellend ohne Bügel traben und über den Querbalken setzen konnte, wurde er durch die New Road zum Regent's Park und von dort zum Hyde Park geführt, wo er stolz einherritt, Martin, den Kutscher, hinter sich. Der alte Osborne, der sich jetzt nicht mehr so mit Geschäften in der City abmühte, sondern sie seinen jüngeren Teilhabern überließ, fuhr oft mit Miss Osborne in die gleiche vornehme Gegend. Wenn dann der kleine George mit Stutzermiene und gesenkten Hacken heransprengte, pflegte sein Großvater Georgys Tante mit dem Ellbogen anzustoßen und «Sieh mal, Jane!» zu sagen. Und er lachte, und sein Gesicht wurde vor Freude ganz rot, während er dem Jungen vom Wagenfenster aus zuwinkte und

der Reitknecht den Wagen und der Lakai seinen Master George grüßte. Und hier warf seine andere Tante, Mrs. Frederick Bullock, Blicke des giftigsten Hasses auf den kleinen Emporkömmling, wenn er, die Hand in die Seite gestemmt und den Hut schief auf dem Kopf, stolz wie ein Lord vorüberritt; denn Mrs. Bullocks Wagen mit den goldenen Bullen auf Zaumzeug und Wagenschlag und mit den drei bleichgesichtigen kleinen Bullocks, die federn- und kokardengeschmückt aus den Fenstern starrten, war ebenfalls täglich auf dem Korso zu sehen.

Obwohl er noch keine elf Jahre alt war, trug Master George schon genau wie ein Erwachsener Hosenstege und wunderhübsche Stiefelchen. Er hatte vergoldete Sporen, eine Reitpeitsche mit goldenem Knauf, eine schöne Nadel in seinem Halstuch und die feinsten ziegenledernen Handschuhe, die Lambs in der Conduit Street liefern konnten. Seine Mutter hatte ihm ein paar Halstücher geschenkt und ihm selbst ein paar Hemden genäht und sauber gesäumt. Doch als ihr «Samuel» erschien, um die Witwe zu besuchen, waren sie durch viel feinere Wäsche ersetzt worden, und in der Batisthemdbrust trug er kleine edelsteingeschmückte Knöpfe. Ihre bescheidenen Gaben waren ausgeschieden worden: ich glaube, Miss Osborne hatte sie dem Sohn des Kutschers geschenkt. Amelia suchte sich einzureden, daß der Tausch sie erfreue, und tatsächlich war sie auch glücklich und entzückt, daß ihr Sohn jetzt so schön aussah.

Für einen Schilling hatte sie sich einen kleinen Scherenschnitt von ihm anfertigen lassen, der jetzt neben einem andern Bildnis über ihrem Bett hing. Eines Tages kam der Knabe, um seinen üblichen Besuch zu machen, die kleine Straße in Brompton heraufgesprengt, und wie üblich waren alle Bewohner ans Fenster gestürzt und hatten ihn in seinem Staat bewundert. Er trug einen schmucken weißen Mantel mit Pelerine und Samtkragen und zog nun voller Eifer und mit triumphierender Miene ein Etui aus rotem Saffianleder aus der Tasche und reichte es ihr.

«Ich habe es von meinem eigenen Geld gekauft, Mama», sagte er. «Ich dachte, es würde dir gefallen.»

Amelia öffnete das Etui und stieß einen kleinen Schrei verliebten Entzückens aus, umarmte den Jungen und küßte ihn wieder und wieder. Es war ein Miniaturbild von ihm selbst, recht gut ausgeführt, wenn auch nach Ansicht der Witwe gewiß nicht halb so hübsch, wie er in Wirklichkeit war. Sein Großvater hatte gewünscht, ein Bildnis des Jungen von der Hand eines Künstlers zu besitzen, dessen in einem Schaufenster der Southampton

Row ausgestellte Gemälde ihm aufgefallen waren. Nachher kam George, der über sehr viel Geld verfügte, auf den Gedanken, den Maler zu fragen, wieviel eine Kopie des kleinen Porträts kosten würde, und erzählte ihm, daß er sie von seinem eigenen Geld bezahlen und seiner Mutter schenken wolle. Das gefiel dem Maler, und er führte sie zu einem sehr niedrigen Preis aus. Auch der alte Osborne brummte zufrieden, als er von dem Vorfall hörte, und gab dem Jungen doppelt so viele Goldstücke, wie er für die Miniatur hatte zahlen müssen.

Doch was war die Zufriedenheit des Großvaters, verglichen mit Amelias Entzücken! Ein solcher Beweis der Liebe ihres Jungen rührte sie derartig, daß sie meinte, kein Kind auf der ganzen Welt sei so gutherzig wie ihr eigenes. Noch viele Wochen hinterher beglückte sie der Gedanke an seine Liebe. Mit dem Bild unter dem Kopfkissen konnte sie besser schlafen, und wieviel-, ach, wievielmal küßte sie es und weinte und betete davor! Ein so geringer Liebesbeweis von denen, die sie liebte, machte das scheue Herz schon so dankbar. Seit der Trennung von George hatte sie keine solche Freude und keinen solchen Trost erlebt.

In seinem neuen Heim herrschte der junge Master George wie ein Lord. Beim Abendessen trank er den Damen mit kühler Selbstverständlichkeit zu und schlürfte zur größten Freude des Großvaters seinen Champagner. «Sehen Sie ihn nur mal», sagte der alte Mann oft mit hingerissenem, glühendem Gesicht und stieß seinen Nachbar mit dem Ellbogen an, «haben Sie schon je so ein Bürschchen gesehen? Lieber Himmel, nächstens wird er sich ein Toilettennecessaire und Rasiermesser bestellen – ich lass' mich hängen, wenn er's nicht tut.»

Mr. Osbornes Freunden bereiteten jedoch die Possen des Kleinen nicht so viel Vergnügen wie dem alten Herrn. Der Richter Mr. Coffin war nicht erfreut, wenn Georgy sich in die Unterhaltung einmischte und ihm seine Anekdoten verdarb. Oberst Fogey fand es nicht interessant, den kleinen Jungen in halb beschwipstem Zustand zu sehen. Die Gemahlin des Kronanwalts Toffy empfand keine besondere Dankbarkeit, als er ihr mit einem Stoß seines Ellbogens ein Glas Portwein über ihr gelbes Atlaskleid goß und das Mißgeschick auch noch belachte; sie freute sich noch weniger (obwohl der alte Osborne ganz begeistert war), als Georgy ihren dritten Jungen (der ein Jahr mehr als Georgy zählte und gerade für die Ferien nach Hause gekommen war) auf dem Russell Square «vertrimmte». Georges Großvater gab dem Kleinen ein paar Goldstücke für seine Heldentat und versprach ihm noch mehr für jeden größeren und älteren Jungen, den er ebenso «vertrimmen» würde. Es ist schwer zu sagen, welchen Nutzen sich der alte Mann von derartigen Prügeleien versprach. Es mochte die unbestimmte Vorstellung sein, daß Knaben durch solche Prügeleien abgehärtet würden und daß es nützlich sei, wenn sie lernten, andere zu tyrannisieren. Seit undenklichen Zeiten ist die englische Jugend so erzogen worden, und wir haben Hunderttausende unter uns, die solche Ungerechtigkeiten und Quälereien und Roheiten, wie sie Kinder untereinander verüben, auch noch entschuldigen und bewundern. George wollte natürlich weitere Heldentaten verrichten, so stolz war er auf seinen Sieg über den jungen Toffy und auf das eingeheimste Lob. Eines Tages stolzierte er in übertrieben stutzerhaften neuen Sachen in der Nähe von St. Pancras herum; ein Bäckerjunge machte höhnische Bemerkungen über sein Aussehen, und der junge Patrizier riß sofort tatendurstig seine Stutzerjacke ab, gab sie dem Freund zu halten, der ihn begleitete (es war Master Todd aus der Great Coram Street am Russell Square, der Sohn des Juniorpartners aus dem Hause Osborne & Co.), und versuchte den Bäckerjungen zu verprügeln. Aber diesmal war ihm das Kriegsglück nicht hold, und der kleine Bäcker «vertrimmte» Georgy, der mit einem kläglichen blauen Auge und einer Halskrause heimkehrte, die der Rotwein aus seiner kleinen Nase rot gesprenkelt hatte. Seinem Großvater erzählte er, daß er gegen einen Riesen gekämpft habe, und seine arme Mutter in Brompton erschreckte er mit langen und keineswegs authentischen Berichten über die Schlacht.

Der junge Todd von der Coram Street am Russell Square war Master Georges bester Freund, der ihn auch sehr bewunderte. Sie hatten beide große Freude daran, Theaterpuppen auszutauschen, Kekse und Himbeertörtchen zu essen, im Regent's Park und auf der Serpentine zu rodeln oder Schlittschuh zu laufen, wenn das Wetter es erlaubte, und ins Theater zu gehen, wohin sie auf Mr. Osbornes Wunsch oft in Begleitung von Rowson gingen, der Master George zur persönlichen Bedienung zugeteilt war und mit dem sie dann sehr gemütlich im Parterre saßen.

In Rowsons Begleitung besuchten sie alle größeren Theater Londons, kannten die Namen aller dortigen Schauspieler, angefangen mit dem Drury-Lane-Theater bis zu Sadler's Wells, und führten der Familie Todd und ihren eigenen Freunden manches der gesehenen Stücke mit Wests berühmten Figuren auf ihrem Papptheater vor. Der Diener Rowson, ein freigebiger Mann, pflegte ihnen, falls er bei Kasse war, nach dem Theater nicht selten Austern und Schlummerpunsch zu spendieren. Doch dürfen wir überzeugt sein, daß Rowson aus der Freigebigkeit und Dankbarkeit seines jungen Herrn für die Genüsse, in die er ihn einweihte, ebenfalls Nutzen zog.

Ein berühmter Schneider aus dem Westend wurde beauftragt, Georges kleines Persönchen ohne Rücksicht auf die Kosten herauszustaffieren – Mr. Osborne wollte nämlich keinen Pfuscher aus der City oder aus Holborn für den Jungen haben, wie er sagte (obwohl für ihn selbst ein City-Schneider gut genug war). Mr. Woolsey aus der Conduit Street ließ also seiner Phantasie die Zügel schießen und schickte dem Kind so viel Phantasiejacken, Phantasiewesten und Phantasiehosen zu, daß man eine ganze Schule kleiner Stutzer damit hätte herausputzen können. Georgy hatte weiße Westchen für Abendgesellschaften und Samtwestchen fürs Diner und einen süßen, reizenden türkischen Morgenrock – ganz wie ein kleiner Herr. Zum

Abendessen kleidete er sich jedesmal um, «genau wie ein Westend-Stutzer», pflegte sein Großvater zu sagen. Einer von den Dienern war ihm persönlich zugeteilt und half ihm bei der Toilette, kam auf sein Läuten herbei und brachte ihm seine Briefe stets auf einem silbernen Tablett.

Nach dem Frühstück saß Georgy im Speisezimmer in einem Sessel und las wie ein Erwachsener die *Morning Post*. «Wie er schon fluchen und schimpfen kann!» riefen die Diener voller Begeisterung ob seiner Frühreife, und wer von ihnen sich noch an seinen Vater, den Hauptmann, erinnern konnte, erklärte, Master George sei jeder Zoll sein Papa. Mit seiner Lebhaftigkeit, seinem Herumkommandieren, seinem Schelten und seiner Gutmütigkeit brachte er Leben ins Haus.

Georges Unterricht wurde einem benachbarten Gelehrten und Pädagogen anvertraut, der «junge Adlige und junge Herren für die Universitäten, die Beamtenlaufbahn und die gelehrten Berufe vorbereitet, dessen System die in veralteten Erziehungsinstituten noch angewandten körperlichen Strafen ausschließt und in dessen Familie seine Schüler die feinen Sitten der vornehmen Gesellschaft wie auch Vertrauen und Liebe eines Zuhause finden können». Mit solchen Ankündigungen versuchten der Reverend Lawrence Veal aus der Hart Street in Bloomsbury (Hauskaplan des Grafen Bareacres) und seine Frau, Schüler anzulocken.

Mit Hilfe der Anzeigen und emsiger persönlicher Bemühungen gelang es dem Hauskaplan und seiner Gattin meistens, ein oder zwei Pensionäre bei sich zu haben: sie zahlten ein sehr hohes Kostgeld, und es wurde angenommen, daß sie außergewöhnlich gut untergebracht seien. Jetzt gerade war ein großer Westindier mit mahagonifarbenem Gesicht, krausem Haar und übertrieben geckenhaftem Aussehen da, der nie von jemand Besuch bekam; sodann ein anderer schlaksiger Jüngling von dreiundzwanzig Jahren, dessen Erziehung vernachlässigt worden war und dem nun Mr. und Mrs. Veal vornehme Lebensart beibringen sollten; und schließlich die beiden Söhne von Oberst Bangles, der bei der Ostindischen Handelsgesellschaft war. Diese vier also genossen Kost und Pension an Mrs. Veals vornehmer Tafel, als Georgy in die Schule aufgenommen wurde.

Georgy war, wie etwa ein Dutzend anderer Jungen, nur Tagesschüler. Morgens wurde er unter Obhut seines Freundes Rowson in die Schule gebracht, und am Nachmittag ritt er, wenn das Wetter gut war, wieder nach Hause, hinter ihm drein der Stallknecht. Von dem Reichtum seines Großvaters erzählte man sich in der Schule, daß er phantastisch sei. Ehrwürden Mr. Veal beglückwünschte Georgy noch persönlich dazu. Er erinnerte ihn stets daran, daß er zu einer hohen Stellung im Leben bestimmt sei, daß er sich durch Fleiß und Fügsamkeit in der Jugend schon auf die erhabenen Pflichten vorbereiten müsse, die seiner im reifen Alter warteten, daß Gehorchen im Kindesalter die beste Grundlage für Befehlen im Mannesalter sei und daß er Georgy deshalb bäte, keinen Malzzucker in die Schule mitzubringen und damit die Gesundheit der beiden Herren Bangles zu untergraben, die an der vornehmen, reichhaltigen Tafel seiner Gattin alles vorfänden, was sie haben wollten.

Was nun den Unterricht betraf, so war das «Curriculum», wie Mr. Veal es gern nannte, äußerst umfangreich und die jungen Herren konnten in der Hart Street eine kleine Portion von jeder erdenklichen Wissenschaft erlernen. Ehrwürden Mr. Veal besaß ein kleines Planetarium, eine Elektrisiermaschine, eine Drechselbank, ein Theater (in der Waschküche), ein chemisches Laboratorium und – um ihn selbst zu zitieren – «eine auserlesene Bibliothek aller Werke der besten Autoren alter und moderner Zeiten und Sprachen». Er führte die Knaben ins Britische Museum und hielt ihnen lange Vorträge über die dort befindlichen Altertümer und naturgeschichtlichen Sammlungen, so daß sich, wenn er sprach, stets eine Zuhörerschar um ihn versammelte, und in ganz Bloomsbury wurde er als Mann von umfassender Bildung bewundert. Sooft er sprach (und er tat es fast immer), befleißigte er sich, die schönsten und längsten Wörter zu gebrauchen, die im Wörterbuch zu finden waren, da er mit Recht fand, es koste ebensowenig, ein schönes, langes und wohlklingendes Beiwort anzubringen, wie ein kurzes und karges.

So sagte er etwa in der Schule zu George: «Als ich mich gestern abend nach einem interessanten wissenschaftlichen Gespräch mit meinem vortrefflichen Freund Doktor Bulders – einem hervorragenden Archäologen, meine Herren, einem hervorragenden Archäologen – auf dem Heimweg befand, machte ich die Feststellung, daß die Fenster der beinahe fürstlichen Behausung Ihres Herrn Großvaters wie zu dem Behufe eines festlichen Anlasses illuminiert waren. Irre ich mich in meiner Schlußfolgerung, daß Mr. Osborne gestern abend einen Kreis illustrer Geister an seiner luxuriösen Tafel bewirtete?»

Der kleine Georgy, der viel Sinn für Humor hatte und Mr. Veal sehr witzig und geschickt vor dessen Nase nachzuäffen pflegte, erwiderte dann, daß Mr. Veal in seiner Vermutung nicht fehlgegangen sei.

«Dann, meine Herren, möchte ich jede Wette eingehen, daß die Freunde, die der Ehre teilhaftig wurden, Mr. Osbornes Gastfreundschaft zu genießen, gewißlich keinen Grund hatten, sich über das Mahl zu beklagen. Was mich selbst betrifft, so hatte ich mich schon mehr als einmal dieser Gunst zu erfreuen. (Übrigens sind Sie heute ein wenig zu spät gekommen, Master Osborne, und in dieser Beziehung haben Sie sich schon wiederholt etwas zuschulden kommen lassen!) Wie gesagt, bin ich selbst, meine Herren, so schlicht und bescheiden ich sein mag, schon mehr als einmal für würdig befunden worden, an Mr. Osbornes vornehmer Gastlichkeit teilzunehmen. Und obschon ich an den Tafeln der Großen und Vornehmen gespeist habe – zu denen ich meinen fürtrefflichen Freund und Gönner, den Sehr Ehrenwerten Grafen George von Bareacres, mit Fug hinzurechnen darf –, so kann ich Ihnen dennoch versichern, daß die Tafel des britischen Kaufherrn durchaus ebenso reich besetzt und die Aufnahme ebenso befriedigend und vornehm war. Mr. Bluck, wollen wir bitte die Stelle im Eutropius wieder aufnehmen, bei der wir durch Master Osbornes verspätete Ankunft unterbrochen wurden!»

Diesem bedeutenden Manne wurde Georgys Erziehung eine Zeitlang anvertraut. Amelia machten die Phrasen des Kleinen ganz konfus, doch hielt sie ihn für ein Wunder an Gelehrsamkeit. Die arme Witwe hatte ihre besonderen

Gründe, sich mit Mrs. Veal anzufreunden. Sie war gern dort im Hause, wo sie sehen konnte, wie Georgy zur Schule kam. Sie freute sich, zu Mrs. Veals *conversazioni* eingeladen zu werden, die einmal im Monat stattfanden (wie man durch rosa Karten erfuhr, auf die ΑΘΗΝΗ graviert war) und bei denen der Professor seine Schüler und ihre Angehörigen mit schwachem Tee und gelehrten Gesprächen bewirtete. Die arme kleine Amelia versäumte keinen einzigen Abend und fand alles herrlich, solange sie nur ihren Georgy neben sich haben durfte. Bei jedem Wetter kam sie zu Fuß von Brompton herüber, und wenn sich die übrige Gesellschaft verabschiedet hatte und Georgy mit seinem Begleiter, Mr. Rowson, fortgegangen war, umarmte die arme Mrs. Osborne die Hausfrau unter Tränen der Dankbarkeit für den entzückenden Abend, hüllte sich in ihre Umhänge und Schals und schickte sich an, wieder heimzugehen.

Wenn man nach den wöchentlichen Berichten urteilen will, die Georgy seinem Großvater mitbrachte, dann schien der Junge in den Kenntnissen, die er bei dem tüchtigen, in hundert Wissenschaften bewanderten Lehrer einsog, bemerkenswerte Fortschritte zu machen. Auf einer Tabelle waren die Bezeichnungen von über zwanzig wünschenswerten Wissensgebieten vorgedruckt, und hinter jeder vermerkte der Professor die Fortschritte des Schülers. Im Griechischen war Georgy *aristos,* im Lateinischen *optimus,* im Französischen *très bien* und so weiter. Am Ende des Schuljahrs erhielt jeder Schüler in jedem Fach einen Preis. Sogar Mr. Swartz, der krausköpfige Herr und Halbbruder der Ehrenwerten Mrs. MacMull, sowie Mr. Bluck, der zurückgebliebene dreiundzwanzigjährige Jüngling aus der Provinz, und der bereits erwähnte faule junge Tunichtgut, Master Todd, erhielten kleine Bücher für achtzehn Pence mit dem aufgedruckten Wort «Athene» und einer hochtrabenden lateinischen Widmung des Professors an seine jungen Freunde.

Die Angehörigen des jungen Herrn Todd waren treue Gefolgsleute des Hauses Osborne. Der alte Herr hatte

Todd vom Kommis zum Teilhaber seines Geschäfts befördert.

Mr. Osborne war der Pate des jungen Master Todd (der sich später auf seinen Visitenkarten Mr. Osborne Todd nannte und ein regelrechter Modegeck wurde). Miss Osborne hatte Maria Todd aus der Taufe gehoben und ihrem Schützling alljährlich ein Gebetbuch, eine Sammlung von Traktätchen und einen Band geistlicher Gedichte sehr puritanischer Richtung oder sonst ein Zeichen ihrer Güte geschenkt. Hin und wieder machte sie mit den Todds eine Ausfahrt in ihrem eigenen Wagen; war jemand von ihnen krank, dann trug ihr schön livrierter Diener Sülze und andere Leckerbissen vom Russell Square in die Coram Street hinüber. Die Coram Street zitterte vor dem Russell Square und blickte ehrfürchtig zu ihm auf. Mrs. Todd, die mit sehr geschickter Hand Papierkrausen für Hammelkeulen ausschneiden und aus Rüben und Karotten sehr nette Blumen und Entchen machen konnte, pflegte vor einem großen Diner immer «zum Square» zu gehen, wie man's bei ihnen nannte, um bei den damit verbundenen Vorbereitungen zu helfen, ohne auch nur im Traume daran zu denken, sie könnte sich eigentlich auch an die Tafel setzen. Wenn in der letzten Minute jemand absagte, wurde Mr. Todd zum Essen eingeladen. Mrs. Todd und Maria aber kamen am Abend herüber, schlüpften nach leisem Anklopfen ins Haus und befanden sich, wenn Miss Osborne und die andern Damen von unten heraufkamen, bereits im Salon, um auf Wunsch Duette zu spielen und Lieder zu singen, bis die Herren nachfolgten. Arme Maria Todd! Wie lange mußte sie sich in der Coram Street mit den Duetten und Sonaten abplagen, ehe sie «am Square» öffentlich vorgetragen werden konnten!

So schien es vom Schicksal bestimmt zu sein, daß Georgy alle, mit denen er in Berührung kam, regieren sollte und daß Freunde, Verwandte und Diener vor dem kleinen Burschen das Knie beugen mußten. In eine solche Ordnung der Dinge fügte er sich natürlich sehr willig.

Die meisten Leute hätten es ebenso gemacht. Und Georgy spielte mit Vergnügen die Rolle des Herrn. Vielleicht besaß er auch eine angeborene Begabung dafür.

Am Russell Square hatte jeder Angst vor Mr. Osborne, und Mr. Osborne hatte Angst vor Georgy. Das flotte Auftreten des Jungen, sein ungezwungenes Geplapper über Bücher und Wissen, die Ähnlichkeit mit seinem Vater (der ohne Aussöhnung in Brüssel drüben hatte sterben müssen) schüchterten den alten Herrn ein, und der Junge bekam die Oberhand. Oft fuhr der alte Mann zusammen, wenn der kleine Junge, ohne es zu wissen, einen ererbten Zug oder Sprechton annahm und es Mr. Osborne schien, als ob er Georgys Vater wieder vor sich habe. Durch seine Nachsicht dem Enkel gegenüber versuchte er die Härte gegen den Sohn wiedergutzumachen. Die Leute waren überrascht, wie sanft er mit dem Jungen umging. Mit Miss Osborne brummte und schalt er wie bisher; aber wenn Georgy zu spät zum Frühstück erschien, lächelte er nur.

Miss Osborne, Georgys Tante, war eine verwelkte alte Jungfer, deren Lebensgeister nach mehr als vierzigjähriger Langeweile und grober Behandlung gebrochen waren. Sie zu beherrschen, war für den lebhaften Jungen eine Leichtigkeit. Sooft George etwas von ihr wollte (von den Marmeladetöpfen in der Vorratskammer bis zu den eingetrockneten Farben in ihrem alten Tuschkasten, den sie benutzt hatte, als sie die Schülerin von Mr. Smee und noch fast blühend und jung gewesen war), ergriff er einfach von dem begehrten Gegenstand Besitz, und wenn er ihn hatte, kümmerte er sich nicht mehr um seine Tante.

Sein häufigster Umgang waren also ein alter Wichtigtuer von Schulmeister, der ihm schmeichelte, und ein Speichellecker von einem Lakai, der sich von ihm prügeln ließ, obwohl er soviel älter war. Die gute Mrs. Todd war beglückt, wenn sie ihm ihre jüngste Tochter Rosa Jemima, ein allerliebstes achtjähriges Kind, überlassen konnte. Das Pärchen sah so nett zusammen aus, daß sie zu den Leuten zu sagen pflegte (natürlich nicht zu denen «vom

Platz»): «Wer weiß, was noch alles geschehen kann!» Und im stillen dachte die liebevolle Mutter: ist es nicht ein reizendes Pärchen?

Georgys gebrochener alter Großvater mütterlicherseits war dem kleinen Tyrannen ebenfalls untertan. Er konnte nichts anderes als Respekt vor einem jungen Burschen hegen, der so schöne Kleider trug und mit einem Reitknecht ausritt. Georgy dagegen mußte ständig mit anhören, wie John Sedleys erbarmungsloser Feind, Mr. Osborne, mit gemeinen Schmähreden und derbem Spott über den alten Mann herfiel. Er nannte ihn den Bettelmann, den alten Kohlenhändler oder den alten Bankrotteur und gab ihm noch viele andre wüste Schimpfnamen. Wie konnte da der kleine George vor einem so heruntergekommenen Mann Achtung empfinden? Ein paar Monate nachdem er zu seinem Großvater väterlicherseits gezogen war, starb Mrs. Sedley. Zwischen ihr und dem kleinen Jungen hatte nie große Zuneigung bestanden, daher konnte er auch nicht viel Betrübtheit aufbringen. Er machte seiner Mutter in einem schönen neuen Traueranzug Besuch und ärgerte sich sehr, weil er nicht zu einem Theaterstück gehen durfte, auf das er sich schon gefreut hatte.

Die Krankheit der alten Dame hatte Amelia stets beschäftigt gehalten und war vielleicht ihre Rettung gewesen. Was wissen die Männer denn vom Märtyrertum der Frauen? Wir würden verrückt werden, wenn wir auch nur den hundertsten Teil der täglichen Qualen zu ertragen hätten, die von den Frauen so geduldig hingenommen werden. Unaufhörliche Sklaverei ohne jegliche Entschädigung, ständige Sanftmut und Güte, die ständig mit Grausamkeit vergolten wird, Liebe, Arbeit, Geduld und Fürsorge, die nicht einmal mit einem gütigen Wort anerkannt werden – all das müssen unzählige Frauen gelassen ertragen und doch nach außen mit heiterer Miene erscheinen, als ob sie nichts fühlten! Zarte Sklavinnen sind sie und müssen notgedrungen heuchlerisch und charakterschwach werden.

Amelias Mutter, die zuerst immer in ihrem Lehnstuhl gesessen hatte, wurde schließlich so bettlägerig, daß sie nicht mehr aufstehen konnte, und Mrs. Osborne war nie von ihrer Seite gewichen, ausgenommen, wenn sie schnell einmal forteilte, um George zu sehen. Die alte Dame gönnte ihr nicht einmal diese kurzen Besuche: in den guten Zeiten war sie eine liebevolle, heitere und gutherzige Mutter gewesen, doch Armut und Leiden hatten sie verbittert gemacht. Die Krankheit und das kalte Benehmen ihrer Mutter konnten Amelia nicht berühren, sondern halfen ihr vielmehr, den andern Kummer zu ertragen, unter dem sie litt; denn die ewigen Wünsche der Kranken lenkten sie vom Grübeln ab. Amelia nahm die Unfreundlichkeiten ihrer Mutter völlig gelassen hin. Sie glättete ihr das zerdrückte Kissen, hatte stets eine sanfte Antwort für die argwöhnische, nörgelnde Stimme bereit, beschwichtigte die Leidende mit zuversichtlichen Worten, die ihr frommes, schlichtes Gemüt ihr so wunderbar eingab, und drückte zuletzt die Augen zu, die sie einst so zärtlich angeblickt hatten.

Seither hatte sie all ihre Zeit und Zärtlichkeit dem Trost und Behagen des einsamen alten Vaters gewidmet, der von dem Schlag, der ihn getroffen hatte, ganz benommen war und sich nun völlig verlassen in der Welt vorkam. Seine Frau, seine Ehre, sein Vermögen und alles, an dem sein Herz hing, hatte er verloren. Nur Amelia war noch da, die mit ihrem sanften Arm den wankenden, gebrochenen alten Mann hielt und stützte und ihm beistand. Doch darüber wollen wir nichts mehr schreiben: es würde zu traurig und zu eintönig werden. Ich kann die Leute auf dem Jahrmarkt der Eitelkeit schon im voraus darüber gähnen sehen.

*

Eines Tages, als die jungen Herren im Studierzimmer Mr. Veals versammelt waren und der Hauskaplan des Grafen Bareacres wie üblich voller Pathos einherschwadronierte, fuhr ein eleganter Wagen an der mit einem Bildnis der Athene geschmückten Haustür vor, und zwei

Herren stiegen aus. Die jungen Herren Bangles stürzten ans Fenster – aus einer dumpfen Hoffnung heraus, ihr Vater sei aus Bombay angekommen. Der große, schlaksige dreiundzwanzigjährige Jüngling, der über einer Stelle im Eutropius heimlich Tränen vergossen hatte, drückte seine vernachlässigte Nase an der Fensterscheibe platt und sah sich den Wagen an, während draußen der Diener vom Bock sprang und den Insassen den Schlag öffnete.

«Es ist ein Dicker und ein Dünner», sagte Mr. Bluck, als dröhnend gegen die Haustür geschlagen wurde.

Jeder war gespannt, angefangen vom Hauskaplan selbst, der hoffte, es könnten die Väter zukünftiger Schüler sein, bis hinunter zu Georgy, der über jeden Vorwand froh war, sein Buch hinlegen zu können.

Der Junge in der schäbigen Livree mit den blinden Kupferknöpfen, der sich vor dem Öffnen der Haustür stets rasch in die enge Jacke zwängen mußte, kam ins Studierzimmer und meldete: «Zwei Herren wünschen mit Master Osborne zu sprechen.» Der Professor hatte heute morgen einen geringfügigen Wortwechsel mit dem jungen Herrn gehabt, der darauf zurückging, daß sie über das Mitbringen von Knallbonbons ins Schulzimmer geteilter Ansicht gewesen waren; aber jetzt nahm sein Gesicht wieder den Ausdruck sanfter Liebenswürdigkeit an, als er sagte: «Master Osborne, ich gebe Ihnen gerne Erlaubnis, Ihre mit dem Wagen angekommenen Freunde zu begrüßen, und bitte Sie, ihnen meine und meiner Frau respektvollste Empfehlung zu übermitteln!»

George ging ins Besuchszimmer und sah zwei Fremde, die er auf seine übliche hochmütige Manier mit zurückgeworfenem Kopf musterte. Der eine war korpulent und hatte einen Schnurrbart, und der andere war hager und lang, trug einen blauen Gehrock und hatte ein braungebranntes Gesicht und angegrautes Haar.

«Mein Gott, wie ähnlich er ihm ist!» rief der lange Herr betroffen. «Kannst du raten, wer wir sind, George?»

Der Junge wurde rot, wie immer wenn er erregt war,

und seine Augen leuchteten auf. «Den andern kenne ich nicht», sagte er, «aber Sie – Sie könnten Major Dobbin sein!»

Es war wirklich unser alter Freund Dobbin. Seine Stimme bebte vor Freude, als er den Jungen begrüßte, die beiden Hände in die seinen nahm und ihn an sich zog.

«Deine Mutter hat dir also von mir erzählt, nicht wahr?» fragte er.

«Ja, stimmt», sagte Georgy, «viele, viele hundertmal!»

LVII

Eothen

Im Charakter des alten Osborne lag es, sich selbstbewußt daran zu erlaben, wie sehr Sedley, sein ehemaliger Nebenbuhler, Feind und Wohltäter, auf seine alten Tage gedemütigt und erledigt war – so sehr nämlich, daß er gezwungen war, finanzielle Hilfe aus der Hand des Mannes anzunehmen, der ihn am meisten gekränkt und beleidigt hatte. Der erfolgreiche Geschäftsmann verwünschte den alten Bettler, unterstützte ihn aber von Zeit zu Zeit. Wenn er George Geld für seine Mutter mitgab, deutete er ihm auf seine rohe, gewöhnliche Art an, daß Georges Großvater mütterlicherseits nichts als ein kläglicher alter Bankrotteur und Almosenempfänger sei und daß John Sedley dem Manne, dem er schon so viel Geld schulde, für die Hilfe zu Dank verpflichtet sei, die er ihm in seiner Freigebigkeit immer wieder gewähre. George überbrachte die großspurige Unterstützung sowohl seiner Mutter wie dem gebrochenen alten Witwer, den zu trösten und zu pflegen jetzt Amelias Lebensaufgabe war. Der kleine Bursche behandelte den kraftlosen und niedergedrückten Alten ziemlich herablassend.

Vielleicht ließ Amelia es am nötigen Stolz fehlen, wenn sie die finanziellen Wohltaten vom Feinde ihres Vaters annahm. Aber die arme Seele hatte sich nie viel aus «dem nötigen Stolz» gemacht. Ein von Natur schlichtes und

schutzbedürftiges Gemüt, eine lange Zeitspanne voller
Armut und Demütigungen, täglicher Entbehrungen und
harter Worte, liebevoller Hilfsdienste, aber keiner Gegendienste waren beinahe von jeher, seit sie erwachsen war
oder seit ihrer unglückseligen Ehe mit George Osborne,
ihr Los gewesen. Ihr, die ihr tagtäglich seht, wie bessere
Menschen, als ihr es seid, solche Schmach ertragen und
in Geduld die Schläge des Schicksals ertragen, sanft und
unbemitleidet, arm und um ihrer Armut willen auch noch
verachtet – seid ihr aus den Höhen eures Wohlergehens
niedergestiegen, um den armen, müden Bettlern die
Füße zu waschen? Schon den bloßen Gedanken findet ihr
widerwärtig und vulgär. «Es muß Klassenunterschiede
geben, es muß Arme und Reiche geben!» sagt der Reiche
und schlürft seinen Rotwein (und es ist schon viel, wenn
er dem unter seinem Fenster sitzenden Lazarus die
Fleischreste hinausschickt). Sehr richtig! Bedenkt aber,
wie rätselhaft und oft unerklärlich das Lotteriespiel des
Lebens ist, das dem einen Purpur und köstliches Linnen
beschert und dem andern nur Lumpen als Kleidung und
Hunde als Tröster schickt.

Ich muß also gestehen, daß Amelia ohne viel Murren,
sondern im Gegenteil oft mit einer Art Dankbarkeit die
Brosamen empfing, die hin und wieder vom Tische ihres
Schwiegervaters fielen, um ihren eigenen Vater damit zu
nähren. Sobald die junge Frau (meine Damen, sie ist erst
dreißig, und wir erlauben uns, sie noch als jung zu bezeichnen), sobald sie etwas als ihre Pflicht erkannt hatte,
war es eben ihre Art, sich aufzuopfern und alles, was sie
hatte, dem Gegenstand ihrer Liebe zu Füßen zu legen.
Wieviel lange Nächte hatte sie sich für den kleinen Georgy,
als er noch bei ihr wohnte, die Finger wund gearbeitet,
ohne daß es ihr gedankt worden wäre! Wieviel Tadel und
Spott, Entbehrung und Armut hatte sie um ihrer Eltern
willen ertragen! Und trotz all dieser stillen Entsagung
und unbeachteten Opfer hatte sie doch keine höhere Meinung von sich, als die Welt sie von ihr hatte, sondern hielt
sich wahrscheinlich im innersten Herzenswinkel für ein

armseliges, minderwertiges kleines Ding, dem es im Leben besser gehe, als es verdiene. Oh, ihr armen Frauen! Oh, ihr armen heimlichen Märtyrerinnen und Opfer, deren Leben eine einzige Tortur ist, die im Schlafzimmer auf der Folterbank ausgestreckt liegen und am Wohnzimmertisch täglich das Haupt auf den Block legen! Jeder Mann, der eure Qualen mit ansieht oder in die dunklen Häuser späht, in denen ihr gemartert werdet, muß euch bemitleiden und – und Gott danken, daß er einen Bart hat. Ich erinnere mich, daß ich vor Jahren in den Kerkerzellen für Irre und Geistesgestörte in Bicêtre bei Paris beobachtete, wie jemand aus unsrer Gruppe einem armen Unglücklichen, den das Joch der Gefangenschaft und seiner Krankheit niedergedrückt hatte, ein Tütchen Schnupftabak im Wert von einem halben Penny schenkte. Solche Freundlichkeit war zuviel für das arme epileptische Geschöpf. Vor Freude und Dankbarkeit machte sich seine Qual in Tränen Luft. Wenn jemand dir oder mir tausend Pfund jährlich schenken oder unser Leben retten würde, könnten wir nicht gerührter sein. Und wenn du eine Frau gehörig tyrannisierst, dann wirst du merken, daß schon die kleinste Freundlichkeit sie rührt und ihr Tränen in die Augen treibt – als ob du ein wohltätiger Engel wärst.

Ein paar solcher Brosamen waren noch das Beste, was Fortuna der armen kleinen Amelia zugestand. Ihr Leben, das nicht unglücklich begonnen hatte, war nun zu einem erbärmlichen Gefängnisdasein und einer langen, unwürdigen Knechtschaft geworden! Der kleine Georgy besuchte sie manchmal in ihrer Gefangenschaft und trug einen matten Glanz von Trost und Ermutigung hinein. Russell Square war die Grenze ihres Gefängnisses: dort durfte sie gelegentlich hingehen, doch mußte sie zum Schlafen abends immer wieder in ihre Zelle zurückkehren, unerfreuliche Pflichten erfüllen, ohne Dank an Krankenbetten wachen und die aufreibende Tyrannei nörgelnder und enttäuschter alter Leute über sich ergehen lassen. Wieviel Tausende von Menschen – zum größten Teil Frauen – gibt es, die zu einer solchen nicht endenwollenden Sklaverei verurteilt sind, die Krankenwärterinnen ohne Lohn sind, Barmherzige Schwestern (wenn man so will) ohne den romantisch-gefühlvollen Heiligenschein des Opferbringens, und die unbemitleidet schuften und hungern und wachen und leiden, um schließlich unwürdig und unbeachtet hinzuwelken!

Der furchtbaren, unerforschlichen Weisheit, die den Menschen ihr Los zuteilt, beliebt es, die Sanften, Gütigen und Klugen zu demütigen und in den Staub zu werfen und die Selbstsüchtigen, Dummen und Bösen zu erhöhen. Oh, sei demütig in deinem Glück, mein Bruder! Sei edel zu denen, die weniger Glück haben als du, es aber vielleicht eher verdient hätten. Bedenke, was für ein Recht du hast, auf sie herabzublicken, wenn deine eigene Tugend nur auf einem Mangel an Versuchung beruht, wenn dein Erfolg vielleicht auf einem Zufall und dein Rang auf dem Zufallsglück eines Vorfahren beruht und dein Wohlstand sehr wahrscheinlich eine Ironie des Schicksals ist!

*

Amelias Mutter wurde auf dem Kirchhof in Brompton begraben – an einem ebenso trüben Regentag wie damals, dachte Amelia, als sie zum erstenmal dort gewesen war, um George zu heiraten. Ihr kleiner Sohn saß in einem prunkvollen neuen Trauergewand neben ihr. Sie erinnerte sich noch der Kirchendienerin und des Küsters. Während der Pfarrer sprach, weilten ihre Gedanken in fernen Zeiten. Hätte sie nicht Georgys Hand in der ihren gehalten, vielleicht hätte sie dann gern getauscht mit ... Doch wie immer schämte sie sich ihrer selbstsüchtigen Gedanken und betete still um Kraft zur Erfüllung ihrer Pflichten.

Sie war nun entschlossen, alle Kräfte einzusetzen, um ihren alten Vater glücklich zu machen. Sie rackerte und plagte sich ab, flickte und stopfte, sang ihm etwas und spielte Puff mit ihm, las ihm die Zeitung vor, kochte seine Lieblingsgerichte, ging regelmäßig mit ihm in den Kensington Gardens oder in den Brompton-Anlagen spazieren, lauschte unermüdlich und mit liebevoll geheucheltem Lächeln seinen Geschichten oder saß grübelnd neben ihm, in ihre eigenen Gedanken und Erinnerungen versunken, während der schwache, mürrische Alte sich auf der Bank sonnte und von dem ihm widerfahrenen Unrecht und seinem Kummer vor sich hinplapperte. Wie traurig und unbefriedigend waren die Gedanken der armen jungen Witwe! Die auf den Hängen und breiten Wegen hin und her laufenden Kinder erinnerten sie an Georgy, der ihr genommen worden war, wie man ihr auch den ersten George genommen hatte. In beiden Fällen war ihre selbstsüchtige und daher schuldbeladene Liebe gezüchtigt und hart bestraft worden. Sie bemühte sich zu glauben, es sei recht, daß sie so bestraft würde. Sie war eine elende, schlimme Sünderin. – Sie stand ganz allein in der Welt.

Ich weiß, daß der Bericht über eine so einsame Gefangenschaft unerträglich langweilen muß, wenn nicht ein paar heitere oder humorvolle Ereignisse darin vorkommen, um ihn aufzufrischen, zum Beispiel ein milder Gefängniswärter oder ein komischer Festungskommandant oder eine Maus, die aus dem Loch schlüpft und mit Latudes Bart spielt, oder ein unterirdischer Gang unter dem Schloß, wie ihn sich Trenck mit den Fingernägeln und einem Zahnstocher gegraben hat. Doch in der Geschichte von Amelias Gefangenschaft hat der Chronist nichts an derlei auffrischenden Ereignissen zu berichten. Stellt sie euch vor, wie sie während dieser Zeitspanne war: sehr traurig, aber immer zu einem Lächeln bereit, wenn sie angeredet wurde; in sehr einfachen, armseligen, um nicht zu sagen elenden Verhältnissen lebend; Lieder singend, Puddings kochend, Karten spielend, Strümpfe stopfend – alles ihrem alten Vater zuliebe. Einerlei also, ob sie eine Heldin ist oder nicht, einerlei auch, wie alt und brummig und bankrott wir sein mögen – wenn nur auf unsre alten Tage eine weiche Schulter da ist, an die wir uns lehnen können, und eine sanfte Hand, die unsre gichtbrüchigen Kissen glattstreicht.

Der alte Sedley gewann seine Tochter nach dem Tode

seiner Frau immer lieber, und Amelia fand einen Trost darin, an dem alten Mann ihre Pflicht zu erfüllen.

Aber wir lassen die beiden Menschen nicht mehr lange in einer so einfachen und ärmlichen Lage. Bessere Tage stehen ihnen bevor – jedenfalls soweit es ihr irdisches Wohlergehen betrifft. Vielleicht hat der gescheite Leser schon erraten, wer der wohlbeleibte Herr war, der in Begleitung unsres alten Freundes, des Majors Dobbin, Georgy in der Schule aufsuchte. Es war ein andrer alter Bekannter von uns, der auch nach England zurückgekehrt war, und zu einer Zeit, da seine Anwesenheit seinen dort lebenden Verwandten vermutlich zu großem Trost gereichte.

Nachdem Major Dobbin von seinem gutmütigen Kommandanten ohne weiteres Urlaub erhalten hatte, um wegen dringender Privatangelegenheiten nach Madras und von dort voraussichtlich nach Europa zu fahren, reiste er ununterbrochen Tag und Nacht, um sein Ziel rasch zu erreichen, und legte den Marsch nach Madras in solcher Geschwindigkeit zurück, daß er dort mit hohem Fieber ankam. Seine ihn begleitenden Diener brachten ihn in bewußtlosem Zustand in das Haus eines Freundes, bei dem er ohnehin bis zum Tage der Abfahrt nach Europa hatte bleiben wollen. Viele, viele Tage lang glaubte man, er würde nicht weiter als bis auf den Sankt-Georgs-Kirchhof reisen können, wo so mancher tapfere Offizier fern der Heimat begraben liegt und wo die Truppe auch über Dobbins Grabe eine Salve abgefeuert hätte.

Der arme Mensch wälzte sich im Fieber, und die Leute, die ihn pflegten, konnten ihn von Amelia phantasieren hören. In den lichten Augenblicken bedrückte ihn der Gedanke, daß er sie vielleicht nie wiedersehen würde. Er glaubte, sein letztes Stündlein sei gekommen, und traf die erforderlichen traurigen Vorkehrungen für sein Ableben: er ordnete seine irdischen Angelegenheiten und vermachte das kleine Vermögen, das er besaß, den Menschen, denen er gern etwas Gutes antun wollte. Der Freund, in dessen Haus er untergebracht war, unterschrieb das Testament als Zeuge. Dann äußerte er den Wunsch, mit einer kleinen braunen Haarkette begraben zu werden, die er um den Hals trug und die er (wenn die Wahrheit denn bekanntwerden muß) in Brüssel von Amelias Zofe erhalten hatte, als der jungen Witwe während des Fiebers, das sie nach Osbornes Tod am Mont St. Jean aufs Krankenlager geworfen hatte, alles Haar hatte abgeschnitten werden müssen.

Er erholte sich jedoch, kam etwas zu Kräften und erlitt einen Rückfall, denn er war einer derartigen Behandlung mit Aderlässen und Kalomel unterworfen worden, daß sein Überleben am besten bewies, wie stark seine Konstitution war. Fast als Skelett wurde er an Bord des Ostindienfahrers *Ramchunder* gebracht, der unter Kapitän Bragg segelte und, von Kalkutta kommend, in Madras anlegte. Er war so schwach und hinfällig, daß der Freund, der ihn während seiner Krankheit gepflegt hatte, ihm prophezeite, er würde die Reise nicht überstehen, sondern eines Morgens, in Fahnentuch und Hängematte gehüllt, über Bord gehen und die Reliquie, die er auf dem Herzen trug, mit in die Tiefe nehmen. Aber ob es nun die Seeluft war oder die Hoffnung, die neu in ihm aufflackerte: jedenfalls ging es unserm Freund von dem Tage an besser, als das Schiff Segel setzte und den Kurs in Richtung auf die heimatlichen Gewässer einschlug. Und noch ehe sie das Kap erreichten, war er vollkommen gesund, wenn auch mager wie ein Windhund. «Diesmal wird Kirk doch noch um die Ernennung zum Major gebracht», sagte er und lächelte; «sicher erwartet er, seine Beförderung in der *Gazette* zu lesen, wenn das Regiment zu Hause eintrifft!» Während nämlich der Major krank in Madras lag, wohin er gar nicht schnell genug hatte kommen können, war das tapfere -te Regiment endlich nach Hause beordert worden, nachdem es viele Jahre außerhalb Englands Dienst getan hatte; denn nach der Rückkehr aus Westindien war es damals durch den Feldzug von Waterloo um den Heimaturlaub gekommen, und von Flandern war es gleich nach Ostindien abkommandiert worden. Der Major hätte sogar zusammen mit seinen Kameraden heimkehren können, wenn er in Madras auf ihre Ankunft hätte warten wollen.

Vielleicht hatte er keine Lust, sich in seinem erschöpften Zustand wieder Glorvinas Fürsorge anzuvertrauen. «Ich glaube, wenn wir Miss O'Dowd an Bord hätten, wär's mit mir schon aus und vorbei», erklärte er lachend einem Mitreisenden, «und sobald sie mich über Bord gehabt hätte, würde sie sich auf Sie gestürzt haben und Sie als Prise nach Southampton eingebracht haben, darauf können Sie sich verlassen, mein lieber Joseph!»

Der Mitreisende war tatsächlich kein andrer als unser wohlbeleibter Freund Joseph Sedley. Er hatte zehn Jahre in Bengalen verlebt, und die ewigen Abendessen, die Tiffins, das helle Bier und der Claret, die mühsame Arbeit im Verwaltungsgebäude und der erfrischende Brandy-Soda, den er dort notgedrungen zu sich nehmen mußte, waren auf den Waterloo-Sedley nicht ohne Wirkung geblieben. Eine Reise nach Europa wurde für notwendig erklärt, und da er seine Dienstzeit in Indien absolviert und dank seiner hohen Posten eine beträchtliche Summe Geldes hatte beiseite legen können, stand es ihm nun frei, heimzukehren und von seiner guten Pension zu leben oder später wieder nach Indien zu gehen und die Stellung bei der Ostindischen Kompanie einzunehmen, zu der ihn sein Dienstalter und seine umfassenden Gaben berechtigten.

Seit wir ihn zuletzt gesehen hatten, war er eher etwas magerer geworden, hatte jedoch an majestätischem und feierlichem Auftreten noch gewonnen. Er hatte sich den Schnurrbart wieder wachsen lassen, auf den er dank seiner Verdienste bei Waterloo ein Anrecht hatte, und stolzierte nun mit einer prächtigen goldbetreßten Samtkappe und im Schmucke unzähliger Nadeln und Juwelen an Bord herum. Das Frühstück nahm er in seiner Kabine ein und kleidete sich dann so sorgfältig fürs Promenadendeck an, als müsse er sich für die Bond Street oder den Korso in

Kalkutta herausputzen. Er brachte einen eingeborenen Diener mit, der sein *valet* und Pfeifenträger war und am Turban das Sedleysche Wappen in Silber trug. Der orientalische Diener führte unter Joseph Sedleys Tyrannei ein elendes Dasein. Joseph war, was seine äußere Erscheinung betraf, so eitel wie eine Frau und brauchte für seine Toilette ebensoviel Zeit wie eine welkende Schönheit. Die jüngeren Mitreisenden, unter ihnen der junge Chaffers vom hundertfünfzigsten Regiment und der arme kleine Ricketts, der nach seinem dritten Fieber nach Hause fuhr, pflegten Sedley bei Tisch auszuholen und ihn dahin zu bringen, daß er ihnen tolle Geschichten über sich selbst und seine Heldentaten auf der Tigerjagd und im Kampf gegen Napoleon erzählte. Er war großartig, als er beim Besuch des Kaisergrabes in Longwood den gleichen Herren und den jungen Schiffsoffizieren (Major Dobbin war nicht dabei) die ganze Schlacht von Waterloo schilderte und gewissermaßen zu verstehen gab, daß ohne ihn, Joseph Sedley, Napoleon nicht nach Sankt Helena gekommen wäre.

Nach der Rückkehr von Sankt Helena wurde er sehr freigebig und verschenkte Reiseproviant in großen Mengen, Rotwein, Fleischkonserven und große Kisten voll Mineralwasser, die er alle zu seinem Privatgebrauch mitgenommen hatte. Es befanden sich keine Damen an Bord, und da der Major dem Zivilisten den Vortritt gelassen hatte, war Joseph bei Tisch die Respektsperson und wurde denn auch von Kapitän Bragg und den Offizieren der *Ramchunder* mit der seinem Rang gebührenden Hochachtung behandelt. Während eines zwei Tage anhaltenden Sturmes verschwand er fast fluchtartig in seiner Kabine, ließ die Bullaugen verrammeln, legte sich in seine Koje und las *Die Waschfrau von Finchley,* ein Buch, das Lady Emily Hornblower, Gattin des Reverend Silas Hornblower, an Bord der *Ramchunder* gelassen hatte, als sie zum Kap fuhr, wo der edle Reverend als Missionar tätig war. Als alltägliche Lektüre hatte er jedoch einen Vorrat an Romanen und Theaterstücken mitgebracht, die er an die andern auslieh, so daß er sich bei jedermann durch seine Güte und Leutseligkeit beliebt machte.

So manche Nacht, während das Schiff das tosende dunkle Meer durchfurchte, die Sterne und der Mond am Himmel standen und die Schiffsglocke die Glasen schlug, saßen Mr. Sedley und der Major auf dem Achterdeck und sprachen von zu Hause, während der Major seine Manilazigarre und der andre die Wasserpfeife rauchte, die ihm sein Diener gestopft hatte.

Es war geradezu wunderbar, mit welcher Beharrlichkeit und Geschicklichkeit es dem Major immer wieder gelang, das Gespräch auf das eine Thema – Amelia und ihren kleinen Sohn – zu lenken. Joseph war etwas verärgert über die Fehlschläge seines Vaters und die Selbstverständlichkeit, mit der er von seinem Vater um Hilfe angegangen wurde; doch der Major beschwichtigte ihn und erinnerte ihn an das schwere Schicksal und das Alter seines Vaters. Der Major meinte, Joseph würde vielleicht nicht gern mit dem alten Paar zusammenleben, dessen Tageseinteilung und Gewohnheiten kaum mit denen eines jüngeren Mannes übereinstimmten, der sich obendrein in einer andern Gesellschaftsschicht bewege (Joseph dankte mit einer Verbeugung für das Kompliment), aber dann wies er darauf hin, wie vorteilhaft es für Joseph wäre, in London ein eigenes Haus zu besitzen und nicht mehr wie früher nur eine Junggesellenwohnung. Seine Schwester Amelia mit ihrem vornehmen, feinen Wesen und ihren liebenswürdigen Umgangsformen wäre die geeignete Persönlichkeit, seinem Haushalt vorzustehen. Er erzählte Anekdoten von den Erfolgen, die Mrs. George Osborne ehemals in Brüssel und London gehabt habe, wo sie von Leuten der allervornehmsten Gesellschaft bewundert worden sei. Dann deutete er an, wie gut es sich ausnehmen würde, wenn Joseph den kleinen Georgy in eine bessere Schule schickte und einen rechten Mann aus ihm machte, denn seine Mutter und deren Eltern würden ihn bestimmt verziehen. Kurz gesagt, der schlaue Major lockte dem Zivilisten das Versprechen ab, für Amelia und ihr schutzloses Kind zu sorgen. Er wußte natürlich noch nicht, was für Ereignisse sich in der Familie Sedley abgespielt hatten und daß Amelia ihre Mutter an den Tod und ihren Sohn an den Reichtum verloren hatte. Jedenfalls dachte der

verliebte und nicht mehr gar so junge Herr täglich und andauernd an Mrs. Osborne, und all sein Denken kreiste nur darum, wie er ihr Gutes antun könne. Er umschmeichelte und beschwatzte, lobte und pries Joe Sedley mit einer Ausdauer und Liebenswürdigkeit, deren er sich wahrscheinlich gar nicht bewußt war. Wer aber unverheiratete Schwestern oder gar Töchter hat, wird wohl wissen, wie ungewöhnlich nett sich viele Herren, wenn sie die weiblichen Familienmitglieder umwerben, auch zu deren männlichen Verwandten benehmen. Vielleicht ließ sich der Schelm von einem Dobbin von einer ähnlichen Heuchelei bestimmen.

Im Grunde verhielt es sich folgendermaßen: als Major Dobbin sehr krank an Bord der *Ramchunder* kam und auch noch während der drei Tage, die das Schiff in der Reede von Madras lag, konnte er sich zuerst gar nicht erholen, und auch das Erscheinen seines alten Bekannten Joe Sedley an Bord der *Ramchunder* und dessen Begrüßung hatten ihn nicht sehr aufgeheitert, bis dann eines Tages, während der Major matt an Deck lag, ein Gespräch zwischen ihnen stattfand. Der Major hatte gesagt, er glaube, daß es mit ihm bald aus sei; deshalb habe er seinem Patenjungen in seinem Testament eine Kleinigkeit hinterlassen, und er hoffe, Mrs. Osborne werde ihm ein freundliches Andenken bewahren und in der Ehe, die sie jetzt schließen wolle, ihr Glück finden. «Amelia und heiraten?» sagte Joseph. «Kein Gedanke daran! Ich habe Nachricht von ihr, und sie erwähnt nichts von einer Heirat. Übrigens: sehr komisch! Sie hat mir geschrieben, daß Major Dobbin heiraten wolle und daß sie hoffe, er würde glücklich werden!» Welches Datum Sedleys Briefe aus Europa trügen, fragte der Major. Der Zivilist holte sie. Sie waren neueren Datums als die des Majors, und zwar um zwei Monate später geschrieben. Der Schiffsarzt konnte sich nun bald zu der Behandlung gratulieren, die er bei seinem neuen Patienten anwandte: in Madras war er ihm von seinem dortigen Kollegen mit recht geringer Hoffnung übergeben worden; doch von genau dem Tage an, als er die Medizin wechselte, ging es dem Major allmählich besser. Und so kam es denn, daß sich der verdienstvolle Offizier, Hauptmann Kirk, um die Majorswürde gebracht sah.

Nachdem sie Sankt Helena passiert hatten, wurde Major Dobbin so munter und kräftig, daß alle Mitreisenden staunten. Er trieb allerhand Scherze mit den Seekadetten, veranstaltete Stockduelle mit den jüngeren Offizieren, klomm wie ein Schiffsjunge in die Wanten, trug eines Abends zum Vergnügen der ganzen Gesellschaft, die nach dem Essen beim Grog saß, ein lustiges Lied vor und gab sich so heiter, lebhaft und liebenswürdig, daß sogar Kapitän Bragg, der zuerst keine hohe Meinung von ihm gehabt, sondern ihn für einen trübseligen Burschen gehalten hatte, endlich zugeben mußte, daß der Major ein zwar zurückhaltender, aber erfahrener und verdienter Offizier sei. «Aber verdammich, elegante Manieren hat er nicht», meinte der Kapitän zu seinem Ersten. «Der würde schlecht in den Gouverneurspalast passen, Roper, wo seine Lordschaft und Lady William doch so nett zu mir waren und mir vor allen andern die Hand geschüttelt haben, jawohl, und beim Diner hat der Lord mich aufgefordert, ihm beim Bier Bescheid zu trinken, noch vor dem Oberbefehlshaber. Er hat keine Manieren, aber er hat so was Gewisses...» Und damit bewies Kapitän Bragg, daß er nicht nur ein fähiger Schiffskapitän, sondern auch ein scharfsinniger Menschenkenner war.

Als dann zehn Tage vor ihrer Ankunft in England eine Windstille eintrat, wurde Dobbin so ungeduldig und schlecht gelaunt, daß alle Mitreisenden, die bis dahin seine Lebhaftigkeit und gute Laune bewundert hatten, sich sehr über ihn wunderten. Er erholte sich erst, als die Brise wieder zu wehen begann, und als der Lotse an Bord kam, geriet er in die größte Aufregung. Mein Gott, wie ihm das Herz klopfte, als die beiden freundlichen Türme von Southampton auftauchten!

LVIII

Unser Freund, der Major

FFENBAR hatte sich unser Major an Bord der *Ramchunder* so beliebt gemacht, daß im Augenblick, als er und Mr. Sedley in das Boot stiegen, das sie an Land bringen sollte, die ganze Schiffsbesatzung – Mannschaft und Offiziere, unter der Leitung des großen Kapitäns Bragg – drei Hochrufe auf Major Dobbin ausbrachte, der furchtbar rot wurde und zum Zeichen seiner Dankbarkeit den Kopf einzog. Joseph, der wohl glaubte, die Hochrufe seien für ihn bestimmt, nahm die goldbetreßte Kappe ab und winkte seinen Freunden hoheitsvoll zu. Dann wurden beide an Land gerudert und stiegen sehr würdevoll am Pier aus, von wo sie sich ins Hotel *Royal George* begaben.

Der Anblick des prachtvollen Rinderbratens und der silbernen Kanne, die echt englisches Bier, hausgebrauten Ale und Porter, ahnen läßt, begrüßt jahraus, jahrein den Reisenden, der, aus fremden Ländern zurückgekehrt, das Kaffeezimmer des Hotels betritt. Aber obwohl dieser Anblick so herzstärkend und köstlich ist, daß jeder, der in ein so behagliches, schmuckes und gemütliches Gasthaus kommt, am liebsten einige Tage dort zubringen möchte, begann Dobbin doch sofort von einer Postkutsche zu sprechen. Kaum war er in Southampton angelangt, da wollte er auch schon auf der Landstraße nach London sein. Joseph dagegen wollte nichts davon hören, noch am gleichen Abend weiterzureisen. Warum sollte er die Nacht in der Postkutsche verbringen anstatt in einem großen, breiten, weichen Daunenbett, das hier bereitstand, die gräßliche enge, kleine Koje zu ersetzen, in die sich der stattliche Herr aus Bengalen während der Seereise hatte zwängen müssen? Er konnte nicht an Fahren denken, ehe sein Gepäck durch den Zoll gebracht war, und wie konnte er überhaupt ohne seinen indischen Würztabak weiterreisen? Daher sah sich der Major gezwungen, die Nacht über abzuwarten, und sandte einen Brief an seine Familie, der seine Ankunft meldete. Er bat Joe, ebenfalls an seine Verwandten zu schreiben. Joe versprach es, hielt aber sein Versprechen nicht. Der Kapitän, der Schiffsarzt und ein oder zwei Passagiere kamen und speisten mit unsern beiden Freunden zusammen im Gasthof. Joe strengte sich an und ließ ein üppiges Mahl kommen; dem Major versprach er, am nächsten Tag mit ihm nach London zu fahren. Der Wirt erklärte, es sei eine Wohltat für seine Augen, Mr. Sedley das erste Glas Porter trinken zu sehen. Wenn ich Zeit hätte und ein paar Abschweifungen riskieren dürfte, würde ich über das erste auf englischem Boden getrunkene Glas Porter ein ganzes Kapitel schreiben. Ah, wie gut es doch schmeckt! Es lohnt sich, der Heimat ein Jahr lang den Rücken zu kehren, nur um hinterher den ersten Schluck so richtig zu genießen.

Am nächsten Morgen erschien Major Dobbin sehr ordentlich rasiert und gekleidet, wie es seine Gewohnheit war, aber zu so früher Stunde, daß im Hause keine Menschenseele auf den Beinen war, ausgenommen den wunderbaren Hausknecht, der, wie es scheint, überhaupt keinen Schlaf braucht. Als der Major die knarrenden Dielen der dunklen Korridore entlangschlich, hörte er das Schnarchen der verschiedenen Gäste bis auf den Flur schallen. Nach ihm stahl sich der ewig wache Hausknecht von Tür zu Tür und sammelte die davorstehenden Blücher-, Wellington- und Oxfordstiefel ein. Dann erhob sich Josephs eingeborener Diener und begann alles für die umständliche Toilette seines Herrn herzurichten und die

Wasserpfeife vorzubereiten. Nun standen auch die Zimmermädchen auf, begegneten im Korridor dem dunkelhäutigen Mann, hielten ihn für den Teufel und kreischten los. Der Diener und Dobbin stolperten über die Scheuereimer der Mädchen, die in den Gängen die Fußböden scheuerten. Als der erste unrasierte Kellner erschien und die Haustür aufriegelte, meinte der Major, nun sei die Zeit zur Abfahrt gekommen, und befahl, sofort eine Postkutsche zu bestellen, damit sie abreisen könnten.

Dann lenkte er die Schritte zu Mr. Sedleys Zimmer und schob die Vorhänge des großen, breiten Familienbettes auf die Seite, in dem Mr. Joseph schnarchte. «Sedley! Aufstehn!» rief der Major, «höchste Zeit, daß wir aufbrechen! In einer halben Stunde steht die Postkutsche vor dem Gasthof.»

Unter dem Deckbett hervor fragte Joe brummig, wieviel Uhr es sei; als er aber dem errötenden Major (der nie schwindelte, auch nicht zu seinem Vorteil) endlich das Geständnis abgepreßt hatte, welche frühe Morgenstunde es noch war, brach er in einen Schwall von hier nicht wiederzugebenden Schimpfwörtern aus, durch die er dem Major zu verstehen gab, daß er seine Seele aufs Spiel setzen würde, müßte er jetzt aufstehen; der Major möge sich zum Teufel scheren, er wolle nicht mit ihm reisen, und überhaupt sei es sehr unfreundlich und unfein, einen Menschen so aus dem Schlaf zu reißen. Daraufhin sah sich der geknickte Major genötigt, Joseph der Fortsetzung seines unterbrochenen Schlummers zu überlassen.

Bald fuhr die Postkutsche vor, und der Major mochte nicht länger warten.

Wäre er ein englischer Edelmann auf einer Vergnügungsreise oder ein Zeitungskurier mit Depeschen gewesen (Botschaften von der Regierung werden meistens viel geruhsamer befördert), so hätte er nicht schneller reisen können. Die Postillone staunten über die Trinkgelder, die er ihnen zuwarf. Wie friedlich und grün sah die Landschaft aus, als die Post rasch von Meilenstein zu Meilenstein rollte: durch nette Landstädtchen, wo die

Mr. Josephs Pfeifenträger

Wirte herauskamen und lächelnd vor ihm dienerten, an hübschen Landgasthöfen vorbei, wo das Wirtshausschild in einer Ulme hing und Pferde und Fuhrleute sich im lichten Schatten der Bäume an einem Trunk labten, an alten Schlössern und Parks vorbei, durch ländliche Weiler, die sich dicht um altersgraue Kirchen scharten – kurz, durch die liebliche, freundliche englische Landschaft. Gibt es in der Welt eine, die ihr gleichkommt? Dem heimkehrenden Reisenden kommt sie so freundlich vor: sie scheint dir die Hand drücken zu wollen, während du sie durcheilst. An alledem fuhr Major Dobbin auf seinem Wege von Southampton nach London vorbei, ohne viel mehr als die Meilensteine längs der Chaussee zu gewahren. Er brannte nämlich so darauf, seine Eltern in Camberwell wiederzusehen.

Er ärgerte sich über die endlos lange Zeit, die er von Piccadilly bis zu seinem ehemaligen Absteigequartier in Slaughters' Kaffeehaus brauchte, wo er getreulich einkehrte. Viele Jahre waren vergangen, seit er es zuletzt gesehen hatte und seit er und George als junge Männer hier manches Festessen genossen und manche Feier abgehalten hatten. Jetzt gehörte er zu den alten Junggesellen. Sein Haar wurde schon grau, und manche Leidenschaften und Gefühle seiner Jugend waren in der Zwischenzeit welk geworden. Doch der alte Kellner stand noch in der Tür, noch immer im speckigen schwarzen Anzug, noch immer mit Doppelkinn und schlaffen Wangen und noch immer mit dem dicken Petschaftbündel an der Uhrtasche: er klimperte wie einst mit dem Geld in der Tasche und begrüßte den Major, als sei er nur eine Woche verreist gewesen. «Trag das Gepäck des Herrn Major nach Nummer dreiundzwanzig, das ist sein altes Zimmer», rief John und zeigte nicht die geringste Überraschung. «Gebratenes Huhn zum Diner, nehme ich an? Noch unverheiratet? Mal wurde erzählt, Sie hätten geheiratet – der schottische Arzt von Ihrem Regiment war hier. Nein, doch nicht, es war Hauptmann Humby vom Dreiunddreißigsten, das in Indien mit dem -ten Regiment zusammen in Quartier lag. Möchten Sie warmes Wasser? Warum sind Sie mit der Extrapost gekommen? Die andre ist Ihnen wohl nicht gut genug?» Und damit führte der treue Kellner, der jeden Gast des Hauses kannte und sich seiner erinnerte und dem zehn Jahre nicht mehr bedeuten als ein Tag, ihn in sein altes Zimmer hinauf, wo das große Bett mit der Ripsdecke stand und der schäbige Teppich lag, jetzt vielleicht um noch einen Grad schmutziger, und all die alten schwarzen, mit verblichenem Kattun überzogenen Möbel, genau so, wie sich der Major aus der Jugend her noch an sie erinnerte.

Er erinnerte sich auch an George, der am Tag vor seiner Trauung im Zimmer auf und ab rannte, an den Nägeln kaute und dabei schwor, sein alter Herr müsse nachgeben, und wenn er's nicht wolle, dann pfeife er drauf. Dobbin sah ihn vor sich, wie er ins Zimmer trat und Dobbins Tür und die seines eigenen Zimmers gleich nebenan knallend ins Schloß warf.

«Jünger sind Sie auch nicht gerade geworden», sagte John und blickte den Freund aus alten Zeiten kritisch an.

Dobbin lachte. «Zehn Jahre und einmal Fieber machen den Menschen nicht jünger, John», sagte er. «Aber Sie – Sie sind immer jung – nein, immer gleich alt.»

«Was ist aus Hauptmann Osbornes Witwe geworden?» fragte John. «*Er* war ein feiner junger Mensch! Herrje, wie er mit dem Geld um sich warf! Ist nie wieder hier gewesen – seit dem Tag, als er zur Trauung fuhr. Schuldet mir heute noch drei Pfund. Sehn Sie her, da steht's in meinem Buch: ‹Hauptmann Osborne: drei Pfund. Zehnten April 1815.› Möchte mal wissen, ob mir's sein Vater bezahlen würde!» meinte Slaughters' John und zog dabei das alte lederne Notizbuch heraus, in dem er auf einem noch immer vorhandenen, jetzt vergilbten und schmierigen Blatt neben vielen anderen hingekritzelten Notizen über verflossene Gäste des Hauses auch das Darlehen an den Hauptmann vermerkt hatte.

Nachdem er seinen Gast in das Zimmer geführt hatte, zog John sich mit der größten Gelassenheit zurück, und

Major Dobbin wählte, nicht ohne über seine eigene Torheit zu grinsen und rot zu werden, aus seinem Koffer den elegantesten und kleidsamsten Zivilanzug aus, den er besaß, und mußte über sein lederbraunes Gesicht und seine grauen Haare lachen, als er sie in dem matten Spiegelchen auf dem Frisiertisch musterte.

Bin froh, daß der alte John mich nicht vergessen hat, dachte er. Hoffentlich erkennt sie mich! Und er verließ den Gasthof und wandte den Schritt wieder einmal nach Brompton.

Jeder, auch der unbedeutendste Umstand seiner letzten Begegnung mit Amelia stand dem treuen Menschen vor Augen, während er ihrem Haus zustrebte. Seit er das letztemal in Piccadilly gewesen war, waren der Triumphbogen und die Achilles-Statue errichtet worden. So vieles hatte sich verändert, aber sein Auge und sein Geist nahmen das meiste nur flüchtig wahr. Er fing an zu zittern, als er die so vertraute Brompton Lane hinaufschritt, die zu ihrer Straße führte. Ob sie sich verheiraten wollte? Oder nicht? Wenn er ihr mit dem kleinen Jungen begegnete, großer Gott, was sollte er dann bloß tun? Er sah eine Frau mit einem fünfjährigen Kind auf sich zukommen – war sie das etwa? Schon bei dem bloßen Gedanken erschrak er. Als er endlich in die Häuserzeile gelangte, wo sie wohnte, und am Gartentor ankam, mußte er sich daran festhalten und warten. Er hörte sein eigenes Herz hämmern. Gottes Segen über sie – einerlei, was geschehen ist! dachte er bei sich. Pah! Vielleicht wohnt sie gar nicht mehr hier? Und damit schritt er durchs Gartentor.

Das Fenster im Wohnzimmer, in dem sie sich früher stets aufhielt, stand offen; es schien niemand im Zimmer zu sein. Doch der Major erkannte das Klavier mit dem Bild darüber, die beide ihren Platz behalten hatten, und seine Beklemmung nahm wieder zu. Mr. Clapps Messingschild war immer noch an der Tür über dem Klopfer, den Dobbin nun in Bewegung setzte.

Auf sein Klopfen erschien ein dralles Mädchen von etwa sechzehn Jahren mit hellen Augen und roten Wangen und blickte den Major, der sich gegen den Türpfosten lehnte, prüfend an.

Er war so bleich wie ein Gespenst und konnte kaum die Worte hervorstammeln: «Wohnt Mrs. Osborne hier?»

Einen Augenblick sah sie ihm scharf ins Gesicht, dann wurde auch sie blaß und rief: «Großer Gott, es ist Major Dobbin!» Zitternd hielt sie ihm beide Hände hin: «Kennen Sie mich denn nicht mehr?» fragte sie. «Ich habe Sie doch immer Major Zuckerzeltli genannt!», worauf der Major (und es war bestimmt das erste Mal in seinem Leben, daß er sich so aufführte) das Mädchen in die Arme nahm und küßte. Sie begann zu lachen und aufgeregt zu schreien und aus Leibeskräften «Ma! Pa!» zu rufen. Das brachte die guten Leute nach oben, die den Major schon vom Fenster ihrer Wohnküche aus beobachtet hatten und erstaunt waren, ihre Tochter im engen Flur in den Armen eines vornehmen großen Mannes in blauem Rock und weißen Sommerhosen zu sehen.

«Ich bin ein alter Bekannter», erklärte er, nicht ohne von neuem rot zu werden. «Erinnern Sie sich nicht mehr an mich, Mrs. Clapp, und an die guten Kuchen, die Sie mir immer zum Tee gebacken haben? Kennen Sie mich noch, Clapp? Ich bin Georges Patenonkel und komme gerade aus Indien zurück.» Ein allgemeines Händeschütteln folgte. Mrs. Clapp war hocherfreut und gerührt und richtete noch auf dem Flur wohl hundertmal die erstaunte Frage an den Himmel, wie so etwas denn nur möglich sei.

Die Hausbesitzer führten den verehrten Major in das Sedleysche Wohnzimmer (in dem er sich an jedes einzelne Möbelstück erinnerte, angefangen mit dem alten messingverzierten Klavier, einem ehemals sehr schmucken kleinen Instrument von Stothard, bis zu dem Ofenschirm und dem Miniaturgrabstein aus Alabaster, in dessen Vertiefung Mr. Sedleys goldene Uhr tickte), und nachdem er sich dort in den Lehnstuhl ihres abwesenden Untermieters gesetzt hatte, erzählten ihm Vater, Mutter und Tochter, von tausend Ausrufen unterbrochen, was wir über die Einzelheiten aus Amelias Leben bereits wissen, die ihm aber noch nicht bekannt waren: nämlich von Mrs. Sedleys Tod, von Georgys Aussöhnung mit dem Großvater Osborne, von dem Schmerz der Witwe, als sie sich von ihm trennen mußte, und noch anderes mehr aus ihrem Leben. Zweimal oder dreimal wollte er schon zu einer Frage wegen der Heirat ansetzen, doch dann verließ ihn der Mut. Er wollte den Leuten nicht seine Gefühle verraten. Schließlich erfuhr er noch, daß Mrs. Osborne mit ihrem Pa in den Kensington Park gegangen sei, wo sie an schönen Tagen nach dem Essen mit dem alten Herrn spazierengehe, der jetzt schon sehr schwach und grämlich sei und ihr das Leben schwermache, obwohl sie wirklich der reinste Engel zu ihm sei.

«Meine Zeit ist sehr knapp», sagte der Major, «und ich habe heute noch Wichtiges zu erledigen, aber ich würde Mrs. Osborne doch sehr gerne sehen. Könnte Miss Polly mich vielleicht begleiten und mir den Weg zeigen?»

Polly ging auf seinen Vorschlag freudig überrascht ein. Doch, sie kenne den Weg. Sie würde ihn dem Herrn Major gerne zeigen. Sie sei schon oft bei Mr. Sedley geblieben, wenn Mrs. Osborne weitergegangen wäre – zum Russell Square nämlich. Und sie kenne auch die Bank, auf der er am liebsten sitze. Sie hüpfte in ihr Zimmer und erschien kurz darauf in ihrer besten Haube und dem gelben Umhang und der großen Achatbrosche ihrer Mama, die sie sich beide geborgt hatte, um als würdige Begleiterin des Majors zu bestehen.

Der Offizier in seinem blauen Schoßrock und den Lederhandschuhen reichte der jungen Dame also seinen Arm, und sie gingen sehr vergnügt zusammen fort. Er war froh, daß er für die bevorstehende Begegnung, vor der er sich irgendwie etwas fürchtete, einen bekannten Menschen neben sich hatte. Er stellte ihr noch viele Fragen über Amelia, und sein gutes Herz dachte voller Kummer daran, daß sie sich von ihrem Sohn hatte trennen müssen. Wie ertrug sie es? Sah sie ihn oft? Ging es Mr. Sedley in materieller Hinsicht jetzt leidlich gut? Polly beantwortete alle Fragen, die Major Zuckerzeltli an sie richtete, so gut sie nur konnte.

Mitten auf dem Spaziergang spielte sich ein kleiner Zwischenfall ab, der an und für sich zwar ganz geringfügig war, dem Major jedoch unendliche Freude bereitete. Ein blasser junger Mann mit dürftigem Backenbart und gestärktem weißem Halstuch kam *en sandwich* den Weg einher, das heißt, an jedem Arm hatte er eine Dame. Die eine war eine große, gebieterische Frau in mittleren Jahren, deren Gesichtszüge und Hautfarbe denen des neben ihr gehenden Geistlichen sehr glichen. Die andre war ein kümmerliches kleines Wesen mit dunklem Gesicht, die in einer schönen neuen Haube mit weißen Bändern und einer eleganten Pelerine prangte und am Gürtel eine kostbare goldene Uhr trug. Der zwischen den beiden Damen eingezwängte Herr schleppte außerdem noch einen Sonnenschirm, einen Schal und einen Korb, so daß seine beiden Arme ganz beladen waren und er natürlich nicht den Hut ziehen konnte, um Miss Clapp für den Knicks zu danken, mit dem sie ihn grüßte.

Er nickte also nur vorsichtig mit dem Kopf, während die Damen den Gruß mit herablassender Miene erwiderten und gleichzeitig auf das Individuum mit dem Bambusstock, das Polly begleitete, einen strengen Blick warfen.

«Wer ist denn das?» fragte der Major, der die Gruppe komisch fand, nachdem er den dreien Platz gemacht hatte, um sie auf dem schmalen Weg vorbeizulassen. Mary blickte ihn ziemlich verschmitzt an.

«Es ist unser Hilfspfarrer, Reverend Mr. Binny» (hier zuckte der Major zusammen), «und seine Schwester, Miss Binny. Gott im Himmel, wie die uns in der Sonntagsschule immer geplagt hat! Und die andre Dame, die kleine mit dem Schielauge und der schönen Uhr, das ist Mrs. Binny, früher Miss Grits. Ihr Papa war Kaufmann und führte in den Kensington Gravel Pits das ‹Original-Goldene Teekännchen›. Im vergangenen Monat haben sie geheiratet, und jetzt sind sie gerade von Margate zurück. Sie hat fünftausend Pfund Sterling, aber mit Miss Binny hat sie sich schon zerstritten, obwohl sie die Heirat eingefädelt hat.»

Wenn der Major vorhin nur zusammengezuckt war, so fuhr er jetzt regelrecht herum und stieß mit dem Rohrstock so lebhaft auf den Boden, daß Miss Clapp «Huch!» rief und dann loslachte. Einen Augenblick stand er schweigend da und sah offenen Mundes dem sich entfernenden Paar nach, während Polly ihm noch auf seine Frage antwortete. Aber er vernahm nicht viel mehr als die Nachricht von der Heirat des Pfarrers. Es verschwamm ihm alles vor Glückseligkeit. Nach dieser Begegnung strebte er dem ersehnten Ziel mit verdoppelter Geschwindigkeit zu, doch andrerseits gelangten sie zu rasch durch Brompton (denn er zitterte im Gedanken an das Wiedersehen, nach dem er sich zehn Jahre lang gesehnt hatte) und traten durch das kleine alte Tor in der Mauer des Kensington-Parks.

«Da sind sie!» rief Polly, und wieder spürte sie, wie er zusammenfuhr. Sofort war ihr die ganze Situation klar. Sie durchschaute die Sache so gut, als ob sie in einem ihrer Lieblingsromane *(Fanny, die Waise* oder *Die schottischen Häuptlinge)* darüber gelesen hätte.

«Vielleicht läufst du voraus und sagst es ihr?» meinte der Major. Polly rannte los, daß ihr gelber Umhang nur so im Wind flatterte.

Der alte Sedley saß auf einer Bank, hatte ein Taschentuch über die Knie gebreitet und plauderte wie üblich vor sich hin – irgendeine alte Geschichte aus alten Zeiten, die Amelia schon herzlich oft angehört und mit geduldigem Lächeln bedacht hatte. Sie hatte mittlerweile gelernt, mit einem Lächeln oder einem andern Zeichen der Anerkennung auf ihres Vaters Geschichten einzugehen, während sie kaum ein Wort davon vernahm, sondern an ihre eigenen Angelegenheiten dachte. Als Polly angesprungen kam und Amelia sie erblickte, stand sie erschrocken auf. Ihr erster Gedanke war, daß George etwas zugestoßen sei, aber das eifrige, freudestrahlende Gesicht der Botin verscheuchte die Furcht im Herzen der ängstlichen Mutter.

«Mrs. Osborne! Mrs. Osborne!» rief Major Dobbins Sendbotin. «Er ist da! Er ist da!»

«Wer ist da?» fragte Emmy und dachte immer noch an ihren Sohn.

«Da steht er!» antwortete Miss Clapp, drehte sich um und deutete auf Major Dobbin. Als Amelia hinschaute, sah sie Dobbins hagere Figur und seinen langen Schatten über den Rasen stelzen. Nun erschrak sie, wurde rot und fing natürlich an zu weinen. Bei allen Festen des dummen kleinen Geschöpfchens mußten immer die Wasserkünste spielen!

Er sah sie an – ach, wie liebevoll! –, während sie mit ausgestreckten Händen auf ihn zulief. Sie hatte sich nicht verändert. Etwas blasser war sie geworden und die Figur ein wenig rundlicher. Ihre Augen waren die gleichen geblieben: gute, zutrauliche Augen! Im weichen braunen Haar hatte sie kaum drei Silberfädchen. Sie gab ihm ihre beiden Hände und sah errötend und unter Tränen lächelnd zu dem ehrlichen, unschönen Gesicht auf. Er nahm die kleinen Händchen in die seinen und hielt sie fest. Einen Augenblick fand er keine Worte. Warum schloß er sie nicht in die Arme, warum gelobte er nicht, sie nie wieder zu verlassen? Sicher hätte sie nachgegeben: sie hätte nicht anders gekonnt, als ihm zu folgen.

«Ich – ich muß noch einen andern Besuch melden», brachte er nach einer kleinen Weile hervor.

«Mrs. Dobbin?» fragte Amelia und fuhr zurück. Warum sprach er denn nicht?

«Nein», sagte er und ließ ihre Hände los. «Wer hat Ihnen nur solche Lügen erzählt? – Ich meine Ihren Bruder Joe; er reiste mit mir auf dem gleichen Schiff und ist heimgekehrt, um Sie alle glücklich zu machen.»

«Papa! Papa!» rief Amelia. «Was für gute Nachrichten! Unser Joseph ist wieder in England! Er will für dich sorgen. Und hier ist Major Dobbin!»

Mr. Sedley schoß hoch, begann heftig zu zittern und versuchte seine Gedanken zu sammeln. Dann trat er vor und machte dem Major, den er Mr. Dobbin nannte, eine

Eine Begegnung

altmodische Verbeugung, wobei er die Hoffnung aussprach, daß es Dobbins verehrtem Vater, Sir William, gut gehe. Er habe die Absicht, Sir William zu besuchen, der ihn vor kurzer Zeit mit einem Besuch beehrt habe. Dabei war Sir William das letztemal vor acht Jahren bei dem alten Herrn gewesen – und *der* Besuch war's, den Mr. Sedley erwidern wollte!

«Er ist sehr schwach geworden», flüsterte Emmy, als Dobbin dem alten Mann herzlich die Hand drückte.

*

Obwohl der Major noch am gleichen Abend so dringende Geschäfte zu erledigen hatte, fand er sich doch bereit, sie zu verschieben, als Mr. Sedley ihn einlud, mit ihnen nach Hause zu gehen und bei ihnen Tee zu trinken. Amelia schob ihren Arm unter den ihrer jungen Freundin im gelben Umhang und übernahm beim Heimweg die Führung, so daß Dobbin sich mit Mr. Sedley begnügen mußte. Der alte Herr ging sehr langsam und erzählte eine Unmenge alter Geschichten über sich und seine arme Bessy, seinen einstigen Wohlstand und den Bankrott. Wie es immer bei altersschwachen Leuten der Fall ist, weilten seine Gedanken in vergangenen Zeiten. Von der Gegenwart wußte er nur wenig – abgesehen von der einen großen Katastrophe, unter deren Folgen er zu leiden hatte. Der Major ließ ihn gerne weiterplaudern. Seine Augen waren auf die Gestalt vor ihm geheftet – eine liebe kleine Gestalt, die ihm in der Phantasie und im Gebet immer vor Augen gestanden und die ihn im Traum, ob er nun wachte oder schlief, so oft besucht hatte.

Amelia war den ganzen Abend über sehr glücklich, heiter und lebhaft, und ihre Pflichten als Gastgeberin bei dem kleinen Mahl erfüllte sie, wie Dobbin meinte, sehr reizend und wie es sich gehörte. Als sie im Zwielicht so dasaßen, folgten ihr seine Augen auf Schritt und Tritt. Wie oft hatte er diesen Augenblick herbeigesehnt und sich fern von hier unter heißen Winden und auf ermüdenden Märschen vorgestellt, daß sie sanft und glücklich in aller

Güte für die alten Leute sorgte und ihnen die Armut durch ihre holde Fügsamkeit erleichterte – gerade so, wie er sie jetzt sah. Ich will nicht behaupten, daß er mit seinem Geschmack auf der höchsten Höhe stand oder daß es die Pflicht großer Geister sei, sich mit einem so alltäglichen Glück zufriedenzugeben, wie es unserm schlichten Freund genügte. Er jedenfalls sah hier die Erfüllung seiner Wünsche, sei's zum Guten oder Schlechten, und wenn es Amelia war, die ihm Tee einschenkte, so war er gerne bereit, soviel Tassen wie Doktor Johnson zu trinken.

Als Amelia das bemerkte, bestärkte sie ihn noch lachend darin und sah reizend schelmisch aus, wie sie ihm eine Tasse Tee nach der andern verabreichte. Allerdings wußte sie nicht, daß der Major kein Essen gehabt hatte und daß bei Slaughters der Tisch für ihn gedeckt stand und ein Teller andeutete, daß der Platz reserviert sei: es war übrigens in der gleichen Nische, in der er und George Osborne so manches Mal gezecht hatten, als sie selbst noch das reinste Kind gewesen und gerade erst aus Miss Pinkertons Institut entlassen worden war.

Das erste, was Mrs. Osborne dem Major zeigte, war Georges Miniaturbild: sobald sie zu Hause angekommen waren, lief sie gleich die Treppe hinauf, um es zu holen. Natürlich war es nicht halb so schön wie der Junge selbst, aber war es nicht ein herrlicher Zug an ihm, daß er selber auf den Gedanken gekommen war, seine Mutter damit zu erfreuen? Solange ihr Papa noch auf war, sprach sie nicht viel über Georgy. Von Mr. Osborne und dem Russell Square zu hören, war unangenehm für den alten Herrn, der sehr wahrscheinlich gar nicht ahnte, daß er seit einigen Monaten hauptsächlich von den guten Gaben seines reicheren Rivalen gelebt hatte, und sobald der andere nur erwähnt wurde, regte er sich schon auf.

Dobbin erzählte ihm alles (und vielleicht noch ein bißchen mehr), was sich an Bord der *Ramchunder* ereignet hatte. Er übertrieb, als er von Josephs herzlicher Einstellung zu seinem Vater und von seiner Absicht sprach, es ihm auf seine alten Tage behaglich zu machen. Eigentlich verhielt es sich jedoch so, daß der Major ihm während der Überfahrt sehr deutlich seine Pflicht vor Augen geführt und ihm das Versprechen abgenötigt hatte, er würde für seine Schwester und deren Kind sorgen. Er beschwichtigte Josephs Zorn wegen der Wechsel, die der alte Herr auf seinen Namen ausgestellt hatte, lieferte ihm eine humorvolle Schilderung, was er selbst deswegen hatte durchmachen müssen, erzählte von der berühmten Weinsendung, mit der ihn der alte Mann beglückt hatte, und brachte Mr. Joseph, der durchaus nicht etwa bösartig war, wenn man ihn mit ein paar Schmeicheleien gutgelaunt stimmte, endlich dahin, daß er seiner Verwandten in Europa aufs freundlichste gedachte.

Wie sehr der Major die Wahrheit entstellte, muß ich schließlich auch noch voller Beschämung gestehen: er erzählte Mr. Sedley nämlich, es sei vor allem der Wunsch nach einem Wiedersehen mit seinem Vater gewesen, der Joseph zur Rückkehr nach Europa veranlaßt habe.

Zu seiner gewohnten Stunde begann Mr. Sedley im Lehnstuhl einzunicken, und nun war für Amelia die Gelegenheit gekommen, von dem zu berichten, was ihr so sehr am Herzen lag und was sie denn auch mit größtem Eifer besorgte, denn das Gespräch drehte sich ausschließlich um Georgy. Von ihrem Schmerz, daß sie ihn hatte hergeben müssen, erwähnte sie überhaupt nichts (denn wenn die gute Seele vor Abschiedsschmerz von ihrem Kind fast zugrunde gegangen war, so hielt sie es doch für eine Sünde, daß sie sich so über seinen Verlust grämte), dagegen erzählte sie um so mehr von Georgy und seinem guten Charakter, seiner Begabung und seinen Aussichten. Sie beschrieb seine engelhafte Schönheit und schilderte aus der Zeit, als er noch bei ihr gewohnt hatte, an hundert Beispielen seine Hochherzigkeit und vornehme Gesinnung. Sie erzählte, daß eine Herzogin aus der Königlichen Familie habe halten lassen, um ihn zu bewundern, und daß jetzt wunderbar für ihn gesorgt würde, und daß er ein Pony und einen Reitknecht habe, und wie klug er sei und von wie rascher Auffassungsgabe, und der Reverend Lawrence Veal, Georges Lehrer, sei unerhört belesen und liebenswürdig. «Er weiß einfach alles», sagte Amelia. «Und er gibt ganz entzückende Abendgesellschaften. Gerade Sie, weil Sie selber so gelehrt sind und soviel gelesen haben und so klug und gebildet sind – nein, Sie dürfen nicht den Kopf schütteln, *er* hat es immer von Ihnen gesagt –, gerade Sie wären begeistert von Mr. Veals Gesellschaften! Immer am letzten Dienstag in jedem Monat! Er sagt, es gäbe keinen Posten bei Gericht oder im Ministerium, um den George sich nicht bewerben könnte! Sehen Sie sich das an!» Sie ging zum Klavier und holte aus dem Schubfach einen von Georgy verfaßten Aufsatz hervor. Die geniale Arbeit, die sich noch heute im Besitz von Georges Mutter befindet, lautete wie folgt:

ÜBER DIE SELBSTSUCHT. *Von allen Lastern, die den menschlichen Charakter verunzieren, ist die Selbstsucht das häßlichste und verächtlichste. Eine ungebührliche Liebe zum eigenen Ich führt zu den schrecklichsten Verbrechen und bringt sowohl den Staaten wie auch den Familien das größte Unglück. Wie ein selbstsüchtiger Mann seine Familie in Armut und oft ins Verderben stürzt, so bringt ein selbstsüchtiger König Verderben über sein Volk und verwickelt es oft in Kriege.*
Beispiel: Die Selbstsucht des Achilles brachte, wie der Dichter Homer vermerkt, den Griechen tausendfaches Leid: μυρί' Ἀχαιοῖς ἄλγε ἔθηκε *(Hom. Il. A. 2.). Die Selbstsucht des verstorbenen Napoleon Bonaparte hatte in Europa unzählige Kriege zur Folge und brachte ihm selbst schließlich den Tod auf einer elenden Insel, nämlich auf Sankt Helena im Atlantischen Ozean.*

An diesen Beispielen sehen wir, daß wir nicht einzig unser eigenes Interesse und unseren Ehrgeiz im Auge haben sollen, sondern daß wir auch die Interessen der andern berücksichtigen müssen.

George S. Osborne

Athene House, 24. April 1827.

«Denken Sie nur, was er für eine gute Handschrift hat – und daß er in seinem Alter schon Griechisch zitieren kann!» rief die begeisterte Mama. «O William», fuhr sie fort und reichte ihm die Hand hin, «was für einen Schatz hat mir der Himmel in diesem Knaben geschenkt! Er ist der Trost meines Lebens – und er ist das Ebenbild von – von *ihm*, der von mir gegangen ist.»

Darf ich's ihr übelnehmen, daß sie ihm treu ist? dachte William. Darf ich auf meinen im Grabe liegenden Freund eifersüchtig sein, oder sollte es mich kränken, weil ein Herz wie Amelias nur einmal und für alle Ewigkeit lieben kann? O George, George, wie wenig hast du doch den Preis zu würdigen verstanden, der dein war! Solche Gedanken flogen William rasch durch den Kopf, als er Amelias Hand hielt, während sie sich mit dem Taschentuch über die Augen tupfte.

«Lieber Freund», sagte sie und drückte die Hand, die noch die ihre hielt, «wie gütig, wie lieb sind Sie stets zu mir gewesen. Aber sehen Sie! Papa rührt sich. Morgen besuchen Sie Georgy, nicht wahr?»

«Morgen noch nicht», sagte der arme alte Dobbin. «Ich habe Geschäftliches zu erledigen.» Er mochte nicht eingestehen, daß er noch nicht bei seinen Eltern und bei seiner Schwester Anne gewesen war – eine Nachlässigkeit, für die ihn jeder ordentliche Bürger tadeln wird. Bald verabschiedete er sich und hinterließ seine Anschrift für den Fall, daß Joseph eintreffen sollte. Und damit war der erste Tag vorüber, und er hatte sie wiedergesehen!

Als er zu Slaughters kam, war das gebratene Huhn natürlich kalt geworden, und er aß es in diesem Zustand als Abendbrot. Da er wußte, daß seine Familie früh zu Bett ging und es überflüssig war, sie zu so später Stunde aus dem Schlaf zu reißen, leistete sich der Major eine verbilligte Spätvorstellung im Haymarket-Theater, wo er sich hoffentlich gut unterhielt.

LIX

Das alte Klavier

TATSÄCHLICH hatte der Besuch des Majors den alten John Sedley in nicht geringe Aufregung versetzt, und nach dem Abendbrot konnte seine Tochter ihn nicht dazu bewegen, sich mit seinem sonstigen Zeitvertreib abzugeben. Er verbrachte den Abend damit, in seinen Schachteln und Mappen herumzukramen, mit zitternden Händen Papierbündel aufzuknoten und sie für Josephs Ankunft zu sichten und vorzubereiten. Er hatte alles in bester Ordnung: die Briefbündel und Akten, die Quittungen und den Briefwechsel mit Anwälten und Geschäftsleuten sowie die Schriftstücke, die sich auf seine Unternehmungen bezogen: auf das Weinprojekt (das infolge eines ganz unerklärlichen Umstands mißglückte, obwohl es anfänglich so glänzende Aussichten gehabt hatte), auf den Kohlenhandel (der nur wegen fehlenden Kapitals nicht zum erfolgreichsten Projekt wurde, das je der Öffentlichkeit vorgelegt worden war), auf das Sägemühl- und Sägemehl-Konsolidierungsprojekt und so weiter und so fort. Den ganzen Abend bis in die späte Nacht hinein verbrachte er mit der Vorbereitung der Dokumente, wofür er mit flackernder Kerze und zitterigen Händen von einem Zimmer ins andre wankte. «Hier sind die Weinpapiere, hier das Sägemehl, hier die Kohlen, hier sind meine Briefe nach Kalkutta und Madras und Antworten von Major Dobbin, Ritter des Bath-Ordens, und von Mr. Joseph Sedley an mich. Bei *mir* soll er keinerlei Unregelmäßigkeiten antreffen, Emmy», schloß der alte Herr.

Emmy lächelte. «Ich glaube nicht, daß Joseph Wert darauf legen wird, in die Papiere Einblick zu nehmen, Papa», sagte sie.

«Du verstehst nichts von Geschäften, liebes Kind», erwiderte ihr Vater und schüttelte mit gewichtiger Miene den Kopf. Wir geben gerne zu, daß Emmy wirklich sehr wenig davon verstand, und es ist bedauerlich, daß manche Leute so viel davon verstehen. Nachdem der alte Sedley all seine wertlosen Schriftstücke auf einem Seitentisch zurechtgelegt hatte, bedeckte er sie sorgfältig mit einem sauberen seidenen Tuch (es stammte aus einer von Major Dobbins Sendungen) und schärfte dem Mädchen und der Hausbesitzerin aufs strengste ein, ja nicht die Papiere anzurühren. Sie seien für Mr. Sedley bereitgelegt – «für Mr. Joseph Sedley von der Ostindischen Handelskompanie, Zivilverwaltung Bengalen».

Sehr früh am nächsten Morgen entdeckte Amelia, daß er bereits auf war. Er schien emsiger und fieberhafter denn je und zitterte noch stärker. «Ich habe nicht viel geschlafen, liebe Emmy», sagte er. «Ich mußte an meine arme Bessy denken. Ich wünschte, sie wäre noch am Leben, damit sie wieder in Josephs Equipage ausfahren könnte. Früher hatte sie ihren eigenen Wagen, und sie nahm sich sehr gut darin aus.» Seine Augen füllten sich mit Tränen, die ihm über sein zerfurchtes altes Gesicht rannen. Amelia wischte sie ihm weg, küßte ihn lächelnd und band dem alten Mann das Halstuch zu einem eleganten Knoten. Dann steckte sie ihm eine Krawattennadel in seine feinste Halskrause, und so saß er in seinem schwarzen Sonntagsanzug da und wartete von sechs Uhr morgens an auf die Ankunft seines Sohnes.

In der Hauptstraße von Southampton gibt es ein paar hochelegante Maßwerkstätten, in deren schönen Schaufenstern prachtvolle Westen aller Art, aus Samt und Seide,

goldfarben und rot, ausgelegt sind, dazu die neuesten Modebilder, auf denen wunderschöne Herren mit Lorgnon kleine Knaben mit riesengroßen Augen und Lockenhaar an der Hand halten und den im Reitkostüm an der Achilles-Statue vor dem Apsley House vorbeisprengenden Damen verliebte Blicke zuwerfen. Obwohl Joseph mit den prächtigsten Westen versehen war, die Kalkutta zu bieten hatte, meinte er doch, er könne nicht nach London fahren, ehe er sich nicht noch einige zugelegt habe. Er wählte eine aus feuerrotem Atlas, der mit goldenen Schmetterlingen bestickt war, und eine andere aus schwarz-rotem, schottisch gemustertem Samt mit weißen Streifen und Rollkragen. Mit den beiden Westen sowie einer eleganten blauseidenen Halsbinde und einer goldenen Nadel, auf der ein Reiter aus rosa Email über ein Gatter aus fünf goldenen Querstangen hinwegsetzte, glaubte er, einigermaßen würdig in London auftreten zu können. Josephs ehemalige Schüchternheit und seine linkische, schamhafte Scheu waren inzwischen einer offenen und mutigen Selbstbehauptung seines eigenen Wertes gewichen. «Ich gebe es unumwunden zu», sagte Waterloo-Sedley zu seinen Freunden, «daß ich mich gerne gewählt kleide.» Und wenn ihm auch unbehaglich zumute wurde, sobald ihn auf den Gouverneursbällen die Damen ansahen, und wenn er auch unter ihren Blicken errötete und sich abwandte und sie mied, so geschah es vor allem aus Angst, sie könnten sich in ihn verlieben, denn vom Heiraten wollte er ganz und gar nichts wissen. Wie ich mir sagen ließ, lebte in ganz Kalkutta kein größerer Modegeck als der Waterloo-Sedley, und er hatte auch die vornehmste Equipage mit Gespann, gab die besten Junggesellenbankette und besaß in der ganzen Stadt das schönste Silber.

Um für einen Mann von seinem Umfang und seiner Würde solche Westen anzufertigen, benötigte man mindestens einen Tag. Joseph verwandte die Zeit zum Teil darauf, daß er für sich und seinen Inder einen Diener suchte; dann gab er dem Agenten Anweisung wegen der Verzollung seines Gepäcks, all der Kisten und Bücher, die er doch nie las, der Holzkästchen voll Mango und Chutney und Currypulver, der Schals, die er Leuten schenken wollte, deren Bekanntschaft er überhaupt noch nicht gemacht hatte, und seiner übrigen orientalischen Habe.

Am dritten Tag fuhr er endlich gemächlich und in einer seiner neuen Westen nach London: der Inder saß zitternd und zähneklappernd in einen Schal gewickelt neben dem neuen europäischen Diener auf dem Kutschbock, während Joseph im Wageninnern seine Pfeife schmauchte und so majestätisch aussah, daß die kleinen Jungen hurra riefen und viele Leute glaubten, er sei ein Generalgouverneur. Als *er* durch die netten Landstädtchen kam, lehnte er die ehrerbietigen Aufforderungen der Gastwirte, auszusteigen und sich zu stärken, natürlich nie ab. Nachdem er in Southampton ein reichhaltiges Frühstück mit hartgekochten Eiern, Fisch und Reis zu sich genommen hatte, war er in Winchester schon wieder so weit, daß er ein Glas Sherry für notwendig hielt. In Alton stieg er auf Bitten seines Dieners aus dem Wagen und kostete das Bier, für das der Ort berühmt ist. In Farnham unterbrach er die Fahrt, um den Bischofspalast zu besichtigen und ein leichtes Essen aus geschmortem Aal, Kalbskoteletts und französischen Bohnen nebst einer Flasche Rotwein einzunehmen. Auf der Fahrt durch die Heide von Bagshot fror er: der Inder klapperte immer heftiger mit den Zähnen, und Sahib Joseph wärmte sich mit etwas Brandy-Soda auf. Als er daher nach London kam, war er so voll Bier, Wein, Fleisch, Gewürzgurken, Cherry Brandy und Tabak wie die Vorratskajüte eines Postdampfers. Es war schon Abend, als sein Wagen mit Getöse vor der kleinen Gartenpforte in Brompton vorfuhr, denn hierher begab sich der liebevolle Knabe zuerst und noch ehe er zu den Gemächern eilte, die ihm Mr. Dobbin bei Slaughters vorbestellt hatte.

In der Straße waren die Fenster voller Gesichter. Das kleine Dienstmädchen flog ans Gartenpförtchen, und die Damen Clapp blickten aus dem Fenster der Wohnküche. Emmy stand aufgeregt zwischen Mänteln und Hüten auf dem Flur, und der alte Sedley wartete im Wohnzimmer und zitterte am ganzen Leibe. Joseph stieg in beängstigender Pracht aus der Postkutsche mit ihren knarrenden, schwankenden Trittbrettern und wurde von dem neuen Diener aus Southampton und dem zitternden Eingeborenen unterstützt, dessen braunes Gesicht vor Kälte jetzt leichenfahl war und die Farbe eines Truthahnkropfs angenommen hatte. Er erregte bald darauf das größte Aufsehen im Hausflur, denn Mr. und Mrs. Clapp, die vielleicht an der Wohnzimmertür hatten lauschen wollen, entdeckten den zitternden Loll Jewab auf der Flurbank zwischen den Mänteln, wo er kläglich und befremdlich stöhnte und seine gelben Augäpfel und die weißen Zähne sehen ließ.

Wie der Leser sieht, haben wir mit viel Geschick sofort die Türe geschlossen, hinter der das Wiedersehen zwischen Joe, dem alten Vater und der armen, sanften kleinen Schwester stattfand. Der alte Mann war sehr gerührt, seine Tochter natürlich ebenfalls, und auch Joseph war nicht ohne Gefühlsregungen. Während einer langen, einer zehnjährigen Abwesenheit denkt auch der Selbstsüchtigste manchmal an die Heimat und die alten Bindungen. Die Entfernung verklärt sie beide. Langes Nachsinnen über verlorene Freuden erhöht ihren Zauber und ihre Innigkeit. Joe war aufrichtig froh, seinen Vater wiederzusehen und ihm die Hand zu drücken, obwohl ihre Beziehungen etwas kühler Natur gewesen waren, und er war froh, seine kleine Schwester wiederzusehen, die er so hübsch und freundlich lächelnd in der Erinnerung gehabt hatte. Es schmerzte ihn, daß der gebrochene alte Mann sich infolge der Jahre, des Kummers und seines Unglücks so sehr verändert hatte. Emmy war in ihrer Trauerkleidung bis an die Haustür gekommen, um ihm flüsternd vom Tod seiner Mutter zu berichten und ihn zu bitten, nicht mit dem Vater darüber zu sprechen. Doch die Vorsichtsmaßnahme erwies sich als überflüssig, denn der alte Sedley begann sofort selbst von dem traurigen Ereignis zu reden und konnte nicht aufhören und weinte unaufhaltsam. Darüber war Joseph so erschrocken, daß er ausnahmsweise einmal weniger als sonst an sich selbst dachte, der Arme der!

Das Ergebnis ihrer Zusammenkunft muß sehr befriedigend gewesen sein, denn nachdem Joe wieder in seine Postkutsche gestiegen und zum Hotel gefahren war, umarmte Emmy ihren Vater zärtlich und fragte ihn mit triumphierender Miene, ob sie nicht schon immer gesagt hätte, ihr Bruder habe ein gutes Herz.

*

Joseph Sedley hatte ihnen – betroffen über die armselige Lage, in der er seine Angehörigen vorfand – überströmenden Herzens und in der Gefühlsaufwallung der ersten Begegnung versprochen, sie sollten nie wieder Mangel und Sorgen haben, und daß er jedenfalls einige Zeit in England bliebe und alles, was er besitze, mit ihnen teilen wolle und daß Amelia sich sehr gut an der Spitze seiner Tafel ausnehmen würde – bis sie einmal wieder an ihrem eigenen Tisch säße.

Sie schüttelte traurig den Kopf und nahm wie stets ihre Zuflucht zu einem Tränenausbruch. Sie wußte, was er damit sagen wollte. Sie und ihre vertraute junge Freundin Polly hatten gleich am ersten Abend nach dem Besuch des Majors ausführlich darüber gesprochen, denn länger konnte die ungestüme Polly ihre Entdeckung nicht für sich behalten. Sie mußte Amelia das Zusammenzucken und die freudige Erregung beschreiben, womit der Major sich verraten hatte, als Mr. Binny mit seiner jungen Frau an ihnen vorüberging und der Major erfuhr, daß er hier keinen Nebenbuhler mehr zu fürchten brauchte. «Und haben Sie denn nicht gesehen, wie er an allen Gliedern gezittert hat, als Sie ihn fragten, ob er verheiratet sei, und er antwortete: ‹Wer hat Ihnen solche Lügen erzählt?› O Ma'am», rief Polly, «er hat ja kein Auge von Ihnen gewandt, und bestimmt hat er bloß deshalb graue Haare bekommen, weil er immerfort an Sie gedacht hat!»

Doch Amelia warf einen Blick auf die Wand über ihrem Bett, an der die Bilder ihres Mannes und ihres Sohnes hingen, und bat ihre junge Freundin, nie, nie wieder über das Thema zu sprechen. Major Dobbin sei der beste Freund ihres Mannes gewesen und ihr und Georgy ein grundgütiger und liebevoller Beschützer. Sie liebe ihn wie einen Bruder. Aber eine Frau, die mit einem solchen Engel verheiratet gewesen sei (hierbei zeigte sie auf das

Bild an der Wand), könne nie an einen neuen Ehebund denken. Die arme Polly seufzte: sie dachte nach, was sie wohl tun sollte, wenn der junge Mr. Tomkins aus der Apotheke, der sie in der Kirche immer so anstarrte und durch das Feuer seiner Blicke ihr schüchternes Herzchen in solchen Aufruhr versetzte, daß sie gleich bereit war, die Waffen zu strecken – was sie wohl tun sollte, wenn er stürbe. Sie wußte, daß er die Schwindsucht hatte, seine Wangen waren so rot, und er hatte einen so schmalen Brustkorb!

Nun darf man aber nicht glauben, daß Emmy, seit sie auf die leidenschaftliche Liebe des Majors aufmerksam gemacht worden war, ihn irgendwie zurückgestoßen hätte oder deshalb ungehalten wäre. Die Liebe eines so treuen und anhänglichen Menschen konnte keine Frau kränken. Desdemona war auch dem Cassio nicht böse, und doch besteht kaum ein Zweifel darüber, daß sie die Neigung des Leutnants bemerkt hat (ich für mein Teil glaube, daß sich in der traurigen Angelegenheit noch manches andre abgespielt hat – und mehr, als der ehrenwerte Maurenoffizier ahnte). Miranda war sogar zu Caliban freundlich, und bestimmt aus dem gleichen Grunde. Nicht etwa, daß sie ihn auch nur im geringsten ermutigen wollte, das arme häßliche Ungetüm, nein, natürlich nicht. Ebensowenig wollte Emmy ihren Verehrer, den Major, auch nur im geringsten ermutigen. Sie schenkte ihm die freundliche Achtung, die ein so gütiger und treuer Mensch verdiente. Sie wollte ihn mit der größten Herzlichkeit und Unbefangenheit behandeln – bis er ihr einen Antrag machte, und dann war immer noch Zeit, mit ihm zu sprechen und unerfüllbaren Hoffnungen ein Ende zu bereiten.

Deshalb schlief sie auch in der Nacht nach dem Gespräch mit Miss Polly sehr gut und war, obwohl Joe so lange auf sich warten ließ, glücklicher als sonst. Ich bin nur froh, daß er die Miss O'Dowd nicht heiraten will, dachte sie. Mrs. O'Dowd kann unmöglich eine Schwester haben, die zu einem so gebildeten Menschen wie Major

Dobbin paßt. War denn in ihrem kleinen Bekanntenkreis eine, die eine gute Frau für ihn abgegeben hätte? Nicht Miss Binny, denn die war zu alt und übellaunig; Miss Osborne? Auch zu alt. Die kleine Polly war zu jung. Mrs. Osborne konnte, bevor sie in den Schlaf sank, einfach keine finden, die zum Major gepaßt hätte.

Als der Postbote erschien, erlöste ein Brief Josephs an seine Schwester die kleine Familie von dem unangenehmen Warten, denn er erklärte darin, daß er sich nach der Reise etwas müde fühle und nicht gleich weiterfahren könne, sondern erst früh am nächsten Morgen Southampton verlassen wolle, um gegen Abend bei Vater und Mutter zu sein. Als Amelia ihrem Vater den Brief vorlas, stockte sie bei dem einen Wort; offenbar wußte ihr Bruder noch nicht, was der Familie zugestoßen war. Es war auch nicht möglich. Wenn nämlich der Major auch ganz richtig vermutet hatte, daß sein Reisegefährte sich in der kurzen Spanne von vierundzwanzig Stunden nicht in Bewegung setzen, sondern irgendeine Entschuldigung für sein Säumen finden würde, so hatte er doch nicht an Joseph geschrieben und ihn über das Unglück unterrichtet, das die Familie Sedley betroffen hatte, denn er war bis lange nach Schluß der Briefannahme in seine Unterhaltung mit Amelia vertieft gewesen.

Am gleichen Morgen erhielt Dobbin in Slaughters' Kaffeehaus von seinem Freund in Southampton einen Brief, in dem Joseph seinen lieben Dobb anflehte, er möge seine Wut über das gestrige Wecken entschuldigen (er hätte scheußliche Kopfschmerzen gehabt und gerade im ersten Schlaf gelegen); nun bat er Dobb, bei Slaughters behagliche Zimmer für ihn und seine beiden Diener zu bestellen. Während der Überfahrt war der Major unserm Freund Joseph unentbehrlich geworden: er hatte eine Zuneigung zu Dobbin gefaßt und hängte sich nun an ihn. Die andern Passagiere waren alle schon nach London weitergereist. Der junge Ricketts und der kleine Chaffers waren am nächsten Morgen mit der Post abgefahren. Ricketts saß auf dem Kutschbock und übernahm von Botley an die Zügel. Der Doktor war zu seiner Familie nach Portsea gegangen; Bragg hatte sich zu seinen Partnern nach London begeben, und der Erste Offizier überwachte das Löschen der Ladung an Bord der *Ramchunder*. Daher fühlte sich Mr. Joseph in Southampton ganz verlassen und lud den Wirt des «Royal George» zu einem Glas Wein ein. Es war um die gleiche Stunde, als Major Dobbin am Tisch seines Vaters, Sir Williams, saß und seiner Schwester gestehen mußte (denn er brachte es nicht fertig, eine Unwahrheit zu sagen), daß er bereits Mrs. Osborne besucht hatte.

*

Joseph war in der St. Martin's Lane so gut untergebracht, er konnte seine Wasserpfeife dort so behaglich rauchen und, wenn er Lust hatte, die Theater so mühelos erreichen, daß er vielleicht immer bei Slaughters geblieben wäre, wenn der Major ihm nicht im Nacken gesessen hätte. Er ließ ihm keine Ruhe, bis er sein Versprechen, Amelia und seinem Vater ein Heim zu bieten, eingelöst hatte. Joseph war gegen jedermann sehr nachgiebig, und Dobbin betrieb alle Angelegenheiten außer seinen eigenen mit großem Eifer. Daher war Joseph ein leichtes Opfer für die unschuldigen Ränke des gutherzigen Diplomaten und gern bereit, alles, was sein Freund für gut befand, zu tun und zu kaufen und zu mieten oder aufzugeben. Loll Jewab, den die Straßenjungen in der St. Martin's Lane grausam verspottet hatten, sobald er sich mit seinem braunen Gesicht auf der Straße sehen ließ, wurde an Bord des Ostindienfahrers *Lady Kicklebury,* zu deren Aktionären Sir William Dobbin gehörte, wieder nach Kalkutta zurückgeschickt, nachdem er vorher noch Josephs europäischen Diener in der Kunst unterwiesen hatte, Curryreis und Pilaw zuzubereiten und die Wasserpfeife zu pflegen. Für Joseph war es eine angenehme Beschäftigung und Freude, den Bau eines eleganten Wagens zu überwachen, den er und der Major im benachbarten Long Acres bestellt hatten, und ein Paar schöner Pferde wurde gemietet, mit denen Joe nun stattlich im Park spazierenfuhr oder seine Freunde aus Indien besuchte. Bei solchen Ausfahrten saß nicht selten Amelia an seiner Seite, während Major Dobbin auf dem Rücksitz zu sehen war. Dann wieder benutzten der alte Sedley und seine Tochter den Wagen, und Miss Clapp, die ihre Freundin häufig begleitete, freute sich sehr, wenn sie, in den berühmten gelben Schal gehüllt, im Wagen saß und von dem bewußten jungen Mann aus der Apotheke erkannt wurde, dessen Gesicht meistens über den Scheibengardinen zu sehen war, wenn sie vorbeifuhr.

Bald nach Josephs erstem Besuch in Brompton spielte sich in dem bescheidenen Häuschen, in dem die Sedleys die letzten zehn Jahre verbracht hatten, ein trübseliger Auftritt ab. Josephs Wagen (ein gemieteter, nicht die noch im Bau befindliche Equipage) fuhr eines Tages vor und entführte den alten Sedley und seine Tochter auf Nimmerwiedersehen. Die Tränen, die dabei von der Hausbesitzerin und ihrer Tochter vergossen wurden, waren Tränen so echten Leids, wie sie nur je im Verlauf unserer Geschichte vergossen wurden. Sie konnten sich nicht erinnern, während der langen Zeit ihrer Bekanntschaft und Freundschaft mit Amelia auch nur ein einziges schroffes Wort von ihr gehört zu haben. Sie war immer die Sanftmut und Güte in Person gewesen, war immer dankbar, immer geduldig, auch wenn Mrs. Clapp die Beherrschung verlor und auf Bezahlung der Miete bestand. Jetzt, wo das liebe Geschöpf sie für immer verließ, machte sich Mrs. Clapp die bittersten Vorwürfe, sie jemals grob angefahren zu haben. Und wie weinte sie, als sie mit Oblaten einen Zettel ans Fenster klebte, der besagte, daß die so lange bewohnten Räume wieder zu vermieten seien! Solche Mieter würden sie nie wieder bekommen, das war ganz klar. Die folgenden Jahre bestätigten die Richtigkeit der traurigen Prophezeiung, und Mrs. Clapp rächte sich für den Abstieg der menschlichen Natur, indem sie bei den Teebüchsen und Hammelkeulen ihrer Untermieter unbarmherzig Requirierungen erhob. Darüber schalten und murrten die meisten, und einige zahlten nicht, und keiner blieb. Die Hausbesitzerin hatte allen Grund, den guten alten Freunden nachzutrauern, die sie verlassen hatten.

Miss Pollys Kummer beim Abschied von Amelia war so groß, daß ich gar nicht erst versuchen will, ihn zu beschreiben. Seit ihrer Kindheit war sie täglich mit ihr zusammengewesen und hatte sich so innig an die liebe gute Dame angeschlossen, daß sie, als die Kutsche kam, um ihre Freundin zu einem herrlichen neuen Leben zu entführen, ohnmächtig in die Arme ihrer Freundin sank, die selbst kaum weniger gerührt war als das liebe junge Mädchen. Amelia liebte sie wie eine Tochter. Elf Jahre lang war das Mädchen ihre ständige Freundin und Gefährtin gewesen. Auch ihr war die Trennung sehr schmerzlich. Doch es wurde natürlich vereinbart, daß Polly sehr oft zu Besuch in das neue herrliche Haus kommen müsse, in das Mrs. Osborne zog. Aber Mary war überzeugt, daß sie dort nie so glücklich wie «in der bescheidenen Hütte» sein würde, wie Miss Clapp ihr Elternhaus in der Sprache ihrer Lieblingsromane nannte.

Wir wollen hoffen, daß sie sich hierin täuschte. Emmy hatte «in der bescheidenen Hütte» nur sehr wenig glückliche Tage erlebt. Ein düsteres Schicksal hatte dort über ihr geschwebt. Nachdem sie das Haus einmal verlassen hatte, mochte sie nie wieder dorthin zurückkehren oder der Hausbesitzerin begegnen, die sich brutal zu ihr benahm, wenn sie schlechter Laune war oder keine Miete erhalten hatte; wenn sie aber guter Laune war, hatte sie Amelia mit einer plumpen Vertraulichkeit behandelt, die kaum weniger widerlich war. Ebensowenig liebte Amelia ihre Unterwürfigkeit und die ekelhaften Komplimente, die sie ihr machte, als es ihr wieder gut ging. Im neuen Haus bewunderte sie einfach alles, lobte jedes Möbelstück und jeden Ziergegenstand, betastete Mrs. Osbornes Kleider und taxierte den Preis. Nichts konnte für die liebe Dame zu gut sein, beteuerte sie immer wieder. Aber wenn ihr die gemeine Schmeichlerin jetzt honigsüße Lobreden hielt, mußte Emmy immer an die grobe Tyrannin denken, die sie so oft unglücklich gemacht hatte, wenn sie mit der

Miete im Rückstand waren und Emmy sich mit der Bitte um Stundung an sie hatte wenden müssen; hatte Emmy aber für ihre kränkelnden Eltern einmal Leckerbissen gekauft, dann regte sie sich über Emmys Verschwendungssucht auf. Sie hatte Amelia im Elend gesehen und sie mit Füßen getreten.

Nie hatte jemand etwas von den Kümmernissen erfahren, die eine Zeitlang das Los unsrer lieben armen Freundin gewesen waren. Sie hatte sie vor ihrem Vater geheimgehalten, dessen leichtsinnige Unternehmungen doch die Ursache manchen Elends waren. Sie hatte die Folgen seiner Torheiten auszubaden und schien von der Natur zum Opferlamm ausersehen, so sanft und demütig war sie.

Hoffentlich muß sie in Zukunft nicht mehr solche Ungerechtigkeiten erdulden! Da übrigens jeder Kummer auch noch einen kleinen Trost birgt, so möchte ich hier erwähnen, daß die arme Polly, die sich beim Abschied von ihrer Freundin fast hysterisch benahm, der ärztlichen Behandlung des jungen Herrn aus der Apotheke anvertraut wurde, unter dessen Pflege sie sich bald wieder erholte. Als Emmy aus Brompton fortzog, schenkte sie Polly alle Möbelstücke, die sich in dem Haus befanden, und nahm nur ihre Bilder (die beiden Porträts über dem Bett) und ihr Klavier mit – das alte kleine Klavier, das mittlerweile zu einem kläglichen, altersschwachen Klimperkasten geworden war, den sie aber aus persönlichen Gründen sehr liebte. Als sie zum erstenmal darauf gespielt hatte, war sie noch ein Kind gewesen, und ihre Eltern hatten es ihr geschenkt. Dann war er ihr ein zweites Mal geschenkt worden, wie der Leser sich vielleicht erinnert: damals, als ihres Vaters Haus zusammenstürzte und das Instrument aus den Trümmern gerettet wurde.

Der Major überwachte die Einrichtungsarbeiten für Josephs neues Haus, das er so behaglich und schön wie nur möglich haben wollte, und er freute sich unsagbar, als der Tafelwagen aus Brompton die Koffer und Schachteln der beiden Auswanderer anbrachte und mit ihnen auch das alte Klavier! Amelia wollte es oben in ihrem

Wohnzimmer haben, einem schmucken kleinen Raum im zweiten Stock neben ihres Vaters Zimmer, der dort meistens seine Abende verbrachte.

Als die Männer nun mit dem alten Klimperkasten erschienen und Amelia anordnete, daß es in ihr Zimmer geschafft werden müsse, war Dobbin ganz hingerissen. «Ich freue mich, daß Sie es noch behalten haben», sagte er gerührt. «Ich befürchtete schon, Sie machten sich nichts daraus!»

«Es ist mir teurer als alles, was ich auf der Welt besitze», erwiderte Amelia.

«Wirklich, Amelia?» rief der Major. Da er es nämlich selber gekauft, wenn auch nie etwas darüber gesagt hatte, so war es ihm nie in den Sinn gekommen, Emmy könne glauben, jemand anders habe es für sie erstanden. Er bildete sich ein, sie wisse, daß das Geschenk von ihm stammte. «Wirklich, Amelia?» rief er, und die Frage, die bedeutungsvolle Frage zitterte schon auf seinen Lippen, als Emmy entgegnete:

«Wie könnte ich denn anders? Es ist doch ein Geschenk von *ihm*!»

«Das wußte ich nicht», sagte der arme alte Dobb mit enttäuschtem Gesicht.

Emmy beachtete es im Augenblick nicht weiter und kümmerte sich auch nicht gleich um die trostlose Miene, die Dobbins Gesicht angenommen hatte, doch später kam es ihr in den Sinn. Und dann ging ihr zu ihrem unaussprechlichen Schmerz und auch Verdruß die Erkenntnis auf, daß William der Spender des Klaviers gewesen war und nicht George, wie sie sich immer eingebildet hatte. Es war nicht Georges Gabe – die einzige, die sie je von ihrem Geliebten erhalten hatte, wie sie meinte –, ihr teuerstes Andenken und ihr Schatz, den sie mehr als alles andere geliebt hatte! Sie hatte zu dem Klavier von George gesprochen, hatte Georges Lieblingsmelodien darauf gespielt, hatte lange Abende davor gesessen und den Tasten, so gut es ihre schwache Kunst vermochte, schwermütige Akkorde entlockt und stumm dabei geweint. Es war kein

Andenken an George. Es war jetzt wertlos. Als der alte Sedley sie das nächste Mal zum Spielen aufforderte, entgegnete sie, es sei schrecklich verstimmt und sie habe Kopfweh und könne nicht spielen.

Dann machte sie sich wie üblich Vorwürfe; sie tadelte sich wegen ihrer Empfindlichkeit und Undankbarkeit und beschloß, dem braven William wegen der Geringschätzung Abbitte zu leisten, die sie zwar nicht ihm gegenüber ausgesprochen, aber für sein Klavier gehegt hatte. Ein paar Tage später, als sie im Wohnzimmer saßen, wo Joseph nach dem Abendessen mit großem Behagen eingeschlummert war, sagte Amelia mit unsicherer Stimme zu Major Dobbin:

«Ich muß Sie wegen einer Sache um Verzeihung bitten.»

«Weswegen denn?» fragte er.

«Wegen des – des kleinen Klaviers. Ich habe mich nie bei Ihnen bedankt, als Sie es mir schenkten – vor vielen, vielen Jahren, noch ehe ich mich verheiratete. Ich hatte geglaubt, jemand anders habe es mir geschenkt. Vielen Dank, William!» Sie reichte ihm die Hand hin; aber der armen kleinen Frau blutete das Herz, und die Augen ließen natürlich schon wieder ihre Wasserkünste spielen.

Da konnte William nicht länger an sich halten. «Amelia, Amelia», rief er, «ich hatte es wirklich für Sie gekauft! Ich liebte Sie damals ebensosehr wie heute. Ich glaube, ich liebte Sie von der ersten Minute an, als ich Sie sah, als George mich in Ihr Haus führte, um mir die Amelia zu zeigen, mit der er verlobt war. Sie waren noch ein sehr junges Mädchen, in weißem Kleid und mit langen Locken kamen Sie singend die Treppe herunter – erinnern Sie sich noch? –, und dann gingen wir nach Vauxhall. Seitdem habe ich nur an eine einzige Frau in der Welt gedacht, und das waren Sie! Ich glaube, in den letzten zwölf Jahren ist kein Tag und keine Stunde vergangen, in der ich nicht an Sie gedacht habe. Ehe ich nach Indien ging, kam ich her, um es Ihnen zu sagen, aber ich war Ihnen gleichgültig, und da fand ich nicht den Mut zu sprechen. Sie machten sich nichts daraus, ob ich ging oder blieb.»

«Ich war sehr undankbar», flüsterte Amelia.

«Nein, nur gleichgültig», fuhr Dobbin verzweifelt fort. «Ich habe nichts, um einer Frau ein anderes Gefühl einzuflößen. Ich weiß, was Sie jetzt empfinden. Sie sind in tiefster Seele verletzt, weil Sie entdecken mußten, daß das Klavier von mir und nicht von George stammt. Ich dachte nicht daran, sonst hätte ich niemals so darüber geredet. An mir ist es, Sie um Verzeihung zu bitten, weil ich einen Augenblick so dumm war, zu glauben, jahrelange Treue und Ergebenheit hätten vielleicht für mich gesprochen!»

«Jetzt sind Sie grausam!» entgegnete Amelia ziemlich entschieden. «George ist mein Gatte, hier und im Himmel. Wie könnte ich jemand anders als ihn lieben? Ich gehöre ihm jetzt genauso wie damals, als Sie mich das erste Mal sahen, lieber William. Er hat mir auch gesagt, wie gut und hochherzig Sie sind, und er hat mich gelehrt, Sie wie einen Bruder zu lieben. Sind Sie mir und meinem Jungen nicht alles gewesen? Unser liebster, treuester, gütigster Freund und Beschützer? Wenn Sie ein paar Monate früher zurückgekehrt wären, hätten Sie mir vielleicht die – die fürchterliche Trennung erspart. Ach, es hat mich fast umgebracht, William! Und Sie kamen und kamen nicht, sosehr ich auch gehofft und gebetet habe, Sie möchten kommen – und dann hat man mir auch meinen Sohn fortgenommen! Ist er nicht ein herrlicher Junge, William? Bleiben Sie sein Freund – sein und mein Freund...» Die Stimme versagte ihr, und sie verbarg ihr Gesicht an seiner Schulter.

Der Major legte die Arme um sie, drückte sie wie ein Kind an sich und küßte sie aufs Haar. «Ich bleibe der gleiche, liebe Amelia», sagte er. «Ich ersehne nichts als Ihre Liebe. Anders möchte ich es, glaube ich, gar nicht haben. Nur: lassen Sie mich in Ihrer Nähe bleiben und Sie oft sehen!»

«Ja, oft», erwiderte Amelia. Und so stand es William frei, sie anzuschauen und nach ihr zu schmachten – genau so, wie ein armer Schuljunge, der kein Geld hat, sich nach den Herrlichkeiten der Kuchenfrau verzehrt.

LX

Rückkehr in die vornehme Welt

anz allmählich beginnt nun auch der armen Amelia das Glück zu lächeln. Wir freuen uns, sie aus den niedrigen Regionen hervorzuholen, in denen sie sich bisher hatte ducken müssen, und sie feineren Kreisen zuzuführen – nicht so großartig und vornehm zwar wie die, in denen unsere Freundin Becky verkehrte, aber doch mit einem entschiedenen Anspruch auf Bildung und Eleganz. Josephs Freunde hatten früher alle in den drei ostindischen Präsidentschaften gelebt, und sein neues Haus lag in dem netten anglo-indischen Stadtteil, dessen Mittelpunkt der Moira Place ist. Minto Square, Great Clive Street, Warren Street, Hastings Street, Ochterlony Place, Plassy Square und Assaye Terrace (denn 1827 gebrauchte man für Stuckhäuser mit Asphaltterrassen davor noch nicht das schöne Wort «Gardens») – wer kennt sie nicht, die stattlichen Wohnsitze ostindischer Aristokraten, die sich zur Ruhe gesetzt haben, und den Stadtteil, den Mr. Wenham kurz und bündig *The Black Hole* nennt? Josephs Stellung war zwar nicht so großartig, daß sie ihn zu einem Haus am Moira Place berechtigt hätte, wo nur ehemalige Members of Council und Inhaber indischer Handelshäuser wohnen (die Bankrott machen, nachdem sie ihren Ehefrauen hunderttausend

Pfund überschrieben haben, und sich dann verhältnismäßig arm mit viertausend Pfund Jahreseinkommen auf einen Landsitz zurückziehen). Joseph mietete ein bequemes Haus zweiten oder dritten Ranges in der Gillespie Street und erwarb die Teppiche, die kostbaren Spiegel und die schönen, nach Entwürfen von Seddons eigens für das Haus angefertigten Möbel vom Konkursverwalter des Mr. Scape, der letzthin im großen Handelshaus Fogle, Fake & Cracksman in Kalkutta als Partner aufgenommen worden war. Der arme Scape hatte die Ersparnisse eines langen und hochanständigen Lebens, nämlich siebzigtausend Pfund, in die Firma eingebracht und Fakes Platz eingenommen, der sich in Sussex in einem fürstlichen Park zur Ruhe gesetzt hatte (die Fogles waren schon längst ausgeschieden, und Sir Horace Fogle wird demnächst als Baronet Bandanna in den Adelsstand erhoben). Scape war also, wie gesagt, Teilhaber des großen Handelshauses Fogle & Fake geworden, und zwar zwei Jahre bevor es mit einer Million Defizit Bankrott machte und halb Indien in Elend und Verderben stürzte.

Der ehrliche Scape, der mit fünfundsechzig Jahren ein ruinierter Mann war, fuhr gebrochenen Herzens nach Kalkutta, um die Firma zu liquidieren. Walter Scape mußte Eton verlassen und wurde zu einem Kaufmann in die Lehre gegeben. Florence Scape, Fanny Scape und ihre Mutter verschwanden nach Boulogne, und wir werden nichts mehr über sie hören. Kurz und gut, Joseph übernahm alles, kaufte ihre Teppiche und Kredenzen und bewunderte sich in den Spiegeln, die den Scapeschen Damen einst ihre freundlichen, hübschen Gesichter gezeigt hatten. Die Lieferanten der Familie Scape, die alle bis auf den letzten Penny bezahlt worden waren, gaben ihre Geschäftskarten ab und bemühten sich, den neuen Haushalt beliefern zu dürfen. Die imposanten Männer in weißen Westen, die bei den Scapeschen Festessen bedient hatten, im Privatleben jedoch Gemüsehändler, Bankboten und Milchhändler waren, hinterließen ihre Adresse und versuchten sich mit dem Butler gutzustellen. Mr. Chummy, der Schornsteinfeger, der «bei den letzten drei Familien die Esse gekehrt hatte», versuchte sich beim Butler und auch bei dem ihm unterstellten Diener einzuschmeicheln, zu dessen Pflichten es gehörte, in schöner Livree mit blanken Knöpfen und Hosenstreifen hinter Mrs. Amelia einherzugehen, sooft sie Lust hatte, das Haus zu verlassen.

Es war ein bescheidener Haushalt. Der Butler war gleichzeitig Josephs Kammerdiener, und er war nicht öfter betrunken, als es sich für einen Butler in einer kleinen Familie schickt, der vor dem Wein seines Herrn die gebührende Achtung hat. Emmy bekam eine Jungfer, die auf Sir William Dobbins Anwesen außerhalb Londons aufgewachsen war. Es war ein gutherziges Mädchen, dessen Freundlichkeit und Bescheidenheit Mrs. Osborne entwaffnete; denn zunächst war sie bei dem Gedanken, eine Bedienung ganz für sich allein zu haben, entsetzt gewesen, da sie gar nicht wußte, was sie mit ihr anfangen sollte, und ohnehin sämtliche Dienstboten nur in höflich respektvollem Ton anredete. Doch die Jungfer machte sich sehr nützlich in der Familie und sorgte auch für den alten Mr. Sedley sehr gut, der sich fast immer in seinem Zimmer aufhielt und nie an den fröhlichen Gesellschaften teilnahm, die im Hause stattfanden.

Viele Damen machten jetzt bei Mrs. Osborne Besuch. Lady Dobbin und deren Töchter freuten sich, daß sie jetzt wieder in glücklicheren Verhältnissen lebte, und machten ihre Aufwartung. Miss Osborne vom Russell Square kam in ihrer großartigen Kutsche mit den brandroten Wagendecken und dem Wappen des Herzogs von Leeds vorgefahren. Joseph galt nämlich für ungeheuer reich. Der alte Osborne hatte nichts dagegen, daß Georgy außer seinem eigenen auch noch seines Onkels Vermögen erben sollte. «Verdammich, wir wollen doch einen ganzen Mann aus dem kleinen Bürschlein machen», sagte er, «und ehe ich sterbe, will ich ihn noch im Parlament sehen. Meinetwegen geh zu ihr, Jane, mach seiner Mutter einen Besuch – aber mir soll sie nicht vor die Augen kommen!» Emmy freute sich natürlich sehr, sie zu sehen: dadurch kam ihr Georgy noch etwas näher. Der kleine Mann durfte seine Mutter jetzt viel häufiger als früher besuchen. Ein- oder zweimal wöchentlich blieb er in der Gillespie Street zum Abendessen und tyrannisierte seine Angehörigen und die Diener genau so wie am Russell Square.

Zu Major Dobbin war er jedoch immer sehr höflich und benahm sich in seiner Gegenwart viel bescheidener als sonst. Er war ein gescheiter Bursche und respektierte den Major, da er seine Einfachheit und Gutherzigkeit, seine Wahrheitsliebe und seinen Gerechtigkeitssinn ebenso bewundern mußte wie sein Wissen, an dem er Georgy, ohne darum Aufhebens zu machen, teilhaben ließ. Einem solchen Mann war er bis jetzt noch nicht begegnet, und unwillkürlich fand er an einem echten Gentleman Gefallen. Er schmiegte sich gern an seinen Patenonkel, und seine größte Freude war es, mit Dobbin in den Parks spazierenzugehen und ihm zuzuhören. William erzählte George von seinem Vater, von Indien, von Waterloo, von allem und jedem, nur nicht von sich selbst. War George einmal dreister und eingebildeter als üblich, dann machte sich der Major über ihn lustig, was Mrs. Osborne sehr grausam fand. Eines Abends nahm er ihn mit ins Theater, und der Junge weigerte sich, ins Parkett zu gehen, weil es dort gewöhnlich sei. Daraufhin führte der Major ihn in eine Loge, ließ ihn dort allein und ging selbst ins Parkett hinunter. Er hatte noch nicht lange dort gesessen, als er merkte, wie ein Arm sich unter den seinen schob und eine elegante kleine Hand im Glacéhandschuh ihn drückte. George hatte sein unvernünftiges Benehmen eingesehen und war aus den oberen Regionen herabgestiegen. Ein zärtliches, liebevolles Lächeln erhellte Dobbins Gesicht und Augen, als er den bußfertigen verlorenen Sohn betrachtete. Er liebte den Jungen, wie er alles liebte, was Amelia gehörte. Wie begeistert sie war, als sie von dem neuen Beweis für Georges guten Charakter erfuhr! Sie blickte Dobbin freundlicher denn je an. Danach wurde sie rot, wie ihm schien.

Georgy sang seiner Mutter dauernd Loblieder auf den

Major. «Ich hab' ihn gern, Mama, weil er soviel weiß, und dabei ist er gar nicht wie der alte Veal, der immer so prahlt und so lange Wörter gebraucht. Die Jungen in der Schule nennen Veal nämlich deshalb den Langbart. Den Namen hab' ich erfunden – er ist toll, nicht? Aber Dobb kann Latein ebensogut wie Englisch und Französisch und was sonst noch lesen, und wenn wir zusammen spazierengehen, erzählt er mir immer Geschichten von meinem Papa und nie von sich. Dabei hab' ich bei Großpapa gehört, wie Oberst Buckler gesagt hat, er sei einer der tapfersten Offiziere in der Armee gewesen und hätte sich ganz mächtig ausgezeichnet. Großpapa hat richtig gestaunt und gerufen: ‹Was, der Dobbin? Und ich hatte gedacht, er könne keinen Hund vom Ofen locken!› Aber ich weiß, daß er's kann; nicht wahr, Mama, das kann er?»

Emmy lachte. Sie hielt es für sehr wahrscheinlich, daß der Major es konnte.

Während George und der Major sich aufrichtig gern hatten, bestand zwischen dem Jungen und seinem Onkel, wie wir zugeben müssen, keine große Liebe. George konnte seine Backen genau so wie der alte Joe aufblasen, die Hände in die Westentasche stecken und dabei sagen: «Gerechter Gott! Ist ja kaum zu glauben!», so daß man sich unmöglich das Lachen verkneifen konnte. Beim Abendessen platzten die Diener laut heraus, wenn der Junge etwas verlangte, was nicht auf dem Tisch stand, und dabei Josephs Miene aufsetzte und seinen Lieblingsausdruck gebrauchte. Selbst Dobbin konnte bei Georges Nachäffereien plötzlich hell auflachen. Nur durch Dobbins Warnungen und Amelias inständige Bitten ließ sich der kleine Racker davon abhalten, seinen Onkel nicht auch in dessen Gegenwart nachzuahmen. Da aber der brave Zivilist eine dunkle Ahnung hatte, daß der Junge ihn für einen Esel hielt und sich gern über ihn lustig machte, wurde er, wenn Master Georgy anwesend war, natürlich doppelt so linkisch und um so aufgeblasener und würdevoller. Wenn Mr. Joe erfuhr, daß der junge Herr bei seiner Mutter in der Gillespie Street zum Abendessen erwartet wurde, fiel es ihm gewöhnlich ein, daß er eine Verabredung im Klub hatte. Vielleicht war niemand besonders traurig wegen seiner Abwesenheit. An solchen Abenden ließ sich Mr. Sedley meistens dazu bewegen, aus seinem Schlupfwinkel im oberen Stockwerk hervorzukommen, und es fand eine kleine Familienfeier statt, an der auch Major Dobbin fast immer teilnahm. Er war der *ami de la maison:* der Freund des alten Sedley, Emmys Freund, Georges Freund und Josephs Ratgeber und Beistand. «Er könnte ebensogut in Madras sein, so wenig bekommen wir von ihm zu sehen», bemerkte Miss Ann Dobbin in Camberwell. Aber Miss Ann – ist es Ihnen denn noch nicht aufgefallen, daß nicht Sie es sind, die der Major heiraten möchte?

Joseph Sedley führte also ein Leben würdevollen Müßigganges, wie es einer so hervorragenden Persönlichkeit wohl anstand. Für seine allererste Pflicht hatte er es natürlich gehalten, Mitglied des Orientalischen Klubs zu werden, und dort verbrachte er in Gesellschaft indischer Kollegen den Vormittag, dort speiste er mittags, und von dort brachte er Gäste zum Essen mit heim.

Solche Gäste und ihre Damen zu begrüßen und zu bewirten, gehörte zu Amelias Pflichten. Da erfuhr sie dann, daß Smith bald im Council sitzen würde, wieviel hunderttausend Rupien Jones mit nach Hause gebracht habe, daß die Firma Thomson in London sich geweigert habe, die von der Firma Thomson, Kibobje & Co. auf sie gezogenen Wechsel zu akzeptieren, und daß man glaube, die Filiale in Kalkutta mache auch Bankrott, wie unklug (um es milde auszudrücken) es von Mrs. Brown, der Gattin Browns von den Ahmednuggur-Irregulären, gewesen sei, mit dem jungen Swankey von der Leibgarde bis spät in die Nacht hinein auf dem Promenadendeck zu bleiben und sich bei einem Ausritt am Kap dann auch noch «zu verirren», daß Mrs. Hardyman ihre dreizehn Schwestern, die Töchter eines Landgeistlichen, des Reverend Felix Rabbits, hatte nach Indien kommen lassen und daß sie ihrer elf unter die Haube gebracht habe, sieben seien sogar an Beamte in hohen Dienststellen verheiratet,

und daß Hornby wütend war, weil seine Frau in Europa
bleiben wollte, und daß Trotter zum Steuereinnehmer in
Ummerapoora ernannt worden sei. Solche und ähnliche
Gespräche wurden bei all den großartigen Abendessen

ihrer ostindischen Bekannten geführt. Überall hatten sie
die gleiche Unterhaltung, das gleiche silberne Tafel-
geschirr, die gleichen Hammelrücken, Truthähne und
Vorspeisen. Bald nach der Nachspeise fingen sie an zu
politisieren, während die Damen sich in den Salon zu-

rückzogen und von ihren Krankheiten und den Kindern plauderten.

Mutato nomine, sonst ist es überall das gleiche. Plaudern die Frauen der Advokaten nicht vom Gericht? Klatschen die Offiziersdamen nicht über ihr Regiment? Erörtern die Frauen der Geistlichen nicht die Sonntagsschule und die Hilfsprediger? Reden nicht die allervornehmsten Damen über die kleine Clique, zu der sie gehören? Warum sollten da unsre indischen Freunde nicht auch ihr besonderes Thema haben? Nur muß ich zugeben, daß es für die Nichtzugehörigen, die manchmal dabeisein und zuhören müssen, sehr langweilig ist.

Innerhalb kurzer Zeit hatte Amelia eine Visitenliste und fuhr regelmäßig in der Equipage aus, um Besuche zu machen: etwa bei Lady Bludyer, der Gattin des Generalmajors Sir Roger Bludyer, Ritters des Bath-Ordens, von der Bengalen-Armee – oder bei Lady Huff, der Gattin von Sir G. Huff in Bombay, dito, dito – oder bei Mrs. Pice, der Gattin des Direktors Pice – und so weiter und so fort. Es dauert nicht lange, und schon haben wir uns an eine neue Lebenslage gewöhnt! Täglich fuhr der Wagen in der Gillespie Street vor, der knopfgeschmückte Page sprang mit Emmys und Josephs Visitenkarten den Kutschbock hinauf und hinunter; zu bestimmten Stunden begab Emmy sich im Wagen zu Joes Klub, um ihn zu einer Ausfahrt abzuholen; oder sie brachte den alten Sedley im Wagen unter und fuhr mit dem alten Mann durch den Regent's Park. Die Kammerjungfer und die Equipage, die Visitenliste und der knopfgeschmückte Page wurden Amelia bald etwas ebenso Alltägliches wie der bescheidene Tagesablauf in Brompton. Sie fand sich in das eine wie in das andre. Wenn das Schicksal es ihr bestimmt hätte, eine Herzogin zu werden, so wäre sie sogar mit solchen Pflichten fertig geworden. Bei den Damen in Josephs Bekanntenkreis wurde sie für eine recht nette junge Frau erklärt – zwar nicht besonders geistreich, aber doch nett.

Den Männern gefiel wie immer ihre ungekünstelte Güte

und ihr schlichtes, feines Benehmen. Selbst die galanten jungen indischen Stutzer, die auf Urlaub zu Hause weilten – tolle Gecken mit Uhrketten und Schnurrbärten –, die ihre durch die Straßen sausenden Wagen selbst lenkten, die Stützen der Londoner Theater, in den Hotels von Westend wohnend – selbst sie bewunderten Mrs. Osborne, verbeugten sich gern im Park vor ihrer Equipage und fühlten sich geehrt, wenn sie ihr eine Vormittagsvisite abstatten durften. Sogar Swankey von der Leibgarde, der gefährliche junge Mann und größte Lebemann der ganzen indischen Armee, der gerade auf Urlaub war, wurde eines Tages von Dobbin im *tête-à-tête* mit Amelia überrascht, als er ihr mit viel Humor und Beredsamkeit die Wildschweinjagd schilderte, wie sie in Ostindien geübt wird. Hinterher sprach er von einem verdammten Königlichen Offizier, der sich immer im Haus herumdrücke, ein langer, magerer, wunderlich aussehender ältlicher Mensch, einer mit trockenem Humor übrigens, der einen bei der Unterhaltung gewaltig ausstach.

Hätte der Major etwas mehr persönliche Eitelkeit besessen, er wäre auf einen so gefährlichen jungen Stutzer wie den bezaubernden Hauptmann aus Bengalen eifersüchtig geworden. Doch Dobbin hatte eine viel zu schlichte und hochherzige Natur, um über Amelia Zweifel zu hegen. Er freute sich, daß ihr die jungen Männer ihre Hochachtung zu Füßen legten und daß andere sie bewunderten. War sie nicht seit ihrer Jungmädchenzeit fast immer schlecht behandelt und unterschätzt worden? Er beobachtete erfreut, daß ein freundliches Entgegenkommen ihre guten Eigenschaften hervorlockte und daß mit dem leichteren Leben auch ihre Stimmung langsam stieg. Jeder, der sie zu würdigen wußte, bestätigte damit das treffende Urteil des Majors – falls man bei einem von der Liebe betörten Mann überhaupt von treffendem Urteil sprechen kann.

*

Nachdem Joe bei Hofe vorgestellt worden war, was er als treuer Untertan seines Monarchen selbstverständlich nicht unterlassen hatte (aber nicht ohne sich vorher in strahlender Gala im Klub gezeigt zu haben, wo Dobbin ihn in einer sehr schäbigen Uniform abholte), wurde er, der immer ein treuer Anhänger des Königshauses und ein Bewunderer Georgs des Vierten gewesen war, zu einem so gewaltigen Tory und Pfeiler des Staates, daß er dafür war, auch Amelia müsse bei Hofe vorgestellt werden. Er hatte sich in die Überzeugung hineingesteigert, daß die Erhaltung des Staatswohles eng mit ihm verknüpft sei und daß der Landesfürst nicht glücklich sein könne, wenn nicht Joe Sedley und seine Familie erschienen, um sich im St. James's Palace um ihn zu scharen.

Emmy lachte. «Ich soll wohl die Familiendiamanten tragen, Joe?» fragte sie.

Ich wünschte, ich dürfte dir welche kaufen! dachte der Major. Die möchte ich sehen, die für dich zu gut sind!

LXI

Zwei Lichter erlöschen

TROTZ alledem kam ein Tag, an dem die Reihe höchst ehrbarer Vergnügungen und würdevoller Festlichkeiten in Mr. Joseph Sedleys Familie durch ein Ereignis unterbrochen wurde, das sich in jedem Hause einmal zuträgt. Wer in seinem Haus die Treppe vom Wohnzimmerstock zum Schlafzimmerstock emporsteigt, der hat vielleicht ein kleines Bogenfenster in der Wand gerade gegenüber bemerkt, das gleichzeitig Licht auf die aus dem zweiten ins dritte Stockwerk zu den Kinder- und Dienstbotenzimmern führende Treppe wirft und noch einem andern nützlichen Zweck dient, worüber die Männer vom Bestattungsinstitut Auskunft geben können. Auf dem Bogen setzen sie nämlich den Sarg ab oder schieben ihn so hinein, daß sie den kalten Insassen des schwarzen Schreins nicht unziemlich in seinem Schlummer stören.

Von jenem Bogen im zweiten Stock eines Londoner Hauses kann man den Treppenschacht hinauf- und hinunterschauen und den Hauptverkehrsweg überblicken, den die Bewohner ständig passieren müssen. Hier huscht vor Tagesanbruch die Köchin nach unten, um ihre Pfannen und Töpfe in der Küche zu scheuern; hier steigt der

junge Herr verstohlen hinauf, nachdem er seine Stiefel
unten im Flur gelassen hat, wenn er nach einer lustigen
Nacht im Klub erst bei Morgengrauen die Haustür aufgeschlossen hat; hier kommt das junge Mädchen strahlend und schön in bauschigem Musselin und neuen Seidenbändern die Treppe hinuntergerauscht, um auf dem
Ball Eroberungen zu machen; oder Master Tommy
glitscht hier nach unten, weil ihm das Geländer als Beförderungsmittel lieber ist, und verachtet Gefahren und
Treppenstufen; hier trägt der Ehemann die lächelnde
junge Mutter zärtlich auf seinen starken Armen hinunter,
behutsam Stufe um Stufe, und hinter ihnen die Kinderfrau – sobald der Arzt es seiner reizenden Patientin erlaubt, nach unten zu gehen; hier schleicht sich John mit
zuckender Talgkerze gähnend nach oben, um am nächsten Morgen vor Sonnenaufgang die Stiefel einzusammeln, die an jedem Treppenabsatz auf ihn warten: eine
Treppe, über die man Säuglinge trägt, alte Leute stützend
führt, Gäste zum Ball leitet, eine Treppe, über die der
Pfarrer zur Taufe, der Arzt ins Krankenzimmer und die
Männer des Leichenbestatters zum oberen Stock gehen –
was für ein Memento des Lebens, des Todes und der
Eitelkeit sind sie doch, die Treppe und auch der Bogen,
wenn man es, auf dem Treppenabsatz sitzend und den
Treppenschacht hinauf- und hinunterblickend, nur recht
bedenken wollte! Auch zu uns, lieber Freund im Narrenkleid, wird der Arzt ein letztes Mal die Treppe hinaufsteigen. Die Krankenwärterin wird durch die Vorhänge
spähen, ohne daß du es merkst, und dann wird sie die
Fenster ein Weilchen weit aufreißen und frische Luft hereinlassen. Dann werden an der Vorderfront alle Storen
heruntergelassen: die Insassen leben von jetzt an in den
rückwärtigen Räumen. Sie schicken nach dem Rechtsanwalt und nach andern Männern in Schwarz, und so
weiter. Deine Komödie und meine sind nun ausgespielt,
und dem Trompetengeschmetter, dem Geschrei und den
Akrobatenstückchen sind wir dann weit, o so weit entrückt! Sind wir Adlige, dann werden an unsrer letzten

Erdenwohnung Trauerwappen mit vergoldeten Cherubinen und Sprüchlein angebracht, die besagen: «Im Himmel ist Frieden!» Dein Sohn wird das Haus neu herrichten lassen oder es vielleicht vermieten und in ein moderneres Stadtviertel ziehen, und nächstes Jahr steht dein Name in deiner Klubliste in der Spalte «Verstorbene Mitglieder». Wie sehr man dich auch betrauert, deine Witwe wird doch Wert darauf legen, daß ihre Trauerkleider gut gearbeitet werden – die Köchin wird nach oben schicken oder selbst kommen und fragen, was es zum Abendessen geben soll – die Hinterbliebenen werden dein Porträt über dem Kamin bald ohne allzu großen Kummer anschauen können, und binnen kurzem wird es vom Ehrenplatz verdrängt, um ihn dem Bildnis des ältesten Sohnes zu überlassen.

Welche Toten werden wohl am innigsten und heftigsten betrauert? Alle die, glaube ich, die an den Hinterbliebenen nicht übermäßig gehangen hatten. Der Tod eines kleinen Kindes ruft einen so leidenschaftlichen Kummer und so heiße Tränen hervor, wie sie dein Hinscheiden, lieber Bruder und Leser, niemals verursachen würde. Der Tod eines Säuglings, der dich kaum gekannt und nach achttägiger Trennung schon vergessen hätte, trifft dich härter als der Verlust deines liebsten Freundes oder deines erstgeborenen Sohnes, der – wie du – ein erwachsener Mann ist und selbst Kinder hat. Mit Juda und Simeon mögen wir schroff und streng umgehen, doch bei Benjamin, unserm Kleinsten, fließt uns das Herz vor Mitleid und Liebe über. Und wenn du alt bist, wie es der eine oder andre meiner Leser bereits sein mag oder jedenfalls werden wird, ob alt und reich oder alt und arm – dann sagst du dir vielleicht eines Tages: die Leute um mich herum sind ja sehr gut zu mir, aber wenn ich nicht mehr da bin, werden sie nicht allzu traurig sein. Ich bin sehr reich, und sie wollen mich beerben – oder ich bin sehr arm, und sie sind es leid, mich noch länger zu unterstützen.

Die Trauerzeit nach Mrs. Sedleys Tod war gerade vorüber, und Joe hatte kaum genügend Zeit gehabt, die

Trauerkleidung abzulegen und in den farbenprächtigen Westen zu erscheinen, die er so liebte, als es Mr. Sedleys Angehörigen klarwurde, daß ihnen schon wieder ein trauriges Ereignis bevorstehe und daß der alte Mann sich bald aufmachen würde, um in jenem dunklen Land nach seiner Frau zu suchen, in das sie ihm vorausgegangen war. «Der Gesundheitszustand meines Vaters», so erklärte Joe feierlich im Klub, «verbietet es mir, in diesem Winter größere Gesellschaften zu geben; wenn Sie aber ohne große Umstände gegen halb sieben bei mir vorbeikommen wollen, mein lieber Chutney, um mit ein oder zwei Freunden von der alten Clique an einem einfachen Abendessen teilzunehmen, dann freue ich mich sehr, Sie zu begrüßen.» So speisten Joseph und seine Bekannten still für sich und tranken ihren Rotwein, während im Stockwerk über ihnen der Sand aus der Lebensuhr des alten Mannes wegsickerte. Samtfüßig kam der Butler ins Zimmer und brachte ihnen Wein, und nach dem Essen setzten sie sich zu einer Partie Whist nieder, zu der sich manchmal auch Major Dobbin einstellte. Auch Mrs. Osborne kam gelegentlich nach unten, wenn ihr Kranker für die Nacht versorgt und in den leisen, unruhigen Schlummer gesunken war, der das Lager der Greise heimsucht.

Der alte Mann klammerte sich während seiner Erkrankung nur noch mehr an seine Tochter. Seine Suppe und seine Medizin wollte er am liebsten nur aus ihrer Hand annehmen. Ihre Lebensaufgabe bestand jetzt fast ausschließlich darin, ihn zu pflegen. Sie hatte sich ihr Bett dicht neben die Tür stellen lassen, die in sein Zimmer führte, und sie erwachte beim leisesten Geräusch und bei jeder Bewegung, die vom Lager des ungeduldigen Kranken zu ihr drang. Doch um ihm Gerechtigkeit widerfahren zu lassen: er lag auch manche lange Stunde wach und rührte und regte sich nicht, weil er seine liebe und unermüdliche Pflegerin nicht wecken wollte.

Er liebte seine Tochter jetzt vielleicht herzlicher denn jemals seit ihrer Kinderzeit. Bei der Ausübung sanfter Liebesdienste und bei der Erfüllung töchterlicher Pflichten war das schlichte Geschöpfchen besonders anziehend. Sie schwebt so sachte wie ein Sonnenstrahl einher, dachte Dobbin, wenn er sie im Krankenzimmer ein- und ausgehen sah, denn eine holde Heiterkeit sprach aus ihren Zügen, während sie anmutig und unhörbar hin und her glitt. Wer hat nicht schon das holde, engelhafte Leuchten der Liebe und des Mitleids im Antlitz von Frauen gesehen, wenn sie ihre Kleinen umsorgen oder sich im Krankenzimmer zu schaffen machen?

So wurde eine heimliche Fehde beigelegt, die einige Jahre gedauert hatte: durch stillschweigende Versöhnung. In seinen letzten Stunden vergaß der alte Mann vor Rührung ob ihrer Liebe und Güte seinen einstigen Groll gegen sie und all die Missetaten, deren er sie, zusammen mit seiner Frau, in manchem langen Nachtgespräch bezichtigt hatte: daß sie um ihres Knaben willen alles andre aufgegeben hatte, daß sie sich um ihre hochbetagten Eltern in ihrer unglücklichen Lage gar nicht gekümmert, sondern nur an das Kind gedacht habe und daß sie sich verrückt und töricht, ja beinahe sündhaft schlecht aufgeführt habe, als Georgy ihr genommen wurde. Der alte Sedley dachte nicht länger an solche Beschuldigungen, als er das Fazit seines Lebens zog, sondern ließ der sanften, nie klagenden kleinen Märtyrerin endlich Gerechtigkeit widerfahren. Eines Nachts, als sie sich in sein Zimmer stahl, fand sie ihn wach, und er schüttete ihr sein Herz aus. «O Emmy», sagte er und streckte ihr seine kalte, kraftlose Hand hin, «ich muß immer daran denken, daß wir sehr unfreundlich und ungerecht zu dir waren!» Sie kniete neben seinem Bett nieder und betete, und er betete auch, ohne ihre Hand loszulassen. Könnten doch auch wir, lieber Freund, jemand haben, der so mit uns betet, wenn wir einmal an der Reihe sind!

Vielleicht zog, wenn er nachts wach lag, sein Leben an ihm vorüber – das erste hoffnungsfreudige Ringen, Erfolge und Wohlergehen im Mannesalter, das Unglück in den späteren Jahren und schließlich sein jetziger hilfloser Zustand – keine Aussicht, sich an der Glücksgöttin zu rächen, die ihn besiegt hatte – kein Name, kein Geld zu vererben – ein verbrauchtes Leben, vergebens gelebt, voller Niederlagen und Enttäuschungen – und nun das Ende! Ich möchte wohl wissen, lieber Bruder und Leser, welches Los vorzuziehen ist: reich und berühmt oder arm

und enttäuscht zu sterben? Zu besitzen – und zum Aufgeben des Besitzes gezwungen zu werden – oder in den Tod zu sinken, nachdem man gespielt und das Spiel verloren hat? Es muß ein eigenartiges Gefühl sein, wenn in unserm Leben der Tag kommt, an dem wir uns sagen: «*Morgen* sind Erfolg oder Mißlingen einerlei: die Sonne wird aufgehen, und Myriaden von Menschen gehen wie bisher ihrer Arbeit oder ihrem Vergnügen nach, ich aber habe mit all der Unrast nichts mehr zu tun.»

So kamen denn auch ein Sonnenaufgang und ein Morgen, an dem alle Welt sich erhob und jeder seinen besonderen Arbeiten oder Vergnügungen nachging, nur der alte John Sedley nicht, der nun nicht länger mit dem Glück kämpfen oder hoffen und Pläne schmieden mußte, sondern scheiden und eine stille und gänzlich unbekannte Wohnung auf einem Kirchhof in Brompton neben seiner alten Gattin beziehen sollte.

Major Dobbin, Joe und Georgy begleiteten in einer schwarzausgeschlagenen Kutsche seine sterblichen Überreste zum Grabe. Joe war eigens vom «Star and Garter»-Hotel in Richmond herübergekommen, wohin er sich nach dem betrüblichen Ereignis zurückgezogen hatte. Er mochte nicht gern in seinem Haus bleiben, im gleichen Haus mit der L....., ich meine, nicht unter diesen Umständen, nicht wahr? Emmy jedoch blieb und tat wie immer ihre Pflicht. Sie war nicht gerade niedergebeugt vor Kummer, sondern eher ernst als traurig gestimmt. Sie betete darum, daß ihr eigenes Ende ebenso friedlich und frei von Schmerzen sein möge, und dachte voller Vertrauen und Ehrfurcht an die Worte, die ihr Vater während seiner Krankheit geäußert hatte und die seinen Glauben, seine Ergebung und seine Hoffnung auf ein zukünftiges Leben widergespiegelt hatten.

Ja, schließlich ist das wohl doch ein besseres Ende, scheint mir. Angenommen, du bist außergewöhnlich reich und begütert und kannst dir an deinem letzten Erdentag sagen: «Ich bin sehr reich und erfreue mich eines guten Rufs; ich habe mein Leben lang in der besten Gesellschaft verkehrt und stamme, dem Himmel sei Dank, aus einer äußerst angesehenen Familie; ich habe meinem König und meinem Vaterland in Ehren gedient. Ich hatte mehrere Jahre lang einen Sitz im Parlament, wo meine Reden, das darf ich ruhig behaupten, aufmerksam verfolgt und recht gut aufgenommen wurden. Ich schulde keinem Menschen einen Schilling; im Gegenteil, ich habe meinem alten Studienfreund Jack Lazarus fünfzig Pfund geliehen, um die ihn mein Testamentsvollstrecker nicht bedrängen soll. Jeder meiner Töchter hinterlasse ich zehntausend Pfund, was für ein Mädchen eine sehr ordentliche Mitgift ist. Mein Silbergeschirr, meine Möbel und mein Haus in der Baker Street vermache ich nebst einer hübschen Jahresrente auf Lebenszeit meiner Witwe, und mein Sohn soll den Grundbesitz, die Wertpapiere und meinen Weinkeller in der Baker Street mit den auserlesenen Weinen erben. Meinem Kammerdiener setze ich eine Leibrente von zwanzig Pfund jährlich aus. Wer könnte es dann wagen, nach meinem Tode einen Makel an mir zu finden?» – Nehmen wir dagegen an, dein Sterbegesang laute ganz anders und der Schwan sänge: «Ich bin ein armer, geschlagener und enttäuschter alter Mann und habe im Leben stets versagt. Ich hatte weder Verstand noch Glück und bekenne, hunderterlei Fehler und Mißgriffe begangen zu haben. Ich gebe zu, daß ich sehr oft pflichtvergessen war. Ich kann meine Schulden nicht mehr abtragen. Völlig hilflos und demütig liege ich auf meinem Sterbebett und bitte um Vergebung meiner Schwächen. Mit reuigem Herzen werfe ich mich der göttlichen Barmherzigkeit zu Füßen.» Was meinst du wohl, welche von den beiden Reden die bessere Leichenpredigt für dich wäre? Der alte Sedley hielt sich an die letztere, und demütigen Herzens, die Hand der Tochter in der seinen, versank ihm das Leben und alle Enttäuschung und Eitelkeit.

*

«Da siehst du», sagte der alte Osborne zu Georgy, «was man mit Begabung und Fleiß und gescheiten Spekulationen und so weiter erreichen kann. Sieh mich an und mein Bankkonto und dann deinen armen Großvater Sedley und sein elendes Ende! Und doch war er vor zwanzig Jahren besser dran als ich – um zehntausend Pfund besser dran, sollt' ich denken.»

Außer seinen nächsten Angehörigen und Mr. Clapps Familie, die zu einem Beileidsbesuch aus Brompton hergekommen war, scherte sich keine Menschenseele einen Pfifferling um den alten John Sedley oder erinnerte sich auch nur an das Vorhandensein eines solchen Mannes.

Als der alte Osborne von seinem Freund Oberst Buckler hörte (was wir bereits durch den kleinen Georgy erfuhren), ein wie ausgezeichneter Offizier der Major sei, legte er nichts als verächtlichen Unglauben an den Tag und gab seiner Überraschung Ausdruck, daß ein Mensch wie der überhaupt Verstand und einen guten Namen besitzen könne. Doch dann sangen auch verschiedene andere Mitglieder seines Bekanntenkreises das Loblied des Majors. Sir William Dobbin hegte eine hohe Meinung von seinem Sohn und erzählte viele Geschichten, aus denen hervorging, wie gebildet und tapfer und angesehen der Major war. Und überdies erschien sein Name auf der Liste der Geladenen für ein oder zwei große Abendgesellschaften vornehmer Adliger. Besonders der letztere Umstand übte auf den alten Aristokraten vom Russell Square eine wundersame Wirkung aus.

Major Dobbins Stellung als Vormund Georgys, dessen Besitz in die Hände seines Großvaters übergegangen war, erforderte einige Zusammenkünfte der beiden Herren. Bei einer solchen Unterredung machte der alte Osborne als scharfsinniger Geschäftsmann, der er nun einmal war, eine Entdeckung, die ihn sehr verblüffte und gleichzeitig schmerzte und erfreute. Ein Teil des Kapitals, von dem die arme Witwe und das Kind gelebt hatten, stammte anscheinend aus William Dobbins eigener Tasche.

Als Dobbin wegen dieser Frage in die Enge getrieben wurde, errötete und stammelte er, denn er konnte nicht lügen, und schließlich gestand er die Wahrheit. «Die Heirat», gab er zu, «war zum großen Teil mein Werk.» (Hier verfinsterte sich das Gesicht des Fragestellers.) «Ich glaubte, mein armer Freund sei zu weit gegangen, und ein Auflösen der Verlobung hätte ihm zur Unehre gereichen und Mrs. Osbornes Tod zur Folge haben können. Als sie daher mittellos zurückblieb, war es für mich das mindeste, ihr alles Geld zu geben, das ich für ihren Unterhalt erübrigen konnte.»

«Major Dobbin», sagte der alte Osborne, sah ihn fest an und wurde ebenfalls sehr rot, «Sie haben mir einen großen Schmerz zugefügt, aber gestatten Sie mir trotzdem, Sir, Ihnen zu sagen, daß Sie ein Ehrenmann sind. Hier ist meine Hand, Sir – obwohl es mir nie in den Sinn gekommen wäre, daß mein eigen Fleisch und Blut aus Ihrer Tasche gelebt haben könnte.» Und die beiden schüttelten sich die Hand, während der Major noch ganz verlegen war, weil seine verheimlichte Wohltätigkeit aufgedeckt worden war.

Er bemühte sich nun, den alten Mann im Hinblick auf seinen Sohn weicher und versöhnlicher zu stimmen. «Er war ein so prachtvoller Mensch», sagte er, «daß wir ihn alle liebten und jeder für ihn durchs Feuer gegangen wäre. Damals schmeichelte es mir als noch jungem Menschen ungemein, daß er mich allen andern vorzog, und ich war stolzer, in *seiner* Gesellschaft als in der des Oberbefehlshabers gesehen zu werden. Ich habe, was Mut und Tollkühnheit und alle guten soldatischen Eigenschaften betrifft, nie seinesgleichen gesehen.» Und Dobbin erzählte dem alten Vater sämtliche Geschichten von der Tapferkeit und den Heldentaten seines Sohnes, die ihm nur einfielen. «Und Georgy ist ihm so ähnlich», schloß er dann.

«Er ist ihm so ähnlich, daß mich bei seinem Anblick manchmal ein Zittern überfällt», sagte der Großvater.

An ein oder zwei Abenden erschien der Major bei Mr. Osborne zum Diner (es war während der Erkrankung des alten Mr. Sedley), und als die beiden nach dem Essen zusammensaßen, drehte sich die ganze Unterhaltung um den gefallenen Helden. Der Vater brüstete sich nach alter Gewohnheit mit ihm und glaubte sich wohl selbst zu verherrlichen, wenn er seines Sohnes Tapferkeit und Taten schilderte. Immerhin war er jetzt viel besser und milder als einst gegen den armen Burschen gestimmt, und das Christenherz des guten Majors freute sich, als er an den Anzeichen erkannte, daß Frieden und Wohlwollen wiederkehrten. Am zweiten Abend redete der alte Osborne ihn schon mit seinem Vornamen William an, genau wie er es damals zu tun pflegte, als Dobbin und George noch Knaben waren, und der wackere Major nahm es erfreut als Zeichen der Versöhnung hin.

Als Miss Osborne mit der ihrem Alter und Charakter eigentümlichen Schärfe am nächsten Tag beim Frühstück eine etwas herabsetzende Bemerkung über das Äußere oder das Benehmen des Majors machen wollte, unterbrach sie der Hausherr. «Du wärst nur zu froh gewesen, Jane, wenn du ihn dir hättest angeln können! Deshalb sind dir die Trauben jetzt zu sauer. Ha, ha! Major William ist ein großartiger Mensch!»

«Ja, bestimmt, Großpapa», sagte Georgy begeistert und trat dicht an den alten Herrn heran. Er packte ihn bei seinem großen grauen Bart, lachte ihm fröhlich ins Gesicht und küßte ihn. Am Abend erzählte er seiner Mutter von der Geschichte, und sie gab ihm durchaus recht. «Doch, das ist er», sagte sie. «Dein lieber Papa hat es immer gesagt. Er ist einer der besten und rechtschaffensten Männer!» Zufällig kam Dobbin gleich danach zu ihnen, und vielleicht wurde Amelia wegen des Gesprächs mit Georgy so rot. Der kleine Schlingel erhöhte ihre Verwirrung noch dadurch, daß er dem Major die andere Hälfte der Geschichte erzählte. «Hör mal, Dob», sagte er, «ich kenne ein furchtbar nettes Mädchen, das dich gern heiraten möchte. Sie hat eine Menge Kleingeld und trägt falsche Löckchen und schimpft die Dienstboten vom frühen Morgen bis zum späten Abend.» Dobbin fragte: «Wer ist denn das?»

«Tante Osborne», antwortete der Junge. «Großpapa hat's gesagt! Und weißt du was, Dob? Es wäre furchtbar nett, wenn du mein richtiger Onkel würdest!» Doch da rief aus dem Zimmer nebenan die zitterige Stimme des alten Sedley nach Amelia, und das Gelächter brach ab.

Daß der alte Osborne sich allmählich änderte, war deutlich bemerkbar. Manchmal erkundigte er sich bei Georgy nach seinem Onkel und lachte über den Jungen, weil er Joe so gut nachmachen konnte, wie er «Gott, der Gerechte!» sagte oder seine Suppe schlürfte. Dann aber sagte er: «Es ist respektwidrig, wenn ihr Gelbschnäbel eure Verwandten nachäfft! Jane, wenn du heute ausfährst, gib doch bei Mr. Sedley meine Karte ab, hörst du? Zwischen ihm und mir hat's ohnehin nie Streit gegeben.»

Daraufhin sandte auch Joseph seine Karte, und er und der Major wurden zum Abendessen gebeten – vielleicht zum üppigsten und albernsten Essen, das Mr. Osborne je gegeben hatte: jeder Quadratzoll vom Familiensilber wurde zur Schau gestellt, und die feinsten Leute wurden eingeladen. Mr. Sedley führte Miss Osborne zu Tisch, und sie war sehr liebenswürdig gegen ihn, während sie mit dem Major, der etwas weiter weg sehr linkisch neben Mr. Osborne saß, kaum ein Wort wechselte. Joe erklärte mit dem größten Ernst, er habe noch nie im Leben eine so gute Schildkrötensuppe gegessen und fragte Mr. Osborne, woher er seinen Madeira beziehe.

«Er stammt noch aus Sedleys Keller», tuschelte der Butler seinem Herrn zu. «Ich habe ihn schon sehr lange und ein schönes Sümmchen dafür bezahlt», sagte Osborne laut zu seinem Gast; dann flüsterte er seinem Nachbarn zur Rechten zu, er habe ihn «bei der Auktion des Alten» erstanden.

Mehr als einmal erkundigte er sich beim Major nach Mrs. Osborne, und das war ein Thema, bei dem der Major sehr beredt werden konnte, wenn er wollte. Er erzählte Mr. Osborne von allem Leid, das sie durchgemacht hatte, von der leidenschaftlichen Liebe zu ihrem Gatten, dessen Andenken ihr noch immer heilig sei, von der zärtlichen und aufopfernden Art, mit der sie ihre Eltern unterstützt und sich sogar von ihrem Sohn getrennt habe, als sie es für ihre Pflicht hielt. «Sie wissen nicht, wie sehr sie gelitten hat, Sir», sagte der brave Dobbin mit bewegter Stimme, «und ich hoffe und vertraue darauf, daß Sie sich mit ihr aussöhnen! Wenn sie Ihnen Ihren Sohn genommen hat, so hat sie Ihnen doch den ihren gegeben, und wie sehr Sie Ihren George auch geliebt haben mögen, so können Sie sich darauf verlassen, daß sie ihren Georgy noch zehnmal mehr liebt!»

«Weiß Gott, Sie sind ein guter Mensch, William!» war alles, was Mr. Osborne sagte. Es war ihm nie in den Sinn gekommen, daß es der Witwe schmerzlich gewesen sein könnte, sich von dem Jungen zu trennen, oder daß ihres Sohnes gute Aussichten mit Kummer für sie verbunden sein könnten. Es wurde von einer Aussöhnung gesprochen, die bestimmt und baldigst stattfinden müsse, und Amelias Herz klopfte heftiger, wenn sie sich die gefürchtete Begegnung mit Georges Vater vorstellte.

Doch die Aussöhnung sollte nie zustande kommen. Die schleichende Krankheit und der Tod des alten Sedley kamen dazwischen, und danach war eine Zusammenkunft auf längere Zeit hinaus nicht möglich. Der Todesfall und andere Ereignisse mochten nicht ohne Einwirkung auf Mr. Osborne geblieben sein. In der letzten Zeit war seine Gesundheit erschüttert: er alterte rasch und rieb sich mit Grübeleien auf. Er hatte seinen Rechtsanwalt kommen lassen und wahrscheinlich etwas in seinem Testament geändert. Der Arzt, der ihn besuchte, hielt ihn für körperlich geschwächt und seelisch mitgenommen. Er sprach von einem kleinen Aderlaß und einem Aufenthalt am Meer. Doch der alte Herr wandte die empfohlenen Heilmittel nicht an.

Eines Tages erschien er nicht zum Frühstück. Seinem Diener fiel es auf, und er ging in das Ankleidezimmer seines Herrn, wo er ihn, vom Schlag getroffen, vor dem Toilettentisch liegen sah. Miss Osborne wurde benachrichtigt, Ärzte wurden geholt, Georgy ging nicht in die Schule, und Bader kamen zum Aderlassen und Schröpfköpfesetzen. Osborne erlangte das Bewußtsein teilweise zurück, aber er konnte nicht mehr sprechen, obwohl er sich ein- oder zweimal furchtbar anstrengte. Nach vier Tagen starb er. Die Ärzte gingen die Treppe hinunter, die Leute des Leichenbestatters gingen hinauf. Alle Läden vor den Fenstern, die auf die Anlagen am Russell Square blickten, wurden geschlossen. Bullock stürzte in größter

Eile aus der City herbei: «Wieviel Geld hat er dem Jungen hinterlassen? Doch nicht etwa die Hälfte? Doch bestimmt für jeden von uns dreien den gleichen Anteil?» Es war ein aufregender Augenblick.

Was hatte der arme alte Mann wohl sagen wollen, als er sich ein- oder zweimal vergeblich zu sprechen bemühte? Hoffentlich, daß er Amelia sehen und sich mit der lieben und treuen Frau seines Sohnes aussöhnen wollte, bevor er die Welt verlassen mußte. Ja, sehr wahrscheinlich war es das gewesen, denn sein Testament bewies, daß der Haß, den er so lange genährt hatte, aus seinem Herzen verschwunden war.

In der Tasche seines Schlafrocks fanden sie den Brief mit dem großen roten Siegel, den George ihm aus Waterloo geschrieben hatte. Auch die andern auf seinen Sohn bezüglichen Papiere mußte er durchgesehen haben, denn der Schlüssel zu der Truhe, in der er sie aufbewahrte, fand sich ebenfalls in seiner Tasche, und man entdeckte, daß die Siegel und Umschläge erbrochen worden waren – vermutlich am Abend vor dem Schlaganfall, als der Butler ihm den Tee ins Arbeitskabinett gebracht und dabei gesehen hatte, daß der alte Herr in der großen roten Familienbibel las.

Als das Testament eröffnet wurde, zeigte es sich, daß die eine Hälfte des Vermögens für Georgy bestimmt war und der Rest den beiden Schwestern zufiel. Mr. Bullock sollte zum Nutzen aller die Geschäfte des Handelshauses weiterführen oder ausscheiden, je nachdem, wie er es für richtig hielt. Eine Jahresrente von fünfhundert Pfund zu Lasten von Georges Vermögen wurde seiner Mutter ausgesetzt, «der Witwe meines geliebten Sohnes George Osborne», die den Knaben nun wieder in ihre Obhut nehmen sollte.

«Major William Dobbin, der Freund meines geliebten Sohnes», war zum Testamentsvollstrecker bestimmt worden; «und da er in seiner Güte und Freigebigkeit und mit seinem eigenen Privatvermögen meinen Enkel und meines Sohnes Witwe unterstützt hat, als sie ohne andere

Mittel waren» (fuhr der Erblasser fort), «danke ich ihm hiermit herzlichst für die ihnen erwiesene Liebe und Fürsorge und bitte ihn, eine Summe anzunehmen, die zum Erwerb eines Oberstleutnantpatents ausreicht oder die er anderweitig und nach eigenem Belieben verwenden kann.»

Als Amelia erfuhr, daß ihr Schwiegervater mit ihr versöhnt gestorben sei, wurde ihr weich ums Herz, und sie war für die ihr vermachte Rente dankbar. Doch als sie hörte, daß Georgy ihr wieder geschenkt wurde, und erfuhr, wie und durch wen es bewerkstelligt worden war, ja, daß Williams Güte ihr in den Tagen der Armut geholfen hatte und daß sie William den Gatten und den Sohn verdankte – oh, da sank sie auf die Knie nieder und betete um den Segen des Himmels für das treue und gütige Herz. Sie beugte und demütigte sich vor einer so schönen und hochherzigen Liebe und küßte ihr gleichsam die Füße.

Aber Dankbarkeit war alles, womit sie solche bewundernswerte Treue und Wohltätigkeit erwidern konnte – nur Dankbarkeit! Wenn sie an eine andere Art Belohnung dachte, stieg George aus dem Grabe auf und sprach: «Du bist mein, einzig und allein mein, jetzt und in alle Ewigkeit!»

William war über ihre Gefühle im Bilde: hatte er nicht ein ganzes Leben damit zugebracht, sie zu erraten?

Als der Inhalt von Mr. Osbornes Testament bekanntwurde, war es herzerhebend, zu beobachten, wie Mrs. George Osborne plötzlich in der Achtung der Leute stieg, die ihren Bekanntenkreis bildeten. Auch die Diener in Josephs Haushalt, die ihre bescheidenen Anordnungen nicht befolgt, sondern nur erwidert hatten, sie müßten erst «den Herrn fragen», dachten jetzt nicht mehr daran, sich an eine höhere Instanz zu wenden. Die Köchin spottete nicht länger über Amelias armselige Kleider (die tatsächlich durch ihren eigenen Staat, mit dem sie sich für den Kirchgang am Sonntagabend herausputzte, weit in den Schatten gestellt wurden), und die andern Diener murrten nicht mehr, wenn Amelia läutete, und trödelten nicht ewig herum, ehe sie ihrer Aufforderung Folge leisteten. Der Kutscher, der stets gebrummt hatte, wenn «seine» Pferde schon wieder heraus mußten und «seine» Kutsche zu einem Krankenwagen für den alten Knaben und Mrs. Osborne herausstaffiert wurde, fuhr sie jetzt mit der größten Bereitwilligkeit, denn er zitterte davor, daß er etwa durch Mr. Osbornes Kutscher verdrängt werden könnte, und meinte deshalb, «was denn solche Kutscher vom Russell Square von der Stadt wüßten und ob sie überhaupt dazu taugten, vor einer Dame auf dem Bock zu sitzen». Die männlichen und weiblichen Bekannten Josephs interessierten sich auf einmal für Emmy, und auf ihrem Flurtisch häuften sich die Beileidskarten. Auch Joseph selbst, der sie bisher als eine gutartige, harmlose Bettlerin betrachtet hatte, der er pflichtschuldigst Kost und Obdach bot, behandelte sie und den reichen kleinen Jungen, seinen Neffen, mit größter Hochachtung: er war darauf bedacht, daß sie – «die arme Kleine» – nach all ihren Leiden und Sorgen nun etwas Abwechslung und Unterhaltung hatte, und er begann sogar, schon zum Frühstück zu erscheinen und sich angelegentlich zu erkundigen, wie sie den Tag zu verbringen wünsche.

In ihrer Eigenschaft als Georgys Vormund forderte sie mit Einwilligung des Majors, der mit ihr zusammen die Vormundschaft ausübte, die Tante des Jungen auf, so lange im Haus am Russell Square wohnen zu bleiben, wie es ihr beliebe. Aber Miss Osborne lehnte dankend ab und erklärte, daß sie nicht daran dächte, das traurige Haus allein zu bewohnen. In tiefer Trauer begab sie sich mit einigen ihrer alten Diener nach Cheltenham. Die übrigen Bedienten wurden freigebig entlohnt und aus dem Dienst entlassen. Der treue alte Butler, den Mrs. Osborne behalten hätte, dankte für ihren Vorschlag und zog es vor, seine Ersparnisse in einem Wirtshaus anzulegen; wir hoffen, daß er dort gute Geschäfte machen konnte. Nachdem Miss Osborne nicht geneigt war, am Russell Square zu bleiben, lehnte es auch Mrs. Osborne auf Grund einer Beratung ab, das düstere alte Gebäude zu bewohnen. Das

Haus wurde ausgeräumt. Die prunkvollen Möbel und Wertsachen, die gewaltigen Kronleuchter und die trübseligen, kahlen Spiegel wurden verpackt und fortgeschafft, die prächtige Saloneinrichtung aus Rosenholz wurde mit Stroh umwickelt, die Teppiche zusammengerollt und verschnürt, die kleine Prunkbibliothek schön eingebundener Bücher in zwei Weinkisten verstaut, und das gesamte Hab und Gut rollte in zwei riesengroßen Möbelwagen zum «Pantechnicon», wo es bis zu Georgys Volljährigkeit aufbewahrt werden sollte. Die großen, schweren, dunklen Kisten mit dem Silbergeschirr dagegen wanderten in das angesehene Bankhaus Stumpy & Rowdy, wo sie bis zum nämlichen Zeitpunkt in den Kellern liegen sollten.

Eines Tages begab sich Emmy, in tiefe Trauer gekleidet, mit Georgy an der Hand in das verlassene Haus, das sie seit ihrer Jungmädchenzeit nicht mehr betreten hatte. Vor dem Haus, wo die Möbelwagen vollgeladen worden waren, um dann abzufahren, lag noch allerlei Stroh herum. Sie gingen durch die großen, kahlen Räume, deren Wände noch die Spuren zeigten, wo Bilder und Spiegel gehangen hatten. Dann stiegen sie die große, nackte Steintreppe zu den oberen Zimmern hinauf, wo Großpapa gestorben war, wie Georgy ihr zuflüsterte, und noch höher hinauf, bis zu Georgys Zimmer. Der Knabe schmiegte sich an sie, aber sie dachte an noch jemand anders: sie wußte, daß es auch das Zimmer seines Vaters gewesen war.

Sie trat an eins von den offenen Fenstern (zu denen sie oft mit wehem Herzen hinaufgestarrt hatte, nachdem ihr das Kind genommen worden war), und als sie hinausblickte, konnte sie von dort über die Bäume am Russell Square hinweg das alte Haus erkennen, in dem sie geboren war und so viele glückliche Tage unschuldsvoller Jugend verlebt hatte. Nun stieg alles wieder vor ihr auf: die schöne Ferienzeit, die freundlichen Gesichter, die sorglose, fröhliche Vergangenheit und die endlosen Leiden und Prüfungen, die sie seither niedergedrückt hatten.

Sie dachte an damals und an den Mann, der ihr ein treuer Beschützer und guter Geist, der ihr einziger Wohltäter und ihr liebevoller und hochherziger Freund gewesen war.

«Sieh doch, Mutter», rief Georgy, «hier ist mit einem Diamanten G.O. in die Fensterscheibe geritzt! Das habe ich noch nie gesehen! *Ich* hab's bestimmt nicht gemacht!»

«Das Zimmer gehörte deinem Vater, Georgy», sagte sie und wurde rot, als sie den Knaben küßte, «lange bevor du auf die Welt kamst.»

Sie war sehr still, als sie beide nach Richmond zurückfuhren, wo sie vorübergehend ein Haus gemietet hatte: dorthin kamen auch die Notare, um sie dienstfertig lächelnd aufzusuchen (und natürlich jeden einzelnen Besuch auf Rechnung zu setzen), dort stand auch ein Zimmer für Major Dobbin bereit, der häufig herüberritt, weil er ja so viel geschäftliche Dinge für sein kleines Mündel zu erledigen hatte.

Georgy wurde auf unbestimmte Zeit aus der Schule genommen, und Mr. Veal erhielt den Auftrag, eine Inschrift für eine schöne Marmortafel abzufassen, die in der Foundling Church unter Hauptmann George Osbornes Gedenkstein angebracht werden sollte.

*

Obzwar Mrs. Bullock, Georgys Tante, durch das kleine Ungetüm von einem Neffen um die Hälfte der Summe gebracht worden war, die sie als väterliches Erbe erwartet hatte, bewies sie doch ihre christliche Gesinnung, indem sie sich mit dem Jungen und seiner Mutter aussöhnte. Roehampton liegt nicht weit von Richmond entfernt, und eines Tages fuhr die Kutsche mit den goldenen Bullenwappen darauf und den welken Kindern darin bei Amelias Haus in Richmond vor. Die Familie Bullock drang in den Garten ein, in dem Amelia mit einem Buch saß und las und Joseph zufrieden in der Laube Erdbeeren in Wein tauchte, während der Major gebückt in seinem indischen Sommerrock dastand und Georgy über seinen Rücken springen ließ. Georgy flog über Dobbins Kopf und mitten in die vorrückenden Bullocks hinein, die mit riesigen schwarzen Schleifen auf den Hüten und riesigen schwarzen Schärpen am Kleid ihre trauernde Mama begleiteten.

Er paßt im Alter genau zu Rosa, dachte die zärtliche Mutter und blickte auf das liebe Kind, ein ungesundes kleines Fräuleinchen von etwa sieben Jahren.

«Rosa, komm her und gib deinem lieben Vetter einen Kuß», sagte Mrs. Frederick Bullock. «Kennst du mich nicht, George? Ich bin deine Tante.»

«Ich kenne dich ganz gut», antwortete George, «aber für Küsse bin ich nicht.» Und dabei entzog er sich der ihn gehorsamst küssenden Base.

«Bringe mich zu deiner lieben Mama, du drolliges Kind!» sagte Mrs. Frederick. Und so sahen sich die beiden Damen nach mehr als fünfzehnjähriger Trennung wieder. Als Emmy in Sorge und Armut gesteckt hatte, wäre es der andern nie in den Sinn gekommen, sie zu besuchen, doch jetzt, da sie in schicklichem Wohlstand lebte, stattete ihr die Schwägerin den gebührenden Besuch ab.

Und noch viele andere machten es ebenso. Unsre alte Freundin, Miss Swartz, kam mitsamt ihrem Gatten und kanariengelber Dienerschaft von Hampton Court angebraust und begrüßte Amelia so ungestüm zärtlich wie einst. Miss Swartz wäre gewiß immer nett zu ihr gewesen, wenn sie Amelia hätte besuchen können, das muß man ihr lassen – aber *que voulez-vous?* In unsrer Riesenstadt hat man keine Zeit, seine Freunde aufzusuchen: wenn sie nicht in Reih und Glied bleiben können, verschwinden sie, und wir marschieren ohne sie weiter. Wer wurde auf dem Jahrmarkt der Eitelkeit schon je vermißt?

Doch nun sah sich Emmy, noch ehe die Trauerzeit für Mr. Osborne verstrichen war, im Mittelpunkt eines höchst vornehmen Zirkels, dessen Mitglieder sich's einfach nicht vorstellen konnten, daß es jemand gäbe, der sich nicht überglücklich schätzte, zu ihnen zu gehören. Unter den Damen befand sich kaum eine, die nicht mindestens einen Verwandten im Hochadel hatte, auch wenn ihr Gatte nur

Drogenhändler in der City war. Manche Damen waren sehr blaustrümpfig und gelehrt: sie lasen Mrs. Somervilles Schriften und besuchten die Royal Institution; andere waren streng pietistisch und hielten zu Exeter Hall. Wir müssen gestehen, daß Emmy sich bei ihrem Gerede ganz hilflos vorkam und an den paar Abenden, an denen sie Mrs. Bullocks Gastfreundschaft annehmen mußte, die größten Qualen ausstand. Mrs. Frederick wollte sie durchaus unter ihre Fittiche nehmen und hatte huldvollst beschlossen, sie zu «bilden». Sie besorgte Amelia eine Schneiderin und Putzmacherin und unterwies sie in der Führung ihres Hauses und in feinen Manieren. Sie kam ständig von Roehampton angefahren und unterhielt ihre neue Freundin mit oberflächlichem Gesellschaftstratsch und albernem Hofklatsch. Joe hörte ihr gern zu, doch der Major ging meistens brummend weg, sobald die Frau mit ihrer billigen Vornehmheit auftauchte. Bei einer der besten Gesellschaften Frederick Bullocks schlief er gleich nach dem Essen vor der Nase des kahlköpfigen Bankiers ein (Fred bemühte sich immer noch eifrigst um die Übertragung des Osborneschen Vermögens von der Firma Stumpy & Rowdy auf seine eigene Bank), während Amelia, die kein Latein konnte und nicht wußte, wer den neuesten glänzenden Artikel in der *Edinburgh Review* geschrieben hatte, und die Mr. Peels erstaunlichen Winkelzug bei der verhängnisvollen *Catholic Relief Bill* nicht im geringsten bedauerte oder rühmte, saß stumm inmitten der Damen im großartigen Salon, von dem man auf samtene Rasenflächen, gepflegte Kieswege und glitzernde Treibhäuser blicken konnte.

«Sie scheint gutherzig, aber beschränkt zu sein», erklärte Mrs. Rowdy, «und der Major ist anscheinend sehr *épris*.»

«Es fehlt ihr leider sehr an *bon ton*», bemerkte Mrs. Hollyock. «Meine Beste, es wird Ihnen niemals gelingen, ihr etwas Schliff zu geben.»

«Sie ist entsetzlich unwissend oder gleichgültig», meinte Mrs. Glowry mit Grabesstimme und schüttelte traurig ihren Kopf und Turban. «Ich habe sie gefragt, ob sie glaube, daß der Papst im Jahre 1836 fallen würde, wie es Mr. Jowls vermutet, oder erst 1839, wie es Mr. Wapshot annimmt. Daraufhin sagte sie: ‹Der arme Papst! Hoffentlich nicht! Was hat er denn getan?›»

«Sie ist die Witwe meines Bruders, liebe Freundinnen», warf Mrs. Frederick ein, «daher sind wir alle verpflichtet, finde ich, ihr für den Eintritt in die große Welt mit Rat und Tat zur Seite zu stehen. Sie können sich wohl denken, daß bei uns, deren getäuschte Erwartungen stadtbekannt sind, keinerlei geschäftliche Motive mitsprechen.»

«Die liebe arme Mrs. Bullock», sagte Mrs. Rowdy zu Mrs. Hollyock, als sie zusammen nach Hause fuhren, «immer muß sie planen und etwas einfädeln! Sie möchte zu gern, daß Mrs. Osbornes Konto von unsrer Bank auf die ihre übertragen wird! Und die Art, wie sie dem Jungen schmeichelt und ihn immer neben die triefäugige kleine Rosa setzt, ist wirklich zu töricht!»

«Ach, ich wünschte, die Glowry erstickte noch mal an ihrem ‹Sündenmensch› und an ihrer ‹Schlacht von Armageddon›», rief die andere, und der Wagen rollte über die Putney-Brücke von dannen.

Doch eine solche Gesellschaft war für Amelia zu grausig vornehm, und alle tanzten vor Freude, als eine Auslandreise vorgeschlagen wurde.

LXII

Am Rhein

RIVIALE Ereignisse, wie die vorhin erwähnten, hatten sich schon vor einigen Wochen abgespielt; das Parlament hatte bereits Ferien gemacht, der Sommer war da, und die ganze Londoner gute Gesellschaft war im Begriff, die Stadt zu verlassen, um die alljährliche Vergnügungs- oder Erholungsreise anzutreten, als eines schönen Morgens das Dampfschiff *The Batavier* mit einer beträchtlichen Schar englischer Stadtflüchtlinge von den Tower Stairs abfuhr. Sonnensegel waren über das Achterdeck gespannt, und auf den Bänken und in den Gängen wimmelte es von Dutzenden rosiger Kinder und geschäftiger Kindermädchen, von Damen in den nettesten rosa Hauben und Sommerkleidern, von Herren in Reisemütze und Leinenjacke, denen für die bevorstehende Reise der Schnurrbart zu sprießen begann, und von stämmigen, schmucken Veteranen in gestärkter Halsbinde und sauber gebürstetem Hut, wie sie seit Kriegsende ganz Europa überschwemmt und das nationale «Goddam» in jeder Stadt auf dem Festland eingeführt hatten. Die Ansammlung von Hutschachteln, Bramah-Schreibkassetten und Toilettenkästen war ungeheuer. Da reisten flotte junge Studenten aus Cambridge mit ihrem Privatlehrer zu Vorlesungskursen nach Nonnenwerth oder Königswinter; da redeten irische Gentlemen mit tollen Bärten und Juwelen unaufhörlich von Pferden und benahmen sich

überaus höflich zu den jungen Damen an Bord, denen aber die Cambridger Herrchen mit ihrem Blaßgesicht von Privatlehrer mädchenhaft schüchtern aus dem Wege gingen; da waren alte Pall-Mall-Bummler auf der Reise nach Ems und Wiesbaden zur Brunnenkur, um die Bankette der Wintersaison fortzuschwemmen, daneben ein bißchen Roulette und *trente-et-quarante,* um keine Langeweile aufkommen zu lassen; da war der alte Methusalem, der gerade geheiratet hatte, mit seiner jungen Frau und dem Hauptmann Papillon von der Garde, der ihr ständig den Sonnenschirm und die Reiseführer nachtrug; da führte der junge May seine ihm soeben angetraute Frau (die verwitwete Mrs. Winter, die mit Mays Großmutter in die Schule gegangen war) zu einer Lustreise aus; und da waren Sir John und Milady mit einem Dutzend Kindern und den dazugehörigen Kindermädchen, und da war die hochfeine Aristokratenfamilie Bareacres, die streng für sich allein in der Nähe der Kommandobrücke saß, jedermann anstarrte und mit keinem sprach. Ihre mit der Grafenkrone geschmückten Wagen standen, mit blanken Verdeckkoffern hoch beladen, zwischen einer ganzen Anzahl ähnlicher Fuhrwerke so eng zusammengepfercht auf dem Vorderdeck, daß es schwierig war, an ihnen vorbei- und hindurchzugelangen, und daß die armen Passagiere der Vorschiffskajüte kaum genügend Platz hatten, sich dort zu ergehen. Zu ihnen gehörten ein paar prächtig gekleidete Herren aus dem Judenviertel Houndsditch, die ihren eigenen Mundvorrat mitgebracht hatten und die Hälfte der munteren Leutchen im vornehmen Speisesaal erster Klasse hätten aufkaufen können; ferner einige brave Burschen mit Schnurrbart und Malermappe, die sich zum Skizzieren hinsetzten, noch ehe sie eine halbe Stunde an Bord waren; dann eine oder zwei französische Kammerzofen, die entsetzlich seekrank wurden, sobald das Schiff Greenwich passiert hatte, und schließlich ein paar Reitknechte, die in der Nachbarschaft der ihnen anvertrauten Pferdeboxen herumlungerten oder sich bei den Schaufelrädern an die Reling lehnten und davon sprachen, wer das Léger-Rennen machen würde und wie die Gewinnchancen beim Goodwood-Pokal für sie standen.

Nachdem die herrschaftlichen Reisediener im ganzen Schiff umhergelaufen waren und ihre verschiedenen Herren in den Kabinen oder an Deck untergebracht hatten, kamen sie zum Plaudern und Rauchen zusammen; die hebräischen Herren gesellten sich zu ihnen und besahen sich die Kutschwagen. Da stand Sir Johns großer Reisewagen, in dem dreizehn Personen Platz hatten; da waren Lord Methusalems Kutsche und Lord Bareacres' Equipage und Britschka und Packwagen, die bezahlen mochte, wer Lust dazu hatte. Es war überhaupt ein Wunder, woher Milord das Bargeld für die Kosten der Reise bezog. Die hebräischen Herren wußten, wo es herstammte. Sie wußten, wieviel Geld Milord augenblicklich in der Tasche bei sich trug, wieviel Zinsen er dafür bezahlte und wer es ihm gegeben hatte. Und endlich war da noch ein sehr schmukker, hübscher Reisewagen, über den die Herren ihre Vermutungen anstellten.

«*A qui cette voiture-là?*» fragte der eine Herrschaftskutscher mit großer lederner Geldtasche und Ohrringen einen andern mit Ohrringen und großer lederner Geldtasche.

«*C'est à Kirsch, je bense – je l'ai vu toute à l'heure – qui brenait des sangviches dans la voiture*», antwortete der andre in schönstem deutschem Französisch.

Gleich danach tauchte Kirsch aus dem Laderaum auf, wo er den Matrosen, die das Passagiergepäck verstauten, Anweisungen und Flüche aus aller Herren Ländern zugebrüllt hatte; jetzt kam er näher, um seinen Kollegen Bescheid zu geben. Er teilte ihnen mit, daß der Wagen einem ungeheuer reichen Nabob aus Kalkutta und Jamaica gehöre, bei dem er als Reisediener angestellt sei. Im gleichen Augenblick sprang ein junger Herr, der von der Brücke und den Radkästen vertrieben worden war, auf das Dach von Lord Methusalems Reisekutsche, und von dort kletterte er auf Umwegen über andere Kutschen und Wagenverdecke bis auf seine eigene, ließ sich herunter und schwang sich unter dem Beifall der zuschauenden Kutscher durch das Fenster ins Innere.

«*Nous allons avoir une belle traversée, monsieur George*», sagte der Kutscher grinsend und lüftete seine goldbetreßte Mütze.

«Hören Sie doch mit Ihrem Französisch auf», versetzte der junge Herr. «Wo sind die Keks, he?» Daraufhin antwortete ihm Kirsch auf englisch oder jedenfalls in der besten Nachahmung der englischen Sprache, deren er fähig war, denn wenn er auch in allen Sprachen beschlagen war, beherrschte er doch keine einzige und sprach sie sämtlich gleichermaßen geläufig und falsch.

Der herrische Jüngling, der nun seine Keks vertilgte (und dafür war es tatsächlich höchste Zeit, denn es war schon volle drei Stunden her, seit er in Richmond gefrühstückt hatte), war unser junger Freund George Osborne. Seine Mama und Onkel Joe saßen mit einem Herrn auf dem Achterdeck, mit dem sie sehr häufig zusammenkamen: die vier waren im Begriff, eine Sommerreise zu machen.

Joseph saß gerade unter dem Sonnensegel des Achterdecks, ziemlich genau dem Grafen Bareacres und seiner Familie gegenüber, deren Tun und Treiben den Bengalen fast ausschließlich interessierte. Das edle Paar sah jünger als in dem ereignisreichen Jahr 1815 aus, wo Joe die beiden in Brüssel gesehen zu haben glaubte (in Indien erzählte er sogar immer, daß er sehr eng mit ihnen befreundet sei). Lady Bareacres' Haar, das damals dunkel gewesen war, glomm jetzt in herrlichem Rotgold, während Lord Bareacres' ehemals roter Backenbart jetzt ein tiefes Schwarz aufwies, das im Licht bläulichrot und grünlich schillerte. Aber wenn sie auch noch so verändert waren, fesselte doch jede ihrer Bewegungen Josephs Aufmerksamkeit. Die Gegenwart eines Lords bezauberte ihn so, daß er seine Augen nicht abwenden konnte.

«Die Leute da scheinen dich mächtig zu interessieren», sagte Dobbin, der ihn beobachtet hatte, und lachte. Auch Amelia lachte. Sie trug eine Strohhaube mit schwarzen Bändern, sonst aber war sie noch in Trauer. Doch das geschäftige Treiben der Ferienreise gefiel ihr und regte sie an, so daß sie auffallend glücklich aussah.

«Was für ein himmlischer Tag!» rief sie und fuhr sehr originell fort: «Hoffentlich haben wir eine gute Überfahrt!»

Joe winkte verächtlich ab, blinzelte jedoch gleichzeitig zu den vornehmen Leuten hinüber. «Wenn du solche Seereisen gemacht hättest, wie wir sie hinter uns haben», meinte er, «würdest du dich wenig um das Wetter kümmern.» Aber obschon er ein so weit gereister Mann war, verbrachte er doch die Nacht erbärmlich seekrank in seinem Wagen, wo ihn der Kutscher mit Kognak und allem erdenklichen Luxus versah.

Zur festgesetzten Zeit landete unsre glückliche Reisegesellschaft am Quai von Rotterdam, von wo ein anderer Dampfer sie nach Köln brachte. Hier wurden Kutsche und Familie an Land gesetzt, und Joe fühlte sich nicht wenig geschmeichelt, als er seine Ankunft folgendermaßen in den Kölner Zeitungen angekündigt sah: «Herr Graf Lord von Sedley nebst Begleitung, aus London.» Er hatte seine Hofkleidung mitgenommen und darauf bestanden, daß auch Dobbin seine beste Uniform einpackte, denn wie er erklärt hatte, war es seine Absicht, sich an fremden Höfen vorstellen zu lassen und den Herrschern aller Länder, die er mit einem Besuch beehrte, seine Aufwartung zu machen.

Sooft sie Aufenthalt nahmen und sich eine Gelegenheit bot, gab Mr. Joe seine und Major Dobbins Karte bei «unserm Gesandten» ab. Nur mit Mühe konnten ihn die andern davon abhalten, seinen Dreispitz und die engen Beinkleider anzulegen, als der britische Konsul der Freien Reichsstadt Judenfurt unsre Reisenden gastfreundlich zum Diner eingeladen hatte. Er führte ein Reisetagebuch und trug emsig alle Mängel und Vorzüge der einzelnen Gasthöfe ein, in denen sie abstiegen, und auch die Weine und Gerichte, die er zu sich nahm.

Was Emmy betraf, so war sie sehr glücklich und zufrieden. Dobbin pflegte ihr den Malstuhl und das Skizzenbuch nachzutragen und bewunderte die Zeichnungen der lieben kleinen Künstlerin, wie sie noch nie bewundert worden waren. Auf den Flußdampfern saß sie an Deck und zeichnete Felsen und Schlösser, oder sie bestieg einen Esel und ritt in Begleitung ihrer beiden Adjutanten Dobbin und Georgy zu alten Raubritterburgen hinauf. Sie lachte über den Major, und er selbst tat es auch, weil er sich mit seinen langen, den Boden berührenden Beinen so drollig auf einem Esel ausnahm. Er war der Dolmetscher der Reisegesellschaft, da er als Militär gute Kenntnisse der deutschen Sprache besaß, und er und der begeisterte Georgy zogen am Rhein und in der Pfalz wiederum zu Felde. Durch eifrige Unterhaltung auf dem Kutschbock neben Mr. Kirsch machte Georgy rasch Fortschritte im Hochdeutschen und konnte bald so gut mit Hotelkellnern und Postillonen sprechen, daß seine Mutter hingerissen und sein Vormund belustigt war.

Mr. Joe beteiligte sich an den Nachmittagsausflügen seiner Reisegefährten nur selten. Nach Tisch pflegte er gründlich zu schlafen und sich dann in den Lauben der freundlichen Wirtshausgärten zu sonnen. Die freundlichen Gärten am Rhein! Schöne Bilder voller Frieden und Sonnenschein! Ihr stolzen blauen Berge am Rhein, deren Gipfel sich im herrlichen Strom spiegeln, wer hätte euch je gesehen, ohne eine dankbare Erinnerung an die Bilder voll lieblicher Ruhe und Schönheit zu bewahren? Die Feder hinzulegen und auch nur an das schöne Rheinland zu denken, macht einen schon glücklich! Um diese Jahreszeit ziehen die Kühe muhend und mit ihren Glokken läutend in Herden von den Hügeln hinunter ins alte Städtchen mit seinen alten Burggräben und Toren und Türmen und Kastanienbäumen, die ihre langen bläulichen Schatten aufs Gras werfen. Der Himmel und der Fluß unten flammen feurig rot und golden auf, und der Mond steht schon am Himmel und blickt blaß zur Abendglut hinüber. Die Sonne versinkt hinter hohen, burgengekrönten Hügeln, die Nacht bricht plötzlich an, der Fluß wird dunkler und dunkler, Lichter aus den Fenstern in den alten Wällen spielen zitternd auf dem Wasser, und auch in den Dörfern am Fuß der gegenüberliegenden Hügel blinkt manch friedliches Licht.

Joseph pflegte also nach Tisch mit einem seidenen Taschentuch über dem Gesicht ausgiebig zu schlafen und sich dabei sehr behaglich zu fühlen. Er las alle englischen Depeschen und jede Zeile in Galignanis bewundernswerter Zeitung (und möge der Segen aller Engländer, die je im Ausland weilten, auf den Gründern und Besitzern

Ein schöner Sommerabend

dieses Piratenblättchens ruhen!). Ob er wachte oder schlief, seine Freunde vermißten ihn nicht sehr. Ja, sie waren sehr glücklich. Abends gingen sie oft in die Oper – in die gemütlichen, anspruchslosen, lieben alten Opernhäuser der deutschen Städte, wo auf der einen Seite der Adel sitzt und weint und Strümpfe strickt, und gegenüber die Bürger ihren Platz haben. Dann erscheint Seine Durchlaucht der Herzog mit seiner durchlauchten Familie in der Mittelloge, und alle sind sehr dick und gutmütig und nehmen Platz, und das Parkett ist voll von sehr eleganten Offizieren mit Wespentaille und flachsfarbenem Schnurrbart und zwei Groschen Sold am Tag. Hier entdeckte Emmy zu ihrem Entzücken die Wunderwelt Mozarts und Cimarosas. Daß der Major musikalisch war, erwähnten wir bereits, als wir sein Flötenspiel rühmten. Doch seine größte Freude war es vielleicht, Emmys Begeisterung beim Anhören der Opern mit anzusehen. Eine neue Welt voller Liebe und Schönheit tat sich vor ihr auf, als sie die göttlichen Kompositionen kennenlernte. Wie hätte sie auch gleichgültig bleiben können, wenn sie Mozart hörte, da sie doch ein so empfindsames, feines Gemüt besaß? Die zärtlichen Stellen im «Don Juan» versetzten sie in einen so köstlichen Rausch, daß sie sich manchmal abends vor dem Beten fragte, ob es denn nicht sündhaft sei, solch Entzücken zu empfinden, wie es «Vedrai Carino» und «Batti, batti» in ihrem sanften kleinen Herzen hervorriefen. Doch der Major, den sie als ihren geistlichen Ratgeber über diesen Punkt befragte und der ja selbst aus tiefster Seele fromm und ehrfürchtig war, erwiderte ihr, daß ihn persönlich jede Art Schönheit in der Kunst und in der Natur nicht nur glücklich, sondern auch dankbar stimme. Die Freude, die man beim Anhören schöner Musik oder beim Betrachten des Sternenhimmels oder einer herrlichen Landschaft oder eines Gemäldes empfinde, sei ein Göttergeschenk, für das wir dem Himmel ebenso aufrichtig danken dürfen wie für jedes andere irdische Glück. Und als Erwiderung auf einige schwache Einwände Amelias (die gewissen religiösen Schriften, wie der «Waschfrau von Finchley Common» und anderen Produkten gleicher Richtung, entstammten, mit denen sie während ihres Lebens in Brompton versorgt worden war) erzählte er ihr eine morgenländische Fabel von der Eule, die geglaubt hatte, die Sonne sei nicht gut für ihre Augen und die Nachtigall werde gewaltig überschätzt. «Dem einen Geschöpf liegt es eben, zu singen, und dem andern, huwitt zu schreien», sagte er lachend, «und wer eine so holde Stimme wie Sie hat, der gehört unbedingt auf die Seite der Nachtigallen.»

Ich verweile gern bei jenem Abschnitt ihres Lebens und bei dem Gedanken, daß sie damals heiter und glücklich war. Von dieser Seite hatte sie das Leben eigentlich noch nicht kennengelernt, und sie hatte noch wenig Gelegenheit gehabt, ihren Geschmack oder ihren Verstand zu bilden. Bisher war sie von Menschen mit vulgärem Gemüt beherrscht worden. Es ist das Los vieler Frauen, und weil bei dem teuren Geschlecht eine jede Frau die Nebenbuhlerin aller übrigen Artgenossinnen ist, so legen sie, echt christlich urteilend, Schüchternheit als Dummheit und Sanftmut als Langeweile aus, während Stillschweigen, das doch nur ein scheues Ablehnen und ein stummer Protest gegen unerwünschte Meinungen herrschsüchtiger Mitmenschen ist, ganz besonders wenig Gnade vor dem weiblichen Ketzergericht findet. Sollten daher, meine liebe gebildete Leserin, du und ich uns heute abend beispielsweise in eine Gesellschaft von Gemüsehändlern versetzt sehen, dann wäre es mit unserm Beitrag zur Unterhaltung wahrscheinlich nicht weit her; wenn sich andrerseits ein Gemüsehändler an deinem kultivierten und hochgebildeten Teetisch einfände, wo jede etwas Geistreiches zu sagen hat und jede Dame von Rang und Namen ihre Freundinnen aufs reizendste in Stücke reißt, dann wäre wohl der fremde Gast nicht sehr gesprächig und vor allem weder interessant noch interessiert.

Außerdem müssen wir bedenken, daß die arme Amelia bis zum jetzigen Augenblick noch nie mit einem richtigen Gentleman zu tun hatte. Solche Menschen sind vielleicht doch nicht so häufig anzutreffen, wie mancher glaubt. Denn wer von uns kann deren viele in seinem Bekanntenkreis aufzählen – Männer, die ein edles Ziel haben und eine beständige und hohe Wahrhaftigkeit üben, die schlicht wirken, weil ihnen Gemeinheit fremd ist, und die der Welt mit dem gleichen mannhaften Mitgefühl für die Großen wie für die Schwachen offen ins Gesicht blicken können? Wir alle kennen Hunderte, deren Rock vortrefflich geschneidert ist, und Dutzende, die ausgezeichnete Manieren haben, und einen oder zwei von den Glücklichen, die, wie man so sagt, dem innersten Kreis angehören – aber wieviel echte Gentlemen? Nehmen wir doch mal einen Zettel zur Hand, um eine Liste aufzustellen!

Auf *meine* Liste schreibe ich jedenfalls ohne Zaudern den Major. Er hat zwar sehr lange Beine und ein gelbliches Gesicht, und er stößt ein wenig mit der Zunge an, was zuerst etwas lächerlich wirkt. Aber seine Gesinnung war rechtschaffen, sein Verstand gut entwickelt, sein Leben anständig und sauber und sein Herz warm und bescheiden. Allerdings hatte er sehr große Hände und Füße, worüber die beiden Osbornes so oft spotteten und lachten, und vielleicht waren ihr Spott und ihr Gelächter daran schuld, daß die arme kleine Emmy seinen Wert nicht richtig erkannte. Aber sind wir nicht schon alle bezüglich unsrer Helden irregeleitet worden und haben wir nicht unsre Meinung schon hundertmal geändert? Emmy spürte während der glücklichen Reisetage, daß ihre Meinung über den Wert des Majors sich sehr gründlich änderte.

Vielleicht war es für beide die glücklichste Zeit ihres Lebens, ohne daß sie es wußten. Aber wer weiß das schon? Wer von uns kann mit dem Finger darauf deuten und sagen: das war der Höhepunkt – das war der Gipfel menschlichen Glücks? Jedenfalls waren die beiden wirklich zufrieden und freuten sich so sehr über ihre Sommerreise, wie nur irgendein Paar, das in dem Jahr England verließ. Im Theater war Georgy stets dabei, aber nach der

Vorstellung war es der Major, der Emmy den Schal um die Schultern legte. Während der Spaziergänge und Ausflüge war der junge Bursche meistens voraus und erkletterte einen Baum oder die Treppe in einem Turm, während das gesetzte Paar unten blieb, wo der Major in größter Seelenruhe und Ausdauer seine Zigarre rauchte und Emmy den Blick ins Weite schweifen ließ oder eine Ruine zeichnete. Und gerade auf dieser Reise hatte ich, der Verfasser der Geschichte (an der jedes Wort wahr ist), das Vergnügen, sie zunächst einmal zu sehen und dann auch ihre Bekanntschaft zu machen.

*

Ich lernte Oberst Dobbin und seine kleine Reisegesellschaft im gemütlichen herzoglichen Residenzstädtchen Pumpernickel kennen (dem gleichen Ort, in dem sich Sir Pitt Crawley als Attaché ausgezeichnet hatte, doch das war vor langer, langer Zeit gewesen – noch ehe die Nachricht von der Schlacht bei Austerlitz allen englischen Diplomaten heimleuchtete). Sie waren mitsamt Wagen und Reisekutscher im Hotel Erbprinz, dem besten im Städtchen, abgestiegen, und die ganze Gesellschaft speiste an der *table d'hôte*. Jedem fiel Josephs majestätische Erscheinung und die Kennermiene auf, mit der er den Johannisberger, den er zum Essen bestellt hatte, trank oder vielmehr am Gaumen zerdrückte. Auch der kleine Junge hatte, wie wir beobachteten, einen großartigen Appetit und erledigte Schinken und Braten und Kartoffeln und Preißelbeermus und Salat und Pudding und gebratenes Huhn und Konfekt mit einer Tapferkeit, die seiner Nation alle Ehre machte. Nach etwa fünfzehn Gängen beschloß er das Mahl mit einem Dessert, von dem er sich sogar noch etwas nach draußen mitnahm, denn einige junge Herren an der Tafel, denen sein unverfrorenes und draufgängerisches, unbefangenes Wesen Spaß machte, rieten ihm, noch eine Handvoll Makronen in die Tasche zu stecken, die er auf dem Weg zum Theater verspeiste, wohin in dem heiteren, geselligen deutschen

Städtchen jedermann ging. Die Dame in Schwarz, die Mama des Jungen, lachte und wurde rot, und während das Essen seinen Fortgang nahm, sah sie ob der verschiedenen Heldentaten und Schelmenstreiche ihres Sohnes äußerst befriedigt und gleichzeitig verlegen aus. Ich erinnere mich noch, wie der Oberst (Dobbin wurde nämlich bald danach zum Oberst befördert) den Jungen neckte und voller Humor mit der ernstesten Miene auf Gerichte deutete, die er noch nicht versucht hatte, wobei er ihn herzlichst bat, seinem Appetit doch ja keine Schranken zu setzen, sondern von dem oder jenem ein zweites Mal zuzulangen.

Am Abend wurde im Herzoglich-Pumpernickelschen Hoftheater oder Residenztheater ein Gastspiel gegeben: Madame Schröder-Devrient, die damals auf der Höhe ihrer Kunst und Schönheit stand, spielte in der wundervollen Oper *Fidelio* die Rolle der Heldin. Von unsern Sperrsitzplätzen konnten wir unsre vier Freunde von der *table d'hôte* in der Loge sehen, die das Hotel Erbprinz für seine feinsten Gäste freihielt, und ich konnte nicht umhin, die Wirkung der großartigen Schauspielerin und der herrlichen Musik auf «Mrs. Osborne» zu beobachten – denn so wurde sie nämlich, wie wir hörten, von dem dicken Herrn mit dem Schnauzbart angeredet. Während des wunderbaren Gefangenenchors, über dem sich die bezaubernde Stimme der Sängerin in betörender Harmonie aufschwang und schwebte, zeigte das Gesicht der englischen Dame einen Ausdruck so sprachlosen Entzückens, daß sogar der kleine Fipps, der blasierte Attaché, es bemerkte, denn er richtete sein Opernglas auf sie und näselte: «Weiß Gott, es tut wohl, eine Frau zu sehen, die noch solcher Begeisterung fähig ist!» Und in der Gefängnisszene, wo Fidelio auf ihren Gatten zustürzt und ausruft: «Nichts, nichts, mein Florestan!», verlor sie völlig die Fassung und versteckte ihr Gesicht hinter dem Taschentuch. Allerdings schnupften auch die andern Damen im Zuschauerraum ein wenig auf, und daß mir gerade die eine auffiel, kam vermutlich daher, weil ich dazu ausersehen war, ihre Memoiren niederzuschreiben.

Am folgenden Abend wurde ein anderes Werk von Beethoven gegeben, *Die Schlacht von Vittoria*. Zuerst tritt Marlbrook auf, um das rasche Vorrücken der französischen Armee anzudeuten. Dann hört man Trommeln, Trompeten, Artilleriedonner und das Ächzen der Sterbenden. Zuletzt wurde in großartig anschwellendem Siegesjubel die englische Königshymne gespielt.

Es mögen wohl über ein Dutzend Engländer in der Oper gewesen sein, und als die geliebte und vertraute Melodie einsetzte, sprang jeder von ihnen auf: wir jungen Leute im Parkett, Sir John und Lady Bullminster (die sich in Pumpernickel ein Haus genommen hatten, um ihre neun Kinder hier in die Schule zu schicken), der dicke Gentleman mit dem Schnauzbart, der lange Major in weißer Leinenhose und die Dame mit dem kleinen Jungen, zu der er so liebenswürdig war, und sogar der Reisekutscher Kirsch oben auf der Galerie. Tapeworm aber, der Chargé d'affaires, erhob sich in seiner Loge und verneigte sich und grinste einfältig, als wollte er das ganze britische Weltreich vertreten. Tapeworm war der Neffe und Erbe des alten Marschalls Tiptoff, dem wir in unsrer Geschichte kurz vor Waterloo als General Tiptoff begegnet sind, wo er Kommandant des -ten Regiments war, bei dem Major Dobbin diente. (Tiptoff verschied noch im nämlichen Jahr in hohen Ehren an den Folgen einer Sülze mit Kiebitzeiern, woraufhin Seine Majestät geruhte, dem Oberst Sir Michael O'Dowd, Ritter des Bath-Ordens, die Führung des Regiments zu übertragen, das er ja schon auf manchem glorreichen Feldzug befehligt hatte.)

Tapeworm mußte Oberst Dobbin wohl schon im Hause seines damaligen Kommandanten, des Generals Tiptoff, kennengelernt haben, denn am Theaterabend erkannte er ihn und kam äußerst leutselig aus seiner Loge herüber, um dem wiedergefundenen Bekannten vor aller Augen die Hand zu schütteln.

«Schau einer den verteufelten Schlauberger von einem

Tapeworm an!» flüsterte Fipps und beobachtete seinen Chef vom Sperrsitz aus. «Wo eine schöne Frau ist, da schlängelt er sich stets ein!» Ich frage mich übrigens, ob die Diplomaten zu etwas anderem als eigens zu diesem Zweck erschaffen wurden.

«Habe ich die Ehre, Mrs. Dobbin zu begrüßen?» fragte der Gesandte Seiner Majestät mit einschmeichelndem Lächeln.

Georgy lachte laut heraus: «Uije! Das ist ein guter Witz!» Emmy und der Major wurden rot: wir beobachteten es vom Parkett aus.

«Die Dame ist Mrs. George Osborne», sagte der Major, «und das hier ist ihr Bruder, Mr. Sedley, ein hervorragender Beamter in der Administration Bengalens. Darf ich ihn Milord vorstellen?»

Joe geriet fast aus dem Häuschen, so bezaubernd lächelte Milord ihm zu. «Wollen Sie sich einige Zeit in Pumpernickel aufhalten?» fragte er. «Es ist ein langweiliges Nest, daher wären uns ein paar interessante Menschen hochwillkommen, und wir würden versuchen, Ihnen das Leben so angenehm wie möglich zu machen. – Mr. – ahem –, Mrs. – ahum –, ich werde mir die Ehre geben, Ihnen morgen in Ihrem Hotel meine Aufwartung zu machen.» Darauf ging er mit einem betörenden Lächeln und einem Blick fort, der, wie er sich einbildete, Mrs. Osborne einfach umwerfen mußte.

Nach Schluß der Vorstellung trieben wir jungen Leute uns noch im Foyer herum und sahen zu, wie die vornehme Welt das Theater verließ. Die Herzoginwitwe fuhr in ihrer rasselnden alten Kalesche fort, begleitet von zwei alten getreuen, verblühten Hofdamen und einem kleinen, spindeldürren Kammerherrn, der eine braune Perücke und einen grauen, mit Orden übersäten Gehrock trug, unter denen der Stern und das prächtige goldgelbe Band des Pumpernickelschen Sankt-Michaels-Ordens besonders auffielen. Die Trommeln wirbelten, die Wache präsentierte, und die alte Kalesche fuhr ab.

Dann kamen Seine Durchlaucht der Herzog mit seiner durchlauchtigsten Familie und den hohen Staats- und Hofbeamten. Er nickte jedem durchlauchtigst zu, und unter dem Präsentieren der Wache fuhren die durchlauchtigsten Wagen beim Flackerschein der Fackeln, die von nebenherlaufenden Lakaien in scharlachroter Livree getragen wurden, zum herzoglichen Schloß hinauf, das sich mit Türmen und Zinnen oben auf dem Schloßberg erhob. – In Pumpernickel kannten sich alle. Kaum ließ sich ein Fremder blicken, so begab sich auch schon der Minister des Äußeren oder sonst ein anderer höherer oder untergeordneter Staatsbeamter in den «Erbprinzen» hinüber und erkundigte sich nach den Namen der Neuangekommenen.

Wir sahen auch unsre Freunde vom Hotel das Theater verlassen. Tapeworm hatte sich bereits in seinen Umhang gehüllt, den sein riesiger Chasseur stets für ihn bereithielt, und war dann, soweit wie möglich den edlen Don Juan nachahmend, davongestelzt. Die Gattin des Ministerpräsidenten hatte sich soeben in ihre Sänfte gezwängt, und ihre Tochter, die reizende Ida, hatte Galoschen und Kapuze angelegt, als die vier Engländer erschienen: der Junge gähnte müde, der Major bemühte sich sehr, den Schal um Mrs. Osbornes Kopf noch besser zu drapieren, und Mr. Sedley, den Chapeau claque schief auf dem Kopf und die Finger zwischen den Knöpfen einer umfangreichen weißen Weste, sah einfach imponierend aus. Wir zogen vor unsern Bekannten von der *table d'hôte* den Hut, und die Dame erwiderte unsern Gruß mit einem leisen Kopfnicken und Lächeln, wofür ihr jeder dankbar sein konnte.

Draußen wartete der Reisewagen unter Aufsicht des diensteifrigen Mr. Kirsch, um die Gesellschaft ins Hotel zurückzubringen. Der dicke Herr sagte jedoch, er wolle lieber zu Fuß gehen und auf dem Heimweg eine Zigarre rauchen. Die andern drei fuhren also, nachdem sie uns lächelnd zugenickt hatten, ohne Mr. Sedley ab, und Kirsch folgte im Kielwasser seines Herrn und trug ihm die Zigarrenkiste nach.

Wir gingen alle zusammen und unterhielten uns mit dem dicken Herrn über die Vorzüge des Städtchens. Es sei für Engländer ein angenehmer Aufenthaltsort, da es Treibjagden und Vogelschießen gäbe, auch viele Festlichkeiten am gastfreien herzoglichen Hof; die Gesellschaft sei recht gut, das Theater ausgezeichnet und das Leben billig.

«Und unser Gesandter scheint ein ganz reizender und liebenswürdiger Mann zu sein», meinte unser neuer Freund. «Mit einem solchen Vertreter unseres Landes und mit einem guten Arzt könnte ich mir denken, daß

Pumpernickel ein sehr geeigneter Aufenthaltsort wäre. Gute Nacht, meine Herren!» Damit stieg Joseph die knarrenden Stufen hinauf, dem Bett entgegen, und Kirsch folgte ihm mit einem Leuchter. Wir hofften sehr, die hübsche junge Frau würde sich bewegen lassen, ein Weilchen in der Stadt zu bleiben.

LXIII

Wir erneuern eine alte Bekanntschaft

Solch höfliches Benehmen wie das von Lord Tapeworm verfehlte nicht, den günstigsten Eindruck auf Mr. Sedley zu machen, und gleich am nächsten Morgen verkündete er beim Frühstück, Pumpernickel sei das netteste Städtchen, das sie bis jetzt auf ihrer Reise besucht hätten. Es war nicht sehr schwierig, Josephs Absichten und Pläne zu durchschauen, und Dobbin, der alte Heuchler, lachte sich ins Fäustchen, weil er aus Josephs wissender Miene und aus der betont ungezwungenen Art, mit der er über Schloß Tapeworm und die andern Familienmitglieder sprach, leicht erraten konnte, daß Joseph schon seit dem frühen Morgen auf gewesen war und seinen Reise-Adelsalmanach befragt hatte. Ja, er habe sogar den Right Honourable Grafen Bagwig, den Vater Lord Tapeworms, persönlich gesehen. Er habe ihn beim – beim, ach ja, beim Lever des Königs bemerkt; ob Dob sich denn nicht erinnere? Und als der englische Diplomat, seinem Versprechen getreu, der kleinen Reisegesellschaft seine Aufwartung machte, begrüßte ihn Joseph mit so viel Ehren und Komplimenten, wie sie dem kleinen Chargé d'affaires selten zuteil wurden. Als Seine Exzellenz erschien, gab Joseph dem Reisediener einen Wink, und Mr. Kirsch, der im voraus seine Anweisungen erhalten hatte, ging hinaus und sorgte für eine aus kaltem Fleisch, Sülze und andern Delikatessen bestehende Erfrischung, die auf Tabletts hereingetragen wurde, und Mr. Joseph nötigte seinen edlen Gast, doch ja zuzugreifen.

Tapeworm nahm gern jede Aufforderung an, noch bei Mr. Sedley zu bleiben, solange er dadurch Gelegenheit bekam, die strahlenden Augen Mrs. Osbornes zu bewundern (deren frische Gesichtsfarbe das Tageslicht erstaunlich gut vertragen konnte). Er stellte Joe ein paar diskrete Fragen über Indien und die Bajaderen, erkundigte sich bei Amelia nach dem schönen Knaben, der am Abend in ihrer Loge gewesen sei, und machte der verwunderten kleinen Frau Komplimente über das phantastische Aufsehen, das sie in der Oper erregt habe. Dobbin versuchte er mit einem Gespräch über den letzten Krieg und über die Heldentaten des Pumpernickelschen Truppenkontingents unter dem Befehl des Erbprinzen, des jetzigen Herzogs von Pumpernickel, zu fesseln.

Lord Tapeworm hatte ein gut Teil von der galanten Art seiner Familie geerbt, und er wiegte sich in dem Glauben, daß ungefähr jede Frau, der er einen freundlichen Blick zuwarf, sich in ihn verliebe. Als er Emmy verließ, war er überzeugt, daß er sie mit seinem geistreichen Geplauder und seinen übrigen Reizen erobert habe, und daher begab er sich in seine Wohnung, um ihr ein charmantes Briefchen zu schreiben. Aber sie war nicht hingerissen, sondern nur verblüfft über sein geziertes Lächeln und Grinsen, sein parfümiertes Batist-Taschentuch und seine Lackstiefel mit den hohen Absätzen. Von den Komplimenten, die er ihr gemacht hatte, war ihr die Hälfte unverständlich geblieben: bei ihrer geringen Kenntnis der Männerwelt war sie noch nie einem berufsmäßigen Frauenheld begegnet und fand den Lord eher komisch als sympathisch, und wenn sie ihn nicht bewunderte, so wunderte sie sich jedenfalls über ihn. Joseph dagegen war begeistert. «Wie furchtbar liebenswürdig Seine Lordschaft ist!» rief er aus. «Äußerst gütig von Seiner Lordschaft, daß er versprach, mir seinen Arzt zu schicken! Kirsch, Sie müssen sofort beim Grafen von Schlüsselback unsre Karten abgeben! Dem Major und mir wird es das größte Vergnügen bereiten, so bald wie möglich unsre Aufwartung bei Hofe zu machen. Und, Kirsch, packen Sie meine Uniform aus! Die Uniformen für uns beide! Es ist eine Höflichkeitsbezeugung, wenn jeder englische Gentleman in den Ländern, die er bereist, dem Landesfürsten wie auch dem Vertreter seines eigenen Landes seine Aufwartung macht!»

Als Tapeworms Arzt erschien, Herr Doktor von Glauber, Leibarzt Seiner Durchlaucht des Herzogs, überzeugte er Joseph rasch, daß die Pumpernickelschen Mineralquellen und die Spezialbehandlung des Doktors dem Bengalen unfehlbar seine jugendliche Schlankheit wiedergeben würde. «Voriges Jahr kam ein englischer General her», so erzählte er, «der war so dick wie Sie, Sir. Nach drei Monaten konnte ich ihn ganz dünn nach Hause schicken, da er nach zwei Monaten bereits mit meiner Frau, der Baronin Glauber, tanzen konnte.»

Josephs Entschluß stand fest: die Mineralquellen, der Arzt, der Hof und der Chargé d'affaires hatten ihn überzeugt, und er beschloß, den Herbst in dem entzückenden Städtchen zu verleben. Der Chargé d'affaires aber stellte am nächsten Tage, wie er es versprochen hatte, Joseph und Dobbin (die vom Hofmarschall, dem Grafen Schlüsselback, zu der Audienz geleitet wurden) dem Herzog Victor Aurelius dem Siebzehnten vor.

Sie wurden sogleich zu einem Abendessen bei Hofe gebeten. Als sich ihre Absicht herumsprach, eine Weile im Städtchen Aufenthalt zu nehmen, machten die vornehmsten Damen bei Mrs. Osborne Besuch, und da keine von ihnen, so arm sie auch waren, dem Range nach weniger als eine Baronesse war, kannte Josephs Begeisterung keine Grenzen. Er schrieb an seinen Klubfreund Chutney, um ihm zu erzählen, daß die ostindischen Beamten in Deutschland sehr geschätzt würden, daß er seinem Freund, dem Grafen Schlüsselback, zeigen wolle, wie man in Indien ein Wildschwein absteche, und daß seine erlauchten Freunde, der Herzog und die

Herzogin, von der größten Güte und Liebenswürdigkeit seien.

Auch Emmy wurde der durchlauchtigsten Familie vorgestellt, und weil Trauerkleidung an gewissen Tagen bei Hofe nicht gestattet ist, erschien sie in einem rosa Seidenkleid mit einem Diamantschmuck an der Taille, den ihr Bruder ihr geschenkt hatte. So reizend sah sie in ihrer Toilette aus, daß der Herzog und der gesamte Hof sie über die Maßen bewunderten (ganz zu schweigen vom Major, der sie kaum jemals in einem Abendkleid gesehen hatte und beteuerte, sie sähe nicht um einen Tag älter als fünfundzwanzig aus).

In der gleichen Toilette tanzte sie auf einem Hofball mit dem Major die Polonäse, während Joe die Ehre hatte, bei dem nicht schwierigen Tanz die Gräfin Schlüsselback zu führen, eine alte Dame mit einem Buckel, jedoch mit sechzehn uradligen Vorfahren, und mit der Hälfte aller Fürstenhäuser Deutschlands verwandt.

Pumpernickel liegt inmitten eines lieblichen Tales, durch das sich glitzernd die befruchtende Pump schlängelt, um irgendwo in den Rhein zu münden, wo, kann ich nicht genau sagen, da ich keine Landkarte zur Hand habe. An manchen Stellen ist der Fluß breit genug für eine Fähre, an andern treibt er eine Mühle. In Pumpernickel selbst hatte die drittvorletzte Durchlaucht, der große und berühmte Victor Aurelius der Vierzehnte, eine prachtvolle Brücke über die Pump bauen lassen, auf deren Mitte sich sein Standbild erhebt, von Wassernymphen und den Wahrzeichen für Sieg, Frieden und Wohlstand umgeben; den Fuß setzt er auf den Nacken eines am Boden liegenden Türken – die Geschichte berichtet nämlich, er habe bei der Befreiung Wiens durch Sobieski im Einzelkampf einen Janitschar durchbohrt –, doch der Fürst läßt sich durch den Todeskampf des Mohammedaners, der sich gräßlich zu seinen Füßen krümmt, überhaupt nicht stören, sondern lächelt freundlich und deutet mit seinem Marschallstab zum Aureliusplatz hinüber, wo er mit dem Bau eines neuen Palastes begonnen hatte, der ein Wunder-

Joseph tanzt Polonaise

werk seiner Zeit geworden wäre, hätte der großzügige Fürst nur genügend Mittel gehabt, ihn zu vollenden. Doch die Fertigstellung von Monplaisir (oder Mompelsehr, wie es die biedern Deutschen nennen) unterblieb wegen Mangel an Bargeld, und das Bauwerk und sein Park und Garten sind jetzt in ziemlich verwahrlostem Zustand und kaum zehnmal größer als nötig, um den Hof des regierenden Fürsten zu fassen.

Die Gartenanlagen sollten eigentlich mit denen von Versailles wetteifern, und zwischen den Terrassen und Baumgruppen befinden sich noch ein paar riesige allegorische Wasserkünste, die an Festtagen erstaunlich sprühen und schäumen und einen mit ihrem ungeheuren Wasseraufruhr geradezu erschrecken. In der Trophonius-Grotte zum Beispiel sind bleierne Tritonen, die nicht nur Wasser spucken, sondern infolge eines sinnreichen Mechanismus auch ein furchtbares Gestöhne mit ihren bleiernen Muschelhörnern vollbringen. Dann wären noch das Nymphenbad und der Niagarafall zu nennen, den die Leute aus der Umgegend von Herzen bewundern, wenn sie bei Eröffnung der Kammer auf den Jahrmarkt oder auch zu den Festlichkeiten kommen, mit denen das glückliche Völkchen noch immer die Geburts- und Hochzeitstage seines herrschenden Fürsten begeht.

Da erscheinen sie aus allen Städtchen des Herzogtums, das sich fast zehn Meilen weit erstreckt: von Bolkum, das an der westlichen Grenze liegt und Preußen Trutz bietet, von Grogwitz, wo der Fürst ein Jagdhaus hat und wo seine Ländereien durch die Pump von den benachbarten Besitzungen des Prinzen von Potzenthal getrennt werden; von allen kleinen Dörfern erscheinen sie, die außer den drei großen Städten über das ganze Land verstreut liegen, und von den Bauernhöfen und Mühlen an der Pump kommen die Leute scharenweise in roten Röcken und Samthäubchen oder im Dreispitz mit der Pfeife im Mund, und so strömen sie in die Residenz und nehmen teil an den Belustigungen auf dem Jahrmarkt oder an andern Festlichkeiten. Dann ist im Theater freier Eintritt, dann beginnen die Wasserkünste zu spielen (ein Glück, daß genug Menschen herumstehen, um sie zu bewundern, denn einer allein würde sich davor fürchten), dann treten Marktschreier und Kunstreiter auf (es ist allgemein bekannt, daß Seine Durchlaucht sich einst in eine Kunstreiterin verliebte, und man glaubt, *La Petite Vivandière,* wie sie genannt wurde, sei eine Spionin im Dienste Frankreichs gewesen), und die begeisterten Menschenmengen dürfen im herzoglichen Palast von einem Zimmer zum andern gehen und die spiegelblanken Fußböden, die kostbaren Wandbehänge und die Spucknäpfe neben den Türen der unzähligen Räume bewundern. Außerdem gibt es in Monplaisir einen Pavillon, den Aurelius Victor der Fünfzehnte, ein bedeutender Fürst, aber zu vergnügungssüchtig, erbauen ließ. Er soll ein wahres Wunderwerk ausschweifender Eleganz sein und ist mit Gemälden aus der Sage von Bacchus und Ariadne geschmückt. Der Tisch kann mittels eines Hebekrans hinein- und hinausgeschafft werden, so daß die Gesellschaft ohne die Anwesenheit von Dienern speisen konnte. Jedoch Barbara, die Witwe Aurelius Victors des Fünfzehnten, eine sittenstrenge und fromme Prinzessin aus dem Hause Bolkum, die nach dem Tode ihres auf dem Höhepunkt seiner Vergnügungen hinweggerafften Gatten während der ruhmreichen Zeit der Minderjährigkeit ihres Sohnes die Regentschaft führte, ließ den Pavillon zunageln.

Das Theater von Pumpernickel hat in jenem Teil Deutschlands Ruf und Namen, die jedoch ein wenig verblaßten, als der jetzige Herzog während seiner jungen Jahre darauf bestand, seine eigenen Opern aufführen zu lassen und, wie es heißt, eines Tages wütend von seinem Platz im Orchester aufstand, wo er einer Probe beiwohnte, und auf dem Kopf des Kapellmeisters, der zu langsam dirigierte, ein Fagott zertrümmerte. Damals schrieb auch die Herzogin Sophia Familienkomödien, die sehr langweilig gewesen sein müssen. Jetzt aber führt der Fürst seine eigenen Kompositionen nur noch im kleinsten Kreise auf, und die Herzogin unterhält mit ihren Theaterstücken nur noch vornehme Ausländer, die den liebenswürdigen kleinen Hof besuchen.

Am Hofe lebt man in größtem Glanz und Behagen. Bei den großen Bällen mögen an die vierhundert Gäste beim Abendessen sein, doch immer bedient ein Lakai in Scharlach und Spitzen je vier Personen, und jeder speist von silbernem Geschirr. Ständig sind Feste oder Belustigungen im Gange, und der Herzog hat seine Kammerherren und Stallmeister und die Herzogin ihre Hofdamen und ihre Oberhofmeisterin – genau wie jeder andere und mächtigere Potentat.

Die Verfassung ist oder war die eines gemäßigten Despotismus; eine Kammer, die nach Belieben zusammenberufen wird (oder nicht), sollte ihn mildernd beeinflussen. Während meines Aufenthalts in Pumpernickel habe ich bestimmt nie gehört, daß die Kammer eine Sitzung abgehalten hätte. Der Ministerpräsident hatte eine Wohnung im zweiten Stock und der Außenminister bewohnte die behaglichen Räume über Zwiebacks Konditorei. Das Heer bestand aus einer prachtvollen Musikkapelle, die auch beim Theater Dienst hatte, und es war stets eine Freude, die wackern Leute in türkischem Kostüm, geschminkt und mit hölzernem Krummsäbel oder als römische Krieger mit Tuba und Posaune abends über die Bühne marschieren zu sehen, nachdem man ihnen den ganzen Vormittag auf dem Aureliusplatz gelauscht hatte, wo sie gegenüber dem Café spielten, in dem wir frühstückten. Neben der Musikkapelle gab es einen prächtigen und sehr umfangreichen Stab von Offizieren und, wenn ich mich nicht irre, auch ein paar Gemeine. Außer der regulären Wache pflegten drei oder vier Mann in Husarenuniform im Schloß Dienst zu machen, doch zu Pferde sah ich sie nie – und schließlich: was für einen Sinn hätte die Kavallerie mitten im tiefsten Frieden gehabt? Und wohin, zum Kuckuck, hätten die Husaren reiten sollen?

Jeder verkehrte mit seinen Nachbarn – jeder Adlige, meine ich, denn man konnte nicht gut von uns erwarten, daß wir auch noch von den Bürgerlichen Notiz nahmen.

Ihre Exzellenz Frau von Burst empfing einmal wöchentlich, Ihre Exzellenz Madame de Schnurrbart hatte ihren festen Abend, zweimal in der Woche fanden im Theater Vorstellungen statt, und einmal wöchentlich geruhte der Hof zu empfangen, so daß man sein Leben zu einer ununterbrochenen Kette von Vergnügungen bescheidener Pumpernickler Art gestalten konnte.

Daß es im Städtchen auch Fehden gab, läßt sich nicht leugnen. Die Politik erhitzte die Köpfe, und die Parteien bekämpften sich erbittert. Es gab eine Strumpff- und eine Lederlung-Partei: die eine Partei wurde von unserm Gesandten unterstützt, die andere dagegen vom französischen Chargé d'affaires, Monsieur de Macabau. Tatsächlich genügte es, daß unser Gesandter sich für Madame Strumpff einsetzte, die entschieden die bessere von den beiden Sängerinnen war und drei Töne höher kam als ihre Rivalin, Madame Lederlung, es genügte, wie bemerkt, daß unser Minister überhaupt nur irgendeine Meinung äußerte – und schon widersprach ihm der französische Diplomat.

In der Stadt hielt jeder Einwohner zu der einen oder der andern Partei. Die Lederlung war gewiß eine niedliche kleine Person, und ihre Stimme (soweit vorhanden), war sehr lieblich, und es bestand auch kein Zweifel, daß die Strumpff nicht mehr die Jüngste und Schönste und bestimmt zu dick war. Wenn sie zum Beispiel in der letzten Szene der *Somnambula* im Nachthemd und mit einer Lampe in der Hand aus dem Fenster klettern und über die Planke vor der Mühle schreiten mußte, dann konnte sie sich nur mit Mühe durchs Fenster quetschen, und die Planke bog sich und ächzte unter ihrem Gewicht – aber wie schmetterte sie dafür auch das Finale hervor! Mit welchem Gefühlsüberschwang warf sie sich Elvino in die Arme, ja erdrückte sie ihn fast! Dagegen die kleine Lederlung – doch Schluß mit dem Klatsch! Tatsächlich trugen die beiden Frauen die Banner der englischen und französischen Partei in Pumpernickel, und die Gesellschaft spaltete sich in die Anhänger der beiden großen Nationen.

Wir hatten auf unsrer Seite den Minister des Inneren, den Oberstallmeister, den Privatsekretär des Herzogs und den Erzieher des Prinzen; zur französischen Partei dagegen gehörte der Außenminister, die Gemahlin des Platzkommandanten (er hatte unter Napoleon gedient), und der Hofmarschall nebst Frau (die nur zu gern die Pariser Modejournale las und sie mitsamt ihren Hauben durch Monsieur de Macabaus Kurier kommen ließ). Französischer Kanzleisekretär war der kleine Grignac, ein junger Mann von geradezu satanischer Bosheit, der in alle Gästebücher der Stadt Karikaturen von Tapeworm zeichnete.

Ihr Hauptquartier und ihre *table d'hôte* hatten sie im «Pariser Hof», dem andern Gasthof des Städtchens. Obwohl die Herren der beiden Parteien natürlich gezwungen waren, sich vor der Öffentlichkeit höflich zu benehmen, gingen sie doch mit messerscharfen Epigrammen aufeinander los – so ähnlich, wie ich es in Devonshire bei zwei Ringern beobachtete, die sich gegenseitig auf die Schienbeine schlugen, ohne sich ihren Schmerz auch nur mit einem Muskelzucken anmerken zu lassen. Weder Tapeworm noch Macabau schickten jemals eine Depesche an ihre Regierung, die nicht eine Reihe heftigster Angriffe gegen ihren Rivalen enthielt. So schrieben wir zum Beispiel: «Die Interessen Großbritanniens werden sowohl hier wie in ganz Deutschland gefährdet, wenn der gegenwärtige französische Gesandte in seinem Amt bleibt, denn er hat einen so niederträchtigen Charakter, daß er vor keiner Lüge haltmacht und vor keinem Verbrechen zurückschreckt, um seine Ziele zu erreichen. Er vergiftet die Gesinnung des Hofes gegen die Vertreter Englands, er stellt Großbritanniens Haltung im abscheulichsten und widerwärtigsten Licht dar und wird unglücklicherweise von einem Minister gestützt, dessen Unwissenheit und Bedürftigkeit ebenso offenkundig sind, wie sein Einfluß verhängnisvoll ist.» – Die andre Seite aber schrieb: «Monsieur de Tapeworm hält weiter an seinem System dummer insularer Anmaßung und vulgärer Unaufrichtigkeit gegen die größte Nation der Welt fest. Gestern soll er sich geringschätzig über Ihre Königliche Hoheit, die Herzogin von Berri, geäußert haben; bei einer anderen Gelegenheit beleidigte er den heldenmütigen Herzog von Angoulême und wagte zu unterstellen, daß Seine Königliche Hoheit der Herzog von Orleans an einer Verschwörung gegen den erlauchten Lilienthron beteiligt sei. Mit seinem Gold geht er überall dort verschwenderisch um, wo er mit dummen Drohungen nicht einschüchtern kann. Durch das eine oder das andere Mittel hat er bei Hofe Kreaturen gewonnen. Kurz und gut: nicht eher kann Pumpernickel befriedet werden und Deutschland zur Ruhe kommen, bis der Giftschlange der Kopf zertreten wird, usw.» Wenn die eine oder andere Partei eine besonders gepfefferte Depesche abgefaßt hatte, sickerte es bestimmt bald durch.

Der Winter war noch nicht weit vorgerückt, da hatte auch Emmy ihren Abend, an dem sie mit sehr viel Anstand und Bescheidenheit Gäste bei sich empfing. Sie hatte einen französischen Lehrer, der ihr über ihre gute Aussprache und ihre rasche Auffassungsgabe Schmeichelhaftes sagte. Eigentlich hatte sie schon vor langer Zeit zu lernen angefangen und sich gründlich mit der französischen Grammatik befaßt, um sie Georgy beibringen zu können. Und Madame Strumpff kam zu ihr und gab ihr Gesangstunden; sie sang gut und mit so reiner Stimme, daß die Fenster des Majors, der gegenüber, unter dem Ministerpräsidenten wohnte, immer offenstanden, damit er auch etwas davon hatte. Einige deutsche Damen (sie sind sehr empfindsam und haben einen unverstellten Geschmack) verliebten sich in Amelia und begannen sich sofort mit ihr zu duzen. Zwar sind das unwichtige Einzelheiten, aber sie beziehen sich auf glückliche Zeiten. Der Major schwang sich zu Georgys Hauslehrer auf und trieb mit ihm Cäsar und Mathematik; sie hatten auch einen deutschen Lehrer, und nachmittags ritten sie neben Emmys Wagen einher, denn zum Reiten war sie immer zu furchtsam gewesen und hatte beim kleinsten Hindernis stets ein schreckliches Angstgeschrei ausgestoßen. Daher fuhr sie also mit ihren deutschen Freundinnen aus, und Joseph schlummerte friedlich auf dem Rücksitz des Wagens.

Joseph hatte sich in die Gräfin Fanny von Butterbrod verliebt, ein sehr sanftes, weichherziges, anspruchsloses Geschöpf. Sie war Gräfin und Stiftsdame und besaß keine zehn Pfund Einkommen im Jahr. Fanny erklärte, Amelias Schwester zu werden sei das größte Glück, das der Himmel ihr gewähren könne. Joseph hätte also an seinem Wagenschlag und auf seinen Gabeln neben seinem eigenen Wappen und Schild noch Wappen und Krone einer Gräfin anbringen können, wenn nicht – ja, wenn nicht besondere Ereignisse und die großen Festlichkeiten anläßlich der Heirat des Erbprinzen von Pumpernickel mit der holden Prinzessin Amelia von Humbourg-Schlippenschloppen dazwischengetreten wären.

Bei den Festlichkeiten wurde eine Pracht entfaltet, wie sie das Städtchen seit den Tagen des verschwenderischen Victors des Vierzehnten nicht mehr gesehen hatte. Alle Fürsten, Fürstinnen und Edelleute aus der Umgebung wurden zum Fest geladen. Für eine Übernachtung zahlte man bis zu einer halben Krone, und die Armee verausgabte sich völlig, um genügend Ehrenwachen für alle die Hoheiten, Serenissimi und Exzellenzen zu stellen, die aus jeder Himmelsrichtung erschienen. Die Prinzessin wurde in ihrer Vaters Residenz dem Stellvertreter des Bräutigams, dem Grafen Schlüsselback, angetraut. Schnupftabaksdosen wurden in Menge ausgeteilt (wie wir vom Hofjuwelier erfuhren, der sie geliefert hatte und nachher wieder aufkaufte), und der Sankt-Michaels-Orden von Pumpernickel wurde scheffelweise unter dem Hofadel von Schlippenschloppen verteilt, während ganze Körbe mit Ordensbändern und Sternen des Ordens vom Rad der heiligen Katharina von Schlippenschloppen an unserm Hof eintrafen. Der französische Gesandte erhielt beide. «Jetzt ist er wie ein Pfingstochse mit Bändern geschmückt», erklärte Tapeworm, dem die Dienstvorschriften seines Landes nicht erlaubten, irgendwelche Auszeichnungen anzunehmen. «Soll er ruhig die Ordensbänder haben –

denn auf wessen Seite ist der Sieg?» Tatsächlich hatte die britische Diplomatie einen Triumph zu verzeichnen: die französische Diplomatie hatte sich furchtbar angestrengt, um mit ihrem Vorschlag einer Heirat mit einer Prinzessin aus dem Hause Potztausend-Donnerwetter durchzudringen, dem wir uns selbstverständlich widersetzt hatten.

Zu den Hochzeitsfestlichkeiten wurde jedermann eingeladen. Girlanden und Triumphbögen spannten sich über die Straße, um die junge Frau willkommen zu heißen. Aus dem berühmten Sankt-Michaels-Brunnen sprudelte ungewöhnlich saurer Wein, während der andre auf dem Artillerieplatz von Bier schäumte. Die großen Wasserkünste spielten, und im Park und in den Anlagen wurden zur Belustigung der glücklichen Landbevölkerung hohe Stangen aufgestellt, an denen jeder nach Belieben hochklettern konnte, um sich die mit roten Bändern an der Spitze aufgehängten Preiswürste herunterzuholen. Auch Georgy erwischte eine Wurst: unter den Beifallsrufen der Zuschauer kletterte er hinauf, riß eine Wurst ab und rutschte flink wie ein Wasserfall wieder nach unten. Doch er tat's nur um der Ehre willen und schenkte die Wurst einem Bauernjungen, der sie beinahe vor ihm geschnappt hätte und nun, über sein Pech heulend, am Fuß der Stange stand.

Die französische Gesandtschaft hatte bei ihrer Festbeleuchtung sechs Lampions mehr angebracht als wir; jedoch unser Transparent, das den Einzug des jungen Paares darstellte, vor dem der Hader floh (der Hader hatte eine sehr komische Ähnlichkeit mit dem französischen Gesandten), übertraf das französische Leuchtbild bei weitem. Ich zweifle nicht, daß Tapeworm seine Beförderung und das Kreuz des Bath-Ordens eben dafür erhielt.

Scharen von Fremden strömten zu den Festlichkeiten herbei, und außer ihnen natürlich auch Engländer. Neben den Hofbällen wurden im Rathaus und in der Redoute öffentliche Bälle veranstaltet, und im Rathaus wurde – zwar nur während der Festwoche – durch ein großes deutsches Unternehmen aus Ems oder Aachen ein Spielsaal für *trente-et-quarante* und für Roulette eingerichtet. Den Offizieren und den Einwohnern des Städtchens war das Spielen nicht gestattet, aber Fremde, Landleute und Damen waren zugelassen – und überhaupt jeder, der sonst noch Geld verlieren oder gewinnen wollte.

Unter andern ging auch der kleine Schlingel George Osborne, der die Taschen immer voller Taler hatte und dessen Angehörige gerade beim Hofball waren, in Begleitung des Kutschers Mr. Kirsch zum Rathausball, und weil er in Baden-Baden an Dobbins Arm nur einen Blick in den Spielsaal geworfen hatte und natürlich nicht hatte spielen dürfen, so zog es ihn jetzt um so mehr zu diesem Teil der Unterhaltung, und er drängte sich an die Tische, an denen die Croupiers und Pointeure in voller Tätigkeit waren. Auch Damen spielten. Einige trugen eine Maske, was in dem tollen, karnevalartigen Trubel erlaubt war.

Eine Frau mit hellem Haar und tiefausgeschnittenem Kleid, das längst nicht mehr sehr frisch aussah, und einer schwarzen Maske, durch deren Schlitze die Augen eigentümlich hervorglitzerten, saß mit einer Karte, einer Nadel und einigen Gulden vor sich an einem der Roulettetische. Wenn der Croupier Farbe und Zahl ausrief, stach sie sehr sorgfältig und genau in die Karte und wagte nur dann ihr Geld auf die Farbe zu setzen, nachdem Rot oder Schwarz bereits in einer bestimmten Wiederholung herausgekommen war. Sie bot einen seltsamen Anblick.

Doch trotz aller Sorgfalt und Mühe riet sie falsch, und die letzten beiden Gulden wurden einer nach dem andern von der Harke des Croupiers geholt, der mit unerbittlicher Stimme die gewinnende Farbe oder Zahl ausrief. Sie seufzte, zuckte mit den Schultern, die ohnehin schon zu weit aus ihrem Kleid hervorschauten, spießte die Karte auf den Tisch und klimperte ein Weilchen darauf herum. Dann blickte sie sich um und bemerkte das unschuldige Gesicht von Georgy, der wie gebannt auf den Spieltisch starrte. Der kleine Schlingel! Was hatte der hier zu suchen?

Sie sah den Jungen an und blickte ihm durch die Maske mit ihren glitzernden Augen scharf ins Gesicht. «*Monsieur n'est pas joueur?*» fragte sie.

«*Non, madame*», erwiderte der Junge, aber an seiner Aussprache mußte sie gemerkt haben, aus welchem Lande er stammte, denn nun antwortete sie mit leicht fremdländischem Tonfall: «Sie haben nie gespielt – wollen Sie mir einen Gefallen tun?»

«Was denn für einen?» fragte Georgy und wurde wieder rot. Mr. Kirsch war in sein *rouge et noir* vertieft und konnte seinen jungen Herrn nicht sehen.

«Spielen Sie bitte für mich, setzen Sie das hier auf eine Zahl – auf irgendeine!» Und damit zog sie eine Geldbörse aus ihrem Ausschnitt und entnahm ihr ein Goldstück, die einzige Münze, die darin war, und drückte sie Georgy in die Hand. Der Junge lachte und erfüllte ihr den Wunsch.

Natürlich kam die Zahl heraus. Es soll eine geheime Macht geben, die das für Anfänger so einrichtet.

«Vielen Dank», sagte sie und zog das gewonnene Geld ein. «Vielen Dank! Wie heißen Sie?»

«Osborne», erwiderte Georgy, der in der Tasche nach ein paar Talern kramte und gerade sein Glück versuchen wollte, als der Major in Uniform und Joe *en marquis* vom Hofball kamen. Auch andere Leute, die sich dort gelangweilt hatten und die Unterhaltung im Rathaus vorzogen, hatten das Schloß vorzeitig verlassen. Doch es ist sehr wahrscheinlich, daß der Major und Joe zuerst nach Hause gegangen waren und dort die Abwesenheit des Jungen entdeckt hatten, denn der Major trat sofort auf ihn zu, packte ihn bei der Schulter und riß ihn rasch von der Stätte der Versuchung zurück. Danach blickte er sich im Zimmer um, sah Kirsch in die schon erwähnte Beschäftigung vertieft, ging auf ihn zu und fragte ihn, wie er sich unterstehen könne, Master George in eine solche Umgebung zu bringen.

«*Laissez-moi tranquille*», entgegnete Kirsch, der vom Wein und vom Spiel reichlich erregt war. «*Il faut s'amuser, parbleu! Je ne suis pas au service de Monsieur!*»

Da der Major ihn in einem solchen Zustand sah, wollte er sich nicht weiter mit ihm einlassen, sondern begnügte sich damit, Georgy fortzuziehen und Joe zu fragen, ob er mitkäme. Joe stand dicht neben der Dame mit der Maske, die jetzt mit ziemlich viel Glück spielte, und sah voller Interesse dem Spiel zu.

«Wär's nicht besser, Joe», fragte der Major, «wenn du mit mir und Georgy heimgingest?»

«Ich bleibe noch und gehe dann mit dem Halunken Kirsch nach Hause.» Dobbin wollte sich auch Joe gegenüber lieber Zurückhaltung auferlegen, die man, wie er fand, vor dem Jungen wahren müsse, und deshalb verhandelte er nicht lange mit Joe, sondern ließ ihn stehen und ging mit Georgy nach Hause.

«Hast du gespielt?» fragte der Major, als sie draußen waren und den Heimweg einschlugen.

Der Junge antwortete: «Nein.»

«Gib mir dein Ehrenwort als Gentleman, daß du's nie tun wirst!»

«Warum?» fragte der Junge. «Es scheint sehr lustig zu sein.» Und nun erklärte ihm der Major mit sehr beredten und eindrucksvollen Worten, weshalb er nicht spielen solle, und er hätte als Unterstützung seiner Lehren das Beispiel von Georges Vater anführen können, wollte aber nichts sagen, was auf das Andenken des andern einen Schatten geworfen hätte. Als er den Jungen zu Hause abgeliefert hatte, ging er selbst zur Ruhe, und bald sah er, wie das Licht in der kleinen Kammer neben Amelias Zimmer erlosch. Amelias Fenster wurde eine halbe Stunde später dunkel. Ich weiß nicht, aus welchem Grund der Major so genau darauf achtete.

Joe blieb also am Spieltisch. Zwar war er kein Spieler, doch hin und wieder war er einem prickelnden Spielchen nicht abgeneigt. In der gestickten Tasche seiner Staatsweste klimperten ein paar Napoléons. Über die Schulter der schönen Spielerin hinweg setzte er ein Goldstück, und sie gewannen beide. Sie machte eine kleine Bewegung, um ihm Platz zu schaffen, indem sie die Falten ihres Kleides vom nächsten Stuhl streifte.

«Kommen Sie und bringen Sie mir Glück», sagte sie noch immer mit ihrem fremdländischen Tonfall, der sich von dem offenen und tadellosen «Thank you», mit dem sie Georgy gedankt hatte, sehr unterschied. Der stattliche Gentleman blickte sich um, als wollte er sich vergewissern, daß ihn keine Standesperson beobachtete, und nahm Platz. Er murmelte: «Oh, wirklich? Nun ja, Gott steh mir bei, ich habe immer Glück, ich will Ihnen gern Glück bringen», und ähnliche verlegene und schmeichelhafte Worte.

«Spielen Sie hoch?» fragte die fremde Maske.

«Ich setze ab und zu ein paar Naps», sagte Joe überlegen und warf wieder ein Goldstück auf den Tisch.

Da er noch immer verwirrt aussah, fuhr die Maske in ihrem hübschen Französisch fort: «Sie spielen also nicht, um zu gewinnen! Ich auch nicht. Ich spiele, um zu vergessen, aber es gelingt mir nicht. Ich kann die alten Zeiten nicht vergessen, Monsieur! – Ihr kleiner Neffe ist das Ebenbild seines Vaters – und Sie – Sie haben sich auch nicht verändert. Oder vielmehr doch. Jeder verändert sich, jeder vergißt. Keiner hat ein Herz.»

«Großer Gott, wer sind Sie?» fragte Joe verwirrt.

«Können Sie's nicht erraten, Joe Sedley?» fragte die kleine Frau mit trauriger Stimme, nahm die Maske ab und sah ihn an: «Sie haben mich vergessen!»

«Lieber Gott – Mrs. Crawley!» keuchte Joseph.

«Rebecca», sagte sie und legte ihre Hand auf die seine, aber auch wenn sie ihn ansah, behielt sie trotzdem die ganze Zeit das Spiel im Auge.

«Ich bin im ‹Elefanten› abgestiegen», fuhr sie fort. «Fragen Sie nach Madame de Raudon! Heute habe ich zufällig meine liebe Amelia gesehen. Wie hübsch sie aussah – und wie glücklich! Übrigens auch Sie – alle, alle außer mir, die sehr unglücklich ist, Joe Sedley!» Und während sie sich mit einem zerrissenen Spitzentüchlein über die Augen fuhr, schob sie wie von ungefähr ihr Geld von Rot auf Schwarz. Wieder kam Rot heraus, und sie verlor ihren ganzen Einsatz. «Kommen Sie, wir wollen hier weggehen», sagte sie. «Begleiten Sie mich ein wenig! Wir sind doch alte Freunde, nicht wahr, lieber Mr. Sedley?»

Und da Mr. Kirsch mittlerweile all sein Geld verloren hatte, folgte er seinem Herrn in den Mondschein hinaus, wo die Festbeleuchtung allmählich erlosch und das Transparent über unsrer Gesandtschaft kaum noch zu erkennen war.

LXIV

Ein Vagabundenkapitel

WIR MÜSSEN über einen Teil von Mrs. Rawdon Crawleys Lebensgeschichte mit einiger Eleganz und Delikatesse hinweggehen, wie sie die Welt nun einmal verlangt, die Welt der guten Sitte, die vielleicht gar keinen besonderen Einwand gegen das Laster selbst erhebt, aber einen unüberwindlichen Widerwillen davor hat, das Laster beim rechten Namen nennen zu hören. Auf dem Jahrmarkt der Eitelkeit kommen Sachen vor, die wir aus eigener Erfahrung kennen, obschon wir nie von ihnen sprechen – so wie die Ahrimanier den Teufel anbeten, seinen Namen aber nicht in den Mund nehmen. Ein gebildetes Publikum erträgt es ebensowenig, eine wahrheitsgetreue Schilderung des Lasters zu lesen, wie eine wirklich feine Engländerin oder Amerikanerin es je dulden würde, daß vor ihren keuschen Ohren das Wort «Hose» ausgesprochen wird. Und doch, verehrte Dame, sehen wir beides tagtäglich vor unsern Augen in der Welt herumspazieren, ohne uns allzusehr darob zu empören. Wollten wir da jedesmal rot werden, was für einen Teint würden wir bekommen! Ihr Schamgefühl ist zum Glück nur dann verletzt oder beunruhigt, wenn die Dinge bei ihren häßlichen Namen genannt werden. Deshalb war es der Wunsch des Verfassers, sich der herrschenden Mode gehorsamst zu unterwerfen und das Vorhandensein des Bösen nur auf eine leichte, elegante und gefällige Weise anzudeuten, so daß niemand in seiner Empfindsamkeit verletzt würde. Wer wagt es, etwa zu behaupten, ich hätte unsre Becky, die gewiß einige Laster hat, dem Publikum nicht auf eine durchaus vornehme und anständige Art vorgestellt? Als der Verfasser, so fragt er seine Leser mit bescheidenem Stolz, die singende und lächelnde, schmeichelnde und lockende Sirene beschrieb, hat er da auch nur einmal die Gesetze des Anstands vergessen und den Schwanz des scheußlichen Ungetüms über dem Wasser sichtbar werden lassen? Nein! Wer Lust dazu hat, der mag unter den Wasserspiegel schauen, der ja ziemlich durchsichtig ist, und beobachten, wie der Schwanz sich dort satanisch häßlich und schlüpfrig windet und dreht und gegen totes Gebein peitscht oder sich um Leichen schlingt. Aber über dem Wasserspiegel – ist da nicht alles sauber und gefällig und anständig zugegangen, und hat selbst der zimperlichste Moralprediger auf dem Jahrmarkt der Eitelkeit ein Recht, pfui zu rufen? Wenn jedoch die Sirene verschwindet und untertaucht, hinunter zu den Leichen, dann wird allerdings das Wasser über ihr trübe, und es wäre verlorene Mühe, wollte man versuchen, ihr wißbegierig nachzuspähen. Die Sirenen sehen sehr hübsch aus, wenn sie auf einem Felsen sitzen und die Harfe spielen, sich das Haar kämmen und singen und dich heranwinken, damit du ihnen den Spiegel hältst; wenn sie aber in ihr natürliches Element hinabgleiten, dann treiben sie nichts Gutes, die Seejungfern, verlaßt euch drauf, und wir sollten lieber nicht zuschauen, wenn die teuflischen Kannibalinnen der See drunten schmausen und an ihren unseligen eingepökelten Opfern nagen. Wenn also Becky nicht sichtbar ist, könnt ihr überzeugt sein, daß sie nicht allzu Gutes im Schilde führt, und je weniger dann über ihre Taten berichtet wird, um so besser ist es.

Wollte ich einen ausführlichen Bericht über ihre Erlebnisse während der Jahre nach dem Unglück in der Curzon Street geben, so könnten die Leute das Buch mit einer gewissen Berechtigung für anstößig erklären. Die Taten sehr eitler, herzloser, vergnügungssüchtiger Menschen sind sehr oft unschicklich (auch manches, was du selber tust, lieber Freund mit dem ernsten Gesicht und dem makellosen Ruf – aber das sei nur nebenbei bemerkt); und was soll man zu den Taten einer Frau ohne Glauben – oder Liebe – oder Charakter sagen? Ich neige zu der Ansicht, daß es in Beckys Leben einen Zeitabschnitt gab, wo sie nicht von Reue, sondern von einer Art Verzweiflung gepackt war, so daß sie sich völlig vernachlässigte und nicht einmal auf ihren Ruf achtete.

Bei ihr machten sich die Selbstaufgabe und die Mutlosigkeit nicht sofort nach ihrem Unglück bemerkbar, sie traten allmählich auf und nach vielen Kämpfen, sich zu behaupten – wie auch ein über Bord Gefallener sich an einen Balken klammert, solange noch Hoffnung vorhanden ist, ihn aber fortstößt und sich untersinken läßt, wenn er entdeckt, daß alles Kämpfen vergeblich ist.

Während ihr Mann seine Vorbereitungen für die Abreise nach dem Gouverneurssitz traf, verweilte Becky noch unschlüssig in London und unternahm, wie es hieß, mehr als einen Versuch, um ihren Schwager Sir Pitt Crawley zu sprechen und seine Anteilnahme zu erregen, da sie ihn ja schon einmal beinahe für sich gewonnen hatte. Als Sir Pitt und Mr. Wenham sich eines Tages zum Unterhaus begaben, erblickte der letztere Mrs. Rawdon, die schwarzverschleiert in der Nähe des Parlamentsgebäudes auf der Lauer stand. Sie schlich sich fort, nachdem ihre und Wenhams Blicke sich gekreuzt hatten, und auch ihre weiteren Anschläge auf den Baronet blieben ohne Erfolg.

Wahrscheinlich hatte sich Lady Jane ins Mittel gelegt. Wie ich hörte, war ihr Mann äußerst überrascht, daß sie in der bewußten Angelegenheit so entschieden auftrat und so fest entschlossen war, Mrs. Becky fallenzulassen. Aus eigenem Antrieb lud sie Rawdon ein, bis zu seiner Abreise bei ihnen in der Great Gaunt Street zu wohnen, da sie wußte, daß Mrs. Becky sich den Eintritt ins Haus nicht erzwingen würde, solange Rawdon als Wächter da war. Neugierig prüfte sie die Aufschriften aller Briefe, die für Sir Pitt eintrafen, um zu verhindern, daß seine Schwägerin und er einen Briefwechsel begannen. Natürlich hätte Rebecca ihm schreiben können, wenn sie gewollt hätte, aber sie mochte Sir Pitt weder in seinem eigenen Haus besuchen noch ihm dorthin schreiben, und nach ein oder zwei Annäherungsversuchen ging sie auf seine Forderung ein, daß der Briefwechsel bezüglich ihrer ehelichen Streitfrage nur über die Rechtsanwälte geführt werden sollte.

Sir Pitts Einstellung zu ihr war nämlich vergiftet worden. Kurze Zeit nach Lord Steynes Unfall war Wenham bei ihm gewesen und hatte ihm eine derartige Beschreibung von Beckys Lebenswandel geliefert, daß der Parlamentsvertreter von Queen's Crawley sehr überrascht war. Wenham kannte alle Einzelheiten: wer Rebeccas Vater war, in welchem Jahr ihre Mutter an der Oper getanzt hatte, was für ein Vorleben Rebecca gehabt und wie sie sich während ihrer Ehe verhalten hatte. Da ich überzeugt bin, daß die Geschichte zum größten Teil erlogen war und nur der Selbstsucht und Böswilligkeit entsprang, soll hier nichts darüber gesagt werden. Aber Becky sank dadurch tief, sehr tief in der Achtung ihres Verwandten, der ihr doch einst sehr zugetan war.

Die Einkünfte eines Gouverneurs von Coventry Island sind nicht sehr groß. Einen Teil legte Seine Exzellenz zur Bezahlung ausstehender Schulden und Verpflichtungen auf die Seite; außerdem verursachte der Aufwand, den seine hohe Stellung bedingte, erhebliche Kosten; daher ergab es sich, daß er für seine Frau nur dreihundert Pfund jährlich erübrigen konnte, die er unter der Bedingung zu zahlen versprach, daß sie ihn nie belästigen dürfe, andernfalls drohte er ihr mit Skandal, Scheidung und Prozeß. Doch eigentlich lag es Mr. Wenham, Lord Steyne, Rawdon Crawley und überhaupt jedermann daran, Rebecca außer Landes zu schaffen und den äußerst unangenehmen Vorfall zu vertuschen.

Wahrscheinlich nahmen die geschäftlichen Besprechungen mit ihres Mannes Anwalt sie so sehr in Anspruch, daß sie völlig vergaß, irgendwelche Schritte wegen ihres Sohnes zu unternehmen; ja, sie machte kein einziges Mal den Vorschlag, ihren kleinen Rawdon zu besuchen. Der junge Bursche war nun ganz und gar der Obhut seiner Tante und seines Onkels anvertraut worden, und gerade die Tante hatte ja schon immer einen besonderen Platz in seinem Herzen gehabt. Seine Mama schrieb ihm, nachdem sie England verlassen hatte, einen netten Brief aus Boulogne, in dem sie ihn bat, fleißig zu lernen. Sie schrieb ihm, daß sie eine Reise auf dem Festland plane und ihm gerne öfters von unterwegs schreiben würde. Doch ein Jahr lang ließ sie nichts von sich hören und schrieb ihm nicht eher, als bis Sir Pitts einziger Sohn, der immer kränklich gewesen war, an Keuchhusten und Masern starb. Da verfaßte Rawdons Mama den liebevollsten Brief an ihren geliebten Sohn, der durch den Todesfall zum Erben von Queen's Crawley wurde und sich enger denn je an die gütige Dame anschloß, deren gutes Herz ihm schon seit langem Kindesrechte gewährt hatte. Rawdon Crawley, der inzwischen ein großer, hübscher Bursche geworden war, errötete, als er den Brief erhielt. «Oh, Tante Jane, meine Mutter bist du doch – und nicht – nicht die hier!» Trotzdem schrieb er einen freundlichen und respektvollen Brief an Mrs. Rebecca, die damals in einer Pension in Florenz wohnte. Aber wir greifen in unsrer Geschichte zu sehr vor.

Der erste Flug führte unsre liebe Becky nicht sehr weit. Sie ließ sich schon an der französischen Küste in Boulogne nieder, dem Asyl so mancher verfolgten englischen Unschuld, und lebte dort als vornehme Witwe mit einer Zofe in mehreren Zimmern eines Hotels. Sie speiste an der *table d'hôte,* wo die andern Gäste sie sehr nett fanden, und unterhielt ihre Nachbarn mit Geschichten über ihren Schwager Sir Pitt und über andre vornehme Londoner Bekannte, wobei sie in dem oberflächlichen, geläufigen Modejargon plauderte, der auf gewisse Leute von einfacher Herkunft eine große Wirkung ausübt. Bei vielen von ihnen galt sie als eine bedeutende Persönlichkeit. Sie gab kleine Teegesellschaften in ihrem Zimmer oben und nahm an den harmlosen Vergnügungen des Städtchens teil: Baden im Meer, Ausfahrten im offenen Wagen, Spaziergänge am Strand und Theaterbesuche. Während des Sommers wohnte auch Mrs. Bourjoice, die Frau des Druckereibesitzers, mit ihren Kindern im gleichen Hotel, und ihr Mann besuchte sie samstags und sonntags. Sie fand Becky reizend, bis Mr. Bourjoice, der kleine Schwerenöter, ihr zu viel Aufmerksamkeit schenkte. Sonst aber war nichts an der Geschichte dran, ausgenommen, daß Becky wie immer liebenswürdig, freundlich und gutmütig war – besonders Männern gegenüber.

Gegen Ende der Wintersaison reisten wie üblich Scharen von Engländern ins Ausland, und Becky hatte reichlich Gelegenheit, am Verhalten ihrer Bekannten aus der vornehmen Londoner Welt festzustellen, was «die gute Gesellschaft» über sie dachte. Als sie eines Tages sittsam auf dem Hafendamm von Boulogne spazierenging und die Klippen Albions aus der Ferne über die tiefe blaue See herüberschimmerten, begegnete ihr Lady Partlet mit ihren Töchtern. Mit einem energischen Wink ihres Sonnenschirms versammelte die Lady all ihre Töchter um sich her und verließ dann den Pier, wobei sie der armen kleinen Becky, die ganz allein dastand, giftige Blicke zuwarf.

Ein andermal kam der Postdampfer an, und ein kräftiger Wind wehte. Becky mit ihrem eigentümlichen Sinn für Humor sah sich stets gerne die komischen, wehleidigen Gesichter der Leute an, die das Schiff verließen. An jenem Tage nun war zufällig Lady Slingstone an Bord. Milady war schrecklich seekrank gewesen und deshalb noch sehr erschöpft, so daß sie kaum über die Gangway an Land gehen konnte. Doch als sie Becky so spitzbübisch unter der roten Haube hervorlächeln sah, kehrten ihr die Kräfte im Nu zurück. Sie warf ihr einen verachtungsvollen Blick zu, vor dem die meisten Frauen in die Erde gesunken wären, und ging dann ohne jede Hilfe in den Zollschuppen. Becky lachte nur, aber ich glaube nicht, daß ihr sehr wohl dabei war. Sie spürte es, daß sie allein war, ganz allein, und daß die in der Ferne schimmernden Klippen Englands für sie ein unüberwindliches Hindernis bildeten.

Auch das Benehmen der Herren gegen sie wurde irgendwie ein anderes. Grinstone zeigte seine Zähne und lachte ihr mit einer unangenehmen Vertraulichkeit ins Gesicht. Der kleine Bob Suckling, der vor drei Monaten noch ganz Ehrerbietung gewesen war und eine Meile durch den Regen rannte, um ihre Equipage aus der langen Wagenreihe vor dem Gaunt House heranzuholen, stand eines Tages mit Fitzoof von der Garde (Lord Heehaws Sohn) im Gespräch auf der Mole, als Becky dort ihren Spaziergang machte. Der kleine Bobby nickte ihr über die Schulter zu, ohne den Hut zu ziehen, und fuhr in seiner Unterhaltung mit dem Erben Lord Heehaws fort. Tom Raikes versuchte gar, ihr Hotelzimmer mit einer Zigarre im Mund zu betreten, doch sie machte ihm die Tür vor der Nase zu und hätte sie auch noch verriegelt, wenn nicht seine Finger dazwischengewesen wären. Sie begann zu spüren, daß sie wirklich sehr einsam war. «Wenn *er* hier wäre», sagte sie, «würden es die Feiglinge nie gewagt haben, mich zu beleidigen!» Sie dachte voller Betrübnis an «ihn», vielleicht sogar mit Sehnsucht: an seine ehrliche, dumme, ergebene Güte und Treue, seine unaufhörliche Dienstbereitschaft, seine gute Laune, seine Tapferkeit und seinen Mut. Sehr wahrscheinlich weinte sie manchmal, denn wenn sie zum Essen ging, war sie besonders lebhaft und hatte ein wenig mehr Rouge als sonst aufgelegt.

Sie schminkte sich jetzt regelmäßig, und ihre Zofe besorgte ihr Kognak – außer dem, der schon auf der Hotelrechnung stand.

Vielleicht waren ihr aber die Unverschämtheiten der Männer noch nicht so unerträglich wie die Sympathien gewisser Frauen. Mrs. Crackenbury und Mrs. Washington White kamen auf der Reise in die Schweiz durch Boulogne. (Die Gesellschaft stand unter der Führung von

Oberst Horner, und der junge Beaumoris und natürlich der alte Crackenbury und Mrs. Whites kleine Tochter gehörten dazu.) *Die* gingen Becky nicht aus dem Wege – im Gegenteil! Sie kicherten, gackerten, schwatzten und bedauerten, trösteten und bemitleideten sie so gönnerhaft, bis sie Becky vor Wut fast wahnsinnig machten. Von denen bemitleidet zu werden! dachte sie, nachdem sie ihr zum Abschied einen Kuß gegeben hatten und sich süßlich lächelnd entfernten. Noch auf der Treppe hörte sie Beaumoris' schallendes Gelächter und wußte sehr gut, wie sie seine Heiterkeit zu deuten hatte.

Im Anschluß an ihren Besucher erhielt Becky, die jede Woche pünktlich die Hotelrechnung bezahlt hatte und sich mit jedermann im Hotel gut stellte, die der Wirtin zulächelte, die Kellner mit «Monsieur» anredete und die Zimmermädchen mit Höflichkeit und Rücksichtnahme für das entschädigte, was sie ihnen punkto Geld auf Grund einer gewissen Knauserigkeit, von der Becky sich nie ganz frei machte, schuldig geblieben war – diese Becky also erhielt vom Wirt eine Aufforderung, das Hotel zu verlassen. Jemand hatte ihm gesagt, daß sie ganz und gar nicht in sein Hotel passe und daß englische Damen sich weigern könnten, mit ihr an einem Tisch zu sitzen. Sie war genötigt, eine Privatwohnung zu nehmen, deren Langeweile und Einsamkeit ihr furchtbar auf die Nerven ging.

Trotz aller Nackenschläge ließ sie den Mut nicht sinken, sondern versuchte zu Ansehen zu gelangen und den Skandal aus der Welt zu schaffen. Sie ging sehr regelmäßig in die Kirche und sang lauter als alle andern. Sie beteiligte sich an der Fürsorge für Witwen schiffbrüchiger Seeleute und stiftete Handarbeiten und Zeichnungen für die Quashyboo-Mission; sie schrieb sich für den Subskriptionsball ein, wollte aber auf keinen Fall selbst Walzer tanzen. Mit einem Wort, sie tat alles, was hochanständig war, und deshalb verweilen wir auch mit mehr Liebe bei diesem Kapitel ihrer Laufbahn als bei den folgenden Abschnitten ihrer Lebensgeschichte, die nicht so erfreulich sind. Sie sah, wie die Leute sie mieden, und bemühte sich trotzdem, ihnen freundlich zuzulächeln. Niemals konnte man es ihrer Miene ansehen, was für Qualen der Demütigung sie innerlich litt.

Schließlich war und blieb ihr Fall doch ein Rätsel. Es bildeten sich Parteien für und gegen sie. Manche Leute, die sich die Mühe nahmen, der Sache auf den Grund zu gehen, hielten sie für eine Verbrecherin, während andere schworen, sie sei so unschuldig wie ein Lamm und ihr abscheulicher Mann trage die Schuld. Viele Menschen brachte sie dadurch auf ihre Seite, daß sie über die Trennung von ihrem Sohn weinte und sich Schmerzensausbrüchen hingab, sobald sein Name erwähnt wurde oder sie einen Jungen sah, der «ihm ähnlich» war. So hatte sie auch das Herz der guten Mrs. Alderney gewonnen, die gewissermaßen die Königin der englischen Kolonie in Boulogne war und von allen Ansässigen die meisten Bälle und Abendessen gab. Als nämlich Master Alderney von Doktor Swishtails Akademie heimkehrte, um die Ferien bei seiner Mutter zu verleben, fing Becky an zu weinen. Er und ihr Rawdon seien im gleichen Alter und sie sähen sich so ähnlich, sagte Becky mit tränenerstickter Stimme. (Dabei bestand zwischen den beiden ein Altersunterschied von fünf Jahren, und sie sahen sich nicht ähnlicher als mein verehrter Leser und sein ergebener Diener.) Als Wenham nach Kissingen reiste, um sich dort Lord Steyne anzuschließen, klärte er Mrs. Alderney über diesen Punkt auf und behauptete, er könne ihr den kleinen Rawdon besser schildern als seine Mama, die ihn bekanntermaßen haßte und ihn nie besucht habe. Er sei dreizehn Jahre alt, während der kleine Alderney erst neun war; er sei blond, während ihr kleiner Liebling dunkel war – mit einem Wort, er brachte es zuwege, daß die gute Dame ihre Liebenswürdigkeit gegen Becky bereute.

Sooft Becky sich mit unglaublicher Mühe und Anstrengung einen kleinen Bekanntenkreis geschaffen hatte, kam jemand und fuhr rücksichtslos dazwischen, so daß sie mit aller Arbeit wieder von vorne beginnen mußte.

Es war sehr hart – sehr hart und trostlos und entmutigend.

Da war zum Beispiel Mrs. Newbright, die sich eine Zeitlang ihrer annahm, weil sie sich durch Beckys schönen Gesang in der Kirche wie auch ihre treffenden Ansichten über religiöse Themen zu ihr hingezogen fühlte, Themen, über die Mrs. Becky in vergangenen Zeiten in Queen's Crawley eine gute Portion Belehrungen empfangen hatte. Becky nahm Traktate nicht nur in die Hand, sie las sie sogar. Sie nähte Flanellunterröcke für die Quashyboos und baumwollne Nachtmützen für die Kokosnuß-Indianer; sie bemalte Kaminschirme für die Bekehrung des Papstes und der Juden, sie nahm mittwochs an der Andacht bei Mr. Rowls und donnerstags an der Andacht bei Mr. Huggleton teil, ging sonntags zweimal in die Kirche und hörte sich außerdem noch am Abend die Predigt des Darbysten Mr. Bawler an – doch alles vergebens. Mrs. Newbright hatte Gelegenheit, mit der Gräfin Southdown über den Wärmpfannenfonds für die Fidschi-Insulaner in Briefwechsel zu treten (dessen Verwaltung den beiden Damen als Vorstandsmitgliedern des bewundernswerten Hilfswerks oblag), und als sie dabei ihre «entzückende» Freundin Mrs. Rawdon Crawley erwähnte, schrieb ihr die Gräfinwitwe einen Brief, der Becky betraf und solche Einzelheiten, Andeutungen, Tatsachen, Unwahrheiten und allgemeine Beschuldigungen enthielt, daß die Freundschaft zwischen Mrs. Newbright und Mrs. Crawley sogleich aufhörte und die gesamte seriöse Gesellschaft von Tours, wo das Mißgeschick sich ereignete, sofort den Verkehr mit der Verworfenen abbrach. Wer so eine englische Kolonie im Ausland kennt, der weiß auch, daß wir alles in die Fremde mitnehmen – unsern Hochmut, unsre Pillen und unsre Vorurteile, unsre Harveysauce und unsern Cayennepfeffer und noch andre Laren – und überall, wo immer wir uns niederlassen, ein kleines Britannien bilden.

Mißmutig flüchtete Becky von einer Kolonie zur andern: von Boulogne nach Dieppe, von Dieppe nach Caen, von Caen nach Tours – und immer strengte sie sich unbändig an, als achtbare Frau zu gelten, und immer, o weh, wurde sie früher oder später entlarvt und von den echten Dohlen mit Schnabelhieben aus dem Käfig gejagt.

In einem von all den Orten nahm sich Mrs. Hook Eagles ihrer an, eine Dame mit einem makellosen Ruf und einem Haus am Portman Square. Sie wohnte in einem Hotel in Dieppe, in dem Becky Zuflucht gesucht hatte. Sie lernten sich zuerst am Meer kennen, wo beide badeten, und danach an der *table d'hôte* des Hotels. Mrs. Eagles hatte auch einiges von der Steyne-Affäre gehört, wer hätte das nicht? Aber nach einem Gespräch mit Becky erklärte sie, Mrs. Crawley sei ein Engel, ihr Mann ein Rohling und Lord Steyne bekanntlich ein bedenkenloser Schuft; die ganze Anschuldigung gegen Mrs. Crawley sei eine schändliche und verruchte Machenschaft des Schurken Wenham. «Wenn du auch nur ein bißchen Mut hättest, Eagles», sagte sie zu ihrem Mann, «so würdest du dem Schandmaul ein paar Ohrfeigen geben, wenn du ihn das nächste Mal im Klub triffst!» Aber Eagles war erstens Mrs. Eagles' Gatte, zweitens ein friedfertiger alter Herr mit einem Hang zur Geologie und drittens nicht groß genug, um an die Ohren andrer Leute heranzureichen.

Mrs. Eagles behandelte also Mrs. Rawdon als ihren Schützling, wohnte mit ihr in ihrem Haus in Paris, zerstritt sich mit der Frau des Gesandten, die ihren Schützling nicht empfangen wollte, und tat alles, was in der Macht einer Frau lag, um Becky auf den Pfad der Tugend und des guten Rufs zu helfen.

Zuerst war Becky sehr ehrbar und ordentlich, aber bald wurde ihr das tugendhafte Spießbürgerleben viel zu eintönig. Jeden Tag war es das gleiche Einerlei, die gleiche Langeweile und Behaglichkeit, die gleiche Ausfahrt im gleichen dummen Bois de Boulogne, abends die gleiche Gesellschaft, sonntag abends die gleiche Blairsche Predigt, die gleichen Opern, die immer wieder und wieder aufgeführt wurden – Becky starb vor Langeweile! Da kam glücklicherweise der junge Mr. Eagles aus Cambridge, und seine Mutter sah, welchen Eindruck ihre kleine Freundin auf ihn machte, und gab Becky den Laufpaß.

Darauf versuchte sie, mit einer Freundin gemeinsam Haushalt zu führen; doch der Doppelhaushalt geriet in Schulden und zerstritt sich. Danach entschloß sie sich, in einer Pension zu leben, und wohnte eine Zeitlang im berühmten Haus der Madame de Saint-Amours in der Rue Royale in Paris, wo sie ihre Reize und Verführungskünste vor schäbigen Stutzern und angeschmuddelten Schönheiten spielen ließ, die in den «Salons» der Pensionsbesitzerin verkehrten. Becky liebte Geselligkeit und konnte ohne sie ebensowenig auskommen wie ein Opiumsüchtiger ohne seine Droge, so daß sie während ihres Lebens in der Pension dort recht glücklich war. «Die Frauen bei uns sind ebenso amüsant wie die in Mayfair», erzählte sie einem alten Londoner Bekannten, den sie zufällig traf, «nur sind ihre Toiletten nicht ganz so frisch, und die Männer tragen gereinigte Handschuhe und sind auch sonst traurige Gesellen, aber schlimmer als Jack von und zu oder als Tom von und zu sind sie auch nicht. Die Hausherrin ist ein bißchen gewöhnlich, doch ich finde sie nicht so gewöhnlich wie Lady...», und hier nannte sie den Namen einer tonangebenden Dame der Londoner Gesellschaft, den ich ums Leben nicht verraten würde. Und wirklich, wenn man des Abends die festlich erhellten Räume Madame de Saint-Amours erblickte und die Herren mit Ordensstern und Ordensbändern an den Ecarté-Tischen sitzen sah, und etwas abseits die Damen, dann konnte man sich wohl eine Zeitlang einbilden, man befinde sich in guter Gesellschaft und Madame sei eine richtige Gräfin. Viele Leute glaubten es tatsächlich, und Becky war während einiger Zeit eine der glänzendsten Erscheinungen in den «Salons» der Gräfin.

Vermutlich kamen ihr dann aber ihre alten Gläubiger aus dem Jahre 1815 auf die Spur, denn die arme kleine

Frau sah sich gezwungen, Paris ziemlich überstürzt zu verlassen und nach Brüssel zu fliehen.

Wie gut sie sich noch an alles erinnerte! Sie lächelte, als sie zu dem kleinen *entresol* hinaufschaute, das sie damals bewohnt hatten, und mußte an die Familie Bareacres denken, die nach Pferden gejammert und fluchtbereit im Torweg des Hotels in ihrem Reisewagen gesessen hatte. Becky fuhr nach Waterloo und Laeken, wo ihr George Osbornes Denkmal großen Eindruck machte. Sie fertigte eine kleine Skizze davon an. «Der arme Kupido», sagte sie, «wie schrecklich er sich in mich verliebt hatte und was für ein Dummkopf er doch war! Ich möchte wohl wissen, ob die kleine Emmy noch lebt. Sie war ein gutes kleines Geschöpf. Und dann ihr dicker Bruder! Das komische Bild von dem dicken Kerl hab' ich ja immer noch unter meinen Papieren. Es waren freundliche, einfache Leutchen!»

In Brüssel erschien Becky mit einer Empfehlung von Madame de Saint-Amours an deren Freundin, Madame la Comtesse de Borodino, Witwe eines napoleonischen Generals, des berühmten Grafen von Borodino; der verstorbene Held hatte ihr keine andern Mittel als eine *table d'hôte* und Ecarté-Tische hinterlassen. Zweitklassige Stutzer und Lebemänner, vornehme Witwen, die immer in irgendeinen Prozeß verwickelt sind, und sehr törichte Engländer, die sich einbilden, in solchen Häusern könnten sie «die gute Gesellschaft des Kontinents» kennenlernen, spielten oder speisten an Madame de Borodinos Tischen. Die galanten jungen Herren bewirteten die ganze Tafelrunde mit Champagner und ritten mit den Damen aus oder mieteten Pferd und Wagen für Ausfahrten aufs Land, legten Geld zusammen, um Logen im Theater oder in der Oper zu mieten, wetteten an den Ecarté-Tischen über die schönen Schultern der Damen hinweg und schrieben an ihre Eltern daheim in Devonshire, daß sie das Glück gehabt hätten, in die gute ausländische Gesellschaft eingeführt zu werden.

Becky war hier wie in Paris eine Königin, die in feudalen Pensionen regierte. Champagner wies sie nie zurück, auch nicht Bukette oder Ausfahrten aufs Land oder Opernlogen, doch am liebsten war ihr am Abend das Ecarté. Sie spielte verwegen, anfangs niedrig, dann um Fünffrancsstücke, dann um Napoléons, dann um Geldscheine – dann konnte sie ihre Monatsrechnung nicht mehr bezahlen, dann lieh sie Geld von den jungen Herren, dann war sie wieder bei Kasse und tyrannisierte Madame de Borodino, die sie vorher umschmeichelt und umgarnt hatte, dann spielte sie um Zehnsousstücke und lebte in erbärmlicher Armut, dann traf ihre vierteljährliche Rente ein, und sie konnte Madame de Borodinos Rechnung bezahlen und versuchte es wieder mit den Karten gegen Monsieur de Rossignol oder den Chevalier de Raff.

Als Becky Brüssel verließ, blieb sie – traurig, aber wahr – der Gräfin von Borodino die Miete für drei Monate schuldig, was die Gräfin jedem Engländer erzählt, der in ihrer Pension absteigt, und obendrein, daß sie spielte und trank und vor Ehrwürden Mr. Muff, dem anglikanischen Pfarrer, auf den Knien gelegen und Geld von ihm geliehen habe und daß sie mit Milord Noodle, dem Sohn von Sir Noodle und dem Schüler von Ehrwürden Mr. Muff, geflirtet, scharmutziert und ihn mit auf ihr Zimmer genommen und ihm beim Ecarté große Summen abgeknöpft habe – all das und noch hundert andere Schändlichkeiten erzählte sie und beteuerte, Madame Rawdon sei nicht besser als eine *vipère*.

So zog unsre kleine Vagabundin umher und schlug – rastlos wie Odysseus oder wie Bampfylde Moore Carew – ihr Zelt in den verschiedensten Städten Europas auf. Ihr Geschmack für das Unkonventionelle wurde immer offensichtlicher. Binnen kurzem war sie eine richtige *bohémienne* geworden und verkehrte mit Leuten, bei deren Bekanntschaft meinen Leserinnen die Haare zu Berge steigen würden.

In Europa gibt es keine Stadt, die nicht ihre kleine Kolonie dunkler englischer Existenzen hat – Männer, deren Namen der Gerichtsbeamte Mr. Hemp bei den Sitzungen des Gerichtshofs regelmäßig verliest –, oft junge Edelleute aus sehr guter Familie, die aber nichts mehr von ihnen wissen will, oder Besucher von Billard-

zimmern und Kneipen oder Veranstalter ausländischer Wettrennen und Spielsalons. Sie bevölkern die Schuldgefängnisse, sie trinken und prahlen, sie streiten und raufen sich, sie brennen durch, ohne zu zahlen, sie duellieren sich mit deutschen und französischen Offizieren, sie betrügen Mr. Spooney beim Ecarté, sie verschaffen sich Geld und fahren in prächtigen Britschkas nach

Baden-Baden, sie versuchen ihren unfehlbaren Trick beim Hasardspiel und lungern mit leeren Taschen als schäbige Prahlhänse und bettelarme Stutzer um die Tische herum, bis es ihnen glückt, einen jüdischen Bankier mit einem gefälschten Wechsel zu beschwindeln oder noch einen Mr. Spooney zu entdecken, den sie leerplündern können. Das stete Auf und Ab von Glanz und Elend, dem solche Menschen unterworfen sind, kommt dem Beobachter sehr seltsam vor. Ihr Leben muß wohl stets voller Aufregung sein. Becky – müssen wir's noch besonders erwähnen? – fand Gefallen an einem solchen Leben. Sie zog mit diesen *bohémiens* von Stadt zu Stadt. Die glückliche Mrs. Rawdon war in jedem Spielsaal Deutschlands bekannt. In Florenz führte sie mit Madame de Cruchecassée einen gemeinsamen Haushalt. Wie es hieß, war sie aus München ausgewiesen worden, und mein Freund Frederick Pigeon behauptet, in ihrem Haus in Lausanne sei er an ihrer Tafel betrunken gemacht worden und habe achthundert Pfund an Major Loder und den Honourable Mr. Deuceace verloren. Wie Sie sehen, müssen wir einiges aus Beckys Lebensgeschichte mitteilen, doch je weniger über diese Zeitspanne berichtet wird, um so besser.

Wenn es ihr besonders schlecht ging, soll Mrs. Rawdon Crawley hin und wieder Konzerte und Musikunterricht gegeben haben. In Wildbad gab einmal eine Madame de Raudon eine *matinée musicale,* und zwar unter Mitwirkung von Herrn Spoff, dem ersten Pianisten des Hospodars der Walachei. Mein kleiner Freund Mr. Eaves, der jedermann kannte und auf seinen Reisen überall hingekommen war, erzählte mir, daß er im Jahre 1830 in Straßburg war, als eine gewisse Madame Rebecque in der Oper *Die weiße Dame* auftrat und Anlaß zu einem fürchterlichen Theaterskandal gegeben habe. Sie sei vom Publikum ausgepfiffen worden, zum Teil wegen ihrer Unfähigkeit, hauptsächlich aber wegen des unbesonnenen Beifalls einiger Zuhörer im Parkett (wo die Offiziere der Garnison ihre Plätze hatten), und Eaves war überzeugt, daß die unselige Debutantin niemand anders als Mrs. Rawdon Crawley war.

Sie war tatsächlich nichts Besseres als eine Vagabundin. Wenn sie ihr Geld erhielt, spielte sie; wenn sie es verspielt hatte, mußte sie sich durchschlagen; wer weiß, wie oder mit welchen Mitteln es ihr gelang? Angeblich war sie einmal in Petersburg, wurde aber von der Polizei kurzerhand ausgewiesen, weshalb nichts Wahres an dem Gerücht sein kann, daß sie hinterher als russische Spionin in Teplitz und in Wien gewesen sei. Ich hörte sogar, daß sie in Paris eine Verwandte entdeckt habe, und zwar keine geringere als ihre Großmutter mütterlicherseits, die aber keineswegs eine Montmorency, sondern eine häßliche alte Logenschließerin an einem Boulevardtheater war. Das Zusammentreffen zwischen den beiden, das auch andere beobachtet haben müssen (wie wir andernorts noch andeuten werden), muß sehr rührend gewesen sein. Aber Einzelheiten über den Vorfall kann der Verfasser nicht mit Sicherheit berichten.

In Rom traf es sich, daß Mrs. Rawdons Rente für ein ganzes halbes Jahr gerade beim ersten Bankier der Stadt eingezahlt worden war, und da der Königliche Kaufmann jeden Kunden, dessen Guthaben mehr als fünfhundert Scudi betrug, zu seinen Winterbällen einlud, widerfuhr auch Becky die Ehre, eine Einladungskarte zu erhalten. Sie durfte also an einer der großartigen Abendgesellschaften des Fürsten und der Fürstin Polonia teilnehmen. Die Fürstin war eine geborene Pompilius, die sich in gerader Linie vom zweiten König von Rom und dessen Gemahlin Egeria aus dem Hause Olympus ableiten, während der Großvater des Fürsten, Alessandro Polonius, noch Seife, Parfüms, Tabak und Taschentücher verkauft, Aufträge für elegante Herren erledigt und Geld in kleinen Mengen ausgeliehen hatte. Die ganze vornehme Gesellschaft Roms drängte sich zu den Salons des Fürsten: Prinzen, Herzöge, Gesandte, Maler, Violinisten, Monsignori, junge Leute mit ihrem Bärenführer, Männer jeden Ranges und Standes. Die prächtigen Säle strahlten im Kerzenglanz und funkelten von vergoldeten Bilderrahmen (mit Bildern drin) und von Antiquitäten zweifelhafter Echtheit, und eine riesengroße vergoldete Krone mitsamt dem Wappenschild des Fürsten, einem goldenen Pilz auf rotem Feld (das gleiche Rot wie die Taschentücher, die er verkaufte), und dem Silberbrunnen der Familie Pompilius leuchteten überall von der Decke, von den Türen und dem Wandgetäfel des Hauses und von dem großen Samtbaldachin, der zum Empfang von Päpsten und Kaisern bereitstand.

Wie gesagt, erhielt also Becky, die mit der Postkutsche aus Florenz angekommen und in einem Gasthof sehr bescheiden untergebracht war, eine Karte für Fürst Polonias Abendgesellschaft, und ihre Jungfer zog sie ungewohnt sorgfältig an. Sie begab sich am Arm von Major Loder, mit dem sie damals gerade reiste, zu dem herrlichen Ball. (Major Loder war der gleiche Mann, der im folgenden Jahr in Neapel den Prinzen Ravoli erschoß und der von Sir John Buckskin mit dem Rohrstock verprügelt wurde, weil er außer den Königen, die er beim Ecarté erhielt, noch vier andre in seiner Mütze bei sich trug.) Das Paar wandelte zusammen durch die Säle, und Becky erblickte eine Anzahl altbekannter Gesichter, deren sie sich von glücklicheren Tagen her erinnerte, als sie zwar nicht unschuldig, aber doch noch nicht entlarvt war. Major Loder kannte eine Menge Ausländer, dreist blickende bärtige Männer mit schmutzigem gestreiftem Bändchen im Knopfloch und einem sehr knappen Aufwand an Wäsche. Seine eigenen Landsleute gingen dem Major allerdings aus dem Wege. Auch Becky kannte hier und da ein paar Damen: französische Witwen, fragwürdige italienische Gräfinnen, die von ihren Ehemännern schlecht behandelt worden waren – aber pfui! wozu sollen wir, die wir uns auf dem Jahrmarkt der Eitelkeit in der besten Gesellschaft bewegt haben, von diesem Auswurf und Abschaum der Menschheit sprechen? Wenn wir spielen, sei's mit sauberen Karten – und nicht mit dem schmutzigen Pack hier! Doch jeder, der einmal zum

Heer der unzähligen Reisenden gehört hat, kennt sie, die Marodeure und Freischärler, die gleich Nym und Pistol dem Hauptheer anhangen, des Königs Farben tragen und sich rühmen, in regulären Diensten zu stehen, jedoch auf eigene Faust plündern und gelegentlich am Wegrand aufgeknüpft werden.

Becky hing also an Major Loders Arm, und zusammen wandelten sie durch die Säle und tranken sehr viel Champagner an den Buffets, vor denen die Menschen, besonders die irregulären Truppen des Majors, erbittert um Erfrischungen kämpften. Als sich beide genügend versorgt hatten, schoben sie sich durch die Menge vor, bis sie am Ende der Zimmerflucht den roten Samtsalon der Fürstin erreichten, in dem sich die Statue der Venus und die großen silbergerahmten Spiegel befinden und in dem die fürstliche Familie mit ihren allervornehmsten Gästen an einem runden Tisch speiste. Becky mußte daran denken, daß es genauso ein kleines erlesenes Bankett wie das Festmahl war, an dem sie in Lord Steynes Haus teilgenommen hatte – und da saß er selber an Polonias Tisch – sie sah ihn!

Von der Wunde, die der Diamant in seine hohe, glatte weiße Stirn geschnitten hatte, war eine flammend rote Narbe zurückgeblieben; sein roter Backenbart war jetzt bläulichrot gefärbt, was sein blasses Gesicht noch bleicher machte. Er trug Kette und Orden vom Goldenen Vlies und das blaue Band des Hosenbandordens. Er war ein größerer Fürst als alle Anwesenden, obwohl ein regierender Herzog und eine Königliche Hoheit mit ihren Gattinnen anwesend waren. Neben Seiner Lordschaft saß die schöne Gräfin Belladonna geborene de Glandier, deren Gemahl (der Graf Paolo de Belladonna, berühmt wegen seiner prachtvollen Insektensammlung) seit längerer Zeit in offiziellem Auftrag am Hofe des Kaisers von Marokko weilte.

Als Becky das vertraute und berühmte Gesicht wiedersah, wie gemein erschien ihr da plötzlich der Major Loder, und wie roch der abscheuliche Hauptmann Rook nach Tabak! Im Nu hatte sie sich wieder in ihre vornehme Damenrolle zurückverwandelt und versuchte so auszusehen und zu empfinden, als sei sie in Mayfair. Wie dumm und mißmutig die Frau neben ihm aussieht! dachte sie. Bestimmt kann sie ihn nicht gut unterhalten! Er muß sich bei ihr langweilen – und bei mir hat er das nie getan! Hundert rührende Hoffnungen, Ängste und Erinnerungen durchzuckten ihr kleines Herz, als sie ihre strahlendsten Blicke (das Rot, das sie bis zu den Lidern aufgetragen hatte, ließ sie so funkeln!) auf den berühmten Edelmann richtete. An einem Abend, an dem Lord Steyne seine hohen Orden trug, pflegte er auch seine großartigste Haltung zur Schau zu tragen, und er wirkte und sprach dann ganz wie der große Fürst, der er war. Becky bewunderte ihn, wie er so hoheitsvoll, überlegen, gelassen und selbstbewußt lächelte! Ah, *bon Dieu,* was für ein angenehmer Gesellschafter er doch war! Was für ein geistreicher Kopf, von welcher Unterhaltungsgabe und weltmännischen Art! Und ihn hatte sie eingetauscht gegen Leute wie den nach Zigarren und Brandy riechenden Major Loder und den Hauptmann Rook mit seinen Jockeywitzen und seinem Boxerjargon! Ob er mich wohl erkennt? dachte sie. Lord Steyne plauderte und lachte mit einer vornehmen und berühmten Dame, als er aufsah und Becky erblickte.

Sie zitterte an allen Gliedern, als ihre Blicke sich trafen, setzte das anmutigste Lächeln auf, das sie zustande brachte, und machte eine schüchterne, flehende kleine Verneigung. Er starrte sie eine Minute lang so entsetzt an wie Macbeth, wenn er Banquos Geist beim Bankett erblickt, und blieb so, sie mit offenem Munde anstarrend – als der greuliche Major Loder sie weiterzog.

«Kommen Sie mit in den Speisesaal, Mrs. Rawdon», sagte er. «Wenn ich sehe, wie die vornehme Sippschaft da futtert, werde ich auch ganz hungrig. Wollen nochmals den Champagner des alten Knaben ausprobieren!» Becky fand, daß der Major bereits viel zuviel probiert habe.

Am folgenden Tag ging sie auf dem Monte Pincio – dem Hyde Park der römischen Müßiggänger – spazieren, vielleicht in der stillen Hoffnung, Lord Steyne wiederzusehen. Sie traf jedoch einen andern Bekannten: es war Mr. Fiche, der Kammerdiener des Lords, der sich mit recht vertraulichem Kopfnicken näherte und den Finger an den Hut legte. «Ich wußte, daß Madame hier ist», sagte er. «Ich bin Ihnen von Ihrem Hotel aus nachgegangen. Ich habe Madame einen Rat zu geben.»

«Vom Marquis von Steyne?» fragte Becky und nahm eine möglichst würdevolle Haltung an, obwohl sie innerlich vor Hoffnung und Erwartung bebte.

«Nein», erwiderte der Kammerdiener, «der Rat ist von mir: Rom ist ein sehr ungesundes Pflaster.»

«Nicht in der jetzigen Jahreszeit, Monsieur Fiche – erst nach Ostern.»

«Ich versichere Ihnen, Madame, daß es schon jetzt ungesund ist. Immer besteht hier für einige Leute Malariagefahr. Der verteufelte Wind von den Sümpfen bringt zu jeder Jahreszeit vielen Menschen den Tod. Sehen Sie, Madame Crawley, Sie waren immer *bon enfant,* und ich meine es gut mit Ihnen, *parole d'honneur!* Lassen Sie sich warnen! Verlassen Sie Rom, das rate ich Ihnen, sonst könnten Sie krank werden und sterben!»

Becky lachte, wenn auch vor Wut und Zorn. «Was? Ein so armes kleines Ding wie ich soll ermordet werden?» rief sie. «Wie romantisch! Führt Milord als Reisediener Bravados und Stilette im Packwagen mit? Pah! Ich bleibe, und wär's auch nur, um ihn zu ärgern. Ich kenne Leute, die mich verteidigen, solange ich hier bin.»

Jetzt war es Mr. Fiche, der lachte. «Sie verteidigen?» rief er. «Ja, wer denn? Der Major oder der Hauptmann oder sonst einer von den Glücksrittern, mit denen Madame verkehrt, würde sie ohne weiteres für hundert Goldstücke umbringen. Wir wissen Dinge über Major Loder (der übrigens ebensowenig Major ist, wie ich Marquis bin), die ihn auf die Galeere oder an einen noch schlimmeren Ort bringen würden. Wir wissen alles und haben überall Freunde. Wir wissen, mit wem Sie in Paris verkehrten und was für Verwandte Sie dort getroffen haben. Ja, jetzt staunt Madame, aber es stimmt doch. Woher kam es denn, daß kein Gesandter auf dem Festland Madame empfangen wollte? Sie hat jemand beleidigt, der nie verzeiht und dessen Zorn sich verdoppelte, als er Sie erblickte. Gestern abend, als er nach Hause kam, hat er wie ein Wahnsinniger getobt. Madame de Belladonna hat ihm Ihretwegen eine Szene gemacht und einen ihrer Wutanfälle bekommen.»

«Ach, ist's wegen Madame Belladonna?» rief Becky

etwas erleichtert, denn die soeben erhaltene Nachricht hatte sie sehr erschreckt.

«Nein, auf die kommt's nicht an, denn die ist immer eifersüchtig. Ich sage Ihnen, es ist wegen Monseigneur. Es war verkehrt von Ihnen, sich vor ihm sehen zu lassen. Und wenn Sie blieben, würden Sie es bereuen. Denken Sie an meine Worte! – Oh, gehen Sie! Da kommt Milords Wagen!» Und damit ergriff er Becky am Arm und eilte mit ihr in einen Seitenweg des Parks, während Lord Steynes offene Equipage, mit dem leuchtenden Wappen geschmückt und von fast unbezahlbar wertvollen Pferden gezogen, die Allee entlangrollte. Lässig in die Kissen gelehnt saß Madame de Belladonna da, eine schmollende dunkle, blühende Schönheit mit ihrem King-Charles-Hündchen auf dem Schoß und einem weißen Sonnenschirm über sich, während sich der alte Steyne mit grauem Gesicht und erloschenen Augen neben ihr ausstreckte. Die Augen konnten wohl noch hin und wieder vor Haß, Zorn oder Verlangen aufleuchten, aber meistens waren sie glanzlos und schienen müde in eine Welt zu blicken, die mit ihrer Freude und Schönheit für den verbrauchten, sündigen alten Mann fast allen Reiz verloren hatte.

«Monseigneur hat sich von der furchtbaren Erschütterung des letzten Abends bei Ihnen nie mehr erholt, nie mehr», flüsterte Mr. Fiche ihr zu, während der Wagen blitzschnell an ihnen vorbeifuhr und sie hinter den Büschen, die sie verbargen, nach ihm Ausschau hielt. Wenigstens ein Trost! dachte Becky.

Ob Milord wirklich mörderische Absichten gegen Becky hegte, wie es Monsieur Fiche behauptete (der nach Monseigneurs Tod in seine Heimat zurückkehrte, wo er allgemein geachtet wurde und von seinem Landesherrn den Titel eines Barons Ficci kaufte), und ob das Faktotum sich dann weigerte, einen Mord zu begehen, oder ob er einfach den Auftrag hatte, Mrs. Crawley aus der Stadt zu verscheuchen, in der Seine Lordschaft den Winter zu verbringen gedachte und wo ihr Anblick dem großen Herrn furchtbar unangenehm gewesen wäre, ist ein Punkt, der nie aufgeklärt wurde. Doch die Drohung blieb nicht ohne Wirkung auf die kleine Frau, und sie versuchte nie wieder, ihrem ehemaligen Gönner ihre Gegenwart aufzudrängen.

Jedermann kennt das traurige Ende, das ihn nach der Französischen Revolution von 1830 in Neapel ereilte, als der Höchst Ehrenwerte George Gustavus Marquis von Steyne, Graf von Gaunt und von Gaunt Castle, Pair von Irland, Viscount Hellborough, Baron Pitchley und Grillsby, Ritter des Hosenbandordens, des Goldenen Vlieses von Spanien, des russischen Sankt-Nikolaus-Ordens Erster Klasse, des türkischen Halbmondordens, Erster Lord des Puderkabinetts und Kammerherr der Hintertreppe, Oberst des Gauntschen Milizregiments, des Leibregiments des Regenten, Kurator am Britischen Museum, Seniorchef vom Trinity House, Administrator der White-Friars-Stiftung und Doktor des Zivilrechts nach einer Reihe von Schlaganfällen starb: wie die Zeitungen berichteten, wurden sie durch die Erschütterung ausgelöst, die der Sturz der alten französischen Monarchie auf das sensible Gemüt Seiner Lordschaft ausübte.

In einer Wochenzeitschrift erschien eine ausführliche Würdigung all seiner Tugenden, seiner Freigebigkeit, seiner Talente und seiner guten Werke. Seine Anhänglichkeit an das erhabene Haus Bourbon, mit dem verwandt zu sein er sich rühmen durfte, war so tief verwurzelt, daß er das Unglück seiner erlauchten Verwandten nicht überleben konnte. Sein Leichnam wurde in Neapel beigesetzt, und das Herz – das Herz, das stets so großmütige und edle Gefühle gehegt hatte – wurde in einer silbernen Urne nach Schloß Gaunt übergeführt. «In ihm», so sagte Mr. Wagg, «haben die Armen und die schönen Künste einen wohlwollenden Gönner und die Gesellschaft eine ihrer glänzendsten Zierden und England einen seiner edelsten Staatsmänner verloren usw.»

Um sein Testament entspann sich ein langer Streit, und es wurde sogar ein Versuch unternommen, Madame de Belladonna einen berühmten Diamanten, «Judenauge» genannt, zu entreißen, den Seine Lordschaft stets am Zeigefinger getragen hatte und den sie ihm nach seinem beklagenswerten Ableben vom Finger gezogen haben soll. Sein vertrauter Kammerdiener Fiche konnte jedoch beweisen, daß der Marquis zwei Tage vor seinem Tode der besagten Madame de Belladonna den Ring geschenkt habe, ebenso auch Banknoten, Juwelen, neapolitanische und französische Staatspapiere und so weiter, die sich im Sekretär Seiner Lordschaft befunden hatten und nun durch die Erben von der fälschlich beschuldigten Frau zurückverlangt wurden.

LXV

Geschäfte und Vergnügungen

TUNLICHST früh am andern Morgen nach der Begegnung am Spieltisch hatte sich Joseph besonders sorgfältig und prächtig gekleidet, und ohne es für notwendig zu erachten, einem Mitglied seiner Familie über die Ereignisse des voraufgegangenen Abends zu berichten oder jemand um Begleitung zu bitten, brach er auf und stand bald vor der Haustür des Hotels «Zum Elefanten», wo er Erkundigungen einzog. Das Haus war wegen der Festlichkeiten vollbesetzt, an den Tischen auf dem Bürgersteig saßen schon Gäste, die rauchten oder das einheimische Dünnbier tranken, die Wirtszimmer waren in Rauchwolken gehüllt, und Mr. Joseph, der sich auf seine großspurige Art und mit seinem schlechten Deutsch nach der Dame erkundigt hatte, die er besuchen wollte, wurde ins alleroberste Stockwerk des Hauses geschickt, weit oberhalb des ersten Stocks, wo ein paar Geschäftsreisende wohnten und ihre Juwelen und Brokate ausstellten, und oberhalb der Zimmer im zweiten Stock, die der Leiter der Spielsaalgesellschaft bewohnte, und noch oberhalb des dritten Stocks, in dem eine Gruppe berühmter böhmischer Kunstreiter und Akrobaten hauste, und immer weiter hinauf bis zu den Kämmerchen im Dach, wo neben Studenten, Handelsreisenden, Kleinhändlern und Landleuten, die zum Fest gekommen waren, auch Becky ein kleines Nest gefunden hatte – eine so denkbar schmutzige Zufluchtsstätte, wie sie nur je einer Schönheit als Unterschlupf gedient hatte.

Becky fand an solchem Leben Gefallen. Sie stellte sich mit allen Leuten im Hotel gut: mit Hausierern, Spielern, Akrobaten und Studenten, kurzum, mit jedermann. Sie war von wildem, unstetem Wesen, das sie von Vater und Mutter geerbt hatte, die beide teils aus Neigung, teils durch die Umstände Bohemiens geworden waren. Wenn gerade kein Lord zur Stelle war, so unterhielt sich Becky ebensogern mit seinem Reisekutscher – und es machte ihr das größte Vergnügen. Der Lärm, das Getümmel, Trinken und Rauchen, das Kauderwelsch der jüdischen Händler, das feierliche, prahlerische Gebaren der armseligen Gaukler, das geheimnisvolle Gerede der Spielbankbeamten, Gesang und Großspurigkeit der Studenten und der ganze geschäftige Betrieb im Gasthaus hatten die kleine Frau angeregt und ihr gefallen, sogar als sie wieder einmal Pech hatte und keinen roten Heller besaß, um ihre Rechnung zu bezahlen. Wie vergnüglich klang ihr jetzt all der Wirrwarr, seit ihre Börse voller Geld war, das der kleine Georgy am Abend vorher für sie gewonnen hatte.

Als Joseph keuchend die letzten knarrenden Treppenstufen erklommen hatte und atemlos auf dem obersten Flur stehenblieb, sich das Gesicht wischte und dann nach Nummer 92 zu suchen begann (die Nummer, in der er die gewünschte Person finden sollte), stand die Tür der gegenüberliegenden Kammer, Nummer 90, weit offen, und ein Student in Kanonenstiefeln und schmutzigem Schlafrock lag auf dem Bett und rauchte eine lange Pfeife, während ein andrer Student mit langen blonden Haaren und in einem höchst eleganten und ebenfalls schmutzigen Schnürrock vor der Tür von Nummer 92 auf den Knien lag und der dahinter befindlichen Person inständige Bitten durchs Schlüsselloch zubrüllte.

«Fort mit Ihnen», erwiderte eine wohlbekannte Stimme, bei deren Klang es Joseph heiß überlief, «ich erwarte jemand! Ich erwarte meinen Großpapa! Er darf Sie hier nicht sehen!»

«Engelhafte Engländerin!» schrie der kniende Student mit den weißblonden Locken und dem großen Siegelring, «haben Sie Erbarmen mit uns! Gönnen Sie uns ein Rendezvous! Speisen Sie mit Fritz und mir im Wirtshaus im Park! Wir bestellen gebratenen Fasan mit Porter, Plumpudding und französischen Wein. Wir sterben, wenn Sie nicht mitmachen!»

«Jawohl!» rief der junge Edelmann auf dem Bett. Joseph hörte das Gespräch mit an, wenn er es auch nicht verstand, weil er die Sprache, in der es geführt wurde, nie erlernt hatte.

«*Nummer Katterfang duss, si vous plaît*», bat Joseph mit seiner vornehmsten Miene, sobald er wieder sprechen konnte.

«Katterfang duss?» sagte der Student, sprang auf die Füsse und schoß in sein eigenes Kämmerchen hinüber; er verriegelte die Tür, und Joseph hörte, wie er mit seinem auf dem Bett liegenden Kameraden lachte.

Der Herr aus Bengalen stand noch ganz verdutzt über den Vorfall da, als die Tür von Nummer 92 von selbst aufging und Beckys kleiner Kopf schelmisch und mutwillig hervorspähte. Sie erblickte Joseph. «Sind Sie's?» rief sie und trat über die Schwelle. «Wie sehr habe ich Sie erwartet! Halt! Noch nicht! In einer Minute dürfen Sie eintreten.» Im Nu hatte sie eine Schminkdose, eine Kognakflasche und einen Teller mit Fleischresten ins Bett geschoben und ihr Haar geordnet – dann ließ sie den Besucher ein.

Als Morgenkleid trug sie einen roten Domino, der schon ein wenig verblaßt und angeschmuddelt war und hier und da Pomadeflecken aufwies, doch ihre Arme blickten schimmernd weiß und schön aus den losen Ärmeln des Gewandes hervor, und in der Taille war es gegürtet, so daß sich die gute Figur der Trägerin nicht übel abzeichnete. Sie führte Joseph an der Hand in die Dachkammer. «Treten Sie näher und plaudern Sie mit mir!

Nehmen Sie auf dem Stuhl dort Platz!» Und damit
drückte sie dem Zivilisten die Hand und schob ihn
lächelnd auf den Stuhl. Sie selbst setzte sich aufs Bett –
natürlich nicht auf die Flasche und den Teller, auf die

Joseph bestimmt zu sitzen gekommen wäre, wenn er den
Platz gewählt hätte – und saß nun da und plauderte mit
ihrem alten Verehrer.

«Wie wenig die Jahre Sie verändert haben!» sagte sie und
hatte eine Miene liebevollen Interesses angenommen. «Ich

hätte Sie überall erkannt! Was für ein Trost ist es doch, wenn man inmitten von lauter Fremden wieder einmal das offene, ehrliche Gesicht eines alten Freundes erblickt!»

Das offene, ehrliche Gesicht trug, um die Wahrheit zu sagen, im Augenblick einen Ausdruck, der alles andere als Offenheit und Ehrlichkeit war: er war im Gegenteil sehr bestürzt und betroffen. Joe ließ den Blick durch das sonderbare kleine Gemach schweifen, in dem er seine alte Flamme wiederfand. Eins ihrer Kleider lag über dem Bett, ein andres baumelte vom Türhaken, ihre Haube verdeckte den halben Spiegel, vor dem das niedlichste Paar Goldkäferschuhe stand. Auf dem Nachttisch lag neben einer Kerze, die nicht aus Wachs war, ein französischer Roman. Auch den hatte Becky unter die Bettdecke stecken wollen, hatte jedoch nur die kleine Papiertüte erwischt, mit der sie die Kerze löschte, wenn sie einschlafen wollte.

«Ich hätte Sie überall erkannt!» fuhr sie fort. «Gewisse Dinge kann eine Frau eben nie vergessen. Und Sie waren der erste Mann, den ich – den ich kennenlernte.»

«So, wirklich?» stammelte Joseph. «Gott steh mir bei, was Sie nicht sagen!»

«Als ich mit Ihrer Schwester aus Chiswick kam, war ich kaum viel älter als ein Kind. Wie geht es der lieben Amelia? Oh, ihr Gatte war ein böser, schlimmer Mann, und natürlich war ich's, auf die das arme liebe Ding eifersüchtig wurde. Als ob ich mich um den gekümmert hätte, wenn jemand wie – aber nein – wir wollen nicht von den alten Zeiten sprechen.» Und sie fuhr sich mit dem zerrissenen Spitzentaschentuch über die Augen.

«Ist es nicht seltsam, eine Frau so wiederzufinden?» fuhr sie fort. «Seltsam für eine Frau, die auch in einer ganz andern Welt gelebt hat, nicht wahr? Ich habe so viel Kummer und Unrecht erdulden müssen, Joseph Sedley, mir ist so grausam mitgespielt worden, daß ich manchmal dem Wahnsinn nahe bin. Nirgends werde ich in Ruhe gelassen, immer wieder muß ich rastlos und unglücklich weiterziehen. Alle meine Freundinnen sind falsch zu mir gewesen – alle! Auf der ganzen Welt gibt es keinen anständigen Menschen. Ich war die treueste Ehefrau, die je gelebt hat, obwohl ich meinen Mann aus Trotz geheiratet habe, weil jemand anders – aber das gehört nicht hierher. Ich war ihm treu, aber er hat mich mit Füßen getreten und verlassen. Ich war die zärtlichste Mutter. Ich hatte nur ein Kind, meinen Herzensschatz, meine Hoffnung und meine Freude, ich habe ihn mit aller Liebe einer Mutter ans Herz gedrückt, denn er war mein Leben, mein Gebet und mein Segen. Und den haben sie mir – mir entrissen!» Und mit leidenschaftlich verzweifelter Gebärde preßte sie die Hand auf ihr Herz und vergrub das Gesicht einen Augenblick im Bett.

Die Kognakflasche im Bett klirrte gegen den Teller mit dem kalten Aufschnitt. Offenbar hatte der Schmerzensausbruch beide bewegt. Max und Fritz lauschten an der Tür und verwunderten sich sehr über Mrs. Beckys Schluchzen und Weinen. Auch Joe war sehr erschrocken und bewegt, seine alte Flamme in solch einem Zustand zu sehen. Und nun begann sie ihm ihre Geschichte zu erzählen, eine verständliche, schlichte und ungekünstelte Geschichte, aus der ganz offensichtlich hervorging: wenn jemals ein weißgewandeter Engel vom Himmel flog und hienieden den höllischen Machenschaften und Schurkenstreichen von Bösewichtern preisgegeben war, so befand sich das makellose Wesen, die erbarmungswürdige, unschuldige Märtyrerin jetzt gegenüber von Joseph – und saß auf dem Bett, auf der Kognakflasche.

Sie hatten dann eine sehr lange, freundschaftliche und vertrauliche Besprechung, in deren Verlauf Joseph Sedley ganz unmerklich beigebracht wurde (und auf eine Art, die ihn kein bißchen erschreckte oder kränkte), daß Beckys Herz zuerst in seiner betörenden Nähe schneller zu pochen gelernt hatte, daß George Osborne ihr tatsächlich auf ungerechtfertigte Weise den Hof gemacht habe, was Amelias Eifersucht und die kleine Entfremdung zwischen ihnen beiden erklären mochte, daß Becky jedoch den unglücklichen Offizier nicht im geringsten ermutigt, sondern nie aufgehört habe, an Joseph zu denken – vom ersten Tage an, da sie ihn gesehen –, obwohl natürlich später ihre Pflichten als verheiratete Frau vorgingen, Pflichten, die sie immer erfüllt habe und auch in Zukunft erfüllen werde, entweder bis zu ihrer Sterbestunde oder bis zu dem Tage, da das sprichwörtlich schlechte Klima, in dem Oberst Crawley lebte, sie von einem Joch befreien würde, das ihr durch die Grausamkeit ihres Mannes unerträglich geworden sei.

Joseph verabschiedete sich in der Überzeugung, daß sie nicht nur die bezauberndste, sondern auch die tugendhafteste aller Frauen sei, und er sann über alle möglichen liebreichen Pläne nach, wie man ihr helfen könne. Die Verfolgungen müßten aufhören: sie müßte in die Gesellschaft zurückkehren, deren Zierde sie gewesen sei. Er würde zusehen, was sich tun lasse. Sie müsse das Gasthaus hier aufgeben und eine ruhige Wohnung nehmen. Amelia müsse sie besuchen und ihr als Freundin beistehen. Er wolle gehen und alles in die Wege leiten und sich mit dem Major beraten. Beim Abschied weinte sie Tränen tiefempfundener Dankbarkeit und drückte dem galanten dicken Gentleman die Hand, als er sich niederbeugte, um die ihre zu küssen.

Becky entließ Joe so huldvoll aus ihrer Dachkammer, als ob es ein Schloß wäre, in dem sie die Honneurs machte. Sobald der gewichtige Herr im Treppenhaus verschwunden war, kamen Max und Fritz mit der Pfeife im Mund aus ihrem Versteck hervor, und sie machte sich den Spaß, Joseph nachzuäffen, während sie ihr Brot mit Aufschnitt kaute und hin und wieder einen Schluck ihres geliebten Kognakwassers trank.

Joseph ging mit ernster Miene zu Dobbins Wohnung hinüber und teilte ihm dort die rührende Geschichte mit, die er soeben gehört hatte – ohne jedoch die gestrige Szene am Spieltisch zu erwähnen. Und die beiden Herren zerbrachen sich den Kopf und berieten über den besten Weg, Mrs. Becky zu helfen, während sie inzwischen ihr unterbrochenes Gabelfrühstück beendete.

Wie war sie in das kleine Städtchen verschlagen worden? Wie kam es, daß sie keine Freunde hatte und allein in der Welt herumwanderte? Kleine Schuljungen lernen schon in ihrem ersten Lateinbuch, daß der Abstieg auf dem Pfad zum Avernus sehr leicht ist. Wir wollen das Kapitel in der Geschichte ihres Abstiegs überspringen. Sie war nicht schlechter als während ihrer glücklichen Jahre, nur hatte sie jetzt eben etwas Pech.

Amelia nun war so weich und töricht veranlagt, daß ihr das Herz schmolz, sowie sie von einem Dulder hörte, der unglücklich war, und da sie nie im Leben etwas Schlechtes gedacht oder getan hatte, so empfand sie nicht den gleichen Abscheu vor der Sünde, der für erfahrenere Sittenrichter so bezeichnend ist. Wenn sie jeden in ihrer Umgebung mit Güte und Höflichkeit verwöhnte, wenn sie ihre Dienstboten um Verzeihung bat, weil sie ihnen hatte läuten müssen, wenn sie sich bei einem Ladenjüngling entschuldigte, der ihr ein Stück Seide vorlegen sollte, oder wenn sie den Straßenkehrer grüßte und ihm ein Kompliment über den sauberen Zustand seiner Strecke machte – und zu all solchen Torheiten war sie durchaus fähig –, wieviel eher mußte da nicht der Gedanke, daß eine alte Freundin unglücklich war, an ihr Herz rühren? Denn davon, daß jemand sein Unglück verdient habe, wollte sie nichts wissen. Hätte sich jeder nach ihren Gesetzen gerichtet, dann wäre es nicht sehr ordentlich in der Welt zugegangen; doch es gibt nicht viele Frauen, und jedenfalls nicht die herrschenden, die wie sie denken. Ich glaube, unsre Freundin würde alle Gefängnisse, Handschellen, Prügelstrafen, Armut, Hunger und Krankheit in der Welt abschaffen. Überdies war sie ein so schwaches Geschöpf, daß sie, wir müssen es leider gestehen, sogar eine tödliche Beleidigung vergessen konnte.

Als der Major von dem rührsamen Abenteuer hörte, das Joseph soeben erlebt hatte, zeigte er, wie wir zugeben müssen, bei weitem nicht soviel Anteilnahme wie der Herr aus Bengalen. Im Gegenteil, seine Gefühle waren recht unangenehmer Art. Er benutzte einen kurzen, aber unschicklichen Ausdruck für die arme bekümmerte Frau, indem er von ihr sagte: «Ist die kleine Dirne wieder aufgetaucht?» Er hatte sie nie leiden können, sondern ihr vom ersten Augenblick an, als ihre grünen Augen den seinen begegneten und ihm gleich wieder ausgewichen waren, gründlich mißtraut.

«Der kleine Teufel bringt stets Unheil mit, wo sie auch hinkommen mag», sagte er respektlos. «Wer weiß denn, was für ein Leben sie geführt hat? Und was hat sie hier allein im Ausland zu suchen? Erzähl mir doch nichts von Feinden und Verfolgern! Eine anständige Frau hat immer Freundinnen und wird niemals von ihren Kindern getrennt. Warum hat sie ihren Mann verlassen? Er mag liederlich und böse gewesen sein, wie du sagst. Das war er von jeher. Ich erinnere mich an den verdammten Schwindler und an die Art, wie er den armen George betrog und hinters Licht führte. War da nicht ein Skandal im Zusammenhang mit der Trennung des Ehepaars? Ich glaube, ich habe so etwas gehört», rief Major Dobbin, der nicht viel auf Klatsch achtete. Joseph bemühte sich vergebens, ihn zu überzeugen, daß Mrs. Becky in jeder Beziehung eine tugendhafte Dame sei, der man schweres Unrecht zugefügt habe.

«Gut, gut, dann wollen wir Mrs. Osborne fragen», sagte der Erzdiplomat von einem Major. «Laß uns nur zu ihr gehen und sie um ihre Meinung fragen! Sicher wirst du zugeben, daß sie ein gutes Urteil hat und weiß, was sich bei solchen Fragen gehört.»

«Hm, Emmy mag ganz recht sein...», sagte Joseph, der ja nicht in seine Schwester verliebt war.

«Ganz recht? Bei Gott, sie ist die großartigste Frau, die mir je im Leben begegnet ist», fuhr der Major auf. «Ich wiederhole, wir wollen gleich zu ihr gehen und sie fragen, ob man die Frau besuchen soll oder nicht. Mit ihrer Entscheidung will ich mich zufriedengeben.» Aber im stillen dachte der schlimme, listige Spitzbube von einem Major, daß er seiner Sache sicher sei. Wie er sich erinnerte, war Emmy früher einmal, und mit vollem Recht, furchtbar eifersüchtig auf Rebecca gewesen und hatte ihren Namen nur entsetzt und zitternd in den Mund genommen. Eine eifersüchtige Frau verzeiht nie, dachte Dobbin. Und so gingen denn die beiden über die Straße zu Mrs. Osborne, die gerade bei Frau Strumpff Gesangstunde hatte und seelenruhig ein Liedchen trällerte.

Nachdem sich die Dame verabschiedet hatte, begann Joseph sofort, die Sache in seiner aufgeblasenen Manier vorzutragen. «Meine liebe Amelia», sagte er, «ich habe gerade ein ganz ungewöhnliches, ja, weiß Gott, das allerungewöhnlichste Erlebnis gehabt, denn eine alte Freundin, ja, eine überaus interessante ehemalige Freundin von dir, aus alten Zeiten, wie ich wohl sagen darf, ist hier angekommen, und ich möchte gern, daß du sie besuchst.»

«Eine Freundin?» fragte Amelia. «Wer denn? – Major Dobbin, bitte, zerbrechen Sie mir meine Schere nicht!» Der Major wirbelte die Schere an der kleinen Kette herum, an welcher sie Amelia manchmal am Gürtel hing, und gefährdete dadurch seine Augen.

«Es ist eine Frau, die mir sehr verhaßt ist», sagte der Major mürrisch, «und Sie haben keinerlei Anlaß, sie zu lieben.»

«Dann ist's Rebecca, ganz bestimmt ist's Rebecca!» rief Amelia sehr erregt und wurde rot.

«Sie haben recht – wie immer», antwortete Dobbin.

Brüssel, Waterloo, längst vergangene Tage, Schmerzen, Qualen und Erinnerungen stürzten auf Amelias sanftes Herz ein und verursachten einen furchtbaren Aufruhr.

«Verlangt nicht, daß ich sie sehe!» rief Emmy. «Ich kann sie nicht sehen!»

«Ich hab's dir ja gleich gesagt», meinte Dobbin zu Joe.

«Sie ist sehr unglücklich und – und so weiter», beharrte Joe. «Sie ist ganz arm und ohne Schutz, und sie ist krank gewesen, furchtbar krank, und der Schurke von Mann hat sie verlassen.»

«Oh!» sagte Amelia.

«Sie hat keinen Freund in der ganzen Welt», fuhr Joseph nicht ungeschickt fort, «und sie sagte mir, sie glaube, daß sie dir trauen dürfe. Sie ist so elend, Emmy. Sie ist vor Gram fast wahnsinnig geworden. Ihre Geschichte hat mich so bewegt – auf Ehre, bestimmt! Noch nie hat ein Mensch eine grausame Verfolgung so engelhaft ertragen, kann ich wohl behaupten. Ihre Familie ist sehr hartherzig zu ihr gewesen.»

«Das arme Geschöpf», sagte Emmy.

«Und wenn sie keine Freundin findet, sagt sie, dann würde sie lieber sterben», fuhr Joseph mit leiser, bebender Stimme fort. «Mein Gott, denke nur, daß sie sogar versucht hat, sich das Leben zu nehmen. Sie hat immer *Laudanum* bei sich, ich habe das Fläschchen in ihrem Zimmer gesehen – so ein erbärmliches kleines Kämmerchen in einem drittklassigen Gasthaus, im ‹Elefanten›, hoch oben im Dach. Ich war dort.»

Es schien auf Emmy keinen Eindruck zu machen. Sie lächelte sogar ein wenig. Vielleicht stellte sie sich Joseph vor, wie er die Treppen hinaufkeuchte.

«Sie ist außer sich vor Kummer», schloß er. «Was die Frau für Qualen hat aushalten müssen, ist ganz schrecklich mit anzuhören. Sie hat einen kleinen Jungen, vom gleichen Alter wie Georgy.»

«Ja, ja, ich erinnere mich», sagte Emmy. «Und nun?»

«Er ist das schönste Kind von der Welt», sagte Joseph, der ebenso dick wie rasch gerührt war und den Beckys Geschichte sehr mitgenommen hatte, «der reinste Engel, der seine Mutter abgöttisch geliebt hat. Die Schurken haben ihr das Kind schreiend aus den Armen gerissen und ihr nie erlaubt, ihren Sohn wiederzusehen!»

«Aber Joseph!» rief Emmy und sprang plötzlich auf. «Komm, wir müssen sie sofort besuchen!» Und sie lief in ihr anstoßendes Schlafzimmer, band sich mit zitternder Hast die Haubenbänder, kam mit dem Schal über dem Arm wieder ins Zimmer und befahl Dobbin mitzukommen.

Er trat auf sie zu und legte ihr den Schal – einen weißen Kaschmirschal, den ihr der Major aus Indien geschickt hatte – um die Schultern. Er sah ein, daß es hier nichts anderes gäbe, als zu gehorchen. Sie legte ihre Hand auf seinen Arm, und so gingen sie fort.

«Es ist Nummer 92, vier Treppen hoch!» rief Joseph, der vielleicht keine Lust hatte, noch einmal Treppen zu erklimmen. Doch im Wohnzimmer stellte er sich ans Fenster, das auf den Platz blickt, an dem der «Elefant» liegt, und sah das Paar über den Marktplatz gehen.

Es war ein Glück, daß Becky von ihrer Dachkammer aus die beiden ebenfalls sah, denn sie schwatzte und lachte noch mit den zwei Studenten. Sie hatten zusammen Witze über Beckys Großpapa und sein Aussehen gerissen, da sie sein Auftauchen und seinen Abschied beobachtet hatten. Jetzt blieb ihr noch Zeit, sie fortzuschicken und ihre kleine Kammer aufzuräumen, ehe der Wirt vom «Elefanten», der Mrs. Osborne als am Hof sehr angesehene Persönlichkeit kannte und dementsprechend respektierte, die beiden Besucher zum Dachstock hinaufführte, nachdem er Milady und dem Herrn Major Mut für den Aufstieg zugesprochen hatte.

«Gnädige Frau? Gnädige Frau?» rief der Wirt und klopfte an Beckys Tür. Am Tage zuvor hatte er sie nur mit Madame angeredet und war durchaus nicht höflich zu ihr gewesen.

«Wer ist da?» fragte Becky, steckte den Kopf durch den Türspalt und stieß einen kleinen Schrei aus: da stand Emmy, vor Aufregung zitternd, und hinter ihr Dobbin, der lange Major mit seinem Bambusstock.

Während er ruhig dastand und die Szene voller Interesse beobachtete, eilte Emmy schon mit offenen Armen auf Rebecca zu, verzieh ihr im gleichen Augenblick und umarmte und küßte sie von ganzem Herzen.

Ach, du arme Unglückliche, wann haben deine Lippen je so reine Küsse empfangen?

LXVI

Amantium irae

REIMUT und Offenheit, wie Amelia sie besaß, mußten sogar auf eine so verhärtete kleine Sünderin wie Becky wirken. Sie erwiderte Emmys Liebkosungen und freundliche Worte mit Gefühlen, die sehr verwandt mit Dankbarkeit waren, und mit einer Rührung, die, selbst wenn sie nicht anhielt, im Augenblick beinahe echt war. Was für ein glücklicher Einfall war es doch gewesen, das mit «dem schreienden Kind, das man ihr aus den Armen gerissen!» Gerade durch eine so herzzerreißende Geschichte hatte Becky ihre Freundin zurückgewinnen können, und natürlich war es eine der allerersten Fragen, über die unsre einfältige kleine Emmy mit der wiedergefundenen Freundin zu sprechen begann.

«Sie haben dir also wirklich dein eigenes Kind weggenommen?» rief unsre kleine Einfalt. «Oh, Rebecca, du arme liebe Gequälte, ich weiß, was es bedeutet, einen Sohn zu verlieren, und ich kann mich in andere versetzen, denen es ebenso ergangen ist. Aber so Gott will, wird er dir deinen Jungen wiedergeben, genau wie auch mir, dem Himmel sei Dank, mein Georgy zurückgegeben wurde.»

«Das Kind? Mein Kind? Ach ja, ich habe entsetzliche Qualen ausgestanden», beteuerte Becky – vielleicht nicht ohne leise Gewissensbisse. Es wurmte sie etwas, daß sie von vornherein als Entgelt für soviel Vertrauen und Einfalt gleich mit Lügen beginnen mußte. Aber das ist eben das Üble, wenn man sich auf solche Art von Schwindeleien eingelassen hat. Kaum ist eine Lüge sozusagen fällig, muß man schon eine neue schmieden, um an das Hinnehmen der ersten anzuknüpfen, und ganz unvermeidlich wächst der Vorrat deiner in Umlauf befindlichen Lügen, und mit jedem Tag wächst auch die Gefahr der Entdeckung.

«Ich habe entsetzliche Qualen ausgestanden», erzählte Becky also, «als er mir weggenommen wurde» (hoffentlich setzt sich niemand auf die Flasche!), «und ich dachte, ich käme nie darüber hinweg, aber zum Glück bekam ich ein Nervenfieber, und der Arzt hatte mich schon aufgegeben, doch dann – dann ging es mir besser, und jetzt – bin ich eben hier, arm und ohne Freunde.»

«Wie alt ist er?» fragte Emmy.

«Elf», erwiderte Becky.

«Elf?» fragte die andere. «Aber der kleine Rawdon wurde doch im gleichen Jahr wie mein Georgy geboren, und der ist jetzt...»

«Ach, natürlich», rief Becky, die das Alter ihres Kindes vollkommen vergessen hatte. «Der Kummer ist daran schuld, daß ich so vergeßlich bin, liebste Amelia. Ich bin ganz anders geworden, manchmal halb von Sinnen. Er war elf, als sie ihn mir wegnahmen. Das süße Gesichtchen – ich hab's nie wieder gesehen!»

«Ist er blond oder dunkel?» fragte die törichte kleine Emmy weiter. «Zeig mir doch eine Locke von ihm!»

Becky mußte beinahe lachen über soviel Einfalt. «Nicht heute, Liebste, ein andermal, wenn meine Koffer aus Leipzig eintreffen – dort komme ich nämlich her – und ein kleines Bild, das ich in glücklicheren Zeiten von ihm gezeichnet habe.»

«Arme Becky», seufzte Emmy, «arme Becky! Wie dankbar, oh, wie dankbar muß ich doch sein!» (Ich zweifle allerdings, ob das uns in frühester Jugend von unsern Müttern oder andern weiblichen Wesen eingeimpfte fromme Gefühl der Dankbarkeit, weil es uns besser als andern geht, wirklich eine sehr vernünftige Glaubensausübung ist.) Und dann dachte Emmy wie immer, daß ihr Sohn doch der hübscheste, beste und klügste Junge von der ganzen Welt sei.

«Ich zeige dir meinen Georgy!» – Das war der schönste Trost, den Emmy sich vorstellen konnte. Wenn ihr überhaupt etwas helfen konnte, dann das!

Und so fuhren die beiden Frauen fort, eine Stunde oder noch länger zu plaudern, und Becky benutzte die Gelegenheit, ihrer Freundin eine ausführliche und lückenlose Lesart ihrer persönlichen Lebensgeschichte zu übermitteln. Sie schilderte, wie ihre Ehe mit Rawdon Crawley von dessen Familie immer mit feindseligen Augen betrachtet wurde, wie ihre Schwägerin (eine Ränkeschmiedin) ihres Mannes Gesinnung gegen sie vergiftet habe, wie er schlechte Bekanntschaften schloß, die ihn ihr entfremdeten, wie sie aber alles – Armut, Vernachlässigung, Gefühlskälte von dem Menschen, den sie so liebte –, wie sie das alles um ihres Kindes willen ertragen hätte, wie sie schließlich infolge einer schreienden Beleidigung dazu gezwungen worden sei, eine Trennung von ihrem Gatten zu fordern, weil der Schändliche sich nicht gescheut habe, von ihr zu verlangen, ihm ihren guten Ruf zum Opfer zu bringen, damit er durch die Vermittlung eines sehr hochstehenden und einflußreichen, aber bedenkenlosen Menschen, nämlich des Marquis von Steyne, einen guten Posten erlangen könne. Das scheußliche Ungeheuer!

Diesen Teil ihrer ereignisreichen Geschichte schilderte Becky mit der größten weiblichen Diplomatie und mit tugendhafter Entrüstung. Weil der ihr zugefügte Schimpf sie gezwungen habe, aus dem Hause ihres Gatten zu fliehen, habe der Feigling sich dadurch gerächt, daß er ihr das Kind genommen habe. Und so sei es gekommen, sagte Becky, daß sie nun arm und unglücklich, ohne Beschützer und ohne Freunde umherwandern müsse.

Emmy nahm die Geschichte, die recht ausführlich erzählt wurde, so auf, wie man sich's vorstellen kann, wenn man ihren Charakter kennt. Bei dem Bericht vom Verhalten des elenden Rawdon und des leichtfertigen Steyne zitterte sie vor Entrüstung. Bewundernd hörte sie sich jeden einzelnen Satz an, mit dem Becky die Verfolgung durch ihre aristokratischen Verwandten und den Abfall ihres Gatten schilderte. (Becky sprach nicht schlecht über ihn, sondern eher bekümmert als zornig. Sie hatte ihn nur zu sehr geliebt – und war er nicht der Vater ihres Sohnes?) Und während Becky die Trennungsszene von ihrem Kind rezitierte, flüchtete sich Emmy völlig hinter ihr Taschentuch, so daß die großartige kleine Tragödin über die Wirkung ihres Spiels auf ihr Publikum sehr erbaut gewesen sein muß.

Während die Damen in ihr Gespräch vertieft waren, stieg Amelias ständiger Begleiter, der Major (der natürlich ihre Unterhaltung nicht stören wollte und es andrerseits reichlich satt hatte, noch länger auf dem knarrenden Gang hin und her zu gehen, dessen niedrige Decke ihm den Hut abscheuerte), ins Erdgeschoß des Hauses und in den großen, an der Treppe gelegenen Raum hinunter, der allen Gästen des Hotels offenstand. Dieser Schankraum hing immer voller Tabaksqualm und roch nach verschüttetem Bier. Auf einem schmutzigen Tisch standen ein paar Dutzend Messingleuchter gleicher Sorte mit Talgkerzen für die Zimmergäste bereit, deren Schlüssel aufgereiht über den Leuchtern hingen. Emmy war vorhin errötend durch den Schankraum geeilt, wo allerlei Leute saßen: Handschuhverkäufer aus Tirol und Leinwandhändler von der Donau mit ihren Hausiererpacken, Studenten, die sich an Wurstbrot stärkten, Müßiggänger, die an den schmutzigen Tischen voll feuchter Bierringe Karten oder Domino spielten, Akrobaten, die in der Pause zwischen zwei Vorführungen etwas zu sich nahmen – mit einem Wort, der ganze *fumus* und *strepitus* eines deutschen Wirtshauses, wenn Jahrmarkt ist. Der Kellner brachte dem Major ein Seidel Bier, als sei es selbstverständlich, und Dobbin zog eine Zigarre hervor und unterhielt sich mit dem giftigen Kraut und einer Zeitung, bis seine Schutzbefohlene nach unten kommen und ihn wieder brauchen würde.

Bald darauf kamen Max und Fritz die Treppe herunter, die Mütze schief auf dem Kopf, mit klirrenden Sporen und die Pfeife prächtig mit Wappen und dicken Troddeln geschmückt. Sie hingen den Schlüssel von Nummer 90 ans Brett, bestellten Butterbrot und Bier und setzten sich beide in die Nähe des Majors, so daß er es nicht verhindern konnte, etwas von ihrer Unterhaltung mit anzuhören. Sie drehte sich hauptsächlich um «Fuchs» und «Philister» und Mensuren und Kommerse an der benachbarten Universität Schoppenhausen, einer berühmten Hochburg der Gelehrsamkeit, von der sie anscheinend erst kürzlich mit der gleichen Eilpost wie Becky herübergekommen waren, um bei den Hochzeitsfeierlichkeiten von Pumpernickel zugegen zu sein.

«Die kleine Engländerin scheint hier *en pays de connaissance* zu sein», sagte Max, der Französisch konnte, zu seinem Kameraden Fritz. «Nachdem der Großpapa verschwunden war, kam eine hübsche kleine Landsmännin zu ihr. Ich hab' gehört, wie sie bei der kleinen Frau in der Kammer zusammen geschwatzt und gewinselt haben.»

«Wir müssen die Billette fürs Konzert holen», sagte Fritz. «Hast du Geld, Max?»

«Pah», sagte der andere, «das Konzert ist *in nubibus*. Hans sagt, in Leipzig hätte sie auch eins angekündigt, und die Burschen hätten viele Billette gekauft. Und dann fuhr sie ab, ohne zu singen. Gestern in der Postkutsche hat sie erzählt, ihr Pianist sei in Dresden krank geworden. Ich glaube, sie kann überhaupt nicht singen. Ihre Stimme ist ebenso brüchig wie deine, du versoffenes Großmaul!»

«Ja, sie krächzt wirklich. Ich habe gehört, wie sie am Fenster eine schreckliche englische Ballade geübt hat: ‹Die Rose, die am Fenster mein›, oder so etwas Ähnliches!»

«Saufen und Singen gehn nicht zusammen», bemerkte Fritz mit der roten Nase, der offensichtlich die erstere Beschäftigung vorzog. «Nein, du brauchst keine Billette zu nehmen. Gestern abend hat sie beim *trente-et-quarante* Geld gewonnen. Ich habe sie gesehen: sie bat einen kleinen englischen Jungen, für sie zu setzen. Dein Geld können wir am Spieltisch oder fürs Theater ausgeben, oder wir laden sie zu französischem Wein oder Kognak in den Aureliusgarten ein, aber die Billette kaufen wir nicht. Was meinst du dazu? – Noch ein Seidel Bier?» Und als einer nach dem andern seinen blonden Schnauz in das fade Gebräu getaucht hatte, zwirbelten sie ihn hoch und stolzierten auf den Jahrmarkt hinaus.

Da der Major bemerkt hatte, wie die zwei Studenten den Schlüssel von Nummer 90 auf den Haken gehängt hatten, war er sich rasch im klaren, daß die Unterhaltung, die er dann mit anhörte, sich auf Becky bezog. Die kleine Hexe treibt also wieder ihr altes Spiel, dachte er und lächelte in Erinnerung an alte Zeiten, als er ihr krampfhaftes Flirten mit Joe und das lächerliche Ende ihres Abenteuers miterlebt hatte. Er und George hatten später noch oft darüber gelacht – bis George sich einige Wochen nach seiner Hochzeit selbst in den Netzen der kleinen Circe verfing und ein Verhältnis mit ihr anfing, an das sein Kamerad zwar voller Argwohn gedacht hatte, das er aber doch zu übersehen vorzog. William fand das Ganze zu kränkend oder zu beschämend, um dem Geheimnis auf den Grund zu gehen, obwohl George einmal, und offenbar voller Gewissensbisse, darauf angespielt hatte. Es war am Morgen vor der Schlacht von Waterloo, als die beiden jungen Männer vor ihrer Truppe standen und auf den gegenüberliegenden Höhen die dunklen Massen der Franzosen beobachteten; und während der Regen niederströmte, sagte George: «Ich habe mich in eine dumme Liebelei mit einer Frau eingelassen. Ich bin froh, daß der Marschbefehl kam. Hoffentlich erfährt Emmy nie etwas von der Sache, wenn ich fallen sollte! Ich wünschte weiß Gott, es hätte sich nie angesponnen!» William war es wohl bei dem Gedanken – und er hatte es auch der Witwe seines armen Freundes mehr als einmal zum Trost erzählt –, daß George nach dem Abschied von seiner Frau und nach dem Gefecht von Quatre-Bras mit seinem Kameraden ernst und liebevoll über sie und seinen Vater gesprochen hatte. Auch bei seinen Gesprächen mit dem alten Osborne hatte William immer wieder darauf hingewiesen, und so hatte er dazu beigetragen, daß der alte Herr sich noch eben vor seinem Tode mit dem Andenken seines Sohnes aussöhnte.

Also die kleine Hexe hat immer noch ihre Intrigen im Sinn, dachte William. Ich wünschte, sie wäre hundert Meilen weit von hier weg! Wo sie hingeht, da sät sie Unglück! So hing er seinen trüben Ahnungen und dem ganzen unerfreulichen Gedankengang nach, hatte den Kopf in die Hände gestützt und die Pumpernickler Gazette von der vorigen Woche ungelesen vor der Nase, bis ihm jemand mit dem Sonnenschirm auf die Schulter klopfte und er aufblickte und sah, daß es Mrs. Amelia war.

Die junge Frau hatte eine besondere Art, Major Dobbin zu tyrannisieren (denn auch die schwächsten Menschen wollen über jemand herrschen), und sie kommandierte ihn herum und tätschelte ihn und ließ ihn apportieren, als ob er ein großer Neufundländer wäre. Er liebte es, wenn sie, bildlich gesprochen, «Such, Dobbin!» rief, für sie ins Wasser zu springen und mit ihrem Pompadour in der Schnauze hinter ihr drein zu traben. Unsre Geschichte hätte ihren Zweck verfehlt, sollte der Leser nicht bemerkt haben, daß der Major ein verliebter Tropf war.

«Weshalb haben Sie denn nicht auf mich gewartet, um mich wieder nach unten zu bringen?» fragte sie, warf ihren Kopf in den Nacken und machte einen spöttischen kleinen Knicks.

«In dem niedrigen Gang konnte ich nicht aufrecht stehen», antwortete er mit einem drollig um Entschuldigung flehenden Blick. In seiner Freude, daß er ihr den Arm reichen und sie aus dem greulichen, verrauchten Lokal fortführen durfte, wäre er davongegangen, ohne zu bezahlen, wenn nicht der junge Kellner hinter ihm drein gesprungen wäre und ihn auf der Schwelle des «Elefanten» angehalten hätte, damit er das Bier zahlte, das er nicht getrunken hatte. Amelia lachte und nannte ihn einen Tunichtgut, der den Wirt um die Zeche prellen wollte, und machte noch ein paar passende Witzchen über sein Verhalten und das Dünnbier. Sie war sehr angeregt und guter Laune und trippelte flink über den Marktplatz. Sie mußte umgehend mit Joe sprechen. Der Major lachte über die ungestüme Liebe zu ihrem Bruder, denn es war wirklich nicht oft, daß Mrs. Amelia ihren Bruder «umgehend» sehen wollte.

Sie fanden den Zivilisten in seinem Salon im ersten Stock. Er war im Zimmer auf und ab gegangen, hatte an den Fingernägeln gekaut und während der letzten Stunde mindestens hundertmal über den Marktplatz zum «Elefanten» geblickt, solange Emmy mit ihrer Freundin im Dachstübchen saß und der Major unten im Schankraum mit den Fingern auf den schmuddligen Tisch getrommelt hatte, und daher war auch er sehr darauf erpicht, Mrs. Osborne zu sehen.

«Nun?» fragte er.

«Das arme liebe Ding!» sagte Emmy. «Wie sie gelitten hat!»

«Das weiß Gott, ja», sagte Joe und wackelte mit dem Kopf, daß ihm die Backen wie Sülze zitterten.

«Sie soll das Zimmer der Payne haben, und die Payne kann nach oben ziehen», entschied Emmy. Payne war ein gesetztes englisches Dienstmädchen, und die persönliche Jungfer Mrs. Osbornes, der Josephs Kutscher pflichtschuldigst den Hof machte, während Georgy sie mit Geschichten von deutschen Räubern und Gespenstern ängstigte. Sie verbrachte ihre Zeit damit, daß sie stets nörgelte, ihre Herrin tyrannisierte und täglich die Absicht äußerte, am nächsten Morgen in ihr Heimatdorf Clapham zurückzufahren. «Sie soll das Zimmer der Payne haben», sagte Emmy.

«Was? Sie wollen doch nicht etwa sagen, daß Sie beabsichtigen, die Frau bei sich aufzunehmen?» platzte der Major los und sprang auf.

«Selbstverständlich», sagte Amelia mit der unschuldigsten Miene von der Welt. «Ereifern Sie sich nicht, Dobbin! Zerbrechen Sie mir keine Möbel! Selbstverständlich wollen wir sie bei uns aufnehmen!»

«Selbstverständlich, meine Liebe», sagte Joseph.

«Das arme Ding – nach allem, was sie erdulden mußte!» fuhr Emmy fort. «Ihr scheußlicher Bankier hat Bankrott gemacht und ist durchgebrannt; ihr Mann, der schandbare Bösewicht, hat sie verlassen und ihr das Kind genommen» (hier ballte sie ihre beiden kleinen Fäuste und hob sie kriegerisch hoch, so daß der Major hingerissen war, eine so mutige Amazone zu sehen), «das liebe arme Ding! Steht ganz allein da und ist gezwungen, Gesangstunden zu geben und sich ihren Lebensunterhalt zu verdienen – und wir sollten sie nicht bei uns aufnehmen?»

«Nehmen Sie Stunden bei ihr, meine liebe Amelia», rief der Major, «aber nehmen Sie sie nicht ins Haus! Ich bitte Sie inständig, tun Sie es nicht!»

«Pah!» sagte Joseph.

«Ich muß mich über Sie wundern, Dobbin: sonst sind Sie immer so gut und freundlich – oder waren es jedenfalls bisher», rief Amelia. «Aber wann sollen wir ihr denn helfen, wenn nicht im Augenblick, wo sie unglücklich ist? Jetzt ist die Zeit da, ihr beizustehen! Der ältesten Freundin, die ich je gehabt habe, soll ich nicht...»

«Sie war nicht immer ihre Freundin, Amelia», sagte der Major, denn er war jetzt sehr erzürnt. Doch für Emmy war seine Anspielung zuviel. Sie blickte dem Major beinahe wild ins Gesicht und sagte: «Schämen Sie sich, Major Dobbin!» Nachdem sie den Schuß abgefeuert hatte, ging sie stolz aus dem Zimmer und zog die Tür hinter sich und ihrer beleidigten Würde ziemlich heftig ins Schloß.

«*Darauf* anzuspielen!» sagte sie, als die Tür geschlossen war. «Oh, wie grausam von ihm, mich daran zu erinnern!» Und dabei blickte sie auf Georges Bild, das wie üblich an der Wand hing, und darunter auf das Bildnis ihres Jungen. «Es war grausam von ihm! Wenn ich es verziehen habe, darf *er* dann noch davon sprechen? Nein! Und aus seinem eigenen Munde habe ich's gehört, wie schlecht und grundlos meine Eifersucht war und daß du unschuldig warst, o ja, du warst unschuldig, mein Heiliger im Himmel!»

Empört und zitternd durchmaß sie ihr Zimmer. Sie trat an die Kommode, über der das Bildnis hing, beugte sich vor und starrte es lange, lange an. Seine Augen schienen sie mit einem Vorwurf anzublicken, der um so strenger wurde, je länger sie hinsah. Die vielen, ach, so teuren Erinnerungen an ihren kurzen Liebesfrühling stürzten auf sie ein. Die Wunde, die im Verlauf der Jahre oberflächlich vernarbt war, blutete von neuem und schmerzte, oh, wie bitterlich! Sie konnte die Vorwürfe ihres Mannes nicht ertragen. Es konnte nicht sein. Nie. Nie.

Armer Dobbin! Armer alter William! Das unglückselige Wort hatte das Werk vieler Jahre vernichtet, das mühsam errichtete Gebäude eines langen Lebens voller Liebe und Treue – ein Gebäude, das auf dem geheimen und unsichtbaren Fundament begrabener Leidenschaften, unzähliger Seelenkämpfe und nie bekanntgewordener Opfer errichtet worden war. Ein kleines Wort – und der Palast schöner Hoffnungen stürzte ein. Ein Wort – und der Vogel, den er sein Leben lang an sich zu locken versucht hatte, flog davon.

Obwohl William an Amelias Ausdruck gespürt hatte, daß eine große Krise gekommen war, fuhr er trotzdem fort, Sedley aufs eindringlichste anzuflehen, sich vor Rebecca zu hüten, und eifrig, fast leidenschaftlich beschwor er ihn, sie nicht in sein Haus aufzunehmen. Er bat ihn dringend, doch wenigstens Erkundigungen über sie einzuziehen, und erzählte ihm, daß er gehört habe, sie verkehre mit Spielern und übelbeleumdeten Leuten. Er wies darauf hin, was für Unheil sie vor langer Zeit angestiftet hatte und daß sie und Crawley den armen George ins Verderben gestürzt hatten und daß sie jetzt nach ihren eigenen Worten von ihrem Mann getrennt lebe, und wahrscheinlich aus gutem Grunde! Was für ein gefährlicher Umgang wäre sie für seine Schwester, die von weltlichen Dingen nichts verstehe! William beschwor

Joseph mit aller Beredsamkeit, die er aufbringen konnte, und mit sehr viel mehr Energie, als sie der stille Mann sonst zu zeigen pflegte, er möge Rebecca seinem Hause fernhalten.

Wäre er weniger heftig und dafür geschickter verfahren, so würde er vielleicht mit seinen Bitten bei Joseph Erfolg gehabt haben; doch der Zivilist war seit jeher ziemlich eifersüchtig auf den Major gewesen, weil er sich vor Joe stets so überlegen gegeben hatte, wie ihm schien (er hatte darüber sogar schon mit dem Reisekutscher, Herrn Kirsch, gesprochen, dessen Rechnungen Dobbin während der Reise kontrollierte und der daher seines Herrn Partei ergriff), und er setzte zu einer großspurigen Rede an, daß er seine Ehre selbst verteidigen könne und nicht wünsche, daß sich jemand in seine Angelegenheiten mische – kurzum, er wollte sich gegen den Major auflehnen, als dem Zwiegespräch – einem ziemlich langen und stürmischen – auf die denkbar einfachste Art ein Ende gemacht wurde: nämlich durch die Ankunft Mrs. Beckys mit einem Hausknecht vom «Elefanten», der ihr dürftiges Gepäck trug.

Sie begrüßte ihren Gastgeber mit freundlicher Ehrerbietung und hatte einen zurückhaltenden, aber nicht unliebenswürdigen Gruß für den Major, der, wie ihr Instinkt sofort spürte, ihr Feind war und gegen sie gesprochen hatte. Das mit ihrer Ankunft verbundene Hin und Her brachte Amelia aus ihrem Zimmer. Emmy trat auf sie zu, umarmte ihren Gast mit der größten Wärme und schenkte dem Major keine weitere Beachtung, als daß sie ihm einen zornigen Blick zuwarf, vielleicht den ungerechtesten und verächtlichsten, der jemals im Gesicht der kleinen Frau aufgetaucht war. Doch sie hatte ihre geheimen Gründe dafür und war entschlossen, ihm zu zürnen. Und Dobbin, der weniger über die Niederlage als über die Ungerechtigkeit entrüstet war, ging fort und machte vor ihr eine Verbeugung, die ebenso hochmütig war wie der steife Knicks, mit dem die kleine Frau ihn zu verabschieden geruhte.

Nachdem er gegangen war, wurde Emmy besonders lebhaft und freundlich zu Rebecca und schwirrte in den Zimmern umher und richtete das Gastzimmer mit einem Eifer und einer Betriebsamkeit ein, wie sie unsre stille kleine Freundin nur selten entfaltete. Denn wenn eine ungerechte Tat begangen werden muß, vor allem von schwachen Menschen, dann muß es schnell geschehen, und Emmy bildete sich ein, daß sie mit ihrem jetzigen Verhalten sehr viel Charakterstärke und die rechte Einstellung für den seligen Hauptmann Osborne beweise.

Georgy kam zur Essenszeit von den Festlichkeiten heim und sah, daß wie üblich vier Gedecke aufgelegt waren, doch auf dem einen Platz saß statt des Majors eine Dame. «He? Wo ist Dob?» fragte der junge Herr in seiner gewohnten unverblümten Redeweise. «Major Dobbin ist, glaube ich, eingeladen», antwortete seine Mutter, zog den Jungen an sich und küßte ihn ausgiebig, dann strich sie ihm das Haar aus der Stirn und stellte ihn Mrs. Crawley vor. «Das ist mein Sohn, Rebecca», sagte Mrs. Osborne, was etwa bedeuten sollte: kann es auf der ganzen Welt ein vollkommeneres Wesen geben? Becky betrachtete ihn begeistert und drückte ihm zärtlich die Hand: «Der liebe Junge!» rief sie. «Er ist genau wie mein...» Die Rührung erstickte weitere Worte; aber Amelia begriff ebensogut, als ob sie es ausgesprochen hätte, daß Becky an ihr eigenes, innig geliebtes Kind dachte. Becky fand jedoch Trost in der Gesellschaft ihrer Freundin und aß mit ausgezeichnetem Appetit.

Während der Mahlzeit ergab sich für Becky mehrmals ein Anlaß zum Sprechen, und jedesmal blickte Georgy auf und lauschte. Beim Nachtisch ging Emmy hinaus, um häusliche Anordnungen zu überwachen; Joseph döste in seinem hohen Lehnstuhl über dem *Galignani*. Georgy und der neue Gast saßen dicht nebeneinander: er hatte sie auch weiterhin öfters wissend angeschaut, und schließlich hatte er den Nußknacker hingelegt.

«Ich weiß was», sagte er.

«Was denn?» fragte Becky lachend.

«Sie sind die Dame mit der Maske, die ich bei *rouge et noir* gesehen habe!»

«Pst! Du schlauer kleiner Bursche», sagte Becky, haschte nach seiner Hand und küßte sie. «Dein Onkel war auch da, und die Mama darf's nicht wissen.»

«Siehst du, wir sind schon ganz gute Freunde», sagte Becky zu Emmy, die wieder ins Zimmer trat. Man muß wirklich zugeben, daß Mrs. Osborne eine sehr kluge und liebenswürdige Gefährtin bei sich aufgenommen hatte.

*

William, der sehr empört war, obwohl er noch nichts von dem ganzen gegen ihn geplanten Treubruch ahnte, wanderte in wilder Aufregung in der Stadt umher, bis er auf den Legationssekretär Tapeworm stieß, der ihn zum Essen einlud. Während sie das Essen genossen, benutzte er die Gelegenheit, Tapeworm zu fragen, ob er eine gewisse Mrs. Rawdon kenne, die, wie er glaube, in London von sich reden gemacht habe. Tapeworm, der sich natürlich im gesamten Londoner Klatsch auskannte und außerdem ein Verwandter von Lady Gaunt war, tischte dem erstaunten Major eine solche Geschichte über Becky und ihren Mann auf, daß der Fragesteller sprachlos dasaß, und er lieferte alle Einzelheiten zu unsrer Erzählung, denn gerade an jenem Tisch hatte der Verfasser vor vielen Jahren das Vergnügen, die ganze Sache mit anzuhören. Über Tufto, Steyne, die Crawleys und ihre Geschichte, kurz, über alles, was mit Becky und ihrem Vorleben zusammenhing, berichtete die scharfe Zunge des Diplomaten. Er wußte über all und jeden alles und noch sehr viel mehr – mit einem Wort, er machte dem ahnungslosen Major die überraschendsten Enthüllungen. Als Dobbin sagte, daß Mrs. Osborne und Mr. Sedley sie bei sich aufgenommen hätten, brach Tapeworm in ein schallendes, den Major verletzendes Gelächter aus und fragte, ob sie nicht lieber nach dem Gefängnis schicken wollten, um ein oder zwei Herren mit rasiertem Kopf und gelber Jacke, die paarweise zusammengekettet die Straßen Pumpernickels kehrten, bei sich aufzunehmen und zum Erzieher des kleinen Knaben Georgy zu ernennen.

Der Major war über die Auskunft sehr überrascht und entsetzt. Man hatte am Morgen, noch vor der Begegnung mit Rebecca, abgemacht, daß Amelia am Abend zum Hofball gehen solle. Dort war der Ort, wo er es ihr erzählen konnte. Der Major ging nach Hause, zog die Uniform an und eilte in der Hoffnung aufs Schloß, Amelia anzutreffen. Sie erschien nicht. Als er in seine Wohnung zurückkehrte, waren im Sedleyschen Hause schon alle Lichter gelöscht. Er konnte sie also erst am nächsten Morgen sprechen. Ich weiß nicht, wie es um seine Nachtruhe stand, da er das schreckliche Geheimnis mit ins Bett nehmen mußte.

Am nächsten Morgen sandte er so früh, wie es nur schicklich war, seinen Diener mit einem Briefchen hinüber, in dem er sie sehr dringend um eine Unterredung bat. Die Antwort lautete, daß Mrs. Osborne sich gar nicht wohl fühle und in ihrem Zimmer bleibe.

Auch sie hatte die ganze Nacht wach gelegen. Sie hatte über Fragen nachgegrübelt, die ihren Geist schon hundertmal beschäftigt hatten. Hundertmal war sie im Begriff gewesen, nachzugeben, und hundertmal war sie vor einem Opfer zurückgeschreckt, das, wie sie meinte, zu schwer für sie war. Sie konnte es nicht – trotz seiner Liebe und Treue und ihrer eigenen unleugbaren Neigung, Hochachtung und Dankbarkeit. Was sind Wohltaten, was bedeuten Treue und Verdienst? Eine Locke von einem Mädchenkopf oder auch ein Barthaar bringen die zweite Wagschale im Nu zum Sinken, und bei Emmy fielen Wohltaten und Treue auch nicht schwerer ins Gewicht als bei andern Frauen. Sie hatte es versucht, aus dem Wunsch heraus, ihnen mehr Gewicht zu verleihen – aber sie konnte es nicht. Und jetzt hatte die erbarmungslose kleine Frau einen Vorwand gefunden und beschlossen, frei zu bleiben.

Als der Major endlich am Nachmittag bei Amelia vorgelassen wurde, empfing ihn nicht die herzliche und liebevolle Begrüßung, an die er nun schon seit langem gewöhnt war, sondern nur eine kleine Verbeugung und eine behandschuhte Hand, die sich ihm so rasch entzog, wie sie gegeben wurde.

Auch Rebecca war im Zimmer und trat näher, um ihn mit einem Lächeln und ihrer ausgestreckten Hand zu begrüßen. Dobbin trat ziemlich verwirrt zurück. «Ich – ich bitte um Verzeihung, Madame», stammelte er. «Ich fühle mich verpflichtet, Ihnen zu sagen, daß ich nicht als Ihr Freund kam.»

«Pah! Unsinn! Fang doch nicht wieder damit an!» rief Joe erschrocken und ängstlich besorgt, einen Auftritt zu vermeiden.

«Ich möchte wohl wissen, was Major Dobbin gegen Rebecca vorzubringen hat!» sagte Amelia mit leiser, klarer Stimme, die nur ein wenig zitterte, und mit einem sehr entschiedenen Blick.

«Nein, in meinem Hause will ich so etwas nicht haben!» warf Joseph wieder dazwischen. «Ich will's nicht haben! Dobbin, ich bitte dich, hör damit auf!» Und er blickte sich zitternd um, wurde furchtbar rot, schnaufte mächtig und ging auf die Tür zu.

«Lieber Freund», bat Rebecca mit engelhafter Milde, «hören Sie sich doch an, was der Major gegen mich zu sagen hat!»

«Ich will's aber nicht hören», kreischte Joseph so laut er konnte, raffte seinen Schlafrock zusammen und war verschwunden.

«Jetzt sind nur noch wir zwei Frauen da, jetzt können Sie sprechen, Sir!» sagte Amelia.

«Solch Benehmen gegen mich geziemt sich kaum für Sie, Amelia», erwiderte der Major stolz, «denn ich wüßte nicht, daß man mich gewohnheitsmäßiger Grobheit gegen Frauen beschuldigen könnte! – Ich kam her, um eine Pflicht zu erfüllen, und das ist kein Vergnügen.»

«Bitte, erledigen Sie es rasch, Major Dobbin», erwiderte Amelia, die immer aufgebrachter wurde. Wenn der Major so gebieterisch sprach, war sein Gesichtsausdruck nicht gerade erfreulich.

«Ich wollte nur sagen – und da Sie im Zimmer bleiben, Mrs. Crawley, muß ich es in Ihrer Gegenwart tun –, daß ich glaube, Sie – Sie gehören nicht in das Haus meiner Freunde. Eine Dame, die von ihrem Mann getrennt lebt, die nicht unter ihrem eigentlichen Namen reist, die öffentliche Spielsäle besucht...»

«Ich bin auf dem Ball gewesen!» rief Becky aus.

«... ist keine passende Gefährtin für Mrs. Osborne und ihren Sohn», fuhr Dobbin fort. «Und ich möchte hinzufügen, daß es hier Leute gibt, die Sie kennen und behaupten, Dinge über Ihr Benehmen zu wissen, die ich vor Mrs. Osborne nicht erwähnen möchte.»

«Sie haben eine sehr einfache und bequeme Art zu verleumden, Major Dobbin», sagte Rebecca. «Sie stellen mich unter das Gewicht einer Anklage, die Sie dann doch nicht klar in Worte fassen. Was wird mir denn nachgesagt? Untreue gegen meinen Mann? So etwas weise ich voller Verachtung zurück und fordere jedermann auf, es mir erst zu beweisen. Ich fordere jedermann auf, sage ich. Meine Ehre ist so unangetastet wie die des erbittertsten Feindes, der mich je verleumdet hat. Oder werfen Sie mir vor, daß ich arm und verlassen und unglücklich bin? Ja, das ist meine Schuld, und ich werde jeden Tag dafür bestraft. Laß mich gehen, Emmy! Ich muß mir nur einbilden, daß ich dich nicht getroffen habe, dann stehe ich heute nicht schlimmer da als gestern. Ich muß mir nur einbilden, daß die Nacht verstrichen und die arme Wanderin wieder unterwegs ist. Erinnerst du dich nicht mehr an das Lied, das wir in den alten Zeiten, in den schönen alten Zeiten zu singen pflegten? Seither habe ich dauernd wandern müssen, eine arme Verlassene, verachtet, weil ich unglücklich bin, und beleidigt, weil ich allein bin. Laß mich gehen – mein Bleiben durchkreuzt nur die Pläne des Herrn hier.»

«Allerdings, Madame», sagte der Major. «Wenn ich in dem Hause hier irgendwelche Autorität habe...»

«Autorität? Nein!» warf Amelia laut dazwischen. «Rebecca, du bleibst bei mir! *Ich* verlasse dich nicht, weil du verfolgt wurdest, und ich beleidige dich nicht, weil es Major Dobbin so beliebt. Komm mit, Liebste!» Und die beiden Frauen gingen auf die Tür zu.

William öffnete ihnen. Während sie jedoch hinausgingen, ergriff er Amelias Hand und sagte: «Würden Sie bitte einen Augenblick bleiben und mir etwas beantworten?»

«Er möchte ohne mein Beisein mit dir sprechen», sagte Becky mit Märtyrermiene. Als Antwort griff Amelia nach ihrer Hand.

«Bei meiner Ehre, ich will nicht über Sie sprechen», sagte Dobbin. «Kommen Sie doch, Amelia!» Und sie kam. Dobbin verbeugte sich vor Mrs. Crawley, während er hinter ihr die Türe zumachte. Amelia sah ihn an, als sie sich gegen den Spiegel lehnte; ihr Gesicht und ihre Lippen waren ganz weiß.

«Ich war verwirrt, als ich eben sprach», sagte der Major nach kurzem Schweigen. «Ich hätte das Wort Autorität nicht in dem Zusammenhang gebrauchen sollen.»

«Allerdings nicht», entgegnete Amelia, und die Zähne schlugen ihr aufeinander.

«Wenigstens kann ich Anspruch erheben, gehört zu werden», fuhr Dobbin fort.

«Es ist sehr edelmütig, mich an unsre Verpflichtungen Ihnen gegenüber zu erinnern», erwiderte die Frau.

«Der Anspruch, den ich meine, ist der, den mir Georgys Vater hinterlassen hat.»

«Ja, und Sie haben sein Andenken beleidigt! Gestern haben Sie es getan! Sie wissen es sehr wohl! Und ich verzeihe es Ihnen nie! Niemals!» sagte Amelia. Jeden Satz schoß sie mit vor Zorn und Aufregung zitternder Stimme ab.

«Das kann doch nicht Ihr Ernst sein, Amelia?» fragte William traurig. «Sie können doch nicht im Ernst behaupten, daß die Worte, die ich gestern übereilt hinwarf, schwerer ins Gewicht fallen als meine lebenslängliche Treue? Ich glaube nicht, daß Georges Andenken durch die Art und Weise, wie ich von ihm gesprochen habe, beleidigt worden ist, und wenn wir schon dahin gekommen sind, gegenseitig Vorwürfe auszutauschen, so verdiene ich wenigstens keinen von seiner Witwe und der Mutter seines Sohnes! Denken Sie darüber nach – hinterher, wenn – wenn Sie ruhiger sind, und dann wird Ihr Gewissen die Beschuldigung zurücknehmen, falls es das nicht schon jetzt tut, wie mir scheint.» Amelia hielt den Kopf gesenkt.

«Aber meine gestrigen Worte sind gar nicht die wahre Ursache Ihrer Erregung», fuhr er fort. «Die sind nur ein Vorwand, Amelia, oder ich müßte Sie fünfzehn Jahre lang vergeblich geliebt und beobachtet haben. Habe ich während der Zeit etwa nicht gelernt, alle Ihre Empfindungen zu deuten und Ihre Gedanken zu durchschauen? Ich weiß, wessen Ihr Herz fähig ist: es kann treu an einer Erinnerung hängen und ein Phantasiebild lieben, aber es ist nicht imstande, eine solche Liebe zu empfinden, wie sie die meine als Gegenliebe verdient und wie ich sie bei einer freigebigeren Frau, als Sie es sind, hätte erringen können. Nein, Sie sind der Liebe nicht würdig, die ich Ihnen dargebracht habe. Ich wußte es die ganze Zeit, daß der Preis, für den ich mein Leben eingesetzt hatte, des Gewinns nicht wert war, daß ich ein Narr war, der ebenso wie Sie an einem Phantasiebild hing und all seine Liebe und Treue gegen Ihr karges Überrestchen Liebe setzte. Ich ziehe mich zurück. Ich will nicht länger um Liebe feilschen. Ich mache Ihnen keinen Vorwurf, Sie sind sehr gutherzig und haben Ihr Bestes getan. Aber Sie konnten sich nicht – Sie konnten sich nicht zu der Höhe der Liebe erheben, die ich für Sie empfand und die zu besitzen eine hochherzigere Frau vielleicht stolz gewesen wäre. Leben Sie wohl, Amelia! Ich habe Ihren Kampf beobachtet. Machen Sie ihm ein Ende! Wir sind beide seiner müde geworden!»

Amelia stand stumm und erschrocken da, als William so jäh und mit solchen Worten die Kette zerriß, an der sie ihn gehalten hatte, und sich für unabhängig und überlegen erklärte. Er hatte sich ihr so lange zu Füßen gelegt, daß die arme kleine Frau sich daran gewöhnt hatte, auf ihm herumzutrampeln. Sie wollte ihn nicht heiraten, aber sie wollte ihn halten. Sie wollte ihm nichts geben, aber er sollte ihr alles geben: ein Handel, wie er in der Liebe nicht selten getätigt wird.

Williams Attacke hatte sie vollkommen überwältigt und besiegt. Ihr eigener Angriff war längst zum Stillstand gekommen und zurückgeschlagen.

«Soll ich Ihre Worte dahin verstehen, daß Sie – daß Sie fortgehen wollen, William?» fragte sie.

Er lachte bitter. «Ich bin schon einmal fortgegangen und kam nach zwölf Jahren zurück. Damals waren wir jung, Amelia! Leben Sie wohl – ich habe von meinem Leben genug Zeit an dies Spiel verwandt!»

Während sie miteinander sprachen, hatte sich die Tür zu Mrs. Osbornes Schlafzimmer einen unmerklichen Spalt breit geöffnet. Becky hatte nämlich die Türklinke in der Hand behalten und sie im Augenblick, als Dobbin losließ, sofort wieder hinuntergedrückt, so daß sie jedes Wort der Unterhaltung mit anhörte, das gewechselt wurde. Was für ein edles Herz er hat, dachte sie. Und wie schändlich die Frau damit spielt! Sie bewunderte Dobbin. Sie trug es ihm nicht nach, daß er gegen sie Partei ergriffen hatte. Es war mit offenen Karten gespielt worden, und er spielte anständig. Ach, dachte sie, wenn ich so einen Mann hätte haben können, einen Menschen mit gutem Herzen und außerdem mit Verstand! Seine großen Füße hätten mich nicht gestört. Plötzlich stand ihr ganz deutlich ein Gedanke vor Augen, und sie lief in ihr Zimmer und schrieb ihm ein Briefchen, in dem sie ihn bat, noch ein paar Tage zu bleiben und nicht an die Abreise zu denken, da sie ihm bei Amelia behilflich sein könne.

Der Abschied war vorüber. Wiederum schritt der arme William auf die Türe zu – und war fort. Die kleine Witwe, die an allem schuld war, hatte ihren Willen durchgesetzt und ihre Schlacht gewonnen – und blieb zurück, um sich des Sieges zu erfreuen, sosehr es in ihren Kräften stand. Mögen die Damen sie um ihren Triumph beneiden!

Zur verlockenden Essensstunde erschien Mr. Georgy, und wieder fiel ihm die Abwesenheit des «alten Dob» auf. Die kleine Gesellschaft nahm die Mahlzeit schweigend ein. Josephs Appetit war unbeeinträchtigt, Emmy aber aß überhaupt nichts.

Nach dem Essen räkelte sich Georgy auf dem Fensterkissen – ein großes altes Fenster war's, das mit drei Scheiben wie ein Erker aus dem Giebel vorstieß und auf der einen Seite den Marktplatz mit dem «Elefanten» überblickte, an dem auch das Haus des Majors lag. Georgys Mutter saß, mit einer Arbeit beschäftigt, in seiner Nähe. Plötzlich bemerkte er, daß auf der gegenüberliegenden Straßenseite etwas vorging.

«He!» rief er, «da ist ja Dobs Kalesche! Sie wird gerade aus dem Hof geholt!» Die «Kalesche» war ein leichtes Wägelchen, das sich der Major für sechs Pfund Sterling gekauft hatte und mit dem sie ihn tüchtig gehänselt hatten.

Emmy zuckte zusammen, sagte aber nichts.

«He!» fuhr Georgy fort, «da kommt Francis mit dem Mantelsack. Und der einäugige Postillon, der Kunz, kommt mit seinen Schimmeln auf den Marktplatz. Schau bloß mal seine Stiefel und die gelbe Jacke an – das ist ein komischer Kauz! Aber – oh, sie spannen die Pferde vor Dobs Wagen! Fährt er irgendwohin?»

«Ja», erwiderte Emmy, «er geht auf Reisen.»

«Auf Reisen? Wann kommt er denn wieder?»

«Er – er kommt nicht wieder», antwortete Emmy.

«Er kommt nicht wieder?» rief Georgy und sprang hoch. «Hiergeblieben, Monsieur!» brüllte Joe. «Bleib, Georgy», bat seine Mutter mit traurigem Gesicht. Der Junge blieb stehen, dann lief er im Zimmer umher, kniete auf den Fenstersitz, sprang wieder hinunter und zeigte die größte Unrast und Wißbegier.

Die Pferde waren angespannt. Das Gepäck war aufgeschnallt. Francis kam mit seines Herrn zusammengebündeltem Degen, Stock und Regenschirm und legte sie in den Wagenkasten, und seine Briefkassette und das alte Blechfutteral für den Dreispitz schob er unter den Sitz.

Francis brachte auch den fleckigen alten blauen Umhang mit dem roten Kamelottfutter nach draußen, der seinem Eigentümer die ganzen fünfzehn Jahre so manches liebe Mal gedient und der, wie es in dem damals so beliebten Liede hieß, «so manchen Sturm erlebt» hatte.

Bei Waterloo war er noch neu gewesen, und nach der Nacht von Quatre-Bras hatte er George und William eingehüllt.

Der alte Burcke – der Besitzer der Wohnung – kam auch nach draußen, und dann Francis mit noch mehr Gepäck, dem letzten, und schließlich William, den Burcke umarmen wollte. Der Major wurde eben von allen Leuten verehrt, mit denen er zu tun hatte. Nur mit Mühe konnte er sich den Freundschaftsbezeugungen des Hausbesitzers entziehen.

«Mein Gott, jetzt geh' ich aber!» schrie Georgy. «Gib ihm das!» sagte Becky eifrig und steckte dem Jungen ein Zettelchen in die Hand. In einer Minute war er die Treppe hinuntergesaust und schoß über die Straße – der gelbbefrackte Postillon knallte schon leise mit der Peitsche.

William hatte sich aus den Umarmungen seines Hauswirts befreien können und war in den Wagen gestiegen. Georgy sprang ihm nach, schlang ihm die Arme um den Hals (was die andern vom Fenster aus sehen konnten) und begann ihn mit tausend Fragen zu bestürmen. Dann faßte er in die Westentasche und gab ihm das Zettelchen. William griff ziemlich eifrig danach und öffnete es zitternd, doch seine Miene veränderte sich augenblicks, und er riß das Papier in zwei Stücke und ließ sie aus dem Wagen fallen. Er küßte Georgy aufs Haar, während Georgy sich die Fäuste in die Augen bohrte. Mit Francis' Hilfe stieg er aus, blieb stehen und legte die Hand auf den Wagenschlag. «Fort, Schwager!» rief Dobbin. Der gelbe Postillon knallte mächtig mit der Peitsche, Francis sprang auf den Bock, die Schimmel zogen an, und Dobbin ließ den Kopf auf die Brust sinken. Er blickte nicht auf, als sie unter Amelias Fenster vorbeifuhren, und Georgy, der allein auf der Straße zurückblieb, brach vor der versammelten Menge in Geheul aus.

Auch in der Nacht hörte ihn Emmys Jungfer wieder schluchzen, und sie brachte ihm eingemachte Aprikosen, um ihn zu trösten. Sie jammerte mit ihm. Alle armen, alle einfachen, alle biederen Leute, alle guten Menschen, die ihn kannten, liebten den warmherzigen, schlichten Herrn.

Und Emmy – hatte sie nicht ihre Pflicht getan? Ihr blieb als Trost das Bildnis ihres George.

LXVII

Geburten, Hochzeiten und Todesfälle

WAS AUCH immer Beckys geheimer Plan sein mochte, der Dobbins treue Liebe mit Erfolg krönen sollte – vorläufig gedachte die kleine Frau ihn noch als Geheimnis zu bewahren, und da sie sich keineswegs so sehr für das Wohlergehen andrer wie für ihr eigenes interessierte, mußte sie über sehr viele Dinge nachdenken, die sie selbst betrafen und die sie selbst sehr viel näher angingen als das Lebensglück des Majors. Plötzlich und unerwartet sah sie sich in ein schmuckes und gemütliches Heim versetzt, war umgeben von Freunden, von guten und warmherzigen, einfachen Menschen, wie sie ihr seit langer, langer Zeit nicht begegnet waren, und wenn sie auch teils notgedrungen, teils aus Veranlagung unstet war, so kamen doch Augenblicke, wo sie die Ruhe genoß. Wie der abgehärtetste Araber, der je auf dem Höcker seines Dromedars durch die Wüste preschte, sich manchmal gern am Brunnen unter Dattelpalmen ausruht oder Städte aufsucht, durch Basare schlendert, sich in Bädern erfrischt und in den Moscheen sein Gebet spricht, ehe er wieder auf Raubzüge ausgeht, so waren auch Josephs Zelte und sein Pilaw der kleinen Ismaelitin willkommen. Sie pflockte ihren Renner an, hängte die Waffen auf und wärmte sich am behaglichen Feuer. Die Rast nach all dem umherschweifenden, ruhelosen Leben war unsagbar lindernd und angenehm.

Und da sie nun selbst zufrieden war, versuchte sie nach Kräften, auch andere zufrieden zu stimmen; und wir wissen ja, daß sie in der Kunst, andern Vergnügen zu bereiten, äußerst geschickt und erfahren war. Was Joseph betraf, so war es ihr schon während der kurzen Begegnung in der Dachkammer des «Elefanten» gelungen, sich seine Zuneigung fast ganz zurückzuerobern. Nach Verlauf einer Woche war der Zivilist ihr ergebener Sklave und leidenschaftlicher Bewunderer. Nach dem Essen schlief er nicht mehr ein, wie es sonst, in der weniger lebhaften Gesellschaft Amelias, sein Brauch gewesen. Er fuhr mit Becky im offenen Wagen spazieren. Er gab kleine Einladungen und dachte sich ihr zu Ehren kleine Feste aus.

Der Chargé d'affaires Tapeworm, der so mitleidlos Schlechtes über Becky geredet hatte, kam zu Joe zum Diner, und von da an erschien er tagtäglich, um Becky seine Aufwartung zu machen. Die arme Emmy, die nie sehr gesprächig gewesen war und seit Dobbins Abreise trübseliger und schweigsamer denn je schien, geriet ganz in Vergessenheit, seit ein ihr überlegener Geist erschienen war. Der französische Gesandte war von Becky ebenso bezaubert wie sein englischer Rivale. Die deutschen Damen, die besonders bei Engländerinnen nie besonders prüde in Fragen der Moral urteilten, gerieten über die Klugheit und den Witz der reizenden Freundin Amelias in Begeisterung, und obwohl Mrs. Rebecca nicht bei Hofe vorgestellt werden wollte, hörten die hohen und durchlauchtigsten Herrschaften doch von ihrem Charme und waren recht neugierig, sie kennenzulernen. Als es sich herumsprach, daß sie adlig war und aus einer alten englischen Familie kam und daß ihr Mann ein Oberst bei der Leibgarde, Exzellenz und Gouverneur einer Insel war, der nur wegen einer unbedeutenden Mißhelligkeit von seiner Frau getrennt lebte, was nicht ins Gewicht fällt in einem Lande, wo man noch den *Werther* liest und die *Wahlverwandtschaften* von Goethe als ein moralisches

Erbauungsbuch betrachtet, da dachte niemand daran, ihr deswegen den Zutritt selbst zu den vornehmsten Gesellschaftskreisen des kleinen Herzogtums zu verwehren. Die Damen waren sogar noch erpichter darauf, sie zu duzen und ihr ewige Freundschaft zu schwören, als sie vorher bei Amelia bereit gewesen waren, ihr die nämlichen unschätzbaren Wohltaten angedeihen zu lassen. Liebe und Freiheit werden von den biederen Deutschen in einer Weise aufgefaßt, für die unsre braven Leutchen in Yorkshire und Somersetshire kein rechtes Verständnis haben. In mancher hochgebildeten Stadt der Philosophie in Deutschland konnte eine Dame sich noch so oft von ihrem jeweiligen Gatten scheiden lassen und sich doch ihren guten Ruf in der Gesellschaft bewahren. Seit Joseph ein eigenes Haus hatte, war es nie so unterhaltsam bei ihm gewesen wie jetzt, seit Rebecca da war. Sie sang, sie spielte, sie lachte, sie plauderte in zwei oder drei Sprachen, sie zog interessante Menschen an und redete Joseph ein, daß nur seine eigenen gesellschaftlichen Talente und sein Geist die vornehme Gesellschaft in sein Haus lockten.

Emmy stellte bald fest, daß sie durchaus nicht mehr die Herrin in ihrem eigenen Hause war, ausgenommen, wenn die Rechnungen bezahlt werden mußten, doch Becky entdeckte bald Mittel und Wege, um sie zu besänftigen und ihr zu Gefallen zu sein. Sie sprach ständig mit ihr über Major Dobbin, dem Emmy den Laufpaß gegeben hatte, und scheute sich nicht, ihre Bewunderung für den vortrefflichen, hochherzigen Menschen auszusprechen und Emmy zu erklären, daß sie ihn äußerst grausam behandelt habe. Emmy verteidigte ihr Verhalten und bewies, daß sie sich nur von den reinsten und frömmsten Grundsätzen habe leiten lassen, daß eine Frau, die einmal usw., auf ewig an ihren Mann gebunden sei, besonders wenn sie das große Glück gehabt habe, mit einem solchen Engel wie dem ihren verheiratet gewesen zu sein. Sie hatte jedoch nichts dagegen einzuwenden, den Major so eifrig loben zu hören, wie Becky es tat, und brachte täglich wohl ein dutzendmal das Gespräch auf das Thema Dobbin.

Die Gunst Georgys und der Dienstboten zu gewinnen, war leicht für Becky. Ameliens Jungfer war, wie schon erwähnt, dem Major von ganzem Herzen ergeben. Obwohl sie Becky zuerst nicht hatte leiden können, weil sie schuld daran war, daß er ihre Herrin verließ, so söhnte sie sich doch bald mit Mrs. Crawley aus, da sie William so leidenschaftlich bewunderte und verteidigte. Bei den nächtlichen Privatsitzungen der beiden Damen, die sie nach den Abendgesellschaften abhielten und bei denen Miss Payne die hellen Locken der einen und die braunen Flechten der andern kämmte, legte die Jungfer stets ein Wort für den lieben, gütigen Major ein. Ihre Fürsprache reizte Amelia ebensowenig wie Rebeccas Bewunderung. Sie sorgte dafür, daß Georgy ihm regelmäßig schrieb, und bestand darauf, daß er stets in einer Nachschrift die herzlichsten Grüße von Mama bestellte. Und wenn sie abends auf ihres Mannes Bildnis sah, blickte er sie nicht länger vorwurfsvoll an – aber vielleicht blickte sie ihn jetzt vorwurfsvoll an, seitdem William gegangen war.

Emmy war seit ihrem heldenhaften Opfer nicht mehr recht glücklich. Sie war sehr zerstreut, nervös, schweigsam und schwer zufriedenzustellen. Noch nie hatten die andern sie so verdrießlich gesehen. Sie wurde blaß und kränkelte. Oft sang sie gewisse Lieder («Einsam bin ich, nicht alleine» gehörte auch dazu, Webers zärtliches Liebeslied, was Ihnen, meine jungen Damen, beweisen mag, wie es in altmodischen Zeiten, als Sie noch kaum geboren waren, auch schon Menschen gab, die zu lieben und zu singen verstanden), gewisse Lieder also, die der Major besonders gern gehabt hatte, und wenn sie gegen Abend im Wohnzimmer sang, brach sie manchmal mitten im Lied ab und ging nach nebenan in ihr Zimmer, wo sie sehr wahrscheinlich beim Miniaturbild ihres Mannes Zuflucht suchte.

Bei Dobbins Abreise waren einige Bücher liegengeblieben, in denen sein Name stand, so auch ein deutsches

Wörterbuch mit «William Dobbin, -tes Regiment» auf dem Titelblatt, dann ein Reiseführer mit seinen Initialen und zwei oder drei andere Bände, die ebenfalls dem Major gehörten. Emmy räumte sie weg und legte sie auf die Kommode, wo unter den Bildern der beiden George auch ihr Nähkorb und ihre Briefkassette, ihre Bibel und ihr Gesangbuch lagen. Auch seine Handschuhe hatte der Major beim Aufbruch mitzunehmen vergessen; Georgy entdeckte sie nämlich nach einiger Zeit, als er in seiner Mutter Briefkassette kramte, sauber zusammengelegt und wohlverwahrt im sogenannten Geheimfach.

Da Emmy sich nichts aus Besuch machte, sondern meistens trübselig dabeisaß, bestand ihr Hauptvergnügen an den Sommerabenden darin, mit Georgy lange Spaziergänge zu unternehmen (während Rebecca in Mr. Josephs Gesellschaft zu Hause blieb). Dann pflegten Mutter und Sohn vom Major zu sprechen, und zwar so, daß selbst der Junge im stillen lächeln mußte. Sie sagte ihm, daß sie den Major für den besten Mann von der Welt hielte und auch für den sanftmütigsten und gütigsten, tapfersten und bescheidensten. Immer und immer wieder erzählte sie ihm, wie sie alles, was sie in der Welt besaß, der liebevollen Fürsorge des gütigen Freundes verdankte; wie er in Zeiten der Armut und schwerer Schicksalsschläge ihr treuer Freund gewesen sei und für sie gesorgt habe, als keiner sich um sie kümmerte; wie all seine Kameraden ihn bewunderten, wenn er selbst auch nie von seinen Heldentaten sprach; wie Georgys Papa ihm mehr als allen andern Männern vertraut habe und wie der gute William stets sein treuer Freund gewesen sei. «Ja, als dein Papa noch ein kleiner Junge war», sagte sie, «hat er mir oft erzählt, daß William ihn in der Schule gegen einen groben Kerl verteidigt habe und daß ihre Freundschaft von da an bis zum letzten Tage gedauert hat, als dein lieber Vater fiel.»

«Hat Dobbin den Mann umgebracht, der meinen Papa totgeschlagen hat?» fragte Georgy. «Sicher hat er das getan – oder er hätt's gemacht, wenn er ihn erwischt hätte, nicht wahr, Mutter? Wenn ich erst Soldat bin, hasse ich die Franzosen auch, aber tüchtig!»

Mit solchen Zwiegesprächen verbrachten Mutter und Sohn einen großen Teil ihrer Zeit. Harmlos, wie die junge Frau war, machte sie den Jungen zu ihrem Vertrauten. Er war ebensosehr Williams Freund wie jeder andere, der ihn gut kannte.

*

Übrigens hatte Mrs. Becky, um an Gefühl nicht nachzustehen, auch ein Bild in ihrem Zimmer aufgehängt, und zwar sehr zur Überraschung und Belustigung der meisten Leute, jedoch zur Freude des Originals, der niemand anders als unser Freund Joe war. Als die kleine Frau zu den Sedleys zog und sie mit ihrem Besuch beehrte, hatte sie sich vielleicht wegen der Dürftigkeit ihrer Koffer und Hutschachteln geschämt, denn sie war mit einer erstaunlich kleinen und schäbigen Ausstattung erschienen. Sie sprach daher oft und voller Wichtigkeit von ihrem in Leipzig zurückgebliebenen Gepäck, das sie sich kommen lassen wollte. Wenn dir ein Reisender dauernd von seinem großartigen Gepäck erzählt, das er zufällig nicht bei sich hat, dann, mein Sohn, hüte dich vor ihm! Ich wette zehn gegen eins, daß er ein Betrüger ist.

Die so wichtige Lebensregel war weder Joe noch Emmy bekannt. Ihnen schien es unwesentlich, ob Becky eine Menge schöner Kleider in nicht sichtbaren Koffern habe; doch da ihre gegenwärtige Garderobe überaus armselig war, versorgte Emmy ihre Freundin aus dem eigenen Vorrat und nahm sie auch zur besten Schneiderin des Städtchens mit, um sie dort ausstaffieren zu lassen. Jetzt war es vorbei mit zerrissenen Kragen und verschossener Seide, die von den Schultern glitt, das könnt ihr mir glauben! Becky paßte ihre Gewohnheiten jeweils der neuen Lebenslage an: die Schminkdose wurde weggestellt, und auch ein anderes Anregungsmittel wurde aufgegeben, das sie höchstens noch manchmal insgeheim genoß oder wohl an Sommerabenden, wenn Emmy und der Junge zusammen spazierengegangen waren und Joseph Becky überredete, ein Glas Brandywasser mit ihm zu trinken. Doch wenn *sie* es auch aufgab – der Kutscher konnte es nicht: der Gauner Kirsch war nicht von der Flasche fernzuhalten, und hinterher konnte er nie sagen, wieviel er getrunken hatte. Er war manchmal selbst überrascht, wie schnell Mr. Josephs Kognak schon wieder zu Ende ging. Aber lassen wir das! Es ist eine zu peinliche Angelegenheit. Wahrscheinlich trank Becky, seit sie bei der anständigen Familie lebte, nicht mehr soviel wie früher.

Endlich trafen die vielgerühmten Koffer aus Leipzig ein, drei an der Zahl, und durchaus nicht etwa groß oder elegant. Auch schien Becky ihnen, als sie endlich da waren, keinerlei Kleider oder Putz zu entnehmen. Doch aus dem einen, der eine Unmenge ihrer Papiere enthielt (es war die Briefkassette, die Rawdon Crawley durchwühlt hatte, als er so wütend nach Beckys verstecktem Geld suchte), holte sie sehr vergnügt ein Bild hervor, befestigte es an der Wand ihres Zimmers und zeigte es dann Joe. Es war das Porträt eines Herrn, dessen Gesicht schön rötlich gemalt war. Vor einem Hintergrund aus Kokospalmen und einer Pagode ritt er auf einem Elefanten: eine orientalische Landschaft.

«Gott steh mir bei!» rief Joseph, «das ist ja mein Porträt!» Er war es tatsächlich, strahlend vor Jugend und Schönheit, in einer Nanking-Jacke nach der Mode von 1804. Es war das alte Bild, das früher am Russell Square gehangen hatte.

«Ich habe es gekauft», sagte Becky mit einer Stimme, die vor Rührung schwankte. «Ich ging damals hin, um nachzuschauen, ob ich meinen lieben Freunden von Nutzen sein könnte. Von dem Bild habe ich mich nie getrennt – und werde es auch nie tun.»

«Wirklich nicht?» rief Joe mit einem Blick unaussprechlicher Freude und Genugtuung. «Haben Sie es wirklich um meinetwillen so lange gehegt?»

«Sie wissen recht gut, daß es so ist!» erwiderte Becky.

«Aber warum darüber reden und daran denken? Warum zurückblicken? Jetzt ist es zu spät.»

Der Abend wurde dann für Joe sehr genußreich. Emmy schaute nur herein und ging gleich sehr müde und abgespannt zu Bett. Joseph und sein schöner Gast hatten ein bezauberndes *tête-à-tête,* und während Josephs Schwester im anstoßenden Zimmer wach lag, konnte sie hören, wie Rebecca ihrem Bruder die alten Lieder aus dem Jahre 1815 vorsang. Erstaunlicherweise schlief er in der Nacht genauso schlecht wie Amelia.

Es war im Juni, also Hochsaison in London; Joseph studierte jeden Tag den unvergleichlichen *Galignani* (den treuesten Freund aller im Exil Lebenden) und gab den Damen beim Frühstück Auszüge aus der Zeitung zum besten. Das Blatt brachte jede Woche einen ausführlichen Bericht über Wechsel in der Armee, für die sich Joseph als Mann, der Pulver gerochen hatte, besonders interessierte. Einmal las er vor: «Ankunft des -ten Regiments. Gravesend, den zwanzigsten Juni. Der Ostindienfahrer *Ramchunder* lief heute früh mit vierzehn Offizieren und hundertzweiunddreißig Mann der tapferen Truppe an Bord in den Fluß ein. Das Regiment war vierzehn Jahre lang fern von England, denn ein Jahr nach der ruhmreichen Schlacht von Waterloo, an der es tätigen Anteil nahm, schiffte es sich ein und zeichnete sich im Krieg mit Birma aus. Der im Dienst ergraute Sir Michael O'Dowd, Ritter des Bath-Ordens, ging gestern mit seiner Gemahlin und seiner Schwester an Land, zusammen mit den Hauptleuten Posky, Stubble, Macraw und Malony, den Leutnants Smith, Jones, Thompson und F.Thomson und den Fähnrichen Hicks und Grady. Die Musikkapelle am Pier spielte die Nationalhymne, und die Menschenmenge jubelte den tapferen Veteranen zu, als sie sich nach Waytes Hotel begaben, wo ein üppiges Festmahl für die Verteidiger Altenglands vorgesehen war. Während des Banketts, von dem wir nicht besonders zu erwähnen brauchen, daß es nach altbewährter Tradition des Hauses geliefert wurde, dauerte draußen das begeisterte Hurrarufen an, bis Lady O'Dowd und der Oberst auf dem Balkon erschienen und einen Becher von Waytes bestem Rotwein auf das Wohl ihrer Landsleute leerten.»

Ein andermal gab Joe eine kurze Mitteilung bekannt, daß Major Dobbin sich zu seinem Regiment nach Clapham begeben habe, und danach verlas er einen Bericht über die Vorstellung bei Hofe von Oberst Sir Michael O'Dowd, Ritter des Bath-Ordens, Lady O'Dowd (durch Mrs. Molloy Malony auf Ballymalony) und Miss Glorvina (durch Lady O'Dowd). Fast unmittelbar darunter erschien Dobbins Name unter den Oberstleutnants, denn der alte Marschall Tiptoff war während der Überfahrt des -ten Regiments von Madras verschieden, und der Landesfürst hatte geruht, dem Oberst Sir Michael O'Dowd bei seiner Rückkehr nach England den Rang eines Generalmajors zu verleihen, mit der Bestimmung, ihm das Kommando des ausgezeichneten Regiments, das er so lange befehligt hatte, auch weiterhin zu belassen.

*

Von einigen der genannten Ereignisse hatte Amelia schon gehört. Der Briefwechsel zwischen Georgy und seinem Vormund war durchaus nicht abgerissen; ja, William hatte seit seiner Abreise sogar zweimal an Amelia selbst geschrieben, aber in einem so ungezwungen kühlen Ton, daß die arme Frau nun spürte, wie sehr sie alle Macht über ihn verloren hatte und daß er, wie er es zu ihr gesagt hatte, frei war. Er hatte sie verlassen, und sie war unglücklich. Die Erinnerung an seine fast unzählbaren Liebesdienste und seine hochherzige und respektvolle Liebe stand ihr nun Tag und Nacht vor Augen und peinigte sie. Wie es in ihrer Natur lag, hing sie grübelnd den Erinnerungen nach, erkannte die Reinheit und Schönheit der Neigung, mit der sie getändelt hatte, und warf sich vor, einen solchen Schatz achtlos fortgeworfen zu haben.

Er war ihr wirklich verloren. William hatte sich völlig ausgegeben. Er liebte sie nicht mehr, wie er sie geliebt hatte, fand er. So innig würde er es nie wieder können.

Eine so verehrungsvolle Zuneigung, wie er sie ihr viele Jahre lang in Treue dargeboten hatte, kann nicht fortgeworfen und zertrümmert und wieder zusammengesetzt werden, ohne Narben zu zeigen. Die unbesonnene kleine Tyrannin hatte also alles zerstört. Nein, dachte William dann wieder und wieder, ich habe mich selbst betrogen und mir dauernd geschmeichelt. Wäre sie der Liebe würdig gewesen, die ich ihr schenkte, sie hätte sie längst erwidert. Es war eine schöne Täuschung. Besteht nicht das ganze Leben aus solchen Irrtümern? Und angenommen, ich hätte sie mir errungen – wäre ich nicht am Tage nach dem Sieg enttäuscht gewesen? Warum soll ich mich grämen wegen meiner Niederlage – oder gar schämen? Je mehr er über diese lange Spanne seines Lebens nachdachte, um so klarer wurde es ihm, daß er sich getäuscht hatte. Ich will mich wieder ins Geschirr legen, dachte er, und meine Pflicht dort tun, wo mich der Himmel hingestellt hat, und darauf achten, daß die Rekruten ihre Knöpfe ordentlich blankputzen und daß die Feldwebel keine Fehler bei ihren Abrechnungen machen, und ich will im Kasino essen und dem Wundarzt zuhören, wenn er seine schottischen Geschichten erzählt. Wenn ich alt und gebrechlich bin, kann ich mich auf halben Sold schreiben lassen, und meine Schwestern können mit mir herumzanken. Ich habe «gelebt und geliebet», wie das Mädchen im Wallenstein sagt. Vorbei! – «Bezahle die Rechnungen, und bring mir eine Zigarre, Francis! Und schau mal nach, was heute abend im Theater gegeben wird! Morgen fahren wir mit der *Batavier* nach drüben!» Er hielt seine Rede (von der Francis nur die letzten Worte hörte), während er in Rotterdam die «Boompjes» auf und ab ging. Die *Batavier* lag im Hafen. Er konnte die Stelle auf dem Achterdeck sehen, wo er und Emmy bei der glücklichen Ausreise gesessen hatten. Was mochte die kleine Mrs. Crawley ihm wohl zu sagen haben? Pah! Morgen stechen wir in See und kehren nach England zurück, heim und zur Pflicht!

*

Sobald der Juni zu Ende ging, pflegte sich die kleine Hofgesellschaft von Pumpernickel nach deutscher Sitte aufzulösen und in hundert Badeorte zu reisen, wo man Brunnen trank, auf Eseln ritt, in den Kursälen spielte, falls man Geld und Lust dazu hatte, sich mit zahllosen Gleichgesinnten auf die Genüsse der *table d'hôte* stürzte und so den Sommer mit Nichtstun verbrachte. Die englischen Diplomaten gingen nach Teplitz und Kissingen, ihre französischen Rivalen schlossen die Kanzleien und eilten an ihren geliebten Boulevard de Gand. Auch die durchlauchtigste Familie machte Kur oder zog sich auf ihre Jagdsitze zurück. Jeder, der Anspruch auf Vornehmheit erhob, reiste ab, darunter natürlich auch der Hofarzt Doktor von Glauber mit seiner Frau. Die Badesaison war für den Doktor die einträglichste Zeit seiner Praxis – er verband das Geschäftliche mit dem Vergnügen, und sein bevorzugter Badeort war Ostende, den viele Deutsche besuchten und wo der Arzt und seine Gattin sich «einen Sprung in die salzigen Fluten» gönnten, wie er es zu nennen beliebte.

Der Doktor betrachtete seinen gewichtigen Patienten Joe als eine regelrechte Milchkuh, und er konnte den Zivilisten leicht dazu überreden, sowohl wegen seiner Gesundheit wie auch um seiner reizenden Schwester willen, die wirklich sehr angegriffen war, den Sommer in der gleichen häßlichen Hafenstadt wie er selber zu verbringen. Emmy war es ziemlich gleichgültig, wohin man fuhr. Georgy war begeistert über die bevorstehende Abwechslung. Was Becky betraf, so nahm sie selbstverständlich den vierten Platz in der eleganten Equipage ein, die Mr. Joseph gekauft hatte, während die beiden Diener vorne auf dem Bock saßen. Vielleicht hatte sie Bedenken, sie könnte Freunde in Ostende treffen, die vermutlich häßliche Geschichten über sie erzählen würden – aber pah!, sie war stark genug, ihren Platz zu behaupten. Sie hatte sich bei Joe derartig fest vor Anker gelegt, daß schon ein gehöriger Sturm nötig war, um die Kette zu brechen. Die Geschichte mit dem Porträt hatte ihn überwältigt. Becky nahm ihren Elefanten von der Wand und versorgte ihn in der Briefkassette, die sie vor, ach, so vielen Jahren von Emmy erhalten hatte. Auch Amelia nahm ihre Laren mit – die beiden Bildnisse –, und schließlich war die kleine Gesellschaft in einem furchtbar teuren und ungemütlichen Hotel in Ostende untergebracht.

Amelia begann dort Bäder zu nehmen und den Aufenthalt so gut wie möglich auszunützen. Obwohl Dutzende von Beckys ehemaligen Bekannten an ihr vorübergingen und sie schnitten, merkte die neben ihr gehende Mrs. Osborne, die hier keinen Menschen kannte, nichts von der Behandlung, die ihrer so weise als Begleitung gewählten Freundin widerfuhr. Becky hielt es nämlich nicht für richtig, ihr zu erzählen, was sich vor ihren ahnungslosen Augen abspielte!

Einige von Mrs. Rawdon Crawleys Bekannten grüßten sie jedoch sehr bereitwillig, vielleicht bereitwilliger, als es ihr lieb war. Zu ihnen gehörten der Major Loder (ohne Regiment) und der Hauptmann Rook (früher bei den Schützen), die man jeden Tag auf der Mole sehen konnte, wo sie rauchten und die Damen musterten. Sehr bald wußten sie sich Zutritt zum gastlichen Tisch und vornehmen Kreis Mr. Sedleys zu verschaffen. Sie ließen sich einfach nie abweisen, drangen in das Haus ein, ob Becky da war oder nicht, betraten Mrs. Osbornes Salon, den sie mit ihren Röcken und ihren Schnauzbärten verpesteten, nannten Joe «alter Knacker» und fielen über seine Tafel her, an der sie stundenlang lachten und tranken.

«Was können sie bloß wollen?» fragte Georgy, der die beiden Herren nicht leiden mochte. «Gestern hab' ich gehört, wie der Major zu Mrs. Crawley sagte: ‹Nein, nein, Becky, du darfst den alten Knacker nicht für dich allein behalten! Wir wollen auch die Finger im Spiel haben, sonst klatsch' ich, verdammt noch eins!› Was kann der Major bloß gemeint haben, Mama?»

«Major? Nenn ihn ja nicht Major!» rief Emmy. «Ich weiß es wirklich nicht, was er gemeint hat.» Seine Anwesenheit und die seines Freundes flößten der kleinen

Dame unsagbare Angst und Abneigung ein. In angetrunkenem Zustand machten sie ihr Komplimente und blinzelten ihr bei Tisch widerlich zu. Der Hauptmann machte ihr Anträge, die sie mit Entsetzen und Ekel erfüllten, so daß sie nie mehr mit den beiden zusammen war, ohne Georgy bei sich zu haben.

Auch Rebecca – um ihr Gerechtigkeit widerfahren zu lassen – duldete nie, daß die Männer mit Amelia allein waren. Der Major war nämlich nicht verheiratet und hatte geschworen, er würde sie sich erringen. Ein Gaunerpaar kämpfte um die unschuldige kleine Frau und wettete an ihrem eigenen Tisch um sie; und wenn sie auch nichts ahnte von den Absichten der beiden Schufte, so war sie doch in ihrer Gegenwart unruhig und fürchtete sich und wäre am liebsten geflohen.

Sie bat und beschwor Joe abzureisen. Er wollte nicht. Er war schwerfällig von Natur. Sein Arzt hielt ihn – und vielleicht auch noch ein anderes Gängelband. Becky jedenfalls war nicht darauf versessen, nach England zurückzukehren.

Endlich faßte Emmy einen Entschluß und wagte den großen Sprung. Sie schrieb einen Brief an einen Freund auf der andern Seite des Kanals, einen Brief, über den sie mit keinem Wort zu jemand sprach und den sie selbst, unter dem Umhang versteckt, auf die Post trug – es fiel auch niemandem auf. Nur sah sie sehr erhitzt und erregt aus, als Georgy ihr begegnete, und am Abend küßte sie ihn immer wieder und saß lange an seinem Bett. Nach der Rückkehr von ihrem Spaziergang war sie gar nicht mehr aus ihrem Zimmer hervorgekommen, und Becky glaubte, sie fürchte sich vor Major Loder und dem Hauptmann.

Sie darf nicht länger hierbleiben, überlegte Becky. Sie muß fort, die einfältige kleine Gans! Sie jammert immer noch um den Einfaltspinsel von einem Mann, der nun schon fünfzehn Jahre tot ist (geschieht ihm ganz recht!). Von den beiden hier darf sie keiner heiraten – es ist wirklich zu gemein von Loder! Nein, sie muß den Bambusstock heiraten – ich bring's noch heute abend in Ordnung!

Becky brachte daher Amelia eine Tasse Tee ins Schlafzimmer, wo sie die kleine Dame in Gesellschaft ihrer Miniaturen fand – und zwar in einem sehr schwermütigen und ängstlichen Zustand. Sie stellte die Tasse hin.

«Danke», sagte Amelia.

«Hör bitte zu, Amelia», sagte Becky, die im Zimmer auf und ab ging und die andere mit freundlicher Verachtung musterte. «Ich muß mit dir reden. Du mußt von hier fort und dich der unverschämten Zudringlichkeit der beiden Männer entziehen. Ich will nicht, daß sie dich belästigen, aber wenn du bleibst, könnten sie dir zu nahe treten. Ich habe dir schon immer gesagt, daß es Gauner sind, die verdienten, ins Gefängnis geschickt zu werden. Woher ich sie kenne, ist einerlei – ich kenne alle Welt. Joseph kann dich nicht beschützen, er ist zu schwach und braucht selbst jemand, der ihn beschützt. Du kannst dich in der Welt ebensowenig zurechtfinden wie ein Wickelkind. Du mußt heiraten, oder du wirst noch mit deinem kostbaren Jungen zugrunde gehen. Du brauchst einen Mann, du Gänschen; und einer der besten Männer, die mir je begegnet sind, hat dir hundertmal seinen Antrag gemacht, und du hast ihn abgewiesen, du dummes, herzloses, undankbares kleines Ding!»

«Ich hab's versucht, sosehr ich konnte, wirklich, Rebecca», sagte Amelia zerknirscht, «aber ich konnte ihn nicht vergessen...», und sie schloß den Satz mit einem Blick auf das Bild.

«*Den* konntest du nicht vergessen?» rief Rebecca. «Den selbstsüchtigen Prahlhans, den ungebildeten, ordinären Stutzer, den aufgeblasenen Tropf, der weder Verstand noch Manieren noch Herz hatte und der ebensowenig an deinen langen Freund heranreichen kann wie du an die Königin Elisabeth! Haha, der Mensch war deiner überdrüssig und hätte dich sitzenlassen, wenn Dobbin ihn nicht gezwungen hätte, sein Wort zu halten. Er hat es mir gestanden. Er hat sich nie etwas aus dir gemacht. Er hat in meiner Gegenwart unzählige Mal über dich gespottet, und eine Woche nach eurer Hochzeit fing er schon eine Liebelei mit mir an.»

«Das ist nicht wahr! Das ist nicht wahr, Rebecca!» fuhr Amelia auf.

«Sieh doch her, du Dummchen», sagte Becky, die noch immer aufreizend guter Stimmung war, und zog einen Zettel aus dem Gürtel, öffnete ihn und warf ihn Emmy in den Schoß. «Du kennst ja seine Handschrift. Das hat er mir geschrieben – wollte mit mir auf und davon gehen – am Tage, bevor er fiel – und das geschah ihm recht!» wiederholte Becky.

Emmy hörte sie nicht. Sie sah auf den Zettel. Es war das Briefchen, das George am Ballabend der Herzogin von Richmond in den Strauß gesteckt und Becky gegeben hatte. Es stimmte, was sie gesagt hatte: der dumme junge Mann hatte sie gebeten, mit ihr zu fliehen.

Emmy ließ den Kopf sinken, und zum beinahe letzten Mal in unsrer Geschichte fing sie an zu weinen. Der Kopf sank ihr auf die Brust, sie schlug die Hände vors Gesicht und ließ ein Weilchen ihren Gefühlen freien Lauf, während Becky dastand und sie beobachtete. Wer vermag ihre Tränen zu deuten und zu sagen, ob es Tränen der Erleichterung oder großen Kummers waren? War sie traurig, weil das Idol ihres Lebens gestürzt war und zersplittert ihr zu Füßen lag, oder war sie empört, weil ihre Liebe so mißachtet wurde, oder freute sie sich, daß die Schranke gefallen war, die der Anstand zwischen ihr und einer neuen echten Zuneigung errichtet hatte? Jetzt verbietet mir nichts mehr, ihn von ganzem Herzen zu lieben, dachte sie. Oh, ich will es, ich will es tun, wenn er es nur zulassen und mir verzeihen wollte! – Ich glaube doch, gerade dies Gefühl war stärker als alle anderen, die das sanfte kleine Herz bewegten.

Sie weinte tatsächlich nicht so heftig, wie Becky es erwartet hatte. Becky tröstete und küßte sie – bei Mrs. Becky ein seltenes Zeichen der Anteilnahme. Sie behandelte Emmy wie ein Kind und strich ihr zärtlich über den Kopf. «Und jetzt wollen wir Feder und Tinte holen und ihm schreiben», sagte sie. «Er muß umgehend herkommen!»

«Ich hab' – ich hab' ihm ja schon heute früh geschrieben», sagte Emmy und wurde sehr rot. Becky stimmte ein helles Gelächter an. «*Un biglietto!*» sang sie mit Rosina, «*eccolo qua!*», und das ganze Haus hallte von ihrem schrillen Gesang wider.

*

Am übernächsten Morgen nach dem kleinen Auftritt stand Amelia sehr frühzeitig auf, obwohl der Tag regnerisch und stürmisch war und sie in der Nacht kaum ein Auge zugemacht hatte, weil sie dem Heulen des Windes lauschen mußte und alle Reisenden zu Land und zur See bedauerte. Sie wollte durchaus mit Georgy über die Mole spazieren und ging dort auf und ab, während der Regen ihnen ins Gesicht schlug. Sie blickte nach Westen auf den dunklen Horizont und über die hochgehenden Wogen, die schäumend gegen das Ufer taumelten. Keiner sprach viel, nur hin und wieder richtete der Junge ein paar teilnahmsvolle, tröstende Worte an seine ängstliche Begleiterin.

«Hoffentlich verzichtet er bei solchem Wetter auf die Überfahrt!» sagte Emmy.

«Ich wette zehn gegen eins, daß er doch kommt!» rief Georgy. «Sieh nur, Mutter, da ist schon der Rauch vom Dampfer zu sehen!» Und tatsächlich, es war der Dampfer!

Aber wenn der Dampfer auch kam, so hieß das noch nicht, daß Dobbin an Bord war. Vielleicht hatte er den Brief nicht erhalten; vielleicht mochte er überhaupt nicht kommen. Tausend Ängste stürmten auf das kleine Herz ein – so rasch wie die Wogen, die gegen die Mole rannten.

Nach der Rauchfahne kam auch der Dampfer selbst in Sicht. Georgy hatte ein niedliches Fernrohr und bekam den Dampfer sehr geschickt ins Blickfeld. Er machte treffende nautische Bemerkungen über die Art, wie der Dampfer sich näherte und sich mit den Wellen hob und senkte. Dann flatterte das Signal «Englischer Dampfer in

Sicht» an der Signalstange auf dem Pier in die Höhe, und Mrs. Amelias Herz flatterte ebensosehr.

Emmy versuchte über Georgys Schulter durchs Fernrohr zu blicken, doch sie konnte nichts erkennen. Sie sah nur einen schwarzen Schatten, der vor ihren Augen auf und ab hüpfte.

Georgy griff wieder nach dem Glas und suchte das Schiff ab. «Wie es stampft!» sagte er. «Klatsch! Da geht eine Welle über den Bug. Außer dem Steuermann sind nur zwei Leute an Bord. Einer liegt da, und ein andrer – ein Mensch in – in einem Umhang – hurra! Es ist Dob, wahrhaftig!» Er schob das Fernrohr zusammen und schlang seiner Mutter die Arme um den Hals. Und was die Dame betrifft, so wollen wir das mit den Worten eines berühmten Dichters beschreiben: $\Delta \alpha K \mu \nu \acute{o} \varepsilon \nu\; \Upsilon \varepsilon \lambda \alpha \sigma \acute{\alpha} \sigma \alpha$. Sie war überzeugt, daß es William sei. Es konnte kein andrer sein. Was sie da gesagt hatte von «Hoffen, daß er nicht käme», war alles Heuchelei gewesen. Natürlich kam er. Was sollte er denn sonst tun? Sie wußte, daß er kommen würde.

Das Schiff kam rasch näher und näher. Als sie über den Pier gingen, um vor ihm an der Landestelle zu sein, zitterten Emmy die Knie so sehr, daß sie kaum laufen konnte. Am liebsten wäre sie niedergekniet und hätte an Ort und Stelle ein Dankgebet gesprochen. Oh, ihr ganzes Leben lang würde sie es sprechen, dachte sie.

Es war so schlechtes Wetter, daß keine Müßiggänger herumlungerten, als das Schiff anlegte: kaum ein Gepäckträger war da, der nach den paar Fahrgästen auf dem Schiff Ausschau hielt. Der kleine Schlingel Georgy hatte sich auch geflüchtet, und als der Gentleman in seinem alten rotgefütterten Umhang an Land kam, war fast kein Mensch anwesend, der gesehen hätte, was sich da abspielte:

Eine Dame in tropfnasser weißer Haube und einer Mantille ging mit ausgestreckten Händen auf ihn zu, und in der nächsten Minute war sie vollständig in den Falten des alten Militärumhangs verschwunden und küßte inbrünstig seine eine Hand – die andre war vermutlich damit beschäftigt, sie an sein Herz zu drücken (wohin sie gerade eben mit dem Kopf reichte) und zu verhindern, daß sie umsank. Sie murmelte etwas wie: «Vergib mir – lieber William – lieber, lieber, liebster Freund – küß mich, küß mich –» und so weiter, und gebärdete sich unter seinem Umhang ganz widersinnig.

Als sie daraus hervortauchte, hielt sie noch immer die eine von Williams Händen fest umklammert und sah zu ihm auf. Sein Gesicht war voller Mitleid und Traurigkeit und zärtlicher Liebe. Sie verstand den Vorwurf und ließ den Kopf hängen.

«Es wurde Zeit, daß du mich kommen ließest, Amelia», sagte er.

«Jetzt gehst du nie wieder fort, nicht wahr, William?»

«Nein, nie wieder», antwortete er und drückte die liebe kleine Seele von neuem an sein Herz.

Als sie die Zollschranken hinter sich hatten, stürzte Georgy mit erhobenem Fernrohr und lautem Willkommensjubel auf sie zu: er tanzte um das Paar herum und vollführte auf dem Nachhauseweg lauter verrückte Possen. Joe war noch nicht auf, und Becky ließ sich nicht sehen (obwohl sie durch die heruntergelassenen Rolläden nach ihnen ausgeschaut hatte). Georgy rannte davon, um das Frühstück zu bestellen. Emmys Haube und Mantille hatte Miss Payne schon auf dem Flur in Empfang genommen, und jetzt trat Emmy auf ihn zu, um ihm beim Aufknöpfen seines Umhangs behilflich zu sein, und... aber folgen wir bitte Georgy und sehen wir nach, ob das Frühstück für den Oberst bereit ist. Das Schiff ist im Hafen. Dobbin hat den Preis errungen, um den er sich sein Leben lang bemüht hatte. Der Vogel ist endlich gefangen. Da ist er, legt den Kopf an seine Schulter und schnäbelt und gurrt mit weichen, weitausgebreiteten, flatternden Schwingen. Das ist's, was er achtzehn Jahre lang jeden Tag und jede Stunde ersehnt hatte. Danach hatte er geschmachtet. Hier ist es, Krönung und Ende und letzte Seite im letzten Kapitel. Adieu, wackerer

Oberst! Gott segne dich, braver William! Leb wohl, liebe Amelia! Grüne wieder, du zierliche Schlingpflanze, auf der rauhen alten Eiche, an die du dich schmiegst!

*

Vielleicht war es Reue gegenüber dem gütigen und einfachen Wesen, das ihr als erster Mensch in ihrem Dasein beigestanden hatte, vielleicht war es auch ein Mißfallen an jeglicher rührseligen Szene – jedenfalls ließ sich Rebecca, die mit ihrer Rolle in der Angelegenheit zufrieden war, nie wieder vor Oberst Dobbin und der Dame sehen, die er heiratete. Wie sie sagte, riefen «besondere Geschäfte» sie nach Brüssel, und sie reiste ab; so waren nur Georgy und sein Onkel bei der Trauung anwesend. Als alles vorüber und Georgy mit seinen Eltern abgereist war, kehrte Mrs. Becky (nur für wenige Tage) zurück, um den einsamen Junggesellen Joseph Sedley zu trösten. Er ziehe das Leben auf dem Festland vor, hatte er gesagt und es abgelehnt, seiner Schwester und ihrem Mann zu folgen.

Emmy war von Herzen froh, daß sie ihrem Mann geschrieben hatte, bevor sie Georges Briefchen gelesen oder darüber gehört hatte. «Mir war alles längst bekannt», sagte William, «aber konnte ich eine solche Waffe gegen das Andenken des armen Burschen benutzen? Das war's, was mich so schmerzte, als du...»

«Sprich nie wieder von dem Tag!» bat Emmy so zerknirscht und demütig, daß William die Unterhaltung auf etwas anderes lenkte, nämlich auf Glorvina und die liebe alte Peggy O'Dowd, bei denen er gerade saß, als ihn Emmys Brief erreichte. «Wenn du mich nicht gerufen hättest», schloß er lachend, «wer weiß, wie Glorvinas Name heute lauten würde?»

Augenblicklich heißt sie Glorvina Posky (jetzt Frau Major Posky); sie heiratete Posky nach dem Tode seiner ersten Frau, da sie entschlossen war, nur jemand vom Regiment zu nehmen. Auch Lady O'Dowd hängt so sehr am Regiment, daß sie sagt, wenn Michael etwas zustoßen sollte, sie würde weiß Gott wiederkommen und einen von den Offizieren heiraten. Aber es geht dem Generalmajor sehr gut, und er führt in O'Dowdstown ein vornehmes Leben, hält sich eine Koppel Jagdhunde und ist (vielleicht mit Ausnahme seines Nachbarn Hoggarty von Schloß Hoggarty) der erste Mann im Lande. Milady tanzt immer noch so gern irische Tänze und wollte letzthin beim Ball des Vizekönigs unbedingt mit dem Oberstallmeister zu einer Gigue antreten. Sie und ihre Schwester behaupten beide, Dobbin habe schändlich an Glorvina gehandelt; da aber Posky auftrat, tröstete sich Glorvina, und ein schöner Turban aus Paris besänftigte den Zorn Lady O'Dowds.

Als Oberst Dobbin den Dienst quittierte, was er unmittelbar nach der Heirat tat, mietete er ein hübsches kleines Landhaus in Hampshire, nicht weit von Queen's Crawley, wo Sir Pitt und seine Familie seit der Annahme der Reformgesetze ständig wohnen. Von der Erlangung der Pairswürde war keine Rede mehr, da der Baronet die beiden Sitze im Parlament verloren hatte. Infolge dieser Katastrophe hatte er sowohl Geld wie Unternehmungsgeist verloren und seine Gesundheit geschwächt; er prophezeite den baldigen Untergang Englands.

Lady Jane und Mrs. Dobbin wurden vertraute Freundinnen – ihre Ponywagen verkehrten ständig zwischen dem Schloß und den Evergreens (dem Sitz Oberst Dobbins: er hatte ihn von seinem Freund Major Ponto gemietet, der mit seiner Familie im Ausland weilte). Milady stand Pate bei Mrs. Dobbins Kind; es trug ihren Namen und wurde von Reverend James Crawley getauft, der die Pfarrstelle seines Vaters bekommen hatte. Eine sehr enge Freundschaft entspann sich zwischen den beiden Jungen George und Rawdon, die in den Ferien zusammen jagten und schossen, in Cambridge ins gleiche College eintraten und sich um Lady Janes Tochter stritten, in die sie natürlich alle beide verliebt waren. Eine Heirat zwischen Georgy und der jungen Dame war lange Zeit hindurch ein Lieblingsplan der beiden Mütter, obwohl ich gehört habe, daß Miss Crawley selbst sich mehr für ihren Vetter Rawdon interessierte.

Mrs. Rawdon Crawleys Name wurde in keiner der beiden Familien je erwähnt. Es bestanden Gründe, sie totzuschweigen, denn wohin Mr. Joseph Sedley auch reiste, dorthin fuhr sie ebenfalls, und der verblendete Mann schien gänzlich ihr Sklave zu sein. Dobbins Anwalt teilte ihm mit, daß sein Schwager eine hohe Versicherung abgeschlossen habe, die er vermutlich beliehen hatte, um Schulden abzuzahlen. Er erhielt einen verlängerten Urlaub von der Ostindischen Handelsgesellschaft, denn seine Leiden verschlimmerten sich täglich.

Als Amelia von der Lebensversicherung erfuhr, war sie sehr bestürzt und bat ihren Mann, nach Brüssel zu fahren, wo Joe damals lebte, und zu ermitteln, wie es um ihren Bruder stehe. Der Oberst verließ seine Häuslichkeit nur widerwillig (denn er steckte bis über die Ohren in seiner *Geschichte des Pandschab,* die ihn selbst heute noch beschäftigt, und war auch sehr in Sorge wegen seiner kleinen Tochter, die er vergötterte und die gerade die Windpocken überstanden hatte); er reiste aber nach Brüssel und fand Joe, der in einem der dortigen Riesenhotels wohnte. Mrs. Crawley, die sich einen eigenen Wagen hielt, Gesellschaften gab und in sehr vornehmem Stil lebte, bewohnte im gleichen Hotel ebenfalls eine Zimmerflucht.

Der Oberst wünschte natürlich nicht, der Dame zu begegnen, und hatte es auch für richtig gehalten, seine Ankunft in Brüssel nicht zu melden. Er schickte Joe ganz privat eine Botschaft durch seinen Diener. Joseph bat den Oberst, er möge ihn doch am Abend besuchen, da Mrs. Crawley zu einer Soirée ginge, so daß sie allein wären. Dobbin traf seinen Schwager in einem Zustand erbarmungswürdiger Schwäche an – und in furchtbarer Angst vor Rebecca, obwohl er sie eifrigst lobte. Sie habe ihn während einer Reihe unbekannter Krankheiten mit bewundernswerter Treue gepflegt und sich wie eine Tochter zu ihm verhalten. «Aber, oh, um Gottes

Becky tritt zum zweitenmal als Klytämnestra auf

willen, kommt herüber und lebt hier in der Nähe und – und besucht mich manchmal!» wimmerte der Unglückliche.

Die Stirn des Obersten verfinsterte sich. «Das können wir nicht, Joe», sagte er. «In Anbetracht der Umstände kann Amelia dich nicht besuchen.»

«Ich schwöre dir – ich schwöre dir bei der Bibel», keuchte Joseph und versuchte das Buch zu küssen, «daß sie so unschuldig wie ein Kind und so rein wie deine eigene Frau ist!»

«Das mag ja sein», erwiderte der Oberst düster, «aber Emmy kann nicht zu dir kommen. Sei ein Mann, Joe, und brich die unpassende Verbindung ab! Komm nach Hause, zu deiner Familie! Wir hörten, daß du in Geldverlegenheiten bist.»

«Im Gegenteil!» rief Joe. «Wer hat solche Lügen über mich verbreitet? All mein Geld ist höchst vorteilhaft angelegt. Mrs. Crawley – das heißt – ich meine – es ist zu einem hohen Zinsfuß angelegt.»

«Du hast also keine Schulden? Warum hast du dann dein Leben versichert?»

«Ich dachte – als kleines Geschenk für sie – falls mir etwas zustößt – meine Gesundheit ist nämlich so gefährdet – nichts als ein bißchen Dankbarkeit, verstehst du? All mein Vermögen beabsichtige ich euch zu hinterlassen. Die Prämie kann ich aus meinem Einkommen bestreiten, wirklich!» rief Williams haltloser Schwager.

Der Oberst bat Joe dringend, sofort zu fliehen – nach Indien zurückzukehren, wohin Mrs. Crawley ihm nicht folgen könne. Er müsse irgend etwas unternehmen, um eine Beziehung abzubrechen, die für ihn die verhängnisvollsten Folgen haben könnte.

Joseph rang die Hände und weinte: ja, er wolle nach Indien zurück, ja, er wolle alles tun, nur müsse man ihm Zeit lassen, man dürfe Mrs. Crawley nichts sagen. «Sie – sie würde mich umbringen, wenn sie es erführe. Du weißt nicht, was für eine furchtbare Frau sie ist!» sagte der arme Unglücksrabe.

«Weshalb kommst du dann nicht gleich mit mir?» fragte Dobbin. Aber Joe fehlte der Mut dazu. Er wollte Dobbin am nächsten Morgen wiedersehen. Er dürfe auf keinen Fall verraten, daß er hiergewesen sei. Er müsse jetzt gehen. Becky könnte zurückkommen. Und Dobbin verließ ihn voll trüber Ahnungen.

Er sah Joe nicht wieder. Drei Monate später starb Joe Sedley in Aachen. Es stellte sich heraus, daß sein ganzes Vermögen in Spekulationen verschleudert worden war und jetzt in wertlosen Anteilscheinen verschiedener Schwindelunternehmungen bestand. Der einzige greifbare Besitz, den er hinterließ, waren die zweitausend Pfund, auf die sein Leben versichert war und die zu gleichen Teilen seiner geliebten Schwester Amelia, Frau des usw., und seiner Freundin und unschätzbaren Krankenpflegerin Rebecca, Frau des Oberstleutnants Rawdon Crawley, vermacht worden war, und letztere war zur Testamentsvollstreckerin ernannt.

Der Anwalt der Lebensversicherungsgesellschaft beteuerte, es sei der finsterste Fall, der ihm in seiner Praxis vorgekommen wäre, und sprach davon, eine Kommission zur Untersuchung der Todesursache nach Aachen zu schicken, und die Gesellschaft verweigerte die Auszahlung der Versicherungssumme. Aber Mrs. oder vielmehr Lady Crawley, wie sie sich jetzt nannte, fuhr sofort nach London zu ihren Rechtsanwälten, Messrs. Burke, Thurtell und Hayes, Thavies Inn, und drohte der Versicherungsgesellschaft, sie solle sich ja nicht unterstehen, ihr die Auszahlung zu verweigern. Ihre Anwälte boten eine Untersuchung an, sie erklärten, Lady Crawley sei das Opfer eines schändlichen Komplotts, mit dem man sie ihr Leben lang verfolgt habe, und zu guter Letzt siegten sie. Das Geld wurde ausgezahlt, ihr Ruf war wiederhergestellt, aber Oberst Dobbin schickte seinen Anteil an der Summe an die Versicherungsgesellschaft zurück und weigerte sich sehr entschieden, mit Rebecca in Verbindung zu treten.

*Sieg der Tugend:
ein Stand auf dem Jahrmarkt der Eitelkeit*

Lady Crawley wurde sie nie, wenn sie auch fortfuhr, sich so zu nennen. Seine Exzellenz Oberst Rawdon Crawley starb heißgeliebt und tiefbetrauert auf Coventry Island am Gelbfieber – genau sechs Wochen vor dem Ableben seines Bruders Sir Pitt. Der Familienbesitz ging infolgedessen auf den jetzigen Baronet Sir Rawdon Crawley über.

Er lehnte es ebenfalls ab, seine Mutter wiederzusehen. Er setzte ihr jedoch eine großzügige Rente aus. Auch sonst scheint sie sehr wohlhabend zu sein. Der Baronet lebt ständig in Queen's Crawley, und zwar mit Lady Jane und deren Tochter, während Rebecca, «Lady Crawley», sich in Bath und Cheltenham aufhält, wo sie eine starke Partei vortrefflicher Menschen für sich gewonnen hat, die sie für eine schwerverkannte Frau halten. Sie hat ihre Feinde. Wer hätte die nicht? Ihr Lebenswandel gibt ihnen die beste Antwort. Sie übt sich in Werken der Nächstenliebe. Sie geht in die Kirche, und nie ohne einen Diener. Ihr Name steht auf allen Wohltätigkeitslisten. Die notleidenden Orangenverkäuferinnen, die alleinstehenden Waschfrauen und die armen Bretzelmänner finden in ihr eine freigebige, hilfsbereite Freundin. Zum Besten solcher unglücklichen Geschöpfe hat sie immer einen Verkaufsstand auf Wohltätigkeitsbasaren. Als Emmy mit ihren Kindern und dem Oberst vor einiger Zeit nach London kam und einen Basar besuchte, stand sie ihr plötzlich gegenüber. Becky schlug bescheiden die Augen nieder und lächelte, als sie vor ihr zurückwichen. Emmy eilte an Georgys Arm fort, während der Oberst die kleine Janey auf den Arm nahm, die er lieber hat als alles in der Welt, sogar noch lieber als seine *Geschichte des Pandschab*.

Und noch lieber als mich, denkt Emmy mit einem Seufzer. Doch er sagte nie ein Wort zu Amelia, das nicht gütig oder sanft gewesen wäre, und er war stets bemüht, ihr jeden Wunsch zu erfüllen.

Oh, *vanitas vanitatum!* Wer von uns ist auf dieser Welt ganz glücklich? Wer von uns hat, was er sich wünscht, oder ist zufrieden, wenn er es hat? – Kommt, Kinder, wir wollen die Puppen in den Kasten schließen, denn unser Spiel ist aus!

NACHWORT

Wir müssen uns in die meisten der großen Romane der Vergangenheit, selbst in «Don Quixote» einlesen und uns an ihre Sprache gewöhnen, bevor ihr Zauber auf uns wirken kann. Auch mit Thackerays Meisterroman, mit «Vanity Fair», geht es uns so.

Das Jahrhundert, das uns von Thackerays Zeit und den Tagen seines ersten Ruhmes trennt, ist nicht spurlos an seinem Werk vorübergegangen. Etlicher Staub hat sich auf einige seiner Seiten gelegt. Welches Romanwerk vermöchte uns durch 1100 Seiten hindurch in steter Spannung zu halten?

Noch heute ist das erste Kapitel mit seinem herrlich kecken und lustigen Schluß so frisch wie am ersten Tag; aber die Räume von Sir Pitt Crawleys Haus in Gaunt Street zum Beispiel sind im Laufe der Zeiten noch muffiger geworden, als sie es in Thackerays eigener Beschreibung sind, und ihre Bewohner, der knotige Landjunker und seine Dienerin, wirken heute auf den ersten Blick fast gespenstisch.

Geben wir es gleich zu: manches, gerade in den früheren Kapiteln, ist trotz meisterhaft lebendiger Stellen und trotz größter Fülle des Details mitunter etwas mühsam zu lesen.

Dem Leser, der die ersten hundert Seiten hinter sich hat, eröffnet sich ein Schauspiel, wie es nur die genialen Erzähler bieten: er erlebt die Entfaltung von Thackerays Meisterschaft. Ein mächtiges Gesellschaftsgemälde baut sich vor ihm auf. Die Schranken des anfänglich noch engen Schauplatzes werden gesprengt; er weitet sich zur europäischen Szene, und wir gehen dem ersten Höhepunkt des Romans entgegen. Vom dreizehnten Kapitel an sind wir im Bann der reifen Kunst Thackerays.

Die ersten acht Kapitel unseres Romans entstanden im Frühjahr 1845, wie Thackerays Biograph Gordon N. Ray nachweisen konnte. Sie wanderten im Manuskript lange von Verleger zu Verleger, bis sie ein Obdach fanden. Der provisorische Titel des Romanbruchstücks lautete damals: «Feder- und Bleistiftskizzen der englischen Gesellschaft». Er paßt genau auf jene ersten Kapitel mit ihren gestochen scharfen, erzählenden Bildern von Chiswick, Russell Square und dem burlesken Tivoli von Vauxhall, das einer Zeichnung des alten Rowlandson entstiegen scheint. Der innere Zusammenhang ist in diesen ersten Kapiteln loser als in dem darauffolgenden Teil. Die Abenteurerin Becky gibt den roten Faden; der Rest ist Mannigfaltigkeit, dichteste Fülle der Schilderung stockbürgerlicher Welt und der durch Beckys Augen gesehenen Kauzigkeit des niedern Junkertums von Crawley. (Das fünfte Kapitel «Unser Dobbin» mit seinen Schulerinnerungen bestand damals noch nicht.)

Was sollte in der Folge aus den «Skizzen» werden? Thackeray wußte es selbst noch nicht, denn er arbeitete nie nach einem genau vorbedachten Plan. Es hätte ein amüsanter Schelmenroman mit bunter Reihe satirischer und burlesker Kapitel daraus werden können oder eine Folge von Karikaturen, wie sie in den Crawley-Kapiteln angelegt scheint. Beides hatte Thackeray früher mit Erfolg versucht. In Wirklichkeit blieb das Romanfragment liegen. Andere, schon versprochene Arbeiten, eine Reiseschilderung und die Satiren auf die Snobs von England, mußten vorerst abgeschlossen werden. Es vergingen beinahe zwei Jahre, bis Thackeray sich seinem Roman wieder zuwenden konnte.

In diesen zwei Jahren, namentlich aber im Frühjahr 1847, trat, wenn nicht alle Zeichen im Werk und in den Briefen trügen, eine tiefgreifende Reifung und Abklärung in Thackerays Verhältnis zu seiner Zeit, seinem eigenen Erleben und seiner Kunst ein. Sie ist weder krisenhaft heftig noch deutet irgend etwas auf eine dramatische Umkehr. Sie führt zu einer ungeahnten Weitung und Sammlung schon vorhandener Möglichkeiten des Ausdrucks in einem einzigen, großangelegten Werk: in unserem Roman. Das Überraschende, ja Wunderbare daran ist der gewaltige, von den früheren Arbeiten her gesehen, unbegreifliche Zuwachs an souveräner Gestaltungskraft, umfassender Weite des Blicks und menschlicher Reife, kurz: der Meisterschaft. Es gibt in den Skizzen, Burlesken und Erzählungen, den beschreibenden und kritischen Schriften, den Parodien und Versen Thackerays überall Andeutungen dessen, was kommen wird; aber es gibt keinen sichtbaren Übergang von diesem Vielerlei zum «Jahrmarkt der Eitelkeit». Niemand liest heute diese in zehn großen Bänden gesammelten, frühen Sachen um ihrer selbst willen. Thackeray selbst verachtete sie. «Vanity Fair» aber steht da als Meisterwerk voller herrlicher Kostbarkeiten und lebt aus eigener, unverwüstlicher Kraft, kühn entworfen und voll salziger Wahrheit. Man ahnt, daß der Riesensprung vom Verspielten und Virtuosen zum Notwendigen und Beherrschten mit jener fast zweijährigen Reifezeit zusammenhängt. Was war geschehen?

Als der Vierunddreißigjährige – nel mezzo del cammin – zu seinem Roman ansetzte und die ersten acht Kapitel niederschrieb, besaß er ein Maß bitter erkaufter Erfahrung und Kenntnis, wie es sonst nur in weit höherem Alter denkbar erscheint. Von der Kindheit soll hier zuerst nicht die Rede sein, denn das Bittere und Scharfe stammt bei Thackeray aus bewußter, heller Erfahrung.

Die Natur hatte in den mächtigen, fast hünenhaften Körper Thackerays ein warmes, allzu weiches Herz gelegt, das ihn allen Leiden der Empfindsamen aussetzte, ihn liebebedürftig, gesellig, von Menschen abhängig und unsicher machte. Zeit seines Lebens wurde er vom Treiben der Weltkinder unwiderstehlich angezogen und zum Mittun verlockt. In alle Freuden, Leiden und Torheiten seiner Gestalten ist ein gutes Stück bittersüßer, eigener Erinnerung eingegangen. Thackeray wuchs als Halbwaise auf; denn fünf Jahre nach seiner Geburt in Kalkutta, im Jahre 1811, starb sein Vater. Als Sproß hoher Kolonialbeamter wurde er dann, kaum der Kindheit entwachsen, auch von der Mutter getrennt, um in England im Lebensstil eines Gentleman erzogen zu werden. Die Schule, in der er zehn seiner einsamen Knabenjahre verbrachte, wurde ihm zur scheußlichsten Qual und zugleich zur Stoffquelle jener strömend lebensnahen Erinnerungskunst, die man im fünften Kapitel unseres Romans fließen sieht. Die zerschmetterte Nase, die er aus den Faustkämpfen mit Schulkameraden ins Leben hinaustrug und später mit dem Vornamen seines Pseudonyms Michelangelo Titmarsh quittierte, ist das äußere Denkzeichen des Zusammenstoßes mit der Welt. Ihr entsprachen viele tieferliegende Wunden, welche der Verletzliche auf seinem Weg durchs Leben empfing. Mit der Verwundbarkeit ging bei Thackeray aber auch die Gabe dichterischer Evokation aus mitfühlendem Verstehen. Man denke an die unvergleichlich liebevollen Bilder, die er von jungen, ahnungslosen und treuherzigen Menschen geschaffen hat, an Jim Crawley mit seinen Hunden und Boxerfreunden und der unglückseligen Pfeife und vollends an den kleinen Rawdon, in dessen Nähe es jedem Leser warm ums Herz werden muß.

Das Leiden des Knaben Thackeray ist beispielhaft für vieles, was dem Dichter in späteren Jahren widerfuhr; immer wieder wurde teuer erkaufte Erfahrung in lebensnahe Bilder verwandelt. Aus der Falschspielerei und ihren Rittern, an die der junge Dandy in Paris einen Teil seines väterlichen Vermögens verlor, machte der Betrogene den Hauptberuf Rawdons und den eiteln Gimpel Osborne; aus den begrabenen Künstlerträumen des Zeichners Thackeray entstanden der Maler Smee und Beckys Vater; aus unerwiderten Liebesschwärmereien nährt sich die Gestalt von Dobbin, dem Thackeray überdies viele andere seiner Züge und Erlebnisse mitgegeben hat.

Nicht nur die bitteren, auch die sorglosen Stunden des jungen Erben fanden ihren Niederschlag in unserem Buche. Die sechs glücklichen Monate, die er im Winter 1831 in Weimar an Bällen, am Hofe Karl Friedrichs und im Kreise Ottiliens von Goethe verbrachte, haben ihr Echo in den Pumpernickel-Kapiteln gefunden, die zuerst etwas lose und episodisch anmuten. Das Bittere wurde in der Verwandlung der Kunst inniger und tiefer als das Süße; so wurde zum Beispiel aus der Erinnerung an die mageren Jahre nach dem Verlust des väterlichen Vermögens die verschämte Armut der Sedleys.

Es gab Wunden, die aller Verwandlungskunst trotzten und auch in den Seiten unseres Romans als entzündete Stellen spürbar sind. Von ihnen muß später die Rede sein. Die bitterste aller Erfahrungen war der tragische Zusammenbruch der Ehe. Nach dem Verlust des Vermögens und dem Ende der Malerlaufbahn hatte Thackeray seine Zuflucht und sein erstes, selbständiges Auskommen im Journalismus gefunden. Er hatte als Fünfundzwanzigjähriger im Vollgefühl seiner neuentdeckten Kraft ein blutjunges Mädchen stürmisch umworben und gegen alle Widerstände ihrer Mutter und die Scheu der Kleinen heimgeführt. Die Ehe und die Kinder, die ihr entsprossen, füllten den Liebedurstigen mit tiefem Glück. Nach der Geburt des dritten Kindes – das zweite war in zartestem Alter gestorben – meldeten sich bei Thackerays Gattin Zeichen scheinbar harmloser Niedergeschlagenheit, denen später eine schleichende Schwermut folgte, welche zu Selbstmordversuchen führte. Nach langen und kostspieligen Kuraufenthalten in Paris und in deutschen Bädern mußte Thackeray die unheilbar Schizophrene der Pflege fremder Menschen überlassen und die kleinen Kinder seiner Mutter in Paris zur Erziehung anvertrauen.

Er stand nun wieder da, wo er nach den verspielten Jugendjahren angelangt war, im unerfüllten Dasein eines Junggesellen wider Willen. Dies war im Jahre 1841, vier Jahre vor dem Beginn der Niederschrift der ersten Fassung von «Vanity Fair». Er füllte diese Jahre mit unentwegter Arbeit, schrieb Artikel, Humoresken, Kurzromane und Satiren und schloß sich dem Kreis des neugegründeten «Punch» an. Die Gesellschaft der Freunde und Trinkkumpane war ihm unentbehrlich. Er ging in viele Klubs und an die Eßrunden der Literaten, Journalisten und Zeichner; aber die Erinnerung an das einmal genossene Glück bürgerlicher Häuslichkeit und seelischer Nähe blieb wach und gibt den wenigen Bildern biedermeierlichen Friedens und Bescheidens, welche um Amelia herum entstehen, eine Innigkeit, die nur von Dickens übertroffen wird.

Wir nähern uns der Wendezeit um 1846/47. Die Sehnsucht nach etwas Stetigerem, nach der Nähe seiner Kinder, nach der Ruhe und Unabhängigkeit eines eigenen Hausstandes regt sich. Im Frühjahr 1846 tat Thackeray den ersten Schritt: er nahm im stillen, damals noch abgelegenen, aber vornehmen Kensington im Westen Londons ein Haus. Im Herbst des gleichen Jahres holte er seine zwei kleinen Mädchen zu sich. Die Briefe an seine Mutter lassen die seelische Bereicherung ahnen, welche ihm die Nähe der Kinder und die Sorge um sie gewährten.

Der äußeren Festigung und Verwurzelung entspricht eine innere Wandlung, die unter anderem aus einer Stelle im Briefe spricht, welchen er an seinen Freund Mark Lemon, den Herausgeber des «Punch», am 24. Februar 1847 schrieb. Thackeray hatte soeben in den Seiten des «Punch» seine berühmte Reihe der Satiren auf die Snobs von England mit den Worten geschlossen: «Spaß ist gut, Wahrheit noch besser und Liebe das beste der drei». In der besagten Briefstelle bezieht er sich auf diese Worte und fährt dann fort: «Was ich (damit) meine, hat auch auf mich selbst und alle von uns Bezug, die wir uns als Satiriker und Moralisten aufspielen und eine so riesige Menge von Lesern haben, welche wir nicht nur unterhalten, sondern auch belehren. Und fürwahr, als ich dies schrieb, erfüllte mich ein feierliches Gebet an den Allmächtigen, daß wir Wahrhaftigkeit, Gerechtigkeit und Güte als die großen Leitziele unseres Berufes nie vergessen mögen. Etwas Ähnliches steht in ‹Vanity Fair›. Noch vor wenigen Jahren hätte ich nichts als Hohn gehabt für die Idee, mich als Prediger aufzuspielen... aber ich bin seither dazu gelangt, an dieses und an manch andere Dinge zu glauben. Unser Beruf scheint mir so wichtig wie der eines Predigers.»

Um die Bedeutung solcher Worte würdigen zu können, muß man an das komplizierte, in Hinneigung und Abwehr gleich starke Verhältnis Thackerays zur Gesellschaft seiner Zeit denken, das lange Zeit durch fast unlösbare Spannungen belastet erschien. Der Herkunft und Erziehung nach war Thackeray Glied der herrschenden Klasse. Sein Künstlertum stellte ihn aber außerhalb der sehr engen Schranken der damaligen, sehr starren Gesellschaftshierarchie. Als junger Dandy hatte er jahrelang, unsicher zwischen Boheme und Bürgerlichkeit schwankend, nach einer Lösung gesucht, die es nach der Lage der Dinge gar nicht geben konnte. Thackeray war wohl vom Schicksal zum mitfühlenden, an allem Geselligen und Mitmenschlichen teilnehmenden Wesen bestimmt; aber die Enttäuschungen des Lebens, die der Empfindliche und Ahnungslose erleben mußte, hatten in ihm den Dämon des Zweifels an sich selbst und an den Motiven der Mitmenschen geweckt. Mit den Jahren hatte Thackeray ein bohrendes Sperberauge für alles Falsche und Hohle entwickelt. Sich nicht mehr düpieren zu lassen, den Humbug – es ist eines seiner Lieblingswörter – überall aufzudecken, das Herz zu schützen vor Trug, das war in ihm so sehr zur alles beherrschenden Leidenschaft geworden, daß er Leuten, die ihn nicht genauer kannten, als Menschenhasser und Zyniker erschien. Dazu kam, daß seine literarische Umwelt diese Züge in ihm bestärkte. Der Journalismus, in dessen Dienst Thackeray seine Feder zur höchsten Könnerschaft erzog, war kämpferisch. Thackerays literarischer Durchbruch fiel in die schweren vierziger Jahre, als selbst die berühmte «Times» als Donnerer gefürchtet war. Kein Wunder also, daß er trotz angeborener Geselligkeit und Güte mit der Gesellschaft auf gespanntem Fuße stand.

Auch in seinem literarischen Schaffen schwamm Thackeray gegen den Strom. Er verulkte die Bestseller seiner Zeit mit ihren edeln Verbrecherhelden – «Vanity Fair» hat weder Verbrecher noch Helden. Er parodierte die aristokratischen Moderomane Bulwer Lyttons und seiner Nachahmer. Ein weiterer Zug: alle seine frühen Werke waren unter angenommenen Namen und mit verstellter Perspektive erschienen. Er schreibt als Lakai Yellowplush, ein anderes Mal als bramarbasierender irischer Major Gahagan, übermütig, köstlich; aber immer ironisch, als literarischer Rebell, der sich als Kritiker der guten Gesellschaft seine künstlerische Unabhängigkeit bewahrt.

Aus dem oben zitierten Brief an Mark Lemon spricht ein ganz anderes Gefühl. Thackeray ist erfüllt vom Bewußtsein der moralischen Sendung des Künstlers. Das viktorianische Zeitalter ist angebrochen. Wie seine Zeitgenossen, wie Carlyle und Dickens, übernimmt er nun die sittliche Verantwortung für die Wirkung seines Schaffens, das heißt, er tritt mit seiner eigenen Person für sein Werk ein und nimmt die unmittelbare Beziehung zu seinen Lesern auf. Die Stelle, wo dies zum ersten Male in unserem Roman in aller Form geschieht, steht am Ende des achten Kapitels. Sie wurde den etwas langatmigen Briefen Beckys in den selben Februarwochen des Jahres 1847 angefügt, von denen Thackeray an Mark Lemon schrieb. Die Briefstelle selbst liest sich wie das Manifest einer littérature engagée im Geiste der Viktorianer. Das Engagement ist nicht politisch oder religiös wie bei gewissen Verfassern unserer Zeit, es ist moralisch und wird gegenüber der Gesellschaft im Geiste eines weltlichen Puritanismus eingegangen. Es verpflichtet den Künstler, seinen Zeitgenossen den Wahrheitsspiegel vorzuhalten, damit sie Schein und Sein zu unterscheiden lernen. Das wird inskünftig Thackerays moralische Sendung sein, sein Dienst und seine Rechtfertigung, seine Predigt als Laiendiener der sittlichen, bürgerlichen Ideale. Es ist seine Beichte zugleich, denn Thackeray war als Mensch und Künstler mit allen Fasern seines Wesens mit der Welt verbunden. Er wird weiter im Klub und mit den Freunden und bald auch seinen Lesern, den Damen der großen Welt und den Politikern, essen und trinken; aber in der Stille seines Hauses wird er Rechenschaft ablegen über den Glanz und das Elend der Weltkinder.

Es ist eine denkwürdige und tief menschliche Situation: der Künstler, der sowohl inmitten wie neben und über der Welt steht, die er schildert. Die Auswirkung dieser Haltung auf das Werk wird uns wiederholt beschäftigen; denn die Größe und die Begrenzung Thackerays hängt eng mit der Problematik seiner Haltung zusammen, in der Künstler, Bürger und Moralist nebeneinander existieren.

Die Wandlung vom Spötter zum Moralisten, die Thackeray kurz vor der Niederschrift der endgültigen Fassung von «Vanity Fair» durchmacht, ist, wie gesagt, keine Umkehr, sondern ein Hineinwachsen in eine umfassendere, tiefere Schau der Dinge. Auch der Spötter ist ein Moralist, aber er übernimmt keine Verantwortung und bleibt außen. Man spürt beim Lesen von «Vanity Fair», wie Thackeray durch das volle Eintreten für sein Schaffen als Erzähler mächtige, bis dahin getrennt gebliebene und schlummernde Kräfte zuflossen. Er war nun eins mit dem Besten seines Zeitalters, er war in die mächtige viktorianische Tradition eingetreten und wurde getragen von ihrem Pathos.

Wir kommen zum Ende der Entstehungsgeschichte von «Vanity Fair». Am 25. Januar 1847 hatte Thackeray mit den Verlegern Bradbury und Evans, die seinerzeit sein Romanbruchstück zum Druck angenommen hatten, den Vertrag zur Veröffentlichung des Romans in monatlichen Lieferungen abgeschlossen. Zu jeder Lieferung im Umfang von mindestens zwei Bogen verpflichtete sich Thackeray, zwei Stahlstiche und eine beliebige Zahl von Illustrationen in Holzschnitt zu liefern.

Ein Jahr zuvor hatte sich Thackeray zum ungestörten Arbeiten in die Herberge «Zum Schiff» in Brighton zurückgezogen. Die ersten Kapitel lagen in einem Vordruck da, aber der alte Titel «Bleistift- und Federskizzen der englischen Gesellschaft» befriedigte Thackeray nicht. Er war zu lang und zu blaß und wurde der neuen, tieferen Konzeption, die im Dichter herangereift war, nicht mehr gerecht. Da kommt ihm, mitten in der Nacht, wie durch eine Stimme, die Erleuchtung: «Vanity Fair». Er springt aus dem Bett und läuft dreimal im Zimmer herum und prüft murmelnd den Fund. «Vanity Fair!» Als Titel großartig, kurz, volltönend und prägnant; aber leider kaum zu übersetzen. «Jahrmarkt der Eitelkeit» gibt den Sinn der beiden Worte wohl richtig wieder; unübersetzbar bleiben aber die Assoziationen, welcher der Originaltitel für die englischen und amerikanisch sprechenden Leser noch heute hat.

Im uralten Erbauungsbuch John Bunyans (1628-88) von des Christen Pilgerreise durch die Versuchungen der Welt zum Tor des Himmels – «The Pilgrim's Progress» genannt – stoßen die Pilger auf eine üppige, lärmige Stadt, Vanity genannt, in welcher jahraus, jahrein jene Kirmeß abgehalten wird, die Thackeray in der Vorrede zu seinem Roman schildert. Es ist eine immerwährende Fastnacht eitler, weltlicher Lust und oberflächlichen Lebens, voller Lug und Trug, Geschwätzigkeit, Verleumdung und Jagd nach dem Gelde. In der jenseitigen Sicht des alten Wiedertäufers Bunyan erscheint das Treiben der Welt als nichtig und verdorben, ein Jahrmarkt des Vergänglich-Leeren.

Das Mahnwort des alten Baptistenpredigers ist in der englischsprechenden Welt bis heute nie ganz verhallt, die «Pilgerreise» ist als Kinderbuch allen Geschlechtern der Nachwelt vertraut geblieben. Im Unterbewußtsein der Angelsachsen nährt es die puritanische Ader, und diese brach in jener Nacht in Thackeray auf. Die Welt als

Kirmeß! als Theater, drin die Menschen als Puppen ihr Leben laut und eifrig agieren! In der Phantasie Thackerays vollzieht sich die schöpferische Verwandlung, durch welche die Vision Bunyans aus dem Geist des Barocks gelöst und herübergenommen wird in die Welt der Viktorianer.

Die Welt als Puppenspiel des Erzählers, der, dem Schöpfer gleich, ihre Fäden lenkt! Es muß ein großer Augenblick gewesen sein, dem Aufblitzen einer Erfinderidee vergleichbar, als sich in Thackeray die drängende Fülle von Gestalten (welche man in dem unmittelbar vor «Vanity Fair» entstandenen «Book of Snobs» warten sieht) auf einmal um die Idee eines Welttheaters sub specie vanitatis kristallisierte. Jeder Erzähler, der nicht nur Einzelschicksale, sondern das Bild einer ganzen Gesellschaft gestalten will, muß einen archimedischen Punkt haben, von welchem aus er seine Welt bewegen und die großen Massen gliedern kann. Er braucht innere Unabhängigkeit und eine kritische Distanz zu den Wertungen und Konventionen der Gesellschaft, die er schildert, der er selbst angehört. Tolstoi hat sein gläubiges Bewußtsein einer sittlichen Verpflichtung den Mitmenschen gegenüber; Balzac hat seine Vision des großen Kräftespiels um die Macht des Geldes und des Willens; Proust und Henry James sehen die Gesellschaft und ihre Exponenten durch die Sensibilität des Ichs, das sich in den erlebenden und beobachtenden Zentralgestalten verkörpert. Bei Thackeray ist es die ironisch-kritische Schau des Moralisten, welche Distanz und Maß und dem Werk die geistige Einheit gibt. Der Prolog «Vor dem Vorhang», den der Meister im stolzen Rückblick auf das vollendete Werk beim Erscheinen der Buchausgabe schrieb, faßt seine Haltung im Bild zusammen. Der Erzähler steht neben und über seinen Marionetten; er ist teilnehmender Schöpfer und kommentierender Richter zugleich. Die Welt dieser Puppen ist gleißnerisch, sagt der Moralist Thackeray, sie ist gierig und selbst in den besten ihrer Kinder, in Dobbin und Amelia, ohne Ruhm, voller Selbsttäuschung und unreiner Motive, gänzlich ohne Helden, lauter Betrüger und Betrogene.

Und dennoch! Welch unerschöpfliches Schauspiel, welch starkes, herrliches Leben, gerade in den weltlichsten der Gestalten. Thackeray kann seinen Stolz über das Gelingen der Puppe Becky nicht verschweigen, und wir, seine Leser, haben unsere Freude an den Sündern, an Becky und ihrem aristokratischen Pendant, der alten Miss Crawley und ihrem Günstling Rawdon.

Bunyan läßt seine beiden Pilger durch die üppige Stadt Vanity und ihren Eitelkeitsrummel hindurchgehen und läßt sie leiden; ja er läßt einen der Pilger sogar von den Henkern der Stadt Vanity hinrichten. Aber seine Gestalten bleiben unberührt vom Glanz der Welt. Christian, der Überlebende, entflieht, nachdem er einen letzten, richtenden Blick auf das sündige Sodom geworfen hat.

Thackerays Gestalten indessen leben mitten in der Welt und teilen ihre Leidenschaften. Thackeray selbst genießt ihre Buntheit und Fülle. Er bewundert Becky und ist halb verliebt in sie, wie auch in Amelia. Er hat Dobbin einen Teil von sich selbst mitgegeben. Mit diesen Geschöpfen seiner Phantasie lebt er mitten in der sündigen Welt, wo doch alles eitel und unzulänglich ist. Es liegt ein geheimer Widerspruch in dieser zwiefachen Haltung, diesem Leben in und über den Gestalten. Als Künstler erfaßt er das Leben hellhörig und willig und hebt es in dichtester Nähe ins Wort; als Moralist erwehrt er sich des geilen Lebens und rächt sich an seiner wilden Frechheit durch Ironie, Anklage und Zweifel. Dann läßt er seine Galle über das Bild fließen, das der Künstler in ihm geschaffen hat, dann erscheint alles als Erbschleicherei, Männerfang und Selbstsucht. Zerknirscht klagt er sich selber und den Leser an. Sind wir nicht alle die Marionetten unserer Leidenschaften, ohne Glaube, Liebe und Hoffnung?

Die Unterscheidung zwischen dem Künstler und dem Moralisten in Thackeray, die wir hier mit aller Schärfe vollziehen, wäre ein rhetorischer Trick und eine ziemlich abgedroschene Finte, wenn uns nicht fast jedes Kapitel von «Vanity Fair» und jede der köstlichen Zeichnungen, die er seinem Buche mitgegeben hat, sowie alle seine Briefe, unter anderem auch der oben zitierte Brief an Mark Lemon, zu einer solchen Trennung drängten. Wie anders denn als Ausfluß einer solchen Spaltung ließe sich das Nebeneinander von Erzählung und Kommentar erklären, wie es am Ende des achten Kapitels erstmals in aller Deutlichkeit zutage tritt und durch den ganzen Roman hindurch anhält?

Der Abstieg vom vollkommen Verkörperten zur bloßen Reflexion und zu Ausbrüchen sentimentalen Bedauerns wird vom Leser nicht geschätzt. Wir lieben es nicht, wenn man uns aus der Illusion des Puppenspiels herausreißt, um uns Moral zu predigen und mit dem belehrenden Finger nochmals auf das zu zeigen, was wir gesehen haben. Aber gerade das will der Moralist in Thackeray zu unserem Heile und seiner moralischen Beruhigung tun. Wir sollen uns keinem interesselosen Wohlgefallen hingeben; denn was da gespielt wird, ist unser eigenes Leben und Schicksal. Die Heuchler und Betrogenen sind wir. Immer wieder reißt Thackeray die Wand zwischen Kunstwerk und Wirklichkeit absichtlich nieder. «So sind wir alle», sagt der Prediger Thackeray zu seinem Leser: – hypocrite lecteur, mon semblable, mon frère!

Die Zeichnungen, die Thackeray seinem Roman mitgegeben hat, sprechen auf ihre Weise die gleiche Sprache. Sie sind äußerst aufschlußreich. Wir wagen kein abschließendes Urteil über ihren künstlerischen Wert. Als Illustrator hatte Thackeray in Seymour, Cruikshank, «Phiz» (H. K. Browne) und seinem Freunde John Leech bedeutende Rivalen; aber als authentischer Illustrator seiner eigenen Schöpfungen ist er hors concours. Seine Zeichnungen zu «Vanity Fair» gehören zu seinen schönsten und zeigen auf ihre Weise, welche Kraft und Präzision Thackerays Phantasie besaß. Wer die Illustrationen näher betrachtet hat, muß mit Staunen bemerkt haben, daß der Zeichner Thackeray von einzelnen seiner Gestalten, vor allem von Becky Sharp, ein viel härteres Bild gibt als der Romancier. Wo ist auf den Zeichnungen die Frische hingekommen, welche Becky im Roman überall besitzt, so ist ihr Reiz und ihre Wendigkeit? Warum ist das Bild, das wir uns von ihr und ihrem Gatten machen, so unendlich viel reicher als die hämisch scharfen Züge vermuten lassen, die uns aus den Stichen entgegentreten? Die Antwort liegt nicht etwa in einem Unvermögen des Zeichners; sie liegt darin, daß es der Moralist Thackeray war, der den Bleistift führte, währenddem die Schreibfeder einem tieferen, intuitiven Impuls gehorchte.

Damit sind wir endlich beim Künstler Thackeray angelangt. Es wird immer ein denkwürdiges und nie ganz zu ergründendes Schauspiel sein, zu sehen, wie Thackeray im Laufe der ersten Hälfte unseres Romans als Erzähler über sich selbst hinauswächst, ins Große, beinahe Epische, während der Zeichner in der engeren Perspektive des Karikaturisten befangen bleibt. Der Gang der Handlung, der am Anfang zuweilen schleppend sein konnte, wird unmerklich beschleunigt. Das Skurrile, wie es etwa im Vauxhall-Kapitel in vielen possenhaften Zügen sichtbar wird, verschwindet. Die Gestalten rücken vom zwölften Kapitel an in eine tiefere Perspektive. Hinter dem privaten Dasein erhebt sich der epochale Hintergrund. Die alliierten Armeen überschreiten den Rhein, und von fern her wirkt die Hand des großen Korsen. Was als «Skizzen der englischen Gesellschaft» begann, reift heran zum Gesellschaftsgemälde und weitet sich zum Panorama englischen Lebens vor europäischem Hintergrund. Die Reihe der anfänglich grotesk anmutenden Gestalten, wie des alten Sir Pitt Crawley und seiner Geschwister, des alten Osborne und seiner Töchter, wird zu Familiengemälden, welche an die Forsytes gemahnen.

Es ist immer eine Eigentümlichkeit englischer Kunst gewesen, auf gegebenem Raum, sei es im Drama, auf der Platte des Radierers oder im Roman, allen klassizistischen

Gesetzen der Ökonomie zu Trotz eine unerhörte Mannigfaltigkeit bis an den äußersten Rand reichenden Lebens zu geben. Dickens und Thackeray haben das für ihre Zeit im Roman getan. Dickens erreicht es durch die Herzenswärme und Verbrüderung unzähliger, kaum differenzierter, aber strömend vitaler und spontaner Gestalten des einfachen Lebens. Thackeray schafft, wie sein Meister Fielding, einen dichten Hintergrund scharf, aber eher flach gezeichneter Einzelgestalten mit immer wieder neuen, unverwechselbaren Zügen, welche das Grundthema der menschlichen Leidenschaften variieren. Hinter den Osbornes erscheinen Bullock und seine Familie, hinter Crawley tauchen Vater und Tochter Horrocks auf, hinter den Sedleys die Familie der Crapps. Ungleich Dickens, aber im Einklang mit der realistischen Grundtendenz seiner Kunst, verknüpft Thackeray seine Figuren und ihre Schicksale, wo immer dies möglich ist, mit der Wirklichkeit, so daß seine Bilder sich zuletzt mit den Bildern unserer eigenen Erinnerung vermischen und daraus eine Nähe und Überzeugungskraft gewinnen, die dokumentarisch wirkt. So vermehrt er die Illusion in der Sphäre des Bürgerlichen dadurch, daß er den Osbornes und Sedleys genaue Adressen gibt. Sie wohnen in Russell Square. Wer das alte Bloomsbury kennt, kann sich ihre Gehäuse bis in alle Einzelheiten vorstellen. Da sind, durch die Dienertreppe erreichbar, die halb unterirdischen Herrschaftsküchen und Keller im «Basement», wo Sambo verliebt neben der Köchin am Abend vor dem offenen Feuer sitzt und die Zofen die Kohlen und das heiße Wasser für die jungen Damen und ihre Gouvernanten holen, welche oben im dritten Stockwerk wohnen, von wo man über die weiten Squares und über die schönen Gärten hinter dem Hause hinwegsieht, bis hinüber zu den Kutschenhäusern und Stallungen. Es ist eine hochbürgerliche Welt, welche in den klassizistisch eleganten Zimmern im Beisein galonierter Diener speist und dann durch schön geschwungene Treppen hinaufsteigt zum piano nobile der hohen Salons mit ihren

Wandspiegeln, hohen Fenstern und mächtigen Doppeltüren. Dort oben spielen nach Tisch die Töchter Klavier, dort singt Becky sentimentale Lieder, während die Matronen auf den Ottomanen sitzen und lästern.

Thackeray, der sonst nirgends jenen Sinn für Atmosphäre zeigt, der seinen großen Rivalen Dickens befähigt, von der ersten Zeile seiner Romane an einen Bann auf den Leser zu legen, vermittelt uns stets ein genaues Bild der Räume, Treppenhäuser und Kammern, der Klubs und Schenken, wo sich das Leben seiner Gestalten abspielt. Tief eindrücklich ist zum Beispiel jenes einstige Zimmer des Sohnes oben im Hause der Osbornes, das nach Jahren erstmals geöffnet wird, um den Enkel einzulassen. Vergangenes, Verlorenes, die Zeit selbst haucht einen fast greifbar darin an. Oder jenes Treppenhaus mit der Nische auf Seite 974, wo man das Ende des Sarges abstellt, wenn einer der Penaten auszieht. Wie deutlich werden die langen Gänge und Zimmerfluchten, an deren Ende der vom Schlag getroffene alte Pitt dahinsiecht, wo auch sein Sarg aufgestellt wird, während unten die Erben Gericht halten über die diebischen Diener!

Die Diener! Was wäre «Vanity Fair» ohne sie! ohne Miss Briggs und Raggles, ohne Sambo, Firkin und Betty Martin! Sie sind es vor allem, welche den Hintergrund des Romans aufs köstlichste bereichern, denn sie liefern herrliche Lustspielszenen. Die große Welt oben hängt von ihnen auf die peinlichste, menschlichste und zuweilen auch trostreich-rührende Weise ab. Sie wird von ihren Dienern beobachtet und gerichtet. Immer wieder taucht der Gedanke auf: Was denken unsere Diener von uns? Thackerays Überempfindlichkeit, seine letztliche Unsicherheit im Leben, die ihn zugleich die Sicherung des Bürgers suchen und die damit übernommenen Bande bis zur Obsession erleiden ließ, auch sein puritanisches Gewissen und Pflichtgefühl dem Mitmenschen gegenüber (nicht aber ein eigentlich soziales Gefühl) drängten ihm diese Frage immer wieder auf.

Wir kommen hier in die Nähe einer der entzündeten Stellen von Thackerays Wesen, nämlich an die Spannung zwischen Künstler und Bürger. In den Berichten über Thackeray stößt man wiederholt auf betonte Hinweise darauf, daß Thackeray – im Gegensatz zu Dickens – ein Gentleman, ein wohlerzogener Mensch gewesen sei, der die puritanischen Regeln gesitteten Lebens streng einhielt. Wir wissen, daß er zuweilen andere Künstler seine Herkunft und Schulung distanzierend spüren ließ. Als Moralist stand Thackeray im Bann der viktorianischen Zucht. Die moralischen Kräfte, welche dem Bürgertum zum Siege verholfen hatten, waren im Begriffe, zu lebensfeindlichen Konventionen zu erstarren. Deutliche Zeichen dieser Erstarrung sind auch in Thackerays Seiten spürbar. Alles Erotische ist tabu. Nur in seinen fernsten Wirkungen darf es sich zeigen, in Beckys Juwelen zum Beispiel. Dafür wuchert es in seinen Verdrängungen, in der sadistischen Brutalität des alten Osborne und der unerlösten Sentimentalität, welche die Gestalt Amelias umgibt. Dazu kommt, daß Thackeray keine leidenschaftliche Natur wie Balzac war. Er hätte auch in Zeiten sexueller Toleranz oder Emanzipation die gleichen Affekte geschildert, welche er in seinen Romanen geschildert hat. Seine Menschen sind, wie Dobbin, großer Treue fähig; aber sie lassen sich kaum je durch machtvolle Gefühle tragen. Liebe ist bei Thackeray Jugendschwärmerei, der früher oder später bitteres Erwachen folgt. Es war unserem Autor nicht gegeben, an die großen, heroischen Leidenschaften zu glauben. Sein Auge war zu scharf und eng und allzusehr dem Allzumenschlichen zugewandt.

Halten wir uns an das, was Thackeray uns zu geben hat, denn es ist fürwahr reich genug! Sah er zum Beispiel nicht genug vom Leid der Menschen, auch wenn er von ihrem Innern selten spricht? Man denke an das Schicksal der Frauen in diesem Roman! Welche Opfer werden hier gebracht, wieviel Leben wird in den Familien von «Vanity Fair» erstickt, wo eine Maria Osborne ihre Tage verbringen muß – von den Frauen des alten Crawley ganz zu schweigen.

«Vanity Fair» enthält diese Familienschicksale; aber es ist kein Familienroman, so wenig wie es trotz der überragenden Gestalt der Abenteurerin Becky zum Schelmenroman wird. Taine sprach «Vanity Fair» als Sittenroman an; aber das Werk übersteigt auch diesen weiten Bezirk, denn das Gefühl des Geschichtlichen und des Moralischen ist in seinen Seiten weit stärker als das zeitliche und gesellschaftliche Kolorit. Wie in den Büchern Tolstois verbindet sich ein mächtiger historischer Hintergrund mit größter Fülle und Nähe privaten Erlebens. «Vanity Fair» ist ein Zeitgemälde der Jahre 1810–1830, das von Thackeray bewußt in seine eigene Gegenwart der Jahrhundertmitte und schließlich, kraft seiner Kunst, ins Gültige und Beständige einer englischen Comédie humaine gehoben wird. Die Napoleonische Ära, in der das Geschehen (ungefähr zur Zeit von Thackerays Geburt, 1811) einsetzt, war ihm und seinen Zeitgenossen noch gegenwärtig. Thackeray hatte selbst als Knabe den großen Korsen auf St. Helena gesehen, und noch waren zahlreiche Veteranen von Waterloo am Leben und dem Erzähler persönlich bekannt. Man spürt es den herrlichen Kapiteln um Waterloo an, daß Thackeray hier von der nationalen Erinnerung und Idee getragen wird.

Es ist höchste Zeit, daß wir uns nun aber der Kernprobe aller Erzählungskunst zuwenden, nämlich dem Bild des Menschen, wie es uns in den Hauptgestalten des Romans entgegentritt. Da wird es sofort klar, daß wir es mit einem begnadeten Meister zu tun haben. Becky und Rawdon sind die unwiderlegbaren Beweisstücke für diese Meisterschaft. Mit ihnen tritt Thackeray über die Zeiten hinweg in die Nähe der großen Geschöpfe dichterischer Menschengestaltung. Gestalten wie Becky Sharp werden nur noch durch das Werk der genialen Schöpfer von Weltrang übertroffen. In ihnen hat Thackeray Phantasiewesen geschaffen, die ein fast unerschöpfliches Leben ausstrahlen und uns durch ihre Fähigkeit zur Wandlung, zur Erneuerung, durch ebenso unerwartete wie lebenswahre Züge immer wieder überraschen und beglücken. Was ist im Bereich der Freuden, die uns ein Erzähler bereiten kann, herrlicher, als eine Marionette seines Puppentheaters zu warmem Leben erwachen zu sehen, wie man es beim Lesen des 30. Kapitels mit Rawdon Crawley erleben kann? Überhaupt, dieser Rawdon, welcher am Anfang so wenig versprechend erscheint, welche Würde und reiche Menschlichkeit empfängt er aus Thackerays Hand!

Und vollends Becky Sharp. Becky ist eine Gestalt besonderer Art. Von ihr geht alle Bewegung aus; doch sie selbst ist im Grunde wenig bewegt und verändert sich kaum. Ihr Geheimnis ist unverwüstliche Kraft. Man ahnt beim Lesen des Romans, den sie dominiert, daß der Künstler Thackeray in geheimem Bunde mit der Abenteurerin steht. Thackeray, der selber kaum sehr vital war, schafft in ihr ein Zentrum von Lebenskraft, von Frische, Frechheit, ja Übermut, die köstlich sind. Natürlich mischt sich sofort der Moralist ins Werk und schwärzt die Figur nach Noten an; aber im vitalen Kern ihres Wesens steht Becky jenseits der Moral. Wie die Sonne selbst tut sie ihre Wirkung auf alle und rettet zu guter Letzt auch Amelias Glück. Taine hat sie mit Balzacs Valérie Marneffe (in «La Cousine Bette») verglichen und bedauert, daß Thackeray ihr so wenig Schwung und Glanz gegeben habe, «un avocat en jupon et sans cœur». Aber gerade die unromantische Kälte von Beckys Charakter ist wesentlich und gibt dem Roman satirische Schärfe und Salz. Es ist, wie wenn Thackeray sich durch seine Antiheldin an der Dummheit und am Dünkel der Welt habe rächen wollen. Auf alle Fälle fällt er durch sie das schärfste Urteil über die vom Geld und Schein besessene und geblendete Gesellschaft, indem er sie auf eine kalt berechnende Hochstaplerin hereinfallen läßt.

Becky ist nicht eine absolut einheitliche Gestalt. Der Moralist läßt sie stellenweise als Rabenmutter erscheinen; aber der Künstler bewundert und liebt sie und sagt von ihr an andern Stellen, sie sei gutmütig und tolerant.

Vieles verrät, daß Thackeray in seinem Roman einen geheimen Kult des Vitalen betreibt. Man denke nur an den herrlichen und gänzlich unvorhergesehenen Zug im 53. Kapitel, wo Becky mitten im rächenden Gericht von Bewunderung zu ihrem Gatten hingerissen wird, der in der strahlenden Kraft wiedergewonnener Manneswürde vor ihr steht. Thackeray selbst war über diesen Einfall erstaunt, der ihm aus der Tiefe seiner Intuition zufloß. Ein weiteres interessantes Beispiel findet sich an viel bescheidenerer Stelle auf Seite 690, wo Lady O'Dowd sich von Dobbin halb widerwillig vom Tanze weg zu den Erfrischungen geleiten läßt und es von ihr heißt, sie sei matt, doch nicht satt heimgekehrt: «lassata nondum satiata recessit». Gordon N. Ray hat auf diese Stelle hingewiesen und gezeigt, daß das lateinische Zitat ursprünglich vom Satiriker Juvenal auf das Scheusal Messalina geprägt worden war (Juv. Sat. VI. 130). Wie aber kam Thackeray dazu, sich gerade dieser krassen Stelle im Zusammenhang mit seiner braven irischen Offiziersgattin zu erinnern? Der gemeinsame, Erinnerung und Phantasie auslösende Zug ist wiederum unwiderstehliche Lebenskraft, genau wie bei Becky Sharp. Es ist bemerkenswert, daß sie auch in den verborgensten Ecken und bei Nebenfiguren mit im Spiele ist, wie denn ein Teil des Reizes der elfhundert Seiten darin liegt, daß Thackerays fabulierende Freude am Leben in immer neuen, großen und kleinen Zügen, Einfällen und Köstlichkeiten hervorbricht und den breit fließenden Strom der Erzählung bis zum Ende frisch erhält.

Thackeray war auf der Höhe seiner dichterischen Schaffenskraft, als er diesen Roman schrieb. Langsam, durch Jahre Gereiftes, uralte Erinnerung und jüngst Erlebtes schmolzen fugenlos ineinander. Es ist, wie wenn die Schwelle zwischen Leben und Dichtung für Thackeray in diesen Momenten des Schaffens verschwunden wäre und beide sich mühelos vermischten. Sie war nie sehr hoch, diese Schwelle, und darin lag eine Gefahr, wie wir sehen werden; aber in begnadeten Stunden strömte ihm der Stoff von überallher zu. Er sieht im Park einen schwarzgekleideten Herrn und erkennt ihn als Lord Fitzroy Somerset, der sich eben erst mit seinem Sohne wegen dessen Heirat überworfen hat. Nun trägt er Trauer um den in Indien Gefallenen. Ray vermutet mit Recht, daß daraus ein Jahr nachher Osbornes Streit mit seinem Sohne George hervorwuchs. Die Gestalt des edeln Marquis von Steyne andererseits lag Thackeray seit den Jahren im Sinn, da er ähnliche Gestalten in Romanen Disraelis angetroffen hatte. Sein Vorbild war der dritte Marquis von Hertford (1777–1842), ein berüchtiger Lebemann aus dem Kreise des Regenten und nachmaligen Königs Georges IV. Aus der Vertrautheit mit den Launen und Schwächen seiner lebenslustigen Großmutter Butler schuf er die köstliche Erbtante Crawley, und sein Vetter und Leidensgenosse frühester Schuljahre, George Trant Shakespear, stand Modell für die Lustspielfigur des verhätschelten Joseph Sedley. Diese Zusammenhänge hat Thackerays Biograph Gordon N. Ray in seiner wertvollen Studie «The Buried Life» (1952) behutsam, aber überzeugend nachgewiesen.

Vergeblich hat man seit Thackerays Lebzeiten nach Vorbildern für Becky Sharp gesucht. Die Neugier ist ebenso natürlich und notwendig wie das Versagen. Thackerays Kunst hat so viele Wurzeln in der Erfahrung, daß man angesichts dieser seiner größten Gestalt und ihrer so genau gezeichneten Lebensbahn die Vermutung hegt, daß leibhafte Wesen dem Meister Züge und Einzelheiten zugespielt haben müssen. Thackerays Töchter sahen in späteren Jahren einst eine brillante Dame, von der viele Leute sagten, sie sei das Vorbild zu Becky Sharp, zu kurzem Besuch bei ihrem Vater vorfahren; aber auf alle Fragen über diese und andere Zuweisungen antwortete Thackeray stets nur mit Lachen. Auch die früher genannte Valérie Marneffe aus Balzacs «La Cousine Bette» ist als mögliches literarisches Vorbild genannt worden. Wir werden nie wissen, welche Gestalten ihm halfen, denn er hat ihren Beitrag zu tief und souverän verwandelt, hat zu viel spontane Erfindung an seine Antiheldin gewandt, um je anders denn als freier Schöpfer dieser kühnsten seiner Puppen dazustehen. Es gibt übrigens in Thackerays Briefen ein köstliches Beispiel seines übermütig freien Schaltens mit der Gestalt Beckys. In einem Brief leistet sich Thackeray am 1. Mai 1848, also noch vor dem Erscheinen der Schlußkapitel des Romans, den Scherz, seinem Freund, dem Herzog von Devonshire, etwas vom späteren Schicksal seiner Heldin zu verraten. Da heißt es, Becky trage nun falsche Haare und Zähne, welch letztere ihr beim Lächeln einen gespenstischen Ausdruck verleihen. In einem Postskriptum fabelt er sodann vom jüngst erfolgten Zusammenbruch einer Bank in Kalkutta, in der Beckys ganzes Vermögen zugrunde gegangen sei, und schließt mit den Worten: «Wird denn das Schicksal nie aufhören, diese vielgeprüfte Heilige zu verfolgen?»

Doch wir müssen uns von Becky trennen, um uns Amelia zuzuwenden, der einzigen Gestalt, welche von der Gnade der lebenspendenden Phantasie ausgenommen zu sein scheint. Bleich, sehnsüchtig, liebe- und schutzbedürftig steht sie vor uns, ein Inbegriff des blutlosen, viktorianischen Ideals weiblicher Tugend und Unschuld, wie es uns in den Romanen von Dickens als Dora Copperfield oder Esther Summerson entgegentritt. Amelia scheint aus einer andern, biedermeierlichen Welt herübergekommen und mit dünnerem Stift gezeichnet zu sein. So viel Ahnungslosigkeit, ja Blödigkeit und weiche Schwärmerei, so wenig eigenes Leben stellen die Geduld des Lesers auf eine harte Probe. Und dazu wird Amelia in den früheren Kapiteln vom Autor erst noch angehimmelt und bemitleidet.

Seien wir gerecht! Thackeray gibt seiner Amelia einige sehr eindrückliche Szenen: ihre bleiche Verstörung beim Aufbruch der Männer zur Schlacht, ihr einziger, leidenschaftlicher Ausbruch gegen ihre Freundin Becky in der drohenden Nähe des Wahnsinns, ihre duldende Hingabe in der Pflege ihrer Eltern. Aber ein Wachsen, eine dichterische Erfüllung, wie sie bei Rawdon und zuletzt auch bei Dobbin spürbar wird, ist Amelia nicht vergönnt. Sie bleibt im vollen Sinne des Wortes Puppe in Thackerays Hand. Verwirrender und schlimmer ist indessen, daß Thackeray gegen Ende des Romans seine Auffassung und Darstellung von Amelia total ändert. Nach Dobbins Rückkehr aus Indien mehren sich die Stellen, in denen Thackeray in kühler Distanz auf sein Geschöpf herabschaut, ihre Engherzigkeit und unbewußte Selbstsucht hervorhebt. Schließlich nimmt Thackeray, kurz vor der rettenden Einfahrt in den Hafen der Ehe, die Hand gänzlich von ihr. Was war geschehen?

In dieser einen Gestalt war das Leben der Kunst allzu nahe gekommen. Nach Thackerays eigener Aussage war seine Amelia mit der Erinnerung und dem Gedanken an drei Frauen verknüpft: seine Mutter, seine Gattin und die Freundin, Mrs. Brookfield, in deren Nähe und Vertrauen der Verwitwete in jenen Jahren die seelische Erfüllung fand, deren er so sehr bedurfte.

Hier soll einzig vom Einfluß die Rede sein, welchen die Erinnerung an seine Frau und ihre Erkrankung auf die Gestalt von Amelia hatte. Sehr vieles weist darauf hin, daß die Liebende, Wartende, Duldende und Leidende für Thackeray bis zur Identifizierung mit der wehen Erinnerung an seine Gattin Isabella verknüpft war. Sie gibt der Schlußszene des 29. Kapitels und den Stellen der folgenden Kapitel, welche Amelia betreffen – die Schilderung ihrer drohenden Umnachtung und ihrer schweren Depressionen –, eine besondere Bangigkeit, was indessen der künstlerischen Gestaltung keinen Abbruch tut. Anders die Randglossen, in denen der Autor immer wieder einen rührseligen, bemitleidenden Ton anschlägt. «Armes kleines, zartes Herz» und ähnliche Ausrufe begleiten Amelia auf Schritt und Tritt. An solchen Stellen tritt ein, vom künstlerischen Standpunkt aus gesehen, verheerender Kurzschluss zwischen dem

Geschöpf der Phantasie und den privaten Gefühlen des Autors ein. Amelia stammt aus einem wunden, unerfüllten Bezirk seines Innern, über das der Künstler nur wenig Macht hatte, weil sie mit der unerlösten Erinnerung an die schwache, kranke junge Isabella verknüpft blieb. Später schlägt die Haltung von rührseliger Hingabe um zu kaum verhüllter Ungeduld über die Fesseln, welche Dobbin, alias Thackeray, allzu lange gespürt hat. Ein ähnliches Verhältnis von Abhängigkeit und Ungeduld scheint Thackeray an seine Mutter gebunden zu haben, und man darf wohl die Vermutung wagen, daß die Entwicklung von Dobbins Verhältnis zu Amelia (dessen letzte, negative Phase künstlerisch übrigens viel überzeugender dargestellt ist, als die hilflose Hinneigung des jungen Offiziers) Thackerays eigenes Verhältnis zu Mutter und Frau widerspiegelt.

Beim Lesen der Kapitel 36 bis 55, in welchen Amelia sehr stark in den Hintergrund tritt, erhält man den Eindruck, daß sich die durch die genannte seelische Bindung begrenzten künstlerischen Möglichkeiten der Gestalt Amelia weitgehend erschöpft hatten. In diesem Zusammenhang sei auf die Gestalt der Lady Jane Sheepshanks hingewiesen. Sie ist von Lesern und Kritikern zuweilen als unnötige Zwillingsgestalt der blassen Amelia empfunden worden. Sie ist es keineswegs, denn an dieser mit keiner Identifikation belasteten Figur hat Thackeray im Gegenteil die künstlerischen Pläne erfüllt, die er ursprünglich für Amelia gehabt hatte. Aus einem frühen Brief an seine Mutter geht nämlich hervor, daß Thackeray seine Amelia durch eine religiöse Krise gehen und im erneuerten Glauben erstarken lassen wollte. Nun gibt er Lady Jane die religiöse Verankerung, welche er Amelia hatte geben wollen. Dank dieser inneren Kraft ist Lady Jane imstande, im entscheidenden Moment ihrem Gatten entgegenzutreten und Becky den Eintritt in ihr Haus zu verwehren. Damit besiegelt sie das Schicksal der Abenteurerin, wie sie kurz vorher durch den Impuls selbstloser Güte Rawdon befreit und damit

Anlaß zur Entdeckung von Beckys Falschheit gegeben hatte. Das Verhältnis von Rawdon zu seiner Schwägerin – man denke, was in einem modernen Moderoman daraus gemacht würde! – ist eines der zartesten und schönsten des ganzen Romans.

Ein Wort noch zur Komposition von «Vanity Fair». Romane mit kontrastierenden, paarweisen Leitfiguren waren weder zu Thackerays Zeit noch später etwas Seltenes oder besonders Originelles. Als der junge David Herbert Lawrence seiner Freundin vorschlug, gleichsam um die Wette mit ihm ebenfalls einen Roman zu schreiben, nannte er ihr das Figurenpaar als Hauptrezept der Komposition, wie er es selbst dann im «Weißen Pfau» verwendete. Unzählige Romanschriftsteller – Luise von François unter ihnen – hatten solche Romane geschrieben. Tolstoi sollte der Idee in «Anna Karenina» ihre herrlichste Entfaltung geben. Für Thackeray war ein Roman mit Gegenspielern ein neuer und kühner Versuch, denn alle seine früheren Erzählungen waren monographisch auf eine Gestalt ausgerichtet gewesen. Einmal konzipiert, erwies sich die Idee eines Doppelgemäldes in seinen Händen als außerordentlich fruchtbar. Dem Gegensatz der Heldinnen entsprach in Thackerays Wesen das Gegeneinander der beiden Gefühlswelten der Ironie und der sentimentalen Reflektion. In ihrer fruchtbaren Spannung liegt unter anderem das Geheimnis der kraftvollen, reichen Durchgestaltung mit zwei mächtigen Höhepunkten, dem durch die historischen äußeren Schicksalseinflüsse herbeigeführten Wendepunkt von Waterloo und dem, künstlerisch viel reicheren, durch die innere Entwicklung heranreifenden Höhepunkt im 53. Kapitel.

An dieser Stelle möchten wir nun auch den Eingangskapiteln Gerechtigkeit widerfahren lassen, nachdem sie in unseren Ausführungen über die Entstehungsgeschichte von «Vanity Fair» vor den reicher orchestrierten späteren Teilen zurücktreten mußten. Sie haben eine köstliche Frische und Schärfe der Zeichnung, die auch den Illustrationen zugute kommt, unter denen die erste, welche Beckys herrlich frechen Rachestreich mit dem «Dixonary» darstellt, wohl die schönste ist.

«Vanity Fair» erschien vom Januar 1847 bis Juli 1848 in monatlichen Lieferungen zu je einem Schilling. Es waren stattliche Hefte mit gelbem Umschlag, die alle Thackerays Titelzeichnung des von der Tonne herab predigenden Pierrots mit den Eselsohren trugen. Im Herbst 1848 erschien die Buchausgabe. Die Lieferungen, welche jeweilen genau 32, auf drei oder vier Kapitel verteilte Seiten enthielten, mußten vom Autor auf Mitte, spätestens aber Ende jedes Monats fertiggestellt werden. Thackeray pflegte mit der Niederschrift bis zum letzten Moment zu warten und schrieb dann in Qual und Lust in der Klausur seines Hauses in Kensington oder, wenn Gäste und Kinder allzusehr störten, am Zufluchtsort einer Herberge auf dem Lande die fälligen Kapitel. Er schrieb selten und nur in höchster Zeitnot in den Nachtstunden. Sein Manuskript, in der zierlichen, aufrechten Schrift seiner Reifezeit – sie setzt bezeichnenderweise nach dem achten Kapitel ein, währenddem der Anfang in der schrägen Schrift seiner Jugend dasteht –, entstand in hellen Tagesstunden.

Die Erscheinungsweise bestimmte nicht nur den Rhythmus der Arbeit; sie hatte tiefen Einfluß auf die Komposition des Romans. Es galt nämlich, die Nummern so zu gestalten, daß sie, wenn immer möglich, mit einem Schlußeffekt mitten in einer noch ungewissen Phase der Handlung aufhörten, damit der Leser gezwungen war, in gespannter Erwartung auf die nächste Nummer zu warten. Thackeray entwickelte in diesem Spiel mit seinen Lesern eine souveräne Virtuosität, deren berühmtestes Beispiel am Ende der vierten Lieferung, das heißt des vierzehnten Kapitels, zu finden ist, wo wir zusammen mit Sir Pitt Crawley von der Entdeckung von Beckys heimlicher Heirat überrascht werden. Thackerays erste Leser mußten einen ganzen Monat warten, bis sie in der nächsten Nummer erfuhren, wer ihr Mann ist. Es ist amüsant zu sehen, wie Thackeray nach solchen Schlußpointen die neue Nummer behäbig plaudernd anfängt und seine Leser neu um sich versammelt, ihnen neue Verwicklungen oder sogar neue Figuren vorführt, welche dann ihrerseits wieder einem Finale zugeführt werden. Um dem Leser die Probe zu ermöglichen, nennen wir die jeweiligen Schlußkapitel der 20 Nummern: 4, 7, 11, 14, 18, 22, 25, 29, 32, 35, 38, 42, 46, 50, 53, 56, 60, 63, 65, 67.

Die Einbuße, welche der Roman durch die journalistische Art seines Erscheinens in der mangelnden Strenge und Einheit der Form und des Tons erleiden mochte, auch die Verlockung zu Füllseln und die Gefahr von Längen, denen Thackeray vor allem im zweiten Teil hie und da erlag, wurden wettgemacht durch den stets erneuerten Ansporn und die große Freiheit und Weite, welche ein so durchgeführtes Romanunternehmen bot. Kathleen Tillotson und John Butt haben erst jüngst darauf hingewiesen, welch elektrifizierende Nähe zur Leserschaft durch die monatlich erneuerte Publikation von fortschreitenden Teilen des Romans entstand und wie sehr sowohl Dickens wie Thackeray diese Nähe als Ansporn empfanden. Und hier, wo von Ansporn die Rede ist, muß auch erwähnt werden, daß «Vanity Fair» gleichzeitig mit einem bedeutenden und äußerst wirkungsvollen Werk des großen Rivalen Dickens erschien, mit «Dombey and Son», der wenige Monate vorher in ähnlichen Lieferungen zu erscheinen begonnen hatte. Vergleiche waren somit unvermeidlich und spornten Thackeray zu höchstem Einsatz an. Es galt, sich jeden Monat seinen Leserkreis neu zu erobern und wenn immer möglich zu erweitern. Thackeray kämpfte schwer um das Gelingen seines mächtigen Romans, und wer genau hinschaut, sieht die Spuren in der zweiten Hälfte, wo es Thackeray schwer wird, das kunstvolle Verflechten der Schicksale Beckys und Amelias weiterzuführen. Aber selbst dort, wo die beiden getrennte Wege gehen, herrscht das Gesetz des Kontrasts, indem Amelias Erniedrigung ihren Tiefpunkt dort erreicht, wo Beckys Aufstieg in die höchsten Kreise einsetzt. Zuweilen wird die Hand, welche die zahllosen Marionetten bewegen muß, etwas müde, wie etwa zu Beginn der deutschen Kapitel, aber wie sicher fängt sich Thackeray gegen das Ende hin wieder auf, und wie überlegen führt er seine Geschichte zum Abschluß!

Der äußere Erfolg stellte sich nur sehr langsam, ja eigentlich erst gegen das Ende des Erscheinens der Lieferungen und nach der Buchausgabe ein. «Vanity Fair» war in seiner Zeit allzu ungewöhnlich, allzu realistisch und zu ironisch, um außerhalb der Elite wachster Leser Gefallen zu finden. Das Buch kam keinen Modeströmungen entgegen. Alle billigen Erwartungen nach Hochzeitsglocken und edlen Gefühlen werden enttäuscht, alles Romanhafte wird vermieden, die Bösen werden nicht bestraft, und selbst die wenigen theatralischen Züge, zum Beispiel Becky Sharp als Klytämnestra bei Joseph Sedleys kläglichem Ende, dürfen nicht allzu ernst und buchstäblich genommen werden.

«Vanity Fair» ist kein moderner Roman. Die Erzähler unseres Jahrhunderts haben uns zum Genuß alles Schwierigen, Extremen, Raffinierten und Symbolischen erzogen. Sie haben uns gewöhnt an das Krasse wie an das Hypersensible, ans drangvoll Elementare wie an die Analyse abwegigster Regungen. In den Romanen unserer Zeit genießen wir Effekte kühnster Montage, geraffter Zeit, plötzlichen Rückblendens und gehäufter Motive, und all dies trotz äußerster Armut an leibhaftig lebendigen Figuren. Demgegenüber muten uns Thackerays Seiten als behaglich breit, ja zuweilen umständlich an. Der Stil und Ton des Erzählens ist eigentümlich leise und lässig bei hoher und scharfer Prägnanz. Es ist das Muster eines kultivierten, weltmännischen Stils, unauffällig, distanzierend, fern von jeglicher Steife, ganz gesättigt von Erfahrung, vermischt mit Resignation und steter Ironie. Es ist nicht dieser urbane, wendige Stil, der uns stört, es ist Thackerays Art, gewisse Dinge zwei-, dreimal zu illustrieren und dann erst noch zu erklären. Vieles geht auf das Konto der damaligen Leserschaft. Sowohl Dickens wie Thackeray schrieben für einfachere, weniger spezialisierte, weniger verwöhnte Leser, die aber bereit waren, sich vom Roman im ganzen Bereich ihres Wesens, auch im Sittlichen und Emotionalen, ergreifen zu lassen. Sie waren an die breit dahinströmenden Romane Walter Scotts und seiner Nachfolger und an die genau inventierenden Sitten- und Gesellschaftsromane aus dem 18. und frühen 19. Jahrhundert gewöhnt. Wir aber möchten in Tagen oder höchstens Wochen genießen, was sich beim ersten Erscheinen über anderthalb Jahre hinaus erstreckte.

Auch wenn man dies bedenkt, bleibt ein leiser Argwohn gegenüber Thackerays Art des Erzählens bestehen. Wir hegen den Verdacht, daß er von uns, seinen Lesern, nicht sehr hoch denkt. Daß er sein Spiel mit uns treibt – wie z. B. am Ende des ersten Abschnittes auf Seite 811 –, ist sein gutes Recht und gibt manchen Stellen ihre besondere Würze. Aber der Verdacht wird zur Gewißheit, wenn wir das Titelblatt betrachten, das er selbst für seinen Roman zeichnete, und die Eselsohren sehen, welche er seinem Publikum anhängt. Daß er sich selbst im Bild des predigenden Pierrots ebensolche Ohren aufsetzt, bestätigt die grundlegende Tatsache, daß Thackeray, im Gegensatz zu Dickens, vom Menschen im allgemeinen nicht hoch dachte. Der Vorwurf der Zynik, der immer wieder gegen Thackeray erhoben worden ist, auch Dickens Vorwurf, er nehme seine Mission als Künstler nicht ernst genug, gründen in der Beobachtung, daß er den Menschen als eng begrenztes Wesen sieht, das von wenigen, ganz unheldischen Triebkräften, von Selbstsucht, Gier und Eitelkeit bewegt wird und sich vollkommen in seiner geselligen Existenz erschöpft. Ist je ein großer Roman im Schatten einer trivialeren Auffassung des Menschen entstanden?

Daß dabei einer der großen Motoren des Daseins, der Eros, fast gänzlich fehlt, engt die Welt Thackerays ein und nimmt vielen Gestalten Schmelz und Wärme. Wie hager stehen sie da, diese Crawleys und Bullocks, dieser alte Osborne, in denen die generösen Triebe versauert und verkehrt sind zu Geilheit, Gier und sadistisch-ohnmächtigem Egoismus. Das größte Opfer von Thackerays Angst vor dem Eros ist Amelia. Wieviel frischer und überzeugender wären die Kapitel um Amelia geworden, wenn Thackeray vermocht hätte, ihr den Liebreiz und die warme Menschlichkeit zu geben, die ihr Vorbild, Amelia Booth, bei Fielding besitzt.

Die großen Hauptgestalten sind Musterstücke individualisierender Kunst. Die Schärfe und Klarheit ihrer Prägung schließt indessen vieles vom Geheimnis des Menschlichen aus. Sie sind am lebendigsten im geselligen Gedränge, sind selten allein mit sich selbst. Das Geheimnis des Todes rührt sie nie an. Vitale Selbstbehauptung ist Beckys höchstes Ziel. Die echtesten und wärmsten Gefühle kreisen um Heim und Kindschaft, um das Schicksal der Wehrlosen, der Betrogenen. Was Wunder, daß nach all dem das letzte Wort des Moralisten ein Wort wehmütig weicher, müder Resignation ist: Omnia vanitas.

Aber wenn das Schlimmste gesagt ist, was man von Thackerays Begrenzungen sagen kann, so bleibt am Ende nur um so rätselhafter das Wunder seiner Künstlerschaft. Niemand schreibt aus müder Resignation oder, wie Mario Praz glaubt, aus enttäuschter Romantik oder aus puritanischer Grämlichkeit und Angst vor dem Leben einen künstlerisch so lebensvollen, oft so übermütigen, gültigen und letztlich gütigen Roman wie «Vanity Fair». Das letzte Wort hat Thackeray der Künstler, und dieser ist weiter und reicher und dem Leben gegenüber aufgeschlossener als der Moralist. Der beste Beweis hiefür liegt in Thackerays Sprache. Wieviel weiter und reicher, ja wieviel mächtiger ist dieses, sein eigenstes Medium, als es die enge Psychologie des Moralisten je erwarten ließe. Reicht sie nicht bis zur verhaltenen Wucht und der Grandezza der Brüsseler Kapitel mit ihrer

Ahnung eines unaufhaltsam sich vollziehenden Schicksals. Ist sie andererseits nicht von der ersten Seite an von unverwüstlicher Frische, voll köstlichster Einfälle, die einen immer wieder in Erstaunen versetzen. Die Prosa Thackerays hat nicht nur unzählige Nuancen ironischer Brechung, sondern auch eine schelmische, oft übermütige Verspieltheit, die an den unbelasteten Nebenfiguren am häufigsten hervorbricht. Er hängt ihnen ulkige Namen an, wie die adlige Käsesymphonie auf Seite 811 und die Namen der todlangweiligen Gäste des alten Osborne, deren feinster Sir William Coffin, das heißt Sarg, heißt, und andere mehr, bis hinauf zum feierlichen Pomp der Adelstitel und Würden des verstorbenen Steyne mit ihrem höllischen Abglanz in Hellborough, Pitchley und Grillsby am Ende des 54. Kapitels.

Dies sind indessen nur kleine, lustige Wirbel im großen Strom der Erzählung. Viel schöner und größer ist die Kunst, welche an den Stellen hervorbricht, wo Thackerays Geschöpfe zu reden beginnen. V. S. Pritchett hat mit Recht darauf hingewiesen, welch feines Ohr Thackeray für die Stilnuancen der menschlichen Stimme hatte, wie herrlich er sie durch ihren Tonfall charakterisierte. Man hört Beckys keckes Mundstück, Rawdons gröhlenden, warmen Baß, die heisere, kichernde Stimme des alten Crawley und die selbstgefällige Suada seines schlimmheiligen Sohnes. Nicht umsonst war Thackeray als Parodist so gefürchtet; in «Vanity Fair» hat er das Leben selbst parodiert und sprühende Szenen eines unvergänglichen Kabaretts geschaffen. Die komische Ader war außerordentlich stark in ihm. Sie vereint ihn mit den Meistern des 18. Jahrhunderts, mit Fielding, Goldsmith und Sheridan, mit Hogarth und Sterne, denen er sich verbunden fühlte. Als Kunstwerk ist «Vanity Fair» nur zum kleinsten Teil ein erbaulich sentimentaler Roman, in vielen seiner köstlichsten Kapitel lebt er aus dem Geist der Komödie, ist aller Moral zum Trotz eine Huldigung an das Leben und seine Energien, an den Reichtum und die Erfindungskraft des Geistes in Becky, an die Kraft des Gemüts in Dobbin. Niemand, der näher hinhorcht, wird verfehlen, die warme, gütige Menschlichkeit zu spüren, die aus dem verwundbaren und eher scheuen Wesen des Meisters in seine Seiten eingegangen ist.

An uns ist es am Ende, unsere Hefte zu revidieren. Jede Begegnung mit einem Meisterwerk ist ein Stück ästhetischer Erziehung. Wir haben uns gewöhnt an Formen und Arten des Romans, aus denen die direkte Stimme des Autors verbannt ist. Niemand darf uns mehr als «liebe, geneigte Leser» anreden. Nur in Verkleidung, unter seltsamen und schwer erkennbaren Masken, darf sich der Autor dem Leser nähern. Gewiß, das Ideal des im objektiven Werk vollkommen kristallisierten und vom Autor ganz abgelösten Gehalts ist ein hohes, legitimes Ideal, ist eine Form der Vollendung. In seinem Licht ist «Vanity Fair» ein unreines, zwiespältiges Werk.

Aber neben dem objektiven Roman blüht unentwegt der Ich-Roman, und daneben die unzähligen Abarten, in welchen das Ich des Autors nur dürftig verhüllt ist und fast überall sichtbar wird. Warum soll da im weiten Raum des Romans nicht Platz sein für die Stimme und Gestalt des Erzählers selbst? Hat nicht der selige Laurence Sterne in seinem «Tristram Shandy» zum Ergötzen seiner Leser auf jeder Seite zu ihnen gesprochen? Hält es nicht Jean Paul ebenso? Das Verfahren gehört einer entschwundenen, persönlicheren und gefühlvolleren Zeit an, in welcher der Autor seine Leser anreden durfte, weil sie bereit waren, willig und gehorsam auf ihn, den Wissenden, zu hören. Die Erzähler unserer Zeit besitzen diese Möglichkeit, diese Autorität nicht mehr. Sie müssen im Wettstreit mit Film, Rundfunk, Fernsehen und Presse um den Leser kämpfen, der sich als Vielumworbener, vielerlei Lesender dem Gedruckten gegenüber anders verhält als seine Vorfahren von Anno 1848.

Im älteren Roman waren Stimme und Gestalt des Erzählers nicht nur ein geduldetes, sondern ein anerkanntes, geschätztes Element. In der individualistisch-persönlichen Welt des Romans war der Kommentar des

Autors so natürlich wie der Chor in der unpersönlich-universalen Sphäre der Tragödie. Wie der Chor, so gibt die Deutung des Geschehens durch den Erzähler dem Werk eine weitere und wesentliche Dimension. Ironie und sentimentales Echo, Salz und Zucker unseres Romans, stammen beide aus der Hand des Verfassers in seiner Rolle als Betrachter, der von der Seite her sein eigentümlich schräges Licht auf die Dinge fallen läßt. Man mag es lieben oder nicht – und wir alle als moderne Leser müssen uns zuerst an die uns nicht gewohnte Beleuchtung der Figuren gewöhnen –, aber man täusche sich nicht: ohne dieses Licht, selbst ohne seine grellsten Effekte, die moralisierenden Stellen, wäre «Vanity Fair» unendlich ärmer. Thackerays Stimme ist es, welche dem großen, bunten Gemisch von Gestalten und Geschehnissen die Einheit seines besonderen Erzählertons gibt; mehr noch: sie schenkt uns die Nähe seiner Menschlichkeit, ohne dabei der Fülle und Kraft der Gestalten Abbruch zu tun.

Seien wir also im Weggehen dafür dankbar, daß wir nicht nur mit Becky und Rawdon, ihren Freunden und Opfern, mit den Sedleys und den Osbornes, sondern auch mit ihrem Schöpfer Thackeray zusammen sein durften.

Max Wildi

Inhalt

	Vor dem Vorhang	7
I	Chiswick Mall	11
II	Miss Sharp und Miss Sedley rüsten sich zum Kampf	23
III	Rebecca vor dem Feind	36
IV	Die grünseidene Börse	46
V	Dobbin von unserm Regiment	66
VI	Vauxhall	82
VII	Crawley auf Queen's Crawley	102
VIII	Persönlich und streng vertraulich	115
IX	Familienbildnisse	129
X	Miss Sharp fängt an, sich Freunde zu erwerben	139
XI	Arkadische Einfalt	149
XII	Ein recht sentimentales Kapitel	171
XIII	Sentimental und auch anders	183
XIV	Miss Crawley zu Hause	202
XV	Rebeccas Mann tritt für kurze Zeit auf	229
XVI	Der Brief auf dem Nadelkissen	243
XVII	Wie Hauptmann Dobbin ein Klavier kaufte	256
XVIII	Wer spielt auf dem Klavier, das Dobbin gekauft hat?	269
XIX	Miss Crawley ist pflegebedürftig	286
XX	Hauptmann Dobbin als Heiratsvermittler	301
XXI	Streit um eine Erbin	316
XXII	Eine Trauung und ein Teil der Flitterwochen	331
XXIII	Hauptmann Dobbin als Vermittler	344
XXIV	Mr. Osborne nimmt die Familienbibel zur Hand	353
XXV	Alle Hauptpersonen halten es für richtig, Brighton zu verlassen	374

XXVI	Zwischen London und Chatham	403
XXVII	Amelia stößt zu ihrem Regiment	415
XXVIII	Amelia rückt in die Niederlande ein	425
XXIX	Brüssel	440
XXX	«Das Mädchen blieb zurück...»	460
XXXI	Joseph Sedley kümmert sich um seine Schwester	475
XXXII	Josephs Flucht und das Ende des Krieges	492
XXXIII	Miss Crawleys Verwandte sind sehr um sie besorgt	517
XXXIV	James Crawley wird die Pfeife ausgelöscht	532
XXXV	Witwe und Mutter	557
XXXVI	Wie man ohne Einkommen gut leben kann	573
XXXVII	Das gleiche Thema	588
XXXVIII	Eine Familie in sehr bescheidenen Verhältnissen	610
XXXIX	Ein heikles Kapitel	632
XL	Becky wird von der Familie anerkannt	647
XLI	Becky besucht die Hallen ihrer Väter	661
XLII	Familie Osborne	678
XLIII	Der Leser muß das Kap der Guten Hoffnung umsegeln	689
XLIV	Zwischen London und Hampshire	704
XLV	Zwischen Hampshire und London	720
XLVI	Kämpfe und Prüfungen	734
XLVII	Gaunt House	745
XLVIII	Der Leser wird in die feinste Gesellschaft eingeführt	759
IL	Wir genießen drei Gänge und einen Nachtisch	777
L	Ein alltäglicher Zwischenfall	789
LI	Eine Scharade wird aufgeführt, die dem Leser zu raten gibt – oder auch nicht	803
LII	Lord Steyne zeigt sich von der liebenswürdigsten Seite	831
LIII	Eine Befreiung und eine Katastrophe	846
LIV	Der Sonntag nach der Schlacht	860
LV	Fortsetzung des gleichen Themas	875
LVI	Aus Georgy wird ein Gentleman gemacht	898
LVII	Eothen	917
LVIII	Unser Freund, der Major	930
LIX	Das alte Klavier	948

LX	Rückkehr in die vornehme Welt	964
LXI	Zwei Lichter erlöschen	974
LXII	Am Rhein	995
LXIII	Wir erneuern eine alte Bekanntschaft	1013
LXIV	Ein Vagabundenkapitel	1031
LXV	Geschäfte und Vergnügungen	1056
LXVI	Amantium irae	1068
LXVII	Geburten, Hochzeiten und Todesfälle	1090
	Nachwort	1117

Die Deutsche Bibliothek – CIP-Einheitsaufnahme

Thackeray, William Makepeace:
Jahrmarkt der Eitelkeit : ein Roman ohne einen Helden
William Makepeace Thackeray
Aus dem Engl. übers. von Elisabeth Schnack
Nachw. von Max Wildi
3. Aufl. – Zürich : Manesse Verlag, 1995
(Manesse Bibliothek der Weltliteratur : Corona-Reihe)
Einheitssacht.: Vanity fair <dt.>
ISBN 3-7175-8008-6 Gewebe
ISBN 3-7175-8079-5 Ldr.

NE: Schnack, Elisabeth [Übers.]

Copyright © 1959 by Manesse Verlag, Zürich
Alle Rechte vorbehalten